《江右文庫》編纂委員會

精華編

文天祥集

[宋] 文天祥 著

劉德清 劉菊萍 劉菊芳 整理

上册

江西人民出版社

圖書在版編目（CIP）數據

文天祥集 : 全 2 册 / (宋) 文天祥著 ; 劉德清 , 劉菊萍 , 劉菊芳整理 . -- 南昌 : 江西人民出版社 , 2024.8

（江右文庫 . 精華編）

ISBN 978-7-210-14395-6

Ⅰ . ①文… Ⅱ . ①文… ②劉… ③劉… ④劉… Ⅲ . ①宋詩 – 詩集②古典散文 – 散文集 – 中國 – 南宋 Ⅳ . ① I214.422

中國國家版本館 CIP 數據核字 (2023) 第 015195 號

文天祥集（全 2 册）

［宋］文天祥 著 劉德清 劉菊萍 劉菊芳 整理

審　　讀　包禮祥
責任編輯　李陶生　聶柳娟　張葉　李建權
設計總監　甯成春
設計製作　光亞平

出版發行　江西人民出版社
地　　址　江西省南昌市東湖區三經路 47 號附 1 號
網　　址　www.jxpph.com
電　　話　0791–86812172
郵　　編　330006
經　　銷　各地新華書店

排　　版　南昌市青雲譜區龍創設計工作室
印　　刷　浙江海虹彩色印務有限公司
開　　本　720 毫米 ×1000 毫米　1/16
印　　張　78.5
字　　數　1000 千字
版　　次　2024 年 8 月第 1 版
印　　次　2024 年 8 月第 1 次印刷
標準書號　ISBN 978-7-210-14395-6
定　　價　298.00 元（全 2 册）
贛版權登字 -01-2024-559

服務電話 : 0791–86898820

出版前言

江西，别稱「江右」，向爲文化繁榮之地、文獻興盛之區，歷史上大家輩出，巨著紛呈，爲中華文明的進步發展做出過巨大貢獻。爲保存和利用鄉邦文獻，發掘和彰顯江西文化的厚重底蘊和豐碩成果，江西省委、省政府决定編纂出版彙集本省歷代優秀典籍的大型文獻叢書《江右文庫》。

江西「三面距山，背沿江漢，南距五嶺，北奠九江，當吴楚閩粤之交」。獨特優越的地理環境，孕育了江西悠久的歷史和璀璨的文化。萬年仙人洞和吊桶環、樟樹吴城、新干大洋洲等遺址，見證了江西早期文明的絢爛。隋唐以降，隨着大運河的開通、大庾嶺驛道的鑿通、政治中心的漸次東移，北方人口大量南遷，江西經濟文化迎來全面發展，農業文化、陶瓷文化、書院文化、科舉文化、戲曲文化、佛禪文化、理學文化、中醫藥文化等蓬勃發展，享譽中外。千百年來，江西大地耕讀傳家，詩書繼世，人文鼎盛，名賢輩起，被譽爲「文章節義之邦」。

江西多著名文人。在詩詞文曲方面都擁有開創文體及流派的大家和齊整的作家陣容。以詩而言，陶淵明開創田園詩派，黄庭堅創立江西詩派，楊萬里創造誠齋詩體，王安石創半山體，文天祥、劉辰翁等興起愛國詩體，「元詩四大家」中江西有虞集、范梈、揭傒斯三家，蔣士銓爲「乾隆三大家」之一，陳三立興起贛派同光體。以詞而言，《全宋詞》收録江西詞家一百七十四人，占全書作者的百分之十二。「宋詞四大開祖」中江西有晏殊、晏幾道、歐陽修，晏殊更有「北宋倚聲家之初祖」的譽稱。姜夔創立騷雅詞派，與辛棄疾豪放派齊名。以文而言，唐宋八大家江西有歐陽修、曾鞏、王安石三家，明代楊士奇爲首開創臺閣體，魏禧爲「清初散文三大家」之一。以戲曲而言，湯顯祖開創臨川派，「臨川四夢」家傳户誦。蔣士銓「妙筆天下」，堪稱清中葉第一曲家。

江西多學術英才。在經學史學、文字音訓、天文地理、音樂書畫乃至農工科技等方面，人才輩出。經學如吴澄、江永等，史學如樂史、歐陽修、劉敞、劉攽、劉恕、馬端臨等，藝術如鍾紹京、黄庭堅、八大山人、羅牧等，科技如宋應星、張潛等，中醫如龔廷賢、陳自明、喻昌等，碩學宗師，燦若星辰。

江西多思想大家。儒家的理學、佛教的禪宗與凈土宗、道教的天師道與凈明道，均創立或發揚光大於江西。朱熹上承二程而集理學之大成，是中國傳統社會後期影響最大的思想家。陸九淵獨闢蹊徑，開創心學，經弟子門人繼承發展，至王陽明而集大成，「陽明一生精神俱在江右」。

江西多忠烈之士。廬陵「五忠一節」輝耀青史，歐陽修忠言直道，輔佐三朝，天下景仰。楊邦乂爲金所虜，堅决不降，慷慨赴死。胡銓不避斧鉞，力請斬秦檜。周必大言事不避權貴，立朝剛正。文天祥以「人生自古誰無死，留取丹心照汗青」的浩然正氣，慷慨殉國。楊萬里清節勵萬世，爲直節名臣。洪皓出使金國，被拘十五年，不忘故土，被稱爲「宋之蘇武」。江萬里全家投「止水」拒降，以身取義。謝枋得「萬古綱常擔上肩，脊梁鐵硬對皇天」，浩氣凜然。

悠久的歷史，燦爛的文化，帶來典籍的興盛。江西人所撰述的典籍汗牛充棟，據不完全統計，目前存世的江西典籍超過一萬種。在《四庫全書總目》收録的一萬餘種圖書中，江西人的著述占比達十分之一；《四庫全書》著録的三千四百多種圖書中，江西人的著述有四百多種，占比超十分之一。浩瀚的典籍，既是古代江西歷史文化的重要載體，又是江西文明嬗變的歷史見證，其價值不可估量。

編纂出版《江右文庫》，通過對江西典籍和歷史文化資源做系統的調查、保護、整理、研究、出版，厘清「源」與「流」，講清「古」與「今」，辨清「陳」與「新」，展示江西文化的博大精深和獨特魅力，功在當代、利在千秋。

《江右文庫》分爲書目編、文獻編、方志編、精華編和研究編。書目編：系統梳理江西典籍資源，展示江西歷史上的著述成果以及記述江西的著述概貌；文獻編：收録約三千種歷代江西學人的代表性著作，集中呈現自秦漢以來至一九一一年爲止江西文化的文本面貌；方志編：選取江西現存各級各類舊志中史料和版本價值較高、品相較好的近三百部志書，以展示江西在方志編纂方面的成就；精華編：在文獻編所收文獻基礎上，精選江西學人在中國各種文化形態中有代表性意義和較大文化影響的著作，以嚴謹的學術規範進行整理；研究編：主要收録由當代江西學者撰寫的研究江西歷史文化的代表性著作，包括通史性著作、專題史著述、歷史文化名人傳記，集中展示當代江西學者在研究江西歷史文化方面所取得的成果。

修史立典，察往知來。編纂出版《江右文庫》，既是我們傳承弘揚中華優秀傳統文化的歷史責任，也是我們禮敬先賢激勵當下增强文化自信的光榮使命。新時代，江西人民將堅定不移沿着中國特色社會主義先進文化前進方向，踔厲奮發，勇毅前行，不斷推進文化强省建設，努力共襄民族復興偉業。

《江右文庫》編纂委員會

本編前言

中華民族有着五千年悠久的歷史和燦爛的傳統文化，作爲傳統文化最主要載體的古代典籍可謂汗牛充棟、浩如煙海。中國歷史文化通過古籍而代代傳承，在社會發展進程中起着巨大的作用。

中國傳統文化是中華民族在長期發展過程中積澱下來的，它與現代文化一樣，都具有顯著的中國特色，同時又都有着自己的鮮明時代特點。傳統文化又是一個發展變動的系統，會隨着時代的發展而不斷創新。因此，傳統文化是現代文化的源頭，是現代文化得以産生的母體，而現代文化則是傳統文化的自然延續和發展。民族傳統文化是永遠不會過時的，古代典籍也會在現代社會建設中發揮自己的作用。例如，有關中醫藥、農林、水利、氣象、建築營造、造紙、製瓷等傳統技藝、環境保護等典籍和文獻資料，至今仍在國家經濟建設和人民健康保障方面做出了重要貢獻，而有關人文社會科學方面的古籍，更在加强中華民族的道德建設，提高人民的思想文化素質和精神境界，增强中華民族的自信心和凝聚力，借鑒治國經驗，完善法治建設，發展社會主義文學藝術，推進社會文明等方面産生了重大影響。我們重視傳統文化，并非不加區别地全盤繼承，而是有選擇地取其精華、棄其糟粕，并結合時代特點推陳出新。古籍整理研究工作就是對中國傳統文化做一番認真的清理的過程，就是推陳出新的過程，從而使優秀傳統文化「創造性轉化，創新性發展」，不但把祖國寶貴的文化遺産繼承下來，還要讓它們爲國家的建設事業提供資源與借鑒。

俗語云，一方水土養一方人，一方水土也孕育一方文化。文化的産生和發展總是和一方區域的自然環境與人才興替相聯繫的。江西地處長江中下游南岸，西境、南境崇山聳立、峻嶺横亘，分别與湖南、廣東毗鄰；東部丘陵起伏，與浙江、福建接壤；北地隔長江與湖北、安徽相望，形成三面環山、一面臨水而相對封閉穩定的區域。江西境内河流縱横，水網密布，土地肥沃，農業生産發達，是歷代王朝的糧倉。江西有色金屬礦藏豐富，森林覆蓋率位居全國前茅，製瓷製茶、金屬冶煉、竹木製作等手工業發達。樟樹更是全國最著名的藥材集散地，被視爲「藥都」。而自唐代開鑿了大庾嶺之後，行旅物資自長江、鄱陽湖經贛江溯流而上，可直達虔州（今贛州），再經大庾嶺梅關而連通廣東、海南，江西便成了中原至嶺南最便捷的通道。交通的發達、經濟的發展大大促進了江西文化的繁榮和人才的繁盛，而文化繁榮最顯著的標志便是大量著作的涌現。

中國歷來重視地方文獻（或稱鄉邦文獻）的搜輯整理，因爲地方文獻是保存一地文化記憶的物質載體，這些鮮活的信息可以使後人全方位、多角度地了解一地文化的概貌和成就，方便他們研究相應時代的社會、歷史、經濟、文化現象，并使這些研究的進一步拓展和突顯時代化特徵有了寬廣深厚的基礎。因此，唐宋以後編輯鄉邦文獻的叢書層出不窮，明清以降更蔚成風氣。新中國建立以來，黨中央一直高度重視古代典籍的整理研究工作，多次發布整理我國古籍的指示。特别是新時代以來，國家的古籍整理研究事業蒸蒸日上，許多省區開展的地方文獻整理工作成果豐碩。中共江西省委、省政府爲了進一步弘揚江西傳統文化，提升江西的文化軟實力，推動江西文化强省建設，決定編纂《江右文庫》，這便自然成爲新時代江西文化建設中的重要基礎工程。

《江右文庫》分「書目編」「文獻編」「方志編」「精華編」「研究編」。其中「精華編」精選江西歷史文化名人的著作一百六十餘種，用現代方法加以校勘標點，以展示江西古代文化的精粹。「精華編」的編排，仍依照中國傳統文化知識體系的分類習慣，將所收典籍分爲經、史、子、集四類，以便讀者檢閱。

江西歷史文化名人及其著作的影響不拘於江西一地，他們的成就具有全國性意義，有些更具有世界性影響。例如，僅以經學而言，北宋王安石及其門人的經學著作在北宋晚期形成著名的「荆公新學」，更乘着變法之勢，風靡朝野五六十年。即使王安石變法失敗之後，「荆公新學」在學術界仍有流韵遺響，以至蘇軾仍稱贊他「網羅六藝之遺文，斷以己意；糠粃百家之陳迹，作新斯人」。「荆公新學」的興盛，還標志着「宋學」的最終形成。相對於「漢學」重章句釋解，「宋學」更重義理闡述，給中國古代學術帶來一股新風。另一方面，王安石變法雖然失敗了，但他製定的許多制度仍被後世沿用。王安石變法及其學術，也在世界學術界産生過影響，他本人被稱爲「中國十一世紀的改革家」。理學的集大成者朱熹，是南宋至明清中國思想界影響最廣博深遠的人物，也是中國經學理學化的最終完成者。他的經學著作一直得到後世的尊崇。他對《四書》的闡述，甚至成了明清時期科舉考試的依據，從而使《四書》的重要性超過了《五經》。朱熹的學説受到世界許多國家學者的重視，使朱熹在世界學術史上也占有一席之地。與朱熹同時的陸九淵則開創「心學」一派，强調内省功夫，與朱熹的理學主張常有論辯，又經後代學者進一步完善，使心學成爲與理學雙峰并峙的學術流派，對中國思想界影響深遠。元代吴澄以繼承朱熹道統自許，著有多種解經著作，與北方的許衡齊名，爲一代大儒。此外，北宋劉敞對《春秋》的闡述，南宋楊萬里對《易經》的研究，都頗具影響；宋代胡士行、段昌武、李如圭，元代胡一桂、毛應龍、袁俊翁、詹道傳，清代魏禧、江永、戴大昌、王朝渠、蔡孔炘、王曜南等的經學都有一定聲名，其中江永的聲望最顯。江永經學著作宏富，講求考據精核，矯正理學末流的空疏，又不墨守成説，繼顧炎武之後開考據之風，并直接推動了乾嘉學派的形成。經學之外，江永於天文曆算、文字音韵等研究都有精深成就。

江西文人中史學成就最高者當推歐陽修，他獨自撰成《新五代史》，又與宋祁先後主持官修《新唐書》。這兩部新史相對於《舊五代史》和《舊唐書》而言，因爲補充了許多新材料而受到人們重視，都被納入「二十四史」。歐陽修的學術成就遠不限於史學著作，他的解經著作《詩本義》，可以説是《詩經》研究史上里程碑式的著作。因爲《詩本義》破除了歷代經師陳陳相因、日趨僵化的解經舊説，打破了「疏不破注」的舊規，解經不僅可以質疑傳、注舊説，甚至可以懷疑經文本身，這就在儒家經典研究領域大大解放了思想，并開闢了探究經典本義而闕其所疑的新路，爲宋代義理之學奠定了堅實的基礎。南宋徐夢莘《三朝北盟會編》爲編年體史書，詳列史料，繫以年月，分事記載，是研究南北宋之際宋金史事的重要參考資料。明代陳邦瞻《宋史紀事本末》爲紀事本末體史書，分專題詳列兩宋史實，記述大事的全過程，也是學界常用的史學名著。南宋徐天麟的《兩漢會要》和清人龍文彬的《明會要》分別記載西漢、東漢和明朝的典章制度及其沿革。宋元之際馬端臨的《文獻通考》則記載上古至南宋的歷代典制沿革，與杜佑《通典》、鄭樵《通志》并稱

「三通」，都是政書中的名著。此外，宋人趙汝愚的《諸臣奏議》、明代楊士奇的《歷代名臣奏議》，均輯録大臣奏疏，分門編次，可以幫助了解有關史實，借鑒歷代政治得失。北宋樂史的《太平寰宇記》和歐陽忞的《輿地廣記》，都是歷史地理類的名著，詳細記載了上古至宋代的疆域沿革、州郡設置。《太平寰宇記》還特别注意記載州郡人物、詩文、古蹟等，使地理類著作的體例更爲完備，後代的地方志亦多沿襲樂史的做法。明人郭汝霖的《使琉球録》記載奉使琉球國的行程，證明了釣魚島爲中國領土。元人汪大淵的《島夷志略》詳述親歷海外數十國的見聞，特别是當地的風土人情、物産人物，反映了七百年前中國人的航海意識和航海技術。

古人將經、史、詩文之外的著作一并歸入子部，又將其中不易明確歸類的著作一并歸入雜家，於是子部便無所不包，而雜家類著作便成了子部的大宗，筆記類著作因所記無所不包，也成了雜家類的大宗。筆記至宋而大盛，其中江西文人所著頗多。如吴曾的《能改齋漫録》、張世南的《游宦紀聞》、羅大經的《鶴林玉露》、洪邁的《容齋隨筆》《夷堅志》，都是宋人筆記中的名著，内容豐富，所記翔實，學術價值極高。這些筆記大半考據史實、討論學術，對清代考據學的形成亦有影響。其餘如五代時人王定保的《唐摭言》、元人劉壎的《隱居通議》，也是後人常加徵引的著作。明人鄭仲夔的《玉麈新譚》實近筆記小説，多記傳聞奇事。清人揭暄的《璇璣遺述》則反映了西學東漸對中國文人的影響。子部中另一大宗爲申論儒家性理之學的著作。如明人胡廣的《性理大全書》，彙編宋代理學家的著作和言論，實爲理學的百科全書。明人劉元卿的《諸儒學案》輯録了周敦頤、程顥、程頤、張載、邵雍、朱熹、陸九淵、王守仁等宋明理學二十餘家語録。明人張九韶的《理學類編》亦輯録周、張、二程、邵、朱六家言論，而分天文、地理、人物、性命等幾類編列，性質與前書相似。明人章潢的《圖書編》輯録諸書中有圖可考者爲一編，分經義、象緯曆算、地理、人道四類，所引資料頗有條理，亦類書中較實用者。此外，如清人藍浦的《景德鎮陶録》則記録景窑管理機構、人員分工、瓷器製作、工藝要求等。元人嚴德甫、晏天章的《玄玄棋經》有圍棋聖經之名，是影響頗大的圍棋理論著作。元人趙友欽《原本革象新書》則是涉及天文、曆法、氣候、星象、數算等傳統自然科學的著作，所論亦實有心得。中醫理論與實踐關係人類健康，一直受到古人的重視。宋人陳自明的《陳自明醫學全書》、元人危亦林的《世醫得效方》、明人龔廷賢的《龔廷賢醫學全書》、明人龔居中的《龔居中醫學全書》、清人喻嘉言的《喻嘉言醫學全書》等，均爲江西古代名醫的著作。其中，陳自明是江西古代十大名醫之一，他的《婦人大全良方》是中國古代最早的婦産科專著。《世醫得效方》輯録危亦林家族五世家傳經驗醫方，每方之下標列主治、組成、用法及加減變化，至今仍在中醫藥界使用。龔廷賢被譽爲明代「醫林狀元」。龔居中爲廷賢族人，亦曾供職太醫院。喻嘉言爲清初三大名醫之一。可見，上述五位中醫聖手皆非等閑之輩，他們留下的中醫藥著作亦非等閑醫書。最引人注意的是明代宋應星的《天工開物》，該書分類詳述農業、手工業的種類、産地、工藝、生産經驗等，是世界上第一部有關農業、手工業生産的百科全書式著作。

江西素稱文章節義之邦。東晉陶淵明不爲五斗米折腰，棄官歸隱，躬耕田園，成爲「隱逸詩人之宗」，開創田園詩派，是後世詩人追慕的偶像。他的詩風影響了無數詩人，而他的詩作則不斷被後世詩人追和、模仿，對中國詩歌的發展影響至巨。江西經濟文化在唐代得到大力開發，至宋而大放光采。晏殊以宰相之尊影響文壇，又極注意培養人才，范仲淹、韓琦、歐陽修、王安石都曾得到他的賞識。晏殊與其子晏幾道均以詞作著名，推動了宋詞的發展。歐陽修、王安石均爲北宋文壇巨擘。

歐陽修作爲文壇宗主，大力提倡古文，用以糾正唐末宋初纖弱文風，又極力獎掖青年才俊，王安石、曾鞏、蘇軾、蘇轍等人都得到他的提攜。在歐陽修的提倡和努力下，文壇風氣一新。王安石以古文名家，其文風格精悍勁峭，其詩則一改唐人格調而開「宋詩」先河，是「宋詩」的重要奠基者之一，古詩、律詩、絶句各體皆工，尤以絶句冠當時。曾鞏亦以古文名家，與韓、柳、歐、王、三蘇并稱「唐宋古文八大家」。黄庭堅詩與蘇軾齊名，世稱「蘇黄」，又被「江西詩派」推爲宗主，也爲「宋詩」風格的形成作出了重大貢獻。黄氏於詩文之外尤精書法，與蘇軾、米芾、蔡襄一起并稱「宋四家」。李覯爲北宋早期思想家，主張「康國濟民」、富國强兵，又立書院講學，解説多有新見，對理學的形成有重大影響。「清江三孔」（孔文仲、武仲、平仲）當時頗有文名，黄庭堅曾以「二蘇聯璧」「三孔分鼎」贊之。「鄱陽三洪」指洪适、洪遵、洪邁弟兄。他們的父親洪皓曾出使金國被扣十五年，不屈而歸，又遭秦檜嫉恨，謫居嶺南九載，赦歸途中去世，一生困頓而大節凜然，三子均有大名。洪适、洪遵官至宰輔，除詩文外，洪适又是著名的金石學家，洪遵則是錢幣學家，洪邁更以筆記見長，所著《容齋隨筆》《夷堅志》影響巨大。惠洪是北宋著名詩僧，與黄庭堅等往來密切，於北宋僧人中詩名最盛，詩集《石門文字禪》外，所著《冷齋夜話》是詩話名著，《僧寶傳》記録禪門宗師數十人的生平，爲禪宗名著。胡銓是南宋名臣，力主抗金，曾上書請斬秦檜，朝廷震動，被貶今海南三亞，爲人慷慨有氣節，爲文亦曉暢簡約、恢閎謹嚴。楊萬里爲南宋一代詩宗，與陸游、范成大、尤袤并稱「南宋中興四大詩人」，爲官清正廉明，頗有時譽，詩風清新自然，被稱爲「誠齋體」（萬里號誠齋）。姜夔是南宋著名詞人，也是著名的音樂家，與蕭德藻、楊萬里等交游唱和，爲南宋詞壇大家，其詞作《暗香》《疏影》，幾乎家喻户曉。南宋末民族英雄文天祥在南宋政權風雨飄摇之際，明知不可爲而爲之，堅持抗元，被俘不屈，慷慨赴死，詩風激昂忠憤，其《正氣歌》和「人生自古誰無死，留取丹心照汗青」的自白，至今激勵着國人的愛國情懷。吴澄、虞集、范梈、揭傒斯是元代文壇巨匠，虞集、范梈、揭傒斯、楊載四人號爲「元詩四大家」，四家中江西占其三。虞集、揭傒斯還是當時著名的書法家，當時人評虞集「古隸爲當代第一」，揭傒斯書法則有晋人風神。而吴澄除詩文外，經學成就當時亦罕有其匹。明代初期，文壇臺閣體盛行，楊士奇因任輔臣數十年，成爲文壇盟主，其詩作雍容平和，對仁政、盛世充滿嚮往，亦爲臺閣體本色。解縉以神童聞名，才華横溢，文章雄勁奇古，詩作豪宕豐贍。解縉主持纂修的《永樂大典》是中國最大的類書，也是世界上體量最大的名著，爲保存和弘揚中國傳統文化作出了重大貢獻。夏言曾爲首輔，治國有政績，遭嚴嵩構陷而死。夏言一生撰詩詞約二千首，風格多樣。羅汝芳爲明中後期思想家、泰州學派代表人物，應邀在各處講學，在當時有較大影響。譚綸，明後期軍事家、文學家，抗倭名將，與戚繼光、俞大猷等合力平定福建倭患，又善音律，喜戲曲，推動了海鹽腔和弋陽腔的融合，促進了宜黄腔的形成，於晚明戲曲的發展有大貢獻。湯顯祖爲明後期杰出的思想家、文學家，提倡「情」而不籠統反對「理」，認爲理與情相抗相争而又相輔相成，主張情理兼顧、順理遂情，憧憬一個法治和教化并舉、封建秩序協調而穩定的社會。他以「臨川四夢」名世，成爲中國文學史上劃時代的戲曲家；又以新鮮活潑的思想觀點和對「至情」的歌頌、對弊政的抨擊，而成爲處於時代前列的思想家。明清之際著名學者周亮工，博學多才，著述宏富，論文治學均主張兼收并蓄，「樹千萬五色幟」，詩文之外旁涉文字音韵、天文地理，尤善書畫，精篆刻，富藏書，喜交游，學術興趣廣泛，成果豐碩。李紱是清代康雍乾三朝名臣，爲官清正，曾因參劾河南巡撫田文鏡觸怒雍正帝而遭下獄論斬，但瀕死不悔。李紱治學謹嚴，爲學常調和朱陸而偏重陸王之學，爲清代陸王學中堅。蔣士銓在乾隆朝極有文名，與彭元瑞二人被乾隆帝譽爲「江右兩名士」，詩與袁枚、趙翼齊名，戲曲創作影響尤巨，是中國戲曲史的殿軍。謝啓昆科舉順利，仕宦顯達，爲官頗有政績，治學勤奮，著作等身，所著《小學考》爲治文字、音韵、訓詁者必讀書，詩文集及其他著作有廣泛影響，所作論詩詩頗得時人好評。黄爵滋與林則徐、鄧廷楨等爲禁煙名臣，而黄爵滋是首倡禁煙者。鴉片戰争發生後，黄爵滋親赴閩浙查禁鴉片，又與林則徐、龔自珍、魏源等提倡經世之學，力主富國濟民。文廷式是清末光緒帝黨的重要人物，主張變法維新，甲午戰争時上疏痛斥李鴻章誤國，力促抗戰。文氏詩文詞俱佳，詞尤有名，是異軍突起的詞壇勁旅，在當時頗有影響。

《江右文庫》「精華編」全面準確地體現了江西優秀傳統文化的深厚底蘊。檢閲「精華編」，我們能體悟到群星璀璨的輝煌場景。「精華編」所體現的輝煌文化，一直和中國其他區域的傳統文化精華融匯在一起，形成了中國優秀傳統文化的長河，并且哺育了歷代先人。我們相信，中國優秀傳統文化的長河也一定會在新時代哺育一代又一代新人并創造新的輝煌。

（楊　忠）

前言

民族英雄文天祥是南宋後期傑出的政治家、文學家，其傳世著述是《文山先生全集》。歷代中國人通過研讀其作品，領略他的崇高氣節與偉岸人格，窺探那段隱約朦朧的宋亡歷史。境内外文天祥研究，大都矚目其生平思想與詩文創作，尤其是聚焦其民族氣節與愛國精神，關於其存世文獻的研究頗顯薄弱。爲此，點校者簡略考論文天祥著述的結集、版刻及價值，以祈正本清源，深化相關研究。

一

文天祥的生平，以德祐元年（一二七五）赴闕勤王爲界，分成前、後兩期。前、後兩期詩文著述的思想内容與藝術特色迥然不同，相關著述的結集，也按前、後兩期分别進行。《四庫全書總目·文山集》提要云：

生平有《文山隨筆》數十大册，常以自隨，遭難後盡失之。元貞、大德間，其鄉人搜訪，編爲前集三十二卷、後集七卷，世稱「道體堂刻本」。……明初，其本散佚，尹鳳岐從内閣得之，重加編次，爲詩文十七卷。起寶祐乙卯，迄咸淳甲戌，皆通籍後及贛州以前之作。江西副使陳价、廬陵處士張祥先後刻之。附以《指南前録》一卷、《後録》二卷，則自德祐丙子天祥奉使入元營，間道浮海，誓師閩粤，羈留燕邸，患難中手自編定者。《吟嘯集》則當時書肆所刊行，與《指南録》頗相複出。《紀年録》一卷，亦天祥在獄時所自述，後又復集衆説以益之。惟《集杜詩》以世久單行，未經收入，今各著於録。至原本所載序、記、碑銘之類，乃其家子孫所綴録，冗雜頗甚，今並從刪削焉。

由此可見，文天祥著述的最初結集，是由作者親自動手。前期著述輯成「《文山隨筆》數十大册」，不幸在戰亂中全部散失，後經「鄉人」多方搜求，編爲「道體堂刻本」前、後集。後期著述有作者於患難中手編的《指南前録》、因獄中釐定的《指南後録》《集杜詩》《紀年録》等。《吟嘯集》的結集則是個例外，它不出自作者之手，究竟如何成書，學界尚存爭議。這裏説的「當時書肆所刊行」，出自元初道體堂本《文山先生文集序》，當爲可信。而最早將文天祥前後期著述綜合結集，奠定今存《文山先生全集》基本面貌者，則是明代韓雍、陳價刻板的《文山先生文集》十七卷、《別集》六卷、《附録》三卷。

《指南録》是文天祥後期著述的最早結集。德祐二年（一二七六），文天祥出使元營談判，被元軍統帥伯顔扣留，後從鎮江脱逃，歷盡艱險，南下福建，一路以詩紀行。是年閏三月，詩人逃至通州後，將其編爲《指南録》前三卷，並撰寫《指南録自序》；五月末抵福州，又續編一卷。集名「指南録」源自《揚子江》詩句「臣心一片磁針石，不指南方不肯休」，形象地表達詩人心向南宋、矢志抗元的愛國熱忱。據吴海發考辨，《指南録》的最終編定，《指南録後序》的撰寫時間，是至元十八年（一二八一）。此時，原結集的詩篇已經有所散佚，故《指南後録》卷一下後跋有云：「而所恨者，《指南前録》叙號存，而詩已不完。」《指南録》今存詩一百八十篇，按《後序》題署，輯詩時間止於景炎元年（一二七六）五月。然而，卷四末《長溪道中和張自山韻二首》至《自嘆》九題十詩，作於景炎元年五月後，就寫作時間而言，是在《指南録》所輯詩之後、《指南後録》所輯詩之前。其間作者南歸福建，開府南劍，轉戰閩粵贛，戎馬倥傯，處於顛沛流離之中，所作詩文基本散失，此九題十詩當爲僅存之鱗爪，附於《指南録》之末，實是出於無奈。

《指南後録》結集文天祥被捕以後的詩詞文，時在至元十七年（一二八〇）正月大都獄中，所輯詩始自祥興二年（一二七九）正月十三日《過零丁洋》，終於《有感》，共二百零六篇，分三卷。《指南後録》卷一下後跋題署「歲在庚辰正月二十日」，卷三序又云：「予《指南後録》第一卷起正月十二日賦零丁洋，第二卷起八月二十四日《發建康》，今第三卷，蓋自庚辰元日爲始。」詩歌記録兵敗再執、押解大都、幽囚燕獄的情狀，詳述北上途中南安絶食、建康暫駐、思親懷友、獄中移司官籍監、還兵馬司，及張弘毅、汪元量探監等史實，總體上展示厓山滅宋、本人淪爲南冠楚囚的最終結局。《指南後録》一般與《指南録》合爲單行本，二者前後相承，構成一部自傳體的詩史，共同表現作者抗元鬥爭的愛國精神與民族氣節。與《指南録》的側重叙事、詩文結合、聯篇吟詠略顯不同，《指南後録》重在抒情言志、感懷議事，剖析並反省内心世界。今存《指南後録》的輯詩，存在一些混亂現象。如卷一上始於《過零丁洋》，終於《贛州》，卷一下起於《出廣州第一宿》，按照寫作順序，《贛州》詩應在《出廣州第一宿》至《南安軍》等十一首詩之後，纔顯合理。又卷三自序稱「今第三卷，蓋自庚辰元日爲始」，實際卻始自《五月二日生朝》，自序提及的《元日》一詩，今存《吟嘯集》，題下附注：「庚辰歲。」《指南後録》的結集出自作者之手，諸如此類的混亂現象，不應是結集時失誤，當是流傳中乖舛。

《集杜詩》是文天祥在大都獄中集合杜甫詩句，藉以叙事抒懷的詩集。全書採擷杜詩三百八十一首，集成五言絶句二百首。其自序云：「凡吾意所欲言者，子美先爲代言之。日玩之不置，但覺爲吾詩，忘其爲子美詩也。乃知子美非能自爲詩，詩句自是人情性中語，煩子美道耳。」序末題署云：「是編作於前年，不自意流落餘生，至今不得死也。斯文固存，天將誰屬？嗚呼，非千載心不足以語此。壬午正月元日文天祥書。」可見《集杜詩》作於至元十七年（一二八〇），結集成書並交付張弘毅（號千載心）在至元十九年壬午（一二八二）正月。《集杜詩》詳述自宋理宗末年到至元十七年的主要史實，集首有總序，大部分詩前有小序，一一注明時事背景。就如《四庫全書總目·文信公集杜詩》提要所云：「每篇之首，悉有標目次第，而題下叙次時事，於國家淪喪之由、生平閲歷之境及忠臣義士之周旋患難者，一一詳志其實，顛末粲然，不愧詩史之目。」全集内容大體分爲叙國事、記大臣、述行止、念故友、思親人、懷故鄉、寫本心、嘆世道等八部分，詩人在記述史實的同時，感慨興嘆，抒情寫懷。這是一部名副其實的南宋亡國史，是繼杜詩之後又一部詩史。據明人劉定之《文山詩史序》考論，《集杜詩》最早刻於元代，在明初散佚。正統（一四三六—一四四九）初，劉定之從内閣抄得傳本，附録吴郡張慶之《詠文丞相詩》，「合而題之曰《文山詩史》」。這是明代《集杜詩》最早版本，它在各章後的跋語，補明闕文，力圖恢復《集杜詩》原貌。所謂「序跋中有缺文者，指元之君臣，宋之叛逆。缺而不書，使知者以意屬讀，今皆補之；而爲白字者，不没公初意也」。遺憾的是，今存《集杜詩》，已經不見其跋語。經由清代四庫館臣删改後，已很難全窺其原作原貌。

《紀年録》是文天祥就義前一年在大都獄中自撰的年譜，也是作者最後的著述。書中辛巳（一二八一）「是歲囚」下注云：「公手編其詩，盡辛巳年爲五卷。自譜其平生行事一卷。」《紀年録》自述生平事蹟，只有六千餘字，因是作者自撰，極具史料價值。如文天祥生辰、中狀元時間等，可以訂諸史之訛。因其文字簡略，當時就有人爲它作注。今存《紀年録》卷首有云：「正文乃公獄中手書，附歸全文集。注，雜取宋禮部侍郎鄧光薦中甫所撰《丞相傳》《附傳》《海上録》，宋太史氏管發《國實》，至元間經進甲戌、乙亥、丙子、丁丑四年野史、平慶安刊行《伯顔丞相平宋録》，參之公所著《指南前後録》《集杜句詩》前後卷，旁採先友遺老話舊事蹟，列疏各年之下。」注中所引的史料，如鄧光薦《文丞相傳》《附傳》《海上録》以及甲戌等四年野史，早已失傳，幸以《紀年録》注的形式得以部分保存，故彌足珍貴。稍感不足的是，《紀年録》注解當中，除「鄧傳云」可知出自鄧光薦《文丞相傳》外，其他注文均未標明出處，只是糅合諸多史料，一並繫於正文之下。《紀年録》因字數不多，難以單獨刊行，大都附於文天祥文集後，藉以流傳。

《吟嘯集》的結集並非出自文天祥之手。景泰六年刻本《文山先生文集》載有道體堂《文山先生文集序》，其中有云：「其曰《吟嘯》者，乃書肆自爲之名，於義無取，其實則《指南》別集爾。」詳其結集之原因，文天祥以其忠義正氣及卓著聲望，被抗元志士與宋朝遺民樹爲旗幟，結集其詩文可以鼓舞士氣，當爲其一。名人名作附載的强烈市場效應，市場與書商的趨利性，高利潤下的鋌而走險，當也是結集的動力。《吟嘯集》輯録文天祥後期詩文八十七篇，從内容上説，它與《指南録》頗相重合，與《指南後録》多有交叉，也頗顯混淆顛倒。最早寫作的是《生朝》，時在祥興二年己卯（一二七九）五月二日，最晚的是《元夕》二首，作於至元十八年辛巳（一二八一），寫作時間全在《指南録》《指南後録》輯詩範圍之内，三者詩文的交叉混雜在所難免。如《吟嘯集》中的《高沙道中》一詩，只是擷取《指南録》卷三《高沙道中》一段，且文字頗有出入。此殘缺不全的《高沙道中》詩，不應獨立成篇。正是這個原因，道體堂序言稱《吟嘯集》爲「《指南》别集」。至今學界仍有人主張，《吟嘯集》無需單獨成書，應按其寫作時間歸入《指南》二録。

修曉波《文天祥評傳》認爲「《吟嘯集》中的詩歌是文天祥在大都被囚期間被人偷偷帶出監獄，由民間整理，並命名爲『吟嘯』的」，此説有一定道理。就在文天祥最終手定《指南》二録之前後，一些文天祥抗元詩作已在民間傳播，書商將其收集整理，礙於「指南」一詞被元統治者忌諱，因而以中性的「吟嘯」取代，以便其銷售和流傳。在元代書肆上，文天祥後期詩歌還曾以《采薇歌》書名出現過。劉壎《隱居通議》卷一二《文丞相采薇歌》云：「近日書市刊其《采薇歌》成帙，易其名曰《吟嘯稿》，皆丞相戰敗後被執過北時詩。」汪元量在文天祥死後作有《浮丘道人招魂歌》九首，其八有云：「有詩有詩《吟嘯集》，紙上飛蛇噴香汁。」《宋詩紀事》卷七六有李謹思《題文丞相吟嘯集》詩，李謹思曾在宋度宗「咸淳中試禮部釋褐第一」，當時若無《吟嘯集》流傳，此類文字從何而來？與汪元量、李謹思同時代還有宋末遺民何夢桂，其《潛齋集》卷五《文山詩序》亦提及文天祥「有流離中《吟嘯詩史》與狴犴中《杜詩集句》」。可見元初書市上已流傳文天祥後期詩歌，時人將《吟嘯詩史》與《杜詩集句》相提並論，前者實際涵括《指南》前後二録。

問題在於，文天祥獄中結集的著述如何傳出囚室而流入民間？這當與文璧、張弘毅等廬陵人物有關係。文璧是文天祥胞弟，進士出身，宋末累官至知惠州，宋亡後以州降元，官至廣西宣慰使。至元十八年（一二八一），文天祥《指南録》《指南後録》等著述，實經由文璧從獄中外攜而傳世。《紀年録》至元十八年辛巳（一二八一）「是歲囚」注云：「公在縲紲中，放意文墨，北人爭傳之。公手編其詩，盡辛巳歲爲五卷。自譜其平生行事一卷；集杜甫五言句，爲絶句二百首，且爲之叙其詩。自五羊至金陵爲一卷；

自吴門歸臨安，走淮，至閩，詩三卷；號《指南録》，以付弟璧歸。」張弘毅，字毅夫，號千載心，廬陵富田人，爲文天祥故里摯交。文天祥被捕後，自吉州跟隨北上，囚於燕獄時，則租住在大獄附近，每天爲文天祥送飯。文天祥《集杜句》等臨終前詩作，由張弘毅從獄中帶出，然後流傳社會。《集杜詩・自序》後跋有云：「斯文固存，天將誰屬？嗚呼，非千載心，不足以語此。」文天祥柴市就義後，張弘毅背負文天祥的指甲、頭髮及《集杜句》《紀年録》等遺稿南歸廬陵。明楊士奇《東里文集》卷一〇《跋文山集杜句》云：「右信國文公《集杜句》二百首，皆在燕獄所作，每首有公自序。……初，公得死後，吉水士人張弘毅自燕以公爪髮及遺文歸，而此詩亦在其中。」這些由文璧、張弘毅傳出囚室的文天祥後期詩文，經由書商結集成《采薇歌》《吟嘯集》等著述，流入民間並在社會上傳播開來。

文天祥前期著述的傳播，首功當推元貞、大德間的道體堂刻本《文山先生文集》前集、後集。道體堂主人多方搜羅「遭難盡失」的《文山隨筆》，編纂成《文山先生文集》前集三十二卷、後集七卷。在文氏家譜中「道體堂刻本」記載爲文富刻板。清同治版《富田文氏族譜》引乾隆三十二年刻本《文氏通譜・信國公遺翰》云：「信公遺稿，在元時類集五十卷。公之孫富刻板傳世，經兵燹不全。」文富爲文陞子、文天祥孫，元貞、大德間剛成年，就算由他主持刻板，搜集並編纂者當爲他的上輩人。明天順、正統間《廬陵文丞相文山先生全集》扉頁載有道體堂《文山先生文集序》，稱「先生平日著述……一旦委之草莽，可爲太息。今百方搜訪，僅僅有此」。《四庫全書總目・文山集》提要亦稱「其鄉人搜訪」而編成。此「百方搜訪」之「鄉人」，當包括文璧、張弘毅、鄧光薦等。文璧晚年，曾攜次子陞（過繼文天祥爲子）之子回到老家吉安富田，歿於大德二年（一二九八）。元貞、大德間，文璧、張弘毅同在廬陵。他們都有編刻文天祥著述的動因，又有編刻的時間，完全可能組織並主持道體堂文天祥著述的結集。鄧光薦，名剡，廬共載行橐。丁丑歲，猶挾以自隨。一旦委之草莽，可爲太息。今百方搜訪，僅僅有此。因自寶祐乙卯後，至咸淳甲戌止，隨門類略譜其先後，以成此編。雖首尾粗備，而遺佚者衆矣。如詩一門，先生所作甚富，中年選體更多，今諸體所存無幾，而選幾絶響，更可浩嘆。至如場屋舉子業，自有舊日黄册板行。又如《年譜》《集杜》《指南録》，則甲戌以後之筆，不在此編。

序末署「元貞二年太歲丙申冬至日，道體堂謹書」。《四庫全書總目·文山集》提要基本傳承此説。明道體堂刻本《文山先生文集》前集三十二卷、後集七卷，在明初散佚，但在官府、民間仍有抄本傳世。明葉盛《水東日記》卷二〇有云：「吉安程源伊知府處見《文山文集》，道體堂元編，二書共八册，元序俱乃大字行書，刻亦精明，但二册是抄本，乃知吉之士人家固宜尚有之，不獨禁中也。」正是此道體堂刻本及其抄本，成爲後世文天祥著述版刻之淵源。

明代文天祥著述的版刻，社會環境已經大有改觀。朱明王朝繼蒙古貴族而一統天下，出於政治需要，大力褒揚宋末民族英雄。《明史》卷一七八《韓雍傳》記載：「景泰間，請追謚文天祥、謝枋得。詔謚天祥忠烈，枋得文節。」因此，有明一代《文山先生全集》得以一再翻刻，重要版本有以下五種。

一是景泰六年（一四五五）韓雍、陳价江西刻本《文山先生文集》十七卷、《别集》六卷、《附録》三卷。卷首分别有韓雍、韓陽、錢習禮等序，又有「道體堂本」二識語、文天祥遺像、自贊及孫燧贊。《文集》《别集》輯録前期著述，附録《指南録》《指南後録》等。據韓陽《文山先生文集序》，翰林侍讀尹鳳岐從館閣抄得《文山先生文集》，江西副使陳价訪求遺稿，編次成帙，又呈正於江西巡撫韓雍，終使文天祥前後期著述得以合編傳世。景泰本是元代道體堂本散佚後的第一部完整保存的文天祥著述，下啓明、清諸刻，實爲後世《文山先生全集》版本之源頭。

二是正德九年（一五一四）張祥吉安刻本《文山先生文集》十七卷，重刊《文山先生指南文集》三卷，《别集》一卷，附《文山先生遺墨》一卷。此刻本爲四庫全書《文山集》底本，與景泰本比較，二者同出自道體堂刻本，前集十七卷基本相同，此本將景泰本《别集》七卷中前三卷（《指南録》《指南後録》《吟嘯集》）析出爲《指南文集》，又析《紀年録》爲《别集》一卷。它不收景泰本中的《集杜詩》，卻注意搜補遺文，有《遺墨》一卷爲景泰本所無。

三是正德間文承蔭《重刊文山先生文集》十七卷，《别集》六卷，《附録》一卷。文承蔭是文天祥七世孫。此家刻本對景泰本編次順序和原則作了較大改動，對個别詩文也有人爲加工。乾隆三十二年（一七六七）《文氏通譜·附録·信國公遺翰》記載：「信公遺稿，在元時類集五十卷，公之孫富刻板傳世，經兵燹不全。景泰間，江西憲副陳公价拾殘編重刊。正德間，七世孫承蔭復刻。」瞿冕良《中國古籍版刻辭典》記載：文承蔭《重刊文山先生文集》十七卷，《别集》六卷，《附録》一卷，「半頁十一行，行二十四字。」家刻本系統日後還有嘉靖間無名氏刻本、萬曆二十八年蕭大亨刻本、崇禎間無名氏刻本，以及影響最大的清雍正五桂堂家刻本等，基本承繼並祖法此刻。

四是嘉靖三十一年（一五五二）鄢懋卿、甯寵刻《文山先生全集》本二十八卷，卷内題「後學豐城鄢懋卿編次。」鄢懋卿序云：「於是乎反覆是集而編次之，統而名之曰《文山先生全集》。中有《文集》，有《别集》，有《附録》；如先生所作，集有未載者，爲《拾遺》；後世爲先生而作，繼《附録》者，爲《續録》，凡若干卷。」這是首次以「全集」命名的文天祥著述，它將景泰本的《文集》《别集》《附録》合編到一起，又彙集多種附録資料，如王幼孫《生祭文丞相文》《祭文丞相歸葬文》等，爲研究文天祥生平思想保存豐富資料。

五是嘉靖三十九年（一五六〇）張元諭刻本《文山先生全集》二十卷。此本在編次上與前面幾個刻本不同，卷一至卷一二分類彙編前期詩文，卷一三《指南録》，卷一四《指南後録》，卷一五《吟嘯集》，卷一六《集杜詩》，卷一七《紀年録》，卷一八《拾遺》《遺墨》《遺像》，卷一九、二〇《附録》。羅洪先序曰：「吉安舊刻《文山先生文集》，簡帙龐雜，篇句脱誤，歲久漫漶，幾不可讀。中丞德安何公遷來撫江右，既出素所養者布之教令，復表章列郡先哲，以風勵士人。會郡守浦江張公元諭始至，即舉屬之。張公手自編輯，釐類剔訛，出羨帑，選良梓，刻將半，致中丞之命於洪先，俾序所以校刻之意。」此刻本在鄢刻本的基礎上進一步完善，不僅把景泰本《文集》《别集》《附録》合爲全集，而且重加編次，體例比以前各本更合理，且校勘精審，素爲後人所稱道，影響也更大，後出諸本多據此加工重刻，如萬曆三年（一五七五）廬陵胡應皋福建邵武刻本《文山先生全集》，此本爲民國初年《四部叢刊》初編集部影印本之底本。又如崇禎二年（一六二九）鍾越杭州刻本《文山先生全集》、崇禎四年（一六三一）張起鵬南京刻本等。

清代文天祥著述的版刻，承繼明刻本而有所發展。清朝雖是滿人執掌天下，卻堅持弘揚中華「忠君報國」傳統思想，文天祥一直得到統治者青睞。有清一代，《文山先生全集》版本頗多，主要有康熙十二年（一六七三）曾弘刻本《宋文丞相文山先生全集》二十卷、雍正三年（一七二五）吉安文氏五桂堂刻本《廬陵宋丞相信國公文公忠烈先生全集》十六卷。前者刻印不精，錯訛甚多。後者爲文氏十六世孫文鳳翔、文鳳翀主刻，世稱文氏五桂堂家刻本。此本校勘較精，堪稱善本，爲後世家刻本之典範。另有道光二十三年（一八四三）邱曰韶刻《廬陵宋丞相信國公文忠烈先生全集》十六卷、光緒二十三年（一八九七）湖南書局刊四忠遺集《文信國公集》二十卷等，前者有道光二十八年日新堂及光緒十三年穀詒堂重印本，在當時有一定影響。

清代及民國最著名的文天祥著述版本，當屬「四庫全書本」《文山集》與「四部叢刊本」《文山先生全集》。乾隆四十六年（一七八一）「四庫全書本」《文山集》二十一卷，出自正德九年張祥吉安刻本《文山先生文集》十七卷、《重刊文山先生指南文集》三卷、《别集》一卷。它與「四部叢刊本」《文山先生全集》，從淵源上説，同出於景泰本，但二者在「篇幅」「編次」「文字」等方面存在較大區别：在「篇幅」上，「四庫全書本」《文山集》二十一卷，實質上衹相當於「四部叢刊本」《文山先生全集》二十卷的前十六卷，後者多出了《集杜詩》《拾遺》《附録》等四卷。在「編次」上，「四庫全書本」《文山集》二十一卷，與「四部叢刊本」《文山先生全集》二十卷分合不一。「四庫全書本」《文山集》卷一七首有「樂府」與「詞」三首，「四部叢刊本」《文山先生全集》則附在卷二末；前者卷四爲「内制」，後者則輯爲卷三；前者卷九至卷一一有三卷「啓」，後者則壓縮爲兩卷；前者卷一二、一三分别爲「記」「序」，後者則在卷九合并爲一卷；前者卷一五爲「説、講義」，後者則將其拆分到卷一〇與卷一一；前者將《指南後録》分成兩卷，後者則爲完整一卷。在「文字」上，二者區别更加明顯，特别表現在「字句改動」上，「四庫全書本」《文山集》較「四部叢刊本」《文山先生全集》最大的不同，在於前者卷中凡是「逆賊」「虜帥」「北虜」等清朝統治者忌諱的字眼，都被四庫館臣們篡改；而「四部叢刊本」則保持原貌。這裏需要特别指出的是：「四部叢刊本」《文山先生全集》采用優選的明萬曆三年（一五七五）廬陵胡應皋福建邵武刻本爲底本，影印時挖板修改過少量錯字。此影印本又爲世界書局一九三六年排印出版。排印本算得上文天祥全集近現代較早的標點整理本，二十世紀八十年代被中國書店一再影印出版，因而成爲百年來社會上最流行、讀者們最易得的文天祥全集本。然而不得不指出，此書錯訛太多，既無「校勘記」，又多有標點瑕疵，輯佚尤存缺憾。可以説，近百年來傳承的文天祥著述，缺乏一個權威的精華版本。

中華人民共和國成立後，文天祥詩文集的現代化整理出版，基本上都以選本形式出現，質量亦參差不齊。詩文全集形式出現的衹見一種，即江西人民出版社一九八七年版熊飛等校點的《文天祥全集》。此書校勘頗精，然標點多誤，加之書無再版，印本太少，影響不大。以詩歌全集形式出現的亦衹見一種，即中華書局二〇一七年版劉文源校箋的《文天祥詩集校箋》。此書廣采方志、家譜、筆記等文獻，難免雜蕪不精，箋注雖精於廬陵本土人物地理，卻疏於文化典故，也難以盡如人意。

三

民族英雄文天祥勇赴國難，捨生取義，其浩然正氣與完美人格，感天地，泣鬼神，也正是這種緣故，世人往往重視其精神意義，而忽視其著述價值。文天祥著述記録自己一生行迹，特别是後期不屈不撓的抗元鬥爭、被俘後慷慨捐軀的悲壯經歷，展示其愛國救亡、拒降殉國的心路歷程，描繪宋元易代的真實歷史畫卷。一部《文山先生全集》，是作者用血淚寫成的時代實録，凝聚著一個愛國者的國仇家恨，情真意摯，感人肺腑，在宋代史學、思想史、文學史上，具有極高的認識價值與美學價值。

文天祥著述的史學價值，突出表現在記録宋亡時段的隱秘史實。在我國歷史上，一個朝代的「正史」，通常由下一個朝代的人撰寫。文天祥對於將由元人執筆的本人傳記及南宋「正史」，始終懷有戒備心理。他説過：「亡國大夫誰爲傳？衹饒野史與人看。」（《己卯十月一日至燕越五日罹狴犴有感而賦》其五）正是擔心瞎編的野史糊弄後人，他親自撰寫年譜《紀年録》，又鄭重囑託鄧光薦替自己撰寫傳記：「死矣煩公傳，北方人是非。」（《懷中甫》）而後期著述《指南録》《指南後録》《集杜詩》等，儼然是其晚年生活的自傳，是元滅宋的史詩，後世研究文天祥及宋末歷史者，無不從文天祥著述中吸取史料。

就以《指南録》而言，它按時間順序，展示作者赴闕勤王、出使北營至浮海抵達温州的全過程，重點記叙鎮江虎口逃生，真州出走後借道入淮、投奔南宋流亡政府的艱辛旅程。其中卷三的詩歌，描述德祐二年（一二七六）逃亡途中，自二月二十九日《脱京口》至閏三月十一日《哭金路分應》的路途危難情狀，内容詳實而生動。這些作品，成爲後世史家考證史實的重要取證。如三月五日赴高沙途中，文天祥竹林脱險後，被人用籮筐抬至高郵的細節，《宋史》本傳記載：「募二樵者，以簣荷天祥至高郵。」而文天祥《高沙道中》詩序云「偶得一籮，以繩維之，坐於籮中，雇六夫更迭負送」，詩中亦云「竹畚當安車，六夫共頳肩」，人們據此判定《宋史》「募二樵者」之「二」，實爲「六」字之訛。

又如《集杜詩》，前人稱爲「文山詩史」，明人劉定之撰有《文山詩史序》。文天祥《集杜詩自序》也直言其史學價值：「予所集杜詩，自予顛沛以來，世變人事，概見於此矣。是非有意於爲詩者也，後之良史，尚庶幾有考焉。」《集杜詩》第一至第三十九首，記載南宋亡國前夕的重大事件，重點是宋元間的幾場戰事，展示南宋滅亡的具體經過。其中有的内容《宋史》有記載，有的記事缺如，有的雖有簡略記事，但作爲親見、親聞、親歷者的記述，有關的時間、地點、發生發展過程更爲翔實可信。如《鎮江之戰第十八》詩序云：「張世傑率舟師趨金山，約殿帥張彦，自常州陸出京口，揚州兵出瓜洲。三路交進，同日用事。既而揚州失期，先出取敗。常州竟不出。世傑多海舟，無風不能動。江水平，虜以水哨馬，往來如飛，遂以潰敗。嗚呼，豈非天哉！」鎮江之戰是忽必烈實施中間突破戰略滅宋的戰役之一，《宋史》對作戰經過毫無記載，《集杜詩》關於鎮江宋軍潰敗的全過程，記叙十分清楚。又如淮西帥夏貴以全境投降元朝的史實，《宋史·李庭芝傳》僅記寥寥數字：「三月，夏貴以淮西降。」而《淮西帥第二十五》詩序，記載淮西制置使夏貴出於逃避罪責、忌賢害能，置朝廷詔令於不顧，以淮西全境獻元的事實，緣由及過程十分詳明。《集杜詩》第四十至第五十二首，記載並品評宋亡之際陳宜中、張世傑、江萬里、陸秀夫等十二位歷史人物。他們是改朝换代時期的重要見證者，在歷史舞臺上表現各異。作者在詩序中介紹有關鄉貫、官爵等生平資訊，重點記載宋末時段的不同表現，並直言評述，褒貶不一，實爲宋末歷史的補充與詮釋。如蘇劉義、魯淵子、趙昂發三人的生平事蹟，《宋史》無記載，三詩彌補了空白。李庭芝《宋史》雖然有傳，但其爲相時間、「畏怯無遠謀」的個性及「雖無功於國，一死爲不負國矣」的評價，仍有賴《揚州第二十六》《李制置庭芝第四十九》二詩記事。《集杜詩》第五十三至第一百四首，是作者的自傳詩，按詩人生平行踪，記述奉詔勤王至囚禁燕獄的全過程。其中拘押北上的行程，《宋史》本傳僅以「在道不食八日，不死即復食」十餘字，簡述「絶粒首丘」一事，其餘無記載。《集杜詩》則詳記時日，盡悉具體行程。如至元十六年（一二七九）四月二十二日離五羊；五月四日，出梅嶺，至南安軍；六月六日過隆興，十二日至金陵囚邸；八月二十三日，渡江北行；二十六日至揚州；九月九日，至徐州；十二日，至沛縣；十五日至東平府；十七日至高唐州；十八日過平原；二十日至河間府；二十一日至保定府；十月一日抵燕都囚邸等。它與《指南録》北上紀行詩相互映襯，再現文天祥北行的歷史原貌。《集杜詩》第一百五至一百三十八首的故友詩，第一百三十九至一百五十五首的家人詩，詩序對故友金應、張雲、趙時賞、劉沐、彭震龍、鄒潓、劉子俊、鄧光薦、家鉉翁等，詳介字號、籍貫、官職、主要生平事蹟，乃至於主要性格特徵及抗元經歷等，又記載母親、家舅、妻、妹、弟、子、女等家族成員，爲後人研究文天祥交遊、文氏宗族提供寶貴資料。一百五十六首以後的思故鄉、寫本心、歎世道等詩，從一位亡國大臣的心目中，折射出江山易主、家破人亡的歷史投影。總之，《集杜詩》的以序輔詩、詩序結合，强化史詩的實録性。詩序中保存大量原始的宋末史料，可視爲對《宋史》的疏漏作了翔實補充，成爲時人或後人撰寫文天祥傳記、研究宋史的重要依據。明楊士奇《東里文集》卷一〇《跋文山集杜句》云：「信國公《集杜句》二百首，皆在燕獄所作。每首有公自序，其後鄧中齋撰《督府忠義傳》，劉申齋撰公傳，皆有資於此。」《明文衡》卷四七胡廣《書文丞相傳後》，也自稱所撰《丞相傳》「取證於丞相文集」。這一切都是文天祥著述富有史學價值的佐證。

文天祥著述的思想價值，突出表現在弘揚中華正氣文化，建樹起國家危難時期封建士大夫的人格典範。中華正氣文化，淵源於《孟子·公孫丑上》：「我善養吾浩然之氣。」張載、朱熹將孟子的「浩然正氣」引入理學範疇，文天祥《正氣歌》進一步拓展其內涵：「況浩然者，乃天地之正氣也」，「天地有正氣，雜然賦流形。下則爲河嶽，上則爲日星。於人曰浩然，沛乎塞蒼冥。皇路當清夷，含和吐明庭。時窮節乃見，一一垂丹青。」文天祥以爲充溢天地之間的浩然正氣，在國難當頭的正人君子身上，必然會顯示出來。這種堅毅不屈的浩然正氣，是三綱之命、道義之根，而歷史上「時窮節乃見」的忠臣義士，其崇高氣節與完美人格，就是浩然正氣的體現。《正氣歌》將中華正氣文化升華到最高境界，成爲歷代中華兒女崇高民族氣節與强烈愛國精神的思想淵藪與精神動力。

文天祥一生追求浩然正氣，倡行忠義大節。作爲朱熹再傳弟子歐陽守道的門生，他飽受時代理學的熏陶，自許「首陽風流落南國，正氣未亡人未息」（《發吉州》）。於太平世道，他匡扶公平正義，堅守「剛介正潔」，不惜開罪於人；在國難關頭，他勇於擔當，捨生取義，甘願爲國捐軀。文天祥生活的南宋後期，朝政積弱，國勢趨衰，世風日下，朝廷奸臣專權，排斥正士直臣。他雖以狀元入仕，卻因天性剛正，宦途屢遭挫折，其《與朱太博埴》自述：「僕何所得罪於人，乃知剛介正潔，固取危之道。而僕不能變者，天也。」在一個腐敗的官場中，不媚權貴，不事鑽營，不與奸佞小人爲伍，其仕途註定坎坷。寶祐六年

（一二五八），文天祥狀元及第後守父喪期滿，有人勸他上書宰相丁大全求「初官」，他説：「仕如是其汲汲耶！」吉州知州想替他上請於朝廷，他也「力辭謝，得止」（《紀年録》）。開慶元年（一二五九）九月，元軍三路攻宋，京師一片慌亂，宦官董宋臣力主遷都，輿論爲之譁然，衆臣不敢非議，文天祥則「上疏乞斬董宋臣以一人心，以安社稷」（《紀年録》）。景定四年（一二六三）正月，文天祥陞任著作佐郎，董宋臣隨即也重新起用。文天祥《癸亥上皇帝書》重提「以宋臣屍諸市曹」舊事，請求摒退董宋臣。未被採納後，自己辭官請退，經人斡旋後改官瑞州。文天祥就因嫉惡如仇，剛正直諫，屢遭權臣彈劾免官。咸淳元年（一二六五），以「不職」受御史黄萬石彈劾，又被指爲違反禮制，不守孝道，被迫辭官歸鄉。咸淳四年（一二六八），剛上任學士院權直、國史院編修官、實録院檢討官，就被臺臣黄鏞劾奏免官。年底，被任命爲福建提刑，未上任即被御史陳懋欽奏免。咸淳六年（一二七〇）七月任秘書少監，因得罪權臣賈似道，被臺臣張志立奏免，再次回鄉隱居。文天祥初仕的十餘年間，宦海浮沉，嘗遍人世間的苦辣辛酸。然而，他無怨無悔，自甘守拙，不肯改事夤緣。就如他的《賀翁丹山兼憲》所説：「某碌碌不如人，獨有愚憨，不能改其素。」

德祐二年（一二七六），元軍兵臨城下，文天祥臨危受命，以右丞相兼樞密使的身份前往元營談判。他以爲「百萬生靈，立有魚肉之憂……國事至此，予不得愛身，且意北尚可以口舌動也。」（《指南録自序》）在元營，他辭色慷慨，怒斥降將。面對元丞相伯顔的死亡恐嚇，大義凛然地回答：「吾南朝狀元宰相，但欠一死報國，刀鋸鼎鑊，非所懼也！」伯顔聽後吐舌，連聲稱道：「男子！男子！」（劉岳申《文丞相傳》）無奈之下，元軍將文天祥强行扣留。不久，在押解北上途中，文天祥在鎮江成功脱逃，繼而扶後主，組織軍隊堅持抗元。南劍開府後，移屯漳州，轉戰梅州，進軍江西贛州，又轉戰廣東，直至五坡嶺被俘，百折不撓，奮鬥不息。崖山之戰前，元將張弘範强令他招降宋將張世傑。文天祥説：「我自救父母不得，乃教人背父母，可乎？」並賦《過零丁洋》詩以明志，當讀到「人生自古誰無死，留取丹心照汗青」的詩句，張弘範自慚形穢，讚嘆「好人！好詩！」不得不放棄逼降。囚於燕獄時，元朝統治者先後派降相留夢炎和降君趙㬎等勸降，都被文天祥嚴辭拒絶。無論是以相位誘降，還是以死亡脅迫，文天祥都不爲所動，可謂富貴不能淫，威武不可屈。元將又曾以骨肉之情動摇其意志，面對妻妾兒女的悲慘處境，他斬釘截鐵地回答：「欲了男兒事，幾無妻子情。」（《己卯十月一日至燕越五日罹狴犴有感而賦一十七首》其十六）表達以身許國而不徇兒女私情的守節之志。最終元帝忽必烈親自召見，許以大用，而早已鐵心殉國的文天祥説：「一死之外，無可爲者！」（劉岳申《文丞相傳》）並從容走向刑場，英勇就義，踐行孔孟主張的「殺身成仁」「捨生取義」。

文天祥的一生，感恩朝廷厚愛，矢志獻身報國，自云「偶遭際於聖明，獲僥倖於科第」（《謝丞相》），又説：「國亡不能救，爲人臣者，死有餘罪，况敢逃其死而二其心乎！」（鄧光薦《文丞相傳》）他用實際行動踐行自己的諾言，終生以復興趙宋大業爲己任，雖百死一生，不改初衷。後來即便明知宋室匡復無望，也堅持「盡人事，待天命」，「知其不可爲而爲之」。宋亡之後，矢志不事二主，决心爲國捐軀。文天祥的處世之道，在日常生活中的表現，就是正直不阿，守護公平正義；在國家危亡時刻，就是擔當道義，勇於爲國捐軀。如同歐陽修的剛正直道，堅持文化創新，爲太平世道的封建士大夫樹立人格範式一樣，文天祥的忠節正氣，慷慨取義成仁，爲國家危難時節的封建士大夫建樹起另一種人格典範。《四庫全書總目·寶祐四年登科録》提要稱道説：文天祥「以孤忠勁節，搘拄綱常。數百年後，睹其姓名，尚凛然生敬」。在我國歷史上，國家民族每到最危險的時候，都有無數的志士仁人效法文天祥禦侮救亡，以身許國，爲民族爲國家慷慨捐軀。這正是文天祥著述的思想價值所在。

文天祥著述的文學價值，突出地表現在重振文壇陽剛風氣，塑造出忠君愛國的民族英雄形象。宋金對峙的南宋後期，社會相對安定，統治者偏安享樂，士人冷漠麻木，文壇盛行江湖詩派、格律詞派、理學派等文風。文人士大夫或厭惡仕途、企羡隱逸；或注重聲律，講究辭藻；或闡發義理，空談性情，文學創作的大體傾向是與當下政治不合作，與現實生活相乖離。文天祥的詩文迥然不同，尤其是後期著述，宗唐風，學杜詩，一反萎靡文風，真實反映社會現實，抒寫可歌可泣的抗元鬥爭，表現「扶顛持危」「挽狂瀾於既倒」的英雄氣概，並在詩文著述中藝術地展現自我，塑造出具有理想英雄人格的抒情主人公形象。

文天祥的前期著述，受時尚江湖派的影響，多是應付索求的題贈，或是華麗工整的酬唱，表述文人士大夫的處世心態、文化精神與人生意趣。其中多有草率平庸之作，但也不乏感懷言事、憂國傷時的豪放之音。如狀元試題《御試策》，闡述「法天地之不息」理念，揭露朝廷内外民政、吏治、軍事、財務等種種弊端，針鋒相對地提出一系列改革措施，表達經世濟民的宏偉抱負。《宋史·文天祥傳》記載此卷被主考官王應麟譽爲「古誼若龜鑑，忠肝如鐵石。」奏疏《己未上皇帝書》《癸亥上皇帝書》等，直言强諫，爲民請命，堅定地站在抗元禦侮立場上，怒斥奸相賈似道、宦官董宋臣等，可謂義正詞嚴，理直氣壯，洋溢著凛然正氣。《與朱太博埴》《賀吴丞相革》等書啓、《擬進御筆》等制誥，直言不諱，褒善貶惡，字裏行間透射出鐵肩擔道義的崢嶸之光。此外，前期詩文警句「臣忠憤激發，叩閽上疏，乞以宋臣屍諸市曹，以謝生靈荼毒之苦」（《癸亥上皇帝書》）、「挑燈看古史，感淚縱横發」（《山中感興三首》其二）、「何日洗兵馬，車書四海同」（《題黄岡寺次吴履齋韻》）、「終有劍心在，聞鷄坐欲馳」（《夜坐》）、「山中世已驚東晉，席上人多賦晚唐」（《山中》）、「桑弧未了男子事，何能局促甘囚山」（《生日和謝愛山長句》）等，意氣慷慨，聲韻鏗鏘，抒寫的正是壯志豪情。前期詩歌代表作《題碧落堂》，更是盡情傾吐受斥外放的苦悶、報國無門的憂憤，尾聯「近來又報秋風緊，頗覺憂時鬢欲斑」，對元軍南侵、邊境報警的國事憂心如焚，展示「身在江湖，心存魏闕」的高遠之志。此外，前期詩文中「其聲如疾風暴雷，轟豗震盪而不可禦」（《文山觀大水記》）、「明月嬋娟千里夢，扁舟汗漫五湖遊」（《和蕭秋屋韻》）、「夢與千年接，心隨萬里馳」（《病中作》）等文句，意象浩大恢廓，彰顯雄健豪邁的藝術境界，與作者剛健豪放的内心世界互爲表裏。諸如此類的豪言壯語，在前期詩文中雖然數量不多，卻也格外引人注目。《四庫全書總目·文山集》提要云：「天祥平生大節，照耀古今，而著作亦極雄贍，如長江大河，浩翰無際。其廷試對策及上理宗諸書，持論剴直，尤不愧肝膽如鐵石之目。」它所例舉的，就是文天祥的前期著述中的豪放之作。這種豪放之作與後期詩文的雄放基調一脈相承，爲後期詩文的現實主義風格作出鋪墊。

文天祥的後期詩文，由於元军南侵造成國破家亡的嚴酷現實，加之飽經喪亂之後的淒涼心緒，以及南冠楚囚的悲慘境遇，詩文飽含辛酸苦痛，多有「血」「淚」等字眼。如「當年嚼血灑銅駝，風氣悠悠若奈何」（《自述》其一），「身欲奮飛病在牀，時獨看雲淚沾臆」（《胡笳曲十八拍》其四），「經營十日苦無舟，慘慘椎心淚血流」（《得船難》），「男子鐵心無地著，故人血淚向天流」（《求客》），「諸老丹心付流水，孤臣血淚灑南風」（《哭崖山》）等，真是字字血淚，沉鬱悲涼。然而，文天祥的剛直稟性，錚錚鐵骨，任何艱難困苦摧不垮，著述中的咽淚啼血，决非乞哀告憐，而是憤怒的控訴，是不屈的抗爭，悲慘中透見豪壯，悽愴中蘊含雄放，悲愴之聲卻給人們以鼓舞和振奮。《指南録自序》《指南録後序》等文，回顧脱逃南奔途中的危難艱辛，痛定思痛，泣血傾訴，語言激越蒼勁，格調慷慨高昂，撼人心魄，彰顯陽剛之美。八十餘韻的《高沙道中》，叙述逃亡路上顛沛流離的艱險情狀，直言敷陳，一韻流轉，卻是筆力遒健，氣勢磅礴。被捕後拘押北上的詩歌，也顯現遒勁雄放之風。如《出廣州第一宿》「一樣連營火，山同河不同」、《贛州》「江山不改人心在，宇宙方來事會長」、《發吉州》「英雄扼腕怒鬚赤，貫日血忠死窮北」、《隆興府》「半生幾度此登臨，流落而今雪滿簪」、《金陵驛二首》其一「從今别卻江南日，化作啼鵑帶血歸」，其中國破與家亡的憂憤，身家與民生的悲苦，以及歷史興亡的感慨，交織成一曲悲愴的歌吟，交融著英雄氣概與家國情懷，滲透著剛正之氣與赤子之心，大義凛然，氣吞山河，振奮並鼓舞過無數愛國志士。後期詩文中，諸如此類的警句比比皆是。如「生無以救國難，死猶爲厲鬼以擊賊」（《指南録後序》）、「孔曰成仁，孟曰取義，惟其義盡，所以仁至，讀聖賢書，所學何事？而今而後，庶幾無愧」（《紀年録》）、「不是謀歸全趙璧，東南那個是男兒」（《真州雜賦》其七）、「臣心一片磁鍼石，不指南方不肯休」（《揚子江》）、「人生自古誰無死，留取丹心照汗青」（《過零丁洋》）等，文句洪亮而雄渾，給人以震撼感，其浩然正氣與磅礴氣勢，足以使頑廉而懦立。透過這些陽剛盎然的詩文，我們可以感受到作者堅貞而執著的愛國精神，堅韌而頑强的戰鬥意志，堅定而剛毅的報國信念，一位正氣浩然、忠君愛國的民族英雄形象浮現在眼前。

雄放是文天祥後期著述的主體風格。在南宋末期的滄桑巨變中，在江湖派、理學派文風盛行之時，文天祥慷慨陳詞，豪邁放歌，其詩文以深沉的思想内涵，震撼人心的精神氣質，重振文壇陽剛之風，爲宋代文學譜寫了高昂而悲壯的最後一支樂章。《四庫全書總目·文山集》提要引明長谷真逸《農田餘話》説：「宋南渡後，文體破碎，詩體卑弱……時人漸染既久，莫之或改。及文天祥留意杜詩，所作頓去當時之凡陋，觀《指南》前後録可見，不獨忠義冠於一時，亦斯文間氣之發見也。」讀文天祥自傳性的後期詩文，令人感發激奮。而隨著作者抗元經歷的逐漸展開，及其心路歷程的發展變化，一個鮮明的抒情主人公的形象呼之欲出。這個活生生的忠君愛國的民族英雄形象，是詩人的自我寫照，更是文天祥對中國文學史的突出貢獻。

本書由劉德清負責編輯、標點、分段、輯佚，劉菊萍、劉德清負責校勘校對，劉菊芳參與前版的編輯、輯佚與校勘、校對。此次整理精選底本，盡力吸收《四部叢刊》、世界書局、中國書店、《全宋詩》、《全宋文》整理者以及熊飛、劉文源等學界先輩的學術成果，旨在爲當下的中國人提供一部民族英雄文天祥詩文全集的新時代整理本。文天祥前期著述古奥精深，後期詩文版本複雜，加之學海無涯，點校者才識有限，書中疵漏在所難免，敬祈海内外方家及各位讀者不吝賜正。

凡例

一、本書以明萬曆三年（一五七五）廬陵胡應皋福建邵武刻本（簡稱胡本）爲底本。本次整理改原書二十卷爲二十二卷：其中前十七卷基本遵依舊編，只作點校，不改篇次，其「目録」則以底本正文標題爲依據，不照録原目録；原卷之十八《拾遺》僅輯短文三篇，今增爲兩卷，其中《拾遺·詩》一卷，《拾遺·文》一卷；原卷之十九、二十《附録》，今合爲一卷，另新增兩卷。新增「附録」，基本遵依原編順次。

二、用於本書通校的有：明嘉靖三十九年（一五六〇）張元諭刊刻的《文山先生全集》二十卷（簡稱「元諭本」），清乾隆年間纂輯的《四庫全書·文山集·文信國集杜詩》（簡稱「四庫本」），清道光二十五年（一八四五）文柱刊刻的《重刊文信國公全集》（簡稱「文柱本」），附民國九年（一九二〇）胡思敬重印本校勘記（簡稱「胡思敬校」）。

三、主要的參校本有：明景泰六年（一四五五）韓雍、陳价刊刻的《文山先生文集》《别集》《附録》二十六卷（簡稱「韓本」），明天順三年（一四五九）文珊刊刻的《集杜句詩》四卷（簡稱「文珊本」），明嘉靖三十一年（一五五二）鄢懋卿、甯寵刊刻的《文山先生全集》二十八卷（簡稱「鄢本」），明崇禎三年（一六三〇）鍾越刊刻的《宋文文山先生全集》二十一卷（簡稱「鍾本」），明崇禎四年（一六三一）張起鵬刊刻的《新刻宋文丞相信國公文山先生全集》二十卷（簡稱「張本」），清雍正三年（一七二五）文有焕刊刻的《廬陵宋丞相信國公文忠烈先生全集》十六卷（簡稱「有焕本」），清道光二十三年（一八四三）邱曰韶刻、光緒十三年（一八八七）周少耘重印的《廬陵宋丞相信國公文忠烈先生全集》十六卷（簡稱「周本」），清同治七年（一八六八）楚醴景萊書室校刊的《文信國公集》二十卷（簡稱「景室本」），清光緒六年（一八八〇）刊刻的《指南後録》、清宣統二年（一九一〇）范褘刊刻的《文山別集》十四卷（簡稱「別集本」），民國二十四年（一九三五）上海商務印書館鉛印《萬有文庫》本《文山先生全集》二十卷（簡稱「萬庫本」），民國十八年（一九二九）至二十九年（一九四〇）上海商務印書館《四部叢刊》初編集部影印明刻本《文山先生全集》二十卷（簡稱「叢刊本」），民國二十六年（一九三七）吉安劉峙刊刻的《文信國公全集》十八卷（簡稱「民國本」）。此外，還參校《宋詩紀事》《宋詩鈔》《宋詩鈔補》《江西詩徵》，宋謝翱《天地間集》，劉瑄《詩苑衆芳》，元劉壎《隱居通議》，明謝肇淛《北河紀餘》，清孫承澤《天府廣記》以及《永樂大典》《詩淵》等，還有《江西通志》《文氏通譜》等方志和族譜。

四、本次整理除校勘外，對底本重作標點、校勘、輯佚，劃分文章段落，撰寫「校勘記」。爲維持原書原貌，長幅詩題一仍其舊。只對組詩未標識序號者，一律添加序號。

五、凡底本錯而別本對，正誤明顯者，予以改正，並出校記；底本與別本互爲異文，一般不予改正，只在校記中説明。底本對而別本錯，或底本明顯優於別本者，一般不出校。

六、同義字、通假字，皆出校記；避諱字，予以訂正並出校；異體字就原文徑改，一般不出校。

七、書中引文，凡與原著出入顯著者，出校予以説明。

八、凡底本所無之詩文，由後人陸續發現而輯入別本者，在《拾遺》中予以增補，並在文末注明出處，或稍加辨正。二十世紀八十年代以後，各種書報雜志所載文天祥「佚詩」「佚文」，大都出自家譜方志類文獻。鑑於古來常有冒名作文者，凡新增佚詩文，從嚴擇録，以戒僞濫。

目録

卷一

詩

卷二

詩樂府并詞附

卷三

對策

封事

內制

卷四

表箋

疏

申省狀

卷五

書

卷六

書

卷七

啓

卷八

啓

卷九

記

序

卷十

題跋

贊

銘

辭

說

卷十一

講義

行實

墓志銘

祭文

祝文

卷十二

樂語

上梁文

海船……六三七
發通州……六三七
石港……六三八
賣魚灣……六三九
即事……六三九
北海口……六四〇
出海……六四〇
漁舟……六四一
揚子江……六四一
使風……六四一
蘇州洋……六四二
過揚子江心……六四二
入浙東……六四二
夜潮……六四三
亂礁洋……六四三
夜走……六四四
緑漪堂……六四四
過黄巖……六四五
至温州……六四五
長溪道中和張自山韻……六四五
和自山……六四六
林附祖……六四七
呈小村……六四八
二月晦……六四八
有感呈景山校書諸丈……六四九
即事……六四九
所懷……六五〇
自嘆……六五〇

補遺

題蘇武忠節圖有序……六五一

卷十四

指南後録

過零丁洋……六五三
元夕……六五四
懷趙清逸……六五四
二月六日海上大戰國事不濟孤臣文天祥坐北舟中向南慟哭爲之詩曰……六五五
又六噫……六五六

拾遺

卷十五

吟嘯集

卷十六

集杜詩

卷十七

宋少保右丞相兼樞密使信國公文山先生紀年録

卷十八

拾遺

卷十九

拾遺

卷二十

附録一

卷一

詩

次鹿鳴宴詩時提舉知郡李愛梅迪舉，送弟璧同薦

禮樂皇皇使者行，光華分似及鄉英。貞元虎榜雖聯捷，司隸龍門幸綴名。二宋高科猶易事，兩蘇清節乃真榮。囊書自負應如此，肯遜當年禰正平！

集英殿賜進士及第恭謝詩

於皇天子自乘龍，三十三年此道中。悠遠直參天地化，昇平奚羡帝王功？但堅聖志持常久，須使生民見泰通。第一臚傳新渥重，報恩惟有厲清忠。

御賜瓊林宴恭和詩壬戌，以秘書省官與宴〔一〕

奉詔新彈入仕冠，重來軒陛望天顔。雲呈五色符旗蓋，露立千官雜珮環。燕席巧臨牛女節，鸞章光映壁奎〔二〕間。獻詩陳雅愚臣事，況見〔三〕賡歌氣象還。

【校記】

〔一〕與宴　原作「南宴」，誤。據韓本、鄒本、元諭本、張本、四庫本改。

〔二〕壁奎 原作「璧奎」，誤。據四庫本改。
〔三〕況見 四庫本作「況是」。

明堂慶成恭進詩

於皇藝祖德乘乾〔一〕，聖主宣光奕葉前。運再〔二〕庚申皇建極，祀同〔三〕癸亥數參天。中嚴外辦〔四〕三千禮，累洽重熙四十年。願贊帝心長對越，至忱功用貫垓埏。

【校記】

〔一〕德乘乾 四庫本作「得乘乾」。
〔二〕運再 鄢本作「運在」。
〔三〕祀同 有煥本作「祝同」。
〔四〕外辦 原作「外辨」，誤。據韓本、鄢本、四庫本改。

敬和道山堂慶瞻御書韻

墨灑天奎映籀紅，斯堂殿閣與俱隆。方壺圓嶠神仙宅，温洛滎河〔一〕造化工。列聖文章千載重，諸孫聲氣一時同。著庭更有邦人筆，稽首承休學「二忠」。著作之庭，乃胡忠簡公書，周文忠公立。

【校記】

〔一〕滎河　韓本、鄢本作「滎河」。

次韻劉左司前以著作郎主秘書省營繕事時落成適潘秘丞得郡樵李並餞行有詩〔一〕

蓬壺日月四時春，金碧新來絢帝宸。俎豆幸陪麟省雋，衣冠中有虎符新。詩餘和氣生談麈，坐久風光入醉茵。多謝蘭臺舊盟主，好歸群玉領儒珍。

【校記】

〔一〕詩題三十三字　四庫本作「劉左司前以著作郎主秘書省營繕事落成時適潘秘丞得郡樵李並餞行有詩次韻」。

秘省再會次韻

蓬萊春宴聚文星，多荷君恩錫百朋。四座衣冠陪賀監，一時梁棟盛吴興。圖書光動青藜杖，人物温如古玉升。好是木天新境界，螢窗容我種金燈。古玉升，見隋《律曆志》。

送曹大著知廣德軍

暫屈瀛洲客，來臨汭水民。山川歸史記，岳牧屬詞人。館舍朋簪舊，都門祖帳新。儒林官可紀，何止吏稱循〔一〕！

【校記】

〔一〕何止吏稱循　韓本、鄒本、四庫本作「何止吏稱循」、《宋詩鈔補》作「何吏吏稱循」。

贈秘書王〔一〕監丞

君不見秘書外監賀放翁，《鏡湖》一曲高清風。又不見太子師傅兩疏氏，東門祖帳羅群公。人生晚節良不易，頹波直下誰障東？使人知有在我者，一二君子爲有功。我公金華山下住，赤松安期白雲處。風骨細瘦真神仙，急流勇退不肯顧。我昔山中想風采，幾回擊節歸田疏！適來追陪水蒼佩，親見辭歸白雲路〔二〕。御筆擢公領蓬山，師表玉立東宫官。兩年苦口一去字，未許鷗鷺從公閑。瑶池深深鎖策府，玉皇〔三〕宫闕僑其間。暫分赤符管下界，半空雲氣常往還。多少持麾辭上國，悠悠風塵見此客。莫作尋常太守看，疏賀以來偉人物。夜瞻婺女次舍中，一點光明射南極。公歸眠食重調護，世道尚憑公氣力。

【校記】

〔一〕王　原作「玉」，誤。據韓本、鄒本、元諭本、張本、四庫本、叢刊本改

〔二〕白雲路　韓本、四庫本作「白當路」。

〔三〕玉皇　原作「王皇」，誤。據韓本、鄒本、張本、元諭本、四庫本改。

贈莆陽卓大著順寧精舍三十韻〔一〕

人生天地間，一死非細事。識破此條貫，八九分地位。趙岐圖壽藏，杜牧擬墓志。祭文潛自撰，荷鍤伶常醉。此等蜕浮生，見解已不易〔二〕。《齊物》《逍遥遊》〔三〕，大抵蒙莊意。聖門有大法，學者必孔自。知生未了了，未到知死地。原始則返終，終始本一致。後來得《西銘》，精蘊發洙泗。吾體天地塞，吾氣天地帥。一節非踐形，終身莫繼志。舜功禹顧養，參全穎〔四〕錫類。伯奇令無違，申生恭不貳。聖賢當其生，無日不惴惴。彼豈不大觀，何苦勤興寐？吾順苟不虧，吾寧始無愧。人而有所忝，曠達未足智。卓哉〔五〕居士翁，方心不姿媚。蒙譏以去國，七年無怨懟。風雨三間茅，松楸接蒼翠。斯丘〔六〕亦樂哉，未老先位置。宇宙如許大，豈以爲敝屣。當其歸去來，致命聊自遂。天之生賢才，初意豈無爲！民胞物同與，何莫非己累？君方仕於朝，名高貴所萃。乾坤父母身，方來日川至。《西銘》一篇書，順事爲大義。請君觀我生，姑置末四字。

【校記】

〔一〕詩題十三字　韓本、四庫本作「題莆陽卓大著順寧精舍三十韻」。

〔二〕已　原作「巳」，誤。鑒於古代板刻「已」「己」「巳」多混用，以下徑改，不出校記。

〔三〕逍遥遊　原作「逍遥游」，誤。據韓本、張本、四庫本改。

〔四〕穎　韓本、鄭本、元諭本、張本作「頴」，四庫本作「穎」。

〔五〕卓哉　《宋季忠義録》卷八《卓得慶傳》作「卓氏」。

〔六〕斯丘　韓本、鄭本、四庫本作「斯立」。

送卓大著知漳州

蓬山〔一〕隔風雨，芸觀司陽秋。厭作承明直，出爲漳浦遊。問俗便桑梓，過家拜松楸。錦堂事相儷，棠舍陰易留。向來瀾蠡間，何物輒負舟？翻覆十年事，行止隨坎流。倘來豈不再，遲取終無尤。太守執此往，邦人庶其瘳。昔予援《西銘》，期子以前脩。願覿弘濟學〔二〕，四海放一舟。

陸氏登三閣，源明出一麾。清聲光漳浦，便道拜長基。赤子歌來暮，同寅賦去思。《西銘》功用大，竚驗順寧詩。

大陸登三閣，源明出一麾。臨軒親策後，上塚過家時。秋色吴山外，春風漳水涯。斯文交獨厚，羌賦送行詩。此初詩也，不及用，今附見此。

【校記】

〔一〕蓬山　有焕本作「蓬生」。

〔二〕弘濟學　有焕本、四庫本等清刻本作「宏濟學」，或作「弘」字缺筆。

和蕭安撫平林送行韻逢辰，字應父。樞密檢詳，江西安撫

得失元來付塞翁，何心桃李問東風。人皆有喜榮三仕，我尚無文謝五窮。秘苑固知朋可正，畏途猶恐甲方衷。欲酬長者殷勤祝，坎止流行學「四忠」。

和朱衡守約山韻渙，字行父。大理寺丞

昔人一出正朋字，今我慚非行秘書。人樣相看頤元祐，詩章甚雅突黄初。競言汲戇〔一〕猶須復，或謂顏愚亦可如。把酒對花姑勿論，春行後長莫妨徐。

【校記】

〔一〕汲戇　韓本、鄒本、四庫本作「汲黯」。

題玄潭觀〔一〕雪浪閣用誠齋韻

棄官學道勾山許，學到至人本無怒。赤子蠘蠘如魚頭，不堪妖孽腥上流〔二〕。鉗鍵長潭鐵樹〔三〕立，摩挲穹石寶劍濕。當時豈忍如是觀，毒流不可開眼看，英風凜凜萬古寒。

【校記】

〔一〕玄潭觀　有煥本、四庫本等清本「玄」作「元」，或缺筆。

〔二〕腥上流　有煥本作「星上流」。

〔三〕鐵樹　四庫本作「鐵柱」。

玄潭觀和龔宰韻

晉代何曾谷此陵，到今樓觀隱居亭〔一〕。幻成鷗鷺乾坤闊，淘盡〔二〕魚龍雲水腥。仙有神功參造化，人將故事入丹青。我來欲去長橋孽，祠下徘徊夜乞靈。

【校記】

〔一〕亭　韓本、鄢本、四庫本作「停」。

〔二〕淘盡　原作「陶盡」，誤。據韓本、四庫本改。

送朱制幹象祖

一官聲漫〔一〕任如何，屢疏箋天氣不磨。宋祚萬年陳大計，周圖五字訂前訛。重尋范老憂時箸，旁竪文公衛道戈。投匭近年殊不少，有人説似此君麽？

【校記】

〔一〕聲漫　韓本、元諭本作「聱漫」，鄢本、有焕本作「贅漫」；四庫本作「聱漫」。

送三山林溶孫歸省

束書遊京師，孤雲瞻太行。辭歸慕何蚤，捨養殊歐陽。山林乾坤静，菽水日月長。好味諸公詩，勝讀寒泉章。

京城借永福寺漆臺口占似王城山名孟孫，字長翁，後太常丞〔一〕

心如明鏡臺，此言出浮屠。後來發精義，并謂此臺無。此臺已是贅，何况形而器。圓釋〔二〕正超然，點頭會意思。多謝城山翁，一語迎禪鋒。顧我塵俗人，與物方溶溶。

【校記】

〔一〕後太常丞　胡思敬校：「太」前有「官」。

〔二〕圓釋　有焕本作「圖釋」。

景定壬戌司户弟生日有感賦詩

夏中與秋仲，兄弟客京華。椒柏同歡賀，萍蓬可嘆嗟。孤雲在何處，明歲却誰家〔一〕？料想親幃〔二〕喜，中堂自點茶。

【校記】

〔一〕誰家　韓本、四庫本作「爲家」。

〔二〕親幃　韓本、四庫本作「親闈」。

梅

一

梅花耐寒白如玉，干涉春風紅更黄。若爲司花示薄罰，到底不能磨滅香！

二

香者梅之氣，白者梅之質。以爲香不香，鼻孔有通窒。我有天者在，一白自不易。古人重伐木，惟恐變顔色。《大雅》久不作，此道豈常息！詩翁言外意，不能磨滅白。

暑布送王廷舉用蕭敬夫韻

一

平生涼薄資，埏陶誤大窑。誰知此石怪，愈沃乃愈焦。崑崘織火鼠，頓易鶉衣飄。榮我絲蘿附，免此蒲柳凋。服之雪漫白，長袂風摇摇。表之以霧縠，緣之以煙綃。振衣從姬滿，佩玉遊西瑶。

二

高人不煙火，跳出天地窑。掀然立千仞，塊視金與焦。香袂拂雪〔一〕冷，紫髯逐風飄。摩挲雲冥〔二〕樹，豈隨群卉凋！但知仙骨輕，不學倒影摇。人間盡描貌，妙不在生綃。揭斗斟天漿，霞衣却瓊瑶。

【校記】

〔一〕拂雪　四庫本作「佛雪」。

〔二〕雲冥　四庫本作「冥雲」。

題陳國秀小園

一

席地自乾坤，半樹閱今古。池館豈不寬，每换牡丹主。園公非隴傭，獨捎占春風。弄影不在多，臭香〔一〕知乃翁。

二

長鶴展輕翮，遠棲松桂林。故宇入清夢，盤盤亦苦心〔二〕。中林風月賒，十畝團幽陰。林下有奇士，繞樹從之吟。

【校記】

〔一〕臭香　韓本、四庫本作「嗅香」。

〔二〕亦苦心　《宋詩鈔補》作「入苦心」。

題静山

地得一以寧，凝然者卷石。嵁巖及培塿，異形不異質。古之能定者，悟此爲一極。春榮秋以悴，一歲百態出。「鳥鳴花落」句，此意誰與詰？所以尼丘人，仁智不廢一。萬象此緯經，死灰彼何物？明發此乎遊，參入觀水術。

贈拆字嗅衣相士

一

水火坎離紫陽怪，滑波皮骨長坡駭。解州得解解中膠，費家卦鋪〔一〕同一解。唫字從金詩反窮，貝何爲分田何同？黄絹幼婦我自樂，竹犬多事鴉鶴翁。

二

阿英薰蒸透肌理，不潔未蒙好西子。芙蓉浪中薔薇水，蘇合蜣蜋忘彼己。馬嵬新韈鉤新月〔二〕，腥臊千年天地裂。是間曾著鼻孔麽？梅香竇臭無如何。

【校記】

〔一〕卦鋪　原作「封鋪」，誤。據韓本、鄒本、元諭本、張本、有焕本、四庫本改。

〔二〕鉤新月　原作「釣新月」，誤。據韓本、四庫本、文柱本、景室本改。

贈閭丘相士

急流勇退識真矐，昔有麻衣撥地爐。我亦愛君雲水趣，莫言雷雨趄江湖〔一〕。言余遇水則發，故云。

【校記】

〔一〕趄江湖　鄢本、元諭本、張本作「起江湖」。

贈神目相士

道茂數遁甲，長房得役鬼。風鑑麻衣仙，地理青烏子。擇術患不精，精義本無二。奇哉夢筆生，能魚掩前氏。

贈鏡湖相士

五月五日揚子江心水，鑄作道人雙瞳子。吾面碟子大，安用鏡照二百里？

贈秋月葉相士

急流勇退神仙，跛鼈龍鐘將相。借問華山山中，何似天津橋上？

贈曾蘭谷相士

許負眼，禰衡口。巧言甘，莠言醜。

贈月洲相士

月洲月眼閱人多，且道西州事若何。朱紫貴人皆好命，不知中有孔明麽。

贈劉矮跛相士

一

鍊石爲形，鏗金爲音。世方好圓，癡守方心。陰陽絪緼，人一氣質。善惡之微，證於聲色。意所欲發，雖吾不知。彼美子劉，洞其先幾。骯髒難合，今世道病。如子所言，生禀已定。戇夫勇士，往往一偏。以視妾婦，豈不猶賢！洪範德三〔一〕，二曰剛克。會其歸其，好是正直。學問工夫，氣質用微。汝能觀形，安知其餘？子術已定〔二〕，吾情已成。子執子術，吾安吾情。

二

媻姍三尺軀，舉止如不揚。瞻視照肝膽，音吐何琅琅！君看水中梟，不及鶴脛長。昔聞夔憐蚿，未聞一足僵。萬物各自適，形色安足量？子言良有理，與子持酒漿。

【校記】

〔一〕德三　原作「得三」，誤。據韓本、張本、四庫本改。

〔二〕「子術已定」以下四句　韓本、鄢本、四庫本另起一行，獨爲一詩。

贈梅谷相士

當年壽陽額，春風點顔色。後來廣平腸，冰雪峙氣骨。世人識花面，識花還自淺。花有歲寒心，清貞〔一〕堅百煉。君家在梅谷，自詭知梅熟。須得花性情，不假花頭目。莫説和羹事，花被和羹累。突兀煙水村，我梅自林氏。

【校記】

〔一〕清貞　四庫本作「清真」。

贈碧眼相士

蒼蒼垂天雲，靈照行下土。秋江浸草木，魚蝦歷可數。眉山老麻衣，偷入此阿堵。色界只點頭，從人道吾瞽。

贈鏡齋徐相士

鄒忌不如〔一〕徐公美，引鏡自窺得真是。門下食客纔有求，昏昏便與妻妾比。徐家耳孫卻不然，自名一鏡京師市。世人無用看青銅，此君雙眼明秋水。君以無求遊公卿，勿令此鏡生瑕滓。堞子大面〔二〕何難知，從今光照二百里。

【校記】

〔一〕不如　元諭本作「不知」。

〔二〕大面　原作「太面」，誤。據韓本、鄒本、四庫本、文柱本、景室本改。

贈鑑湖相士

瘦竹凌風弄碧漪，山光雲影共熹微。月黄昏裏疏枝外，認取半天孤鶴飛。

贈趙神眼

一條一褐髯如鐵，神爲秋水眼爲月。欲從壺子覓三機，劍首終然吹一吷。

贈桂巖楊相士

榮悴紛紛未可期，夕多未振已朝披。得剛〔一〕難免於今世，行好須看有驗時。萱晝堂前惟有母，槐陰庭下豈無兒！好官要做無難做，身後生前是兩歧〔二〕。

【校記】

〔一〕得剛　《宋詩鈔》作「德剛」。

〔二〕兩歧　韓本、鄒本、元諭本、張本、四庫本作「兩岐」。

宣州罷任再贈〔一〕

貧賤元無富貴思，泥塗滑滑總危機。世無徐庶不如臥，見到淵明便合歸。流落丹心天肯未〔二〕，崢嶸青眼古來稀。西風爲語巖前桂，若更多言卻又非。

【校記】

〔一〕宣州罷任再贈　一作「宣州罷任再贈桂巖楊相士」。

〔二〕天肯未　《寧國府志》作「天未肯」。

贛州再贈〔一〕

此别重逢又幾時，贈君此是第三詩。衆人皆醉從教酒，獨我無爭且看棋。凡事誰能隨物競，此心只要有天知。自知自有天知得，切莫逢人説項斯。

【校記】

〔一〕贛州再贈　《贛州府志》詩題下多「桂巖楊相士」五字。

贈彭别峰太極數

手把先天已後書，當來一畫本全無。白雲山下泠泠水，自在人間《太極圖》。

贈黄生銀河數

乘槎人從天上來，天上知有君平術。黄生能談君平書，不知曾認支機石。

贈楊樵隱應炎談命

莘郊一介，堯舜君民。薇山一難，百世忠清。富春釣叟〔一〕，涕洟雲臺。終南遁士，仕宦梯媒。是數公者，俱以隱名。木石一跡，霄淵異情。九華山人，賣樵江湖。請算世間，幾種樵夫？

【校記】

〔一〕釣叟　原作「耕叟」，誤。據景室本及《御選宋金元明四朝詩·御選宋詩》改。

贈葉大明

大明標榜葉氏子，自稱後村門下士。誤言木吉孛爲災，後村曾發一笑來。其師流傳説如此，寧知禍福乃不爾。犀腰貂首徒勞人，甘藜豢藿無苦辛。我生有命殊六六，木孛循環相起伏。袖中莫出將相圖，盡洗舊學讀吾書。

贈舒片雲

麻源謫仙人，噓呵成陰陽。向來懷袖間，冉冉天孫裳。一夕大雷電，六丁下取將。仙人乘風來帝鄉，又從膚寸起飛揚。仙術亦如此，天機神翕張。有時行渾天，周遊十三萬里强。往來仙馭不可韁，正恐問命人，望氣蓬萊隔渺茫。

贈彭神機

挽强二石徒碌碌，學到穿楊精藝熟。百發百中無虛弦，百中一跌〔一〕前功辱。彭君絶識透黄間，不師逢羿〔二〕師珞琭。天度三百六十强，一算不容失正鵠。吾聞天機難語人，往來了了拈衆鏃。君姑藏用凝於神，矢口莫輕談禍福。

【校記】

〔一〕一跌　有煥本、文柱本、景室本作「一失」。

〔二〕逢羿　原作「逢弄」，誤。據韓本、鄢本、元諭本、四庫本改。張本作「逄羿」。

贈劉忠樸

檻〔一〕何爲折劍何借，鬚肯爲拂糞肯嘗？馬公布衾王公飯，石家錦障丁家香。忠邪佞邪〔二〕兩無定，一琱一璞異其性。忠樸先生躔法高，古今四者豈關命！五九六餘能善惡，鐵算不是并州錯。便從忠樸問如今，忠果誰忠樸誰樸？

【校記】

〔一〕檻　原作「檻」，誤。據韓本、鄢本、四庫本改。

〔二〕忠邪佞邪　有煥本作「忠耶佞耶」。

贈金稱

我有一叢籬下花，黃金滿眼無人拾。夜看璇璣度玉衡，猿啼雨外青山濕。

贈余月心五首

一

月之所在謂之身，朝市山林幾樣人？靜看一輪如此潔，莫將身著軟紅塵。

二

我生之辰月宿斗，如何謗譽由箕口。月明只合醒眼〔一〕看，斗亦何須挹漿酒？

三

月比於人歷世多，纔圓又缺幾消磨？只因受用長生藥，嗟爾死蛙如月何！

四

一種黄州月，曹蘇善惡幾。吾磯連月釣，此月是邪非？

五

子心月其明，子術星之數。爲月詰衆星，不知何以故。

【校記】

〔一〕醒眼　四庫本作「酌眼」。

贈涂內明

老云五色令人盲，面壁不視佛慧生。彼皆去眼絶人僞，孰知涂者出天成？有口能談貴人命，有耳能聽貴人聲。此中一片光明藏，嗜欲淺處天機深。

贈一壺天李日者

汝南市人眼，壺小天地大。誰知賣藥翁，壺寬天地隘。李君血肉身，大化中一芥。天度三百餘，滿腔粲蓍蔡。仙翁以過謫，長房以術敗。造化多漏泄，鬼神爭訝怪。君歸視斯壺，口匏深覆蓋。得錢且沽酒，日晚便罷賣。

贈蕭巽齋

未有大撓書，先有伏羲《易》。古人尚卜筮，今人信命術。八卦與五行，皆自《河圖》出。《易》中元有命，道一萬事畢。卦義六十四，蕭君得其一。江湖旅瑣瑣，談命以巽入。人情愛委曲，喉舌〔一〕嗛棘棘。言言依忠孝，君平意未失。我生獨骯髒，動取〔二〕無妄疾。是有命流行，誰隕復誰詘？安能從兒女，朝夕談昵昵。若卦有人買，不妨君賣直。

【校記】

〔一〕喉舌　四庫本缺。下文「無妄疾」「命」「若」「買」「君」同。

〔二〕取　四庫本作「輒」。

贈曾一軒

磨蝎之宫星見斗，簸之揚之箕有口。昌黎安身坡立命〔一〕，謗毁平〔二〕生無不有。我有斗度限所經，適然天尾來臨丑。雖非終身事干涉，一年貝錦紛雜糅。吾家禄書成巨編，往往日者迷幾先〔三〕。惟有一軒曾正德，其説已在前五年。陰陽造化蕩晝夜，世間利鈍非偶然。未來不必更臆度，我自存我謂之天。

【校記】

〔一〕立命　四庫本作「安命」。

〔二〕謗毁平　四庫本缺。下文「丑」「終身事干」同。

〔三〕幾先　一作「幾軒」。此二字及下文「鈍」，四庫本缺。

贈龔豫軒數術

挾筴〔一〕考休徵，巫甘邁何追？君亦布靈草，乃復探其微。載觀河洛書，今也休明時。天高鳳鳥翔，擊拊遨以嬉。

【校記】

〔一〕挾筴　原作「挾筮」，誤。據韓本、鄢本、元諭本、張本、有焕本、四庫本改。

贈尅擇徐吉甫

東望會稽山，穆陵鬱岧嶤。卜壤藏劍履，伯也昭其勞。昔者遊仙人，龍耳致君王。君家世其傳，芳躔疇可量。青囊落君手，辯語如流河。尋雲履高阜，湯湯俯長波。朔風渺天垂，萬里草離離。安得結方軌，爲君起遐思？

贈魏山人

君不見而家直臣犯天怒，身死未寒碑已仆？又不見而家處士承天渥，閉門水竹以自樂。雲仍妙參曾揚訣，謂余地宅誰優劣。小煩穩作子午針，靈於己則靈於人。

贈老菴廖希説

短屐平生幾兩穿，錦囊真得當家傳。山中老去稱菴主〔一〕，天上將來説地仙。面皺不妨筋骨健，舌存何必齒牙全！金精深處苓堪飯，更住人間八百年。

【校記】

〔一〕菴主　四庫本作「菴士」。

彭通伯衛和堂

理身如理國，用藥如用兵。人能保天和，於身爲太平。外邪奸其間，甚於寇搶攘。守護一不謹，乘間敵益勍。古有黄帝書，猶今《六韜》經。悍夫命雄喙，仁將資參苓。羽衣爲其徒，識破陰陽爭。指授别生死，錚然震能名。道家攝鉛汞，膚腠如重扃〔一〕。到頭關鍵密，六氣無敢嬰。君方建旗鼓，不敢走且驚。他時櫜吾弓，閉門讀《黄庭》。

【校記】

〔一〕重扃　元諭本作「重扁」。

贈適菴丹士

本是儒家子，學爲方外事。此身恨晁短，有意求蟬蜕。猶留鼎餘藥，還授人間世。從君卧山中，共談弘景秘。

贈劉可軒寫真

燕頷〔一〕鳶肩都易寫，從前只道點睛難。近來阿堵君休問，燈下時將頰影看。

【校記】

〔一〕燕頷　有煥本作「燕額」。

慧和尚三絕

一

畫我郎潛先帝時，而今白髮漸參差。若交〔一〕傳入都人眼，疑汝前身妙善師。（傳神）

二

風雪衡山涕滿膺，懶殘不管自家身。殷勤撥火分煨芋〔二〕，卻有工夫到別人。（相）

三

花光老矣墨婆娑，無賴梅花一白何。爲問西來宗旨道，世間色相是空麼？（畫）

【校記】

〔一〕若交　景室本作「若教」。

〔二〕煨芋　四庫本作「煨手」。

象弈各有等級四絶品四人〔一〕高下

螳臂初來攫晚蟬，那知黄雀沫饞涎。王孫挾彈無人處，一夜珊盤薦玳筵。

右一爲周子善言。蕭耕山能勝二劉，不覺敗於子善，子善敗於我。

射虎將軍髪欲枯，茫茫沙草正迷途。小兒謾取封侯去，還是〔二〕平陽公主奴。

右二爲耕山言。老夫敗於子善也。

坐踞河南百戰雄，少年飛槊健如龍。世間只畏兩人在，上有高公下慕容。

右三爲劉淵伯言。所畏者惟吾與子善。

擊柱論功不忍看，築壇刑馬誓河山。當年絳灌知何似〔三〕，只在春秋魯衛間。

右四爲劉定伯言。與淵伯上下也。

【校記】

〔一〕品四人　原作「品人」，缺「四」字。據韓本、鄢本、元諭本、張本、有焕本、四庫本補。

〔二〕還是　原作「總是」，誤。據韓本、鄢本、元諭本、張本、有焕本、四庫本改。

〔三〕知何似　原作「如何似」，誤。據韓本、鄢本、元諭本、張本、有焕本、四庫本改。

贈樂軒彭善之

吾家小黄溪，其間石甚巨。可寫《歸來辭》，可刻《盤谷序》。晉唐文章手，誰敢以自負？異時此重來，煩君作玉筋。

贈墨林曹大崧

巍峩幼婦碑，伶俜七步詩。又得墨林墨淋漓，湊作曹家三絶奇。

贈刊圖書蕭文彬

蒼籀書法祖，斯冰篆家豪。昔人鋒在筆，今子鋒在刀。收功棠溪金，不禮中山毛。囊錐脱穎出，鐫崖齊天高。

題周山甫錦綉段

客從西北來，遺我錦綉段。上有雙鳳凰，文彩何燦燦！置之篋笥中，歲月亦已晏。天孫顧七襄，雷電下河漢。鳳凰忽飛去，遽然失把玩。貧家機杼寒，秋蟲助予嘆。

題梅尉詩軸〔一〕

乃翁聖俞君，瑰辭燦琳琅。吾鄉歐陽子，逸韻諧宫商。人物雄中原，園囿盛洛陽。醲郁追皇風，詭怪抑晚唐。雲仍四方志，生長百戰場。憂國杜少陵，感興陳子昂。我亦青原人，君遺明月光。掩卷不能和，握手談肝腸。

【校記】

〔一〕題梅尉詩軸　四庫本作「還梅村詩軸」。

贈羅雪厓樵青

蕭蕭山下人，閉門衣裘單。春心動溪谷，曉起捫松看。

題得魚集史評

男兒生作事，豪傑死留名。天運常相禪，江流自不平。百年多險夢，千古有閑評。諸父淵源在，吾猶及老成。

題彭小林詩稿其父號雅林

晚識宗文憶浣花，刪餘今見雅名家。牙籤料理西風讀，共笑鍾山説老鴉。

題王聲甫〔一〕松坡樵苦唱後

倚柯睨蒼髯，短簑挾風雨。談道誰我知？對弈者其侶。狂吟發悲調，谷鳴相律吕。庡廖豈不怨，寧售大夫羖〔二〕。長鑱斸仙苓，穫薪爲吾煮。

【校記】

〔一〕王聲甫　四庫本作「玉聲甫」。

〔二〕大夫羖　原作「大夫股」，誤。據文柱本、景室本改。

題毛霆甫詩集雲澗，美毛霆甫詩也

英英白雲，在澗之濆。彼美人兮，其德孔純。

英英白雲，在澗之阿。彼美人兮，其思孔多。

白雲英英，澗水泱泱。彼美人兮，碩大〔一〕且昌。

《雲澗》三章，章四句。

【校記】

〔一〕碩大　四庫本作「顧大」。

送趙王賓三首〔一〕

一

風流不比賀家狂，瀟灑黄冠意更長〔二〕。自有武夷溪九曲，鑑湖何必問君王！

二

蕭然被褐不求知，歸倚溪船〔三〕理釣絲。卻笑荆山空自售，未應有智不如葵。

三

懶從原上訪桃花，又不青門去種瓜。傳得神仙蟬蜕法，君如覓我〔四〕問煙霞。

【校記】

〔一〕送趙王賓三首　有焕本、民國本作「送武夷趙王賓道士三首」。

〔二〕意更長　民國本作「意自長」。

〔三〕歸倚溪船　民國本作「歸傍仙船。」

〔四〕覓我　民國本作「欲覓」。

又送前人琴棋書畫四首〔一〕

一

不知甲子定何年〔二〕，題滿柴桑日醉眠。意不在言君解否？壁間琴本是無絃。（琴）

二

我愛商山茹紫芝〔三〕，逍遥勝似橘中時。紛紛玄白〔四〕方龍戰，世事從他〔五〕一局棋。（棋）

三

蔡邕去後右軍死，誰是風流入品題？只少〔六〕蛟龍大師字，至今風骨在浯溪。（書）

四

欲覓龍眠舊時事，相傳此本〔七〕世間無。黄金不買昭君本，只買嚴陵歸釣圖。（畫）

【校記】

〔一〕又送前人琴棋書畫四首　有焕本、民國本作「琴棋書畫四首送趙道士」。

〔二〕定何年　民國本作「是何年」。

〔三〕茹紫芝　元諭本、四庫本作「茹紫芝」。

〔四〕玄白　民國本作「赤白」。

〔五〕從他　民國本作「從來」。

〔六〕只少　民國本作「只有」。

〔七〕此本　民國本作「此乎」。

題延真羅道士玉澗

雙巖夾方流，知有至妙蘊。山石發清暉，草木得餘潤。泉源皆寶氣，樵牧駭潛蜃。仙翁獨危坐，華池養水性。神澤温而栗，骨峭老益勁。苔磯枕泓碧，時有魚出聽。糜瓊飯潺湲，沖淡意無朕〔一〕。

【校記】

〔一〕無朕　四庫本作「無眹」。

聽羅道士琴

一

斷匡〔二〕千仞碧，下有寒泉落。道人揮絲桐，清風轉寥廓。飄飄襟袂舉，冰紈不禁薄。紫煙護丹霞，雙舞天外鶴。

二

吾聞泗濱磬，暗合角與徵。又聞天樂泉，淨洗箏笛耳。如何碧一泓，乃此并二美。藍田滄海意，請問玉溪子。

【校記】

〔一〕斷厓　《全宋詩》作「斷崖」。

閑居和雲屋道士

一樽聊共此時心，文字追隨落醉吟。仙子樓臺脩竹外，行人冠蓋畫橋陰。一年芳草東風老，五月〔一〕空江夜雨深。且作蘭亭歡喜集，更論誰後又誰今。

【校記】

〔一〕五月　四庫本作「五日」。

遊集靈觀時奉祠禄

小洞煙霞國，重陽風雨秋。歐公嵩嶽步，朱子〔一〕武夷舟。香火真吾職〔二〕，觥籌且此遊〔三〕。龍山馬臺事，糠粃舊王侯。

【校記】

〔一〕朱子　有煥本作「朱紫」。

〔二〕吾職　原作「吾識」，誤。據韓本、四庫本改。
〔三〕且此遊　張本作「且子遊」。

題凝祥觀

前路風塵走且僵，我來一日此徜徉。歐公自是遊嵩觀，迂叟原非〔一〕過太行。始信神仙還有國，不知蠻觸是何鄉。世間如此紛紛者，贏得山林作道場。

【校記】

〔一〕原非　四庫本作「元非」。

遊青原〔一〕二首

一

鍾魚〔二〕間日月，竹樹老風煙。一徑溪聲〔三〕滿，四山天影圓。無言都是趣，有想便成緣。夢破啼猿雨，開元六百年。

二

空庭横蝃蝀，斷碣偃龍蛇。活火參禪筍，真泉〔四〕透佛茶。晚鐘何處雨？春水滿城花。夜影燈前客，江西七祖家。

【校記】

〔一〕青原　原作「青源」，誤。據有焕本、四庫本、文柱本及《江西詩徵》《青原山志》《吉安府志》《廬陵縣志》改。

〔二〕鍾魚　有焕本、《宋詩紀事》作「鐘魚」。

〔三〕溪聲　文柱本、景室本、《青原山志》作「溪流」。

〔四〕真泉　《青原山志》作「清泉」。

題碧落堂〔一〕知瑞州日

大廈新成〔二〕燕雀歡，與君聊此共清閑〔三〕。地居一郡樓臺上，人在半空煙雨間。修復盡還今宇宙，感傷猶記舊江山〔四〕。近來又報秋風緊〔五〕，頗覺憂時鬢欲斑〔六〕。

【校記】

〔一〕題碧落堂　《高安縣志》《瑞州府志》作「登碧落堂」。南宋劉瑄編《詩苑衆芳》，該詩題爲「高安郡治有堂名碧落誠齋楊文節公在郡時賦詩八章庚申兵火堂亦不免後四年余自著庭出守爲之起廢甲子秋堂成復刻誠齋詩於其上重九日攜客落之遂賦是詩」。

〔二〕大廈新成　《高安縣志》《瑞州府志》作「碧落堂成」。

〔三〕與君聊此共清閑　《高安縣志》《瑞州府志》作「登高聊復此偷閑」。《詩苑衆芳》作「與君聊此一偷閑」。

〔四〕修復盡還今宇宙感傷猶記舊江山　《詩苑衆芳》作「整葺復還新宇宙，感傷重憶舊江山」。《高安縣志》《瑞州府志》作「修葺已成新宇宙，感傷猶到舊江山」。

〔五〕近來又報秋風緊　《詩苑衆芳》作「晚秋又報西風緊」；《高安縣志》《瑞州府志》作「邇來又爲西風急」。

〔六〕頗覺憂時鬢欲斑　《高安縣志》《瑞州府志》作「不覺憂時兩鬢斑」。

和龔使君韻名琦。知瑞州日

淡和心事葛天民，回首歸來清渭濱。長倩君賓〔一〕孫子行，道原羲仲〔二〕輩流人。一生受用忘非是，萬事陞沈等故新。近日貞元朝士少，蒲輪有命出楓宸。

【校記】

〔一〕君賓　四庫本作「君房」。

〔二〕羲仲　原作「義仲」，誤。據韓本、鄢本和《高安縣志》《瑞州府志》改。

餞新班弟

送君天上去，當户理瑤琴。萬里白鷗遠，千山黄葉深。江空行路影，日暮倚門心。若見西湖雪，灞橋〔一〕人正吟。

【校記】

〔一〕灞橋　韓本、鄢本、元諭本、張本、有焕本作「霸橋」。

别弟赴新昌

十載從游久，諸公講切精。天淵分理欲，内外一知行。立政須規範，修身是法程。對牀小疏隔，戀戀弟兄情。

和韻送逸軒劉民章庚午科，名子後

少日屠龍事已勞，送人千里發江濤。蓬萊地近風方細，閶闔門開日正高。春裏看花須款款，雨中剪韭且陶陶。金吾已辦〔一〕長安月，雙鳳扶雲立海鰲。

【校記】

〔一〕已辦　原作「已辨」，誤。據韓本、鄢本、元諭本、張本、有焕本、四庫本改。

題宣州疊嶂樓

初日照高樓，輕煙在疏樹。峨峨遠岫出，泯泯清江去。檐隙委殘溜〔一〕，屋隅〔二〕連宿莽。薈蔚互低昂〔三〕，熹微分散聚。城郭諒非昔，山川儼如故。童鬢已零落，姝顔慰遲莫。沈沈淡忘歸，欲歸重回顧。

【校記】

〔一〕殘溜　原作「殘籀」，誤。據有煥本、四庫本、文柱本改。

〔二〕屋隅　《寧國府志》作「屋宇」。

〔三〕互低昂　《寧國府志》作「共低昂」。

題宣州推官廳覽翠堂前宣州推幕李君〔一〕於其廨作亭梅聖俞以覽翠名之而爲之記今去之二百餘年碑埋没久矣天台陳君客實〔二〕來發而得之復表之亭上江山如昨翰墨宛然廬陵文某時守兹土既爲作顔間二字復詩以志之

都官自楚産，文采光陸離。當年從事君，如與山川期。歲月忽已遒，天球落塵土。豈曰無嘉賓，過者不我顧〔三〕。誰令赤城子，發坎出方珉。靈物必復見，其見乃以人。回視〔四〕城南端，飛甍俯蒼倩。物理有屈伸，流峙豈云變〔五〕。寥寥南樓月〔六〕，至今有遐音。千年一邂逅〔七〕，共調風中琴。亦欲結方軌，擘茝〔八〕事幽尋。行行且言邁，踟躕思何深！

【校記】

〔一〕李君　原作「季君」，誤。據韓本、四庫本、《寧國府志》改。

〔二〕客實　《寧國府志》作「克實」。

〔三〕不我顧　《寧國府志》作「爲我顧」。

〔四〕回視　《寧國府志》作「回顧」。

〔五〕物理有屈伸流峙豈云變　《寧國府志》作「流峙豈云變，物理有屈伸」。

〔六〕南樓月　原作「南樓日」，误。據韓本、鄢本、元諭本、張本、四庫本改。

〔七〕邂逅　原作「解后」，據鄢本、四庫本改。

〔八〕茞　原作「蒞」，誤。據韓本、四庫本改。

登雙溪閣

碧落神仙宅，當年庾謝〔一〕來。煙雲連草樹，山水近樓臺。萬雉銀缸舉，千鴉鐵騎回。梅花衣上月，把玩爲徘徊。

【校記】

〔一〕庾謝　《寧國府志》作「小謝」。

題吴城山〔一〕

龍行人鬼外，神在地天間。彭蠡石砮出，洞庭商舶還。秋風黄鵠闊，春雨白鷗閑。雲際青如粟，河流接海山。

【校記】

〔一〕題吴城山　清同治十年《新建縣志》卷八七《藝文・詩》作「吴城山」。

貧女吟四首春夏秋冬〔一〕

一

柴門寒自閉，不識賞花心。春筍粹如玉〔二〕，爲人拈繡針。

二

竹扇掩紅顔，辛苦紉白苧。人間羅雪香，白苧汗如雨。

三

西風兩鬢鬆，涼意吹伶俜。百巧不救貧，誤拜織女星。

四

巧梳手欲冰，小鬟爲寒怯。有時衿肘露，頗與雪爭潔。

【校記】

〔一〕春夏秋冬　四庫本題下無此四字，以「春」「夏」「秋」「冬」依次爲四首之小標題。

〔二〕粹如玉　原作「翠如玉」，誤。據韓本、四庫本改。

名姝吟

丈夫至白首，鍾鼎垂功名。未有朱門中，而無絲竹聲。與主共富貴，不見主苦辛。名姝從何來？婉孌出神京。京人〔一〕薄生男，生女即不貧。東家從王侯，西家事公卿。吾行天下多，朱紫稀晨星。大都不一一，甚者曠數城。如何世上福，冉冉歸娉婷？乃知長安市，家家生貴人。

【校記】

〔一〕京人　原作「今人」，誤。據韓本、鄢本、張本、四庫本、叢刊本、民國本改。

東方有一士

萬金結遊俠，千金買歌舞。丹青映第宅，從者塞衢路。身爲他人役，名聲落塵土。他人一何傷，富貴還自苦。東方有一士，敗垣半風雨。不識絲與竹，飛雀滿庭户。一飯或不飽，夜夢無驚寤。此事古來多，難與俗人語。

和故人韻

一

去歲湟中穀，醫瘡咸糶新。一言堪救藥，三秩敢貪嗔〔一〕。自是仁由己，休論哲保身。當時若喑默，何面見鄉人？

二

人情嗟愈變，世法合何如？氣以心平定，才因意廣疏。時行或時止，無咎亦無譽。第一嚴交際，琴紳敢不書！

【校記】

〔一〕貪嗔　文柱本作「貪瞋」。

賦吉州隆慶寺塔火

玉塔穿空不可梯，劃然霹靂暗招提。四城抉破吳胥眼〔一〕，一炷然成漢卓臍。風雨滿山連地捲，鬼神現世覺天低。時人子細回頭看，萬事悠悠落日西。

【校記】

〔一〕吳胥眼　原作「吳居眼」，誤。據韓本、鄢本、元諭本、張本、有焕本、四庫本和《史記·伍子胥列傳》改。

寄故人劉方齋〔一〕

溪頭濁潦擁魚蝦，笑殺漁翁下釣差〔二〕。棹取扁舟湖海去，悠悠心事寄蘆花。

【校記】

〔一〕寄故人劉方齋　《永樂大典》卷三千五作「寄故人」。

〔二〕釣差　《永樂大典》作「釣槎」。

題高君實紺泉

渟渟巖下泓，澄碧落梧影。寒瑶披清猋〔一〕，殘月照淵瀠。俯淵測浮雲，流日蕩苕潁。向來《滄浪歌》，孺子不可詗。載霑衣上塵，懷古意深永。招招素心人，相期發深省。

【校記】

〔一〕清猋　《全宋詩》作「清飆」。

題曾氏連理木

后皇〔一〕嘉樹生僑佹，四衢五衢合一軌。德澤純洽八方一，乘木而王固如此。大明香琴橘，貞觀玉華李。一時圖傳傳奇觀，榮華過眼轉九易。惟有武城宅前樹，不知何年已連理。從來縣官不以聞，武城子孫世專美〔二〕。人言協氣薰嘉生，此家孝友陶協氣。朱門多少鎖喬木，百年瞬息滋一喟。焉得鼎鼎爲輪囷〔三〕，受命不遷相曾氏。傳聞此木更八世，方遇麻陽大夫記。（自注：誠齋先生字）麻陽誠齋〔四〕又幾年，卻入《青螺地輿志》。比來〔五〕徹當路，表名連瑞里。有日捧圖上，嘉禾靈草共青史。物生隱顯殆有時，展如之人亦應爾。梗楠杞梓離〔六〕奇生，繼此廬陵城北不止稱「三瑞」。

【校記】

〔一〕后皇　原誤倒作「皇后」，據韓本、四庫本乙正。

〔二〕專美　四庫本作「傳美」。

〔三〕輪囷　元諭本、有焕本作「輪菌」。

〔四〕誠齋　原脱此二字，據韓本、鄢本、四庫本補。

〔五〕比來　原作「北來」，一作「此來」，誤。據韓本、鄢本、元諭本、張本、有焕本、四庫本改。

〔六〕離　四庫本作「雖」。

題滕王閣

五雲窗户瞰滄浪，猶帶唐人翰墨香。日月四時黄道闊，江山一片畫圖長。迴風何處摶雙雁，凍雨誰人駕獨航？回首十年此漂泊，閣前新柳已成行。

題黄岡寺次吴履齋韻〔一〕名潛〔二〕，丞相

長江幾千里？萬折必歸東。南浦驚新雁，廬山隔晚風。人行荒樹外，秋在斷蕪中。何日洗兵馬，車書四海同？

【校記】

〔一〕題黄岡寺次吴履齋韻　清乾隆十六年《南昌縣志》作「辟邪鋪」。

〔二〕潛　四庫本作「譖」。

龍霧洲覺海寺次李文溪壁間韻〔一〕名昴英。侍郎

闍黎鍾後〔二〕訪團蒲，江色漫漫畫欲晡。一笛梅邊《何滿子》，千簑蘆外筆頭奴。急風吹雁還家未，新雨生濤到海無？本是白鷗隨浩蕩，野田漂泊不爲孤。

【校記】

〔一〕詩題十三字　清同治十二年《豐城縣志》作「覺海寺」；清光緒十年《龍霧洲志》作「海覺寺步李文溪壁間韻」。

〔二〕鍾後　有焕本作「鐘後」。

題鍾聖舉積學齋〔一〕

東家築黄金，西家列珊瑚。嘆此草露晞，良時聊斯須。古人重孜孜，殖學乃菑畬。彼美不琢琱，櫝中竟何如？空同白雲深，君子式其廬。棐几照初陽，垂籤動涼噓。方寸起岑樓，一勺生龍魚。辰乎曷來遲？競諸復競諸。

【校記】

〔一〕此詩題，有焕本改此詩爲二首，第二首以「空同白雲深」爲起句。

題顔景彝八窗玲瓏

一

我闥無纖埃，風日自清好。面面有芙蓉，何如交翠草？

二

吾聞開十牖，不及一户明。泰宇有天光，八荒盡夷庚。

予鄧峒[一]

巽齋歐陽先生爲淦鄧峒賦詩，以孝子慈孫望於人。先生之盛心也，敢不拜手[二]敬贊！鄧君勉之

乃翁猶旅殯，霜露幾君蒿。日與清江遊[三]，雲連桂嶺高。時無郭元振，夢有令狐綯。目斷方田墓，招魂我欲騷。

【校記】

[一]此詩題，四庫本題下有校文「闕」。

[二]拜手　四庫本作「拜辛」。

[三]清江遊　韓本、四庫本作「清江逝」；《宋詩鈔補》作「清江遠」。

題陳正獻公六梅亭

相府亭前梅六株，四圍香影護琴書。月華猶帶玉堂色，風味曾分金鼎餘。五柳門前空寂寞，三槐堂上竟蕭疏。惟渠不變凌霜操，千古風標只自如。

卷二

詩樂府并詞附

文山即事

宇宙風煙闊，山林日月長。開灘通燕尾，伐石〔一〕割羊腸。盤谷堪居李，廬山偶姓康。知名總閑事，一醉棹滄浪。

【校記】

〔一〕伐石　原作「代石」，誤。據韓本、鄢本、元諭本、有焕本、四庫本改。

出山

日日騎馬來山中，歸時明月長在地。但願山人一百年，一年三百餘番醉。

闢山寄朱約山

一笠一簑三釣磯，歸來不費買山貲。洞天福地深數里，石壁〔一〕湍流清四時。樵牧舊蹊今可馬，鬼神天巧不容詩。先生曾有空同約，那裏江山未是奇。

【校記】

〔一〕石壁　原作「石璧」，誤。據韓本、鍾本、張本、有焕本、四庫本改。

山中即事

携壺藉草醉斜陽，白鶴飛來月下雙。蘆葉西風驚別浦，芭蕉夜雨隔疏窗。千年帝子朱簾夢，一曲仙人鐵笛腔。若問山翁還瘦否，手持漁竹下寒江〔一〕。

【校記】

〔一〕寒江　《宋詩鈔補》作「滄江」。

宿山中用前韻

南山之陝北山陽，羽扇輕風共影雙。畫槳菰蒲明月笛，青燈蟋蟀白雲窗。半生遊子成行債，一夜佳人作別腔。倚釣重來此簑笠，梅花十里雪空江。

山中

滄洲〔一〕棹影荻花涼，欸乃一聲江水長。賴有蓴風〔二〕堪斫膾，便無花月亦飛觴。山中世已驚東晉，席上人多賦晚唐。何處魚羹不可飯？蚤拼泉石入膏肓。

【校記】

〔一〕滄洲　原作「滄州」，誤。據鄢本、元諭本、四庫本改。

〔二〕蓴風　四庫本作「篿風」。

山中謾成柬劉方齋名夢桂。居南湖。太師公玄孫

東風解凍出行嬉，一鬨煙塵隔翠微。自有溪山真樂地，從來富貴是危機。二三行輩〔一〕惟須醉，多少公卿未得歸。明日主人酬一座，小船旋網鱖魚肥。

【校記】

〔一〕行輩　原書作「輩行」，據鍾本、景室本乙正。胡思敬校：「輩行，疑倒。」

山中載酒用蕭敬夫韻賦江漲

拍拍春風滿面浮，出門一笑大江流。坐中狂客有醉白，物外閑人惟弈秋。晴抹雨妝總西子，日開雲暝一滁州。忽傳十萬軍聲至，如在浙江亭上遊。

山中立夏用坐客韻

歸來泉石國，日月共溪翁。夏氣重淵底，春光萬象中。窮吟到雲黑，淡飲勝裙紅。一陣絃聲好，人間解愠風。

山中和韻

白扇揮殘暑，青鞋踏嫩晴。花牀尋小隱，石鼎引長鳴。紗帽有時去，酒壺惟意傾。山僧癡與坐，閑卻瘦彌明。

山中自賦

數椽茅屋傍巖邱〔一〕，門外蒼松一水脩。不必清高逼巢許，衹教瀟灑勝由求。空花自滿三千界，老樹相看五百秋。坐有鷹揚人物在，怕牽昨夢上漁舟。

【校記】

〔一〕數椽茅屋傍巖邱　七字原脱，據文柱本補。韓本、文珊本、鄒本、元諭本、均無此七字；張本、四庫本亦脱，但有校記：「闕」。

入山即事

江流風虢虢，雲薄雨絲絲。上馬忙呼傘，巡簷静看棋。露天厨作濘，沙地水生池。秉燭留前夕，茲遊更絶奇。

山中感興三首

一

載酒之東郊，東郊草新緑。一雨生江波，洲渚失其足。青春豈不惜，行樂非所欲。采芝復采芝，終朝不盈掬。大風從何來？奇響振空谷。我馬何玄黄，息我西山麓。

二

山中有流水，霜降石自出。驟雨東南來，消長不終日。故人書問至，爲言北風急。山深人不知，塞馬誰得失？挑燈看古史，感淚縱横發。幸生聖明時，漁樵以自適。

三

桃花何夭夭，楊柳何依依。去年白鳥集，今年黄鵠飛。昔爲江上潮，今爲山中雲。江上潮有聲，山中雲無情。一年足自念，況復百年長。但存松柏心，天地真茫茫。

山中呈聶心遠諸客

誰入山來問野舟，一篙花外渡深流。小齄風樹蹁躚鶴，淺約湍沙浩蕩鷗。湖上有時思洛社，人間何處不滁州？徘徊纔是黄昏候，短笛先催〔一〕月上樓。

【校記】

〔一〕先催　四庫本作「先吹」。

再用前韻

黄葉婆娑上釣舟，唤回舊夢到江流。多情政自憐檣燕，兩鬢終當付野鷗。未説離懷向南浦，須知詩意在夔州。朔風昨夜吹沙急，早覺寒聲戰玉樓。

山中六言三首

一

兩兩漁舟摇下，雙雙紫燕飛回。流水白雲芳草，清風明月蒼苔。

二

鶴外竹聲簌簌，座邊松影疏疏。夜静不收棋局，日高猶卧紗厨。

三

風暖江鴻海燕，雨晴檐鵲林鳩。一段青山顔色，不隨江水俱流。

用蕭敬夫韻

庭院芭蕉碎緑陰，《高山》一曲寄瑶琴。西風遊子萬山影，明月故鄉千里心。江上斷鴻隨我老，天涯芳草爲誰深？雪中若作梅花夢，約莫孤山人姓林。

山中

一

煙雲開窈緲，荊棘剪離披。蠟屐上下齒，竹枝長短詞。半山江色透，獨樹午陰遲。世上兒孫老，有人猶看棋。

二

倏忽當年遇，蒙茸幾度披。水霞明畫卷，草樹幻騷詞。鳥過目不瞬，江流意自遲。世人空黑白，一色看坡棋。

竹花

黄家紫家鬬魏姚，夷齊玉立青蕭蕭。便是人間小天地，不特水上作萍漂〔一〕。

【校記】

〔一〕萍漂　原作「萍蕣」，誤。據四庫本改。韓本作「萍浮」。文柱本作「萍藨」。周本作「浮漂」。「不特水上作萍蕣」，胡思敬校：「特」疑「浮」。

夜歸

市橋燈火未闌珊，一簇人家樹影間。想把神仙爭羨我，不知我正羨渠閑。

八月十六日見梅

廣寒殿裏玉梅開〔一〕，那得孤山處士來？半夜西風半身影，夢中騎得雪驢回。

【校記】

〔一〕玉梅開　原作「玉樓開」，誤。據有焕本、文柱本、周本改。

和蕭秋屋韻

蘆花作雪照波流，黄葉聲中一半秋。明月嬋娟千里夢，扁舟汗漫五湖游。星辰活動鶯歌笑，風露輕寒敵拍浮。贏得〔一〕年年清賞處，山河全影入金甌。

【校記】

〔一〕嬴得　原作「嬴得」，誤。據韓本、四庫本改。

月夜

月到中天雲劃開，斷橋幻出玉樓臺。夜深一鶴掠舟過，疑是坡仙赤壁來。

江行

日日看山好，山山山色蒼。忘機鷗下早，戀廐馬行忙。松曉清風濕，荷秋流水香。短簑吹鐵笛，年歲大江長。

紙帳

紙帳白如雪，上有坐客影。一白不自由，黑光蕩無定。人倦影已散，依然雪花瑩。須臾秉燭眠，相忘心目静。

爲劉定伯索油蕨

我欲登山去采薇，江南秋雨正霏霏。仙家解有逡巡手，一筯西風落翠微。

山中小集

江山閑勝賞，萬户不須留。客醉客多事，吾詩吾自酬。夕風吹絳蠟，春色漾黄流。賓從〔一〕歸來夜，滁翁無此遊。

【校記】

〔一〕賓從　韓本、四庫本作「賓客」。

新年

梅花枕上聽司晨，起綰金章候拜親。喜對慈顔看鋪鬢，髮雖疏脱未如銀。

生日和聶吉甫五月初二日

青蒲花未老，黄竹筍初生。細詠〔一〕詩工部，閑評字率更。大江流日影，時鳥説春榮。共作千年計，身謀政自輕。

【校記】

〔一〕細詠　原作「細味」，誤。據韓本、鄢本、有焕本、四庫本改。

生日和謝愛山長句〔一〕崧老〔二〕，字伯華

余屏跡山間，誦昌黎《三星行》，政自多感，亦何有於初度。客謝愛山翩然遠來，貽我長句，嘘拂而纅籍〔三〕之者，至矣。倚歌而和，愧不成章。

寓形落落大塊間，嘘吸一氣自往還。桑弧未了男子事，何能局促甘囚山？昔年此日作初度，賓客如雲劇歡舞。今年避影郤閉門，捧觴自壽白頭母。故人憶我能遠來，虹光滿袖生瓊瑰。一杯相屬慰岑寂，使我發笑愁顔開。簸揚且聽箕張口，丈夫壯氣須衝斗。夜闌拂劍碧光寒〔四〕，握手〔五〕相期出雲表。

【校記】

〔一〕生日和謝愛山長句　《銀溪謝氏族譜·銀溪謝氏文獻》引作「愛山謝公初度見賀有序」

〔二〕崧老　四庫本作「松老」。

〔三〕纅籍　韓本、四庫本作「纅藉」。

〔四〕碧光寒　韓本、四庫本作「碧花寒」。

〔五〕握手　四庫本作「掘首」。

生日謝朱約山和來韻

元豐五年正月日，洛中耆英佳話出。當時韓公七十九，歡噱賡酬老吟筆。偉然冠劍照孔鸞，鮐背鳩

杖蒲輪安。韓公而下文寬夫，相高以壽不以官。洛塵已隨流水急，雲仍相逢松下石。顧我行輩真我來，兼暮〔一〕故事强安排。約對青山共長久，醉歌要賽〔二〕滁州守。願隨後社著深衣，闌風伏雨從是非。便令携樽西墅去，山花山鳥爲歌舞。招招瑶母來庭闈，拍手共笑偷桃兒。吾山陂陀白雲滿，猿鶴司我北門管。紫霞隔斷鷄犬聲，下有琥珀滋長齡。向來福地七十二，此亦清高仙地位。朝遊崑崙暮崆峒，駕風鞭霆迎我公。丹厓翠壁千萬丈，與公上上上上上。

【校記】

〔一〕暮　《全宋詩》校语：「疑當作慕」。

〔二〕賽　四庫本作「賡」。

生日山中和蕭敬夫韻

山深不用結涼棚，風起江蘋暑氣輕。處士林泉自今古，男兒弧矢付豪英。客來不必籠中羽，我愛無如橘裹枰。一任蒼松栽十里，他年猶見〔一〕茯苓生。

【校記】

〔一〕猶見　四庫本作「猶是」。

與朱古平飲山中和蕭敬夫韻古平名埴〔一〕，字聖陶。丙辰賦魁，太傅倅〔二〕

江山自足引千杯，況有如今此客哉！石室只還湖守住，廬峰〔三〕曾屈晦翁來。酒酣剩有詩酬唱，步倦何妨車馬回。遊遍此山方可別，北厓莫遣曉雲開。

【校記】

〔一〕埴　原作「植」，誤。據韓本、四庫本改。

〔二〕太傅倅　原作「太傅卒」，誤。據四庫本改。

〔三〕廬峰　原作「蘆峰」，誤。據有煥本、文柱本、景室本改。

所懷

英英香蕙瑩朝華，收拾東風作一家。燕語鶯啼春又夏，燈花剔盡暗窗斜。

山中偶成

白鶴飛來牽我衣，東風吹我下漁磯。當年〔一〕祇爲青山誤，直草君王一詔歸。

【校記】

〔一〕當年　四庫本作「常年」。

次約山賦杏花韻

名花韻在午晴初，雨沁臙脂臉更敷。蒲驛莫妨娛刺史，錦坊豈不勝中書。時無艷曲臨軒縱，公莫魏壇韞匵沽〔一〕。春老緑陰青子近，東風來往一吹噓。

【校記】

〔一〕韞匵沽　原作「韞匵沽」，誤。據韓本、張本、四庫本、景室本改。

贈南安黄梅峰

清淺風流聖得知，黄昏歸鶴月來時。嶺頭更有高寒處，卻是江南第一枝。

送人往湖南〔一〕

雁拖秋月洞庭邊，客路淒涼野菊天。雲隔酒尊横北海，風吹詩史落西川。夜深鬼火千山雪，春後鵑花一樹煙〔二〕。爲我祝融峰上看，朝暾白處禮蓬仙〔三〕。

【校記】

〔一〕《宋詩紀事》卷八三署此詩爲文天祐作，詩中唯二字不同：「鵑」作「梅」，「白」作「赤」。作者存疑。

〔二〕一樹煙　四庫本作「一柱煙」。

〔三〕蓬仙　四庫本作「逢仙」。

題張景召〔一〕簿尉梅墅並餞入南

喚醒三影燕支魂，一枝半樹專黄昏。江南暗香鬱不住，霜風吹入羅浮村。疏枝不入輞川畫，暗香不到東山棋。雲階一枕梨花夢，參横月落無人知。

【校記】

〔一〕張景召　有焕本作「張景石」。

和謝愛山晚吟韻日晚與客散步因誦夕陽雖好不多時之句謝愛山欣然賦之余亦率然口占以和亦一時之樂也

日落未落天蒼涼〔一〕，懸厓掛壁留餘光。紫煙翠霧空迷茫，颸颸度壑松風長。牛背短笛催歸忙，飄飄逸興空悠揚。襟懷灑落萬慮亡〔二〕，須臾薄暝山色藏。長歌浩浩相激昂，淡雲弄月微昏黄。

【校記】

〔一〕蒼涼　原作「滄涼」，誤。據景室本改。胡思敬校：「滄」當作「蒼」。四庫本此二字作「滄浪」。

〔二〕萬慮亡　吉水八都《銀溪謝氏族譜·銀溪謝氏文獻》作「萬慮忘」。

別謝愛山〔一〕

一

緑綺知音早，青燈對語遲。那知今雨別，又重故人思。山隔詩情遠，雲含客思〔二〕悲。小樓今夜笛，莫向月中吹〔三〕。

二

君今拂衣去，我獨枕書眠。一片過林雨，數聲當户蟬。情長空有恨，吟苦不成篇。後會知何日，西風老雁天。

【校記】

〔一〕別謝愛山　《銀溪謝氏族譜·銀溪謝氏文獻》作「別愛山五言律二首」。

〔二〕客思　原作「容思」，誤。據韓本、鄢本、元諭本、張本、四庫本改。

〔三〕月中吹　《銀溪謝氏族譜·銀溪謝氏文獻》作「中月吹」。

和胡琴窗名日宣，字德昭

買得青山貴似金，瘦筇上下費沉吟。花開花落相關意，雲去雲來自在心。夜雨一江漁唱小，秋風兩袖客愁深。夾堤密與栽楊柳，剩有行人待綠陰。

七月十三夜用燈牌字韻湊成一詩與諸賓一笑

赤壁當年賦子虛，西風忽復到菰蒲。蟾蜍影裏千秋鑒，蟋蟀聲中七月圖。詩思飄飄入雲漢，歌聲隱隱動江湖。萬家簫鼓〔一〕連燈火，見説來年〔二〕此事無？

【校記】

〔一〕簫鼓　有焕本、四庫本作「蕭鼓」。

〔二〕來年　韓本、四庫本作「年來」。

病中作

歲月侵尋見二毛，劍花冷落鸊鵜膏。睡餘吸海龍身瘦，渴裏奔雲馬骨高。百忌不容親酒具，千愁那解減詩豪。起來大作屠門嚼，自笑我非兒女曹。

又二絶

一

瞿塘隘處真重險，勾漏坡前又一灘。世事不容輕易看，翻雲覆雨等閑間。

二

病中忽悟〔一〕通真理，静處專尋入定工。雨汗淋頭都不管。須臾和氣自沖融。

【校記】

〔一〕忽悟　原作「忽悞」，誤。據韓本、元諭本、景室本、四庫本改。

又賦

一

一病忽兩月，蓬頭夏涉秋。形羸心自壯，手弱筆仍遒。昨夜燈如喜，今宵蝶〔一〕莫愁。問誰驅五瘧，正與五窮謀。

二

一病四十日，西風草木涼。倚牀腰見骨，覽鏡眼留眶。倦策〔二〕吟詩杖，頻燒讀《易》香。夜深排果餌，乞巧太醫王。

【校記】

〔一〕蝶　原作「諜」，誤。據韓本、元諭本、有煥本、四庫本改。

〔二〕倦策　有煥本作「化策」。

又賦

一

病裏心如故，閑中事更生。睡猫隨我懶，黠鼠向人鳴。羽扇看棋坐，黃冠扶杖行。燈前翻自喜，瘦得此詩清。

二

驟雨知何處，一溪秋水生。苦吟肩鶴瘦，多病耳蟬鳴。隱几惟便睡，挑包正倦行。山深明月夜，乞我半窗清。

三

寄興〔一〕逃吾病，吟詩老此生。風高鴻雁〔二〕起，晴久鵓鳩鳴〔三〕。野樹辭秋落，溪雲帶雨行。晚涼便懶坐，移傍竹陰清。

【校記】

〔一〕寄興　有煥本作「寄與」。

〔二〕鴻雁　原作「鳴雁」，誤。據韓本、鄢本、元諭本、張本、文柱本、四庫本改。
〔三〕鳴　原作「鴻」，誤。據韓本、鄢本、元諭本、四庫本改。

借道冠有賦

病中蕭散服黄冠，笑倒群兒指爲彈。秘監賀君曾道士，翰林蘇子亦祠官。酒壺釣具有時樂，茶竈筆牀隨處安。幸有山陰深密處，他年煉就九還丹。

又賦　時以草果數百枚〔一〕作枕，遂得汗〔二〕

一番潮信過，時暫脱熬煎。心似轆轤轉，身如徽纆纏。夜聽饑鼠嘯，晝看伏雌眠。急雨千山動，應知爲解絃。

【校記】

〔一〕數百枚　原作「數百枝」，誤。據韓本、鄢本、四庫本改。
〔二〕題注在韓本、四庫本中爲尾注。

病甚夢召至帝所獲宥覺而頓愈遂賦

卧聽風雷叱，天官赦小臣。平生無害物，不死復爲人。道德門庭遠，君親念慮新。自憐螻蟻輩，豈意動蒼旻。

病愈簡劉小村

一

秋光沁人骨，意氣曉來新。古鼎龍團雪，虚檐麈尾春。商山弈棋老，赤壁洞簫賓。風月真倉扁，招呼入屋頻。

二

倦餘心似醉〔一〕，病起〔二〕首如蓬。黄竹斷橋雨，白蘋長笛風。僊僊鷗屢〔三〕舞，咄咄雁書空。孤負秋來眼，閒挑爨下桐。

【校記】

〔一〕醉　鄢本作「酒」。
〔二〕病起　《宋詩鈔補》作「眠起」。
〔三〕屢　《宋詩鈔補》作「履」。

夜坐偶成

蕭蕭秋夜涼，明月入我户。攬衣起中庭，仰見牛與女。坐久寒露下，悲風動紈素。不遇王子喬，此意誰與語？

簡琴窗雲屋竹軒諸友

世情千萬變，險甚劍頭炊。嗜傳姑成癖，登山且作癡。煙霞非疾痼，泉石自心馳。獨喜精神健，山中剩有詩。

用前韻留琴窗

百年矛上淅〔一〕，萬事枕中炊。病苦還思老，貪嗔未若癡。雲低天欲動，江長岸如馳。明月西風健，山頭賦別詩。

【校記】

〔一〕淅　韓本、鄭本作「浙」，胡思敬校：「淅」誤作「浙」。

又用韻簡李深之〔一〕名道大，號深齋

晚尊和月吸，早飯帶星炊。鵬鷃從高下，螳蟬任黠癡。水澄神自止〔二〕，雲遠意俱馳〔三〕。門外〔四〕誰車馬？故人來課詩〔五〕。

【校記】

〔一〕又用韻簡李深之　清光緒元年《吉水縣志》卷六一《藝文志·詩》作「簡李深之」，清宣統元年《谷村仰承集》卷九作「贈深齋」。

〔二〕神自止　《吉水縣志》《谷村仰承集》作「神自定」。

〔三〕意俱馳　《吉水縣志》《谷村仰承集》作「意俱遲」。

〔四〕門外　《吉水縣志》作「門前」。

〔五〕課詩　《谷村仰承集》作「諷詩」。

早起偶成

淡淡池光曙，沉沉野色秋。片雲生北舍，隻雁過南樓。有見皆成趣，無言總是愁。芭蕉夜來水，嚥罷自搔頭。

又用韻

江山如有意，天地可無秋。夜月馮驩鋏，西風王粲樓。露蛩令我喜，煙草爲誰愁？且醉杯中物，相看尚黑頭。

曉起

一

夢破風煙迥，衾寒不自由。鐘聲到枕曙，月影入簾秋。雁過江山老，蛩吟草樹愁。整冠人共笑，兩月不梳頭。

二

遠寺鳴金鐸，疏窗試寶熏。秋聲江一片，曙影月三分。倦鶴行黄葉，癡猿坐白雲。道人無一事，抱膝看回文。

夜坐

淡煙楓葉路，細雨蓼花時。宿雁半江畫，寒蛩四壁詩。少年成老大，吾道付逶遲。終有劍心〔一〕在，聞鷄坐欲馳。

【校記】

〔一〕劍心 《宋詩精華録》作「初心」。

和朱松坡

學醫未至太醫王，笑殺年年折臂傷。屏裏江山如出色，亭皋松菊已成行。細參不語禪三昧，静對無絃琴一張。多謝嶺頭詩寄我，滿園梅意弄春光。

陳貫道摘坡詩如寄以自號達者之流也爲賦浩浩歌一首

浩浩歌，人生如寄可奈何？春秋去來傳鴻燕，朝暮出没奔羲娥。青絲冉冉上霜雪，百年欻若彈指過。封侯未必勝瓜圃，青門老子聊婆娑。江湖流浪何不可，亦曾力士爲脱靴。清風明月不用買，何處不是安樂窩！鶴脛豈長鳧豈短，夔足非少蚿非多。浩浩歌，人生如寄可奈何？不能高飛與遠舉，天荒地老懸網羅。到頭北邙一抔〔一〕土，萬事碌碌空奔波。金張許史久寂莫，古來賢聖閒丘軻。乃知世間爲長物〔二〕，惟有真我難滅磨。浩浩歌，人生如寄可奈何？春夢婆，春夢婆，拍手笑呵呵。是亦一東坡，非亦一東坡。

【校記】

〔一〕一抔 原作「一杯」，誤。據韓本、四庫本改。

〔二〕爲長物　韓本、四庫本作「皆長物」。

借朱約山韻就賀挂冠〔一〕

身健尚堪松下飯，眼明正好橘中棋。青山有約當朱户，白首何心上彩闈〔二〕。栗里田園供雅興，午橋鐘鼓賞清時。晚來倦客秋江上，坐看半天黄鵠飛。

【校記】

〔一〕挂冠　原作「桂冠」，誤。據韓本、四庫本改。

〔二〕彩闈　四庫本作「粉闈」。

用前人韻賦招隱〔一〕

釣魚船上聽吹笛，煨芋爐頭看下棋。賸有晚愁歸别浦，已無春夢到端闈。去年尚憶桃紅處，好景重逢橘緑時。珍重山人招隱意，猿啼鶴嘯白雲飛。

【校記】

〔一〕此詩在《全宋詩》第六八册《文天祥》中兩見：卷三五九六《文天祥二》詩題同此，卷三六〇〇《文天祥六》據清鄭傑《閩詩録》丙集卷一五引《蘭陔詩話》題作「贈黄終晦」，二者文字完全相同。

用前人韻招山行以春爲期

掃殘竹徑隨人坐，鑿破苔磯到處棋。一水樓臺開曉鏡，萬山花木放春闈。雪中更有回舟興，林下豈無燒筍時？莫待東風吹柳絮，眼穿籠鶴遶湖飛。

翰林權直罷歸和朱約山韻

閑雲舒卷無聲畫，醉石敲推一色棋。試問挂瓢棲碧洞，何如襆被卧彤闈？夢中芳草還成路，别後黄花又是時。羞殺今年堂上燕，片心寄與雁南飛。

慶羅氏祖母百歲

羅氏慶門壽母百歲，父老見所未嘗，鄉閭夸以爲盛。某〔一〕既交朋，陞堂爲壽，退布席廳事，與横舟昆弟子侄舉酒盡歡，酒酣賦詩，志喜也。

麗日萱花照五雲，陞堂風采見乾淳〔二〕。蓬萊會上逢王母，婺女光中見〔三〕老人。雨露一門華髮潤，江山滿座綵衣新。只將千歲〔四〕苓爲壽，更住人間九百春。

【校記】

〔一〕某　《羅氏文獻録》作「天祥」。

〔二〕乾淳　《羅氏文獻録》作「咸淳」。
〔三〕見　鍾本、有焕本作「現」。
〔四〕千歲　原作「千載」，誤。據元劉壎《隱居通議》卷一二、韓本、四庫本和《羅氏文獻録》改。

拜羅氏百歲母之明日主人舉酒客張千載心賦詩某〔一〕喜贊不自已見之趁韻

翠微三島近，畫閣五雲横。春水鷗聲滑，夕陽鴉背明。尊前持一笑，花下卧餘酲〔二〕。曾見瑶池母，不爲虚此生。

【校記】
〔一〕某　《羅氏文獻録》作「天祥」。
〔二〕餘酲　原作「餘醒」，誤。據韓本、鄢本、四庫本和《羅氏文獻録》改。

醉清湖上三日存叟獨不在坐即席有懷

石鼎吟方透，瑶觴醉未闌。疏林花密綴，舊壘燕新安。春半湖山好，夜深江海寒。王孫隔芳草，初月正相看。

羅山長存叟兄弟來謝宴山中存叟名耕。登科

天開盤谷隱，春到浣溪家。一水樓臺影，滿山桃李花。春風寄横笛，夜月擬乘槎。政好逢佳客，江空北斗斜。

壽朱約山八十韻九月十三日

翠袖瓊樓八十翁，平安曉宇看孤鴻。五湖圖裏添彭祖，南極光中約祝融。日日青山醉春色，年年黄菊飽西風。鷹揚但願無施處，臣老婆娑一釣蓬。

壽朱約山八十三歲

八十餘翁雪滿顛，深衣大帶耳垂肩。磻溪回首今三載，絳縣論心又十年。歸去來兮真富貴，美哉壽也活神仙！門前燕雀紛如雨，愧我白雲深處眠。

賀秘書歐陽巽齋先生遷居名守道，字公權

先生挾册當菑畬，不待辛勤有屋廬。宅様只還齊里舊，鄉風好似潁川居。鏡湖今日賀外監，瀛館前年虞秘書。天下經綸猶一室，時人尚敢説吾迂。

挽李制帥二首名遇龍，字叔輿〔一〕

一

上下荆淮劍氣雄，進擔〔二〕全蜀凜英風。將壇歃血金湯志，白腹填天竹帛功。治法征謀關世道，精忠定力簡皇衷。傷哉生出瞿塘險，翻落黄粱一夢中。

二

世變江河渺未涯，如公真是濟時危。幾年荆益龍驤譽，一日瀟湘鵬鐵悲。天下皆傳清獻節，人心自有武侯碑。郎君昔共慈恩約，抆淚西風寄些詞。

【校記】

〔一〕叔輿　原作「叔典」，誤。據韓本、鄢本、元諭本、四庫本改。

〔二〕進擔　四庫本作「進當」。

挽孫庸齋樞密兄

淮水奇人物，樞星偉弟兄。泰山開學譜，雲谷發詩〔一〕源。委吏初行志，修文莫返魂。功名傳久遠，賴有二郎存。

【校記】

〔一〕詩　原作「時」，誤。據韓本、四庫本改。胡思敬校：「時」疑「詩」。

挽龔用和

結屋南陵三十秋，田園舊隱隔江流。鄜州避亂杜工部，下澤乘車馬少游。名利無心付隍鹿，詩書有種出煙樓。長淮清野難歸玉，魂魄猶應戀故丘。

挽萬監丞益之

文華時輩右，質樸古風餘。壁上《春陵記》，屏間《太極圖》。雲山居士屋，風雪故人書。一夢中觀化，堯夫以後無。

哭秘書彭止所〔一〕名方迥〔二〕。丙辰省元

人物孤中秘，神山返異仙。目穿〔三〕陪紼處，夢斷曝書年。玉質應無死，韋編豈不傳！奠芻和淚遣，此月向誰圓？

【校記】

〔一〕哭秘書彭止所　《隱源山口彭氏族譜》作「哭彭公方迥」。

〔二〕方迴　四庫本作「方過」。

〔三〕目穿　原作「日穿」，誤。據韓本、鄒本、張本、元諭本、四庫本改。

挽潮守吴西林〔一〕名道夫，字深源。没於潮〔二〕

一

凛凛千軍筆，堂堂一面威。荆流春浪湧，峽樹莫雲〔三〕飛。素壁鯨猶在，中橋〔四〕鶴不歸。劍亭遺蹟古，豐石照山輝。

二

傾蓋歲年〔五〕晚，相知江海深。春天思北樹，夜雨話西林。五嶺生前夢，中原地下心。英雄凋落盡，慷慨一霑襟。

【校記】

〔一〕挽潮守吴西林　清乾隆二十八年《潮州府志》卷四二《藝文志·詩》作「哭吴道夫二首」。「潮守」，原作「湖守」，誤。據韓本、鄒本、元諭本、張本、四庫本和《潮州府志》改。

〔二〕没於潮　原作「没於湘」，據韓本、鄒本、元諭本、張本、有煥本、四庫本及《養吾齋集》《潮州府志》改。

〔三〕莫雲　《潮州府志》作「暮雲」。

〔四〕中橋　《潮州府志》作「橋中」。

〔五〕歲年 《潮州府志》作「少年」。

挽高郵守晏桂山名陶，字復之。秘書丞

淮南已仙去，桂樹鬱青青。五馬賢聲望，三丞舊典刑。邦人多感嘆，諸老半凋零。何日持鷄酒，傷心請葬銘？

挽鄢晉叔主簿名晉。同榜

此君何坦坦，回首杏園遊。魂魄湘潭去，聲名彭澤休。百年中道短，千里故鄉愁。六子三方幼，遺言可淚流。

挽王叔遠

孟嘗生五日，白首嘆遭逢。燈火殘編雨，虀鹽短褐風。八天下鵰鶚，半水偃蛟龍。原上諸生哭，黄花衰草中。

挽蕭帥機虎溪名了翁，字明可

世以千金重，誰能學隱君？一門名似雨，滿座客如雲。志願生無憾，聲華死有聞。韓碑照原草，含笑

有斯文。

挽朱尚書貔孫

一代文昌貴，千年諫議名。天球聲渾厚，元酒〔一〕韻和平。巖穴思風采，朝廷惜老成。東西生死別，江水淚爲傾。

【校記】

〔一〕元酒　《全宋詩》作「玄酒」。

挽太博朱古平

一

白氏賢司馬，昌黎真學官。江湖驚落筆，朝野望彈冠。天馬高風骨，秋鷹折羽翰。萊庭人白髮，煙雨萬松寒。

二

鐵硯傷同志，青燈憶舊遊。臨軒朝鳳闕，馳道聽鷄籌。魏野神仙宅，元龍湖海樓。西風一揮淚，世事蓋棺休。

挽黎致政黎探花祖

楚峰天地闊，四世百年家。鶴髮垂袍葉，龍孫上榜花。詩書新雨露，松柏老煙霞。白馬蒼山路，斯人忽已遐。

古心江先生以舊弼出鎮長沙癸酉十月乙亥是爲七十六歲門人文某以一節趨走部内謹擬古體一首爲壽

炎圖啓丕運，皇路熙以平。蜿蟺發令姿，有美洵一人。鴻藻舒朝〔一〕華，大音鏘韶鈞。黼珽麗三階，火龍昭紞紘。桓圭殿南服，熊旂被金城。瞻彼鶉爲火，翼軫宣其精。祥鸞舞瑶席，鳴鳳翔媯笙。孟冬兆陽氣，西北無浮雲。駕言酌春酒，可以寫我情。揚旍下祝融，躧屨朝泰清〔二〕。嘉猷扇九垓，還以遂古淳〔三〕。君子保金石，所以永國成。純嘏錫千歲，綿綿贊休明。

【校記】

〔一〕朝　文柱本作「長」。

〔二〕躧屨　有煥本作「纚屨」。「朝泰清」，原作「朝奉清」，誤。據四庫本改。

〔三〕遂古淳　《全宋詩》作「邃古淳」。

送張宗甫兄弟楚觀登舟赴湖北試

金螺曉氣照人寒，手把天漿領佩環。夜月送魚來赤壁，秋風吹雁發衡山。東南折處旗花〔一〕見，牛女光中槎影還。見説青年文賦好，士龍一笑共雲間。

【校記】

〔一〕折處　韓本、鄢本作「拆處」。「旗花」，原作「棋花」，據韓本、四庫本改。胡思敬校：「旗」誤作「棋」。

衡州送胡端逸赴漕號觀齋。時八月十五日，發兵討賊

楚觀檣花曉，舟人擊鼓東。蛟龍噀靈雨，鵰鶚展雄風。此客〔一〕雲霄士，斯文造化工。捷來君飲此，我亦凱元戎。

【校記】

〔一〕此客　有煥本作「北客」。

題楚觀樓

西風吹感慨，曉氣薄登臨。半壁楚雲立，一川湘雨深。乾坤横笛影，江海倚樓心。遺恨飛鴻外，南來訪遠音。

安序宋吏部來牧衡陽某將指聯事好也會以便郡歸養獲忝交承臨發賦詩湘水千里

傾蓋年華晚，行人早發湘。白雲虹浪小，明月燕花香。南浦〔一〕春何急，巴山日正長。祝君加一飯〔二〕，我意爲桐鄉〔三〕。

【校記】

〔一〕南浦　原作「明浦」，誤。據韓本、鄢本、元諭本、張本、有焕本、四庫本和清乾隆二十八年《青泉縣志》卷二四《藝文志·詩》改。

〔二〕一飯　原作「一板」，誤。據韓本、鄢本、文柱本、景室本、有焕本、四庫本和《青泉縣志》改。

〔三〕桐鄉　《青泉縣志》作「同鄉」。

贈周東卿畫魚

觀君《瀟湘圖》，起我濠上心。短褐波濤舊，秋雨菰蒲深。

某〔一〕叨臬衡湘蒙恩以便郡歸養肯齋大卿實寓衡我十年前邦君也一再見間即分南北五言啓之所以致今舊雨〔二〕之繾綣云〔三〕李肯齋，名芾〔四〕

瀟湘一夜雨，湖海十年雲〔五〕。相見皆成老，重逢便作分。啼鵑春浩蕩，回雁曉殷勤。江闊人方健，月明思對君。

【校記】

〔一〕某　《衡州府志》和清乾隆二十八年《青泉縣志》卷二四《藝文志·詩》作「天祥」。

〔二〕舊雨　原作「舊丙」，誤。據韓本、元諭本、四庫本改。鄢本、張本作「舊兩」。

〔三〕詩題四十八字　明嘉靖《衡州府志》卷八《藝文·詩》作《湘江留別》。

〔四〕芾　原作「節」，誤。據韓本、鄢本、元諭本、四庫本改。張本作「布」。

〔五〕湖海十年雲　四庫本作「湖水十年雲」，《衡州府志》《青泉縣志》作「江海十年春」。

幕客載酒舟中即席序別〔一〕

故人滿江海，游子下瀟湘。夢載月千里，意行雲一方。櫓聲人語小，岸影客心長。總是浮萍迹，飛花莫近檣。

【校記】

〔一〕幕客載酒舟中即席序别　清乾隆二十八年《衡州府志》作「幕客載酒舟次即席離别」。清乾隆二十八年《青泉縣志》作「幕客載酒舟次即席叙别」。

用韻謝諸客和章

傳鼓發船去，我秦君向湘。持螯思太白，占鵲問東方。世味秋雲薄，交情江水長。相期天路〔一〕曉，陣馬度風檣。

【校記】

〔一〕天路　有焕本作「天露」。

湘潭道中贈丁碧眼相士

一

自詭衡山道士孫，至今句法有軒轅。世人未見題堯廟，盡把昌黎作寓言。

二

收拾衡雲作羽衣，便如屈子遠遊歸。《離騷》忘卻題天柱，爲立斜陽問翠微。

咸淳甲戌第二朔予道櫧洲里徐畋方諫自長沙來爲别問客幾何曰半年矣臨别爲賦

君爲湘水燕，我作衡陽雁。雁去燕方留，白雲草迷岸。

和衡守宋安序送行詩并序

某將指罔功，叨符便養。初聯寅誼，近依清燕之香；末忝交盟，親授朱提之印。冠蓋一時之盛事，縉紳百世之深情。别集殷勤，歌詞鄭重。夢回雲舍，深懷萱草之詩；思乏雪車，謾和梅花之賦。瞻言作遠，覽擲爲榮。

一

玉立湘西第一州，丹梯小爲嶽雲留。東風城郭人行樂，春日旌旗公出遊。便趁綈香摩碧漢，莫嫌繡影涴清流〔一〕。兩君相見衣冠好，記取兒孫好話頭。

二

方共衡雲把酒杯〔二〕，春風吹向鬱孤臺。雁將回處驚帆落，花未開時怯笛催。别草可堪遊子去，寄梅應爲故人來。臨行笑覓疑〔三〕香譜，十駕那追逸驥材。

【校記】

〔一〕涴清流　四庫本作「挽清流」。

〔二〕酒杯　四庫本作「酒魁」。

〔三〕疑　張本作「凝」。

贈萍鄉道士

道士〔一〕觀行人，半似重相見。古云性相近，性豈不如面！萬形本一性〔二〕，萬心方一殊。世固難絶聖，亦恐難絶愚。

【校記】

〔一〕道士　原作「道上」，誤。據元諭本、四庫本改。

〔二〕本一性　四庫本作「本一世」。

白髭行

憶昔守宣時，白上一根髮〔一〕。去之四五年，一化爲七八。今年客衡湘，黑髭已多黄。衆黄忽一白，驚見如陵陽。白髮已爲常，白髭何足怪！歲月不可歇，雪霜〔二〕日長大。世人競染緇，厭之固足嗤。誰服蘆菔湯，避老亦奚爲？少老如春秋，造物以爲儔〔三〕。吾方樂吾天，樂天故不憂。

【校記】

〔一〕一根髮　清乾隆二十八年《青泉縣志》卷二四《藝文志・詩》作「一二髮」。

〔二〕雪霜　有焕本作「霜雪」。

〔三〕以爲儔　《青泉縣志》作「亦爲儔」。

將母赴贛道西昌

重來鷗閣曉，帆影漲新晴。倚檻雲來去，閉簾花送迎。江湖春汗漫，歲月老峥嶸。手把忘憂草，夔夔繞太清。

快閣遇雨觀瀾

一笑登臨晚，江流接太虚。自慚雲出岫，争訝雨隨車。慷慨十圍〔一〕柳，周回千里魚。故園堤好在，夜夢繞吾廬。

【校記】

〔一〕圍　韓本、四庫本作「闈」。

題鬱孤臺

城郭春聲闊，樓臺晝影遲。並天浮雪界，蓋海出雲旗。風雨十年夢，江湖萬里思。倚闌〔一〕時北顧，空翠濕朝曦。

【校記】

〔一〕闌　《贛州府志》作「欄」。

予題鬱孤泉筦五湖翁〔一〕姚濂爲之和翁官滿歸里因韻贄别並謝前辱

巢龜君住好〔二〕，涌翠我來遲。夜雨呼三韭，春風試一旗。飛花行客夢，芳草故人思。何日五湖上，同看浴海曦？

【校記】

〔一〕筦五湖翁　《宋詩鈔補》删「筦」字，作「五湖翁」。

〔二〕君住好　原作「君往好」，誤。據鄢本、元諭本、張本、有焕本、四庫本、叢刊本改。

用韻謝前人

茲遊良邂逅，吾道未逶遲。斗野横雙劍，牛津直兩旗。北風〔一〕應小住，明日便相思。輸與君家近，扶桑五色曦。

【校記】

〔一〕北風　原作「此風」，誤。據韓本、鄢本、元諭本、張本、有焕本、四庫本改。

翠玉樓晚雨

晚樓一曲轉《梅花》，官事無多報放衙。林木蔽虧煙斷續，江流曲折雨横斜。年華冉冉風前影，歲莫悠悠客裏家。一雁近從沙觜落，更饒片雪入天涯。

翠玉樓觀雪

矯矯臨清泚，濛濛認翠微。綈春生客袖，鐵冷上戎衣。柳眼驚何老，梅花覺半肥。新來有公事，白戰破重圍。

翠玉樓和胡端逸韻

客影魚千里，年華柳十圍。白雲棲石窋，黄鴇〔一〕出煙微。江海秋風老，湖山晚日暉。鬱孤臺上望，野闊犢初肥。

【校記】

〔一〕黄鴇　清同治《贛縣志》作「黄鶴」。

翠玉樓

昏鴉何處落，野渡少人行。黄葉聲在地，青山影入城。江湖行客夢，風雨故鄉情。試問南來信，梅花三兩英。

合江樓〔一〕

一

天上名鶉尾，人間説虎頭。春風千萬岫，秋水〔二〕兩三洲。客晚驚黄葉，官閑笑白鷗。雙江日東下，我欲賦扁舟〔三〕。

二

西楚驚鴻晚，東淮落木秋。蒸湘〔四〕今石鼓，句宛古宣州。白日聊清賞，青山總舊遊。不知滄海水，何處接天流。

【校記】

〔一〕合江樓　清乾隆《湖南通志·藝文志》作「合江亭」。

〔二〕秋水　原作「秋冰」，誤。據韓本、鄢本、元諭本、張本、四庫本改。《湖南通志·藝文志》作「合水」。

〔三〕扁舟　一作「歸舟」。

〔四〕湘　四庫本作「相」。

皂蓋樓

一水樓臺繞，半空圖書開。蝸涎〔一〕行薜荔，雀影上莓苔。碧落人千載，青山酒一杯。晚煙看不盡，待月卻歸來。

【校記】

〔一〕蝸涎　清同治《贛縣志》卷七《地理志·古蹟》作「蝸蜒」。

石樓

曉色重簾捲，春聲疊鼓催。長垣連草樹，遠水照樓臺。八境煙濃淡，六街人往來。平安消息好，看到嶺頭梅。

馬祖巖

曾將飛錫破苔痕，一片雲根鎖洞門。山外人家山下路，石頭心事付無言。

禪關

秋風吹日上禪關，路入松花第一彎。只願四時煙霧少，滿城樓閣〔一〕見青山。

【校記】

〔一〕滿城樓閣　四庫本作「滿樓城閣」。

吸江〔一〕

絶壁千尋俯雪潭〔二〕，春花秋草自藍䰐〔三〕。當年誤著蒲團坐，惹得人稱馬祖巖。

【校記】

〔一〕吸江　《贛州府志》、同治《贛縣志》作「吸江亭」。

〔二〕雪潭　原作「雲潬」，誤。據韓本、鄢本、元諭本、張本、有焕本、四庫本和《贛州府志》《贛縣志》改。

〔三〕自鬱藍鬖　原作「有藍鬖」，誤。據韓本、四庫本改。《贛州府志》《贛縣志》作「鬱藍鬖」。

塵外〔一〕

半山風雨截江城〔二〕，未脱人間總是塵。中夜起看衣上月，青天如水露華新。

【校記】

〔一〕塵外　《贛州府志》、同治《贛縣志》作「塵外亭」。

〔二〕截江城　《贛州府志》作「載江城」。

雲端〔一〕

半空天矯起層臺，傳道劉安車馬來。山上自晴山下雨，倚闌平立〔二〕看風雷。

【校記】

〔一〕雲端　《贛州府志》和同治《贛縣志》作「雲端亭」。

〔二〕倚闌平立　《贛州府志》《贛縣志》作「倚闌憑立」。

清江何漢英再見於空同讀歐陽先生詩感慨爲賦

采芝雲滿山，采檗瀑垂澗。當年有清徽，爲寄南來雁。雁去人已逝，歲月割云晏。流水失聲音，西河老憂患。往日志士悲，窮途行子慣。君爲梁宋遊，我復江漢宦。十年耿相逢，千里欠一盼〔一〕。玄機〔二〕寄糟粕，美疢墮芻豢。贈子歸東方，聊薦吴興莧。

【校記】

〔一〕盼　原作「盻」，誤。據元諭本、四庫本、《贛州府志》改。

〔二〕玄機　《永樂大典》卷八九九載詩作「玄酒」，《贛州府志》作「元機」。

送曾倅巖山〔一〕官滿歸里名大發〔二〕，贛倅

春陵光霽落蒼苔，葛水神仙立翠槐。萬里雲霞騏驥路，三年風月鳳凰臺。興同老子復不淺，歌曰先生歸去來。庾嶺梅花開漸遍，一枝就與寄蓬萊。

【校記】

〔一〕曾倅巖山　原作「曹倅巖山」，誤。據四庫本和清同治十三年《永豐縣志》改。

〔二〕大發　原作「夫發」，誤。據韓本、鄢本、元諭本、張本、有焕本、四庫本和《永豐縣志》改。

和前人賦别〔一〕

一

翠松三萬頃，松雪著神仙。柳院催金鑰，江花送玉鞭。曉巖雲壁立，晚棹浪規圓。未了醉翁事，重尋潁上〔二〕田。

二

當年童子見，今見二毛翁。海月三秋别，江雲一日同。鷗心馳舍北，龍尾曳天東。定有延和奏，南來寄一通。

【校記】

〔一〕和前人賦别　原二詩合一，非是。今据韓本、鄢本、元諭本、張本、四庫本改。《贛縣志》題作「和曹〔曾〕巖山賦别二首」。

〔二〕潁上　原作「潁上」，誤。據四庫本改。文柱本、民國本作「潁上」。

贈明脈蕭信叔

枚乘擅《七發》，郭玉明「四難」。微言起沈痾，此道今漫漫。云何東海生，而乃緒真要。耆然以神遇，契彼鏡經妙。我欲炊彫胡，俯鑿菊水泉。壽彼方輿人，六氣何由僁？

贈林碧鑒相士

咸陽宮中四尺鏡，照人五臟何炯炯！桑田滄海千餘年，百鍊依然化爲鑛。君從何處得此物？鑄就雙瞳敵秋月。向來〔一〕照心今照形，不事瀾翻三寸舌。遠衝風雪肯我過，看來猶未深知我。我方簑笠立釣磯，萬事浮雲都勘破。噫嘻吁，只今神目鬼眼紛道途，暗中許負應盧胡。試問何如林家老碧鑒，不知天津橋上復有龍鍾無。

【校記】

〔一〕向來　原作「向未」，誤。據韓本、鄢本、元諭本、張本、有焕本、四庫本改。

送吉州陳守解任

美人策良馬，弭節〔一〕螺江湄。歲年忽晼晚，桃李已成蹊。遥遥一水間，復復〔二〕東與西。晴川夾修楊，行舟何能維？朱鳳翔海山，層漢揚音徽。高岡有梧桐，駕言覽朝暉。贈君以白雲，白雲不我持。贈君以明月，明月不我携。白雲與明月，遠道相追隨。

【校記】

〔一〕弭節　四庫本作「俎節」。

〔二〕復復　四庫本作「漫漫」。

贈蜀醫鍾正甫

炎皇覽衆草，異種多西州。爲君望岷峨〔一〕，使我雙淚流。向來秦越人，朝洛〔二〕夕邯鄲。子持鵲經來，自西亦徂南。江南有羈羽，豈不懷故營！何當同皇風，六氣和且平？

【校記】

〔一〕岷峨　原作「岷岷」，誤。據韓本、鄢本、元諭本、四庫本改。

〔二〕朝洛　四庫本作「朝落」。

改題萬安縣凝祥觀

古道松花空翠香〔一〕，風前鬢影照滄浪。飛泉半壁朝雲濕，啼鳥滿山春日長。須信神仙元有國，不知〔二〕蠻觸是何鄉。道人橫笛招歸鶴，坐到斜暉上璧璫。相如《游獵賦》「華攘〔三〕璧璫」注：「璧璫以玉爲椽頭。」

【校記】

〔一〕空翠香　原作「老翠香」，誤。據韓本、鄢本、元諭本、張本、有焕本、四庫本、叢刊本改。

〔二〕不知　原作「不如」，誤。據韓本、鄢本、元諭本、張本和《萬安縣志》改。

〔三〕攘　張本、四庫本作「榱」。

西昌倪氏有山谷書杜陵山水圖障歌作江山堂堂廢其後人以黄書求題跋感慨一絶

杜二已無黄九去，長歌大字落江山。百年風物今何似？春水晚煙飛白鷴。

山中再次胡德昭韻

一

不將顏色汙黄金〔一〕，落得灞橋驢上吟。是處江山生酒興，滿天風雪得梅心。觥籌堂裏春聲沸，燈火林皋夜色深。人世可能行樂耳，重遊不用卜晴陰〔二〕。

二

人生柳絮鬬堅牢，過眼春光嘆伯勞。蜀道謾傳千古險，廬山方許一人高。眼前見赤徒妨道，耳後生風未當豪。明月蘆花隨處有，扁舟自在不須篙。

三

曾見尊前此客哉，笑攜麈尾拂莓苔。水邊飛雁年年見，湖上新亭日日來。酹菊醉餘披草坐，探梅吟罷帶花回。北厓尚被剛風隔，笑殺匆匆上馬杯〔三〕。

【校記】

〔一〕汙黃金　原作「汗黃金」，誤。據韓本、鄒本、元諭本、張本、有煥本、四庫本改。

〔二〕卜晴陰　原作「上晴陰」，誤。據韓本、鄒本、元諭本、張本、有煥本改。四庫本作「卜陰晴」。

〔三〕笑殺　原作「笑按」，誤。據韓本、鄒本、元諭本、張本、四庫本改。「上馬杯」，四庫本作「馬上杯」。

山中泛舟觴客

便作乘槎客，蕭蕭骨髪清。尊前山月過，笛裏水風生。半夜魚龍沸，三秋〔一〕河漢明。雪堂眠一客，夢與白鷗盟。

【校記】

〔一〕三秋　四庫本作「未秋」。

病中作

六月廿四夜，人間熱欲炊。病懷如酒困，倦睫似書癡。夢與千年接，心隨萬里馳。客來相問訊，寄語有新詩。

山中即事

山中方雨笠，天外忽晴絲。夕釣江澄練，春行路布棋。乾坤供俯仰，歲月任差池。有酒如澠在，何妨日問奇。

挽巽齋先生歐陽大著

徘徊西河〔一〕上，月落衆星稀。哲人萎中道，雨絶將安之？昔者麗鴻藻，玉振舍清暉。名理軼晉魏，雅言襲軻思。連駕覲〔二〕馳道，並坐侍端闈。及門懷燕婉，陞堂接逶迤。方期黄鵠翔，忽作朝露晞。黔婁不蓋體，延陵有遺悲。層阿翳寒樹，平楚曖希微〔三〕。帷幌衣廣柳，縞冠涕如縻。水從章江去，雲遶楚山飛。已矣如有聞，斯文不在兹。

【校記】

〔一〕西河　原作「河西」，誤。據韓本、鄢本、四庫本改。

〔二〕覲　四庫本作「勤」。

〔三〕希微　原作「布微」，誤。據韓本、鄢本、元諭本、張本、有煥本、四庫本改。

送劉其發入蜀

秋風凄已寒，蜀道阻且長。虎狼伏原野，欲濟川無梁。客從〔一〕何處來？云我之西方。蕭蕭驌驦鳴，熠熠湛盧光。昔時榮華地，今爲争戰場。將軍揚天戈，壯士發戎行。江南有鸑鳥，悠悠懷故鄉。駕言〔二〕與子遊，雲天何茫茫〔三〕！

【校記】

〔一〕客從　有煥本作「官從」。

〔二〕駕言　四庫本作「駕雲」。

〔三〕何茫茫　四庫本作「何芒芒」。

周蒼厓入吾山作圖詩贈之

三生石上結因緣，袍笏橫斜〔一〕學米顛。漁父幾忘山下路，仙人時訪嶺頭船。烏猨白鶴無根樹，淡月疏星一線天。爲我醉呼添濛澒，倦來平卧看雲煙。

【校記】

〔一〕橫斜　有焕本作「橫得」。

題羅次説竹巖摘稿

遊子西南來，出門道何悠。文章會有用，意氣輕身謀。紛紛食粱肉，藜藿當其憂。君看百川水，何處不東流？

挽劉知縣名元高，字仲山。實齋之子

玉海淵源懿，金閨步武高。功名千載意，翰墨一時豪。天馬含風骨，秋鷹折羽毛。相逢俱白髮，流涕濕征袍〔一〕。

【校記】

〔一〕征袍　韓本、鄢本、四庫本作「征舠」。

古樂府壽人母

珊瑚香點胭脂雪，芙蓉帳壓春雲熱。明朝早弄燈前月，瀲灩九霞碧藕折〔一〕。璇杓高聳婺女明，金波漾曉輝郎星。赤瓊曲裏長眉青，頭上更有瑶池君〔二〕。六九五十四東風，西蟠桃花花未紅。鳴鸞鼓玉〔三〕聲玲瓏，緑毛蒙茸連水黿。斒斕五色人間稀，春多瑞葉不敢飛。冰壺光滿魚龍轉，笑中低舞玉釵燕。明年今日長秋殿，安輿入侍金桃宴。

【校記】

〔一〕碧藕折　原作「碧藕析」，誤。據韓本、鄢本、元諭本、張本、四庫本改。

〔二〕瑶池君　原作「經池君」，誤。據韓本、鄢本、元諭本、張本、四庫本改。

〔三〕鼓玉　韓本、四庫本作「敲玉」。

齊天樂慶湖北漕知鄂州李樓峰

南樓月轉銀河曙，玉簫又吹梅早。鸚鵡沙晴，蒲萄水暖，一縷燕香清裊。瑶池春透，想桃露霏霞，菊波沁曉〔一〕。袍錦風流，御仙花帶瑞虹繞。　玉關人正未老。喚磯頭黄鶴，岸巾談笑。劍拂淮清，槊横楚黛，雨洗一川煙草。印黄似斗，看半硯薔薇，滿鞍楊柳〔二〕，沙路歸來，金貂蟬翼小。

【校記】

〔一〕沁曉　有焕本作「心曉」。

〔二〕印黄似斗看半硯薔薇滿鞍楊柳　文柱本作「飛芻遠道看帆掛東風馬嘶夕照」。

齊天樂 甲戌，湘憲種德堂燈屏〔一〕

夜來早得東風信，瀟湘一川新緑。柳色含晴，梅心沁暖〔二〕，春淺千花如束。銀蟾〔三〕乍浴，正沙雁將還，海鰲初矗。雲擁旌旗，笑聲人在畫闌曲。　星虹瑶樹縹緲，珮環鳴碧落，瑞籠華屋。露耿銅虬，冰翻鐵馬，簾幕光摇金粟。遲遲倚竹。更爲把瑶樽，滿斟醽醁。回首宫蓮，夜深歸院燭。

【校記】

〔一〕湘憲種德堂燈屏　黄綱正《歷代名人詠長沙詩詞選》所載文天祥詞，前有「題」字。

〔二〕梅心沁暖　有焕本作「梅沁沁暖」。

〔三〕銀蟾　原作「銀蟬」，誤。據韓本、明陳霆《渚山堂詞話》、四庫本、《歷代名人詠長沙詩詞選》改。

卷 三

對策

御試策一道有題

蓋聞：道之大原出於天，超乎無極太極之妙，而實不離乎日用事物之常；根乎陰陽五行之賾，而實不外乎仁義禮智、剛柔善惡之際。天以澄著，地以靖謐，人極以昭明，何莫由斯道也。聖聖相傳，同此一道。由修身而治人，由致知而齊家治國平天下，本之精神心術，達之禮樂刑政，其體甚微，其用則廣，歷千萬世而不可易。然功化有淺深，證效有遲速者，何歟？朕以寡昧，臨政願治，於兹歷年，志愈勤，道愈遠，窅乎其未朕也，朕心疑焉。子大夫明先聖之術，咸造在廷，必有切至之論，朕將虚己以聽。三墳而上，大道難名；五典以來，常道始著。日月星辰順乎上，鳥獸草木若於下，九功惟叙，四夷來王，百工熙哉，庶事康哉，非聖神功化之驗歟？然人心道心，寂寥片語，其危微精一之妙，不可以言既歟？誓何爲而畔，會何爲而疑，俗何以不若結繩，治何以不若畫像？以政凝民，以禮凝士，以《天保》《采薇》治内外，憂勤危懼，僅克有濟，何帝王勞逸之殊歟？抑隨時損益，道不同歟？及夫六典建官，蓋爲民極，則不過曰治、曰教、曰禮、曰政、曰刑、曰事而已，豈道之外又有法歟？自時厥後，以理欲之消長，驗世道汙隆，陰濁之日常多，陽明之日常少，刑名雜霸，佛老異端，無一毫幾乎道，駁乎無以議爲。然務德化者不能無上郡雁門之警，施仁義者不能無末年輪臺之悔，甚而無積仁累德之素，紀綱制度爲足維持憑藉者，又何歟？朕上嘉下樂，夙興夜寐，靡遑康寧，道久而未洽，化久而未成，天變洊臻，民生寡遂，人才乏而士習浮，國計殫而兵力弱，符澤未清，邊備孔棘。豈道不足以御世歟？抑化裁推行有未至歟？夫不息則久，久則徵，今胡爲而未徵歟？變則通，通則久，今其可以屢更歟？子大夫熟之復之，勿激勿泛，以副朕詳延之意。寶祐四年五月八日。

臣對：恭惟皇帝陛下處常〔二〕之久，當泰之交，以二帝三王之道會諸心，將三紀於此矣。臣等鼓舞於鳶飛魚躍之天，皆道體流行中之一物，不自意得旅進於陛下之庭，而陛下且嘉之論道。道之不行也久矣，陛下之言及此，天地神人之福也。然臣所未解者，今日已當道久化成之時，道洽政治之候，而方歉焉有志勤道遠之疑，豈望道而未之見耶？臣請溯太極動靜之根，推聖神功化之驗，就以聖問中「不息」一語，爲陛下勉，幸陛下試垂聽焉。

臣聞：天地與道同一不息，聖人之心與天地同一不息。上下四方之宇，往古來今之宙，其間百千萬變之消息盈虛，百千萬事之轉移闔闢，何莫非道？所謂道者，一不息而已矣。道之隱於渾淪，藏於未琱未琢之天，當是時，無極太極之體也。自太極分而陰陽，則陰陽不息，道亦不息；陰陽散而五行，則五行不息，道亦不息；自五行又散而爲人心之仁義禮智、剛柔善惡，則乾道成男，坤道成女，穹壤間生生化化之不息，而道亦與之相爲不息。然則道一不息，天地亦一不息。天地之不息，固道之不息者爲之。聖人出而爲天地立心，爲生民立命，爲往聖繼絶學，爲萬世開太平，亦不過以一不息之心充之。充之而修身治人，此一不息也；充之而致知，以至齊家治國平天下，此一不息也；充之而自精神心術，以至於禮樂刑政，亦此一不息也。自有三墳五典以來，以至於太平六典之世，帝之所以帝，王之所以王，皆自其一念之不息者始。秦漢以降，而道始離。非道之離也，知道者之鮮也。雖然，其間英君誼辟固有，號爲稍稍知道矣，而又沮於行道之不力。知務德化矣，而不能不尼之以黄老；知施仁義矣，而不能不遏之以多欲；知四年行仁矣，而不能不畫之以近效。上下二三千年間，牽補過時，架漏度日，毋怪夫駁乎無以議爲也。獨惟我朝，式克至於今日休。陛下傳列聖之心，以會藝祖之心；會藝祖之心，以參帝王之心，參天地之心。三十三年間，臣知陛下不貳以二，不參以三。茫乎天運，窅爾神化，此心之天，混兮闢兮，其無窮也。然臨御浸久，持循浸熟，而筭計見效，猶未有以大快聖心者。上而天變不能以盡無，下而民生不能以盡遂，人才士習之未甚純，國計兵力之未甚充，以至盜賊兵戈之警，所以貽宵旰之憂者，尤所不免。然則行道者，殆無驗也邪？臣則以爲道非無驗之物也，道之功化甚深也，而不可以爲迂；道之證效甚遲也，而不可以爲速〔二〕。「維天之命，於穆不已」，天地之所以爲天地也；「之德之純，純亦不已」，聖人之所以爲聖人也。爲治顧力行何如耳，焉有行道於歲月之暫，而遽責其驗之爲迂且遠邪？臣之所望於陛下者，法天地之不息而已。姑以近事言，則責躬之言方發，而陰雨旋霽，是天變未嘗不以道而弭也；賑饑之典方舉，而都民歡呼，是民生未嘗不以道而安也。論辯建明之詔一頒，而人才士習稍稍渾厚；招填條具之旨一下，而國計兵力稍稍充實。安吉、慶元之小獲，維揚、瀘水之雋功，無非憂勤於道之明驗也。然以道之極功論之，則此淺效耳，速效耳。指淺效速效，而遽以爲道之極功，則漢唐諸君之用心是也。陛下行帝而帝，行王而王，而肯襲漢唐事邪？此臣所以贊陛下之不息也。陛下儻自其不息者而充之，則與陰陽同其化，與五行同其運，與乾坤生生化化之理同其無窮。雖充而爲三紀之風移俗易可也，雖充而爲四十年囹空刑措可也，雖充而爲百年德洽於天下可也，雖充而爲十世過曆億萬年敬天之休可也，豈止如聖問八者之事可徐就理而已哉？臣謹昧死上愚對。

臣伏讀聖策曰：「蓋聞道之大原出於天。超乎無極太極之妙，而實不離乎日用事物之常；根乎陰陽五行之賾，而實不外仁義禮智、剛柔善惡之際。天以澄著，地以靖謐，人極以昭明，何莫由斯道也？聖聖相傳，同此一道。由修身而治人，由致知而齊家治國平天下，本之於精神心術，達之於禮樂刑政。其體甚微，其用則廣，歷千萬世而不可易。然功化有淺深，證效有遲速，何歟？朕以寡昧，臨政願治。於兹歷年。志愈勤，道愈遠，窅乎其未朕也，朕心疑焉。子大夫明先王之術，咸造在庭，必有切至之論，朕將虚己以聽。」臣有以見陛下溯道之本原，求道之功效，且疑而質之臣等也。臣聞：聖人之心，天地之心也；天地之道，聖人之道也。分而言之，則道自道，天地自天地，聖人自聖人；合而言之，則道一不息也，天地一不息也，聖人亦一不息也。臣請遡其本原言之。茫茫堪輿，坱圠無垠；渾渾元氣，變化無端。人心仁義禮智之性未賦也，人心剛柔善惡之氣未稟也。當是時，未有人心，先有五行；未有五行，先有陰陽；未有陰陽，先有無極太極；未有無極太極，則太虚無形，沖漠無朕，而先有此道。未有物之先，而道具焉，道之體也；既有物之後，而道行焉，道之用也。其體則微，其用甚廣。即人心而道在人心，即五行而道在五行，即陰陽而道在陰陽，即無極太極而道在無極太極。貫顯微，兼費隱，包小大，通物我。道何以若此哉？道之在天下，猶水之在地中；地中無往而非水，天下無往而非道。水，一不息之流也；道，一不息之用也。流行天以澄著，則日月星辰循其經；地以靖謐，則山川草木順其常；人極以昭明，則君臣父子安其倫。流行古今，綱紀造化，何莫由斯道也？一日而道息焉，雖三才不能以自立。道之不息，功用固如此。夫聖人，體天地之不息者也。天地以此道而不息，聖人亦以此道而不息。聖人立不息之體，則斂於修身；推不息之用，則散於治人。立不息之體，則寓於致知以下之工夫；推不息之用，則顯於齊家治國平天下之效驗。立不息之體，則本之精神心術之微；推不息之用，則達之禮樂刑政之著。聖人之所以爲聖人者，猶天地之所以爲天地也。道之在天地間者，常久而不息；聖人之於道，其可以頃刻息邪？言不息之理者，莫如大《易》，莫如《中庸》。大《易》之道，至於「乾道變化，各正性命，保合太和」。而聖人之論法天，乃歸之自强不息。《中庸》之道，至於「溥博淵泉」，「上天之載，無聲無臭」。而聖人之論配天地，乃歸之「不息則久」。豈非《乾》之所以剛健中正、純粹精也者，一不息之道耳，是以法天者亦以一不息。《中庸》之所以高明博厚、悠久無疆者，一不息之道耳，是以配天地者亦以一不息。以不息之心，行不息之道，聖人即不息之天地也。陛下臨政願治，於兹歷年。前此不息之歲月，猶日之自朝而午；今此不息之歲月，猶日之至午而中。此正勉强行道，大有功之日也。陛下勿謂數十年間，我之所以擔當宇宙，把握天地，未嘗不以此道，至於今日，而道之驗如此，其迂且遠矣。以臣觀之，道猶百里之途也，今日則適六七十之候也。進於道者，不可以中道而廢；遊於途者，不可以中途而畫。孜孜矻矻而不自已焉，則適六七十里者，固所以爲至百里之階也。不然，自止於六七十里之間，則百里雖近，焉能以一武到哉！道無淺功化，行道者何可以深爲迂？道無速證效，行道者何可以遲爲遠？惟不息則能極道之功化，惟不息則能極道之證效。氣機動盪於三極之間，神采灌注於萬有之表，要自陛下此一心始。臣不暇遠舉，請以仁宗皇帝事爲陛下陳之。仁祖，一不息之天地也。康定之詔曰「祗勤抑畏」，慶曆之詔曰「不敢荒寧」，皇祐之詔曰「緬念爲君之難，深惟履位〔三〕之重」。慶曆不息之心，即康定不息之心也；皇祐不息之心，即慶曆不息之心也。當時仁祖以道德感天心，以福禄勝人力。國家綏靜，邊鄙寧謐，若可以已矣，而猶未也，至和元年，仁祖之三十三年也，方且露立仰天，以畏天變；碎通天犀，以救民生。處賈黯吏銓之職，擢公弼殿柱之名，以厚人才，以昌士習；納景初減用之言，聽范鎮新兵之諫，以裕國計，以强兵力。以至講《周禮》薄徵緩刑，而拳拳以盗賊爲憂；選將帥，明紀律，而汲汲以西戎北虜爲慮。仁祖之心，至此而不息，則與天地同其悠久矣。陛下之心，仁祖之心也。范祖禹有言：「欲法堯舜，惟法仁祖。」臣亦曰：「欲法帝王，惟法仁祖。」法仁祖，則可至天德，願加聖心焉。

臣伏讀聖策曰：「三墳以上云云，豈道之外，又有法歟？」臣有以見陛下慕帝王之功化證效，而亦意其各有淺深遲速也。臣聞：帝王行道之心，一不息而已矣。堯之兢兢，舜之業業，禹之孜孜，湯之慄慄，文王之不已，武王之無貳，成王之無逸，皆是物也。三墳遠矣，五典猶有可論者。臣嘗以五典所載之事推之：當是時，日月星辰之順，以道而順也；鳥獸草木之若，以道而若也；九功惟叙，以道而叙也；四夷來王，以道而來王也；百工以道而熙，庶事以道而康；光天之下，至於海隅蒼生，蓋無一而不拜帝道之賜矣。垂衣拱手，以自逸於土階巖廊之上，夫誰曰不可？而堯舜不然也，方且考績之法，重於三歲，無歲而敢息也；授曆之命，嚴於四時，無月而敢息也；凛凛乎一日二日之戒，無日而敢息也。此猶可也，授受之際，而堯之命舜，乃曰「允執厥中」。夫謂之執者，戰兢保持而不敢少放之謂也。味斯語也，則堯之不息可見已。、《河圖》出矣，《洛書》見矣，執中之説未聞也，而堯獨言之。堯之言贅矣，而舜之命禹，乃復益之以「人心惟危，道心惟微，惟精惟一」之三言。夫致察於危微精一之間，則其戰兢保持之念，又有甚於堯者。舜之心，其不息又何如哉？是以堯之道化，不惟驗於七十年在位之日；舜之道化，不惟驗於五十年視阜〔四〕之時。讀「萬世永賴」之語，則唐虞而下數千百年間，天得以爲天，地得以爲地，人得以爲人者，皆堯舜之賜也。然則功化抑何其深，證效抑何其遲歟？降是而王，非固勞於帝者也。太樸日散，風氣日開，人心之機械日益巧，世變之乘除不息，而聖人之所以綱維世變者，亦與之相爲不息焉。俗非結繩之淳也，治非畫象之古也，師不得不誓，侯不得不會，民不得不凝之以政，士不得不凝之以禮，内外異治，不得不以《采薇》《天保》之治治之。以至六典建官，其所以曰治、曰政、曰禮、曰教、曰刑、曰事者，亦無非扶世道而不使之窮耳。以勢而論之，則夏之治不如唐虞，商之治又不如夏，周之治又不如商。帝之所以帝者何其逸，王之所以王者何其勞。慄慄危懼，不如非心黄屋者之爲適也；始於憂勤，不如恭己南面者之之道，必求帝王之心，則今日之功化證效，或可與帝王一視矣。

以行道者，亦無一日息。帝王之心，天地之心也，尚可以帝者之爲逸而王者之爲勞耶？臣願陛下求帝王

武王之無貳，成王之無逸，何莫非兢兢業業、孜孜慄慄之推也？道之散於宇宙間者，無一日息；帝王之所

爲安也。然以心而觀，則舜之業業即堯之兢兢，禹之孜孜即舜之業業，湯之慄慄即禹之孜孜，文王之不已，

臣伏讀聖策曰「自時厥後云云，亦足以維持憑藉者，何歟？」臣有以見陛下陋漢唐之功化證效，而且爲漢唐世道發一慨也。臣聞：不息則天，息則人；不息則理，息則欲；不息則陽明，息則陰濁。漢唐諸君天資敏，地位高，使稍有進道之心，則六五帝、四三王，亦未有難能者。奈何天不足以制人，而天反爲人所制；理不足以御欲，而理反爲欲所御；陽明不足以勝陰濁，而陽明反爲陰濁所勝。是以勇於進道者少，沮於求道者多，漢唐之所以不唐虞三代也歟？雖然，是爲不知道者言也，其間亦有號爲知道者矣。漢之文帝、武帝，唐之太宗，亦不可謂非知道者，然而亦有議焉。先儒嘗論漢唐諸君，以公私義利分數多少爲治亂。三君之心，往往不純乎天，不純乎人，而出入於天人之間；不純乎理，不純乎欲，而出入乎理欲之間；不純乎陽明，不純乎陰濁，而出入乎陽明陰濁之間。是以專務德化，雖足以陶後元泰和〔五〕之風，然而尼之以黄老，則雁門上郡之警不能無；外施仁義，雖足以致建元富庶之盛，然而遏之以多欲，則輪臺末年之悔不能免；四年行仁，雖足以開貞觀昇平之治，然而晝之以近效，則紀綱制度，曾不足爲再世之憑藉。蓋有一分之道心者，固足以就一分之事功；有一分之人心者，亦足以召一分之事變。世道汙隆之分數，亦繫於理欲消長之分數而已。然臣嘗思之，漢唐以來，爲道之累者，其大有二，一曰雜伯，二曰異端。時君世主有志於求道者，不陷於此，則陷於彼。姑就三君而言，則文帝之心，異端累之也；武帝、太宗之心，雜伯累之也。武帝無得於道，憲章六經，統一聖真，不足以勝其神仙土木之私、干戈刑罰之慘，其心

也荒。太宗全不知道，閨門之恥，將相之誇，末年遼東一行，終不能以克其血氣之暴，其心也驕。雜伯一念，憧憧往來，是固不足以語常久不息之事者。若文帝稍有帝王之天資，稍有帝王之地步，一以君子長者之道待天下，而晁錯輩刑名之説，未嘗一動其心，是不累於雜伯矣。使其以二三十年恭儉之心，而移之以求道，則後元氣象，且將駸駸乎商周，進進乎唐虞。奈何帝之純心，又間於黄老之清淨，是以文帝僅得爲漢唐之令主，而不得一儕於帝王。嗚呼！武帝、太宗，累於〔六〕雜伯，君子固不敢以帝王事望之；文帝不爲雜伯所累，而不能不累於異端，是則重可惜已！臣願陛下監漢唐之蹟，必監漢唐之心，則今日之功化證效，將超漢唐數等矣。

臣伏讀聖策曰：「朕上嘉下樂云云，抑化裁推行，有未至歟？」臣有以見陛下念今日八者之務，而甚有望乎爲道之驗也。臣聞天變之來，民怨招之也；人才之乏，士習蠱之也；兵力之弱，國計屈之也；虜寇之警，盗賊因之也。夫陛下以上嘉下樂之勤，夙興夜寐之勞，悵歲月之逾邁，亦欲以少見吾道之驗耳。俯視一世，未能差强人意，八者之弊，臣知陛下爲此不滿也。陛下分而以八事問，臣合而以四事對，請得以熟數之於前。

何謂天變之來，民怨招之也？「天視自我民視，天聽自我民聽。」「天明畏自我民明威。」人心之休戚，天心所因以爲喜怒者也。熙寧間大旱，是時河陝流民入京師。監門鄭俠畫《流民圖》以獻，且曰：「陛下南征北伐，皆以勝捷之圖來上，料無一人以父母妻子遷移困頓、皇皇不給之狀爲圖以進者。覽臣之圖，行臣之言，十日不雨，乞正欺君之罪。」上爲之罷新法十八事，京師大雨八日。天人之交，間不容髮〔七〕。載在經史，此類甚多。陛下以爲今之民生何如邪？今之民生困矣！自瓊林大盈積於私貯，而民困；自建章通天頻於營繕，而民困；自獻助疊見於豪家巨室，而民困；自和糴不間於閭閻下户，而民困；自所至貪官暴吏視吾民如家鷄圈豕，惟所咀啖，而民困。嗚呼，東南民力竭矣！《書》曰「怨豈在明，不見是圖」，今尚可謂之不見乎？《書》曰「怨不在大，亦不在小」，今尚可謂之小乎？生斯世，爲斯民，仰事俯育，亦欲各遂其父母妻子之樂，而操斧斤，淬鋒鍔，日夜思所以斬伐其命脈者，滔滔皆是。然則臘雪靳瑞，蟄雷愆期，月犯於木，星殞爲石，以至土雨地震之變，無怪夫屢書不一書也。臣願陛下持不息之心，急求所以爲安民之道，則民生既和，天變或於是而弭矣。

何謂人才之乏，士習蠱之也？臣聞：窮之所養，達之所施；幼之所學，壯之所行。今日之修於家，他日之行於天子之庭者也。國初諸老，嘗以厚士習爲先務。寧收落韻之李迪，不取鑿説之賈邊；寧收直言之蘇轍，不取險怪之劉幾〔八〕。建學校則必欲崇經術，復鄉舉則必欲參行藝。其後國子監取湖學法，建「經學」「治道」「邊防」「水利」等齋，使學者因其名以求其實，當時如程頤、徐積、呂希哲皆出其中。嗚呼，此元祐人物之所從出也！士習厚薄，最關人才，從古以來，其語如此。陛下以爲今之士習何如邪？今之士大夫之家，有子而教之，方其幼也，則授其句讀，擇其不戾於時好，不震於有司者，俾熟復焉；及其長也，細書爲工，累牘爲富，持試於鄉校者以是，較藝於科舉者以是，取青紫而得車馬也以是。父兄之所教詔，師友之所講明，利而已矣，其能卓然自拔於流俗者，幾何人哉？心術既壞於未仕之前，則氣節可想於既仕之後。以之領郡邑，如之何責其爲卓茂、黄霸？以之鎮一路，如之何責其爲蘇章、何武？以之曳朝紳，如之何責其爲汲黯、望之？奔競於勢要之路者，無怪也；趨附於權貴之門者，無怪也；牛維馬縶，狗苟蠅營，患得患失，無所不至者，無怪也。悠悠風塵，靡靡偷俗，清芬消歇，濁滓橫流。惟皇降衷，秉彝之懿，萌蘖於牛羊斧斤相尋之衝者，其有幾哉！厚今之人才，臣以爲變今之士習而後可也。臣願陛下持不息之心，急求所以爲淑士之道，則士風一淳，人才或於是而可得矣。

何謂兵力之弱，國計屈之也？謹按國史，治平間遣使募京畿淮南兵，司馬光言：「邊臣之請兵無窮，朝廷之募兵無已，倉庫之粟帛有限，百姓之膏血有涯。願罷招〔九〕禁軍，訓練舊有之兵，自可備禦。」臣聞：古今天下能免於弱者，必不能免於貧；能免於貧者，必不能免於弱。一利之興，一害之伏，未有交受其害者。今之兵財，則交受其害矣。自東海城築，而調淮兵以防海，則兩淮之兵不足；自襄樊復歸，而并荆兵以城襄，則荆湖之兵不足；自腥氣染於漢水，冤血濺於寶峰，而正軍忠義空於死徙者過半，則川蜀之兵又不足。江淮之兵又抽而入蜀，又抽而實荆，則下流之兵愈不足矣；荆湖之兵又分而策應，分而鎮撫，則上流之兵愈不足矣。夫國之所恃以自衛者，兵也，而今之兵不足如此，國安得而不弱哉！扶其弱而歸之强，則招兵之策，今日直有所不得已者。然召募方新，調度轉急。問之大農，大農無財；問之版曹，版曹無財；問之餉司，餉司無財。自歲幣銀絹外，未聞有畫一策爲軍食計者。是則弱矣，而又未免於貧也。陛下自肝鬲，近又創一安邊太平庫，專一供軍，此藝祖積縑帛以易賊首之心也，仁宗皇帝出錢帛以助兵革之心也。轉易之間，風采立異，前日之弱者可强矣。然飛芻輓粟，給餉饋糧，費於兵者幾何？而琳宫梵宇，照耀湖山，土木之費，則漏巵也。列竈雲屯，樵蘇後爨，費於兵者幾何？而霓裳羽衣，靡金飾翠，宫庭之費則尾閭也。生熟口券，月給衣糧，費於兵者幾何？而量珠輦玉，倖寵希恩，戚畹之費，則濫觴也。蓋天下之財專以供軍，則財未有不足者。第重之以浮費，重之以冗費，則財始缾罄而罍恥矣。如此則雖欲足兵，其何以給兵耶？臣願陛下持不息之心，急求所以爲節財之道，則財計以充，兵力或於是而可强矣。

何謂虜寇之警？盜賊因之也。謹按國史，紹興間楊么寇洞庭，連跨數郡，大將王𤫊不能制。時僞齊挾虜使李成寇襄漢，么與交通。朝廷患之，始命岳飛措置上流。已而逐李成，擒楊么，而荆湖平。臣聞：外之虜寇，不能爲中國患，而其來也，必待内之變；内之盜賊，亦不能爲中國患，而其起也，必將納外之侮。盜賊而至於通虜寇，則腹心之大患也已。今之所謂虜者，固可畏矣。然而逼我蜀，則蜀帥策瀘水之勳；

窺我淮，則淮帥奏維揚之凱。狼子野心，固不可以一捷止之，然使之無得棄去〔一〇〕，則中國之技，未爲盡出其下，彼亦猶畏中國之有其人也。獨惟舊海，在天一隅，逆雛冗之者，數年於茲。颶風瞬息，一葦可航，彼未必不朝夕爲趨浙〔一一〕計，然而未能焉，短於舟，疏於水，懼吾唐島之有李寶在耳。然洞庭之湖，煙水沉寂；而浙右之湖，濤瀾沸驚，區區妖孽且謂有楊么之漸矣。得之京師之耆老，皆以爲此寇出没倏閃，往來翕霍，駕舟如飛，運柁如神，而我之舟師不及焉。夫東南之長技，莫如舟師，我之勝兀术於金山者以此，我之斃逆亮於采石者以此。而今此曹，反挾之以制我，不武甚矣。萬一或出於楊么之計，則前日李成之不得志於荆者，未必今日之不得志於浙也。曩聞山東荐饑，有司貪市榷之利，空蘇湖根本以資之，廷紳猶謂互易。安知無爲其鄉道者？一夫登岸，萬事瓦裂。又聞魏村、江灣、福山三寨水軍，興販鹽課，以資逆雛，廷紳猶謂是。以扞衛之師爲商賈之事，以防拓〔一二〕之卒開鄉道之門，憂時識治之見，往往如此。肘腋之蜂蠆，懷袖之蛇蝎，是其可以忽乎哉！陛下近者命發運兼憲，合兵財而一其權，是將爲滅此朝食之圖矣。然屯海道者非無軍，控海道者非無將，徒有王瓌數年之勞，未聞岳飛八日之捷。子太叔平符澤之盜，恐不如此。長此不已，臣懼爲李成開道地也。臣願陛下持不息之心，求所以弭寇之道，則寇難一清，邊備或於是而可寬矣。

臣伏讀聖策曰：「夫不息則久，久則徵，今胡爲而未徵歟？變則通，通則久，今其可以屢更歟？」臣有以見陛下久於其道，而甚有感乎《中庸》、大《易》之格言也。臣聞：天久而不墜也，以運；地久而不隤也，以轉；水久而不腐也，以流；日月星辰而常新也，以行。天下之凡不息者，皆以久也。《中庸》之不息，即所以爲大《易》之變通；大《易》之變通，即所以驗《中庸》之不息。變通者之久，固肇於不息者之久也。蓋不息者其心，變通者其迹，其心不息，故其迹亦不息。遊乎六合之内，而縱論乎六合之外；

生乎百世之下，而追想乎百世之上。神化天造，天運無端，發微不可見，充周不可窮。天地之所以變通，固自其不息者爲之；聖人之久於其道，亦法天地而已矣。天地以不息而久，聖人亦以不息而久。外不息而言久焉，皆非所以久也。臣嘗讀《無逸》一書，見其享國之久者，有四君焉，而其間三君爲最久。臣求其所以久者，中宗之心，嚴恭寅畏也；高宗之心，不敢荒寧也；文王之心，無淫於逸，無遊於畋也。是三君者，皆無逸而已矣。彼之無逸，臣之所謂不息也。一無逸而其效如此，然則不息者，非所以久歟？陛下之行道，蓋非一朝夕之暫矣。寶、紹以來，則涵養此道；端平以來，則發揮此道；嘉熙以來，則把握此道。嘉熙而淳祐，淳祐而寶祐，十餘年間，無非持循此道之歲月。陛下處此也，庭燎未輝，臣知其宵衣以待；日中至昃，臣知其玉食弗遑；夜漏已下，臣知其丙枕無寐。聖人之運，亦可謂不息矣。然既往之不息者易，方來之不息者難；久而不息者易，愈久而愈不息者難。昕臨大庭，百辟星布，陛下之心，此時固不息矣；暗室屋漏之隱，試一警省，則亦能不息否乎？日御經筵，學士雲集，陛下之心，此時固不息矣；宦官女子之近，試一循察，則亦能不息否乎？不息於外者，固不能保其不息於内；不息於此者，固不能保其不息於彼。乍勤乍怠，乍作乍輟，則不息之純心間矣。如此，則陛下雖欲久則徵〔一三〕，臣知《中庸》九經之治，未可以朝夕見也；雖欲通則久，臣知《繫辭》十三卦之功，未可以歲月計也。淵蜎蠖濩之中，虛明應物之地，此全在陛下自斟酌，自執持。頃刻之力不繼，則懲久〔一四〕之功俱廢矣，可不戒哉！可不懼哉！

陛下之所以策臣者，悉矣；臣之所以忠於陛下者，亦既略陳於前矣。而陛下策之篇終復曰：「子大夫熟之復之，勿激勿泛，以副朕詳延之意。」臣伏讀聖策至此，陛下所謂「詳延」之意，蓋可識已。夫陛下自即位以來，未嘗以直言罪士；不惟不罪之以直言，而且導之以直言。臣等嘗恨無由以至天子之庭，以吐其素所蓄積，幸見録於有司，得以借玉階方寸地，此正臣等披露肺肝之日也。方將明目張膽，謇謇諤謬，言天下事，陛下乃戒之以「勿激勿泛」。夫泛固不切矣，若夫激者，忠之所發也，陛下胡并與泛者〔一五〕之言而厭之邪？厭激者之言，則是將胥臣等而爲容容唯唯之歸邪？然則臣將爲激者歟，將爲泛者歟？抑將遷就陛下之説，而姑爲不激不泛者歟？雖然，奉對大庭，而不激不泛者固有之矣，臣於漢得一人焉，曰董仲舒。方武帝之策仲舒也，慨然以「欲聞大道之要」爲問。帝之求道，其心蓋甚鋭矣。然道以大言，帝將求之虚無渺冥之鄉也。使仲舒於此，過言之則激，淺言之則泛。仲舒不激不泛，得一説曰「正心」。武帝方將求之虚無渺冥之鄉，仲舒乃告之以真實淺近之理，兹陛下所謂切至之論也。奈何武帝自恃其區區英明之資、超偉之識，謂其自足以淩跨六合，籠駕八表，而顧如此〔一六〕語忽焉？仲舒以江都去，而武帝所與論道者，他有人矣，臣固嘗爲武帝惜也。堂堂天朝，固非漢比，而臣之賢，亦萬不及仲舒，然亦不敢激，不敢泛。切於聖問之所謂道者，而得二説焉，以爲陛下獻，陛下試采覽焉。

一曰重宰相以開公道之門。臣聞公道在天地間，不可一日壅閼，所以昭蘇而滌决之者，宰相責也。然扶公道者，宰相之責；而主公道者，天子之事。天子而侵宰相之權，則公道已矣。三省、樞密，謂之朝廷，天子所與謀大政，出大令之地也。政令不出於中書，昔人謂之「斜封墨敕」，非盛世事。國初三省，紀綱甚正，中書造命，門下審覆，尚書奉行，宫府之事，無一不統於宰相。是以李沆猶得以焚立妃之詔，王旦猶得以沮節度之除，韓琦猶得出空頭敕以逐内侍，杜衍猶得封還内降以裁僥倖。蓋宰相之權尊，則公道始有所依而立也。今陛下之所以爲公道計者，非不悉矣。以夤緣戒外戚，是以公道責外戚也；以裁制戒内司，是以公道責内司也；以舍法用例戒群臣，是以公道責外廷也。雷霆發蔀，星日燭幽，天下於此，咸服陛下之明。然或謂比年以來，大庭除授，於義有所未安，於法有所未便者，悉以聖旨行之。不惟諸司陛補，上瀆宸奎，而統帥躐級，閣職超遷，亦以夤緣而得恩澤矣。不惟姦贓湔洗，上勞涣汗，而選人通籍，姦胥逭刑，亦以鑽刺而拜寵命矣。甚至閭閻瑣屑之鬬訟，皂隸猥賤之干求，悉達内庭，盡由中降。此何等蟣蝨事，而陛下以身親之，大臣幾於爲奉承風旨之官，三省幾於爲奉行文書之府，臣恐天下公道自此壅矣。景祐間，罷内降，凡詔令皆出中書、樞密院，仁祖之所以主張公道者如此。今進言者猶以事當間出睿斷爲説，嗚呼，此亦韓絳告仁祖之辭也。「朕固不憚自有處分，不如先盡大臣之慮而行之」，仁祖之所以諭絳者何説也？奈何復以絳之説啓人主，以奪中書之權，是何心哉！宣、靖間，創御筆之令，蔡京坐東廊，專以奉行御筆爲職。其後童貫、梁師成用事，而天地爲之分裂者數世，是可鑒矣！臣願陛下重宰相之權，正中書之體，凡内批必經由中書、樞密院，如先朝故事，則天下幸甚，宗社幸甚！

二曰收君子以壽直道之脈。臣聞：直道在天地間，不可一日頹靡，所以光明而張主之者，君子責也。然扶直道者君子之責，而主直道者人君之事。人君而至於沮君子之氣，則直道已矣。夫不直則道不見，君子者，直道之倡也。直道一倡於君子，昔人謂之鳳鳴朝陽，以爲清朝賀。國朝君子，氣節大振，有「魚頭參政」，有「鶻擊臺諫」，有「鐵面御史」，軍國之事，無一不得言於君子。是以司馬光猶得以殛守忠之姦，劉摯猶得以折李憲之横，范祖禹猶得以罪宋用臣，張震猶得以擊龍太淵、曾覿。蓋君子之氣伸，則直道始有所附而行也。今陛下之所以爲直道計者，非不至矣。月有供課，是以直道望諫官也；日有輪劄，是以直道望廷臣也；有轉對，有請對，有非時召對，是以直道望公卿百執事也。江海納汙，山藪藏疾，天下於此咸服陛下之量。然或謂比年以來，外廷議論，於己有所未協，於情有所未忍者，悉以聖意斷之。不惟言及乘輿，上勤節貼，而小小予奪，小小廢置，亦且寢罷不報矣。不惟事關廊廟，上煩調停，而小小抨彈，小小糾劾，亦且宣諭不已矣。甚者意涉區區之貂璫，論侵瑣瑣之姻婭，不恤公議，反出諫臣。此何等狐鼠輩，而陛下以身庇之！御史至於來和事之譏，臺吏至於重訖了之報，臣恐天下之直道，自此沮矣。康定間，歐陽脩以言事出，未幾即召以諫院。至和間，唐介以言事貶，未幾即除以諫官。仁祖之所以主直道者如此。今進言者猶以臺諫之勢日横爲疑，嗚呼，兹非富弼忠於仁祖之意也。弼傾身下士，寧以宰相受臺諫風旨，弼之自處何如也？奈何不知弼之意，反啓人君以厭君子之言，是何心哉！元符間，置看詳理訴所，而士大夫得罪者八百餘家。其後鄒浩、陳瓘去國，無一人敢爲天下伸一喙者，是可鑒已。臣願陛下壯正人之氣，養公論之鋒，凡以直言去者，悉召之於霜臺烏府中，如先朝故事，則天下幸甚，宗社幸甚！蓋大道之行，天下爲公，周道如砥，其直如矢。自古帝王行道者，無先於此也。臣來自山林，有懷欲吐。陛下悵然疑吾道之迂遠，且慨論乎古今功化之淺深、證效之遲速，而若有大不滿於今日者，臣則以爲非行道之罪也。公道不在中書，直道不在臺諫，是以陛下行道，用力雖勞，而未遽食道之報耳。果使中書得以公道總政要，臺諫得以直道糾官邪，則陛下雖端冕凝旒於穆清之上，所謂功化證效，可以立見，何至積三十餘年之工力，而志勤道遠，渺焉未有際邪？臣始以「不息」二字爲陛下勉，終以「公道」「直道」爲陛下獻，陛下萬幾之暇，儻於是而加三思，則躋帝王，軼漢唐，由此其階也已。臣賦性疏愚，不識忌諱，握筆至此，不自知其言之過於激，亦不自知其言之過於泛。冒犯天威，罪在不赦，惟陛下留神。臣謹對。

廷試前兩日，先生苦河魚，且不能食。試之日，丑寅間强起，乘籃輿，趨馳道外，幾不能支吾。至昕，諸進士趨麗正門之旁門，先生隨群擁並而入，頂踵汗流，頓覺蘇醒。至殿廊，恭受御策題，就題命意，文思湧泉，運筆如飛，所對且萬言，未時已出矣。或謂有神物者，盪滌其中，以吐其奇。是豈偶然之故哉！道體堂謹書。

【校記】

〔一〕處常　有焕本、文柱本、周本作「處恆」。
〔二〕爲速　有焕本、文柱本、周本作「爲遠」。
〔三〕履位　有焕本、文柱本、周本作「履立」。
〔四〕視阜　文柱本作「視政」。
〔五〕泰和　有焕本、文柱本作「太和」。
〔六〕累於　有焕本、文柱本作「累以」。
〔七〕間不容髮　韓本、鄒本、四庫本作「間不容毯」。
〔八〕劉幾　有焕本、文柱本、周本作「劉機」。
〔九〕招　有焕本、文柱本作「詔」。
〔一〇〕棄去　韓本、鄒本、四庫本作「氣去」。
〔一一〕趨浙　「趨」原作「趁」，誤。據韓本、鄒本、張本、四庫本、文柱本改。元諭本、文柱本作「趨淅」。
〔一二〕防拓　有焕本、文柱本、周本作「防拒」。
〔一三〕久則徵　原作「久則證」，誤。據文柱本改。
〔一四〕徵久　張本、有焕本、文柱本作「徵久」。韓本、四庫本作「悠久」。
〔一五〕泛者　原作「激者」，誤。據有焕本、文柱本、周本改。
〔一六〕如此　有焕本、文柱本、周本作「於此」。

封事

己未上皇帝書

十一月吉日，敕賜進士及第臣文天祥昧死百拜，謹奉詔獻書於皇帝陛下。臣一介疏賤，遭逢聖明，猥以庸愚，早膺親擢。世道悠悠，風塵流靡，臣於其間蓋嘗感激奮發，以爲由今之道，無變今之俗，一日有關於天下國家之故。懼以無辱〔一〕使令，杜門四年，讀《禮》之外，蓋未嘗一日不思以自效也。乃夏五，陛下臨軒策士，偶垂記憶，起臣於家居，進臣於仕籍。臣伏被宸命，感激不自勝。追惟蒙恩之初，阻於朝謝，北望天路，輒奉表以聞，伏蒙聖慈許臣詣拜闕下，德至渥也。臣就道以來，不圖國事浸艱，邊烽頓迫。陛下引咎責躬，改過更始，召還舊德，斥去元姦，凡可以當天意回人心者，無所不用其至。伏惟陛下不自神聖，猶親灑宸翰，誕布詔書，庶幾中外臣庶危言極論，以有補於今日之故。陛下悔悟之意上通於天，天下於此感服〔二〕陛下之勇。臣甫及趨謝闕庭，兩讀綸音，爲之哽咽下泣。君臣之義，與天地並立，況臣蒙被厚恩，非衆人比，使於此時泯泯默默，上負陛下，内負帝衷，尚何以飲食於載履間哉！是用不避斧鉞，輒奮愚衷，條其説以獻，惟陛下裁幸〔三〕。

一曰簡文法以立事。夫貴爲天子，富有四海，垂衣拱手，以雍容於穆清之上，至尊之體也。不幸際時艱難，兵革四起，俯仰成敗，呼吸變故，此非用馬上治不濟。今國勢搶攘，固猶未至如馬上之急，然寇入腹心，事干宗社。陛下爲皇皇拯救之謀，不得不略倣馬上治之之意。今陛下焦勞於上，兩府大臣黽勉於下，君臣之間，不可謂非日計軍實而申儆之者。然尊卑闊絶，禮節繁多。陛下平旦視朝，百官以次奉起居，宰相摺笏出奏，從容不踰時。軍國大事，此雖陛下日夜與宰相汲汲而圖之，猶懼不既，謀王斷國之設施，尊主庇民之藴蓄，豈能以頃刻交際而究竟之哉？陛下退食之暇，雖時出内批，以與宰相商論；宰相又時有奏報，以出其建明。然天下事得於面論者，利害常決於一言；筆墨所書，或反覆數百言而不足。事機交投，寸陰可惜。使宰相常有此等酬酢，則一事之末，固有費其日力者矣，其於幾務豈不有所妨哉？古者天子之於大臣，或賜坐，或賜食，或奏事至日昃，或論事至夜分。凡皆以通上下之情，爲國家至計也。賜茶之典，五代時猶有之，惟國初范質、王溥頗存形迹，此事遂廢。陛下莫若稍復古初，脱去邊幅，於禁中擇一去處，聚兩府大臣，日與議軍國大事，陛下賜之款密，親是非可否於其間。衆議惟允，則三省晝時施行。上下如一，都俞嘘咈之間，必將有超然度外之舉，天下何事不可爲，何難不可濟？至於除授，尤有關繫。且如近者重臣建閫之事，方帥海門，隨遷建鄴，甫鎮建鄴，又進上饒，佈置變换，如弈棋然，卯詔辰行，奔命不給。大者措畫之如此，小者遷徙之更多。人無定志，事無成謀，當此艱危，豈不誤事？繼自今始，陛下宜與大臣熟議，某人備某職，某人任某事，人物權衡，當而後用，朝廷命令，奠而後發。如此，則觀聽者不至皇惑，驅馳者不至遲回。人知其令出惟行，則無輕朝廷之心；士大夫知其可以展布四體，則鞠躬盡瘁而無觀望。其於國事，厥非小補。又如用一人也，或出於陛下之拔擢，或出於宰相之啓擬，中書已費行移，後省方及書讀，或有不當，又至繳駁；比其不繳駁也，則書黄徑下，其人徑受命矣，臺諫始從而有所指陳。是致國論紛紜，而内外職守遷移如傳舍，施之平時，雖有體統，用之今日，恐悮事機。臣愚以爲：陛下宜倣唐諫官隨宰相入閤故事，令給舍臺諫從兩府大臣日入禁中聚議。其有不可，應時論難，不使退有後言。如此，則國事無聚訟之譏，宸命無反汗之失，事會無濡滯蹉跌之悔，豈不簡便易行哉？若夫中書，乃王政之所由出；宰相之重，又天子之所與論道經邦，而不屑其他者也。今宰相來於倉卒之中，而制千里之難，立於敗壞之後，而責一旦之功，此雖敏手不能以大有爲。須是博采四方之謀，旁盡天下之慮，而後不債於事。側聞軍期文書填委叢積，宰相以其開誠佈公之歲月，弊弊焉於調遣科降之間，侍從近臣且日不暇相接矣。諸葛亮以區區之蜀，抗衡天下十分之九，究其經濟大要，則曰「集衆思，廣忠益」。今衆思不暇集，忠益不暇廣，宰相不得已竭其一心，役其兩耳目，日與文書期會相尋於無窮，此豈其才之不逮哉！我朝三省之法繁密細碎，其勢固至此也。柳宗元有言：「失在於制，不在於政。」爲今之計，惟有重六部之權，可以清中書之務。今六部所司，絶是簡省，其間長貳，常可缺員。莫若移尚書省六房隸之六部，如：吏部得受丞相除授之旨，而行省劄；兵部得禀樞密調遣之命，而發符移；其他事權，一倣諸此。而又多置兩府屬官，如檢正、都承之類，使知蜀事者置一員，知淮事者置一員，知諸路事者置若干員。兩府日與其屬劘切講畫，以治此寇，而文書行移不與焉。如此，則大臣有從容之暇，可以日見百官以及四方賢俊。酬應簡則聰明全，心志壹則利害審，塞禍亂之路，開功名之門，當自此始，惟陛下思之。

二曰倣方鎮以建守。今天下大患在於無兵，而無兵之患，以郡縣之制弊也。祖宗矯唐末五代方鎮之弊，立爲郡縣繁密之法，使兵財盡關於上，而守令不得以自專。昔之擅制數州挾其力以爭衡上國者，至此各拱手趨約束，捲甲而藏之。傳世彌久，而天下無變，然國勢由此浸弱，爲盜賊遂得恣睢於其間。宣靖以來，天下非無忠臣義士、强兵猛將，然各舉一州一縣之力以抗寇鋒，是以折北不支而入於賊。中興之臣，識循環救弊之法，蓋有建爲方鎮之議者矣。失此不圖，因循至今日，削弱不振，受病如前。及今而不少變，臣不知所以爲善後計矣。今陛下命重臣建宣閫，節制江東西諸州，官民兵財盡從調遣。廟謨淵深，蓋已得方鎮大意矣。然既有宣閫，又有制司，既有制置副使，又有安撫副使，事權俱重，體統未明。有如一項兵財，宣閫方欲那移，諸司又行差撥。指揮之初，各不相照，承受之下，將誰適從？今日之事，惟有略倣方鎮遺規，分地立守，爲可以紓禍。且如江西一路，九江、興國、隆興與鄂爲鄰，朝廷既傾國之力以赴之，姑所不論，惟寇之至湖南者已宿堂奥，此外八州，其措置不容苟簡。八州之中廬陵、宜春最當衝要。虜之爲兵，其法常有所避。避八桂則出清湘，避長沙則出衡陽。今宜春見謂有兵，惟廬陵猶此無備。捨堅攻瑕，棄實擊虚，虜既以此爲得策，則夫避宜春而趨廬陵，其計將必出於此。州縣之事力有限，守令之權勢素微。虜至一城則一城創殘，至一邑則一邑蕩潰。事勢至此，非人之愆。若不别立規模，何由戡定禍亂？臣愚以爲：莫若立一鎮於吉，而以建昌、南安、贛隸之；立一鎮於袁，而以臨江、撫、瑞隸之。擇今世知兵而有望者，各令以四州從事。其四州官吏，許以自辟，見在任者，或留或去惟帥府所爲，去者令注别路差遣。其四州財賦，許以自用，自交事一日始，其上供諸色窠名，盡予帥府；交事以前，見未解數目，亦許截留。其四州軍兵，見屬伍符者必寡弱而不振，見行團結者必分散而不齊。許於伍符團結之外，别出措置，收民丁以爲兵。彼一州之緊急者，得三州稍寬緩之力以爲之助；三州之寬緩者，得一州當其緊急而無後憂。不出二三月，如吉如袁，其氣勢當自不同。倣此而行之，江東、廣東，無不可者。夫郡縣方鎮之法，其末皆有弊，所貴乎聖人者惟能通變而推移之。故郡縣所以矯方鎮之偏重，方鎮所以救郡縣之積輕。今郡縣之輕甚矣，則夫立爲方鎮之法，以少變其委瑣不足恃之勢，真今日之第一義也。陛下一日出其度外之見，不次拔數人之沈鷙英果者，委以數鎮，俾各爲國家當一面，則郡縣之間文移不至於太密，事權不至於太分，兵財得以自由，而不至於重遲而不易舉。旬月之間，天下雷動雲合，嚮應影從，驅寇出境外，雖以得志中原可也，尚何惴惴宗社之憂哉！

三曰就團結以抽兵。抽兵之説，臣前已開其端，而其節目未悉也，請再陳之。夫取兵於民，周井田、唐府兵之遺法也。今使者四出，分行營陣，俾各處團結以自爲鄉井之衛。疾行之中，此亦庶幾善步者，然而無益也。近時朝廷以保伍爲意，官府下其事里胥，爲里胥者沿門而行，執筆以抄其户口，曰官命而各爲保伍也。已而上其籍於官，又從而堊通塗之壁，取其甲分，五五而書，曰保伍。如古〔四〕所謂保伍者，如此而已。臣居廬陵，往往有寇警，則鄉里又起所謂義丁者。一日隅總擊柝以告其一方曰：「寇至毋去諸，而等各以某日聚某所，習所以守望。」至其日也，椎牛釃酒以待，隨其所衣，信其所持，從而類編爲之伍。一匝乎村墟井落之間，翕然而聚，忽然而散。則義丁者，又止如此而已。今朝廷命使以團結，州縣奉旨而行移。計其規爲佈置，當有加密於臣所言者。然某所若干人，某所又若干人，屬邑合狀帳申郡府，郡府合狀帳申朝廷，計其數目，當自不少。然其分也散而不一，其合也多而不精。故當其分，則鄉村無以通於鎮市，鎮市無以通於城郭。虜突如其來，彼一方者力不敵，勢不支，老弱未及揀，教閱未及施，雖有金鼓旗幟之物，而未知坐作進退之節也，雖有城池山澤之險，而未知備禦攻守之方也。且民之聚也，使之自峙其糧，自備其飲食，則有所不能，仰於官則無以給也，有以給則又不能久也。臣故曰無益也。夫前所謂或千人，或數百人，此隅總一日能辦也。今建言者不察其聚之易而用之難，增兵之有名而拒寇之無實，乃欲視其團結之多寡，升降其官賞以爲勸，且意其一日之急，或者可驅而他之。賈誼有言，皆非事實知治亂之體者也。陛下忱〔五〕能委數州立一方鎮，莫若俾爲帥者就團結之中，凡二十家取其一人以備軍籍。一郡得二十萬家，則可以得一萬精卒。例而行之諸州，則一鎮新兵當不下二三萬。州郡見存之租賦可以備兵食，見存之財利可以備軍需。古人抽丁之法，或取之三家，或取之五家。今官收其米以就爲養，收其財以就爲用〔六〕。既食其力，不當又重役其人。惟於二十家取其一，則衆輕而易舉，州縣號召之無難。數月之内，其事必集。爲帥者教習以致其精，鼓舞以出其鋭。山川其便習也，人情其稔熟也，出入死生之相爲命也，鋒鏑之交，貌相識而聲相應也。如此兵者，一鎮得二三萬人，當凛凛然不下一敵國。今諸路列鎮，則精兵雖十餘萬可有也。太祖皇帝南征北伐，所至如破竹，計其兵曾不滿二十萬。使吾於諸閫之外別得十萬精兵，則何向而不可哉！或曰國家經常皆用供億，州縣財賦各有窠名，今上流之兵未解，江淮之饋如故，使移此事力以給方鎮之兵，如諸閫何？嗚呼！擇害莫若輕，擇利莫若重，臣蓋籌之審矣。夫京湖之路既梗，則雖欲漕運而舟楫不能以前；江廣之備既虛，則雖有財賦而土地不能以自保。與其束手無措以委輸於虜，孰若變通盡利以庶幾虜之可逐也？且夫江廣既全，則吾之境內其惟正之供者尚多也。陛下撫此厄運，不得不勉自節縮，曲爲通融，多方以濟諸閫之急，支吾年時，寇必就盡。然後一正吾之郡縣，一復吾之經常，未晚也，不然，殆未知其所終。惟陛下深思亟圖之。

四曰破資格以用人。本朝用人，專守資格。祖宗之深意，將以習天下之才。世雖有賢明忠智之人，英偉奇傑之士，亦必踐歷之多，涉歷之熟，積勞持久而後得至於高位，養成遠大之器，消弭僥倖之風，人才世道，胥有利賴。然其弊也，有才者常以無資格而不得遷，不肖者常以不礙資格法而至於大用。天下卒有變，不肖者當之，而有才者拱手熟視，夫是以常遺國家之憂。臣嘗見數年以來，邊陲之間偶缺一帥，陛下傍徨四顧，弄印莫屬，挨排應急，不得已，常取監司之風力者爲之。趙魏老不可以爲滕薛大夫，陛下非不知其然也。他人資格或有未及，而彼適可得之。雖其才具容有不逮，然猶意境外無事，以幸其不至於敗缺。比其敗缺，則倉皇變易，常至於失聲色而後已。嗚呼！此平世拘攣之弊也。今天下事勢潰決已甚，一有蹉跌，事關存亡。百夫不可輕擇將，一壘不可輕畀守，況其重者乎！今自朝郎以上，凡內之卿監侍從，外之監司郡守，紫朱其綬，唱喝〔七〕車蓋而出者，不知幾人。使其中果有非常之才，堪任將帥，則是望實既優，資格又稱，一日舉而置之萬夫百將之上，誰曰不然？然臣意陛下之未有其人也，則夫宗社安危之機，不可輕決於庸人而有資格者之手。世之能辨事者固多矣。三辰不軌，拔士爲相，蠻夷猾夏，拔卒爲將，事固各論其時也。今何如時，尚拘拘孑孑於資格之末！臣觀州縣之間，凡寮底小官馳騁於繁劇之會者，蓋甚有之。薦引之法，浸弊於私，而改官之格，率爲勢要者所據，孤寒之中獨無可任大事者乎？三歲一貢士，碌碌成事者衆，而氣概才識望於鄉里曾不得一名薦書。抱膝隆中，杖策軍門，固皆縫掖章甫之流也。夫今日之士，他日之官也；今日之小官，他日之爲公卿者也。天下有事，凡能擔當開拓、排難解紛，惟其才耳。固有明知其人之有才，而拘於資格之所不可，則亦姑委棄之，此豪傑之士所以痛心疾首於世變之會也。陛下如建立方鎮，收拾人才，臣願明詔有司，俾稍解繩墨，以進英豪於資格之外。重之以其任，而輕授以官，俟其有功，則漸加其官，而無易其位。漢唐法度疏闊，其一時人才常倜儻不羈。本朝以道立國，以儒立政〔八〕，則亦無取乎爾。然至於今日，事變叢生，人物落落，奈何不少變之哉！至如諸州之義甲各有土豪，諸峒之壯丁各有隅長，彼其人望，爲一州長雄，其間蓋有豪武特達之才可以備總統之任，一日舉之以爲百校之長，則將帥由是其選也。其穎異通敏者，引之於帷幄樽俎之密，又從而拔其尤者，委之以人民社稷之重，則人才不可勝用也。至如山巖之氓，市井之靡〔九〕，刑餘之流，盜賊之屬，其膽勇力絶足以先登，其智辯機警足以間諜，使貪使愚，使詐使勇，則群策群力皆吾屈也。昔之方鎮食其土地，用其人民，拊循其士大夫，馳策其跅弛之士，故雖以區區之地，常足以與天下爭雄。今雖未至於此，然陛下仿佛而行之，則吾規模意氣固已一變前日之弱矣。惟陛下熟計之，幸甚！

夫古之爲天下國家者，常有敵國相持之憂，然而立乎四戰之衝，雖將衂兵潰，屢起〔一〇〕屢仆，而其國終不可動，由卓然有所立故也。今陛下奮發神斷，赫然悔悟，所以洗舊汙，更宿弊，如雷霆風雨，交馳並至而不可禦。陛下亦求所以爲自立矣，而未得其方也。自立之方，臣前所獻之數條是已。雖然，臣意陛下未之能行，則有説也。何也？悔悟之意未明也。奸人當國，指天下能言之士謂之「好名譁競」。使「好名諱競」者常在朝廷，則清議之福，陛下必及受用，事應不至今日。惟浸潤膚受，爲毒已深，而後陛下之人才盡逐。陛下今既悔悟矣，然鋒車所召，率未及前日擯棄流落之人。或謂陛下猶有畏其不靖共之意。夫今日之禍亂，靖共之報也，陛下猶有愛於貌爲靖共者邪？此悔悟未明之一也。三數年前，縉紳之能出臆論事者既爲奸人所屏，學校之士猶叩閽亹亹不自已。奸人疾其爲害己也，託名學法，重致意於禁上書之一條，而後陛下之言路盡塞。陛下今既悔悟矣，然食肉之徒未有能出一語以救陵遲之禍，惟學校不憚懇懇以爲言。彼其所陳，固有未盡切實者，陛下何不擇其善者而施行歟？此悔悟未明之一也。今有人焉，陷於酒色，湛溺而不自知，元氣日耗蝕於内，客邪日衝擊於外，四肢百骸，幾至解體。一日倏大悔悟，自創其酒色之愆，而使爲朋友僕御者各得以勤攻己之短，其爲身謀幾晚矣。然知湛弱之爲病，而猶諱其所從來，則是病根固在也。人非不知愛身，彼諱病根而不肯决去者，説其小而忘其大也。陛下所以救社稷重於救身，則夫病根所在，何所顧惜而不之去歟？高宗皇帝以麥飯豆粥之苦，植立東南百四十年太平之基。陛下嗣無疆大曆服，所以撫摩愛養，培億萬年丕天〔一二〕之休，加用力焉。不幸比者中外怨叛，吾之赤子自延寇入室，謀危國家。蓋至今日，遠近爲之荷擔，宗社幾於綴旒。天下之人追咎其失，以爲聚歛之過。而聚歛之事，通國憤然怒駡，以爲倡於陛下左右之人。夫此一人者，竊弄威權，上累聖德，其凶談威惡、蠹國害民者，臣不能具數，獨其攘臂聚歛，招集奸凶，爲陛下失民失土，以貽宗社不測之憂者，其罪莫甚焉。趙簡子命尹鐸爲晉陽，尹鐸曰：「繭絲乎，保障乎？」簡子曰：「保障哉！」古之爲天下計者，不屑於其小，而惟遠者是圖，不快於目前之求，而常恐其一朝之患。故雖簡子區區之大夫，尹鐸區區之小吏，其所規爲，猶及於此。國家之大，不可以田舍翁自爲也。後之人君思以富雄天下，固有時出其聚歛之術。然猶繭絲自繭絲，保障自保障。何物刑餘，爲謀不臧，率天下以共向繭絲之的，而保障之地亦不得免焉。繭絲之毒不可忍，而後保障之禍不可爲。陛下間者屢出内帑金帛，分給諸司，期有救於難。然調度方殷，兵革又不得息。前日聚繭絲之得未什伯，今日救保障之費蓋千萬億秭而未有已也。嗚呼，誰生厲階，至今爲梗？向使此人者不以聚斂斲伐祖宗涵洪寬大之仁，蠡賊陛下神明英武之德，則必不妄籍民財以入脩内司，必不豪奪民産以實御莊，必不諧價西園以布中外貪酣之寵〔一二〕，必不交通南牙以開朝廷污濁之門。如此，則奸人必不得竊據相位，偏置私人；如此，則疆禦掊克之流必不得齒於縉紳，玷於節鉞；如此，則各郡有賢守，各路有賢監司，必不侵漁以交結北司，剝割以應奉内獻。民心必無變，宗社必無危。今朝廷知江閫虐取漁舟，故吾〔一三〕人爲虜鄉導以至於此，曾不知是數年間，外之監司郡守，求爲交結應奉而一切不卹，以失吾民戴宋無二之心者所在有之，江閫之事偶著爾。今論者追訟江閫之罪，死有餘責，則夫使士大夫留留焉爲聚斂，重失人心，激天下以各懷怨叛，如臣所指之人者，一死詎足道哉！且夫奸人之入相也，使非此人者與之相爲表裏以掩陛下之聰明，密爲遊揚以開陛下之信用，則賢者必不以好名中傷，言者必不以嘩競逐去，學校之持公論者必不以喧横得禍，士大夫之秉直節者必不以貪贓加罪。朝廷清一，言路光明，邪人何自而赫張，民瘼何自而壅隔，人離而陛下何以不覺，寇至而陛下何以不知？彼其依憑陛下恩寵，以爲奸人奥主，故顛倒宇宙，濁亂世界，而得以無忌憚。使陛下今日訟過於天地，負媿於祖宗，結怨於人民，受侮於夷狄，則豈獨一奸人爲之哉？原情定罪，莫重於奥主，而奸人次之。莊周曰：「兵莫憯〔一四〕於志，鏌鋣爲下。」言刺人而殺之，不在於手，而在於心；不在於鋒，而在所以用其鋒者。奸人則鏌鋣也，奥主則志也。方今國勢危疑，人心杌隉，陛下爲中國王〔一五〕則當守中國，爲百姓父母則當衛百姓。且夫三江五湖之險尚無恙也，六軍百將之雄非小弱也，陛下卧薪以厲其勤，斫案以奮其勇，天意悔禍，人心敵愾，寇逆死且在旦夕。或謂其人者鋪張驚憂，以沮陛下攘寇之志；處分脆弱，將誤陛下爲去邠之行。居前日則曰我能爲君充府庫，以盜其權；居今日則獻其小心，出其小有材，使陛下意其緩急可恃，以固其寵。向非陛下參酌國論，堅凝廟謨，爲效死不去之計，則一日嘗試其説，六師一動，變生無方，臣恐京畿爲血爲肉者，今已不可勝計矣。小人誤國之心可勝誅哉！臣愚以爲：今日之事急矣，不斬董宋臣以謝宗廟神靈，以解中外怨怒，以明陛下悔悟之實，則中書之政必有所撓而不得行，賢者之車必有所忌而不敢至，都人之異議何從而消，敵人之心膽何從而破？將士忠義之氣何自激昂，軍民感泣之淚何自奮發？禍難之來，未有卒平之日也。千金之家，得一僮奴稍足以稱其私，雖害於而家，未忍亟去；況其人給事之歲月已深，乞憐之懇款已熟，陛下性資仁厚，亦豈〔一六〕忍遽甘心焉？然宗社之事重，左右之恩輕，蠹民誤國之罪深，承顔順色之愛淺。伏惟陛下以宗廟社稷之故，割去私愛，勉從公議，下臣此章，付之有司，暴其罪惡，明正典刑，傳首三軍以徇。如此，而天下不震動，人心不喜悦，將士不感泣而思奮，虜寇不駭愕而謀還，是人心天理可磨滅也，是天經地義可澌盡也，臣所不信！臣嘗讀諸葛亮《出師表》，輒捲〔一七〕卷哀憤，悲其用心。亮之言曰：「宫中府中，俱爲一體，陟罰臧否，不宜異同。若有作奸犯科及爲忠善者，宜付有司，論其刑賞，以昭平明之治。」亮將獎率三軍，北定中原，攘除奸凶，興復漢室，其於宫府之政，宜若無與，而獨區區以此爲先者，良以社稷安危之權，國家存亡之故，不在於境外侵迫之寇，而内之陰邪常執其機牙，此亮之所以深權内外本末之理，而先窒其禍亂之源也。今臣上自朝廷，下至州縣，所以分晝其規模，纖悉其經緯，以上助尊夏攘夷之一晝者，已略備矣。而臣獻其狂愚於末，猶有感於亮之所言。區區劣功〔一八〕何敢引亮爲證，顧所以忠君愛國之心，則亮之爲也。臣非不知疏遠之人指陳無狀，干犯天誅，罪在不赦；且使幸赦之不誅，則左右之人仇疾臣言，亦將不免。然臣所以不顧危亡，寧以身犯不測之鋒者，義命之際，臣固擇之精矣。方今社稷震動，君父驚虞，此所謂危急存亡之秋。臣委質爲臣，與國同休戚，親見外患如火燎原，而内寇又復植根固、流波漫，則禍難無涯，臣死亡正自無日。與怵迫於權勢之威，憂疑於一己之禍，噤口結舌以坐待國家之難而後死，孰若犯死一言，感悟天聽？如陛下以爲狂妄而誅之，臣固已自分一死。萬一陛下察臣之忠，行臣之言，以幸宗社，則臣與國家同享其休榮，等死之中又有生路。此臣所以齎咨涕洟，望闕懇悃而不能自已也。臣冒瀆天威，殞越震懼，謹席稿私室以俟威命之下。臣無任瞻天望聖、激切屏營之至，不備。臣某昧死百拜上。

此先生開慶己未伏闕書也。先生丙辰狀元及第，乃穆陵親擢。舊例：三魁唱名罷，賜袍笏，謝恩，入幕，賜御饌，進謝恩詩，出賜席帽。於闕門外上馬，迎入期集所者，又名狀元局。官給錢物，供張皂隸等。於此所聚同年，待賓客，刊題名小録，賜聞喜宴，進謝宴詩，如此者一月。然後率榜下士，詣闕門謝恩，謂之門謝。門謝後，命之初階，内狀元授承事郎、簽書〔一九〕某軍節度判官廳公事。至後一科放進士榜，則前一科狀元召入爲秘書省正字，名曰對花召。此舊例也。先生入期集所數日，嚴侍有疾，即謁告還邸侍藥。未幾，乃有失怙之變，即持服扶柩歸里。服除，閉門度日。後一科當對召日，始除僉書寧海軍節度判官廳公事。蓋先生未除官而即持服，故除初階。先生上請未敢受官，乞行門謝禮，奉旨允。己未冬，造朝門謝。適有江上之警，應求言詔上此書，不報而歸。未幾，又除簽書鎮南軍節度判官廳公事。先生上請，乞奉宫觀香火，以安分守，除主管〔二〇〕建昌軍仙都觀。未幾，除秘書省正字。誥辭云：「倫魁登瀛，故事也。然始進，大率以虚名。既久，乃知其實踐。爾則異是，初以遠士，奉董生之對；繼以卑官，上梅福之書。天下誦其言，高其風，知爾素志，不在温飽，麟臺之召，其來何遲！語有云見大名難，又云保晚節難，爾其厚養而審發之，使輿論翕然曰：朕所親擢敢言之士。可陞校書郎。」又陞著作佐郎，兼景獻太子府教授。值巨閹董宋臣再出用事，於是上章極論，遂出知瑞州。此章見於後，今略敘其概云。道體堂謹書。

【校記】

〔一〕懼以無辱　韓本、四庫本作「懼無以辱」。
〔二〕感服　韓本、鄢本、四庫本作「咸服」。
〔三〕裁幸　韓本、四庫本作「財幸」。
〔四〕如古　韓本、鄢本、元諭本、張本、四庫本作「如右」。
〔五〕忱　文柱本、民國本作「誠」。
〔六〕用　原作「生」，誤。據韓本、鄢本、元諭本、四庫本改。
〔七〕唱喝　韓本、四庫本作「唱呵」。
〔八〕立政　有焕本、文柱本、周本作「立教」。
〔九〕靡《歷代名臣奏議》作「輩」。
〔一〇〕屢起　韓本、鄢本、四庫本作「屢赴」。
〔一一〕丕天　四庫本作「至天」。
〔一二〕貪酣之寵《歷代名臣奏議》引作「貪酷之種」。
〔一三〕吾　有焕本、文柱本作「無」。
〔一四〕潛　原作「憯」，誤。據鄢本、元諭本、四庫本改。
〔一五〕中國王　韓本、鄢本、四庫本、文柱本作「中國主」。

〔一六〕亦豈　有焕本、文柱本、周本作「豈亦」。

〔一七〕捲　鄢本、張本、四庫本、《歷代名臣奏議》作「掩」。

〔一八〕劣功　四庫本作「劣坊」，文柱本作「劣躬」。

〔一九〕簽書　原作「僉書」，誤。據韓本、四庫本改。下同。

〔二〇〕主管　原作「中管」，誤。據韓本、四庫本改。

癸亥上皇帝書

七月吉日，具位臣文天祥謹昧死百拜，獻書於皇帝陛下。臣畎畝末學，天賦樸忠，遭逢聖明，早塵〔一〕親擢。己未之夏，陛下廷策多士，記憶微臣，俾佐京兆尹幕。時臣不敢拜恩，乞行進士門謝，旨令赴闕。其冬實來行禮，適值寇難方殷，江上勝負未决，而全、永、衡且破。於時京師之勢，危如綴旒，上下皇皇，傳誦遷幸。臣得之目擊，忱恐〔二〕六師以一朝而動，京社之事關繫不細。采之公論，則謂寇禍起於憸壬之聚歛，而憸壬用事則主於董宋臣。至於遷幸一事，宋臣張惶處分，尤駭觀聽。事勢至此，死且無日，臣忠憤激發，叩閽上疏，乞以宋臣尸諸市曹，以謝生靈荼毒之苦。指陳觸忤，自分誅斥，出關待罪，不報，亟歸山林，側聽聖裁。臣章雖不付出施行，而竟〔三〕亦不坐臣以罪；非惟免於罪而已，改命洪幕，從欲與祠，又寵綏之。臣嘗以爲區區父母之身，既委而徇國矣，陛下赦而不誅，臣之再有此身，是陛下賜之也，感激奮發，常恨未有一日答天地之造。前冬誤辱收召，畀以館職；曾未幾時，進之以著庭，寵之以郎省。臣之取數於明時者，益以過多。共惟聖德日新，朝無闕事〔四〕，臣得從事鉛槧，悉意科條，以無忘「靖共爾位」之訓，忱幸忱荷。兹者倏讀報狀，宋臣復授内省職事，臣驚嘆累日，不遑寧處。繼傳御批洊畀兼職，且使之主管景獻太子府。臣備員講授，實維斯邸，此人者乃爲之提綱。當其覆出，臣自揆以義，且無面目以立朝，況可與之聯事乎！請命以去，臣之分也。然臣端居深念，託故而去，謂之潔身可也。陛下未嘗拒言者，言而當於可，陛下未嘗不行；臣不言而去，則於事陛下之道爲有未盡，是用不敢愛於言。伏惟陛下鑒臣之衷，而幸聽焉。

臣伏讀國史，竊見孝宗皇帝所以待贄〔五〕御者，終始之際，恩威甚明。臣嘗以爲自古人主，寬仁莫如孝宗，英斷亦莫如孝宗。方曾覿、龍大淵輩用事，周必大言之，龔茂良言之，劉度言之，鄭鑒、袁樞言之。言者日以盛，而孝宗假以恩寵，未嘗爲之少衰。孝宗豈咈諫者哉？聖心寬仁，未忍驟有所加也。比其招權弄勢，日益翕赫，小心謹畏之態昵昵於前者，迄不能掩其陰私傾險之迹，或以見疏死，或以坐罪廢。英斷如此，豈以寬仁而遂失之姑息哉！開國承家，小人勿用，聖子神孫，一守是法。共惟皇帝陛下以聰明操制萬幾，以神武經緯六合，四十年間，凡經幾大禍亂，幾大驚危，易轍改弦〔六〕，重新整頓，功業逐日以新，聲名隨風而流。尚論聖德，三代以下之英主，未能或之先也。神明之下，侍御僕從罔匪正人，旦夕承弼厥辟，固其所也。惟是宋臣兇鷙慘毒，不可嚮邇。陛下曩以其小有才而假借之。小人不足大受，倚恃權勢，無所不至。戊午、己未間，天下指目，共欲甘心，臣冒死先爲陛下言之。陛下於此時猶有徘徊顧惜之意，未即加罪也；而縉紳學校交疏其惡，伏闕投匭殆無虚日，陛下始豁然大悟，奪其太阿，屏置畿郡。中外鼓舞，歌誦盛德。臣妄謂陛下之寬仁全似孝宗，陛下之英斷亦全似孝宗。漢家自有制度，固應如是。詩云：「維其有之，是以似之。」雖然，陛下稟天地沖和之全氣，接帝王忠厚之上傳，寬仁英斷雖並行而不相悖，二者分數，寬仁較多，是以如此人者，遂得以生全於覆載之内。尋醫之旨未幾，朝請之命復下，今者又使之内居要地，日覲宸光。惟至聖爲能寬裕有容，有如此者。然臣嘗聞之，惟仁者能好人，能惡人。蓋仁則無私，無私故能好能惡，聖人豈專以博愛爲仁哉？漢唐宦官之禍，其後至於濫觴而不可救，推原其初，則起於時君一念之不忍。是故古人之防微杜漸，不敢忽也。《語》曰：「往者不可諫，來者猶可追。」宋臣前此誤國之罪，陛下既赦之而勿問矣，臣何敢追尤往事，上瀆聖聰？獨爲方來計，則嫠緯〔七〕之憂，不能忘情焉。夫以陛下聖明在上，孤雛腐鼠亦何敢晝舞夜號，少作喘息？其人心性殘忍，群不肖所宗，竊恐復用之後，勢談肆張，植根既深，傳種益廣，末流之禍，莫知所届。近者陛下親製十四規，丕哉聖謨，爲萬世計甚悉；有如此事，獨可以爲小故，無與於貽謀，而闊略之哉？宋臣之爲人，臣實疏遠，亦安能以盡知之？惟是天下之惡名萃諸其身，京國閭巷，無小無大，輒以「董閻羅」呼之。陛下之左右，使令亦衆矣，此名不歸之他人，而惟此一人是歸，則豈不召而自至也哉？陛下毋以其退然謹愿而謂其未必怙威生事也，毋以其甘言卑詞而謂人言爲已甚也。千金之家，强奴悍僕恣横閭里，至其服役於主人之前，固亦未嘗不小廉曲謹而可信也。此事雖小，可以喻大。陛下儻察及此，則亦何愛於此一人，而閟惜英斷，以重違天下之心哉！伏望陛下稍抑聖情，俯從公議，縱未忍論其平生之惡以寘之罪，亦宜收回成命，别選純謹者而改畀之。失一兵，得一兵，於國家事夫亦何損？於以厭人心之公，於以示來世之法，於以防天下之禍於未然，令聞令望，施於無疆，臣子之願，莫大於此。臣實何人，輒上封章以仰及於萬乘之所親信，蚍蜉撼木，自速齏粉，可謂愚甚。然臣方備位中朝，使其以厚禄糊口，坐取遷擢，豈不得計？而臣子所以事君，正義謂何？世道升降之大幾，國家利害之大故，奈何坐而視之，噤不發一語？上負天子，下負所學，貽無窮羞。此臣所以不敢强顔以留，亦不敢詭辭以去，忘其嬰鱗〔八〕不測之危，以冀陛下萬一聽而信之。臣言得行，宗社之利也，臣之榮也。如臣之積忱，未足以仰動天聽，坐受斧鉞，九隕無悔。謹杜門席槁，以聽威命之下。

臣無任望闕瞻天、激切屏營之至，不備。臣昧死百拜。

【校記】

〔一〕早塵　有焕本、文柱本作「早承」。

〔二〕忱恐　文柱本、周本作「誠恐」。

〔三〕竟　四庫本作「克」。

〔四〕闕事　四庫本作「閑事」。

〔五〕贄　四庫本作「執」。

〔六〕易轍改弦　原脱「易轍改」，據有焕本、文柱本補。《歷代名臣奏議》作「天綱地紘」。

〔七〕韍緯　原作「婺緯」，誤。據韓本、鄢本、元諭本、張本、四庫本、文柱本、周本改。

〔八〕嬰鱗　有焕本、周本作「攖鱗」。

輪對劄子

臣早以書生，遭遇先皇帝親擢，事先皇帝垂十年，恨無涓埃補報天地。陛下龍飛繼運，移忠以事聖明，永肩乃心，臨鑒在上。比者臣來自外藩，待罪戎監，陛下親御宸墨，進之經筵，臣學殖凋蕪，循墻無路。自入侍氈厦，切見天顔晬穆，聖性謙虚。雖如草茅之愚，時賜訪問。臣感激殊遇，亦既得以悉數於前矣。猥當轉對，伏念臣職在講讀，今日聖學關天下治忽不細，輒因封事，畢吐其衷。

臣聞聖人之作經也，本以該天下無窮之理，而常足以擬天下無窮之變。天地無倪，陰陽無始，人情無極，世故無涯，千萬世在後，聖人亦安能預窺逆觀，事事而計之，物物而察之？然後世興衰治亂之故，往往皆六經之所已有。凡六經垂監戒以爲不可者，小犯之則關安危，大犯之則決存亡，如赴水火之必斃，如食堇葛之必毒。是何哉？聖人知有理而已，合於理者昌，違於理者僵。所貴乎帝王之學，惟能不悖乎六經，無蹈乎其大戒而已。嗚呼，聖人所以爲萬世慮者豈不甚智，所以爲萬世戒者豈不甚仁矣哉！《書》曰：「民可近，不可下。予視天下愚夫愚婦，一能勝予。」而後世猶有以民爲黔首，以覆其宗，爲天下笑者。《書》曰：「内作色荒，外作禽荒。」《詩》曰：「亂匪降自天，生自婦人。」而後世猶有〔一〕昭陽、華清、霓裳羽衣，以階漁陽之禍者。《書》曰：「謹乃儉德〔二〕，惟懷永圖。」又曰：「不作無益害有益，不貴異物賤用物〔三〕。」而後世猶有葡萄天馬、甲帳翠被，以致四海蕭然者。臣嘗嘆夫自聖經以來，時君不聞大道之要，生人不被至治之澤。秦至五季千數百年間，犯六經之顯戒者相望史册。聖人立爲大經大法，以幸〔四〕萬世，藐然未有聞焉，豈不惜哉！惟皇上帝畀矜斯文，孔孟微言，至我朝周、程、張、朱始大闡明，如朦斯發。先皇帝表章四書，尊禮儒先，爲往聖繼絶學，爲萬世開太平。穆考之廟，稱爲理宗，陛下親得精一之傳，而日就月將，緝熙於光明，斯道斯民，解后〔五〕千載。先皇帝欲爲唐虞三代之治，殆留與陛下使了此事。

臣睹陛下自踐祚以來，畏天尊祖，親親仁民，敬大臣，體群臣，尊其所聞，行其所知，何往非學？今朝廷清明，宫府齊一，大法小廉，罔越厥志，不可謂不治矣。然臣切怪去年寒燠失常，四方或以旱告，今年星文示變，雨雹見妖，近者積陰爲寒，皆名咎證。漢人縱閉之學，必謂一證主事，臣不能曉此，但即其影而想其形，因其流而疑其源，豈人所不知，己所獨知之也〔六〕，陛下猶有當反之六經者乎？陛下日御經筵，正道正言嘗接於耳，而又内庭不廢觀書。傳曰「多識前言往行，以蓄其德」，陛下蓋有之矣。臣愚，更願陛下虚心體認，切己省察。每誦一義善，可以爲法，即驗之身，曰吾嘗有是乎？無則勉之。每説一事惡，可以爲監，即揣之心，曰吾嘗有是乎？有則改之。言則慮其所終，行則稽其所敝。豈惟制治於未亂，保邦於未危？充道學之用，經綸天下之大經，範圍天地之化而不過。行而帝，行而王，以卒先帝主張道統之事業，臣何幸身親見之哉！《書》曰：「兢兢業業，一日二日萬幾。」夫一日二日之間，亦未至即有萬事，然一事不謹，則萬事〔七〕之幾，自此而兆。故撥亂本，塞禍源，無一息不當用功，兢兢業業，所謂必有事焉者也。惟陛下留神。

【校記】

〔一〕有　張本作「存」。

〔二〕謹乃儉德　《尚書・太甲上》原文作「慎乃儉德」。

〔三〕不作無益害有益不貴異物賤用物　《尚書・旅獒》原文作「不作無益害有益，功乃成；不貴異物賤用物，民乃足」。

〔四〕以幸　文柱本、民國本作「以教」。

〔五〕解后　文柱本作「邂逅」。

〔六〕獨知之也　原作「獨知之地」，誤。據萬庫本、叢刊本改。

〔七〕萬事　文柱本作「禍亂」。

擬進御筆為馬丞相、趙僉書上奏留平章

《書》曰：「三人占，則從二人之言。」蓋占取其同。自二人之同推之，卿士庶民無往不同者。師相欲去，二府以爲不可去，是千萬人皆以爲不可去矣。朕自師相有請，寢食不爲安。朕必不能違衆心，師相亦必不忍違朕心。嗚呼！尚鑒時忱，永綏在位，師相其聽之哉！所請宜不允。

又擬

周公相成王，終身未嘗歸國；孟子當齊世不合，故致爲臣。蓋常情以去就爲輕，惟大臣以安危爲重。苟利諸國，皇恤其身？若時元勳，爲我師相，先帝付託，大義所存，太母留行，前言可覆，胡爲以疾而欲告休？惟醫藥所以輔精神，惟安身所以保國家〔一〕。古者之賜几杖，雖當七十而不得引年；我朝之重辯章，雖過九旬而尚使爲政。勉釐重務，勿困眇懷。所請宜不允。

此先生直翰林院時，代言一二也。留平章二批，已進呈御前；賈似道有聞，嫌所擬無過褒之辭，且怒不先呈己，諷諭别直院官改作進呈。批出，竟不用先生所擬。先生即引先朝楊大年在翰林草詔，以一字不合真宗聖意，明旦，援唐故事，學士作文書有所改爲不稱職，當罷，因亟求解職，丐祠引去。賈似道以漆木史作字至先生勉留，大略云：直院援楊大年故事，豈非亦有大年性氣邪？如此者，在先朝以爲異，後來皆以爲常，近日馮、王二直院所擬，未嘗不反覆更定。既曰天子私人，又豈不通商

量？只如每年春帖，自有一等〔二〕忌諱字面。上每令似道，諭詞臣再三改定。諸公亦惟知謹承上意，直院特未知之耳。幸不必過爲突兀，而有遐心，至叩率幾臺，照先生貼名，繳還來槧。又上第二章，力丐祠，束擔出國門，而臺疏罷命出矣。先生有詩曰：「當年祇爲青山誤，直草君王一詔歸」是也。

道體堂謹書。

【校記】

〔一〕國家　韓本、鄒本、四庫本作「家國」。

〔二〕一等　原作「二等」，誤。據韓本、鄒本、張本、四庫本改。

擬册立皇太子文

皇帝若曰〔一〕：朕弗克於德，嗣先人宅丕后，三十有七年。夙興夜寐，怵惕惟厲，懼無以追配於前猷，自底不類。乃季秋將有事明堂，思惟皇天全付於〔二〕有家，繼繼承承，於千萬年。祖宗在天，眷相惟兹，蔽自朕志，貽厥孫謀。予〔三〕一人有辭，郊廟神祇祖考將安樂之。皇帝曰：猷，具官皇子某，爾忠孝豈弟，少如夙成。朕用疏爾王封，衍爾賦畬。欽乃服命，克懋厥德，惟爾休。昭事有嚴，俾爾圭邑，薄海内外，罔不咸一。其册爲皇太子，改名某。嗚呼，厥惟我前人造天丕基，創守惟艱哉！天難諶，命靡常，民罔常懷，懷於有仁。戒之哉！爾惟親正人，學於古訓，罔遊於盤，罔淫於逸，罔以非道孫志，罔以古之人無聞知。尊德崇道，由仁義行。乃若時守宗廟社稷，以爲祭主，天地神人，無疆惟休。朕不失爲知子，爾亦有令名。

於戲，欽哉！

【校記】

〔一〕若曰　四庫本作「告曰」。

〔二〕付於　文柱本作「付予」。

〔三〕予　原作「于」，誤。據韓本、四庫本改。

卷四

表箋

門謝表

臣某言：伏準省劄，五月二十八日三省同奉聖旨，文天祥添差簽書寧海軍節度判官廳公事，仍釐務。臣以賜第之初，未經門謝，未敢祗拜劄命，申乞指揮。續準省劄，七月十一日三省同奉聖旨，令朝謝訖之任。臣謹遵奉旨揮〔一〕，詣闕庭朝謝者。御大廷而發策，式廣旁招；奉清問以攄忠，誤承親擢。尚阻紫宸之謝，遽叨黄紙之除，曠世遭逢，瞻天感激！中謝〔二〕。

臣切以賓興下詔，同天地宗祀之彝；科舉取人，代造化爵賢之柄。豈曰利人才之進取，其間實天道之流行。肆萬乘之臨軒，受諸侯之貢士。占小善者率以録，咸造在廷；取一人焉拔其尤，必有名世。豈應庸瑣，可在蒐羅？臣禀質既凡，聞道猶淺。才非洛陽之年少，偶玷薦書；學非廣川之大儒，遽塵舉首。自叨異數，亦既三年。回思臚唱之蒙恩，莫與鳧趨而奉表。有懷就日，無路箋天。方傍徨於丘園，乃寵綏其禄秩。輒請展爲臣之禮，幸許修詣闕之恭。

茲蓋伏遇皇帝陛下德體《乾》行，道符《恒》〔三〕久。世更三紀，遠追成周式化之風；歲啓後庚，近接藝祖開基之運。凡際風雲之會，咸依日月之光。遂令一介之姓名，亦被九重之記録。臣敢不誓堅素守，勉企前修！自揆讀書，非爲平生〔四〕温飽之計；願言竭節，用副上心忠孝之期。臣無任瞻天望聖、激切屏營之至，謹奉表陳謝以聞。

【校記】

〔一〕旨揮　四庫本作「指揮」。

〔二〕中謝　原脱此二字，據韓本、鄒本、張本、四庫本補。本卷「表箋」同據補，不另出校記。

〔三〕符　原作「苻」，誤。據韓本、鄒本、四庫本改。恒，原作「常」，據《宋歷科狀元録》改。

〔四〕平生　四庫本、《宋寶祐四年登科録》作「晉生」。

湖南提刑到任謝皇帝表

帝庭敷命，昭闢四門；天牧播刑，誤頒一節。申以遄驅之旨，疇茲已試之庸。周隰載馳，漢條具布。中謝。伏念臣本無他技，惟有孤忠。兩朝特達之知，洊塵清要；十載行藏之迹，祇自悔尤。雲雷之義方屯，天地之心已復。當元日達聰之始，在皇華遣使之中。聖恩靡許於祝釐，臣職敢稽於行道？瞻蓋高而下耳，冀用譽於折肱。茲蓋恭遇皇帝陛下，道協重華，仁周四表。崇德廣業，合《乾》轉《坤》翕之功；折獄致刑，得《震》動《離》明之用。遂令承乏，復忝司平。臣敢不祇若諮詢，對揚欽恤。陳時臬事，尚弘康乂之圖；受王嘉師，永迪明清之訓。

謝皇太后表

司平楚甸，命出嚴宸；告至周原，恩歸慈極。敢敷睿訓，仰謝徽音。中謝。伏念臣一介寒微，兩朝知遇。傾葵向闕，初無補於使令；啜菽杜門，祇自深於觀省。當元日會同之始，拜公朝拔拭之仁，言遣使臣，往陳臬事。華省遄頒於趣旨，叢祠竟秘於〔一〕俞音。勉臣子之驅馳，見吏民而宣布。兹蓋恭遇壽和聖福皇太后陛下心超〔二〕有極，道合無疆。長信怡愉，贊炎圖之昌運；大任肅穆，開蒼籙之隆平。宜擇攸司，俾敬爾獄。臣敢不丕承欽恤，誕布慈仁。乂我黎民，尚想無刑之治；於其王母，敢忘介福之元。

【校記】

〔一〕秘於　四庫本作「播於」。

〔二〕心超　原作「心起」，誤。據韓本、鄢本、元諭本、張本、四庫本改。

謝皇后箋

君子審官，道隆儷極；皇華遣使，命出治朝。德意具宣，忱辭告至。中謝。伏念臣疏庸一介，遭遇兩朝。早綴班行，嘗忝金科之屬；繼乘使傳，復塵繡指之行。曲成每戴於鼇明，退食難逃於吏議。不圖元會，復錫恩言。拔拭起家，往陳時臬；驅馳在道，寅奉天威。涖止攸司，欽哉乃職。兹蓋伏遇皇后殿下德侔坤地，位正家人。《關雎》之化，既行用之天下；象魏之法，使布正自王宫。爰取踐更，載叨詳讞。臣敢不靈承欽恤，祇若平反。無刑以乂黎民，誕敷聖化；式敬以長王國，永誦徽音。

皇太子生日賀皇帝表

大夏長贏，《坤》二爻之紀季；千秋似續，《震》一索之揆初。瑞彩緣車〔一〕，歡顔丹扆。中賀〔二〕。恭惟皇帝陛下：德流芑水，業茂蘿圖。壽富多男，積善必有餘慶；本支百世，命吉在厥初生。記甲觀之瑞分，占乙禖之祚遠。臣縻身軫墊，戴目心星。誦億子之宜君，首歌周《雅》；祝萬年之爲父，更續唐詩。

【校記】

〔一〕緣車　有焕本、文柱本作「緑車」。

〔二〕中賀　原脱此二字，據韓本、鄢本、張本、四庫本補。以下「表箋」同據補，不另出校記。

賀皇太后表

福於王母，際南面之昌期；天以神孫，娱東朝之永日。晝堂〔一〕瑞節，長樂歡聲。中賀。恭惟壽和聖福皇太后：性藴沖和，仁培靜壽。《思齊》所以聖也，以御於邦；《螽斯》宜爾孫兮，克開厥後。皇皇穆穆，繼繼承承。臣迹滯騏原，心馳鳳闕〔二〕。本支百世，播《綿瓞》之聲詩；怡愉萬年，衍含飴之福慶。

【校記】

〔一〕畫堂　元諭本作「晝堂」。有焕本、文柱本、四庫本作「晝堂」。

〔二〕鳳闕　有焕本、文柱本作「鳳閣」。

賀皇后箋

《坤》后廣生，式協二爻〔一〕之月；《震》男揆度，載逢一索之期。慶衍蘿圖，喜充椒掖。中賀。恭惟

皇后殿下：道柔配地，德厚承天。以御於家，爲今京室之婦；則樂有子，如古《周南》之風。百世本支，

萬年福禄。臣迹縻牲轡〔二〕，心賀燕謀。占《斯干》之詩，已符吉夢；美《思齊》之德，益嗣徽音。

【校記】

〔一〕二爻　四庫本作「二陽」。

〔二〕牲轡　元諭本、四庫本作「牡轡」。

皇子進封左衛上將軍嘉國公賀皇帝表

《乾》父垂仁，茂積蘿圖之慶；《震》男鍾美，肇基茅土之邦。百世可知，四方來賀。中賀。洪惟昭代，

爰立親親；粤有舊章，禮優貴貴。昉祥符之七載，侈慶國之初封。綺仗分班，璲珪疏寵。庸表人倫之厚，

逷觀〔一〕王室之疆。式於今休，監於成憲。恭惟皇帝陛下，福培周厚，和緝堯雍。寶曆無疆，方萬年而受祜；金枝有煒，期億子以宜君。錫以嘉名，涣其大號。地營東井，詔爵五之最穹；天拱北辰，炳心三之相照。克昌厥後，長發其祥。臣有蹇牡騑，阻隨虎拜。祉歌子施，遥陳《皇矣》之詩；道盡君嚴，願贊《家人》之易。

【校記】

〔一〕逷觀　四庫本作「適觀」。

賀皇太后表

東朝保艾，方隆堯母之仁；西國分茅，式篤文孫之慶。兩宫喜色，萬宇歡聲。中賀。恭惟壽和聖福皇太后陛下德厚慈元，神怡長樂。尊之至也，上承視膳之勤；宜爾繩兮，下適含飴之趣。瑶池日永，玉葉春濃。臣遠被繡衣，隃瞻彩仗。於其王母，知介壽之來崇；佑我後人，願丕圖之有衍。

賀皇后箋

《坤》稱乎母，儼家服於椒塗；《震》索而男，赫龍光於茅土。長秋喜色，方夏歡聲。中賀。恭惟皇后殿下含弘承天，博厚配地。祥鍾《長發》，熾商後於有娀〔一〕；音繼《思齊》，培文昭於大姒。圭瑑焜煌於綺仗，芾朱輝映於褘衣。臣遠縣華原，隃瞻藻殿。想宜君之穆穆，茂對王休；侈多子之繩繩，載歸后美。

【校記】

〔一〕有娀　原作「有娥」，誤。據韓本、鄺本、元諭本、張本、四庫本改。

皇女進封同壽公主賀皇帝表

《乾》見大人，道夙隆於《乾》體；《巽》爲長女，命爰寵於《巽》申。喜溢宮庭，歡騰海宇。中賀。竊惟興君之際，必有積善之餘。播在正風，則曰王姬之美；陳於《小雅》，是爲女子之祥。無非歌福禄之同，于以表國家之盛。恭惟皇帝陛下和順而理，温柔以容，苞體深仁，既茂〔一〕綿瓜之瓞；岡陵厚積，復培穠李之華。始封爰遴於嘉名，遐祉永齊於聖壽。臣迹縻使事，身隔賀班。親愛如家，遥贊人倫之厚；肅雍迪教，遹觀王道之成。

【校記】

〔一〕茂　原作「歲」，誤。據韓本、鄺本、張本、四庫本改。

賀皇太后表

周家福禄，積由任姒之仁；堯母聖神，親睹娥英之慶。宮闈盛典，海宇歡聲。中賀。恭惟壽和聖福皇太后陛下，南極景光，東朝綦貴。有功寶祚，既開聖子之傳；流澤銀潢，爰毓天孫之瑞。贊初封於沁水，同上壽於瑶池。臣遠玷皇華，喻瞻長樂。怡愉太后，諒承婉娩之娱；雍肅王姬，益表儉慈之教。

賀皇后箋

《坤》萬物之資生，實蕃慶積；《巽》一索之謂長，昉對命申。喜氣宫闈，歡聲海宇。中賀。恭惟皇后殿下，《關雎》孝敬，《芣苢》和平。灼灼宜家，夙範華桃之懿；雍雍成德，茂鍾穠李之英。賁然錫沁水之封，展也同長秋之壽。臣遠縻苞杞，遥睇塗椒。風以《周南》，仰化原之洵美；觀於堯女，願母道之浚明。

知贛州到任謝皇帝表

九重選牧，錫類天寬；千里承流，奉親地近。昉共侯度，丕戴王休。中謝。伏念臣某才本空疏，分安孤苦。身逢盛代，夙自厲於丹心；家有重親，晚相依於白髮。頃叨漢傳，往即楚封。何敬非刑，粗殫審克；不遑將母，私切懷歸。嘗懇懇以陳情，冀高高之欲從〔一〕。遄蒙異渥，特畀近麾。繼肦旨以趣征，已鞠躬而祗上。禄及一門之微賤，恩同大造之生成。兹蓋伏遇皇帝陛下以堯舜之資，行曾閔之道。嗣寧王之大曆，毖我成功；奉太后之萬年，與天齊壽。遂使忝求芻之寄，亦獲共啜菽之歡。臣敢不老老及人，親親爲政。由家達國，期興遜〔二〕以興仁；以子移臣，寓爲忠於爲孝。

【校記】

〔一〕欲從　韓本、鄢本、文柱本作「從欲」。

〔二〕興遜　有焕本、文柱本、周本、四庫本作「興讓」。

謝皇太后表

東朝鴻慶，介壽無疆；南國虎符，便親有命。荷中宸之涣寵，望慈極以皈忱。中謝。伏念臣一介迂疏，兩朝遭遇。昔備殫於敭歷〔一〕，無以逾人；頃間任於驅馳，不遑將母。惟内懷於烏哺，遂上徹於蟻忱。果分二水之麾，爰易三湘之節。惟壤地接，故可以供菽水之職；惟土風習，故可以盡芻牧之心。自省叨踰，若爲報稱。兹蓋恭遇壽和聖福皇太后陛下德光堯母，功配周姜。壽錫萬年，享怡愉之福；化流四海，推慈孝之仁。遂令下吏之僥榮，獲以邇封而就養。臣敢不祗承德意，誕布恩言。服膺錫類之詩，益崇美化；拜手牧民之訓，隃贊徽音。

【校記】

〔一〕敭歷　原作「揚歷」，誤。據韓本、鄢本、元諭本、張本、四庫本改。

謝皇后箋

慈極承天，恩深錫類；廉車易地，職重分符。布聖德之中和，便親闈之温凊。中謝。伏念臣起谿孤遠，積有迂疏。骫髀半生，於事君而何補；驅馳近歲，以將母而未能。屬爲養以陳情，荷畀矜而從欲。三湘納節，二水授麾。回刺史之車，庶乎爲子；捧郡守之檄，專以爲親。僥〔二〕冒實多，糜捐曷稱！兹蓋恭遇皇后殿下道隆坤厚，德配乾仁。《大雅·思齊》，媚周姜而穆穆；長秋備禮，奉漢母以愉愉。遂令疏遠之微臣，亦效旨甘於便壘。臣敢不恪恭侯度，茂對王休！崇《關雎》《卷耳》之風，迪惟懿則；篤《南陔》《白華》之行，施及遐萌。

【校記】

〔一〕僥　文柱本作「倖」。

壽崇節本州賀皇帝表

天子有親，備四海九州之奉；封人祝聖，同萬年億載之期。凡屬照臨，舉同呼舞。中賀。恭惟皇帝陛下剛健〔一〕中正，緝熙光明。燭六合而耀八紘，功參天地；躋三皇而軼五帝，道御家邦。紹巍巍蕩蕩之勳，盡尊尊親親之養。怡愉誕節，光大前聞。臣獲布寬條，幸逢盛際。鵷鸞阻綴，莫旅賀於東朝；螻蟻傾忱，惟仰瞻於南極。

【校記】

〔一〕剛健　原作「剛建」，誤。據張本、有焕本、文柱本、周本、四庫本改。

賀皇太后表

於萬斯年，慈宸有慶；誕彌厥月，祖佛同生。旒冕敬共，縉紳舞蹈。中賀。恭惟壽和聖福皇太后陛下道超太始，德厚重坤。《關雎》周南之風，夙陶美化；《思齊》文王之母，懋著徽音。袗衣初奏於薰絃，宮珮畢朝於慈扆。親下袞龍之拜，載揚韶鳳〔一〕之音。呼萬歲者三，歡騰朝野；等百世而上，福衍子孫。臣叨守魚符，莫陪鴛序。我百而爾九十，諒喜溢於舉觴；心一而臣三千，第神馳於拱極。

【校記】

〔一〕韶鳳　有煥本、文柱本作「朝鳳」。

賀皇后箋

太姒之嗣太任，星重慈極；長秋之朝長樂，天介壽祺。流慶九霄，比隆千古。中賀。恭惟皇后殿下明章德範，陶冶化風。大練厚繒，訓四方之節儉；宵衣旰食，侑五位之勤勞。肖似徽音，婉愉誕序；厚符坤地，吉萃家人。臣逖守遐邦，忻逢華旦。仰瞻帝闕，莫陪《振鷺》之班；下與邦民，同被《關雎》之化。

壽崇節兵馬鈐轄司賀皇帝表

天子盡敬事親，丕昭瑞節；臣下歸美報上，同祝修齡。覆載兩朝〔一〕，頌歌四洽。中賀。恭惟皇帝陛下克勤克儉，無怠無荒。堯以是傳，道莫高於虞舜；文所以聖，德益顯於大任。有開麗水之祥，適際瑶池之會。臣屬縻戎鞬，阻綴班聯。北面而朝，恍天威之尺五；南山之壽，效臣子之呼三。

【校記】

〔一〕兩朝　韓本、鄢本、四庫本作「兩間」。

賀皇太后表

金闕日長，尊處宸闈之極；玉巵〔一〕春滿，誕膺法駕之朝。凡在式圍，率均擊壤。中賀。恭惟壽和聖福皇太后陛下心遊恬淡，德著慈仁。隆周召之風，人倫既正；養黄老之性，母道獨尊。皇穹申方至之休，壽命衍無疆之算。臣猥分郡組，共貳戎韜。迹遠觚稜，帷幄隃瞻於長樂；忱同葵藿，笙璈第想於承華。

【校記】

〔一〕玉巵　原作「王巵」，誤。據韓本、鄢本、張本、四庫本改。

賀皇后箋

坐於少廣，慶慈極之誕彌；朝於寢門，助聖人之教愛。宮庭溢喜，宇宙同和。中賀。恭惟皇后殿下瑞應俔天，光昭遡日。正始基化，歌二《南》芣苢之詩；視膳問安，備六寢褘褕之禮。協朱明之律吕，鏘綵仗之珮環。歡奉玉巵，禮同黼扆。臣濫紆州紱，通領兵符。聆舜樂之九成，遥瞻南面；效堯階之三祝，竊比華封。

乾會節本州賀皇帝表

一人天拱，適符龍御之亨；萬國雲從，共慶虹流之瑞。系隆宗社，福被寰瀛。中賀。恭惟皇帝陛下曰睿曰聰，乃文乃武。金甌有永，紹寧人大寶之休；翠蹕早朝，娱太后萬年之壽。當嵩呼之華旦，繼夢月之佳辰，兩宮同時，千載盛事。臣猥叨分竹，彌切傾葵。奉玉巵之恭，阻綴班於北闕；通銀臺之奏，但申頌於西崑。

賀皇太后表

六龍御極，增光《長發》之詩；萬國同心，推本《思齊》之聖。歡騰宫壼，和塞堪輿。中賀。恭惟壽和聖福皇太后陛下曰希曰夷，爰清爰静。以天下養，備百禄之熾昌；與元氣遊，葆六根之純粹。海内樂唐虞之化，宫中頌任姒之音。臣叨預承流，遥伸歸美。冬温夏清，禮嚴東面之朝；日升月常〔一〕，福等南山之祝。

【校記】

〔一〕常　有焕本、文柱本、周本作「恒」。

賀皇后箋

黼扆端臨，交上華封之祝；椒塗内助，仰承京室之規。喜溢六宫，和薰八表。中賀。恭惟皇后殿下静專成性，徽懿秉姿。珥簪進庭燎之箴，鷄鳴有度；弓韣奉高禖之祀，燕翼發祥。際上帝生商之辰，懋塗山興夏之德。仰占七政，日月並明；俯鑒四方，岡陵齊壽。臣分符江右，化被周南。首贊《乾》亨，體天行之不息；更祈《坤》載，協地道之無疆。

乾會節鈐司賀皇帝表

龍首庶物，睹天德之照臨；虎拜萬年，對王休而蹈厲。堪輿協氣，海宇頌聲。中賀。恭惟皇帝陛下神聖整齊，武文經緯。諸福畢至，一登再登三登；我武維揚，五伐六伐七伐。虹渚載臨於盛旦，鳳音遥想於明庭。臣通領鈐符，恪共官次。葵傾觀闕，阻陪就日之班；花覆簪紳，喻謝需雲之宴。

賀皇太后表

天下傳歸於子，降寶册之鴻名；聖人教愛以親，上玉卮之舅壽。非常之慶，嘉頌攸同。中賀。恭惟壽和聖福皇太后陛下沖淡頤神，儉慈孚化。輔佐先帝，夙殫《卷耳》之勤；愉佚東朝，允著《思齊》之聖。

昉前殿紀誕彌之旦，正群方傾就望之忱。肆膺鳳輦之朝，親下龍綃之拜。臣屬縻戎鍵，阻綴班行。現五色之雲，知獻占於太史；舞兩階之羽，諒增喜於慈顔。

賀皇后箋

上萬歲之壽，咸頌聖人；形四方之風，實基王化。凡居持載，罔不歡呼。中賀。恭惟皇后殿下生禀靜柔，安行雍肅。躬河洲采荇之潔，列聖顧歆；翼寢門視膳之恭，慈顔和懌。合坤其順，遡日而明。欣聆嵩嶽之呼，並受華封之祝。臣俯共武服，仰贊壽觴。星之遠，天之高，陛莫瞻於九級；漢之廣，江之永，詩但誦於二《南》。

皇子賜名本州賀皇帝表

家有嚴君，托中興之昌曆；天以聖子，作大國之宗藩。喜溢宫闈，慶關宗社。中賀。恭惟皇帝陛下懋昭聖德，厚正人倫。保天命以宜君，四方無侮；貽孫謀而翼子，百世可知。爰錫嘉名，載敭大號。敬哉有土，肇基二水之邦；格於皇天，式應三星之曜。俾耆而艾，長發其祥。臣縻迹侯方，傾心魏闕。監王成憲，願垂謨烈之休；啓我後人，益壯本支之盛。

賀皇太后表

東朝介福，式彰母道之尊；南國分封，庸迪孫謀之吉。兩宫交慶，百世彌昌。中賀。恭惟壽和聖福皇太后陛下長樂怡愉，大庭游衍。養以天下，日永瑶池；正於家人，春生玉葉。贊苴茅於浯水，壯綿瓞於宗藩。臣逖在侯方，阻瞻扆仗。《思齊》所以聖，遥頌徽音；《皇矣》莫若周，益隆世德。

賀皇后箋

母資《坤》德之生，椒塗襲慶；男正《家人》之吉，茅土分封。宗社延洪，宫闈閿懌。中賀。恭惟皇后殿下承天光大，法地静專。成美化於《周南》，言能逮下；嗣徽音於京室，於以御家。屬聖子之勝衣，贊嚴君之錫爵。臣遠縻外服，阻造内班。正風俗以厚倫，永歌后德；輔皇王之維辟，丕傒孫謀。

皇子賜名鈐司賀皇帝表

天佑我家，篤生聖嗣；國有鉅典，肇建宗藩。社稷靈長，神人孚洽。中賀。恭惟皇帝陛下禮行貴貴，愛立親親。撫寶曆之昌期，萬年福禄；演銀潢之慶澤，百世本支。爰重燕謀，載頒鴻號。於疆於理，地誉浯水之邦；有翼有馮，星拱周廬之衛。克開厥後，俾熾而昌。臣遠縶戎韜，愉瞻文石。施於帝祉，德已動於監觀；保我後生，命更歌於壽考。

賀皇太后表

堯母怡愉，介於景福；湯孫岐嶷，錫以嘉名。慶衍宗祊〔一〕，歡隆慈極。中賀。恭惟壽和聖福皇太后陛下爰清爰静，曰希曰夷。佐先帝之中興，鷄鳴有度；膺嗣王之孝養，燕翼成謀。爰鍾受於〔二〕緑車，乃分符〔三〕於赤社。臣恪恭武服，阻造王庭。以御於家，喻贊〔四〕《思齊》之德；克開厥後，佇成皇武之功。

【校記】

〔一〕宗祊　原作「宗枋」，誤。據韓本、鍾本、有煥本、四庫本改。

〔二〕受於　文柱本、周本作「愛於」。

〔三〕分符　韓本、鄒本、四庫本作「分封」。

〔四〕喻贊　原作「喻贊」，誤。據有煥本、周本、四庫本改。

賀皇后箋

《坤》稱乎母，作德配天；《震》索而男，建邦有土。慶成宗社，喜溢宫庭。中賀。恭惟皇后殿下《芣苢》和平，《關雎》孝敬。嗣母徽於京室，在廟〔一〕在宫；明子道於家人，正内正外。歡動勝衣之拜，光昭壽社〔二〕之封。臣共武有嚴，稱班云遜。風以《周南》之化，喻贊螽斯；烝哉豐水之謀，遹觀燕翼。

【校記】

〔一〕在廟　有煥本、周本作「在朝」。

〔二〕壽社　四庫本作「壽社」。

皇帝登寶位本州賀皇帝表

天作之君，表冠倫之大聖；父傳於子，昭立嫡之至公。曆數維新，神人胥慶。中賀。恭惟皇帝陛下以周元子，爲舜重華。大德生知，聰明以臨，齊莊以敬；一人有慶，進退可度，容止可觀。積累〔一〕厚而孫謀深，謳歌同而神器定。無爲而治，有道之長。臣叨領虎符，喻瞻龍御。建皇極而王天下，幸際昌期；開明堂而朝群臣，聳觀初政。

【校記】

〔一〕積累　四庫本作「積素」。

賀太皇太后表

肇聖德之龍飛，運開昌曆；垂孫謀之燕翼，功出慈宸。九廟尊安，八紘抃蹈。中賀。恭惟壽和聖福太皇太后陛下道光任姒，行邁塗莘。範肅東朝，性適含飴之樂；規重南面，養親視膳之榮。光昭嫡統之傳，丕衍皇家之慶。臣叨紆守紱，阻箎賀班。頌皇帝之萬年，永言齊壽；佑寧人之大歷，尚克圖功。

賀皇太后表

《震》出麗天，重明繼序；《坤》稱正位，一統蒙休。基祚斯皇，幅員胥慶。中賀。恭惟皇太后陛下輔佐先帝，憂勤王家。思媚周姜，履肅雍於京室；訓貽禹子，服勤勞於塗山。瑞昭南面之符，光疊東朝之矩。臣屬縻侯服，喻企慈帷。嫡統無疆，已慶大横之兆；嗣徽有秩，尚稽《小毖》之謀。

皇帝登寶位鈐司賀皇帝表

乘時御極，宣日月之重光；居嫡宅尊，大《春秋》之一統。幅員愛戴，宗社安强。中賀。恭惟皇帝陛下仁孝生知，聰明時乂。踐寧王之丕祚，大曆維新；奉文母之徽音，皇天有慶。宜首正飛龍之御，以上承翼燕之貽。無疆維休，有相之道。臣濫巾戎轄，阻篚朝班。五百歲而生，幸親見聖；萬億年其永，不替惟王。

賀太皇太后表

兆協大横，運在當命之聖；謀貽《小毖》，功歸太上之慈。嫡統延洪，皇圖鞏固。中賀。恭惟壽和聖福太皇太后陛下躬基美化，教闡徽音。彤管光華，配豐功於祖烈；練衣朴素，示懿訓於孫謀。聿新曆服之傳，式副簾帷之托。臣司戎共貳，望闕呼三。庶民近天子光，忻逢昌曆；太極爲元氣母，永迪初基。

賀皇太后表

《震》主宅尊，光紹寧王之命；《坤》元居正，適彰太姒之音。一統親傳，萬邦胥慶。中賀。恭惟皇太后陛下功侔持載，德備含弘。風化二《南》，衍傳家之忠厚；本支百世，肇繼序之聖明。大《春秋》正嫡之書，應日月重光之運。臣屬兼鈐紱，阻造軒帷。在天利見大人，已孚文命；介福於其王母，長詠《思齊》。

謝皇帝登極赦文表

日月重離，開國家之休運；雷雨作解，溥天地之至仁。萬邦咸休，一人有慶。中賀。恭惟皇帝陛下堯文光宅，舜德出寧。神聖爲君，丕受皇天之命；《春秋》立嫡，聿昭正統之宗。爰肆眚於端門，示湛恩於熙代。臣猥分銅虎，隃企金鷄。大人繼照四方，聳觀初政；皇極敷錫五福，第奉寬書。

太皇太后加尊號本州賀皇帝表

御丕圖於南面，順應天人；崇徽册於東朝，重增宗社。億年縟典，萬國歡心。中賀。恭惟皇帝陛下皇極之宗，人倫之至。性同符於堯舜，達孝〔一〕升聞；訓一本於姜任，徽音有秩。紹寧王之明命，彰祖后之尊稱。臣分牧有嚴，承休胥抃。介福於王母，難名太上之功；肖德以神孫，願共無疆之號。

【校記】

〔一〕達孝　有煥本、周本作「達道」。

賀太皇太后表

鴻名揚厲，用彰重慶之尊；龍扆繼承，懋舉盡倫之制。明廷孚號，寰宇傾心。中賀。恭惟壽和聖福太皇太后陛下德備儉慈，教脩愛敬。佐我烈祖，成《天保》之憂勤；訓於神孫，示《思齊》之雍肅。粹美翟禕之服，增華琬琰之章。臣屬守銅符，欣傳〔一〕寶册。同御延和之殿，誕頌前猷；尊居慈福之宫〔二〕，永言至養。

【校記】

〔一〕欣傳　四庫本作「欣侍」。

〔二〕宫　原作「官」，誤。据韓本、鄢本、元諭本、張本、四庫本改。

賀皇太后表

統繼堯天，重華協德；位隆文母，太姒嗣音。寰宇休明，内庭肅穆。中賀。恭惟皇太后陛下行高配地，功大補天。輔先帝以重光，憂勤夙至；肇嗣王之丕緒，福禄方來。奉寶册於重闈，壽皇圖於覆載。臣屬縻郡紱，阻簉廷紳。咸曰太皇，已慶元和之壽；願言帝母，永肩長樂之名。

太皇太后加尊號鈴司賀皇帝表

皇圖嗣慶，著母道於重坤；鉅册稱尊，告王庭而大涣。宫闈增重，宗社蒙休。中賀。恭惟皇帝陛下德爲聖人，孝治天下。侍宣仁之聽斷，元祐同符；禀慈福之起居，紹熙儷美。播無爲之懿號，隆太上之徽音。臣猥介戎鈐，聳觀國典。思齊文母，既彰有德之雍雍；於赫湯孫，願共厥聲之穆穆。

賀太皇太后表

離日方升，光傳國寶〔一〕；坤元重慶，肇建鴻名。福萃三宫，歡騰八表。中賀。恭惟壽和聖福太皇太后陛下佐佑皇祖，怡愉東朝。德配姜任，植丕基於蒼籙；功高馬鄧，扶洪業於炎圖。宜效美於《思齊》，大歸尊於長樂。臣偶叨戎轄，阻綴朝班。丕哉烈，丕哉謨，共傒嗣王之政；得其名，得其壽，載揚太上之休。

【校記】

〔一〕國寶　四庫本作「龜寶」。

賀皇太后表

晉大號於慈闈，位隆長樂；紹丕基於萬世，慶本慈元。命肅治朝，禮行廣内。中賀。恭惟皇太后陛下頤神沖淡，履行靜專。美紹《思齊》，宜毓文王之聖；訓垂訪落，實開成后之謀。贊重慶於御簾，推有尊於臨制。臣猥分戎轄，喻聽恩綸。望少廣之宸居，莫班獸舞；頌長秋之壽曆，同播鴻名。

皇太后加尊號本州賀皇帝表

嗣王受此丕基，光膺明命；文母介以繁祉，祇奉嘉名。典册流輝，幅員有慶。中賀。恭惟皇帝陛下一人出《震》，五位乘《乾》。玉質金相，嗣延洪之大曆；寶褘羽翟，奉雍肅之徽音。光進瑶編，重增鼎祚。

臣叨分虎壘，隃望龍墀。保佑恩深，已際大明之運；怡愉樂永，更揚齊壽之休。

賀太皇太后表

毓正神孫，方布應門之詔；位尊祖后，復隆京室之稱。重慶萬年，丕休四海。中賀。恭惟壽和聖福太皇太后陛下性超太上，德應黄中。元祐太功，法宣仁之鞠育；紹熙新政，燕慈福之起居。宜旌坤極之嘉名，式趾太宸之芳躅。臣屬分侯服，欽誦王綸。天子必有所尊，已光載籍；聖德無加於孝，長戴兩宫。

賀皇太后表

坤稱正位，訓迪嗣王；涣號揚庭，尊歸文母。簾帷介福，社稷垂榮。中賀。恭惟皇太后陛下德著憂勤，躬行慈儉。虞嬪觀于爲汭，密贊聖謨；后稷生於姜嫄，美鍾神胄。晋長信尊尊之號，嗣《思齊》秩秩之音。臣忝守藩維，阻趍軒陛。得其名，得其壽，幸同萬國之歡；宜爾子，宜爾孫，永頌兩宫之慶。

皇太后加尊號鈐司賀皇帝表

重明以繼大人，瑶圖垂慶；介福而於王母，玉册有光。瑞溢簾帷，重關宗祏〔一〕。中賀。恭惟皇帝陛下敬仁成性，曆數在躬。惟后綏猷，蹈堯舜之孝弟；因親教愛，奉任姒之肅雍。宜申慈極之尊，式表聖倫之至。臣叨兼兵轄，隃企陛簾。贊長信之徽稱，已光漢制；頌塗山之丕訓，益大禹功。

【校記】

〔一〕宗祏　原作「宗佑」，誤。據鍾本、有焕本、四庫本改。

賀太皇太后表

嗣皇奉册，尊居長信之名；祖后宣猷，夙迪《思齊》之訓。萬年集慶，八表蒙休。中賀。恭惟壽和聖福太皇太后陛下德邁維莘，道高於汭。金車玉路，備三世之典章；寶翟珍褘，示六宫之法度。美慈宸之疊矩，揚大號以同符。臣兼領戎鈐，竦聆郵綍。德壽早朝之典，已慶淳熙；延和同御之功，益歌元祐。

賀皇太后表

文母克昌厥後，光紹皇圖；大德必得其名，慶隆寶册。四方來賀，百志惟熙。中賀。恭惟皇太后陛下陰教齊家，慈元正位。推爲美化，邁周、召之二《南》；著在徽音，紹姜、任之《大雅》。宜膺涣號，增重坤稱。臣適貳韜鈐，聳聆綸綍。踐其位，行其禮，莫重尊親；求厥寧，觀厥成，遹追來孝。

大行皇帝升遐本州慰皇帝表

堯父宅尊，春秋鼎盛；杞天〔一〕告墜，遠邇震驚。降割非常，銜哀罔極。恭以大行皇帝神聖文武，濬哲温恭。萬千歲怡愉，恪盡東朝之養；十一年寅畏，遹祗上帝之威。期壽考之惟休，俄憂勤而積疢。詎圖大漸，驟至遐征。望欲斷於遺弓，命忍傳於憑几。中慰〔二〕。恭惟皇帝陛下有仁有孝，盡制盡倫。克念先猷，根聖人之至性；誕承慈訓，服天下之通喪。願少抑於孝思，以永綏於神器。臣屬縻守紱，哀捧告書，莫伸奔問之恭，徒切攀號之痛。

【校記】

〔一〕杞天　原作「祀天」，誤。據鄢本、有煥本、四庫本改。

〔二〕中慰　原脱此二字，據韓本、鄢本、張本、四庫本補。本卷「表箋」同據補此二字，不另出校記。

慰太皇太后表

雞鳴問寢，方慈極之深居；龍去遺弓，忽皇輿之新陟。宫闈震悼，海宇摧傷。中慰。恭惟壽和聖福太皇太后陛下德備周姜，道光堯母。東朝垂訓，曾不改於儉慈；南面積憂，遽忍違於温凊。驟罹國疢，諒切聖懷。少寬憑几之思，式副御簾之託。云云〔一〕。

【校記】

〔一〕云云　原脱此二字，據韓本、鄢本、張本、四庫本補。以下「表箋」「疏」「書」凡脱者同據補此二字，不另出校記。

慰皇太后表

皇靈新陟，變撫遺弓；儷極永懷，悲興捐玦。六宫哀痛，九宇摧傷！中慰。恭惟皇太后陛下坤道宅中，家人位正。脱簪而諫，期共濟於中興；綴衣於庭，忍遽聞於末命！雖委裘之悲至切，而定鼎之託方新。願制畫傷，永綏敷遺。云云。

大行皇帝升遐鈐司慰皇帝表

王宜日中，方慶垂衣之治；父有天下，遽傳憑几之言。宗社憫凶，幅員哀痛！共以大行皇帝王道正直，帝德簡寬。奉長樂之清温，丕昭仁孝；聽邇英之勸誦，遹紹文明。方嗣服於萬年，胡委裘於一旦。烏號罔極，龍御何追。中慰。共惟皇帝陛下聖德升聞，孝思永慕。重華協帝，方遏密於八音；冢宰總官，將諒陰於三祀。願少紓於聖抱，以弘濟於皇圖。臣逖領戎昭，哀傳國疚，阻伸奔問，惟重摧傷。云云。

慰太皇太后表

嚴宸居正，痛晏駕之奄聞；慈極宅尊，悵早朝之遽隔。哀傳海宇，悲結簾帷。中慰。恭惟壽和聖福太皇太后陛下德厚承天，恩深與子。夙行恭儉，聖方頌於《思齊》；晚享怡愉，變忍聞於《顧命》。諒聖情之結戀，鑒輿志之攀號。願抑慈懷，永謀孫翼。云云。

慰皇太后表

變興梧野，九土烏號；悲結椒塗，六宫縞哭。宅憂罔極，降割何深。中慰。臣共惟皇太后陛下志紹徽音，躬行美化。冬温夏凊，佐孝養於東朝；海潤星暉，演慶源於中壼。驟撫鼎湖之戚，奚堪輿極之哀。願抑慈懷，聿扶新政。云云。

百日慰皇帝表

烏號浸遠，九土同悲；駒隙易流，十旬如隔。撫時哀疚，易月徬徨。中慰。恭惟皇帝陛下曆數有歸，羹墻如對。雖擗踊哭泣，曷勝父子之情；而朝覲謳歌，當慰臣民之望。願節宅憂之制，益成繼志之圖。臣承乏偏城，阻趨嚴陛。云云。

慰太皇太后表

烏號銜恤，悵再隔於月遊；龍寢闕朝，恍十周於日浹。流光何速，哀思欲摧。中慰。恭惟壽和聖福太皇太后陛下宫壼宅尊，簾帷託重。雖道揚王命，不勝慈極之懷；然燕翼孫謀，當念皇圖之本。願體臣民之戴，少寬朝夕之思。云云。

慰皇太后表

雲升梧野，頓隔千秋；日短蓂階，驚言十浹。委裘禍迫，捐玦哀深。中慰。恭惟皇太后陛下教盡人倫，慶隆母道。雖易月以日，難窮伉儷之悲；然薦子於天，正重攜持之託。願俯從於中制，用式副於群情。云云。

期年慰皇帝表

追玉几之遺言，制嚴易月；服練冠於初祭，哀重感時。霜露深悲，乾坤罔極。中慰。恭惟皇帝陛下孝治天下，統承先王。雖見堯於墻，克篤終身之慕；然纘禹之服，所期大器之安。願從禮制之宜，少副輿情之望。臣屬縻藩屏，阻造闕庭。云云。

慰太皇太后表

訓予命汝，易月有嚴；練而慨然，周星何短。哀承遺制，痛結慈衷。中慰。恭惟壽和聖福太皇太后陛下德紹宣仁，功侔明肅。天經地義，扶嫡統於方新；日邁月征，悵宸旒之愈遠。願勉從於衆志，姑少抑於至情。云云。

慰皇太后表

悲捐玉玦，痛極呼天；祭服練冠，制嚴易月。乘雲浸遠，濡露何堪。中慰。恭惟皇太后陛下德佐先猷，慶鍾神胄。雖彷徨虞汭，望欲斷於蒼梧；然婉孌周姜，任方隆於京室。願少寬於哀抱，用丕贊於鴻圖。云云。

再期慰皇帝表

龍湖未遠，可傷易月之喪；駒隙幾何，已舉再期之制。羹墻如在，霜露孔哀。中慰。恭惟皇帝陛下道盡人倫，位隆世嫡。雖終身慕父，難窮至性之悲；然億載怡親，方疊慈顔之養。願重承休之託，少寬追遠之懷。臣踰綴蕃宣，阻班軒陛。云云。

慰太皇太后表

終天巨釁，降割一朝；易月通喪，寓言再歲。仙遊未遠，慈抱難居。中慰。恭惟壽和聖福太皇太后陛下功在先朝，志勤内治。雖變生憑几，悵闕問於鷄鳴；然寄重垂簾，方稽謀於燕翼。願抑無疆之恤，益昌有大之休。云云。

慰皇太后表

望斷乘雲，悵龍驂之浸邈；制嚴易月，怳鳳曆之再周。凡屬〔一〕幬封，式同追慕。中慰。恭惟皇太后陛下承天功大，與子仁深。雖悼舜陟方，不替蒼梧之望；然開周嗣曆，方隆豐芑之休。願少抑於哀悰〔二〕，用永綏於神器。云云。

【校記】

〔一〕凡屬　原作「几屬」，誤。據鄢本、鍾本、文柱本、四庫本改。

〔二〕哀悰　原作「衰悰」，誤。據韓本、鄢本、元諭本、張本、四庫本改。有焕本、文柱本、周本作「哀情」。

禫祭慰皇帝表

龍御何之，方切綴衣之痛；駒陰未遠，已驚釋禫之期。易月從宜，感時增疚。中慰。恭惟皇帝陛下恭默思道，愛敬事親。天作之君，當周艱而即命；日致其孝，將舜慕以終身。願寬追遠之至情，丕慰蒼生之顒望。臣濫承郡紱，阻綴朝班。云云。

慰太皇太后表

袞衣萬歲，痛隔終天；禫服一朝，權從易月。感時憂戀，率土盡傷。中慰。恭惟壽和聖福太皇太后陛下德著寶褘，功藏金匱。撫鼎湖之龍去，子保何追；懷豐水之燕貽，孫將有衍。願副普天之望，式紓慈極之悲。云云。

慰皇太后表

宫車輟駕，浸遠翠華；國典行權，恍終素蹕。託言釋禫，胡忍〔一〕免喪。中慰。恭惟皇太后陛下夙著脱簪，驟罹捐玦。雖梧雲不返，永爲褘翟之傷；然芑水方來，共徯簾帷之助。願釋居諸之感，俯從遐邇之情。云云。

【校記】

〔一〕胡忍　有焕本、周本作「明忍」。

賀皇帝聽政表

思皇烈考，誕受寶龜；於穆嗣王，甫放〔一〕治象。慈簾保佑，熙政闓明。中賀。恭惟皇帝陛下德實天生，動爲世則。入於翼室，稱元子以宅宗；出自應門，會諸侯而作誥。欽奉怡愉之訓，爰親兢業之幾。既兩宮垂拱以無爲，宜四海謳歌而來覲。臣屬縻郡國，隃戀闕庭。御延和殿之正朝，願光祖烈；奉紫雲樓之盟誓，第守藩條。

【校記】

〔一〕放　文柱本作「頒」。

賀太皇太后同聽政表

綏壽而右文母，高拱慈宸；肖德而有神孫，共臨幾政。徽音洋溢，光訓昭宣。中賀。恭惟壽和聖福太皇太后陛下功邁塗山，德高嬀汭。施於帝祉，已深慶錫之源；保我後生，益衍壽寧之福。章憲垂簾於天聖，宣仁稱制於延和，紹昔大猷，爲今懿範。臣屬縻守紱，欣聽俞綸。太易太始太初，莫測無爲之化；四門四聰四目，共觀有道之朝。

天瑞節本州賀皇帝表

龍德御天，重華於帝；虹書流渚，長發其祥。萬姓歡呼，三辰擁佑。中賀。恭惟皇帝陛下聖德克肖，天性自成。光北斗之樞，篤生黄帝；美南山之壽，誕命文王。節届千秋，時維九月。臣縻身侯度，拜手王休。三千臣同心，永言華壽；五百年生聖，敬贊河清。

賀太皇太后表

聖王垂拱，萬年方開燕翼；太皇怡愉，億載親見虹流。海宇春輝，宫闈日永。中賀。恭惟壽和聖福太皇太后陛下身基美化，德著慈元。正位而定家人，功高配祖；介福而來王母，慶積貽孫。律協素商，節書金籙。臣濫膺藩屏，阻賀簾帷。假樂命之，慶春秋之鼎盛；思齊聖也，同日月之離明。

賀皇太后表

龍德方陞，祥書載《震》；燕禖有慶，福萃重《坤》。旗翼光華，幅員熙洽。中賀。恭惟皇太后陛下道侔博厚，德備仁明。虞汭來嬪，女于舜帝；周京作配，生此武王。方觀日上於扶桑，隨紀虹流於華渚。臣濫叨一障，隃企千班。大域中王，既祝華封之壽；爲天下母，願齊西極之年。

天瑞節鈐司賀皇帝表

謳歌與子，方開捧日之祥；福禄宜王，初紀流虹之慶。光生宗社，歡溢堪輿。中賀。恭惟皇帝陛下天德生知，乾元首出。載震載夙，膺天地之珍符；繼聖繼明，正春秋之嫡統。當瑶光之瑞節，際金顥之昌辰。臣分虎有嚴，抃鰲欲舞。呼玉巵之萬歲，隃贊王休；進金鑒之千秋，嗣殫臣職。

賀太皇太后表

萬壽齊天，《思齊》以聖；千秋紀日，長發《其祥》。廣宇休揚，重闈慶洽。中賀。恭惟壽和聖福太皇太后陛下以女堯舜，爲今姒任。有典有則之貽，輔於皇祖；立政立事之準，訓乃文孫。當月届於素商，喜節書於華渚。臣猥塵戎轄，阻賀宸闈。請祝聖人，既效堯封之職；亦右文母，載賡《周頌》之章。

賀皇太后表

辛歲重光，昔符夢日；乾元首出，今紀流虹。歡溢華封，慶歸長信。中賀。恭惟皇太后陛下徽音《大雅》，美化二《南》。德配重華，觀嬪於汭；祥開長發，立子生商。扶〔一〕暘谷之初升，紀高禖之載誕。臣領鈐偏郡，銜表明廷。五百歲河清，既睹聖人之出；三千年桃實，願同王母之尊。

【校記】

〔一〕扶　叢刊本作「撫」。

大行皇帝謚號本州慰皇帝表

祀以配天，致聖人之達孝；廟可觀德，彰烈考之隆名。典册十年，宗祧九鼎。恭以端文明武景孝皇帝光宅天下，簡在帝心。敬直義方，焕經天而緯地；事名物應，昭修政以攘夷。大德大功，立親立愛。自生民而未有，熙鴻號於無窮。中慰。恭惟皇帝陛下《離》象重光，《乾》龍首出。聖盡倫，王盡制，始於家邦；宗有德，祖有功，行其典禮。式崇徽譽，昭對皇靈。臣叨領虎符，欽傳駿命。告神明，頌盛德，已觀國典之光；薦郊廟，揚洪休，尚述侯邦之職。

慰太皇太后表

居長樂之宫，興懷鶴駕；瞻顧成之廟，肇錫鴻名。大册垂榮，慈衷悼往。中慰。恭惟壽和聖福太皇太后陛下以天下養，與元氣遊。明肅臨朝，親立仁皇之策；宣仁在御，永懷神考之思。丕對皇靈，昭升熙號。臣屬縻侯紱，阻慰宸〔一〕簾。云云。

【校記】

〔一〕宸　原作「震」，誤。據韓本、張本、四庫本改。

慰皇太后表

九疑陟遠，莫返皇靈；七廟升宗，聿彰世德。洪名有赫，哀抱彌深。中慰。恭惟皇太后陛下位正《家人》，道隆《坤》母。躬《葛覃》之節儉，厥配有光；秉《清廟》之肅雍，於嬪增感。於惟大册，肆對皇穹。臣迹繫分符，神馳望闕。云云。

大行皇帝謚號鈐司慰皇帝表

翼室宅宗，考先王之制禮；觚壇告帝，爲烈考以易名。大册遹彰，皇靈昭假。共以端文明武景孝皇帝體元居正，持盈守成。端獨化之原，文經天地；明萬幾之理，武定邦家。景行有容，孝思無極。上可以配祖宗之德，下可以垂子孫之休。中慰。恭惟皇帝陛下弼我丕基，鑒於成憲。寧王克綏受命，篤棐忱辭；嚴父莫大配天，答揚光訓。奉徽稱於宗祀，昭縟典於明時。臣通領戎昭，竦承帝號。堯萬世如見，莫名巍蕩之功；周諸侯來朝，第贊肅雍之相。

慰太皇太后表

盛德之祀百世，肇建嘉名；太皇之壽萬年，興懷縟典。慈宸惻楚，穹覆鑒觀。中慰。恭惟壽和聖福太皇太后陛下懿範兩朝，仁恩四海。爲元氣母，克篤貽孫；育天下君，忍聞袝禰！哀時大號，對越皇靈。臣身貳戎鈐，心懷國典。云云。

慰皇太后表

大德得名，尊歸昭考；嗣王謀廟，上奉徽音。宗祧休揚，宫闈愴極。中慰。恭惟皇太后陛下儉昭練服，中協黄裳。嗣任德之肅雍，思齊以聖；名堯功之巍蕩，焕有其章。聿深羽翟之懷，於赫觚壇之告。臣猥兼戎轄，隃贊邦彝。云云。

冬至節本州慰皇帝表

一陽來復，感駒隙之易流；三祀諒陰，悵烏號之浸邈。愴深履韈，悲著羹墻。中慰。恭惟皇帝陛下清明在躬，恭默思道。水有源，木有本，方嚴祭祖之時；霜既降，露既濡，不替思親之念。少抑居諸之慟，仰膺付託之隆。臣遜守遐邦，阻班嚴陛。誦先王省方之戒，願謹起居；秉諸侯謀廟之忠，聿懷奔走。

慰太皇太后表

暖律吹噓，感一陽之初復；慈簾擁佑，訓三祀之通喪。痛在宫闈，情均海宇。中慰。恭惟壽和聖福太皇太后陛下徽音慈福，懿範宣仁。履韈迎長，天休方至；冕旒問寢，子保奚追。願少抑於慈懷，以永綏於孫翼。臣屬縻侯服，隃企御闈。云云。

慰皇太后表

復陽在地，氣應黄鐘；坤德承天，悲深素韠。六宫增疚，萬宇永懷。中慰。恭惟皇太后陛下長信宅尊，思齊繼美。手扶宫日，坐占千歲之長；目斷臺雲，尚想九疑之遠。願紓哀於儷極，以永翼於皇圖。臣逖守江城，除瞻禁闕。云云。

啓殯〔一〕慰皇帝表

三年諒陰不言，悲深翼室；七月同軌畢至，告啓菆塗。遠日戒嚴，終天增慕。中慰。恭惟皇帝陛下外勤謀廟，内奉臨朝。制爰舉於因山，龍輴將駕；情永懷於陟岵，鳳紼奚追。願寛劍舃之思，益重基圖之託。臣屬縻斗壘，阻慰宸庭。云云。

【校記】

〔一〕啓殯　文柱本作「啓殯」。

慰太皇太后表

居長樂之漢宫，永懷鶴駕；卜會稽之禹穴，垂戒龍輴。悲結慈闈，痛均薄海。中慰。恭惟壽和聖福太皇太后陛下憂勤德備，擁佑功高。百世可知，首正貽孫之則；七月而葬，豈勝思子之懷。願東望以節哀，重外朝之同御。臣身縻乘障，迹阻趨班。云云。

慰皇太后表

龍湖言遠，椒掖永懷；鳳翣[一]戒嚴，萩塗載闢。六宮雨泣，萬宇雷哀。中慰。恭惟皇太后陛下儷極勳高，正家化洽。撫軒皇之劍舄，衬賁橋山；奉舜帝之衣裳，思藏梧野。尚軫乾坤之記，願紓朝夕之思。臣身繫分符，神馳攀紼。云云。

【校記】

〔一〕翣　四庫本作「輦」。

發引慰皇帝表

鸞車既駕，陟岵哀深；龍輴畢塗，崇丘制舉。新宫永閟，翼室增傷。中慰。恭惟皇帝陛下思道諒闇，送終哀戚。居喪讀葬禮，不愆復土之期；因山不起墳，尤切望陵之感。冀少寬於孺慕，以丕重於宗祧。臣縻迹侯藩，傾心宸陛。云云。

慰太皇太后表

日淪西極，悵鵠駕之長遊；天拱東朝，痛龍湖之永閟。重闈悲繫，九土慕思。中慰。恭惟太皇太后陛下福備怡愉，功高擁佑。撫綴衣於翼室，億世貽孫；念加斧於畢塗，千秋望子。願抑《思齊》之感，益昌《小毖》之謀。臣叨領偏城，阻趨慈陛。云云。

慰皇太后表

國謹重喪，龍棺就殯；禮襄大事，鸞掖興懷。海宇同哀，山陵告備。中慰。恭惟皇太后陛下憂勤孔夙，哀感謹終。嬀汭居諸，悵虞琴之已遠；會稽咫尺，望禹穴以奚追？顧紓既葬之悲，式相維新之治。臣承流有守，伸慰無從。云云。

祔廟慰皇帝表

先帝之葬衣冠，載虞神祐；嗣王之奉宗廟，丕祔皇靈。昭穆用休，典章備舉。中慰。恭惟皇帝陛下以舜大孝，居商諒陰。如慕如疑，既畢因山之禮；以享以祀，聿嚴升禰之恭。勉承翼翼之容，深抑煢煢之感。臣屬縻牧訓，阻奉駿奔。云云。

慰太皇太后表

嗣王宅恤，奉先祏〔一〕以升宗；聖母思齊，感皇靈而悼往。禮容有赫，祀事孔明。中慰。恭惟壽和聖福太皇太后陛下壽考維祺，儉慈爲寶。佑我烈祖，有典則以貽子孫；保予沖人，修宗廟以序昭穆。祔既行於永紹，哀少釋於慈元。臣叨綴蕃宣，阻班奔走。云云。

【校記】

〔一〕祏　原作「祐」，據韓本、鄢本、四庫本改。

慰皇太后表

地隔丹洲〔一〕，畢舉九虞之祭；天臨清廟，昭升七世之宗。㡛主思皇，椒闈若惕。中慰。恭惟皇太后陛下性鍾慈儉，德備憂勤。嬪虞帝以曰欽，陟方浸邈；對文王之於穆，率祀惟恭。願紓《坤》極之思，益衍《乾》符之慶。臣屬縻民牧〔二〕，莫效侯朝。云云。

【校記】

〔一〕丹洲　文柱本作「丹州」。

〔二〕民牧　元諭本作「民收」。

正旦慰皇帝表

王正書月，景命維新；靈德在天，孝思罔極。運開曆數，哀動几筵。中慰。恭惟皇帝陛下思道奉先，與時更始。王受同瑁，祭不替於元辰；帝見羹墻，禮益嚴於上日。願抑居諸之感，丕承擁佑之恩。臣屬守偏城，阻趨嚴陛。云云。

慰太皇太后表

正月始和，律更太簇；昊天不弔，痛在《思齊》。曆數維新，宫闈孔恫。中慰。恭惟壽和聖福太皇太后陛下爲元氣母，與太極遊。孟春而戒遒人，撫時其邁；上日而受文祖，擁治方新。願寬丕子之思，益重神孫之託。臣屬縻宣化，阻慰履端。云云。

慰皇太后表

羲日更新，治開泰象；虞雲浸遠，悲在乾元〔一〕。駒隙易流，烏號何及？中慰。恭惟皇太后陛下光輔先帝，敬授人時。元會衣冠，尚想熙明之政；月遊劍舄，忍聞永紹之名。願寬悼往之哀悰，益撫履端之昌運。臣屬縻一障，阻慰三朝。云云。

【校記】

〔一〕乾元　韓本、四庫本作「坤元」。

改元賀皇帝表

春王會於三朝，慶開景運；皇天佑於一德，治紀初元。正朔肇新，乾坤有造。中賀。恭惟皇帝陛下春秋正始，曆數在躬。仰則定陵，開三傳之丕祚；近稽哲祖，基七葉之昌期。放鳳曆以改弦，衍馮圖而卜鼎。

臣親逢更化，適綴承流。揚偉蹟，鋪閎休，恪共侯度；撫太平〔一〕，應昌曆，謹授人時。

【校記】

〔一〕太平　原作「大平」，誤。據韓本、鄢本、張本、四庫本、叢刊本改。

賀太皇太后表

天王一統爲元，載敓正朔；太皇萬年齊壽，同御邦家。日月重明，乾坤更始。中賀。恭惟壽和聖福太皇太后陛下道符烈祖，功擁神孫。乾德太平，訓實承於昭憲；元祐盛際，政共聽於宣仁。洊開更瑟之休，實繫垂簾之盛。臣叨承侯服，丕奉慈宸。基正始之風，已新美化；播《思齊》之頌，永載徽音。

賀皇太后表

《春秋》以一爲元，曆開昌運；《關雎》之化正始，本在慈宸。正朔更新，國家胥慶。中賀。恭惟皇太后陛下有娀《長發》，太姒《思齊》。齊壽以奉太皇，德惟子肖；受福而於王母，祐自天申。宜涣號以繫年，示同文而更始。臣猥乘一障，丕戴三宫。當昌曆，應休期，已供侯服；綏眉壽，介繁祉，益贊母徽。

曆日謝皇帝表

乘龍御以紀年，一元正始；詔虎城而頒朔，千里承休。敬授人時，對揚王命。中謝。恭惟皇帝陛下明哲作則，曆數在躬。欽若昊天，熙春夏秋冬之績；建用皇極，協雨暘寒燠之疇。乃誕布於成書，以昭垂於新治。臣蕃宣有恪，播告惟恭。錫厥庶民，順中星而平秩；佑於一德，歌化日之舒長。

謝太皇太后表

歲正孟陬，一元改紀；朝臨長樂，萬國頒正。春朔會同〔一〕，神人和洽。中謝。恭惟壽和聖福太皇太后陛下怡愉萬歲，擁佑一人。肖德而有神孫，光膺昌曆；受福而於王母，丕輯蕃禧。載頒協律之書，式重垂簾之政。臣欽承鳳紀，誕布侯藩。聽嶰竹之龡，誕敷和氣；獻蟠桃之頌，益贊壽眉。

【校記】

〔一〕萬國頒正春朔會同　文柱本作「萬國頒春正朔會同」。

謝皇太后表

鳳曆頒春，東朝介福；虎城告朔，北面承休。歲定四時，天佑一德。中謝。恭惟皇太后陛下《思齊》肅穆，少廣怡愉。訓示塗山，曆開禹子；教行渭涘，紀協周王。春朔攸同，乾坤交泰。臣承流下障，奉令孟陬。協和萬邦，第贊定時之績；嚮用五福，益陳曰壽之休。

疏

壽崇節本州進功德疏

九龍吐水，當摩耶産佛之辰；萬歲呼嵩，上大母延年之請。敬憑二氏，仰贊千齡。壽和聖福皇太后陛下，恭願大安大榮，至愉至佚。慶雲五色，現南極之祥光；壽域八荒，衍西池之長筭。

鈐司進功德疏

三寶曰慈，南極衍太皇之福；五兵不試，西江陶聖化之風。仗仙釋之殊因，贊宫闈之丕慶。壽和聖福皇太后陛下，恭願位隆少廣，筭等崑丘。仰大慈尊，誕節正同於盛旦；得無量壽，長生永協於先天。

乾會節本州進功德疏

聖瑞虹流，開半千之休運；官聯虎拜，瞻尺五之清光。靄玉翠之祥氛，裒緇黄之妙果。皇帝陛下，恭願駿〔一〕聲克廣，龍德方中。地久天長，壽命衍洪源之慶；河清海晏，皇圖鞏磐石之安。

【校記】

〔一〕駿　原作「駮」，誤。據韓本、鄢本、元諭本、四庫本改。

鈐司進功德疏

天臨寶位，夙開繞電之符；地領王鈐，載罄〔一〕呼嵩之祝。謹率兵戈之屬，虔修道梵之緣。皇帝陛下，恭願玉燭四時，金湯萬里。元龜大貝，梯航來川岳之珍；歸馬放牛，旗蓋壯東南之運。

【校記】

〔一〕罄　四庫本作「慶」。

天瑞節本州進功德疏

飛龍在天，大横有兆；流虹貫月，景命維新。演道梵之真詮〔一〕，崇聖明之瑞節。皇帝陛下，恭願維天其右，如日之升。五百歲而生，已開昌曆；億萬年其永，益鞏皇圖。

【校記】

〔一〕真詮　原作「真銓」，誤。據韓本、四庫本改。

鈐司進功德疏

爲天下君，祥書帝武；祝聖人壽，歡動戎昭。闡二氏之真科，崇千秋之誕節。皇帝陛下，恭願泰元有相，長發申休。在辛歲曰重光，方升如日；以乾元正五位，多歷斯年。

大行皇帝升遐本州進功德疏

帝棄群臣，忍傳末命；教宗二氏，恭薦殊因。慨極烏號，戀深蟻慕。大行皇帝，伏願遊神極樂，觀化太虛。十四聖之在天，皇靈陟降；億萬年之與子，丕祚綿洪。

鈐司進功德疏

出宮駕晚，縞素興哀；望闕臺孤，緇黄嚴薦。恭哀冥福，遹相宸遊。大行皇帝，伏願性悟真如，道超無極。成慶而垂萬世，聿齊九廟之靈；後天而彤三光，長作百神之主。

皇帝聖躬違和保安諸廟疏

天子萬壽，詎期無妄之災；臣人一心，共徯有神之相。惟帝齡之悠久，實神貺之扶持。名山大川，尚鑒蘋蘩之意；普天率土，不勝葵藿之私。

本州宫寺保安疏

皇極九五福，合率土以傾心；帝壽千萬年，籲慈尊〔一〕而請命。皇帝陛下，伏願寅畏享國，清明在躬。王受命無疆惟休，誕迎和氣；天行健自强不息，丕享脩齡。

【校記】

〔一〕慈尊　一作「昊天」。韓本、鄒本、四庫本「慈尊」「昊天」並存。

鈐司宫寺保安僧疏

惟聖宅尊，共祝一人之慶；以臣請命，敬皈三寶之慈。皇帝陛下，伏願曆數在躬，神明其德。九五福曰壽，丕享康寧；億萬載齊天，式臻永久。

道疏

率土傾心，均願聖人之壽；籲天請命，肅殫臣子之忱。同前。

大行皇帝遺詔本州成服道疏

道揚末命，忍聞晏駕之音；瞻仰昊天，上訴遺弓之慟。修崇冥果，攀慕遐征。大行皇帝，伏願返於混元，光我烈祖。洋洋而在上，俯察〔一〕臣民；刻刻以揚靈，永綏宗社。

【校記】

〔一〕俯察　韓本、四庫本作「降鑒」。

僧疏

捧九天之遺誥，帝馭何追；皈三寶之真乘，臣心欲割。

鈐司成服道疏

昊穹降割，悵宸馭之上賓；率土興悲，望帝庭而哀籲。虔資冥福，遹相仙遊。大行皇帝，伏願靈德昭回，皇明陟降。衣冠雖邈，會烈祖以在天；宗廟如存，朝百神而爲主。

僧疏

昊穹降割，慟玉仗之上賓；率土興哀，望金仙而仰籲。虔資冥福，遹相仙遊。

本州成服滿散疏

制嚴易月，痛君父之通喪；望極乘雲，薦人天之勝果〔一〕。露香蹋踖，釋經悲傷。大行皇帝，伏願堯性常存，舜明不隔。成慶而垂萬世，聿齊九廟之靈；後天而彰三光，長作百神之主。

【校記】

〔一〕薦人天之勝果　「人」，一作「神」。「果」，一作「典」。韓本、四庫本「人」「神」「果」「典」以小字並存。

鈐司成服滿〔一〕散疏

捧易月之制書，萬邦哀痛；修升遐之冥果，三寶證明〔二〕。喪紀有嚴，孝思罔極。大行皇帝，伏願龔墻不遠，劍舄如生。帝鄉而乘白雲，真遊沖漠；孫謀之注豐水，遺澤深長。

【校記】

〔一〕服滿　原作「滿服」，誤。據韓本、鄢本、張本、四庫本改。

〔二〕三寶證明　鄢本「三寶證明」下，「穹昊監觀」以小字並存。大字爲僧疏，小字爲道疏。韓本「三寶證明」「穹昊監觀」各以小字並存。四庫本「三寶蓋明」「穹昊監觀」各以小字並存。

大行皇帝本州追嚴道場疏

維新陟王，悵皇靈之日遠；演大乘教〔一〕，資勝果於天遊。悼痛罙深〔二〕，薦言有俶。大行皇帝，伏願性超清淨〔三〕，德邁圓通〔四〕。生爲帝，没爲神，豐功不泯；高配天，厚配地，明德無疆。

【校記】

〔一〕大乘教　原作「大乘法」，誤。據韓本改。韓本、四庫本「大乘教」「無上法」各以小字並存。前者爲僧疏，後者爲道疏。下同。

〔二〕罙深　韓本、張本、四庫本作「彌深」。

〔三〕清淨　韓本、四庫本「清淨」「沖素」各以小字並存。

〔四〕圓通　韓本、四庫本「圓通」「希夷」各以小字並存。

鈐司追嚴道場疏

皇靈沖舉，莫追汗漫之遊；淨業真如〔一〕，式薦逍遥之果。終天哀痛，率土慕思。大行皇帝，伏願陟降太虛，超升無極。儼橋山之劍舄。云云。

【校記】

〔一〕淨業真如　韓本、四庫本「淨業真如」「真誥昭宣」各以小字並存。前者爲僧疏，後者爲道疏。

申省狀

辭免新除秘書省正字狀

具位文天祥照會：十月二十六日伏準省劄，十月三日三省同奉聖旨「文天祥除秘書省正字者」。某猥以疏賤，叨被聖恩，望闕瞻天，莫知〔一〕所措。伏念某自叨親擢，未歷外庸。以讀書學從政之方，以奉祠爲書考之日。方竊山林之暇，敢圖臺省之登？負乘非宜，循墻無任。伏望公朝特賜敷奏，令某滿足宫觀兩考日，祗被新命。其於出處得宜，庶幾無負聖明拔擢之意。所有省劄，未敢祗受，除寄本州軍資庫外，須至申聞者。

【校記】

〔一〕莫知　原作「莫如」，誤。據韓本、鄒本、張本、四庫本、叢刊本改。

再狀

具位文某照會：於去年十月二十六日伏準省劄，十月二日三省同奉聖旨「文某除秘書省正字者」。某伏念一介庸賤，叨竊非宜；加以從仕以來，未有庸歷。輒具狀申控，乞候宫觀兩考滿日，祗被新命。十二月二十九日伏準省劄：十二月九日三省同奉聖旨不允。某除已望闕謝恩，擇日前來供職外，須至申聞者。

辭免知寧國府狀

具位文某照會：伏準尚書省劄子，四月十七日三省同奉聖旨「文某差知寧國府，替朱應元缺者」。起家超躐，望闕徘徊〔一〕。伏念某實無他腸，粗有遠志。昔年憂國，冒當事任之難；數歲杜門，寧悔身謀之拙。屬明良之胥慶，念岳牧之疇庸。曾謂栖遲，遽叨選用。惟是某省愆已至，貶秩猶新。雖公論至久而愈明，而丹書未謂之無過。儻不量於出處，是自速於顛隮。欲望公朝特賜敷奏，收回成命，改畀叢祠，使某得以讀書養親，安身寡過。他有驅馳之日，無非報效之年。所有省劄，已寄留吉州軍資庫，未敢祗受，須至申聞者。

【校記】

〔一〕徘徊　四庫本作「徊徨」。

卷五

書

回胡僉判請交割除寧海軍節度判官廳公事日

某仰德襟期，比布之竿牘，顥飭謝言，兹不贅吐。首祈崇炯，某幸甚。區區此來，得忝交代，意者天將開攀拊之緣，使之拉湊，一至於此。惟是天賦偏於愚戇，親見聖主懇焉求言，意應詔者必有中今日之故。側聽逾久，無能爲國家陳大計者。私念上悔悟勇決如此，而某蒙恩至厚，他人既不言，則雖疏遠，豈容避其責？是以積忱累日，冒死投匭，以冀一感悟天聽。出關席藁以來，首領且不自保，況苟官職乎！高誼不薄，猶以同寀爲情，連屈軒車，復畀翰墨，一吏至，又持公文以來。周旋曲折，無非眷愛，某感激不自勝。

惟如前之義，則有不可孤長者之意，不敏謂何？某尚留此待旨，若數日後威命不下，則是上憐其愚而寬宥之，某當歸且念咎矣，而非所敢望也。所有添差僉判廳公用，某一切不曾祇受。或郡府不以某爲不肖，他有情文，則恐吏輩爲欺而亦某所不與知也。本須具狀申府，惟身爲罪人，不敢自擬於屬吏之列。得於晝諾之次，叙其衷情，則某之受賜甚厚也。臨風拳拳。

賀吴提舉西林己未

某自九月赴京師，時請叩門墻，蒙謦策備至，妙語天然，式相行色，箧笥間至今耿耿有光氣。第某解舟至豐城，及聞新局肇更，鄰麾茂畀，細讀「仕隱不同轍」之句，則雲駛月運，舟行岸移，轉瞬之間，已成兩樣。雖然，此非爲明公榮也，纓冠褰裳，世道有賴焉。

某來，上下以防鄂〔一〕故，爲之澒洞〔二〕。聞諸閫雲集，而敵〔三〕正不多，以此爲不足慮。獨賜教時，則衡陽之事，明公蓋已及之，而中外未之信。某以十月晦至修門，則聞聚毒已并，流波浸漫。秣陵荷擔之事，蓋凜凜已兩月；中間新相至，則又得月十日定帖耳。然我之緩急，往往視敵之起息爲之，則定帖者未可保也。譬如一間屋前，人放火已燒及旁舍，僅僅得全宅未動，卒急得一曉事人率衆拯救，雖千百擔水，未足以頃刻沃滅。明公蓋防防〔四〕一大頭項也。今事莫如袁、吉之急，袁以改畀明公，而鄉里又得平林爲重。時有明公諸人，必能一心同力，以障潰堤之衝，藉此無恐。惟內間則病根未去，履翁掣肘尚多。雖言路大開，而奸諛熏注之深，搢紳多不能自拔，徒聞應詔投匭，則學校與布衣而已。世變至此，可爲慨嘆！

某不量其愚，輒上書論其事。區區以爲宗社有故，死亡亦在旦夕，不若犯危一言，有及於今日之難，其得禍與否不計也。今出關待罪已三日，而上猶未見施行，未知後命如何。藉天之靈，祖宗之休，明公之庇，得全首領，而以周旋於義旅之後，不勝願也，而不敢望也。封事藁止於一本，付璧弟全録以呈似，其疏狂，知執事不笑且憐之否。共惟節鉞交錫，旌旗一新，誼當專狀爲慶。顧世變至此，明公方任大責重，以與上下同憂患，某不敢作平世語也，惟明公亮之。引筆嚮風拳拳，不備。

【校記】

〔一〕防鄂　韓本、鄢本、元諭本、張本、四庫本作「鄂鄂」。

〔二〕澒洞　文柱本作「澒洞」。

〔三〕敵　原脱。據萬庫本補。張本、有焕本、文柱本、四庫本作「某」。

〔四〕防防　文柱本作「防」一字。景室本作「防鄂」。四庫本作「防火」。

回聶吉甫號心遠

某比道從嗚珂，幸甚獲下臍龍之拜，蒙眷愛稠渥，侍樽俎間者連夕，感激不自勝！别後凡百餘日，數千里行役，貿貿於一來一往之間，大可取笑。伏承寶墨，鐫教備至。今天下大勢所以削弱不支，實坐於文物制度之密。區區直欲割去繚繞，使内外手輕脚便，如此而後可以立國。中書言規模大概，所以纖悉上下其説則未也。朝廷若不鄙而行之，則台諭欲列置一帥，如古方伯連率者，又當再商量也。區區之心，既不足以行於國，退而欲爲一鄉一宗之謀。正將擇險以爲依，集衆以爲安，但事勢浩大，不量其綿力而欲舉之，善後與否，視無所及，何如！某乍歸冗劇，使命日亟返，姑此治報。何當一日會晤，以請所未聞。

賀何尉名時，字了翁

某頃揭揭入國時，江皋祖帳，爲意腆甚，感激之私不自勝。别後不圖世變沄沄，天下大事幾去，某始而駭，中而疑，繼而憂憤，又繼而大聲疾呼，以至於流涕出血。相去近百日，而展轉變化以至若此，事變可畏矣哉！某學無涵養，不能謹其所發，倉卒來歸，求爲杜門循省之計。藉慶雲在上，以此月七日善達鄉國。甫入境，側聞一同桑梓，若君實庇蔭膏澤之，以廉革貪，以明易暗，以神奇變巽懦，大冠縫掖，交以程、吴歸焉。方謀奉狀至屏下，而紫氣煌煌，已移照鄰次，交臂相失，懷此悵怏。當今事會方殷，人才不競，一杞二杞，國家常病之。今州縣之於執事，亦此類也。凋瘵澒洞之餘，雖近於不可爲，而開繁破劇〔一〕，如長才得以自見，可賀也。吉水之爲邑，得之朋友，見謂官錢無定額，賦無正籍，是以若此其竭澤也。平林以鄉人爲郡，念此至熟也。執事軍期之暇，爲之定制立數，求爲一定之經，惠幸兹邑，其庶幾乎！

【校記】

〔一〕破劇　原作「被劇」，誤。據韓本、鄢本、元諭本、張本、四庫本改。

上丞相除秘書省正字，辭免，不允

正月吉日，具位文某謹再拜奉書於某官：某昨蒙朝廷不以不肖，授秘書省正字職事。某自念非才，未有庸歷，輒具狀辭控。既而省劄降不允之旨，鈞翰重促行之命。伏惟聖天子之所拔擢，大丞相之所提撕，德至渥也。

某一介晚末，跧伏深密，所知不出田里。大丞相勒名鼎彝，紀功太常，坐於廟朝，進退百官，而佐天子出令，下士之人求望其位貌，聽其謦欬，不可得也。惟聞弓旌紛於阿澗，束帛遍於巖野，元德碩望，麟遊鳳集於省臺之上，想望風采，以爲不圖此生獲見昇平如此。詎意今者宸命收録於草茅，鈞畫照耀於山谷，恩光所被，震悸不自持。僕惟此舉不見於今世久矣。夫大君宗子，居天位者也；宗子之家，相理天職者也。自一命以上，所以輔贊大君，彌縫家相者，皆將以分奉天之責者也。《書》曰「天工人其代之」，又曰「欽哉，惟時亮天功」，又曰「天命有德，天討有罪，天叙有典，天秩有禮」。韓愈曰：「天付人以賢知才能，豈使自有餘而已？忱畏天命而悲人窮也。」天命、人事常判然不相侔，而前言往傳動必以天爲訓者，人雖藐然，萬物備於我，苟爲凡民則已，大之爲聖賢，秀之爲士，天地民物，孰非一己之責？任重致遠，皆性命之當然也。由此觀之，用人者非私於其人，爲人用者非私於其用。近臣之得所爲主，皆所以事天也。此意不明，上之人操其公器大柄以自私，曰「吾能以富貴人」；下之人失其靈龜，貿貿於勢利之途而不知返。是以上不知以代天理物爲職，而無復有以貴下賤之風；下不知以畏天悲人自任，而無復有比之自内之義。天地失位，人極不立，人物悖其性，往往由此者多矣。

伏惟大丞相勳在王家，意在人物，方且以不滿假處功，以不驕吝處才，開忱布公，集思廣益，嘉與天下賢士大夫以爲共理，如僕庸愚，亦得自列於兼收並蓄之下。顧僕不足以稱所舉爲大負，而由先生此心，天命之所流行，國家之幸，斯世之福也。《謙》之九三：「勞謙，君子有終吉。」先生之用心以之。《泰》之九二：「包荒，用馮河，不遐遺。」先生之用人以之。孟子曰：「古之人所以大過人者，無他，善推其所爲而已矣。」由是而言，自可比功於隆時，垂號於無窮矣。僕雖嵬瑣無足齒，其於明時不敢自棄，求所以無負上帝之衷，仰承君相之惠，將盡心焉。某已於元日祇被新命，謹別狀遵禀，惟是屬有私役，造闕之月日，尚此遲之。伏惟大丞相矜憫其情，而原其後至之罪。公爾忘私，國爾忘家，某之補報知遇將有日也。下情不勝懇惻激切之至，謹奉書，不備。

通廟堂溥論〔一〕承心制事

某仰恃鈞慈，直布心腹。某昨歲四月，遇先人本生母之喪，以服制未定，請之朝廷，遂作假俟伺旨揮。後來此申未及下，而某得劾。某以義起禮，謂先人若存，則於所生母當申心喪；先人既已矣，則某照承重例，遂承心制。自謂仁之至義之盡，莫如此矣。未幾，《龍溪友議》板行天下，謂某當有重服，匿而不行，一時聞者，爲之疑惑。後巽齋歐陽秘書守道爲《或問》，衢州曾添教鳳爲《詳目》，二先生發此精義，禮意昭然大明。某竊聞《龍溪友議》印本以萬本〔二〕，閩、廣遐陬莫不有之。既不能家至户曉，須得朝廷討論墳典禮意，播之邸報，著以爲令，使天下知孝子慈孫之用心，而不至爲謗者所惑。是以拳拳致請，乞下太常討究一番。三月末旬，伏領鈞翰，特蒙先生照見曲折，謂其所遇在禮之變，所循爲禮之正。且如昨者，臬申已下禮寺，某以爲定禮典，正流俗，在此舉矣。

四月三日，忽得承受人報備至寺狀所申，乃引紹興休寧縣尉蔣永吉與寶元集賢校理薛紳爲證，直指爲某合持齊衰三年。嘻，其誤矣！聖人制禮，自有隆殺，其隆殺本之人情。切詳蔣永吉之祖妾直下只有蔣永吉，使蔣永吉而不服〔三〕，則其祖妾爲若敖氏之鬼矣，所以爲孫者須持齊衰。今先人之本生母自改適劉氏之家，有劉氏子孫持重服，則主祀固是他姓矣。是以某體先人之心，則只當承心制也。況蔣永吉無祖母，今則某有正祖母在堂，何緣可爲劉母持齊衰乎？劉母之子既持齊衰，某又自姓文，何緣兩姓俱有齊衰之服乎？又詳薛紳之母，既稱爲「祖母萬壽縣太君王氏」，則是嫡祖母也。當時朝廷止給假三日，只從孫之本服。所以薛紳再申指爲先人所生母，謂服不可絶也，故有三年之制。此正是承重孫，又自與蔣永吉者不同也。禮官〔四〕不讀書、不講義，不明先王隆殺之意，往往只據吏人檢至故事，見有「父所生母」

四字，便謂事體一般，鹵莽申上，更不曾子細致辨於同異之間。今且未須論某所得服如何，且只論先人之服。先人之母改適劉氏，既有劉氏子爲服，且先人係出繼別位，又非本位之比，先人只當有心制，不當有齊衰明矣。若先人有齊衰，則某當以齊衰；先人有心制，則某只合承心制。豈有先人本等止有心制，而某乃有齊衰之服乎！朝廷所行，便作萬世不刊之典，毫釐之間，所當致辨。矧禮意粲然，非有嫌疑，又何難辨之有！

某承心制已一年矣，今非畏有齊衰不願承服，但可惜禮官如此討論，萬一誤朝廷，備據行下，恐《國朝會要》上又錯添一典，故不免貽將來朝廷無人之誚耳。今看來禮官未必解事。先生揆之本心，若以爲某見行之禮既安，徑乞從都省點對行；萬一已照寺狀施行，亦乞改命。庶不悖於人心天理之正，而古聖人制禮之意得行於今，其於綱常，豈曰小補之哉！

後朝命下，許令承心制，仍著爲令。道體堂書。

【校記】

〔一〕溥論　文柱本作「專論」。
〔二〕萬本　文柱本作「萬計」。
〔三〕而不服　文柱本作「可不服」。
〔四〕禮官　原作「禮者」，誤。據四庫本改。

通江參政古心

某即時甘雨，共惟宫使大參相公先生芝山清逸，珍館宴超，天相有道，鈞候動止多福。某昨歲獲走一介詣舍人門下，伏蒙鈞念，勞苦有加，祇服訓辭，至今亹亹。俯仰山林，感慨年歲，又若是其闊疏矣。某官百年幾見，一代共宗。司馬居洛而相天子，活百姓，都人西其首而望；張紫巖杜門白首，而嗣皇嗟嘆用晚，倚之以向中原。先生今其人也。上方舉元祐故事，勤於夢卜，旦夕爰立，言人人同。先生不以此覬於當世，而當世以此祈於先生。惟先生重愛眠食，以幸世道。

某屏伏田野，蒙賴鈞天之庇，守先人墳墓，幸無闕狀。追惟兩年間，口語横出，先生進而廟堂，退而江湖，德於其人，如出一日，傳所謂生死肉骨之情也。報答已知，言語抑末，傾竭犬馬，尚庶幾於門墻。專人上狀，百拜起居。衮舄皇皇，未遑納拜，心之沄沄，如此江水。仰乞鈞照。

通潭州安撫大使江丞相

某在門墻諸孫輩行中，而所以蒙鈞天造就，知愛綢繆，獨出乎諸生之右。然號爲登門垂二十年，而至今庭下無愈之迹。古人負笈從師，不間道路之遠，某乃不能自拔如此，殆不可對人言也。兹者誠不自意先生手提玉鉞，作鎮於重湖以南，而某適以臬事一節，奔走於賜履之内。昔者詹企台階，坐霄壤隔〔一〕；今乃得以詣大府，受約束，有一日斂板之便，豈天殆爲小子計乎！某始以親老丐祠，既趣旨下，再請則瀆，於是姑以單車出門，蓋馳驅數旬，又須乞便郡歸養耳。某四月八日辭膝下，留廬陵城中，始聞先生拜乾會節於清江，亟亟追逐，牙纛度宜春、醴陵間，所蹉跌片雲間耳。兹專布狀，重謝不敏，且致恭先之悃。參謁邇只，溯風距踊。

【校記】

〔一〕坐霄壤隔　文柱本作「坐隔霄壤」。

與李復卿 長弟初赴臨安府司户日

某比者吉蠲子墨，祗詢涓房，留連逾浹。甫拜答灑，蒙不彼外，感荷感荷！兹專布區區之心。璧弟不穎，竊第奉常，受官京兆。初欲鞭策向上工夫，故多求山林歲月，以自爲地，事不可料，欲緩得速，東行且有日矣。此弟雅欲致一朋友，相此遠役。大冠峨如，大裙襜如，服斯服者不少也，而流俗薰蒸，靈龜磨蝕，區區所爲，例指以爲迂，而他求所謂不迂者，抱膝長嘯，寡和奈何！執事氣貌餘子，言根古人，疇昔之日，幸接光塵，論議之末，共爲慨然，其誠有得於同然者。憑恃襟雅，僭欲屈致崇峻，以副前所期。此弟天資每與義理合，喪本心以求外物，則自保其决無也。惟是閎深博邃之學，汪洋演迤之文，日力方來，正將從事。執事與之處，公餘得商略上下，交闡互發，他日此弟其殆非吴下蒙乎？某敢不知。自交際之道，莫重乎其初，輒拜此紙，以將盟言。聘資不腆，别箋並致。不敏萬萬，控謝不遠。

與孫子載 季弟與從弟從學

某聞古者家有塾，黨有庠，士生其時，而爲師者非其家之父兄，則其鄉之所與也。是以不獨屑屑於言語文字之末，而聖賢誠正修齊之學，蓋皆在所法焉。小弟肩項相齊，學無以大相過，獨其性質之陋，而未有以開通，氣習之浮，而未有以檢束。故修業一事也，進德又一事也，某於古者父兄之教，既不克從事，則鄉評之峻卓，師範之尊嚴，是於執事乎歸焉。區區所以屈致之私，間嘗致禀，千金之諾，敬聞命矣。交遊之道，莫重乎其初。禮有聘，謹肅將以前，並令二學生俯伏再拜以立庭下，俾之有敬也。

與胡觀洲季從

某童而習之，授業解惑，有所自來。惟今父族母族，衿佩而立，受道者七人焉，將同堂合席以私淑之。輒恃鉗鎚之舊，爲此數子〔一〕以北面請。歲以緡錢百上之隸人。禮有聘，奉芝楮二十千，明有初也。吾未嘗無誨焉，惠徽福於夫子。謹謹奉狀，伏乞台照。

【校記】

〔一〕子　原作「字」，誤。據韓本、鄒本、四庫本改。

與楊學録懋卿字景堯，太學前廊

某比僕僕來京師，幸甚得下膺龍之拜，辱賜之不鄙，軫顧稠厚。闕外之别，江皋之饋，所以致繾綣者尤甚，感激不自勝。第恨匆匆聚會，不及爲頃刻之情，以慰滿連年契闊之雅，回首天上，瞻企拳拳。兹有禀事：朋友蕭文〔一〕名來新，新參之客也。此丈可人，且身事端正，無復頂冒異同之弊。揭揭而來，欲赴春參。鄉同舍往往望白雲而歸，其巋然爲遊學瞻仰，惟執事耳。其所參務本，適在德星躔次之側，特來展先達之敬。不揆遒瀆，道其至前，得蒙與進，稍與之温存，使不致落莫，區區之望也。

【校記】

〔一〕蕭文　《全宋文》疑作「蕭丈」。

回秘書巽齋歐陽先生

某因朱月窗來，伏拜誨帖，辱問璧弟，意極拳拳。近僥倖受縣，一出師門玉成之造。後生從政，未知嚮風，惟先生終教之耳。金碗在質庫，某處約之〔一〕，甚恨未能自取之，乃勞先生厚費如此。山林中亦無用此物，先生儻乏支遣，不妨更質錢用，第常使可贖足矣。吉甫一去連旬，頗孤龍頭之約。時且向熱矣，奈何！因便介到城，伸紙行筆，嚮風馳情。

金碗，乃先生爲景獻太子府教授講經徹章，上賜也。巽齋借而質之，故先生云然。道體堂書。

【校記】

〔一〕處約之　文柱本作「處約乏」。

與前人

某尋常於術者少所許可，而江湖之人登門者日不絶。彼誠求飽暖於吾徒之一言，吾徒誠閔其衣食之皇皇，則來者必譽，是故不暇問其術之真何似也。先生之於應酬也亦然。今是書之作，爲一星士，姓朱名元炳，字斗南，號月窗，則非前者之謂，是誠有取於其術矣。

斗南，吉水文昌鄉人，去吾里三十。起田間，談命高妙精絶，盡奄〔一〕同袍，試以百十命，應對如流，而人品之大概皆不差，異哉術也！問其所得何書，則嘗汗漫於十數家，而其末也會歸於李吉甫、林開之説。吉甫之書，人多有之，以其深而不能詰。若林開，則人未有得其本者也。斗南會二爲一，而又以所得於數十家〔二〕者間出而證之，斯其所以獨步也。

某既與之訂正二書，又詩之以見意。其别〔三〕也，欲詣門下求品題，某告之曰：「先生品題甚易，至之日爲先生請十數命，某也如此，某也如彼，爲先生鋪陳之。即先生亹亹，豈惟品題，先生心肯，轉相汲引，即子命通矣。」斗南曰：「諾。」探其中，欣欣然殊無憚色。他人泛泛，得先生增重多矣，未有如斗南肯以術而取先生之知者也。是書也，某何爲而不作？事出專白，故不他及。

【校記】

〔一〕盡奄　周本作「盡掩」。

〔二〕數十家　有焕本、文柱本、周本作「十數家」。

〔三〕别　原作「劚」，誤。據韓本、鄢本、張本、四庫本改。

與前人

某前月二十八日，因朱月窗來遠迓，草草一帖致起居，不知是日正先生到家日也。後聞稍避訪客，住某寺久之，然恐訪者即所在相尋，亦未必能盡避也。某九月十三日方及門，值鄉榜未揭，此一月中相過者有數。近數日漸漸增多，來者必數百里或百里，不容不少款。閑居寒薄，殊不能支，而妄有干請者紛然，多不相亮，甚以爲苦。先生昔者於應酬亦苦之，今猶苦此否？嘗蒙見示，每許人作一文，如置一針胸次。今某畏爲文詞，亦類此矣。習懶亦是病，先生以爲如何？念久闊尊候，亟起援筆，請所以誨。朋友以某遠歸，間有以羊麵問勞之者，某不敢私，輒以一羫一石，獻之庭下。某昨在宣州，不敢携木瓜，宣州人不相忘，近卻有以此爲意者。知先生嘗須此爲藥物，謹并奉四枚。一笑留頓，幸甚！

回劉架閣會孟

某伏蒙專劄，重示〔一〕先夫人志銘，伏讀驚愴靡已。古心先生藻發清言，垂光罔極，慈靈有知，含笑地下，若此可以無愧人子矣。遠日倏至，柳翣載途，追送傾城，素車銜尾。某於夫人契家子弟，以故不能攀望引紼，負負幽明，不勝愧恨。謹成些章一，少紀哀悰，以授挽者。伏想隨車號痛，涕如綆縻。孝在顯揚，願寬毀瘠。臨紙下情淒切之至。

【校記】

〔一〕重示　四庫本作「垂示」。

回衢教曾鳳先生字朝陽〔一〕，號秀峰

某數月於師門極間闊，顧山水荒唐，不自知年歲之運運，闕禮多矣，尚庶幾先生索之於形骸之外。別後得二子，丙寅戊戌，庚戌丙子，丁卯壬寅，甲午丙寅，命不知孰勝？乍嚮風水，即得三地。此須巨眼〔二〕以爲然則然。向牛肉坑所結砌者，今知其大謬，爲棄屣矣。深之昨所問館，成否何所固必。新正詣清湖行禮，亦不見訪，往往泥哭，則不歌之意，非有他也。屋見説漸就緒，先生鼓舞倦矣，宜作意。身事悠悠，何爲行日，可得聞否？春和景明，其間〔三〕一造盤谷，亦可遍觀先生所謂寶者。更願撥剔而後來，一來須十日，乃可歸爾。悉俟面賦，此不能盡。

【校記】

〔一〕朝陽　原作「翰陽」，誤。據韓本、鄢本、張本、元諭本、四庫本及鄧光薦《文丞相督府忠義傳》改。

〔二〕巨眼　韓本、四庫本作「具眼」。

〔三〕間　原作「聞」，誤。據韓本、鄢本、張本、四庫本改。

回李宮教應革號肯堂

某頃以附伯昂令侄書，後未悉起居。深之令弟來，聞病目少寬，爲之喜幸。日欲專价詳問飲食坐臥之節，塵坌因循，心甚愧之。昔人云「身在則有餘」，舉天下紛紛藉藉不如意事屏置度外，專精神，事醫藥，

靡有不濟。恐吾目所受病方將驅除，而又重以吾心之不寧，是滋予疾也。用敢於岐黃忠愛之外，輒奉清心一方爲獻，願於《大學》第七章加三思焉。偶璧弟有介歸就，有京書達左右，輒并遺前薄物將忱。徒覺塵瀆，臨風馳溯。

與朱太博塡號古平

一

某山中相望，數舍而遠，乃心精微，無往不通。僕十年受用，順境過當；天道反覆，咻者旁午。七八月以來，此血肉軀如立於砧几之上，虀粉毒手直立而俟之耳。僕何所得罪於人？乃知剛介正潔，固取危之道。而僕不能變者，天也。僕誠不自意，乃於寒舍千步外得一陂陀，溪山泉石，四妙畢具，委曲周遭可十餘里。蓋其景趣兼盤谷、環滁而有之，而其曠遠縹緲，或謂南樓劣焉。騎馬囊飯，朝往夕還，率以爲常，而山外事一毫不接耳目矣。

僕嘗羨君家山水之勝，幾欲作意植杖其間，而未能也，然自以爲旦夕必償所願，不知吾壺天可以屈公一來乎？煙霞泉石，此不足與俗子説處，知音者自不同，正恐不問主人，徑造竹所。余月心來，拱被寶墨，惡乎而不用吾情？適凝祥觀蕭道士來訪，其別也，曰：「吾將造古平。」爲之書以復命，且道予懷，而假道士爲郵焉。

二

某比及門即拜狀，聞車騎在郊外，正欲嗣訊，韓星忽來，偉然朵雲之贈故人。渠渠勞苦行役，諸兒那識此意？曉起入山，新流没岸，棋聲未盡，石骨依然。人生往往如此，盈虚消息，道體流行，仁者謂仁，知者謂知，可超然一笑。承有訪剡之約，上巳前後，擬山行數日，須主人在竹所，方可乘輿。分沙一席，已戒白鷗退避矣。呼燈走筆，馳意泬寥〔一〕。

三

極有磊塊〔二〕，欲從執事傾倒一日，雲山浩渺，渺焉余懷。忽拜羲獻帖，宛然玉立之參前倚衡也。垂諭前城李氏事，讀之甚駭。近有假爲黃節幹者，騙寫其家田莊，鄉廨既見之發覺，昭其迹於墻壁間矣，曾鑒何人，又肆無狀，欺愚嚇聾，一至此耶！某平生所立謂何，豈有退居林麓，省咎敬威。我自爲我，而青蠅紛紛，每使惡聲至耳。莫爲而爲，莫致而致，非命也耶？勢不得不榜，謹納一紙，幸轉之李氏，以破奸猾者之爲。使人日爲此等救過之事，不勝浩嘆！某向者因及執事出處，常誦《伐木》之詩，今書所云，猶若未悟。稟答之次，臨紙惘惘。

【校記】

〔一〕末句下原有小字附注：「某比及門，又一首。」

〔二〕磊塊　原作「磊隗」，誤。據張本、文柱本、周本改。

回鄧縣尉中甫

某入山愈深，於所尊敬，嘻其闊矣。前年足下以書議禮，得一往復，最後賜誨，迄今不能報。論其形迹，何前之恭而後之倨歟？坡云：「人情重往復，不報生禍根。」後山云：「一詩已經年，知子不我怨。」人之度量，固有相遠，執事知我，宜可無前日之事。今通國識其用心，由其未定，而言辭之不可以已也如是。自其定者而觀之，輕重銖兩，固皆當然，言語文字，幾乎閏矣〔一〕。昨書皆精義所發，卷爲一通，謹而藏諸。後有作者，將爲此興起。客從巽齋來，能言執事〔二〕日從翁樂甚。因款客坐，亟亟援筆，寫此悁結，授客以轉之左右。學之不加，感慨年歲。山澤雖遠，尚惠一言。臨風拳拳。

【校記】

〔一〕閏矣　景室本作「閎矣」。

〔二〕能言執事　「能」，景室本無。

與顔縣尉復古

一

某自春末得一夕承顔色、接話言外，此皆瞻仰之日。追憶是數年來，書筒無虚月，分袂亦不太久，未有如今之疏者也。然私竊自解則曰：此其迹爲然，不足深計。知足下得我同然與否？兹者恭承少迂蓬山之步，暫爲梅屋之遊，脂車有嚴，滌篆伊邇，豈勝贊慶！執事自此開張清途，摩拂碧落，固其分也。顧儌富貴利達，以自致其身貴且重者，崇論宏議所鄙者也，不當薦是爲賀。惟邑於民社爲最親，惟少府於邑爲最要，平生學問藉是得以展布。潘輿康寧，千里迎奉，調熊嗜苦，式慰兹願。是二事深足爲年丈賀也。

某雅聞説者以某日戒途，懷是惓惓，將祖帳道周，梧酒爲壽，屬有牽制，不能來，謹上狀，並致泊禮〔一〕，以昭區區，惟容頓是幸。川平陸夷，行者有相，惟秋深殘暑未央，更乞頤輔崇重，以前〔二〕三接九遷之寵。隨軒德輯，伏想喜氣方來，錫羡山則〔三〕。別後或有鄉邦驅策，敢不下拜！

二

某歲杪得承便馹，遺以瓌灑〔四〕，故人千里之情，藹然可掬，感鏤其如之何！玆得嗣書於令弟來歸之便，尤見崇篤。喜審議論於帷幄之親，出入於錢穀之會，滿腔磊隗，庶其有以自試矣。來教自咎，以爲浸淪汩於俗吏之歸，此意固超人一等。孟子論仁賢，而必望其有政事財用之效，蓋績用聲猷，不可相戾，本末一致，焉得就此以遺彼？自賢者徒以清浮爲高，而無益於實，然後小人得以事功自詭。今日挽回君心，轉移世道，吾輩正不得不自力，尚可以俗爲尤乎？

伏惟尊同年其懋勉之。頃承刊委，比於敬巖之前亦屢説項。非某私於所親，名德如許，區區欲自默，本心亹亹，自有所不肯。此老亦既有所許矣，坐席未温，遽爲林麓之歸，一場説話，又付畫餠。雖然，長松在林，利錐處囊，翹翹傑傑，旦夕諸公爭羅致不暇，瑣瑣愛助，何足爲説。某奉祠侍親，頗於讀書有一日之樂。朝市紛紜，怨謗之府，某雅欲退藏，以遠罪咎。賜教極得同然之真，或政事有足爲，庸陋矜式，毋惜刊曉一二。因以具報，情悃非筆可既，專規嗣布。

【校記】

〔一〕泊禮　元諭本作「薄禮」。

〔二〕以前　周本作「以荷」。

〔三〕山則　鍾本、景室本作「山側」。

〔四〕瓌灑　文柱本作「瓌麗」。

與聶吉甫

某於斯文契闊，數年於此。載酒問奇，豈非夙心，而相望百里，離群索居，甚負此愧。以其傾嚮，輒私布之。先人季子生二十年矣，號曰學文，實未知方；有從弟一人同堂而習，年相若而學相似也。閣下沛然古作，籍甚時名，所欲北面而從事者衆，區區欲使二子者私造化焉。間者疑其不可諗之，朋友固以爲請，不圖閣下不鄙夷而許之。敢專書以聞。閣下屑與之盟，豈惟二子得以受教，僕也不敏，實嘉君子之賜。援筆荒蕪，臨風切切。

回王國智

某歲前作稟字，輒致松栽之請。專夫十餘，虬孫載道，一日塞破吾屋，即乘天時遍佈滿山矣。異時車馬相過，山神欣然迎拜，必曰「此吾東道主」云。擾甚，布答膚率，別作謝狀。

與劉司户三異號古桂

某自别，不獲奉起居，忽聞小爽調攝。昨見當風輒睡，不禁生冷，常憂其必爾，看來衛生之書誠不可忽也。心遠云，來時及拜問，已幸勿藥，極以爲善〔一〕。暑天將理正未易，某欲助數藥，而不知當用何品，謾遣芝楮百千爲意。且宜深自愛護，候其可出，見訪未爲晚也。《南史》正本遂可得否？便中謾得，介意爲荷！詷候草草，他規嗣布。

【校記】

〔一〕善　四庫本作「喜」。

與胡端逸

自别後，日在山間搜奇剔怪，得二所，曰「閎微」，曰「上下四方之宇」。幽閑曠邈，超偉軒張，其奇又在中磯兩峰之間之上。君再來，足以抵掌大笑。「翠晚」又改曰「浮嵐暖翠」，「釣雪」改曰「六月雪」，「特立」改曰「至大至剛以直」。我非好怪，地適足以當之，君謂如何？新昌弟一介至門，館穀之議諧矣。專人導其來庭下，請君蒞盟。江南春小，天和景明，山靈川后〔一〕，畢獻萬狀，欣然有應接佳客之意。不遠二百里，杖屨容與乎其間，不亦可乎？凌遽信筆，未究欲言。

【校記】

〔一〕川后　景室本作「山秀」。

與黄主簿景登名瀛

某輒有所請：鄉州有俊傑士曰胡君，名天牖，端逸其字也。十年前學校定交，意其旦夕獵獵乘青雲而上，尚遲决科蓋其命，然心甚敬且念之。來山中聚首半月，且留度重陽。問其館穀，則未有所嚮也。此君有能賦聲，於應用更高，好自修飭，不爲流俗。足下若與處，日從三益，豈曰小補之哉！其家事自好，而嚴君主之，端逸歲得百千上下，則從人泰然矣。萬一賓廡無虚席，則明年君創員以料理之，多費以取友，美德也。端逸留山中，若蒙雅報見及，相其受幣而歸，是所至願。

與劉正伯知瑞州日

一

某江滸分携，流光如駛，每荒城雲合，笛韻沉沉，吾故人之思未嘗不往來於懷也。秃筆鉗書，曾無暇晷，東風順翼，乃有飛箋，如之何不喜！執事垂光虹蜺，濯髮雲漢，少須暇之，駕秋濤而湘春錦矣。燒尾光芒，薦靈角尺，山中猿鶴，先侈光榮。某癡事未了，誤渥徽行，三辭弗俞旨，且俟代。持其觚落不敏者，如之何而任劇哉！託愛宿昔，不同他人，何以教之？因風馳溯。

二

某久不交訊，坐積尊仰。忽蒙專价惠報寇事，桑梓驚動，南望惻然。正具復間，得鄉里信來，乃聞十六日破玉山，次日破新安，吾鄉必不免矣。財物所未論，屋廬所未論，不知一鄉人命，是時得脱與否。未有嗣音，爲之哽咽。已作書控倉使乞兵剿滅。某即日交臬事，當以滅寇爲第一事，毋慮。尊公朝議，近況想安適，謹附拜一忱。郎君新功日富，次者且聯翩而上矣，可慶可慶！草草修染，愧甚膚帥。

回鍾叔玉三帖

一

某杜門避影久矣，出山一事不到夢寐間。聞命誤節，湘羅笑人。方循墻丐祠，以安半菽，倘拜俞音，春晝花陰，猿鶴飽卧，亦五雲之密蔭也。衮褒渠渠，籩禮郁郁，固不敢當，亦不得不拜。草此稟酬，尚規裔謝。

二

某昨承令嗣於〔一〕京相過，眉目森秀，真可喜也。承以至德觀牌爲諭，便筆偶已染就，今謹封納，切希視至。

三

伏拜寶翰，寵有臺饋。塗抹無羊之詩，珍重來牟之意，我之懷矣，我之懷矣！親戚往來，本無所不可受，獨其名曰前日嘗爲某事也，若然，敢不重拜以辭。吾黨相與，誼如一家，緩急相赴，情之所有，而足言謝哉！非曰不恭，其所操挾如此。薄言稟報，未既由衷，仰幾台亮。

【校記】

〔一〕於　原作「子」，誤。據四庫本改。

與隆興黎節判立武探花

某自大名震盪以來，吾江西一佛出世，引領願拜，實不知前此固嘗坐下風而挹餘光也。去年汗漫一出，道過清疊邂逅〔一〕。捧檄歸省，江皋草草相見，道舊恍然，驚喜，過望。至洪甚恨匆匆，郵亭晤語外，無從嗣集。踪迹展轉，重見黄花，所思天一方，令人回首。某恃氣類之同，輒以士薦。漕闈新貢元劉君子俊，吾鄉清淑之英也，所居門巷相接，文學卓然，可稱遠器。今年以登仕得舉，士者以爲晚，旦夕詣星臺下。謂一世龍門，以未執鞭爲恥，敢告賓榮，許其漫刺。見所未見，劉君歸，可以語人矣。西雨南雲，臨筆馳溯。

【校記】

〔一〕邂逅　四庫本作「解后」。

與劉民章子俊

某自湘花別後，其人如玉，夜夢見之。名網猶〔二〕兔罝然，不足以得横天之翼，每爲咄咄三嘆。空同上得書，乃知猶爲脩門客，何留滯周南之甚耶？詩云：「京洛多風塵，素衣化爲緇。」又云：「棲鳥戀舊林，池魚思故淵。」青山屋上，流水屋下，歸來自有樂地，乃欲以外物之盈虚爲面顔之有無，爲執事者左計也。乘興而返，萬里足下，可以遠道爲諉乎？某昨報舍弟，令贊千騎之歸，爲奉薄贐，想已禀達。歸哉歸哉！臨紙引領。

【校記】

〔一〕猶　原作「獨」，誤。據韓本、鄭本、張本、四庫本改。

與梅制幹

自去年滄浪使者歸米氏真帖又三四，往往多從景明便雁來也。洞門窈深，雲山千里，騎黃鵠，跨白鶴，恨不得一日共君其間。風雅比興，韶鈞交作，長軸大册，一再寄意而不倦。鬼神閟吾山數千百年，今而後衣被雲錦，草木澤澤，光價益倍。章之三十二詩，四時朝暮之變皆有其象，獨以一詩當一境，則有不相似者。混萬顆珠璣，作一片圖畫，而江山無異辭矣，謹頓首謝，頓首謝。

子秀别三年，漸成六考，通籍金閨，止爭浮圖一穎。近書謂赴吏部銓，將取一闕。人豪如此，猶落骰子選，豈非朋友之責哉！歲月易老，功業宜壯，早改官去，即仗麾建節無滯礙，男兒事庶幾哉！某當年間亦大參差，江西代者激爲波濤，使人彈指剝剝。賴君之庇，天日皦然，今可以適吾山水之陶陶矣。比詩云：「日日騎馬來山中，歸時明月長在地。但願山人一百年，一年三百餘番醉。」君念我悉，度欲知我近況，不敢不白。

某惓惓故人之意，豈一飯而忘，顧數百日内，不能專一价附書，殷鄄又不敢信，以是契闊詹仰，充塞懷抱，而未有以發也。李彪請假歸道，出琵琶亭下，率然伸紙，意之所至，不擇言語，臨書神爽飛動。

與杜教授抑之字伯揚，號帶溪，崇仁人，李梅亭高弟

辱早春第一帖，遠佩意甚真。每一念吾弟，輒思老成。吾弟一出，幸無他，微執事教訓，何以臻此？不知菖蒲前後書琴，得至山中否？近來心思稍清，頗得專意研討，亦時不廢吟。向嘗令吾弟訪問《南史》正本與晚唐百家詩，想亦可得；如未也，執事試致意焉。古桂留館中，日得誦習《毛詩》，因知求《選》於《選》，止可爲《選》之子孫；求《選》於三百五篇，則《選》之兄弟可進也。相見當爲執事傾倒之。偶遣一价，信筆布露，馳溯雲表。

回謝教授愛山四帖

一

雖塊坐深山，於時高人韻士，鼎鐺獨無耳乎？載酒問奇，道之云遠，徒有是心，而未之能也。不圖五鹽道院，屈居仙客，階蘭砌玉，與亭芝相照映。每思吾仲取友必端，未嘗不自嘆獨學之陋。手書寵貽，清揚流動，雖未見猶既見矣。何時簪盍，慰此忡惙？臨風馳報，書不盡言。

二

寒檐積雨，抖擻無悰。得書而讀之，昏眼爲拭。某落落白雲間，一疇春緑，自飯吾犢，浮世榮辱事，付之山外。褒惜所蒙，君言過矣。然醴露醲郁，波及溝斷，企瑞芝而遐眺，佩金蘭之永好也。美人一方，書琴自適，爲誦《停雲》三過。

三

日於仲氏便价得書，振衣快讀，恍焉〔一〕眉宇之迫吾睫。可人不來，蒼苔滿徑，得無忘把酒看山時約耶？西風逼人，桂香浮動，天池鯤化，摶扶摇而上之，捨愛山其誰屬魁？卷紙一幅，納之文房，衣被琳琅，騰翥光景，褚生輩亦將侈其逢矣！薄言占復，掛一漏萬。

四

山中度日如年〔二〕，落葉蕭蕭，涼月墮砌，起視寥泬，安得知己握手長吟，寫胸中之耿耿，以相慰藉耶？杪秋餘熱猶壯，二豎者雖相戲而不吾虐，予〔三〕亦從其所爲，倉扁輩未嘗屑屑然也，久之不覺脱然去體，是又不治之治，有勝於劑餌者。寵貽手劄，問勞渠渠，故道其所以然，而以復於執事。

【校記】

〔一〕恍焉　景室本作「恍然」。

〔二〕山中度日如年　鄒本、元諭本、張本混三、四帖爲一帖，據韓本、四庫本劃分爲四帖。

〔三〕予　原作「子」，誤。據韓本、鄒本、四庫本、叢刊本改。

與廬陵劉知縣庭薦

采山釣水，飲食於大夫之境，三年於兹，門無公事，得至於百里之室，幾於魚游江湖而忘江湖矣。伏諗解印西歸，揚舟東下。昔者河陽之李，今兹南國之棠，諸父兄子弟服習長者教訓，恨不留鎮此土。雖然，此一縣之望也。縣私土〔一〕子人，無所不治，是中都索包，總有相道焉。行矣，僕將大其所觀。某山深閉門，杳無城郭信，風傳令尹新舊之交，未及馳慶。乃承上書顓走告别，江頭折柳，奈何！不敏爲之慚對將命，四壁〔二〕空寒，一無可爲載月助者。知心天遠，解后何年？詹溯風帆，江空渺渺。

【校記】

〔一〕土　原作「士」，誤。據韓本、鄢本、張本、四庫本、叢刊本改。

〔二〕壁　原作「璧」，誤。據韓本、鄢本、張本、四庫本改。

與廬陵李知縣訦孫

某邑人也。聞令尹之來，不能隨父兄子弟迓千騎於郊外，敢自訟以書，惟高明察之。某茲審承命九天，涖封百里，初條甫下，闔境爭歡，諒爲慶愜。某官氣宇鴻明，風猷駿厲。脩程步武，空萬馬以無前；清水鋒芒，解千牛而不頓。吾廬陵，號壯哉縣。詞訟雖繁，而詩書之家衆；版籍雖廣，而期會之事省。約之以清淨，撻之以平易，以公之才，恢乎有餘地矣，會成美錦，遄趣温綸。某骪髒一世之沈浮人也，所占籍處在治所之南三舍而遠，鷄豚可千户，民淳俗厚。僕也相忘於漁樵，而今而後其得一廛之托矣。僕實何者，首辱箋函，以此事當路之尊貴則有矣，區區何足以當之？輒裁箋賀上，並鍾鼎大名，歸璧〔一〕涓吏。伏楮卷卷。

【校記】

〔一〕璧　原作「壁」，誤。據韓本、鄢本、元諭本、四庫本改。

與廬陵陳知縣堯舉

昨歲京華，天作解后。每念晏公在陳，歐公在潁，一宋〔一〕二蘇，千里往訪，竟日從容。以某不才，受知場屋且二十年，良覿乃僅如此，視子瞻、子京諸公，不知何地著愧。匆匆汰去，過荷遠將。一目〔二〕江空，暮雲如水，渭濱之首寧爲他人回哉！兹者伏審肅持鳳檢，出宰螺山，車馬賓來，旄倪胥舞，伏惟歡慶。先生聞多而學廣，事熟而心精。筆力千鈞，捕龍蛇而獲虎豹〔三〕；雲衢萬仞，騎麒麟而翳鳳凰。未秣馬〔四〕於天津，乃著鞭於雷邑。竹松林裏，不妨簡編之尋；桃李蹊邊，細數枝柯之長。小紆盤錯，便起扶摇。

某閉門山中，傳來邸報，忽睹先生爲吾邦一來。古人重師友，至有塗竄片言隻字，以冀萬分益者。嗚絃千室中，有老門生在焉，知公不能用其恝然矣。惟性疏孄，無城市踪迹，謹避聲利，不沾借於公私。自今以往，陰陽和，風雨時，曉猿夜鶴，左花右竹，吾君吾相之恩，亦吾座主之惠也。剽聞前茅在郊，謹具剳子候迎，臨風馳往。

【校記】

〔一〕二宋　四庫本作「二宋」。

〔二〕一目　原作「一日」，誤。據韓本、鄢本、元諭本、張本、四庫本改。

〔三〕獲虎豹　韓本、四庫本作「搏虎豹」。

〔四〕秣馬　原作「抹馬」，誤。據韓本、四庫本改。

回樂安唐知縣元齡

深山中俯仰漁釣，久闊時箋，使者忽來。計一往一返，殆幾千里，君之厚我，感無有極。他人作縣，驚惴若不可以一日；先生爲之優遊，政聲洋洋乎盈耳。難易殊絶，蓋必有爲之本者。旦夕細滿〔一〕，綸綍在道。璧弟以斯文受知，僥倖通政，書來謂注邑當在春季。繼此望洋方新，尚賴教誨，庶幾自淑。刋曉寺記，微獎予不及此。惟平生於浮屠無所見，非敢有所攘闢，於其家數全不曾從事耳。恃愛直布，尚寬方命之誅。嘉貺頓拜，薄物非所以爲報。臨風悚仄。

【校記】

〔一〕細滿　景室本作「任滿」。文柱本作「考滿」。

回劉運使應龍號實齋

一

比承一介使人陟我山麓，問外〔一〕自梅外來，執事惠綏一日之好，其與人也重以周，則既感激所蒙，致其多謝之私矣。未數日，從驛吏取近報，伏審升班西閣，移節南昌，提封不隔於故家，父老相誇於盛事，仰惟慶愜。

某官揚休山立，玉潤金相。方其爲御史也，風采所撼，聞者凛栗；及其將指於楚越也，滿腔惻隱，人所不滿之處，入粗入細之規模，可以概見。歸來麟閣，還本等地位，已竊遲之。江西涸鮒，延首福星，誰爲朕行？弄印未決，公未至闕下，就道相屬，亦曰此公鄉里，煩公歲月，又將出少府節召公歸矣。其〔二〕嚮者得節，亦曰鄉部，後來召駕〔三〕，數月而不休。嘗試思之，近年如宏翁、矩翁，未嘗不漕本路，而二老之所以鎮壓群動者，年德位望自是過人，而持斧之役，旁午豪嗶，又非計使比也。

今執事繼二老芳躅，仁聲賢聞之著於人久矣，萬無不及，惟有過之，此所以宜賀。而僕之所以亟拜此書也，前茅出嶺，聞已多日，勢必馳上巽書，歸鈞山以俟命。上方屬意賢英，亟疾其驅，惠我江國。臨書不勝瞻依之至。宏翁，包宏齋，名恢。矩翁，曾矩堂，名穎茂〔四〕。

二

耕鈞山澤，飯疏飲水，不自知歲年之運運也。使者維何，云自南浦，飛雲五朵，居然下之。寒谷陰崖，冰霜積冱，春風不擇地而至，有如此者。某官天和睟〔五〕穆，地望高清。夜占天文，福星直斗牛之分。薄蓬萊，厭承明，爲桑梓此來。鈞山之下，雲露〔六〕噴薄，油霖甘露流注乎大江之西，部人歡呼，吾父吾母。帝曰勞止，歸遂相予。僕何幸身親見之。某山人也，其於當路，厥有等威，不敢屑屑竿牘，致歲時之敬。謙尊而光，禮出倒置，德盛仁熟，悚然稽首。落霞孤鶩，水天茫茫，既不克傴僂請拜棨戟之下，心之精微，寄此函尺。永言歸嚮，江流知之。

【校記】

〔一〕問外　有煥本、文柱本作「問之」。

〔二〕其　鄢本、元諭本、張本、四庫本作「某」。

〔三〕召駕　韓本、鄢本、張本作「召罵」。四庫本作「召篤」。

〔四〕茂　原作「戊」，誤。據韓本、鄢本、元諭本、張本、四庫本改。

〔五〕晬　原作「晬」，誤。據韓本、鄢本、元諭本、四庫本改。

〔六〕雲露　韓本、鄢本、四庫本作「雲霧」。

與袁守雷侍郎宜中 號省身

某前年赴宣州，道滕王閣下，望山川英氣，稽首人物，欲擁篲造門，而舟車異趣，僅能拜書問花竹平安而已。亡何踪迹展轉，不遑嗣音；歸臥蒼苔，益以疏闊。其戀戀門墻之心，固如水之必東也。某比者伏閱邸報，竊審小紆紫橐，近擁銀符，吏竦旌旗，人傳襦袴，共惟歡慶。欽以某官抱經濟之秘，稱磊落之豪。青天白日鳳凰，百年美瑞；高山深林龍虎，一代傑魁。上方寤寐側席〔一〕，圖致太平，甘泉舊臣，不當越在遠服。名藩歇馬，姑曰起家，徑執事樞，旦夕有詔。某庚午一出，殊與戊辰相似，去住匆匆，取笑當世〔二〕。杜門深念，益求寡過，未知所以稱塞於知己之道。君子不棄，尚惠教之。某久聞紫馬赴鎮，空山不能專介申賀，適逢過客，輒寫其私以自附於大厦燕雀之後。相望一方，馳溯切切。

【校記】

〔一〕側席　韓本、四庫本作「仄席」。

〔二〕當世　有焕本、文柱本作「當時」。

與中書祭酒知贛州翁丹山名合

一

晨起冠帶，輸寫積誠。世俗竿牘，曾是足爲有道者言，惟高明索之形骸之外。某青原〔一〕白鷺書生耳，童子何知，乍習句讀。凡先生之精神意氣，粲然於言語文字，公之天下，以淑後學，某皆嘗得以朝斯夕斯焉，衣被遺餘，曾不自意早以名知於人。有我師焉，生同吾世，驅馳四方，乃不得解后。某日夜興起，謂當何時而後得免於常人也。流年堂堂，實勞我心。

共惟某官孕光岳之精，參天地之運。大忠大雅，萊公、文正之心；不倚不偏，伊洛、考亭之學。斯文落落，上帝惠顧，天門夜下龍虎章，授公以柄，轇轕璇璣，經緯星辰。公從兩制，稍發蓄積，然後坐之廟堂，爲天子興建禮樂，洗千載房、杜之陋，太平之期，適當今日。

某退歸以來，有泉石十里，足以爲適。浮空變態，日過其前，飯疏飲水，自求吾志。竊伏思念空同鬱孤，如在屋角，平生悁結，云如之何？輒因此時，以姓名通之門下，一言終身，尚庶幾焉。圜丘慶成，上方親事，少府出節，必以公歸。迎拜東帆螺江之滸，以其時可矣。山斗高明，臨風切切。

二

某伏自空同玉節順江而東，獲從中流迎候鷁首。雄文鉅册間想象變化，如高山深林，龍虎不測。不圖解后，遂拜堂堂。風流雲散，一别如雨，金聲玉色，夢寐以之。自先生振衣登朝，手提文印，以照四海，國家誥令典册，燁然先秦西漢之上。學校之士，莫不從風興起，彬彬郁郁，爭自磨濯。以正法眼，作大宗師，世無歐陽，不當在弟子之列，某知稽首矣。主上尊德樂道，師用賢哲，論思獻納，日聞正言。孔、孟不得用於周，光、禹竟無益於漢。才與誠合，學與位偶，儒者之遇，未有榮於此時者也。《大學》之功用，至治之福澤，何幸身親見之！

某疏脱之踪，分安山澤，起家誤渥，忽畀龍藩，聞命彷徨，莫知所自。如聞天上聲光假借非一意，若可與從事斯文者。自古聖賢之佐、英豪之輔，莫不垂意人物，薦進拔擢，燮天功，經人極，罔不在此。共惟盛心卓犖，度越流俗，而某則非其人也，夜瞻紫微，徒有頓首。脩門懸隔，久曠音題，屬請事祠官，冒馳一介，輒鳴忡悃。未即趨摳，願言玉持金護，爲世道自力。臨風切切。

【校記】

〔一〕青原　原作「責原」，誤。據韓本、鄒本、張本、四庫本改。

賀翁丹山兼憲

某熟視一世，靡然風塵，刀筆何從縱横旁午，架漏於士民之上，而世之言人材者，率如是而已。「安得結輩落落參錯，布滿天下，使萬物吐氣」，僕嘗擊節於斯言，悠悠空山，誰與語此！兹者喜審肅將繡節，通泚銀符，山川不改於空同，風采一新於江右。

共惟某官淵源接乎諸老，氣概聞於當時。人物盻然，真中流之巨屏；文章偉甚，稱南渡之當家。輩行諸公，鈞樞十九，夜半一劄，趣歸蓬萊，以其時則晚矣。上方式敬由獄，乃眷西顧，非有志念不足以洗冤澤物，非有力量不足以懲暴詰奸。故予環之寧遲，而乘傳之若屑。太平之責，正在方來，以公歸兮，政枋焉往？某碌碌不如人，獨有愚戇不能改其素。追記前年冒乘君子之器，他不足道，惟奸宄豪横，稍稍鋤擊。淺之爲日月，雖未得盡行吾志，庶幾無失職之恨。人情卑淺，憚繩檢而樂姑息，矧猶未免鄉人嘩訕，朋興以要，其得罪於小人也果矣。

伏惟先生昨者不賜鄙夷，心聲往來，藹然氣類之意，某誠不知何日得以執鞭下風。忽睹〔一〕除綸，心目開朗，我輩從事，俗吏奪氣。豈惟爲一道賀，實足自壯。謹專人上狀，頓稽庭下，少伸門墻燕雀之悃。蘋藻薄羞，别紙惴悚。

【校記】

〔一〕忽睹　原作「勿睹」，誤。據韓本、張本、有煥本、文柱本改。

賀江東憲方逢辰號蛟峰

某當公在螭坳時，嘗奉一紙書至於閤下。書上未幾，而公歸蛟峰矣。譬諸草木，臭味實同，詹望雲山，臨風切切。某茲者恭審升撰秘丘，宣威直指。西臺與政，蓋嘗識潁濱之文；東路洗冤，亦以行濂溪之志。六絲初駕，一佛歡傳。共惟某官色正而芒寒，揚休而山立。言語妙天下，材稱一代之奇；出處重本朝，望在諸公之右。自夾侍玉皇香案，等而上之，胡不均弘，俾執事樞。國家重更迭之制，江湖一節，煩公驅馳，式敬由獄，以長我王國，公所學在此。歸哉歸哉，中詔在道。某山林之下，靜觀世故，其於君子進退，安得不致其卷卷？芝山父老，迎擁星軺，以時考之可矣。輒馳一介，自附於門下燕雀。江水東西，心期天遠，臨紙欲飛。

賀前人除江西漕

某東書歸隱，有釣遊之所曰盤中，兩山對峙，間以小溪。日步溪上，極目滔汩〔一〕，輒自以爲晝夜不捨，此溪水會有達鍾陵時。而某塊守漁樵，則曾此水不若耳。昨孟君陞從番陽遣介來，嘗爲書附申起居，相望千里，亦不知上徹果何如時也。某茲者伏審班仍寶殿，節峻冰臺。貫索沉沉，方轉芝山之曉；使星冉冉，又回南浦之春。一水東西，二天今昔，伏惟歡慶。

欽以某官寒芒五緯，絶岸孤峰。生漢子陵之鄉，雲山一日；派唐處士之譜，風雅百年。雖已跨海而望蓬萊，猶肯濡絲而瞰〔二〕原隰。濂溪道脈，雙井詩香。流馬木牛，既無愧於千古；落霞孤鶩，應可對於二公。所謂旂常，特吾懷袖。

某硉兀抱虛，真無所用於世。曩六轡使江之左，每依餘光，以自映帶；今也一畝之宮，環堵之室，囿德宇而處。自茲以往，夜月如水，猿鶴不驚，田夫芸子，各適所適，則何啻如天之福！郵傳所至，不勝燕雀私情，即日謹奉書爲賀。臨風馳溯。

【校記】

〔一〕汩　原作「汨」，誤。據韓本、鄢本、張本、四庫本改。

〔二〕陬　韓本、四庫本作「諏」。

回許秘丞自號果齋

某火龍之歲，從集英門綴行而出，風流雲散，回首參差。不自意去年待罪闕下，獲接英遊，心事流行，日星垂而河漢流也。湖陰送客，風露滿衣，移語崇朝，英概亹亹。歸去來山中，至今夜夢見之。新昌小弟，夙被奬知，嘗寮之情，始終一日。伻來遞示五雲，光怪照室，此豈四海九州無情人耶？鄉風九頓首。尊年丈山立時行，日光玉潔，長樂鼓鐘，西清帷幄，終當著身。風日不到處，轇轕雲漢，經緯星辰，爲天下開文明太平之運。某被服光潤，實與有焉〔一〕。某既還里閈，入山讀書，杳不知山外事。天上故人，重相顧念。適逢便武，輒謝所蒙。餘祈爲斯文珍重，慰此引領。

【校記】

〔一〕實與有焉　元諭本作「寶與有焉」。

賀倪提舉普號警齋

某寄迹提封某水某丘，童子所釣遊，君侯實照臨之。報政將一年矣，某猶未能以民禮見。自盤谷西南而望，城郭在焉，相對五雲，輒移時不能去。某兹審宸綍鼎來，庾臺肇建。讀皇甫記，已蘇今日之疲民；傳紫陽心，又舉向來之荒政。風行新令，雷動歡聲。欽以某官神驅五兵，才入八面。作真御史，以直道而事君；稱明監司，行本心而澤物。公來青原，父母其人。屬時常平，弄印六服，牧伯無以逾公者。西江涸轍，久煩公拯活。歲月少府出節，中詔又冉冉出建章矣。某自聽除綸，即欲自附於門下燕雀，側聞雅志引卻甚真。上方倚賢者以共理，烏乎能從？臺治一新，境内爲動。某甫及拂紙行墨，以贊東注之盛，噫其晏矣！世俗所以事尊，貴以鱗番從事，公有道人也，某不敢出此。臨風飛動。

與新知太平州趙月山名日起，集英殿修撰，川人

一

某去年待罪闕下，幸甚得一再交書，幅巾獨樂。近在吴門，入秋正擬専介候猿鶴起居，會去國，不果。黄强立自竹所來，相見於六和塔下，遠蒙寄聲，多謝故人厚意。自是而入山愈深，杜門掃軌，無復南來雁足矣。璧弟學製新昌，新年見告，二月遣人詣門墻通問，輒寄所思，寫之竹筒。既行，伏睹除目，欣審仍班内撰，領權東藩。一劄起家，千乘載道，共惟歡慶。執事青天白日之質，望之知爲正人；千兵萬馬之胸，識者推爲豪傑。六合悠悠，風埃滿目。所謂江左管夷吾，公其人也。偃薄起伏，如神龍天馬不可羈。牛渚天門，一瞬萬里，亦足以發其中之所存矣。天下事方有賴於公，時來爲之，孰之能禦？

某夙昔荷相知，出人一等，以此不敢自菲薄。一别十年，浮雲進退，何足爲達者道，而學不加長，每每自憐，久不見叔度，鄙吝固宜。自今得聞一言，三日後刮目，未知於吴下蒙何如也？偶遇新昌便，意其介尚或未行，輒附賀狀，並寫戀嫪萬分之一。相望泬寥，臨紙馳溯。

二

某風雪殘年中，使者以饋歲至，嘗草草拜狀，竟未知果達簽房與否。過年百二十日，是間何限傾倒。毛穎輩不任事，姑寄一嘆。比審放纜長江，休鞍盤谷。執事自宦遊以來，歇歷中外，垂三十年，曾無一日得從五畝花竹之樂。金山鷗鷺，甫此尋盟，如負者之息其肩，行者之休於樹，一時瀟灑，比軒冕束縛，瞠乎遠矣。浮雲滿山，任其往來，太虚真體，皦然萬古。

某歸來兩年，處積毀震撼之餘，差幸天者之小定。自有溪山足以遊釣，漫不問其他。有詩云：「日日騎馬來山中，歸時明月長在地。但願山人一百年，一年三百餘番醉。」欲知近況，此其凡矣。念人間清福，莫如一閑。幸而吾二人皆可以自適，獨相去遼絶，無從合並。江東暮雲，長長在眼，輒專人奉問潭府居處之概。即辰夏氣方深，共惟靜養淳和，坐消熱惱，神明護持，式衍方來川至之福。臨紙耿耿。

與知吉州〔一〕江提舉萬頃號古崖

一

某兩年乎山中，春猿秋鶴，木食澗飲，蓋頽然世味之外者。五雲繽紛，麾節夾招摇，歷勾陳而下，青原白鷺，浩有生意。某甫與溪倪谷耄頟手蒙幸，乃大化驅之出，束書〔二〕就道，修民禮公堂下。俎豆春風，簫韶夜月，藉之以詩書禮樂之光多矣。明公以洞庭五老之胸，時雨一路，曾未數月，春旗霜艘〔三〕，風采軒豁，所謂動搖山岳細事耳。少須暇之，棣萼棠陰，先後醲郁，夢寐五采，衣被八紘，持國弟兄，盛事再見，大江以西之父老子弟豈得以私我公哉！

某自解維江滸，風濤回薄，抵昭亭下，是爲子月丙寅。大壞積枵，觸手病敗。雖日夜爬梳會肯綮，然肓豎〔四〕浸淫，非匕劑〔五〕可藥。肘後寵靈，公不我靳，則宣殆庶幾乎。惟故山松菊，沐浴瑞露，而隴蜀之望復切切，微疇昔不至此。某日墮倥傯，神馳棨戟。甫奉陟鼇，則已魯皋籍，獨不愧於心乎？歲將新矣，願言滿頌盤椒，對揚綈緑〔六〕。此豈無委，嚴立下風。

二

某伏蒙公劄下問勸分，仰見豈弟父母，救民水火之盛心。某實共邦人額手大賜。某所居里，凡千餘家，常年家中散米，一日不收錢，諸大家以次接續賑糶，可及三十日，隔一日糶，可當兩月，此方儘可無飢。他時不待勸率，自是舉行。明年係緊要年分，或須使榜一申嚴之，至期卻當取禀。但四境委有可憂。蓋吾州從來以早稻充民食，以晚稻充官租。今年晚稻半虧，顆粒並是入官之數；早稻不過二三分，則是民食十減七八，此其所以皇皇也。近見多有趨龍泉、永新運糴者，覺彼二處米亦有限。縣大夫各私其土，不肯透泄，亦其不得已者。此須使司示以意，嚮使之斟酌放行，庶彼此可以均濟。

最急莫如通贛州之米。近同年李守惠書，自謂年穀中熟，米價日低。某嘗答書云：「廬陵一歉，異於常年，田里憔悴，不堪舉目。惟章貢素無糴事，而得歲又偏，鄉人顛頓者往往相率而趨。治國民食關係，苟可通融，兼愛秦晉，公之惠也。」蓋贛浮橋泄米之令素嚴，田吉〔七〕號産米，而贛多山少田，故爲贛計，不容旁及鄰邦。今歲事既相反，又當通變。此須古崖一書，與李守通情，俟得其要領，然後大榜境內，許人赴贛收糴。此亦權宜之一策也。區區管見，姑復仁明，後有利便，又須陸續申控。

三

某自聞琴鶴言歸，即戒笋車，擬送别於吉水、新淦間。初十日始得初八日申時寶翰，則知去期甚速，始意不可得遂，即抖擻作詩，馳詣使艎，意必可相及。僕自城還，則知解維已三日，臨風悵惋如失。廬陵四竟皇皇，流離入贛，過吾鄉者無虚日。豈弟父母又拂衣去之，細民嗷嗷，皆謂「曷不留我公，撫我妻兒婦女」，一無異辭。此即公論在人心，不可磨滅處。吾輩仕宦，得如此，即無愧漢《循吏傳》，浮雲得喪何足較也？某念受廛兩年，當使君之行，不得往送，詩又不達，歉負爲何如！亟函〔八〕元詩，並拜此紙，從新昌璧弟處借一兵，走詣潭府，不知紫燕〔九〕在芝山或在廬山邪？引筆馳溯之至。大丞相古心老師，某不敢容易上問鈞履，丐爲轉道。詹依卷卷。

【校記】

〔一〕吉州　四庫本作「言州」。

〔二〕柬書　原作「東書」，誤。據韓本、鄢本、四庫本、文柱本改。

〔三〕霜艘　文柱本、景室本作「霧艘」。

〔四〕肓豎　原作「育豎」，誤。據韓本、鄢本、張本、四庫本改。

〔五〕非匕劑　原作「非非劑」，誤。據韓本、四庫本改。此三字：鄢本、有煥本作「非七劑」；元諭本、張本作「非非劑」；景室本作「非輕劑」。

〔六〕綈緑　四庫本作「綈綠」。

〔七〕田吉　疑爲倒文。有煥本、文柱本作「由吉」。

〔八〕亟函　原作「亟亟」，誤。據四庫本改。
〔九〕紫燕　韓本、四庫本作「紫氣」。

賀知吉州黄提舉器之名鏞

某密依使天，冰雪深山，與猿鶴臥，送流年、繙故牘於左泉右石間，非賜邪？每飯牛頃，必矯首晝戟下。兹審郡揚帝璽，節畀天囷〔一〕，千里光華，一道鼓舞，伏惟歡忭。欽惟〔二〕某官眼空四海，胸著千年。振代直聲，鼓雷霆而潤風雨；鎮浮定力，載華嶽而繫星辰。衣冠紫橐之神仙，氣類青原之忠節。旌麾一頓，草木交輝。地私二千石之陽和，天溥十一州之福澤。璀璨六絲之遺，礌硠五袴之歌。即賜召還〔三〕，遂高聽履。某受廛幸矣，公朝念其久廢，誤節湘行，顛倒繡衣，不堪重著。陳情丐祠，以安〔四〕菽水之奉。尚徼均弘，俞音旦夕下，俾得醉泉飽蕨，水之北，山之南，地主之賜也。於馳賀之次，仰布其私。干瀆峻清，臨楮悚悚。

【校記】

〔一〕天囷　原作「天困」，誤。據韓本、鄢本、四庫本、文柱本改。
〔二〕欽惟　原作「斂惟」，誤。據韓本、鄢本、張本、四庫本改。
〔三〕還　原作「環」，據張本改。韓本、鄢本、元諭本、四庫本、叢刊本均作「環」，爲通假字。
〔四〕以安　原作「以反」，誤。據韓本、鄢本、元諭本、張本、四庫本改。

與前人

某日者釋耒山中，僕僕湘役，走公堂，修民禮，具申假道之敬。蒙主進吏位之堂上再三，祖帳殷勤，臺饋絡繹，視廛氓且絶等。至於開心見誠，憂愛亹亹，一洗世俗崖岸。某鄙吝久矣，微大雅無以發此意，殆未許諸兒覺也。小隊出郊追送，作遠自違，森戟雲樹，渺然連日。欲作書道歸戀之概，征塵在衣，筆硯爲廢。偶宿分宜七里，殘日入户，輒寫綢繆。風濤滔滔，棽緯〔一〕忘食，金護玉持，世道將有嘉賴。歸雁草草，尚謀裔襞。

【校記】

〔一〕棽緯　原作「棽緯」，誤。據元諭本改。

賀楊提刑允恭號高峰

某昔者望七十二峰於洞庭之南，以爲嵩、恒、岱、華，類不可易見，五峰三市之近，皇華臨之，遂得以相望下風，未見猶既見矣。乃今使帆凌空，溯贛石而上，僕家去大江濱可四十里，天其予之以一日迎見之便，慰此平生，云胡不喜！某兹者伏審庾政告功，刑臺建節，褰帷而問風俗，猶昔四封持斧而行東南。於今三命，旌旗初動，約束一新。

仰惟某官識透萬微，才當八面。陽道州撫字之政，所謂吏師；元刺史參錯之奇，可布天下。天子以公篤於倫紀，使得以便綵衣堂上之奉，乃眷西顧，如此江水。一節常平，二節繡斧，式敬由獄，以長我王國。平反一笑，庶其在此。公歸廟朝，即典風化，一家仁，一國興仁，尚觀《大學》之顯效。某杜門掃軌，知事常後，忽里巷父老歡傳明使者將至，伏櫪之駑，躍躍鉦鼓。往事如夢，不足細陳，某所深自幸賀者，三間風雨，託諸提封，小人有母，繼自今得安於其子之養，是則君子錫類之賜，服之無斁。堂堂在目，即聽匪伊，輒以書先，精神孤往。

與吉州繆知府元德

一

某昔侍同朝，自詭相好，兹不得又以繁縟爲疏遠，惟公勿深訝。某行吟孤嶼，回首吴山煙雨中，書郵往來，時從泓穎叙尊仰。汰歸深密，姓字不到雲霞外，分正如此，非於名門有所簡也。階符在望，徒有稽首。某兹者伏審朱轓春動，紫馬星移。民樂耕桑，簡靜方安於晉國；州稱富庶，勤强更屬於張公。兩地送迎，二天今昔，恭惟歡慶。

欽以某官霜明月湛，玉潔冰清。端嚴有大臣風，澄不清而撓不濁；循良入漢吏傳，寬有斷而愛有威。小停櫂[一]於天津，頻合符於江國。歲之不易，民胡以生？將甦青社之飢，遂易淮陽之卧。竟上[二]爭杜衍，雖去住之良難；席前問賈生，恐傳呼之已迅。自天子所，以我公歸。

某茅屋三間，在萬山深處，借書沽酒外，一毫不以爲公私撓，獨莳松百畝，日騎牛叩角其間。天惠仁侯，自此吏不打門，犬不夜吠，猿啼[三]鶴嘯，各適其適，則某受賜侈矣。候迎之初，不勝依倚，謹具劄子，自陳燕雀之私。何當嗣狀。

二

某屏居一廛，耳目塗塞。忽蒙公牘，録示省劄。竊諗朝廷爲李秘丞諸公有請，特發〔四〕諸項樁積，賑我廬陵，而賢太守敬共其事，日夜講行之。仰惟施仁發政，朝廷甚盛惠也；救災恤患，鄉曲諸公甚盛舉也；承流宣化，切切然惟恐一夫不被其澤，君侯甚盛心也。某嘉與鄉邦父老人士同一贊嘆。

伏承不鄙，特有下問，以某之庸愚，不足及此。細玩諸公所陳，如隨縣闊狹，分撥米數，如發糶之直，只依元糴價錢，皆旨揮之所已許，而使府已遵而行之，甚善。至於户口之多寡，編排之虚實，此則各都各保之事。所在都保委有奸欺，然物之不齊，物之情也，若以太守屑屑爲此計較，恐末流必至多事。此惟當嚴責之八縣宰，宰若親民，若其以實惠〔五〕及人爲意，必能周思熟慮，以求稱塞明指，傳所謂「心誠求之，雖不中不遠」是也。

一縣各有一縣風俗，一鄉各有一鄉事體，諸宰申請，惟各從其便，不患寡而患不均，彼必自能斟酌通融而爲之説。惟吾行所無事，自然所濟不細。但縣之於郡，往往勢分隔絶。若專靠公文行移，必有展轉遲滯之患。若使府明諭諸宰，此事今作一項措置，不比公事常程，每縣各給以數紫袋，置循環曆其中，使諸宰有所申明，只於曆中絡繹禀請，從書表司往達，君侯隨手應答，如回朋友書信，使爲宰者得依時禀承，其中便減吏奸八九分。且閭里細微，得嘗達於黄堂之前，物來事至，無不曲當，是則布宣德意之一大捷法也。某不當出位僭越，承問不敢不對，或者千慮一得，惟君侯矜其愚而勿罪之。某繼此若有管見，馮恃寬貫，又得禀陳。

【校記】

〔一〕小停櫂　有焕本、周本作「少停櫂」。

〔二〕竟上　文柱本、景室本作「境上」。

〔三〕啼　原作「唬」，誤。據韓本、鄒本改。四庫本作「號」。

〔四〕特發　原作「待發」，誤。據韓本、鄒本、元諭本、四庫本改。

〔五〕惠　韓本、四庫本作「思」。

回吉州西倅竇檢閲全器

某昨歲待罪闕下，明公騎鸞驂鳳，下我青原，相望寥廓，不能以時刷翎振喙，從燕雀來。不圖天孫雲錦，飛墮几格，金聲玉色，參前倚衡，固不以既見未見爲間然也。某官歛嶽翠以爲神氣，卷湘水以爲波瀾。駕蓮葉而味玉書，仙芳纚纚；搴芙蓉而弄斗柄，道運堂堂。長樂鼓鐘〔一〕，西清帷幄，轇轕星辰，經緯雲漢，固其分也。風月神螺，小此盤礴，緑綈方底，王曰遄歸，某旦旦爲斯文屬目。昨承使者之來，即從脩門作意馳謝，會匆匆去國，出處殊科，歸臥悠悠，書尺盡廢。光陰不堪把玩，歲年如許，念厚意久不報，矍然薰沐，祇對主書。耕釣一廛，五雲在上，臨風詹溯之至。

【校記】

〔一〕鼓鐘　原作「鼓鍾」，誤。據張本、四庫本改。

回江州李都承與號南窗，關西人

一

某頃風飄回薄，自湖入江，目穿高牙，恨臂不羽。一棹從湓浦來，五雲絢爛，照映清越。對桑落而飲古人之酒，擊中流而聞夜覺之鷄，至今使人意氣激昂，借力下風，飽我滿腹〔一〕。乃以丙寅視篆茇舍下，塵埃抖擻，末繇面謝。軍將扣門，斜封三道，突入眼角。臺饋便蕃〔二〕，綈袍之私，何以持報！共惟某官關洛耆俊，韓范聲名。參井鉞旗，聯寶奎之錯落；江淮草木，被玉節之昭回。吟嘯庾樓，梅花噴薄。老熊當道，貉子不敢越一步。夷猶岸幘，蠡管莫涯。方面誅〔三〕，不敢辭圭錫，以須勒此堂堂燕然石。

在某漫浪出山，落身枵瓠，問官官靡，問吏吏荒。而民氣則憒憒未醒，絲棼莫理，如之何其淑後也！明公惠念疇昔，肘後丹訣，其肯爲某愛邪？臨風切切，亟拂吏坌，具酬潦約。歲晚寒驕，願言金玉體府，壽此宗廟社稷之身。宣豈無骫骳者，三肅以請。

二

某去年在宣州，一江上下幸甚，數數相聞。然所甚恨者，過湖口時，不能轉江西四十里拜屏下，共登琵琶亭，以庶幾英豪之下風也。未幾召去。又未幾汰歸。一出一處，爲天下笑，知心千里外，當亦謂何？

某比者伏審晉承密旨，升直淵圖，詔璽申褒，鋒車交趣，共惟歡慶。某官關西遺老〔四〕，江表偉人。崎嶇諸葛之兵間，氣吞河渭；偃蹇元規之坐處，目盡江淮。天方祚宋，襄戍解嚴，公歸本朝坐帷幄，老成謀國，處置得宜，使奸雄伐謀，兵端不開，將社稷實受其福。

某嫠緯〔五〕小心，一飯三禱。屏伏深山，幸不見棄於君子，專使遠來，持書問勞，將意孔厚，猿鶴爲驚。區區拜高誼，而杜門齦齦，未知所以爲報也。九江未除人，想當宁急賢，應不俟代，某嘉與海内延頸大用。倘得衣被餘光，遂爲太平安民〔六〕，公賜大矣。江空如許，執筆茫然，相望一方，精神馳往。

【校記】

〔一〕滿腹　韓本、四庫本作「蒲腹」。

〔二〕便蕃　原作「使蕃」，誤。據韓本、鄢本、張本、四庫本改。

〔三〕誅　韓本、鄢本、四庫本作「詠」。

〔四〕遺老　原作「遣老」，誤。據韓本、鄢本、張本、四庫本改。

〔五〕嫠緯　原作「婺緯」，誤。據韓本、鄢本、張本、元諭本、四庫本改。

〔六〕安民　韓本、四庫本作「幸民」。

回潘檢閱

某伏以歲華畹晚〔一〕，春事權輿，共惟某官鏤玉晶熒，凝旒簡注，神之相之，台候〔二〕動止萬福。某濃熏〔三〕鶡尾，酬敬腆施。曩從集英殿門，吾榜得人，以執事重。海臺沙合，雲月相輝，至今斗牛猶有光氣。顧山林僻左，繫雁悠悠，天際碧雲，明發不寐。千里眉目，忽照宛陵，爲之跫然以喜。

欽以某官歛崑崙以爲神氣，捲溟渤以爲波濤。玉質金相，宛乎無自眩之色；泉清松茂，浩然有難進之風。乃今紬石室之秘藏，爲籀書而出色。視周六典，作宋一經。南豐以史學稱，進裁大典；安定非他人比，宜在經筵。

某鶴夢正臞，起廢出坎，循墻弗獲，被命於征。郡枵然虛，真山凋水瘵處也，敏手爬梳，猶懼不蔇，況不穎之尤者乎？不規而頌，非所敢望於同年也。稟酬崖經〔四〕，寧不嗣音？願言努力明德，對揚王休。有昭亭委戒，其敢不肅！

【校記】

〔一〕晼晚　原作「晼晼」，誤。據韓本、鄢本、四庫本改。

〔二〕台候　原作「台侯」，誤。據韓本、鄢本、四庫本改。

〔三〕熏　原作「薰」，誤。據韓本、鄢本、元諭本、張本、四庫本、叢刊本改。

〔四〕崖經　四庫本作「崖約」，《全宋文》以爲是。景室本作「崖略」。「崖約」猶「崖略」。

回鍾編校堯俞 字君俞，號方岩

某曉汲凍清，以贄萬一之謝，首干〔一〕穹勺。某兩年山中，風月晃朗，望太乙光氣九霄，吾書無翰，不能時一飛到。梅花月影，忽疑是君，而米家第二帖至矣。施稠報眇，自省歉如〔二〕。尊執事以黼黻雲漢之胸，試金玉典墳之手，駕輕就重，拾級升高，此逢掖之至榮，而縉紳〔三〕之交羨。曾子固晉裁大典，爲史學優；胡康侯宜在經筵，非他人比。某鶴夢正寒，大化驅之出。自湖涉江，風帆回薄，四十程乃抵宣。山凋水瘵，眇兮愁予。敏手爬梳，猶懼不莊，況不穎之尤者乎！高明局外之見，何以教之？滿硯冰澌，濡毫如帚，尚規嗣音，以寫繾綣。

【校記】

〔一〕干　原作「于」，誤。據韓本、鄢本、張本、四庫本改。

〔二〕歆如　原作「欲如」，誤。據四庫本改。

〔三〕縉紳　原作「搢縉」，誤。據韓本、鄢本、四庫本改。

回吴制帥革號恕齋

某林慚澗愧，貿貿此來，幸甚在玉節照臨之末。九華山下，蹉跌望塵，拜手雙魚，分隔雲漢。敢圖下士盛心，超越昭代，襃報鄭重，闕位貌於不有。方驚喜未定間，五雲寵靈自玉麟堂翩然賁之，所施所蒙，非敵己以下所可得。道德之味，流注翰墨，使人之意也消。

恕齋先生允文允武之才，有體有用之學。以王謝之衣冠，而接風流於江左；以朱程之講貫，而窺閫奥於魯東。顧今吏道便熟，袂帷成雲。崇詩書而抑刀筆，坐俎豆而行甲兵。鐵壁東南，公其天人也耶！經制西事，當在朝廷錫命，師中不如歸袞，某敢誦所聞。

某生也晚，於一世封胡羯末之勝，幸甚皆得下拜，而於恕齋，識獨早，眷尤厚。癸亥之望神皋，戊辰之陪紫橐，又其後來事也。今則以列郡而事崇垣，何敢仰綴？宿昔食芹之美，豈無是心，非所得僭，詎謂臺饋騈羅，光照下國。自上而施之，足以爲德，某敢不三肅使人，恭承嘉貺。若夫以往復爲禮，則誼之所不敢出也。謹三熏三沐，祇酬主書。干瀆清嚴，臨風愧悚。

回宣州洪倅

某馳想芝山屹立，如鸞坡鳳閣，代有英妙，不自意天惠宛陵，朱紱斯皇，乃肯共堂下探梅清致。亭亭雲月，邀我敬山，不後不先，未有如斯之巧者也。

伏惟執事日光玉潔之襟，繩直準平之度，車堅御良之材，真所謂喬木百圍，秀色干霄。望清都太微之垣，維尺有咫；課丹峴緹屏之最，當階而升。胡尚綰於緋魚，來同看於黄鶴。意者康沂之歌，愈出愈偉，有相之道，實畀之以藥石，枵然郡政之闕者乎？思昔潁水霄立其間，而正獻以賢行佐理，至今談者猶橋舌〔一〕不下。

某於鄉之典刑，無能爲役，而吾執事則真其人也。前茅在道，旗旐舒舒，願疾其驅，降此未見。至於乘珠委貺，鄭甚於先施，覺光氣烔烔，衝貫斗牛矣。懼弗敢當，亟鍾鼎而歸於瑶華之側。區區甫此滌篆，排冗占酬，崖略是悉。

【校記】

〔一〕橋舌　文柱本、周本作「撟舌」。

回吴直閣 履齋之子

某少之時，聞東南二石笋玉立九霄，陵陽蒼蒼〔一〕，實爲緑野，午橋佳處，鸞鶴神清，縹緲何許？老成遠矣，尚有典刑。仰惟某官揚休山立之韻，日光玉潔之襟。文獻堂堂，代有英妙，未既見只，神爽一方。某臥青原山中，驅馳良倦，上恩俾郡，越在鳴珂，循走彷徨，連符趣赴。不量此來，未知所以淑後。喬木婆娑，五雲絢畫，尚祈薙誨，俾就玉成。某遠奉瑶音，緘貺駢錦，先施倒置，曾是爲容。既什襲巾衍，輒鐘鼎以歸太乙之府。望履非遥，臨風⿱罒毛⿱罒毛。

【校記】

〔一〕蒼蒼　原作「蒼」，誤。據韓本、鄒本、四庫本補。

與游提刑汶

某以良月之望，舉棹〔一〕東下。江空見底，乃章貢源頭，諸水怒長。未幾，光燄五朵，與空同雲俱來，往飄順風。航波瀾之澎湃，灑石鐘之清越，寵靈張王，迄抵雙溪。子月丙寅，俯祇〔二〕賤役。瓣香西望，敬謝所蒙。明公卷其十二峰之神氣，軒軒磊磊，照〔三〕耀東南。以宰相才，學宰相事，天下久望其爲家氊出色，纘絲周道，肯復倭遲？惠露瀼瀼，江之民幸矣，如溥寰何！會有温綸，四輩馳下。某不善爲，斵得郡復梠。至之日，視官官靡，視吏吏荒，民氣憒憒如也。爬剔棼絲，顧氣力所至，終覺五技易窮。肘後神奇，不敢以望之他人。惟故山松菊，衣被彩雲，亦已過數。矧茲隴蜀，徼惠未涯，微疇昔不及此。相望二千里外，明月此心，懇懇側鼇，掛一漏萬。惟青陽時動〔四〕，綈緑光華，式金式玉，以副前禱。此豈無愧，辱戒爲榮。

【校記】

〔一〕棹　原作「掉」，誤。據韓本、張本、四庫本改。

〔二〕祗　原作「抵」，誤。據韓本、四庫本改。

〔三〕照　原作「昭」，誤。據韓本、鄢本、四庫本改。

〔四〕時動　韓本、四庫本作「將動」。

與趙知郡孟薖號菊山

某頃從南浦亭邊，抖擻殷函，道所蒙荷，且矯首於太乙之府。穹林冥坐，縹緲絳霄，江塗漫漫，勞我宵栩。執事以玉雪界之精神，臨睨八極，朝閬風，夕玄圃，識者猶竊邇之。錦衣照道，紫淦橫舟，蕩漾柳風，噓吸竹露，澗阿樂矣，如顒顒望歲者何！建章夜半，尺一堂堂，晝省紅雲，著公高處，惟日望之。某不善爲，斵得郡復枵，以子月丙寅視篆昭亭下。視官官靡〔一〕，視吏吏荒，洗垢爬癢，亦曰視吾氣力所至。然山凋水瘵，非刀圭可療。肘後神奇，惠徼大福，某不敢以望他人也。焚薙淪雪，西鄉奉書，以謝以祈。鼎珍履絇，願言金護玉持，對揚王休。臨風悁結。

【校記】

〔一〕靡　原作「摩」，誤。據韓本、鄢本、張本、四庫本改。

賀前人得盱守

某昨在宣州拜書，亡何客携琳琅來京師，欣浣如對。匆匆去國，不成報褱。歸里以來，杜門深念，又無從嗣音爲謝，徒有清夢夜繞金峰。忽讀邸狀，欣審丹鳳揚綸，銀菟擁鎮。八百國封爵，莫如同姓之親；二千石起家，共讚惟良之牧。先聲載道，闔境爲春，伏深歡忭。

欽以某官景緯光華，仙潢清潤。淮南桂樹，了無貴介之風；李白桃園，綽有神仙之韻。軒陛宜當於三錫，轅和肯泣於十同？睠惟東盱，實介南服。紅泉碧澗，仿佛丹丘；白玉紫煙，參差繡陌。聊商羊於朱紱，供衎燕於青香。大宗維翰，价人維藩，丕動袴襦之喜；九卿執羔，三公執璧，言觀袞舄之歸。某辱在眷知，助喜百倍。既不能振翎刷喙，從燕雀來，謹奉書寄便申慶。迓兵當已在道，不知開藩，涓卜何日？某尚當屢賀。不一，臨風馳溯。

與趙監丞淇號平遠

某乃歲之秋，緹騎來山中，嶽翠蒼寒，琳琅照映。章不成報，内有欿然，寧不嗣音，僻左之以。世道如許，風起雲飛，中夜人物之思，爲此耿耿。上念井絡，丹詔起家。峽月棧雲，先聲浩蕩，蓋有望木牛流馬，

再立武侯之事業。又壁窺萬一，意必與南山洎予秀諸公上下雲龍，共此光明俊偉之舉。縮手袖間，臨睨
天半，此其大本領、大經綸，政不易涯之。野水横舟，蒼虬縹緲，山君川后，日有疏附，卽日恭惟台候萬福。
某漁隈半席，自分小休，誤渥自天，俾尋庾、謝舊盟。意此是抆拭笭箵之陋耳。三辟弗可，乃以陽月
之望，束書出山。涉重湖，越大江，整整四十日抵戍。以是月丙寅祗〔一〕賤事。凋城敗屋，枵然大瓠耳，搔
首踟躕，望洋氣縮。維宣距鄞，僅隔一雲，東望熏香，奉尺書候起處。惠徼藥石，立我沈痼。梅花晴昊，拄
笏神馳。

【校記】

〔一〕祗　原作「抵」，誤。據四庫本改。

慰前人

某昔讀《檀弓》，文子之喪，既除喪而後越人來吊，其居使之然也。伏惟先太傅大丞相冀國公之喪既
有日矣，地不千里，不能往吊，一介奉禮，今也而後能來，死罪死罪！嗚呼，皇天祚宋，國有元老。數百年
宗社之靈長，千萬里風寒之險要，蛟龍在淵，虎豹在山，屹然長城，爲此突兀。天乎不使憖遺〔一〕，遽奪之
去！主上震悼，傾動朝野。伏想生平翹館之英俊，舊日麾下之將士，與夫三邊〔二〕之百姓，四塞之英豪，見
碑而淚，望城而悲者，不能已已。矧夫家門之奇禍，父子之至情，攀擗奈何，嗚呼痛哉！
某生也晚，當公佩天下安危，分不得勇往執鞭，今而追恨，則已無及。獨念袖有瓣香，歸依平生，亦既

不克爲公壽，惟有爲天下慟哭，敢西望靈輀，揮淚百拜而獻之。公而可作，尚其我許，嗚呼悲哉！親喪所自盡也，抑先王制禮之意，是有節文。士君子爲孝之道，在於顯揚。伏惟執事重致意焉，即日孝履支持。某頓首奉狀起居，臨紙哽塞。

【校記】

〔一〕慭遺　元諭本作「憖遺」。

〔二〕三邊　四庫本作「二邊」。

回安福趙宰與挎號勿齋

一

某追記疇昔同到蓬萊，慈恩之題、杏園之宴，吾以故不與焉。然同年之情，豈以四海九州爲藐然哉！王孫乃龍種〔一〕，世有籥雲鱗。今不遡紫清、上岩嶢，顧得百里之地而君之，簾陰晝寂，千室鳴絃，實鄰吾父母。國人誦子産，今其時乎！

某私獨念，今天下豈有可爲之縣？縣不可爲，而可爲者人。如君者，以可而臨不可，於是知材具之超常流百倍矣。長書下貽，煒然春華，溜若清風，與我之厚，昭仞至情，多言不足以殫謝意也。某守郡無補，誤渥爲郎，縮縮循墻，行且歸里，當觀棠陰，以與邦人共談政化之微。亟推吏塵，具報記室，揆諸來施，不敏流汗。

二

比一馬二僮，日在泉石深處，聞山外塵埃，亦頗作惡。坐對浮雲，亦開口笑，不自已耳。君解墨綬去，意紅光紫氣，冉冉帝側，乃猶廬陵客，琅畫至前，矍然起仰。黄柑紅柚，二美並貺，杏苑論情，我之懷矣。冬江雪涸〔二〕，萬里安流，目送征鴻，知有順帆，天際如駛。伏楮拳拳，中書不中書。復字燕類，并希錫察。

【校記】

〔一〕龍種　原作「龍鍾」，誤。據韓本、鄢本、四庫本、景室本改。

〔二〕雪涸　韓本、四庫本作「霜涸」。

回寧國交代孟兵部之縉

某去國之前一二日，宣州弛征之命下。某既爲桐鄉百姓頓足起舞，即拜書望雙溪疊嶂，爲賢主人賀。吾輩讀書臨民，正爲今日行志，凡此者各盡其分，固非相與爲賜也。既汰斥歸里，即閉門不與人事，山巔水涯，倏然獨往。而使者忽持五雲來，君子之有情於人也。即勞問之，將以厚禮，復申其綢繆焉。

某誠不自知其何以得此也。宣人歌舞賢侯之德教，冠冕像設，祝廣成千二百年，令公二十四考。蓋人心之天也。某何人斯，偶以一日出位言語，乃得因見大夫，以自附於去思之義。某微德以堪，回首碧落，山川鬼神，猶有餘愧。宣敗壞至矣，弛之則期會散，繩之則撫字虧。公折回蟻封，從容不迫，期年而變，古語不誣。方今論選表，無出潁川右者，曷不均弘，俾執事樞？

某一飯三禱。使者之歸也，謹東望熏祓〔一〕，身心致敬。陵峰堂下，有日延見父老，尚願道山林不忘之私，與其所以不敢當之意。進之惟命，退之惟命。某臨書不勝拳拳。

【校記】

〔一〕熏祓　四庫本作「重祓」。

卷六

書

回寧國陳節推容

去年闕下拜書，稍得數數，未幾，聞捧檄校文，不知陶鑄何處人物。某自是即汰斥去，閉門深山，遂無復鱗鴻一日之便。忽使者來山中，欣得妙帖，見示《小録》，方知昨者衡鑒所嚮。近想〔一〕歸舟蕩漾彭蠡，吾知心正在香爐峰白雲下耳。宣之弛征，執事首從臾〔二〕之，幸而集事，僅足了吾輩之責，非相與爲賜也。書來，乃知宣人以此爲多，祠之以識其不忘之意。怵惕於孺子之入井，豈爲内交要譽設？抑桐鄉父老此意，亦能使人感激耳。宣爲郡凋劇，極力扶持，幕畫間想見勞苦。盤錯糾結，以試利器，天下事正有賴於方來耳。

某前冬一出，去秋一歸，進退行藏，惟其所遇而無心焉。則今奉親課子，彈琴讀書，流水青山，悠然獨往，不煩故人江雲渭樹之思也。《史記》見貺，家藏本皆不及，尚當朝夕，以稱所蒙。《明善録》一部，謾侑歸箋。臨墨馳溯之至。

【校記】

〔一〕近想　原作「近思想」，有衍文。據四庫本、文柱本删「思」字。鄒本作「思」。

〔二〕從臾　景室本作「慫惥」。

與吴提刑觀

某頃待罪闕下，薄奉函書，襆被〔一〕來歸，嗣音杳邈。上下人物感念世道，未嘗不與〔二〕門墻拳拳也。某比者伏讀邸報，欣審玉陛出綸，繡衣移節。夜醉長沙，曉行湘水，已著平反；風酣章貢，日麗崆峒，更煩輕熟。江湖相望，原隰增輝。

某官宣慈而惠和，高明而正直。義豐授受，孔孟氏之淵源；江左聲名，王謝家之門第。蚤立登於闈闥，遄坐厭於蓬萊。竹馬相呼，春生襦袴；星軺所至，雨卧桁楊。兹洊捧於英函，乃肯臨於梓部。刺史故人按事飲酒，情法相當；忠臣孝子畏道驅車，君親交盡。靡需席暖，已趣詔温。

某杜門深山，去城郭甚遠，而於太和差近。初謂旦夕使，艎溯贛石而前，可於快閣上下，迎候一拜。忽傳英蕩小駐青原，某揆之始望，則蹉跌矣。瞻睇行臺，輒易奉狀，代叙燕雀之萬一。若夫揚清激濁，洗冤澤物，閭閻欣欣，無所患苦，使屏退之踪，亦得從畎畝以自放適，是則某之所自賀者也。臨楮〔三〕切切。

【校記】

〔一〕襆被　原作「僕被」，誤。據韓本、鄢本、四庫本改。文柱本、景室本作「襆袱」。

〔二〕不與　韓本、四庫本作「不於」。

〔三〕楮　韓本、鄢本、四庫本作「紙」。

與湖南陳提舉合號中山

某猶記乙丑之夏，從江西提幹得往來行書。江闊雲空，斗光〔一〕如水，每懷世道，上下人物，未嘗不中夜耿耿。某兹者恭審奉少府節，駕常平車。衡嶽連雲，遠挹海山之秀；天囷〔二〕麗漢，近垂楚分之光。原隰春深，旌旗風動，伏惟歡慶。某前年與公同除郎，去年與公同除節，不才安得追附名勝，自分卻立下風。猶幸時論不磨，得公輩落落參錯，使民物吐氣，國庶幾耳。相望千里，北斗在天，何時執鞭，寫此忡惙〔三〕？

【校記】

〔一〕斗光　韓本、四庫本作「年光」。

〔二〕天囷　元諭本作「天困」。四庫本、景室本作「天困」。

〔三〕忡惙　原作「沖惙」，誤。據韓本、鄢本、元諭本、四庫本改。

回林學士希逸號竹溪

某夙有幸，獲與介弟爲寅恭，因之有以詢居處著作之萬一。不戚戚得喪，而言語文章足以詔今傳後，竹溪先生何憾哉！一日之赫赫者多矣，千載而赫赫者幾人？爲一日計者無千載也，決矣。云云〔一〕。

【校記】

〔一〕云云　原脱。據韓本、鄢本、四庫本補。

回贛守李宗丞雷應號樓峰

某偃薄林阿，不虞使者之涉吾境也，乃自空同來，顧我猿鶴。米家書畫，光怪滿山，此豈四海九州同年無情者邪？僕家青原深處，實與君侯黄童白叟接畛而處。自下車以來，但見年穀獨登，甝䖘屏息，不需數月，報政赫然。兹豈千里能事，環君侯四境鷄鳴犬吠，晝夜相聞，實共受賜。僕也彈琴讀書於其間，其賜多矣。敢圖高誼厚鎮撫之，委貺盈箱，非所當得。睇瞻霄立，頓首知歸。吾鄉宰邑於使天之下者三人焉，其一爲陳行夫，若羅子遠、蔡濟甫皆曲江齊盟者，奉令承教，必有可觀。盧陵一歉，異於常年，田里憔悴，不堪舉目。惟章貢素無糴事，而得歲又偏，鄉人顛頓者往往相率而趨。治國民食關繫，苟可通融，兼愛秦晉，公之惠也。謹復書。空山白雲，無足持報，薄言采藻，臨風如馳。

回交代湖南憲新除湖北漕李宗丞

某既專鱗幅奉起居，猶有腹心，不嫌裔擘。某屏卧寬閑，無復山外想，公朝念其流落，畀節起家，使之繼明公印綬之後，聞命憮然，不知所爲。堂有重諼〔一〕，耋年耄矣，湘行且千里，舟車迎侍，不堪顛頓，是以懇悃丐祠，冀便私養。天高聽邈，促旨且頒，叱馭回車，進退維谷。將從鶴髮而來耶，則非養志；將又以香火請耶，是何爲者，而爲是瀆也？謀之乃心，稟之親老，旦夕姑以旨甘屬弟輩，單車將指，以明不敢自棄於明時；而復以不得將母重告之造命，俟驅馳數旬，即乞身以歸，爲臣子稍盡己分〔二〕耳。

某於門墻知己論交非一日，天又開之以奉令承教之機，是其與四海九州之同年，其有情益倍倫等，誠不圖解后及此。古之君子，其爲人也，謀之必忠，愛其人也，惟恐其不入於德。故敢亹亹陳出處之概，惟執事啓誨而圖利之。言不盡意，臨風如馳。

【校記】

〔一〕重諼　景室本、周本作「重蘐」。

〔二〕己分　原作「幾分」，誤。據韓本、四庫本改。

與江西黄提刑震

某幸托年盟，夙依廛部，竊迹萬山底，衣被末光，飲墜露，餐落英，粗安半菽，公之餘也。久疏晤寫，滿目春雲，一水盈盈，遡詹河漢。某茲者共審出綸鳳闕，移節虎城。春信初傳，立變桁楊之舊；天光下照，重瞻禮樂之新。依然故部之江山，籍甚先庚之號令，伏惟歡慶。

某官剛不吐而柔不茹，寬有斷而愛有威。發爲文章，正諧韶濩；勁沮金石，凛然節概。光垂虹霓，聲揚紫微。早分穎川二千石之符，就秉天囷十三星之節。據案叱吏，笑比黄河清；開門賑飢，功過中書考。上久簡孟博登車之志，公遂爲勝之持斧之行。春風遍地而狴犴虚，夜月當天而鼪鼯伏。載馳載驅，維驥維駱，靡憚周咨；來遊來歌，如圭如璋，言觀肆覲。

某避影杜門久矣，不作山外想。不圖元會之日，上恩覃及流落，畀相讞於珠玉之側。虎鼠同器，猿鶴笑人。云云。

回林司業應炎

某夢想巍巍堂堂，於朝花院柳間追隨，猶昨日事也。玉煙劍氣，轇轕崢嶸，杳然在碧雲崔嵬之外，江月流水，實照沄沄。某官以冰輪金井之心胸，發黼黻火龍之光燄，而又慥慥乎言行，皦皦乎進退，若汲長孺，若陸敬輿，若慶曆、元祐諸賢。充公之爲，表裏庶幾其無愧。領袖斯文，旗翼元命，天下以此望公者，殆人人同願玉立以需之。某自歸來乎山中，俯仰半菽，不復得與四方書牘從事。比從户曹黄文〔一〕得誨函，草木同味，玉雪照心，欣懌之餘，感慨繫之。某踸踔之踪，何可爲者？大化驅之，一節誤落湘雲。避走陳情，俞音竟閟。單車徊徨，且此〔二〕首涂，行復求返吾屠羊而已。渺渺天一方，重此懸溯，專容陸續貢敬。

【校記】

〔一〕文　《全宋文》疑當作「丈」。

〔二〕且此　有焕本、文柱本、景室本作「且北」。

回信豐羅宰子遠名椅，號澗谷

某去年聞雙鳧南上，落落空山，不如燕雀之爲有情也。大化驅人，作江東客數月，爬梳枵瓠，未見端倪。會誤恩召環，洿班過當，亡何狼狽而去。蓋疏闊以來，居多道路之日，出處乖方，滋可爲笑。杜門息影中，高情厚鎮撫之，專介持書勞苦，臨風馳感。可人天一方，信豐山水邑，見謂讀書松竹，晝影滿簾，著吟人其中，所謂「予方有公事」，此豈錢穀吏比耶？勿需終更，西清有詔。璧弟何爲者，赴新昌且百日，商蚷馳河，未知攸濟。惠徼如天之福，寡過多取數矣。贛、瑞皆佳邑，藹藹吉人，鼎立空同，真一時之盛。當路或令舉所知，某幸甚有以藉手。薄言修布，小附芹心，非敢謂報。倚筆奝溯。

与前人

某臘前函書往來，庶幾契闊之意。年光冉冉，驚見雙璧。蓋曾兄季囦專紀綱賓來，仰惟同年長者所以惠綏荒寒，皆可感也。某雲卧深山，世意落落，一起一仆，非人爲之。上天蓋高，匪怒伊教，敬威念咎，安得不力？執事昔爲之助喜，今亦有以救其不逮乎？敢請。季囦值儒者之窮，執事以氣類遇合，所以位置之者寵甚。萬間寒士，公將溥其施於一時，所謂兆足以行矣，某爲之歛衽。新年喜雨，燈前報命，馳想一方，臨紙悁悁。

回羅子遠就賀除京權

一

某俯仰歲年，甚知聞問〔一〕。頃知捲旆來歸，衣錦有爛，且趣舍人裝，於於然東矣。亟欲擘箋所思，雲頽鶴倦，不可拈拾，竟墮夢寐外。時一動寥廓，想江邊鷗鷺，爲之悵然。忽得手書，賁我空谷，華衮流離，辟易久之。共審帝闕出綸，天京司轄，姑養箎鴛之望，佇博〔二〕峨豸之音，伏惟歡慶。明公契古胸襟，吞雲夢者八九，外物瑣瑣，遲速何心。積之厚，發之弘，宇宙間華軌清貫，將次第而取之，以其時考之則過矣。某風雨深山，避影卻走，乃元會之日，公朝以一節起其流落。回首三湘，驚心蕉夢，請隸香火，旨更趣行。慈親以遠役爲憚，進退維谷，莫甚此時。旦夕黽勉拜命，姑單騎之戍，驅馳數旬，乞身歸卧綿上。同年有情，不隔四海九州之遠，毋金玉爾音，冀一語以自壯。拂拭過情，非所敢當也。占對梗概，尚猷嗣箋。

二

某一之日既端拜，敬謝芳題，並報信豐薄櫑雩之概。二之日謹遣介馳諸席間，寅奉起居，不敢繁叙，首祈委鑒。某臨歲〔三〕入湘後，墮身徽纆〔四〕中，瞻溯宇下，闊焉嗣音。繼聞趣戒朝裝，榮司京權。某念欲箋忱賀厦〔五〕，以申風雲發軔之慶，一春屑屑行路，浸墮因循。既抵空同後，潼川趙同年來爲縣，實在河陽舊桃李處，鴻沙指爪，猶記東西。所以告新者甚厚，因得切諗修門近況。大帶深衣，長身玉立，道德福澤方來而未艾也。

吾鄉諸老，行輩落落，巋然靈光，惟今澗谷先生依星辰，傍日月。一日騎麟翳鳳，朝閬風，夕玄圃，勢正順耳。某衿陰〔六〕杏集，素辱心期，慕王陽之回車，學毛義之捧檄。得郡山深，俯仰半菽，君師天地之造，知己錫類之餘也。惟是求牧力綿，未知攸淑。回首蔽芾，我愛桐鄉，豈無一言，益其故人，並寄父老。因風東向，頓首以請。

【校記】

〔一〕甚知　有焕本、文柱本、景室本作「甚缺」。「聞問」，四庫本作「聞間」。

〔二〕佇博　韓本、四庫本作「佇傳」。

〔三〕臨歲　韓本、四庫本作「昨歲」。

〔四〕徽纆　原作「徽纏」，誤。據鄢本、文柱本、景室本、四庫本改。

〔五〕箋忱賀厦　原作「箋忱賀慶」，誤。據韓本、鄢本、張本改。四庫本作「箋悦賀厦」。

〔六〕衸陰　文柱本、景室本作「枌陰」。四庫本作「衸陰」。

與汪安撫立信號紫源

某仰惟曠度絶人，不作邊幅，僕安得以書生刀尺從事，高明幸察之。某昨者爲高安，受容受察於玉斧之下，公不以衆人畜我，我實德公。未幾公去之，而僕亦以憂患，連年卧山中，踪迹跋疐，不足爲知心道也。撫念江流人物如此，未嘗不中夜耿耿。

某兹者伏審揚綸九陛，建纛三湘。人無異辭，國有生氣。共惟慶愜。欽以某官名高九牧，氣蓋群公。江左管夷吾，足繫英雄之望；軍中范老子，能寒寇賊之心。往者金湯中流，忠績簡在，上方以南事爲慮，詔公方面。隱然長城，一代數人，百年幾見？公不得不力，紀勳旂常，歸袞廊廟，自此等而上之。

某退在漁樵，未忘嫠緯〔一〕，聞公此來，爲世道擊節。偶逢黄君强立長沙便介，率然上狀，仰闖賀床。强立名至道，某昨嘗薦至館下，强立每謂公以意氣動人，能使人不愛其軀，其感激知己可見。今兹適在冀府，從諸公遊。公不以生客視强立，强立奉筆墨以佐大閫，豈直一日之長而已。憑筆僭越，向風如馳。

【校記】

〔一〕嫠緯　原作「婺緯」，誤。據元諭本改。

回前人

某望五雲多處，以駑劣下乘，幸甚自託於禮樂之下風。既奉儷函，布親牘，修大閫府之敬，乃不我後先，使者銜命，即之於深山中。翰墨陸離，光動蔀屋，拜而後敢讀，讀已而亟拜。居今天下論人物，一方一曲之士，隨世以就功名，謂之無益於成敗之數可也；當大方面，建大將旗鼓，使國有龍虎，馬〔一〕不敢南向，其周公瑾、祖士稚〔二〕之流乎！天子召拜樞近〔三〕，修勞還故事，少府且出節，付以西北，煩公辦此。金戈凱馳，歸袞廟堂，作太平六典，四海以此望公，亦公志也。

某少也驅馳，嘗有意事功，鷄鳴奮發，壯懷固在，然而亦少衰矣。被旨行湘，顛倒繡衣，豈堪重著！惟宿昔於門墻，辱知已厚，惠徽宇下，恃此敢求〔四〕。適三月移卜先塋，有山間之役，受印之期，尚在夏五。

竊聞四輩在道，車馬有行色，天殆嗇其一見之機乎，何爲屢得之而屢失之也！退憶〔五〕前年，自直廬汰歸，公以書存問，推許不薄，海内時流得此於名公者，正恐無幾。今承獎翰，益佩卷卷。江濤渺然，事會何極，何時執鞭，寫此傾蓋！某臨風無任馳溯之至。

【校記】

〔一〕馬　文柱本多一字作「虜馬」。

〔二〕祖士稚　原作「祖士雅」，誤。據韓本、鄒本、四庫本改。

〔三〕樞近　原作「摳近」，誤。據韓本、鄒本、四庫本改。

〔四〕求　韓本、鄒本、四庫本作「來」。

〔五〕退憶　韓本、四庫本作「追憶」。

與胡都承〔一〕穎號石壁

一

某已端具儷櫝，候敬籤房，心之精微，敢嗣陳之。某於當代知名，夙有取履結韈之願。寄書梅外，嘗寫我心，遠道報襄，如見顔色。伏自牙纛卷零雨而還雁，闊湘深，馳溯寥廓。伏惟以任重道遠爲心，以難進易退爲節，巍巍堂堂，卓然佩安危而繫輕重。乃今聖哲馳騖，上下焦然，《金城圖》《出師表》微公孰與於斯？追鋒在道，不俟駕行矣。某家畏壘山下，麋鹿之與群，而猿狖之爲曹也。公朝起其流落，山衣易繡，舊夢恍然，一節走趨。幸在通德里，九轉龍靈，亹亹肘後，某行當掃門以請。拜狀梗概，臨風卷卷。

二

某一節出山，指碧雲崔嵬，八風吹不動處，知爲神龍卧洛所也。前者幸甚，脱屨堂下，進瞻芒寒。適子之館，授子之粲，胸中經綸之奇，傾倒敷露。中夜慷慨，音落九霄，使人驚且喜，今而後知宇宙間未嘗無劉玄德輩。某持以去岣嶁，襟袖尚有萬丈光，此殆未可與俗人言也。某以疏決故，一葦下長沙，初約先拜見而後往帥垣下，偶有牽制，稍違息壤之舊。今兹回棹潭濱，將由便道，單車負荆門屏之外，輒遣一介，先道其私。幸豫戒猿鶴，勿以俗駕爲拒。率然馳控，倚卜面叙。

【校記】

〔一〕都承　原作「都丞」，誤。據四庫本改。

慰饒州胡通判 石壁之侄

某兹者不圖先令叔某官石壁先生遽捐里館，風馳上征。哲人云亡，邦國殄瘁。執事者骨肉至慟，爲國受弔，撫孤大誼，定力如山，足可以對嶽雲之崔嵬矣。顧惟某落落後出，辱二阮之知，乃在一日之間，老仙用意，慷慨與之，上下古今，撫念人物，袖中瓣香，僅僅拈出一再，老仙所以命之者更在度外。爨桐之音方希，而化人之裾已不可追矣。出聲慟哭，悲不自持。謹哀綴壹鬱，泄〔一〕爲奠詞。往者如生，尚爲我惻。惟一賜宣燎，豈勝感涕之至。

【校記】

〔一〕泄　韓本作「泣」。四庫本作「賦」。

與安撫李大卿芾號肯齋

某已專具儷槓，申敬記室，私心梗概，不嫌裔襞。某辱知愛門墻，非一日之故。風流雲散，一别如雨，每一念此，神爽飛馳。江湖一雲，本不甚相隔，彼此出處，解后參差，至闊絶乃爾，僕之罪多矣！明公當世人物，卷韜山林，四方顒顒，望其一出。方時多艱，嫠緯〔一〕忘食，然見王茂弘〔二〕者，固以爲江左有管夷吾，某有計日以俟鋒車耳。某避影深山，久不作馳鶩想，公朝念其流落，畀節起家。釋綿上耒而于征，未知所以淑後。幸甚區區走趨，實在中台之里。十年契闊，一旦逢迎，豈命物者開其親炙之機而惠顧之乎？如聞閉門謝客，雅意絶塵，然待故人，固自有情，猿鶴必不我拒。相望寖近，凝溯如馳。

【校記】

〔一〕嫠緯　原作「嫠緯」，誤。據元諭本、文柱本、周本改。

〔二〕王茂弘　原作「玉茂弘」，誤。據韓本、張本、四庫本、叢刊本改。

回永州楊守履順巨源之後

某嘗論一世人物，紫朱其綬，唱呵車塵，若是者駢肩矣，求其忠義貫日月，處漢賊危疑之間，臨大節而不可奪，至於殺賊奴，取纍纍金印，此事付度外，豈不凜凜大丈夫哉！父母講傳，百年間吾見先太師一人而已。

某官鍾岷峨之秀，嗣彝鼎之勳。忠臣之門，天人之所共祐；國士之器，君相之所柬知〔一〕。石崖齊天，唐中興頌功處也，公來其間，寧不感慨！今蜀道難，蜀道難，公收拾群人，手揮天戈，一節之還，從甘棠刻第二頌，旂常濯濯，光於前聞人，某何幸身親見之。歸隱空山，望湘雲千里，不圖使者遽涉吾竟。仰惟明公主張〔二〕斯文，經始棘院，以相龍飛興賢之盛，大張門顔，使某也得執事從。君侯所以厚我，不同他人，小人雖無能爲役，烏乎敢辭？「貢院」二字，僭易奉上，進之退之惟命。未諧握手，往來心聲，庶幾古道之概。臨紙拳拳。

【校記】

〔一〕柬知　文柱本、景室本作「簡知」。

〔二〕主張　原作「張主」，誤。據韓本、四庫本改。

回林侍郎卿孫號雲屋。在臺時

某從望闕山，矯首五雲多處，寢疏起居。長沙少府傳仙書惠，並繳貺〔一〕琳琅之翰。仰惟緇衣宛孌，古道顔色，爲之歆拜。傳仙不肯望然而來，以書先訂出處，此意亦頗謹重。已遣禮聘之，且告以初筮，如九層臺基，須令堅壯可耐，靜以待次，不失雅道。未知傳仙何所嚮？若其來訪，敢不惟命戒之共。

【校記】

〔一〕繳貺　文柱本作「僥貺」。

回前知衡州楊秘監文仲

某已端飭儷槓，致敬心之精微，不嫌裔孽，首祈垂炯。某於足下，非敢以氣類詭流俗之縱。尚想疇昔，載色載笑，相遇不同他人，至今歷歷在夢。時方孔艱，荆吴多壘，坐廟朝，籌帷幄，折衝俎豆，正張、趙、韓、范之事業。湘水以西，勤勞一障，天子曰歸，借徑斯文本色，俾執事樞，嘆見之晚。某閉闢念咎，不復作馳鶩想。公朝出節，誤及荒濱，回顧黔驢，曷對湘雁？趣命且攽，單車于役，稍盡君親之誼，即尋香火之緣。衡雲照人，垂執鞭弭，乃天上〔一〕笙鶴，不復顧鷄犬矣。所恃襟期有素，且未忘甘棠，則其居中，庇之誨之，某與蒸湘之人均利賴焉。昂首慶雲，伏楮耿切。

【校記】

〔一〕天上　張本、四庫本作「上天」。

與劉尚書𥻿

某夜拜文昌，朝馳函敬，感激亹亹，不嫌裔孽，首祈穹采。某庚午待罪底班，望英蹕萬丈於絲綸閣，天章潤色〔一〕，衣被青黃，雋永味言稱於天下，曰知己。歸伏山阿，分霄壤絶，不敢以世俗書尺候主進吏，熏香宣夜，北斗以南。

共惟某官，文章稷言而皋謨，器度商彝而周鼎。陶鎔帝皇，轇轕造化。燭六合，蕩八垠。吾道之福，布濩流衍。翠幄青瑣之從容，文劍紫荷之淩厲，由八座而閒兩社，使天下再見希文、稚圭之風流，某嘉與人士旦旦稽首。某瓠落之踪，一意返哺，夢寐不到山外。公朝未忍捐棄，扠拭而起之，復令效湘節牛馬走。煙霄流眄，不進不止，蓋疇昔之盛心未恣〔二〕也。

某始以私養丐閑廩，天高聽邈，且趣之再，奉明命以趨。一之日甫履回雁，布宣德意唯謹。湘人尚力抵氣，末俗輕生，蘇息而調服之，既竭吾力焉。垂天之雲，覆燾其上，訖濟我後，某爲之夙夜願言。因謝有祈，臨風悁結。

【校記】

〔一〕潤色　原作「澗色」，誤。據韓本、鄢本、文柱本、景室本、四庫本改。

〔二〕未恷　文柱本作「未悠」。

與陳察院文龍號如心

一

某夙在眷知，屢箋契闊。杓粲奎明，經緯碧落，曉夕詹馳。伏惟執事以光明俊偉之胸，負法家拂士之望，鳳鳴朝陽，萬物吐氣，氊厦密勿，熙明日新。陸贄處中，汲黯居禁，精神强而本根充，外難不足平也。上方屬以經濟，俾執事樞。某歷落之踪，豈堪使事？公朝不忍終棄，盡出噓揚。始以私計，不使迎侍，冒干閑廩。趣旨且欿，單車于役，以五月一日受印司存。既見父老，具宣上德意。然兇猾相挺，山凋水瘵，扶持調習，庶幾一日非晚，且再陳情，爲歸養計。「侯誰在矣，張仲孝友」，儷語循比藉手，不足以當劍首之一吷。臨楮無任。

二

某輒有禀瀆。某昔者以臬敗，由書生本色，只當在斯文一邊，不應以刑獄爲職。故凡寬厚惻怛處，人皆由之而不知，其有不可以詘令甲者，則嘩然以爲過當，所處非其位故也。自後諸公速有論列，皆不實知其人，不過以前疏潤色而爲之辭。某嘗願一日有以自見於天下，使知吾所謂衡氣機者，而未易遂也。

今年復除憲，實不願就。丐祠不遂，鋭欲再請。又念起自廢閑，豈當重瀆〔一〕已甚，故且黽勉驅馳，亦謂姑以平平處之可也。既入竟，乃知湖南風俗大不然。某若以身事懲創，靡然風采，懼無以肅一路觀聽，又坐失職。故初至，不免見之榜揭，謹録本以達台覽。夫如此，初未嘗有嚴厲之事，特示之以警戒之意，蓋於職分不得不然。然纔作此差遣，便是惡滋味。兩日刷具一路獄案，數目甚多，莫非劫掠嘯聚等事。他時審覆既圓，皆不容付之輕典，某且獨奈何哉！

某此來，不及侍親，處此亦大不安。俟疏決後，惟有乞身歸養。所恃知己，肝膽相照，臨書不憚傾倒。念其久要，其必有以教之。嚮風卷卷之至。

【校記】

〔一〕重瀆　韓本、鄢本、四庫本作「童瀆」。

與鄧校勘林

某頃繇春中走赫蹏，闖辇下，知上徹五雲閣久矣。一節奔走行役，曠焉嗣音，矯首河漢，盈盈一水。某蒙賴如天之庇，以孟夏八日辭膝下，五月朔吉受印於衡陽。初見吏民，既宣上德意，退坐棘木塵中，與徽纆〔一〕相爾汝，爲之弊弊焉。江去湖不甚相遠，始者殊不念其風氣之悉〔二〕，至此始知尚力抵氣，以血人爲嬉，九城一波，莫障其瀾，某以爲怒之而不教，非古祥刑意也。見諸榜揭，嚴而不爲殘，楚人亦頗爲動悟，其肯綮中也。

然某以書生爲之，非其本色，不諒者衆。此十年所以有申韓之謗，以至於今日，是安得而忘吹虀之想乎？且重闈以老不得就養，單車彷徨，雲舍切切，旦夕疏決後，且即丐還屠羊，使叱馭回車，於君親兩不爲失。此其所以謝夙昔君子之教，而庶幾乎年盟之盛心也。厚德錫類，某惠徼福於宇下，蓋方新焉。偶逢便武，亟詗起居，且叙其所以跛躄馳驅者。遥對清切，臨楮溯詹。

【校記】

〔一〕徽纆　原作「徽纏」，誤。據韓本、鄭本、張本、四庫本改。

〔二〕悉　《全宋文》疑當作「惡」。

與陳直院維善名合，號中山

一

某睎睇紫霄，寅致儷櫝，心之精微，敢嗣陳之。某昨承鵲袍出使，驛騎〔一〕歸班。嘗領廬山下所賜手書，光氣垂虹，下照空谷。撫歲年而如雨，恍河漢之一色〔二〕也。中山先生文運斤而成風，氣振策而奔電。元龍湖海，突兀宇宙，支架明堂。曲摺萬丈光芒，緯國典，華帝制，天下固以爲未也。大明奎璧，晉執事樞，使士者，顒顒歌仲淹、弼，一夔一卨。某落落青山，自返吾哺，公朝未忍捐棄，畀之一節，使與衡雁相周遭。草木吾味，一引手馮翼之，端出緇好。某始以私計求閑廩，聖恩閎俞，且趣之載道，遂以朔日見吏民，宣德意。然楚俗尚力抵氣，殺人爲嬉，撫存而調習之，未易爲力。明公夙昔〔三〕褰帷，棠陰如屋，五雲緯霄，影落衡杜，某爲之夙夜願言。因謝有祈，臨風依溯。

二

某頃侍親抵郡，輒持尺素，專貢紫清，懷今雨之綢繆，望下風而慷慨也。璧弟來京師，拜夫子之門，黄河、泰、華，天下鉅麗之觀，璧也所遇多矣。今天下稱文章大手筆，落落可數。平園、西山諸老之風流，散在三光五嶽間；日月磅礴，河漢經緯，吾紫微公實當之。南州之士，僕將帥以聽。某讀書涉獵，筆墨空疏。方青山蕭然，水上之風猶若〔四〕意會，一行作吏，此事便廢。間於故牘中掇拾親親長長之説，見於行事。邇來千里民氣，覺稍洽和。書生不知嚮方，能終不迂闊於事否？昔人云：未識意，先感水火流燥，記吾味久矣。教思無窮，勿替引之。某豈勝惓惓。

【校記】

〔一〕驛騎　韓本、四庫本作「馹騎」。

〔二〕一色　韓本、鄒本、四庫本作「一水」。

〔三〕夙昔　韓本、四庫本作「宿昔」。

〔四〕若　原作「吾」，誤。據韓本、鄒本、四庫本改。

與曾縣尉先之字孟參

某自前拜書後，回首雁峰，不勝拳拳。水口吴權寨來，及承手書，備見繾綣〔一〕故舊之意。百單二歲之姥，孟參發揚之，安序表章之，真足以爲衡陽一段佳話。某六月朔日祖母初度，亦及與一城老者相周旋。「人生七十古來稀」，是以自七十爲始。千數百名中，其最高者爲九十六，延此母於堂，進趨語言，殊覺不衰，惜未有過百者。鄉閭有羅提幹存叟祖母，去歲滿一百歲，某嘗偕朋友十餘人往拜之，當時有詩歌成軸，今年又百單一矣。此母大家，諸孫皆儒者，提幹登科，有福有壽，又非衡嫗比，劉守卻未知。某旦夕亦當爲文以白之。

贛斗絶，與湘問久相隔。適有自建昌來者云，五月二日廖恕齋過建昌，知五月末主人到臺觀上矣。司存事首尾關繫，無如孟參在，恕齋必不能相舍。安序權事半年，添此繁劇，想一旦釋重負，甚以爲喜。某於賀恕齋書中，已備道孟參一段。人將爭出我門下，此自無説。但願足下斂以靜鈍〔二〕，守以廉朴，一如平日，則天下之奇材，青雲之遠業也。贛事稍簡，親老以下俱安平〔三〕，亹出雲庇。但有疲於竿櫝〔四〕，以一人之寡，應四方之多，覺甚苦之。鄉人相過者隨分處之，亦不至甚相炒。中間只一榜禁假託，大者歸之臺，小者聽之縣，或以爲得體。贛只有出甲一項，未易杜絶。

今春此輩在廣，聞某新上，皆急於歸就保五〔五〕。乘其畏向之機，近日未免先事諭曉，度今冬可得安靖。湘中既獲諸渠魁後，想道州一帶已無事。湘鄉諸處寇攘〔六〕之風，當是久已帖息。兹因專介，信筆傾倒，薄芹並瀆，嚮風如馳。

【校記】

〔一〕繾綣　原作「繾綣」，誤。據韓本、鄒本、張本、四庫本改。

〔二〕靜鈍　文柱本作「靜純」。

〔三〕安平　四庫本作「平安」。

〔四〕竿櫝　張本、四庫本作「竿牘」。

〔五〕保五　韓本、四庫本作「保伍」。

〔六〕寇攘　韓本、四庫本作「敓攘」。

與曾架閣

某曠不奉狀者累月，杜門山居，無由四方上下以相從於顧眄〔一〕咳唾之末。馳仰中得會李文復卿〔二〕，廉知起居之詳，甚慰。子曰：「苟患失之，無所不至。」百千年間，天地不位，萬物不育，推尋其咎，常於患失之私基之。閣下出其浩然之蓄積，與當世之大人論成敗，爭曲直〔三〕，言不合，艴然竟去。榮途引於前，禍機怵於後，而毅然不變。由閣下自處，則本心内事也，自惴惴持固者觀之，則豈不患此失哉！

歐公所謂「我輩中人」，敬嘆敬嘆！因復卿歸，並介以有請。先通判託孤於〔四〕先侍郎，先侍郎以其責歸之架閣，事至重也。執事不以某弟爲不穎，使昏名門，講好以來，涉四年矣。中間歲月雖多，機會甚少，以故告成吉禮，猶切遲之。獨至今日，則造物若有巧於其間者。執事當驅馳江淮，而某赴闕就道；執事卷風雲，藏林壑，而某恰亦骫髒來歸。兩家初意，誠不期有此暇也。某方尋香火之緣，自分閑散，而執事氣宇蓋諸公〔五〕，名聲動中朝，扶摇九霄，非蚤伊莫，則川駛月流，舟飛岸奔，非復有此之暇。執事終先子之託，而某了同氣之責，今其時乎！區區肺肝，已具告之復卿，並疏其事，冀以關徹，幸執事終惠之。

【校記】

〔一〕顧眄　元諭本、四庫本作「顧盼」。

〔二〕李文復卿　景室本作「李丈復卿」，《全宋文》以爲是。詳辨韓本字迹，實亦「李丈復卿」。

〔三〕曲直　原作「曲尺」，誤。據韓本、鄢本、有焕本、四庫本改。

〔四〕於　原作「與」，誤。據四庫本改。

〔五〕蓋諸公　鄢本、元諭本、張本、四庫本作「概諸公」。

回吉守王提舉佖號敬岩

某僻居林薄間，望旌麾所涖，遠在霄漢。道德朝望〔一〕，蔚乎輝光，可仰而不可親，是其分也。乃蒙寵戒，令有聞教之便，忻快何如！入冬暄寒相薄，適有采薪之憂，莫酬隆厚，滋負皇恐，謹具狀謝。他容參謁，並叙區區。

【校記】

〔一〕朝望　景室本作「聞望」。

與廬陵龔知縣日昇號竹鄉

自螺水而東，望西山廬阜，與三江五湖如拱揖，知蜿蟺扶輿，有名勝宅其間。相去蓬弱，良覿差池，北斗芒耀，徒耿耿心目爾。不自意桑梓幸會，牛刀大手，姑爲此試。共惟明和介潔之譽，此邑不占已孚，跂予望之。艱難之秋，得君子之政，與拜壽覆之貺，滌篆云俶。未能躬闖賀庭，謹具劄子，代布忱悃非晚，當圖稟謝不敏。

與贛縣許權縣

惟廬陵與安成爲比郡，山川同在吉志。今兹遂得自附於鄉黨之末，幸甚休甚！某往者於諸公間得聞政事一二，有司敬謹，莫重於獄，後世苟簡，幾以民命爲戲。濂溪爲小官，不肯殺人以奉其上；東坡謂今人爭減半年磨勘，雖殺人亦爲之。聖賢愚不肖之用心，其異如此！頗傳廉明與同州推官事前後照映，辱在同里，與切增氣。銅章墨綬，貣止空同，一同風化，姑此相屬。奏最匪伊，騰太清，凌扶摇，錢公之步武也。某疇昔學校〔一〕，曾於名門子姪略有相知者，獨絇履末光，未有下拜之日，其如傾企何！適陳文〔二〕成甫來，以爲託身桃李之國，輒拜此以識惓惓，陳文並乞公庇也。率然〔三〕上狀，未繇參侍，仍冀自愛不貲之寶，以須遠至。

【校記】

〔一〕學校　四庫本作「學技」。

〔二〕陳文　《全宋文》疑當作「陳丈」。詳辨韓本字迹，實亦「陳丈」。下同。

〔三〕然　原作「文」，誤。據韓本、鄒本、張本、四庫本改。

賀劉敬德補入太學名欽，號絜矩

兹審捷來南渚〔一〕，聲振西雍。才名三十年，説屠龍之老手；冠帶億萬計，快走馬之修程。儒榮有開，士論稱服，共惟歡慶。某相期半生，聞榜折屐，無繇造慶，謹奉覼函，芝楮二百千，敬爲犒捷之助。不腆皇恐，臨風馳溯。

【校記】

〔一〕渚　韓本、鄒本、四庫本作「浦」。

賀鍾有謙補入太學名山甫

兹審冰闈獻藝，璧水蜚聲。月旦評中，説八叉之老手；朝雲飛處，艷三合之修名。下同。

與周德甫爲季弟、從弟聘

某比者牽率朝從，一相過兩日夜，陪接議論之末，極慰翹企，獨恨去之匆匆，未遑屬饜耳。中間妄欲以二弟相累陶冶，荷不鄙棄，許之以相周旋，甚幸甚休！鄰敵相交則有盟，市道相質則有券，吾徒相與，一諾已足，政不在要約區區也。然君子義以爲質，禮以行之。莘郊之幣，際可而幡，然雖虞人之微，非其招不往。非義無以將禮，非禮無以昭義。交際之道，不以節文將之，終必有弊，況爲弟子擇師乎！此書之所以不敢廢也。歲禮之數，息壤在前，無俟贅述。官楮一百貫，顓人送上，以少將聘致之敬，告幸麾頓。小弟差劣，不可大脫鈐束。燈前後早賜垂訪，乃所願望。觀德聽教，行有日矣，尚及傾倒其餘。

與文侍郎及翁號本心，川人，後參政

某久曠起居，遞中〔一〕連得誨帖，仰佩至愛。邸狀間屢見丐祠。尊性樂在簡淡，急流勇退，仙風道骨人也。但老文學爲諸儒典刑，真侍從爲朝路風采，上必不聽去耳。舍弟璧來拜侍，辱以家人進之，得與教誨玉成，實受尊賜。某向在湘，承命問一路書籍，後某去之匆匆，諸州來者不齊，今約見存可二百册。贛書爲一萬九千三百餘版，亦已陸續印背，别容一日專兵賫申。

某治郡以來，書生迂闊之説，頗有效驗。祖母六月生日，集城中内外老人，自七十一至九十六，爲男女一千三百九十名，犒恤有差。老者既踴躍，而少者始皆知以老爲貴。禮遜興行，詞訟希省。又風雨以時，早禾甚稔，晚稻亦可望，諸縣民皆樂業，無持梃爲盗如宿昔者。稍逭曠瘝，皆尊誨所逮。宗老去國後，今寄居何處？想甚清健。恥堂先生居霅川，近况如何？批示幸甚。遇郵拜書，不宣備。

高恥堂，名斯得，川人，參政。本心，癸丑榜眼。後來廬陵，省其叔可則。先生時年十八，邑校簾試，全篇論題曰：中道狂狷，鄉原如何？冠榜，遂通譜焉。道體堂謹書。

【校記】

〔一〕中　原作「申」，誤。據韓本、鄢本、元諭本、四庫本改。

與楊大卿文仲

某頃繇岣嶁申敬群玉之府，爾後僕僕西還，爲空同之役。一息半期，海山一碧，秋風凌凌，翹企不勝五雲紛郁。比審疏榮文石，晉武頌臺，製作一新，縉紳交慶，伏深歡忭。某官貞元朝士，西學宗師。玉雪照天，寒露清冰之操；璧奎行世，懸黎垂棘之光。屬時訪落，朝有老成。真天聖之蓍龜，元祐之麟鳳也。入告辰猷，條天章十事，置〔一〕之兩社，以福溥寰。某顒顒延睫，烏哺萬山間，於芻牧何補？亦惟召父、杜母之政，是則是效，蒙被吾味，至於今兹。璧弟來修門，得親炙典型，以濯去舊意，浸潤新雨。愛其兄，施及其弟，此感殆未易名言也。念間起居，輒此馳溯空明，並候所以教。尚祈金玉，式副前禱。

【校記】

〔一〕置　原作「冥」，誤。據韓本、鄒本、元諭本、張本、四庫本改。

與趙户部平遠

一

某嫋嫋秋風中，若有天人嘘新雨而沐之者。眄摇落之繽紛，把鉅麗而舒卷，則夏六月錦鬮蛟龍字也。西平有子，惟我有臣。《春秋》書曰「季子來歸」，國人貴之。麒麟遊泰畤，鳳凰集阿閣之候乎。朝廷清明，再天聖、元祐，對揚訪落，爲東諸侯先，洗耳琅琅，爲天下誦之。某爲養承乏於此，何補芻牧？所以朝夕其民，亦惟親親長長之推，庶幾萬一云耳。諸邑大夫之相承，通融一家，痛癢一體，「緇衣之宜兮」。若田君，尤所謂用吾情者。執事惠以所知，於此見田君益奇，而某得納交，幸也。「結幽蘭兮延佇」，此意襞積，專馭嗣箋。

二

某繇空同起睨海山，虹氣緯霄，靡罅不照，吾石樓，大地一粟也。輒倚空明，來詷起處，惟偉人照以度外。某惟明世雜遝英賢，以綱紀生人，金玉新政。豈弟君子，來遊來歌，經緯乎文武，轇轕乎風雲，伯塤仲篪，叔出季處，無非《吉日》《車攻》間真實經濟。臂指西北，本在中書，植之風聲，旂常世世，某拭目延和殿新綸之下。烏哺且半期，餐素祇益愧耳。旦夕歸命香火，奉輕車，歸即所安，居中引重，允然終惠之望。泚筆廉泉，馳訊碧落，豈不嗣音。更僕以請，臨風無任悁結。

與陳侍郎伯大 號篤齋

某熏沐薇露，闖敬高寒，惠徽五行俱下之矚。某玉峽撐空，水沙一碧，神仙人弭節其間。春花秋竹，鐘鼓餘閑，真神龍深臥處也。咫尺五雲，不得時候猿鶴，則吏執實丹黝之。夜瞻明河，自訟不置。仰惟一代翔鸞神駿，騰踔凌厲，駕寥廓[一]而振汗漫也。舒爲慶雲，卷爲清飆。其磅礴帝所，則福在海宇；其夷猶山澤，則望在廟朝。六合一握，天地一瞬也。厥今訪落廟謀，雲漢爲章，詔書出延和，公且兩社，某嘉與顒顒額手。某區區烏鳥之情，俯仰半菽，枌陰蔽芾，實持橐之。宿昔拊摩凋疲，曾微芒忽，而髮皤皤。間亦念家，旦夕皈命香火，奉輕車，即所安。玻瓈一江，光氣上下，某服媚之無斁。蕝禮寄之九霄間，忘其蒙瀆，倘沐涵茹，幸甚！

【校記】

〔一〕寥廓　原作「廖廓」，誤。據韓本、四庫本、文柱本、景室本改。

與宋衡州

某介倚心知，不敢徒亹亹西曹，道邊幅，首祈紓省。某自扺空同，兩塵蜚翰，忽殷勤以寫心，折芳菲其寄遠，春風千里，著人如醉。至如骫骳之作，不足乎揚縹緗，而琮璜之大好，大慚〔一〕退卻三舍。顧區區定交纔數月，宇宙意氣，不啻平生。忽飄風其相離，不勝回首，明河一方，如耿耿何！

某官冰輪金井，雪柏霜松。西岷太白之精，九霄經緯；南平莫邪之氣，萬丈光芒。馳玉軑而坐朱陵，轡華絲而當銀漢，洗鼪鼯之窟穴，飽鴻雁之稻粱。已收暴公子之威名，小燕汲淮陽之清淨。緑綈方底，竚垂岣嶁之雲；絳幘曉籌，催傍觚稜之月。

某視郡印已十旬，初至如人家，風雨四壁，逐處經理，久之方成綸緒。日來甘霔應期，粗慰農望。想福星所次，時雨膏之，早熟必已可卜。恕齋新上，以同里而講交承，解后非偶然者。遠想楚觀五雲，衣冠玉立，不任馳羡。采采澗芹，薄旌一髮，不足當莞頓。「欲往從之湘水深」，三復是詩，神爽飛越。

【校記】

〔一〕慚　原作「漸」，誤。據韓本、鄢本、四庫本、叢刊本改。

與知江州錢運使

一

某日戴五雲，苟且爲治。自省其私，則統部中一支壘也，等威有截，不得以杏園宿昔自詭。乃者辱不彼，賜之書，草木吾味，篤實嘔喻，略分際之崇卑，申度外之繾綣。言念君子，終不可諼兮。某惟溢浦控上下流，古用武之國，陶士行、庾元規諸公藉此以鷹揚江表、虎視河洛。乃今天移福星，作鎮此土，瀲西江，蘇鮒轍，屹長淮而斷鯨波〔一〕，作宋長城，真北平變化傑魁人也。東南金湯，施及虹翠，隸也受賜多矣。

某私竊自念，贛山長谷荒，赤子龍蛇雜襲而處，芻牧之責，大恨不任。而欲以詩書揉〔二〕强暴，衣冠化刀劍，書生迂闊，而不至敗缺者幾希。明公回首曲江，風誼一世，果不以九州〔三〕四海之人例視之，則鞭辟其不逮，包蓄其未閑〔四〕，如天之福也，某頓首下風以請。謹馳一介，上詷起居〔五〕，薄采空青，以自附於潢汙有敬之誼。犯嚴忸然，控露潦略。

二

某撫摇落之繽紛，溯空明而延佇，龍光射牛斗，福星出虛危，殆一夕九起也。某之爲郡，寔隸照臨，月詷有典，當不懈益虔，寧不嗣音，童瀆〔六〕是懼。五雲九霄，凌倒景而下空同，劍〔七〕爲清冰，溥爲膏雨，地雖辟絶，而天人顧復之益深。「豈無他人，不如我同味。」足下塤篪五老之嶙峋，襟帶九河之汗漫。要其胸中，磊磊落落，倬彼雲漢，爲章於天者，曾未究也。忽而身作長城，手提半壁，嘉與一道桑麻而菽粟之。西人之子，幸則幸矣，然六轡如濡，王事一方，孰與入坐中書，經制天下？聞延和殿議召公矣。

某强顔芻牧，何補毫分？目前四境無虞，年穀粗豐，皆澄清餘潤所覃也，區區素餐是愧。倘使者猶以故人未即舉法，旦夕丐香火，奉輕軒，歸即所安，徼福年盟，尚終惠之。遠道寵賚，雜遝充庭，翠玉春暉，緹襲無斁，謹具劄申聞。伏睹新綸，專容郵賀。

【校記】

〔一〕鯨波　四庫本作「鯨汲」。

〔二〕揉　四庫本作「操」。

〔三〕九州　原作「九川」，誤。據鄢本、張本、四庫本改。韓本作「九洲」。

〔四〕未閑　四庫本作「未間」。

〔五〕謹馳一介上詷起居　原作「馳一介詷上起居」，據韓本、鄢本、四庫本改。

〔六〕童瀆　文柱本、景室本作「重瀆」。

〔七〕劍　韓本、鄢本、張本作「歛」。

與廣東曹提刑

某曉挹薇露，注之赫蹄，上之東壁府，昭有敬也。某惟紫微雲煙，衣被炎海，若經若緯。紛郁輪囷，施及虹翠間，山媚川暉，浩蕩何極，隸也旦旦稽首。

欽以某官才足以截蛟剸犀，文足以鏗鯨躍鳳，力量足以扶巨鰲之贔屭，東都韓、呂家，聲猷奕奕。江濤如許，更當坐玉關，爲天子當一面。繡衣霄漢，尚逶迤五嶺間邪？袖青冥之鈇鉞，行黄道之星辰，方底綠綈，已落天半。某丕戴五雲，奉重諼空同小院，烏鳥私情，自揣逾分。起視四境，山長谷荒，赤子龍蛇，未易帖服，越鷄伏鵠卵，何以克濟？邇只臺容，如面鐵壁，某恃此無恐。郡中舊例，以八九月間申嚴編氓出甲之禁，往往此時凶儔陳脚已動，履霜不戒堅冰，奈何。近者妄意，預行曉揭，使家至户曉，人人知所避就。今年僥倖梅關以南，無一草一木之驚，僕之責始塞。榜檢求教吏師，尚不彼發藥之。

某比爲五羊羅僉判拜書强聒，持寸莛撞巨鐘〔一〕，多見其不知量。飛刺公車，不俟終日。明公有意天下士如此，感拜盛心，謹馳一价修謁節下，謝已往而祈方來，亹亹如也。東望芙蓉，玉立萬仞，伏楮〔二〕神馳。

【校記】

〔一〕寸莛　四庫本、文柱本、景室本作「寸莛」。「巨鐘」，原作「巨鍾」，誤。據四庫本改。

〔二〕伏楮　原作「伏諸」，誤。據韓本、鄢本、張本、四庫本改。

回汀州陳守

某惟自古民流爲盜，有受病淺者，有受病深者。淺者調其氣血〔一〕，時其餧飼，不待針艾而病已除。昔之人有行之者，龔少卿施於漢之渤海是已。深者參苓之所不能可，湯熨之所不能瘳，則大承氣湯證矣。昔之人有行之者，子太叔用於鄭之萑苻是已。今者使部弭盜一事，鰲峰先生豈弟之心，高明之識，見諸已行者，其成效固班班著矣。賞一人而勸者百，罰一人而戒者亦百。春風之和，秋霜之粟，施及鄰境，胥有嘉賴。特在更酌其受病之淺深，而斷以行之，是殆非浮想懸度者所敢與知也。贛之爲州，雖曰以五城兵馬鈐轄繫之衜，顧建立司存，本意不過爲贛民出他境，使郡將得行通制之權，要其實，則依然一列城也。若有所徵調，下郡禀承，實視朝命。謹布腹心，以謝委戒之辱，膏秸〔二〕恐悚。

【校記】

〔一〕氣血　原作「血氣」，誤。據韓本、鄒本、張本、四庫本改。

〔二〕膏秸　韓本、四庫本作「藁秸」。

與趙大卿孟傅號松壑。前知贛州

某汲廉泉，澡栗尾，通忞忞主書吏，昭初好也。某昨從湘花間奉盈尺牘，一舒泄其宿昔雲龍之私。明河七襄，流麗空碧，地中之山《謙》，水上之風《涣》，十襲九緹，至今耿耿光氣。蓬萊水清淺，縹緲環佩，渴心湧泉，一日千里。某玆者共審玉宸涣寵，金掌升班。維城維翰維藩，磐石〔一〕大宗之續；厥貢厥包厥篚，綱維六府之司。禁籞雲開，神塗風動，伏惟慶忭。

欽以某官祥源異禀，若木殊輝。綺繡揮揚，汝陽天人之相；龍虎變化，北平魁傑之風。勞侍從而厭承明，經駘盪而出駁娑。公不淮海之薄，上爲宣室之思。玉珂金鑰之玲瓏，花綬藻衣之舄奕。徑摩馳道，涣周卿六命之頒；不出都門，竚唐相九人之拜。

某頃單車馳岣嶁下，鶴髮重重，一夕九起，效矉洗馬，歷歷陳情。君師天地之造，爲擇便州。夫子奔逸絶塵，乃使隸也瞠若乎其後。雖鴻燕差池，不克面拜黿組，然天開百世之好，山川其忘諸？惟是求牧力綿，未知攸淑，一規一隨，賴有柯則在。我愛桐鄉，不隔風雨，肘後寵靈，不彼而惠綏之，此固憩棠中父老之所共望賜者也。謹具劄子，申詷起居，未諧良晤，願言金護玉持，式副前禱。應舊治要來，敢請其凡。

【校記】

〔一〕磐石　有焕本、文柱本、周本作「盤石」。

與前江西趙倉與檔號端齋

某澤露焚薤，闔敬五畝花竹下，盡脱櫝彝〔一〕，惟高明垂督。某沐滕壥舊雨，今十六七年，立冀部下風，則又六年。僕以荒落之資，跧伏於青原山中〔二〕，如商蚷馳河，遠莫致之。先生如驚雲遊龍，舒卷九霄，其步武不可俄度，宜乎其欲往之而瞻望不可及也。區區九十之親，就養空同，今繡衣洛社中輩行也，間得訪問，獨樂起處。先生玩心神明之表，遊目日月之上，蓄爲清氛，蒸爲甘霖，一日舉而措之，沛然江河，孰能禦之？我有宗老，爲國之幹，訪於落止，以公歸兮。某半生出處，無足爲明公道。宿昔受教，所以護持其元龜者，至今不敢渝。世人自有一種毀譽，道眼自有一等高下，先生度外大觀，謂其人竟何如也？某因諗趙令君居中台之里，又出門下，值其良使，亟哀此墨，少叙戀思。臨楮馳溯。

【校記】

〔一〕櫝彝　四庫本作「犢彝」。

〔二〕中　原作「申」，誤。據韓本、鄒本、元諭本、張本、四庫本、叢刊本改。

與吉州劉守漢傳

一

某澤穎袚蕤，寫忞忞銅壺閤下，昭鄰好也。某日從郵置，得澣我私。盈盈一水間，鼓宮宮動，鼓角角動，精神流注，絶出翰墨町畦，芳菲菲兮浩蕩何極！欽以某官吐吞玉櫃之風煙，披拂青藜之光燄。卿雲甘雨，含天地之至和；古柏蒼松，炯雪霜而獨立。小駐星河之棹，頻分江國之符。春靄袴襦，神螺黼黻，雨籠絃誦，振鷺漣漪。鈍爲銛而頑爲廉，痿者膏而憒者醒。兵衛森畫戟，小宴清香；衣冠拜紫宸，佇班黄道。某宿盟園杏，又尾朝花，蒙霧一廛，稽首錫類。揭來空同，密倚五雲多處，楚波之及晉，魯柝之聞邾，川媚山暉，沐浴今雨。則所以講信修睦者，奈何以簡陋廢？采采澗蘋，以明有敬，玻瓈一碧，此心俱東。

二

某日摩挲空翠，端飭側厘，以進之集古主書之側。蓋於門墻辱好有三焉：園杏之齊盟也，朝花之末至也，三間風雨託於君侯之土地也；而豈但曰小國之於大國也，有交鄰之道焉？謙齋先生不以小人之美芹者爲僭，而察其明，有敬之私，是能容之，其弘多矣。介使踵來，辭曰報聘，庭實維旅，芳菲彌章。是何君子施禮之周，執德之信，而僕何以當之？抑傳有云：「長者賜，不敢辭。」取數之多，亦祇以愧。

贛去吉一水三百里，而氣候風土習俗事事不同。未春已花，纔晴即熱，山川之綢繆，人物之伉健，大概去南漸近，得天地陽氣之偏。看來反不可以刑威懾，而可以義理動。書生出其迂闊之説，嘗試一二，觀聽之間，稍覺丕變。奉令承教於君子，尚願維〔一〕今有聞，以淑厥後。廬陵之政，識與不識皆云一佛出世。山川出雲，時雨流動，此爲霖之善者機也。民歌路謠，徹聞京師，天子明聖，恩光言遠。

某雖不敏，尚能取皇甫公韻歌和之。占謝之次，寫其輪囷，寧不嗣音，如此江水。

【校記】

〔一〕維　《全宋文》據文意改作「繼」。

回吉州趙倅

某首春携便符歸省，道五臺下。華裾葱蒨，照我征衣，雪跨冰懸，灑灑清味，至今彷佛霄栩〔一〕間。投膠沸糜，不克闖屏星西來，以修賀上之禮。琳琅金薤，忽落虹翠三過，跫然以喜。某茲者伏審緹軾行春，畫堂〔二〕開曉，袖槐雲之五色，俎樓月之千峰，共惟歡慶。某官瑶簴簫鐘，秋濤瑞錦。駕玉虹，垂蒼兕，凌紫清而上之，固其所也，鞙鞙佩璲，乃翱翔石泉松雪間邪？輿藤簾繡，小燕屏題，方底緑緹，又看環召。某視郡印十旬，云云，皆喬燾之賜也。自省於涓曹正負不敏，圓械鄭重，此禮奚宜至哉？鯨錦卷還，猶有餘愧，折寄芳菲，今雨何厚！頓首拜嘉，謹謝將命，尚容專致廈成之慶。

【校記】

〔一〕霄栩　文柱本作「霄漢」。

〔一一〕畫堂　原作「晝堂」，誤。據韓本、四庫本、文柱本改。

回袁州鄒倅

朱明逾半，南薰之時，共惟襦袴行春，旌旗麗曉，有燕有翼。某對廉泉，飭側厘，東嚮以謝主書吏。某頃叨節南馳，得符歸省，三峽煙雨中，一再獲拜瑶林瓊樹之側，亹亹吾味，我心寫兮。執袪幾何時，明月千里，惠而好我，錯落華音，下照虹翠。赤脚踏層冰，忘其執熱也。共審龜臺借重，鳳嶽凝清，時雨誦絃，和風條教，伏惟歡慶。某官東山芝蘭之韻，北斗梧竹之標。朝發軔兮扶桑，夕攬轡兮玄圃，識者已竊遲之，兩樓山水，能久著神仙人邪？竚文組之即真，以介圭而入覲。某禊前一日，奉重闈抵空同下。既三閲月，公事稍清，得小遂半菽歡，錫類之餘也。實筐勤斯，芳菲襲予，新雨灑濯，感在下風。采采一芹，效矉隴寄，非所以報也。馳溯一方。

回臨江婁倅

夏鳴仲琯，良苗懷新。共惟風月滿樓，江山入句，百神僎价。某焚蕤瀹露，專謝中涓。若兩厢氍毹，五鼎芍藥，無庸爲仙人瀆。某於東都韓、吕家，鼎鐺獨無耳乎？頃一節湘行，獲從衡陽，廣文君亹亹檐花，情味甚春容也。清江之上，頡頏飛霞，獨不得四方爲雲，追軼清絕。琳琅金薤，光墮玉虹，執熱以濯，我心寫兮。欽以某官冰壺玉露之泠泠，瑶林瓊樹之英英，黄琮蒼璧之熒熒。上之清都，盛之紫微，便當還家氈本色，石泉松雪，可久爲麒麟繫耶？方底緑綈，自天子所。某將指罔功，叨恩便養。空同小院，粗可從容半菽歡，皆喬熹之賜。惟芻牧之才單，龍蛇之俗險，凜乎未知攸濟。渠渠遠道，頒不以規，既謝下風，尚沐新雨。畫堂高處，槐桂成行，春蚓秋蛇，覺我形穢。明公不以覆瓿而顯設之，鉅〔一〕軸爛然，一見頹發。謹復將命，不勝馳溯。

【校記】

〔一〕鉅　原作「鍾」，誤。據韓本、鄢本、四庫本改。

回隆興熊倅震龍

某撫今雨，懷清風，其契闊未有甚於此時者也。挹色絲於浦碧，追流水於爨焦，其慰浣有甚於斯。今乎淡圃先生以冰懸雪跨爲風骨，以鸞漂鳳泊爲文章，以規圓矩折爲政事，挈其堂堂，著之高處，以經緯河漢，舟楫江濤，萬夫一喙也。陳仲舉千載風流，乃獨與歲寒結印。倏霆轟，飈怒而起，有不磊磊落落者乎？時來則爲，當仁無遜。

某雨別十年，無非俯仰林烏之日。祖母行年八十有七，切切便養，承乏此來。公朝篤棐人紀之造，而諸君子錫類之餘也。第五閱朔於此，塵而入，鞅而出，於民無絲分補。行矣，丐一縷香火緣，奉輕軒以歸。亹亹襟期，明月千里，折寄芳菲，厚意不敢不拜。薄將石間一髮，非所以爲美芹也。廬陵廣文，玉戛金鏗；長沙識衡山簿，猶昂昂鷄群之鶴。中峰有以服乎兩峰，觀者爲此膽慄。何當簪盍，上下慷慨，目送征翰，臨染馳去。

與楊縣尉如圭

某他日上下紫淦間，草木吾味，未必無解后之雅者也。廬陵少仙之庭，數有英遊，發軔其間。而君年又不可及，當官風采，東西行者亹亹誦言，知爲清修，知爲縝栗。培風怒飛，霄漢一碧，跂予望之。某誤恩便壘，夢繞松楸間。伏戎於莽，有乘虚而干法犯禁者，霜臺遽以煩執事，知敏手爲可托也。寒泉白骨，蒙賴方新，惟牽帥〔一〕從者，重愧重愧！草草持恩高明，臨染無任。

【校記】

〔一〕帥　原作「師」，誤。據韓本、四庫本改。按：「帥」同「率」。

回唐書記

某一節湘行，得挹寶煙玉氣〔一〕於芙蓉池淥間，亹亹吾味，歡如平生。岸花催路，吹絮滿衣，煒其五雲，落我店月。厚意久不報，所思遠道，回首憮然。執事以瓊琚玉佩，照映東西。鸞鳳先驅，朝閬風，夕玄圃可也。赤雲瑞氣，黃花歸期，當仁勿遜。某花朝前四日抵雲舍，又十日奉重闈溯灘而上，禊前一日抵空同。郡事稍簡，俯仰半菽，皆脩[illegible]賜也。江湖寥落，鴻影參差，「安得素心人，相與數晨夕」，每誦此詩，明發不寐。輒持隻赤，小澣我私。采采澗芹，臨風如結。

【校記】

〔一〕玉氣　四庫本作「至氣」。

回黄强立

某薄遊空同，繾綣半菽，故人知心，千里寄瑶華音，以纍藉之。讀之宛然促膝接語也。强立以排淮決漢之胸，行駕風鞭霆之氣，鑄爲雄辭，能使京師紙貴。新豐舍中，誦天下事，一日騰上，風聲千載。某來此，訟簡事稀，餘力可及故讀。四境倍稔，絶南剽之迹，皆五雲所照映也。久缺報裏，輒郵專筒，薄將聊奉一笑。

回文教名寶

某久徯亢宗，無從通譜。璧弟幸托年盟，雲杏集中，不知曾得納拜否。己巳之歲，千騎過廬陵，有意來山中。時某適赴鶴書，取愧薜荔，失此交情，悵然一方之感。書來空同，陳誼天出，「欲往從之湘水深」，令人亹亹。柳子厚謂南方之靈鍾而爲石，故有「多石少人」之論，某常以爲未也。地氣自北而南，古有斯語，意者人物之數，斯文之運，亦莫不然。玉篸、羅帶之勝，中州山川所未有也，磅礴鬱積而振發之，以其時可矣，吾宗丈〔二〕寔當之乎！令業方來，雲湧川至，樹之風聲，快睹餤餤。

某半生落魄，無足爲宗盟道。去年單車馳岣嶁下，堂有重慈，白雲間之陳情，至於一再，遂授今壘。闔門就禄，亶出過數，力綿求牧，未知嚮方。宗丈宦遊海外，坐隔一關，一介相先，是不以他人待同姓者。委貺所及，拜而受之，薄物非所以報，何當嗣音？

【校記】

〔一〕宗丈　原作「宗文」，誤。據有焕本、四庫本、文柱本、景室本改。下同。

與胡節推幼黄

某他日盤之中，辱玉山朗然照之。「舉帆凌斗牛，掛席拾海月」，已占吾成玉堂堂於此時矣。空同落葉間，快讀千佛，喜見榜花。雙峰巽山，嶙峋蒼翠，布濩轇轕，何盛大如之！國家三百年，代有英傑，樹之風聲，五緯聚奎之符，彪炳未已。滅没草根者固復何限，吾成玉一大振起之。青原劌空，忠節生氣，是則草木同味也。隃計晝繡娱雙親時，某當以奉祠歸里，尚從鄉稚耋候馬首遮慶。兹襞赫蹏寫此，茂悦亹亹。薄將祗瀆。

繳奏稿上中書劄子 時吴履齋當國

某惟軍國萬微，日至黄閣，不敢爲竿櫝，區區懼瀆威峻，惟鈞宥是祈。某頃罹人子之厄，曾拜仁人親親之恩，感激榮光，永矢無斁。不自意今春伏遇先生袞繡來歸，爲國柱石，遂得密邇陶鈞，以庶幾一日履屐之役，幸甚莫大。先生當國以來，上迎聖主悔悟之機，下慰蒼生蘇息之望，所謂垂紳不動聲色，而措天下於泰山之安，先生有焉。乃一日伏讀明詔，許中外臣庶得實封言事，皇心光明，言路軒豁，恭惟啓沃至深也。

某私念今事變至此，衝决横潰，使宗社有不測之憂者，誰實爲之？病根在内，膠結不去，終不可以爲國，是以積忱具書，先陳其愚慮之一，而痛哭流涕終之。人非不知愛身，何苦如此冒死？今日之事急矣，懼其至於一旦，則亦不免於死也。惟是言輶如毛，懼不足以感悟天聽，尚賴先生徇通國之心，出回天之力，以措世道於清夷光晏之域，某九殞無悔。謹繳奏稿具申，伏惟鈞慈俯賜鑒察。

賀簽書樞密江端明古心

一

某夏五之月，伏從下士，切聽朝命。共惟天子蒐選洪儒，佈滿侍從，而先生以海内達尊，居然冠文昌之首。僕自惟念正人登崇，天下誠幸誠賀，不敢以草野自疏，輒奉狀以爲斯人之慶。記史登録，及徹巖視，私心欣喜，莫可涯涘。山澤深遠，與廊廟本不相接，一日閭巷風傳歡呼〔一〕，則謂先生以某日踐政地、參樞筦。主上聖明，君子終爲大用，莫不舉手加額，以爲共相〔二〕天子，活百姓，遂在旦夕。以一方椎而放諸，知歡欣交通，人情莫不皆然。人望有所宗，而斯民之嚮猶出於直道，僕爲之舞之蹈之，中夜以思，不能成寐。夫以穹壤之大，人倫之衆，而先生之進，大夫士庶民皆欣欣然相告，如其父兄親屬之得用，將有所利賴於己者。此其心豈千金之所可得，而家至户曉所能同哉？

我朝先正得此氣象，惟前有范文正，後有司馬公。范自諫府以來，以言事傾動中外，後來出帥西邊，入班兩地，岩穴之士，慕下風而望餘光，蓋皆延頸企踵，以庶幾其一日之爲相。司馬居洛中十餘年，當時兒童婦女，識與不識，競曰「司馬相公」。元祐初，衛士之感泣，都人之遮留，其所由來者漸矣，非一朝一夕之故也。范公得經世之望，司馬公得救民之望。嘗恨士大夫所以積望於平日，得望於當時，蓋幾世幾年而後得此二公，有以厭服天下之心口，聳動時人之耳目。而范公不及用，司馬公不及盡用，天之未欲平治天下，其如之何哉！今先生早以言語妙天下，中以政事動中朝，後以氣概風度上結人主之知，而下爲四海所傾慕，則先生都范、馬之望於一身。蓋二公之後，又凡幾世幾年而後得。此天下之所以責望於先生者，豈與伈伈睍睍，笑與秩終，而甘同草木俱腐者同日而語哉！

方今西有叛將〔三〕，東有逆雛〔四〕，而江淮與强敵爲鄰，强兵富財之道無所於講。主上不得怡，宰相以爲憂，其顯證莫過於此。而學士大夫私相擬議，痛心疾首，以爲方來無窮之變，伏於不足慮之中，而發於不測，而不可禁者，其幾尤切凜凜。天下無事，則代天理物之地，猶可從事於牽補架漏，以庶幾不至於敗缺。不幸搶攘憂危之間，倘非碩德重名積孚於人心，一日舉之以從民望，則鎮服危疑，收拾涣散，精神氣勢未能一旦動天下之聽也。今當揆身定大亂，奠安方極，不敢自以爲功，而方嘉與天下之賢者，共圖久安長治之策。先生從容於廟朝，訏謨於帷幄，則當揆所以隆體貌、敷腹心，未能或之先也。鄭侯所以舉代於平陽，茂弘所以深器於安石，其爲天下國家計者甚悉，豈曰身爲功業而已哉？則夫先生之一身，其關繫於方來之世道誠重且大。而閭閻之内，父子骨肉私憂過計，以爲脱有倉卒，則所以寄命而幸全者，非先生疇依？然則先生之望，近世以來絶無而僅有者。將范、馬不及爲之事，先生將來雖欲逃之而不爲，其亦何辭以謝天地神人之所期哉！僕鄙野無足道，又執方不通於世，修門〔五〕之書，每視以爲甚重，而未敢輒發。其於先生獨亹亹不倦，自天下之公而言，則僕之喜談樂道，與人情若不相遠。自一身之私而言，則僕誠何人，而辱先生特達之知。此其所以伸紙行墨，樂爲四海誦其情，而不自覺其僭且瀆也。伏惟先生少垂察焉。

二

某仰惟三台熒煌之精，藐在雲漢，下土〔六〕之人，夜詹頷頷，曾無羽翰可飛箎於經天光耀之側。間者不揆，雖荒繆之筆墨，時得以上登涓史，而觀道德、聽教誨，自謂未有疇昔，則左右亦以其人爲何如？先生度越常情，嘉惠後學，采於窮約之素，以爲可進而教之。廬陵之士，凡來謁先生者，未嘗不深念其姓名。至於造化人物之地，先生所以提撕薦進，使之得以齒下士於朝，則既有日矣。乃者秘府之命，從天而下，空山不穎之踪迹，一日有聞於人。自宰相鈞陶而言，曾無所偏私。而某心口相謂，山澤之人何以及此？是蓋有所從來，而不敢忘也。

當《泰》之世，必有均調皇極之輔，深思遠計，周及人物，雖遐遠僻陋如不肖，亦使之無所曠棄。九二曰「不遐遺，得尚於中行」，今當揆以之。《泰》之未成也，必有一陽爲之先，而後衆陽之氣類隨其汲引以進。今正人滿朝，大抵以先生爲朋來之倡。至於晚陋，亦得依乘以前。初九曰「拔茅茹，以其彙征」，先生當之。《屯》之六二曰：「匪寇，婚媾，女子貞不字，十年乃字。」二嫌於初，不願爲應，徘徊不字，至於十年。某雖不足語此，顧惟劫而從之者衆矣。蓋至今日，得先生爲之宗主，奉命驅馳，惟此時爲然。某他無能爲役，至於守其本心，不與流俗爲軒輊，以求上不負知己，下不負嵬瑣之所存，則或可無愧怍於此，尚惟先生終敎之。

某欽惟新命，亟應祗赴，顧以未服外庸，不敢即造朝班。區區欲俟宫觀兩考批〔七〕滿日，徐拜恩渥。蓋已颛狀控於朝矣，諒先生當許可之。遥睇清崇，未即詹侍，輒奉狀，臨拜懇悃。

【校記】

〔一〕歡呼　原作「歡吹」，誤。據韓本、鄢本、張本、四庫本改。景室本作「歡欣」。

〔二〕共相　四庫本作「其相」。

〔三〕叛將　元諭本作「判將」。

〔四〕逆離　景室本作「逆藩」。
〔五〕修門　有焕本、景室本作「修問」。
〔六〕下土　元諭本作「下士」。
〔七〕批　原作「此」，誤。據韓本、鄢本、張本、四庫本、叢刊本改。

與前人 時以前宰相帥湖南回

某半生出門下，幸甚，乃從湖南以一節奔走閫部，去年此時拜長沙壽星，甫償分願。潭、衡相望，郵置信宿，奉令承教，王事一家。以父兄師弟子之情而行於連率方伯之際，湘人或云前未見此比，而某也受賜爲不貲矣。先生之入湘也，某後三數日而來，先生之出湘也，某後三數日而去，何其步亦步而趨亦趨也！璧弟於臨江候迓使艎，獨蒙一再予進，所以愛之誨之，不令兄弟無間然者。曾不自意先生及豐城以下，乃有門内之戚。盛德大業如山如河，存神過化之學，先生其講之也熟〔一〕矣。某所得郡，去家一葦，而近奉八十七之祖母與老母俱，闔門長幼無慮二百指，悉從官居，糜費俸粟，是皆公朝錫類之造。郡事頗簡，四方無竊發之告，日來風雨亦似調順，使苟禄之日，得免曠瘝，非大播之賜而誰賜？

秦孟四者久焉逋誅，湖湘未了公事，殊切介介。比日來連得舊同官書，閫計議駐兵永明，誘孟四而生獲之，爲廣兵所奪，尋且告斃。經司取其屍，寸斬以謝兩路。先是，田定二據平原，秦小九據鹽田，爲秦孟四聲援。引孟四以屠永明，正田定二之爲也。柯倅權全州，首禽二兇，磔於市。自二兇死，而孟四遂不能免。先生一番出師，其終條理如此。孟四不死，非但遺患南方，其於根本關繫甚不細。且得竣事，功之在彼在此無足計也。蕭獻可失其令嗣如塤，盧陵生此士有數，可爲痛惜！詹望泰階，中夕九起，薄言傾寫，有懷忡忡。伏乞鈞照。

【校記】

〔一〕熟　原作「孰」，誤。據韓本、鄒本、張本、四庫本改。

與吉守李寺丞芾 號肯齋

某居廬陵南陬，蓋受廛之最遠者也。其於當世人物無所交際，惟從田間側聽輿論，則天下伯淳，雖隔在僻遠，烏得不聞風稽首？吾州自前守去後，無主宰幾一年。舞鱔號狐，郡政泥濁，斯人無辜，亦云甚矣。執事不鄙下土，惠然此來，天開日明，是在今日，某實爲鄉國稱慶。

仰藉矞雲在上，區區非才，叨恩入館，極知負乘。月朔嘗造州關印申免，時聞千騎且入關，某遂止旅間，伺候攀迓前茅。繼聞少展，適頭目受病，旋暈不可耐，不得已載舟兼輿以歸。相距兩月，交臂失之，不敏之咎，其當何如！方僥倖平復，造謁以叙悃愊，顓駛及門，寵授翰墨。山林疏賤之人，乃得殊禮，郡大夫之德爲不可及，而某缺典之愧益加多矣。

祇誦來辱，避席再拜，有懷輪囷，具嚴初櫝，謹具劄子，繳申職事之記。所有台翰，謹謹歸璧，示不敢當也。修布〔一〕草率，顓圖侍見以謝。

【校記】

〔一〕修布　原作「修有」，誤。據韓本、鄢本、元諭本、張本、四庫本改。

回廣東曹提刑

伏以炎日正夏，薰風自南，共惟某官玉節霄明，華絲雲度，穆清箇灶，穹壤〔一〕芣扶，台候動止曼福。某瀹穎廉清，通篯奎碧，惠徽書月，卻立下風。某遥企芙蓉上插牛斗，儼繡衣之持斧，屑〔二〕璚靡以爲粻，弘鋪太和，勿問元吉。

某欽以某官簫鐘鏗戛，玉尺端方。廬阜青蒼，毓白石清泉之勝；北斗魁傑，挺碧梧翠竹之標。或弭節於人間，或彯纓於帝所。既盤礴而鬱積，復周遊以逍遥。流水青山，奪司馬尋春之志；荒崖絶島，行濂溪流物〔三〕之心。欽哉刑之，恤哉使也，言有先〔四〕也。樓臺映白日，絲轡小馳；衣冠拜紫宸，綸音遄下。某起觀宣夜，跂敬明河。方闊焉北樹之題，乃贈以南金之寵。跫然三復，愧此七襄。

某頃綴楚軺，每懷綿末〔五〕。篯天從欲，回邛阪之車；便地養親，得江南之舍。永惟錫類，不隔善鄰。襞積阻心，熒煌在目。某袖分薤露，才劣錦雲。雜下俚於九成，發宗工之一莞。隃瞻蓬翠，工輯蕊珠。冰桃碧藕之清涼，福英禄華之郁穆。臺容所戒，鞭影是趨。

【校記】

〔一〕穹壤　原作「交壤」，誤。據韓本、鄢本、張本、四庫本改。

〔二〕屑　原作「而」，誤。據韓本、鄒本、張本、四庫本改。

〔三〕流物　元諭本作「澤物」。

〔四〕先　韓本、四庫本作「光」。

〔五〕未　四庫本作「來」。

回陳侍郎

某伏以回車邛阪，請自效於林烏；得郡江南，取已捐之竹馬。綢繆錦覆，緹襲袞華。共惟某官麾斥八極之風雷，卷懷九天之星斗。古靈袖中之稿，屢薦時賢；温公洛下之評，不遺人物。遂使忝求芻之寄，從而諧啜菽之私。某半竹奚堪，儷花甚寵。想五畝青山之樂，願請訂金；懷四愁明月之詩，曷酬贈璧？謹具劄子申謝，伏乞台照。

與湖南交代廖提刑

某汲濂香，裏側厘，裔忞忞於主進吏，昭交好也，首祈紆省。兹者伏審濡絲星轡，弭節霜臺。紫蓋撐空，開雲煙之五色；繡衣立漢，灑冰雪於九州。號令一新，江山胥動。共惟某官金井玉淵之丰度，簫鐘瑶簴之聲名。老氣崢嶸，吐鰲頭之山碧；清文流灑，貫龍影之潭星。凡踐敭中外以來，皆推行忠恕之學。惟刀劍狃楚氛之惡，賴旗旄〔一〕指漢阪而驅。於疆於理於南，來宣王命；其刑其罰其審，曰惟民中。汲湘水而滌瘡痍，豁衡雲而燭幽枉。禮樂遺使臣也，於昭原隰之光；哀繡歸我公兮，遄任朝廷之重。某頃從峋嶁下一拜狀後，繼得旨，以臬事屬之宋使君〔二〕。某遂於正月末解維而西，先花朝之四日抵雲舍，禊前奉重闈至空同上。俯仰半菽，皆喬壽賜也。第念夙緣結習，實開衣冠百世之好，乃不克迎拜馬前，面奉龜組。江海契闊，有足念者。近得之東西行人，始知歇節前玉節道盱境。以時考之，此際久建牙楚觀上矣，某不勝爲湖南一道賀舞。後木人蕭然音節，納之錦覆，過者化之，亦以自賀也。

某春杪得府第所遺答書，仰佩篤叙。數月念念嗣音，相望汎寥，遂坐不敏。茲想建臺有俶，謹跽下風，傾此襞積。臨拜無任馳溯之至，伏乞台照。

【校記】

〔一〕旗旄　原作「旄旗」，誤。據韓本、鄢本、四庫本改。

〔二〕使君　韓本、鄢本、四庫本作「史君」。

與前浙西安撫李大卿 號肯齋

某頃從湘花間解維而西也，故人意厚，棹酒壺，三十里而飲餞之。風飄飄兮吹衣，芳菲菲兮襲予，向喻篤緻，一何勤也！回首江空，明月千里，因念向留楚觀，望午橋鐘鼓，不隔檐陰，從容玉麈〔一〕，曾不能以數數。矧今去之汀洲杜若間，蓬弱三萬不翅，明河在天，瞻仰夙夜，如此悁結何！某共以某官懸黎垂棘，瑶簴簫鐘。崢冰雪，走雷霆，精神塵乎八極；潤〔二〕金石，諧韶濩，文采被乎五音。維今江濤，正須人物，外之而北門筦鑰，内之而西府樞機。亶惟老成，具有經濟。青山五畝，未容寄傲之深；黄道九天，佇看傳呼之近。

某丕承喬燾，先花朝之四日抵雲舍，又十日奉重闈溯灘而上，禊前抵郡邸。賤事乍入沸糜，不免轇轕。既三閲月，遂就簡平，親老安健如常。半菽俯仰，皆錫類之及。惟起視四境，長山谷荒〔三〕，赤子龍蛇，未易帖服，商距馳河，凛乎其未濟。教思無窮，惟勿替宿昔，重訓飭之。秦寇〔四〕一段，某未了事而去，日夜念此。半年師旅，數州杼柚爲空，疽根仍存，憂曷有極！今聞罪人斯得，黨類悉就殲夷。我愛桐鄉，屐齒爲折，顧撫摩凋瘵，鎮定危疑，湖嶺間方來正欠工夫耳。洛中花竹平安，悠然長思，當必及之。某數月念念，專襞上起居，及今方走一介，不敏甚矣。未繇佳晤，暑氣方殷，願言金護玉持，以副蒼生之望。孤臺有委，一唯鞭影所向。某臨風馳溯之至。

【校記】

〔一〕麈　原作「塵」，誤。據韓本、四庫本改。

〔二〕潤　原脱。據元諭本、景室本、萬庫本補，韓本、鄢本、鍾本、張本、四庫本作「沮」。有焕本、文柱本作「戛」。

〔三〕長山谷荒　有焕本、文柱本作「長山荒谷」。景室本作「山長谷荒」。

〔四〕秦寇　四庫本作「泰寇」。

與劉吉州漢傳

某介恃薄雲之誼，忘其爲瀆，僭有顧陳。吾鄉歐陽巽齋先生，講學天出，從遊滿門。登科三十年，獨處環堵。晚見召擢，一再登朝，先生居之淡如也。其修於家，終日清言，接引後進，未嘗爲擔石謀。捐館之日，橐無贏貲，諸生爲集喪事。悠悠人生，惟死乃見真實。

嗚呼，先生之風可使懦夫立也！其子浚，字資深，世先生之學，頹然布衣。禁路諸公每以鄉先生殁而無澤爲闕典，有欲從化地言者，人情好德，信不相遠。先生不以貨財遺其子，而資深亦復能守拙甘貧，酷與乃翁相似。區區謂文獻所屬，吾輩當相與輔成之。大監樂善若不及，又於巽齋爲庚年同朝。儻念其孤，時分廪俸，月資〔一〕送之，使先生有子不至乏絶，非惟使爲善者知勸，而名公念舊下士之盛心，所風厲遠矣。

某旦夕亦謀具辭幣聘資深至郡齋，庶幾前輩之典刑，斯文之宿昔。念同志孰有如門墻者，故輒以書至焉。當暑紊聽，慚汗潘流，伏乞台照。

【校記】

〔一〕月資　原作「月質」，誤。據鄢本、鍾本、有煥本、四庫本改。

回兩淮制使李端明庭芝

伏惟龍虎魁傑，手提鐵鉞〔一〕，重鎮東郊。淮山崇崇，江水不波，施於南土。隸也跽敬階符，等威有截，不圖親灑袞翰賁之，榮光下土，伏讀感激。某仰承寵戒信豐趙宰，真古大臣勤小之威心。趙於某同年，宿相厚，今又得以郡邑聯好，人事結習非偶然。矧知出自晉公門下，他日稱吾榜得人，有所受之矣。謹具劄子，百拜控謝。稿秸〔二〕萬罪，伏乞鈞照。

【校記】

〔一〕鐵鉞　元諭本、四庫本作「鈇鉞」。

〔二〕秸　原作「稭」，誤。據韓本、鄢本、元諭本、張本、四庫本改。

回岳縣尉

惟中興之初，先武穆王手扶天戈，忠義與日月爭光，名在旂常，功在社稷。天報勳勞，克昌厥後，雖百世可知也。縣尉生北平龍虎家，而又偉然植立，誰不知敬！幸出結習，乃託一日之嘗僚。判諭批曆，亦既欽承，遠畀鱗緘，爲禮過矣！

與洪端明雲巖名燾

去歲在湘中，專人詣越拜起居，耑沐報教。以門墻一介之舊，撫問所及，匆替引之。相望廓寥，感戴不可言喻。繼閱邸狀，欣審端殿陞班，安車就第。於疆於理，既了旬宣，某水某丘，逕歸遊釣，共惟歡慶。欽以某官中朝耆舊，前輩典刑。早歲驅馳，持國、子華之並出；晚年脱灑，盤洲、野處之所無。今世浮沉，畏途不知止足者勿論，固有掛冠請老，欲一日婆娑里門而不可得者。先生袖手版，還丞相，天目山中逍遥野服，獨立於得喪寵辱之表，真天人哉！左轄頻虚，上方側席，只恐禁中朝出傳宣，天使夕至，未容公久作碧山學士耳。

某堂有重慈，今年八十有七。昨者將指而出，牽於行路，鶴髮不容迎養，歲晚力扣化地，乃畀麾章貢，家園相去三百里，一葦可杭，闔門二百指皆仰禄焉。此先生裔雲所覃。某到郡後，頗與郡人相安。日來四境無虞，早收中熟，覺風雨如期，晚稻亦可望。惟是力綿求牧，來日方長，凛乎淑後。先生襦袴舊譜，出其一二以惠綏之，蒙戴而行，敢不知賜。某於左右缺禮久矣，謹寅奉赤紙，申禄野平安之問。采采澗芹，犯嚴悚仄。未卜誾侍，願言覿頤視履，益扶神明，以慰中外屬望。臨風拳拳。

與贛州屬縣宰

顓有公稟：保伍本領，在於隅團。比者郡家稟使者之命，欲於十縣從新整刷一番，見之公文，固已詳盡。所謂差過隅團，蓋所在積弊，有公差者，有買充者，正在賢令尹用其明焉。可因者因，可革者革，按之舊籍，參之僉言，一日而可決也。使者屢問及此，卻望辦以敏手，月末如期申來。隅團定則保伍周，保伍周則盜賊弭，郡之所以蒙成也，而縣亦職有利焉。申嚴出甲榜，比想皆已家至，今有賞罰鏤榜，煩更遍揭。

回袁永州

某引首三吾，環清匯碧，神仙人居之。坐隔千里，方嘆衡雁之參差，緹騎秋風，落我虹翠，跫然瑤華音之在耳也。

共惟某官以羔羊素絲爲節概，以清霜紫電爲精神，以布帛菽粟爲政事。自擁千車，來照二水，發舒家學一二，便足以破奸膽，甦民氣，期月而可，百廢具興。萬石山中，遂爲古潁川、渤海郡，真刺史敏手也。清廟訪落，諸侯來朝，風聲堂堂，歸植千載。

某承乏便州，僥倖娱恃〔一〕，庭空無事，年穀粗登，凡前此龍蛇之淵，皆屏迹絶影。要是奉教〔二〕宿昔，陰有以惠利之。然親意亦復念家，旦夕皈命香火，歸哺山之南水之北矣。遠道寄將，有實其庭，吾味之厚，不翅懷連城而佩明月也。臨風慷慨，亟此馳謝，尚猷緝藺，申候起居。伏乞台照。

【校記】

〔一〕娱恃　有焕本、文柱本、景室本作「娱侍」。

〔二〕奉教　四庫本作「忝教」。

賀京尹曾尚書

某兹者共審露綸涣渥，星履陞華。東澗西瀍，冠十連之元帥；南昌北斗，表六典之地官。丹屏雲開，紅牙日麗。共惟某官依乘日月，吞吐江湖。直氣摩空，金天晶之錯落；清規照世，玉井水之紺寒。自巇巇於鸞聲，遄峨峨乎豸角。文章大手，南豐先生；政事十條，小范老子。出袖摩霜之鉞，坐吟卷雨之簾。真侍從歸拜於甘泉，慈父母來臨於京兆。乃由太一，徑陟文昌。冰懸雪誇而朝望孚，日暖潮平而民氣悦。儼衣冠於建禮，益鎮千羌；籌帷幄於延和，遄歸兩地。某喜傳除，紆阻趁賀綦。五緯明霄，望龍泉之秋色；

九河流潤，懷虹翠之春暉。謹具劄子申賀〔一〕，伏乞台照。

【校記】

〔一〕申賀　韓本、鄒本、四庫本作「賀申」。

回曾知縣晞顔號東軒，後除御史

某去秋知紫氣飛度雁峰，法不得相候。西風徹棘，新雨來車，知必不我遐棄也。未幾，喜聞〔一〕玉垣飛檄，榮甚錦歸，交臂參差，殊重回首。今年出湘之日，乃千騎載，入湘之時，又不得相隨，鷄豚社中，一數契闊相隔，耿耿心知。不圖帳犀，遠持五雲，下賁虹翠。筆墨淋漓，起敬英妙，而繰藉所及，不敢當，不敢當！

某堂有重慈，自高安歸後，十年不克迎侍。昨歲叨節，本不能出，請祠不獲命，姑以單騎驅馳，非其欲也。轇轕白雲，情表連上，君師天地之造，畀之便州。非徼福穎遺〔二〕，端不及此。千里遠將，折寄何厚，衣被重襲，其宏多矣。乍理糜沸，稟對皋晏，薄附芹心，非所以爲報也。蓬萊玉雪，小置之松竹間，會有新綸，倚布婁賀。

【校記】

〔一〕聞　原作「開」，誤。據韓本、鄒本、四庫本改。

〔二〕潁遺　原作「隸遺」，誤。據韓本、鄱本、四庫本改。

回曾連推宗甫名尹

某淪潁廉清，起而謝所蒙。東嚮亹亹，一拜幾何年，西方美人，豈不夙夜？飛鴻踏雪，闃其廓寥。去年漫浪行湘，於東軒公甚相厚；堨來入境〔一〕，又日從巖山先生遊；獨於吾泰宇，何其闊如也！春榜既開，聞謝家鳳毛，世科盛事。芙渠〔二〕勝處，僅隔庾梅，每念擘箋，寫此襞積，乍入沸糜中，墮此不敏。而琳琅金薤，卷五仙雲氣下之，言念知心，喜而不寐。吾泰宇以乾坤清氣，皛皛銀河，朝發軔兮咸池，暮曝鱗於沃焦，以其時可矣。河陽幕中，雲飛川泳，老子倚胡床，誇有此客。佇由黃金臺，徑上清瑣闥。

某單車馳岣嶁下十閲月，太行白雲，繚繞清夢。陳情一再，天高聽下，畀以便符，奉重闈抵空同，三見蓂莢矣。郡稍簡靜，得遂半菽歡，皆錫類所及也。渠渠然頌不以規，望塵辟易。芳菲遠道，第懷我私。聞車馬行色，且旦夕出領〔三〕，某倘未以罪去，得握手道舊，豈不快哉！占謝葹如，馳溯一碧。

【校記】

〔一〕入境　原作「八境」，誤。據四庫本、叢刊本改。

〔二〕芙渠　有煥本、文柱本、景室本作「芙蕖」。

〔三〕出領　有煥本、文柱本、景室本作「出嶺」。

回李本中

某一節稍疏聞問，千里相望，方賦所思，得手書讀之，展轉情話，慰此契闊。某數年以兒女講授，爲琴書累，發初啓蔽，作成方來。三世交遊，此意不敢忘。去區區出山，親老不任行役，雲龍隔絶，不得日奉從容。本中獨處寒齋，覺户外屨不至，靜中倍有方册工夫。然門可張羅，庖隸自放，所以奉師者必甚鹵缺，負愧奈何！諭及小子年漸長，當學聲律，尤認真至；第此兒自以爲得師，甚欲從師學而學焉，又念吾先人以賦起門，重於改作貪賢，且奈何？今姑遵來教，擇賦師爲代。但未知來年有意他出否，倘有圖回，某雖江湖懸隔，豈無可效綿者？拳拳此衷，亦以屬之新昌弟，唯命東西矣。敬憑使稟控別，箋薄物少寄芹私。令祖困學老先生尊候多福，侍邊乞道起居。

回長沙傅縣尉合

某他日接玉泉於涓涓中，去之十年，君且撫汗漫，神變化而爲龍。已高言軋霄，自當向上位置，需雲嶽翠不淹，騰踔乎豸府。知心貽書，道君出處之概，廣文又緹襲琳琅以來，目中將快見緇之好也。敢不預戒行窩，汎掃以俟。雖然，落木荒涼之境，飄風澒蕩之踪，以君堂堂發軔，而肯相從於庖俎間，此意携持琬琰者不屑也。吾意不薄，惟君熟裁之。持對不敏，切惟照寬〔一〕。

【校記】

〔一〕照寬　文柱本、景室本作「照亮」。

卷七

啓

上權郡陳通判啇謝解

是邦大夫賢者，聿新道藝之賓興；吾黨小子斐然，得遇功名之主宰。僧彌出法護之右，越石居楚金之先。人羡二難，已叢百愧。竊惟奎開我宋，箕壽斯文。堯叟以壯歲掔魁，堯咨爲之接武；子由以弱冠登第，子瞻至於聯芳。孫何齊孫僅之名，宋祁〔一〕遜宋郊之榜。韓家閥閲，吴氏簪纓，皆一時兄弟之傑然，乃我朝科目之盛者。甲於江右，未若廬陵。名耀帖金，以一門而五董；筆香氊墨，不十歲而七劉。或踵接於童科，或肩摩於胄監。輝煌簡册，雜遝衣冠。至今文水仁山〔二〕，猶想流風遺俗。雖巫步亦期似禹，然賜賢何敢望回？

如某者技等飛鼯，才長縮蚓。故家喬木，借秭歸舊峽之陰；宦録雲萍，分白鷺餘波之潤。勘皇祐榜帖，久寒石室青氊；閲癸丑狀頭，曾入本心墨譜。恐負前人之弓冶，勉爲今日之箕裘。有嚴君焉，唾棄萬年之諂味；難爲弟者，誓齊兩到之英聲。故唯諸怡愉之間，皆切磋琢磨之地。晨窗花露，滴乾硯眼之鴝；夜帳木油，剔盡按頭之蠹。以孝弟忠信爲實地，以功名富貴爲飄風。非六六〔三〕餘子之儔，有飄飄淩雲之氣。自染指時文之鼎，即梯身季考之階。愈出愈奇，頗類黄絹外孫之虀臼；屢選屢中，幾成翰林學士之葫蘆。遂令伯氏吹塤，仲氏吹篪；過辱庖人繼肉，廪人繼粟。方嗟雌伏，未遂雄飛。適槐粟之搩黄，偕棣華而拈采。

擲番骰子，同拏喝六之籌；彎起弓弦，共上中紅之垛。天開雙眼，地放一頭。渴睡漢平白解嘲，揶揄鬼分明束首。二旬賜第，皆以沈内翰相期；十八奏名，僉謂劉學士可繼。使小子自此升矣，皆先生進而教之。

茲蓋恭遇某官秀孕天台，英蜚帝學。萬乘器可檠唐柱〔四〕，五色線要補舜裳。器古罍於盆盎之中，韻黄鍾於雜優之地。一從分刺，名雖沂郡之王祥；兩屈護麾，實則潁川之黄霸。斯民廣厦，吾道泰山。螺川醉多旨之春風，燕寢樂近民之暇日。政安赤子，解弄挺之亂繩；兵撫清人，戢攘釵之横蘖。雖借我二天之有幸，恐尹京五日以趣還。茲以題輿，委之勸駕。至若豆箕之朽質，亦該花帖之榮恩。是宜拂楮雪以箋誠，候屏星而布謝。誓當鞭策，不負揄揚。諒大賢何所不容，知孺子尚或可教。晉公得二俊才士，不無汗赭於前脩；古靈薦三十餘人，尚冀牙緋於後進。

【校記】

〔一〕宋祁　原作「宋祈」，據四庫本、《宋史》本傳改。

〔二〕文水仁山　萬庫本作「文山仁水」。

〔三〕六六　景室本作「碌碌」。

〔四〕檠唐柱　韓本、元諭本作「擎柱」，四庫本作「擎唐桂」。

上倉守李愛梅謝解

執鞭而御於君，風裁久欽司隸；推轂而輦其正，天人幸遇翰林。欲借方寸地，吐氣而言；敢操盈尺紙，循廊而進。切謂烏河陽方司鎮鉞，石生隨就禮羅；王豫章未下使車，荀爽已騰辟剡。蓋人非卞和，玉閟石竅；而世無伯樂，駒困鹽車。必假先容，乃梯後進。

切念某策非魯客，材僅莊林。自垂髫〔一〕逮二十年，知肄業爲第一事。家庭自爲庠序，要祖廬江興學之風；文字懶傍門墻，惟準石室立言之法。遥睇故家之木，勉爲良冶之弓。子玉應而父金春〔二〕，伯塤唱而仲篪和。夜桉剪燈，帳幾成墨；凍窗呵筆，火不思爐。每因染教於芹香，屢獲聯輝於蓴集。角能戰蟻，占序榜龜。朋社陽秋，過許洛中之陸；鄉評月旦，謂非吴下之蒙。曩踏黄槐，聊窺班管〔三〕。合三萬餘於圍棘〔四〕？，爭六十八之帖花。如小子者車載斗量，况有司之沙披石汰？誰謂燭几駒窗之際，遽蒙黄鍾壘洗之褒？風健鴿披，騰北海一雙之鶚；雲横雁翅，搏漆園九萬之鵬。必侍郎氊筆嘘而送之，則進士虎榜自此升矣。

兹蓋恭遇某官百梅風格，八桂雲仍。羅貽門兵甲於胸中，漱淮水淵源於筆下。風檣陣馬，不足爲勇，長吉之文章；景星鳳凰，快睹爭先，王濬之名望。早躋顯第，遍歷要途。嘗膺北闕之詔綸，出領西江之衣繡。兒童猶誦君實，野老皆識元城。惟虎城舊治，嘗屈典麾；故螺水重來，又新持節。蘇疲民於恩露，清奸吏於壺冰。坐念鉛爲銛，跖爲廉；安有書如絲，官如毦？燦〔五〕連檣，粧執樂，舊句重賡；繒閲庫，粟埋梁，新謡繼作。兹屈皇華之使，就延鳴鹿之賓。某忝以釜箕，玷兹玉笋，敢不淬庖人之刃，誓無荒陸氏之莊。云云。

【校記】

〔一〕垂髫　原作「垂髻」，誤。據韓本、鄒本、張本、四庫本改。

〔二〕金春　原作「金舂」，誤。據韓本、鄒本、元諭本、張本、四庫本改。
〔三〕班管　韓本、四庫本作「斑管」。
〔四〕圍棘　有焕本、文柱本、周本作「闈棘」。
〔五〕燦　韓本、四庫本作「粲」。

賀吴丞相革

再登鉉路，首冠鈞庭。以進士爲名臣，兩朝倚重；以儒宗爲宰相，四海具瞻。天啓聖衷，國有生氣。某官洪深而肅括，光大而直方。喬嶽泰山，微細悉歸於涵育；青天白日，奴隸皆知其清明。頃天子以爲股肱，舉海内望其風采。霖雨未浹而收斂神功，泰階未平而韜閟光耀。共惜温公之歸洛，猶期潞國之還朝。偃逸藩維，久鬱衮繡歸公之望〔一〕；均調鼎味，復端鹽梅用汝之司。公卿大夫，交笏相慶；兒童走卒，舉手歡呼。顧中外不謀同辭，在今古未始多見。斯人之望既切，賢者之責方新。

維今言路之不通，最爲天下之大弊。縉紳以開口爲諱事，城闕以遊談爲危機。如人一家，情睽離而衆侮起；如人四體，氣壅底而百病生。多故之由，一類諸此。枰更子改，柁轉舟移。惟從衆謀，可以合天心；惟廣忠益，可以布公道。盡解群疑衆難之會，克有榮名成功之休。其惟我公，望在今日。某瞻依有素，慕戀惟深。適造闕以戒嚴，聞揚庭而增抃。以書上光範，先伸賀厦之私；於人見歐陽，行展摳衣之敬。其爲懇切，罔既敷宣。

【校記】

〔一〕歸公之望　有焕本、文柱本、周本移此四字於「均調鼎味」之後。

謝吴丞相〔一〕

涣號揚庭，方慶昭文之命；蒙恩詣闕，適修進士之恭。喜當風雲際會之秋，得囿天日照臨之下。輒陳短淺，爰叩高明。

伏念某才不逾人，學未聞道。雖家庭唯諾之教，動欲行其本心；然山林樸野之資，知無補於當世。頃得備地官之貢，遂及登天子之庭。一第策名，既有慚於負乘；三年讀禮，幾無意於驅馳。宸命光華，自天而下；聖恩廣大，如海斯涵。遂令參京兆之謀，仍許奉團司之表。靖循僥冒，端出庇存。載册戒行，將下天威之拜；彈冠稱慶，遽傳公衮之歸。重惟柳氏之碑，曾辱燕公之筆。讀聖主偏親之語，佩教方新；仰先生長者之風，銘恩莫報。矧復更新於弦轍，自今密邇於鈞陶。喜如其辭，有莫能贊。

兹蓋恭遇某官兩朝舊德，一代偉人。金鼎調元，曾接沂公之轍；玉龍擎重，再持忠憲之鈞。屬逢當軸之初，與有得輿之慶。某敢不勉攄素學，圖報明時。仰台宿之麗天，既近輝光之照；占赤雲而赴幕，尚依覆燾之仁。

先生之父革齋先生墓志銘，乃江古心撰，履齋題蓋。道體堂書。

【校記】

〔一〕謝吴丞相　《宋歷科狀元録》前有「及第」二字。

謝丞相除秘書省正字日

竊禄叢祠，方重素餐之愧；備員蓬館，遽叨黄紙之除。由大鈞之無垠，故小子之有造。輒攄短淺，庸瀆高深。

伏念某大江以西，一介之下〔一〕。幼蒙家庭之訓，每欲行其本心；長讀聖賢之書，初何補於當世？從事一研，起身諸生。偶遭際於聖明，獲僥逾〔二〕於科第。君恩天大，若爲報稱之圖；流俗波頹，常有激昂之志。當前年之赴闕，適强寇之臨江，親見主憂之時，不勝臣辱之義。陳師江滸，悵無一障以宣勞；奏疏公車，倘冀〔三〕九重之易聽。奔命而歸田里，舉目而盡干戈。江迴川平，非賴整頓乾坤之手；糜沸雲擾，幾無戴〔四〕履天地之身。骨肉幸全於山林，頂踵皆歸於造化。琳宫香火，揆始分而已逾；石室詩書，尋初心而未究。敢圖菲采，獲備茹連。使當登崇俊良之時，而秉校讎圖籍之筆。賢人在内，幸無正朋字之譏；世運方平，雅有讀秘書之暇。顧兹甚寵，非所宜蒙。有懷負乘之慚，無任循墻之懼。使之得進退之正，所以報知遇之隆。

兹蓋恭遇某官勳在王家，澤被天下。圭瓚秬鬯，侈召伯之來宣；衮衣繡裳，大周公之歸相。既仗筈筆而定大難，將興禮樂而開太平。遂使乾清坤夷之餘，轉爲小往大來之會。至如公選，亦及凡材。某敢不勉企前修，恪持素節？彥博未至堂上，已先蒙許國之知；器之既入館中，當不辱温公之薦。其爲懇悃，罔〔五〕既敷陳。

【校記】

〔一〕下　有焕本、文柱本、景室本作「末」。

〔二〕僥逾　文柱本作「僥幸」。

〔三〕倘冀　景室本作「尚冀」。

〔四〕戴　有焕本、文柱本作「載」。

〔五〕罔　原作「岡」，誤。據韓本、四庫本改。

謝皮樞密龍榮

領香火於祠宮，幸書下考；校丹鉛於册府，誤玷中除。由泰階六符之光，爲廣厦萬間之地。輒裁牘記，仰謝鈞慈。切以登群玉山，夙號麒麟之勝；持三寸筆，將刊魚豕之訛。是爲朝露之清班，必極人材之公選。我聞在昔，公惟其人。晏殊之學問，楊億之文章，仲淹之聲名，器之之氣節，苟非其類，不在此科。

伏念某學不知方，仕未能信。尋千年之蠹簡，早慕伊、顔；得一第之鵷梁，終慚晁、董。深考國家之典，每由館閣之途。知負乘之懷慚，恐顛隮之速咎。故方筮仕，已即丐祠。尚口乃窮，頗愛山深而林密；觀頤自養，徒羞月費以歲縻。敢圖楓陛之疏恩，俾處蘭臺而正字。正〔一〕恐不免耳，其何以堪之！請循僥冒之由，端出陶成之辱。

兹蓋伏遇某官清朝良弼，名世大才。燮贊化原，大尊主庇民之道；均調皇極，普薦賢報國之心。遂使疏庸，與叨拔擢。某敢不恪持素節，勉企前修。讀木天汗漫之書，尚求指教；陪丹地深嚴之幄，何幸身親！懇悃冞深，敷宣罔既。

【校記】

〔一〕正　有煥本、文柱本、景室本作「政」。

謝何樞密夢然

范質傳衣，曾侈和公之遇；仲淹入館，復蒙元獻之知。使諸公而與同升，豈門生而不知報？輒伸下悃，庸叩中樞。

伏念某石室孤寒，青原落魄。幼被家庭之訓，頗欲得其本心；長讀聖賢之書，初無補於當世。從事一研，起身諸生。偶持觚翰於南宮，獲遇鑒衡於北面。鸞鳳杞梓，舉集權公之門；款段駑駘，誤登伯樂之廡。名姓雖塵於函丈，足迹未造於仞墻。山斗之望彌久而彌穹，畎畝之踪愈疏而愈隔。閉門自守，[illegible]尚口之乃窮；遯世無求，惟觀頤而自養。凡竊禄奉祠之日，皆省身念咎之時。承明之廬，著作之庭，未[illegible]想；寂寞之濱，寬閑之野，遽拜寵光。胡爲乎來哉？是有其故矣。想木天之清峻，望丹地以淩兢。顧非麒麟鸑鷟之英，其如亥豕魯魚之謬？深有慚於負乘，敢自已於循墻？

茲蓋恭遇某官名世鉅公，清朝良弼。持樞贊化，共調傅鼎之梅；報國薦賢，不種狄門之李。遂令公選，亦及凡材。某敢不勉企前修，恪持素節？就中書而見座主，將求一介之先容；以進士而爲名臣，尚賴終身之保任。

謝江樞密萬里

領祠宮之香火，敢望彈冠；掌册苑之丹鉛，誤蒙推轂。薦非由於識面，事真可以語人。頂踵銜私，額手奏記。切以觀遠臣以所主，孟子以言進退之閑；遇大賢而相知，韓公以爲遭逢之盛。蓋受恩非天下之所少，而知己得君子之爲難。乃若初無左右之先容，獨受門墻之隆遇。以古道之相與，尤人生之至榮。

伏念某才不逾人，學未聞道。雖家庭疇昔之教，動欲行其本心；然山林樸野之資，知無補於當世。執經而後，承恩以來，念景行在四海之達尊，而科第非終身之能事，頗欲自拔於常人之類，庶幾無負於上帝之衷。頃趨闕下之時，適際江干之警。主憂臣辱，念我生之不時；外阻內訌，緊禍至之無日。因撫躬而思奮，遂投匭而獻言。當時破腦而刳心，何啻焦頭而爛額？有倉卒等死之慮，無毫髮近名之心。六太息之陳，豈曰賈生少年之過；三十字之獻，幸寬郇模東市之誅。逮時事之既平，滋人言之無據。小體者戚其失措，好事者高其得名。痛癢無知者以文采爲賢，操挾不正者以嘩競爲議。匪躬之故，俱莫諒於初心；尚口乃窮，嗟〔一〕難行於直道。既奉祠而竊禄，顧閉門而讀書。未可與俗人言，姑盡吾分內事。不謂見知於長者，遂勤延譽於諸公。承明之廬，著作之庭，未嘗夢想；寂寞之濱，寬閑之野，遽沐寵光。非華衮有一字之褒，何弊帚〔二〕增千金之重？雖深慚於負乘，然幸出於鈞陶。永堅乃心，欲報之德。

茲蓋伏遇某官清朝碩輔，昭代真儒。胸中括石渠東觀之藏，海內仰天球河圖之瑞。睠惟世道，深屬我公。整頓乾坤，共屹江流之柱；獻納日月，入旋斗極之樞。非徒耀不世之功名，將有意太平之禮樂。凡今小往大來之會，多出前推後輓之功。遂使疏庸，例叨拔擢。某敢不力持素節，勉企前修。稱彦博於都堂，幸借郇公之譽；薦仲淹於館職，敢忘元獻之知？

【校記】

〔一〕嗟　有焕本、文柱本作「嘆」。

〔二〕弊帚　文柱本作「敝帚」。

賀江左相

大老造朝，元台正席。歸公有衮繡，我來自東；用汝作鹽梅，王置諸左。三台明概，八表清夷。洪惟我朝相業之隆，莫如元祐家法之懿。潞公平章軍國，司馬實位昭文；正獻議論廟堂，微仲嘗升左轄。或以學術真純而輔君德，或以人物直諒而當帝心。續遺響於先秦兩漢之前，文章鉅麗；挺雄姿於黄河泰山之上，器量崇深。此自古之難兼，蓋於今而獨見。

共惟某官行關百聖，名塞兩間。於前輩人期之以伊尹、傅説〔一〕，今從學者尊之如韓愈、孟軻。尚論公之平生，有報國之大節。以君子不用爲我恥，以小人未退爲己憂。童兒婦女知其血忱，縉紳大夫想其風采。自其驅馳外服，出入中朝，洛中偃仰之年，江上經營之日，以至贊先皇之大政，參嗣聖之初元。賢與不賢，一言定其可否；用或弗用，四海視以重輕。卓然一時人望之宗，展也三代王佐之事。屬登庸之伊始，問夢卜以執賢。朕安得斯人哉，固無踰老臣者。乃申帝指，乃穆師言。金甌覆崔相之名，銀信趣鄰侯之覲。朝士舉笏相賀，都民遮道聚觀。天子引見以勞歸，東朝出饌以賜宴。遂由政路，徑秉國鈞。先天下而憂，斯能後天下而樂；有聖人之任，將以行聖人之時。莫難得者，海内相望之深；最罕遇者，君子氣類之合。方今師維尚父，右舉皋陶，贊襄於都俞之間，寅協於和同之際。鈞無垠而播物，相天地，理陰陽；鼎有足於承君，安國家，定社稷。昔講於洙泗者困道路之厄，而學於河汾者抱禮樂之慚。道之行歟，時則可矣。俾我後五三之盛，真吾儒千一之榮。

某猥在山棲，欣逢庭册。親見上下龍雲之會，豈徒門闌燕雀之私？陽翟歸耕，回首舊時之學士；徂徠作頌，傾心今日之太平。慶抃情深，刊摩語淺。

【校記】

〔一〕傅説　原作「傳説」，誤。據韓本、張本、四庫本改。

賀〔二〕馬右相廷鸞號碧梧

紫宸播告，金鉉登崇。歸周公於東，方來大老；舉皋陶於右，復得良臣。九鼎尊安，三靈開懌。自馬服君之著姓，至伏波氏之封侯。燧進侍中，特超居於外府；璘遷僕射，姑借重於將壇。惟賓王起自書生，在貞觀號爲真宰，然以草茅之疏遠，出於羈旅之遭逢。未有親拔巍科，素居清望，布衣之極，以一編爲帝師，都門之中，不十年至相位。於皇盛舉，夐掩前聞。

恭惟某官得聖人之和，抱王佐之學。高山蓄泄，有潤澤萬物之功；太極渾涵，無運用四時之迹。自顒昂縉紳之日，已雍容廟堂之風。告后惟良，有謀猷則順於外；敬王如我，非仁義不陳於前。其出處不可瑕疵，其喜怒未嘗形色。龍潛羽翼，栽培不世之風雲；鰲禁絲綸，醞釀後來之魚水。先帝留之爲宰輔之備，主上待之以師傅〔二〕之尊。徑邁群公，遍登兩社。或主東廳之典故，或參西事之經營。鄴侯之迹大奇，安石之名愈重。兩宫明聖，一老辯章。既峻昭文之遷，遂正集賢之拜。朝家用元祐之故事，學館獻慶曆之頌詩。儒者之遇，僅有而絶無；天下之望，方來而未已。簡淡獨周於事物，晦叔所以有立於潞國、司馬之間；忠恕不離於須臾，堯夫所以無愧於正獻、微仲之際。前哲之風流未遠，太平之幾〔三〕會有開。豈特輝簡册於二百年之前，直將植風聲於千萬世之下。

某喜傳鵶字，驚起牛衣。知廊廟之有人，爲國家而增氣。昔通政府，無書或詭於門人；今誦相麻，交賀敢遲於朝士？其爲抃蹈，罔既刊摩。

【校記】

〔一〕賀　原無，《全宋文》卷八三〇九《文天祥一二》據文意補。

〔二〕傅　原作「傳」，誤。據鄢本、張本、四庫本改。

〔三〕幾　有焕本、文柱本作「機」。

通章簽書鑒號杭山

玆者恭審涣號明廷，普〔一〕籌宥府。風生黄道，衛宸殿之凝嚴；星度紫清，焕斗杓之赫奕。真儒無敵，中國有人。竊惟我朝之盛明，最繫君子之翕合。永叔之參兵柄，在魏國位平章之時；堯夫之贊樞庭，當潞公判重事之日。於以笙磬治平之政，於以塤篪元祐之功。若稽前聞，復見今日。

恭惟某官知周而道遠，仁熟而義精。和風甘雨慶雲，備四時之正氣；高山深林鉅谷，名一代之魁人。當屬者爲小官之初，已淵乎有大臣之器。誰起諸國人之謗，我衣而褚之，我田而伍之；公真大丈夫所爲，匪席可卷也，匪石可轉也。突兀南都之鐵壁，卷舒滕閣之朱簾。在江湖，在朝廷，時人望其大用；爲臺諫，爲侍從，識者恨其已遲。六飛之馬莊重而不馳，萬斛之舟舒徐而後進。厥今天助順而人助信，大在廷而細在邊。江漢沔水朝宗，載揚我武；夙夜基命宥密，無競維人。遂陞兩社之班，爰贊五兵之本。宰相計安宗社，大師時遊廟堂。參之以運籌帷幄之神，輔之以折衝樽俎之密。衣冠盛事，具四方巖石之瞻；裒爲一堂，有三公鼎足之勢。遹觀大業，丕建隆平。

某盥耳山棲，傾心廷播。親見天地雲龍之會，非爲門闌燕雀之私。傳江西宗派之圖，敢云入社；誦徂徠聖德之句，請繼作歌。抃蹈之深，敷棻則淺。

【校記】

〔一〕普　韓本、鄒本、四庫本、文柱本、周本作「晋」。

賀倉守趙編修端齋

侯藩課最，庾節陞華。常平專斂散之功，廉察展澄清之志。有識交頌，不謀同辭。恭惟某官璿派清流，玉班雅望。早贊樞庭之晝，遄躋府寺之崇。結知前旒，試庸外服。幸甚趙大夫之日，來臨歐六一之鄉。廟堂知其爲循良，田野誦其爲豈弟。二天不啻，兩年於兹，雖明公屢上丐閑之章，而天子正深倚重之眷。爰畀茶鹽之任，聿增麾節之光。鮮於一道福星，式快輿情之望；晉公三司真使，行膺御劄之除。某仰席庇休，倍深欣抃。大厦成而燕賀，敢修奏記之恭；六轡沃而駰馳，實切執鞭之戀。其爲贊慶，罔既敷宣。

回瑞州羅權府

遥瞻松雪，久羨檗冰。簾捲西山，撫輿圖於錦水；書移東里，醒午枕於桐鄉。寵委新編，輝生棄弁。天高地迥，諒碧落之知心；日光月華，看紫薇之潤色。謝私何限，嗣敬以陳。

回吉州繆守送端午

端午賜衣，漸傳璽召；昌陽薦俎，忽沐珍頒。行人賁然來思，野老爲之驚見。某官心清於水，仁行如春。岐麥詠漁陽，方騰善政；角黍記荆楚，尚念流風。亦分百索之餘，遠及一廛之陋。某倏驚畹晚，良感殷勤。剪彩艾以爲嬉，强酬佳節；對燈花而作報，多謝故人。

回朱約山賀生日

鄉有達尊，獲在嫡孫之行；我生初度，誤蒙大老之知。庭實駢羅，使華驚見。共惟某官世間活佛，天上壽星。棄萬户如張子房，而壽考遠甚；頒諸孫似郭中令，而精神過之。尚憐蒲柳之新姿，分以松椿之餘福。既受賜矣，細吟香山三十六之詩；何以報之，還祝崆峒千二百之壽。

饋朱約山歲禮

歲無多子，驚爆竹之倏來；盤有五辛，喜屠蘇之末至。睠時大老，萃止繁禧〔一〕。喧櫪馬，散林鴉，遥傳歲頌；臥籠兔，横盤鯉，聊見鄉風。

【校記】

〔一〕禧　原作「橲」，誤。據韓本、四庫本改。

回前人饋歲

一奩棲遲，不覺歲年之晚；五雲飛墜，頓生草木之春。分四老之玉麈，起初平之白石。某官陽和著物，壽極當霄。門有垂車，换桃符之新句；庭多戲彩，沸竹爆之歡聲。猶推椒柏之芳馨，散作茅茨之光寵。某肅登嘉貺，祇佩盛心。嘆巷北之椰榆，吾癡未醒；祝樽前之强健，翁醉何妨？

回前人賀生日

富公七十九歲，嗟〔一〕九老之不如；潘岳三十二年，覺二毛之已見。方揆余之初度，忽惠我以好音。疇昔折輩行之謙，從今悦〔二〕親戚之話。永爲好也，長歌白雪之章；還以事之，願壽青山之約。

【校記】

〔一〕嗟　原作「蹉」，誤。據韓本、鄢本、四庫本、文柱本改。

〔二〕悦　原作「悗」，誤。據韓本、鄢本、有焕本、四庫本、文柱本改。

回彭知縣賀生日

潘岳閑居，已覺二毛之見；盧仝破屋，忽驚三印之來。愛之欲生，錫以難老。親戚情話，若是綢繆；宇宙吾生，不勝感慨。矧復贈我，永言好之。讀三星行，誰解嘲於南斗；壽八百歲，尚徼福於彭城。

回太和趙宰賀生日

三載淵明，幸相望於五柳；今年潘岳，覺已見於二毛。懷哉好音，貢我〔一〕初度。愛之欲其生也，忠焉能勿誨乎？一鶴自隨，約青山於未老；雙鳧何許，感流水之相知。

【校記】

〔一〕賁我　四庫本作「賀我」。

回太和趙尉賀生日

潘岳閑居，已覺二毛之見；盧仝破屋，忽驚三印之來。爲此大小年之光，異哉神仙尉之寵。錫以難老，愛之欲生。陽春白雪之詞，真成寡和；流水高山之約，安得相逢？

回胡宣教賀生日

春華如水，驚三紀之流光；夏緑滿園，又一年之初度。方拾薪而煮瀑，姑擷草以供茶。敢意谷虛，有來庭實。錫之厨珍以起其牢落，將之篚厚以申其殷勤。門外桑弧，自嘆男兒之老；里中羊酒，敢忘親戚之情？

回蕭子蒼賀造居

東門〔一〕掃軌，方尋歸隱之盟；依山結廬，聊作奉親之計。正辛勤於結構，辱折寄於芳馨。室虛分坱圠〔二〕之春，庭實委繽紛之貺。想兒郎之歡喜，共舉草堂；謝介使之勤渠，寄將梅驛。

【校記】

〔一〕東門　韓本、四庫本作「杜門」。

〔二〕坱圠　原作「坱北」，誤。據韓本、鄢本、張本、叢刊本改。後文此詞，均同據改，不另出校記。

賀朱太博得祠

楓陛疏榮，蕊宫領秩。平分風月，暫横緑水之舟；寄傲煙霞，新入壺天之宇。相羊得所，進退有階。共惟某官一世精英，盛年華要。春風滿座，人知公掞之懷；雲谷讀書，我得晦翁之樂。聞已速夔龍之武，未容高鴻鵠之飛。某同志有人，相期何許？卧筼簹谷，正尋白水之盟；望麻姑山，輒致黄冠之賀。

送韋主簿成功赴宏詞科

徑辭矮屋，前赴大科。開五十難以試教官，是名上等；分十二體以取詞學，尤見宏材。慶熊魚之得兼，覩龍象之第一。某冬烘自昔，晚歲相期。久此妙音，不到蓬宫之處；看君名第，又光杏苑之年。

回廬陵趙簿投贄

我輩蓬蒿，正堪羅雀；美人錦繡，上有棲鸞。懷哉六謙，持此三過。某官鳳其翽翽，麟兮振振。吹大乙之煙藜，歘然特起；織天孫之雲錦，燁乎相輝。有是簿耶，自此升矣。某細敲白石，遥想緑綈。看南山之雲，惠而好我；穿東郭之履，欲往從之。

回吉州陳守緯台州人，葉西澗表親，太常丞

分牧龍藩，此非子坐；退耕鶴隴，乃得公書。紛六轡之光華，亶一麾之榮寵。某官照人白雪，有脚陽春。蒙福凡十萬家，民歌載路；薦人至二千石，相譜滿門。籍甚噓枯，居然起廢。某豈堪作吏，真足爲氓。儻一鑿之無他，維五雲之在上。吟詩自樂，退求元亮之心；設榻相看，徒感陳蕃之意。稟酬不敏，摧謝未央。

賀前人除福建倉

藩條報政，庾節敭綸。雲閣森嚴，上接神奎之府；天囷明概，下臨須女之虛。天啓九遷，民爭二竟。共惟某官渾金璞玉，甘雨祥風。家有旂常，籍甚東山之名侄；身雖朱紫，依然太學之儒生。蚤騰駿馬於雲霄，遂主神螺之風月。人懷惠政，帝有恩言。奪南國之二天，遺東甌之一佛。常平典在，武夷之文獻可尋；宰相時來，文穆之聲猷孔邇。

某退耕滕野，喜趣曹裝。輒持行李之恭，庸展塗芝之慶。事大夫賢者，庶自附於攀轅；以我公歸兮，將不勝其賀厦。其爲頌抃，曷竟敷陳？

賀劉省元夢薦登科辛未省元，甲科第九人，衢教

蘭宫拔穎，甲第傳臚。過千曰俊，過萬曰英，人間健筆；第一爲魁，第九爲弼，斗北脩名。柯峰翠濕於飛纓，泮水清揺於振鐸。行徹皋比之席，即歸鷺翿之班。某正僻耕寬，遂稽箋賀。賦雲山之紅樹，焉得

往從；摩石室之蒼苔，不堪持贈。

迎寧國交代孟知府

共審肅將一劄，言牧雙溪。紫馬西來，照旌旗而出色；玉麟外遣，覺篆籀之生輝。上日先庚，歡聲旁午，竊深慶抃。

欽以某官羔裘豹袖，玉質金相。説書而動京師，素積行秘書之學；把麾而去江海，重爲賢刺史之勞。少稽漢郡之三公，嘉惠建州之千里。

某久哉望歲，際此行春。宛水明樓，已敬虚於中舍；昭亭簇騎，敢先候於前茅。謹具申聞，伏惟丙照。

除湖南憲通交代李樓峰李改除漕

東風一道，喜鵲錦之生花；元日十行，愧牛衣之换繡。幸甚葵丘之新好，託於杏苑之舊盟。一介施先，七襄敢後！

共惟某官負宇宙之志，出文獻之傳。高山深林，世載其魁傑；青天白日，人知其清明。地望接乎西平，聲名垂於北斗。瑶編玉牒，參天上之神仙；紫界粉墻，隔人間之風雨。盍鳴珮而登駁娑，乃彌節而下崆同〔一〕。民五袴而牛犢滿家，米萬檣而蠶桑遍野。屬凝旒之西顧，遂持斧以湘行。風動褰帷，祝融七十二峰之雲曉；星沉貫索，太微二十五宿之芒寒。江春洗蘅杜之愁，庭晝卧桁楊之影。方山揺而嶽動，俄斗轉而星移。五丈原之流馬木牛，運於樽俎；八景畫之晚鐘沙雁，同是江山。我公之二界無爭，先君之四封如舊。然而江濤如許，原隰謂何？温公嘆子駿之福星，不宜居外；文正服張公之大體，引以歸朝。爰重中權，式光前軌。

某生而骯髒，分也嶔崎。飲蘭露，餐菊英，哺烏有味；裂荷衣，焚芰製，夢鹿何心？每爲梁甫之吟，有感長沙之賦。曩於飛輓，徒觸危機；今見平郊，猶驚曲木。賴有同年之宿昔，互爲一日之交承。春爲秋先，秋爲春後；甲入乙舍，乙入甲家。曲江會上之風流，南嶽雲邊之禮樂。荆俗相傳於佳話，蕭規幸淑於前猷。睇駟駱之光華，敢云並駕；隨雲龍而上下，儻許執鞭。欣蹈之私，誦言莫既。

【校記】

〔一〕崆同　有焕本、文柱本作「崆峒」。

賀前人改除湖北漕兼知鄂州

日陛揚綸，冰軺作屏。北斗丹梯，勾陳玉檻，聯郎宿於天階；渚宫碧樹，巫峽青山，迎福星於江夏。光稠符玉，色動轡絲。

恭惟某官鐵馬行空，金虬鶩海。離離珠璧府，懸黎垂棘之光；耿耿斗牛虚，干將莫邪之氣。灑翠竹碧梧之韻度，發清霜紫電之神奇。太微二十五星，旌摇江漢；祝融九千餘丈，節倚雲霄。當驅馳吟遣使之詩，每慷慨讀出師之表。落落襄樊之事會，悠悠江漢之風寒。局面一新，機神頓聳。師垣制勝，集忠益而開誠心；帥閫請行，從便宜而上方略。武承先志，孰與明公？乃峻冰臺，乃陞寶庋。綀鵲錦之廉車改觀，黄鶴樓之衛戟生風。餉高密之師，借恂河内；詔西平之子，贊度淮堧。節鉞合而氣勢張，弓矛重而精神壯。

北伐〔一〕歌功於六月，中興刻頌於萬年。樓船過洞庭，旌旗直下；閶闔開黄道，袞舄遄歸。某方協寅衷，喜傳卯詔。界上爭杜衍，想共戴於我公；方面待乖崖，將遂誇於吾榜。行行會弁，亹亹賀床。

【校記】

〔一〕伐　原作「代」，誤。據韓本、鄒本、張本、四庫本改。

賀前人生日

暢月先春，福星初度。朱綬錦艾，聯赤壁之六絲；蓬矢桑弧，絢紫微之五色。玉書吐燄，繡紱生輝。恭惟某官風骨清剛，精神大耐。仙人駕黄鶴，色照渚宫；老子跨青牛，氣浮函谷。壽八荒而裒福，律九寸以迎長。棠陰照岣嶁之央，十分翠曉；桃影近蓬萊之水，一朵紅雲。某夙分碧落之香，遠認瑶池之色。一車以南，一車以北，軫軫相望；千歲爲春，千歲爲秋，心心持壽。

賀化地冬

舞雲門而奏至，六琯函和；占星壁之正中，三階齊色。芝香丹禁，穀介黄扉。恭惟某官心見乾坤，身持元會。御床親捧，耀五龍夾日之光；寶鼎密調，胚萬象皆春之意。燦火城之鶴燄，領圭舄之鴛行。宜裒坱圠之和，茂集陶鈞之福。一陽出地，露玉燭之光芒；五色書天，開金穰之瑞慶。

某叨繼乘軺之乏，殊慚把繡之長。絢色線於帝裳，乃心上衮；跂黄雲於仙轍，莫尾賀綦。頌詠情深，敷棻喙短。

賀化地正

帝堯授曆，肇開平秩之端；周公爲師，實主泰和之運。光華絶席，块圠方維。恭惟某官玉燭際蟠，鈞陶動植。調元神鼎，心包太極之春；捧日扶桑，色照蒼精之角。條邑東南之温厚，塤篪上下之明良。拜晉國大夫，人慶祥符之真宰；邁潞公平章，事登元祐之昌期。億載敬休，八荒開壽。

某囿身洪播，稽首獨班。三陽君子泰來，仰贊茹茅之盛；四牡王事靡鹽〔一〕，俯同苞杞之生。致賀輪囷，箋忱稿秸。

【校記】

〔一〕鹽　原作「監」，誤。據韓本、鄒本、張本、四庫本、文柱本改。

賀簽書冬

晷躔南陸，一線迎長；星麗西樞，三階齊色。哀時茨祉，轂我英髦。

恭惟某官元會運之經綸，天地心之橐籥。黄雲乘轙，肅劍履於大昕；繡日補裳，領衣冠於亞歲。鼓舞黄鍾之雅，陶鎔緹幔之温。萬物生輝，回餘光於草木；八荒開壽，邕新渥於乾坤。

某承乏湘軺，馳瞻魯觀。芸香透暖，尚憐采若之寒；梅意先春，預闖和羹之候。葵葵是祝，草草奚殫。

賀參政正簽書樞密院兼

東角耀芒，開三朝之景運；西樞齊色，轉萬象之洪鈞。碩輔均弘，方輿錫羡。

恭惟某官明謨贊化，熙績亮天。金鼎調元，共斡太和之運；玉衡測影，首參平秩之功。塤篪宥密之經綸，鼓舞明良之際會。薇歌中國，壽細柳之春風；花滿上林，揭扶桑之曉日。四方來賀，三壽作朋。

某身逖馳驅，神傾块圠。拔茅連茹，言觀君子之風；集杞方苞，尚念使臣之遠。輪囷致頌，稿桔箋忱。

賀江丞相除湖南安撫大使判潭州

舊弼起家，价藩建閫。姬公相周而爲左，方遂明農；召保分陜而守西，又新維翰。威行夷夏，運在東南。

恭惟某官壽俊兩朝，禮樂四代。脩名偉節，以日月爲明，泰山爲高；奥學精言，爲天地立心，生民立命。水火不爭於鼎鼐，泥金各就於陶鈞。本之身心，暴秋陽而濯江漢；措諸事業，膺戎狄而懲荆舒。起觀一世之安危，端繫大人之出處。當世道未寧之日，正遼人相戒之時，乃放一道之玉麟，乃授三公之金鵲。謂捍荆門，吞夏汭，寄莫重於星沙；豈挹浮丘，拍洪崖，閑可專於緑野？安石起東山而苻秦潰，孔明渡瀘水而孟獲擒。維兹銀濤青壁之雄，倚我錦艾朱綬〔一〕之重。功隱存於宗社，書不盡於旂常。三軍百姓之歡迎，大開玉帳；一馬二童之促召，再築沙堤。佐興唐虞，誕保文武。

某及門甚晚，知己何深！薦不識面官，每嘆先生之古道；自號報恩子，豈在衆人之下風？鳳凰出而羽毛朝，蛟龍驤而雲氣簇。一日偃藩〔二〕之際會，同時誤節之走趨。方當聖哲馳騖之秋，無限師友從遊之感。孝子回車，忠臣叱馭。司空副相，將交盡於君親；太保上公，惟深期於造化。潔蠲拜下，傾倒由中。

【校記】

〔一〕朱綬　原作「朱緩」，誤。據韓本、四庫本改。

〔二〕偃藩　原作「偃潘」，誤。據韓本、張本改。元諭本作「偃潘」，四庫本、文柱本作「偃繙」。

賀前人除特進

碩輔在藩，優恩加秩。撫淳熙左相之舊鎮，赫奕十連；冠元豐特進之新銜，巍峨一品。星馳汗號，雷動歡音。

恭惟某官耆壽具瞻，宗師先覺。東問典故，西問文學，錦堂丞相之規模；公見庶僚，府見監司，潞國太師之度量。維時台宿，來茨軫邦。熊當道而貉子之膽寒，龍居淵而象罔之迹遠。上思舊德，時有恩言。進左右僕射之官，增詩書元帥之重。在師中吉，承天寵也，既都錫命之榮；以我公歸，有袞衣兮，即轉征東之馭。

某猥塵馳轡，阻赴賀床。載酃淥之清，指玉麟而爲壽；遡斗樞之紫，徯金鵲於方來。

回前人除特進送禮

上公國輔，相望軀紱之華；特進天人，忽枉鸞飛之字。溥乾坤之新渥，賁岣嶁之行雲。庭實熒煌，鈞和坱圠。芳洲杜若，被紫駝翠釜之榮；驛路梅花，看赤舄繡裳之覲。熏香跪〔一〕謝，伏繭溯馳。

【校記】

〔一〕跪　原作「詭」，誤。據韓本、鄢本、四庫本、萬庫本改。文柱本作「謹」。

行部潭州謝江丞宴

古之學必有師，甫趨函丈；子使人歌而善，肅拜初筵。春風渭北之旗，夜月洞庭之樂。簫韶俗耳，冰雪征塵。《車攻》賡《六月》之詩，先聞吉語；帝所聽九成之奏，再相太平。

送前人九日〔一〕禮

宴龍山九九之節，夙侈雄藩；開鶴林七七之花，今逢真宰。風清六纛，霜肅九州。共惟某官赤舄元圭，琱戈錫盾。酌長沙酒，快春水之曉行；賦《北門》詩，喜秋花之晚看。小馳戲馬，重補袞龍。某記影星垣，驚心飈館。跂芙蓉之頂，想千乘之登高；折茱萸之房，爲三公而持壽。

【校記】

〔一〕九日　原作「九目」，誤。據韓本、鄭本、張本、四庫本、叢刊本改。

回前人送九日禮

天開紫蓋，秋高淡圃之香；星下碧泉，春到長沙之酒。飛卷五雲之風雨，光華九日之山川。味也罙深，恩斯曷稱。北門看菊，幸與分玉帳之清；内殿傳柑，聞已下金甌之信。

賀前人冬

春入重緹，欣聽雷鼗之奏；台明上衮，具瞻井鉞之輝。穀我寵臣，衮時疇祉。共惟某官量包元氣，心見先天。冠漢殿之仙班，火城如晝；補舜裳之五色，宫線猶香。卷舒昭文館之春風，布濩祝融峰之曉露。莔蘭出色，芸荔含和。愛日迎長，開一氣八荒之壽；瑞雲促覲，領五更三點之朝。

某迹囿轉鈞，心馳獻履。近依星軫，愧直指之繡衣；遥贊雲門，歸碩膚之赤舄。薄言燕賀，永矢螽鳴。

送前人折筵

肇九寸律，柄屬洪鈞；建十丈旗，光生几舄。馳想雲和之瑟，莫陪壽軫之觴。薄注酃清，式歌魯瑞。出乘仙轙，遥修南至之恭；入捧〔一〕御床，預致東歸之慶。瀆嚴增惕，錫頓爲榮。

【校記】

〔一〕捧　原作「棒」，誤。據韓本、張本、四庫本改。原「棒」下衍「建」字，據上引删。

回前人送冬酒

嘘嶰谷之陽，方覃鈞播；照酃湖之渌，忽拜袞題。有華舞袖之春風，增賁繡絲之曉日。淺深存燮理，滿傾北斗之天漿；德澤布光輝，跪沐南山之雲氣。輪囷鏤感，稿秸刊申。

賀前人正

龍杓麗曉，天開泰内之陽；驛騎明春，星起軫中之壽。和薰青琯，喜動黄麻。共惟某官心會陽宗，身扶人統。巖明帝衮，迎瑞日於東郊；縹煥公圭，照蒼精於左角。卷劍氣玉煙之彩，增繡裳赤舄之榮。東作有三百六旬，陶鈞一轉；中書歷二十四考，鼎鼐重新。戒前路之鸞凰，沸歡聲於童馬。

某喜逢鷄朔，喻贊熊旂。光近火城，又獻大椿之歲；寒嘘雲舍，敢忘寸草之春？跂賀心馳，箋忱喙短。

送前人酒

開條風於獻節，瑞藹三朝；介壽酒於公堂，春生四履。斂神光於雲嶽，拓喜氣於沙堤。輒持酃渌之窪樽，聊贊鈞天之和鼎。不匱錫爾類，懷哉萱草之詩；再入福蒼生，如此椒花之頌。薄將淩躐，賜頓欣榮。

回前人送春

春回太簇〔一〕，開雲氣於南山；曉醉長沙，酌天漿於北斗。挹注偏提之潤，薰蒸統部之和。緑淨生香，洪鈞轉燠。八仙地隔，莫陪左相之杯；太乙風生，隃贊東皇之席。卷卷跂謝，草草箋忱。

【校記】

〔一〕太簇 原作「大簇」，誤。據四庫本改。

賀前人赴召

銀信騰霄，金書照闔。映南雲之紫蓋，春滿江湖；歸東雨之衮衣，天開閶闔。行宫絡繹，統部歡呼。共惟某官以大〔一〕宗師，爲真宰相。文章若雷霆河漢，玉色金聲；言行質天地鬼神，丹心白髮。出納祝融峰之日月，卷舒昭文館之星辰。北門小煩魏公，盡寬上顧；中國再相司馬，坐慴衆心。仙人駕彩鳳以傳音，老子馭青牛而入覲。碧涵汀芷，曉清沙路之塵；黄把庭麻，夜轉火城之影。某囿身化治，舞手揚綸。大老盍歸乎來，共致巖瞻之喜；君子永錫爾類，終微鈞播之私。跂賀欲飛，箋詞甚秸〔二〕。

【校記】

〔一〕大　原作「太」，誤。據韓本、四庫本改。

〔二〕秸　原作「桔」，誤。據韓本、四庫本改。

通羅提舉京子號牧隱

天囷照楚，瞻駰轡之濡絲；雨耒耕綿，愧牛衣之易繡。合臺容之永好，嚴牘贄之先恭。

欽惟某官冰浸玉淵，雲峥鐵壁。沮金石，諧韶濩，音振蓬萊；踞虎豹，登虬龍，氣摩岣嶁。覽德輝，翔千仞而下；迴狂瀾，障百川而東。萬鍾何加，一介不取。寧航選海，掉〔一〕頭不揖於王公；使夢鈞天，平步可登於卿相。莫屈英英之氣，何求赫赫之名！以恢乎玉山璧府之才，亦屑於金署犀監之屬。再命而俯，一車以南。霜飛暑路，旗展春山，輝煌周隰〔二〕；金聲中朝，玉振江左，照映熊湘。起視西北之風濤，誰是東南之砥柱？必平居曰法家，曰拂士；則臨事爲孝子，爲忠臣。參文公之政於浙西，舉行殆遍；凛清獻之風於殿上，植立方來。

某政酣啜菽之甘，不作覆蕉之夢。長鑱爲命，忽持斧以重來；曲木猶驚，雖循墻而莫避。幸甚星臺之近，聿爲鄰燭之輝。繼自今爲王事之圖，增昔者寘周行之氣。九折回王尊之馭，爲範馳驅；四方隨東野之龍，願從鞭弭。匪伊拜下，莫既由中。

【校記】

〔一〕掉　原作「棹」，誤。據韓本、四庫本改。

〔二〕輝煌周隰　有焕本、文柱本、周本移此四字於「金聲中朝」之後。

回前人干批書舊例，監司交批

疇庸天庾，趣駕星闈。戒嚴繫日月之書，茂對照乾坤之渥。某禀承有恪，占署知榮。謹具劄子，復申稿桔，萬愧。

送前人七夕

瞻兩旗之耀，獨立秋風；依六轡之光，相望七夕。來繡口錦心之巧，贈玉盤金錯之英。鄰酒春深，客堂涼透。牽牛織女，看夜度於天街；語燕留人，且曉吟於湘水。

請前人宴

濯錦湘江，欣睹乾坤之渥；捲簾楚觀，頗懷風月之談。忘蒙瀆之爲嫌，冀謙尊之肯訪。薄言卜日，爲慶朝天。富以其鄰，且細論於尊酒；德將無醉，願小駐於鋒車。某輒擬翌日，敬邀崇重。

回前人折送

錦闈星度，喜涣禁綸；畫舫雲來，特開臺宴。爲折瀟川之渌，頓生楚觀之春。酌郎官清，卷碧筩而遥謝；懷美人贈，慚荆璧〔一〕之無酬。

【校記】

〔一〕璧　原作「壁」，誤。據張本、有焕本、四庫本、文柱本改。

請前人九日宴

紅杏舊陰，甫迎天囷之彩；黄花佳節，又飛冰篆之丹。膏車已動於行雲，流馬聿來於今雨。偶黽明日，薄燕〔一〕清風。莫置錦屠蘇，且拼小飲；已鑄黄金印，行慶異除。

【校記】

〔一〕薄燕　韓本、鄒本、四庫本作「薄宴」。

送前人折筵

鵠立春霄，帥雲霓而來御；雁拖秋色，喜風月之共談。欲挹注於黄流，盍招呼於緑淨？跽效折枝之瀆，想爲會節之煩。飲露供騷，何取水中之薜荔；倚雲同味，共看江上之芙蓉。

通董提舉楷〔一〕號克齋，永嘉人。前知瑞州

魏闕揚綸，熊湘授庾。刺史二千石，雲度錦河；天囷十三星，春浮絲隰。六條先曉，一道生風。共惟某官閥冠雲霄，樓高湖海。沮金石，諧韶濩，音振蓬萊；踞虎豹，登虬龍，氣摩雁蕩。清泚二蘇之潁〔二〕水，崢嶸二陸之象山。自崑丘鳳穴之鳴陽，即溟海鵬雲之增翮。上下浙江之明月，早透金閨；翱翔輦路之春風，曉聽魚鑰。灑灑清都之人物，飄飄碧落之神仙。張乖崖斬叛卒於益州騷動之餘，富鄭公活飢民於青社荒殘之後。璽書選表，環召歸班。大府上士之清聯，帝思前席；常平使者之新轡，公念南湘。以醴泉芝草之春，爲芳芷杜蘅之澤。九郡顒顒而望賜，四牡業業以戒嚴。霜飛暑路，旗展春山，已摇翠嶽〔三〕；煙傍衮龍，日臨仙掌，遄侍紅雲。

某夙出年盟，今諧鄰好。萬里風雲之天闊，一襟草木之味同。祝融山外之芙蓉，肅迎紫氣；泰華峰頭之冰雪，佇沐清風。

【校記】

〔一〕楷　原作「楯」，誤。據韓本、鄢本、元諭本、四庫本、文柱本、萬庫本改。

〔二〕二蘇　原作「三蘇」，據韓本、鄢本、四庫本改。潁　原作「頴」，誤。據四庫本改。

〔三〕已摇翠嶽　文柱本移此四字於「烟傍衮龍」之後。

回前人到狀

夙綴雁題，今聯駱轡。欽傒清風之戾止，亟馳新雨以恭先。甫快低簪，居壓飛翰。天囷星近，喜不隔於光華；湘水月明，尚嗣承於談笑。

迎前人

星槎度漢，天庾明湘。丹鳳銜書，光照朱維之色；蒼龍授節，清摇緑淨之波。禮樂輝煌，旄倪鼓舞。恭惟某官文章大雅，節概真清。玉立九關，徹芒寒於霄漢；春行千里，蓄精鋭於雷霆。屢培後户之本根，少屈廉車之步武。任一道常平之寄，推九重博濟之仁。不待突黔，趣歸橐紫。某寅同下隰，蔭接芳鄰。太史新占，看德星之照軫；故人舊識，喜今雨之來車。

送前人洗拂

振衣碧落，彌節朱陵。祝融驅，海若藏，江山摇動；風伯清，雨師灑，原隰昭蘇。言解征驂，歡傳回雁。某年盟有夙，鄰蔭方新。吉日來思，已慶拂龜之喜；皇華近止，輒陳秣馬之恭。

回前人送私覿

今雨來車，方連雲於回雁；清風落袖，忽分貺於懸魚。捧旅實以若驚，恍使華之如對。報青玉案，頗懷客況之寒；望黄金臺，惟謝年情之厚。

謝前人招宴樂語

雲垂臺蔭，偶陪湘水之行；風度伶音，恍聽洞庭之奏。和氣一堂之律吕，年情四海之弟兄。矧燕花飛舞之時，正鶺錦交輝之旦。充庭有喜，滿座爲春。故永歌之，尚想五章之禮樂；式相好矣，永懷一片之宫商。

送前人新除禮

峰回秋色，賽誰留兮中洲；臺立春冰，歷余征於吉日。舄奕車輿之彩，葳蕤袍鶺之花。注緑淨以傾馳，睨青空而折寄。洞庭霜熟，是爲正好景之時；閶闔雲開，嗣貢真福星之賀。薄言卷俎，莫究衷旌。

送前人折俎

臺冰正色，錦袍生春。馳華轡之六絲，軫星增焕；鑄黄金之一節，融嶽如新。條令具孚，耄倪胥抃。某阻奉即真之賀，輒修攝飲之恭。禮無體，樂無聲，殷勤直寄；南有箕，北有斗，清淺相望。持瀆忞忞，麾留荷荷。

回前人中秋請宴

照江疊節，載畫舫之清冰；待月舉杯，呼芳樽於緑淨。拜華星之墜几，約明月之浮槎。風雨滿城，何幸兩重陽之近；江山如畫，尚從前赤壁之遊。稿秸申酬，輪囷嗣布。

回前人折俎

注鄱湖之淥，昉慶臺春；然楚竹之清，倍分鄰燭。載匵卷俎，如侍〔一〕秩籩。援北斗以酌天漿，既知賜矣；醉長沙而行湘水，悵莫從之。

【校記】

〔一〕侍　鄢本作「待」。有焕本、景室本作「持」。

回前人送酒

福星明處，甫羞北斗之漿；今雨來時，又報長沙之酒。起立寒梅之月影，坐添涷芋之春萌。雖軫軫之相望，真心心之不隔。白絹之封三印，報不成章；黄麻之似六經，又將來賀。

賀前人冬

春入重緹，欣聽雷發之奏；星垂練錦，溯瞻沙軫之輝。履此一陽，賁然雙節。共惟某官聲名雷動，意度春融。大雅正音，得黄鍾之渾厚；純和元氣，探寶鼎之絪緼。卷夜月於蓬萊，布曉雲於岣嶁。茝蘭出色，芸荔生香。君子得輿，開千載一時之會；使臣濡轡，催五更三點之朝。某斧繡何功？臺雲借蔭。暖回鄰壁，先鳴鳳之六箭；光近福躔，會牽牛之七曜。通忞喙短，馳賀心長。

又送冬至酒

五紋添繡線，日麗旌旗；一節鑄黄金，春生霄漢。馳想雲和之瑟，莫陪壽軫之觴。薄注酃清，式歌魯瑞。九疑仙人之轙，正快曉行；四牡使臣之車，即催元會。瀆嚴增惕，賜頓爲榮。

送前人歲節酒

條風開獻節，琯玉更端；春酒躋公堂，壺冰薦祉。皇華六轡，和氣九州。輒蠲杜若之清，持向屠蘇之末。軫中星轉，喻瞻練鵲之輝；綿上雲歸，爲喚林烏之夢。薄將增恧，賜頓知榮。

賀前人正

龍杓曉轉，天開泰内之陽；駟轡春行，星揭軫中之壽。雙旌郁穆，疊節焜煌。恭惟某官清徹壺冰，和鍾琯玉。笏珩熌熌，輝瑞日於東郊；練錦煌煌，映蒼精於左角。小駐祝融峰之雨露，遄催含光殿之風雲。

某幸接臺容，欣同律暖。酌屠蘇酒，願均八荒壽之心；詠萱草詩，曷謝三春暉之賜！傾心來賀，引領欲馳。

回前人送春

杓携龍角，焕天上之星辰；壽介兕觥，分軫中之和氣。唤醒年華之舊，移來夜酌之春。折芳芷與杜蘅，永懷騷雅；援紫藟坐碧草，喻企湘深。什襲知榮，七襄莫報。

得贛送前人禮

上堂拜家慶，偶忝近麾；痛飲讀《離騷》，有懷疊節。持此清冷之寒淥，進於沆瀣之朝霞。望美人兮一方，特慚蕝禮；問征夫以前路，尚肅蘂規。輶瀆有慚，麾留斯寵。

回前人請宴

堂有白髮親，誤塵便組；公鑄黄金印，爲舉初筵。移來長沙酒之芬馨，唤起章貢臺之顔色。君子永錫爾類，已懷《既醉》之歌；使臣言遠有光，尚借如濡之潤。

送前人别會折俎

楚節易麾，深味慈烏之哺；湘花舞席，喻瞻練鵲之輝。思君渥之綢繆，膏吾車而繾綣。上堂拜家慶，遠借光華；痛飲讀《離騷》，喻同慷慨。區區折寄，盼盼麾留。

回前人別會送酒折俎〔一〕

一

回邛坂之車，方隨檣燕；贈蒲城之酒，忽枉帳犀。殷勤折柳之情，流麗飛花之影。丈夫豈無別，淚不灑於東西；同年亦有情，雲相隨於上下。銘藏娓娓，馳溯沄沄。

二

小人有母，聊分竹以懷歸；君子錫朋，指飛花而賦別。慷慨執袪之意，殷勤祖帳之文。卷寄良稠，銘感不足。日暮碧雲合，喚遊子於他鄉；月明今霄多，耿美人於河漢。

三

揭麗軫之福星，隃詹正色；呼歸航之明月，尚沐餘光。雖已催南浦之春，更爲醉長沙之曉。公方行冀部，即聯獻納之班；吾亦念桐鄉，終席澄清之潤。懷哉折寄，皋甚刊酬。

【校記】

〔一〕回前人別會送酒折俎　原一、二、三章合爲一章，元諭本、張本亦然，又張本題下注有「一章」二字，實誤。據韓本、鄒本、四庫本改爲三章。四庫本標題脱「折」字。

賀衡州宋吏部赴〔一〕上

鳳池絢曉，雁岫行春。天近蓬山，玉檻照西清之直；風高湘水，朱旗壯南國之遊。童竹生歡，騷蘭出色。恭惟某官山輝川媚，雪跨霜懸。遠景樓高，拂西眉之意氣；靈光殿炯，接東魯之風流。砥柱百川，大車九軌。金鑰玉珂之淩厲，粉墻紫界之蹁蹮。海荔晴雲，曾度兩轓之影；溪茗夜雨，尚留六轡之光。卷紫氣於河球，韜神芒於浦劍。屈訪禹碑之奇字，小凝韋戟之清香。驅龍蛇放之菹，春生敏手；乘騏驥道夫路，雷動先聲。佇風幕之圍春，聽今襦之歌暮。朱陵道院，暫分翠嶽之輝；碧落仙人，行侍紅雲之近。某牡驅何補？鼯技已窮。地帶九州，輝最親於鄰燭；月明千里，影即對於朋簪。盥露沄沄，溯風亹亹。

【校記】

〔一〕赴　原脱，據韓本、鄢本、有煥本、四庫本補。

回前人到任狀

小車戒曉，猥隨竹馬之塵；森戟臨風，快睹梧鸞之彩。纚纚襟期之新雨，煌煌手畢之華星。封侯識荆州，已諗度關之氣；低頭拜東野，願從開嶽之雲。儲謝輪囷，刊酬梗概。

請前人到任宴

虎符新渥，聿來聚軫之輝；雁嶠初春，喜接浮關之氣。粲梅花之照眼，擷杜若以論心。欲龜告朔之朝，薄燕行春之色。共剪西窗燭，迎桃李之春風；爲酌北斗漿，卷瀟湘之夜雨。

送前人洗拂

露溶朱旆，已空緣淨之塵；煙淡繡隅，莫侑清香之宴。來新多喜，飲至有彝。花邊立馬，竹裏行厨。木末〔一〕搴蓉，聊將綿蕝；水中采薜，謾贊春容。輶瀆知慚，麾留爲寵。

【校記】

〔一〕末　原作「未」，誤。據韓本、鄢本、元諭本、四庫本、文柱本改。

謝前人招宴致語

衡陽虎竹之春，新輝碧落；湘水燕花之夜，共醉清吟。藹僎介之倡酬，發伶倫之揄詠。恭惟某官黃鍾疏越，丹井甘寒。咳唾珠璣，五鳳樓之錯落；擊撞金石，九龍簴之春容。妙言語之齊諧，寄音容於趙舞。某味深登席，寵復歌詩。相如文豈類俳〔二〕，敬肅齊心之謝；魯侯永錫難老，莫酬思樂之章。什襲意長，七襄辭訥。

【校記】

〔一〕俳　原作「徘」，誤。據張本、四庫本、文柱本、景室本改。

送前人特會折俎

慶棨戟之遥臨，幸依香燕；講尊彝之特試，敢去餼羊。折騷客之芳馨，效野人之綿蕝。樂無聲，禮無體，聊寓殷勤；北有斗，南有箕，相望清淺。忞忞持瀆，盼盼麾留。

回前人送物

詹新府之襜帷，有光下隰；來美人之錦繡，於粲西珍。庭實生香，江空出色。緑文赤字，徒深什襲之榮；青玉明珠，莫寓七襄之報。填膺多謝，待面縷陳。

回前人賀雪

行湘水〔一〕之春，天開光霽；呼霍山之雪，風起繽紛。手提五袴之温，心出六花之瑞。幻塗鴉之玉界，賞回雁之璠田。清憶廣平公，莫形容於天巧；白戰潁水〔二〕上，預贊詠於年豐。

【校記】

〔一〕湘水　元諭本作「湘冰」。

〔二〕穎水　原作「潁水」，誤。據四庫本改。下同。

回前人饋歲

官居家節，坐閱壘茶；兵衛清香，特分潃灩。來使華於千乘，雜侯饋之八珍。喚醒春意之繽紛，倍覺寒聲之辟易。歌椒頌而懷杜甫，隃贊凝森；持梅花以謝廣平，莫酬清絶。

謝前人聚宴折俎

諸侯應郎宿之躔，來從劍外；太史奏德星之聚，偶與席間。傳風味於酃湖，斂陽和於楚觀。黄堂一杯酒，良佩交情；青煙五侯家，隃馳謝臆。

送前人聚宴折俎

凝香森衛戟，近揖春和；舉瓢酌天漿，有懷星聚。爰采澗溪之末，薄陳俎豆之前。爲細民斟，隃想賦西園之雪；從太守樂，駕言隨東野之雲。瀆餉懷慚，麾留爲幸。

回前人賀正

斗指蒼龍，轉陽和於雄律；尊分白獸，來瑞氣於雌堂。曉酣柏葉之香，暖轉梅花之色。稱壽觥而頌魯，散作春和；下褒璽以徵黄，佇看天渥。有華什襲，莫報七襄。

回前人請元宵宴

麗譙龍炬，春輝左角之星；碧落燕香，夜對西眉之月。特枉金玉章之貺，許從雲霞佩之遊。繞建章，立通明，預祝六鼇之宴；醉長沙，行湘水，且聽五馬之謡。

請前人元宵宴

轉西樓之梅月，喜對銀花；持北斗之桂漿，擬陪畫戟。僭卜仍圓之夕，共流引滿之霞。敲鐵馬之春冰，肯來楚觀；賦石犀之夜燭，細説巴山。

回前人請聚宴

虚危出福星，光生雁嶠；斗牛有紫氣，喜動燕香。爲開北海之尊，如會長沙之節。益者三友，懷練錦之新輝；襄我二人，歌緇衣之永好。感深緹襲，愧後刊酬。

除贛守回宋衡州〔一〕袖劄請宴

馳隰何功，沐崆峒之新雨；秩筵有命，開岣嶁之春風。鏗然出銜袖之音，爲我助回車之喜〔二〕。江湖千里，將聯麾影之光；桃李一杯，尚聽襦歌之譜。彌襟傾感，走筆刊酬。

【校記】

〔一〕州　原脱，據韓本、四庫本補。

〔二〕喜　原作「譜」，誤。據韓本、鄒本、有焕本、四庫本、文柱本改。

請前人宴

太行望吾親舍，偶遂陳情；合江和使君詩，正堪握手。敬龜明日，薄燕清風。銜杯接殷勤，聊盡湘行之趣；上堂拜家慶，敢忘潁錫之私？微惠賁然，坐邀恧甚。

請前人別會

致節言歸，借末光於郎錦；飛花執別，馳遠夢於客帆。小湔祓於詰朝，更徘徊於勺水。日暮碧雲合，不勝乍遠〔一〕之情；月明今宵多，且盡相親之興。坐邀淩躐，惠肯知榮。

【校記】

〔一〕乍遠　原作「年遠」，誤。據韓本、鄒本、元諭本、張本、有焕本、四庫本、文柱本改。

回前人還請

把太守之新符，獲傳民譜；問征夫以前路，乃辱祖筵。方繾綣於飛花，更殷勤於折柳。南有箕，北有斗，所願挹漿；君向湘，我向秦，若爲聞笛。懷哉傾倒，帥是刊酬。

謝送禮物

捧檄江城，喜囿二天之照；折梅驛使，歡傳千里之音。煌煌麾節之夏盟，纚纚雲仍之新好。某官誼隆金石，香溢芷蘭。誰將西歸，懷之好音，莫殫深謝；詩曰「不匱，永錫爾類」，惟戴殊知。菲禮將忱，靦顔匪報。

通胡都承石壁

叩臬湖南，余征上日；摳衣洛下，伊邇中台。亟裁書而叙心，將考德而問業。

恭惟某官出入文武，闔闢樞機。龍虎變化，山林高深，間出魁傑；冰雪聰明，雷霆精鋭，獨步艱難。肯綮十九年而刃如新，扶摇九萬里而風斯下。連麾江海，春浮五袴之聲；疊節東南，星度六絲之影。自任以天下之重，獨賢於王事之勞。金署犀監之翱翔，奎殿紫樞之淩厲。赫奕將磨於浯石，逍遥遽薄於蓬萊。此聲梁楚之間，英雄籍甚；長江南北之限，人物眇然。馳旌夜召於長沙，乘驛曉行於湘水。亟躋兩地，試韓、范之規模；弘濟中天，溯趙、張之事業。

某味方酣於啜菽，夢不到於覆蕉。换煙雨之緑簑，方深澗愧；起波濤之舊繡，曷稱臺容？緬懷冀部之風，喜近高陽之里。王尊九折坂，願聞叱馭之規；元龍百尺樓，即展下床之拜。登龍在望，濡兔莫殫。

回楊秘監就賀

貳書璧〔一〕府，晉講金華。太乙藜青，焕玉山之黼黻；邇英槐翠，照丹井之綸絲。開嶺雲回，度墀春早。恭惟某官岷峨一璧，闕洛單傳。玉井冰輪，灑落神仙之韻；簫鐘瑶簴，和平典則之音。自欻起而霆轟，每徐行而山立。稱真侍講，在淳夫、正叔之間；號小司成，負安定、康侯之望。雉監沐天光之近，螭坳居地望之嚴。羞崑崙而薄蓬萊，枕湘江而會瀟水。萬家燈火，雨籠絃誦之聲；千里桑麻，雲度袴襦之曉。君不淮陽之薄，上深渤海之嘉。圖書歸領於瀛州，鐘鼓行尋於長樂。銅印水蒼佩，亟紓宣室之思；白馬金盤陀，浸近文昌之拜。

某相望千里，一别六年。緑簑風雨之中，方兹餐菊；舊繡波濤之後，復爾夢蕉。喜追東海之龍，來趣衡陽之雁。恍絶塵而瞠後，割半夜之召前。懷駰駱之載馳，敢安絲轡；乘騏驥以先路，遥想雲旗。贄賀葵葵，刊酬草草。

【校記】

〔一〕璧　原作「壁」，誤。據韓本、四庫本改。下同。

卷八

啓

通丁侍郎應奎 號璜溪

誤節讞湘，馳驅上日；摳衣過洛，咫尺中台。拜下有期，恭先告至。

恭惟某官黄河泰山之望，咸池大濩之音。學問單傳，安定公之蘊奥；文章獨步，歐陽子之聲名。空萬馬以無前，領衆星而直上。慷慨玉廬之給劄，聯翩璧府之飄纓。一麾江海以翱翔，載駕風雲而磅礴。翠帷麟觀，螭陛鸞臺。天子穆穆以親賢，海内顒顒而望賜。方千仞翔而覽下，乃六月息以圖南。矧如聖哲馳騖之秋，正切廊廟論思之益。胡不起金魚而垂帶？而乃新瑶象以爲車。弭節愈窮，履星冞近。賈生見宣室，亟紓半夜之思；安石起東山，大衍蒼生之福。

某相望千里，一間十年。緑簑風雨之中，菊餐有味；舊繡波濤之地，蕉夢何心？詎期漢節之來，唤醒楚騷之讀。夤緣通德，親切依仁。瀟湘逢故人，尚軫蓬鶱之舊；霖雨思賢佐，佇看芝鳳之新。傾耳一言，拜手三肅。

通楊提刑允恭 號高峰

誤節讞湘，載驅上日；摳衣過洛，伊邇下風。望履有期，擘箋告至。

欽惟某官溟南健翮，斗北修名。玉尺冰莖，灑落絶塵之韻；瑶琴錦瑟，和平瑞世之音。自欻起而霆轟〔一〕，每徐行而山立。提振春陵之風月，縱横周序之鼓鐘。日暖旌旗，一麾玉帳；春明霄漢，三道繡衣。驅馳靡憚於賢勞，出入有關於民命。方千仞翔而覽下，乃六月息以圖南。矧今聖哲馳騖之秋，正切英雄經濟之略。江濤如許，泉石謂何？召賈誼於長沙，上心久渴；見夷吾於江左，天下何憂？某飲菊悠然，夢蕉儻爾。起家乘傳，念舊繡之波濤；畏道回車，想緑簑之風雨。幸近十洲之島，冀沾九里之河。滕壤舊廛，曾識平反之譜；周原新犢，願承鞭辟之方。拜下非遥，由中莫既。

【校記】

〔一〕欻　原作「炊」；「轟」，原作「奔」，均誤。據韓本、鄢本、元諭本、張本、四庫本、文柱本、萬庫本改。

回李安撫肯齋

叨臬湘南，余征上日；摳衣洛下，伊邇中台。亟裁書而叙心，將考德而問業。

恭惟某官名門人傑，昭代吏師。醴泉芝草麒麟，天生瑞質；高山深林龍虎，代出魁人。見謂西珍，蔚爲南望。自覽德翔千仞而下，即回瀾障百川之東。粉墻紫界之蹁蹮，玉檻丹梯之淩厲。連麾江海，風馳五袴之聲；疊節荆吴，星度六絲之影。以天下而自任，何王事之獨勞？迨授鉞於千畿，乃進書於九扆。俄動平地神仙之想，來尋往時鐘鼓之盟。湘水春深，未許放情於黄老；虞廷日永，行看翔舞於夔龍。某飲菊悠然，夢蕉儻爾。起家乘傳，念舊繡之波濤；畏道回車，想緑簑之風雨。幸近十洲之島，冀沾九里之河。滕壤舊廛，曾識平反之譜；周原新𤀹，願承鞭辟之方。拜下非遥，由中莫既。

回前人賀遷秩

影麽下隰，奚補毫釐；步進員階，忽饒分寸。未謝玉淵之潤，先僊金薤之華。自笑竿魚，爲官何拓落也；尚隨書鶴，振德而輔翼之。未悉刊酬，餘圖嗣布。

送前人冬

灰管移新律，暖轉茝蘭；鍾鼓樂清時，春生花竹。隔幔緹之醲郁，阻履韤之從容。薄注鄂清，式歌魯瑞。俯慚雲繡，又添愛日之紋；喻聽雷豋，趣侍含光之宴。微芹馳瀆，采菲知榮。

賀前人冬

黄鍾嘘暖，繡線紀長。錦堂增履韤之春，緑野换荔芸之色。某謾馳今雨，阻造下風。喻睇翠蓬，莫遂前茅之拜；第瞻鶴啖，早催元會之朝。

饋前人歲

朱泥貼歲，驚殘爆竹之寒；緑野回春，唤起屠蘇之曉。欲賛喧馬散鴉之集，曾微横鯉臥兔之供。柏葉浮香，喻想午橋之宴；梅花轉暖，即迎卯詔之來。輶瀆包羞，麾留爲寵〔一〕。

【校記】

〔一〕寵　原作「龍」，誤。據韓本、鄢本、元諭本、張本、四庫本改。

賀前人正

攝提貞孟陬，春回甲胙；祝融接天柱，雲度午橋。元氣與遊，壽祺來介。某官泰内君子，西方美人。樂鐘鼓於園林，聲和緑淨；拜衣冠於閶闔，光近清都。表新渥於鶴書，催窮班於鰲禁。某迹縻俗駕，心繞賀牀〔一〕。星遥指於軫中，拳拳公壽；雪立殘於門外，耿耿予〔二〕懷。

【校記】

〔一〕牀　原脱，據韓本、鄢本、四庫本、文柱本、景室本補。張本作「堂」。

〔二〕予　原作「于」，誤。據韓本、鄢本、鍾本、張本、四庫本、文柱本改。

送前人元宵

火樹銀花，簇朱陵之明月；羅幃繡幕，開緑野之春風。莫陪鐘鼓之勝遊，敬效豆籩之攝飲。醉長沙，行湘水，忍賦岸花；繞建章，立通明，佇依雲朵。區區輶瀆，盼盼麾留。

賀前人納子婦

歡聲噪鵲，喜氣乘龍。日耀屏金，春生堂錦。伏惟歡抃。某永塵賀履，敢後慶箋？猥此將芹，菲然采若。倘蒙鑒茹，無任欣榮。

送前人別會

楚節易麾，有味林烏之哺；湘花舞席，喻瞻湖雁之飛。感水薤之風規，持金蕉而雨别。日暮碧雲合，耿河漢之相忘；月明今宵多，勞江湖之遠夢。薄言折寄，徼惠麾留。

謝章簽書鑒

綿田負耒，投分一丘；楚澤乘軺，皈忱兩地。公造化吹噓之賜，廣詳明欽恤之仁。昉履南維，輒箋西筦。

伏念某遭逢雖早，零落亦多。一壑白雲，對哺烏而俯仰；十年流水，忘夢鹿之去來。不圖元日之會同，猶記壯年之奔走。我牛我車我輦，方墮影於湘波；維駒維駱維駰，胡强顔於衡麓。未許賦東方之粟，乃趣泣南冠之囚。尊叱馭，陽回車，展轉於君親之際；皋明刑，契敷教，劑量於政化之間。吏民甫接於諮詢，風俗重爲之感激。龍蛇行而赤子瘁，羔羊泯而素絲傷。非扶内地之本根，曷壯重湖之保障。曹劌之戰長勺，或云察魯獄之功；孔明之駐臨蒸，正在破荆賊之後。恍聞風而興起，凛受命之艱難。兹蓋恭遇某官德業兩朝，人物三代。頌慶曆之聖德，政府經綸；用淳熙之真儒，中天黼黻。誕篤緇衣之造，齊調金鼎之和。

遂沐匿瑕，亦叨將指。

某敢不靈承清問，惠迪嘉師？奉使登車，敢自詭范滂之操；爲親拜表，尚曲全李密之私。激切未央，敷榮祇淺。

先生前除湖南漕，既報罷，復除本路憲。道體堂謹書。

謝高尚書斯得

負耒耕綿，方省愆於私室；乘軺使楚，忽拜命於公朝。昉履朱維，敬箋丹屏。伏念某同前。茲蓋恭遇某官拱璧元圭，泰山喬嶽。邇英〔一〕殿之勸講，總是經綸；古靈稿之薦人，不遺氣類。遂令起廢，復忝司平。某敢不迪惠嘉師，靈承清問？鞭辟尫隤之陳迹，濯磨鞅掌之新功。自與心謀，敢比范滂之攬轡；未以罪去，尚〔二〕容李密之陳情。歸倚方長，敷棻祇淺。

【校記】

〔一〕英　原作「交」，誤。據韓本、鄢本、元諭本、四庫本改。

〔二〕尚　有煥本、文柱本作「向」。

謝陳尚書宜中

耕綿負耒，方私室之省愆；使楚乘軺，忽公朝之錫命。既履朱維而陳臬，亟瞻紫橐以修辭。

伏念某學極支離，性惟骯髒。宿昌黎之南斗，自嘆我辰；事元亮之西疇，每懷前路。撫陳編而慷慨〔一〕，恍初服之流離。題柱而乘駟車，不量己力；叱馭而馳九坂，徒負壯心。山川尚有於鬼神，草木自全於霜露。迹已陳於芻狗，影屢落於杯蛇。一壑白雲，十年流水。當元會彰綸於日月，乃一朝移繡於波濤。血指創深，貽羞巧匠；折肱痛定，莫詭良醫。請東方之粟以閟俞，爲南冠之囚而趣載。周爰伊始，汔濟奈何！起觀今日之重湖，正抵北風之一面。曹劌之戰長勺，或云察魯獄之功；孔明之駐臨蒸，正在破荆賊之後。欻聞風而興起，凛受命於艱難。

兹蓋恭遇某官大吕黄鍾，元圭拱璧。天章閣之論事，行展經綸；古靈稿之薦賢，不遺氣類。遂令起廢，復忝司平。某敢不激厲新知，濯磨舊玷？沐浴蓬萊之風露，昭蘇蘅芷之江山。皇帝清問，何擇非人，願言奉教〔二〕；王事靡盬，不遑將母，儻遂陳情。歸倚意長，敷宣喙短。

【校記】

〔一〕慷慨　有焕本、文柱本作「慨慷」。

〔二〕願言奉教　文柱本移此四字於「儻遂陳情」之前。

謝陳正言堅

省愆私室，方負耒以耕綿；拜命公朝，忽乘軺而使楚。初諮詢而諮度，終受察以受容。隃跋〔一〕拾遺，敬箋主進。

某名浮實淺，意廣才疏。早歲飛騰，真有終軍之鋭；中年閱歷，始知元亮之非。頃飯牛吉水之陽，有秣馬湘江之旨。此運使大體，既無士遜之良；去監司不才，聊見希文之志。進退用舍，固各有命；栽培傾覆，亦因其材。此真生我之孟孫，安得酖人之叔子？歲年忽忽，空懷躍冶之羞；風雨悠悠，久斷問鈞之夢。不謂一寒之零落，未爲諸老之棄捐。取彼蒼葭，謂粗嘗於霜露；憐其舊繡，使復出於波濤。血指創深，見嗤巧匠；折肱痛定，敢詭良醫？方祈偃息於支離，俄責驅馳於跛躄。慨念重湖之今日，浸憐一面之北風。孔明之駐臨蒸，正在破荆賊之後；曹劌之戰長勺，或云察魯獄之功。凜受任於艱難，恍聞風而興起。孰主張是，遂躋登兹。

兹蓋伏遇某官寒露清冰，泰山北斗。雖剛不吐，柔不茹，卓然論事之風；然過者化，存者神，偉甚容人之度。遂使山林之深密，復叨原隰之光華。某敢不祇若平反，對揚欽恤。鞭辟虺隤之陳迹，濯磨鞅掌之新功。元龍百尺樓，知將展下床之拜；王尊九折坂，其敢忌叱馭之規？皈倚方長，敷菿祇淺。

【校記】

〔一〕跋　原作「跂」，誤。據四庫本改。

謝陳侍郎存

省愆私室，方負耒以耕綿；拜命公朝，忽乘軺而使楚。初諮詢而諮度，終受察以受容。稽首席間，通悫閣下。

伏念某名浮實淺，意廣才疏。生平事可對人，粗有聞於涑水；仕太早不及學，或見笑於乖崖。捫心每念於息肩，回首不堪於鑄錯。司馬橋乘駟，豈應聞命以疾驅；管城子免冠，正當爲法而受惡。然而兩停漢傳，再黜周行。皆緣一日之瑕疵，自取十年之坎坷。悠悠白日，空懷毀瓦之思；落落青山，久斷問鈞之夢。不謂元日闢門之始，猶在皇華遣使之中。追天上之雲龍，望不到此；詠人間之蕉鹿，意若安之。血指創深，見嗤巧匠；折肱痛定，敢詭良醫？方祈偃息於支離，俄責驅馳於跛躄。慨念重湖之今日，浸憐〔一〕一面之北風。孔明之駐臨蒸，正在破荆賊之後；曹劌之戰長勺，或云察魯獄之功。凛受命於艱難，恍聞風而興起。孰主張是，遂濟登茲？

茲蓋恭遇某官拱璧元圭，泰山喬嶽。邇英殿之勸講，總是經綸；古靈藁之薦賢，不遺氣類。遂令起廢，復忝司平。某敢不激厲新知，濯磨舊玷。沐浴蓬萊之風露，昭蘇蘅芷之江山。皇帝清問，何擇非人，願言奉教；王事靡盬，不遑將母，倘遂陳情。歸倚意長，敷宣喙短。

【校記】

〔一〕憐　原作「隣」，誤。據元諭本改。

賀曹尚書孝慶兼給事中

選高春伯，光映夕郎。劍〔一〕履摩雲，煥清朝之文物；簪裾照日，侈丹地之恩輝。鼓舞風雷，動搖鴛鷺。恭惟某官名高二陸，才備百參。風雲上下之交，撝呵龍虎；天日清明之瑞，鞭駕鳳凰。春行霄漢之三麾，星焕江湖之四節。蘭臺壁水，安定、龜山；彤管青蒲，歐陽、司馬。出袖磨霜之鉞，浩吟捲雨之簾。階轉松陰，旗翻柳色。白馬盤陀之覲日，紫囊筆橐之生風。矧批敕瑣闈，任朝廷之綱紀；而侍言經幄，啓帝學之光明。用頒一命再命三命之榮，特懋大書特書屢書之績。卻高麗使，止西蕃馬，讀青史而猶香；還諫臣敕，繳内侍官，凛清遊其未遠。必兼廣申公之十論，必細陳温國之五規。要看久遠之功名，盡展平生之經濟。

某濫巾遠服，望履層霄。星度文昌，遥想蓬萊宫之氣；雲行石鏡，尚磨蛟龍字之碑。心曲葵葵，毫端草草。

【校記】

〔一〕劍　原作「創」，誤。據韓本、鄢本、元諭本、張本、四庫本改。

賀劉尚書𠜶

命涣九旒，光升雙履。風清畫省，準繩帝世之百工；雲擁仙臺，刀尺周官之群吏。濡毫緑淨，拜手紫微。

恭惟某官吞吐龍湫，卷舒雁蕩。清規映日，耀西華之金晶；直氣摩空，屹南都之鐵壁。威鳳祥麟之出處，慶雲瑞日之文章。一疏辨奸，少日老泉之氣識；十條論事，平生小范之精神。自塤篪堂陛之交，而黼藻帝皇之度。獨到古人之未到，能言天下之難言。爲御史，爲諫官，張膽論事；真舍人，真侍講，吐辭爲經。儒榮方試於一時，柄用遄開於九軌。乃霈三命再命之渥，徑通前行後行之班。細氈廣廈之席重，龍泉文淵之劍二〔一〕。時方艱大，公竭論思。佘安道決邊議於朝廷，真工部長；蘇子容戒功臣於疆場，爲史銓師。發揮黃旗紫蓋之精靈，盡掃枉矢欃搶之芒角。前籌彪炳，疊紐蟬聯。采石江流，更展中書之略；海潭沙漲，遄符宰相之謡。

某羈足馳原，阻心賀厦。文昌星度，衣冠徒想於後塵；岣嶁雲飛，草木願濡於今雨。鋪陳喙短，激躍心長。

【校記】

〔一〕二　有焕本、周本作「工」。

賀趙侍郎月山太平州赴召

選表揚綸，歸中持橐。采石洲之明月，光照海山；通明殿之紅雲，影摇河漢。介圭覲只，會弁〔一〕歡如。恭惟某官玉粹金剛，冰懸雪跨。《清廟》《生民》之作，膾炙諸公；干將、莫邪之鋒，指麾餘子。自傍天而行斗牛之渚，便拔地而起湖海之樓。出入兵間，月柝〔二〕燈棋之耿耿；驅馳江上，參旂井鉞之堂堂。儒臣知兵，從古所少；天子謀帥，必在其中。方建纛而前，千軍繞帳而不動；及還笏而去，二童隨馬而有餘。悠悠四顧於山河，落落一麾於江海。嘯吟水石，酹謫仙捉〔三〕月之魂；上下風檣〔四〕，訪舍人麾軍之迹。慨然有神州陸沉之嘆，發而爲中流擊楫之歌。屬傳風景於峴山，忽駭波濤於天塹。長江爲備不數處，可共險於萬人；朝廷養兵三十年，當成功於儒者。乃疇庸於東掖，乃趣貳於西曹。太乙靈旗，出陪豹尾；鉤陳玉檻，進逼鰲頭。青天白日，鳳凰之聲名；高山深林，龍虎之氣勢。前行爲兵部，小紓帷幄之謀；大本在中書，亟正鈞樞之拜。

某濫巾劇部，望履修門。班漢從於甘泉宫，喜稱知己；勒唐功於浯〔五〕溪石，已戒有司。

【校記】

〔一〕弁　原作「元」，誤。據韓本、鄢本、元諭本、張本、四庫本改。

〔二〕柝　原作「析」，誤。據韓本、鄢本、張本、元諭本、四庫本改。

〔三〕酹謫仙捉　原作「酬謫往展」，誤。據韓本、鄢本、元諭本、張本、四庫本改。

〔四〕檣　原作「穡」，誤。據韓本、鄢本、元諭本、張本、四庫本改。

〔五〕浯　原作「吾」，誤。據韓本、鄢本、元諭本、張本、四庫本改。

賀荆湖汪制帥立信

中禁出綸，上流易鎮。尚書天之北斗，光動玉垣；荆楚國之西門，勢雄鐵壁。氊帷贍落，旗蓋風生。

恭惟某官意氣吴鈎，胸襟彭蠡。蒼龍捲四海之水，拔地威風；巨鰲戴三神之山，擎天砥柱。表表二三豪傑，恢恢數萬甲兵。起觀江漢之危枰，政急波濤之巨楫。峴山落日，追思羊太傅之經營；江左流風，孰奮管夷吾之慷慨？乃易長沙之節，乃高建禮之門。北繞潁沔，南卷沅湘，一新牙纛；東達吴會，西通巴蜀，重整金湯。然且許充國以便宜，授孔明以節制。真儒無敵於天下，此虜〔一〕已在吾日中。箭青海，弓天山，櫜鞬敵愾；杯長河，塊泰華，樽俎折衝。陳六月北伐之詩，刻萬年中興之頌。式歸几几，晉位巖巖。某隃睇齋壇，阻陳賀履。星輝翼軫，莫隨東野之雲龍；月滿關河，尚策祁山之流馬。衷旌摇曳，舌筆單疏。

【校記】

〔一〕此虜　四庫本作「此敵」。

廣西李經略經過迎狀

圭裳東覲，牙纛西來。畫鷁鏡秋，懸桂林之明月；繡屏帳〔一〕曉，拂石廩之行雲。雷馭先驅，天吴起舞。某摩挲脱履，飛遶前茅。逐東野之龍，久懷上下；拜北平之馬，重睹傑魁。

【校記】

〔一〕帳　原作「悵」，誤。據韓本、鄒本、元諭本、張本、四庫本改。

請廣帥會

傳鼓上清湘，桂舟度曉；舉杯邀明月，楚觀生秋。輒扳千乘之光華，重話六年之契闊。舳龍飛動，豈敢爲從者之淹；檣燕殷勤，且爲盡故人之飲。

折送諸監司巡歷會

問楚囚而返棹，幸接席間；傳酃渌以稱觴，幾成瓦後。欲洊邀於金罍，恐重溷於冰壺。獻芹而效野人，顏之厚矣；折枝以奉長者，禮亦宜之。區區卷俎不腆〔一〕，僭易馳獻。如沐肯留，萬有餘榮。

【校記】

〔一〕區區卷俎不腆　文柱本作「不腆卷俎」。

回朱帥參

疇庸紅旆，贊畫油幢。羅帶玉簪，卷嶺麾之雲氣；銀濤青壁〔一〕，籌湘柳之春風。五朵施先，七襄禮後。某官春容之度，贍蔚之文。飈起雷轟，揭修名於千佛；霜懸雪跨，斂神氣於九仙。弓矛洛下之耆英，領袖湖南之賓客。月暗秋城，燈明夜觀；日臨仙掌，煙傍衮龍。小駐籌帷，促歸輦路。某居慚未見，切〔二〕幸寅同。訪赤字於山尖，喜陪新雨；望冰壺於幕下，隃結飛霞。繾綣情深，敷棻詞約。

【校記】

〔一〕壁　原作「璧」，誤。據韓本、鄒本、元諭本、四庫本改。張本作「雀」。

〔二〕切　原作「功」，誤。據韓本、鄒本、元諭本、張本、四庫本、叢刊本改。

回劉運管志叔

周隰馳駰，恍波濤之移繡；祁山流馬，催帷幄之運籌。一介施先，七襄報後。某官鞭駕英雄之意氣，攢吸霞雨之文章。雲杏露桃，艷神仙於蓬島；燈棋月柝，重賓客於湖南。小泛紅蓮，佇歸青瑣。某俯慚小草，仰辱儷花。逢故人於瀟湘，尚珍金玉；天孫於雲漢，莫報襜褕。

回葉茶場

車來今雨，載征濡轡之塵；旗展春山，遠聽杖藜之句。感君雙尺，華我六絲。捧雲漢之織裳，莫將瑶報；撫波濤之舊繡，尚藉〔一〕瑱規。

【校記】

〔一〕藉　原作「籍」，誤。據韓本、四庫本改。

賀桂陽劉守

疏綸鼇掖，作鎮熊湘〔一〕。天上仙班，猶帶觚稜之月；湖南道院，新行啓〔二〕戟之春。條貫昭蘇，耄倪歡舞。

恭惟某官真霄漢士，爲文章翁。袖五老之風煙，插天秀色；卷三神之霧雨，摶海壯圖。自騰翔殿角之雲，已錯落班心之玉。飽看芙蓉之輝媚，尋歸芍藥之從容。記太史〔三〕之名山，金匱石室；籌將軍之武庫，紫電清霜。小横桂水之煙，歡戲萊衣之彩。乘騏驥道夫路，雷動先聲；驅蛇龍放之菹，春生敏手。襦歌鼎鼎，綈召堂堂。

某息蔭載騏，叨恩便養。東馳西騖，迹將遠於江湖；夜醉曉行，心相望於霄漢。輪囷抒謝，稿秸包羞。

【校記】

〔一〕湘　原作「湖」，誤。據韓本、鄢本、有焕本、四庫本改。

〔二〕啓　韓本、鄢本、元諭本、張本、叢刊本作「棨」。四庫本作「荼」。

〔三〕太史　韓本、鄢本、元諭本作「大史」。

賀寶慶王守

丹詔起家，彤幨就國。跨茅山鶴，來從勾曲之洞天；分竹使符，出領濂溪之霽月。感先未識，樂在寅同。

恭惟某官雁蕩孤峰，梅溪的派。激龍湫而和妙墨，篋古史倚相之書；執牛耳而主齊盟，負太〔一〕學何蕃之望。大車九軌，砥柱百川。峨峨天上之神仙，佩蒼鳴曉；纚纚水邊之花氣，戟畫闈春。風行蘭國之江山，煥轉梅峰之草木。銀菟出色，畫鹿生光。川暖玻瓈，小駐插天之紅旆；花深翡翠，佇馳度漢之紫泥。

某舊繡覥顔，新麾照眼。九州地接，獨先鄰燭之光；一水江連，飽聽今襦之頌。衷旌搖曳，舌筆單疏。

【校記】

〔一〕太　原作「大」，誤。據四庫本改。

賀道州王守

鳳檢〔一〕揚庭，熊旃赴鎮。翩翩趙公子，星煥九霄；粲粲元道州，風行千里。騷蘭香度，童竹歡傳。

恭惟某官簫鐘瑶簴之音，金井玉輪之操。當家清白，撫千佛之青氈；上界葱蒼，接九仙之玉佩。出則蟺蜿於湖海，入而黼黻於周行。衣冠照須女之珠，樽俎總從戎之柝。卷紫電清霜之氣，主光風霽月之盟。驅龍蛇放之菹，春生敏手；乘騏驥當夫道，雷動歡聲。發遊刃於新硎，走神丸於迅坂。民歌來暮，公快行春。香戟凝清，和墨剩吟於碧落；璽書照渥，追鋒促覲於紅雲。

某鼯技已窮，牡驅何補？九州襟帶，喜親鄰燭之輝；萬井旌旗，滿聽今襦之頌。溶溶新雨，亹亹下風。

【校記】

〔一〕檢　原作「撿」，誤。據四庫本改。

賀永州袁守交割

春生騎竹，吉耀兔銀〔一〕。揚照軫之旌旗，布先庚之條貫。風行千里，庭迅三吾。某喜滌籀之辰良，即盍簪而申慶。亟馳泓穎，預訊輳和。

【校記】

〔一〕兔銀　元諭本作「菟銀」。

回前人

懷紱湘源，榮分半竹；飛書楚觀，光挹前茅。爲華緑淨之江山，猶帶紫清之煙霧。沸歡聲於稚犨，浮喜氣於寒薌。瞻鸞鵠於北平，跫然擊節；爲雲龍於東野，喜甚執鞭。稿秸占酬，輪囷覼謝。

請雷州虞守

領紱海邦，低簪楚觀。太史紬金石，契闊十年；故人逢瀟湘，會並一日。喜來今雨，願款清風。

送前人别禮

剪燭空涼，喜話巴山之雨；解維浩渺，莫追溟海之風。隃聞傳鼓之麾呵，曷究執袪之繾綣。折梅花於岣嶁，愧我騷騷；隨雲氣於蓬萊，爲君娓娓。

回諸郡守冬

陽氣應黄鐘，時哉南至；兵衛森畫戟，貺我東風。昭黼黻於魯臺，嘘塵埃於楚觀。恭惟某官陽明人物，雷動聲名。麗曉旌旗，照映壺冰之潔；行春鼓角，發舒圭影之和。近七日之朋來，進三朝之元會。某坐馳梅影，隃借芸香。宫綫添長，正覥顔於把繡；雲門入奏，惟洗耳於歌襦。

回諸郡送年酒

開荆楚之畫鷄，舊梅如夢；賦蘇州之清燕，新麯生香。挹宫錦之淋漓，醉屠蘇之先後。從太守樂，知同元日之春；爲細民斟，願廣東風之賜。

回諸郡賀年

條風開獻節，雄律鳴春；戟衛森清香，雌堂麗曉。茨粱介祉，草水生輝。恭惟某官氣度陽明，精神雷動。玉珂舊影，光摇白獸之尊；皂蓋清塵，彩照蒼龍之角。小聽歌襦之暖，即來召綍之温。某坐閲一期，隃瞻五馬。回車雲近，方懷邛坂之思；化犢日長，尚味海瀕之譜。

送徐權府折俎

舟溯雁回，載沐瀟湘之雨；雲連燕寢，渴陪桃李之春。恐廢聽棠，薄言羞藻。乞爲寒水玉，恨莫對於冰清；走置錦屠蘇，敢坐將於酃淥。

回前人請宴折俎

帆浦乍歸，沐東風之飛錦；鈴齋相望，荷北海之開樽。清來畫戟之香，緑折瓊芝之草。碧筩險卷，如坐使君之林；玉案無酬，有愧美人之繡。

回前人送轉官折俎

影麼下隰，奚補毫釐；步進員階，忽僥分寸。正自憐於磨蟻，乃特枉於緘魚。感折寄之殷勤，佩相期之汗漫。共明月千里，肯分此光；賦終日七襄，若何爲報！

回前人送冬

陽氣應黄鍾，時哉南至；兵衛森畫戟，貺我東風。昭黼黻於魯雲，嘘塵埃於楚觀。芸香在手，梅意彌襟。日表迎長，正靦顔於把繡；雷發入〔一〕奏，惟洗耳於歌襦。

【校記】

〔一〕入　文柱本作「八」。

回柯權郡謝舉薦

爲仲舉題坐，彼美監州；薦侯喜有詩，薄言報國。度清風於燕寢，灑今雨於雁回。大丈夫即真，佇膺菟紱；我鄉人未免，聊謝貂褕。

回前人賀得贛

對峋嶁之行雲，何功將指；沐空同之新雨，爲養叨恩。志甫遂於循陔，音首勤於傳驛。某官以錦裳手，誦《緇衣》詩。王事靡盬，豈敢定居〔一〕，同心心而體國；君子不匱〔二〕，永錫爾類，推老老以及人。遂令回邛坂之車，亦猥捧江城之檄。某感深烏哺，愧甚鵜濡。顧影躊躇，漸有雲東西之迹；懷人飛越，相望斗南北之輝。

【校記】

〔一〕豈敢定居　《詩·四牡》：「王事靡盬，不遑啓處。」「豈敢定居，一月三捷。」

〔二〕君子不匱　《詩·既醉》：「威儀孔時，君子有孝子，孝子不匱，永錫爾類。」

回李潭倅謝上

渥涣紫泥，光紓朱紱。蓬萊雲氣，隨太祝之輕裘；湘水月明，照監州之緹軾。兹憑回雁，薄謝來魚。某官大雅孤標，真清偉度。玉珂金鑰，聯天上之神仙；青壁銀濤，重湖南之賓客。佇携風幘，歸趁星靴。某隃奉儷花，相輝芳杜。拂山尖之科斗，敬襲清霜；聽江上之琵琶，更傳白雪。

回諸郡倅賀冬

九寸黄鍾律，和動緹帷；五丈晝堂旗，春生錦段。芸香在手，梅意彌襟。某官氣類陽明，精神冰潔。賡庾樓之曲，聲徹雷鼗；續湓浦之吟，文裁宫線。清露曉濡於驥尾，韶風夜度於鴛行。某隅繡何工，屏泥借潤。瀟湘波暖，照明月於胡床；岣嶁煙寒，倚行雲於仙韈。

回諸郡倅賀正

攝提貞孟陬，青規絢彩；風流半刺史，朱紱生輝。陽德斯升，元氣之會。恭惟某官聲名雷動，氣度春温。緹軾清塵，色照蒼龍之角；玉珂舊影，光摇白獸之樽。小分千里之辰旌，即下十行之卯詔。某坐驚歲始，隃贊州端。波暖江湖，未趣東西之駕；風和山水，相望南北之樓。

回諸簽幕賀冬

黄鍾陽氣應，緹幔香深；冰壺幕下〔一〕清，彩毫燠轉。芸香在手，梅意彌襟。某官氣類陽明，聲名雷動。

胸蟠五色，卷舒宫線之紋；音度九韶，出入雲和之瑟。小分光於烏幕，即翔舞於鴛行。某軫野相望，繡隅何補？招呼和氣，隃看仙轙之華；上下春輝，密贊賓帷之勝。

【校記】

〔一〕幕下　有焕本、文柱本作「幕府」。

回諸司諸郡幕賀正

閲鷄户之年，頓驚元日；賞龍門之雪，隃企光風。暖透荔芸，意行蘭芷。某官聲名雷動，氣度春融。緑幕生輝，光照龍杓之彩；朱絃奏雅，音諧鳳律之陽。衣冠小立於金臺，環珮即趨於玉府。某相逢甲换，猶喜寅同。夜醉曉行，漸作江湖之隔；雲飛川泳，永言霄漢之期。

回施帥準送別

望冰壺於幕下，遥結飛霞；映赤字於山尖，喜來垂露。寵先一介，禮後七襄。某官冰雪孤標，雲霄名閲。玉珂金鑰，接江左之衣冠；青壁銀濤，贊山南之鼎軸。籌帷小駐，輦路遄歸。某服膺夾袋之儲，決意緇衣之好。南轅北轍，迹遽隔於江湖；左弭右鞬，心相期於霄漢。輪囷欲謝，稿秸是慚。

回洪準遣到任

袞鉞掄材，油幢疏渥。花明湘水，分曉月於紅牙；柝静郾城，生春風於色筆。一箋愧後，六儷施先。某官威鳳鳴陽，神駒奔電。貂金奕奕，發五彩之芝英；簪玳翹翹，結九歌之蘭佩。小駐清壺之下，即陪赤舄之東。某隃企芳塵，喜聞新雨。從軍古云樂，剩羨燈棋；織女不成章，莫酬裳錦。

回趙檢法

馳絲無補，愧行湘水之春；贊幕多奇，遠灑縉雲之雪。施先一介，禮後七襄。某官瑚璉英姿，泉阿神物。洛陽龍門之清賞，吞吐風雲；軒轅鳳樂之妙音，鏗鍧金石。小遊緑水，近即紅雲。某久徯寅同，未諧辰見。云云。

回諸郡教官賀冬

吹琯動浮灰，時哉南至；講道出新貫，貺我東風。梅意彌襟，芸香在手。某官精神冰凛，氣類陽明。文鐸聲揚，一片雲和之瑟；書氊色麗，五花宫線之紋。徑携三鱣之春，入慶六鰲之曉。某何功把綉，徒愧織裳。峋嶁煙寒，自笑庭楊之影；瀟湘波暖，第傳泮藻之清。

回諸郡教官送别

星馳隰轡，空浮棘影之塵；日麗堂氊，喜邇槐陰之翠。輒憑回雁，占謝來魚。某官蓬萊文章，華嶽瑚璉。曉開雲杏，纚纚聲猷，清泬泮芹，源源教思。聊汲清湘而變鄒魯，行瞻黄織而講唐虞。某將指何功，同心有味。南轅北轍，迹似遠於江湖；左圖右書，情相期於霄漢。

回桂陽劉教授

日麗鱣堂，喜近枌榆之翠；星華雁嶠，有來芹藻之清。知在歲寒，舞慚地窄。謂草木吾味，賦聊誦於梅花；毋金玉爾音，振隃聆於杏鐸。七襄匪報，三宥爲榮。

回林教授

時雨鶴峰，新蕤度曉；清風雁嶠，塵臬生秋。不言而意已傳，未識而氣先感。謂草木吾味，賦聊誦於梅花；毋金玉爾音，振隃聆於杏鐸。

回張教授

春滿鱣堂，覃藻芹之教思；書來雁嶠，出草木之味言。先舉所知，豈非吾願？南轅北轍，迹遽遠於江湖；左弭右鞬，心相期於霄漢。

回胡山長

挹西山之新雨，如見其人；納北窗之清風，喜有此客。亟憑回雁，占謝來魚。某官蓬萊文章，華嶽瑚璉。曉開雲杏，文采九霄；清照川花，書香五色。重濯濂泉而浴洙泗，行趨廣厦而講唐虞。某恍舊繡之濡絲，捧儷花之盈袖。永爲好也，愧莫稱於報瓊；能無誨乎，尚有聞於振鐸。

回邢山長

開帝館之雲，秋蕤度曉；織天孫之錦，晴綺絢空。一介施先，七襄禮後。某官岷峨鋒鍔，蓬萊文章。紅杏碧桃，艷神仙於天上；粉墻紫界，重賓客於湖南。小對檐花，即歸院柳。某幸償未見，且賀寅同。自笑黔驢，難策再衰之鈍；相逢衡雁，願聞三益之規。

回衡州江判官

從軍帷幄，欣雲近於蓬萊；贈我瓊瑶，喜露承於霄漢〔一〕。施先一介，禮後七襄。某官玉尺懸冰，金莖瀹露。紫霄摩〔二〕頂，扶摇溟海之風；緑水飄纓，談笑郢城之月。佇看飛鶚，即遂簉鴛。某欣捧色絲，有華舊繡。攬瀟湘之草，喻寄雁回；望江漢之雲，莫將貂報。

【校記】

〔一〕喜露承於霄漢　原脱。清有焕本據明末張本補。此六字韓本模糊，鄢本、元諭本亦闕。

〔二〕摩　文柱本作「摩」。景室本作「靡」。

回趙判官

芙蓉幕畫，見推三語之清；桑梓年情，僅效一言之雁〔一〕。舞袖方慚於地窄，織裳乃逐於雲來。瀟湘逢故人，薄酬今雨；霄漢瞻佳士，徒竚下風。

【校記】

〔一〕雁　景室本作「重」。

回郭判官

雲近熊山，有美芙蓉之影；書來雁嶠，頓生杜若之香。三語施先，七襄愧後。某官珊瑚文采，冰雪聰明。空冀北之群，神行贔屭；望湖南之幕，鋒淬鉅鋌。小贊凝森，遄班清切。某偶諧聚軫，多幸同寅。意重冰清，深謝「宜敖」之句；贈隆錦織，莫酬「幼婦」之辭。

回陳撫屬張監倉

馳絲何補，愧峋嶁之春風；畫幕多奇，賁瀟湘之華月。施先一介，禮後七襄。某官絕俗精神，識時俊傑。洛陽龍門之清賞，吞吐雲煙；軒轅鳳樂之好音，鏗鍧金石。少凭玉帳，即覲璧璫。某多幸寅同，有懷未見。南轅北轍，迹似間於江湖；左弭右鞬，心相期於霄漢。

回黎知録李司理

驅馳遠使，空搴杜若之雲；俊逸參軍，辱贈梅花之雪。舞慚地窄，知在歲寒。某官巧鑄鉅鉦，清摩贔屭。剛風度筆，廣平賦之淋漓；寒露照襟，何遜詩之灑落。小需鞠草，即看攢花。某共客瀟湘，期君霄漢。重緹錦段，莫酬明月之珠；空羨紫鱗，擬結横江之網。

回永州司理司户

梅花鐵石心，相知已晚；金薤琳琅字，多謝何厘。味也同吾，惠而好我。緇兮又改，嘆舞袖之地寒；白也不群，喜録屏之天近。

回謝司法

星馳周隰，將爲養以懷歸；春度燕臺，乃覽輝而來下。載憑回雁，薄謝來魚。某官華嶽清冰，海水明月。鏗鏘金石，軒轅鳳樂之好音；上下風雲，洛陽龍門之清賞。小吟蕖緑，徑照藜青。某夙幸同寅，隃瞻聚軫。南轅北轍，雖遽隔於江湖；左弭右鞬，正相期於霄漢。

回諸縣宰賀冬

觀臺雲物，曉看五色之書；彭澤風流，春度一同之詠。駢花委艷，芳杜生香。某官氣類陽明，精神冰潔。霞飛錦織，卷舒宫線之紋；春落絃聲，上下雲和之瑟。佇翔鳬影，晉簉鵷行。某邇只畫簾，翛〔一〕然隅繡。撫庭楊於岣嶁，空負分陰；培蒲柳於瀟湘，牏看一碧。

【校記】

〔一〕脩　有焕本、文柱本、景室本作「倏」。

回諸縣宰賀正

攝提貞孟陬，八荒開壽；連城得茂宰，萬象皆春。花柳無私，茨梁有慶。某官聲名雷動，韻度天和。文艷錦機，光照龍杓之彩；風生玉軫，音諧鳳律之陽。舒舒蒲穀之香，進進蓬萊之武。某坐驚甲換，猶喜寅同。爲秋浦官，孰禦春風之舄；送長沙客，相望明月之舟。

回衡山趙宰孟傣謝舉陛陟

效蟹一鶚，力何補於培風；照眼雙鳧，手忽承於垂露。一謙過矣，三復跫然。某官文采珊瑚，歌聲金石。融峰九千餘丈，氣埒青蒼；郎垣二十五星，光生銅墨。裒時正直，簡在凝嚴。某借助鞭長，汲清綆短。頌言美瑞，知麟鳳之在郊；趣覲通明，戒鸞凰兮先路。

回善化韓宰

出宰山水縣，喜調新琴；爲織雲錦裳，有華舊繡。載憑回雁，占謝來魚。某官玉尺清方，金莖晶潤。

融峰九千餘丈，氣埒青蒼；郎垣二十五星，光生銅墨。暫翔鳧影，佇入鵷行。某自賀寅同，豈云未見。娟娟一碧，共看貫索之沉；耿耿七襄，莫效聯珠之報。

回鄠縣旻〔一〕宰

移繡波濤，愧將絲轡；出宰山水，先度絃歌。隃寄雁回，敬酬魚遺。某官琳珪清越，冰雪聰明。雲傍碧桃，千丈蓬萊之光氣；月明緑野，一簾秋浦之清風。小種縣花，佇歸院柳。某俯慚舊斧，仰辱聯珠。味黄絹之辭，永爲好也；乏貂褕之報，受言藏之。

【校記】

〔一〕旻　原作「爰」，誤。據韓本、鄢本、元諭本、張本、文柱本、叢刊本改。四庫本作「曼」。

回攸〔一〕縣郭宰

舊繡塵深，閲八蓂於楚觀；晝簾花度，飛五朵於雲陽。新雨同心，清冰照目。某官光華尚錦，盤錯投刀。横巴水之野舟，肯煩期會；聞楚萍之更鼓，終覺分明。邇只鳧飛，翩其鵠立。某馳驅技短，嗟切意長。皎皎織女，終不成章，駕言匪報〔二〕；駪駪征夫，每懷靡及，尚克相規。

【校記】

〔一〕攸　原作「牧」，誤。據卷首目録及韓本、有焕本、四庫本、文柱本改。

〔二〕駕言匪報　文柱本移此四字於「尚克相規」之前。

回湘潭張權縣

雲移松影，調新韻於宓堂；春滿桃陰，來清風於周轡。懷哉今雨，遺此華星。小生欲相吏耶，願同衷協；丈夫即爲真耳，佇聽除音。一水娟娟，七襄耿耿。

回永興趙權縣

鶴岑琴好，相望明月之心；雁嶠書來，不隔同年之面。以雍容之雋軌，將慷慨於公車。北轍南轅，遽江湖之相遠；左鞬右弭，尚霄漢以爲期。占對甚皋，垂孚爲寵。

回瀏陽任丞

晴紋照綬，曉入新花；遠素飛雲，春回舊繡。辱施先於一介，愧禮後於七襄。跂天孫之織雲，莫將瑶報；望美人兮明月，尚藉瑱規。

回寧遠〔一〕簿到任

地鄰棲鳳，喜聆千玉之吟；風度鳴鸞，恍聽九韶之奏。縣花出色，汀若生香。然太乙之藜，佇聽令業；織天孫之錦，莫敵腴施。

【校記】

〔一〕遠　有焕本、文柱本作「縣」。

回溆縣趙簿衡陽易尉

馳隰無功，愧行雲於岣嶁；佐琴有韻，捧明月於瀟湘。小車來映於縣花，春佩相輝於岸芷。某喜瞻聚軫，樂在同寅。北轍南轅，漸覺江湖之隔；左鞬右弭，尚爲霄漢之期。

回衡陽歐陽尉

挹春花於拂綬，喜見青撑；垂星字於乘槎，有華緑淨。重此湖南之賓客，美哉日下之神仙。牡轡何功，自笑再衰之技；貂褕莫報，更求三益之規。

回楊料院

司會名藩，有美同年之子；委書下隰，聿來異事之僚。峨簪玳於賓筵，粲糜瓊於騷圃。湖南幕貴，良懷支使之賢；水北價高，寧久山人之索？遥憑回雁，喻謝來魚。

回宋稅院萬年

篁竹嘯鼪鼠，僅免失刑；岣嶁拏虎螭，劃傳得句。怒飛鐵畫，光照錦機。撫劍首於漆園，敢當一吷；聞簫聲於赤壁，莫遂倚歌。

回劉學録 胡石壁客

我馬維駒，訪岣嶁之奇字；有鶯其羽，發蓬萊之妙音。亦來見我乎，嘗有此客否？某人語洗煙火，書籠山川。張生手持石鼓文，氣涵緑淨；揚雄自有《河東賦》，聲透明光。亟呼熊耳之雲，立近鰲頭之日。某味同草木，影合江湖。扶摇萬里，南溟相期汗漫；上下四方，東野此意輪囷。

通交代廖提刑邦傑 號恕齋

共審疏恩象魏，易節熊湘。星度天囷，光照武陵之雪；風生春繡，神開衡嶽之雲。翠蕩淩煙，華絲絢曉。

恭惟某官傳心正學，行世清規。雲霄闕之高寒，蜿蜒浦劍；湖海樓之突兀，坱圠參旗。屹砥柱於中流，行大車於九軌。出擁康沂之駕，入提建禮之門。犀監重弓，武絇將軍之電；金曹曳組，輝聯須女之珠。佩聲雜遝於蓬萊，麾影橫斜於牛斗。誰謂寒露清冰之勝，屑爲春山暑露之行。收海若〔一〕之波濤，定夫正學；布瀏江之雨露，朱子常平。便當跨汗漫而擺雷硠〔二〕，於以經駘蕩而出駊娑。屬天顔之西顧，念民命於南維。不有仁人，孰長王國？乃輟神仙於海上，乃移星宿於軫中。惟君子之祥刑，自聖門之恕學。推廣不冤之條貫，發揮無訟之本原。轉陽和於芙蓉薜荔之間，沛生意於槢椄〔三〕桁楊之外。蓋以皋夔之長者，而行孔孟之本心。皇華諮度諮詢，盡展平反之業；清問惟明惟畏，即陪啓沃之聯。

某久把短鑱，偶塵繡斧。撫王事而集苞杞，坐隔白雲；望美人而結幽蘭，喜逢今雨。俯仰十年之同味，夤緣百世之交情。尊叱馭、陽回車，豈是秋春之鴻燕；貢彈冠、朱結綬，尚將上下於雲龍。舌筆疏單，衷旌搖曳。

【校記】

〔一〕海若　原作「海苦」，誤。據韓本、四庫本改。

〔二〕硠　原作「硍」，誤。據韓本、鄒本、四庫本改。

〔三〕椄　韓本、鄒本、張本作「接」。

與袁州安守到狀

叨符便養，假道言歸。西水分江，喜接九河之潤；東雲捲雨，重瞻三峽之春。即遂摳趨〔一〕，預深欣忭。

【校記】

〔一〕摳趨　原作「樞趨」，誤。據韓本、鄒本、元諭本、張本、四庫本改。

回袁守不赴請

馳白雲之下，幸甚假〔一〕途；卷今雨而來，言將授館。華髮之典刑甚厚，清風之籩豆有加。薄言還歸，何速邛崍之馭；願安承教，第懷臺峽之春。方命負慚，嗣音抒謝。

【校記】

〔一〕假　有焕本、文柱本作「遐」。

回交代權贛州孫提刑炳炎

南節易麾，爲慈親而拜命；西臺就牧，屈膚使以論交。温朝花雨別之盟，借堂草春暉之色。施先一介，禮後七襄。

恭惟某官大雅風流，真清人物。冰懸雪跨，吐呑禹穴之玉書；鳳躍韶鳴，鏗戛天台之金賦。雷轟欻起，山立徐行。巍冠參卿月之班，雜珮峻郎星之直。侍女護衣，鷄人傳箭，擬翠殿之賦詩；衛兵森戟，燕寢凝香，肯芝山之携酒。豈弟十萬家之春意，精神三百里之湖光。前席興思此佳吏部，西人則曰真好監司。寧遲履接於星辰，便報綬〔一〕行於霄漢。春風扉影，草卧桁楊；夜雨灘聲，雲銷貫索。暫屈玻瓈之六轡，更聯虹玉之半符。昔清獻典州，而三川之琴有韻；而〔二〕濂溪行部，則五嶺之獄無冤。每惟八境之有緣，皆著兩賢之遺迹。盛德可稱於百世，明公乃合於一人。麾蕩照江，劍刀易俗。玉節青絲纜，小駐虎頭；白馬金盤陀，遄陪豹尾。

某無功將指，有味陳情。王陽回刺史車，庶乎爲子；毛義捧郡守檄，專以爲親。昔隨振鷺之英遊，今忝傳龜之雅好。夢回舊繡，恍惝揚秕之前；手把新符，早托絶塵之後。會趣綸之來下，辱飛檄之遠臨。皇華之禮有加，《南陔》之詩復作。安有十一州之廉察，屑爲二千石之交承。行縣録平反，喜不隔望雲之舍；詣府受約束，願遂依近月之臺。舌筆單疏，衷旌摇曳。

【校記】

〔一〕綬　韓本、鄢本、元諭本、張本、文柱本作「綉」。

〔二〕而　文柱本脱，周本作「今」。

回陳侍郎篤齋

回車邛坂，請自效於林烏；得郡江南，取已捐之竹馬。綢繆錦製，緹襲袞華。恭惟某官麾斥八極之風雷，卷懷九天之星斗。古靈袖中之稿，屢薦時賢；温公洛下之評，不遺人物。遂使忝求芻之寄，從而諧啜菽之私。某半竹奚堪，儷花甚寵。想五畝青山之樂，願請訂金；懷四方明月之詩，曷酬贈璧。

賀曾京尹淵子 號留遠

露綸渙渥，星履陞華。東澗西瀍，冠十連之元帥；南昌北斗，表六典之地官。丹屏雲開，紅牙日麗。某官抶分雲漢，吞吐江湖。直氣摩空，金天晶之錯落；清規照世，玉井水之甘寒。自巇巇於鑾聲，遄峨峨乎豸角。文章大手，南豐先生；政事十條，小范老子。袖出摩霜之鉞，坐吟捲雨之簾。真侍從歸拜於甘泉，慈父母來臨於京兆。乃由太乙，徑陟文昌。冰〔一〕懸雪跨而朝望孚，日暖潮平而民氣樂。儷衣冠於建禮，坐鎮千畿；籌帷幄於延和，遄歸兩地。

某喜傳除綍，阻趁賀綦。五緯明霄，望龍泉之秋色；九河流潤，懷虹翠之春暉。

【校記】

〔一〕冰　原作「水」，誤。據韓本、鄺本、元諭本、有煥本、四庫本改。

回曾主簿清老 曾玉堂〔一〕，秀溪之孫

千里明月，隃企停鸞；一字華星，劃開湧翠。惠而好我，粲然有文。

某官地胄穹華，天資潤美。北平王之閥閱，梧竹蒼蒼；東山氏之衣冠，芝蘭奕奕。盍騎麒麟而淩厲，乃從猿鶴以徜徉。展也怒飛，翩其孰禦？

某頃馳楚傳，切志綿田。邛坂回車，庶乎爲子；江城捧檄，正以便親。永懷寸草之暉，更感粲花之寵。

式相好矣，莫酬錦繡段之華；遡洄從之，如此玻瓈江之碧。

【校記】

〔一〕曾玉堂　原作「曾王堂」，誤。據韓本、鄠本、張本、四庫本、文柱本改。

回吉州權府賀新除

某寢疏棨座，倏被絹封。身到木天，誤辱九重之眷；詞垂金薤，過蒙十部之臨。方切循墻，敢勤褒衮？蓋如庸晚，徒抱迂愚。山林自分於投深，畎畝空存於愛上。朝清道泰，幸遭際於明時；小往大來，慶挽回於正氣。猥令忝竊，例沐登崇。

恭惟某官瑞毓長庚，福移子駿。家有甘棠之芴，凛凛典刑；人蒙别駕之春，陶陶生遂。適郡符之初綰，睹帝綍之誤頒。蓋惟大夫之曰賢，遂令小子之有造。正朋一字，恐慚讀秘閣之書；肅使載還，尚擬致監州之謝。

回吉守李寺丞芾

光膺芝檢，榮剖竹符。吉爲大邦，望二天之正急；公有異政，爲百姓而一〔二〕來。新令風馳，歡聲雷動。

恭惟某官雪山冰壑，天球河圖。居南嶽風土之奇，夙鍾清淑；得西堂議論之正，綽著典刑。早啓雋途，薦昇華貫。天官宮正，持衡稍食之平；穡臣司農，挈領庖丞之重。惟絶海迅飆，可以開鯨浸；惟倚天長劍，可以破浮雲。故當搶攘杌陧之秋，常任撫字澄清之寄。昔四郊洶洶，帝每興當饋之嗟；今二水湯湯，公迄收按堵之效。惟我廬陵郡之劇，爲今東蒙主之難。莫非王事，我獨賢勞，旁諸縮手〔二〕；所謂世臣，必有喬木，上遂傾心。向來二千石之除，曾擬六一翁之里。惟蒼生之有福，故珠浦之重還。期會餘閒，雖異坡老作詩之舊；道理最大，喜聞韓王有德之言。今庶幾乎，俟來暮矣。青原鷺渚，未容坐席之温；紫殿鵷班，正恐召環之速。

某幸備受廛之數，得同載道之歡。已進迓於前驅，乃退慚於後至。欲陳情而未果，先賜汗而謂何。謝劉公紙書，姑附鴻翔之便；望〔三〕皇甫璧記，即修燕賀之恭。嚮戀寀深，敷陳罔既。

【校記】

〔一〕一　文柱本作「特」。

〔二〕旁諸縮手　文柱本移此四字於「上遂傾心」之前。

〔三〕望　原作「會」，誤。據韓本、鄒本、元諭本、張本、四庫本、文柱本、叢刊本改。

回前人

某薦蒙頠翰，再遺駢緘。辭逐一出於肺肝，義理各存於肯綮。螺浦之珠既去復返，足以爲奇；夜光之璧無因至前，受之甚懼。輒裁尺素，庸叙寸丹。仰冀融清，俯垂澄察。

回前人送冬禮

周曆紀正，魯臺書至。袴謡雷動，恰先七日之來；桀座春生，共慶一陽之長。頌聲盈耳，和氣滿城。某未薦賀言，猥廑饋禮。岸容待臘，正棲寂寞之濱；谷律先春，多謝温存之貺。赧然登受，略此控酬。餘俟别陳，仰干情亮。

回黄主簿

伏以春華如水，驚三紀之流光；夏綠滿園，又一年之初度。方拾薪而煮瀑，即嚼茗而嚥花。敢意一謙，有來多貺。厚之厨珍，以起其牢落；將之篚實，以申其殷勤。童喜相誇，爲里中之羊酒；兒癡不了，笑門外之桑蓬。拜而受之，我之懷矣。輪囷感臆，拍塞謝言。

回監魁錢昇叟賀新除

某偶膺光寵，實沐庇庥。將爲行人之辭，先承君子之饋。樽來工部，有光臨别之杯荷〔一〕；鵝贈右軍，以比大鳴於雁木〔二〕。登嘉以往，感德惟深。姑此占酬，嗣容禀謝。伏乞台照〔三〕。

【校記】

〔一〕杯荷　文柱本作「荷杯」。

〔二〕雁木　文柱本作「木雁」。

〔三〕伏乞台照　原脱此四字，據鄠本、四庫本補。

賀府簿錢昇叟

兹審錫命中朝，職書大府。密運良畫，協贊大功。伏惟慶愜。某正深蒙賴，倍切忻愉。亟此叙賀，切幾委照。

回大庾縣尉劉天聲

昨因歸雁，獲附殷勤。歲月如馳，曠音弗嗣。五朵雲箋，翩翩復來，山林那〔一〕記初度桑梓，拳拳黼藻過矣。就審一麾知己，三尺司平。揚州梅花，何如庾嶺本色？吟哦小駐，倚聽横飛。庭實磊落，分不得拜。興言遠意，若之何速之？肅使知慚，襄拜不敏，何當裔狀？

【校記】

〔一〕那　原作「郍」，誤。據四庫本改。

卷九

記

吉州州學貢士莊記

物之在天地間，自銖粟以上，莫不有主名。獨貢士莊所儲，以擬夫三歲大比。士之送上春官者，有司不知誰宜得之，取什伯於千萬，亦無敢自必爲已得，其予奪之，殆有物焉。逸史稱隋末一書生，所居抵官庫，有數萬錢，欲取之，神人訶之曰：「此尉遲公錢也。」泉者，天之利器，惟天能以與人。則夫任貢士莊者，殆爲天守利器，以俟夫天之所以與人者。充是心以往，真無所爲而爲之，其爲仁豈不至，而爲義豈不盡乎？

咸淳六年，簡池趙君必褕來爲廬陵教授，作興斯文，教養畢具。則按貢士莊之舊，稽其所出内歲錢穀幾何。廬陵士甲江右，一科數路，資送四五百人，裒多益寡，稱物平施，末之云耳。於是有增田之議。一之日置尹氏租，爲米八十斛；二之日置彭氏租，爲米一千一百九十二斛。趙君猶以爲未足，則曰：「傳而益之，其來者之事哉！」添差教授番陽程君申之繼至，相與詣郡，請蠲賦。吏持難易，閣弗下。永嘉繆侯元德甫下車，二君申其請，侯慨然曰：「奈何與吾黨校瑣瑣乎！」復之不崇朝。予聞而異之，以爲侯與廣文之用心，皆所以奉天道之不及者也。古之爵人，言必稱天。國家謹惜名器，自他蹊者悉名僥倖，惟進士科，使四方寒畯操觚而進，付得失於外有司，而定高下於殿陛之親擢，公卿大夫繇此其選。當是時，天子宰相一不得容心於其間。予嘗謂今世惟科舉一事爲有天道行焉。士修於家，試於鄉，如探籌然，以信夫天命之所遭。而爲貢士計者，積倉裹糧，共其道路，先事而爲之備，隨天命之所與而後與之。是心也，豈復有内交要譽之私哉！予故曰：皆所以奉天道之不及者也。是宜書。

且夫取士於天下，將以爲天下用。人之常情，其窮也不爲利疚，則其達也不可以非義屈。後之臨大節，斷大事，決非異時簞食豆羹見於色者之所能也。夫使郡國上其賢能，而漢人續食之意隱然寄於學校。士得以直走行都，而無僕馬後顧。所望於人也輕，則所以全於己也大。是邦學者世修歐、周之業，人負胡、楊之氣，如有用我，執此以往。是舉也，世道微有賴焉，蓋益可書也已。

是莊創始於尚書胡公槻，隸於學者米二千二百斛有奇。前丞相葉公夢鼎爲郡，增六百三十斛有奇，前教官黄君愷伯增一千三百六十斛有奇，前趙侯典樠增四百一十斛有奇。自二教創後，施君郁、鄭君師皋增二百五十斛有奇。合今所增，通爲米六千一百斛有奇。以學諭提點莊事，劉少南、張敏子云。八年八月記。

吉州右院獄空記

吉州右司理院，乃開慶元年五月獄空，九月又空，明年五月又空。吉爲州凡三獄，曰州院，曰左司理院，右院其一也。方千里之國，未易爲理，而物之不齊，其情固然。省刑罰，止獄訟，賢者雖欲爲之，而格於其勢之所不可。長老傳説，以爲自南渡百餘年，惟乾道庚寅、嘉定甲申獄嘗空。乾道事不知何如。嘉定間，南昌張别駕被旨攝廬陵郡。初，張宰清江，得米南宫「獄空」二字，勒諸珉以詔不朽，洎來吉，摹本遍付諸獄。不三月，遂皆以空告。由今推之，爲長民者一念之善，感召和氣可也。上有所好，下從而逢之，是未可知。夫以百餘年兩見之事，可謂稀闊，而其可疑又如此，然則雖謂之絶無僅有可也。

今司理君爲政寬允，嘗平反死事二，法應賞，君不自以爲功，當路論功亦不及。人謂君超然利害之表，君曰：「吾盡吾心而已，而何賞之較？」君實有愛人利物之心，哀矜庶獄，無所不用其至，人人自以爲不冤，獄空遂爲常。君書三考，候代者未至，歲月有奇，獄空之事，其二在考内，其一在候代時。院之設久矣，官此者幾人，得闕而來，受替而去，其間可紀之盛，百餘年僅僅兩見。今君受任三考，已能配此曠絶之踪，而書滿已後，迄臻三美，君職於其事，可謂無愧矣！此而不書，後將何觀？

雖然，予嘗上下世變觀之，自畫象之化遠，人心之樸日以散，惟成康時曰「刑措不式」，漢文時幾致刑措，下此，則唐初死囚歸獄之事，人以爲奇。蓋唐虞後至今三千餘年，而斷獄之省，數不過三。四海之大，兆民之衆，不可以一院比也，然聖人得國而爲之，持之以道，使民遷善遠罪而不自知，其效驗近卜於期月三年，而遠亦不過於必世。夫古今刑措之日既如此其難，而區區空一院之獄又如此其不數，聖人之志其遂不可行邪？雖然，由君之事，則百餘年間職業之可書曾不一再。而君以歲月爲之有餘，天下事信不可爲乎？神而明之，存乎其人。此予所以初爲世道感，而以其尚可爲者深幸也。嗚呼，君其毋以自足哉！君姓洪，名松龍，嚴陵人。

龍泉縣太霄觀梓潼祠記

龍泉邑治左，出門行數百步，有太霄老子宫焉。辛酉之春，予登其巔。四山拱趨，天宇高曠。會令方營度作梓潼君祠，邀予爲字曰「元皇之殿」。既爲從事，六月殿成。明年，令若士以書諗曰：「役之初興，君實來，辱爲之書，請卒記之。」邑爲吉上游，山川清拔，民秀而文。天聖以來，高科鼎鼎出，有位至侍從，以忠直自奮，尚論文獻者歸焉。維郴實接壤，桴鼓數震。令初至，適江上有警，郴寇益乘以譟，周旋軍旅，不得以間。事平，令謂：「吾幸爲禮義邑，雖倅偬，不容不爲俗化地，況少須暇乎？」稽諸圖志，庭廟鱗立，吾黨之士，獨無所敬祀。會賓興詔下，乃進諸生謀曰：「今三歲大比，試者以文進。將文而已乎？意必有造命之神執其予奪於形聲之表者，蓋元皇是也。士之所自爲，行爲上，文次之。神所校壹是法，合此者陟，違此者黜。人謂選舉之權屬之有司，不知神之定之也久矣。蜀山七曲神所宅之國，衣冠文物，莽爲風塵。惟神元命，實始吳會，英靈赫赫，將從君父所在而依之，是以江湖以南，神迹多著。此固士之所當欽崇而景仰者，舍而不祠，惟缺典是懼。」議遂決。

予按《詩》曰：「相在爾室，尚不愧於屋漏」；又曰：「昊天曰明，及爾出王。昊天曰旦，及爾游衍。」夫人一動之微，必有神明焉，得其情於幽隱易肆之地，兹其所以體物而不可遺也。惟經傳統謂之神，未有所指名。近世貴進士科，士以得失爲病。自元皇廟食，於是始有司桂籍之説。化書所謂九十四化，變遷推移，曠千百歲，雖涉於不可測知，然神生爲忠臣孝子，殁爲天皇真人。取士本末，實昉於人心義理之正，明有禮樂，幽有鬼神，果哉其不誣矣。孟子曰：「天爵仁義忠信，人爵公卿大夫。古之人修其天爵，而人爵從之。」〔二〕聖賢不語怪，而教人先内後外，未嘗非神之意。神雖遊於太虚，而考德問業，初無戾於聖賢之言。其在祭法，苟有以明民成教，宜與祀典，則神之有祠，豈緇黄之宫之埒？邑有先民典刑，大冠逢掖，爭志策厲，爲臣止忠，爲子止孝，此其内心固油然不自已，而況高山仰止，明神在前，則其戒謹恐懼，工力當倍。他日拔起諸生，彬彬知名，則居公卿大夫之位，必將有仁義忠信之人。令之此舉，於人才甚有功，於方來世道非無所關繫，豈曰以區區科目望其人，而惠徼福於神之一顧哉！

祠翼殿以廡，丹堊，具鐘鼓供器如式，像設居中。内而父母婦子事親之道，孝之屬也；外而侍御僕從爲臣之道，忠之屬也。費錢七十萬有奇，十萬爲令俸，餘裒多。迄於城觀下，古曰「龍頭里」，因其名爲坊。扁額，校書郎姚君勉筆也。令方爲遠者計，廉用積餘，市田以奉祠事。繼令邑之士，其受令之賜永永無斁。令陳氏，名昇，三山人，初攝事，繼辟令任云。

【校記】

〔一〕「孟子曰」五句，《孟子·告子上》：「仁義忠信，樂善不倦，此天爵也；公卿大夫，此人爵也。古之人修其天爵，而人爵從之」。

文山觀大水記

自文山門而入，道萬松下，至「天圖畫」，一江横其前。行數百步，盡一嶺，爲「松江亭」。亭接堤二千尺，盡處爲「障東橋」。橋外數十步爲「道體堂」。自堂之右，循嶺而登，爲「銀灣」，臨江最高處也。銀灣之上有亭曰「白石」，青崖曰「六月雪」，有橋曰「兩峰之間」而止焉。「天圖畫」居其西，「兩峰之間」居其東，東西相望二三里。此文山濱江一直之大概也。

戊辰歲，余自禁廬罷歸，日往來徜徉其間，蓋開山至是兩年餘矣。五月十四日，大水。報者至，時館中有臨川杜伯揚、義山蕭敬夫。吾里之士以大學試，群走京師，惟孫子安未嘗往。輒呼馬戒車，與二客疾馳觀焉，而約子安後至。

未至「天圖畫」，其聲如疾風暴雷，轟豗震盪而不可禦。臨岸側目，不得往視，而隔江之秧畦菜隴，悉爲洪流矣。及「松江亭」，亭之對爲洲，洲故垤然隆起，及是，僅有洲頂而首尾俱失。老松數十本，及水者爭相跛曳，有偃蹇不伏之狀。至「障東橋」，坐而面上游。水從「六月雪」而下，如建瓴千萬丈，洶湧澎湃，直送乎吾前，異哉！至「道體堂」，堂前石林立，舊浮出水面〔一〕，如有力者一夜負去。

酒數行，使人候「六月雪」可進與否，圍棋以待之。復命曰：水斷道，遂止。如「銀灣」，山勢回曲，水至此而旋。前是立亭以據委折之會，乃不知一覽東西二三里，而水之情狀無一可逃遁。故自今而言，則「銀灣」遂爲觀瀾之絶奇矣。坐亭上，相與諧謔，賦唐律一章，縱其體狀，期盡其氣力，以庶幾其萬一。予曰：「風雨移三峽，雷霆擘兩山。」伯揚曰：「雷霆真自地中出，河漢莫從天上翻。」敬夫曰：「八風捲地翻雷穴，萬甲從天驟雪駿。」惟子安素不作詩，聞吾三人語，有會於其中，輒拍手捋鬚，捧腹頓足，笑絶欲倒，蓋有淵明之琴趣焉。倚闌踰時，詭異卓絶之觀不可終極，而漸告晚矣。乃令車馬從後，四人携手徐步而出。及家，而耳目眩顫，手足飛動，形神不自寧者久之。

他日，予讀《蘭亭記》，見其感物興懷，一欣一戚，隨時變遷，予最愛其説。客曰：「羲之信非曠達者。夫富貴貧賤屈伸得喪，皆有足樂，蓋於其心而境不與焉。欣於今而忘其前，欣於後則忘其今，前非有餘，後非不足，是故君子無入而不自得。豈以昔而樂，今而悲，而動心於俯仰之間哉！」予憮然有間。自予得此山，予之所欣日新而月異，不知其幾矣。人生適意耳，如今日所遇，霄壤間萬物無以易此。前之所欣所過者化，已不可追紀。予意夫後之所欣者至，則今之所欣者又忽焉忘之。故忽起奮筆，乘興而爲之記，且諗同遊者發一噱。

【校記】

〔一〕面　原作「而」，誤。據韓本、鄢本、元諭本、四庫本、文柱本改。

鄒文叔垂芳堂記

吾鄉上游，有佳木連理，生於鄒公長者之地，不知幾何年。益公取以補《廬陵圖志》。木濱水如老蛟，天矯有騰驤怒起之勢。咸淳八年秋，一夕大雷電以風，木隨水而飛。又二年秋，有蓮一蔕雙華，出於文叔北窗下苔池中。文叔，長者曾孫也。連理表章於乾淳間，鄒氏始享有其瑞。予聞長者一再傳，皆恂恂友愛，同氣並根，既碩且蕃，實生來仍。今文叔之庭，二季競爽，兩孫端美，天將昌之，其殆視同穎兩岐絪縕坱圠而未有已乎。文叔喜而命予題其堂，曰「垂芳」。夫一草一木之微，比於太虛，僅同毛髮。而「鄂不韡韡，兄弟之親」，《小雅》所爲賦也，於吾心得無感乎？予旦夕尚徘徊新堂〔一〕，爲君賡《棠棣》之一章。

【校記】

〔一〕新堂　有煥本、文柱本、周本作「斯堂」。

李氏族譜亭記

蘇老泉有《族譜引》，又有《族譜亭記》。《引》專言父祖子孫出於一本，不可忽忘；《記》則以鄉人不義不睦者爲戒。愚嘗謂《引》之詞極論骨肉之所從，而動其内心之愛，此宜與賢者道。至於《記》之所載，其言他人戕賊之故，而惟恐族陷於不淑。羞惡之心，人皆有之，則此訓又親切焉。

西山李氏家於龍泉數百年，先世有諱穀者，與潁〔二〕濱遊。老泉之《譜引》自以爲得於面授，而切意其《亭記》尚未及見也。今其族放〔二〕蘇氏作族譜亭，以不忘先世潁濱之交，以庶幾老泉之意。有名繼祖者又修復之，以紹前志。爲予求字，予爲之書，而樂道其美。夫其《譜引》，先世既自得之以遺其子孫，今其子孫固已識先世之用心矣。予猶以爲未也，則告諸繼祖，歲時聚族拜奠亭下，更願與蘇公《亭記》各各觀誦一過，使爲長上者復申告之曰：謹毋爲鄉之某人者。

【校記】

〔一〕潁　原作「穎」，誤。據四庫本、文柱本改。下同。

〔二〕放　有煥本、文柱本作「仿」。

蕭氏梅亭記

廬陵貢士蕭元亨，江西帥平林公之孫，贛州龍南縣丞之子。蚤孤有立，克肖厥世。於其讀書遊息之暇，有自得焉，乃作亭於屋之西偏，周之一徑，被徑一〔一〕梅亭，後有廊，有詩盡壁間。前方池，廣五尺，飼魚而觀之。鄰墻古樹，蔽虧映帶。清風徐來，明月時至。君領客於此，上下談笑。客多乃祖父舊遊，而君樂從之，稱其家兒也。君名亭曰「梅」，而屬其客請記於予。

予昔者登平林公之門，入其園，臺觀沼渚，卉木竹石，曲折靡曼，登覽幽遠。公緩步徐坐，杯酒流行，古君子也。退從贊府，與其次子江陵支使昂然野鶴，粲然華星，南金荆玉，應接不暇，佳公子也。今是園也，亭館日以完美，草樹日以茂密，元亨兄弟又從而增大之。夫高臺曲池，百歲倏忽，此孟嘗君之所以感慨於雍門周者也。予於君，不十年間俯仰三世。昔也念其門之遭，今也賀斯園之幸，則告於元亨曰：天地閉塞而成冬，萬物棣通而爲春。方其閉塞也，陰風觱栗，寒氣贔屭，衆芳景滅，萬木僵立，何其微也；及其棣通也，木石所壓，霜露所濡，土膏墳起，芽甲怒長，何其盛也！天地生意，無間容息〔二〕。當其已閉塞之後，未棣通之前，於是而梅出焉。天地生物之心，是之謂仁。則夫倡天地之仁者，蓋自梅始。今君之樂斯亭而賞斯梅也，其何以哉！天地莫不有初，萬物莫不有初，人事莫不有初，人心莫不有初。君從其初心而充之，無非仁者。使梅而有知，吾知其爲君欣然矣。

昔東坡記靈壁〔三〕張氏園亭，推本其先人之澤，而拳拳然望其子孫，且將買田泗上，以與張氏遊焉。予里人，辱君好舊矣，宜其甚於坡之愛張氏也。

【校記】

〔一〕一　韓本、鄠本、元諭本、四庫本作「以」。

〔二〕無間容息　景室本作「無容間息」。

〔三〕靈壁　原作「靈璧」，誤。據韓本、元諭本、張本、四庫本改。

衡州耒陽縣進士題名記

衡州進士題名記設於學，耒陽隸焉。去年歷兵火，浸湮毁。耒陽宰郴江王某始與其士刻石邑庠，以自爲一同人物記。邦人鬱林教授周君道興介予曰：「縣之立是碑，屬歲大比，將作興士氣也，冀子爲之記。」予嘉其勤，不得辭。

按衡進士姓名可考者，自祥符省元鄭向而始〔一〕，景祐八人俱擢第，郡人侈爲渾化，時耒陽居其三。嘉定郡貢十八人，耒陽又半之。間歲往往多得上。今邑人於花州之讖，翹乎其未憖也。雖然，科第之末，不足爲儒者道，天下事固有大於此者矣。衡有石鼓書院，朱文公實爲記。其論世俗之書，進取之業，以爲志於己者所羞言，至謂學校科舉之害，不可以是爲適然而莫之救。先生所以正人心破俗學者，頎乎其志也。前輩之流風未遠，學者之分内何限，屬邑之士其得無所聞乎？然則縣之此碑，將以紀姓名也，豈曰使人歆慕誇羨，矻矻然爲物外之歸哉！夫在上有師道，則在下有善人；修於家有正學，則天子之庭有真儒。此令尹與凡邑之士兢兢終日而不能已者也。若夫苟焉而學，泛焉而仕，冒焉而題，則後人指之曰：某也若何，某也若何。嗚呼，是可不凜凜乎哉！

【校記】

〔一〕鄭向而始　胡思敬校：「而」字疑衍。

撫州樂安縣進士題名記

撫領縣五，進士題名記自太平興國樂公史始，以迨於今，班班然。雖然，此記諸郡者，縣又各有記。郡縣皆以本人物之出，而縣又近也。樂安自紹興十八年始置縣。於時士文富義豐，頭角嶄出，志氣凜然，蓋文物之發越久矣。三歲大比，由是而計偕者，始而一人，繼而二三人，繼而四五六七人；擢奉常第者，始而一人，繼而二三人。斯盛矣，而記未立，闕也。予同年新贛州教授何君時以書來京師曰：「薦於鄉而仕於國，皆仕之達也。追其已往之不及記，待其方來之不勝記，特託諸石，以詔不朽。願假之一言。」辭不獲。

按圖志：縣始創，實割崇仁三鄉，與吉之永豐一鄉。斯土也，蓋文明之會也。山川之英，扶輿清淑之所藏。是故名世出於其間。歐陽子之於永豐，文恭羅公之於崇仁，是其人也。今縣東跨西并，收拾奇山水以爲一國，風氣磅礴，且百年於此，斯文之運，寖以張王，此豈偶然之故邪？雖然，二君子所長，非科第也，有大焉者矣。登斯記也，「高山仰止，景行行止」，當如何哉！當如何哉！

瑞州三賢堂記

瑞有三賢祠堂。三賢：余襄公、蘇文定公、楊文節公。祠堂舊在水南闤闠，景定庚午〔一〕毁於兵。前守嚴陵方君逢辰遷之稍西，垂成而去。某爲君代，相遇於上饒，君語及斯堂，曰：「瑞人之敬三賢也如生，三年無所於祠，意閔閔焉，予是以亟新之也。然塗塈未畢，像設未備，子其成之，成則爲之記。」某至郡，既敬奉君之教，遂率諸生行釋菜禮，而君書三至，諗記之成，某不得辭。

夫瑞爲郡，號「江西道院」。然在汴京盛時，爲遠小，故余、蘇二公皆以謫至。淳熙間，郡去今行在所爲近，而楊公江西人，雖自蓬監出守，殊不薄淮陽也，地一而時不同，又守郡者與他謫異，然瑞人矜而相語，概曰：「吾郡以三賢重。余公坐黨范文正；蘇公坐救其兄東坡先生，後又以執政坐元祐黨；楊公坐爭張魏公配饗事。使此三賢者皆無所坐，安得辱臨吾土？」噫！甚矣，瑞人之好是懿德也！

然三賢所養，猶有可得而竊窺者乎？范公忤吕丞相而去也，未幾復用，前日奮〔二〕緣被斥者以次召還；襄公自瑞徙泰，乃獨請嶺南便郡以歸，愈去愈遠，豈非所謂同其退不同其進者耶？蘇公世味素薄，其記東軒，謂顔氏簞瓢之樂不可庶幾，而日與郡家〔三〕收緇銖之利，曾不以爲屈辱。異時再謫，三徙之餘，退老潁濱，杜門卻掃，不怨不尤，使人之意也消。若楊公，則肆意吟哦，筆墨淋漓，在郡自爲一集，與疇昔道山群賢文字之樂無以異也。若三賢者，豈以擯斥疏遠累其心哉！夫擯斥疏遠不以累其心者，其流或至於倏然遠舉，超世遺俗，而三賢又不然。余公用於慶曆，蘇公用於元祐，蹇蹇匪躬，皆在困躓流落之後。楊公當權奸用事，屢召不起，報國丹心，竟以憂死，凜然古人屍諫之風。嗚呼，此其所以爲三賢歟！繇前言之，吾知在瑞之時，樂天安土；繇後言之，吾知在瑞之時，乃心罔不在王室。嗚呼，此其所以爲三賢歟！《詩》曰：「高山仰止，景行行止。」太史公曰：「雖爲之執鞭，所欣慕焉。」瑞人之敬三賢也，又於此思之，當有以稱方君所爲欲記斯堂之意。某於先正，無能爲役。

【校記】

〔一〕庚午　景定年間無「庚午」，衹有「庚申」。「庚午」在咸淳年間。

〔二〕夤　原作「寅」，誤。據景室本、周本改。胡思敬校：「寅」當作「夤」。

〔三〕郡家　胡思敬校：「家」疑「□」。

建昌軍青雲莊記

大農簿趙侯守盱〔一〕之明年，建青雲莊成。侯旦夕受代行矣，移書請記於廬陵文某曰：「大江以西，縉紳衣冠，盱爲盛。盱賓興薦士三十七，江山奇氣，發天地之藏，未艾也。郡有庫，邑有莊，皆以貢士名，賦〔二〕《鹿鳴》與計偕者，僕馬道路而無虞矣。則後自念，士方奏名待對，皇帝王伯之規模，造端發軔。如火始然，奈何以旅瑣瑣病寒畯乎？會南豐有寺曰「安禪」，毀於寇，田若干，無所於屬，於是復其租稅，爲屋四楹，乃積乃倉，於寺之廢址，命曰「青雲莊」。錢穀有司，三歲一會。凡盱之試御前者，贐各有差。所爲厚士於方來，蓋庶幾焉。

某復於侯曰：自異學興，緇黃之宫徧天下，其徒蠶食，阡陌相望，有志之士嘗欲磨以歲月，聽其消亡。士大夫蔽於福田利益之私，非惟無救於敝，更張大〔三〕之。侯也炳然大觀，右儒而左釋，制其膏腴，移彼於此，正合前賢建置，可謂執德而不回者矣。孟子曰：「我善養吾浩然之氣。」夫浩然者，際天地而常存，不假外物而爲消長。士豈以侯爲浼己哉！《詩》云：「菁菁者莪，在彼中陵。既見君子，錫我百朋。」釋者曰：「古者貨貝，五貝爲朋；百朋，得禄多也。」《小雅》之序菁菁者，美其育材；變《小雅》之次菁莪者，傷其廢禮。以君師在上，取其長育人材者，禮如何其廢之？矧諸侯奉天子命，守土有國，士賢者能者悉上送春官，勸駕續食，固其所也。侯推廣國家樂育之意，知盡禮而已，與之者非以爲恩，受之者豈以爲不屑哉！莊生論鵬摶扶摇而上者九萬里，風斯在下，本放曠者寓言。自隋唐以來，世人尊異科第若青雲者，放之而爲之辭。古之人其身益高，其心益危，人以爲瞻望不可企及，乃其憂責之始，士之於一旦，豈真以發身爲汗漫乎哉？《易》之《象》：「雲上於天，需，君子以飲食宴樂」，士待對時也；「雲雷，屯，君子以經綸」，士澤物時也。侯誠有望於人物，有意於世道。有以爲《需》之飲食，侯事也；無以爲《屯》之經綸，士責也。侯不負士，士亦不負侯，是爲不負所學，不負天子。

侯名孟適。董莊事者，前通判臨江軍曾君稹，新袁州萬載縣主學徐公應午。貢士庫名存而實湮，以白金二十鎰補其籍，改庫爲田，以利久遠，其出内則隸是云。

【校記】

〔一〕旰　原作「盱」，誤。據韓本、鄢本、元諭本、張本、四庫本、文柱本改。以下同改，不另出校記。

〔二〕賦　原作「貢」，誤。據韓本、鄢本、元諭本、四庫本改。

〔三〕大　原脱，據韓本、鄢本、四庫本補。

贛州重修清獻趙公祠堂記

郡所在祠先賢之爲守者，守得祠以遺愛，然而百世之下，君子之澤有存焉者寡矣。而聞其風，爲之興起，尸而祝之，不謀同辭，識者於是上下世道而觀其大節焉。故參知政事、贈太子少師清獻趙公抃，歷事仁宗、英宗、神宗，以忠亮純直爲時名臣。公嘗治虔、治益、治杭、治越。其政本之以清淡，行之以簡易，寬不爲弛，嚴不爲殘，使在漢氏〔一〕，課功第能，當不在循吏下。抑公所爲大過人者，不寧惟是。當王安石變更祖宗法，海内騷動，廷臣唯諾趨走，莫敢後先。獨與司馬文正光、范忠文鎮、唐質肅介頡頏爭論，不少假借。至上疏言財利於事爲輕，民心得失爲重，不罷青苗使者，非宗社之福。公卒去位，小人相繼用事，濁亂天經，蘖牙禍根，荆舒之罪，穢汙簡册。「如有一個臣，斷斷猗無他技。」中原遺老，炳然元龜，天下後世，感憤追想，猶凛凛有生氣。嗚呼，此其所謂大節，關繫於世道治亂升降，而不可誣也！

咸淳六年，知贛州、大宗丞番陽〔二〕李侯雷應以公嘗辱爲是邦，始至，訪公祠所在。郡治故有祠，與濂溪並。自濂溪移祀於學，前守陳公宗禮始建公廟於城之東偏，歲時妥侑，習爲故常。屋弊且壓，神不顧享。侯慨然曰：「是不可憚改。」會歲豐人和，庭無徵發。於是棟楹欄檻之腐敗撓折者，瓴甓丹雘之疏漏漶漫者，神位祭器之缺失不如禮者，所費儉約，一日新美。又更爲之門，俯臨大衢，非徒侈觀，使過者敬恭焉。明年夏五落成。侯時已除湘南刑獄使者，將行，走書屬某記之。某惟吏道苟且，逐末忘本久矣。侯之先公忠清有風裁於世，侯得之見聞，獨能尊事文獻，景行先哲。風〔三〕示邦人，以繹教思，其淵源有自來哉！

清獻距今二百餘年。贛石，公所鑿也；章貢臺，公所創也。公之事遠矣，而其山川猶有衣被其餘者。贛人之思之曰：「公生而德澤在吾土，公之賜也；公死而典刑在吾土，公之賜也。」嗚呼！公之在熙寧也，當時小人號爲得志，富貴澌盡，終歸無有。贛何地也，而公祠在焉。後公而爲贛者相望，亦豈無可以繫去思者，而公之祠巋然靈光，何其懿也！嗚呼，士大夫之於當世，其大節可不謹哉！可不謹哉！

【校記】

〔一〕漢氏　胡思敬校：「氏」疑「代」。

〔二〕番陽　原作「番易」，誤。四庫本、叢刊本作「番易」。《全宋文》據叢刊本改作「番陽」，今從改。

〔三〕風　原脱，據韓本、鄒本、四庫本補。

贛州重修嘉濟廟記

今天子咸淳六禩，大宗丞、權侍左郎官李雷應被旨知贛州。贛地大而俗囂，山寬而田狹。俗囂故易以譟，田狹故易以饑。侯未至以爲難，將至以爲憂。乃七月下車，膏雨霈流，嘉氣坌集，民聲大和，四郊以寧。侯悅，莫喻所從來也。百姓歌之曰：「我土渢渢，黍稷芃芃。孰啓我侯，我神之功。我氓蚩蚩，牛犢熙熙。孰相我侯，我神之威。」侯驚，召父老進而問故曰：「是何神也？」父老相率告於庭曰：「州之東有廟曰『嘉濟』，自秦漢以來，血食至今。我民司命，匪神其孰尸之？」侯恤然曰：「我何以得此於神哉！抑神實德我，我其有不致力於神？」乃肅籩豆，乃潔牲牷，晨起詣廟，以謝以祈。既竣事，周視庭宇，不遑於寧，始建議營度。刊木於匡，浮竹於津，厥材既堅，厥工惟時。植圮支仆，撤去庳陋。傭力奔走，咸勸於事。堂皇言言，廊廡嚴嚴，有門秩然，有亭翼然。於是神位具宜，廟制大備，王宫皇皇，袞冕裳衣。祠既畢，則以其餘修道逵以便來遊者，葺二浮梁以便絶江者。錢奇二百萬，粟奇二百碩，悉出侯所節縮，故役成而人不知。

明年四月，侯除荆湖南路提點刑獄，未行，粟米在市，蠶麥滿野，鷄犬相聞，達於嶺表。訖侯去，視始至如一日焉。百姓復歌之曰：「奕奕廟貌，我侯新之。侯爲我民，匪神是私。田有稻粱，野無干戈。微侯之賜，胡以室家？屢舞僊僊，伐鼓淵淵。何以報侯，萬有千年。」予時臥山中，州從事具本末來，屬予言〔一〕其事。予按祭法：「能禦大菑則祀之，能捍大患則祀之」。神之爲靈，昭昭矣，謹叙次下方，納諸廟門爲記。

【校記】

〔一〕言　韓本、鄒本、四庫本作「書」。景室本作「記」。

贛州興國縣安湖書院記

贛興國縣夫子廟在治之北門。縣六鄉，其五鄉之人來遊來歌，被服儒雅。東二百里曰衣錦鄉，其民生長斗絶險寒，或爲龍蛇，瀆於邦經，有司黽勉，以惠文從事。咸淳八年，宣教郎臨川何時來爲宰，憫然曰：「使人不可化，則性命之道熄矣。」顧邑校曠越不克施。乃夏四月，即其地，得山水之勝，議建書堂，以風來學。召其豪長，率勵執事。堂庭畢設，講肄有位。彙試館下，録爲生員凡二十八人。又拔其望四人爲之長。冬十月，令率諸生以牲幣薦於先聖先師。樽俎旗章，等威孔嚴。環觀愕眙，屏息胥忭。黧老婦子，轉相傳呼，然後翕然以儒者爲重。令曰：「吾教可行矣！」載命胥正，秩其比伍，家使有塾，人使有師，如黨庠術序之意。置進學日記，令躬課其凡，督以無怠。又上諸府，改其鄉曰「儒學」，植之風聲。於是山長谷荒，人是用勸，咸願進嚮文事，率由訓。程傳曰：「天地之道浸」，言化以漸也。風俗之積幾千百年，而令一朝變之，固若是速歟？

共惟國家五星聚奎，實開文明。皇祖制詔，天下州縣立學，所在表章儒先，復創書院。三代以下，斯文彬彬焉。先民有言，「地氣自北而南」。粵從衣冠正朔，啓我吴會，自江以南，悉爲鄒魯。今也遐荒陋僻，沐浴教恩〔一〕，如狂得瘳，如迷得呼。王澤之滲漉日深，地氣之推移日至，此豈偶然之故哉！予於令爲同年進士，適守是州。今奉天子明訓，以字民爲職，能廣學愛〔二〕，宣德化，是爲不辱威命。將上其事於朝，復諗之諸生曰：「昔有文翁，興學於蜀。受業博士，時則張叔。學官弟子，畏而懷之。彼何人哉，叔兮叔兮！」又進諸生之長諗之曰：「昔有文公，設教於潮。潮人趙德，以士見招。維文與行，倡於齊民。其則不遠，德哉若人！」諸生拱而前曰：「某等幸生明世，惟師帥不鄙夷之，俾獲有聞，雖不敏，敢不受教！

請刻諸石，以詔百世。」書院之制，前爲燕居，直以杏壇，旁爲堂，左先賢祠，祠後爲直舍，繚齋以廡，不侈不隘，臨溪爲之門。堂名「絜矩」，齋名「篤志」「求敏」「明辨」「主善」「率性」「成德」，其門總曰「安湖書院」。某山中所題云。

【校記】

〔一〕教恩　張本、有煥本、文柱本、景室本作「教思」。

〔二〕學愛　文柱本作「學校愛」（「愛」屬下讀）。景室本作「學校」。

道林寺衍六堂記

余行步長沙，道湘西，登道林寺。舊有四絶堂，指沈傳師、裴休筆劄，宋之問、杜甫篇章也。堂之顔，吾鄉益國周公書之，至是百二十年。公又有記，述蔣之奇語。之奇取歐陽詢書、韓愈詩，而黜裴、宋。公獨合古今異同，有衍四爲六之説。人之意度相遠如此。僧志茂以屋壓字漫，壽公字於石，取公之意，易名「衍六」，將揭於新堂。予嘉其有二善焉：補唐賢故事，寶乾淳遺墨，非俗衲所爲。爲之嘉嘆，而記其後。

五色賦記

孟春之二十五日，發舟石鼓。越三日，過衡山，宰趙孟傃送《縣志》。《遺逸門》一段云：「寇豹與謝觀同在唐崔裔孫門下，以文藻知名。豹謂觀曰：『君《白賦》有何佳語？』對曰：『曉入梁王之苑，雪滿群山』；夜登庾亮之樓，月明千里。』」觀謂豹曰：『君胡不作《赤賦》？』豹曰：『田單破燕之日，火燎於原；武王伐紂之年，血流漂杵。』」前輩遊戲文字，足以解人頤如此。客曰：「更仿之作《黑賦》，如何？」予應聲曰：「孫臏銜枚之際，半夜失踪；達磨面壁以來，九年閉目。」客絶倒。予曰：「君盍賦黄賦青，如何？」一客云：「杜甫柴門之外，雨漲春流；衛青塞馬之前，沙含夕照。」又一客云：「帝子之望巫陽，遠山過雨；王孫之别南浦，芳草連天。」曰黄曰青，不於其蹟，而於其神，亦一時興致所到。因反觀寇、謝前作，惟「月明千里」得白之神，曰雪曰火曰血，皆不免著迹。且「漂杵」是武王一處事，「燎原」與田單不相干。一客改之曰：「堯時十日並出，爍石流金；秦宫三月延燒，照天燭地。」一客又曰：「『夜登庾亮之樓，月明千里』如何對？」或對曰：「秋泊袁宏之渚，水浸一天。」予謂前作已是劣劇，後來者又進乎滑稽矣。因次第其高下：赤豪雄第一，黑深妙第二，黄神俊第三，白脱灑第四，青風韻第五。或以黑爲冠，予亦莫知其定，因記之，以諗觀者。

衡州上元記

歲正月十五，衡州張燈火，合樂，宴憲若倉於庭。州之士女傾城來觀，或累數舍，竭蹷而至。凡公府供張所在，聽其往來，一無所禁。蓋習俗然也。咸淳十年，吏部宋侯主是州，予適忝陳臬事。常平以王事詣〔一〕長沙，會改除，於是侯與予爲客主禮。

是晚，予從城南竟城東，夾道觀者如堵。入州，從者殆不得行。既就席，左右楹及階，階及門，駢肩累足，鱵鱵如魚頭，其聲如風雨潮汐，咫尺音吐不相辨。侑者集三面之人，趨而前，執事幾不可曲折。酒五行，升車詣東廳。廳之後稍偏，爲燕坐，俎豆設焉。主人既肅賓，車不得御，乃步入燕坐之次。至，兒童婦女雜襲而爭先，男子冠以上往往引去。及獻酬，州民爲百戲之舞，擊鼓吹笛，斕斑而前，或蒙倛焉，極其俚野，以爲樂。遊者益自外至，不可復次序。婦女有老而禿者，有齯無齒者，有傴僂而相携者，冠者，髽者，有盛塗澤者，有無飾者，有携兒者，有負在手者，有任在肩者，或哺乳者，有睡者，有睡且蘇者，有啼者，有啼不止者，有爲兒弁髦者，有爲總角者，有解后叙契闊者，有自相笑語者，有甲笑乙者，有傾堂笑者，有無所睹隨人笑者，跛者，倚者，走者，趨者，相牽者，相扶挈者，以力相拒觸者，有醉者，有倦者，咳者，唾者，嚏者，欠伸者，汗且扇者，有正簪珥者，有整冠者，有理裳結襪者，有履閾者，有倚屏者，有攀檻者，有執燭跂惟恐墮者，有酒半去者，有方來者，有至席徹者。兒童有各隨其親且長者，有無所隨而自至者，立者，半坐於地者，有半坐杌下者，有環客主者，有坐復立者，有立復坐者，視婦女之數，多寡相當。蓋自數月之孩以至七八十之老，靡不有焉。其望於燕坐之門外，趑趄〔二〕而不及近者，又不知其幾千計也。當是時，舞者如儺之奔，狂之呼，不知其褻也。觀者如立通都大衢，與俳優上下，不知其肆也。予與侯頹然其間，如爲家人之長，坐於堂，而驕兒騃女充斥其間，不知其逼也。

予起而舉酒祝侯曰：「以平易近民，而民近之，豈弟父母。侯之謂矣。」侯酬〔三〕且執爵前曰：「惟使者使民不冤，無湮鬱其和，我是以大有民。」予避且謝，則復諸侯曰：「使時和歲豐，日星明概，舉海内得以安其生而樂其時，衡與賜焉。維天子之功，臣等何力之有？」侯拱而立。侯，蜀人也。因與予言益州承平時，元夕宴遊，其風流所親見，蓋出於祖宗德澤，天地涵育之久，而今不可復得矣。予愍然私念之，開慶、景定間，衡以中州，不得免於難，今城郭室廬，公私文物，猶草創綿蕝云爾。然以幾世幾年所爲郡，而十數年間卒然修復，得其大體，非國家忠厚積累，於民力愛養有素，豈望如今所成立哉？蜀自秦以來，更千餘年，無大兵革。至於本朝，侈繁鉅麗，遂甲於天下，不幸蕩析，若鬼神之忌盈者。今衡之民務本而勤力，歲時一觀遊之外，衣食其耕桑，儉而不泰，風氣淳厚，猶南方建德之國，其將進而未已者乎。

予爲親懷歸，得郡且行，侯選表於朝有日矣。惟一時民物之概，得於目擊，相與嗟嘆，闊絶而欣喜，不厭於心者，不當無所紀。且懼夫可愛可愕之狀，俯仰蹉跌，忽不可以復追也。燕之明日，亟奮筆記之，以庶幾觀風之意，且使後來者於侯政有考焉。侯名遇，今居延平。

【校記】

〔一〕詣　原作「請」，誤。據韓本、鄢本、元諭本改。

〔二〕趑趄　原作「趑趣」，據《全宋文》改。

〔三〕酬　韓本、四庫本作「醻」。

雷州十賢堂記

國朝自天禧、乾興迄建炎、紹興，百五十年間，君子小人消長之故，凡三大節目，於雷州無不與焉。按雷《志》，丞相寇公準以司户至，丁謂以崖州司户至。紹聖後，端明翰林學士蘇公軾、正言任公伯雨以渡海至；門下侍郎蘇公轍以散官至；蘇門下正字秦公觀至；樞密王公巖叟雖未嘗至，而追授别駕，猶至也；未幾，章惇亦至。其後丞相李公綱，丞相趙公鼎，參政李公光，樞密院編修官胡公銓，皆由是之瓊，之萬，之儋，之崖。正邪一勝一負，世道以之爲軒輊。雷視中州爲遠且小，而世道之會乃於是觀焉。

我度皇之九年，詔太〔一〕府寺簿虞侯應龍知雷州。侯，雍公曾孫，有文學，凡登朝必與史事，諸所袞鉞得《春秋》大旨，植之風聲，尚有典刑。其至雷也，考圖諜，訪耆老，顧瞻山川，愍如有懷。乃黜丁氏、章氏，自萊公以至淡菴凡十賢，爲祠於西湖〔二〕之上。使海邦興起前聞，一朝皂白，知所以勸，敬賢如師，疾惡如仇。侯所爲豈刀筆細故哉！嗟乎！雷何地也，諸賢冠冕於此，儼然而威，自太守諸生以下，敬恭登降，制幣薦奠如先聖先師。人有常言，「惟是風馬牛不相及也」，諸賢何以得此於南海，南海何以得此於諸賢乎哉？我祖宗待士大夫忠厚而有禮，稽諸司敗，嶺海則止，此事上配帝王，非漢唐所及。雖施之奸回，容有傷惠，而賢者失路，靡不獲全。祈天永命，萬有斯年。噫嘻，盛德事也！祠經始於十年九月，十月吉日落成。侯謂予同館，走書數千里至贛，屬予記。予不敏，叙其凡，復爲迎送神辭，使祀則歌之。辭曰：

颶風起兮雲黄，萬里兮故鄉。桃茢兮祓不祥。何懷乎斯宇兮，惟獨有此衆芳。海可竭兮神不可忘，五嶽爲質兮三辰爲光，保我有國兮萬年其昌

【校記】

〔一〕太　原作「大」，誤。據元諭本、《全宋文》改。

〔二〕湖　原脱，據韓本、鄒本、四庫本補。

雷州重建譙樓記

凡並海而爲州，皆有颶風，而雷爲甚。中州多山，地氣固密，城郭公府，苟非水火兵革之難，雖累數千百年，存焉可也。南方歲有颶風，拔大木，蜚大屋，以爲常。矧雷三面際海，當風之衝，豈獨城樓難哉？

太史氏虞侯應龍來爲守，是爲咸淳十年。六月十有二日夜半，颶風作。厥明，視譙壓而城壞。方風之來也，其暈如虹，有蜃氣如樓臺。及其欻霍淩轢，訇哮撞搪，其聲不可名狀。侯曰：「斯樓，郡以晝夜者，非大且壯，無以支永久。」乃筏〔一〕鉅材，鳩工並興，設爲巍峨，下臨鯨波。人聞〔二〕而憮然曰：「天下猶海也，世變猶風也。昔人有言：大厦非一木可支。又曰：震風淩雨，而後知厦屋之帡幪也。侯所建立，有安天下之道焉。」侯之爲雷也，寬而有制，嚴不爲暴。始至，蒐軍明律，戮澤中爲龍蛇者，獄有三年淹破其貨内者。覈丁籍，實民賦，老壯以時，富貧有經。又爲之表賢哲，興學校，開其倫常，示人有恥，陶爲清淳，訟是用希。凡此皆侯所爲反風徙鱷之本也。天子聖神文武，克有天命，祝融受職，海若順令。侯爲政知所本，价人維藩，式是南邦，城樓云乎哉！

【校記】

〔一〕筏　景室本作「伐」。

〔二〕人聞　韓本、鄒本、元諭本、張本、四庫本、文柱本作「予聞」。

序

孫容菴甲稿序

容菴孫先生早以文學自負，授徒里中。門下受業者常數十。晚與世不偶，發其情性於詩。今其家集，甲乙丙彙爲三帙。當先生無恙時，乙，官湖王公介爲序；丙，今念齋陳公彬筆也；獨甲，篇首無所屬，太史公將以自序云爾，不幸未就，賫志以殁。後二十二年，先生之子演之、孫應角出其本，命予序以補其遺。

先生之爲詩，縱横變化，千態萬狀，前二公模寫極矣。後生小子於前輩畦徑不能窺也，獨嘗往來容菴，知先生所以爲詩者。今夫山，一卷石之多，及其廣大，草木生之，禽獸居之，寶藏興焉。今夫水，一勺之多，及其不測，黿鼉蛟龍魚鱉生焉，貨財殖焉。天下之奇觀，莫具[一]於山水。山水非有情者，莫之爲而爲。何哉？傳曰：「山藪藏疾，江海納汙」[二]，則其所容者衆也。先生之庵介於闤闠，敞二尋高，爲楹不踰丈，求其領略江山，收拾風月，則亦無有乎爾。然先生讀書，白首不輟。皇王帝霸之迹，聖經賢傳之遺，下至百家九流，閭閻委巷，人情物理，纖悉委曲，先生旁搜遠紹，蓋朝斯夕斯焉。是百世之上，六合之外，無能出於尋丈之間也。以一室容一身，以一心容萬象，所爲容如此，此詩之所以爲詩也。

先生名光庭，字懋[三]，居廬陵富川，以詩書世家。今其子惟終放情哦諷，爲詩門再世眷屬。其孫懋於文學，方翹翹自厲，發矢於持滿，流波於既溢，以卒先生爲詩之志。詩之道，其昌矣乎！予，里人也，知先生爲詩之故，與其所以積累繼述，因發之，以補二序之末及云。

【校記】

〔一〕具　元諭本作「奇」。

〔二〕山藪藏疾江海納汙　《漢書·路温舒傳》作「山藪藏疾，川澤納汙」。

〔三〕字懋　韓本、鄢本「懋」字下有空格。四庫本「懋」字下注有「闕」。有焕本、文柱本「懋」字下有「修」字。

危恕齋論序

近世有驪塘、巽齋二危論行於世，予讀其文，庶幾前輩之彷彿者矣。吾州恕齋危先生，其所爲論積成帙，學者爭傳爲矜式。先生學爲桑梓之宗，行爲章甫逢掖之望。放而爲文，所謂仁義之人，其言藹如。臨川、廬陵之危是或一道也，抑二危以此決科發身，而先生不偶於場屋以死，則所遇之足悲也。雖然，遇不遇，無足計也，於其人而已。然則學恕齋爲文，尚從其人求之。

金匱歌序

《金匱歌》者，鄉前輩王君良叔之秘醫方也。初，良叔以儒者涉獵醫書，不欲以一家名。一日遇病，數十輩同一證，醫者曰：「此證陰也，其用某藥無疑。」數人者駢死，醫者猶不變。良叔曰：「是證其必他有以合，少更之。」遂服陽證藥，自是皆更生焉。良叔寃前者之死也，遂發念取諸醫書研精探索，如其爲學然。久之無不通貫，辨證察脈，造神入妙，如庖丁解牛，傴僂承蜩。因自撰爲方劑，括爲歌詩，草紙蠅字，連帙累牘，以遺其後人，曰：「吾平生精神盡在此矣。」其子季浩以是爲名醫。其子庭舉蚤刻志文學，中年始取其所藏讀之，今醫遂多奇中。一日出是編，予然後知庭舉父子之有名於人，其源委蓋有所自來矣。

天下豈有無本之學哉！世道不淑，清淳之時少，乖戾之時多。人有形氣之私，不能免於疾。世無和、扁，寄命於嘗試之醫，斯人無辜，同於巖墻桎梏之歸者，何可勝數！齊高彊曰：「三折肱知爲良醫」，《楚辭》曰：「九折臂而成醫」，言屢嘗而後知也。《曲禮》曰：「醫不三世，不服其藥」，言嘗之久而後可信也。人命非細事，言醫者類致謹如此。

然則良叔，齊楚人所云醫也。若庭舉，承三世之澤，其得不謂之善醫矣乎？予因謂庭舉曰：「凡物之精，造物者秘之，幸而得之者不敢輕，然其久未有不發。周公金縢之匱，兄弟之秘情也，至成王時而發。藝祖金匱之誓，母子之秘言也，至太宗時而發。君所謂《金匱歌》者，雖一家小道，然祖宗之藏本，以爲家傳世守之寶，其爲秘一也。子之發之也，以其時考之則可矣。」庭舉曰：「大哉斯言！予祖之澤，百世可以及人。予爲子孫，不能彰悼先志，恐久遂沈泯，上貽先人羞。敢不承教，以廣之於人？」予嘉庭舉之用心，因爲序其本末如此。良叔諱朝弼，季浩諱淵，庭舉名槐云。

張宗甫木鷄集序

三百五篇，優柔而篤厚。《選》出焉，故極其平易，而極不易學。予嘗讀《詩》，以《選》求之。如曰「駕言陟崔嵬，我馬何虺隤。我姑酌金罍，維以不永懷」〔一〕；如曰「自子之東方，我首如飛蓬。豈無膏與沐，爲誰作春容」〔二〕。《詩》非《選》也，而《詩》未嘗不《選》。以此見《選》實出於《詩》，特從魏而下多作五言耳。故嘗謂學《選》而以《選》爲法，則《選》爲吾祖宗；以《詩》求《選》，則吾視《選》爲兄弟之國。予言之而莫予信也。

一日，吉水張强宗甫以《木鷄集》示予，何其酷似《選》也！從宗甫道予素。宗甫欣然，便有平視曹、劉、沈、謝意思。三百五篇，家有其書，子歸而求之，所謂吾道東矣。

【校記】

〔一〕「駕言陟崔嵬」四句 《诗·卷耳》作「陟彼崔嵬，我馬何虺隤。我姑酌金罍，維以不永懷」。

〔二〕「自子之東方」四句 《詩·伯兮》作「自伯之東，首如飛蓬。豈無膏沐，誰適爲容」。

趙維城洗冤録序

漢法：殺人者死。我國家式敬由獄，尤於人命重致意焉。情法輕重，相去一毛；轉移蔽欺，其謬千里。吾儒坐論書史，志其大者，固自以司空城旦之書、柱後惠文之學爲不必講。不必講可也，而一日臨事，懵然受成，其爲誤不少。愛人利物之心，謂之何哉！

近世宋氏《洗冤録》於檢覆爲甚備。宋氏多所歷歷，蓋履之而後知。吾邦趙君與楪甫階一命，而能有志乎民，反覆駁難，推究其極，於宋氏有羽翼之功矣。使君自此有中外之迹，日增月益，豈曰小補之哉！《書》曰「獄貨非寶，惟府辜功」，又曰「無或私家於獄之兩辭」，祥刑之本也。讀趙君此編，而於《書》再三焉，雖不中，不遠矣。

龔知縣帥正録序

《訟》九五曰尚中正，下四爻竟至於不訟。子曰：「子帥以正，孰敢不正？」惟上九一爻犯終凶，至錫帶三褫，豈帥之者之罪哉？居卦之終，爲險健之極，冀其矯揉〔一〕，非百倍其力，有所不能。兹《易》所以爲憂患之書也。

龔君子輝宰吾廬陵，其聽訟必據經守法，不肯少委折以貳民聽。凡斷筆備書之册，逾年幾三帙，名曰《帥正録》。大哉君之用心乎！廬陵訟最繁，自君視事，日以銷殺，從所帥也。然猶不免於有録，而録不免於再且三。風俗所積，其嚚也久矣，夫豈一朝一夕之故？縣，古諸侯也。使君私其土，子其人，教化之入人也深，則是録可以無作。今之縣三年一替，君之所試，曾幾何時，讀是録也，庶幾期月而可者矣。子路問政，子曰：「先之勞之。」請益，曰：「無倦。」君而以無倦行之，是録也，固筌蹄之粗也歟。

君名曰升，豫章人。

【校記】

〔一〕揉　原作「操」，誤。據韓本、鄢本、元諭本、四庫本改。

蕭燾夫采若集序

《選》詩以十九首爲正體。晉宋間，詩雖通曰「選」，而藻麗之習，蓋日以新。《陸士衡集》有擬十九首，是晉人已以十九首爲不可及。十九首竟不知何人作也。後江文通作三十首詩，擬晉宋諸公，則十九首邈乎其愈遠矣。

予友雲屋蕭君燾夫，五年前善作李長吉體，後又學陶，自從予遊，又學《選》。今則駸駸顏、謝間，風致惟十九首，悠遠慷慨，一唱三嘆而有遺音。更數年，雲屋進又未可量也。十九首上有《風》《雅》《頌》四詩，俟予山居既成，俯仰温故，又將與君細評之。

羅主簿一鶚詩序

詩，所以發性情之和也。性情未發，詩爲無聲；性情既發，詩爲有聲。閟於無聲，詩之精；宣於有聲，詩之迹。前之二謝，後之一蘇，其詩瓌偉卓犖，今世所膾炙，然此句之韻之者耳。

夢草池塘，精神相付屬；對床風雨，意思相怡愉。傳曰：「立見其參於前，在輿見其倚於衡」〔一〕，謝有焉。「樂則生，生則惡可已」〔二〕，蘇有焉。東溪君嗜詩。叔曰北谷，而雲谷又其弟。鶴鳴子和，塤歈篪應，天和流動，雍於一堂，所謂無聲之詩也。

噫！謝之樂不能兼蘇，蘇之樂不能兼謝，東溪君合蘇、謝而一之，其樂庸有既乎。若夫君所以句之韻之者，予非能詩，又焉能評？其歸問之二谷。

【校記】

〔一〕「立見其參於前」二句　《論語・衛靈公》作「立，則見其參於前也；在輿，則見其倚於衡也」。

〔二〕「樂則生」二句　《孟子・離婁上》作「樂則生，生則惡可已也」。

新淦曾季輔杜詩句外序

杜詩舊本，病於篇章之雜出。諸家註釋，人爲異同。淦北山子曾季輔平生嗜好，於少陵最篤。編其詩，仿《文選》體，歌行律絶各爲一門，而紛紛註釋，自以意爲去取。意之所合，列於本文下方，如東萊《詩記》例，而總目之曰《少陵句外》。

予受而讀其凡，蓋甚愛之，既録其副，則復慨然曰：世人爲書，務出新説，以不蹈襲爲高。然天下之能言衆矣，出乎千載之上，生乎百世之下，至理則止矣。虚其心以觀天下之善，凡爲吾用，皆吾物也。是意也，東萊意也，而北山子得之。觀舞劍而悟字法，因解牛而知養生，予也受教於北山子矣。

忠孝提綱序

江流滔滔，日夜無聲，水之常也。至於石〔一〕觸之鳴，風激之爲波，則水之所遭，拂乎常矣。爲臣忠，爲子孝，出於夫人之内心，有不待學而知、勉而行者。古之人都俞吁咈，定省温凊，行乎忠孝之實，而不必以名知於人，此人道之自然也。若夫處時之變，遭事之不幸，始有不得已而忠孝之名歸焉，則亦有可憫者矣。

帚齋郭君某，有感於忠孝之事，既取古人之大節，昈分而爲之書，又哀皇朝事爲後卷。君之用心，所謂先立其大者。吾讀其書，蓋世變存焉，非徒纂集之末而已。抑有願與君講者：率土之濱，莫非王臣，守孰爲大？守身爲大。士君子之於天下，固不必食君之禄而後爲忠，親存而後爲孝也。《語》曰：「仁以爲己任，死而後已。」〔二〕義理之責，庸有既乎？君更以是推廣其説，使人人知忠孝之爲切己事，常也由其道，變也不失其節，則於世教豈曰小補之哉！

【校記】

〔一〕石　原作「有」，誤。據韓本、鄢本、四庫本改。

〔二〕「仁以爲己任」二句　《論語・泰伯》作「仁以爲己任，不亦重乎；死而後已，不亦遠乎」。

八韻關鍵序

《八韻關鍵》者，義山朱君時叟所編賦則也。魏晉以來，詩猶近於三百五篇，至唐法始精。晚唐之後，條貫愈密，而詩愈漓矣。賦亦六藝中之一，觀《雅》《頌》大約可考。《騷辨》作而體已變，風氣愈降，賦亦愈下。由今視乾、淳以爲古，由乾、淳視《金在》《鎔有物混成》等作又爲古。矧《長楊》《子虛》而上，胡可復見？

然國家以文取人，亦隨時爲高下，雖有甚奇傑之資，有不得不俯首於此。若朱君立例嚴，用功深，蓋亦深達於時宜者。朱君執此以往，一日取先場屋，然後捨而棄之，肆力於爲文，其於古也孰禦？雖然，又豈爲〔一〕文哉！

【校記】

〔一〕爲　鄢本、有煥本作「惟」。

壬戌童科小録序

景定壬戌，童子十人挑誦國子監，既中，試中書如初考。吾里王元吉爲首，該恩許兩試太常，以次九人一試。童子歸而課業，當爲來科新進士，否則再試，能又中〔一〕，即待年出官矣。噫，其亦咄嗟乎哉！山林之士，白首佔畢，有終身不得名薦書、齒下士於朝者。童子未離幼學，已得以所長頡頏當時。雖其得於天者不凡，而貴之也，人無異辭，然世之厄於命者何限，若此獨不以自幸哉！

童子歲月方來而未艾也，天下事有大於科目之學者矣，則將何如？韓子《送張童子序》曰：「暫息乎其所已學者，而勤乎其所未學者。」予謂童子，其所已學者經也，經，載道書也。童子向記其言語而已，而沉潛義理，變化氣質，藴之爲德行，行之爲事業，未之及也。童子而能自其所已學者，温習紬繹〔二〕，深加履踐，希賢希聖，求之有餘師。而其所未學者，徐徐而勤之，不爲後也。《大學》之法，禁於未發之謂豫，當其可之謂時，童子有之。

予也有志乎兢辰者，日斯邁而月斯征，愧悔多矣，敢無以相童子？童子倘有利於予言矣乎？

【校記】

〔一〕能又中　韓本、鄒本、元諭本、鍾本、文柱本、景室本作「能文中」。

〔二〕紬繹　四庫本作「維繹」。

題家保狀序

吾鄉孫幼賓善與人周旋，受人託必忠〔一〕，吾黨之士多與爲知識。三歲大比，其欲結保就試者，率以狀轉授，俾上之有司。幼賓無所愛力，每科輒結至數百保。榜揭之日，籍中多得人，由是中禮部者常有之。從事數科，今又將詔歲，人爭以幼賓爲有驗，雖幼賓亦不能自已。一日，持其籍以告予曰：「君疇昔籍中人也。其爲我序之。」予不能辭焉。

按《周禮》，大司徒以鄉三物教萬民而賓興之。此鄉舉里選之風也。考諸族師，則五家十家、五人十人，又使相保相愛，刑罰慶賞相及相共，凡保必有連坐。古以德行取人，於此猶有取爾。周官之法度，與《關雎》《麟趾》之意固不相悖也。進士始於隋唐，本朝沿襲不改，日引月長，弊倖浸出，上之所以關防禁治者務盡其術，若家保狀其一也。科目與鄉舉里選自不同，然其所以立法之意殆相似。然吾州士風，接歐、周、胡、楊之遺，知所自愛，其麗於族師之禁固鮮矣。幼賓作事必履實，其所受託，亦不輕所任。刑罰之相及相共者，吾又固爲幼賓一保。吉爲州鉅，應試二萬餘，然他日得之，率是知名之翹翹者。幼賓自此網羅無遺，使千佛之名盡萃於一籍，則幼賓繼今皆慶賞之日也，吾爲子賀，不既多乎？幼賓曰：「嗜欲將至，有開必先，君言且驗矣。吾籍屢驗不一〔二〕驗，將儌福於君，請執此以往。」

【校記】

〔一〕忠　元諭本作「告」。

〔二〕一　鄒本、周本作「以」。

又家保狀序

吾嘗觀李肇記唐科舉事，都會謂之「舉場」，通稱謂之「秀才」，投刺謂之「鄉貢」，俱捷謂之「同年」，有司謂之「座主」，籍而入選謂之「春闈」，將試相保謂之「合保」，既捷列姓名於慈恩寺塔謂之「題名」，大宴於曲江亭謂之「曲江會」。進士之爲貴於天下，其來尚矣。

某，吉水人，肯爲吾黨裒梓《家保狀》，使不煩自投於官，殆好事者。介予所知識，以其籍求序。予前一夕夢有持一卷來曰「桂籍得此」，夢若驗焉者。是籍之人，出秀才試舉場，出鄉貢，試春闈，拜座主，叙同年，赴題名所，入曲江會，將必自此合保始。雖然，使君籍而止得科目人也，吾何觀焉？天下事蓋有大於此者矣。

仁山蒼蒼，文水泱泱。歐、周、胡、楊，休有耿光。獨無追遺芳而昌之者歟？吾之望君籍也如此。

新淦曾叔仁義約籍序名公芑

財利在天地間，爲義理之賊。三代以下，選舉不以德行，則士雖爲聖賢，猶將從科目以進。舉於鄉里，固得時行道之發軔也，然士方窮時，驟得一舉，屬有千里之役，無所取資，不得已俯首屈意以爲此之求。是不待仕固已賊其心矣。此義約之所以不可廢也。

予至新淦，親黨曾君叔仁出其所謂《青雲約》《魁星約》者。其爲約，視他郡特有寓公助送之例，可以觀是邦之風矣。吾黨之士，凡與斯籍，名薦書，走在所，居者無深責，行者無復顧。昌其氣以從事於文，蹇蹇諤諤，進奉天子之對，由此培植爲他日賢公卿大夫，殆此籍有助焉。

然則區區周急，義之末者耳。其於人才有關繫，則於後之世道不爲無益，其爲義不亦大哉！

送隆興鄒道士序

新吴昭德觀，或傳西晉劉仙人飛昇之地，其觀前井猶仙人時丹井也。今鄒高士居其觀，亦以煉丹名。或曰，高士仙人之徒與？予詰其所以爲丹，則高士之丹非仙人之丹也。仙人之所謂丹，求飛昇也；高士之所謂丹，求〔一〕伐病也。仙人之心，狹於成己；高士之心，溥於濟人。且夫兼人己爲一致，合體用爲一原，吾儒所以爲吾儒也；重己而遺人，知體而忘用，異端之所以爲異端也。高士非學吾儒者，而能以濟人爲心，噫，高士不賢於仙人歟！

【校記】

〔一〕丹求　原作「求丹」，據韓本、張本、四庫本改。

送彭叔英序

彭叔英以秀才精躔度，推予命，謂剛星居多，意若他日可爲國家當一面者。巽齋歐陽先生以三命折之，具爲之説，與叔英辨予命。叔英既錯下一算，又累先生齒頰，顧區區何足以當之。

抑叔英所以許予，謂主命得火行限，得金孛羅計，故至於有主殺伐等語。雖然，此以〔二〕論項籍、關羽、敖曹、擒虎之流則可，而世固有不必如此而爲名將帥者矣，非叔英之所知也。予獨以爲陰陽大化，絪緼磅礴，人得之以生，其爲性不出乎剛柔，而變化氣質則在學力。如叔英之説，某星主剛，某星主柔，得剛者必不能柔，得柔者必不能剛，則是學力全無所施，而一切聽於天命，聖賢論性等書俱可廢已。予性或謂稍剛，殆柳子所謂奇偏者。凛焉朝夕，惟克治矯揉，懼陷於惡，敢以命爲一定不易之歸乎？叔英憮然曰：「予言命，君言性，命之矣。抑予所以爲君言者，自謂不誣。士固各有志，子之志，願聞所向，請轉與巽齋直之。」昔諸葛孔明與石廣元、徐元直、孟公威遊學荆州，嘗曰：「卿三人仕進可至郡守刺史。」三人問其所志，孔明笑而不言。予非孔明也，予之志豈叔英得窺哉！

【校記】

〔一〕此以　鄢本、元諭本、文柱本作「此一」。

送王山立序

官湖王先生以文章名家，其子山立無忝於弓冶之業。蚤携琴書相從諸公筆硯間，既而曰：「士不爲司馬子長遊，不足〔一〕以爲學。」於是上下四方者幾年於行。今遊且倦矣。湖海之風波浸惡，山林之歲月漸長，歛其如川方至之鋭，以就於霜降水涸之實，山立將從事乎此。

昔孫泰山爲養索遊，范文正公給以月俸三千，遂得留意於學，卒爲一世師表。誠齋素貧，得劉氏館，以故旁搜遠紹，及讀世間未見之書，南渡以來稱儒宗焉。二先生之事，夫人而可爲也。會有拈出故事以嘉惠山立者，其靜以待之。

【校記】

〔一〕不足　原作「以足」，誤。據韓本、鄺本、元諭本、張本、四庫本、叢刊本改。

與山人黎端吉序

與癡兒説夢，終日悶悶，使人欲索枕偃臥。明者了了，不逾頃刻，能解人數百年中事，恨相見晚矣。

山人黎端吉客吾門，旬日風雨，旦稍霽，入吾山，一瞬而還，若有德色。問之，則山川巨細情狀變態，信手圖畫，如山中生長然者。何其敏也！黎氏祖爲吾鄉羅氏葬地，百年效驗翁不見，端吉食其報，又能以術世其家，翁信未死哉！

端吉遺予地，予方撰屨出郊，而端吉又溯十八灘上矣。臨別，叙其説。其歸也，爲予復來乎。

贈林梅所序

何所無花？屈擅蘭，陶擅菊，林擅梅，乃若有定所然。古者以功爲地之封建，後世以文爲花之封建。屈之《騷》，陶之《辭》，林之詩，皆有功於花，是故花托於斯文而後得其所焉。

噫！九畹三徑，今無復存。林之孫羲獨能世襲孤山，與花周旋，所謂居其所而不遷者。君充拓門庭，於詩道益進，豈惟克有其土地，抑亦光昭其先君之功。懋哉！懋哉！

送項巽可入南序

東坡作《韓文公廟碑詩》云：「作書詆佛譏君王，要觀南海窺衡湘。」坡在南方亦云：「兹遊最奇絶」，又云：「兹遊奇絶冠平生。」當文公諫佛骨，豈故欲爲揭陽之行？坡不幸罹黨禍，乃以炎方爲誇。自古詩人大言而非情，往往如此。

吾鄉項兄巽可與權之度嶺也，訪予於玉虹。予問：「子非不得已，是行何爲？」則曰：「巽可生也有四方之志。弱冠時，嘗一至番禺，已而走上饒，參疊山，拜東岡古爲。然後經潯陽，出赤壁，登黄鶴樓。今也又將往見東岡。吾所學子長遊也。」他時入南者，以風土爲憚。與權年未三十，神澤而氣强，擔簦行數千里，如適其東家，是其要觀南海而從奇絶之遊者，非詩人大言類也。

子長南遊江淮，上會稽，闚九疑，浮於沅湘，北涉汶泗，講學齊魯，過梁楚以歸，而平生車轍獨未至廣。與權今遊子長之所未遊，從而遍歷吴楚，按子長東南故迹，登淮山以望中原，以庶幾盡見天下之奇。子長作《史記》，序三千年事，爲五十萬言。漢至今又千有餘年，不知與權後之所書，其詳略如何，書成以諗我。

送賴伯玉入贛序

賴君成孫伯玉，號竹澗，五雲人。自幼已好詩，長而浸癖，有《甲乙稿》行於人〔一〕。戊午，出宜春道中，得詩三十，歸而裒以附於《乙》。自是以行爲趣。

一日以書抵予曰：「某也將溯十八灘，踐空同。非子寵兹行，彼之山靈水神未易屈降。」賴君之行殆不苟然。贛之勝處如鬱孤，如八境，如廉泉，如塵外，寺則如慈雲、天竺。在唐有香山品題，至今墨蹟如新。入本朝，東坡、山谷之流交有以發其奇，而長其光價，而東坡踪迹之密，精神之著，又其尤者也。賴君觸目爲思，開口成句，而騷人墨客之遺，又有以動其亹亹焉者。虚而往，實而歸，此行粹宜春、章貢之得，其自足以成《丙稿》可知也。君之兹役，予何能贊一辭？

抑予有請焉。君方盛年，於詩之道，其所造已非他人以一句一字名世者比。以君之資，其當他有所進乎！司馬子長足迹幾遍天下，後來竟能成就《史記》一部，或議子長所用小於所得。少陵號詩史，或曰，「讀書破萬卷」止用資得「下筆如有神」耳，頗致不滿。韓昌黎因爲文章，浸有見於道德之説，前輩譏其倒學，然猶不爲徒文，卒得以自附於知道。横渠早年縱觀四方，上書行都，超然有淩厲六合之意，范文正因勸讀《中庸》，遂與二程講學。異時德成道尊，卓然爲一世師表，其視韓公所爲，蓋益深遠矣。

今君挑包負笈，將四方上下以求爲詩。予也不止望其爲前所稱騷人墨客者，因誦言諸公之失得如此。君且行矣，歸而求之有餘師。

【校記】

〔一〕行於人　胡思敬校：「人」疑「世」。

送李秀實序

三月二日，予有行役，宿郊外。次日昧爽，有來謁者，視之，李君秀實也。李君初不之識，一見察其爲能言士。坐定，出詩三首，其自序末句曰：「他事無求求者道，莫教徒手只空轅。」

今人有好爲尊大，以道統屬己自任，終日瞑目，夜半授佞己者二三言，曰「道在是矣」。隱君授書，孺子取履，昔人以爲近於鬼物，往往類是。李君之求，其諸此之求歟？李君曰：「予知不及此。予，丈夫也，桑弧蓬矢之志，將於子長遊發之。」噫嘻！子長盡天下之觀，一部《史記》取資於此。先民有言：「杜子美讀書萬卷，止用資得下筆有神耳。」予固爲子長惜也。橫渠先生早年英邁之氣，奮不可禦，上書行都，縱觀四方，後乃精思力踐，以其學接孔孟之緒。朱文公贊之曰：「早悅孫吳，晚逃佛老。勇徹臯比，一變至道。」懿哉淵乎！李君所欲求者，道也。則子長之終身不足師法，橫渠何可當也？顏何人哉，晞之〔一〕則是。於李君之别也，書此以贈。

【校記】

〔一〕晞之　鍾本、有煥本、文柱本作「希之」。

送彭和父游學序

彭，江西三瑞之一，和父其孫也。家傳詩書，半世以教人爲業。以兩歲無所於館，將遊學，以問於四方。命予曰：「可行乎？」今夫大冠峨如，大裙襜如，談道理非不纚纚可聽，一旦有飲食之累，則棄三尺，蕩四維，苟可以求無饑者，無所不至。和父雖失館，夷然無戚容，所爲皇皇，問館之外，無他算。此之謂不失其本心。悠悠穹壤，獨無知心者歟？

贈談命朱斗南序

天下命書多矣。五星勿論，若三命之説，予大概病其泛而可以意推，出入禍福，特未可知也。惟《太乙統紀》，鉤索深遠，以論世之貴人，鮮有不合。然閭閻賤微，有時而適相似者，倉卒不可辨。

予嘗謂：安得一書爲之旁證，以窺見造化之庶幾哉？最後得朱斗南出白顧山人秘傳書一卷，以十干、十二支、五行二十七字旁施午豎，錯綜交互之中，論其屈伸刑衝六害，察其變動。生旺官印空而爲衰敗死絶，衰敗死絶破而爲生旺官印。禄馬不害爲貧賤，孤劫未嘗不富貴。盈虛消息，觀其所歸，和平者爲福，反是爲禍。其言親切而有證，予切愛之。獨其所著之文，可以意得，不可以辭解。乃循其本文，變其舊讀，概之以其凡，表之以其例。其不可臆見者，闕疑焉。《統紀》十干，干各一詩，其辭雖若專指一干而云，而十干取用無不相通。故詩雖以百數，其大指數十而已。亦復如白顧之例，别爲之篇，以附見其後，使二書貫穿於一人之手，彼此以補其所不及。年月日時，雖相去一字之差，而於銖兩輕重爲不可誣矣。

斗南吉水人，拔起田間，談命皆自得之妙。予謂初事《統紀》，失之者十之二三也。繼得白顧書，失之者百之二三也。予觀斗南用二書，奇中所不在論，偶然而不中，則反求之吾書。書未嘗失，顧用書者或未盡耳。予又恨白顧書有闕疑也。天命之至矣，出於人之所俄度者，不可一言而盡也。吾所見斗南論命，就其一家，真白眉哉！是爲序。

又贈朱斗南序

甲巳之年生，月丙寅，甲巳之日生，時甲子，以六十位類推之，其數極於七百二十而盡。以七百二十之年月，加七百二十之日時，則命之四柱，其數極於五十一萬八千四百，而無以復加矣。考天下盛時，九州〔一〕主客户有至千四五百萬或千七八百萬，而荒服之外不與焉。天地之間，生人之數殆未可量也。生人之數如此，而其所得四柱者，皆不能越於五十一萬八千四百之外。今人閭巷間固有四柱皆同而禍福全不相似者，以耳目所接推之，常有一二，則耳目之所不接者，安知其非千非百，而命亦難乎斷矣。

且夫五十一萬八千四百之數，散在百二十期中。人生姑以百歲爲率，是百歲内，生人其所受命止當六分之四有奇，則命愈加少，而其難斷亦可知矣。嘗試思之，宇宙民物之衆，謂一日止於生十二人，豈不厚誣？而星辰之向背，日月之遠近，東西南北天地之氣所受各有淺深，則命之布於十二時者不害其同，而吉凶壽夭變化交錯正自不等。譬之生物，松一類也，竹一本也，或千焉，或萬焉，同時而受氣也，然其後榮者枯者，長者短者，曲者直者，被斧斤者，歷落而傲年歲者，其所遭遇了然不侔。夫命之同有矣，而其所到豈必盡同哉？然則參天地之運，關盛衰之數，此其間氣或數百年，或百年，或數十年，而後一大發洩，必非常人所得與者。於五十餘萬造化之中，不知幾何可以當此，而天地寶之不常出，鬼神秘之不使世人可測知也。嗚呼，論至此，則命書可廢也耶？因書於歐陽先生贈月窗説後。

【校記】

〔一〕九州　原作「凡州」，誤。據四庫本改。

贈曹子政劍客序

「江西劍客」，吾鄉曹子政算命標榜也。予曰：「子卜也，而取劍何居？」曰：「世人賣卜，事諂媚，捐苦口，皇皇於一食之末。予恨其道之不直也，如是而福，如是而禍，一無所回護，故予剛者之爲也。予言必剛者而後能聽，劍是以得名。」予曰：「噫嘻！昔人有學字，觀公孫大娘舞劍而神。劍無與於字，而迴朔赴仆之間，乃足以相發。今子雖爲卜，而有取於劍之剛者，亦詎曰不宜哉？」或曰：「然則是腹劍也。」予曰：「惡，是何言！子政豈口如蜜者邪？」或人語塞。因書以遺之。

贈山人黄焕甫序

黄景文焕甫，乃祖贛風水名術也，予里大家祖地多出其手，而焕甫以術世其家。前十三四年，予嘗以詩送之。又數年，覺焕甫小異，亟取詩更其辭，而實未深知焕甫也。焕甫遊從日以密，講辨日以多，今也而後探其胸中之所存，果有大異乎時人者。噫，知焕甫晚矣！

焕甫嘗與予上下阡隴，凡予動心駭目以爲奇詭雄特，輒掉頭不謂，然至淡然平夷，漫不起人意，往往稱不容口。予始甚訝之，久而服其爲名言也。大概焕甫之術，以爲崇岡復嶺則傷於急，平原曠野則病於散。觀其變化，審其融結，意則取其静，勢則取其和。地在是矣，捨是而求地，亦固有之，而非焕甫之所謂地也。山人之獻地者日至吾門，予使焕甫往觀，常不滿，一笑。焕甫曠數年始獻一地，所獻真如其説。予爲山人所欺者多矣，若焕甫，真不欺我者。惜也焕甫汲汲餬口，以奔走於四方，以予之近且久，幾不相知。卒然使人一見，使人愛其術而不疑，斯亦難矣。

予嘗謂能爲焕甫百指計，使焕甫安居一年，必能時發天地之藏，以使予欣然而不厭。予方煮石山中，計必不能及此，姑遂其説，庶幾有因予而信焕甫，焕甫必能出所學以報所知。是楚人亡弓，楚人得之，予又何幸焉？

贈黄璘翠微序

黄璘，吾鄰人，得祖父風水之學。間與之登山，鋪張造化，口角瀾翻，亦可愛。吾館人議以「翠微」名之。翠微，山之腰蒼蒼鬱鬱之象，山人所得稱，抑微乎微者。地理書所謂「隱隱隆隆，吉在其中」，此則粗心者所不能得其仿佛。黄生齒新而意鋭，更下入細工夫，以庶幾吾所謂微者。

贈仰顛峰拆字序

顛峰仰宗臣以拆字之術行京師，諸公贈言陳往驗甚悉，予未即信，試之且數年，每言輒酬，奇矣哉！予問顛峰曰：「禍福將至，必先知之，吾聖人則有教矣。就字而言，字，心畫也，得於心，應於手，夫固動乎四體之一也。由此而推資禀之强弱，操術之正邪，生死壽夭貧賤富貴之理於其字畫之大體，而夫人之平生，可一言而盡。是則予固能知之。今夫卒然而遇人曰請所欲書，夫人者亦倘然應之，曾不經意。而子於其偏旁上下之間，紬繹解説曰某宜禍，某宜福，則其臨書之際，豈亦有鬼神壓乎其上，誘其中而運之肘歟？不然，字而字耳，何靈之有？」顛峰曰：「未也。天下禍福之占，於其動而已。木之榮枯，康節不能索之於其静。一葉之墜，算法生焉。世人見墜葉多矣，誰知大化寄此眇末？子之觀字也於其心，予之觀字也於其心之動。是法也，得之異人，異人誡〔一〕勿言，君退思之。」予推其理不可得，而又動於顛峰之異，則思夫聖人之於事，其存而弗論者不少矣。相視一笑，就用其言贈焉。

【校記】

〔一〕誠　原作「誠」，誤。據韓本、鄒本、元諭本、張本、四庫本、叢刊本改。

送僧了敬序

萬安僧了敬，丙辰年來謁，示予以夫子像，予初怪之，與之語，仿佛儒者氣象。閱諸公賞音，則知其能爲詩，能讀先儒語録，又能築讀書堂以與邑之逢掖者處，而後嘉其來意之有以也。越五年，予至其宫，求其所謂讀書堂者。觀之則方裒緡斂材，召審曲面勢者而商度焉。因知諸公所以亟稱之者，書其志也。敬師之竟就是役者，志之不忘也。

自佛入中國，其徒牢護其説，遂與儒者之教並立於天下。大顛〔一〕止於海上，韓公屈與之交，當時羈窮寂寞之餘，以其聰明識道理，姑與之委曲於人情世故之内。其於變化其氣質，移易其心志，攘除其師之教，未必有焉。以今敬觀之〔二〕，則其崛起於浮屠之中，而若有得於聖賢君子之説，而凡精業勤行以學韓之學者，又與之周旋一室以上下於其間，其爲聰明識道理也多矣。陳良，楚産也，悦周公、仲尼之道，北學於中國，孟子推爲豪傑。然則敬師非僧之豪傑也歟？

【校記】

〔一〕大顛　原作「太顛」，誤。據韓本、鄒本、鍾本、張本、有焕本、四庫本改。

〔二〕以今敬觀之　胡思敬校：「以今」疑倒。

吉水縣永昌鄉義役序

吉水縣永昌鄉某都建義役，復淳熙成規也。予同升陳君某既爲序，則貽書於予曰：「願贊一言，使〔一〕鄉黨鄰里有所憑依，且庶幾徼福於君之筆，俾勿壞。」予懼不敢當，以其爲義役，不得辭。

嗚呼，義役之不行，而差役之紛紛，何甚也！民無以相友助，相扶持，乙曰甲當役，甲推之乙，乙復曰甲，展轉而聽命於長民者之一語，時則其權在於官。官無以自爲也，雁鶩行，鉗紙尾而進曰「某宜差」，某有以私其人，則改曰「宜某」，時則其權在於吏。一方之版籍，吏胥主之。高下其手，紊於多寡之實，時則其權在於鄉胥。閭閻之間，紛爭之微，桀黠者乘間而起，告訐因之，而差法以亂，時則其權在於奸民。受役者有二三年迄無一事，有不幸而殺傷，盜賊麗於其境，不旋踵家破，時則其權在於天。

今〔二〕陳君與其鄉約曰：「爾役月日若干，爾末減若干，爾費若干，至若干以上助若干。」一齊〔三〕惟公是據，處之者無愧辭，承之者無拒色。是役之權，不在官與吏、與鄉胥、與奸民、與適至之天，而在吾鄉里和氣間，義之用大矣哉〔四〕。利久遠而無訟，仁也；使人知有遜讓，禮也；不以資奸，智也；盟而無敢後先，信也。一舉而五常備焉，豈惟義哉！鄉之長上，其申告子弟曰：「如是而福，如是而禍。守約者久處，敗群者交罰。」使一守是法，永永無斁，則其於是邦之風俗，不爲無小助。噫，亦安能下其法於天下哉！

【校記】

〔一〕言使　原作「使言」，據韓本、鄢本、元諭本、張本、四庫本、文柱本、叢刊本乙正。「言」屬上讀。

〔二〕今　元諭本作「今吾」。

〔三〕一齊　韓本、鄢本、元諭本、四庫本作「一切」。
〔四〕哉　原脱，據韓本、鄢本、元諭本、四庫本、文柱本補。

燕氏族譜序〔一〕

嘗謂人之有祖也，如水之有源，木之有本也。夫源之深者流必長，本之固者末必茂。此自然之理，已然之驗也。燕氏榮泰，來自龍潭循州，好山水之勝，通陰陽之理。歷吉之東鄉大北溪，見其江山秀麗，地勢盤旋，於是遂徙居之。

榮泰生男貴玉，勤而力學，未遂厥志而早卒。孫：長曰祐，字天益，號愛月，領職都差。次曰祺，字天祥，號瑞軒，領職通判。得其禄，得其名，廉公可畏，治政有方。年逾耳順，乞歸骸骨。故敕誥以還鄉，積善成德，宜永享其悠久也。益〔二〕生男宗美，清白傳家，謙恭處己，以金石締交盟，以詩書立門户，善繼人之志，善述人之事，創業守成，實有光於前聞人矣。美生三子：長曰希禹，次曰希仁，三曰希舜。兄弟俱有文名，以仁睦族，以禮待人，若河東之三鳳，謝氏之彦〔三〕秀者也。自是子孫蕃衍，食指浩繁，常於餘暇之際，從容商略，故有陸賈之分。長禹受永昌鄉洊灘居焉，次仁受永昌鄉青峒居焉，三舜受祖基家焉。禹生國賢。國賢三子，曰德祥、德勝、德卿。德祥領職司舉，德勝領職司户，德卿領職司理。德祥之子曰均治，徙泰和城南。德勝之孫曰子實，徙廬陵華美坊。德卿之孫曰子昇，徙永豐桃源。雖星羅棋布，是皆同一源也。恐後世久遠，真偽不辨，故命予修諸譜系，載諸詳悉，以見先公一人而來，迄今有年矣，雖族屬疏遠，長幼尊卑，按此譜歷歷殆可見矣。若夫水源木本，培植深固，支流柯葉，蕃衍盛大，亦在乎基之於前而有顯諸後矣，爲賢子孫者可不鑒哉！

【校記】

〔一〕此篇，元諭本有目録，脱去全文。韓本、鄢本無此文。

〔二〕益　鍾本作「祐」。

〔三〕彦　張本作「産」。

龍泉縣監漕鄉舉題名引

恭惟祖宗以取士爲國，三歲大比，所謂從數路得人。古遂江，吾廬陵佳山水邑也。廬陵諸老，發身六一公，淡庵以學舍，益公、誠齋〔一〕以鄉舉，獻簡公以漕貢。而獻簡生遂江，文獻風流，又其最近且親者。山川毓靈，人物代興，高山仰〔二〕止，景行行止，是爲《題名引》。

【校記】

〔一〕齋　原作「齊」，誤。據韓本、鄢本、元諭本、張本、四庫本改。

〔二〕仰　原作「作」，誤。據韓本、鄢本、元諭本、張本、四庫本改。

卷　十

題跋

敬書先人題洞岩觀遺墨後

按先君作此詩時，天祥甫七歲。後十五年，知觀任道士始摹本以來。又越三年，以次道士朱山月復爲軸以相遺。維先君子天韻沖逸，神情簡曠。使一日脱人事之累，黄冠野服，逍遥林下，真所甘心焉。爲子不德，使先志不獲遂，捧軸卻立，爲之泫然。

跋曾子美萬言書稿名士倬

菊坡天人，文溪，菊坡樣人。菊坡不可作已，願見文溪，五仙如在天上。寶辰夏五，集英殿賜某等進士第。入局一日，同年曾兄子美來訪，議論慷慨，知非凡人。扣其所宗，則傳菊坡法衣、密文溪講席者也。當布衣時，春宫一疏，已能發菊坡之所欲言。他日爲天子御史，直氣凛凛，必能赤文溪幟。悠悠風塵，安得若人？寶祐丙辰書於期集所。

跋李景春紹興萬言書稿〔一〕

吾鄉布衣李君景春上書於紹興，累累萬言，盡疏閭閻隱微之故，可謂知無不言矣。厥亦惟我高宗皇帝仁厚惻怛，勤求民瘼，是以旁通下情，庶幾古者詢於蒭蕘之遺意。凡我有官君子，曁於國人，式克於勸，讀君之言。當時州縣間可嗟嘆者如此，今去之百有餘年，孰知又有過於君所觀者！識者於此又重爲世道感。

【校記】

〔一〕跋李景春紹興萬言書稿　《谷村仰承集》標題，亦作「跋李景春紹興萬言書稿」。

跋劉翠微罪言稿

崔子作亂於齊，太史以直筆死；其弟嗣書，而死者二人；書者又不輟，遂舍之。崔子豈能舍書己者哉？人心是非之天終不可奪，而亂臣賊子之暴亦遂以窮。當檜用事時，受密旨，以私意行乎國中，簸弄威福之柄，以鉗制人之七情，而杜其口。胡公以封事貶，王公送之詩，陳公送之啓，俱貶。檜之窮兇極惡，自謂無誰何者矣，而翠微劉公猶作《罪言》以顯刺之。公固自處以有罪，而檜卒無以加於公。噫，彼豈舍公哉？當其垂役，凡一時不附和議者猶將甘心焉，公之《罪言》，直未見爾。由此觀之，賊檜之逆，猶浮於崔，而公得爲太史氏之最後者。祖宗教化之深，人心義理之正，檜獨如之何哉！公之孫方大出遺稿示予，因感而書。

跋繆上舍萬言論丁相大全詞案被黜爲沙溪塞〔一〕巡檢

讀《繆言詞案》，世固有如此冤事哉！掩卷爲之太息。

【校記】

〔一〕塞　《全宋文》卷八三一五《文天祥一八》疑當作「寨」。

跋歐陽公與子綿衣帖

東坡跋歐陽公與其侄通理書云：「凡人勉强於外，何所不至？惟考之其私，乃見真僞。」今觀此帖，綿衣之外，一語不及其私，以此見前輩心事，未有不可對人言者。

跋胡景夫藏澹菴所書讀書堂字

此澹菴所隸，以與壽亭者也。壽亭於澹菴爲累從弟。澹菴臨大難，決大議，不負所學，於國爲忠臣，於親爲孝子，斯讀書之所致也。公崇叙宗族，復以讀書惠幸其弟，固曰使之有所顯揚也，於其先與有榮焉。《詩》云：「孝子不匱，永錫爾類」，澹菴以之。壽亭曾孫景夫世其家，寶澹菴真墨，徹堂而新之，復其扁，用詔於子若孫，以追孝也。考作室既底法，厥子乃弗肯堂，景夫宣斯責矣。雖無老成人，尚有典刑，藏脩於此者，尚勉之哉！

跋吕逢德所收平園文字

此石刻，司馬文正、吕正獻爲翰苑時贊書，跋稿則鄉衮平園周公爲直院時手筆也。平園此跋，屬意於文正之曾孫。淳熙距今幾年，善本存否未可知，而其删改塗注，初稿爛然，則吕氏得之。逢德以示余。噫，其謹藏諸！

跋誠齋錦江文稿 知瑞州日作

誠齋當淳熙之季，以少蓬出守，距今七十有七年矣。某他日嘗讀《道院集》，見所品題甚多。及來此，則先生一字之迹無復存者，惟亭閣尚留其名，而屋亦化爲烏有矣；有則嶔嵌〔一〕老壓，亦未知其爲當時屋否也。

一日，得先生《錦江尺牘》一帙，大率吏楷〔二〕，而爲先生手筆者四。其三蓋在郡時作，其一作於還朝以後，而附諸帙尾者。典刑遠矣，於此尚庶幾見之。嗚呼！庚申一變，瑞之文物煨燼十九。修復以來，得十年間殘編斷簡，不啻足矣，而況出於七十年之前者乎？且方其文物具備之時，此帙非郡之所得有，收拾散亡之餘，乃能有前日之所未嘗有，斯不謂之益奇矣乎？既勒諸石，書以識之。

【校記】

〔一〕嶔嵌　元諭本作「嶔㟾」。《正字通·山部》：「㟾，嵌字之譌。《六書》無㟾」。

〔二〕吏楷　文柱本、景室本作「隸楷」。

跋崔丞相二帖

菊坡翁盛德清風，跨映一代。歸身海濱，當相不拜，天下之士以不得見其秉鈞事業爲無窮恨。今觀兩帖，所稱規模意向、局面話頭者，則文武之道具是矣。一朝踐其位，固皆舉而措之者也。後書論邊計尤切。是時楚叛矣，而公以不得盱眙爲憂，若不可終日者。嗚呼！寧知三十年後，楚之餘燼復然，而漣水之迫乃有過於〔一〕盱眙者乎！考引昔今，爲之永嘆。

【校記】

〔一〕於　有焕本、文柱本、周本脱此字。

跋李世脩藏累科〔一〕狀元帖

國朝逾三百年，所謂進士第一者何止百數，披圖而觀，某如何，某如何，夫人得而知之。李君世脩，先世多與其顯者遊。今其家藏墨蹟僅十數紙，而其可愛敬可鑒戒者已粲然可見。李君又欲厠予語於其間，不知後之視予，又以爲何如也。嗚呼，是可不凛凛哉！

【校記】

〔一〕累科　有焕本、文柱本、周本作「屢科」。

跋李龍庚殿策

三代以下無良法，取士者因仍科舉不能變。士雖有聖賢之資，倘非俯首時文，無自奮之路，是以不得不屑於從事。而其所謂文，蓋非其心之所甚安，故苟足以訖事則已矣。

豐城李君彝甫，有文學，且評所尊稱，晚乃屈就南廡，試名在第三，衆共惜之。門人好事者取君所對策，刻諸梓。予得而讀之，君信能事矣。然由君言之，當時寸晷之筆，何啻芻狗。君姑借此脱韋布，蓋將有所行於時，而豈以是爲有餘哉？此非好事者之所得知也。君非碌碌，意積蓄必有深厚，故予獨探其心，表而出之。

跋王元高詞科擬稿號稼村，後國正、添倅

我朝言治者，曰慶曆、元祐、乾、淳，厥亦惟歐陽子、蘇公兄弟、周益國、三洪氏以其宗工大手，掌朝廷文字，以爲繅籍粉澤，功光當時，垂休無窮，豈曰小補之哉！國於天地，必有與立，而尚論其盛，則其渾厚醲郁，光明俊偉，百世之下想望風采，必於斯文乎是稽。傳曰：「鼓天下之動者存乎辭」，辭之不可已也如是。往時有博學科，有宏詞科，士各知所崇尚。近世此學寖少，於是而小詞科之制立，其望於人甚約也，而應令者迄亦落落，人才於是少衰矣。

豫章王君義山元高，自爲舉子時獨有志於此。國家大制詔、大誥令，擬諸其形容者叢鉅册，其能出章逢佔畢之士矣。元高登進士乙科，調永州司户參軍，意若不自滿，謀卒業以大科致身乃已。予謂元高：「一命以上皆將有世道之責，子歸而求之。他日中興太平之盛，所謂號令文章，焕然可述，以與三代同風者，

安知責不在子？而正不必曰吾不得志於進士，而退爲是也。」元高欣然納之。遂存其説於帙尾云。

跋吕元吉先人介軒記後

巽齋先生曰：「徂徠石先生名介，質肅唐公名介，鄭公俠字介夫，半山老人字介甫。凡有取乎介者，其人必可觀也。」予嘗評之：徂徠之介爲孤峭，質肅之介爲直方，鄭公之介爲敢決，荆公之介爲執拗。三公之介純於天資，荆公之介雜於客氣，介則一，而其所以介則不同也。予獨悲夫强辨堅忍，虚名僞行，介甫以誤於其君〔一〕，以厲於其時。至今天地易位，人極不立，皆此介之流也。徂徠不得爲諫官；唐公爭新法不勝，發憤死；鄭以一跌，碌碌州縣，不復能自振迅。介，美德也，三公得其純，坎坷於當世。彼其角血氣之私，竊名譽之盛，而遺毒迨今日而未已。嗚呼！僞行之誤人，而直道之難行，久矣。

吕元吉之先人名介軒。予不及識其人，諸君品題，類以爲言和而行果，色温而氣剛。然則是介也，視前三君子有光焉。然君止於布衣，懷其耿耿，不見於用，則君之所遇又爲不幸者。雖然，介在我，幸不幸在天，吾求無怍乎本心可矣，何外物之較？風氣淺薄，其能刻厲矯揉，以竊毅然丈夫之名者已不多見。若夫以直自懟，而毁方爲圓以就外物者多矣，外物卒不可得，而本心空自喪失，是則介軒之罪人也。元吉重念之哉！

【校記】

〔一〕君　有焕本、文柱本作「名」。

扶攲植傾，補空續高，吾欲觀於嵩、恒、岱、華，其放六合於秋毫也邪！

跋周蒼崖南嶽六圖

跋李孟博東山夢境圖

昔有得湘中老人誦黄老之詩於恍惚中者，前輩謂其語非太白不能道。今圖中武士所授孟博帙甚鉅，庶幾亦有格力如此詩者列其中乎？願出以示予，當許君親見太白，何但夢也！然萬一太白訝其孫輕發藏寶，或復遣六丁下問泄者書何在，仍取以去，君將無以爲東山鎮，則不如勿出。

跋周一愚負母圖

己未之變，周君一愚家於狗咬石之下，最先遇禍。君從其兄負母越溪以逃，妻子溺死不能救也。事平，君爲圖紀其狀。諸公嘉其臨難識所輕重，褒之不絶口。

予謂人子之事其親，不幸而處人事之變，急所急而緩所輕，本心之不能不爾，其於天則蓋非有一毫之增益也。一愚之處此，豈其欲以爲高哉？正可悲耳。嗚呼，自狗咬石之失險，江右之父母妻子離散不知幾人，覽君之圖，豈獨爲其一家哭哉！誰謀不臧，一至於此？

昔魏陵繪襄樊之戰，爲于禁屈伏、龐德怒罵之狀，將恥禁也。彼禁敗事者，見之宜發慚以死，然龐憤憤就殞，使其骨肉見所畫像，尚復何忍？君此圖，一開卷當一流涕，毋爲自苦，予將請之轉示前之玩敵抽戍者，使誤國者死有餘愧，而君其庶少寬乎。

題陳尚書昉雲萍録

公守建陽，人和政成。皇曰來歸，從槖斯榮。我時在館，望公珮珩。公不我遐，我德公誠。公録班如，友朋公卿。維公下士，敬附氏名。

題中書直院劉左史震孫雲萍録

忠肅公朔人，以直節名一代。今中書左史負沉厚剛峭之氣，以「朔」名齋，蓋於高曾規矩焉。某始聞其風，今見其人，輒書氏名，昭與潔也。

跋辛龍泉行狀

予昔待罪館閣，辛君應始改官受龍泉，來訪予。語以山川風俗之故，君離坐傾聽，若謹識之。他日，予持節，君適在部内，知君廉且明，於縣百姓有恩也。會予罷歸，後來者於予尋仇，幾累君，賴仁聖在上，君與予俱得免。去年，予忝爲郎，君來受倅，相見甚歡。俯仰且兩年，君季子過予，則知予去國未幾而君逝矣。君仕宦淮襄間，勤勞辛苦，德於人者深，予生晚，不及悉。龍泉於〔一〕父母旁國，予親友在焉，能言君終始，無一日簠簋帷薄〔二〕之迹，事實而有證。予是以信君之爲賢，悼君之不可作也。君季子以君狀示予，捧卷三讀，爲之哽塞。

【校記】

〔一〕於　韓本、四庫本作「予」。

〔二〕帷薄　原作「帷簿」，誤。據韓本、鄢本、四庫本、景室本改。

跋蕭敬夫詩稿

累丸承蜩，戲之神者也；運斤成風，伎之神者也。文章一小伎，詩又小伎之遊戲者。秋屋蕭君自序其詩，乃有不克盡力之恨。昔人謂杜子美讀書破萬卷，止用資下筆如有神耳，讀書固有爲，而詩不必甚神。予謂《秋屋稿》亦云可矣，顧何足恨哉！予聞君之爲學，沉潛堅忍，其自得者深，充而至之有耿耿詩之上者。

跋李敬則樵唱稿

三百五篇之詩，間出於田夫野叟之作，當時樵者固多能詩。自晉唐來，詩始爲一道，而作者有數矣。今李敬則莊翁於詩太用工力，然猶不敢自以爲傑，謙而托諸樵。今樵安得此可人？其古樵之流亞歟！抑君嘗從蔡覺軒學，庸齋復贈詩曰：「男兒不朽事，只在自身心。」君生武夷山下，此晦翁理窟。山林之日長，學問之功深，君非徒言語之樵也，身心之樵。何幸從君講之！

跋劉玉窗詩文

予嘗造玉窗之廬，環堵蕭然，青山滿户，真詩人之資也。唐人之於詩，或謂窮故工。本朝諸家詩，多出於貴人，往往文章衍裕，出其餘爲詩，而氣勢自別。予觀玉窗，不特工於詩，諸所爲文，皆嘗用意，而其爲人又魁梧端秀，疑非久於唐人之窮，其髣髴於本朝之風氣者乎。玉窗劉氏，名芳潤，字元方，五雲人。

跋周汝明自鳴集

天下之鳴多矣！鏘鏘鳳鳴，雝雝雁鳴，喈喈鷄鳴，嘒嘒蟬鳴，呦呦鹿鳴，蕭蕭馬鳴，無不善鳴者，而彼此不能相爲，各一其性也。其於詩亦然。鮑謝自鮑謝，李杜自李杜，歐蘇自歐蘇，陳黄自陳黄。鮑謝之不能爲李杜，猶歐蘇之不能爲陳黄也。

吾鄉周君性初，善爲詩，署其集曰「自鳴」。予讀之，能知其激揚變動音節之可愛而已。予亦好吟者，然予能爲予之言，使予仿佛性初一語，不可得也。予以予鳴，性初以性初鳴，此之謂「自鳴」。雖然，凡音生於人心，其所以鳴，則固同矣。

跋胡琴窗詩卷

琴窗遊吾山，所爲詩凡一卷。或謂遊吾山如讀少陵詩，平淡奇崛，無所不有。或謂讀琴窗詩，如行山陰道中，終日應接不暇。詩猶山邪？山猶詩邪？琴窗善鼓琴，《高山流水》，非知音不能聽。然則觀琴窗詩，必如聽琴窗琴。琴窗胡氏，名日宣。

跋趙靖齋詩卷

趙史君以「靖」名齋，其與世淡然相忘，而寄思於詩，有沖邃閑遠之韻，以「靖」爲受用也。公殁，其婿丞簿段君哀其詩爲帙，出示於人，而公之所以爲「靖」者，始復表暴。由公之本心，豈計後人之知己哉？段君所爲，其盛德之不可掩也。然則其翕也，固所以爲張也歟。

跋王道州仙麓詩卷

讀仙麓詩，詩材政自滿天地間也。杜太苦，李太放。變踔厲慓慓，從李、杜間分一段光霽，如《長慶集》中君尊臣卑，賓順主穆，仙麓疑甚近之。香山天資倜儻樂易，其居又有疏泉鑿石之勝，與一時名輩爲宫爲商，《九老圖》中概可想見。仙麓屋九仙下，其騎氣御風，風流正自相接。至其當春陵龍蛇起陸之際，山窗晝永，石鼎茶香，微一日改其吟詠之度。是丸〔一〕倒囊，矢破的，無地不然也。神人瑞士，其氣爲清淑者爲一，故心常得其自律自吕之妙。仙麓此集，宜與《長慶》並行無疑。

【校記】

〔一〕丸　原作「九」，誤。據韓本、鄢本、元諭本、張本、四庫本、叢刊本改。

題勿齋曾魯詩稿

「勿」，夫子語顔以作聖工夫也，作詩亦有待於此乎？曰：《詩》三百，一言以蔽之，曰「思無邪」，詩固出於性情之正而後可。曾〔一〕君魯擇言未爲不精，尚勉之哉！

【校記】

〔一〕曾　原作「會」，誤。據韓本、鄒本、元諭本、張本、四庫本、叢刊本改。

跋惠上人詩卷

齊已賦梅，鄭谷爲改一字，師不覺下拜。予材不及谷遠甚，讀惠上人編，不能措一辭。然則谷不可於齊已之不可，予則可於惠之可。

跋道士婁君復詩卷

余去年行嶽麓下，遇山人，譚彌明出處，謂八桂堯廟有彌明題墨在焉。世見石鼎聯句，高古奇崛，謂是昌黎寓言。今觀婁君三卷，則知彌明嫡孫正自堂堂也，何寓言之疑之有？

跋彭道士虚碧房

虚碧天，夢境也。黄州之夢遊於斯，夢夢境也。志和結房於山，「虚碧」其顔，援黄州夢也。命予爲之辭，記累夢也。雖然，予焉得以爲夢乎？夫有大夢，有大覺，君其問諸希夷先生。

跋番陽徐應明梯雲帙

《易》之《坎》爲水、爲雨、爲雲，而雲之象獨著於《屯》與《需》。《屯》曰：「雲雷，屯，君子以經綸。」言陰陽始交而未暢，猶世道方險阻之日，時則君子奮其經綸，有亨屯之道焉。《需》曰：「雲上於天，需，君子以飲食宴樂。」言陰陽之氣交感而未成雨，猶君子蓄其才德而未施於用。時則君子養其氣體，和其心志，而居易以俟命焉。《易》象雲者二，一以爲君子用世之象，一以爲君子樂天之象，《易》於進退行藏之義各有攸當。

予聞之，聖賢畏天命而悲人窮，未嘗不皇皇於斯世。然方其初也，守其義，不隨世而變；晦其行，不求知於人；修其天爵，無所怨懟。一日達，可行之天下，正己而物正，而所性不存焉。嗚呼！聖賢非坐視民物之「屯」者，而安於「需」若此，則其道之所存也。後之學古者，宜可以觀矣。讀豈華《梯雲帙》，有感而書。

跋隆興王邦立所藏元祐闕書

昔者嘗讀《圬者王承福傳》，見其自言操鏝以入貴富之家，有一至再至三至，而皆爲墟焉，問之，或刑戮也，或子孫不能有也，或歸之官也。圬者棄官勳，喪其土田，手鏝衣食，其色若自得，疑若貴富者不可常，而不如不有土田之愈也。

今觀王氏，居豫章，世守先緒，保有《元祐關書》，以迄於今。子孫業詩書，其門且將有興者。則圬者終身親歷之所感慨，豈真足以斷千古而信方來也邪？雖然，圬者爲不克肖者言也，予爲善繼者言也。韓公存圬者之辭，戒也；予爲王氏言，勸也。

題賈端老不忘室

凡道各有入處，凡學各有悟處。程氏以敬，張氏以禮，示人以從入也。而遊於程、張之門者，或得於靜坐，或得於主一，或得於去一矜字，悟之不必同也。凡入皆以悟，凡悟皆可入。

鹿岩賈君得「不忘」二字於水心先生之詩，以名其室。先生之詩，崇好修而黜徇外，賤決科而尊天爵。一則因言而有悟，一則因悟而示之以所入，師友淵源之懿，去之幾年，猶將見之。

今其孫子純寶其祖訓二字，勿替引之，知悟幾矣。讀水心詩，尚求所以入門也哉！

題張德從畏心堂

德從取其家横渠翁「畏心」一語爲心法，稱鄉前輩。其子希明肯堂，取而名諸爲家法，稱賢士夫。抑天下危莫危者心，天下樂莫樂者心。操而存之防其危，優而柔之會其樂。德從講學無不盡，希明有所受之矣。

題戴行可進學齋

《乾》稱進德者三，而《象》曰「天行健，君子以自强不息」。聖人復申之曰：「終日乾乾，行事也。」君子之所以進者無他，法天行而已矣。進者行之驗，行者進之事。進百里者吉行三日，進千里者吉行一月。地有遠，行無有不至。不至焉者，不行也，非遠罪也。

戴君行可以「進學」名齋，垂二十年。前之進，予不得而考也；後之進，予不得而量也，獨有一言願獻於君者，曰「行」。行，固君字也。《書》曰「行之惟〔一〕艱」，《語》曰「行有餘力」，《中庸》曰「利行」，曰「勉行」，曰「力行」，皆行也，皆所以爲進也。不行而望進，前輩所謂遊心千里之外，而本身卻只在此，雖欲進，焉得而進諸？戴君，求進者也，而予言「行」，予將有遠役，其知行之理固審。君之俯仰是齋也，其亦反覆於字之爲義也哉！

【校記】

〔一〕惟　文柱本作「維」。

跋周應可爲蔡德夫干藥物目子後

蔡德夫病且貧，硯庵周應可過而顧之，曰「是不可坐視」，問藥於所知。斯可謂知義之士矣。予方杜門守約，於所親厚未能以偏愛，其何力及此？顧友道久薄，硯庵能崇篤如此，是亦足勸厲薄俗，敢不罄竭，以爲之從臾云。

跋彭和甫族譜

莆中有二蔡，其一派君謨，其一派京。傳聞京子孫慚京所爲，與人言，每自詭爲君謨後。孝子慈孫之心固不應爾，亦以見世間羞恥事，雖爲人後，猶將愧之。彭和甫之派來自博士齊，非玕後也。今其譜牒并二族爲一本，爲君謨之後，而引京以混之，人情固大相遠哉！予聞晉沈勁恥其父陷於逆，致死以滌之，卒爲忠義。唐柳玭有言：「門地〔一〕高者，一事墜先訓，則無異他人，是以修己不得不至。」諸公皆勸和甫以自立。和甫而祖玕，猶當爲沈勁；和甫而祖博士，柳玭之言得不勉乎哉！

【校記】

〔一〕門地　鍾本作「門第」。

跋吴氏族譜

自魏晉以來至唐，最尚門閥，故以譜牒爲重。近世此事寖廢，予每爲之浩嘆。今觀《吴氏譜》，源於禾川之燕市，派於西昌之白沙。自宋興以來，衣冠燦然，蓋升學者二十有二，舉於鄉者五十有七，薦於漕者三，奏於禮部及精究科、賢良科者九，而特科恩封、世賞拜爵者又三十有四人。盛哉，可睹矣！

自昔以知力持世，功利起家，有道所忌，傳不數世，惟詩書之澤綿綿延延，愈久而愈不墜。赫赫而蹶，孰與循循而至者哉！天下之理，可久者必可大。吴氏代有人焉，其將有尤者出，以其時可矣。

跋楊宰記曾氏連理木

右《連理木記》，誠齋先生叔父百里君筆也。乾道距今幾年，墨迹如新，曾氏之父祖子孫，其藏之也謹也。季淵來京師，携其所謂《連理圖》及諸名公詩、記凡一軸，而是記編於圖詩之間。季淵蓋將求表章於當世之有道，以廣大其瑞，以昌其先志。會有取之以往，而鄰火夜不戒，是軸並以煨燼。季淵悼前輩之不復作，而家世百年之寶一朝而失之，蓋於是記重致意焉。

初，予讀其文，愛之，命吏私識之别帙以備遺忘，季淵不之知也。及善本羽化，而楊子精神心術之煒然者獨在吾帙間。曾氏之故疊似墜而不墜，猶賴有此。則予昔也讀而愛之，愛而識之，固默有以開其衷者。夫物之存亡莫不有數，而其既亡而不遂亡，不存而復終存者，雖人力之偶及於是，而識者不敢諉之於數之外。季淵喜予存曾氏之舊，就俾書之，而予亦自以爲有功於楊子，不敢辭。季淵得此於鬱攸，當無所憾。楊子而知斯文之不泯也，吾知其亦爲子欣然矣，豈獨木哉！

跋彭叔英談命録

命者，令也。天下之事至於不得不然，若天實使我爲之，此之謂令，而自然之命也。

自古忠臣志士，立大功業於當世，往往適相解后，而計其平生，有非夢想所及。蓋不幸而國有大災大患，不容不出身捍禦，天實驅之，而非夫人之所欲爲也。當天下無事，仕於是時者不見兵端，豈非命之至順？蓋至於不得已而用兵，犯危涉險，以身當之，則命之參差爲可閔矣。士大夫喜言兵，非也；諱言兵，亦非也。如以爲諱，則均是臣子也，彼有王事鞅掌，不遑啓居，至於殺身而不得避，是果何辜？吾獨何爲而取其便？如以爲喜，則是以功業爲可願，䰰䰰然利天下之有變，是誠何心哉！是故士大夫不當以爲諱，亦不當以爲喜。

委質於君，惟君命所使。君命即天命，惟無所苟而已。星翁曆家之説，以金火羅計孛皆爲主兵之象，遇之者即以功業許人。十一曜之行於天，無日不有，無時不然，人物之生亦無一日可息，事適相值者亦時而有之也。治亂本於世道，而功業之顯晦關於人之一身。審如其説，則人之一身常足爲世道之軒輊，有是理哉！聖賢所謂知命、俟命、致命，皆指天理之當然者而言，是故非甘、石所曉。

彭叔英，儒者也，而星翁曆家之説，尚不免膠固。歐陽巽齋先生既具爲之辨，予復備論之，叔英持以復於先生。

跋王金斗談命録

萬鍾浮雲，我有靈龜。季子伯仁，得印奚爲？俯仰利害，桔槔夏畦。彼昏不知，彼昏不知！噫，王君又從而鼓之舞之邪？

跋劉父老季文畫像

州有父老員若干，月給廩俸若干。太守歲二月出郊，號爲勸農，則召是二三父老者，俾聽勸戒之辭。吾農實無所聞，其代而聞之者，斯人也。田里有疾痛，或水旱，則父老以其職得轉聞之長民者。然則，其事亦不輕矣。劉季文齒望八帙，蓋父老之一。以一州之人，高年者蓋多矣，而劉得以壽考隸官之籍，且其得禄如在官，晚節有光焉。

一日，以其喜像來求贊。予觀其田里淳龐之狀，山林樸茂之氣，得壽於世，非曰偶然。嗚呼！鳶肩火色，騰上必速者，非人間永器。虎頭燕頷，當封侯萬里外，亦幾勞苦拂亂之甚。劉雖貌若甚樸者，然終身田里，無辛苦之態，以至於壽。富貴之樂，顧足易康寧哉？是亦云足矣。予未暇贊，因備誦其爲人，聞者倘有利於斯言乎！

跋李氏譜

族譜昉於歐陽，繼之者不一而足，而求其鑿鑿精實，百無二三。原其所以，蓋由中世士大夫以官爲家，捐親戚，棄墳墓，往往而〔一〕是，雖坡公不免焉，此昌黎公所以有「不去其鄉」之説也。友人李希元示予家傳，自唐西平忠武王子憲，至其先人十數世，墳墓皆在目睫，亦可尚哉！使昌黎公見之，亦將以美楊少尹者美之矣。

予家本石室，蓋無可疑，而自出蜀以來，未免與蘇公同是一慨。方擬乞身後，即六七世墳墓可考者，取蘇公《族譜引》而損益之，使世之子孫執爲典要，且以楊侯不去其鄉，而未能也。觀李氏之族譜，重有感於昌黎之説云。

【校記】

〔一〕而　有煥本、文柱本作「如」。

贊

巽齋先生像贊

歐陽巽齋，望宗六一。辛丑掇科，親老謝職。色難愉惋，思報親恩。學通經史，有本有根。司户虔州，化被蠻貊。别駕建昌，益樹名節。轉官秘著，不爲苟諛。説書崇政，講貫唐虞。都官刑曹，讞獄詳備。考文成均，濟濟多士。疏抗龍顔，宜絶嗜好。欲心一萌，良心隨耗。天子嘉納，年高與祠。横經論道，一世宗師。及門之徒，不將即相。河汾王通，雲龍下上。名齋以巽，殊非過情。六一之學，實傳先生。

贊龔知縣龍

龍猶有欲，垂頤就豢。孰知吾龍，頭角霄漢。舜卿之筆，子輝之德。往來清風，霖雨八極。

贊程縣丞龍

蟄於滄洲，驤於海垠。憫四域之焦枯，遽奮爪而張鱗。固將神變，化水下土，豈直嗔蛙躁蟹，役役於形氣也邪？

贊何了翁帳龍

淵蟄其真，雲發其神。爲道不泥，遇止乘行。是爲龍之靈，是何君之所以名？

贊三山莊之龍魁星

太極初開，即有星紀。字始蒼頡，科始漢氏。後人因之，爲鬼爲斗。乾元坤元，非德非有。勖哉莊君，明辨密察。在邦必達，在家必達。

贊沈俊之筆

厥體孔良，厥心孔端。資汝心匠，達我心官。

自贊

孔曰成仁，孟云取義。惟其義盡，所以仁至。讀聖賢書，所學何事？而今而後，庶幾無愧。

銘

彭叔英砥齋銘

爵禄之石，厲世磨鈍。頑夫奔走，廉隅蕩盡。中流之柱〔一〕，障山回瀾。岩岩具瞻，千古如山。嗟今之人，模稜義利。金銀銅鐵，攪爲一器。淬去穢濁，刮出光明。他山之石，有如斯銘。

【校記】

〔一〕之柱　有焕本、文柱本作「砥柱」。

黄山人羅鏡銘

陟彼高岡，相其陰陽。因以箴之，終然允臧。

辭

劉良臣母哀辭

維婦德之中正兮，昉乎人彝。彼美其盛壯兮，甘白首於一嫠〔一〕。夫仁者必有壽兮，及耄而望期頤。夫有德者必有後兮，紛四世其蕃滋。嗚呼！全而生之兮，必全而歸之。從一以終兮，尚得正其何悲！

【校記】

〔一〕嫠　原作「嫠」，誤。據韓本、鄢本、元諭本、張本、四庫本、文柱本、叢刊本改。

贈人鑒蕭才夫談命

歲單閼，人鑒蕭才夫過予，以予命推之，言頗悉。是秋迄次年，予所遭無有不與其言相符。噫，人鑒其神已！爲之辭曰：

眇陰陽之大化兮，布濩垓埏。出王遊衍之度思兮，曾淺淺乎爲天。自青紫食窮經之心兮，怪詭乘之而相挻。竊掠五緯之膚兮，誑其愚〔一〕以自賢。方疾其拂耳騷心兮，羌作炳於眇綿。將事實與行會兮，抑抉幽而鈎玄。予將窺前靈之逸迹兮，就有道而正焉。

【校記】

〔一〕詆其愚　原作「詆其愚」，誤。據韓本、鄢本、元諭本、張本、四庫本、文柱本、叢刊本改。

鄒翠屏改葬哀辭

霜露成冰兮寒谷悲，陽春歸兮草萋萋，君一去兮何之？造舟爲梁兮車馬悠悠，朝出遊兮暮歸休，君一去兮誰留？君故人兮如雲，白髮兮繽紛。高臺曲榭兮如昨，歌舞兮成陳。君自蒔兮桂花，昔芳稚兮今婆娑。秋香飄兮〔一〕九霄，君不見兮奈何？

【校記】

〔一〕兮　原脱去此字，據韓本、鄢本、有焕本、四庫本補。

吴伯海自號滄浪爲徐徑畈所喜携諸公詩來訪因有感作滄浪歌並呈巽齋先生

世混濁而不清兮，蟬翼爲重，千鈞爲輕。彼滄浪其無據兮，何纓非足，何足非纓？嗟靈均之好修兮，安能受物之汶汶？淈泥〔一〕揚波以相從兮，羌不知漁父之用心。莞爾而歌，鼓枻而行。噫！漁父其何如兮，掉頭乎靈均。

【校記】

〔一〕淈泥　原作「掘泥」，誤。據《楚辭·漁父》改。

答歐陽秘書承心制説

《龍溪友議》，好事者爲之，不知其誰何也。巽齋歐陽先生爲之辨。以書來曰：「君所處，變之又變。而或者於無過中求有過，援經引古，皆不類，而又鋟木摹紙，流傳四方，莫曉用意所在。君於國於家，公私得失，自了然於心。雖不必較，畢竟此於世教人倫有關繫，不可以流俗誤方來，所以怫然不能自已於言也。」嗟夫！先生所以主張名教，愛惜後學，至矣！抑先生就其爲説，區别禮文之隆殺，極其精微，只如此，固以明甚〔一〕。然兩家事實，猶有非先生所盡知者。若某初於倉皇中處此，則不過從吾事實，順事理之本然者而行之，固不待如此鈎索精微，而其當然之路自燦然可見也。

初，此母嫁先伯祖，生男三：長曰行，是爲先伯；次爲先人；又次曰信，是爲先叔；女一，是爲吾姑。先人生歲餘，嗣先祖後。先叔既生，而伯祖方歿。己卯而後，此母適劉鞠。劉前室之子曰敏，曰午。而自生二女一男，二女今各有歸，男曰欽，出繼於黄塘劉氏。在文在劉，通男女爲七，非適劉之日淺於適文，文有子而劉無所出也。當先祖存，先人篤於生母，則衣食敬共之。丙午，先祖歿，先人始迎致就養。然劉之子諱得不養之名，歲輒取養二三月。至丙辰以後，某始〔二〕專其養，而歲時劉之子孫族黨，絡繹起居，曰母也，伯叔母也，祖母也，伯叔祖母也。此母非以在文而諱其在劉，劉亦非以其在文而不之母也。當其在文，特文有能養之資，得以遂其敬愛之情，而名義之爲劉自若也。是以歿之日，其子午，其孫伯參奔喪於西昌，其二女各以遠近來赴。其劉之族黨，縞素哭，候於道，書銘旌曰「劉」。吾鄉人見者以爲是固當然，無所不安也，固非曰未屬纊爲文，既屬纊而名之曰劉，而制禮爲是嚴也。

彼好事非爲文爲劉之族黨姻親，又非里巷父老知事之悉，主於騰謗，故亦不問事實如何，而侮經慢法，苟可以媒蘖者，不遺餘力，若曰文致綱常之説以壓之，則可覆其終身云爾。險哉其用心乎！先生辨之，得其概矣。要其肯綮，數語可以破之。彼之説曰：在某當書「申心制侄孫」，而銘旌當書「故伯祖母某氏」。此十一字殊不類學者語。此母從其實，則先人本生母也。平居無所於名，則從其前日之位曰「伯祖母」，如以義斷，於稱謂亦恐未安，而欲自名曰「侄孫」，得乎？心制而曰「申」，稽之《禮律》曰「子爲所生父母也」，曰「弟子爲師也」。苟曰「侄孫」矣，則何爲下得「申心制」三字乎？劉午之於几筵，書曰「先妣某氏之靈」。而書疏謝其鄉人，自書曰「孤哀子劉某」。以孤哀子爲妣作喪主，不爲當，乃欲書「侄孫」，以主伯祖母〔三〕之喪，語之三尺之童，然乎？否乎？以四十七年婦於劉，母於劉，而一旦瞑目，乃使之不得爲劉母，則劉之子若女哭劉母乎？哭文母乎？使劉之廟祀文母乎？祀劉母乎？

且夫在文氏則生先人，而出繼於先祖；在劉氏則生欽，而出繼於黄塘之劉，其事體一也。今欽爲人後，不得而服本生母，亦止於申心制。某方之於欽，情義若何？而曰「意其必衰麻其服，乃寂無聞焉」，何其無稽之甚乎！親喪，人所自盡，以義起禮。此母爲先父本生母，在先父不及申心制，在某遂承心制。吾所自盡，何與乎或人？而或人詆毀之至，此某非惟不必辯，彼亦不足辯也。獨此心不可不明於先生，故具述於此以復命，而不傳焉。

【校記】

〔一〕固以明甚　胡思敬校：「已」誤「以」。

〔二〕始　原作「甚」，誤。據韓本、四庫本改。

〔三〕伯祖母　有焕本、文柱本作「伯叔母」。

吴郎中山泉説

子在川上曰：「逝者如斯夫，不舍晝夜。」道體流行之妙，往來而易見者，惟川流爲然。聖人發其端倪，欲學者體認省察，而無一息之間斷也。後千數百年，程子始默識而指以教人曰：「其要〔一〕只在謹獨。」聖人言道之旨，學者入道之門，於是而深切著明矣〔二〕。

尚書郎吴君正夫，名蒙，因名取象，有合於下《坎》上《艮》之卦，遂自命曰「山泉」。君所以從事，則又取二程、上蔡、和靖、晦翁，凡諸言敬者，識諸座右。《易》以養正，爲聖功而養之，方未之及也，吾獨見自得，乃從敬入，則豈泛然而用乎吾力也歟？夫川之水，道之體也；山之泉，性之象也〔三〕。是故善盡道者，以敬而操存之，則猶之川而不息焉；善盡性者，以敬而涵育之，則猶之泉而不雜焉。蓋有欲則息，惟敬爲能不息；有欲則雜，惟敬爲能不雜。君之所以見《易》，其猶程子之所以見夫子歟。雖然，川上之事，純亦不已，誠者之天也。泉猶性也，泉動而出，猶性動而爲情也。是則有幾焉。誠無爲，幾善惡。始以敬而持此幾，終以幾而達此誠，則山泉其川水之源，川水其山泉之流，會而通之，混然一貫。故曰：敬者，聖學成始而成終者也。

君講切熟矣，愚也不敏，方願學乎此，尚從君質之。

【校記】

〔一〕要　原作「言」，誤。據韓本、鄢本、四庫本改。

〔二〕矣　原脱此字，據韓本、鄢本、四庫本補。

〔三〕也　原脱此字，據韓本、鄢本、四庫本補。

徐應明恕齋説

自漢儒以大中訓極，而極之流遂爲苟容；至先儒以極爲四外標準，而學者始知極。自唐儒以博愛謂仁，而仁之道遂爲小惠；至先儒以仁爲包四德，而學者始識仁旨。自〔一〕漢、晋以來，有恕己恕人之説，而恕之弊遂爲姑息；至先儒以恕爲如心，而學者始明恕。聖人浸遠，道學無傳，於是漢人之中庸，唐人之模棱，皆足以自附於此三字之義。天下之不見聖久矣，尚賴伊洛諸君子出而抉聖經千載之秘，而後之學者遂得襲其遺餘以求進於道。

番陽徐君應明，有志於學，特以恕爲入門，則其幸生於道學之世，而不至涵忍混貸，以淪於漢唐之陋也審矣。雖然，如心之事，亦有所用力焉。按傳專言恕者，其事有二。子曰「己所不欲，勿施於人」，《大學》言「上下前後左右有絜矩之道」，此言如愛己之心而愛人者也。《大學》言「有諸己而後求諸人，無諸己而後非諸人」，此言如治己之心而治人者也。然而如愛己之心而愛人，則先儒必歸之窮理正心；如治己之心而治人，則先儒必以强於自治爲本。蓋未能窮理正心，則吾之愛惡取捨未必得正，而推己及物亦必不得其當。然未能强於自治，則是以不正之身爲標的，將使天下之人皆如吾之不正，而淪胥以陷，則吾之爲恕者豈不相遠？而吾夫子所謂終身可行者豈若是哉！故夫《論語》一貫之恕，《中庸》違道不遠之恕，又必以忠並言。蓋惟忠而後所如之心無往非正。而凡窮理正心，强於自治，皆求以不悖乎忠而已也。抑予聞之，《論語》之忠恕，至誠無息，而萬物之各得其所也，聖人之事也；《中庸》之忠恕，盡己之心而推以及人也，學者之事也。吾儕小人由前之所以用力者求之，以進於《中庸》之忠恕，則聖人忠恕之天，豈曰己之菲〔二〕薄而無足以進諸曾子之「唯」哉？願與徐君講之。

【校記】

〔一〕自　原脱此字，據韓本、鄒本、四庫本補。元諭本改「旨」爲「自」，誤，實爲脱字。

〔二〕菲　原作「非」，誤。據韓本、鄒本、四庫本改。

勉耘説

百聖在天，六經行世，譬之五穀，皆美種也。錢鎛必庤〔一〕，荼蓼必薅，既堅既好，實穎實栗。不然，略閩蜀之蹲鴟，拾燕趙之棗栗，而吾未嘗不飽也。嗚呼，此豈樂饑常法哉！彭君奇宗之爲學也，知所以種，而以「勉耘」顔其堂，其必自五穀始。是穮是蓘，必有豐年，奇宗候之。

【校記】

〔一〕庤　原作「痔」，誤。據韓本、四庫本改。

何晞程名説

予同年何君時，任廬陵縣尉。尉廳，洛人太中〔一〕大夫程公珦嘗辱居之。後人爲建公祠，又建堂曰「晞程」，志遺迹也。何君生子吏舍。温公之父生於池，温公生於光，名之所起，率從其地，君之名子以「吉」，宜也。而官於吉者多也，顧瞻斯堂，取義甚大，其當名之以「晞程」。程本爲太中設，何君名其子，則以太中之子望之，徵説於予。

予曰：大哉名乎，其何如而塞之哉！漢司馬慕藺相如，自名曰「相如」。本朝有錢希白之類，希樂天者也。功名文藝之士，事爲之粗迹，筆墨小技，抵掌馳志，刻心苦思，步驟之不難。若夫正心修身，窮理盡性，通天地之化，達聖賢之藴，如程夫子者，其何以望於孩提哉！雖然，大中之在黄陂，二夫子生焉，其初固亦區區一尉之子耳。洎其來廬陵，二夫子年甚幼，則亦童蒙也，初何以自别於常兒？然其後受學於舂陵，追繼孔孟，卒以其性命道德之説爲諸儒倡。聖賢豈别一等天人爲之？苟有六尺之軀，皆道之體，不可以其不可能而遂自暴自棄也。且夫昔之爲程也難，今之爲程也易。《中庸》之學，千數百歲不傳，二程獨發關鍵，直睹堂奥。此其事百倍其力而後能，今讀程之遺書，考程之行事，作聖塗轍，瞭然可尋，一日用力，事半而功倍。吾儕小人，獲生斯世，講聞私淑之緒餘，非如漢唐儒者之寡陋，蒙賴福澤，深自慶幸，不敢以不自勉。

況夫青原之山川不改，少府之堂宇如故，二程事親從兄於此，誦詩讀書於此。思其居處，思其笑語，思其志意，思其所樂，思其所嗜，百世之下居乎此者，猶聞風而起，況去之二百年之近乎？此何君義方之所爲汲汲也。至於晞程之工夫，當自主敬入。然此《大學》之事，今其爲赤子，何君養其氣質，莫重於習。

古有胎教，況於襁褓，自其能言能行，以至於入小學，使之灑掃應對，進退周旋，先知所以爲敬，周匝而無欠，深穩而有本，然後可以語晞程之事。習於上則上，習於下則下，是一幾也。何君謹之哉！謹之哉！君字了翁，臨川人。晞程生己未三月。

【校記】

〔一〕太中　張本、文柱本作「大中」，下同。

王通孫名說〔一〕

王君元剛生子，名曰通孫。初，元剛夢有通守來謁，排闥入堂闥，驚寤，已而左右遂有娠。既生，名之，志所夢也。予謂元剛名子之義甚大，而其有意於斯夢也，殆不其然。人者天地之德，陰陽之交，鬼神之會，五行之秀也。人以其血肉之軀，而合乎太虛之生氣，夫然後絪縕化育，人之質已成而健，順五常之理，附而行焉。其聚也翕然，其散也霍然。天地之化，盈虛消息，往過來續，流行古今，如此而已。輪迴之說，佛者有之，苟自孔氏，不當以爲信然。

且夫人有此身，即有此理。《詩》曰：「有物有則。」《孟子》曰：「形色，天性也。」聖賢之學，主〔二〕乎踐形，而不願乎其外。元剛之教子，望之以通於性命之正，以無負乎天之所以與我者，其獨善也邪？其遂符所夢也邪？其復過之也邪？皆非所必計也。人之得形於父母，而毋忝爾所生，達不離道，窮不失令名。決性命之情以饕富貴，富貴未必可得，而性命已失其正。此天下人子所以陷於失身者多矣，不敢不勉，而有知也不敢不告諸爲人子者。元剛爲人之父，亦爲人之子者也，其達此悉矣。予也言之，其子之長也，庶幾其有聞乎。因預定其字曰「思」，爲其長子也，以「伯」冠之。濂溪著書曰：「通微生於思，不思則不能通微。」嗚呼！思則得之，人人有貴於己者，弗思耳。尚勉之哉！元剛名義端，豐城人。通孫生戊午，今四歲云。

【校記】

〔一〕王通孫名説　元諭本標題下注有「字伯思」三字。

〔二〕主　原作「王」，誤。據韓本、鄒本、張本、四庫本、叢刊本改。

陳逢春肖軒説

陳逢春景茂，芥軒先生之子也。芥軒名鳳，官至朝奉郎、監行在豐儲倉。其爲人剛直有守，與趙東野齊名於玉虹翠浪間。平生游吴履齋、包宏齋、嚴華谷諸公之門，諸公器之不置也。未及用，不幸蚤世。景茂幼孤，長而有立，自號曰肖軒，有志乎其先人也。夫孝者，善繼人之志、善述人之事者也。世之所謂狼疾人不肖子，豈其性然哉？志不存焉耳。志之所至，事亦至焉。夫肖之道亦不一矣。奮、建，肖其性者也；談、遷，肖其業者也；彪、固，肖其文者也；羲、獻，肖其書者也；褒、頵，肖其位者也。凡爲人子者，苟有一節不忝乎其前，其亦無愧於名父之子哉。《蠱》初九之《象》〔一〕曰：「幹父之蠱，意承考也。」《易》之所謂意，景茂有之矣。《書》曰：「若考作室，厥子乃弗肯堂」，景茂必無是也。尚勉旃哉！

【校記】

〔一〕初九之《象》《易・蠱》原文爲「初六之《象》」。

送吕元吉麥舟説

吕元吉，廬陵之名族，東萊之近裔也。皇皇充充，以母喪淺土，未畢大事，將以石曼卿自命，而求以忠宣麥舟之事望於人。自薄者而觀，今世可復得麥舟乎？以愚論之，麥舟固可復得。借令不得，聚麥成舟，猶可及也。傳曰：「凡民有喪，匍匐救之。」又曰：「孝子不匱，永錫爾類。」中原文獻，前輩典刑，遐乎邈哉，不可尚已。然親親以及物，愛其父母以愛人。人心天理油然於不忍人之際者，豈以宇宙隔古今間哉！吕君行矣！昔人有言：「子毋謂秦無人。」

龍泉縣上宏修橋説

修橋闢路，佛家以爲因果。世之求福田利益者，所以樂爲之趨，而佛家者流所以積心竭力，勤苦奉承而不之厭也。予過泉江，道上宏，聞有郭公者，主石橋之役，蓋毁家以成之。而僧曇發則朝夕爲之督其事，頗難其力，不倦其心，蓋可取焉。邀予爲之疏。

惟予不得以預斯舉也，郭老矣，迫於其請，則念儒書中，是亦爲溱洧濟人之事。雖其事之偏，而視夫拔一毛不以利人，而但朘人以肥己者，爲有間矣。郭公之所爲若此，是邦之人若士觀感動悟，其能以自已於心乎？夫善者，性之所自然，爲善者，人之所同欲。罔俾郭公專美是邦可也，而豈必曰福田利益之故

湃，濤頭有數丈之勢，一金軀隱見，出没於沆瀣之間。題曰《忠孝歸朝》。慧之用意亦勤矣。因聚觀者與慧共評之，爲之大噱。乃指潮而言曰：「予寧駕絶海之帆，以突魚龍之變怪乎，將極目於南龕北赭，望洋而不濟乎？寧揚清激濁，以吊鴟夷子之遺乎，將波流瀾，趨以嬉戲於杭人之旗鼓乎？寧依乘於鰲游鯤化之會乎，將有鹹有腥，有滑有腯，姑苟膳羞以自活乎？寧泗不已以取衝擊乎，將知止知足，與汐水俱爲縮乎？寧與波上下屑屑於朝夕之往來乎，將觀陰陽之進退，察日月之盈虚，翱遊於六極之表乎？」質之予弟，予弟笑而不言。問之慧，慧曰：「區區何足以知之。」予於是服慧之得予貌，而知慧之猶未得予心也。因爲紀其能事之本末，以謝其勤，並具予之所以言者。噫，亦安得知心之士而與之語哉！

【校記】

〔一〕癢　原作「養」，據韓本、元諭本、四庫本改。

深衣吉凶通服説

《深衣篇》大概三節。第一節言其制，「短無見膚，長無被土」以下是也。第二節言其義，「規者行舉手以爲容」以下是也。第三節言其用，「可以爲文，可以爲武」以下是也。此雖三節，然畢竟義爲之主。故篇首曰：「以應規矩，繩權衡。」其文坦易明白，前輩解之悉矣。獨吉凶通服，猶有可疑。或謂考之本篇曰「可以爲文，可以爲武，可以擯相，可以治軍旅」，而不曰「可以吊喪，可以受吊」；曰「善衣之次」，而不曰「喪服之次」。雖其間有「孤子則純以素」一語，近於喪服，則又曰，鄭氏注「年三十以下無父稱孤」，則是無父而服，此衣當用素純耳，非孤子於居喪之中可以此代喪服也。其必以爲吉服之說如此。然愚嘗參互經傳，博采旁證，則此雖吉服，未見其不可通於凶事。

按《檀弓》：「將軍文子之喪，既除服，而後越人來吊，主人深衣練冠待於廟，垂涕洟。」注云：「深衣練冠，凶服變也。蓋既除喪，則不當復衣喪服，故以深衣受吊。」以喪服一變而即用深衣，則深衣雖謂之喪服之次可也。雖與「善衣之次」之說相反，正足以見其互相發明耳。

按曾子問：「親迎女在塗而婿之父母死，如之何？」孔子曰：「女改服布深衣，縞總，以趨喪。」注云：「婦人始喪未成服之服。」蓋成乎婦則成乎婦服，惟其未成婦也，不可以衰，故趨喪以深衣。然則此亦凶服之變也。今世女子未聞有服深衣者。然以此事考之，凶事而可服其服，於吉事可知也。注云：「禮教久廢，故女遂廢此衣耳。」按《雜記》：「大夫卜宅與葬，曰有司麻衣布衰。」注曰：「麻衣，白布深衣〔一〕而著衰焉。此服非純吉，亦非純凶也」。夫衰，凶服也；深衣，吉服也。衰之下有深衣焉，故非純凶；深衣之上有衰焉，故非純吉。由此論之，深衣不專用於吉事，又可見也。

按《間傳》：「大祥素縞麻衣。」注云〔二〕：「麻衣十五升布。深衣謂之麻者，純用布，無采飾〔三〕也。」蓋大祥已除衰杖，本須服吉，然使便用采飾之服，則孝子之餘哀未忘，必不安於此。故魯人朝祥而暮歌，子路笑之；有子既祥而絲履組纓，記禮者譏之。此所以用深衣者，蓋在不衰不采飾之間也。

按《喪服記》：「公子爲其母，麻衣縓緣。」注云：「麻衣，小功布深衣。以麻爲小功布者，以大功降云。公子之庶昆弟爲其母，若父卒，爲母大功；父在，降大功一等，用小功布深衣。」以此證之，深衣固爲大祥之服，而亦爲小功之服，但大祥緣以布，小功緣以縓耳。夫以《深衣》正篇，本專爲吉服而言，然略以此數節推之，其於凶服亦自可通。大概喪服皆用布，而以精粗爲輕重之等。鄭氏云：「深衣用十五升布，鍛濯灰治，升八十縷，則是千二百縷爲經。此今世極細之布也。」然則深衣之所以爲吉服者，以其布之精密。又布易得而難損，取其貴賤可以通服。經所謂「完且弗費」，注所謂「可苦衣而易有」者也。而揆之喪服，則用布適同，而爲色又相似，且經鍛濯灰治，故止可用於服之輕者耳。非如他衣服用繒帛采色，則專當施於吉，而不可通於凶也。此正如近世涼衫耳。阜陵以前，士大夫皆以爲會聚之常服，其後遂於吊喪用之。則亦以其顔色可通之故，正此類也。但是深衣之制，領緣不同，其間純以績者，乃是以盡飾〔四〕爲美，此恐專爲吉服，而不當與凶服通。至於用素用縓，自是喪服本色。獨用青者，則通於吉凶之間，皆無舛耳。若夫冠屨一節，卻欠商議。今人謂服深衣必須用某冠某屨，此恐未明。蓋冠屨之制，《深衣》正篇既不曾見明言，而其散見於他傳者，其冠亦各有變。如將軍文子之喪，主人深衣練冠，是受吊之時，方用練冠也。其施之吉，則固有他冠矣。如女用深衣之縞總，則趨喪而後變用縞總也，其在平時必他有以爲之總者矣。

又如漢制，乘輿服深衣，則用通天冠，高九寸，是天子而後有此冠也。推而下之，諸侯大夫士以至庶人，豈當拘於一冠矣乎？切意深衣有一定不易之制，而本篇所以不載冠屨者，恐冠屨當是從時耳。何以辨之？夏之冠曰毋追，殷之冠曰章甫，周之冠曰委貌，又曰元冠。三代之冠，其制已各不同。有虞氏深衣而養老，則深衣自虞氏已有之。此時自須用虞氏之冠，尚不及有三代之冠也，又安得所謂某官者？以是推之，深衣則古矣，而冠屨則無定制也。孔子少居魯，衣逢掖之衣；長居宋，冠章甫之冠。衣少所居之服，冠長所居之冠，二者參用，各隨其宜，初不必曰魯服則魯冠，宋冠則必宋服也。以聖人之於時且然，況今世而服深衣者，其爲冠屨也，既不載於經，則其隨時也爲得矣。必欲用某冠某屨，則恐又失之泥也。然則所謂隨時者宜何如？其以深衣爲吉服，則今之緇冠爲不必易也。如其以爲凶服，則受吊者固當以檀弓練冠爲法，而往吊者亦須如之，玄冠不以吊故也。嗚呼，禮之時義大矣哉！器數之精微，制度之詳密，雖以夫子之聖，不敢自謂生知，而屈意於一問。區區何人，乃敢率其胸臆，評論千載之上，多見其不知量也！雖然，亦識其所見云爾，尚以俟有考者。

【校記】

〔一〕深衣　原作「深身」，誤。據韓本、鄢本、四庫本改。

〔二〕云　四庫本作「曰」。

〔三〕飾　原作「飭」，誤。據韓本、四庫本改。

〔四〕盡飾　張本、文柱本作「盡飭」。胡思敬校：「飾」誤「飭」。

卷十一

講義

西澗書院釋菜講義 知瑞州日

孟子曰：「人之患在好爲人師」，韓子犯之，而世怪且駡，柳子厚所謂「惴惴然而不敢」也。某承乏此邦，其於教化，號爲有一日之責。蓋嘗告朔而履乎學宫，得聞諸君之所以授受者，而親陟皋比，與逢掖講師弟子禮，則僭之爲尤。書堂有事乎先賢，諸君不鄙，而固以請，則雖寡陋，夫焉得辭？某初被命來守，嘗啓政路〔一〕曰：古之爲諸侯，先政化而後簿書期會，世之不淑，乃倒置，此則相與病夫風俗之弊，而士行不立，且傷夫教道之久廢，而未有一救之也。固嘗有及於君子德業之義，而重反覆焉。輒誦所聞，並繹其旨。與諸君茂明之。

《易》曰：「君子進德修業。忠信，所以進德也；修辭立其誠，所以居業也。」中心之謂忠，以實之謂信，無妄之謂誠，三者一道也。夫所謂德者，忠信而已矣。辭者德之表，則立此忠信者，修辭而已矣。德是就心上説，業是就事上説。德者統言，一善固德也，自其一善以至於無一之不善，亦德也。德有等級，故曰進。忠信者，實心之謂。一念之實固忠信也，自一念之實以至於無一念之不實，亦忠信也。忠信之心，愈持養則愈充實，故曰忠信所以進德。修辭者，謹飭其辭也。辭之不可以妄發，則謹飭之故。修辭所以立其誠，誠即上面忠信字，居有守之之意。蓋一辭之誠固是忠信，以一辭之妄間之，則吾之業頓隳，而德亦隨之矣。

故自其一辭之修，以至於無一辭之不修，則守之如一，而無所作輟，乃居業之義。德、業如形影，德是存諸中者，業是德之著於外者。上言進，下言修，業之修，所以爲德之表也。上言修業，下言修辭，辭之修即業之修也。以進德對修業，則修是用力，進是自然之進。以進德對居業，則進是未見其止，居是守之不變。惟其守之不變，所以未見其止也。辭之義有二，發於言則爲言辭，發於文則爲文辭。子以四教：文、行、忠、信。雖若岐爲四者，然文、行安有離乎忠、信？有忠信之行，自然有忠信之文；能爲忠信之文，方是不失忠信之行。子曰：「言忠信，行篤敬。」則忠信，進德之謂也；言忠信，則修辭立誠之謂也。未有行篤敬而言不忠信者，亦未有言不忠信而可以語行之篤敬者也。天地間只一個誠字，更顛撲不碎。觀德者只觀人之辭，一句誠實便是一德，句句誠實便是德進而不可禦。人之於其辭也，其可不謹其口之所自出，而苟爲之哉？

嗟乎！聖學浸遠，人僞交作，而言之無稽甚矣。誕謾而無當，謂之大言；悠揚而不根，謂之浮言；浸潤而膚受，謂之遊言；遁天而倍情，謂之放言。此數種人，其言不本於其心，而害於忠信，不足論也。最是號爲能言者，卒與之語，出入乎性命道德之奥，宜若忠信人也；夷考其私，則固有行如狗彘而不掩焉者。而其於文也亦然，滔滔然寫出來，無非貫串孔孟、引接伊洛，辭嚴義正，使人讀之，肅容斂衽之不暇；然而外頭如此，中心不如此，其實則是脱空誑謾。先儒謂這様無緣做得好人，爲其無爲善之地也。外面一幅〔二〕當雖好，裏面卻踏空，永不足以爲善。蓋由彼以聖賢法語止可〔三〕借爲議論之助，而使之實體之於其身，則曰「此迂闊也，而何以便吾私」，是以心口相反，所言與所行如出二人。嗚呼！聖賢千言萬語，教人存心養性，所以存養此真實也，豈以資人之口體而已哉！俗學至此，遂使質實之道衰，浮僞之意勝，而風俗之不競從之。其陷於惡而不知反者，既以妄終其身，而方來之秀習於其父兄之教，良心善性亦漸潰汩没，而墮於不忠不信之歸。昔人有言：「今天下溺矣。」吾黨之士猶幸而不盡溺於波頽瀾倒之衝，纓冠束帶，相與於此求夫救溺之策，則如之何？噫，宜亦知所勉矣！

或曰：至誠無息，不息則久。積之自然如此，豈卒然旦暮所及哉！今有人焉，平生無以議爲，而一日警省，欲於誠學旋生用工夫，則前妄猶可贖乎？曰：無傷也。温公五六歲時，一婢子以湯脱胡桃皮，公紿其女兄曰：「自脱也。」公父呵之曰：「小子何得謾語！」公自是不敢謾語。然則温公脚踏實地，做成九分人，蓋自五六歲時一覺基之。温公猶未免一語之疵也。元城事温公凡五年，得一語曰「誠」。請問其目，曰：「自不妄語入。」元城自謂：「予初甚易之，及退而自檃括日之所行，與凡所言自相掣肘矛盾者多矣。力行七年而後成。」然則元城造成一個言行一致，表裏相應，蓋自五年從遊之久，七年持養之熟。前乎此，元城猶未免乎掣肘矛盾之愧也。人患不知方耳，有能一日涣然而悟，盡改心志，求爲不謾不妄，日積月累，守之而不懈，則凡所爲人僞者，出而無所施於外，入而無所藏於中，自將銷磨泯没，不得以爲吾之病，而縱横妙用，莫非此誠，《乾》之君子，在是矣。或曰：誠者道之極致，而子直以忠信訓之，反以爲入道之始，其語誠若未安。曰：誠之爲言，各有所指，先儒論之詳矣。如周子所謂「誠者聖人之本」，即《中庸》所謂「誠者天之道」，蓋指實理而言也。如所謂「聖，誠而已矣」，即《中庸》所謂「天下至誠」，指人之實有此理而言也。温公、元城之所謂「誠」，其意主於不欺詐，無矯僞，正學者立心之初所當從事，非指誠之至者言之也。然學者其自温公、元城之所謂「誠」，則由《乾》之君子以至於《中庸》之聖人，若大路然，夫何遠之有？不敏何足以語誠，抑不自省察，則不覺而陷於人僞之惡，是安得不與同志極論其所終，以求自拔於流俗哉？愚也請事斯語，諸君其服之無斁。

【校記】

〔一〕政路　有焕本、文柱本作「正路」。

〔二〕幅　有焕本、文柱本作「副」。

〔三〕止可　有焕本、文柱本作「正可」。

熙明殿進講敬天圖周易賁卦

《彖》曰：「賁，亨。柔來而文剛，故亨。分剛上而文柔，故小利有攸往。天文也。文明以止〔一〕，人文也。觀乎天文以察時變，觀乎人文以化成天下。」

臣聞賁，文飾〔二〕也。色相間則成文。故柔來文剛，剛上文柔，剛柔相間，所以爲賁。《賁》，《離》下《艮》上。《離》之體，中以一柔間兩剛，是柔來文剛。《艮》之體，上以一剛乘兩柔，是剛上文柔。使獨剛獨柔，不相爲用，則不成文矣。此言《賁》之卦義也。天之文爲二曜五行，象緯交錯，故曰：「觀乎天文」，此言天之賁也。人之文爲三綱五常倫理次序，故曰「觀乎人文」，此言人之賁也。以上係〔三〕《易·彖》大意。臣竊窺先皇帝作圖之旨，以敬天爲名，其於《賁》卦，實摘取「觀乎天文以察時變」一條。臣謹按圖義而爲之辭。

臣竊惟天一積氣耳。凡日月星辰、風雨霜露，皆氣之流行而發見者。流行發見處有光彩，便謂之文。然有順有逆，有休有咎，其爲證不一，莫不以人事爲主。時，時世也。彖易聖人，不曰「天變」，而曰「時變」，蓋常變雖麗於天，而所以常變則繫於時。人君一身，所以造化時世者也。故天文順其常，則可以知吾之無失政；一有變焉，咎即在我。是故天文者，人君之一鏡也。觀鏡可以察妍媸，觀天文可以察善否。且如曆家算日食，云某日當食幾分，固是定數。然君德足以消弭變異，則是日陰雲不見。天雖有變，而實制於其時。又如旱魃，災也，才側身修行，則爲之銷去；熒惑，妖也，才出一善言，則爲之退舍。天道人事，實不相遠。自古人君，凡知畏天者，其國未有不昌。先皇帝深識此理，故凡六經之言天文者，類聚而爲之圖，以便觀覽，且恐懼修省焉。聖明知敬嚴父之圖，即敬天在此矣。嗚呼，曷其奈何不敬！

此先生兼崇政殿説書日講篇也。講篇非一，如講《詩》之《定之方中》一篇，諷當時修繕事，今亡其辭云。道體堂謹書。

【校記】

〔一〕止　原作「正」，誤。據韓本、張本、四庫本、文柱本改。

〔二〕飾　原作「飭」，誤。據韓本、四庫本改。胡思敬校：「飾」誤「飭」。

〔三〕係　原作「像」，誤。據韓本、四庫本改。

行實

先君子革齋先生事實

先君子諱儀，字士表。生嘉定乙亥八月二十四日，寶祐丙辰五月二十八日歿於京，次年九月九日封於鄉之佛原。嗚呼，天乎！仁者壽，有德者禄，先君子乃止是邪！不肖孤上累先君子久於旅，飲膳醫藥失節，用速禍。非天實不德，有惡子至此，釁戾丘淵，身百莫贖。柴骨欒心，不自意偷視息至今日，得黽勉圖大事，猶瀝血苫塊，以字〔一〕先德。嗚呼，尚忍言之〔二〕！

先君子嘗考次譜系，文氏繇成都徙吉。五世祖炳然居永和鎮，高祖正中繇永和徙富川。曾祖利民，妣郭氏。祖安世，妣劉氏。考時用，妣鄒氏，繼母劉氏。世有吉德，鄉以君子長者稱。一〔三〕是方寸，留耕於子子孫孫。先君子嘗言：「滯學守固，化學來新。」以一「革」字志韋佩，人皆稱「革齋」。性愛竹，依竹辟一室，傍竹居，或稱「竹居」。

不肖孤聞之諸父，先君子幼穎慧，器質端重，進止如有尺寸。書經目輒曉大義，越時舉全文，不一遺。見鄉曲前輩，必肅容請益。暨長，天才逸發，志聞道，嗜書如飴，終日忘飲飡。夜擎燈密室，至丙丁，或達旦。黎明挾册檐立認蠅字，不敢抗聲愕寐者，人雖苦之，甘焉。蓄書山，如經史子集，皆手自標序，無一紊。朱黄勘點，纖屑促密靡不到。至天文、地理、醫卜等書，遊騖殆遍。手録積帙以百，揮汗呵凍弗斁。鈎引貫穿，舉大包小，各有條〔四〕。間質難疑，剖析響應，某事出某書某卷，且指數以對。爲文發持滿，無不的中，機軸必己出。命意時，娓娓談他事，若莽於尋繹；一援筆，雲行水流無凝滯。中年文氣益老，拾汗漫，歸諸約。不峭峭刺目，有温醇渾厚之風焉。閑居侃侃，春意溢出顔面。蚤事祖，盡敬祖母，優遊暮齒，視藥膳，臥興扶持，華髮鍾愛。父嚴母慈，侍夙夜，省燠寒，一出忱意，不視顔色爲肅愉。事繼母篤至，始終無纖芥間，一家氣象，藹如和風，鄉黨稱孝。於宗族厚。待季父削藩町，悲忻同情。季父歿，不幸子病廢，經紀其家，撫幼侄等己子。疏從遺孤，振翼之，俾蒙於成。鬮居居無居者，歲時衣粒各有節度。嘗謂宗族一本，誼不得不恤。愛范文正公《義田記》規模次第，曰：「吾得志。當放此行之。」親姻孤貧者，哀矜勞苦，撫字無遺力。喪不克理辦之棺，至己所服用，捐以斂。雖在疏末次序，情文各惟其稱。與人交，好大體，不爲細家迫速，户外屨日滿。絕甘分少，無疏密皆被和氣，交誼天至。聞貧困患難，赴急如不及，忱意感人，有臨終握手，欷歔流涕託之以孤者。歲大比，凡與大夫待博士選者，皆有約首，誼綿數科；間不能與，自捐貲籍其名，暨充賦，就奉爲助。約所不及，以意告，傾己有爲行資，至貸以應，誼聲錚然。對人氣語和易，鄙夫窶人亦曲加禮接，無一失聲氣去里〔五〕。有蹈非彝，悉忠愛，援誼開陳，聞者感動。見後進片善，獎予不容口，孜孜誘掖如子弟。給飦數畝，畊者多不輸，寧令負己，不忍直於有司。蒔園漁池，相傚無一償，亦不較。間嗤不武，則曰：「彼貧且殆，吾奈何攡之？」「吾有竊負其貲去，既而困還，不惟不加責，恤其人終身。將作室，累木齊垣，時癘死多露骼，惻然曰：「吾可無居，人不可無斂。」匠棺惠貧者。歲賑饑，隨所有，不給，至市粟以應。顛連無告，過目輒怵惕，隨力爲謀。一日，讀書至晏子敝車羸馬事，愀然曰：「使吾族吾親吾鄉人休休有餘，至願也。」惜嗟再三。家居，門蔭茂木，暇日相羊芳陰間。雅嗜茶，煎瀹多手出。時邀朋遊文字，語移日。樂極浩歌縱弈，視世間融融沄沄，漠不介胸次。性凱樂，惟恐咈人。事經然諾，雖不利於己，不悔。一言話，傾盡肺腑，無留藏。應酬一切任真，事不可直濟，或道以詭御，寧事不濟，不爲恥己勝。語及不平，辭和氣舒，無忤色。有以欺心，至知其私，不發，且無章於人，欺者多愧悔感泣。人皆嘆爲有德君子，謂當於古人中求之。誄者曰：「我公之德，言矩行規。世智黄間，我心坦夷。市利血刃，我範驅馳。生平所爲事，皆可質鬼神而無疑。」嗚呼，是得其概矣！

始天祥兄弟幼且長，先君子不疾其不令，昭蘇蒙滯，納之義方。日授書，痛策礪〔六〕，夜呼近燈，誦日課，誦竟，旁摘曲詰，使不早恬，以習於弗懈。小失睡，即示顔色。雖盛寒暑，不縱檢束。天祥兄弟慄慄擎槃水，無敢色於偷。自此名師端友招聘仍年，至時先疇給費。久之室罄，力弗逮，乃率天祥兄弟藏脩於竹居，陳所裒籤軸，俾抉精剔華，鈎索遐奥，董綱要，竟日夕弗倦。雖貧，浩然自怡，有未見書，輒質衣以市。得書，注意鑽研〔七〕，又以授天祥，俾轉教諸弟。繇是程督益峻。書警語遍窗壁，如三尺在目。見爲文章，撥斸正氣，輒不懌，必維以法度。天祥兄弟奉嚴訓，蚤暮侍膝下，唯諾怡愉，不翅師友。或書聲吾伊〔八〕，或斂襟各静坐潛諷，或掩卷相與戚嗟人情世道。此時氣象，父母俱存，兄弟無故，天下之樂莫加焉。歲乙卯，天祥、璧俱叨與計偕，時仲弟霆孫年十有六，未試，墨於窗曰：「出師未捷身先死，長使英雄淚滿襟。」竟以疾先撤棘一月卒。先君子及是摯涕竚眙，悒悒痛悼。

天祥、璧將進禮部，欲董於征，顧先君子哭子方新，天祥、璧復去左右，恐益重哀，出可寬襟抱，且旦夕定省得不缺，不敢辭，以臘月望行。次年，天祥、璧俱僥倖奏名。夏五戊戌，廷對逾挾〔九〕，先君子病暑，投凉劑立甦，方徙一静室，規便攝理。甲寅，集英賜第，天祥以不肖冒首唱，歸拜寓館，移時，之期集所。越一日，聞疾復侵，告於朝，不俟命，亟去侍藥。省劄下，玉音給假三日。時先君子雖病，神色不改，視脈者聚伺變候，僉曰無虞。戊午向申，忽病革，進藥，卻弗服，曰：「度吾不能起此疾，汝兄弟勉之。」天祥、璧震怖號慟，請命於天，祈促齡壽親算，不獲命。椎心禱呼，冀殞滅以代，又不獲命。入夜，寂然而逝。嗚呼痛哉！嗚呼痛哉！厥明，鐵漕聞於朝，朝命官吏來治喪事。六月庚申朔，天祥、璧奉柩出國門以〔一〇〕歸鄉。士庶人無不失聲痛嗟，路祭巷哭，以返於先廬。時七月癸丑也。嗚呼，先君子一至此邪！

不肖孤二十有一載，弟方冠且髫，承顏菽水，歲月幾何？天乎，不使終養，而蹷之於中身邪！慘焉逆旅，睇親舍越在二千里外，天乎，不使終於正寢，而忍至於客斂邪！往時征衣拜堂上，舉觴飲餞，親賓祖道外，期嚮何許，天乎，遂以是爲永訣邪！天祥、璧奉貢剡時，先君子已哀仲弟不見，孰謂方階禄釜，先君子纔見而禍遄作，天乎，天乎，天祥、璧何以竊第爲邪！嗚呼，不肖孤事先君子不孝，奉起居無狀，有疢病而闇不知，不能積忱衷臆，倉卒無以動天聽，罪生不贖。眦血被面，摧決肝胸，顛頓躑躅，裁以必死。顧屬纊一語，忍痛受命，不敢不勉，恐無以祗訓於前人，以忝盛德。乃相宅兆，筮曰吉，排土濡涕，墳以竣役，將奉體魄安焉。嗚呼，渺音容，隔幽陰，終天而止矣！

先君子妃曾氏。今男三人，天祥、璧、璋。女三人，懿孫、淑孫、順孫。遺墨有《寶藏》三十卷，《隨意録》二十卷。痛惟先君子利澤不施於人，名聲不昭於時，匪石遺德，恐久遂沈泯。天祥不揆不孝，裒録事實，沈痛刺骨，荒忽惝怳。世有大手筆，能表章幽潛，光昭於無窮，稽首百拜以請。

【校記】

〔一〕字　文柱本、民國本作「述」。

〔二〕之　胡思敬校：「之」當作「哉」。

〔三〕一　胡思敬校：「一」疑「保」。

〔四〕條　文柱本作「條理」。

〔五〕去里　胡思敬校：「里」疑「者」。
〔六〕礪　原作「砅」，誤。據四庫本改。
〔七〕研　原作「砅」，誤。據四庫本、文柱本改。
〔八〕吾伊　景室本作「咿唔」。
〔九〕逾挾　文柱本作「逾浹」。
〔一〇〕以　原作「㠯」，誤。據四庫本改。

知潮州寺丞東巖先生洪公行狀

東巖先生洪公，蓋陽巖先生文毅公族諸弟也。文毅公以孤忠遺直著聞當世，其平生言論風旨，講切上下，公未嘗不在其間。文毅公屢召不赴，公浸嚮用，輒落落不合去，時論稱爲「二洪」。文毅公既没，泉南文獻之望盡屬公。識者謂文毅公未爲者，將有爲也，而公又不及大用以死。天之生才，倏忽代謝，安得不深慨於此。叙次行事，諗諸方來，門人之責，奚以辭。

公諱天驥，字逸仲，自號東巖，世晉江縣人。嘉定戊辰七月庚戌，公以生。生有異質，沈靜專一。自少講求微言，通念曉析乃已，故於經史諸子百家之辭無不貫串，文章自成一家。以紹定改元薦於鄉，名聲振一時，學子踏門，願求模楷者日衆。公坦明夷粹，專以宿於道爲教。逮事王太母，一夕疾甚殆，公不解帶，不交睫，至刲股肉雜湯藥進。公一念之切通於神明，然終身不以語人。登淳祐七年進士第，初筮邵武軍建寧縣尉，發擿奸伏，當官無所回撓。時有劫寇王若曾，嘯聚千餘人，騷動兩路，諸所委捕多畏沮。公奮不顧身，提兵擣其巢，一舉空之。僞造成風，爲楮幣蠹，公密設方略，動中肯綮，李若聶凡三大黨與，無不各就縛，薙獮之。石壁胡公穎、秋崖方公岳交章以公善狀聞於朝。十二年，循從政郎，調連州推官，未上。寶祐改元，旨差監惠民南局。四年，較藝南宮。公考鏡詳密，精力不間晝夕，所賞拔士多根柢理致，當時號明有司。公雖浸近周行，然無所附麗，恂恂侃侃，望之山立。徐公清叟、吴公燧、馬公光祖、顔公頤仲俱剡上其能，將用矣，會有言者，徒步西歸，泊如也。六年，淮閫擇士，自從首辟，致公爲屬。景定二年，通班授宣教郎、知廣州香山縣。至之日，以教養人才爲第一義。脩復大成殿，明倫有堂，主敬美身賓賢登俊有齋，皆捐俸入爲之，斂不及民。其爲政一裁於義。俗譁健，戢其尤桀黠者，曰：「此囚牙訟師去，則吾民安矣。」邑以大治。洪公勳、趙公汝暨、雷公宜中及倉憲交以邑最上。咸淳元年，轉奉議郎。二年，差監行在榷貨務都茶場。四年，吴公革、馮公夢得、趙公順孫、劉公黻皆以吏才爲薦，差監都進奏院，轉朝奉郎。馮公時爲刑侍，及户侍劉公應龍交委以書，擬本部文字，公皆樂爲知己盡。

於時上即位逾年，初政新美，公輪當陛對，宿齋豫戒，冀積忱意悟上心。取虞廷君臣時幾之説寓規焉，其一曰君心勤怠之幾，二曰人心離合之幾，三曰君子小人消長之幾，四曰中國外夷强弱之幾，及朱文公天理人欲之辨，首尾二千餘言，其辭諄複懇切，深刺腧髓，玉音嘆美。又言，泉有屯戍左翼一軍乏興〔一〕之害，米舟搜羅生變之虞，而朝廷籍没翁、林二氏之田，可歲得穀萬斛，以紓戍卒兩月廪食。或有不濟，寺院及單丁住持，令本州覈實區處，並撥爲軍餉之助。餉足則糴寬，糴寬則米通，民永無貴糴患矣。朝論翕然，以爲論事有陽巖風，除大理寺簿。五年，轉朝散郎、知潮州。公之在潮也，視民事如家，視敝政如己疾。捐金以裕學廪，傾囷以粟饑民，梁川以利病涉，知無不爲，爲無不盡。潮與漳、汀接壤，鹽寇犇民群〔二〕聚剽劫，累政以州兵單弱，山徑多蹊，不能討。公應變設奇，降者相屬。又欲於接境置屯，多者三百人，少者二百人，掎角爲援，郡爲創撙節庫以贍之。具有條畫，悉以言於朝，並下之。漳、汀放此，且嚴保伍之令，以澄其源。大抵公智慮深達如宿將，持重而規畫綿絡，不以鄰爲壑也。又潮有護田舊堤，多嚙於水，貤俸與民，築石爲堤，民號之曰「洪公堤」，且刻賦頌其旁，曰：「此我公東巖生佛所爲也。」去之日，垂髫戴白者擁車下不忍去。

公雅意林壑，至是則曰：「吾可優遊，樂吾真矣。」九年，得旨主管華州雲臺觀。公時益暢於詩，數與姻族觴詠從〔三〕容，而學徒有志於考德問業者，多授以外聲利及終身受用之要。暇日登臨徜徉，愛南安之間風氣明秀，取所謂小陂山者曰：「樂哉斯丘，我死則葬焉。」預飭美櫝，治壽藏，淡然塵外蟬蛻之意。十年正月，公始屬微疾，即乞以本官生前致仕。八日，忽索水自浴衣冠，休於正寢，翛然而逝。嗚呼！若公者可謂啓手足而不亂，其風流篤厚真足以追配文毅公於九原而無怍者矣。某於公之門，實丙辰省屋諸生。戊辰之春，待罪中朝，諗日拜公床下矣，未及而去國，然於公之踐修出處之概，蓋心識之。共惟穆陵豐芑菁莪之澤，涵育天下，天下士猬然勃興。温陵邈在海隅，人物相望，陽巖之氣節煥發乎其前，東巖之抱負翼承乎其後。使二公誠得盡展拓，又未知孰後孰前也。嗚呼，今復見斯人哉！

曾祖遇，妣陳。祖德明，妣李。父伯道，贈宣教郎；妣陳，贈安人。元妃陳，先二十六年卒，贈安人。繼趙，封安人，先三年卒。子男應午、應申、應壽，俱業進士。女四，適胡登龍、丘公賜、王毓奇，一尚幼。應午力學克肖，收拾公遺稿若干卷，曰《東巖集》，藏於家。將以是年十月己未，奉治命以葬，趙安人祔殯。應午千里貽書，俾某狀行。姑序其本末，以俟立言之君子。謹狀。

【校記】

〔一〕乏興　文柱本、民國本作「乏餉」。

〔二〕群　原作「郡」，《全宋文》據文意改，從之。

〔三〕從　原下衍一「從」字，據韓本、鄒本、四庫本删。

墓志銘

知昭州〔一〕劉容齋墓志銘

咸淳四年四月十二日，容齋先生劉公元剛卒於家，年八十有二。先生官至郡守，死之日，幾無以爲斂，附於身者稱家之有無，鄉黨之士莫不高先生之風而哀其志焉。其邑子文天祥與人言，欷歔慷慨，重懼前輩言行久遠沈泯，無以訓來者。會其子昌孫以先生狀來請銘，某雖不敏，其可〔二〕以辭？

先生字南夫，一字南强，世爲吉州吉水縣人，治毛氏《詩》，早爲鄉校知名士。嘉定十年入太學，後六年登進士第，授迪功郎、信州永豐縣主簿。陞從政郎，調靜江軍節度推官。丁外艱，服除，差江州教授兼濂溪書院山長。自故丞相董公槐、今丞相江公萬里以下舉親民五員，淳祐五年班見，以通直郎知撫州崇仁縣，縣政以理，民以「佛子」爲謠。先生奉母夫人在官，間日與其弟自提板輿，相羊爲娱，邑人化之。以憂去。十年，通判鄂州，以磨勘轉奉議郎、承議郎。董丞相當國，入爲左藏東庫。時將薦先生試館職，會董丞相去，不果。初，東庫日進會子〔三〕紙若干，丁丞相以趣辦爲才，風有司頓增十萬。先生以職力爭，忤其意，展磨勘兩年，出爲泰州添差通判。景定元年某月，差知昭州。皇上登極，轉朝奉郎，適郡當次，稱疾不果行，旨差主管建昌軍仙都觀。居二年，再任。自江上平，凡權奸用事所擯斥，朝廷奬拔殆盡，時論以先生爲屈，未幾詔還磨勘月日，駸駸向用，而先生前一月逝矣。嗚呼，豈非命邪！

早刻意詞科〔四〕，書無不讀。其餘佛老精言亦各深到。平生居官，所至清謹，家無餘貲，蕭然環堵。四方學者執經問字，相繼於門，先生誘掖懇懇，不啻父兄之遇子弟。尤工爲文章，雖遊戲之筆，鮮不奇古，江湖之士得品題一語，足自表於其徒。與人盡恭，應接終日無倦意。客至，雅言之外，談玄演空，聞者往往忘去。世人以聲利爲門户，先生惡之，如惡惡臭。登第垂五十年，郡縣官吏知敬先生，不見其可畏。出入不設車徒，間步行井陌中，不以爲苦，甘心屢空，以至死而不悔。噫，此真所謂善人長者矣！

曾祖致道，妣周氏。祖圭，妣李氏。考次朔，累贈至奉直大夫，妣陳氏、熊氏，俱贈恭人。妃涂氏，先十六年卒，贈安人。子：男三人，昌孫其長也，次信孫、愚孫，皆蚤世。女長夭；次適太學生陳應發；又次適進士胡淵。孫：男一人，洵武。女一人，許適龍氏。以某月某日葬某縣某鄉某里之原。遺墨有《詩》《書》《孝經》《論語》《孟子》演義若干卷，《詞科類稿》若干卷，《容齋雜著》若干卷，《家庭謾録》若干卷。任左藏日，以《孝經》《論語》《孟子》演義上進，有旨降付資善堂。銘曰：

文彪彪，德恂恂，貴如單門，死如齊民。約而家，豐而身，我作銘詩，永懷古人。

【校記】

〔一〕昭州　原作「韶州」，誤。據韓本、鄢本、四庫本改。

〔二〕可　鍾本作「何」。

〔三〕子　原作「于」，誤。據韓本、鄢本、元諭本、張本、四庫本改。

〔四〕早刻意詞科　胡思敬校：「早」上疑脱「先生」二字。

義陽逸叟曾公墓志銘

公諱珏，字天錫，號義陽逸叟，天祥外王父也。天祥不肖，賴公教誨，由記事以來，周旋三十年，於公無所不知，蓋至於其處死生之變，然後知他日觀公者未盡，而公誠有大過人者焉。嗚呼異哉！公性穎悟，志不樂凡近。讀書百家，雖涉獵靡不通達，所自得往往於佛老氏。其見之服行，敬恭神天，一言動不輕口，不〔一〕御肉月常十四五。對人敷闡玄寂，四座輒悚然傾聽。最後遇異人與語，幾欲棄人間事，求長生之術。年逾六十，始聞正學，怳然自失。死生之説，鬼神之情狀，講探〔二〕幽眇，頓改吾意。既臥疾，服藥外無所問，戒左右勿以巫祝從事。間祈禳厭勝，摒公不知，公覺，輒撫床怒呼。病日久，骨立如束，聲吐精爽不變，冀猶足支歲月。

一日，召天祥至，公乃鈎稽卜筮，指諸掌曰：「今日老夫當訣，故令爾來。」時聞命震愕，止公勿易言。公曰：「吾豈不省事哉。形神合則爲人，吾形憊久矣。今腰足如斷，心火益燥，神且遊散，居常謂不識死，死則如是。」又曰：「始吾崇信異説，今且死，目中無怪見。」顧二子，令必不爲佛事。周身一切，雖絲縷亦公所處分，殯宫哭位與凡喪葬祭具有成説。天祥弟璧任京府尹掾，公口授數十言，令爲書遺之。强起字紙尾，句讀筆劃曾不顛錯。集諸孫各付謹飭語，令羅拜床下，辭去。衆泣澌揚，公曰：「死生如晝夜，不足多憾。」麾止之。索酒飲之三，連三言曰：「吾真去矣！」聲脱口而逝。嗚呼！陰陽魂魄，升降飛揚，氣之適至，雖夢寐莫適爲主，公幽明隔呼吸，而從容若此。世能言死者不少，此非嘗試事，臆度料想，靡所依據。公去來一息，實天祥所親見，道之粲然，莫此深切。嗚呼異哉！嗚呼異哉！

公事父母孝，待族姻以厚，與人交久要不忘，倜儻尚義。不事生産作業，惻隱貧困，能推食解衣。議論剛正，好面折人，不藏怒宿怨，有古君子之風焉。公有子有孫，早授家政。天祥既奉偏慈，迎公就養，居數年，甚適。間出徐步，幅巾野服，人羨其優遊。公亦論文賦詩，圍棋命酒，自謂天壤間陶陶人也。得疾於景定辛酉二月九日，始復正寢，歿之日壬戌二月癸丑，得年七十有二。

曾氏世家盱江[三]，徙吉之泰和梅溪，族號長者。曾祖邦寧。祖知和。考昌權；妣張氏，先公十九年卒。子二：棐、椝。女四，適錢光延、康師顏、于天秩；其仲天祥母也。孫男六：端孺、淳孺、文孺、俊孺、良孺、明孺。女一，適郭泳。曾孫甫申。以次年九月丙午，葬吉水縣永昌鄉藥陂之原，成公志也。初，公先世重卜葬，葬師譸張爲幻，封鬣無定居，公憮然曰：「吾詎忍吾先至此，吾不可自求之乎？」乃從兄瑾載資越竟[四]，旁參博扣，逾十年，得其説以歸。由是高、曾而下，一奠不再徙。公對葬師言，嘗斷斷不可不售不傳，故秘莫得聞焉。公命未革，命天祥曰：「老夫一日不起，無潛德傳世，記歲月非爾其誰屬。」臨終，申其詞再三。天祥泣不敢當，重念靖節作《孟長史傳》，東坡書《程公逸事》，往蹟漫滅，猶勤追述，矧公面命，惡得辭。顧方縶官於朝，不獲哭拜。填祖營，視丘窆，南望欷歔，輒紀家世行實，而表其死生大事爲志，並爲銘。銘曰：

維二氏之蔽於死生兮，小其用於一身。一陷溺而忘返兮，鮮不惑於怪[五]神。公日昃之離兮，羌出駁而入純。微臨絶之琅琅兮，公幾混於常人。朝聞而夕死兮，何憾乎幽冥。藥陂之鬱鬱兮，遺躅之所經。存而以爲志兮，歿將以爲寧。既固既安以利嗣人兮，萬古萬古如斯銘。

【校記】

[一]不　原作「本」，誤。據韓本、鄢本、元諭本、張本、四庫本、文柱本、叢刊本改。

〔二〕探　原作「捒」，誤。據韓本、鄢本、元諭本、張本、四庫本、文柱本改。

〔三〕盱江　一作「盰江」。

〔四〕竟　有焕本、文柱本作「境」。

〔五〕怪　原作「恠」，誤。據韓本、鄢本、元諭本、張本、四庫本、叢刊本改。以上各本均作「恠」。《玉篇·心部》：恠，怪之俗字。

羅融齋墓志銘

廬陵有隱君曰融齋羅公，嗚呼，可謂有德人矣。予嘗詣公，入其門肅肅如也，僮僕訢訢如也，公出雍雍如也，坐申申如也，語愉愉如也。予聞公燕居之概，晨起盥櫛畢，正衣冠堂中，就胡床坐，不惰不倚，儼然終日，雖盛寒暑以爲常。不好狎，不侵侮，無易由言。對賓客，賓客或不自持。左右置司馬公《家訓》一通，保家擇婦，常自以爲名言。閨中無敢疾呼，女隸無敢近几席，執事左右唯諾無敢涕唾。諸子無敢晏起早臥，聞公攬衣聲〔一〕欬，就學惟恐後。夜至公所，各以所業次第誦説，獎掖磨厲，交發互出，凜然義方之意。由是吾里之言家法與善教子者，皆曰羅公羅公云。

公生而穎發，五歲即篤志强記，容止如成人。既長，嗜書忘寢食。爲文不事銛巧，惟意所到，自然成章。學書入楷，得蔡氏風度。蚤有意場屋，四詣京師試諸生，晚年始以此事付兒輩。然公所爲强學者，雖老且病不衰也。公未弱冠而孤，經紀門户，即不爲細家迫速。先世積逋券如疊，一日悉畀炎火，曰：「是先人所親厚，其一切勿問。」聞者義其勇。宗族親黨孤子者、貧乏者，或給之田，或予之金，終其身，恩意浹至，外内無間言。四方〔二〕屨滿户外，設榻無虛日，推食解衣，至者無不得分願而去。歲青黄不接，會其閭里，輟時直幾半，隆寒給散有差，環公之境，無以饑告。鄉鄰有難，畢力排解，幾微不見顏面。不摘抉人過，有負公者，未嘗示以聲色，其人久之自愧悔，有愧悔且死，而恤其妻子益恩者。與人語，傾盡肺腑。已諾必誠，不以利害爲二三，其忠信如此。戒庖厨勿殺，凡登諸俎者，悉自外致。有生饋禽魚，必解放之，其仁厚如此。自奉不逮中人，衣服十有餘年不改，亦不煩澣濯，其儉素如此。里之稱公，無大小必曰君子長者。有不善，相戒勿爲公所知。嗚呼，真可謂有德人矣！

公之中身，諸子各拔穎而起，其一兩名薦書，登開慶元年第，調臨江軍清江縣主簿。公時敕簿君曰：「汝爲廉吏，即不辱吾子。」簿素修謹，聞訓益厲，有名聲於時。生母蕭氏，以上壽錫封孺人。諸孫競秀，長幼五葉，人世樂事，畢赴一門。天之扶持信順不爽哉！予按《春秋》名卿賢大夫視其國君諸侯容貌辭氣[三]，吉凶悔吝，先定如蓍龜。以公平生，孰不可書，獨嚴重整肅，能使人鄙慢消去，福德莫盛於此。昔伊川見人靜坐，輒嘆其善學。徐節孝因安定「頭容直」一語，自此不敢有邪心。使公得一先生爲之依歸，因其資以至於道，所成其可限量乎哉。公諱士友，字熹善，一字晉卿，融齋所自號。景定元年，該明堂恩，告[四]授承務郎致仕。咸淳二年二月十四日，終於正寢，年六十有八。遺文有《史編》十卷，《諸家詩體》十五卷。

羅氏由金陵徙吉之吉水，五世祖居廬陵之新安。曾祖暉。祖時英。考莘老；妣孫氏、趙氏，妃蕭氏，封孺人。子：男五人，濬、煜、植、畊、垕。畊，簿君也，再調贛州濂溪書院山長。女一人，汝順，適今文林郎、新廣南東路提點刑獄司幹辦公事周壽申，先公卒。孫：男十人，女六人。曾孫：男二人，女一人，俱幼。卜以四年某月某日，歸於順化鄉三陂周家山之原。其孤前期請銘於予，予視公丈人行也。公之子於予同充賦，於予弟璧同年進士。予之任江西臬事也，以公子上之公車，通家孰先焉。矧公行誼著於鄉，則所欲稱美而論撰之者，豈獨孝子慈孫之心哉！銘曰：

不言躬行萬石君，教子義方竇禹鈞。行其庭，不見其人，雖無老成人，尚有典刑。

【校記】

〔一〕謦　原作「聲」，誤。據韓本、鄒本、元諭本、張本、四庫本改。

〔二〕四方　原作「四」，誤。據韓本、鄒本、四庫本改。有煥本、文柱本作「士」。

〔三〕自「信順」至「辭氣」二十四字，原脱去。據四庫本補。

〔四〕告　四庫本作「誥」。

封孺人羅母墓志銘

乃咸淳九年，廬陵融齋居士羅氏生母滿百歲，融齋之夫人時年七十六，白髮在堂，事百歲母如婦禮，子孫孫子環侍起居，爲男女三十有奇。予鄉稱慶門，必曰新安羅氏。其年二月朔，予從里中士奉幣載酒，拜百歲母堂上，母答拜，諸孫皆拜。飲母，母釂酢賓，諸孫各執爵〔一〕從。既成禮，夫人視予年家子，不聽去，爲之留三日。爲詩以歌其事，好事者或爲圖以傳。國家承平，休養生息，用康於人，眉壽無有害。傳曰：「豐水有芑，數世之仁也。」夏，予將指於湘。未數月，聞夫人訃，欷歔失聲。問百歲母安乎，曰：「安。母於今蓋百逾一矣。」夫人將葬，其孤以是母命來請銘。予後母生六十三年，得載筆承命銘夫人，自昔能言所未有，乃叙次其凡，繫之辭。

夫人姓蕭氏，吉水人。曾祖琢。祖曾。父巽，鄉貢進士；妣廖氏，繼張氏、徐氏。歸承務郎致仕士友，是爲融齋居士，先七年卒。子：男五。濬，先五年卒；煜；植；畊，脩職郎、前監行在奉口酒庫；垕。女一，適儒林郎侍班周壽申，先二十九年卒。孫：男九，宲、寯、宦、寔、寓、宜、紹、顥、平。女，十一。長適張棟。曾孫：男七。舉孫、穎孫、元孫、滿孫、怡孫、真孫、復孫。女二。夫人以庚申明禋恩封孺人。卒之年七月十日。次年十二月某日，封於所居里柘逕之原。銘曰：

昔唐夫人之爲崔母兮，逮事長孫皇姑兮。姑年高齒落以枯兮，升堂乳之劬劬兮。姑曰婦恩之不可孤兮，願世世子孫之不渝兮。夫人五世崔如兮，母年逾百崔所無兮。胡不與壽爲徒兮，爲此母憮兮，爲夫人吁兮。

【校記】

〔一〕爵　原脱此字，據韓本、鄒本、四庫本補。

鄒月近墓志銘

廬陵南方之上游支水，自贛、興國而下曰富川，鄒〔一〕氏族焉。鄒故出范陽，五季始有籍斯土。有昶者，富而禮，濾溪王公、平園周公、誠齋楊公、艮齋謝公皆與之遊。川流在門，能不愛重貲，疊石爲屋，以脱往來於厄，周公記之，一時稱爲長者。其殁也，文敏洪公銘其墓。鄒氏福禄方來而未艾，長者之所種植也。昶生將仕郎時飛，嘗伏闕上裕民十策。時飛生大淵。大淵生淡，是爲月近君。月近云者，君以名亭，而鄉人因之以爲號也。

君蚤孤，母張氏勤儉自樹立。紹定辛卯，該東朝恩，以壽封安人。君於其時，奉親愉愉，無子弟之失。張氏歿，始經紀家事，循循如不勝衣，人不見其聲色，而充盈裕大之福，自然日進而不止。族黨之不自給者，親戚之無所歸者，朋友之遠役而不能行者，君意性所到，皆能隨事爲義。若夫修浮梁，甃通逵，歲發廩以倡賑荒，守望有警，則哀丁以耀於衆，皆義之凡也。俯仰三十年矣，君於其間，無鄉曲之過。君性最緩，或以佩弦進，曰：「吾豈不知出此？吾所見叫呼號呶，自取僨敗者衆。吾誠緩，不失事。」蓋老而益審焉。然君終身無惡名，變容動色之警不及乎其門。優遊和平，永保終吉。嗚呼，真可謂長者孫矣。

君字次清，登仕郎，生嘉定元年六月丁酉，歿咸淳元年九月己未。配吴氏，迪功郎、江州司户參軍懋之女。子三：文孫、振孫，俱登仕郎；癸孫，幼。卜以四年正月，葬於順化鄉新安社之原。其孤前期以奉議郎劉君惠祖狀來乞銘。劉，君戚也，聞而知之；予，君鄰也，見而知之，敢無以銘？銘曰：

長者之澤，子孫賴之。去之百年，有以似之。天於善人，曷不壽之。善人有後，天將與之。

【校記】

〔一〕鄒　原作「鄭」，誤。據韓本、鄢本、元諭本、張本、四庫本、文柱本、叢刊本改。

鄒仲翔墓志銘

景定五年，予奉親高安，除提點江西刑獄，謝弗拜。適寇起興國之東，廬陵犬牙相錯，所在騷動。余所居鄉，一鬨千室，大家以去爲望。鄒君仲翔，中人之金也，率鄉人栅東門山爲備。山下阻衣帶水，君恐倉卒涉者爲魚，架〔一〕浮梁以濟。明年春，寇一日蓐食行三百里，薄太和之王山，距余鄉半舍而近。鄉人扶携老稚走險，微一不善脱。君經紀山寨，當是時，一鄉之命懸於君。訖寇去，君保護無有害。時余避節弗獲命，會樞密督以捕逐，文移旁午，余以鄉部嫌，將重以請，慨然曰：「奈何以我辭受，坐視龍蛇爲赤子困乎！」於是即日受印，下令會兵，諸山寨皆署長，君與焉。未幾，寇平，余罷歸里，於溪之上游，斬荆莽，燔椔翳，得奇觀焉。君欣然從予山中，匹馬一童，朝至而暮忘歸，率以爲常。余每集賓從，君輒在其間。聞余語中理解，未嘗不解頤。間從余言：「人生何爲碌碌，棄家事從公遊，可乎？」余謝非余所知。君曰：「吾意決矣。」乃盡以伏臘屬其子，而頹然以休，訪予南北厓某水某丘，若將終身焉。癸酉夏四月，余行湘〔二〕，君送余於香城。

後一月，君以疾死。余聞之，欷歔不自禁。湘之歸也，未及門，望見其子來，哽不能言。嗚呼，余豈私君！君與人必以情，聞義輒赴，見有不善，面折不少回，而不藏怒，不宿怨，曠如也。君雖赤手起家，而好施出其性。歲饑，發粟給其比鄰二百户，能捐殖以自損。道太和甃十里，道廬陵甃六十里。衣寒者，食饑者，病者饋藥，死者予棺，喪無歸者葬其土，度其能爲，輒不少吝。君之族前有長者，以善植門爲益國周文忠公所知，去之百年，風流相接焉。余嘗謂君慈而樂捨，大率浮屠家所尚，至臨難急病，能禦災捍患，以有德於鄉閭，大夫士或愧之。

君名鳳，仲翔其字，世爲富川人。曾祖大明。祖人傑。考世興。妣梁氏。娶蕭氏、梁氏，皆先卒。子：男一人，曰成。女三人，適郭鏐、王鎔、劉鋒。孫：男二人，夢龍、復生。君得年六十有四，以甲戌十一月某日葬於其鄉沙洲平之原，治命也。君之先人，嘗卜地於東門山之下，曰：「吾父葬於是。」溯山而上爲龍頭，得一丘焉，曰：「吾藏骨焉，吾後其興乎！」君晚而優遊，有子治生，有孫業於學，咸以爲驗。銘曰：東門之原，君之父兮。東門之麓，君之母兮。東門之巔，君所構兮。瞻彼東門，相爾後兮。

【校記】

〔一〕架　原作「梁」，誤。據韓本、鄢本、四庫本改。

〔二〕行湘　胡思敬校：「行」疑「往」。

樂庵老人劉氏墓志銘

余讀《漢陸賈傳》，甚羨余鄰翁樂庵劉氏。賈擇田地，家好時，出橐中千金，析其五男，安車〔一〕過之。數擊鮮，十日而更，以壽終。余嘗謂人生晚福優遊，宜莫如賈。當是時，韓、彭俎醢，酇侯周勃猶不免械繫，求爲賈一日，得乎？

翁生四子，皆有才智。四十年即棄家政，就養諸子，以次第循環，五日一更，其設饌務爲相高，惟恐不得其歡心。翁飢來得食，渴來得飲，早眠晏起，一切不顧人間事。惟時時接方外士，講鉛汞之術。間取松柏，惟意咀啖。翁年過七十，而顔色如童，攝生有助焉。或謂〔二〕陸生作《新語》，爲漢達官，非翁匹。余曰不然，賈艱難嬴〔三〕、項間，從馬上公爲客，一再使越，崎嶇萬里。翁生於世，長於世，老於世，不出鄉，終其天年，有樂於其身，無憂於其心。設賈復生，校翁失得，未必以彼易此。

翁又有數事異甚，里傳鬼車鳴者，未夜相戒，滅〔四〕明，屏息户内。翁開樓大呼，願見鬼車，卒無有。

有神以禍福驚人，翁過其祠，持牛炙如常，人莫不危恐，翁休休如也。嘗有所營造，忌某星直某方，翁曰：「犯者殆乎，請身當之。」某星迄不驗。爲子簡婦，或云婦不利於長，翁不爲奪，自是諸昏嫁曆家説格不用。中年臥疾，家人私召女巫，謀爲厭勝。翁廉知之，强起逐之出門。未屬纊，翁默自念作其像贊，若辭而遠遊者〔五〕，顧左右曰：「吾死，勿事緇黄，吾志也。」醫以藥進，麾使去。問日入乎，曰然，反面而逝。江南之俗尚鬼，其人畏死而信巫。翁能自不惑，非由耳傳口授，殆一至之性然也。

翁名邦美，字才卿，樂庵其自號也。始祖邽，長沙人，爲吉州刺史，家西昌九洲，後徙廬陵富川。三世曰德遠、文煥、子玉，妣曾氏。娶陳氏，先三十七年卒。繼祁氏。其子孫實蕃，濟生機，洪生桂、槐、植、模，深生朴、柚，鄉貢進士浩生樞、楫。槐復生癸孫。女二，適于夢牛、曹雷應。孫女五，適鄒、曹，許曹、羅，一幼。翁八歲喪母，十六歲喪父，移其事父母事兄長終身。歲時上丘塚拜祖禰，率諸後生，尚有典刑。翁富壽安逸，推其一念孝友，殆命物所知。諸孫方將以詩書大其門，翁必爲人宗乎。翁生慶元戊午二月庚午，歿咸淳癸酉正月丙辰。後二年正月，葬於淳化鄉梟塘之原。余家距翁一垣，翁年吾祖之下、吾父之上，諗翁有年數矣。深與余遊且厚，來請銘。銘曰：

其生也有涯，其死也有時。爾世其昌，匪我銘其誰？

【校記】

〔一〕車　原作「居」，誤。據張本、文柱本、《漢書·陸賈傳》改。

〔二〕或謂　原作「或爲」，誤。據韓本、張本、四庫本改。

〔三〕羸　原作「贏」，誤。據韓本、張本、四庫本、文柱本、景室本改。

〔四〕滅　原作「威」，誤。據韓本、鄢本、元諭本、張本、四庫本改。
〔五〕者　原作「著」，誤。據韓本、鄢本、元諭本、張本、四庫本改。

劉定伯墓志銘

余東家詩人劉君定伯，類晉宋間曠達。自余辟山水南北崖落，然不可人意。君時從予招，或不約徑造，至則善爲言譚，名理蜂出，意所左右，辯者不可詰。江山朝暮四時之變，嘲詠賞嘯，興出物外，常使人諷念不可忘。嗜弈，最入幽眇，兔起鶻落，目不停瞬，解剝摧擊，其勢如風雨不可禦，勝敗不落一笑。飲酒可一二斗，酒酣浩歌，聲振林木。或投冠袒裼，旁若無人；或鼻息雷鳴，徑臥坐上。君豪縱，沛然以爲自得。當其樂時，不知天之高，地之下，老之將至焉爾。予前在〔一〕宣州，君以詩來，思致清邁，恨不即投印綬，從君煙霞之表。既歸，君好日以怡，詩日以張大，於是蓋年五十三矣。乃孟夏一日過予，極論當世事，抑揚不少挫。詰旦報曰，君痰厥逝矣。予駭亟視之，不復可爲，哭失聲狂，三日不能止。非予爲然，凡與君交者，談君輒揮涕。里之人不問倪旄，嘆傷如出一口。噫，可人在天地間，鬼神所忌邪？

君長身五尺餘，堅壯耐寒暑，鬚髮如漆。性落魄，不問家事。家才三四口，粗了伏臘，不爲求贏，有錢輒不惜鷄黍，送客無虛日。朋友有無相通，急難於我乎赴。平生於人無諾〔二〕責，鄉人有爲芥蔕，君一語輒化。有不善，開譬之，無以爲望，和氣薰浹，蒸然善鄰。一歲半爲四方客，主君者所至投轄，惟恐亟去，雖兒童僕廝無不〔三〕誠愛君者。君破崖岸，削邊幅，不爲拘拘孑孑。至道理所在，確然守之不變。其執喪爲孝子，按喪禮，門内不入緇黃。一子二侄，命以先疇瓜分而三，無贏縮薄厚，子曰敢不共命，侄曰敢固辭。

一家興仁興遜，鄉曲相傳爲盛門，非好德疇至是。

君始祖邦，長沙人，爲吉州長史，家於西昌之九洲。四世祖〔四〕德遠徙廬陵富川。君之三世曰文焕、子玉、邦賢。妣鄒氏。娶張氏。子：男梓。女淑容，適彭天麟。卜以次年咸淳癸酉十一月壬辰，封於淳化鄉扶竹坑楓樹塘之原。君名澄，定伯字也，自號前村。有詩集，自編，曰《前村初稿》。君詩不爲深苦，而清拔雄健，如其爲人。有子能力學，不墜義方，君死何憾！予所憾者，君死獨何蚤，泣而爲之銘。銘曰：

其堅也驟折，其勁也蚤摧。命之臧凶，匪繫其材。生也達，死也何怛？君墓我銘，我心則結。

【校記】

〔一〕在　有焕本、文柱本作「任」。

〔二〕諾　四庫本作「喆」。

〔三〕童僕　有焕本、文柱本作「僕僮」。「不」，原作「人」，誤。據韓本、鄢本、元諭本、四庫本、文柱本、叢刊本改。

〔四〕四世祖　原作「十世祖」。《全宋文》卷八三三一《文天祥二四》按：據前篇《樂庵老人劉氏墓銘》，「十」應爲「四」之誤，此墓主劉澄乃樂庵老人劉邦美之侄也。

王推官母仇氏墓志銘

東廬王先生母垂葬，命其門人文某銘。噫，某何以銘先生之母之墓哉？乃景定三禩，進士策御前，某以覆校待罪殿廬。一日，初考官第一卷擬上一覽，某稍細復之，傳觀同官，驚訝得人。會一字近廟中嫌名，某以才難，白詳定官請所以處。臨軒之日，賜出身，乃吾東廬先生也。嗚呼！使先生以名第取先天下，歸拜母堂上，斷機調熊，庶幾夙昔，乃累先生以不釋乎，此某其何以銘先生之母之墓哉。雖然，事孰爲大？事親爲大。守孰爲大？守身爲大。使先生失身爲親憂，雖高科如之何。先生雖不得高科，爲臣忠，爲子孝，身在焉，親固榮也。諗先生曰然，銘無所辭。銘曰：

母姓〔一〕仇氏，世居廬陵之白沙。考諱彦誠。生二十二年，歸於贈迪功郎致政君諱化權。逮事姑兩世，左右無違。祭葬以禮，相夫子貞。調娱中和，靡失節度。子始就學，篝燈夜分，督厲吟諷。及負笈從師，端以正〔二〕。手自紉綴，連寒暑彌不倦。以子入大學，甲寅明禋封孺人。從子赴永州户曹，禄養壽康，稱其命服。咸淳七年三月十九日，終於家，年八十有三。子二：長大琮，先孺人一年卒；次國望，從政郎、前袁州軍事推官。女四，一夭，二適李穆之，三適蕭應祥，四適劉起岩，二與四先卒。孫：六男，長囦〔三〕，餘未名。五女，長適劉煥，次許彭麟，餘幼。九年三月壬申，厝於城西黄腴山之原。是爲銘。

【校記】

〔一〕姓　原作「性」，誤。據韓本、鄒本、張本、四庫本改。

〔二〕正　原作「上」，誤。據韓本、張本、四庫本改。

〔三〕囦　原作「困」，誤。據韓本、張本、四庫本改。

贈承事郎徐溪莊墓志銘

咸淳九年夏六月壬午朔，天子親擢徐君卿孫爲監察御史，旌縣最也。於是某不佞適叨一節，按部湖右，親見衡山之父老子弟歌思遺愛餘績於嶽雲湘波間，皆曰：「徐公字我民六年，我父母之，其敢忘！」及聞聖天子所以褒擢選表，又皆手額距踴，爲朝端賀，爲天下賀。某退以語客曰：「麟仲信才且賢，何以得此於邑之人，去而不忘如此哉？木則有本，水則有源，若靈芝俄現，醴泉滃出，居然瑞世，其鍾和孕秀，豈伊一夕之積，盍相與論其世，可乎？」客曰：「徐氏居清江，於廬陵東西家。御史君之考，曰溪莊公。溪莊公，厚德人也。」余聞而心識之。亡何，麟仲自京以書走湘，抵某曰：「卿孫不夭[一]，生而二十有五年，而先妣即世。又五年，先人棄其孤，露濡霜降，於今二十有五年，禄養弗可及也。欲報之德罔極，奈何？今不肖孤藉先人之教，有位於朝。乃去秋九月，天子有事於明堂，推錫類恩，我先考妣實該初贈。惟先世之志行事治，未有以詔子孫，傳無窮，敢稽顙下拜以請。」某發書愴然，念所見聞不謬，因不果辭，乃摭御史君所撰行述而書之。

徐氏祖伯翳，宗偃王，偃王子孫散處徐、揚二州間，江右之徐，以南州高士重。其後溯豫章而上，今家清江縣崇學鄉之檀溪。溪莊公諱森，字壽叔。曾祖諱徹，祖諱源，皆隱而能詩。考諱大經，桂山謝公題其所居曰「溪雲小隱」，里人因稱爲溪雲先生。溪雲性嚴介，家人嗃嗃然。好客，車轍滿門。溪莊天分寬平，春和玉温，撰杖屨，侍琴瑟，書册左右，色養無違。族居千指，融融怡怡，無一間言。少遊鄉校，文聲籍甚。嘉定丙子[二]，待試成均，繼以詞賦爲郡諸生第一，士論翕然。中年幹蠱用譽，晚謝場屋，益雅淡謙謹。疏戚一致，未嘗言人過失。其尊尊、親親、賢賢、老老、幼幼，無不得其歡，故鄉里遠近，一以吉德厚善歸之，而徐爲德門矣。淳祐壬子，得末疾。越五年歿，實寶祐丙辰十二月三日也，享年六十有七。妃熊氏，豐城著姓。既歸，奉尊輩〔三〕，相夫子，主饋治家，延師教子，賓嘉喪祭，常黽勉有亡間，必如禮乃止，有昔人剪髻斷機風。子：男二，穉孫先七年卒。女二，適黄一鶚、鄭一夔。孫：男三，垕、震、必茂，震亦早卒。女二。曾孫：男二。以開慶己未十二月，奉二柩合葬於所居之西園。

嗚呼！家之將興，非必其先世有奇節異事，足以聳動流俗耳目也。風流篤厚之意多，孝友睦姻之味長，君子長者之澤有餘而不盡，所謂有是父、有是子，或曰非此母不生此子者，非偶然也。徐氏之澤，始基於溪雲，浸大於溪莊。今御史君玉立山峙，川增日起，由邑最結主知，歲中三遷，遂陟臺端，爲國綱紀，駸駸且大任。少頃暇之，瀧岡之阡，何患不表？顧墓上之刻，不鄙以余屬〔四〕，余其敢不銘諸，以昭徐氏德盛流光之懿，以對揚天子之休命。銘曰：

江西徐宗宗處士，介臨洪間蓋其徒。檀溪源委深且長，溪雲爲父溪莊子。溪莊恂恂允誠篤，温兮如玉天鍾美。融爲瑞芝溢爲醴，積慶綿綿開御史。朝爲卓魯暮汲魏，公朝旌擢清風起。西阡雖舊命則新，我銘宰上材可梓。立身揚顯殊未已，木杪龜趺此其始。

【校記】

〔一〕天　鄒本、文柱本、景室本作「天」。

〔二〕丙子　原作「因子」，誤。據韓本、鄒本、元諭本、張本、四庫本、叢刊本改。

〔三〕輩　原作「章」，誤。據韓本、鄒本改。

〔四〕余屬　景室本作「屬余」。

蕭明允墓志銘

君初名堅，字子固，後改應新，字明允，廬陵珠川人。廬陵故多蕭氏，而珠川亦望族。君拔起其間，自幼岐嶷，長益嶄絕。種績文學，頷頷與逢掖爭鳴。三赴天子學，銳不少衰。氣岸孤聳，與人棘棘不阿，號其讀書室曰「介林」。嘗謂：「吾幸守先人廬，弗克規拓，是不肯堂。」構樓其前，曰「逼雲」。復出其旁，相我攸宇，通之爲園。花竹横從，朋賓嘯歌，翛然〔一〕有物表之趣。會予釣遊荒閑，位置水石。君時一造，沛然若自得，予以是知君所自負翹如也。咸淳二年十二月九日，以疾終，年四十六。曾祖炳文。祖國老。父景伯；妣李氏，繼母曾氏。妃劉氏。男曰宋翁，女曰淑慧、淑慈、淑懿，皆幼。卜以四年正月八日，歸於淳化鄉王田雙園之原。前期，其弟至與其孤造門以銘請。銘曰：

嗟予介林兮，孑孑而無成。大輿之壯兮，羌中道而折衡。意衣冠之雖葬兮，不能葬其英英。瞻雲山之莽蒼兮，尚骯髒之如生。

【校記】

〔一〕翛然　原作「倏然」，误。據韓本、鄖本、元諭本、張本、四庫本改。

觀察支使蕭從事墓志銘〔一〕

德安府觀察支使蕭君安中，中大夫、江南西路安撫副使兼知吉州諱逢辰第二子。撫使公發聞顯庸，克開厥家，於時爲鉅人長德，自其宗族鄰里鄉黨，待公而舉火者，百數十家。咸淳四年六月，不幸公捐館。君於是年四十有五矣。持抱孤侄，臨喪如不勝。至經紀其家，上下調娱，是似是續，罔有越厥度。哭撫使公者繼於門。哭已，則私相語曰：「我公未遽亡乎！」迄服除，如其初。拜人士莫不嘉君之志，而嗟嘆感發，以爲撫使公之有子云。

君字和仲，號介軒。儼然端重人也。喜讀書，爲文辭，倜儻有才氣。在膝下幹蠱，服勤左右無違。及論世事，有奮然自樹立事功之意。咸淳十二年，領江西漕舉。寶祐二年，以恩授登仕郎。後三年，銓試第一，授修職郎、袁州宜春縣主簿。開慶元年，以撫使公兼鄉郡，奏充書寫機宜文字。明年，改注壽昌軍武昌縣主簿。景定五年，取舉江西漕。咸淳改元，循從事郎，授支使。自吕武公以下，舉關陞三員，親民四員。六年十月，以疾卒於正寢。乃卜葬於永豐百蛟之原。朝奉郎文天祥以其子元永哭請銘，爲之銘。

《語》曰：「三年無改於父之道，可謂孝矣。」嗚呼蕭君，克蹈聖言。雖不得禄，與不得年，見於先人，無忝爾生。有子有孫，以莫不承。

【校記】

〔一〕銘　原脱此字，據韓本、四庫本補。

祭文

祭歐陽巽齋先生

維歲次癸酉正月乙卯朔，越七日辛酉，學生具位文某，謹致祭於故先生殿講、大著、刑部巽齋歐陽公柩前。嗚呼，先生將安歸邪！先生之學，如布帛菽粟，求爲有益於世用，而不爲高談虚語，以自標榜於一時。先生之文，如水之有源，如木之有本，與人臣言依於忠，與人子言依於孝，不爲曼衍而支離。先生之心，其真如赤子，寧使人謂我迂，寧使人謂我可欺。先生之德，其慈如父母，常恐一人寒，常恐一人飢，而寧使我無卓錐。其與人也，如和風之著物，如醇醴之醉人；及其義形於色，如秋霜夏日，有不可犯之威。其爲性也，如槃水之靜，如珮玉之徐；及其赴人之急，如雷霆風雨互發而交馳。其持身也，如履冰，如奉盈，如處子之自潔；及其爲人也，發於誠心，摧山嶽，沮金石，雖謗興毁來，而不悔其所爲。

天子以爲賢，縉紳以爲善類，海内以爲名儒，而學者以爲師。鳳翔千仞，遥矰繳〔一〕而去之，奈何一蹶而不復支。以先生仁人之心，而不及試一郡，以行其惠愛；以先生作者之文，而不及登兩制，以彷彿乎盤誥之遺。以先生之論議，而不及與聞國家之大政令；以先生之學術，而不及朝夕左右獻納而論思。抑童而習之，白首〔二〕紛如也，雖孔、孟聖且賢，猶不免與世而差池。先生官二著不爲小，年六十五不爲夭，有子有孫，而又何憾於斯。死而死耳，所以不死者，其文在名山大川，詔百世而奚疑。

某弱冠登先生之門，先生愛某如子弟，某事先生如執經，蓋有年於兹。先生與他人言，或終日不當意，至某雖拂意逆志，莫不爲之解頤。世有從師於千里，尚友於異代，而同人於門，適相值而不違。其死也，哀斯文之不幸，吊生民之無禄；其葬也，隻鷄斗飯，竊慕古人之義。匍匐奔走，泫然而哭吾私。嗚呼，已而已而！哀哉尚享。

【校記】

〔一〕矰繳　韓本、鄢本、元諭本、張本、四庫本作「增擊」。

〔二〕首　原脱此字，據四庫本補。

祭都承胡石壁文

嗚呼！世婉孌以偷生，公指九天以爲正也。人卮蠟以自矜，公玉雪而不曜明也。俗鬼蜮〔一〕以誑人於冥冥，公揭日月而撑雷霆也。石壁之鋒，神入天出，金鐵可摧，孰爲公直？石壁之藴，尊華賤質，泰華可移，孰爲公筆。四海一雲，我卷我舒。大川獨航，予紼予纚。萬微未燭，吾蓍吾龜。更幾千百載之祝融，而復爲此奇。嗟乎余乎，登門何晚，哭野何遽！操几杖兮焉從，持佩玦兮何所？紛雲委兮川流，化經綸兮爲土。羌蘭艾兮荃茨，蹇離騷兮宿莽。苟余情乎得當，質九京兮千古。余有言兮孰聞？寄浪浪兮雕俎。

【校記】

〔一〕蜮　原作「域」，誤。據張本、四庫本改。

祭郭正言閶

維公拔起海隅，有志天下。處膩如冰，知德者寡。鳳音冥冥，朝光作之。烏臺峨峨，霜氣薄之。公遷諫坡，歲月幾何？白首丹心，之死靡他。吁嗟人生，死見真實。如公一節，天地可質。神畀東返，返於五羊。曲江吾師，菊老未亡。不愧二賢，公可千古。爲酌廉泉，一涕如雨。

祭道州徐守宗斗温州人，文武兩科

嗚呼！龍虎變化兮人物之英，風霆流行兮宇宙〔一〕之名。天下之嗇兮，一州之羸；三年而一日兮，侯度是程。及召驛之垂駕兮，胡疢之嬰。没而可食於南邦兮，憂民憂國之誠。某交誼兮雲仍，王事兮弟兄。樂莫樂兮知心，悲莫悲兮余哭之煢煢。下神與兮臨蒸，桂棹兮積雪斲冰。操弧矢兮上征，絶虎虺兮縱横。噫至人兮無死，歆余奠兮如生。

【校記】

〔一〕宙　原脱此字，據韓本、鄢本、張本、四庫本、文柱本、景室本補。

祭鄒主簿寧孫〔一〕

嗚呼德元，少吾三歲。自其應門，及我交際。德元之賢，服我以義。以我爲兄，我胡不弟？折節讀書，收科入仕。子簿臨武，語子初筮。時予赴宣，亦有行事。同日出户，舉觴祝子。自予汰歸，子告還里。雍容進趨，循循唯唯。士别三日，刮目相視。人十己千，其進〔二〕未止。子之復往，得於吏師。幕謀邑事，勉焉孜孜。子替已久，子歸何遲？輿疾在寢，忽不自持。子方壯年，何質之衰？瞀於鬼神，淫於禱祠。死不相聞，斂不與知。殯不及夕，棄禮如遺。哀哀德元，而至於斯。弱稚惸惸，青燈一嫈〔三〕。吾甚憐子，亦復何爲！子尚有後，念無已而。吾欲匍匐，哭子墓垂。適有王事，載驅載馳。明發不寐，永懷吾私。寄情一奠，臨文涕洟。

【校記】

〔一〕孫　原作「縣」，誤。據韓本、鄢本、四庫本改。

〔二〕進　文柱本作「道」。

〔三〕嫈　原作「嫈」，誤。據韓本、叢刊本改。

祭秘書彭止所

嗚呼仲至，氣和色莊。如水之清，如玉之剛。出而瑞世，麒麟鳳凰。南宫第一，今世歐陽。方其退居，深自晦藏。蟬蜕衆濁，視世如忘。展如之人，衣錦絅裳。覽德斯下，吾道彌章。頃者刑臣，再玷天綱。善類相顧，驚疑徬徨。君首丐去，其氣昂昂。聞者爲奮，進言始昌。貽書司諫，陳義慨慷。表表愈〔一〕偉，於歐有光。我年視君，匪雁其行。第也同年，居也同鄉。仕也同館，志也同方。用折輩行，腹心腎腸。我之出守，君酌我觴。君亦有志，方外翱翔。王宮爲師，秘書爲郎。君雖欲去，志不果償。由此而升，紫微玉堂。道以光大，亦我所望。誰歟西來，遽報膏肓。旦旦引領，已劑其良。好音不嗣，我心皇皇。奈何哲人，竟罹於殃。嗚呼仲至，今也則亡！如瑳如磨，其孰我相。凡百君子，罔不盡傷。況我孔厚，如我淚滂。我有官守，我縶我疆。君疾云革，莫克造床。君柩來歸，莫哭道傍。嗟我有心，遡風茫茫。嗚呼仲至，婉其清揚。其命也短，其存也長。生芻一束，我意其將。庶幾監兹，尚有洋洋。嗚呼哀哉！

【校記】

〔一〕愈　有焕本、文柱本作「俞」。

祭安撫蕭檢詳 名逢辰，號平林

嗚呼！江右之望，偉哉我公。驅馳白首，惟孝惟忠。異時廊廟，謀選元戎。惟公老成，必在其中。開慶之警，四國交訌。吉爲樂邦，飄風其衝。拜公於家，麾節崇崇。公起倉卒，談笑從容。臣有一死，惟義之從。不敢震鄰，不敢震躬，事平上印，訖不言功。優遊里居，惟以壽終。

嗚呼！尚論公之平生兮，撫蒼莽而歔欷。命之通塞兮，毁譽隨之。議論之所從始兮，惟桑梓之不可欺。方淮漢之落落兮，猶曰風馬牛之不相追。亦既與我父兄同生死兮，寧不我知？天有萬分於人兮，而或猶有怨咨。自公之既殁兮，使人方感激而追思。曰何爲予室之不漂摇兮，予子之不流離。思而不可作兮，父老至於涕洟。豈非生而有定論兮，尚或接於愛憎之私。死而愛憎無所麗兮，忽天定其奚疑！

嗟乎！見危臨事而不苟兮，所以委質而爲臣。吾亦自盡乎吾心兮，固非欲求知於人。然自古固非抱屈於一世兮，俟百世而方伸。亦有百世不可俟兮，聽諸天地與鬼神。公死而有遺思兮，斯人豈不靈！是不爲無所遇於當世兮，尚何憾乎冥冥！議論定於其鄉兮，而傳之天下後世，無不本諸人心。禦大災、捍大患而得祀兮，以不忘其德音。贈以嘉有功兮，謚以尊名。天下有道兮，天王聖明。吉山之陽，公魄所歸。素車盈盈，白馬纍纍。我思古人兮，斗酒隻鷄。尚不憚於千里兮，何百里之辭。即公墓兮，酹酒以致哀。作文以諗地下兮，尚有信於方來。

祝文

過家告廟文

昔忝荆臬，單車載馳。家祀孔嚴，曠歲弗治。靡室靡家，中心悵而。始告廟朝，是縶是維。畏此簡書，王事敢違。悃悃再疏，天高聽卑。解我湘組，易贛一麾。贛實近止，神人具宜。人豈及是，神之相之。載欣載奔，薄言還歸。千里息肩，於廟矢辭。

代富川酹魁星文

維極有斗兮，垂河漢以耀芒。耿衆星之環嚮兮，儼黄道之開張。瞻前杓之烜赫兮，東枕乎龍角之蒼。一水盈盈兮，咫尺相望。一舉手而高摘兮，搴萬丈之虹光。吐奇氣於六合兮，夕閬風而翊扶桑。宇宙之倓倓兮，其將見於吾水之涯，吾山之陽。擊雷鼓兮電煌煌，酌金罍兮斞天漿。

代酹解星文

維庖人之中肯綮兮，奏刀騞然。若有物以默運其肘兮，故利器排割而彌堅。矧斯文之新發硎兮，淬磨乎仁義之淵。斫月桂兮，高五百丈。剸蛟斷犀兮，奚足言視。一朝解十二牛兮，直游刃乎吾前。於戲神哉！使我頭角露崢嶸，相我筆下生雲煙。靡靈旗兮風翩翩，舉天瓢兮酌天泉。

《江右文庫》編纂委員會

精華編

文天祥集

[宋]文天祥 著
劉德清 劉菊萍 劉菊芳 整理

下册

江西人民出版社

卷十二

樂語

宴交代寧國孟知府致語

粉省望郎，來向雙溪領牧；玉堂學士，將從五馬歸班。文章太守兩風流，新舊使君同意氣。三生結習，千里逢迎。筮〔一〕吉日以交龜，秩初筵而式燕。

共惟某官一中體段，萬卷工夫。風來湖面，月到天心。眼小衡峰，勘破是間造化；胸吞震澤，充開裹許規模。静觀時仁意無邊，自得處生香不斷。那許山房獨樂，便須朝步高騫。淡月疏星繞建章，步凌紫界；燕寢清香森畫戟，駕熟朱幡。東遊方喜於行春，西嚮又歌於來暮。好是當年孟夫子，肯爲今日謝宣城。況也江雲，鄰哉雩水。鳳函飛下，又傳岳牧得詞人；熊軾馳來，重見神仙遊碧落。少遲表選，即看中環。我判府報政趨朝，及時受代。子孫永好，非徒契結金蘭；賓主相歡，要是味同草木。説賣劍買牛故事，誦無襦有袴新謠。真成宫〔二〕羽相宣，正好豆籩有踐。地衣繡毯，風袖瑶琴。海棠開後，燕子來時，猶自青春未減；楊柳舞低，桃花歌徹，莫令紅影空〔三〕摇。且從容東野雲龍，更領會醉翁山水。陽坡瓜好，此番賸講齊盟；西掖花香，他日重尋舊約。

某等四工樂部，執藝台堦，上奉清歡，下陳俚語：

玉堂學士催班鷺，粉省潛郎趣佩麟。來往神仙同碧落，後先岳牧總詞人。陽坡共喜瓜時及，朝路相期柳色新。握手論交拚一醉，東風散作滿城春。

【校記】

〔一〕筵　韓本、鄢本、四庫本作「差」。

〔二〕宫　原作「官」，據韓本、鄢本、元諭本、張本、四庫本改。

〔三〕空　原作「堂」，據韓本、鄢本、元諭本、張本、四庫本改。

宴交代湖南提刑李運使致語

錦帳尚書郎，手持金節；繡衣直指使，面授銀黿。二十年虎榜同盟，第一段熊湘佳話。豆籩初秩，英簜增輝。

某官紫薇〔一〕垣裏星辰，太華峰頭霜雪。黄簾緑幕閉朱户，天子門生；冰壺玉衡懸清秋，神仙人物。插天高雲霄閣，拔地起湖海樓。湧翠浪，流玉虹，璽書濕濕；拊翠濤，拍青璧，琴轡垂垂。依然彈壓舊江山，總是快活新條貫。綸巾羽扇，便追赤壁功名；流馬木牛，要做中原事業。了卻燕然山勒石，歸來文德殿宣麻。我提刑同看長安花，新聽衡陽雁。茅舍竹籬，玉堂金馬，到處無心；青天白日，芝草鳳凰，舊時相識。自是平生管、鮑，合成一會蕭、曹。共讀禮樂字三千，好吞雲夢澤八九。瀟湘雨，煙寺鐘，洞庭月，遥看八面玲瓏；蓬萊盞，金蕉葉，海山螺，散作九州歡喜。

某等叨居伶部，幸際華筵，欲助歡顔，敢陳韻語：

河漢雙星會使槎，分明徹夜照長沙。轡絲曉轉金龜影，衣繡春隨錦鵲花。雲杏舊陰浮緑淨，野萍新韻度朱華。明年共侍蓬萊宴，回首丹墀日未斜。

【校記】

〔一〕紫薇　有焕本、文柱本作「紫微」。

宴朱衡守致語

粉省郎星，來坐朱陵堂上；繡衣公子，相逢紫蓋雲邊。麾節同春，豆籩永夕。

某官寶劍雙峰意氣，錦機五色文章。北斗丹梯，我玉皇香案吏；西方雲界，公佛地位中人。旗蓋東西，雲龍上下。羅軒冕朝天闕，秉刀尺贊仙臺。荒政七州，秘閣常平再見；勝遊三峽，吏部刺史重來。移太薇垣二十五星，照祝融峰九千餘丈。朝樹夜濤入詠，汀蘭岸芷生香。桑麻深，燕雀成，須信陰崖轉暖；虎豹遠，蛟龍遁，從今後户無塵。袴襦〔一〕歌春脚方新，絲綸閣天風又下。我提刑交情四海，王事一家。石鼓話頭，謾對芳洲杜若；玉堂何意？要歸茅屋梅花。一堂聚會天人，千里逢迎地主。細話巴山雨，共酌古酃春。好將席上歡聲，散作人間和氣。鮮鯽銀絲，香芹碧澗，小對歌筵；宫花玉仗，御水金溝，同催宣宴。

敬陳吉〔二〕語，聊贊歡顔：

翩翩紫馬絢銀潢，春入梅花新雨香。牛斗劍芒浮翼軫，岷峨佩影度瀟湘。東南麾節精神合，上下風雲意氣長。且爲緑酃拼一醉，傳呼聯轡覲明光。

【校記】

〔一〕袴襦　原作「桍樗」，誤。據韓本、鄢本、四庫本改。元諭本、文柱本作「襦袴」。

〔二〕吉　原作「古」，誤。據韓本、鄢本、四庫本改。

宴湖南董提舉致語前知瑞州

碧落使君，來坐皇華堂上；繡衣公子，相逢紫蓋雲邊。二十年虎榜同盟，第一段熊湘佳話。招呼風月，酹獻豆籩。

共惟某官精神綠水天河，節操丹崖鐵筆。一椿獨老，霜皮溜雨，黛色參天；雙蓴齊芳，紅杏倚雲，碧桃和露。插天高雲霄閬，拔地起湖海樓。心白玉堂，肘黄金印。劍池丹井，提携翠越風流；天柱祝融，脱活青雲標格。盡道常平老子，移來上界神仙。英簜照空，霜飛暑路；鋒車度曉，煙傍袞衣。我提刑同看長安花，共聽衡陽雁。風雲一氣，朱結綬，貢彈冠；車馬同途，翰卜鄰，邕識面。霄漢瞻佳士，瀟湘逢故人。共談禮樂字三千，好吞雲夢澤八九。度斗牛，跨麟鶴，襟期交注樽罍；縹鸞鳳，拏虎螭，勳業同刊彝鼎。

某等叨居伶部，聊獻工歌：

西風八月楚江濱，爭看星槎會漢津。露濕紅綾旗影舊，雲連翠簜轡華新。東西杜若洲邊〔一〕月，先後瑞芝堂上春。回首瓊林拚一醉，使還總是鳳池人。

【校記】

〔一〕邊　原作「連」，誤。據韓本、鄢本、四庫本改。

宴交代權贛州孫提刑致語

太守奉親，歡迎彩鷁；使臣領牧，新收〔一〕銀菟。班行兩度襟期，臺郡〔二〕百年交好。豆籩酹獻，金石綢繆。

某官一襟禹穴冰霜，萬丈剡溪玉雪。淡墨慈恩塔，光射斗牛；妙音蓬〔三〕萊宮，清諧韶鳳。入領圜橋冠帶，出聽湓浦琵琶。捫左角，歷天田；記方流，疏玉水。旌旗日暖，下太微垣裏星辰；鼓角雲和，種干越亭前花木。襦袴方歌夜雨，幨帷又轉春風。白馬金盤陀，摩娑贛石三百里；玉節青絲纜，約束江城十一州。金池與玉節相輝，繡斧共朱轓出色。崆山絶處，移來琴鶴高寒；廉水光中，洗出劍刀清淨。岩開曉日，灘蟄晴雷。小駐英函，歌虹流，吟翠浪；快持荷橐，飛鳳尾，來虎頭。我判府勇撤楚車，新依冀部。白雲舍近，移來簾繡輿藤；先月臺高，記得朝花院柳。喚起十年膠漆，盡歸一日樽罍。麾節同春，笙歌永夕。海山螺，金蕉葉，散爲八境和風；禁苑鳳，青瑣闈，行共九天清露。

某等叨居伶部，敢獻俚歌：

麾節東南會一堂，蘭亭昨日記流觴。六絲星度銀潢影，五彩春浮玉翠香。院柳舊雲懷燕語，野苹新雨挹虹光。鳳池對秉他年事，佇看天街接佩璫。

【校記】

〔一〕收　景室本作「授」。

〔二〕郡　原作「辟」，據韓本、鄢本、元諭本、張本、四庫本、文柱本改。

〔三〕蓬　原作「遂」，误。據韓本、鄢本、張本、四庫本改。

又宴前人致語

粉省望郎，繡衣弭節；碧山學士，彩袖分符。好看翠浪乘虹，重酌廉泉飛雪。

某官函關老子，姑射仙人。金鐘冰壺玉衡，精神流麗；青天鳳凰芝草，表裏光明。昔爲天子好門生，今是玉皇香案吏。移下半空水鏡，清照鄱湖；鎔成萬疊冰花，春浮贛石。澄江分一道，老氣横九州。明弼堂上，快活條貫；籌思樓外，遠大規模。發揮清獻江山，張主濂溪風月。人行曉日，吏立秋霜。使節上青霄，有華冠蓋；吏部提英鑒，佇入鈞樞。我判府金石交情，塤篪王事。上堂拜家慶，方報行春；知府見監司，來依先月。更醉燈前花雨，共遊雪外煙林。肯爲二千石徘徊，散作十一州歡喜。鮮鯽銀絲，香芹碧澗，小對歌筵；宮花玉仗，御水金溝，同催春宴。

某等敢陳吉語，上贊台顔：

簾影晴絲落舞茵，崆峒雲晚聚星辰。翠虹光度樓臺月，香燕先浮霄漢春。一道清風華轡遠，雙江緑水彩衣新。相逢屢有朝花約，又看貂蟬會紫宸。

山中堂屋上梁文

戴符尋隱，久矣買山；潘岳奉親，昉茲築室。未説胸中之全屋，姑營面北之一堂。凡私計之綢繆，皆上恩之旁薄。自昔園林臺館之勝，難乎溪山泉石之全。瑯琊兩峰，似太行之盤谷；建陽九曲，類武陵〔一〕之桃源。然而有窈而深者，無曠而夷；有清而厲者，無雄而峭。所在罕並於四美，其間各擅於一長。而況索之於杖屨之餘，去人遠甚；未有納之於户庭之近，奉親居之。主人白髮重闈，彩衣四世。出隨園鵠，付軒冕於何心；歸對林烏，覺箪瓢之有味。頃闞上游之叢翳，偶逢小隱之坡陀。江村八九家，得重洲小溪、澄潭淺渚之勝；山行六七里，有詭石怪木、奇卉美箭之饒。攀飛雪而窺空谽，度脩蕪而陟穹巘。雲奔虎鬭，根穴相呀；斗折蛇行，嵁巖差互。看輞川畫，如登南垞，過華子岡；讀黄溪詩，如上西山，至袁家渚。其遐詭足以騁懷而遊目，其深靚足以養道而棲真。自天作之，非人力也。未爲仙翁釋子之所物色，惟有樵童牧豎之相往來。偶然幻出種竹齋、見山堂；尚欲敞〔二〕爲拂雲亭、澄虛閣。先生酒壺釣具，無日不來；夫人步輿輕軒，有時而至。乃若波濤洶欻，雪月紛披，煙雨吐吞，虹霞變現。將使山間四時之樂，盡爲堂上百歲之娱。啜菽水盡其歡，先廬固在；得諼草植之背，別墅何妨？乃相南隅，乃規中奥。有護田一水、排闥兩山之勢；得栽芋百區、種魚千里之基。問之陰陽，天與我時，地與我所；若有神物，水增而廣，山增而高。不管相如四壁之蕭條，且作樂天三間之瀟灑。窗中列岫，庭際俯林。舍北生雲，籬東出日。或積土室編蓬户，或通竹溜縛柴門。宛然林壑坻島之中，更有花木樓臺之意。眼前突兀見此屋，人生富貴何須時〔三〕？苟美苟完，爰居爰處。謳吟月露，供燕喜之詩；判斷煙霞，博平反之笑。何必瑤池、崑崙、閬風、玄圃，方是神仙；不須終南、太華、天台、赤城，亦云山水。被褐而環堵，卻軌而杜門。彈琴以詠先王之風，高臥自謂羲皇之上。不知老將至，聊復得此生。今日幽居，便可號爲秘書外監；他年全宅，亦無華於昌黎先生。小住郢斤，齊聽巴唱。

東，紅日照我茅屋東。繞盡湖陰橋上看，世間無水不流東。

南，説與山人住水南。江上梅花都自好，莫分枝北與枝南。

西，堤東千頃到堤西。往來各任行人意，湖水東流江水西。

北，濁酒一杯北窗北。白雲去住總何心，或在山南或山北。

上，莫道青山在屋上。青山一疊又青山，有錢連屋青山上。

下，試看流水在屋下。他時戲彩畫堂前，福禄來崇更來下。

伏願上梁之後，千山歡喜，萬竹平安。舉壽觴，和慈顔，兒童稚齒，昆弟斑白；濯清泉，坐茂木，虎豹遠迹，蛟龍遁藏。陰陽調而風雨時，神祇安而祖考樂。一新門户，永鎮江山。

【校記】

〔一〕武陵　原作「武夷」，误。據四庫本、叢刊本改。

〔二〕敞　原作「敝」，據韓本、有焕本、四庫本、文柱本改。

〔三〕何須時　景室本作「須何時」。

山中廳屋上梁文

舍一畝之白雲，已開別業；屋四圍之流水，更啓前榮。發揮已定之規模，展拓方來之閎閎。有相之道，乃績於成。主人未了書癡，頗有山癖。先人之敝廬在，苟安風雨之餘；慈母以輕軒來，亦愛園林之近。頃斸蒼苔之地，昉營諼草之堂。雖環堵之間，粗云具體；然闔廬之制，未畢全功。相協厥居，聿來胥宇。階戺所以行儐价，屏著所以肅賓嘉。不日成之，以時可矣。是用戒良梓，筮吉辰，茀蚴蟉於水端，架蜿蟺於雲表。然後翼之以廡，承之以門，移石而立庭皋，通泉而周户外。清湍峻嶺，爲不斷之藩垣；野草幽花，作自然之丹雘。老之將至，訖可小休。昔晦翁愛武夷而不能家，歐公卜潁水而非吾土。余何爲者，乃幸得之。未問君王，便比賜鑒湖之宅；何須將相，方謀歸緑野之堂。凡與同工，齊聽善頌。

東，日光穿竹翠玲瓏。坡。茅屋柴門在半峰，荆。風袂欲挹浮丘翁。谷。

南，水面沙邊緑正涵。荆。道人爲作小蒲庵，坡。山上仙風舞檜杉。坡。

西，雨過横塘水滿堤。豐。漁簑背雨向前溪，荆。水聲秋碎入簾幃。豐。

北，澄碧泓渟涵玉色。歐。夜深山月吐半璧〔一〕，谷。誰來共枕溪中石？坡。

上，亂峰深處開方丈。歐。風雨户牖當塞向，谷。五更曉色來書幌。坡。

下，門前白練長江瀉。坡。鼓吹卻入農桑社，坡。翠浪舞翻紅穲稏。坡。

伏願上梁之後，山輝川媚，神比天同。俾耆俾艾，俾熾俾昌，壽母多祉；爰居爰處，爰笑爰語，君子攸寧。自此定居，永爲安宅。

【校記】

〔一〕半璧　原作「半壁」，誤。據韓本、四庫本改。

代曾衢教秀峰上梁文居香城，初任衢教日，永新歐陽楚方自其邑買見屋，除拆浮江而來

兒郎偉！香城拔地，爲廬陵之名山；大厦連雲，新廣文之甲第。結廬在人境，幽居近物情。竊以買宅買鄰，元號千百萬之價；有廬有屋，或待三十年之勤。未有不崇朝之間，而能使二美之具。誰爲之地？乃有此奇。一片乾坤，淡庵先生之里；隔墻鐘鼎，文昌兄弟之家。況方其何蓄之在齊，已有爲戴公而起宅。至今日歸之斯受，亦有數行乎其間。川浮陸運以無遺，水到渠成而甚易。移彼置此，換舊添新。疑半天之飛來，忽平地而卓起。尋引繩墨規矩，曰用舊人；丹雘塗塈垣墉，特其餘事。多助之至，不日而成。彼有室築而道謀，此則事半而功倍。我府博才高一柱，胸洞八窗。大學館中，飛黄騰去；大成殿下，釋褐歸來。安能鬱鬱居乎，是以汲汲如也。向時茶壘，曾寫千萬間之心；此日規模，便作十二樓之樣。由柯山而徑上，遡木天而横飛。何宜不爲，餘地甚綽。青山如許，聊且號工部草堂；緑野後來，以此爲大祝廳事。輒陳韻語，共舉修梁。

東，穹秀崢嶸華蓋峰。卓筆雲霄天下獨，曹劉班馬避詩鋒〔一〕。

南，翡翠英中碧玉篸。一抹罘罳生畫色，府中氣象已潭潭。

西，鄰有文昌瑞色齊。乃祖紹興光價在，重嘘真氣礫鯨鯢。

北，山腰帶曳清江曲。滄江歷歷現雙魚，仿佛黄金繫横玉。

上，一朵紅雲只尋丈。瓊樓高處不勝寒，轇轕乾坤淩〔二〕萬象。

下，不是求田並問舍。要令突兀在眼前，俯拾八荒歸廣厦。

伏願上梁之後，閥閲增高，室家響用。堂前鸑鶴，親見金桃；天上麒麟，聯輝玉樹。大耐官職，自立門庭。以無愧於前修，用永傳於佳話。

【校記】

〔一〕詩鋒　韓本、鄢本、四庫本作「詞鋒」。

〔二〕淩　原作「夌」，誤。據韓本、鄢本、四庫本改。

公牘

與湖南大帥江丞相論秦寇事宜劄子

某干犯師嚴，輒有申請。秦寇之在廣西，擾動二十五郡，爲梗累年。去年破賀之富川，官民荼毒不細，經司不問。今破我永明，殺死知縣，殺傷縣尉、主學，捲去縣印，屠居民，擄婦女，掠去財物。繼而又破永明之下澤，又寇我江華，移其所以毒廣西者施之湖南。此而不討，失刑莫大。廣西以前獨力不能捕滅，今何幸湖南肯與會合，宿兵以待師期。朝廷之主張方新，言路之指陳甚力，此掃清巢穴之一機，爲兩路官民舒洩冤憤，不可失之時也。

前經帥不足望，滿望新經帥之來，不料意見參差，施行矛盾。茲得經司牒報，捕賊以官，授賊以職，犒賊以酒，賞賊以錢，凡懷忠憤，無不彈指。自昔化賊爲民，固有稱爲盛德事者，蓋賊有出於田里之饑荒，激於官吏之貪黷，弄兵之情，出不獲已。故仁人處之，念其爲赤子，姑惟安之，勿庸勝之。今秦寇招募無徒[一]，建置將校，橫行兩路，嘯聚千群，戕天子之命吏，劫公府之鑄印，殺人盈野，罪如丘山。既非脅從，又非烏合，渠魁縱有求降之説，官司亦在不受之科。而況初無出首之真情，僅取改過之文狀，謾曰回鄉而安業，何曾束身以歸官。得之廣人所云，一面受招，一面劫殺。刑政無章，宜其至此。天下之大勢相維，所仗者義而已。若名義不著，大之不可以立國，小之不可以立家。

今觀廣西，成何宇宙。先生不忍斯人之塗炭，一再調兵，必欲罪人斯得然後已，此真扶持人極，綱維世變，盛心之所推也。但今來廣西既作此可笑舉措，未必不以龔遂渤海之事自詭，上惑聖聽。本路冒然進兵，非惟蹊徑不熟，乏隅總鄉導之助，有悔吝之慮；亦恐鄰閫反以本路爲張皇，壞其兒戲之前功，或者陰設陷穽。今直須申審朝省，看指揮如何。朝旨主招諭，本路只得撤兵，後有衝突，廣西當任其咎。朝旨如以招諭爲不然，自是督兩路會合。至時湖南不求廣西，而廣西自當約湖南共事，此利害自是坦然。

謹具公申，欲望備申朝省，仍乞鈞翰與當揆商訂，必須計一例斷行下，曰招則招，曰捕則捕，使人無中立之疑，則亦無事後之悔。所有永明縣見駐劄，有使閫之兵，有本州之兵，有謝隅官之義丁，約近千人，日費春陵供億〔二〕。比來徐守已費支吾，郡力凋薄，亦爲可念。今高節所部兵若到山前，不過又是坐食。愚意謂不若候朝旨行下，確許討捕，然後調往。今乞且喚回高節一行軍兵歸營，聽候朝命。某非敢違使閫約束，本司去山前頗近，的見利害如此。恃師門相與之真，故敢傾臆以請。拱聽處分，以憑遵〔三〕守。

【校記】

〔一〕無徒　四庫本作「亡徒」。

〔二〕億　原作「憶」，誤。據韓本、鄢本、元諭本、張本、四庫本、叢刊本改。

〔三〕遵　原作「尊」，誤。據韓本、元諭本、四庫本、文柱本改。

提刑節制司與安撫司平寇循環曆

某猥以迂疏，承乏湘臬，適值寇發，昭、賀兩路弗寧。茲承大使丞相與廣西經略都承選將調兵，各以重僚爲之督，是行賊不足平矣。某偶以職事獲忝與聞，奉令承教於兩閫間，自是無虛日。公移失幾密，私櫝近文貌，求其脈絡貫穿，報應迅速，莫若循環曆爲便。司存以紫袋，從郵置往來，去潭日有半，去桂可三日。從其中而稟命焉，庶幾昔人道二國之言，無私之義云耳。某謹書於曆首爲序。

十月十三日

某荐準牒報，大閫調兵一千人，以宇文帥參、王環衛任其事，甚盛舉也。自秦寇之作，廣西前此調兵，不過五百人以下。去年吕帥〔一〕方調一千人，而皆委之小小將校，氣勢單薄〔二〕，不能爲功。今南窗調三千人，以唐貳軍督之，以趙總制統之，而使閫與之犄角，大作規模，賊授首行有日矣。事關西户，國家之所嘉賴，豈直兩路之所蒙福而已。然聞之，兵家利鈍不能逆睹，蜂蠆有毒，困獸猶鬭。《語》曰：「臨事而懼，好謀而成。」某數月以來，職思其憂，亦頗採取衆議，薄有管見。及今山前之所當行者，因悉數之於前，乞賜鈞照。

一、秦孟四者，累據山前探報，其狡兔之窟，稱在賀州管下地名下界，然實無一定可攻之巢穴，亦無一定可擊之隊伍。前此經司非不起兵臨之，然兵來則賊散，兵去則賊聚，見吾强則避之，知吾弱則乘之。方官軍之始至也，整龊精明，部分齊一，問寇則失之矣，無可踪迹者。而秦之黨或爲平民買賣於軍市之間，甚者秦孟四亦在焉。及淹旬越月之後，我軍氣竭意衰，闌珊零落，寇則忽以百十輩突出草舍，以掩我軍。從前往往僨〔三〕軍蹶將，大率坐此。今兩閫會兵，鼓行而前，寇出故智，必且散去，及其久也，則有乘虛襲我之憂。此一不可不知也。

一、秦孟四所出没巢穴處，其山重岡復嶠，連跨數州，林翳深密，薈蔚延袤，山猺木客，聚族其間。將四面而裹之，則山脚綿亘，無合圍之理；將赭山而蹷之，則林木疏曠，無延燎之勢。我軍望之遥遥，空駐山下，而彼之軼出他境，猖獗自如。且如近年嘗遣二將，曰吴曰孫，屯駐屏山者年餘，僅能免靜江境内之擾，而不能禁昭、賀諸州之剽掠是也。我軍若入其巢，搜原剔藪，豈不甚快。然彼又竄入大山，愈去愈遠，迄不可誰何。如近年蕭路分日張者，提兵徑擣其巢，而不獲一人是也。今兩閫兵力甚重，非前此千百人單弱之比。雖山勢連延，不可合圍，只是一步躦一步，可直造其所謂下界者。然吾極其辛苦，得至其間，彼則又已遁散。且兵在山前，又無救於彼之横出。此二不可不知也。

一、所在平寇，專藉土人，惟今廣西則不然。方秦寇之起也，某村被害，訴於閫，閫爲之調兵。已而賊不可追，撤軍而去。未幾則寇已復至，尋讎於所訴之家曰：「汝敢訴我！」從而盡殺滅之。官不能爲之主，而適重其荼毒。自此應有被劫者，皆不復告官。此一類是主人〔四〕畏賊，而不敢與爲敵者也。又秦寇所至，攫剽財物之外，出其餘以散之貧者。善良被害，惡小蒙利，是以鄉井間略無被髮纓冠之義，常有幸災樂禍之心。此一類是土人喜賊，而不復與爲讎者也。今兩閫會兵而前，若無土人嚮導，是猶盲者索途，何往而可。然由前言之，則或平民畏寇後禍，而不欲爲我軍之用，或惡少以寇爲恩，而不樂爲我軍之役。縱强而驅之，未必不首鼠二三，陽順官而陰附賊，此處最是誤事。此三不可不知也。

一、今日之事，全在兩路督捕，察前三者之弊，各作一策處之，必使有以避三者之病，然後一舉而得志。不然，必墮賊計中。南方用兵，如今日大舉者自有數。此行必須如狄武襄之於儂蠻，了事而後可已。君子作事謀始，則籌之也可不熟，而講之也可不精乎？

一、聞有張虎者，石壁嘗遣之將兵，幾擒秦孟四，常有「張大蟲來我便怕」之語。若取賊之所怕者表而用之，亦破賊膽之一也。張虎者近爲郭察所劾，押下邕筦效用。今以鈞闔求之，以屬王環衛，使之以功補過。其人勇悍有餘，必能自效，此上計也。

一、今自湖南入昭、賀有兩塗，一曰全州灌陽。自灌陽入昭、賀，皆經縣鎮，即近日被擄去處，而去秦孟四下界巢頗遠。一曰道州永明。自永明入昭州界曰平源，便是賊巢。自平源至下界，賊寨連珠相望，其去秦孟四巢甚近。今兩督捕先合商量打并，附和諸賊，此卻宜以告諭爲先。告諭之説，以爲兩路之所誅者惟秦孟四，汝曹脅從，在不殺之科。若得一寨下，我軍直是不殺，則所謂連珠賊寨，必從風而靡。非惟可以離賊之黨，因而用之，則擒秦孟四或在此徒，未可知也。但一賊寨來降，其中有老幼，有財物，軍人不免殺戮攫拏。此須督捕總統，先明秋毫無犯、不殺一人之令，使降者以我爲信則可。此收捕之第一機也。

一、昨來使闆所調，不過戍寨一百人，又令本司擇將。當時頭勢稍輕，所以且差桂文政總統。桂雖淮將，體統不爲嚴重，故鈐束倍覺費力。向嘗以紊鈞聽，乞賜改差，未蒙垂許。今幸王環衛此來，即當抽回桂文政，盡以其兵付王環衛。伏乞鈞照。

一、高節二百人，今在全州灌陽駐劄，合係王環衛總統。伏乞鈞照。

一、聞諸軍取十六日戒嚴以行，二十後可到衡陽。應〔五〕平寇之説，筆舌所不盡者，候宇文帥參、王環衛相會，又得對面較量。伏乞鈞照。

附〔六〕：大使司回

萬里承示循環曆，讀之綱目備具。公而幾密之周防，私而文貌之簡約，甚徑便也。所當遵而守之。

十月十六日報十三日所批畫如後：

一、來示前四畫，備見臨事好謀，詳謹之至。已即語之帥參計議，其至明臺，必親從節下求商確也。

一、所諭張虎者，使臺既聞其可用，必詳審之矣。但其人爲言路所劾，朝旨押下邕筦自效。本司若只求之桂閫，恐桂閫亦必以申取朝旨爲辭，且桂閫若知其人可用，彼必自取而用之，亦應未必肯以與我也。但得其能辨此賊，則州來在吴猶在楚，正不必付王環衛也，更惟高明裁之。

一、行師之道，亦須任事者擇利而行，當令就節下決所嚮。

一、抽并桂路，分一項軍人付王環衛，此具見使司欲使歸一之意。卻亦須王環衛至使司熟議，然後聽使司處分。

一、高節一項三百人，前此係聽使司調用。亦合更俟王環衛議之，惟使司所處分。

右報如前，其詳已共帥參計議籌之，當以面控也。

萬里糊塗畫鴉〔七〕，不宜載之於櫝，輒次第所爲對，口占以授替〔八〕此筆者，膚率必在所恕也。萬里。

十月二十二日〔九〕

一、二十一日，宇文帥參、王環衛至衡。是日，留議軍事，至三鼓而别。二十二日早，軍已行。

一、前此奉大閫之命，調戍寨兵四項，共二百人，令本司擇將。本司遂差杜通判督捕，桂路分總統，此一時也。今則大閫調兵千人，輟元僚貴將以行，與廣兵大爲掎角，此又一時也。以事體論之，所合抽回桂路分，盡以其兵屬王環衛。又須令杜通判解督捕職事，盡以軍務屬之宇文帥參。庶幾事權盡屬大閫，司存不過奉行指揮，每事無所專輒，此則尊大閫之體也。而宇文丈之來，傳諭鈞意，與其所以自處，一切欲使某與聞。某以職事而言，則盜賊正屬司存，固自無以諉其責，但當如廣西章憲之所以自處者。章憲但爲其憲司之所能爲，若軍事皆是經閫任之，章不與知也。今某自有章憲樣子，豈敢事事干與，犯僭越之誅？而宇文丈堅謂長沙去山前迢遞，報應不免遲緩，恐誤事機，必欲凡事從本司予決行，又謂鈞意所望正如此。

某舊出門墻，先生待某如子弟，某事先生如父師。今不自意以一節趨走閫部之内，適門户間有酬〔一○〕應，以子弟自命，則所當爲父師代勞，豈所敢辭者。然事固有輕重大小，難於概言。今已與宇文丈斷，應山前文字申到本司，在某可以予決不犯專輒者，某逕自區處報山前，卻申大閫照會；其有非司存所得擅處者，則取鈞筆指揮。如此不失門墻奔走之誼，又不失大閫崇重之體。所有面與宇文丈講論數項，今一一乞鈞旨速作施行。

一、桂路分已牒報從王環衛調用，乞作批牌鈞判，更劄付桂路分照應，庶一切出於閫命，而後事體歸一。桂文政只是衡州路分，名位尚小，鈞判中或加一權攝名色，在路分向上者以寵之。蓋既減其實，姑華其名，鼓舞之術也。

一、宇文丈自謂以客軍深入，實不知地分賊情，苦不容本司解杜通判督捕職事，以爲杜文任事數月，講切諳熟，今日正要資其用，欲以同督捕處之。又道州錢糧，倍費支吾，山前若有不繼，立見利害，須得一人通融於其間，則杜通判其人也。此説亦甚有理，欲乞徑作批牌鈞判，令杜通判充同督捕職事、兼督發錢糧官。卻望鈞筆褒拂數句，庶其樂於趨事赴功，此一大節奏也。

一、近日道州只供億戍寨二百人錢糧，已自斷續可憂。今驟添千餘人券食支遣，小郡氣力何以堪之？若不念其痛癢，先與區處，將來必坐困乏，關係不細。昨得倉漕書，亦閔然及此。不知還可申明朝廷，於苗糴内作一道理否？先生寫與都堂，必無不從，乞鈞照。

一、山前事體重大，臨機喝犒，爲費不貲。恨司存寡薄，不能出氣力。問之宇文丈，所携似少。宇文丈子細，應非妄費者。望更那融，發下若干，就山前準備。若無所於用，仍是庫中之物。宇文丈於此，甚以爲憂，而不敢請。軍無財，士不來，軍無賞，士不往，勝負之微權所係，某不敢不備言之。取鈞旨。

一、應山前事宜，凡可以助臨事好謀之概，悉從大帥參、環衛亹亹道之，不必以瀆鈞聽者，皆不布於此。乞鈞照。

附：大使司回

十月二十九報二十二所批教者，畫一如後：

一、剿暴除兇，固在兵力之强，尤在心力之一。前此或招或捕，議論未一，故使此賊得延旦夕之命。今既一於討矣，所謂選將調兵饋糧，本司當思一一措置，但司存於山前遠，而使臺爲近，周匝體探，量度應酹，惟使司協一是望。來示以廣西經憲爲比，非所願聞。鄭丙爲廣西憲，激厲流人，世堅立功贖罪，卒擒劇賊。章憲果以是爲心，前所謂張虎者，豈不能率以自效，往往南窗不以是勉章憲耳。萬里舊見胡致堂與張紫巖書云：「永明之寇未平，桂郴之盜方作，帥司兵力不支，憲司計無從出。」未嘗不嘆當時既不强於力，又不一於謀，致使鼠輩猖獗。今官軍氣勢已合，我輩心事素孚，崇臺可徑予决者，毋以迹嫌。本司所合施行者，卻望賜報。庶不致久以賊貽中朝之憂，幸甚。

一、杜通判桂路分，各以處之兼職，見之公移矣。師克在和，更望嚴賜勉勵。總統不總統，均是要立功；督捕同督捕，均是要敵愾。宇文參議及王環衛之行也，萬里嘗以是語之矣。

一、道州錢糧，前已申到，已劄令其於有係官錢內。那融應副，卻與備申朝省出豁，又考之前比例，係是運司措辦，並告之公朝。其申檢亦已見之公移矣。

一、宇文總督所携備用錢，特司存遺兵之舊比，政恐支遣未敷，見議捲置椿管，俟其申到，便與科撥也。

一、山前事宜，凡有可以運掉扶植者，切望徑自行下總督司，等是王事，等是僚屬，政不必以本司差官爲礙，餘有誨曰，拱俟垂示。萬里。

十一月初五日

一、當來廣西止有秦孟四一火〔一一〕賊，只因稽於剿捕，致上下相挺，於是遍昭、賀境皆寇。今據山前連日所申，則秦孟四已遁，杳不知其踪迹。如近日廣西所報禽毛丫頭，唐督捕所約夾攻倪崇七，桂路分所申打扶靈源寨，皆枝葉去處，而渠魁則失之矣。某前嘗畫稟，以此寇必祖故智逃散，今乃果然。重兵爲錢糧所牽，無持久之理。班師則禍本仍存，頓兵則吾力不繼。此事大欠結束。今宇文帥參、王環衛兵，此時方至山前，且看申來如何。

一、秦寇實未易驅除，若下得細密工夫，千百人亦可取。若只持堂堂之陣，則高飛遠舉，無如之何。今廣西既失了秦賊，看來諸軍逢一賊村便打，遇一賊寨便攻。此等相挺脅從，卻使得招諭。前日之所謂招諭，乃是姑息之政，若兵臨其境，告以禍福使降，宜有必下之理。此時若憤招安之非策，只一概殺去，卻又欠斟酌。主其事在廣西，本路又不得而專，大閫以爲如何？

一、本路所仇者，秦寇耳。今兵入廣之後，秦不可踪迹，於是亦不免到一處攻一處，恐壞生靈過多，而失吾尋仇於秦賊之意。草間狐兔，無盡滅之理，大要只當去其渠。既失其渠所在，而專泛及於其他，心甚念之。大閫何以處此？

一、廣西備白劄子所陳，牒報本路全州有鹽田峒秦小九窟穴在其中。此事誠有之。陳巡檢者與賊通〔一二〕，此則未必可信。訪聞此峒形如葫蘆，前尖後闊，所以秦小九入而據之，蓋以其地形險巧，故寄迹於其間，而前後則不擾全州之境。賊不欲召兵，意將以自存也。今亦安知秦孟四不竄其間？但其地既有一夫當關萬夫莫前之勢，未容輕於進攻，須以術而後可破之。前日見王環衛申，將來乘破竹之勢，一掃空之，詞氣若容易。然凡言語輕率，便有取敗之道。當一面報山前，子細調用，仍與全州士人密議措置。若不甚煩兵力，尤爲上上策也。伏乞鈞照。

附：大使司回

十一月初七日，領十一月初五日所批曆，備悉。

本司去山前遠，不若使司去差近，所報當得其實。一行出師，皆難坐籌，隃制向已申諭帥叅及王環衛，在行者遇機應變，先申使司，一聽行下，若一一從本司施行，則不貴巧遲矣。王事一家，政不必以形迹拘也。嗣有當從商確者即垂示，如前所批，則高明自了了矣。萬里。冗，不及親染。

十一月十八日

一、秦寇竟無踪迹分曉，公文中或曰在大明村、小明村，或曰在大花山，或曰在螺溪源南上坪，或曰在南團平山、白石山脚，其説不一，已難信憑。今得王總統報，直謂二十餘日，秦孟四全無風路。則兩路用兵以來，此賊之出没可謂神矣。大概平賊，全要地脚土兵之謂也。今本路以客軍望望而前，固已失之。廣西爲地主，而全無地人問探，雖東兵甚多，要亦徒孟浪耳。某前嘗采之南士〔一三〕，皆謂秦賊狡猾詭秘之甚，見吾强則避之，知吾弱則乘之，固嘗畫一，塵徹鈞聽矣。今果出避他所，則日下〔一四〕工夫，止當探實秦孟四所在，然後可言進討。不然，泛泛而往，果何所爲？廣西牒報，謂湖南兵不當越界深入，止宜在兩界上伺候會合，殆有所激而云。今已報山前，且回兵駐泊湖南界上，一面遣人關會唐督捕，探問秦孟四所閃著實。若秦賊有的所，唐倅有密約，方可鼓行而前。緣兵在昭、賀境内，則糧運在路，亦不無憂虞。偶或爲賊所梗，立見狼狽。是以回師界上，乃十分持重之舉。亦已語之僉舍，載之公文，當必先徹鈞覽，不免專輒，仰乞鈞察。

一、廣西昨報，本路義丁生事可畏，遇人則殺，遇屋則燒，遇財則搶。此輩素不知紀律，所至殘賊可惡。已行下杜督捕、桂路分，嚴與禁戢。今續得廣牒，以義丁越界深入，肆行劫殺，大不可令衆庶見，只得抽回。緣昨來桂路分初遣之時，止有二百兵，故須義丁爲助。今使閫調兵既多，則亦不須此輩，吾運掉自有餘，故抽回義丁者，所以隨時取中也。伏乞鈞照。

一、扶靈源打寨之舉，頓覺泛泛。當來本路止於問罪秦賊，朝廷指揮所討亦秦賊耳。諸軍〔一五〕在扶靈源，枉費辛苦一番，可謂失本旨。是役也，王總統申來是一説，桂路分申來是一説。見之宇文帥參點對，二將覺已微不和。又義丁乃桂路分所彈壓，而廣西累有云云。今既抽回義丁，則桂路分亦不當更任事。已別作禀議名色，喚桂路分赴司，而其本兵則令戍將高成統之。一則二將若果不和，末流必費處置，不若解於其微；一則以其不能鈐轄義丁，即奪其職，亦御諸將之微權也。伏乞鈞照。

一、道州供億，委有可憂。緣自七月以來，郡中已極其刻刷。至近日，覺運斡〔一六〕之術漸窮，雖曰於有管錢米内通融支遣，然苗糴亦自無多，此豈可動？不得已盡指準爲券米，亦無可繼之策。若券錢一項，一日須三百千，則十日三千緡，其何所措畫而可？徐守不幸末路當自重擔，秋冬間無日不病，此月十二日忽至大故。雖有數行焉，而其困於憂勞，亦云至矣，甚可痛念。今幸而王守已來，數數過從，欲脱而去之。前日得其肯往，約二十四日可交事。忽得徐守訃〔一七〕，山前生券間斷。中間新守未到已前，有數日無官主張。於是亟差教授護印，而以十日軍券責都副吏以私財應副，違從軍制。此從權，甚不得已之行移也。今既抽回義丁約千人，既可爲道州解〔一八〕小半支吾。然尚有千四五百兵留竟上，軍券不可謂少，頃刻不容稽違，方來者亦不知所措。使閫雖申朝廷，從運司應辦，然指揮遲速未可必。今合有救急之策，不全仰於道州。若因循處之，則道州必有一日乏絶誤事。此時噬臍，何濟於難。此最關係，幸先生深入思慮，亟謀所以救此。某不勝拳拳。

一、全州鹽田峒爲秦小九所據，其峒地形險絶，未易以兵力取。昨王總統申來云，俟回軍掃清，言之甚易，某殊未以爲然。今得宇文帥參公文，果亦訝其輕發。山前得宇文丈以審重持之，亦大濟事。此峒中百姓，皆耕他人之田，田主皆在峒外。秦小九不過寄巢其間，峒民元不隨從之爲寇，儘可從土人上作工夫。某近已得一全州土豪，與之計事，已畫爲三説，或誘或逐或擒，於中忽濟焉，則禍本拔矣。柯倅赴全州，迂道來訪，已悉計授之。若不動聲色而集事，又羅飛之於晏九五也。伏乞鈞照。

附：大使司回

十一月二十日，答十八日所批畫於後：

一、秦賊蹤迹，兩路皆不得其的。大率擒賊無出地脚之説，此李愬用李祐取吴元濟之策也。以地分言之，廣西督捕司體探爲便，此中既出兵會合，亦不當專諉其責。須是重賞，購募土人，爲之嚮導問探，全在軍前審察其人而用之，又恐因此反落賊計，故不欲見之公移。今使司因廣中文移，檄回竟上駐劄，固便於運餉，然若俟廣西的報而後遣兵，使其果知秦賊所在，則彼欲自取之以爲功，其肯先聞於我乎！回軍竟上，以示持重；厚募土人，以圖進取。二説並行，計之善者也。

一、廣西所報義丁，越界生事，恐或有之，但此項義丁，元與桂路分所部軍參錯，在彼不應縱容如此。借使桂路分受欺於其黨，杜督捕亦豈得全然不知？本司頗疑其説，故只行下道州，密切契勘。或謂廣西以我兵既入彼界，連日攻打，頗獲賊徒，又無軍前申説。廣將陳明〔一九〕見賊不捕，遂爲此説，不欲本司兵在彼，特借義丁騷擾之名，並欲退我師耳。蓋在彼則自欲養寇，於我則欲害成，或出於此。今義丁既已放散，固西人之所欲，但恐自此脱有緩急，再調又難，惟高明審之。

一、道州錢糧，切切在念。且如軍券增支一項，本司已行下總督司，於隨軍錢内移支。但所憂者，朝廷科降之命，猝未得分曉，又撥一項錢赴軍前，恐本州或有不繼〔二〇〕。今總督司與之暫時挨那支遣，近又從司存剗刷別項窠名，少應本州乏絶，以俟朝廷之命。方此降遣，已見之公移矣。兹承開諭，敢詳以聞。

一、鹽田峒近見軍前所申，欲乘破竹之勢，談何容易。同官唐書記説：鹽田雖號曰峒，而實非峒，其間多是富人所居。今秋亦有領舉者，只擒秦小九一人，政不須如此鄭重。今台諭土豪三説，已得要領矣。

一、永明之寇，自广闔易招安之説，爲會兵之舉，其名甚正。且疊承諄諭，不容不發兵應之。桂去賊近，兵又先发，更不俟本軍之至，故秦賊得以逃散。今廣兵遇賊不捕，本司軍連日攻打，終未得其要領，使司檄回境上，又抽回桂路分，放散義丁，而柯倅自徑回舂陵，豈逆料此賊爲終不可得，故示以班師之漸耶？重兵屯駐，不容越境，而問可否之幾，须要早决。若果不可以月日圖，當早議撤戍。只慮撤戍之后，賊復猖獗，則本司有諸處戍寨之例，斟酌留兵，亦可行也。使司去山前稍近，事體必所深悉，幸細籌之。萬里不克親染，乞恕。

十一月二十六日

一、數日前諸處報來事體襞積，一則道州以糧道爲苦，山前謂昭、賀路梗，宜寄糧於扶靈源口，殊覺未便。一則我軍連日或打扶靈源，或打申家峒。於秦賊不相干，而陣亡傷〔二一〕損者多。恐攻擊不已，或落賊奸，非細故也。一則義丁不依紀律，人衆難於加刑。廣西報得既可畏，而宇文督軍中來亦云〔二二〕然，恐末流猖獗難制。一則道州以供億爲病，覺已窘束不可當。如人數可減，亦是爲道州略省人數之一端。一則王總統與路分所申扶靈源事，言語參差，見之宇文丈點對，覺已有釁。昨與帥參議以高成易之，宜及此時舉行。元説所以本司一番區處事宜，欲諸軍駐界上，欲義丁且抽回，欲桂路分來稟議，此一時也。累日不見山前報來，繼得曆中鈞批，則未以所行爲照。某退伏自念，殊坐專輒，方議所以稟承鈞命，今得宇文帥參申到，則已提兵越昭、賀，入靜江之南團，與督捕聲迹相聞矣。據備述陳忠所報云，南團十八村村老陳狀乞免洗蕩，自認捉出秦孟四。則是秦孟四已見端的所在，村老既認捉出，此即鈞諭所謂地脚者，卻有可望捕獲之期。自今我軍如唐督捕之説，與廣軍同在南團，四路匝住，不容透漏，以待村老捉其渠魁。是機鋒相湊，漸有著落，此又一時也。即已飛報山前，既是唐督捕有明報，秦賊有實迹，一面乘機進取矣。

一、義丁昨者抽回，爲在昭、賀境生事，且前無秦賊可攻，故隨時施宜如此。今既同大軍深入靜江，見匝住南團賊路，則此時亦無緣可以抽回矣。已飛報山前，盡從便宜調用。如仍前生事作過，則照元行放散。仍十分丁寧頭目，極意鈐束，以自贖矣。

一、昨以秦賊無蹤迹，檄桂路分赴司稟議，面授方略。今高成暫總本軍，不曾明其有過。今覺鈞意，亦不欲抽回。亦已報桂路分，既是山前已見〔二三〕秦賊蹤迹，不妨乘機集事。如未離軍，不須稟議復往〔二四〕。

一、以前言之，秦孟四杳無風路，我軍深入，真有未便。以今日言之，村老既認捉出秦孟四，我軍又已得廣回報，向前會合，獲賊有期，班師有漸。累月爲此憂窘，今纔得伸眉耳。

一、杜通判聞徐守之訃，篤同官之誼，歸理其後事。申來云，一見新太守，即復往山前。此時想已離春陵矣。

一、準牒報，已借道州二萬芝楮，二千石米。中流一壺，爲濟不小。昨見道州申來，謂山前一日支錢二百貫，米百石。以此數準之，使闔所借之錢可支七八日，所借之米可支二十日。今覺歲前，此事須可結束。姑以歲前約之，尚有三十餘日。道州儘有米，特錢未有從出。使闔所申朝廷，從運司應辦，若早晚便得回降，道州尚庶幾焉。

一、鹽田峒之事，昨已面與柯權郡議，以土豪誘之，或誘或逐或擒，只消得如此措置。卻未見柯權郡申來，容更密叩之。

一、伏準使闔行下，議置寨留屯。此乃是湖南防制廣寇之第一策。聞全、道州邊廣去處，無歲不避寇。大抵兵來則去，兵去則來，極〔二五〕以爲苦。若建寨更戍，有數百人常在界上，則廣寇無敢復犯湖南，此一勞永定之規模，非但禦今日秦寇而已。是議也，王判官岦當與董倉漕言之。倉漕已見報，會王判官到司，已與面議，見歸道州，與王守條畫申來。今不待道州有請，而使闔計慮已及之。此事甚計緊切，不論秦寇已獲未獲，此一舉乃是爲湖南永久保障之計。公文申析〔二六〕甚詳，更在鈞意裁處。

附：大使司回

二十九日，答二十六日所批，畫一於後：

一、承報軍前所申事，與前日規模又異，大率兵難喻度，只得隨機應變。使十八村村老果能任責束縛渠賊以來，則撤戍可期，豈非深望。度此兩日，必有捷報。尚快聞之，亦須密諭山前，所認捉出秦寇者，是真秦寇乃可。

一、留屯之議，本司固有舊比。今詳公移，尤爲縝密，不妨行下道州，及宇文總督一面商議。庶獲賊之後，便可摘留兵將，伺其回報，又從而審訂之。

一、科撥一事，已嘗三申公朝，至今未準回降。見議申催，更得使司備道州所申。與之申請，亦一助也。

一、餘説不殊前稟，高明區畫，已得其當矣。萬里別已〔一七〕專布。

後先生授將校以計，擒秦孟四，寇遂平。道體堂書。

【校記】

〔一〕吕帥　原作「吕師」，誤。據韓本、四庫本改。

〔二〕單薄　原作「單泊」，誤。據韓本、鄒本、元諭本、張本、四庫本、文柱本改。

〔三〕僨　原作「憤」，誤。據韓本、四庫本改。

〔四〕主人　有焕本、文柱本、景室本、周本作「土人」。

〔五〕應　文柱本作「一應」。

〔六〕原文每則之後附有湖南安撫大使江萬里之回批文，此處依舊，加注「附」字。下同。

〔七〕晝鴉　張本、四庫本作「書鴉」。

〔八〕替　原作「贊」，誤。據韓本、四庫本改。

〔九〕十月二十二日　文柱本改此六字爲「循環曆第二」，並循例改下文「十一月初五日」「十一月十八日」「十一月二十六日」爲「循環曆」第三、第四、第五。

〔一〇〕酬　原作「酧」，誤。據韓本、元諭本、張本、四庫本、文柱本改。

〔一一〕火　有煥本、文柱本作「伙」。
〔一二〕通　張本、四庫本作「通鹽」。
〔一三〕南士　文柱本、民國本作「南上」。
〔一四〕日下　文柱本、景室本作「目下」。
〔一五〕諸軍　有煥本、文柱本作「諸君」。
〔一六〕運斡　原作「運幹」，誤。據韓本、四庫本改。
〔一七〕訃　原作「計」，誤。據韓本、鄢本、元諭本、張本、四庫本、文柱本改。
〔一八〕解　原作「書」，誤。據韓本、鄢本、元諭本、張本、四庫本、文柱本、叢刊本改。
〔一九〕陳明　原作「陳門」，誤。據韓本、鄢本、四庫本改。
〔二〇〕不繼　一作「不濟」。
〔二一〕傷　原作「石」，誤。據《廣西通志》改。
〔二二〕云　原作「去」，誤。據叢刊本。
〔二三〕已見　有煥本、文柱本作「已有」。
〔二四〕不須稟議復往　韓本、四庫本作「不須稟議；如已在道，稟議復往」。
〔二五〕極　原脱此字，據韓本、鄢本、四庫本補。張本作「所」。
〔二六〕析　原作「折」，誤。據四庫本改。
〔二七〕已　原作「巳」，誤。據四庫本、文柱本、叢刊本改。

宣州勸農文

太守到郡逾月，被命造朝，辭免不允〔一〕，且旦夕去矣。猶以職事得出郊，與爾農父老告語一次。因記李參政莊簡公名光曾守此土，後有一帖云：「僕頃守宣州，今已二十八年。東望雙溪疊嶂之勝，感嘆而已。因見諸父老，爲祝率勵子弟〔二〕，爲士爲農，仰事俯育，爲忠爲孝，戮力以事田疇，先時而畢租稅，立身揚名，以顯父母，是所望也。」李參政去郡已久，尚拳拳於宣人如此。今太守與爾父老方此相處，遽然去之，其拳拳又可知。因取李參政之意，衍爲《勸農》五詩，又別爲五詩以寓戒，酌酒與爾父老誦之。爾父老其以轉語鄉曲子弟，能從吾戒而不爲惡，即能從吾勸而爲善矣。他日，太守在他所，遇宣人來，必問曰：「爾父老安否？爾農曾從吾勸戒否？」爾等尚勉旃，以副太守去後之思。

第一勸爾勤耕作，布種及時休落魄。惟有鋤頭不誤人〔三〕，飽食暖衣良快樂〔四〕。

第二勸爾行孝弟，敬重爺娘比天地。前人做樣後人看，滴滴相承檐溜水。

第三勸爾勤教子，有子讀書家道起。若還飽暖不知書，十萬莊田不禁使。

第四勸爾常修善，糶米救荒極方便。但從心上做陰功，管取兒孫多貴顯。

第五勸爾了王租，莫教人喚作頑都。年年早納早收鈔，那有公人〔五〕來叫呼。

第一戒爾莫妄狀〔六〕，須知官府難欺誑。從來反坐有專條，重者徒流〔七〕輕者杖。

第二戒爾莫避役，既有田園那避得。今朝經漕明朝倉，到底費錢又何益？

第三戒爾莫拒追，擔刀使棒〔八〕欲何爲？有事到官猶可説，殺人償命悔時遲。

第四戒爾莫無賴〔九〕，故殺子孫罪名大。縱逃人禍有天刑，害人不得翻自害〔一〇〕。

第五戒爾莫奪路，做賊不休終敗露。斬斫徒配〔一一〕此中來，能得幾錢受此苦。

【校記】

〔一〕辭免不允　原作「辭允不免」，誤。據《紀年録・己巳》《寧國府志》改。

〔二〕勵子弟　《寧國府志》作「勸子弟」。

〔三〕不誤人　《寧國府志》作「不負人」。

〔四〕良快樂　《寧國府志》作「多快樂」。

〔五〕公人　《寧國府志》作「公差」。

〔六〕妄狀　《寧國府志》作「謊狀」。

〔七〕徒流　《寧國府志》作「流徒」。

〔八〕棒　原作「捧」，誤。據韓本、鄢本、四庫本改。

〔九〕無賴　原作「尤賴」，據四庫本、《寧國府志》改。

〔一〇〕翻自害　原作「番自害」，據韓本、四庫本改。《寧國府志》作「反自害」。

〔一一〕斬斫徒配　《寧國府志》作「斬絞徒流」。

湖南憲司咸淳九年隆冬疏决批牌判

本司照朝省指揮，見以隆冬，委官諸州縣疏决。凡情輕當放釋者，從所委官逐名點對，取判施行。其有情理重惡，累經疏决，及恩赦不原，而手足未經槌折，膂力正自精强者，與其幽囚於牢柵之中，駸尋而死，不若驅於極邊被堅執鋭，庶幾死中求生。此一種人，請所委官令項分别，作一狀指實申來，以憑唤上赴司審視，發往荆、蜀、淮、海。古之强兵猛將，得之於盜賊髡囚者，正自不少。此亦推明國家忠厚之一事也。取各官遵稟申。

斷配典吏侯必隆判

近世以來，天下以吏奸爲病。士大夫臨事，惴惴然惟恐吏之欺己，馭之以束濕〔一〕，事無大小，一切以法繩之。當職以爲不必立的，無罪不必尋，有罪不必恕，爲得之矣。

本司諸吏頗似謹畏，從前固有違慢者，當職諒其不及，每每止於薄懲。爾輩非但不敢欺，直不忍欺可也。侯必隆何爲者？輒敢於呈押之時脱套花字，於行移之後揍掇公文，顯然面謾，行其胸臆，此非先有無忌憚之心而後動於惡乎？送之有司，自稱爲無他情弊，殊不思情莫惡於脱套，弊莫大於揍掇，豈必計囑取受，而後謂之情弊哉？看來此吏於諸吏中頗機警，而膽最大。以小人之小有才，不施之於奉公，而施之於罔上，若以姑息行之，留此人在案中，將來必爲司存無窮之蠹。矧所犯關係臺綱，雖欲恕之，不可得也。

侯必隆决脊杖十五，刺配千里州軍。本當更槌碎右指，以爲箝紙尾作弊者之戒，姑以贓狀未明，特免斷訖。長枷臺前，五日押發。仍榜。

【校記】

〔一〕東濕　原作「東縛」誤。據韓本、鄭本、四庫本改。

委僉幕審問楊小三死事批牌判

使職一日斷一辟事。今日看楊小三身死一款，看頗不入，不能無疑。一則當來無大緊要，驟有謀殺，似不近人情。二則殺人無證，只據三人自説取，安知不是捏合？三則捉發之初，乃因楊小三揣摩而訴三名。何爲三名，恰皆是凶身，似不入官信。今文字已圓，只爭一行字，則死者配者，一成而不可變矣。今仰僉廳一看此款，盡夜入獄，喚三名一問。若問得果無翻異，明日便斷。如囚口有不然，只得又就此上平反。文字是密封來，忽然而往，人所不覺，則囚口得矣。

平反楊小三死事判

律：諸謀殺人，已殺者斬，從而加功者絞。又律：故殺人者斬。又律：諸同謀共毆傷人者，各以下手重者爲重罪，元謀減一等，從者又減一等，至死者隨所因爲重罪。

今楊小三之死也，施念一捽其胸，塞其口，顔小三斧其脇，羅小六擊其〔一〕吭，其慘甚矣。再三差官審究，則三人者於楊小三元無深忿，特其積怨之深，欲伺其間而共捶打之。則謂之同謀共毆〔二〕至死，宜不在謀殺之例。顔小三者施斧於脇肋之間，爲致命，是下手重者也；然其不用斧之鋒，而止以斧腦行打，是殆非甚有殺心者。羅小六雖不加之以縊，楊小三亦必以肋斷致死。然始也謀毆之，終也遂縊之，是其心處以必死，非獨下手重而已。

是故以下手論之，顏小三之先傷要害，當得重罪；以誅心論之，羅小六獨坐故殺，不止加功，準法皆當處死。以該咸淳八年明禋霈恩，特引貸命。顏小三、羅小六各決脊杖二十，刺配廣南遠惡州軍。施念一於同謀爲〔三〕元謀，於下手爲從，合減一等，决脊杖十七，刺配千里州軍。牒州照斷訖申。

【校記】

〔一〕其　元諭本作「共」。

〔二〕共毆　原作「其毆」，據韓本、鄢本、元諭本、張本、有煥本、四庫本、文柱本改。

〔三〕爲　原作「而」，據韓本、鄢本、元諭本、張本、有煥本、四庫本、文柱本、叢刊本改。

門示茶陵周上舍爲訴劉權縣事判

孟子曰：「有人於此，其待我以横逆，則君子必自反也，我必不仁也，必無禮也，此物奚宜至哉？」此君子處己法度也。子曰：「居是邦也，事其大夫之賢者。」子貢曰：「禮，居是邦，不非其大夫。」此君子居鄉法度也。

今茶陵劉權縣申，周監税父子爲豪强把持，且謂不法不可枚舉，必非無故而爲之辭者。使周監税父子果善人也，則曰我無是事，何恤人言？閉門遠嫌，人誰得以瞷我？如此則處己居鄉，皆得之矣。今因權縣所申，周上舍不勝其忿，訐其短以相攻擊，一則曰劉某，二則曰劉某。自反之君子，肯然乎？不非其大夫，當如是乎？抑《大學》曰：「有諸己而後求諸人，無諸己而後非諸人。」並備詞帖劉權縣，果如所訴，則宜盡與改更，布過失於境内，洗手以勤公，砥行以爲政〔一〕。如此而盜賊不畏威，豪强不屏迹，吾不信也。

仍門示周上舍，宜知自愛。

【校記】

〔一〕政　原脱此字，據韓本、四庫本補。

卷十三

指南録

自序

予自吴門，被命入衛，守獨松關，乃王正二日，除浙西大制撫，領神皋。予辭尹，引帳兵二千人詣行在，日夕贊陳樞使宜中，謀遷三宫，分二王於閩、廣。元夕後，予所部兵，皆聚於富陽。朝廷擬除予江東西、廣東西制置大使，兼廣東經略，知廣州、湖南策應大使，未及出命，陳樞使已去國。十九日，太皇〔一〕除予右丞相兼樞密使，都督諸路軍馬。時北兵駐高亭山，距脩門三十里。是日，虜帥〔二〕即引董參政，以兵屯権木教場。城中兵將官紛紛自往納降。予欲召富陽兵入城，已不及事。三宫九廟，百萬生靈，立有魚肉之憂。會使轍交馳，北約當國相見。諸執政、侍從聚於吴左丞相府，不知計所從出，交贊予一行。國事至此，予不得愛身，且意北尚可以口舌動也。二十日，至高亭山，詰虜帥前後失信。虜帥辭屈，且謂决不動三宫九廟，决不擾京城百姓，留予營中。既而吕師孟來，予數駡其叔侄，愈不放還。賈餘慶者，逢迎賣國，乘風旨使代予位。於是北兵入城，所以誤吾國、陷吾民者，講行無虚日。北知賣國非予所容也，相戒勿令文丞相知。未幾，賈餘慶、吴堅、謝堂、家鉉翁、劉岊，皆以府第爲祈請使詣北方，蓋空我朝廷，北將甘心焉。

二月八日，諸使登舟，忽北虜〔三〕遣館伴逼予同往。予被逼脅，欲即引决，又念未死以前，無非報國之日，姑隱忍就船。方在京時，富陽兵已退趨婺、處等州。予俟間還軍，苦不自脱。至是，欲從道途謀遁，亦不可得。至京口，留旬日，始得鹽商小舟，於二月晦夜走真州。朔日，守苗再成相見，論時事，慷慨流涕。予致書兩淮間〔四〕，合兵興復，苗贊之甚力。初三日早，制司人來，乃出文書，謂丞相爲賺城，欲不利於我。苗不以爲然，送予出門，勸奔淮西。予謂此北反間也，否則托辭以逐客也，李公仁人，使見予，必感動，遂之維揚。苗遣五十兵四騎從行，夜抵西門，欲待旦求見。呵衛嚴密，鼓角悲慘。杜架閣謂李公必不可見，徒爲矢石所陷，不如渡海，歸從王室。予然之。自是日夜奔南，出入北衢，犯萬萬死，道途苦難，不可勝述。嗚呼！予之得至淮也，使予與兩淮合，北虜懸軍深入，犯兵家大忌，可以計擒，江南一舉而遂定也。天時不齊，人事好乖，一夫頓困不足道，而國事不競，哀哉！

予至通，聞二王建元帥府於永嘉，陳樞使與張少保世傑方以李、郭之事爲己任，狼狽憔悴之餘，喜不自制。跋涉鯨波，將躡屩以從。意者，天之所以窮餓困乏而拂亂之者，其將有所俟乎！

德祐二年閏月日，廬陵文天祥自序。

【校記】

〔一〕太皇　原作「大皇」，誤。據四庫本、文柱本改。

〔二〕虜帥　四庫本作「北帥」，下同。

〔三〕北虜　四庫本作「北人」，下同。

〔四〕兩淮間　四庫本作「兩淮閫」。

後序

德祐二年二月〔一〕十九日，予除右丞相兼樞密使，都督諸路軍馬。時北兵已迫脩門外，戰、守、遷皆不及施。縉紳大夫士萃於左丞相府，莫知計所出。會使轍交馳，北邀當國者相見，衆謂予一行爲可以紓禍。國事至此，予不得愛身，意北亦尚可以口舌動也。初，奉使往來，無留北者。予更欲一覘北，歸而求救國之策。於是辭相印不拜，翌日，以資政殿學士行。

初至北營，抗辭慷慨，上下頗驚動，北亦未敢遽輕吾國。不幸吕師孟構惡於前，賈餘慶獻諂於後，予羈縻不得還國，事遂不可收拾。予自度不得脱，則直前詬虜帥失信，數吕師孟叔侄爲逆，但欲求死，不復顧利害。北雖貌敬，實則憤怒。二貴酋名曰館伴，夜則以兵圍所寓舍，而予不得歸矣。未幾，賈餘慶等以祈請使詣北，北驅予並往，而不在使者之目。予分當引決，然而隱忍以行。昔人云：「將以有爲也。」

至京口，得間奔真州，即具以北虚實告東西二閫，約以連兵大舉，中興機會，庶幾在此。留二日，維揚帥下逐客之令，不得已，變姓名，詭踪迹，草行露宿，日與北騎相出没於長淮間，窮餓無聊，追購又急，天高地迥，號呼靡及。已而得舟，避渚洲，出北海，然後渡揚子江，入蘇州洋，展轉四明、天台，以至於永嘉。

嗚呼！予之及於死者，不知其幾矣：詆大酋，當死；罵逆賊，當死；與貴酋處二十日，爭曲直，屢當死；去京口，挾〔二〕匕首以備不測，幾自剄〔三〕死；經北艦十餘里，爲巡船所物色，幾從魚腹死；真州逐之城門外，幾彷徨死；如揚州，過瓜洲揚子橋，竟使遇哨，無不死；揚州城下，進退不由，殆例送死；坐桂公塘土圍中，騎數千過其門，幾落賊手死；賈家莊幾爲巡徼所陵迫死；夜趨高郵，迷失道，幾陷死；質明，避哨竹林中，邏者數十騎，幾無所逃死；至高郵，制府檄下，幾以捕係死；行城子河，出入亂屍中，舟與哨相後先，幾邂逅死；至海陵，如高沙，常恐無辜死；道海安、如皋，凡三百里，北與寇往來其間，無日而非可死；至通州，幾以不納死；以小舟涉鯨波，出無可奈何，而死固付之度外矣。嗚呼！死生〔四〕晝夜事也，死而死矣，而境界危惡，層見錯出，非人世所堪。痛定思痛，痛何如哉！

予在患難中，間以詩記所遭。今存其本，不忍廢，道中手自抄録。使北營，留北關外，爲一卷；發北關外，歷吴門、毗〔五〕陵，渡瓜洲，復還京口，爲一卷；脱京口，趨真州、揚州、高郵、泰州、通州，爲一卷；自海道至永嘉，來三山，爲一卷。將藏之於家，使來者讀之，悲予志〔六〕焉。

嗚呼！予之生也幸，而幸生也何爲？所〔七〕求乎爲臣，主辱臣死有餘僇；所求乎爲子，以父母之遺體行，殆而死，有餘責。將請罪於君，君不許；請罪於母，母不許。請罪於先人之墓，生無以救國難，死猶爲厲鬼以擊賊，義也；賴天之靈，宗廟之福，脩我戈矛，從王于師，以爲前驅，雪九廟之恥，復高祖之業，所謂誓不與賊俱生，所謂鞠躬盡力，死而後已，亦義也。嗟夫！若予者，將無往而不得死所矣。向也使予委骨於草莽，予雖浩然無所愧怍，然微以自文於君親，君親其謂予何！誠不自意，返吾衣冠，重見日月，使旦夕得正丘首，復何憾哉，復何憾哉！

是年夏五改元景炎，廬陵文天祥自序其詩，名曰《指南録》。

【校記】

〔一〕二月　有焕本、文柱本作「正月」。

〔二〕挾　原作「扶」，誤。據張本、四庫本改。韓本、鄒本作「抶」。

〔三〕剄　原作「頸」，誤。據四庫本、《全宋詩》改。

〔四〕死生　有焕本、文柱本作「生死」。
〔五〕毗　元諭本作「昆」。
〔六〕志　原作「至」，誤。據韓本、鄢本、四庫本、文柱本改。
〔七〕何爲所　原作「何所爲」，誤。據四庫本乙。「何爲」屬上讀。

卷之一

赴闕

楚月穿春袖，吴霜透曉韉。壯心欲填海，苦膽爲憂天。役役慚金注，悠悠嘆瓦全。丈夫竟何事？一日定千年。

所懷

予自皋亭山〔一〕爲北所留，深悔一出之誤。聞故人劉小村、陳蒲塘引兵而南，流涕不自堪。

只把初心看，休將近事論。誓爲天出力，疑有鬼迷魂。明月夜推枕，春風晝閉門。故人萬山外，俯仰向誰言？

【校記】

〔一〕皋亭山　原作「高亭山」，據四庫本改。

自嘆

正月十三夜，予聞陳樞使將以十五日會伯颜於長堰〔一〕。予力言不可。陳樞使爲尼此行。予自知非不明，後卒自蹈，殊不可曉也。

長安不可詣，何故會皋亭？倦鳥非無翼，神龜弗自靈。乾坤增感慨，身世付飄零。回首西湖曉，雨餘山更青。

【校記】

〔一〕伯顔　四庫本作「巴延」。

鐵錯

貔貅十萬衆，日夜望南轅。老馬翻迷路，羝羊竟觸藩。武夫傷鐵錯，達士笑金昏。單騎見回紇，汾陽豈易言！

和言字韻

予以議論太〔一〕烈，北愈疑憚〔二〕，不得歸闕〔三〕。將校官屬，日有叛去，世道可嘆。

悠悠天地闊，世事與誰論？清夜爲揮涕，白雲空斷魂。死生苏子節，貴賤翟公門。前輩如瓶戒，無言胜有言。

【校記】

〔一〕太　原作「大」，誤。據四庫本、文柱本改。

〔二〕北愈疑憚　四庫本作「人愈疑憚」。

〔三〕歸闕　原作「歸闞」，誤。據韓本、鄢本、四庫本、文柱本改。

愧故人

九門一夜漲風塵，何事癡兒竟誤身〔一〕！子産片言圖救鄭，仲連本志爲排秦。但知慷慨稱男子，不料蹉跎愧故人。玉勒雕鞍南上去〔二〕，天高月冷泣孤臣。

【校記】

〔一〕竟誤身　《永樂大典》卷三千五《九真·人》載詩作「忽誤身」。

〔二〕雕鞍　《永樂大典》卷三千五作「金鞍」。南上去，鍾本、別集本作「南土去」。

求客

眼看銅駝燕雀羞，東風花柳自皇州。白雲萬里易成夢，明月一間都是愁。男子鐵心無地著，故人血淚向天流。鷄鳴曾脱函關厄，還有當年此客不？

紀事

予詣北營，辭色慷慨。初見大酋伯顏〔一〕，語之云：「講解一段，乃前宰相首尾，非予所與知。今太皇〔二〕（太后）以予爲相，予不敢拜，先來軍前商量。」伯顏云：「丞相來勾當大事，説得是。」予云：「本朝承帝王正統，衣冠禮樂之所在。北朝欲以爲〔三〕國歟？欲毀其社稷歟？」大酋以虜詔爲解説，謂：「社稷必不動，百姓必不殺。」予謂：「爾前後約吾使多失信。今兩國丞相親定盟好，宜退兵平江或嘉興，俟講解之説達北朝，看區處。如何卻續議之時，兵已臨京城？」紓急之策，惟有款北以爲後圖，故云爾。予與之辨難甚至，云：「能如予説，兩國成好，幸甚。不然，南北兵禍未已，非爾利也。」北辭漸不遜。予謂：「吾南朝狀元宰相，但欠一死報國。刀鋸鼎鑊，非所懼也。」大酋爲之辭屈，而不敢怒。諸酋相顧動色，稱爲「丈夫」。是晚，諸酋議良久，忽留予營中。當時覺北未敢大肆無狀，及予既縶維，賈餘慶以逢迎繼之，而國事遂不可收拾。痛哉！痛哉！

一

三宮九廟事方危，狼子心腸未可知。若使無人折狂虜〔四〕，東南那個是男兒？

二

春秋人物類能言，宗國常因口舌存。我亦瀕危專對出，北風滿野負乾坤。

三

單騎堂堂詣虜營〔五〕，古今禍福了如陳。北方相顧稱男子，似謂江南尚有人。

四

百索〔六〕無厭不可支，甘心賣國問爲誰。豺狼尚畏忠臣在，相戒勿令丞相知。

五

慷慨輕身墮蒺藜，羝羊生乳是歸期。豈無從吏〔七〕私袁盎，恨我從前少侍兒。

六

英雄未肯死前休，風起雲飛不自由。殺我混同江外去，豈無曹翰守幽州！

【校記】

〔一〕伯顏　四庫本作「巴延」，下同。

〔二〕太皇　原作「大皇」，誤。據四庫本改。

〔三〕以爲　文柱本作「以與爲」，別集本據劉岳申《文丞相傳》引文作「以爲與」。

〔四〕狂虜　四庫本作「狂餤」。

〔五〕虜營　四庫本作「敵軍」。
〔六〕百索　原作「百色」，四庫本作「百邑」。誤。據有焕本、文柱本、景室本、别集本改。
〔七〕從吏　有焕本、四庫本作「從史」。

紀事

正月二十日晚，北〔一〕留予營中，云：「北朝處分，皆面奉聖旨；南朝每傳聖旨，而使者實未曾得到簾前。今程鵬飛面奏太皇〔二〕（太后），親聽處分。程回日，卻與丞相商量。大事畢，歸闕。」既而失信。予直前責虜酋〔三〕，辭色甚厲，不復顧死。譯者再四失辭。予迫之益急，大酋怒且愧，諸酋群起呵斥，予益自奮。文焕輩勸予去。虜之左右〔四〕皆唶唶嗟嘆，稱「男子心」。

狼心那顧歃銅盤，舌在縱橫擊可汗。自分身爲虀粉碎，虜中〔五〕方作丈夫看。

【校記】

〔一〕北　四庫本作「敵」。
〔二〕太皇　原作「大皇」，誤。據四庫本改。
〔三〕責虜酋　四庫本作「詰責之」。
〔四〕虜之左右　四庫本作「彼之左右」。
〔五〕虜中　四庫本作「彼中」。

紀事

正月二十日至北營〔一〕，適與文煥同坐，予不與語。越二日，予不得回闕，詬虜酋〔二〕失信，盛氣不可止。文煥與諸酋勸予坐野中以少遲，一二日即入城。皆紿辭也。先是，予赴平江，入疏〔三〕言：「叛逆遺孽，不當待以姑息，乞舉《春秋》誅亂賊之法。」意指呂師孟，朝廷不能行。至是，文煥云：「丞相何故罵煥以亂賊？」予謂：「國家不幸至今日，汝爲罪魁。汝非亂賊而誰？三尺童子皆罵汝，何獨我哉！」煥云：「襄守六年不救。」予謂：「力窮援絶，死以報國，可也。汝愛身惜妻子，既負國，又隤家聲。今合族爲逆，萬世之賊臣也。」孟在傍甚忿，直前云：「丞相上疏欲見殺，何爲不殺取師孟？」予謂：「汝叔侄皆降北，不族滅汝，是本朝之失刑也，更敢有面皮來做朝士！予實恨不殺汝叔侄。汝叔侄能殺我，我爲大宋忠臣，正是汝叔侄周全我。我又不怕！」孟語塞，諸酋皆失色動顔。唆都以告伯顔〔四〕，伯顔吐舌云：「文丞相心直口快，男子心！」唆都閑云：「丞相罵得呂家好！」以此見諸酋亦不容之。

一

不拼一死報封疆，忍使湖山牧虎狼。當日本爲妻子計，而今何面見三光！

二

虎頭牌子織金裳，北面三年蟻夢長。借問一門朱與紫，江南幾世謝君王？

三

梟獍何堪共勸酬，衣冠塗炭可勝羞。袖中若有擊賊笏，便使兇渠面血流。

四

麟筆嚴於首惡書，我將口舌擊奸諛。雖非周勃安劉手，不愧當年産禄誅。

【校記】

〔一〕北營　四庫本作「敵營」。
〔二〕詬虜酋　四庫本作「詬北人」。
〔三〕入疏　胡思敬校：「入」疑「上」。
〔四〕唆都　四庫本作「索多」。伯顔　四庫本作「巴延」。下同。

信雲父

一

信世昌，字雲父，東平府人，公子無忌之後。嘗爲虜太常丞〔一〕，北方之儒也。隸唆都〔二〕，唆都使之來伴予。雲父知古今，識道理，可語。中原遺黎甚惓惓於本朝，頗輸情焉。作詩見贈，内兩句云：「宗廟有靈賢相出，黔黎〔三〕無害大皇明。」京師爲之傳誦。雲父大意，以爲高麗地方數千里，昨〔四〕喪其半，遂稱藩。大元嘉其不拒〔五〕，並侵疆歸之。今傳國如故。大宋衣冠正統，非高麗比，北必不敢無禮於吾社稷也。雲父念本朝，亦願望之辭。

東魯遺黎老子孫，南方心事北方身。幾多江左腰金客，便把君王作路人。

二

信雲父好爲詩，而辭極俚近。一日問予詩法，予因舉宮詞〔六〕數章，比興悠長，意在言外。雲父恍有所得，明日袖出一絶云：「東風吹落花，殘英猶戀枝。莫怨東風惡，花有再開時。」言予之不忘王室，而王室之必中興也。雲甫居近闕里，漸染孔氏之遺風，故其用意深厚〔七〕，而超悟如此。

肯從悟室課兒書，嚙雪風流却減渠。我愛信陵冠帶意，任教句法問何如。

【校記】

〔一〕虜　四庫本作「元」。太常，原作「大常」，誤。據四庫本改。

〔二〕唆都　四庫本作「索多」。

〔三〕黔黎　四庫本作「群黎」。

〔四〕昨　別集本作「乍」。

〔五〕嘉其不拒　原作「喜其不拒」，誤。據《東平州志》改。

〔六〕舉宮詞　原作「學宮詞」，誤。據韓本、鄺本、元諭本、張本、有煥本、四庫本和《東平州志》改。

〔七〕用意深厚　《東平州志》作「用意忠厚」。

則堂

北〔一〕入京城，賈餘慶迎逢賣國。既令學士降詔，俾天下州郡歸附之。又各州付一省劄，惟樞密則堂家先生鉉翁於省劄上不肯押號。吴丞相堅號老儒，不能自持，一切惟賈餘慶之命，其愧則堂甚矣。程鵬飛見則堂不肯奉命，堂中作色，欲縛之去。則堂云：「中書省無縛執政之理，歸私廳以待執。」北竟〔二〕不敢誰何。予在北〔三〕，以忠義孤立，聞其事，以自壯云。

一

山河四塞舊甌金，藝祖高宗實鑒臨。一日盡將輸敵手，何人賣國獨甘心？

二

中書堂帖下諸城，摇首庭中號獨清。此後方知樞密事，從今北地轉相驚。

【校記】

〔一〕北　四庫本作「敵」。

〔二〕北竟　四庫本作「彼竟」。

〔三〕北　四庫本作「營」。

思蒲塘陳

揚旌來冉冉，捲旆去堂堂。恨我飛無翼，思君濟有航。麒麟還共處，熊虎已何鄉？南國應無恙，中興事會長。

思方將軍

始興溪子下江淮，曾爲東南再造來。如虎如熊〔一〕今固在，將軍何處上金臺？

【校記】

〔一〕如熊　《詩淵》第一册第二八四頁作「如羆」。

唆都〔一〕

唆都爲予言：「大元將興學校，立科舉。丞相在大宋爲狀元宰相，今爲大元宰相無疑。丞相常説，『國存與存，國亡與亡』。這是男子心。天下一統，做大元宰相，是甚次第！『國亡與亡』四個字休道。」予哭而拒之。唆都常恐予之伏死節也。

虎牌氊笠號公卿，不直人間一唾輕。但願扶桑紅日上，江南匹士死猶榮。

【校記】

〔一〕唆都　四庫本作「索多」，下同。

二王

唆都、忙古歹〔一〕一日問：「度宗幾子？」答曰：「三子。」問：「皇帝是第幾子？」答曰：「第二子，立嫡也。」問：「第一子、三子封王乎？」曰：「一吉王，一信王。」問：「今何在？」曰：「大臣護之去矣。」駭云：「去何處？」曰：「非閩則廣。宋疆土萬里，盡有世界在。」云：「既是一家，何必遠去？」曰：「何爲恁地説？宗廟社稷所關，豈是細事！北朝若待皇帝好，則二王爲人臣；若待皇帝不是，即便別有皇帝出來。」二酋爲之愕眙不能對。

一馬渡江開晉土，五龍夾日復唐天。内家苗裔真隆準，虜運從來無百年〔二〕。

【校記】

〔一〕唆都忙古歹　四庫本作「索多、蒙古岱」。忙古歹，原作「忙右歹」，據四庫本改。

〔二〕虜運從來無百年　四庫本作「奠鼎從知萬億年」。

氣概

唆都〔一〕一日問予：「何以去平江？」予曰：「有詔趣入衛。」問予兵若干，予對：「五萬人。」喟然嘆曰：「天也，使丞相在平江，必不降。」予問：「何以知之？」云：「相公氣概，如何肯降？但累城内百姓。」予謂：「果廝打，亦未見輸贏。」唆都大笑。

氣概如虹俺得知，留吴那肯豎降旗！北人不解欺心語，正恐南人作淺窺。

【校記】

〔一〕唆都　四庫本作「索多」，下同。

使北

北兵入城，既刼詔書，佈告天下州郡，各使歸附；又逼天子拜表獻土。左丞相吴堅、右丞相賈餘慶、樞密使謝堂、參政家鉉翁、同知劉岊五人奉表〔二〕北庭，號祈請使。賈幸國難，自詭北人，氣焰不可向邇；謝無識附和；吴老儒畏怯不能爭；劉狎邪小人，方乘時取美官，揚揚自得；惟家公非願從者，猶以爲趙祈請，意北主或可語，冀一見陳説，爲國家有一綫，故引決所未忍也。五人之行，皆出北意。吴初以老病求免，且已許之，故表中所述，賈、謝、家、劉四人，吴不與焉。二月初八日，四人登舟，忽伯顔〔三〕趣予與吴丞相俱入北。予不在使者列，是行何爲？蓋驅逐之使去耳。予陷在難中，無計自脱。初九日，與吴丞相同被逼脅，黽勉就船。先一夕，予作家書處置家事，擬翌日定行止，行則引決，不爲偷生。及見吴丞相、家參政，吴殊無徇國之意，家則以爲死傷勇，祈而不許，死未爲晚。予以是徘徊隱忍，猶冀一日有以報國。惟是賈餘慶兇狡殘忍出於天性，密告伯顔，使啓北庭，拘予於沙漠。彼則賣國佞北，自謂使畢即歸，愚不可言也。謝堂已宿謝村，初九日忽駕舟而回。或謂唆都〔三〕爲之地，伯顔得賄而免，堂曲意奉北，可鄙惡尤多。詩記其事。

一

自説家鄉古相州，白麻風旨出狂酋。中書盡出降元表〔四〕，北渡黄河衣錦遊。賈

二

至尊馳表獻燕城，肉食那知以死爭？當代老儒居首揆，殿前陪拜率公卿。吴

三

江南浪子是何官？只當穹廬〔五〕雜劇看。撥取公卿如糞土，沐猴徒自辱衣冠。劉

四

公子方張奉使旗，行行且尼復何爲？似聞傾盡黄金塢，辛苦平生只爲誰？謝

五

廷爭〔六〕堂堂負直聲，飄零沙漠若爲情。程嬰存趙真公志，賴有忠良壯此行。家

六

初修降表我無名，不是隨班拜舞人〔七〕。誰遣附庸祈請使？要教索虜〔八〕識忠臣。

七

客子漂搖萬里程，北征情味似南征。小臣事主寧無罪，只作幽州謫吏行。

八

使旃盡道有回期，獨陷羈臣去牧羝。中爾含沙渾小事，白雲飛處楚天低。

【校記】

〔一〕奉表　四庫本作「捧表」。

〔二〕伯顔　四庫本作「巴延」。

〔三〕唆都　四庫本作「索多」。
〔四〕降元表　原作「除元表」，誤。據韓本、鄢本、有焕本、四庫本、文柱本改。
〔五〕穹廬　原作「空廬」，誤。據别集本改。
〔六〕廷争　别集本作「廷諍」。
〔七〕拜舞人　四庫本作「拜發人」。
〔八〕索虜　四庫本改作「北國」。

卷之二

杜架閣

天台杜滸，字貴卿，號梅壑。糾合四千人，欲救王室，當國者不知省。正月十三日，見予於西湖上。予嘉其有志，頗奬異之。十九日，客贊予使北，梅壑斷斷不可，客逐之去，予果爲北所留。後二十日，驅予北行，諸客皆散，梅壑憐予孤苦，慨然相從，天下義士也。朝旨特改宣教郎，除禮兵〔一〕架閣文字。

一

仗節辭王室，悠悠萬里轅。諸君皆雨别，一士獨星言。啼鳥亂人意，落花銷客魂。東坡愛巢谷，頗恨晚登門。

二

昔趨〔二〕魏公子，今事霍將軍。世態炎涼甚，交情貴賤分。黃沙揚暮靄，黑海起朝氛。獨與君携手，行吟看白雲。

【校記】

〔一〕禮兵，疑後脱一「部」字。胡思敬校：「兵」疑「部」。

〔二〕昔趨　此後八句張本、世界書局一九三六年排印本誤與上詩合爲一首，非是。韓本、鄢本、元諭本、四庫本、叢刊本皆一分爲二。

聞鷄

自入北營，未嘗有鷄唱。因泊謝村，始有聞。是夜，幾與梅壑逃去。二更，遣〔一〕劉百户二三十人，擁一舟來逼下船，遂不果。

軍中二十日，此夕始聞鷄。塵暗天街静，沙長海路迷。銅駝隨雨落，鐵騎向風嘶。曉起呼詹尹，何時脱蒺藜？

【校記】

〔一〕遣　一作「北遣」。

命裏

二月初十夜，爲劉百户者所迫；中原人，尚可告語也。賈餘慶語鐵木兒〔一〕曰：「文丞相心腸別。」翌日早，鐵木兒自駕一舟來，令命裏千户捽予上船，凶焰嚇人，見者莫不流涕。命裏高鼻而深目，面毛而多鬚，回回人也。

熊羆十萬建行臺，單騎誰教免胄來？一日捉將沙漠去，遭逢碧眼老回回。

【校記】

〔一〕鐵木兒　四庫本作「特穆爾」，下同。

留遠亭

十一日，宿處岸上有留遠亭，北人然火亭前，聚諸公列坐行酒。賈餘慶有名風子，滿口駡坐，毁本朝人物無遺者，以此獻佞。北惟〔二〕亹亹笑。劉岊數奉以淫褻，爲北所薄。文焕云：「國家將亡，生出此等人物！」予聞之，悲憤不已。及是，諸酋專以爲笑具，於舟中取一村婦至亭中，使薦劉寢，據劉之交坐〔三〕；諸酋又嗾婦抱劉以爲戲。衣冠掃地，殊不可忍。則堂尤憤疾云。

一

甘心賣國罪滔天，酒後猖狂詐作顛。把酒逢迎酋虜〔三〕笑，從頭駡坐數時賢。賈

二

落得稱呼浪子劉，樽前百媚佞旃裘。當年鮑老不如此，留遠亭前犬也羞。劉

【校記】

〔一〕北惟　四庫本作「敵惟」。

〔二〕交坐　胡思敬校：「交」字下疑脱「膝」。

〔三〕酋虜　四庫本作「酋長」。

平江府〔一〕

予過吴門，感念悽愴。向使朝命不令入衛，嚴速予以死守，不死於是，即至今存可也。予托病卧舟中，舊吏三五人來。遺民聞吾經過，無不垂涕者。舟到一時頃即解纜，夜行九十里，北似防我云。

樓臺俯舟楫，城郭滿干戈。故吏歸心少，遺民出涕多。鳩居無鵲在，魚網有鴻過。使遂睢陽志，安危今若何？

【校記】

〔一〕平江府　《吴都文粹續集》卷二作《吴門》。

無錫〔一〕

己未，予携弟璧赴廷對，嘗從長江入裏河，趨京口。回首十八年，復由此路，是行驅之入北。感今懷昔，悲不自勝。

金山冉冉波濤雨，錫水泯泯〔二〕草木春。二十年前曾去路，三千里外作行人。英雄未死心先碎〔三〕，父老相逢〔四〕鼻欲辛。夜讀程嬰存趙事〔五〕，一回惆悵一沾巾。

【校記】

〔一〕無錫　民國十一年《無錫縣志》卷四載詩作《過無錫》。

〔二〕泯泯　無錫黄埠墩碑刻、《無錫縣志》作「茫茫」。

〔三〕心先碎　原作「心爲碎」，誤。據無錫黄埠墩碑刻、《無錫縣志》改。

〔四〕父老相逢　無錫黄埠墩碑刻作「父老相從」。一作「父老相朝」。

〔五〕存趙事　無錫黄埠墩碑刻作「存國事」。

吊五木

予初以朝廷遣張全將淮兵二千救常州，以其爲淮將，必經歷老成，遂遣朱華將三千人從之。張全無統馭之材，自爲畦町。十月二十六日，提淮軍自往横林，設伏虞橋。北兵至，麻士龍死之，張全不救，走回五木。五木乃朱華軍所駐，如掘溝塹，設鹿角，張全皆不許朱華措置，殊不曉其意。二十七日，北兵薄朱華，自辰至未，朱華與廣軍與之對。北兵自路塘直來，死於水者不可勝計。至晚，北兵繞山後薄贛軍，尹玉當之。曾全〔一〕、胡遇、謝雲、曾玉先遁走，尹玉死焉。張提軍隔岸不發一矢，有利災樂禍之心。吾軍渡水挽張全軍船，張全令諸軍斷挽船者之指，於是溺死者甚衆。張全並宵遁，惟尹玉殘軍五百人與北兵角一夕，殺北兵及馬，委積田間。質明，止有四人得歸，無一人降者〔二〕。嗚呼！使此戰張全稍施援手，可以大勝捷。一夫無意，而事遂闕宗社。嗚呼天哉！余初欲先斬張全，然後取一時敗將並從軍法。以張全爲朝廷所遣，請於都督，乃宥張全使自贖，予遂不及行法。後詣餘杭，發京師，姑取曾全以徇衆，而噬臍多矣。過五木，吊戰場，爲之流涕不可禦。續聞張全者，淮東之僨將也，昨隨許文德復清河，兵已入城，張全鳴金散衆。許不敢以斬將自專〔三〕，解赴制閫李公，以使過期之，得不死。予不知受其誤，其免罪又出於第二次僥倖，卒爲降北〔四〕，可嘆恨云。

首赴勤王役，成功事則天。富平名委地，好水淚成川。我作招魂想，誰爲掩骼緣？中興須再舉，寄語慰重泉。

【校記】

〔一〕曾全　文柱本、别集本作「曾仝」。

〔二〕無一人降者　四庫本作「今易崇尚存」。

〔三〕不敢以斬將自專　四庫本作「不敢戰斬將自縛」。

〔四〕卒爲降北　四庫本作「卒爲降賊」。

哭尹玉

尹玉，江西憲司將官。五木之戰，手殺七八十人，其麾下與北兵戰，並死無一降者。朝廷贈濠州團練使，立廟，與二子官承節郎，下江西安撫使，撥賜良田二百畝。其間以捕寇死者何限？惟玉得其死所。恤典非細，哀榮備焉。

團練濠州廟贛川，官其二子賜良田。西臺捕逐多亡將，還有焚黄到墓前。

常州

常州，宋睢陽郡也。北兵憤其堅守，殺戮無遺種，死者〔一〕忠義之鬼。哀哉！

山河千里在，煙火一家無。壯甚睢陽守，冤哉馬邑屠！蒼天如可問，赤子果何辜？脣齒提封舊，撫膺三嘆吁。

【校記】

〔一〕死者　别集本作「死爲」。

鎮江

至京口，予以十八年曾自鎮江趨京，今自京趨鎮江，俯仰感嘆，爲之流涕。

鐵甕山河舊，金甌宇宙非。昔隨西日上，今見北軍飛〔一〕。豪傑非無志，功名自有機。中流懷士稚，風雨濕雙扉。

【校記】

〔一〕北軍飛　四庫本作「朔塵飛」。

渡瓜洲

諸祈請使十八日至鎮江府，阿术〔一〕在瓜洲，即請十九日渡江。至則鮮腆倨傲，令人裂眦。諸公皆與之語，予始終無言。後得之監守者云：「阿术言：『文丞相不語，肚裏有僂儸。』」彼知吾不心服也。

一

跨江半壁閱千帆，虎在深山龍在潭。當日本爲南制北，如今翻被北持南。

二

眼前風景異山河，無奈諸君笑語何！坐上有人正愁絶，胡兒〔二〕便道是僂儸。

【校記】

〔一〕阿术　四庫本作「阿珠」。下同。

〔一〕胡兒　四庫本作「彼中」。

吊戰場

連年淮水上，死者亂如麻。魂魄丘中土，英雄糞上花。士知忠厥主，人亦念其家。夷德無厭甚，皇天定福華〔一〕。

【校記】

〔一〕夷德無厭甚皇天定福華　四庫本作「凶德寧堪久，皇天應不差」。

回京口

予回京口，幸得間問舟，爲脱去計。連日不如志，賦是詩。

早作田文去，終無蘇武留。偷生寧伏劍，忍死欲焚舟。逸驥思超乘，飛鷹志脱鞲。登樓望江上，日日數行艘。

思小村 劉

春雲慘慘兮春水漫漫，思我故人兮行路難。君轅以南兮我轅以北，去日以遠兮憂不可以終極。蹇予馬兮江皋，式燕兮以遊遨。念我平生兮思君鬱陶。在師中兮豈造次之可離，忠言不聞兮思君忸怩。毫釐之差兮天壤易位，駟不及舌兮臍不可噬。思我故人兮懷我親，懷我親兮思故人。懷哉懷哉，不可忍兮不如速死。慨百年之未半兮，胡中道而遄止。魯連子兮義不帝秦，負玄德兮羽不名爲人〔一〕。委骨草莽兮時乃天命，自古孰無死兮首丘爲正。我行我行兮夢寐所思，故人望我兮胡不歸，胡不歸！

【校記】

〔一〕玄德　原作「元德」，據四庫本改，四庫本「玄」有缺筆。羽不名爲人，四庫本作「關不名爲人」。

沈頤家

予回京口，北人款之府中，予不得離。岸上得沈頤家坐卧，北不意〔一〕予爲逃計也。

孤舟霜月迴，曉起入柴門。斷岸行簪影，荒畦落履痕。江山渾在眼，宇宙付無言。昨夜三更夢，春風滿故園。

【校記】

〔一〕北不意　四庫本作「固不意」。

卷之三

脱京口

二月二十九日夜，予自京口城中，間道出江滸登舟，溯金山，走真州。其艱難萬狀，各以詩記之。

定計難

予在京城外，日夜謀脱，不得間者。謝村幾去，至平江欲逃又不果。至鎮江，謀益急，議趨真州。杜架閣滸與帳前將官余元慶實與謀。元慶，真州人也。杜架閣與予云：「事集萬萬幸，不幸謀泄皆當死。死有怨乎？」予指心自誓云：「死靡悔！」且辦匕首，挾以俱，事不濟自殺。杜架閣亦請以死自效，於是計〔一〕遂定。

南北人人苦泣岐，壯心萬折誓東歸。若非斫案判生死，夜半何人敢突圍？

謀人難

杜架閣如顛狂人，醉遊於市，遇有言本朝而感憤追思者，即捐金與之，密告以欲遁之謀，無不願自效，以無舟而輟。前後毋慮十數，其不謀泄真幸耳！

一片歸心似亂雲，逢人時漏話三分〔二〕。當時若也私謀泄，春夢悠悠郭璞墳。

踏路難

京口無城，通衢多隘，去江尚十里〔三〕。偶得一老校馬〔四〕，引間道出三數巷，即荒涼野，走至江岸，路頗近。若使不知間道，只行市井正路，無可出之理。

煙火連甍鉄甕關，要尋間道走江干。何人肯爲將軍地？北府老兵思漢官。

得船難

北船滿江，百姓無一舟可問。杜架閣與人爲謀，皆以無船長嘆而止。是後，余元慶遇其故舊爲北管船，遂密叩之，許以承宣使、銀千兩。其人云：「吾爲宋救得一丞相回，建大功業，何以錢爲？但求批帖，爲他日趨承之證。」後授以一批帖，約除廉車，及强委之白金〔五〕。義人哉！使吾〔六〕無此一遭遇，已矣。

經營十日苦無舟，慘慘椎心淚血流。漁父疑爲神物遣，相逢揚子大江頭。

紿北難

自至鎮江，即謀船不可得。至二月二十九日方得之，喜甚。是午，催過瓜洲，賈餘慶諸人皆渡矣，惟予與吴丞相在河次，得報最遲，於是托故，以來日同吴丞相渡江，幸而北不見疑，驅迫稍緩，是夕遂逃。若非得此一紿，從前經營皆枉用心，惟有死耳，豈不痛哉！

百計經營夜負舟，倉皇誰趣渡瓜洲？若非紿虜〔七〕成宵遁，哭死界河天地愁。

定變難

老兵即踏路之人，杜架閣日與之飲，頗情甚狎。是夜，逃者十二人：二人坐舟，猶有十人作一陣走。恐出門太冗[八]，則事易知覺。路必過老兵之門，於是遣三人先就老兵家，伺過門同遁。忽老兵中變，醉不省，其妻詰問之，欲喚四鄰發覺。一人亟走報杜架閣，亟呼老兵出來，直至吾前，藏之帳中，三人者同時而回。老兵酒醒，以銀三百星係其腰，云：「事至與之。」遂至二更，引路而行。是舉垂成，幾爲老兵老嫗所誤，全得杜閣機警，故佯詐[九]之，將作敵者又隨作使耳。危哉，危哉！

老兵中變意差池，倉卒呼來朽索危。若使阿婆真一吼，目生隨後悔何追？

出門難

北始[一〇]款諸宰執於鎮江府，惟吴丞相以病不離舟。予爲遁計，宿府治。一夕，即托故還裏河舟中，北亦[一一]不之疑。予遂於河近得沈頤家坐臥。初，北分遣[一二]諸酋監諸宰執，從予者曰王千户，狠突可惡，相隨上下，不離頃刻。予在沈頤家，彼亦同臥席前後。是夜，予醉居亭[一三]主人，復醉王千户者，伺其寢熟，啓門而出。使微有知覺，吾事殆哉！

羅刹盈庭夜色寒，人家燈火半闌珊。夢回跳出鐵門限，世上一重人鬼關。

出巷難

北遣兵[一四]齪巷禁夜，不得往來。先是，有一酋忽入沈頤家，予問：「何人？」「劉百户。」問：「何職？」「管夜禁。」問：「官勾當何如？」曰：「官燈提照，往來從便。」杜架閣聞之，即隨劉百户出，强與之好。已而約爲兄弟，拉之飲於妓舍。杜强劉宿，劉俾杜歡。杜云：「我隨丞相在此，夜安置後方可出，怕禁夜耳。」「唵送爾燈，唵送小番隨著，不妨事。」杜遂約後一夕〔一五〕，果如約〔一六〕。予變服色，隨杜出，諸巷皆不呵問。杜至人家漸盡處，即以銀與小番，約之便歸，來日候於某所。小番方十五六歲，無知，於是得遁。

不時徇鋪〔一七〕路縱横，小隊戎衣自出城。天假漢兒燈一炬，旁人只道是官行。

出隘難

北於市井〔一八〕盡處設險，以十餘馬攔路。予等至隘所，馬驚，意甚恐。幸北軍皆睡，因得脱。

袖攜匕首學銜枚，横渡城闗馬欲猜。夜静天昏人影散，北軍鼾睡正如雷。

候船難

予先遣二校坐舟中，密約待予甘露寺下。及至，船不知所在，意窘甚，交謂船已失約，奈何？予攜匕首，不忍自殘，甚不得已，有投水耳。余元慶褰裳涉水，尋一二里許，方得船至，各稽首以更生爲賀。

待船三五立江干，眼欲穿時夜漸闌。若使長年期不至，江流便作汨羅看。

上江難

予既登舟，意溯流直上，他無事矣。乃不知江岸皆北船，連亘數十里，鳴梆唱更，氣焰甚盛。吾船不得已，皆從北船邊經過，幸而無問者。至七里江，忽有巡者喝云：「是何船？」梢答以河魨船〔一九〕。巡者大呼云：「歹船！」歹船者〔二〇〕，北以是名反側奸細之稱。巡者欲經船前，適潮退閣淺不能至。

是時舟中皆流汗，其不來，僥倖耳。

蒙衝兩岸夾長川，鼠伏孤篷〔二一〕棹向前。七里江邊驚一喝，天教潮退閣巡船。

得風難

予方爲七里巡船所驚，忽有聲如人哨，齒甚清麗。船梢〔二二〕立船頭拜且禱曰：「神道來送。」問：「何神？」曰：「江河田相公也。」即得順風送上。

空中哨響到孤篷〔二三〕，盡道江河田相公。神道自來扶正直，中流半夜一帆風。

望城難

初得順風，意五更可達真州城下，風良久遂靜。天明，尚隔真州二十餘里，深恐北船〔二四〕自後追躡，又懼有哨騎在淮岸，一時憂迫不可言。在舟之人盡力搖槳撑篙，可牽處沿岸拽纜，然心急而力不逮。既望見城，又不克進。甚矣，脱虎口之難。

自來百里半九十，望見城頭路愈長。薄命只愁追者至，人人摇槳渡滄浪。

上岸難

真州濠與江通，然潮長，舟方可到城。是日泊五里，遂上岸。城外荒凉，寂無人影，四平如掌，一無關防，幸而及城門，無他慮。當行路時，盻盻回首，惟恐有追騎之猝至。既入城門，聞昨日早晨哨馬正到五里頭，時三月朔云。

岸行五里入真州，城外荒荒鬼也愁。忽聽路人嗟嘆説，昨朝哨馬到江頭。

入城難

既至真州城下，問者群望〔二五〕，告以文丞相在鎮江走脱，徑來投奔城子。諸將校皆出，即延入城。苗守迎見，語國事移時，感憤流涕，即款之州治中，住清邊堂。然後從者之始至也〔二六〕，引至直司搜身上軍器，既知無他，然後見信。其關防之嚴密如此。向使恐疑横於胸中，閉門不受，天地茫茫何所歸？嘻，危哉！

輕身漂泊入鑾江，太守欣然爲避堂。若使閉城呼不應，人間生死路茫茫。

【校記】

〔一〕於是計　原作「於計」，誤。據别集本改。胡思敬校：「於」下疑脱「是」字。

〔二〕話三分　有焕本、文柱本作「語三分」。

〔三〕尚十里　原作「向十里」，誤。據韓本、鄢本、張本、有焕本、四庫本、文柱本改。

〔四〕老校馬　别集本作「老校焉」。

〔五〕白金　文柱本下有「不受」二字。

〔六〕使吾　文柱本脱「吾」字。

〔七〕給虜　四庫本作「行給」。

〔八〕太冗　原作「大冗」，據四庫本、叢刊本改。

〔九〕徂詐　文柱本作「狙詐」。

〔一〇〕北始　四庫本作「元始」。

〔一一〕北亦　四庫本作「彼亦」。

〔一二〕北分遣　四庫本作「彼分遣」。

〔一三〕居亭　四庫本作「居停」。

〔一四〕北遣兵　四庫本作「敵遣兵」。

〔一五〕後一夕　原作「後歹」，誤。四庫本作「後夕」。疑合「一夕」二字爲「歹」，徑改。

〔一六〕果如約　文柱本「果」前有「劉」字。

〔一七〕徇鋪　鍾本作「巡鋪」。

〔一八〕北於市井　四庫本作「敵於市井」。

〔一九〕梢答　原作「稍答」，誤。據韓本、鄢本、四庫本、有煥本改。河鈍，文柱本作「河豚」。

〔二〇〕歹船者　韓本、鄢本、有煥本、四庫本、叢刊本作「歹者」，無「船」字。《全宋詩》作「反船者」。

〔二一〕孤篷　原作「孤蓬」，誤。據張本、四庫本改。

〔二二〕船梢　原作「船稍」，誤。據韓本、鄢本、有煥本、四庫本改。

〔二三〕孤篷　原作「孤蓬」，誤。據張本、四庫本改。

〔二四〕北船　四庫本作「敵船」。

〔二五〕問者群望　有煥本作「聞者群望」。

〔二六〕然後　别集本作「後然」，「後」屬上讀。之始至也，景室本無「之」字。

真州雜賦〔一〕

一

予既脱虎口至真州，喜幸感嘆，靡所不有，各係之以七言。自正月二十羈縻北營，至二月二十九一夜〔二〕京口得脱，首尾恰四十日。一入真州，忽見中國衣冠〔三〕，如流浪人乍歸故鄉，不意重睹天日至此！

四十羲娥落虎狼，今朝騎馬入真陽。山川莫道非吾土，一見衣冠是故鄉。

二

予入真州，聚觀者夾道如堵。東坡云：「被天津橋上人看殺。」久無此境界矣。

聚觀夾道捲紅樓，奪得南朝一狀頭。將謂燕人騎屋看，而今馬首向真州。

三

京口船與梢人，北人皆有籍。予所得船，乃並緣北船販私鹽者，船與二水手，皆籍所不及。予是以得濟，豈非天哉！

賣却私鹽一舸回，天教壯士果安排。子胥流向江南去，我獨倉皇夜走淮。

四

予以夜遁，北人來早方覺，而吾已在汶上矣。

便把長江作界河，負舟半夜溯煙波。明朝方覺田文去，追騎如雲可奈何！

五

予逃之明日，北人大索民間，累南人甚多。然予逝矣，不可得矣。

十二男兒夜出關，曉來到處捉南冠。博浪力士猶難覓，要覓張良更是難。

六

三月朔旦，予在真州城内，賈餘慶在瓜洲。皆淮境也，而南北分焉。哀哉！

我作朱金沙上游，諸君冠蓋渡瓜洲。淮雲一片不相隔，南北死生分路頭。

七

諸宰執自京城陷後，無復遠略，北人之驅去，皆俯首從之，莫有謀自拔者。予犯死逃歸，萬一有及國事，志亦烈矣！

公卿北去共低眉，世事興亡付不知。不是謀歸全趙璧，東南那個是男兒？

【校記】

〔一〕真州雜賦　四庫本作《真州雜感》。

〔二〕一夜　別集本作「之夜」。

〔三〕中國衣冠　四庫本作「大宋衣冠」。

天下趙

予至真，苗守再成爲予言：「近有樵人破一樹，樹中有生成三字，曰『天下趙』。」亟取木視之，果然。木一丈，二尺圍，其字青而深。半樹解揚州，半樹留真州。三字瞭然，不可磨也。以此知我朝中興，天必將全復故疆。真州號迎鑾，藝祖發迹於此，非在天之靈所爲乎！

皇王著姓復炎圖，此是中興受命符。獨向迎鑾呈瑞字，爲言藝祖有靈無？

議糾合兩淮復興

予至真州，守將苗再成不知朝信，於是數月矣。問予京師事，慷慨激烈，不覺流涕。已而，諸將校、諸幕皆來，俱憤北〔一〕不自堪：「兩淮兵力足以復興，惜制使李公〔二〕怯不敢進，而夏老與淮東薄有嫌隙，不得合從。得丞相來，通兩淮脈絡，不出一月，連兵大舉，先去北巢〔三〕之在淮者，江南可傳檄定也。」予問苗守：「計安出？」苗云：「先約夏老以兵出江邊，如向建康之狀，以牽制之。此則以通、泰軍義打灣頭；以高郵、淮安、寶應軍義打揚子橋；以揚州大軍向瓜洲，某與趙刺史孟錦以舟師直擣鎮江，並同日舉，北不能〔四〕相救。灣頭、揚子橋皆沿江脆兵守之，且怨北〔五〕，王師至即下。聚而攻瓜洲之三面，再成則自江中一面薄之，雖有智者，不能爲之謀。此策既就，然後淮東軍至京口，淮西軍入金城，北在兩浙〔六〕無路得出，虜帥可生致也。」予喜不自制，不圖中興機會在此！即作李公書，次作夏老書，苗各以覆帖副之。及欲予致書戎帥及諸郡，並白此意。予已作朱渙、姜才、蒙亨等書，諸郡將以次發。時與議者皆踴躍〔七〕，有謂李不能自拔者；又有謂朱渙、姜才各做起來，李不自由者；

又有謂李恨不得脱重負，何幸有重臣輔之。予既遺書，盻盻焉〔八〕望報。天之欲平治天下，則吾言庶幾不枘鑿乎！

一

清邊堂上老將軍，南望天家雨濕巾。爲道兩淮兵定出，相公同作歃盟人。

二

揚州兵了約廬州，某向瓜洲某鷺州。直下南徐侯自管，皇親刺史統千舟。

三

南八〔九〕空歸唐壘陷，包胥一出楚疆還。而今廟社存亡決，只看元戎進退間。

【校記】

〔一〕憤北　四庫本作「憤極」。別集本作「憤憤」。

〔二〕制使李公　原作「天使李公」，誤。據別集本改。

〔三〕北巢　四庫本作「敵巢」。

〔四〕北不能　四庫本作「彼不能」。

〔五〕怨北　四庫本作「怨彼」。

〔六〕北在兩浙　四庫本作「彼在兩浙」。

〔七〕踴躍　原作「勇躍」，誤。據四庫本改。

〔八〕盻盻焉　原作「盼盼焉」，誤。據有煥本、四庫本改。

〔九〕南八　有焕本、文柱本作「南北」。

出真州

予既爲李制所逐，出真州，艱難萬狀，不可殫紀。痛哉！

一

予至真州第三日，苗守約云：「早食後，看城子。」予欣然諾之。有頃，陸都統來，導予至小西門城上閑看。未幾，王都統至，迤邐〔一〕出城外。王忽云：「有人在揚州供得丞相不好。」出制司小引，視之，乃脱回人供北中所見云：「有一丞相差往真州賺城。」王執右語，不使予見。予方嘆惋間，二都統忽鞭馬入城，小西門閉矣，不復得入。彷徨城外，不知死所。

早約戎裝去看城，聯鑣壕上嘆風塵。誰知關出西門外，憔悴世間無告人。

二

制使遣一提舉官至真州，疑予爲北〔二〕用，苗守貳於予，云：「决無宰相得脱之理，縱得脱，亦無十二人得同來之理。何不以矢石擊之？」乃開城門，放之使入。意使苗守殺予以自明。哀哉！

揚州昨夜有人來，誤把忠良按劍猜。怪道使君無見解，城門前日不應開。

三

制使欲殺我，苗守不能芘〔三〕，將信將疑，而憐之之意多也。

瓊花堂上意茫然，志士忠臣淚徹泉。賴有使君知義者，人方欲殺我猶憐。

四

予幸脱身至真州，即議糾帥兩淮以圖恢復。制使乃疑予爲北用，欲見殺。江南與北中〔四〕皆知予爲忠義，而兩淮不予信。予平生仕宦、聲迹比比，不曾至淮，天地茫茫，與誰語哉？

秦庭痛哭血成川，翻訝中行背可鞭。南北共知忠義苦，平生只少兩淮緣。

五

予少時曾遊真州，至是十八年矣。初望糾合復興，爲國家辦大事，乃不爲制臣所容。天乎，哀哉！

一别迎鑾十八秋，重來意氣落旄頭。平山老子不收拾，南望端門淚雨流。

六

始見制臣小引，備脱回人朱七二等供云：「有一丞相往真州賺城。」予頗疑北有智數，見予逃後，遣人詐入揚州供吐，以行反間。既而思之，揚州遣提舉官來真州見害，乃三月初二日午前發。予以二月晦夕逃，朔旦北方覺〔五〕，然不知走何處，是日便遣人〔六〕詐入揚州，殆無此理。看來只是吾書與苗守覆帖初二日早到，制使不暇深省，一概以爲奸細而欲殺之。哀哉，何不審之甚乎！

天地沉沉夜溯舟，鬼神未覺走何州。明朝遣問〔七〕應無是，莫恐元戎〔八〕逐客不？

七

予在門外久之，忽有二人來曰：「義兵頭目張路分、徐路分也。」予告以故，二人云：「安撫傳語，差某二人來送，看相公去那裏？」予云：「必不得已，惟有去揚州見李相公。」路分云：「安撫謂淮東不可往。」予謂：「夏老素不識，且淮西無歸路。予委命於天，只往揚州。」二路分云：「且行，且行。」良久，有五十人弓箭刀劍來隨。二路分騎馬，以二馬從予，予與杜架閣連轡而發。

人人争勸走淮西，莫犯翁翁按劍疑。我問平山堂下路，忠臣見詘有天知。

八

予在小西門外，皇皇無告。同行杜架閣仰天呼號，幾赴壕死。從者皆無人色，莫知所爲。予進不得入城，城外不測有兵。露立荒坰，又乏飲食。予心自念：「豈予死於是乎？」爲之踟躕，心膂如割。後得二路分送行〔九〕，苗守又遣衣被包複等來還，遂之揚州。是日，上巳日也。

千金犯險脱旂裘〔一〇〕，誰料南冠反見讎。記取小西門外事，年年上巳哭江頭。

九

二路分引予行數里，猶望見真州城，五十兵忽捉刀〔一一〕於野，駐足不行。予自後至，二路分〔一二〕請下馬，云：「有事商量。」景色可駭。予下馬問云：「商量何事？」云：「行幾步。」行稍遠，又云：「且坐，且坐。」予意其殺我於此矣，與之立談。二路分云：「今日之事，非苗安撫意，乃制使遣人欲殺丞相。安撫不忍加害，故遣某二人來送行。今欲何往？」予云：「只往揚州，更何往？」彼云：「揚州殺丞相，奈何？」曰：「莫管，信命去。」二路分云：「安撫令送往淮西。」予云：「淮西對建康、太平、池州、江州，皆北〔一三〕所在，無路可歸。只欲見李制使，若能信我，尚欲連兵以圖恢復；否則，即從通州路，遵海還闕。」二路分云：「李制使已不容，不如只在諸山寨中少避。」予云：「做什麼？合煞生則生，死則死，決於揚州城下耳。」二路分云：「安撫見〔一四〕辦船在岸下，丞相從江行，或歸南歸北皆可。」予驚曰：「是何言歟！如此，則安撫亦疑我矣。」二路分見予辭真確，乃云：「安撫亦疑信之間，令某二人便宜從事。某見相公一個恁麼人，口口是忠臣，某如何敢殺相公？既真個去揚州，某等部送去。」乃知苗守亦主張〔一五〕，不過，實使二路分覘予語言趨向，而後爲之處。使一時應酬不當，被害原野，誰復知之？痛哉，痛哉！時舉所携銀一百五十兩與五十兵，且許以至揚州又以十兩〔一六〕，二路分則許以分賜金百兩，遂行。

荒郊下馬問何之，死活元來任便宜。不是白兵生眼孔，一團冤血有誰知。

十

二路分既信予忠義，與予中路言：「真州備判司行下，有安民榜云：「文相公已從小西門外，押出州界去訖。」爲之嗟嘆不已。嗚呼，予之不幸乃至於斯，其不死於兵〔一七〕，豈非天哉！

戎衣嘖嘖嘆忠臣，爲説城頭不識人。押出相公州界去，真州城裏榜安民。

十一

杜架閣幾赴壕，以救免。一行人皆謂當死於真州城下矣，後得二路分送行，惟恐有北哨〔一八〕追之。危哉，危哉！

有客倉皇欲赴壕，一行性命等鴻毛。白兵送我揚州去，惟恐北軍來捉逃。

十二

二路分所引路乃淮西路，既見予堅欲往揚州，遂復取揚州路。時天色漸晚，張弓挾矢，一路甚憂疑。指某處〔一九〕，瓜洲也；又前某處，揚子橋也，相距不遠。既暮，所行皆北境〔二〇〕，惟恐北遣人〔二一〕伏路上，寂如銜枚。使所過北〔二二〕有數騎在焉，吾等不可逃矣。

瓜洲相望隔山椒，煙樹光中揚子橋。夜靜銜枚莫輕語，草間惟恐有鵰鶚。

十三

是日行至暮，二路分先辭，只留二十人送揚州。二十人者又行十數里，勒取白金，亦辭去不可挽。

揚州有販鬻者，以馬載物，夜竊行於途，曰馬垜子〔一三〕。二十人者，但令隨馬垜子，即至揚州西門。予一行如盲，悵悵然行。嗚呼，客路之危難如此！

真州送駿〔一四〕已回城，暗裏依隨馬垜行。一陣西州三十里，摘星樓下打初更。

【校記】

〔一〕迤邐　原作「迤遲」，又作「迤趕」，據一九三六年世界書局本改。

〔二〕北　四庫本作「敵」。

〔三〕不能芘　景室本、別集本作「不能蔽」，四庫本作「不能決」。

〔四〕北中　四庫本作「敵營」。

〔五〕北方覺　四庫本作「敵方覺」。

〔六〕便遣人　原作「使遣人」，誤。據有煥本、四庫本、文柱本改。

〔七〕遣問　原作「遣間」，誤。據韓本、鄢本、張本、四庫本改。

〔八〕元戎　原作「死戎」，誤。據韓本、鄢本、有煥本、四庫本、文柱本、別集本改。

〔九〕送行　四庫本作「從行」。

〔一〇〕脱旃裘　四庫本作「脱羈囚」。

〔一一〕捉刀　原作「齪刀」，誤。據世界書局一九三六年本改。

〔一二〕二路分　原作「二路」，誤。據文柱本補。

〔一三〕皆北　四庫本作「皆敵」。

〔一四〕見　别集本作「現」。
〔一五〕亦主張　胡思敬校：「張」後疑脱「殺」字。
〔一六〕又以十兩　《全宋詩》作「又與十兩」。
〔一七〕死於兵　别集本作「死於真」。
〔一八〕北哨　四庫本作「敵哨」。
〔一九〕指某處　原作「指處」，誤。據韓本、鄢本、有焕本、四庫本、文柱本、别集本增。
〔二〇〕北境　四庫本作「敵境」。
〔二一〕北遣人　四庫本作「彼遣人」。
〔二二〕過北　四庫本作「過彼」。
〔二三〕曰馬垛子　原作「白馬垛子」，誤。據韓本、鄢本、有焕本、四庫本改。
〔二四〕送駿　景室本、别集本作「送騎」。

至揚州

一

予至揚州城下，進退維谷，其傍徨狼狽之狀，以詩志其概。予夜行銜枚，至揚州西門憊甚。有三十郎廟，僅存墻階，屋無矣，一行人皆枕藉於地。時已三鼓，風寒露濕，凄苦不可道。

此廟何神三十郎，問郎行客忒琅璫。荒階枕藉無人問，風露滿堂清夜長。

二

揚州城中打四更，一行人遂入近城西門，坐漫地上，候啓門者，無慮百數。城上問何人，從他人應答，予等莫敢語，恐聲音不同，即眼生隨後。

譙鼓鼕鼕入四更，行行三五入西城。隔壕喝問無人應，怕恐人來捉眼生。

三

予出真州，實無所往，不得已趨揚州，猶冀制臣之或見諒也。既至城下，風露凄然，聞鼓角有殺伐聲，傍徨無以處。

悵悵乾坤靡所之，平山風露夜何其！翁翁〔一〕豈有甘心事，何故高樓鼓角悲？

四

制臣之命真州也，欲見殺。若叩揚州門，恐以矢石相加。城外去揚子橋甚近，不測又有哨，進退不可。

城上兜鍪按劍看，四郊胡騎〔二〕繞團團。平生不解楊朱泣，到此方知進退難。

五

杜架閣以爲制臣欲殺我，不如早尋一所，逃哨一日，卻夜趨高郵，求至通州，渡海歸江南，或見二王〔三〕，伸報國之志，徒死城下無益。

吾戴吾頭向廣陵，仰天無告可憐生。争如負命投東海，猶會乘風近玉京。

六

金路分謂：出門便是哨，五六百里而後至通州，何以能達？與其爲此受苦而死，不如死於揚州城下，不失爲死於南，且猶意使臣之或者不殺也。

海雲渺渺楚天頭，滿路胡塵〔四〕不自由。若使一朝俘上去，不如判命〔五〕死揚州。

七

予方未知所進退，余元慶引一賣柴人至，云：「相公有福，相公有福！」問：「能導至高沙否？」曰：「能。」曰：「何處可暫避一日？」曰：「儂家可。」曰：「此去幾里？」曰：「二三十里。」曰：「有哨否？」曰：「數日不一至。」曰：「今日哨至如何？」曰：「看福如何耳。」

路傍邂逅賣柴人，爲説高沙可問津。此去儂家三十里，山坳聊可避風塵。

八

予從金之説，恐制臣見殺；從杜之説，恐北騎見捕；莫知所决。時曉色漸分，去數步，則金一邊來牽住；回數步，則杜一邊又來拖行。事之難從違，未有如此之甚者。

且行且止正依違，彷彿長空曙影微。從者倉皇心緒急，各持議論泣牽衣。

九

同行通十二人，行止未决，余元慶、李茂、吴亮、蕭發遽生叛心，所懷白金各一百五十星上下，竟携以走。

問誰攫去橐中金，僮僕雙雙不可尋。折節從今交國士，死生一片歲寒心。

十

予危急中，隨行四人皆負〔六〕而逃。外既顛隮，内又饑困，行數十步，喘甚不能進，倒荒草中，扶起又行。如此數十，而天曉矣。

顛崖一陷落千尋，奴僕偏生負主心。饑火相煎疲欲絶，滿山荒草曉〔七〕沉沉。

十一

予不得已去揚州城下，隨賣柴人趨其家，而天色漸明，行不能進。至十五里頭，半山有土圍一所，舊是民居，毀蕩之餘無椽瓦，其間馬糞堆積。時惟恐北有望高者，見一隊人行，即來追逐，只得入此土圍中暫避。爲謀拙甚，聽死生於天矣。

戴星欲赴野人家，曙色紛紛路愈賒。倉卒只從山半住，頹垣上有白雲遮。

十二

既入土圍中，四山闃然，無一人影。時無米可飯，有米亦無煙火可炊，懷金無救也。哀哉！

路逢敗屋作鷄棲，白屋荒荒鬼哭悲。袖有金錢無米糴，假饒有米亦無炊。

十三

土圍糞穢不可避，但掃浄數尺地〔八〕，以所携衣服貼襯地面。睡起復坐，坐起復睡，日長難過，情緒奄奄。哀哉！

掃退蜣螂枕敗墻，一朝何止九回腸。睡餘捫虱沉沉坐，偏覺人間白晝長。

十四

北法〔九〕惟午前出哨，午後各歸。若是日起，捱至午後，歡曰：「今日得命矣。」忽聞人聲喧啾甚，自壁窺之，乃北騎數千，自東而西。於是追咎不死於揚州城下，而被捉於此。苦矣，苦矣〔一〇〕！時大風忽起，黑雲暴興，數點微雨下，山色昏冥，若有神功來救助也。

飄零無緒嘆途窮，搔首踟躕日已中。何處人聲似潮溯？黑雲驟起滿山風。

十五

數千騎隨山而行，正從土圍後過，一行人無復人色，傍壁深坐，恐門外得見。若一騎入來，即無噍類矣。時門前馬足與箭筒之聲歷落在耳，只隔一壁，幸而風雨大作，騎只徑去〔一一〕。危哉危哉！哀哉哀哉！

晝闌萬騎忽東行，鼠伏荒村命羽輕。隔壁但聞風雨過，人人顧影賀更生。

十六

予與杜架閣及金應、張慶、夏仲、吕武、王青、鄒捷共八人在土圍中，時已過午，謂哨不來。山下一里有古廟，廟中有丐婦居之。廟前有井，遂遣吕武、鄒捷下山汲水，意或可以得米菜，少救饑餓。不料哨至，二人首被獲。二人解所腰白金近三百兩悉以與之，北受金〔一二〕，得不殺。及哨過，二人方回。相向哀泣，又幸性命之苟全。

青衣山下汲荒泉，道遇腥風走不前。向晚歸來號且哭，胡兒〔一三〕只爲解腰纏。

十七

早從賣柴人行不能前，遂至於土圍中，約賣柴人入城糴米救性命。云：「不奈何忍饑一日，城中銜哺後方開門，米至則黄昏矣。」是日，北數百騎〔一四〕薄西城，於是門不開，賣柴人竟不得出。予等饑窘失措，又以土圍中露天不可睡臥，於是下山投古廟中，與丐婦人同居焉。

眼穿只候賣柴回，今日堡城門不開。糴米已無消息至，黄昏惆悵下山來。

十八

既至廟中，坐未定，忽有人携梃至，良久，三四人陸續來，吾意不免矣。乃知其人自城中來，夜討柴，來早入城赴賣，無惡意也。數人煮糁羹，出其餘以遺我。有未冠者，一夕於庭中燒火照明，諸樵亦不睡。予等且困且睡，乏不可言〔一五〕。

既投古廟覓藜羹，三五樵夫不識名。僮子似知予夢惡，生柴燒火到天明。

十九

予等饑甚，樵者飲食，輒乞其餘。破廟何所，風露淒然，僅存身〔一六〕，猶不自保。哀哉！

苦作江頭乞食翁，一層破廟五更風。眼前境界身何許？始悟人間萬法空。

二十

予見諸樵夫，幸而可與語，告以患難，厚許之，使導往高沙，賴其欣然見從。謂此處不是高沙路，方駐堡城北門賈家莊。少駐一日，卻爲入城糴米買肉，以救兩日之饑；又僱馬〔一七〕辦乾糧，以備行役。於是五更，隨諸樵夫往焉。時樵夫知予無聊，又有所携，使萌不肖心，得財豈不多於所許？淮人依本分感激，豈亦有天意行其間乎！

樵夫偏念客途長，肯向城中爲裹糧。曉指〔一八〕高沙移處泊，司徒廟下賈家莊。

【校記】

〔一〕翁翁　別集本按：翁翁，蓋當時語，謂制臣也。

〔二〕胡騎　四庫本作「遊騎」。

〔三〕二王　原作「二主」，誤。據韓本、鄢本、有焕本、四庫本、文柱本、景室本改。

〔四〕胡塵　四庫本作「煙塵」。

〔五〕判命　原作「制命」，誤。據有焕本改。
〔六〕皆負　韓本、四庫本作「背負」。
〔七〕曉　四庫本作「晚」。
〔八〕數尺地　原作「數人地」，誤。據韓本、鄢本、張本、有焕本、四庫本改。
〔九〕北法　四庫本作「北軍」。
〔一〇〕苦矣苦矣　有焕本作「苦矣」。
〔一一〕騎只徑去　四庫本作「騎兵徑去。」
〔一二〕北受金　四庫本作「敵受金」。
〔一三〕胡兒　四庫本作「遊軍」。
〔一四〕北數百騎　四庫本作「敵數百騎」。
〔一五〕乏不可言　原作「是不可言」，誤。據别集本改。
〔一六〕僅存身　四庫本作「僅存一身」。
〔一七〕僱馬　原作「顧馬」，誤。據四庫本改。
〔一八〕曉指　四庫本作「晚指」。

賈家莊〔一〕

予初五日隨三樵夫黎明至賈家莊，止土圍中，卧近糞壤，風露凄然。時枵腹已經兩夕一日半，愬三樵夫入城糴米買肉，至午而得食。是夜，僱馬〔二〕趨高沙。

行邊無鳥雀〔三〕，臥處有腥臊。露打鬚眉硬，風搜顴頰高。流離外顛沛，饑渴内煎熬〔四〕。多少偷生者，孤臣嘆所遭。

【校記】

〔一〕賈家莊　《詩淵》第三册一九九七頁題作《道中》。

〔二〕僱馬　原作「顧馬」，據有焕本、四庫本改。

〔三〕鳥雀　《詩淵》第三册作「鳥迹」。

〔四〕内煎熬　《詩淵》作「外煎熬」。

揚州地分官

初五至晚，地分官五騎咆哮而來，揮刀欲擊人，凶焰甚於北。亟出濡沫，方免〔一〕毒手，急令離地分去。告以入城，云：「入城必被殺。」幸而脱北方之難，不意困折於我土地。天地雖大，無所容身。哀哉！

一

五騎馳來號徼巡，咆哮按劍一何嗔！金錢買命方無語，何必豺狼罵北人。

二

便當縞素駕戎車，畏賊何當畏虎如。看取摘星樓咫尺，可憐城下哭包胥。

【校記】

〔一〕方免　文柱本作「乃免」。

思則堂先生

初四日，予在桂公塘，北騎數千東行，莫知其故。賈家莊有樵夫云：「昨夜北〔一〕營甘泉西，去城四十里，有白鬚老子設青罣罳，飯於救生寺竈前，稱南朝相公。」問其何如，曰：「面大而體肥。」以意逆之，則堂家先生也。因知昨日北驅奉使北去，與其所掠老小輕重偕行。予雖不免顛踣道路，較諸先生，不以彼易此也。先生嘗云：「某四十規行矩步〔二〕，今日乃有此厄。」流涕二十八字〔三〕。

白鬚老子宿招提，香積厨邊供晚炊。借問魚羹何處少？北風安得似南枝！

【校記】

〔一〕北　四庫本作「敵」。下同。

〔二〕規行矩步　原作「䂓行規步」，張本作「規行規步」，誤。據韓本、鄢本、有焕本、四庫本改。

〔三〕流涕二十八字　胡思敬校：「流涕」後當有「書」字。

高沙道中

予雇騎夜趨高沙，越四十里至板橋，迷失道。一夕行田畈中，不知東西，風露滿身，人馬饑乏，旦行霧中不相辨。須臾，四山漸明，忽隱隱見北騎，道有竹林，亟入避。須臾，二十餘騎繞林呼噪，虞候張慶右眼内中一箭，項中二刀〔一〕，割其髻，裸於地。帳兵王青被縛去〔二〕。杜架閣與金應林中被獲，出所携黄金賂邏者得免。予藏處距杜架閣不遠，北馬入林過吾傍三四皆不見，不自意得全。僕夫鄒捷臥叢篠下，馬過踏其足流血。總轄吕武、親隨夏仲散避他所。是役也，予自分必死，當其急時，萬竅怒號，雜亂人聲。北〔三〕倉卒不盡得，疑有神明相之。馬既去，聞其有焚林之謀，亟趨對山，復尋叢篁以自蔽。既不識路，又乏糧食，人生窮蹙，無以加此！未幾，吕武報北騎已還灣頭，又知路邊〔四〕鮎魚壩傳聞不盡信；然他無活策，黽勉趨去〔五〕，僥倖萬一，倉皇匍匐不能行。先是，自揚州來，有引路三人，牽馬三人，至是或執或逃，僅存其二。二人出於無聊，各操梃相隨，有無禮之志，逡巡行路，無可奈何。至日西〔六〕，忽遇樵者數人，如佛下降。偶得一籮，以繩維之，坐於籮中，雇六夫更迭負送。馳至高郵城西，天未曉〔七〕，不得渡，常恐追騎之奄至也。宿陳氏店，以茅覆地，忍饑而臥。黎明過渡，而心始安。痛定思痛，其涕如雨。

三月初五日，索馬平山邊。疾馳趨高沙，如走阪上圓〔八〕。夜行二百里，望望無人煙。迷途呼不應，如在盤中旋。昏霧腥且濕，怒飇狂欲顛。流澌在鬚髮，塵沫滿橐鞬〔九〕。紅日高十丈，方辨山與川。胡行〔一〇〕疾如鬼，忽在林之巔。誰家苦竹園？其葉青戔戔。倉皇伏幽篠，生死信天緣。鐵騎俄四合，鳥落無虛弦。繞林勢奔軼，動地聲喧闐。霜蹄破叢翳，出入相貫穿。既無遁形術，又非縮地僊。猛虎驅群羊，兔魚落蹄筌。一吏射中目，頸血僅可濺；一隸縛上馬，無路脱糾纏；一廝躪其足，吞聲以自全；一賓與一從，買命得金錢；一伻與一校，幸不逢戈鋋。嗟予何薄命，寄身空且懸。蕭蕭數竹側，往來度飛鸝。遊鋒幾及膚，怒興空握拳。跬步偶不見，殘息忽復延。當其蹙迫時，大風起四邊。意者相其間，神物來蜿蜒。更生不自意，如病乍得痊。須臾傳火攻，然眉復相煎。一行輒一跌，奔命度平田。幽篁便自托，仰天坐且眠。晴曦正當晝，焦腸火生煙〔一一〕。斷罌汲勺水，天降甘露鮮。青山爲我屋，白雲爲我椽。彼草何荒荒，彼水何潺潺！首陽既無食，陰陵不可前。便如失目魚，一似無足蚿。不見道傍骨，委積有萬千〔一二〕。魂魄親蠅蚋，膏脂飽烏鳶。使我先朝露，其事亦復然。丈夫竟如此，吁嗟彼蒼天。古人擇所安〔一三〕，肯蹈不測淵。奈何以遺體，糞土同棄捐？初學蘇子卿，終慕魯仲連。爲我王室故，持此金石堅。自古皆有死，義不污腥羶。求仁而得仁，寧怨溝壑填！秦客載張禄，吴人納伍員。季布走在魯〔一四〕，樊期托於燕。國士急人病，倜儻何拘攣〔一五〕！彼人莫我知，此恨付重泉。鵲聲從何來？忽有吉語傳：此去三五里，古道方平平。行人漸復出，胡馬〔一六〕覺已還。回首下山阿，七人相牽連。東野御已窮，而復加之鞭。跰足〔一七〕如移山，携持姑勉旃。行行重狼顧，常恐追騎先。揚州二游手，面目輕且儇。自言同脱虜，波波口流涎。白日各持梃，其來何翩翩！奴輩殊無聊，似欲爲鷹鸇。逡巡不得避，默默同寒蟬。道逢採樵子，中流得舟船。竹畚當安車，六夫共赬肩。四肢與百骸，屈曲如杯棬。路人心爲惻，從者皆涕漣。星奔不可止，暮達城西阡。饑卧野人廬，藉草爲針氈。詰朝從東渡，始覺安且便。人生豈無難，此難何迍邅！重險復重險，今年定何年？聖世基岱嶽，皇風扇垓埏。中興奮王業，日月光重宣。報國臣有志，悔往不可湔。臣苦不如死，一死尚可憐。堂上太夫人〔一八〕，鬢髮今猶玄。江南昔卜宅，嶺右今受廛。首丘義皇皇，倚門望惓惓。波濤避江介，風雨行淮壖。北海轉萬折，南洋泝孤騫。周遊大夫蠡，放浪太史遷。倘復遊吾盤，終當畊我綿。夫人生於世，致命各有權。慷慨爲烈士，從容爲聖賢。稽首望南拜，著此泣血篇。百年尚哀痛，敢謂事已遄！

北以高郵米贍濟維揚〔一九〕，故自灣頭夜遣騎截諸津，鮎魚壩其一。予是夜若非迷途，四更可達壩所，當一網無遺。乃知一夕倉皇失道，亦若有鬼神鼓動於其間。顛沛之餘，雖幸不死，何辜至此極也！

【校記】

〔一〕項中二刀　原作「項二刀」，誤。據韓本、鄢本、四庫本增「中」字。

〔二〕王青被縛去　原作「王青縛去」，誤。據文柱本增「被」字。

〔三〕北　四庫本作「敵」。下同。

〔四〕又知路邊　四庫本作「又如路邊」。

〔五〕趨去　有焕本、文柱本、别集本作「趨出」。

〔六〕日西　原作「晚西」，誤。據有焕本改。

〔七〕天未曉　原作「天已曉」，據文意改。

〔八〕阪上圓　景室本、别集本作「坂上圓」。

〔九〕麞沫滿橐鞬　原作「麞洙滿橐鞬」，誤。據韓本、鄢本、張本、四庫本改。

〔一〇〕胡行　四庫本作「寇行」。

〔一一〕火生煙　原作「火生咽」，誤。據鍾本、文柱本改。

〔一二〕不見道傍骨委積有萬千　原作「不見道傍骨，委積有萬千」。據韓本、鄢本、元諭本、四庫本改。《詩淵》第三册二〇一四頁作「道逢死人骨，委積萬有千」。

〔一三〕擇所安　《詩淵》第三册作「擇所趨」。

〔一四〕走在魯　《詩淵》作「猶在魯」。

〔一五〕倜儻何拘攣　《詩淵》作「倜倘可拘攣」。

〔一六〕胡馬　四庫本作「哨馬」。

〔一七〕跰足　胡思敬校：「趼」誤「跰」。

〔一八〕太夫人　原作「大夫人」，誤。據四庫本改。

〔一九〕北以高郵米贍濟維揚　原作「北以高郵米擔濟維揚」，四庫本作「敵以高郵米贍濟維揚」。「贍濟」據四庫本改。

至高沙

予倉皇至高沙，驚魂靡定。回思初四土圍中，初五〔一〕竹林裏，幾死於是。使果不免，委骨草莽，誰復知之？

江南自好築金臺，何事風花墮向淮？若使兩遭豺虎手，而今玉也有誰埋？

予至高沙，奸細之禁甚嚴。時予以籮爲轎，見者憐之。又張慶血流滿面，衣衫皆污，人皆知其爲遇北，不復以奸細疑。然聞制使有文字報諸郡，有以丞相來賺城，令覺察關防。於是〔二〕不敢入城，急買舟去。

【校記】

〔一〕初五　原作「初二」，誤。據四庫本改。

〔二〕於是　鍾本、文柱本作「於時」。

發高沙

一〔一〕

曉發高沙卧一航，平沙漠漠水茫茫。舟人爲指荒煙岸，南北今年幾戰場〔二〕？

平淮千里，莽爲丘墟。自出高沙，滿目空曠〔三〕。高郵水與灣頭通，下海陵，入射陽，過漣水，皆其路也。二月六日，城子河一戰，我師大捷，人指某處是戰場。

二

城子河邊委亂屍，河陰血肉更稀微。大行南北燕山外，多少遊魂逐馬蹄！

自至城子河，積屍盈野，水中流屍無數，臭穢不可當，上下幾二十里無間斷。乃北〔四〕以二月六日載奉使柳岳、洪雷震並輜重俱北，嵇家莊〔五〕擊其前，高郵擊其腰，北大喪敗，柳岳死焉，洪雷震今在高郵。見説北入江淮，惟此戰我師大勝。

三

一日經行白骨堆，中流失柁〔六〕爲心摧。海陵棹子長狼顧，水有船來步馬來。

是日經行戰場，四顧闃然。棹人心恙，長恐灣頭有人出來，又恐岸上有馬來趕。正慌急間，偶然柂拆，整柂良久。危哉，險哉！

四〔七〕

小泊嵇莊〔八〕月正弦，莊官驚問是何船。今朝哨馬灣頭出，正在青山大路邊。

自高郵至嵇家莊，方有一團人家，以水爲寨。統制官嵇聳，其子德潤詣鄉舉〔九〕，其侄昌，其館客莆田人林希驥字千里、林孔時字願學，皆鋭意於事功者。嵇設醴甚至，云：「今早報灣頭馬出，到城子河邊，不與之相遇，公福人也。」爲之嗟嘆不置。願學同德潤送予至泰州。

【校記】

〔一〕本組詩其一　清嘉慶《高郵州志》題爲《發高沙作》。

〔二〕今年幾戰場　一作「今經幾戰場」。

〔三〕滿目空暵　原作「滿空暵」（一作「滿空旱暵」），據韓本、鄒本、有焕本、四庫本、文柱本改。

〔四〕北　四庫本作「敵」。下同。

〔五〕嵇家莊　原作「稽家莊」，據《高郵州志》改。

〔六〕柁　四庫本作「柂」。

〔七〕本組詩其四　清嘉慶《高郵州志》題爲《至嵇家莊》。

〔八〕嵇莊　原作「稽莊」，據《高郵州志》改，下「稽家莊」同。胡思敬校：「稽」當作「嵇」。

〔九〕詣鄉舉　原作「請鄉舉」，據四庫本、別集本改。

嵇莊即事〔一〕

乃心王室故，日夜奔南征〔二〕。蹈險寧追悔，懷忠莫見明。雁聲連水遠，山色與天平。枉作窮途哭，男兒付死生。

【校記】

〔一〕稽莊即事　《高郵州志》作「嵇莊」。胡思敬校：「稽」當作「嵇」。

〔二〕奔南征　四庫本、別集本作「莾南征」。

泰州

予至海陵，問程趨通州，凡三百里河道，北與寇出没其間，真畏途也！

羈臣家萬里，天日〔一〕鑒孤忠。心在坤維外，身遊坎窞中。長淮行不斷，苦海望無窮。晚鵲傳佳好〔二〕，通州路已通。

【校記】

〔一〕天日　原作「天目」，誤。據韓本、鄢本、張本、有煥本、四庫本改。

〔二〕傳佳好　景室本、別集本作「傳佳信」，四庫本作「傳佳耗」。

卜神

通州三百里，茅葦也還無。胡騎〔一〕虎出没，山鼯鬼嘯呼。王陽懷畏道，阮籍淚窮途。人物中興骨，神明爲國扶。

【校記】

〔一〕胡騎　四庫本作「鐵騎」。

旅懷

一

北去通州號畏途，固應孝子爲回車。海陵若也容羈客，賸買〔一〕菰蒲且寄居。

二

天地雖寬靡所容，長淮誰是主人翁？江南父老還相念〔二〕，只欠一帆東海風。

三

昨夜分明夢到家，飄颻依舊客天涯。故園門掩東風老，無限杜鵑啼落花。

【校記】

〔一〕賸買　原作「賸買」，據韓本、鄢本、張本、文焕本、四庫本、文柱本改。

〔二〕還相念　有焕本作「誰相念」。

懷則堂實堂

二先生於予厚。予之惓惓於二先生，知二先生亦惓惓於予也。

白頭北使駕雙轎，沙闊天長淚曉煙。中夜想應發深省，故人南去〔一〕地行仙。

【校記】

〔一〕南去　原作「南北」，據韓本、鄢本、有焕本、四庫本、文柱本、别集本改。

貴卿

貴卿與予同患難，自二月晦至今日，無日不與死爲鄰。平生交遊，舉目何在？貴卿真吾異姓兄弟也。

天高並地迥，與子獨牢愁。初作燕齊客，今爲淮海遊。半生誰俯仰？一死共沉浮。我視君年長，相看比惠州。惠州，予弟璧也。

憶太夫人〔一〕

三生命孤苦，萬里路酸辛。屢險不一險，無身復有身。不忘聖天子，幾負太夫人。定省今何處？新來夢寐頻。

【校記】

〔一〕太夫人　原作「大夫人」，誤。據有焕本、四庫本改。下同。

即事

痛哭辭京闕，微行訪海門。久無鷄可聽，新有虱堪捫。白髮應多長，蒼頭少有存。但令身未死，隨力報乾坤。

紀閑

九十春光好，周流人鬼關。人情輕似土，世路險於山〔一〕。俯仰經行處，死生談笑間。近時最難得，旬日海陵閑。

【校記】

〔一〕險於山　文煥本、文柱本作「險如山」。

聲苦

萬死奔波落一生，飄零淮海命何輕！近來學得趙清獻，叫苦時時數十聲。

即事

船隻時閑〔一〕鎖，城孤日閉關。驚心常有馬〔二〕，極目奈無山。出路〔三〕相傳險，行囊愈覺慳。歸心風絮亂，無奈一身閑。

【校記】

〔一〕時閑　原作「時間」，誤。據張本、四庫本改。

〔二〕常有馬　四庫本作「時有馬」。

〔三〕出路　韓本、鄒本、四庫本作「去路」。

發海陵

自三月〔一〕十一日海陵登舟，連日候伴問占，苦不如意。會通州六校〔二〕自維揚回，有弓箭可仗，遂以孤舟於二十一日早徑發，十里驚傳馬在塘灣，亟回。晚乃解纜，前途吉凶，未可知也。

自海陵來向海安，分明如度〔三〕鬼門關。若將九折回車看，倦鳥何年可得還？

【校記】

〔一〕三月　原作「二月」，誤。據《宋少保右丞相兼樞密使信國公文山先生紀年録》改。

〔二〕六校　原作「六交」，據韓本、鄢本、有煥本、四庫本、文柱本改。

〔三〕度　原作「渡」，據韓本、鄢本、張本、四庫本改。

聞馬

二十一夜，宿白蒲下十里。忽五更，通州〔一〕下文字，馳舟而過，報吾舟云：「馬來！馬來！」〔二〕於是速張帆去，慌迫〔三〕不可言。二十三日，幸達城西門鎖外。越一日，聞吾舟過海安未遠，即有馬至縣。使吾舟遲發一時，頃已爲囚虜矣。危哉！

過海安來奈若何，舟人去後馬臨河。若非神物扶忠直，世上未應僥倖多。

【校記】

〔一〕通州　有焕本、文柱本作「通判」。

〔二〕馬來馬來　原作「馬來來」，誤。據四庫本補。

〔三〕慌迫　原作「荒迫」，誤。據世界書局一九三六年本改。

如皋〔一〕

如皋縣隸有泰州朱省二者，受北命爲宰，率其民詰道路〔二〕，予不知而過之。既有聞，爲之驚嘆。

雄狐假虎之林皋〔三〕，河水腥風接海濤。行客不知身世險，一窗春夢送輕舠。

【校記】

〔一〕如皋　清嘉慶《如皋縣志》題作《過如皋》。

〔二〕詰道路　原作「桔道路」，誤。據世界書局一九三六年本改。有焕本、文柱本、别集本作「梗道路」。

〔三〕之林皋　文柱本作「立林皋」，景室本、别集本作「踞林皋」。

聞諜

予既不爲制鉞所容，行至通州，得諜者云：「鎮江府走了文相公，許浦一路有馬來捉。」聞之悚然。爲賦此。

北來追騎滿江濱，那更元戎按劍嗔。不是神明扶正直，淮頭何處可安身？

哭金路分應

金應以筆劄往來吾門二十年，性烈而知義，不爲下流。去年從予勤王，補兩武資。今春特授〔一〕承信郎、東南第六正將、贛州駐劄。及予使北，轉三官，授江南西路兵馬都監、贛州駐劄。予之北行也，人情莫不觀望，僚從皆散，雖親僕亦逃去，惟應上下相隨，更歷險難，奔波數千里，以爲當然。蓋委身以從，死生休戚，俱爲一人者。至通州，住十餘日矣。閏月五日，忽伏枕，命醫三四，熱病增劇，至十一日午氣絶。予哭之痛。其斂也以隨身衣服，其棺如常。翌日葬西門雪窖邊。棺之上排七小釘，又以一小板片覆於七釘之上以爲記，不敢求備者。邊城無主，恐貽身後之禍。異時遇便，取其骨歸葬廬陵，而後死者之目可閉也。傷哉，傷哉！爲賦二詩，焚其墓前。

一

我爲吾君役，而從乃主行。險夷寧異趣，休戚與同情。遇賊能無死，尋醫劇不生。通州〔二〕一丘土，相望淚如傾。

二

明朝吾渡海，汝魄〔三〕在它鄉。六七年華短，三千客路長。招魂情黯黯，歸骨事茫茫。有子應年長，平生不汝忘。

【校記】

〔一〕特授　原作「時授」，誤。據四庫本、景室本、別集本改。

〔二〕通州　四庫本作「通川」。

〔三〕汝魄　鍾本、有煥本作「汝魂」。

卷之四

懷楊通州

一

江波無奈暮雲陰，一片朝宗只此心。今日海頭覓船去，始知百煉是精金。

二

喚渡江沙眼欲枯，羈臣中道落崎嶇。乘船不管千金購，漁父真成大丈夫。

三

范叔西來變姓名，綈袍曾感故人情。而今未識春風面，傾蓋江湖話一生。

四

仲連義不帝西秦，拔宅逃來住海濱。我亦東尋煙霧去，扶桑影裏看金輪。

海船

海船與江船不同。自狄難〔一〕以來，從淮入浙者必由海，而通爲孔道也，由是海船發盡。適三月間，方有台州三薑船至，已爲曹大監鎮所雇。通州有下文字自定回，張少保恰予之以一船，亦是三月方到岸，而予適來，楊守遂以此舟送予，與曹大監俱南。向使有薑船而無張少保一舟，予不能行；有張少保〔二〕而無薑船，予又無伴。不我先後，適有邂逅，殆神施鬼設而至也。

海上多時斷去舟，公來容易渡南州。子胥江上逢漁父，莫是神明遣汝否〔三〕？

【校記】

〔一〕狄難　四庫本作「寇難」。

〔二〕張少保　下疑脱「舟」字。

〔三〕遣汝否　文柱本、别集本作「遣汝不」。

發通州

予萬死一生，得至通州，幸有海船以濟。閏月十七日發城下，十八日宿石港。同行有曹大監鎮兩舟，徐新班廣壽一舟。舟中之人，有識予者。

一〔一〕

孤舟漸漸脱長淮，星斗當空月照懷。今夜分明棲海角，未應便道是天涯。

二

白骨叢中過一春，東將入海避風塵。姓名變盡形容改，猶有天涯相識人。

三

淮水淮山阻且長，孤臣性命寄何鄉？只從海上尋歸路，便是當年不死方。

【校記】

〔一〕組詩其一《如皋縣志》單獨列出，題爲《馬塘》。

石港〔一〕

王陽真畏道，季路漸知津。山鳥喚醒客，海風吹黑人。乾坤萬里夢，煙雨一年春。起看扶桑曉，紅黄六六鱗。

【校記】

〔一〕石港　《如皋縣志》作《大貼港》。

賣魚灣

賣魚灣去石港十五里許。是日，曹大監膠舟，候潮方能退〔一〕。

風起千灣浪，潮生萬頃沙。春紅堆蟹子，晚白結鹽花。故國〔二〕何時訊？扁舟到處家。狼山青兩點，極目是天涯。

【校記】

〔一〕候潮方能退　胡思敬校：「退」疑「進」。

〔二〕故國　鍾本、有焕本作「故園」。

即事〔一〕

宿賣魚灣。海潮至，漁人隨潮而上，買魚者邀而即之，魚價甚平〔二〕。

飄蓬一葉落天涯，潮濺青紗日未斜。好事官人無勾當，呼童上岸買青蝦。

【校記】

〔一〕即事　《如皋縣志》題作《鰕子灣即事》。

〔二〕魚價甚平　原作「魚甚平」，誤。據别集本增「價」字。

北海口

淮海本東海，地於東、中，云南洋、北洋。北洋入山東，南洋入江南。人趨江南而經北洋者，以揚子江中渚沙爲北所用，故經道於此，復轉而南，蓋遼繞數千里云。

滄海人間別一天，只容漁父釣蒼煙。而今蜃起樓臺處，亦有北來蕃漢船。

出海

二十一夜宿宋家林，泰州界。二十二日出海洋。極目皆水，水外惟天。大哉觀乎！

一

一團蕩漾水晶盤，四畔青天作護闌。著我扁舟了無礙，分明便作混淪看。

二

水天一色玉空明，便似乘槎上太清〔一〕。我愛東坡南海句，兹遊奇絶冠平生。

【校記】

〔一〕太清　原作「大清」，據張本、四庫本、文柱本改。

漁舟

二十八日，乘風行，入通州海門界。午拋泊避潮，忽有十八舟上風冉冉而來，疑爲暴客，四船戒嚴。未幾，交語而退。是役也，非應對足以禦侮，即爲魚矣。危乎殆哉！

一陣飛帆破碧煙，兒郎〔一〕驚餌理弓弦。舟中自信婁師德，海上誰知〔二〕魯仲連？初謂悠揚真賊艦，後聞欸乃是漁船。人生漂泊多磨折，何日山林清晝眠？

【校記】

〔一〕兒郎　四庫本作「鬼郎」。

〔二〕誰知　四庫本作「誰如」。

揚子江

自通州至揚子江口，兩潮可到。爲避渚沙及許浦，顧諸從行者，故繞去出北海，然後渡揚子江。

幾日隨風北海遊，回從揚子大江頭。臣心一片磁針石，不指南方不肯休。

使風

渺渺茫茫遠愈微，乘風日夜趁東歸。半醒半困模糊處，一似醉中騎馬飛。

蘇州洋

一葉漂摇揚子江，白雲盡處是蘇洋。便如伍子當年苦，只少行頭寶劍裝。

過揚子江心

大海中一條，自揚子江直上淡者是。此乃長江盡處，横約百二十里。吾舟乘風過之，一時即鹹水。

渺渺乘風出海門，一行淡水帶潮渾。長江盡處還如此，何日岷山〔一〕看發源？

【校記】

〔一〕岷山　原作「眠山」，誤。據韓本、鄢本、張本、有焕本、四庫本改。

入浙東

金鰲山在台州界，高宗皇帝曾艤舟於此，寺藏御書。四明既陷，不知天台存亡。憂心如擣，見於此詩。

厄運一百日，危機九十遭。孤踪落虎口，薄命付鴻毛。漠漠長淮路，茫茫巨海濤。驚魂猶未定，消息問金鰲。

夜潮

雨惡風獰夜色濃，潮頭如屋打孤篷。漂零行路丹心苦，夢裏一聲何處鴻？

亂礁洋

自北海渡揚子江至蘇州洋，其間最難得山，僅得蛇山、洋山大小山數山而已。自入浙東，山漸多。入亂礁洋，青翠萬疊，如畫圖中。在洋中者，或高或低，或大或小，與水相擊觸，奇怪不可名狀。其在兩傍者，如岸上山，叢山實則皆在海中，非有畔際。是日風小浪微，舟行石間，天巧捷出，令人應接不暇，殆神僊國也。孤憤愁絶中，爲之心曠〔一〕目明，是行爲不虚云。

海山僊子國，邂逅寄孤篷〔二〕。萬象畫圖裏，千崖玉界中。風摇春浪軟，礁激暮潮雄。雲氣東南密，龍騰上碧空。

【校記】

〔一〕心曠　原作「心廣」，誤。據世界書局一九三六年本改。

〔二〕孤篷　有焕本作「孤蓬」。

夜走

舟入東海，報者云：「前有賊船。」行十數里，報如前。望見十餘舟，張帆嗅口，意甚惡。稍人亟取靈山巖路避之，一夕摇船，極其慌迫〔一〕，際曉幸得脱去〔二〕。

鯨波萬里送歸舟，倏忽驚心欲白頭。何處赭衣操劍戟？同時黄帽理兜鍪。人間風雨真成夢，夜半江山總是愁。雁蕩雙峰片雲隔，明朝躡屩作清遊。

【校記】

〔一〕慌迫　原作「荒迫」，誤。據世界書局一九三六年本改。

〔二〕脱去　四庫本作「脱云」。

緑漪堂

予自海舟登台岸，至城門張氏家，蓋國初名將永德之後。主人號哲齋，闢堂教子，扁「緑漪」，爲賦八句。

義方堂上看，窗户翠玲瓏。硯裏雲壇月，席間淇水風。清聲隨地到，直節與天通。庭玉森如笋，干霄雨露功。

過黄巖

予至淮，即變姓名。及天台境，哲齋張爲予覓緑漪詩。予既賦，題云：「清江劉洙書。」此過黄巖，寄二十字。

魏睢變張禄，越蠡改陶朱。誰料文山氏，姓劉名是洙。

至温州〔一〕

萬里風霜鬢已絲，飄零回首壯心悲。羅浮山下雪來未，揚子江心月照誰？衹謂虎頭非貴相，不圖羝乳有歸期。乘潮一到中川寺，暗讀〔二〕中興第二碑。

【校記】

〔一〕至温州　清龔詠樵《亦園脞牘》題作《宿中川寺》，浙江省温州市江心孤嶼文信國公祠内碑刻題爲《北歸宿中川寺》。

〔二〕暗讀　《東甌孤嶼志》《亦園脞牘》及温州江心孤嶼文信國公祠内詩碑作「暗度」。

長溪道中和張自山韻

一

潮風〔一〕連地吼，江雨帶天流。宫殿扃春仗，衣冠鎖月遊。傷心今北府，遺恨古東洲。王氣如川至〔二〕，龍興海上州。東洲，常州也。

二

夜静吴歌咽，春深蜀血流。向來蘇武節，今日子長遊。海角雲爲岸，江心石作洲。丈夫竟何事〔三〕，底用泣神州？

【校記】

〔一〕潮風　清光緒元年《福寧府志》、清光緒十年《福安縣志》作「潮聲」。

〔二〕如川至　《福寧府志》《福安縣志》作「如春至」。

〔三〕竟何事　《福寧府志》《福安縣志》作「竟何壯」。

和自山

去年予陷北〔一〕，自山自京寄詩，時予已南歸，不及領。今聞成誦〔二〕，追和作彼時語。痛定思痛，痛不可當！

春晚傷爲客，月明思見君。我方慕蘇武，誰復從田文？龍背夾紅日，雁聲連白雲。琵琶漢宫曲，馬上不堪聞。

【校記】

〔一〕陷北　四庫本作「陷敵」。

〔二〕今聞成誦　原作「今明成誦」，據韓本、鄒本、張本、四庫本、文柱本改。

林附祖

林附祖，福州秀才。去年〔一〕三月四日在無錫道中，忽爲數酋〔二〕擒去，指爲文相公，云：「你們年四十，頭戴笠，身著袍，脚穿黑靴，文書上載了你們，如何不是？」縛至京口辨驗，然後得釋。附祖名元龍，至南劍爲予言。

畫影圖形正捕風，書生薄命入罝中。胡兒〔三〕一似冬烘眼，錯認顔標作魯公。

【校記】

〔一〕去年　黄蘭波《文天祥詩選》校語：「去年」爲「今年」之誤。

〔二〕數酋　四庫本作「北人」。

〔三〕胡兒　四庫本作「北人」。

呈小村〔一〕

予自劍進汀，小村過清流來迎，不圖此生復相見。

萬里飄零命羽輕，歸來喜有故人〔二〕迎。雷潛九地聲元在，月暗〔三〕千山魄再明。疑是倉公回已死，恍如羊祜説前生。夜闌相對〔四〕真成夢，清酒浩歌雙劍横。

【校記】

〔一〕呈小村　《文氏通譜·文獻·信國公遺翰》作《過鄉謝遠迓》。

〔二〕故人　《文氏通譜》作「族人」。

〔三〕月暗　《文氏通譜》作「月黑」。

〔四〕相對　《文氏通譜》作「對燭」。

二月晦

元年二月晦，予從鎮江脱北難〔一〕，險阻艱難，於今再見。仲春下澣，追感墮淚八句。

塞上明妃馬，江頭漁父船。新讎誰共雪？舊夢不堪圓！遺恨常千古，浮生又一年。何時暮春者，還我浴沂天？

【校記】

〔一〕脱北難　四庫本作「脱敵難」。

有感呈景山校書諸丈

北風吹春草，陽烏日已至。天時豈云爽，人事胡乃異。三月方皇皇，衣冠道如墜。棟撓榱桷折，木顛楨榦〔一〕悴。大者懷端憂，燋頭求室毁。小者嗟行役，泥塗跋其尾。長平與新安，露觜如櫛比。賦分本爾殊，適與天時值。哲人處明夷，致命以遂志。但令守吾貞，死生浩無愧。

【校記】

〔一〕榦　原作「榦」，誤。據韓本、鄢本、四庫本改。

即事

去年傷北使，今日嘆南馳。雲濕山如動，天低雨欲垂。征夫行未已，遊子去何之？正好王師出，崆峒麥熟時。

所懷

世途嗟孔棘，行役苦期頻〔一〕。良馬比君子，清風來故人。相看千里月，空負一年春。便有桃源路，吾當少避秦。

【校記】

〔一〕苦期頻　韓本、鄢本、四庫本作「苦斯頻」。

自嘆

草宿披宵露，松餐立晚風。亂離嗟我在，艱苦有誰同？祖逖關河志，程嬰社稷功。身謀百年事，宇宙浩無窮。

補遺

題蘇武忠節圖有序

余在京口城外，日夜求脱，不得間。謝村去平江，欲逃又不果。至鎮江，事益急，議趣〔一〕真州。余杜密謀，杜云：「事濟萬幸，不幸謀泄，當死，死有怨乎？」余指心自誓云：「死靡悔。」且辦匕首，事懼不濟，挾以自殺。杜云：「亦請〔二〕以死自效。」於是計遂定。既至真州城下，問者群至，告以余在鎮江走脱，城子諸校皆出。既延入城，苗守遂見，語國事移時，感慨流涕，即往住清邊堂。時從亡者始至也。引至直司，搜身上所藏軍器，既無他，然後見信，防閑嚴密如此！向使一疑字横於胸中，閉門不納，天地茫茫，何所歸宿？嘻〔三〕，其危哉！苗守袖出李龍眠畫《漢蘇武忠節圖》，求余詠題。撫卷淒涼，浩氣憤發，使人慷慨激烈，有去國思君之念矣。遂賦三詩，書於卷後。時丙子三月二日也。文天祥執筆於清邊堂之寓舍。

一

忽報忠圖紀歲華，東風吹淚落天涯。蘇卿尚有〔四〕歸時國，老相〔五〕兼無去後家。烈士喪元心不易，達人知命事何嗟！生平愛覽忠臣傳，不爲吾身亦陷車。

二

獨伴羝羊海上遊，相逢血淚向天流。忠貞〔六〕已向生前定，老節須從死後休。不死未論生可喜，雖生何恨死堪憂〔七〕！甘心賣國人何處，曾識蘇公義膽不？

三

漠漠愁雲海戍迷〔八〕，十年何事〔九〕望京師？李陵罪在偷生日，蘇武功成未死時。鐵石心存無境變〔一〇〕，君臣義重與天期。縱饒夜久胡塵〔一一〕黑，百煉丹心涅不緇。

【校記】

〔一〕趣　四庫本作「趨」。
〔二〕亦請　别集本作「請亦」。
〔三〕嘻　有焕本、文柱本作「噫」。
〔四〕尚有　原作「更有」，據四庫本改。
〔五〕老相　景室本、别集本作「老杜」。
〔六〕忠貞　原作「忠真」，誤。據鄢本、别集本、四庫本改。
〔七〕死堪憂　元諭本作「死堪愛」。
〔八〕海戍迷　一作「海上迷」。
〔九〕十年　疑爲「廿年」之誤。《漢書·蘇武傳》載：「武留匈奴十九歲。始以强壯出，及還，鬚髮盡白。」何事，四庫本作「何處」。
〔一〇〕境變　原作「鏡變」，誤。據張本、景室本、别集本改。
〔一一〕胡塵　一作「風塵」。

卷十四

指南後録

指南後録卷之一上

過零丁洋〔一〕

辛苦遭逢起一經，干戈落落〔二〕四周星。山河破碎風飄絮〔三〕，身世飄摇雨打萍〔四〕。惶恐灘頭説惶恐〔五〕，零丁洋裏嘆零丁。人生自古誰無死？留取丹心照汗青。

上巳〔六〕，張元帥令李元帥過船，請作書招諭張少傅〔七〕投拜，遂與之言：「我自救父母不得，乃教人背父母，可乎？」書此詩遺之。李不能强，持詩以達張。張但稱〔八〕：「好人，好詩！」竟不能逼。

【校記】

〔一〕過零丁洋　《文氏通譜·文獻·信國公遺翰》作《過零丁洋遺張少保》。

〔二〕干戈落落　一作「干戈寥落」。

〔三〕風飄絮　原作「風拋絮」，據清光緒六年刊本《指南後録》卷一上改。

〔四〕飄摇　一作「浮沉」，《指南後録》卷一上作「漂流」。雨打萍，清嘉慶《新安縣志》作「風打萍」。

〔五〕惶恐　原作「皇恐」。據四庫本、景室本改。説惶恐，一作「記皇恐」。

〔六〕上巳　劉文源《文天祥詩集校箋》據鄧光薦《丞相傳》記事作「十三日」。景室本作「上元日」。

〔七〕張少傅　原作「張少保」，據清光緒六年刊本《指南後録》改。

〔八〕張但稱　原脱「張」字，據景室本補。

元夕

南海觀元夕，兹遊古未曾。人間大競渡，水上小燒燈。世事争强弱，人情尚廢興。孤臣腔血滿，死不愧廬陵。

懷趙清逸〔一〕

厓海知何地〔二〕，驅來坐戰場。家人半分合，國事決存亡。一死不足道，百憂何可當？故人髯似戟，起舞爲君傷。

【校記】

〔一〕懷趙清逸　韓本、四庫本將本詩與《懷中甫》合題爲《懷友人二首》，此詩列「其二」。《詩淵》第一册二八五頁亦然，題爲《憶友人》，此詩亦列「其二」。

〔二〕知何地　原作「真何地」，誤。據清光緒六年《指南後録》改。

二月六日海上大戰國事不濟孤臣文天祥〔一〕坐北舟中向南慟哭〔二〕爲之詩曰〔三〕

長平一坑四十萬，秦人歡欣趙人怨。大風揚沙水不流，爲楚者樂爲漢愁。兵家勝負常不一，紛紛干戈何時畢！必有天吏將明威，不嗜殺人能一之。我生之初尚無疚，我生之後遭陽九〔四〕。厥角稽首并二州，正氣掃地山河羞〔五〕。身爲大臣義當死，城下師盟愧牛耳。間關〔六〕歸國洗日光，白麻重宣不敢當。出師三年勞且苦，咫尺〔七〕長安不得睹。非無虓虎士如林，一日不幸〔八〕爲人擒。樓船千艘下天角，兩雄相遭爭奮搏。古來何代無戰争，未有鋒蝟〔九〕交滄溟。遊兵日來復日往，相持一月爲鷸蚌。南人志欲扶崑崙，北人氣欲〔一〇〕黄河吞。一朝天昏風雨惡，礮火雷飛箭星落。誰雌誰雄頃刻分〔一一〕，流屍漂血洋水渾。昨朝南船滿厓海，今朝只有北船在。昨夜兩邊桴鼓鳴，今朝船船鼾睡聲。北兵去家〔一二〕八千里，椎牛釃酒人人喜。惟有孤臣雨淚〔一三〕垂，冥冥不敢向人啼。六龍杳靄知何處？大海茫茫隔煙霧。我欲借劍斬佞臣，黄金横帶爲何人？

【校記】

〔一〕孤臣文天祥　原作「孤臣天祥」，據清光緒六年刊本《指南後録》增「文」字。四庫本則作「孤臣某」。

〔二〕慟哭　四庫本作「痛哭」。

〔三〕爲之詩曰　鄧傳有云：「二月六日厓山潰，公不勝悲憤，作《長歌》哭之，南北傳誦。」《長歌》即本詩。

〔四〕我生之初尚無疚我生之後遭陽九　韓本、鄢本、四庫本缺此兩句。
〔五〕山河羞　韓本、鄢本作「山川羞」。
〔六〕間關　四庫本作「閑關」。
〔七〕咫尺　原作「只尺」，誤。據四庫本改。
〔八〕不幸　原作「不戈」，誤。據有煥本、文柱本、別集本、四庫本改。
〔九〕鋒蝟　韓本、鄢本、四庫本作「鋒鋭」，別集本作「鋒鏑」。
〔一〇〕北人氣欲　韓本、鄢本作「北人志欲」。
〔一一〕頃刻分　韓本、鄢本、四庫本作「勝負分」。
〔一二〕北兵去家　韓本作「北軍去家」。
〔一三〕雨淚　別集本作「一淚」。

又六噫〔一〕

颶風起兮海水飛，噫！文武盡兮火德微，噫！鷹鸇相擊〔二〕兮靡所施，噫！鴻鵠欲舉兮將安歸？噫！
棹歌中流兮任所之，噫！獨抱《春秋》兮莫我知，噫！

【校記】

〔一〕又六噫　清光緒六年刊本《指南後録》將本詩和前詩《長歌》合爲一首，中間以「爲之歌曰」相聯結。

〔二〕鷹鸇相擊　韓本、鄒本、四庫本作「鷹鸇欲擊」。

言志

九垠化爲魅，億醜俘爲虜。既不能變姓名卒於吴，又不能髠鉗奴於魯。遠引不如四皓翁，高蹈不如仲連父。冥鴻墮矰繳，長鯨陷網罟。鷃燕上下争誰何？螻蟻等閑相爾汝。狼藉山河歲云杪，飄零海角春重暮。百年落落生涯盡，萬里遥遥行役苦。我生不辰逢百罹〔一〕，求仁得仁尚何語！一死鴻毛或泰山，之輕之重安所處？婦女低頭守巾幗，男兒嚼齒吞刀鋸。殺身慷慨猶易免〔二〕，取義從容未輕許。仁人志士所植立，横絶地維屹天柱。以身徇道不苟生，道在光明照千古。素王不作《春秋》廢，獸蹄鳥迹〔三〕交中土。閏位適在三七間，禮樂終當屬真主。李陵衞律罪通天，遺臭至今使人吐。種瓜東門不可得，暴骨匈奴固其所。平生讀書爲誰事？臨難何憂復何懼！已矣夫，易簀不必如曾參，結纓猶當效子路。

【校記】

〔一〕逢百罹　胡思敬校：「逢百罹」，疑「罹百憂」。

〔二〕易免　有焕本作「易勉」。

〔三〕獸蹄鳥迹　四庫本作「烽煙突騎」。

南海

揭來南海上，人死亂如麻。腥浪拍心碎，飆風吹鬢華。一山還一水，無國又無家〔一〕。男子千年志，吾生未有涯。

【校記】

〔一〕又無家　有焕本、文柱本、别集本、民國本作「亦無家」。

有感

海闊龍深蟄，山空鳥雜鳴。花隨春共去，雲與水俱行。壯士千年志，征夫萬里程。夜涼看星斗，何處是欃槍？

張元帥謂予國已亡矣殺身以忠誰復書之予謂商非不亡夷齊自不食周粟人臣自盡其心豈論書與不書張爲改容因成一詩

高人名若浼，烈士死如歸。智滅猶吞炭，商亡正採薇。豈因徼後福，其肯蹈危機！萬古《春秋》義，悠悠雙淚揮。

登樓

茫茫地老與天荒，如此男兒鐵石腸。七十日來浮海道，三千里外望江鄉〔一〕。高鴻尚覺心期闊，蹇馬何堪脚迹長！獨自登樓時拄頰〔二〕，山川在眼淚浪浪。

【校記】

〔一〕望江鄉　有煥本、文柱本、别集本作「望家鄉」。

〔二〕拄頰　原作「柱頰」，誤。據四庫本、民國本改。

海上

天邊青鳥逝，海上白鷗馴。王濟非癡叔，陶潛豈醉人！得官須報國〔一〕，可隱即逃秦。身事蓋棺定，挑燈看劍頻。

【校記】

〔一〕得官　鄢本作「得常」。有煥本、四庫本、民國本作「得當」。報國，《詩淵》載詩作「報漢」。

贛州

滿城風雨送凄凉，三四年前〔一〕此戰場。遺老猶應愧蜂蟻，故交〔二〕已久化豺狼。江山不改人心在，宇宙方來事會長。翠玉樓前天亦泣，南音半夜落滄浪。

【校記】

〔一〕三四年前　《詩淵》第三册《地理門·地理類》一九三九頁載詩作「三四年來」。

〔二〕故交　《詩淵》作「故人」。

指南後録卷之一下

出廣州第一宿

越王臺下路〔一〕，搔首嘆萍踪。城古都沿水〔二〕，山高易得風。鼓聲殘雨後，塔影暮林中。一樣連營火，山同河不同。

【校記】

〔一〕臺下路　有焕本、文柱本、别集本作「臺上路」。

〔二〕沿水　原作「招水」，誤。據《詩淵》第三册載詩改。

英德道中

海近〔一〕山如沃，村深〔二〕屋半蕪。乾坤正風雨，軒冕總泥塗。自嘆鳶肩薄，誰憐鶴影孤。少年狂不省〔三〕，夜夜夢伊吾。

【校記】

〔一〕海近　《詩淵》第三册二〇二一頁作「海道」。

〔二〕村深　原作「杍深」，誤。據别集本和《詩淵》第三册二〇二一頁改。文柱本和《宋詩鈔補》作「林深」。

〔三〕不省　原作「不醒」，誤。據《詩淵》第三册改。

晚渡〔一〕

青山圍萬疊，流落此何邦？雲静龍歸海，風清馬渡江。汲灘供茗椀〔二〕，編竹當篷窗〔三〕。一片〔四〕沙頭月，羈鴻共影雙。

【校記】

〔一〕晚渡　元劉壎《隱居通議》卷一二題爲《萬安晚渡》。

〔二〕茗椀　别集本作「茗碗」。

〔三〕篷窗　原作「蓬窗」，誤。據世界書局一九三六年本改。

〔四〕一片　原作「一井」，誤。據文柱本、别集本和《詩淵》第三册改。

珊瑚吟

南方有珍禽，鳴聲〔一〕天下奇。毛羽黑如漆，兩眼凝瓊脂〔二〕。燕趙佳公子，籠檻以自隨。童子重丁寧，飲食必以時〔三〕。將獻上林苑，來巢萬年枝。待之豈少恩，不免加縶維。珊瑚真珊瑚，碎啄〔四〕良自悲。中原寒氣深，風土非所宜。

【校記】

〔一〕鳴聲　《永樂大典》卷二千二百五十九載詩作「名聲」。

〔二〕兩眼　原作「兩瞼」，據四庫本改。瓊脂，原作「璚脂」，誤。據《詩淵》第一册載詩改。

〔三〕以時　《永樂大典》載詩作「待時」。

〔四〕碎啄　原作「碎琢」，誤。據《詩淵》第一册所載詩改。

和中甫端午韻不依次〔一〕

黄茅古道外，羸馬發南州。有客嗤齊虜〔二〕，何人念楚囚？歲年付流水，風雨滿滄洲。手把菖蒲看，黑頭非所求！

【校記】

〔一〕和中甫端午韻不依次　別集本作「端午和中甫韻不依次」。

〔二〕齊虜　原作「齊魯」，據有焕本、四庫本、文柱本、民國本和清光緒六年《指南後録》改。

又呈中齋

風雨羊腸道，飄零萬死身。牛兒朝共載，木客夜爲鄰。庚子江南夢，蘇郎海上貧。悠悠看晚渡，誰是濟川人？

又

萬里論心晚，相看慰亂離。丹成俄已化，璧碎尚無緇。禾黍西京〔一〕夢，川原落日悲。斯文今已矣，來世以爲期。

【校記】

〔一〕西京　原作「西原」，據别集本和《詩淵》改。元劉壎《隱居通議》卷一二《詩歌七·文丞相采薇歌》作「西風」，張本作「西山」。

竹間

倦來聊歇馬，隨分此青山。流水竹千箇，清風沙一灣。乾坤醒醉裏，身世有無間。客路真希絶，浮生半日閑。

越王臺

登臨我向亂離來，落落千年一越臺。春事暗隨流水去，潮聲空逐暮天迴〔一〕。煙横古道人行少，月墮荒村鬼哭哀。莫作楚囚愁絶看，舊家歌舞此銜杯。

【校記】

〔一〕迴　文柱本作「回」。

南華山〔一〕

北行〔二〕近千里，迷復忘西東〔三〕。行行至南華〔四〕，忽忽〔五〕如夢中。佛化知幾塵，患乃與我同〔六〕。

有形終歸滅，不滅惟真空。笑看曹溪水，門前坐松風〔七〕。六祖禪師真身，蓋數百年矣，爲亂兵刲其心肝，乃〔八〕知有患難，雖佛不能免〔九〕，况人乎！

【校記】

〔一〕南華山　文淵閣《四庫全書》本《廣東通志》卷六一《藝文志三·詩集》題作「遊曹溪」。

〔二〕北行　《廣東通志》作「此行」。

〔三〕迷復忘西東　宋謝翺《天地間集》、清厲鶚《宋詩紀事》、清吴之振、吕留良《宋詩鈔補》作「迴復迷西東」，《廣東通志》作「復復望西東」。

〔四〕至南華　《天地間集》《宋詩鈔補》作「望南華」。

〔五〕忽忽　《廣東通志》作「匆匆」。

〔六〕與我同　《天地間集》《宋詩鈔補》《宋詩紀事》作「與吾同」。

〔七〕松風　《天地間集》《宋詩鈔補》《宋詩紀事》作「春風」。

〔八〕乃　四庫本、叢刊本作「方」。

〔九〕雖佛不能免　原作「佛不免」，據有焕本、文柱本、《天地間集》增。

南安軍

梅花南北路，風雨濕征衣。出嶺誰同出？歸鄉如不歸〔一〕！山河千古在，城郭一時非。餓死〔二〕真吾志，夢中行采薇。

【校記】

〔一〕出嶺誰同出歸鄉如不歸　元劉壎《隱居通議》卷一二《詩歌七·文丞相采薇歌》引詩作「出嶺同誰出？歸鄉如此歸」。

〔二〕餓死　原作「饑死」，據韓本、鄢本、有煥本、四庫本、文柱本、別集本、民國本改。

黄金市

閉篷絶粒始南州，我過青山欲首丘。巡遠應無〔一〕兒女態，夷齊肯作稻粱謀！人間早見黄金市，天上猶遲白玉樓。先子神遊今一紀，夢中揮淚濺松楸。

【校記】

〔一〕應無　元劉壎《隱居通議》卷一二作「初無」。

萬安縣〔一〕

青山曲折水天平，不是南征是北征。舉世更無巡遠死，當年誰道甫申生？遥知嶺外相思處，不見灘頭惶恐〔二〕聲。傳語故園猿鶴好，夢回江路月風清。

【校記】

〔一〕萬安縣　清同治十二年《萬安縣志》作「過萬安縣」。

〔二〕惶恐　原作「皇恐」，據四庫本改。

泰和〔一〕

書生曾擁碧油幢，恥與群兒共竪降〔二〕。漢節幾回登快閣？楚囚今度過澄江。丹心不改君臣誼，清淚難忘父母邦〔三〕。惟有〔四〕鄉人知我瘦，下帷絶粒坐篷窗〔五〕。

【校記】

〔一〕泰和　《文氏通譜·文獻·信國公遺翰》作「過泰和」，萬曆《吉安府志》作「過西昌」，清同治十一年《泰和縣志》作「囚經泰和仰望快閣感賦」。

〔二〕竪降　四庫本、叢刊本作「豎降」。

〔三〕丹心不改君臣誼清淚難忘父母邦　元劉壎《隱居通議》卷一二作「丹心不改君臣義，清淚難禁父母邦」。

〔四〕惟有　四庫本作「惟恐」，《宋詩鈔補》作「莫訝」。

〔五〕下帷　《宋詩鈔補》作「經旬」。篷窗，原作「蓬窗」，誤。據世界書局一九三六年本改。

蒼然亭〔一〕

風打船頭繫夕陽，亭前老子舊胡牀。青牛過去關山動，白鶴歸來城郭荒。忠節風流落塵土，英雄遺恨滿滄浪。故園水月應無恙，江上新松幾許長？

【校記】

〔一〕蒼然亭　《詩淵》第四册《宫室門·亭類》三〇一八頁將《蒼然亭》《發吉州》並作《蒼然亭》二首，《蒼然亭》爲「其一」，《發吉州》爲「其二」。

别里中諸友〔一〕

青山重回首，風雨暗啼猿〔二〕。楊柳溪頭〔三〕釣，梅花石上尊〔四〕。故人無復見〔五〕，烈士向誰言〔六〕？長有歸來夢，衣冠滿故園。

【校記】

〔一〕别里中諸友　有焕本、文柱本、别集本作「别里中故友」，元劉壎《隱居通議》卷一二作「寄里中友」，《詩淵》第一册《寄》部第六四八頁作「寄里中諸友」。

〔二〕青山重回首風雨暗啼猿　《詩淵》作「江山空悵望，風雨夜驚猿」。

〔三〕溪頭　《詩淵》作「磯邊」。
〔四〕石上尊　《詩淵》作「石上樽」。
〔五〕無復見　《詩淵》作「難復見」。
〔六〕烈士向誰言　原作「烈士尚誰言」，據別集本改。《詩淵》作「往事尚何言」。

發吉州

己卯六月初一日，蒼然亭下楚囚立。山河顛倒紛雨泣，乙亥〔一〕七夕此何夕？煌煌牛斗劍光濕，戈鋋彗雲雷電擊。三百餘年火爲德，須臾風雨天地黑。皇綱解紐地維折，妾婦偷生自爲賊。英雄扼腕怒鬚赤，貫日血忠死窮北。首陽風流落南國，正氣未亡人未息。青原萬丈光赫赫，大江東去〔二〕日夜白。

【校記】

〔一〕乙亥　原作「己亥」，誤。據韓本、四庫本、《詩淵》第四册《宫室門·亭類》三〇一八頁、明萬曆《吉安府志》改。
〔二〕東去　《詩淵》作「東流」。

臨江軍〔一〕

江岸今多壘，城居昔屢焚。市人半傖父，豎子亦將軍。蛟哭金洲雨，猿啼玉觀雲。周郎墳土上〔二〕，回首淚成痕。

予始至南安，即絶粒爲《告祖禰文》《别諸友詩》，遣孫禮取黄金市登岸馳歸，約六月二日復命於吉城下。予以心事白諸幽明，即瞑目長往，含笑入地矣。乃水盛風駛，前一日達廬陵，孫禮期不至。予且行，忍死以待，垂至豐城，忽有見孫禮於他舟，乃悟竟不曾往，爲之痛哭流涕。暮始見主者取孫禮還舟，明早，遂送之豐城縣，縱其自便，追之不可及矣。予至是不食已八日，若無事然。私念死廬陵不失爲首丘，今使命不達，委身荒江，誰知之者？盍少須臾以就義乎，復飲食如初。昔讀《左傳》申包胥哭秦庭七日，勺飲不入口，亦不聞有它，乃知饑踣西山，非一朝之積也。予嘗服腦子二兩不死，絶食八日又不死，竟不曉其何故〔三〕。從者七人，或逃或死或逐，今僅存一人曰劉榮。楚囚之況，宜哉！

【校記】

〔一〕臨江軍　四庫本作「祭羅開禮諸義士」。

〔二〕墳土上　《詩淵》第三册《地理門·地理類》一九五四頁載詩作「墳上草」，清同治九年《清江縣志》卷九《文徵》作「墳上土」。

〔三〕何故　原作「何如」，據四庫本改。

隆興府〔一〕

半生幾度此登臨，流落而今〔二〕雪滿簪。南浦不知春已晚〔三〕，西山但覺日初陰。誰憐龜鶴千年語？

空負鵬鷃〔四〕萬里心。無限故人簾雨〔五〕外，夜深如有廣陵音。

【校記】

〔一〕隆興府　清同治九年《南昌縣志》作「南浦亭」。

〔二〕而今　《南昌縣志》《新建縣志》作「如今」。

〔三〕春已晚　《南昌縣志》作「春色晚」。

〔四〕鵬鷃　《詩淵》第三册《地理門·地理類》一九三〇—一九三一頁載詩作「盟鷗」，有煥本、四庫本作「鯤鵬」。

〔五〕簾雨　《南昌縣志》作「檐雨」。

湖口

江湖一都會，宇宙幾興亡？走馬蘆林外，買魚茅舍傍。南人撑快槳，北客坐危檣。江水交岷水，東流日夜長。

安慶府

風雨宜城路，重來白髮新。長江還有險，中國自無人〔一〕。梟獍〔二〕蕃遺育，鱣鯨蟄怒鱗。泊船〔三〕休上岸，不忍見遺民。

【校記】

〔一〕自無人　元劉壎《隱居通議》卷一二作「詎無人」。

〔二〕梟獍　原作「梟僥」，誤。據張本、四庫本改。韓本、鄢本作「梟獍」。

〔三〕泊船　《詩淵》第三册《地理門·地理類》一九三一頁載詩作「泊舟」。

池州〔一〕

五老湖光遠，九華山色昏。南冠〔二〕前進士，北部故將軍。芳草江頭路，斜陽郭外村。匆匆十年夢，故國暗銷魂。

【校記】

〔一〕池州　清光緒九年《貴池縣志》作「過池州見九華有感」。

〔二〕南冠　《詩淵》第三册《地理門·地理類》一九三九頁作「南華」。

魯港

方誇金塢築，豈料玉牀摇！國體真三代，江流舊六朝。鞭投能幾日？瓦解不崇朝。千古吴山恨〔一〕，西風捲怒潮。

【校記】

〔一〕吴山根　原作「燕山根」，誤。據元劉壎《隱居通議》卷一二載詩改。《詩淵》第三册二〇四八頁作「蕪山根」。

采石

不上蛾眉〔一〕二十歲，重來爲墮山河淚。今人不見虞允文，古人曾有樊若水。長江闊處平如驛，况此介然衣帶窄。欲從謫仙捉月去，安得燃犀照神物〔二〕？

【校記】

〔一〕蛾眉　原作「峨眉」，《詩淵》第三册《地理門·地理類》一九六六頁作「娥眉」，此據清光緒二十七年《和州志》、清光緒二十七年《和縣志》載詩改。

〔二〕燃　原作「然」，據四庫本改。照神物，《詩淵》第三册作「怒神物」。

建康

金陵古會府，南渡舊陪京。山勢猶盤礴，江流已變更。健兒徒幽土〔一〕，新鬼哭臺城。一片清溪月，偏於客有情。

【校記】

〔一〕幽土　《宋詩鈔補》作「幽國」。

金陵驛

一

草合〔一〕離宫轉夕暉，孤雲飄泊〔二〕復何依？山河風景元無異，城郭人民半已非。滿地蘆花和我老，舊家燕子傍誰飛？從今别卻江南路〔三〕，化作啼鵑〔四〕帶血歸。

二

萬里金甌失壯圖，衮衣顛倒落泥塗。空流杜宇聲中血，半脱驪龍頷下鬚。老去秋風吹我惡，夢回寒月照人孤。千年成敗俱塵土，消得人間説丈夫。

【校記】

〔一〕草合　有焕本、文柱本、别集本作「草舍」。

〔二〕飄泊　一作「漂泊」。

〔三〕江南路　原作「江南日」，誤。據元劉壎《隱居通議》卷一二載詩改。

〔四〕啼鵑　《宋詩鈔補》作「杜鵑」。

懷忠襄〔一〕

平生王佐心，世運蹈衰末。齊虜誰復封？楚囚詎當脱。金陵雖懷古，尚友在風烈。褒忠侈遺廟〔二〕，夫子我先達。

【校記】

〔一〕懷忠襄　《指南後録》作「懷楊忠襄」。

〔二〕遺廟　《詩淵》第一册《懷憶人》第二七九頁載詩作「廟貌」。

早秋

隻影飄零天一涯，千秋摇落欲何之？朝看帶緩方嫌瘦，夜怯衾單始覺衰。眼裏游從驚死别，夢中兒女慰生離。六朝無限江山在，搔首斜陽獨立時。

睡起〔一〕

空堂〔二〕孤影起聞鷄，風起高樓鼓角悲。江海無情遊子倦，歲年如夢美人遲。平生管鮑成何事？千古夷齊在一時。坐久日斜庭木落，浮雲滅没漏朝曦。

【校記】

〔一〕睡起　元劉壎《隱居通議》卷一二作「晚起」。

〔二〕空堂　原作「堂堂」，據韓本、鄢本、四庫本改。

中秋

不教收骨瘴江邊，驅向胡沙着去鞭。舊奪宫袍空獨步，新食官飯〔一〕飽孤眠。客程恰與秋俱半〔二〕，人影何如月倍圓〔三〕？猶是江南佳麗地，徘徊把酒看蒼天。

【校記】

〔一〕食官飯　韓本、鄢本、張本、四庫本作「餐官飯」。

〔二〕秋俱半　原作「秋天半」，據元劉壎《隱居通議》卷一二載詩改。文柱本作「秋分半」。

〔三〕月倍圓　别集本作「月魄圓」。

南康軍和東坡酹江月

廬山依舊，淒凉處、無限江南風物。空翠晴嵐，浮汗漫，還障天東半壁。雁過孤峰，猿歸老嶂，風急波翻雪。乾坤未歇，地靈尚有人傑。　堪嗟飄泊孤舟，河傾斗落，客夢催明發。南浦閑雲連草樹，回首旌旗明滅。三十年來，十年一過，空有星星髮。夜深愁聽，胡笳吹徹寒月。

和中齋韻過吉作〔一〕

功業飄零五丈原，如今局促傍誰轅？俯眉〔二〕北去明妃淚，啼血南飛望帝魂。骨肉凋殘唯我在，形容變盡只聲存。江流千古英雄恨，蘭作行舟柳作樊。

【校記】

〔一〕和中齋韻　有焕本將此詩與《再和》合并於此題之下。

〔二〕俯眉　原作「俛首」，誤。據韓本、鄢本、四庫本改。張本作「俯首」。

再和

見説黄沙接五原，飄零隻影向南轅。江山有恨銷人骨，風雨無情斷客魂。淚似空花千點落，鬢如碩果數根存。肉飛不起真堪嘆，江水爲籠海作樊。

和友人

落落南冠過故都，近來我意亦忘吾。騎來驛馬身如寄，遣去家書字亦無。景伯未因先立後，嵇康縱死不爲孤。江南只有歸來夢，休問田園蕪不蕪！

酹江月〔一〕驛中言别友人

水天空闊，恨東風、不借〔二〕世間英物。蜀鳥吴花殘照裏，忍見荒城頹壁！銅雀春情，金人秋淚，此恨憑誰雪〔三〕？堂堂劍氣，斗牛空認奇傑。　那信江海餘生，南行萬里，屬扁舟〔四〕齊發。正爲鷗盟留醉眼，細看濤生雲滅。睨柱吞嬴，回旗走懿，千古衝冠髮。伴人無寐，秦淮應是孤月。

【校記】

〔一〕酹江月　原僅有詞題，詞牌爲點校者所加。《全宋詞》按：「清雍正三年刊本《文山全集·指南録上》載此首，題作《驛站言别》，下署『友人作』，蓋以爲鄧剡詞，未知何據，俟考。」

〔二〕不借　有焕本、文柱本、别集本作「不惜」。

〔三〕憑誰雪　鄒本作「憑誰説」。

〔四〕屬扁舟　鄒本無「屬」字。

和〔一〕

乾坤能大，算蛟龍、元不是池中物。風雨牢愁無着處，那更寒蟲〔二〕四壁。横槊題詩，登樓作賦，萬事空中雪。江流如此，方來還有英傑。　堪笑一葉飄零，重來淮水，正凉風新發。鏡裏朱顔都變盡，只有丹心難滅。去去龍沙，向〔三〕江山回首，青山如髮。故人應念，杜鵑枝上殘月。

【校記】

〔一〕和 《全宋詞》作「酹江月・和友人驛中言别」。

〔二〕寒蟲 有煥本、民國本作「寒蛩」。

〔三〕向 《宋元十五家詞》《全宋詞》無此字。

懷中甫〔一〕時中甫以病留金陵天慶觀

久要何落落，末路重依依。風雨連兵幕，泥塗〔二〕滿客衣。人間龍虎變，天外燕鴻違。死矣煩公傳，北方人是非。

【校記】

〔一〕懷中甫 《詩淵》第一册第二八五頁作「憶友人」。

〔二〕泥塗 《詩淵》第一册作「泥途」。

行宫中齋日〔一〕

一

十里宫墻一聚塵，天津晚過客愁新。花啼杜宇歸來血，樹掛蒼龍脱去鱗。福德儻存終有晉，秣陵未改已無秦。秋風禾黍空南北，見説銅駝會笑人。

二

怪底秦淮一水長，幾多客淚灑斜陽！江流本是限南北，地氣何曾減帝王？臺沼漸荒基歷落，鶯花猶在意凄涼。青天畢竟有情否，舊月東來失女墻。

【校記】

〔一〕中齋日　有焕本無「日」字，文柱本作「中齋作」。

廣齋謂柳和王昭儀滿江紅韻惜未之見爲賦一闋中齋作

王母仙桃，親曾醉九重春色。誰信道鹿銜花去，浪翻鰲闕。眉鎖嬌娥山宛轉，髻梳墮馬雲欹側。恨風沙、吹透漢宫衣，餘香歇。　霓裳散，庭花滅。斜陽燕，應難説。想春深銅雀，夢殘啼血。空有琵琶傳出塞，更無環佩鳴歸月。又争知、有客夜悲歌，壺敲缺。

滿江紅〔一〕和王夫人《滿江紅》韻，以庶幾后山〔二〕《妾薄命》之意

燕子樓中，又捱過〔三〕、幾番秋色？相思處、青年如夢，乘鸞仙闕。肌玉暗銷衣帶緩，淚珠斜透花鈿側。最無端、蕉影上窗紗，青燈歇。　曲池合，高臺滅。人間事，何堪説！向南陽阡上，滿襟清血。世態便如翻覆雨，妾身元是分明月。笑樂昌、一段好風流，菱花缺。

【校記】

〔一〕滿江紅　原僅有詞題，詞牌爲點校者所加。

〔二〕后山　《永樂大典》卷三千四《九真・人》載詩作「后山」。

〔三〕捱過　《永樂大典》作「睚過」。

滿江紅　代王夫人作〔一〕

試問琵琶，胡沙外、怎生風色？最苦是、姚黄一朵，移根仙闕〔二〕。王母歡闌璚宴罷〔三〕，仙人淚滿金盤側。聽行宫、半夜雨淋鈴，聲聲歇。　彩雲散，香塵滅。銅駝恨，那堪説！想男兒〔四〕慷慨，嚼穿齦血。回首昭陽離落日〔五〕，傷心銅雀迎新月〔六〕。算妾身、不願似天家，金甌缺。

附王夫人詞〔七〕：太液芙蓉，全不是舊時顔色。嘗記得，恩承雨露，玉階金闕。名播蘭簪妃后裏，暈潮蓮臉君王側。忽一朝、鼙鼓揭天來，繁華歇。　龍虎散，風雲滅。今古恨，憑誰説！顧山河百二，淚流襟血。驛館夜驚塵土夢，宫車曉轉關山月。若嫦娥、於我肯相容，從圓缺。　王夫人至燕，題驛中云云。中原傳誦，惜末句少商量。

【校記】

〔一〕滿江紅　原僅有詞題，詞牌爲點校者所加。《永樂大典》卷三千四《九真・人》詞題爲《王夫人至燕題驛中云云中原傳誦惜末句欠商量。代王夫人作》。

〔二〕仙闕　宋周密《浩然齋雅談》卷下作「丹闕」。

〔三〕歡闌　有焕本作「歡闕」。璚宴，《永樂大典》作「瓊宴」。周密《浩然齋雅談》卷下作「瑶宴」。

〔四〕男兒　原作「男女」，據鄢本、有焕本、四庫本、文柱本、别集本改。

〔五〕離落日　《浩然齋雅談》卷下作「辭落日」。

〔六〕新月　一作「秋月」。

〔七〕附題　原作「王夫人詞」，「附」字爲點校者所加。文柱本作「王夫人原詞」。

浪淘沙 中齋

疏雨洗天晴，枕簟凉生。井梧一葉做秋聲，誰念客身輕似葉？千里飄零。　夢斷古臺城，月淡潮平。便携酒訪新亭，不見當時王謝宅，煙草青青。

東海集序

《東海集》者，友人客海南以來詩也。海南詩而曰《東海集》者何？魯仲連天下士，友人之志也。友人自爲舉子時，已大肆力於詩。於諸大家，皆嘗登其門而涉其流。其本贍，其養鋭，故所詣特深到。余嘗評其詩，渾涵有英氣，鍛煉如自然。美則美矣，猶未免有意於爲詩也。自喪亂後，友人挈其家避地，遊官〔一〕嶺海。而全家毁於盜，孤窮流落，困頓萬狀，然後崖山除禮部侍郎，中且權直學士矣。會南風不競，御舟漂散，友人倉卒蹈海者，再爲北軍所鈎致，遂不獲死，以至於今。凡十數年間，可驚可愕，可悲可憤，可痛可悶之事，友人備嘗，無所不至，其慘戚感慨之氣，結而不信，皆於詩乎發之，蓋至是動乎情性，自不能不詩，杜子美夔門〔二〕、柳子厚柳州以後文字也。余與友人年相若，又同里閈，以斯文相好，然平生落落不相及。及居楚囚中，而友人在行，同患難者數月，其自五羊至金陵所賦，皆予目擊，或相唱和。時余坐金陵驛，無所作爲，乃取友人諸詩，筆之於書。與相關者並附焉〔三〕，後之覽者，因詩以見吾二人之志，其必有感慨於斯。己卯七月壬申，文天祥叙。

【校記】

〔一〕遊官　別集本作「遊宦」。

〔二〕夔門　原作「夔州」，誤。據韓本、鄒本、四庫本改。

〔三〕焉　原作「爲」，據四庫本改。

送行中齋三首

一

秋風〔一〕晚正烈，客衣早知寒。把衣不能別，更盡此日歡。出門一萬里，風沙浩漫漫。豈無兒女情，爲君思汍瀾。百年有時盡，千載〔二〕無餘觀。明明君臣義，公獨爲其難。願持丹一寸，寫入青琅玕。會有撫卷人，孤燈起〔三〕長嘆。

二

神龍蕩失水，馴擾終未得。威鳳雖在藪，肯願鶏鶩食？所以古之人，受變心不易。亳鼎已遷周，西山竟肌瘠。豫子身自漆，萇弘〔四〕血成碧。何嘗怨廢興，而或貳心迹。堅白不在緇，羔裘良自惜。此誼公素明，俗見或未識。

三

嗟予抱區區，疇昔同里閈。過從三十年，知心不知面。零落忽重逢，家亡市朝變。惸惸蹈海餘，踽踽南冠殿。劇談泥塗際，握手鞍馬倦。依依斯文意，苦恨十年晚。魯仲偶不逢，隨世本非願。靈胥目未抉，端欲詣所見。及兹萬里別，一夕腸百轉。余生諒須臾，孤感横九縣。庶幾太尉事，萬一中丞傳。

【校記】

〔一〕秋風　韓本、鄢本、元諭本、四庫本作「秋氣」。

〔二〕千載　有焕本作「十載」。

〔三〕起　鄢本作「豈」。

〔四〕萇弘　原作「長弘」，據文柱本改。

此册爲《指南後録》第一卷下，第二卷起八月二十四日《發建康》，終《歲除有感》。尚有《零丁洋》諸詩及《後録》本在惠州，合隸爲一卷。而所恨者，《指南前録》叙號存，而詩已不完。侍郎弟姑據所存本，使不泯於世，一聯半句，使天下見之，識其爲人，即吾死無憾矣，况篇帙之多乎！歲在庚辰正月二十日，文山履善甫書。

指南後録卷之二

予《後録》詩，以廣州至金陵爲第一卷，今入淮以後爲第二卷云。

發建康八月二十四日

賞心亭下路，拍手唱吾歌。樓外梁時塔，城中秦氏河。江山如夢耳，天地奈愁何！回首清溪曲〔一〕，長江一雁過。

【校記】

〔一〕清溪曲　韓本、鄒本、四庫本作「清溪雨」。

江行有感二十五日

蒲萄肥汗馬，荆棘冷銅駝。巫峡朝雲濕，洞庭秋水波。窮愁空突兀，暗淚自滂沱。莫恨吾生悮，江東才俊多。

真州驛二十七日〔一〕

山川如識我，故舊更無人。俯仰干戈迹，往來車馬塵。英雄遺算晚，天地暗愁新。北首燕山路，凄凉夜向晨〔二〕。

【校記】

〔一〕二十七日　劉文源《文天祥詩集校箋》作「二十六日」。

〔二〕晨　《宋詩鈔補》作「辰」。

望揚州

阮籍臨廣武，杜甫登吹臺。高情發慷慨，前人後人哀。江左遘陽運，銅駝化飛灰。二十四橋月，楚囚今日來。

維揚驛

三年別淮水，一夕宿揚州。南極山川古，北風江海秋。昭君愁出塞，王粲怕登樓。千載〔一〕英雄淚，如今况楚囚！

【校記】

〔一〕千載　《詩淵》第五册《天文類・驛》三二〇五頁作「千古」。

過邵伯鎮二十八日

今朝車馬地，昔日戰争場。我有揚州鶴，誰存邵伯棠？一灣流水小，數畝故城荒。回首江南路，青山斷夕陽。

高郵懷舊二十九日

借問曾遊處，高沙第幾山？潛行鷹攫道，直上〔一〕虎當關。一命虚空裏，三年瞬息間。自憐今死晚，何復望生還！

【校記】

〔一〕直上　《詩淵》第一册《懷憶人》第二四七頁載詩作「直下」。

發高郵三十日

初出高沙門，輕舫繞城樓。一水何曲折，百年此綢繆。北望渺無際，飛鳥翔平疇。寒蕪入荒落，日薄行人愁。行行行湖曲，萬頃涵清秋。大風吹檣倒，如盪彭蠡舟。欲寄故鄉淚，使入〔一〕長江流。篙人爲我言，此水通淮頭。前與黄河合，同作滄海漚。踟蹰忽失意，拭淚淚不收。吴會日已遠，回首重悠悠。馳驅梁趙郊，壯士何離憂！吾道久已東〔二〕，陸沈古神州。我今戴南冠，何異有北投。不能裂肝腦，直氣摩斗牛。但願光嶽合，休明復商周。不使殊方魄，終爲異物羞。

【校記】

〔一〕使入　清嘉慶二十年《高郵州志》載詩作「便入」。

〔二〕久已東　原作「久矣東」，據韓本、鄢本、四庫本和《高郵州志》改。

寶應道中

天闊搏南雁〔一〕，淮途〔二〕長北驅。甘棠成傳舍，細柳作康衢。田海隨時變，山河往日殊。征袍共袞繡〔三〕，夜壁一燈孤。

【校記】

〔一〕搏南雁　有焕本、民國本和《詩淵》第三册二〇二一頁載詩作「搏南雁」。

〔二〕淮途　清康熙二十八年《寶應縣志》卷一八作「淮南」，《詩淵》作「淮淝」。

〔三〕共袞繡　《詩淵》作「昔袞繡」。

淮安軍九月一日

楚州〔一〕城門外，白楊吹悲風。纍纍死人塚，死向鋒鏑中。豈無匹婦冤，定無萬夫雄。中原在其北，登城望何窮！

【校記】

〔一〕楚州　别集本作「楚府」。

過淮河宿闞石有感〔一〕

北征垂半年，依依只南土。今晨渡淮河，始覺非故宇。江鄉〔二〕已無家，三年一羈旅。龍翔〔三〕在何方？乃我妻子所。昔也無奈何，忽已置念慮。今行日已近〔四〕，使我淚如雨。我爲綱常謀，有身〔五〕不得顧。妻兮莫望夫，子兮莫望父。天長與地久，此恨極千古。來生業緣在，骨肉當如故。

【校記】

〔一〕過淮河宿闞石有感　《宋詩紀事》《宋詩鈔補》作「過淮」。

〔二〕江鄉　《宋詩紀事》《宋詩鈔補》作「故鄉」。

〔三〕龍翔　《宋詩鈔補》《宋詩紀事》作「龍朔」。

〔四〕日已近　《宋詩紀事》《宋詩鈔補》作「日雲近」。

〔五〕有身　元劉壎《隱居通議》卷一二載詩作「妻子」。

發淮安九月二日

九月初二日，車馬發淮安。行行重行行，天地何不寬？煙火無一家，荒草青漫漫。恍如泛滄海，身坐玻璃盤。時時逢北人，什伍扶征鞍。云我戍江南〔一〕，當軍身屬官。北人適吴楚，所憂地少寒。江南有遊子，風雪上燕山〔二〕。

【校記】

〔一〕戍江南　明萬曆《淮安府志》卷三〇作「江南客」。

〔二〕上燕山　《淮安府志》「止燕山」。

小清口〔一〕初三日

乍見驚胡婦〔二〕，相嗟〔三〕遇楚兵。北來鴻雁密，南去駱駝輕。芳草中原路，斜陽故國情。明朝五十里，錯做武陵行。

【校記】

〔一〕小清口　有焕本、周本、别集本作「小清江」

〔二〕乍見　有焕本作「昨見」。胡婦，明萬曆《淮安府志》作「征婦」。

〔三〕相嗟　《淮安府志》作「相逢」。

桃源道中〔一〕初四日

漠漠地千里，垂垂天四圍。隔溪胡騎〔二〕過，傍草野鷄飛。風露吹青笠，塵沙薄素衣〔三〕。吾家白雲下，都伴北人歸。

【校記】

〔一〕桃源道中　清乾隆三年《桃源縣志》作「桃源道中二首」，將下詩《桃源縣》列爲「其二」。

〔二〕胡騎　四庫本作「征騎」，《桃源縣志》作「敵騎」，《淮安府志》作「輕騎」。

〔三〕薄素衣　《桃源縣志》作「滿素衣」。

桃源縣

清野百年久，中原千里賒。火煙新聚落，山水舊生涯。種麥十數畝〔一〕，誅茅〔二〕千百家。我來行正倦，何處覓桃花？

【校記】

〔一〕十數畝　四庫本作「數十畝」。

〔二〕誅茅　明萬曆《淮安府志》作「誅茆」。

崔鎮驛

萬里中原役，北風天正涼。黄沙漫道路，蒼耳滿衣裳。野闊人聲小，日斜駒影長。解鞍身似夢，遊子意茫茫。

發崖鎮初五日

高雁空秋興，寒螿破曉眠〔一〕。淡煙白似海，野水碧於天。興廢嗟何及，行藏信自然。南人乍騎馬，北客半乘船。

【校記】

〔一〕寒螿　四庫本作「寒蛩」。曉眠，清乾隆三年《桃源縣志》作「晚眠」。

發宿遷縣

夜夢入星槎，曉行隨斗柄。衣暖露自乾，鬢寒水欲凝〔一〕。將軍戴鐵笠，壯士敲金鐙。白眼睨青天，我生不有命。

【校記】

〔一〕鬢寒水欲凝　原作「鬢寒冰欲凝」，誤。據元劉壎《隱居通議》卷一二引詩改。

中原〔一〕

中原方萬里，明日是重陽。桑棗人家近，蓬蒿客路長。引弓虛射雁，失馬爲尋羊〔二〕。見説今年旱，青青麥又秧。

【校記】

〔一〕中原　明萬曆三十六年《汶上縣志》作「過汶河一首」。

〔二〕尋羊　《汶上縣志》作「尋獐」。

望邳州〔一〕初六日

中原行幾日，今日纔見山。問山在何處，云在徐邳〔二〕間。邳州山，徐州水，項籍不還韓信死。龍争虎鬭不肯止，煙草漫漫青萬里。古來劉季號英雄，樊崇至今已千歲〔三〕。

【校記】

〔一〕望邳州　明萬曆《淮安府志》作「望邳山」，明萬曆《宿遷縣志》作「道經宿遷望邳州」。

〔二〕徐邳　《永樂大典》卷二千八百七《八灰·邳·邳州》載詩作「邳徐」。

〔三〕已千歲　《永樂大典》作「幾千歲」。

徐州道中 初七日

彭城〔一〕古官道，日中十馬馳。咫尺不見人，撲面黄塵飛。向來〔二〕漢王縞素師，美人燕罷〔三〕項羽啼。一時混戰四十萬，天昏地黑睢水湄〔四〕。乃知大風揚沙失白晝，自是地利非天時。漢王倉皇問道西，一兒一女嘻其危。太公吕后去不歸〔五〕，俎上寧有生還時。未央稱壽太上皇，巍然女媧帝中闈。終然富貴自有命，造物顛倒真小兒〔六〕。

【校記】

〔一〕彭城　《詩淵》第三册二〇〇四頁作「新城」。

〔二〕向來　原作「白頭」，誤。據韓本、鄒本、張本、有焕本、四庫本改。

〔三〕燕罷　别集本作「宴罷」。項羽啼，《詩淵》作「項羽歸」。

〔四〕睢水湄　《詩淵》作「淮水淝」。

〔五〕去不歸　《詩淵》作「去不返」。

〔六〕「終然」二句　文柱本作「成敗興亡天命爾，造物顛倒吁何悲」。

彭城行 徐州彭城縣

連山四圍合，吕梁貫其中。河南大都會，故有項王宫。晉牧連揚豫〔一〕，虎視北方雄。唐時燕子樓，風流張建封。西望睢陽城，只與〔二〕汴水通。太平《黄樓賦》，尚能想遺風〔三〕。邇來百餘年〔四〕，正朔歸江東。遺民死欲盡，莽然狐兔叢。我從南方來，停驂撫遺踪。故河蓄潰潦〔五〕，荒城翳秋蓬。凄凉戲馬臺，憔悴巨佛峰。滄海變桑田〔六〕，陵谷代不同。朝爲朱門貴，暮作〔七〕行旅窮。乘除信物理，感慨繫所逢。古來賢達人，一醉萬慮空。如此獨醒何，悲風〔八〕逐征鴻。

【校記】

〔一〕揚豫　原作「楊豫」，據四庫本改。

〔二〕只與　《詩淵》第三册一九七九頁作「下與」。

〔三〕想遺風　《詩淵》第三册作「相遺風」。

〔四〕邇來　四庫本作「爾來」。百餘年，清道光十年《銅山縣志》作「千餘年」。

〔五〕潢潦　《銅山縣志》作「潢汙」。

〔六〕滄海變桑田　《詩淵》第三册作「浮雲變蒼白」。

〔七〕朱門貴暮作　《詩淵》第三册作「朱門遺」、「墓作」。

〔八〕悲風　《銅山縣志》作「北風」。逐征鴻，《詩淵》第三册作「送征鴻」。

燕子樓〔一〕

自別張公子，嬋娟不下樓。遂令樓上燕，百世〔二〕稱風流。我遊彭城門〔三〕，來吊楚王闕。問樓在何處，城東草如雪。蛾眉〔四〕代不乏，埋没安足論？因何張家妾，名與〔五〕山川存。自古皆有死，忠義長不没。但傳美人心，不説美人色。

【校記】

〔一〕燕子樓　清道光十年《銅山縣志》作「吊盼盼」，元劉壎《隱居通議》卷一二作「徐州燕子樓」。

〔二〕百世　原作「百歲」，據《隱居通議》卷一二載詩改。

〔三〕彭城門　《詩淵》第五册三二八〇頁作「彭祖門」。

〔四〕蛾眉 《詩淵》作「娥眉」。

〔五〕名與 《詩淵》作「名爲」。

戲馬臺〔一〕

九月初九日，客遊戲馬臺。黄花弄朝露，古人化〔二〕飛埃。今人哀後人〔三〕，後人復今哀。世事那可及〔四〕？淚落茱萸杯。

【校記】

〔一〕戏馬臺 清道光十年《銅山縣志》作「九月初九日遊戲馬臺」。

〔二〕化 原作「花」，誤。據四庫本、世界書局一九三六年本改。

〔三〕哀後人 《銅山縣志》作「哀古人」。

〔四〕那可及 《詩淵》第五册三二八二頁作「那可極」，《淮安府志》《宿遷縣志》作「那可久」。

發彭城

今朝正重九，行人意遲遲。回首戲馬臺，野花〔一〕發葳蕤。草埋范增塚，雲見樊噲旗。時節正如此，道路〔二〕將何之？我愛陶淵明，甲子題新詩。白衣送酒來，把菊〔三〕卧東籬。

【校記】

〔一〕野花　原作「野化」，誤。據韓本、鄒本、張本、有焕本、四庫本改。

〔二〕道路　四庫本作「道德」。

〔三〕把菊　《銅山縣志》載詩作「把盞」。

沛歌〔一〕山東藤山沛縣初十日

秦世失其鹿，豐沛發龍顔。王侯與將相，不出徐濟間〔二〕。當時數公起，四海王氣閑。至今尚想見，虹光〔三〕照人寰。我來千載下，吊古淚如潸。白雲落荒草，隱隱芒碭山。黄河天下雄〔四〕，南去不復還。乃知盈虚〔五〕故，天道如循環。盧王〔六〕舊封地，今日殺函關〔七〕。

【校記】

〔一〕沛歌　清乾隆五年《沛縣志》作「過沛懷古」，清光緒二十年《豐縣志》作「豐沛懷古」。

〔二〕徐濟間　《豐縣志》作「豐沛間」。

〔三〕虹光　《沛縣志》《豐縣志》作「龍光」。

〔四〕天下雄　《詩淵》第三册《地理門・地理類》一九二五頁載詩作「天上雄」。

〔五〕盈虚　《詩淵》作「虚盈」。

〔六〕盧王　《詩淵》作「靈王」。

〔七〕殽函關　原作「殺函關」，誤。據《詩淵》改。別集本作「役函關」。

歌風臺

長陵有神氣，萬歲光如虹。有時風雲〔一〕變，魂魄來沛宮。壯哉遊子鄉，一覽萬宇空。擊筑戒復隍，帝業慎所終。重瞳愛梁父〔二〕，此情豈不同。錦衣絢行晝，丈夫何淺中！緬懷首丘意，自足分雌雄。尚惜霸心存，慷慨懷勇功。不見往來事〔三〕，烹狗與藏弓。早知致兩生，禮樂三代隆〔四〕。匹夫事已往，安用責乃翁！我來湯沐邑，白楊吹悲風。永言三侯〔五〕章，隱隱聞兒童。葉落〔六〕皆歸根，飄零獨秋蓬。登臺共悽惻〔七〕，目送〔八〕南飛鴻。

【校記】

〔一〕風雲　原作「風雪」，誤。據元劉壎《隱居通議》卷一二引詩和別集本改。

〔二〕梁父　《詩淵》第五册《天文類・臺》三〇七五頁作「梁楚」。

〔三〕往來事　《詩淵》《沛縣志》作「往年事」。

〔四〕三代隆　《詩淵》作「三代同」。

〔五〕三侯　別集本作「三復」。

〔六〕葉落　《詩淵》作「落葉」。

〔七〕共悽惻　《詩淵》作「重凄惻」。

〔八〕目送　《詩淵》載詩作「日送」。

固陵道中三首

一

九天雲下垂，一雨作秋色。塵埃化泥塗，原野轉蕭瑟。十里一雙堠，狐兔卧荆棘。見説數年來，中州乍蘇息。

二

茅舍荒凉舊固陵，漢王城對楚王城。徐州煙火連豐沛，天下〔一〕還來屋角争。

三

固陵城下兩龍争，不見齊梁〔二〕來會兵。勒取河山新分地，項王之後到韓彭。

【校記】

〔一〕天下　《詩淵》第三册二〇〇七頁載詩作「天地」。

〔二〕齊梁　原作「齊王」，據《詩淵》改。

發魚臺十二日

晨炊發魚臺，碎雨〔一〕飛擊面。團團四野周，冥冥萬象變。疑是江南山，煙霧昏不見。豈知此中原，今古經百戰。英雄化爲土，飛霧〔二〕灑郊甸。天寒日欲短，遊子淚如霰。

【校記】

〔一〕碎雨　明謝肇淛《北河紀餘》卷一作「淬雨」。

〔二〕飛霧　清乾隆五十年《濟寧直隸州志》載詩作「飛雪」。

自嘆

瑟瑟秋風悲，烈烈寒氣驕。蒲柳先已零，松柏何後凋！天意重肅殺，造物無不銷。强弱有異禀，憂患同一朝。惟有南山石，千載一岧嶢。人苦不自足，空羨王子喬。

遠遊

黄河流活活，太行高巍巍。王屋山〔一〕以東，百泉山〔二〕以西。鄒魯盛文獻，燕趙多雄姿。右摩泰山碑，左躡函谷泥。郟鄏吊周公，曲阜拜宣尼。或登廣武嘆，或上北邙悲〔三〕。平生幾兩屐，汗漫以爲期。絶交天下士，要爲男子奇。吴會遍王業，中原隔遺黎。安得與黄鶴，比翼天上飛？江河異風景，擊楫感且欷。

陽運遘百六，興否俄推移。桑田變滄海，楚囚發孔悲。我本檻車客，爲我解縶維。青蠅附天驥，萬里相追隨。人生尚行樂，矧復新相知。周道思下泉，王風懷黍離。富貴豈不願，憂患那自持！人命危且淺〔四〕，忽若朝露晞。長恐折我軸，中道欲差池。去我父母邦，我行且遲遲。聽我遠遊曲，寄我長相思。

【校記】

〔一〕王屋山　原作「□□山」，據有煥本、四庫本、民國本補。張本作「四塞山」。

〔二〕百泉山　原作「百□山」。據有煥本、四庫本、民國本補。

〔三〕北邙悲　四庫本作「北邙啼」。

〔四〕淺　四庫本作「賤」。

六歌〔一〕

一

有妻有妻出糟糠，自少〔二〕結髮不下堂。亂離中道逢虎狼，鳳飛翩翩失其凰。將雛一二〔三〕去何方？豈料國破家亦亡〔四〕。不忍舍君羅襦裳，天長地久終茫茫〔五〕，牛女夜夜遥相望，嗚呼一歌兮歌正長，悲風北來起彷徨！

二

有妹有妹家流離，良人去後携諸兒。北風吹沙塞草凄〔六〕，窮猿〔七〕慘淡將安歸？去年哭母南海湄，三男一女同歔欷，惟汝不在割我肌。汝家零落母不知，母知豈有瞑目時！嗚呼再歌兮歌孔悲，鶺鴒在原我何爲？

三

有女有女婉清揚，大者學帖臨鍾王，小者讀字聲琅琅。朔風吹衣白日黄，一雙白璧〔八〕委道傍。雁兒啄啄〔九〕秋無粱，隨母北去〔一〇〕誰人將？嗚呼三歌兮歌愈傷，非爲兒女淚淋浪〔一一〕！

四

有子有子風骨殊，釋氏抱送〔一二〕徐卿雛。四月八日摩尼珠，榴花犀錢絡繡襦〔一三〕，蘭湯百沸香似酥，欻隨飛藿〔一四〕飄泥塗。汝兄十三〔一五〕騎鯨魚，汝今知在三歲無〔一六〕？嗚呼四歌兮歌以吁，燈前老影〔一七〕明月孤！

五

有妾有妾今何如？大者手將玉蟾蜍。次者親抱〔一八〕汗血駒，晨妝靚服臨西湖。英英雁落飄璚琚〔一九〕，風花飛墜〔二〇〕鳥嗚呼。金莖沆瀣〔二一〕浮汙渠，天摧地裂龍鳳殂〔二二〕。美人塵土何代無？嗚呼五歌兮歌鬱紆，爲爾遡風〔二三〕立斯須。

六

我生我生何不辰？孤根不識桃李春。天寒日短重愁人〔二四〕，北風隨我〔二五〕鐵馬塵。初憐骨肉鍾奇禍，而今骨肉相憐我〔二六〕。汝在北兮〔二七〕嬰我懷，我死誰當收我骸〔二八〕？人生百年何醜好，黄粱得喪俱草草。嗚呼六歌兮勿復道，出門一笑天地老。

【校記】

〔一〕六歌　朱存理《鐵網珊瑚》、李詡《戒菴老人漫筆》、厲鶚《宋詩紀事》、吴之振、吕留良《宋詩鈔補》作「亂離歌六首」。

〔二〕自少　《鐵網珊瑚》作「自幼」。

〔三〕一二　《鐵網珊瑚》《宋詩紀事》《宋詩鈔補》作「一二三」。

〔四〕豈料國破家亦亡　《鐵網珊瑚》作「何虞國破家亦亡」，《宋詩紀事》《宋詩鈔補》作「何虞國破家又亡」。

〔五〕終茫茫　《鐵網珊瑚》《宋詩紀事》《宋詩鈔補》作「遠茫茫」。

〔六〕塞草凄　《宋詩紀事》《宋詩鈔補》作「塞草萋」。

〔七〕窮猿　《宋詩紀事》《宋詩鈔補》作「窮猨」。

〔八〕白璧　《鐵網珊瑚》《宋詩紀事》《宋詩鈔補》作「素璧」。

〔九〕雁兒啄啄　《鐵網珊瑚》《宋詩紀事》《宋詩鈔補》作「雁兒雁兒」。

〔一〇〕隨母北去　原作「隨母北首」，據《鐵網珊瑚》改。《宋詩紀事》《宋詩鈔補》作「隨母此去」。

〔一一〕淚淋浪　《宋詩鈔補》作「淚浪浪」。

〔一二〕釋氏抱送　《鐵網珊瑚》作「釋氏抱去」。

〔一三〕絡繡襦　《鐵網珊瑚》《宋詩紀事》《宋詩鈔補》作「落繡襦」。

〔一四〕飛藿　原作「飛電」，據《鐵網珊瑚》《宋詩紀事》《宋詩鈔補》改。

〔一五〕汝兄十三　原作「汝兄十二」，誤。據《鐵網珊瑚》《宋詩紀事》《宋詩鈔補》和韓本、鄢本、元諭本、張本、四庫本改。

〔一六〕汝今知在三歲無　文柱本、《鐵網珊瑚》《宋詩鈔補》《宋詩紀事》作「汝今三歲知在無」。

〔一七〕燈前老影　原作「燈前老我」，誤。據《鐵網珊瑚》《宋詩鈔補》改。

〔一八〕次者親抱　有焕本、文柱本、民國本作「次者新抱」。

〔一九〕雁落飄璚琚　《鐵網珊瑚》作「雁蕩飄瓊琚」，《宋詩紀事》《宋詩鈔補》作「雁蕩飄璚琚」。

〔二〇〕飛墜　《宋詩紀事》《宋詩鈔補》作「亂墜」。

〔二一〕金莖流瀣　《宋詩紀事》《宋詩鈔補》作「金鏡沆瀣」。

〔二二〕龍鳳殂　《宋詩紀事》《宋詩鈔補》作「龍虎徂」。

〔二三〕遡風　《鐵網珊瑚》《宋詩紀事》《宋詩鈔補》作「迎風」。

〔二四〕重愁人　《鐵網珊瑚》《宋詩紀事》《宋詩鈔補》作「空愁人」。

〔二五〕隨我　《鐵網珊瑚》《宋詩紀事》《宋詩鈔補》作「吹隨」。

〔二六〕相憐我　《宋詩紀事》《宋詩鈔補》作「更憐我」。

〔二七〕汝在北兮　《鐵網珊瑚》《宋詩紀事》《宋詩鈔補》作「汝在空能」。

〔二八〕收我骸　《鐵網珊瑚》作「收汝骸」。

發潭口十三日

吹面北風來，拂鬢堅冰至。軒冕委道途〔一〕，衮繡易氈毳。百年雜醜好，始酬四方志。浩歌激浮雲，亭亭復攬轡。羲馭幾曾停，誰當掃幽翳？

【校記】

〔一〕道途　元劉壎《隱居通議》卷一二作「泥塗」。

新濟州〔一〕

借問新濟州，徐鄆兄弟國。昔爲大河南，今爲大河北。垂雲陰萬里〔二〕，平原望不極。百草盡枯死，黄花自秋色。時時見桑樹〔三〕，青青雜阡陌。路上無人行〔四〕，煙火渺蕭瑟。車轍分縱横〔五〕，過者臨岐泣。積潦流交衢，霜蹄破叢棘〔六〕。江南寒未深，銅爐獸花赤。焉知〔七〕行路人，鐵冷衣裳濕。

【校記】

〔一〕新濟州　明謝肇淛《北河紀餘》卷一、清乾隆五十年《濟寧直隸州志》作「過濟州」。

〔二〕垂雲陰萬里　《詩淵》第三册《地理·地理類》一九三九頁載詩作「屯雲西萬里」，明謝肇淛《北河紀餘》卷一作「雲屯四萬里」，《濟寧直隸州志》作「騰雲四萬里」。

〔三〕桑樹　《北河紀餘》《濟寧直隸州志》作「桑柘」。

〔四〕人行　《濟寧直隸州志》作「行人」。

〔五〕分縱横　《詩淵》《北河紀餘》《濟寧直隸州志》作「紛縱横」。

〔六〕叢棘　《濟寧直隸州志》作「荆棘」。

〔七〕焉知　原作「爲知」，據别集本、《詩淵》第三册、《濟寧直隸州志》改。文柱本作「誰知」。

汶陽道中東平路汶陽縣。十四日

積雨不肯霽，行陸如涉川〔一〕。青氈續我後〔二〕，白氈覆我前。我欲正衣冠，兩手如糾纏。飛沫流被面，代我泣涕漣。鴻雁紛南翔〔三〕，遊子北入燕。平楚渺四極，雪風迷遠天。昔聞濟上軍，又説汶陽田。我今履其地，吊古愴蒼煙。男兒欲了事，長虹射寒泉。

【校記】

〔一〕行陸　《濟寧直隸州志》、明萬曆二十六年《汶上縣志》作「行路」。涉川，《詩淵》第三册二〇一一頁作「步川」。

〔二〕續我後　《詩淵》作「繚我後」。

〔三〕南翔　四庫本作「南朔」。

汶陽館〔一〕

去歲營船隩〔二〕，今朝館汶陽。海空沙漠漠，河廣草茫茫。家國哀千古，男兒慨四方。老槐〔三〕秋雨暗，孤影照淋浪〔四〕。

【校記】

〔一〕汶陽館　明萬曆二十六年《汶上縣志》卷八《藝文志·詩》作「詠新橋驛古槐」。

〔二〕船隩　四庫本作「舡隩」。

〔三〕老槐　原作「老愧」，誤。據韓本、鄢本、有煥本、四庫本、文柱本改。

〔四〕淋浪　《詩淵》第五册三三〇八頁作「琳琅」。

自汶陽至鄆〔一〕十五日

渺渺中原道，勞生嘆百非。風雨吹打人〔二〕，泥濘飛上衣。目力去天短，心事與時違。夫子昔相魯〔三〕，侵疆自齊歸。

【校記】

〔一〕自汶陽至鄆　清光緒十九年《鄆城縣志》作「自汶陽至鄆有感」。

〔二〕風雨吹打人　清道光五年《東平州志》卷二〇《藝文略·詩》作「風吹雨打人」，《鄆城縣志》卷一五《藝文録下·詩》作「風雨吹行人」。

〔三〕夫子昔相魯　《東平州志》作「夫子西相魯」。

東平館〔一〕

憔悴江南客，蕭條古鄆州。雨聲連五日，月色徹中流。萬里山河夢，千年宇宙愁。欲鞭劉豫骨，煙草暗荒丘。

【校記】

〔一〕東平館　原作「來平館」，誤。據元劉壎《隱居通議》卷一二、明謝肇淛《北河紀餘》卷二、清乾隆元年《山東通志》卷三五之一下和《詩淵》第五册三二〇八頁載詩改。

發鄆州喜晴

烈風西北來，萬竅號高秋。宿雲蔽層空，浮潦迷中州。行人苦沮洳，道阻路且脩〔一〕。流澌被鞍鐙，飛沫綴衣裘。昏鴉接翅落，原野慘以愁。城郭何蕭條，閉户寒颼颼。中宵月色滿，餘光散衾裯。遊子〔二〕戒明發，飛霧靄郊丘。微見扶桑紅，隱隱如沉浮。身遊大荒野，海氣吹蜃樓。須臾劃當空，六合開沉幽。千年厭顔色〔三〕，蒼翠光欲流。太陽〔四〕經天行，大化不暫留。輝光何曾滅？晻靄終當收。嚴霜下豐草〔五〕，長歌夜悠悠。明日東阿道，方軌騤驊騮。

【校記】

〔一〕道阻路且脩　清道光五年《東平州志》作「道路阻且修」。

〔二〕游子　原作「余子」，誤。據別集本改。

〔三〕厭顔色　《東平州志》作「壓顔色」。

〔四〕太陽　原作「大陽」，誤。據四庫本改。

〔五〕下豐草　《東平州志》作「下豐章」。

發東阿〔一〕十七日

東原深處所，時或見人煙。秋雨桑麻地，春風桃李天。貪程頻問堠〔二〕，快馬〔三〕緩加鞭。多少飛檣過，噫吁是北船〔四〕。

【校記】

〔一〕發東阿　清道光九年《東阿縣志》作「東阿縣」。

〔二〕貪程頻問堠　《東阿縣志》卷一五《藝文志·詩》作「儹程頻問候」。

〔三〕快馬　《詩淵》作「怯馬」，《東阿縣志》作「怯勇」。

〔四〕北船　《詩淵》作「虜船」，《東阿縣志》作「北舡」。

宿高唐州博州

早發東阿縣，暮宿高唐州。哲人達幾微〔一〕，志士懷隱憂。山河已歷歷，天地空悠悠。孤館一夜宿，北風吹白頭。

【校記】

〔一〕幾微　清康熙十二年《高唐州志》卷一二《詩紀》作「機微」。

平原〔一〕十八日

平原太守顔真卿，長安天子不知名。一朝漁陽〔二〕動鼙鼓，大江〔三〕以北無堅城。公家弟兄〔四〕奮戈起，一十七郡連夏盟。賊聞失色分兵還〔五〕，不敢長驅入咸京。明皇父子將西狩〔六〕，由是靈武起義兵。唐家再造李郭力，若論牽制〔七〕公威靈。哀哉常山慘鉤舌，心歸朝廷氣不懾〔八〕。崎嶇坎坷不得志〔九〕，出入四朝老忠節。當年幸脱安禄山，白首竟陷李希烈。希烈安能遽殺公？宰相盧杞欺日月。亂臣賊子歸何處〔一〇〕？茫茫煙草中原土。公死於今六百年，精忠赫赫雷行天〔一一〕。

【校記】

〔一〕平原　清康熙十三年《平原縣志》、清光緒元年《陵縣志》作「過平原」，題下注：「祥興己卯九月十八日。有碑。」永新《匡塘顔氏族譜》載詩作「過平原有感」。

〔二〕漁陽　《詩淵》第三册《地理門·地理類》一九三二—一九三三頁載詩作「漢陽」。

〔三〕大江　原作「大河」，據韓本、鄢本、四庫本改。

〔四〕公家弟兄　原作「公家兄弟」，據《詩淵》第三册載詩改。《平原縣志》《陵縣志》作「君家兄弟」。

〔五〕分兵還　《平原縣志》《陵縣志》作「分道遯」，《詩淵》作「分軍還」。

〔六〕將西狩 《平原縣志》《陵縣志》作「得西狩」。
〔七〕若論牽制 《匡塘顏氏族譜》作「若問牽制」，《平原縣志》《陵縣志》作「賊臣牽制」。
〔八〕心歸朝廷 《匡塘顏氏族譜》作「公歸朝廷」。氣不懾，《平原縣志》《陵縣志》作「氣不折」。
〔九〕不得志 《平原縣志》《陵縣志》作「不得去」。
〔一〇〕歸何處 《平原縣志》《陵縣志》作「歸何所」。
〔一一〕精忠 原作「忠精」，據元劉壎《隱居通議》卷一二載詩改。《詩淵》第三册作「光精」，《匡塘顏氏族譜》作「精光」。雷行天，韓本、鄢本、四庫本作「雷當天」。

發陵州

中原似滄海，萬頃與雲連。大明朝東出，皎月正在天。遠樹亂如點，桑麻鬱蒼煙。一雁入高空，千鴉落平田。我行天地中，如蟻磨上旋。雨痕留故衣，霜氣襲重氈。健馬嘶北風，潛魚樂深淵。噫哉南方人，回首空自憐！

獻州道中

三年戎服行，五嶺文玉〔一〕會。躋攀上崖磴，厲揭涉瀟瀨〔二〕。十步九崎嶇，山水何破碎！坐令管仲小，自覺伯夷隘。乃今來中州，萬里如一概。四望登〔三〕原隰，桑麻蔚旆旆〔四〕。驊騮出清廟〔五〕，過都真歷塊。歷歷古戰場，俯仰生感慨。吾常涉重湖，東海際南海。兹遊冠平生，天宇更宏大。心與太虛際，目空九圍内。

男兒不出居〔六〕，婦人坐帷蓋。反身以自觀，須彌納一芥。以此處死生，超然萬形外〔七〕。

【校記】

〔一〕文玉　韓本、鄢本、《詩淵》第三册二〇〇四頁作「文王」。

〔二〕瀟瀨　《詩淵》作「湍瀨」。

〔三〕四望登　《詩淵》作「四天包」。

〔四〕蔚旆旆　有焕本、文柱本、民國本作「鬱旆旆」。

〔五〕出清廟　《詩淵》作「踏清廓」。

〔六〕不出居　《詩淵》作「不出户」。

〔七〕萬形外　原作「萬形内」，據有焕本、四庫本、文柱本、民國本、别集本和《詩淵》改。

滹沱河二首

一

過了長江與大河，横流數仞〔一〕絶滹沱。蕭王麥飯曾倉卒，回首中天〔二〕感慨多。

二

風沙睢水終亡楚，草木公山竟蹙秦。始信滹沱冰合事，世間興廢不由人。

【校記】

〔一〕數仞　《詩淵》第三册二一五三頁作「數丈」。

〔二〕中天　清乾隆二十六年《獻縣志》作「中原」。感慨，《獻縣志》作「慷慨」，清道光十一年《武强縣新志》作「感興」。

河間〔一〕

夜宿河間恰家，則翁寓焉，因成三絶

一

空有丹心貫碧霄，泮冰亡國〔二〕不崇朝。小臣萬死無遺慨〔三〕，曾見天家十八朝。

二

南歸雁蕩〔四〕報郎君，老子精神健十分。不爲瀛州〔五〕復相見，阿戎翻隔萬山雲。

三

江南車蓋走燕山，老子旁觀袖手閑〔六〕。見説新詩題甲子，桃源元只在人間。

【校記】

〔一〕河間　明萬曆《河間府志》作「過河間夜宿恰家則翁寓焉因成三絶」，清乾隆二十五年《河間縣志》卷六《藝文志·詩》作「過河間夜宿家則翁三絶」，《詩淵》第六册三四五七頁作「河山見家則堂（三首）」。

〔二〕泮冰亡國　《詩淵》第五册三四五七頁作「泮冰立國」。

〔三〕遺慨 《河間縣志》作「遺玩」，《詩淵》作「遺憾」。

〔四〕雁蕩 《河間府志》作「雁宕」。

〔五〕不爲 《詩淵》作「不謂」。瀛州，原作「瀛洲」，誤。據《河間縣志》改。

〔六〕闲 原作「間」，誤。據四庫本改。

保州道中〔一〕 二十一日

昨朝〔二〕渡滹沱，今日望太行。白雲何渺渺，天地何茫茫！落葉混西風，黄塵昏夕陽。牛車過不駐〔三〕，氈屋行相望。小兒騎蹇驢，壯士駕乘黄。高低葉萬頃，黑白草千行。村落有古風，人間無時妝。宋遼舊分界，燕趙古戰場。蚩尤亂涿野，共工謫幽邦。郭隗致樂毅，荆軻携舞陽。臧盧互反覆，安史迭披猖。山川一今古，人物幾興亡？江南佔畢生〔四〕，往來習羊腸。天馬戴青蠅〔五〕，電抹〔六〕馳康莊。適從何方〔七〕來？如此〔八〕醉夢鄉。感時意踟躕，惜往淚淋浪。厲階起玉環，左計右石郎〔九〕。天地行日月，萬代垂景光〔一〇〕。晝夜果可廢，春秋誠荒唐。吾生直須臾，俯仰際八荒。來者不可見，遠遊賦彷徨。

【校記】

〔一〕保州道中 清康熙十三年《安肅縣志》作「遂州道中」。

〔二〕昨朝 原作「昨日」，誤。據《詩淵》第三册二〇〇四頁載詩改。四庫本作「昨夜」。

〔三〕不駐 原作「不住」，誤。據《詩淵》第三册二〇〇四頁載詩改。

〔四〕佔畢生　四庫本作「佔畢士」。
〔五〕戴青蠅　《詩淵》作「載青蝿」。
〔六〕電抹　原作「電秣」，誤。據《詩淵》改。
〔七〕何方　原作「何有」，誤。據《詩淵》改。
〔八〕如此　《詩淵》作「如在」。
〔九〕左計　韓本、鄢本、四庫本作「左許」。右石郎，原作「由石郎」，誤。據四庫本改。
〔一〇〕垂景光　原作「乘景光」，誤。據《詩淵》改。

保涿州三詩

一　趙太祖墓〔一〕在保州。二十九日起，三十日到

我行保州塞，御河直其東。山川猶有靈〔二〕，佳氣何鬱葱！顧我巾車囚〔三〕，厲氣〔四〕轉秋蓬。辦香欲往拜〔五〕，惆悵臨長空。

二　樓桑〔六〕故宅近涿縣三十里

我過梁門城，樓桑在其北。元德〔七〕已千年，青煙繞故宅。道傍爲揮淚，徘徊秋風客。天下卧龍人，多少空抱膝！

三　涿鹿

我瞻涿鹿野，古來戰蚩尤。軒轅此立極，玉帛朝諸侯。歷歷關河雁〔八〕，隨風鳴寒秋〔九〕。邇來三千年〔一〇〕，王氣行幽州〔一一〕。

【校記】

〔一〕趙太祖墓　《詩淵》第三册《地理門·地理類》一九三八頁作「保涿州」，《宋詩鈔補》作「保州太祖墓」。疑在墓字前脱一「祖」字，當題爲「趙太祖祖墓」。

〔二〕猶有靈　有焕本、文柱本、别集本作「如有靈」。

〔三〕巾車囚　原作「巾車因」，誤。據韓本、鄢本、元諭本、張本、有焕本、四庫本和《詩淵》第三册一九三八頁改。

〔四〕厲氣　《詩淵》第三册載詩作「厲風」。

〔五〕欲往拜　《宋詩鈔補》作「何往拜」。

〔六〕樓桑　清同治十一年《涿州志》作「經樓桑劉先主故宅」。

〔七〕元德　别集本作「玄德」。

〔八〕歷歷關河雁　《詩淵》第三册《地理門·地理類》一九六三頁、《天府廣記》《涿州志》作「歷代遷關河」。

〔九〕隨風鳴寒秋　《詩淵》《天府廣記》《涿州志》作「雁風吹寒秋」。

〔一〇〕三千年　《詩淵》《天府廣記》《涿州志》作「三百年」。

〔一一〕行幽州　《天府廣記》作「鍾幽州」。

過梁門

一一金甌在，雙雙鎮璧全。土花開舊國，風絮渡江船。南北分新統，江淮號極邊。更和天塹失，回首慘啼鵑。

白溝河〔一〕

昔時〔二〕張叔夜，統兵赴勤王。東都一不守，羸馬遷龍荒。適過白溝河，裂眦鬚欲張。絶粒不遄死，仰天扼其吭。群臣〔三〕總奄奄，一士〔四〕垂天光。讀史識其地，撫卷爲凄涼。我生何不辰，異世忽相望：皇圖遘陽九，天塹滿飛艎〔五〕。引兵〔六〕詣闕下，捧土障瀾狂。出使義不屈，持節還中郎。六飛獨南海〔七〕，金鉞將煌煌。武侯空威心〔八〕，出狩〔九〕驚四方。吾屬竟爲虜〔一〇〕，世事吁彼蒼。思公有奇節，一死何慨慷！江淮我分地，我欲投滄浪。滄浪卻不受，中原行路長。初登項籍宫〔一一〕，次覽劉季邦。涉足河與濟，回首嵩與邙〔一二〕。下車撫梁門，上馬指樓桑。戴星渡一水〔一三〕，慘淡天微茫。行人爲我言，宋遼此分疆。懸知公死處，爲公出涕滂。恨不持東芻，徘徊官道傍。我死還在燕，烈烈同肝腸〔一四〕。今我爲公哀，後來誰我傷〔一五〕？天地垂日月，斯人未云亡。文武道不墜，我輩〔一六〕終堂堂。

【校記】

〔一〕白溝河　《日下舊聞考》卷一二六載詩作「過白溝河」。

〔二〕昔時　《詩淵》第三册二一五三頁作「昔特」。

〔三〕群臣　《詩淵》作「朝臣」。

〔四〕一士　原作「一土」，據文柱本、别集本、《詩淵》和《日下舊聞考》改。

〔五〕飛艎　原作「飛堭」，此據别集本、《詩淵》和《日下舊聞考》改。《全宋詩》：疑爲「飛蝗」。

〔六〕引兵　《日下舊聞考》作「引軍」。

〔七〕獨南海　《詩淵》和《日下舊聞考》作「狩南海」。

〔八〕威心　《詩淵》和《日下舊聞考》作「盛心」。

〔九〕出狩　《詩淵》作「出師」。

〔一〇〕爲虜　四庫本作「爲擄」，《日下舊聞考》作「爲羈」。

〔一一〕項籍宫　《日下舊聞考》作「項羽館」

〔一二〕嵩與邙　原作「嵩與恒」，據《日下舊聞考》改。

〔一三〕一水　《日下舊聞考》作「易水」。

〔一四〕同肝腸　《日下舊聞考》作「痛肝腸」。

〔一五〕後來誰我傷　《日下舊聞考》作「我死誰爲傷」。

〔一六〕我輩　《詩淵》作「我業」。

懷孔明〔一〕

斜谷事不濟，將星殞營中〔二〕。至今《出師表》，讀之淚沾胸。漢賊〔三〕明大義，赤心貫蒼穹。世以成敗論，操懿真英雄？

【校記】

〔一〕懷孔明　別集本在《孔明》《劉琨》《祖逖》《顔杲卿》《許遠》五詩前，冠以總題「五懷」。今詩題之「懷」字，僅冠於首篇《孔明》，後四篇均爲點校者據清刊本《指南後録》增補。

〔二〕將星　有煥本、文柱本、別集本作「將軍」。營中，《詩淵》第三册二一五四頁作「城中」。

〔三〕漢賊　《詩淵》作「漢業」。

懷劉琨〔一〕

中原蕩分崩，壯哉劉越石！連踪起幽并，隻手扶晉室。福華天意乖，匹磾生鬼蜮。公死百世名，天下分南北。

【校記】

〔一〕懷劉琨　原作「劉琨」，據清刊本《指南後録》增「懷」字。

懷祖逖〔一〕

平生祖豫州，白首起大事。東門長嘯兒，爲遜〔二〕一頭地。何哉戴若思，中道奮螳臂。豪傑事垂成，今古爲短氣〔三〕。

【校記】

〔一〕懷祖逖　原作「祖逖」，據清刊本《指南後録》增「懷」字。

〔二〕爲遜　元劉壎《隱居通議》卷一一作「爲避」。

〔三〕爲短氣　《隱居通議》作「長短氣」，《詩淵》第三册二一五四頁作「長同氣」。

懷顔杲卿〔一〕

常山義旗奮，范陽哽喉咽〔二〕。胡雛〔三〕一狼狽，六飛入西川。哥舒降且拜，公舌膏戈鋋。人世誰不死？公死千萬年。

【校記】

〔一〕懷顔杲卿　原作「顔杲卿」，據清刊本《指南後録》增「懷」字。

〔二〕哽喉咽　《詩淵》第三册二一五四頁作「梗喉咽」。

〔三〕胡雛　原作「明雛」，據韓本、鄢本、張本、有焕本、四庫本、民國本改。

懷許遠〔一〕

起師哭玄元〔二〕，義氣震天地。百戰奮雄姿，鬻妾士揮淚。睢陽水東流，雙廟垂百世。當時令狐潮，乃爲賊〔三〕遊説。

【校記】

〔一〕懷許遠　原作「許遠」，據清刊本《指南後録》增「懷」字。元劉壎《隱居通議》卷一二載詩作「張巡」。

〔二〕玄元　四庫本作「元元」。

〔三〕爲賊　《詩淵》第三册二一五四頁載詩作「爲秦」。

過雪橋琉璃橋

小橋度雪度琉璃，更有清霜滑馬蹄。遊子衣裳如鐵冷〔一〕，殘星荒店野鷄啼〔二〕一作「亂鳴鷄」。

【校記】

〔一〕如鐵冷　韓本、鄢本、四庫本和《日下舊聞考》作「和鐵冷」。

〔二〕野鷄啼　有焕本注：「一作『亂鷄鳴』。」

指南後録卷之三

予《指南後録》，第一卷起正月十二日《賦零丁洋》，第二卷起八月二十四日《發建康》。今第三卷，蓋自庚辰元日爲始。文山履善甫序。

五月二日生朝

北風吹滿楚冠塵，笑捧蟠桃夢裏春。幾歲已無籠鴿客，去年猶有送羊人。江山如許非吾土，宇宙奈何多此身？不滅不生在何許？靜中聊且養吾真。

胡笳曲

庚辰中秋日，水雲慰予囚所，援琴作《胡笳十八拍》，取予疾徐，指法良可觀也。琴罷，索予賦胡笳詩，而倉卒中未能成就。水雲别去，是歲十月復來。予因集老杜句成拍，與水雲共商略之。蓋囹圄中不能得死，聊自遣耳，亦不必一一學琰語也。水雲索予書之，欲藏於家，故書以遺之。浮休道人文山〔一〕。

風塵澒洞昏王室，天地慘慘無顔色。而今西北自反胡，西望千山萬山赤。嘆息人間萬事非，被驅不異犬與鷄。不知明月爲誰好，來歲如今歸未歸？

右一拍

獨立縹緲之飛樓，高視乾坤又可愁〔二〕。江風蕭蕭雲拂地，笛聲憤怒〔三〕哀中流。鄰鷄野哭如昨日，昨日晚晴今日黑。倉皇〔四〕已就長途往，欲往城南忘南北〔五〕。

右二拍

三年奔走空皮骨，三年笛裏關山月。中天月色好誰看？豺狼塞路人煙絶。寒刮肌膚北風利，牛馬毛零〔六〕縮如蝟。塞上風雲接地陰，咫尺但愁雷雨至。

右三拍

黄河北岸海西軍，翻身向天仰射雲。胡馬〔七〕長鳴不知數，衣冠南渡多崩奔。山木慘慘天欲雨，前有毒蛇後猛虎。欲問長安〔八〕無使來，終日戚戚忍羈旅。

右四拍

北庭數有關中使，飄飄遠自流沙至。胡人高鼻動成群，仍唱胡歌飲都市。中原無書歸不得，道路即今多擁隔〔九〕。身欲奮飛病在床，時獨看雲淚沾臆。

右五拍

群胡歸來血洗箭〔一〇〕，白馬將軍若雷電。蠻夷雜種錯相干〔一一〕，洛陽殿宫燒焚盡。干戈格鬭尚未已〔一二〕，魑魅魍魎徒爲耳〔一三〕。慟哭秋原何處村？千村萬落生〔一四〕荆杞。

右六拍

憶年〔一五〕十五心尚孩，莫怪頻頻勸酒杯。孤城此日腸堪斷，如何不飲令心哀〔一六〕。一去紫臺連朔漠，月出塞通〔一七〕雪山白。九度附書歸洛陽，故國三年一消息。

右七拍

只今年纔十六七，風塵荏苒音書絶。胡騎長驅五六年，敝衣何啻聯百結〔一八〕。愁對寒雲雪滿山，愁看冀北〔一九〕是長安。此身未知歸定處，漂泊西南天地間。

右八拍

五夜〔二〇〕漏聲催曉箭，寒盡春生洛陽殿。漢主山河錦繡中，可惜春光不相見。自胡之反持干戈，一生抱恨空咨嗟。我已無家尋弟妹，此身那得更無家。南極一星朝北斗，每依北斗〔二一〕望京華。

右九拍

今年臘日〔二二〕凍全消，天涯涕淚一身遥。諸將亦自軍中至，行人弓箭各在腰。白馬嚼齧黄金勒，三尺角弓兩斛力。胡雁翅濕高飛難，一箭正墜雙飛翼。

右十拍

冬至陽生春又來，口雖吟咏心中哀。長笛鄰家〔二三〕亂愁思，教兒〔二四〕且覆掌中杯。雲白山青萬餘里，壁立石城横塞起。元戎小隊出郊坰，天寒日暮山谷裏。

右十一拍

洛陽一别四千里，邊庭流血成海水。自經喪亂少睡眠，手脚凍皴皮肉死。反鎖衡門守環堵，稚子無憂走風雨。此時與子空歸來，喜得與子長夜語。

右十二拍

大兒九齡色清澈〔二五〕，驊騮作駒已汗血。小兒五歲氣食牛，冰壺玉衡〔二六〕懸清秋。罷琴惆悵月照席，人生有情淚沾臆。離别不堪無限意，更爲後會知何地。酒肉如山又一時，只今未醉〔二七〕已先悲。

右十三拍

北歸秦川多鼓鼙，禾生隴畝無東西。三步回頭五步坐，誰家擣練風淒淒？已近苦寒月，慘慘中腸悲。自恐兩男兒〔二八〕，不得相追隨。去留俱失意，徘徊悲生離〔二九〕。十年蹴踘將雛遠，極目〔三〇〕傷神誰爲攜？此别應須〔三一〕各努力，無使霜露霑人衣。

右十四拍

寒雨颯颯枯樹濕，坐卧只多少行立。青春欲盡〔三二〕急還鄉，非關使者徵求急。欲别上馬身無力，去住彼此無消息。關塞蕭條行路難，行路難行澀如棘。男兒性命絶可憐，十日不一見顔色。

右十五拍

乃知貧賤别更苦，况我飄蓬〔三三〕無定所。心懷百憂復千慮，世人那得知其故。嬌兒不離膝，哀哉兩决絶。也復可憐人，里巷亦嗚咽〔三四〕。斷腸分守〔三五〕各風煙，中間消息兩茫然。自斷此生休問天，看射猛虎終殘年。

右十六拍

江頭宫殿鎖千門，千家今有百家存。面粧首飾雜啼痕，使我〔三六〕嘆恨傷精魂。自有兩兒郎，忽在天一方。胡塵暗天道路長，安得送我置汝傍？

右十七拍

事殊興極憂思集，足繭荒山轉愁疾。漢家山東二百州，青是烽煙白人骨。入門依舊四壁空，一斛舊水藏蛟龍。年過半百不稱意，此曲哀悲〔三七〕何時終？

右十八拍

【校記】

〔一〕文山　一本無此二字。

〔二〕可愁　有煥本、四庫本作「何愁」。

〔三〕憤怒　杜集《陪王侍御同登東山最高頂宴姚通泉晚携酒泛江》作「憤怨」，「怨」下附注：「一作怒」。

〔四〕倉皇　元諭本作「蒼皇」。杜集《送鄭十八虔貶台州司户傷其臨老陷賊之故闕爲面别情見於詩》作「倉皇」「蒼惶」。

〔五〕忘南北　杜集《哀江頭》作「望城北」。

〔六〕毛零　杜集《前苦寒行二首》其一作「毛寒」。

〔七〕胡馬　杜集《黄河二首》其一作「鐵馬」。

〔八〕長安　杜集《所思》作「平安」。

〔九〕即今　原作「只今」，據杜集《光禄坂行》改。擁隔，别集本作「壅隔」。胡思敬校：「壅」誤「擁」。

〔一〇〕群胡歸來血洗箭　原作「胡人歸來血滿箭」，誤。據杜集《悲陳陶》改。

〔一一〕錯相干　原作「錯相于」，誤。據韓本、鄒本、張本、四庫本改。

〔一二〕干戈格鬬尚未已　原作「干戈兵革鬬未已」，誤。據杜集《又觀打魚》改。

〔一三〕徒爲耳　原作「徒爲爾」，誤。據杜集《荆南兵馬使太常卿趙公大食刀歌》改。

〔一四〕生　有煥本作「作」。

〔一五〕憶年　原作「憶昔」，誤。據杜集《百憂集行》改。

〔一六〕令心哀　原作「令人哀」，誤。據杜集《蘇端薛復筵簡薛華醉歌》改。
〔一七〕寒通　原作「雲通」，誤。據杜集《古柏行》改。文柱本作「雲連」。
〔一八〕敝衣何啻聯百結　原作「弊裘何啻連百結」，據杜集《投簡咸華兩縣諸子》改。
〔一九〕冀北　杜集《小寒食舟中作》作「直北」。
〔二〇〕五夜　原作「午夜」，誤。據杜集《奉和賈至舍人早朝大明宫》改。
〔二一〕北斗　原作「南斗」，誤。據杜集《秋興八首》其二改。
〔二二〕臘日　原作「臈月」，誤。據杜集《臘日》改。
〔二三〕鄰家　原作「誰能」，誤。據杜集《追酬故高蜀州人日見寄》改。
〔二四〕教兒　原作「呼兒」，誤。據杜集《小至》改。
〔二五〕清澈　原作「清徹」，誤。據杜集《徐卿二子歌》改。
〔二六〕玉衡　原作「玉鑒」，誤。據有煥本、四庫本和杜集《寄裴施州》改。衡，一作「珩」。
〔二七〕未醉　原作「未絶」，誤。據鄢本、有煥本、四庫本、文柱本、别集本和杜集《樂遊園歌》改。
〔二八〕兩男兒　原作「二男兒」，誤。據杜集《送李校書二十六韻》改。
〔二九〕悲生離　原作「感生離」，誤。據杜集《送樊二十三侍御赴漢中判官》改。
〔三〇〕極目　原作「目極」，誤。據杜集《野望》改。
〔三一〕應須　原作「還須」，誤。據杜集《送韓十四江東省覲》改。
〔三二〕欲盡　原作「欲暮」，誤。據杜集《官池春雁二首》其二改。
〔三三〕飄蓬　原作「飄轉」，誤。據杜集《嚴氏溪放歌行》改。

〔三四〕亦嗚咽　原作「盡嗚咽」，誤。據杜集《自京赴奉先縣詠懷五百字》改。亦，一作「猶」。

〔三五〕分守　原作「分手」，誤。據杜集《公安送韋二少府匡贊》改。

〔三六〕使我　原作「教我」，誤。據杜集《苦戰行》改。

〔三七〕哀悲　原作「哀怨」，誤。據杜集《歲晏行》改。

上巳

予自丙子上巳日，真州屏之城門外，于今憂患過六年〔一〕，俯仰時節，爲之慨然。

昔自長淮樹去帆，今從燕薊眺東南。泥沙一命九分九，風雨六年三月三。地下故人那可作，天涯遊子竟何堪？便從餓死傷遲暮，面對西山已發慚。

【校記】

〔一〕過六年　原作「通六年」，誤。據世界書局一九三六年本改。

寒食

予不登丘隴拜清明、寒食，八年矣。癸酉湖南，甲戌、乙亥章貢，丙子淮東，丁丑梅州，戊寅麗江浦，庚辰燕山獄中，今辛巳猶未得死。和上巳韻寫懷。

苦海周遭斷去帆，東風吹淚向天南。龍蛇澤裏清明五，燕雀籠中寒食三。撲面風沙驚我在，滿襟霜露痛誰堪？何當歸骨先人墓，千古不爲丘首慚。

覽鏡見鬚髯消落爲之流涕

萬里飄零等一毫，滿前風景恨滔滔。淚如杜宇喉中血，鬚似蘇郎節上旄。今日形骸遲一死，向來事業竟徒勞。青山是我安魂處，清夢時時賦大刀。

讀赤壁賦前後二首〔一〕

一

昔年仙子謫黃州，赤壁磯頭汗漫遊。今古興亡真過影，乾坤俯仰一虛舟。人間憂患何曾少，天上風流更有不？我亦洞簫吹一曲，不知身世是蜉蝣。

二

一笑滄波浩浩流，隻鷄斗酒更扁舟。八龍寫作〔二〕詩中案，孤鶴來爲夢裏遊。楊柳遠煙連北府，蘆花新月對南樓。玉仙來往清風夜，還識江山似舊不？

【校記】

〔一〕讀赤壁賦前後二首　別集本作「讀前後赤壁賦二首」。

〔二〕寫作　有煥本作「寫出」。

自嘆

門掩牢愁白日過，不應老子坐婆娑。雖生得似無生好，欲死其如不死何！王蠋高風真可挹，魯連大節豈容磨？東流不盡銅駝恨，四海悠悠總一波。

端午初度

一

死所初何怨，生朝只自知。頗懷常棣〔一〕意，忍誦蓼莪詩。浮世百年夢，高人千載期。楚囚一杯水，勝似九霞巵。

二

向來松下鶴，今日傍誰門？夢見瑶池沸，愁看玉壘昏。所思多死所〔二〕，焉用獨生存？可惜菖蒲老，風煙滿故園。

【校記】

〔一〕常棣　原作「常杕」，誤。據世界書局一九三六年本改。四庫本、有煥本、民國本作「常杖」。

〔二〕死所　有煥本、文柱本、別集本作「死別」。

端午即事

五月五日午，贈我一枝艾。故人不可見，新知萬里外。丹心照夙昔，鬢髮日已改〔一〕。我欲從靈均，三湘隔遼海。

【校記】

〔一〕日已改　四庫本作「日已敗」。

自述二首

一

當年嚼血灑銅駝，風氣悠悠奈若何。漢賊已成千古恨，楚囚不覺二年過。古今咸道天驕子〔一〕，老去忽如春夢婆。試把睢陽雙廟看，只今事業愧蹉跎。

二

江南啼血送殘春，漂泊風沙萬里身。漢末固應多死士，周餘乃止一遺民。乍看鬚少疑非我，只要心存尚是人。坐擁牢愁書眼倦，土牀伸脚任吾真。

【校記】

〔一〕古今咸道天驕子　四庫本作「閑來誰似天隨子」。

五月十七夜大雨歌

去年五月望，流水滿一房。今年後三夕，大雨復没牀。我辭江海來，中原路茫茫。舟楫不復見，車馬馳康莊。矧居圜土中，得水〔一〕猶得漿。忽如避巨浸〔二〕，倉卒殊徬徨。明星尚未啓，大風方發狂。叫呼人不膺，宛轉水中央。壁下有水穴，群鼠走踉蹡。或如魚潑剌，墊溺無所藏。周身莫如物，患至不得防。業爲世間人，何處逃禍殃！朝來闢溝道〔三〕，宛如決陂塘。盡室泥濘塗，化爲糜爛場。炎蒸迫其上，臭腐薰其傍。惡氣所侵薄，疫癘何可當！楚囚欲何之？寢食此一方，南還無復望〔四〕，坐待仆且僵。乾坤莽空闊，何爲此凉凉？達人識義命，此事關綱常。萬物方焦枯，皇皇禱穹蒼。上帝實好生，夜半下龍章。但願天下人，家家足稻粱。我命渾小事，我死庸何傷！

【校記】

〔一〕得水　一作「得冰」。

〔二〕避巨浸　原作「巨石浸」，據韓本、鄒本、有煥本、四庫本、文柱本、別集本、民國本改。

〔三〕闢溝道　四庫本作「開溝道」。

〔四〕南還無復望　此五字原缺，據世界書局一九三六年本補。韓本、鄒本、元諭本亦缺此五字。張本、有煥本、四庫本、民國本作「羈棲無復望」。

先太師忌日五月〔一〕二十八日

萬里先人忌，呼號痛不天。遺孤餘二紀，曠祀忽三年。永恨丘園隔，遥憐弟妹圓。義方如昨日，地下想欣然〔二〕。

【校記】

〔一〕五月　原作「二月」，誤。據有焕本、民國本改。

〔二〕欣然　原作「興然」，誤。據有焕本、四庫本、民國本改。

築房子歌

自予居狴犴，一室以自治。二年二大雨，地汙實成池。圄人爲我惻，畚土以築之。築之可二尺，宛然水中坻。初運朽壤來，臭穢恨莫追。掩鼻不可近，牛皂鷄于塒。須臾傳黑墳，千杵〔一〕鳴參差。但見如坻平，糞土不復疑。乃知天下事，不在論鎡基。苟可掩耳目，臭腐誇神奇。世人所不辨，羊質而虎皮。大者莫不然，小者又何知？深居守我玄，默觀道推移。何時蟬蜕去？忽與濁世違。

【校記】

〔一〕千杵　四庫本作「千村」。

有感

已矣勿復道，安之如自然。閑陪黄奶坐，倦退白衣眠。一死知何地？此生休問天〔一〕。怪哉茨野客，宿果墮幽燕。

【校記】

〔一〕問天　原作「間天」，誤。據韓本、鄢本、張本、四庫本改。

正氣歌

予囚北庭，坐一土室。室廣八尺，深可四尋。單扉低小，白間〔一〕短窄，汙下而幽暗。當此夏日，諸氣萃然：雨潦四集，浮動牀几，時則爲水氣；塗泥半朝〔二〕，蒸漚歷瀾，時則爲土氣；乍晴暴熱，風道四塞，時則爲日氣；檐陰薪爨，助長炎虐，時則爲火氣；倉腐寄頓，陳陳逼人，時則爲米氣；駢肩雜遝，腥臊汙垢〔三〕，時則爲人氣；或圊溷，或毁屍〔四〕，或腐鼠，惡氣雜出，時則爲穢氣。疊是數氣，當之者〔五〕鮮不爲厲。而予以孱弱，俯仰其間，於兹二年矣。幸而無恙〔六〕，是殆有養致然〔七〕。然爾亦安知所養何哉？孟子曰：「我善養〔八〕吾浩然之氣。」彼氣有七，吾氣有一；以一敵七，吾何患焉！況浩然，乃天地之正氣也。作《正氣歌》一首。

天地有正氣，雜然賦流形。下則爲河嶽，上則爲日星。於人曰浩然，沛乎塞蒼冥。皇路當清夷，含和吐明庭。時窮節乃見，一一垂丹青。在齊太史簡，在晉董狐筆。在秦張良椎，在漢蘇武節。爲嚴將軍頭，爲嵇侍中血。爲張睢陽齒〔九〕，爲顔常山舌。或爲遼東帽，清操厲冰雪。或爲《出師表》，鬼神泣壯烈。或爲渡江楫，慷慨吞胡羯〔一〇〕。或爲擊賊笏，逆竪頭破裂。是氣所旁薄〔一一〕，凛烈萬古存。當其貫日月，生死安足論？地維賴以立，天柱賴以尊。三綱實係命，道義爲之根。嗟予遘陽九，隸也實不力。楚囚纓其冠，傳車送窮北。鼎鑊甘如飴，求之不可得。陰房闃鬼火，春院閟天黑。牛驥同一皂，鷄棲鳳凰食。一朝濛霧露，分作溝中瘠。如此再寒暑，百沴自辟易。嗟哉沮洳場，爲我安樂國。豈有他繆巧，陰陽不能賊。顧此耿耿在，仰視浮雲白。悠悠我心悲，蒼天曷有極？哲人日已遠，典刑在夙昔。風檐展書讀，古道照顔色。

【校記】

〔一〕白間　別集本作「白門」。

〔二〕塗泥半朝　胡思敬校：「朝」疑「潮」。

〔三〕汙垢　四庫本作「汗垢」。

〔四〕或毁屍　原缺「或毁」二字，據四庫本補。張本作「或死屍」。

〔五〕當之者　原缺「之者」二字，據四庫本補。有焕本作「當侵沴」。

〔六〕幸而無恙　原缺此四字，據世界書局一九三六年本補。張本作「嗟呼」；四庫本作「審如是」。

〔七〕是殆有養致然　四庫本作「審如是殆有養致然爾」。

〔八〕我善養　原作「吾善養」，誤。據韓本、鄢本、四庫本改。

〔九〕爲張睢陽齒　四庫本作「爲張睢陽髯」。

〔一〇〕吞胡羯　四庫本作「吞羌羯」。

〔一一〕是氣　原作「是随」，誤。據韓本、鄢本、元諭本、張本、四庫本改。旁薄　有焕本作「磅礴」。

七月二日大雨歌

燕山五六月，氣候苦不常。積陰綿五旬，畏景淡無光。天漏比西極，地濕〔一〕等南方。今何苦常雨，昔何苦常暘？七月二日夜，天工爲誰忙？浮雲黑如墨，飄風怒如狂。滂沱至夜半，天地爲低昂。勢如蛟龍出，平陸俄懷襄。初疑倒巫峽，又似翻瀟湘。千門各已閉，仰視天茫茫。但聞屋側聲，人力無支當。嗟哉此圜土，占勝非高岡。赭衣無容足，南房並北房。北房水二尺，聚立唯東廂〔二〕。桎梏猶自可，凛然覆窮墻〔三〕。嘈嘈復雜雜，烝汗流成漿。張目以待旦，沈沈漏何長！南冠者爲誰？獨居沮洳場。此夕水彌滿，浮動八尺牀。壁老如欲壓，守者殊皇皇。我方鼾鼻睡，逍遥遊帝鄉。百年一大夢，所歷皆黄粱。死生已勘破，身世如遺忘。雄鷄叫東白，漸聞語聲揚。論言苦飄蕩〔四〕，形勢猶倉黄。起來立泥塗，一笑褰衣裳。遺書宛在架，吾道終未亡。

【校記】

〔一〕地濕　原作「地温」，誤。據元諭本、有煥本、四庫本、民國本改。

〔二〕東厢　原作「東箱」，誤。據韓本、鄒本、有煥本、四庫本改。

〔三〕窮墻　原作「穹墻」，誤。據鄒本、有煥本、四庫本、民國本改。

〔四〕飄蕩　原作「飄揚」，誤。據有煥本、四庫本、文柱本、民國本改。

詠懷

陰陽相烹煎〔一〕，天地一釜鬵〔二〕。人生居其間，便同肉在砧。熱猶以火燎，濕猶以湯燖〔三〕。一歲一煅煉，老形忽駸駸。吾生四十六，弱質本不任。矧當五六年，患難長侵尋。子卿羝羊節，少陵杜鵑心。酷罰毒我膚，深憂煩我襟。嗟嗟夏涉秋，天道何其淫！或時日杲杲，或時雨淋淋。方如坐蒸甑，又似立烘煁。水火交相禪，益熱與益深。宛轉兒戲中，日夜空呻吟。何如真鼎鑊，殊我一寸金。脱此寒暑殼，誰能復嶇嶔？

【校記】

〔一〕烹煎　原作「烹然」，誤。據韓本、鄒本、元諭本、張本、有煥本、四庫本改。

〔二〕釜鬵　原作「釜灊」，誤，逕改。

〔三〕濕　原作「温」，誤。據韓本、鄒本、張本、有煥本、四庫本改。　燖，元諭本作「潯」。

偶成

昨朝門前地寸裂，今朝牀下泥尺深。人生世間一蒲柳，豈堪日炙復雨淋！起來高歌《離騷》賦，睡去細和《梁父吟》。已矣已矣尚何道，猶有天地知吾心。

移司即事〔一〕

自大雨后，兵马司墙壁颓落，地皆沮洳，因不可居。七月五日，移司官籍監〔二〕。予以诘朝行，诗以记之。

燕山積雨泥塞道，大屋欹傾小屋〔三〕倒。赭衣棘下無顔色〔四〕，倉卒移司避流潦。行行桎梏如貫魚，憐我龍鍾遲明早。我來二十有一月，若書下下幾二考〔五〕。夢回恍憶入新衙，不知傳舍何時了。寄書〔六〕癡兒了家事，九牛一毛亦云小。天門皇皇虎豹立，下土孤臣泣雲表。莫令赤子盡爲魚，早願當空日杲杲。

【校記】

〔一〕移司即事　有焕本作「移後即事」。

〔二〕官籍監　韓本、張本作「宫籍監」。

〔三〕小屋　原作「小成」，據韓本、鄒本、元諭本、張本、四庫本改。

〔四〕顔色　韓本、鄒本、有焕本、四庫本、文柱本作「容色」。

〔五〕二考　原作「一考」，據鄒本、有焕本、四庫本、文柱本、别集本改。

〔六〕寄書　原空此二字，據叢刊本補。張本、有焕本、四庫本、文柱本作「幸有」。鍾本作「欲語」。

不睡

頻搔白首强憂煎，細雨青燈思欲顛。南北東西三萬里，古今上下幾千年。只因知事翻成惱，未到放心那得眠？眼不識丁馬前卒，隔牀鼾鼻正陶然。

官籍監〔一〕

兵馬司移寓官籍監，予監一室，頗瀟灑，明窗淨壁，樹影横斜，可愛也！賦五絶。

一

塵滿南冠歲月深，暫移一室倚旃林。天憐元是青山客，分與窗根兩樹陰。

二

壁間頗自有龍蛇，元是誰人小住家？不似爲囚似爲客，倚窗望斷暮天涯。

三

曾過盧溝望塔尖，今朝塔影接虚檐。道人心事真方丈，静坐日長雲滿簾。

四

軍衙馬足起黄埃，門掩西風夢正回。自入燕關人世隔，隔墻忽送市聲來。

五

新來窗壁〔二〕頗玲瓏，盡把前時臭腐空。好醜元來都是幻，蘧廬一付夢魂中。

【校記】

〔一〕官籍監　原作「宫籍監」，誤。據四庫本改。下同。

〔二〕窗壁　韓本、鄢本、有焕本、四庫本、别集本作「窗左」。

還司即事

兵馬司苦於地窄，其東偏有大宅，官買之以廣治所，舊廳事遂爲空閑。七月十一日，因自官〔一〕籍監悉歸獄，舊廳事之西有一室，處予其間。其地高燥而空凉，蕭然獨往，寂無來人，又一境界也。五言八句二首。

一

幕燕方如寄，屠羊忽復旋。霜枝空獨立，雪窖已三遷。漂泊知何所？逍遥付自然。庭空誰共語？拄頰〔二〕望青天。

二

秋聲滿南國，一葉此飄蓬〔三〕。墻外千門迥〔四〕，庭皋四壁空。誰家驢吼月，隔巷犬嘷風。燈暗人無寐，沉沉夜正中。

【校記】

〔一〕官　原作「宮」，誤。據四庫本改。

〔二〕拄頰　原作「柱頰」，誤。據韓本、四庫本改。

〔三〕此飄蓬　有煥本、文柱本、別集本作「自飄蓬」。

〔四〕迴　有煥本、四庫本作「逈」。

夜起二絶〔一〕

一

惆悵高歌入睡鄉，夢中魂魄尚飛揚。起來露立頻搔首，夜靜無風自在涼。

二

三年獨立已成僧，欲與何人説葛藤。夜夜隔墻因叫佛，三生因果伴孤燈。

【校記】

〔一〕夜起二絶　四庫本作「夜起二首」。

還獄

予自官〔一〕籍監還兵馬司，止予舊廳事西偏之室。獄户既葺，以八月七日復返故處，向之所謂臭腐濕蒸，依然故在，回視吾所挾，亦浩然而獨存。作古風一首。

人情感故物，百年多離憂。桑下住三宿，應者猶遲留。矧兹方丈室，屏居二春秋。夜眠與晝坐，隤乎安楚囚。自罹大雨水，圜土俱盪舟。此身委傳舍，遷徙無定謀。去之已旬月，宫室重綢繆。今夕果何夕，復此搔白頭。恍如流浪人，一旦歸舊遊。故家不可復，故國已成丘。對此重回首，汪然涕泗流。人生如空花，隨風任飄浮。哲人貴知命，樂天復何求！

【校記】

〔一〕官　原作「宫」，誤。據四庫本改。

偶賦〔一〕

蒼蒼已如此，梁父共誰吟。袖〔二〕有忠臣傳，牀無壯士金。收心歸寂滅，隨性過光陰。一笑西山晚，門前秋雨深。

【校記】

〔一〕偶賦　有焕本作「偶成」。

〔二〕袖　原作「神」，誤。據四庫本改。

讀杜詩

平生踪迹只奔波，偏是文章被折磨。耳想杜鵑心事苦，眼看胡馬淚痕多。千年夔峽有詩在，一夜耒江〔一〕如酒何。黄土一丘隨處是，故鄉歸骨任蹉跎。

【校記】

〔一〕耒江　原作「采江」，誤。據有焕本、四庫本改。韓本、鄢本作「來江」。

感懷二首

一

交遊兵後似蓬飛，流落天涯鵲繞枝。唐室老臣唯我在，柳州先友托誰碑？泥塗猶幸瞻佳士，甘雨何如〔一〕遇故知？一死一生情義重，莫嫌收拾老牛屍。

二

伏龍欲夾太陽飛，獨柱擎天力弗支。北海風沙漫漢節，浯溪煙雨暗唐碑。書空已恨天時去〔二〕，惜往徒懷國士知。抱膝對人復何語，紛紛坐塚卧爲屍。

【校記】

〔一〕何如　原作「如何」，誤。據有煥本、四庫本改。

〔二〕天時去　原作「天時雨」，誤。據四庫本改。韓本作「天時去」。

先兩國初忌九月初七日

北風吹黄花，落木寒蕭颼。哀哀我慈母，玉化炎海秋。日月水東流，音容隔悠悠。小祥哭下邳，大祥哭幽州。今此復何夕，荏苒三星周〔一〕。嗟哉不肖孤，宗職曠不脩。昔母肉未寒，委身墮寇讐。仰藥早云遂，庶從地下遊。太阿〔二〕落人手，死生不自由。南冠坐絶域，大期落淹留〔三〕。白華下玄髮〔四〕，碧蘇生緇裘。心口自相語，形影旁無儔。空庭鬼火閃，天黑對牢愁。魚軒在何處，魂魄今安否？兒女各北歸，墳墓委南陬。寒食雨淒淒，盂飯誰與投？荆棘纏蔓草，狐兔緣荒丘。長夜良寂寞，與我同幽幽。我心亦勞止，我命實不猶。昨夕夢堂上，樂昔歡綢繆。覺來尚恍惚，血涕連衾裯。晨興一瓣香，痛如螫在頭。吾家白雲下，萬里同關憂。遥憐弟與妹，几筵〔五〕羅庶羞。既傷母〔六〕在殯，又念兄在囚。兄囚不足念，母亦爲母謀。三聖去已遠。穹垠莽洪流。緬懷百世慮，白骨甘填溝〔七〕。冥冥先大夫，鬱鬱蒼松楸。防山迄合葬，瞑目復何求？

【校記】

〔一〕三星周　有焕本、别集本作「三周星」。
〔二〕太阿　原作「大阿」，誤。據元諭本、四庫本、叢刊本改。
〔三〕淹留　原作「淹流」，誤。據有焕本、四庫本改。
〔四〕玄髮　四庫本作「元髮」。
〔五〕几筵　有焕本、文柱本、别集本作「几席」。
〔六〕毋　胡思敬校：「母」字當作「毋」。
〔七〕甘填溝　有焕本作「空填溝」，四庫本作「皆填溝」。

重陽

萬里飄零兩鬢蓬，故鄉秋色老梧桐。雁棲新月江湖滿，燕别斜陽巷陌空。落葉何心定流水，黄花無主更西風。乾坤遺恨知多少，前日龍山如夢中。

又三絶

一

世事濛濛醉不知，南山秋意滿東籬。黄花何故無顔色，應爲元嘉以後詩。

二

人間萬事〔一〕轉頭空，皂帽飄蕭一病翁。不學孟嘉狂落魄〔二〕，故將白髮向西風。

三

老來憂患易淒涼，説到悲秋更斷腸。世事不堪逢九九，休言今日是重陽。

【校記】

〔一〕萬事　有煥本、文柱本作「萬里」。

〔二〕狂落魄　原作「往落魄」，誤。據韓本、鄢本、張本、有煥本、四庫本改。

夜

秋光連夜色，萬里客淒淒。落木空山杳，孤雲故國迷。衾寒霜正下，燈晚月平西。夢過重成〔一〕夢，千門鷄亂啼。

【校記】

〔一〕重成　原作「重城」，誤。據有煥本、四庫本、民國本改。

雨雪

秋色金臺路，殷殷〔一〕半馬蹄。因風隨作雪，有雨便成泥。過眼驚新夢，傷心憶舊題。江雲愁萬疊，遺恨鷓鴣啼。

【校記】

〔一〕殷殷　有焕本、四庫本、民國本作「殷勤」。

偶成二首

一

燈影沉沉夜氣清，朔風吹夢度江城。覺來知打明鐘未，忽聽鄰家叫佛聲。

二

烏兔東西不住天，平生奔走亦茫然。向來鞅掌真堪笑，爛熳如今獨自眠。

得兒女消息

故國斜陽草自春，爭元作相總成塵。孔明已負金刀志，元亮猶憐典午身。骯髒到頭方是漢，娉婷更欲向何人？癡兒莫問今生計，還種來生未了因。

爲或人賦

悠悠成敗百年中，笑看柯山局未終。金馬勝遊成舊雨，銅駝遺恨付西風。黑頭爾自誇江總，冷齒人能説褚公。龍首黄扉真一夢，夢回何面見江東！

世事

世事孤鴻外，人生落日西。棋淫詩興薄，書倦夢魂迷。汩汩〔一〕馳還坐，悠悠笑即啼。一真吾自得，開眼總筌蹄。

【校記】

〔一〕汩汩　原作「汨汨」，誤。據韓本、鄢本、四庫本改。

斷雁〔一〕

斷雁西江遠，無家寄萬金。乾坤風月老，沙漠歲年深。白日去如夢，青天知此心。素琴絃已絶〔二〕，不絶是南音。

【校記】

〔一〕斷雁　原作「新薦」，據韓本、鄭本、張本、有煥本、四庫本、民國本改。

〔二〕已絶　有煥本作「以絶」。

小年

燕朔逢窮臘，江南拜小年。歲時生處樂，身世死爲緣。鴉噪千山雪，鴻飛萬里天。出門意寥廓，四顧但茫然。

除夜

乾坤空落落，歲月去堂堂。末路驚風雨，窮邊飽雪霜。命隨年欲盡，身與世俱忘。無復屠蘇夢，挑燈夜未央。

壬午

丙子上巳前二日〔一〕，予至真州，今俯仰六周星〔二〕矣。撫時念事，爲之流涕。聊寫我心，質諸鬼神爾。

憶昔三月朔，歲在火鼠鄉。朝登迎鑾鎮，夜宿清邊堂。於時坌飈霧，陽精黯無芒。胡羯犯彤宮，犬戎升御牀。慘淡銅駝泣，威垂朱鳥翔。我欲疏河嶽，借助金與湯。吾道率曠野，繞樹空徬徨。慷慨撫鰲背，艱關出羊腸。扶日上天門，隨雲拜東皇。祖逖誓興晉，鄭畋義扶唐。人謀豈云及，天命不於常。泗水沉洛鼎，薊丘〔三〕植汶篁。瑤宮可敦后，玉陛單于王。革命曠千古，被髮綿〔四〕八荒。海流忽西注，天旋俄右方。嗟予俘爲馘，萬里勞梯航。秋風上甌脱，夜雪臥桁楊〔五〕。南冠鄭大夫，北窖蘇中郎。龍蛇共窟穴，蟻虱連衣裳。周旋溲渤間，宛轉沮洳場。漠漠蒼天黑，悠悠白日黄。風埃滿沙漠，歲月稔星霜。地下雙氣烈，獄中孤憤長。唯存葵藿心，不改鐵石腸。斷舌奮常山，抉齒厲睢陽。此志已溝壑，餘命終岩墻。夷吾不可作，仲連〔六〕久云亡。王衍勸石勒，馮道朝德光。末俗正靡靡〔七〕，横流已湯湯。餘子不足言，丈夫何可當？出門仰天笑，雲山浩蒼蒼。

【校記】

〔一〕前二日　有焕本、文柱本作「前一日」。

〔二〕六周星　有焕本作「六周至」。

〔三〕薊丘　原作「蘇丘」，誤。據有焕本、四庫本、文柱本、别集本改。

〔四〕被髪　四庫本作「被服」。綿　别集本作「眇」。

〔五〕桁楊　原作「桁陽」，誤。據韓本、鄢本、有焕本、四庫本改。

〔六〕仲連　原作「此連」，誤。據張本、四庫本改進。元諭本作「仳連」。

〔七〕靡靡　有焕本作「應靡」。

生日

憶昔閑居日，端二逢始生。升堂拜親壽，摳衣接賓榮。載酒出郊去，江花相送迎。詩歌和盈軸，鏗戛金石聲。於時果何時？朝野方休明。人生足自樂，帝力無能名。譬如江海魚，與水俱忘情。詎知君父恩，天地同生成。旄頭忽墮地，氛霧迷三精。黄屋朔風捲，園林殺氣平。四海靡所騁，三年老於行。賓僚半蕩覆，妻子同飄零。無幾哭慈母，有頃遭潰兵。束兵獻穹帳，囚首送空囹。痛甚衣冠烈，甘於鼎鑊烹。死生久已定，寵辱安足驚？不圖坐羅網，四見槐雲青。朱顏日復少，玄髮益以星。往事真蕉鹿，浮名一草螢。牢愁寫玄語，初度感騷經。朝登蓬萊門，暮涉芙蓉城。忽復臨故國，摇摇我心旌。想見家下人，念我涕爲傾。交朋説疇昔，惆悵鷄豚盟。空花從何來？爲吾舞娉婷。莫道無人歌，時鳥不可聽。達人貴知命，俗士空勞形。吾生復安適？拄頰觀蒼冥。

端午

五月五日午，薰風自南至。試爲問大鈞，舉杯三酹地〔一〕。田文當日生，屈原當日死。生爲薛城君，死作汨羅鬼。高堂〔二〕狐兔游，雍門發悲涕。人命草頭露，榮華風過爾〔三〕。唯有烈士心，不隨水俱逝。至今荆楚人，江上年年祭。不知生者榮，但知死者貴。勿謂死可憎，勿謂生可喜。萬物皆有盡，不滅唯天理。百年如一日，一日或千歲。秋風汾水辭，春暮蘭亭記。莫作留連悲，高歌舞槐翠。

【校記】

〔一〕酹地　原作「酧地」，誤。據韓本、四庫本改。

〔二〕高堂　有焕本、文柱本、別集本作「高唐」。

〔三〕風過爾　四庫本、民國本作「風過耳」。

自嘆三首

一

猛思身世事，四十七年無。鶴髮俄然在，鸞飛久已殂。二兒化成土，六女掠爲奴。只有南冠在，何妨〔一〕是丈夫！

二

北轍更寒暑，南冠幾晦冥。家山時入夢，妻子亦關情。惆悵心如失，崎嶇命復輕。遭時命如此，薄分笑三生。

三

疾病連三次，形容落九分。幾成白宰相，誰識故將軍？暗坐羞紅日，閑眠想白雲。蒼蒼竟何意？未肯喪斯文。

【校記】

〔一〕何妨　別集本作「昂揚」。

病目二首

一

近來煩惱障，左目忽茫茫。聶政心雖碎，劉伶醉未忘。問天天不應，食日日何傷！萬想由來假，收拾太乙光。

二

向來巖下電，無故眩生花。達磨面向壁，盧仝一塌沙〔一〕。燈前心欲碎，鏡裏鬢空華。何日看明月？沈沈斗柄斜。

【校記】

〔一〕一塌沙　「一」字原空缺，據張本、有煥本、四庫本、民國本增。別集本作「脚塌沙」。

有感

心在六虛外，不知身網羅〔一〕。病中長日過，夢裏好時多。夜夜頻能坐，時時亦自歌。平生此光景，回首笑呵呵。

【校記】

〔一〕身網羅　原作「呀網羅」，據韓本、鄒本、張本、四庫本改。

拾遺

早起

曉日半窗紅，鄰鷄振翼雄。餘子貪慵睡，佳人理髮蓬。未忘塵俗慮，那免是非攻。前山渾不見，籠翠霧煙中。

贈許柏溪惟一〔一〕

長風吹飛藿，蜻蛚〔二〕吟野草。流光速代謝，興懷令人老。遊子中夜起，悠悠酣且歌。明月委清照，江湖秋涉多〔三〕。豈無臨淄魚，亦有邯鄲酒〔四〕。懷古招王孫，登高重回首。

【校記】

〔一〕贈許柏溪惟一　原無「一」字，據韓本、鄢本、張本、四庫本補。《永泰縣志》載此詩，題作「贈黃子邵」。又作「擬古一首送三山許君惟一」「贈許柏溪惟一」「贈永陽黃子邵」。在《許氏家譜》中，「許柏溪惟」作「許涇溪惟」，詩句略有異文，又有「咸淳己巳九月下澣廬陵文天祥贈」十四字。

〔二〕蜻蛚　原作「清蛚」，胡思敬校：「清」當作「蜻」。四庫本作「青蛚」。

〔三〕秋涉多　一作「秋水多」。

〔四〕邯鄲酒　一作「新豐酒」。

卷十五

吟嘯集

生朝〔一〕五月初二日

客中端二日，風雨送牢愁。昨歲猶潘母，今年更楚囚。田園荒吉水，妻子老幽州。莫作長生祝，吾心在首丘。

【校記】

〔一〕生朝，明萬曆《吉安府志》作「文江」，清光緒元年《吉水縣志》作「文江五月二日生辰」。

西瓜吟

拔出金佩刀，斫破蒼玉瓶。千點紅櫻桃，一團黄水晶。下咽頓除煙火氣，入齒便作冰雪聲。長安清富説邵平，争如〔二〕漢朝作公卿？

【校記】

〔一〕争如　《詩淵》第二册《花木門·西瓜》第一二二一頁作「剩如」。

石三峰爲示十字云昔日乘龍貴今朝汗馬勞爲足六句

雲低昏海日，風急沸江濤〔一〕。昔日乘龍貴，今朝汗馬勞。紈綺〔二〕污塵土，珠玉委蓬蒿。若作淒然賦，吾將僕命騷。

【校記】

〔一〕江濤　原作「洪濤」，誤。據韓本、鄢本、有煥本、四庫本、文柱本、别集本改。

〔二〕紈綺　文柱本倒爲「綺紈」。

蚤秋

寒魄淡玄河，商飈慓明發。羈人坐環堵，壯士衣穿褐。晉陵誰復新？秦陵尚云秣。夫君〔一〕百世心，患不在饑渴。

【校記】

〔一〕夫君　原作「夬君」，誤。據韓本、鄺本、四庫本、叢刊本改。

寄惠州弟

五十年兄弟〔一〕，一朝生别離。雁行長已矣，馬足遠何之〔二〕？葬骨知無地，論心更有誰？親喪君自盡，猶子是吾兒。

【校記】

〔一〕五十年兄弟　《文氏通譜·文獻·信國公遺翰》作「四十年兄弟」。

〔二〕遠何之　《詩淵》第一册七五八頁載詩作「遠何知」。

感傷

地維傾渤澥，天柱折崑崙。清夜爲揮淚，白雲空斷魂。死生蘇子節，貴賤翟公門〔一〕。高廟神靈在，乾坤付不言。

【校記】

〔一〕「清夜爲揮淚」四句　又見詩人《和言字韻》。

自嘆

海闊南風慢，天昏北斗斜。孤臣傷失國，遊子嘆無家。官飯身如寄，征衣鬢欲華。越王臺上望，家國在天涯。

虎頭山

蚤不逃秦帝，終然陷楚囚。故園春草夢，舊國夕陽愁。妾婦生何益？男兒死未休〔一〕。虎頭山下路，揮淚憶虔州。

【校記】

〔一〕死未休　《詩淵》第三册二二七七頁作「死即休」。

高沙道中〔一〕

道逢死人骨，委積萬有千。魂魄侵蠅蚋，膏脂飽烏鳶。使我先朝露，其事亦復然。丈夫竟如此，吁嗟彼蒼天。古人擇所趨〔二〕，肯蹈不測淵。奈何以遺體，糞土同棄捐。初學蘇子卿，終慕魯仲連。求仁而得仁，寧死〔三〕溝壑填。自古皆有死，死不污腥羶〔四〕。秦客載張禄，吴人納伍員。季布疑在魯，樊期托於燕。國士急人病，倜儻何拘攣？伊人莫知我，此恨付重泉。

【校記】

〔一〕高沙道中　本書卷一三《指南録》卷之三有同題長詩，此詩爲其中一段，文字頗有出入，詩句亦有脱落顛倒。

〔二〕擇所趨　一作「擇所安」。

〔三〕寧死　四庫本作「寧怨」。

〔四〕死不　一作「義不」。污腥羶，四庫本作「愧前賢」。

戰場

三年海嶠擁貔貅，一日蹉跎白盡頭。垓下雌雄羞故老，長安咫尺泣孤囚。魚龍沸海地爲泣，煙雨滿山天也愁。萬死小臣無足憾，蕩陰誰共侍中遊？

哭崖山〔一〕

寶藏如山席六宗，樓船千疊水晶宫。吴兒進退尋常事，漢氏存亡頃刻中。諸老丹心付流水，孤臣血淚灑南風〔二〕。早來朝市今何處？始悟人間萬法空。

【校記】

〔一〕哭崖山　一作「哭厓山」；「崖」「厓」相通，古時習慣寫作「厓山」。

〔二〕南風　《詩淵》第三册二〇八八頁作「西風」。

上塚吟

湘人有登科者，初授武岡尉，單車赴官守，名家正擇婿。尉本有室，隱其實而取焉。官滿，隨婦翁入京，自是捨桑梓，去墳墓，終身不歸，後官至侍從。其糟糠妻居母家，不復嫁，歲時爲夫家上塚，婦禮不廢，友人作古詩一首，曰《上塚吟》。某讀之，爲之感慨，因更廣其意，賦五言一篇。

余昔從君時，上堂〔一〕拜姑嫜。相携上祖塚，歲時持酒漿。姑嫜相繼没，馬鬣不在鄉。共君甌盂飯，清涕流襦裳。君貧初赴官，有家不得將。妾無應書兒，松槚自成行。君别不復歸，歲月何茫茫！長安擁朱紱，執雁事侯王。豈無一紙書，道路阻且長。年年酹〔二〕寒食，妾心良自傷。君家舊巾櫛，至今襲且藏。諒君霜露心，白首遥相望。

【校記】

〔一〕上堂　鄢本、有焕本、文柱本、别集本作「堂上」。

〔二〕酹　原作「酧」，據韓本、元諭本、四庫本改。

葬無主墓碑

風雨中，見道傍一碑題云《葬無主墓之記》，乃大定戊申所立。雨衣淋漓，字畫漫滅，惜不得下馬讀之。

路逢一石碑，亭亭傲風雨。停驂彷彿看，云是無主墓。末書戊申歲，屈指九十秋。是時龍渡江，甲子恍一周。借問葬者誰？承平百世祖。亦有周餘民，戰骨委黄土。太祖〔一〕下江南，誓不戮一人。神孫再立國，天以報至仁。大河流血丹，屠毒誰之罪？潼關忽不守，皇皇依汴蔡。螳螂〔二〕知捕蟬，不知黄雀來。今古有興廢，重爲生人哀。

【校記】

〔一〕太祖　原作「大祖」，誤。據四庫本改。

〔二〕螳螂　韩本、有焕本、四庫本作「螗蜋」。鄢本作「螗螂」。

邳州哭母小祥〔一〕

我有母聖善，鸞飛星一周。去年哭海上，今年哭邳州。遥想仲季間，木主布筵几。我躬已不閲，祀事付支子。使我早淪落，如此終天何。及今畢親喪，於分亦已多。母嘗教我忠，我不違母志。九泉〔二〕會相見，鬼神共歡喜。

【校記】

〔一〕邳州哭母小祥　《文氏通譜·文獻·信國公遺翰》作「邳州哭先兩國太夫人小祥」。

〔二〕九泉　原作「及泉」，誤。據四庫本改。

哭母大祥〔一〕

九月七日，先母夫人大祥之辰，某爲子不孝，南望嗚咽，爲哀章一首。

前年惠州哭母斂，去年邳州哭母期。今年飄泊在何處？燕山獄裏菊花時。哀哀王化〔二〕如昨日，兩度星周俄箭疾。人間送死一大事，生兒富貴不得力。祇今誰人守墳墓？零落瘴鄉一堆土。大兒狼狽勿復道，下有二兒〔三〕並二女。一兒一女亦在燕，佛廬設供捐金錢。一兒一女家下祭，病脱麻衣日晏眠。夜來我夢〔四〕歸故國，忽然海上見顔色。一聲鷄叫淚滿牀，化爲清血衣裳濕。當年嫠緯〔五〕意謂何？親曾撫我夜枕戈。古來全忠不全孝，世事至此〔六〕甘滂沱。夫人開國分齊魏，生榮死哀送天地。悠悠國破與家亡，平生無憾惟此事。二郎已作門戸謀，江南葬母麥滿舟。不知何日歸兄骨，狐死猶應正首丘。

【校記】

〔一〕哭母大祥　《文氏通譜·文獻·信國公遺翰》作「哭母齊魏國夫人大祥」。

〔二〕王化　原作「黄花」，誤。據韓本、四庫本和《文氏通譜·文獻·信國公遺翰》改。

〔三〕二兒　有煥本、《文氏通譜》作「二男」。

〔四〕我夢　原作「好夢」，誤。據韓本、有焕本和《文氏通譜》改。
〔五〕嫠緯　原作「婺緯」，誤。據韓本和《文氏通譜》改。
〔六〕至此　《文氏通譜》作「至今」。

哭妻文

烈女不嫁二夫，忠臣不事二主。天上地下，惟我與汝。嗚呼哀哉！

先太師忌日

太師忌汗漫，二紀似跳丸。弟妹俱成立，家鄉忍破殘。衣冠晨月暗，墳墓夜風寒。萬里逢先忌，無言把淚彈。

告先太師墓文

維己卯五月朔，越二十有六日，孝子某，自嶺被執，至南安軍，謹具香幣，遣人馳告於先太師革齋先生墓下。嗚呼！人誰不爲臣，而我欲盡忠不得爲忠；人誰不爲子，而我欲盡孝不得爲孝。天乎，使我至此極邪！始我起兵，赴難勤王。仲弟將家，遁於南荒。宗廟不守，遷我異疆。大臣之誼，國亡家亡。靈武師興，解后〔一〕歸國。再相出督，身荷憂責。江南之役，義聲四克。爲親拜墓，以剪〔二〕荆棘。大勳垂集，一跌崎嶇。妻妾子女，六人爲俘。收拾散亡，息於海隅。庶幾奮厲，以爲後圖。惡運推遷，天所廢弃。有母之喪，尋失嫡子。哭泣未乾，兵臨其壘。倉皇之間，二女夭逝。剪爲囚虜，形影獨存。仰藥不濟，竟北其轅。繫頸縶足，過我里門。望墓相從，恨不九原。爰指松楸，有言若誓。繼令支子，實典祀事，有侄曰陞，我身是嗣。興言及此，血淚如雨。嗚呼！自古危亂之世，忠臣義士，孝子慈孫，其事之不能兩全也久矣！我生不辰，罹此百凶。求仁得仁，抑又何怨？幽明死生一理也，父子祖孫一氣也，冥漠有知，尚哀鑒之！

余始至南安軍，即絶粒爲《告墓文》。遣人馳歸，白之祖禰，瞑目長往，含笑入地矣。乃水盛風駛，五日過廬陵，又二日至豐城，知所遣人竟不得行。余至是不食，垂八日，若無事。然私念死廬陵不失爲首丘，今心事不达，委命荒江，誰知之者？盍少從容以就義乎？復飲食如初。因記《左傳》，申包胥哭秦庭七日，勺飲不入口，不聞有他。乃知餓踣西山，非一朝夕之積也。余嘗服腦子二兩不死，絶食八日又不死。未知死何日，死何所，哀哉！

【校記】

〔一〕解后　文柱本作「邂逅」。

〔二〕剪　文柱本作「翦」。

己卯十月一日至燕越五日罹狴犴有感而賦 一十七首

一

直絃不似曲如鈎，自古聖賢多被囚。命有死時名不死，身無憂處道還憂。可憐杜宇空流血，惟願嚴顔便斫頭。結束長編猶在此，竈間婢子見人羞。

二

落落南冠自結纓，桁楊卧起影縱横。坐移白日〔一〕知何世，夢斷青燈問幾更？國破家亡雙淚暗，天荒地老一身輕。黄粱得失俱成幻，五十年前元未生。范曄在獄中爲士題扇云：去白日之皎皎，即長夜之悠悠〔二〕。

三

心期耿耿浮雲上，身事悠悠落日西。千古興亡何限錯？百年生死本來齊。沙邊莫待哀黄鵠，雪裏何須問牧羝？此處曾埋雙寶劍，虹光夜指楚天低。

四

寥陽殿上步黄金，一落顛崖地獄深。蘇武窖中偏喜卧，劉琨囚裏不妨吟。生前已見夜叉面，死去只因菩薩心。萬里風沙知己〔三〕盡，誰人會得廣陵音？

五

亦知戛戛楚囚難，無奈天生一寸丹。鐵馬行鏖南地熱，赭衣坐擁北庭寒。朝飡〔四〕淡薄神還爽，夜睡崎嶇夢自安。亡國大夫誰爲傳？祇饒野史與人看。

六

風雪重門老楚囚，夢回長夜意悠悠。熊魚自古無雙得，鵠雀如何可共謀？萬里山河真墮甑，一家妻子枉填溝。兒時愛讀忠臣傳，不謂身當百六秋。

七

聽着鵑啼〔五〕淚滿襟，國亡家破見忠臣。關河歷落〔六〕三生夢，風雪飄零萬死身。丞相豈能堪獄吏，故侯安得作園人？神農虞夏吾誰適？回首西山繼絶塵。

八

風前泣燈影，日下泣霜花。鍾信〔七〕忽然動，屋陰俄又斜。悶中聊度歲，夢裏尚還家。地獄何須問，人間見夜叉！

九

風霜陰忽忽，天地淡悠悠。我自操吴語，誰來問楚囚？寂中惟滅想，達處盡忘憂〔八〕。手有韋編在，朝聞夕死休。

十

環堵塵如屋〔九〕，纍然一故吾。解衣烘稚蝨，匀鑷救殘鬚。坐處心如忘，吟餘眼已枯。不應留滯久，何日裹籧篨？吴殺諸葛恪〔一〇〕，以籧篨裹而棄之。

十一

浩劫風塵暗，衣冠痛百罹。静傳方外學，晴寫獄中詩。烈士惟名殉，真人與物違。世間忙會錯，認取去來時。

十二

儼然楚君子，一日造王庭。議論探堅白，精神入汗青。無書求出獄，有舌到臨刑。宋故忠臣墓，真吾五字銘。

十三

兩月縲囚裏，一年憂患餘。疏因隨事直，忠故有時愚。道在身何拙？心安體自舒。近來都勘破，人世只蘧廬。

十四

衮衣坐縲絏，世事亦堪哀。枕外親炊黍，爐邊細畫灰。無人淚垂血，何地骨生苔？風雪江南路，夢中行探梅。

十五

我自憐人醜，人方笑我愚。身生豫讓癩，背發范增疽。已愧功臣傳，猶堪烈士書。衣冠事至此，命也欲何如？

十六

久矣忘榮辱，今兹一死生。理明心自裕，神定氣還清。欲了男兒事，幾無妻子情。出門天宇闊，一笑暮雲横。

十七

珙璧〔一一〕衣冠十六傳，更無一士死君前。自慚重趙非九鼎〔一二〕，猶幸延韓更數年。孟博囊頭真自愛，杲卿鉤舌要誰憐？人間信有綱常在，萬古西山皎月懸。

【校記】

〔一〕白日　原作「白石」，誤。據韓本、鄒本、四庫本改。

〔二〕去白日之皎皎即長夜之悠悠　有煥本作「去白日之皎，即長夜之悠」。

〔三〕知己　原作「知已」，誤。據元諭本改。

〔四〕朝飡　四庫本作「朝食」。
〔五〕鶗啼　原作「啼鶗」，據有煥本、四庫本改。
〔六〕歷落　原作「瀝落」，誤。據四庫本、民國本改。
〔七〕鍾信　四庫本作「鐘信」。
〔八〕盡忘憂　原作「盡忠憂」，誤。據韓本、鄢本、有煥本、四庫本、民國本改。
〔九〕塵如屋　別集本作「塵如幄」。
〔一〇〕諸葛恪　原作「諸葛謹」，據元諭本、四庫本、叢刊本改。
〔一一〕拱璧　韓本、鄢本、有煥本、四庫本、民國本作「拱璧」。
〔一二〕重趙非九鼎　文柱本、民國本作「歸趙無全璧」。

和夷齊西山歌

歌曰：「登彼西山兮，採其薇矣。以暴易暴〔一〕兮，不知其非矣。神農虞夏忽然没兮〔二〕，我安適歸矣？吁嗟徂兮，命之衰矣！」後二千餘年，某乃倚歌〔三〕而和之曰：

小雅盡廢兮，出車采薇矣。戎有中國兮〔四〕，人類熄矣〔五〕。明王不興兮，吾誰與歸矣？抱《春秋》以没世兮，甚矣吾衰矣！

【校記】

〔一〕以暴易暴　原作「以仁易暴」，誤。據有焕本、四庫本、文柱本、别集本、民國本和《史記·伯夷列傳》改。

〔二〕忽然沒兮　《史記·伯夷列傳》作「忽焉沒兮」。

〔三〕某乃倚歌　有焕本、四庫本、民國本作「某人乃倚歌」。

〔四〕戎有中國兮　四庫本作「吁嗟中國兮」。

〔五〕人類熄矣　有焕本、别集本、民國本作「人類非矣」，四庫本作「宋祚非矣」。

又從而歌之曰

彼美人兮，西山之薇矣。北方之人兮，爲吾是非矣。異域長絶兮，不復歸矣。鳳不至兮，德之衰矣！

十二月二十日作

家國哀千古，星霜忽一周。黄沙漫故道，白骨委荒丘。許遠死何晚，李陵生自羞。南來冠不改，吾且任吾囚。

二十四日 俗云小年夜

壯心負光岳，病質落幽燕。春節前三日，江鄉正小年。歲時有如水〔一〕，風俗不同天。家廟荒苔滑，誰人燒紙錢？

【校記】

〔一〕有如水　原作「如有水」，誤。據韓本、鄢本、有焕本、四庫本、民國本改。

立春己卯十二月二十六日

無限斜陽故國愁，朔風吹馬上幽州。天翻地覆三生劫，歲晚江空萬里囚。烈士喪元端不惜，達人知命復何憂？祇應四十三年死，兩度無端見土牛。

遇靈陽子談道贈以詩

昔我愛泉石，長揖離公卿。結屋青山下，咫尺蓬與瀛。至人〔一〕不可見，世塵忽相纓〔二〕。業風吹浩劫，蝸角争浮名。偶逢大吕翁，如有宿世盟。相從語寥廓〔三〕，俯仰萬念輕。天地不知老，日月交其精。人一陰陽性，本來自長生。指點虚無間，引我歸員明〔四〕。一針透頂門，道骨由天成。我如一逆旅〔五〕，久欲躡屩行。聞師此妙訣，蘧廬復何情！

【校記】

〔一〕至人　《詩淵》第一册四二四頁作「至今」。

〔二〕相纓　《詩淵》第一册四二四頁作「相嬰」。

〔三〕寥廓　原作「廖廓」，據有焕本、四庫本改。

〔四〕員明　有焕本、四庫本作「圓明」，《詩淵》作「貞明」。

〔五〕逆旅　《詩淵》作「逆族」。

歲祝犁單閼月赤奮若日焉逢涒灘遇異人指示以大光明正法〔一〕於是死生脱然若遺矣作五言八句〔二〕

誰知真患難，忽悟〔三〕大光明。日出雲俱静，風消水自平〔四〕。功名幾滅性，忠孝大勞生。天下惟豪傑，神仙立地成〔五〕。

【校記】

〔一〕大光明正法　原作「太光明正法」，誤。據鄢本、元諭本、張本改。四庫本作「天光明正法」。

〔二〕詩題三十九字　宋謝翱《天地間集》和《宋詩鈔》作「逢有道者」，《宋詩鈔補》《宋詩紀事》卷六七作「遇異人指示，作五言八句」。

〔三〕忽悟　《天地間集》《宋詩鈔》《宋詩鈔補》和《宋詩紀事》作「悟此」。

〔四〕日出雲俱静風消水自平　《天地間集》《宋詩鈔》和《宋詩紀事》作「雲散天仍在，風休水自清」。

〔五〕天下惟豪傑神仙立地成　《天地間集》《宋詩鈔》《宋詩鈔補》和《宋詩紀事》作「此意如能會，神仙亦可成」。

己卯歲除

歲除破衣裳，夜半刺針線。遊子長夜思，佳人不可見。草枯稚驢吼，燈暗饑鼠現。深室閉星斗，輕裘卧風霰。大化忽流斡〔一〕，浩劫蕩回轉。冠履失其位，侯王化畸賤。弓戈叱奇字，刀鋸摧頒弁。至性詎可遷，微軀不足戀。真人坐沖漠，死生一乘傳。日月行萬古，神光索九縣。

【校記】

〔一〕流斡　有焕本、民國本作「流幹」。

右，自己卯十月一日至歲除所賦。當時望旦夕死，不自意蹉跎至今，詩凡二十餘首。明日爲商横執除歲，不知又當賦若干首而後絶筆云。己卯除日，姓某題。

元日 庚辰歲

鐵馬風塵暗，金龍日月新。衣冠懷故國，鼓角泣離人。自分流年晚，不妨吾道春。方來有千載，兒女枉悲辛。

庚辰四十五歲

東風昨夜忽相過，天地無情奈老何！千載方來那有盡？百年未半已爲多。君傳南海長生藥，我愛西山餓死歌。泡影生來隨自在，悠悠不管世間魔。

感興

萬里雲山斷客魂，浮雲心事向誰言？月侵鄉夢夜推枕，風送牢愁晝掩門。蘇子窖中閑日月，石郎家裏舊乾坤。朝聞夕死吾何恨？坐把《春秋》子細〔一〕論。

【校記】

〔一〕子細　四庫本作「仔細」。

正月十三日

去年今日遁崖山，望見龍舟咫尺間。海上樓臺俄已變，河陽車駕〔一〕不須還。可憐羝乳煙横塞，空想鵑啼月掩關。人世流光忽如此，東風吹雪鬢毛斑〔二〕。

【校記】

〔一〕車駕　有焕本、文柱本、别集本、民國本作「車馬」。

〔二〕鬢毛斑　原作「鬢毛班」，據四庫本、民國本改。

上元懷舊

禁門三五金吾夜，回首青春忽二毛。池上昔陪王母宴，斗中今直貴人牢。風生江海龍遊遠〔一〕，月滿關山鶴唳高。夢到鈞天燈火鬧，依然彩筆照宮袍。

【校記】

〔一〕龍遊遠　《宋詩紀事》《宋詩鈔補》作「龍游遠」。

讀史

自古英雄士，還爲薄命人。孔明登四十，韓信過三旬。壯志催龍虎〔一〕，高詞泣鬼神。一朝事千古，何用怨青春！

【校記】

〔一〕壯志　《詩淵》第六册四二〇〇頁作「壯士」。催龍虎，韓本、鄢本、有煥本、四庫本作「摧龍虎」。

感傷

家國傷冰泮，妻孥嘆陸沉。半生遭萬劫，一落下千尋。各任汝曹〔一〕命，那知吾輩心！人誰無骨肉？恨與海俱深。

【校記】

〔一〕汝曹　原作「如曹」，據韓本、四庫本改。有焕本、文柱本作「爾曹」。

遣興

一落顛崖不自由，春風相對説牢愁。稚驢黑月光中吼，饑鼠青燈影下遊。豈料乾坤成墮甑，始知身世是虚舟。遥憐海上今塵土，前代風流不肯休。

又

東風吹草日高眠，試把平生細問天。燕子愁迷江右月，杜鵑聲破洛陽煙。何從林下尋元亮，只向塵中作魯連。莫笑道人空打坐，英雄收斂便神仙。

四月八日

今朝浴佛舊風流，身落山前第一州。贛上瑶桃俄五稔，海中玉果已三周。人生聚散真成夢，世事悲歡一轉頭。坐對薫風開口笑，滿懷耿耿復何求！

夜起

夢破東窗月半明，此身雖在只堪驚。一春花裏離人淚，萬里燈前故國情。龍去想應回海島，雁飛猶未出江城。客愁多似西山雨，一任蕭條白髮生。

端午感興

千金鑄鏡百神愁，功與當年禹服侔。荆棘故宫魑魅走，空餘揚子水東流。

又

當年忠血墮讒波，千古荆人祭汨羅。風雨天涯芳草夢，江山如此故都何！

又

流棹西來恨未銷，魚龍寂寞暗風潮。楚人猶自貪兒戲，江上年年奪錦標。

見艾有感

過眼驚初夏，回頭憶晚春。已憐花結子，又見艾爲人。故國丹心老，中原白髮新。靈修那解化，清夢楚江濱。

自嘆

緑槐雲影弄黄昏，月照牢愁半掩門。一片心如千片碎，十分鬢有二分存。沙邊黄鵠長回首，江上杜鵑空斷魂，豎子溷人漫不省，紅纓白馬意軒軒。

自遣

詩餘眠白日，飲後坐清風。萬事乘除裏，平生寵辱中。心無隨境變，意自與天通。莫笑邯鄲夢，惺惺更是空。

自述

赤舄登黄道，朱旗上紫垣。有心扶日月，無力報乾坤。往事飛鴻渺，新愁落照昏。千年滄海上，精衛是吾魂。

不睡

終夕起推枕，五更聞打鐘。精神入朱鳥，形影落盧龍。弭節蓬萊島，揚旗太華〔一〕峰。奔馳竟何事？回首謝喬松。

【校記】

〔一〕太華　原作「大華」，據四庫本改。

七夕

大地風塵惡，長天歲月奔。憂來渾是感，夢破與誰言？緱鶴空回首，河牛暗斷魂。吾今拙又拙，無復問天孫。

有感

石郎草草割山川，一落人手三百年。八州風雨暗連天，三皇五帝如飛煙。人人野祭伊水邊，春秋斷爛不復傳。白頭潦倒今魯連，夜深危坐日晏眠。

聞季萬至

去年别我〔一〕旋出嶺，今年汝來亦至燕。弟兄一囚一乘馬，同父同母不同天。可憐骨肉相聚散，人間不滿五十年。三仁〔二〕生死各有意，悠悠白日横蒼煙。

【校記】

〔一〕别我　韓本、四庫本作「我别」。

〔二〕三仁　有焕本、别集本作「三人」。

有感

丁丑歲八月十七日，家人陷，今恰三周，而予在行既十閲月矣。有感而賦。

平生心事付悠悠，風雨燕南老楚囚。故舊相思空萬里，妻孥不見滿三秋。絶憐諸葛隆中意，赢得子長天下遊。一死皎然無復恨，忠魂多少暗荒丘？

感懷

己卯八月二十四日，予以楚囚發金陵。十月一日至燕，越五日，羅狴犴，今爲庚辰中秋後九日，感懷四十字。

去歲趨燕路，今晨發楚津。浪名千里客，剩作一年人。鏡裏秋容别，燈前暮影親。魯連疑未死，聊用托芳塵。

重陽庚辰

飄零萬里若爲家，一夜西風吹鬢華。祇有新詩題甲子，更無故舊對黄花。

又

江南秋色滿梧桐，回首青山萬事〔一〕空。怕見鏡中新白髮，長將破帽裏西風。

【校記】

〔一〕萬事　四庫本作「萬里」。

又

風捲車塵弄曉寒，天涯流落寸心丹。去年醉與茱萸别，不把今年作健看。

己卯十月一日予入燕城歲月冉冉忽復周星而予猶未得死也因賦八句

去冬陽月朔，吾始至幽燕。浩劫真千載，浮生又一年。天南照天北，山後接山前。夢裏乾坤老，孤臣雪咽氈。

己卯十月五日予入燕獄今三十有六旬感興一首

石晉舊燕趙〔一〕，鍾儀新楚囚。山河千古痛，風雨一年周。過雁催人老，寒花送客愁。捲簾雲滿座〔二〕，抱膝意悠悠。

【校記】

〔一〕舊燕趙　四庫本作「舊燕道」。

〔二〕滿座　有煥本、四庫本作「滿坐」。

去年十月九日〔一〕余至燕城今周星不報爲賦長句

君不見、常山太守罵羯奴，天津橋上舌盡刳；又不見、睢陽將軍怒切齒，三十六人同日死？去冬長至前一日，朔庭呼我弗爲屈。丈夫開口即見膽，意謂生死在頃刻。赭衣冉冉生蒼苔，書雲時節忽復來。鬼影青燈照孤坐，夢啼死血丹心破。只今便作渭水囚，食粟已是西山羞。悔不當年跳東海，空有魯連心獨在。

【校記】

〔一〕十月九日　劉文源《文天祥詩集校箋》據《紀年録》改爲「十一月九日」。

冬至

書雲今日事，夢破曉鳴鐘〔一〕。家禍三生劫，年愁兩度冬。江山乏小草，霜雪見孤松。春色蒙泉裏，煙蕪幾萬重。

【校記】

〔一〕鳴鐘　原作「嗚鍾」，據四庫本改。

冬晴

北國天寒少，南方地氣來。年光如箭去，世事正輪迴。可怪新祈雪，相思久別梅。夜闌燈坐暗，獨自撥殘灰。

自嘆

可憐大流落，白髮魯連翁。每夜瞻南斗，連年坐北風。三生遭際處，一死笑談中。贏得〔二〕千年在，丹心射碧空。

【校記】

〔一〕贏得　原作「羸得」，誤。據四庫本改。

戊寅臘月二十日海豐〔一〕敗被執于今二周年矣感懷八句

橫磨十萬〔二〕坐無謀，回首蹉跎海上州。太傅祇圖和藥了，將軍便謂斫頭休。乾坤顛倒真千劫，身世留連復一周。一死到今如送佛，空窗淡月夜悠悠。

【校記】

〔一〕海豐　原作「空坑」。據作者《紀年録》和劉岳申《文丞相傳》改。

〔二〕橫磨十萬　有焕本作「橫磨十里」。

所懷

萬里青山兩鬢華，老臣無國又無家。乾坤局促籠中鳥，風雪飄零糞上花。歲晚江空人已逝，天寒日短路何賒！書生不作綱常計，聞是東門已種瓜。

除夜庚辰

門掩千山黑，孤燈伴不眠。故鄉在何處？今夕是窮年。住世真無係，爲囚已自然。勞勞空歲月，得死似登仙。

又

歲暮難爲客，天涯况是囚。乾坤還許大，歲月忽如流。夢過元無夢，憂多更不憂。屠蘇兒女態，肯作百年謀！

元日辛巳

金虬銜日出，鐵騎勒春回。天上青門隔，人間白髮催。霜寒欺舊草，山晚放新梅。環堵甘牢落，東風枉卻來。

又

慚愧雲臺客，飄零雪滿氈。不圖朱鳥影，猶見白蛇年。宫殿荒煙隔，門庭宿草連。乾坤自春色，回首一潸然。

初六日即事

車馬燕山鬧，誰家早管絃？開門忽見雪，擁被不知年。篋破書猶在，爐殘火復燃〔一〕。偷桃昨日事，回首哭堯天。

【校記】

〔一〕燃　有焕本作「然」。

人日

今年爲蛇年，此日是人日。江右一龍鍾，山中舊佔畢〔一〕。獨坐守大玄〔二〕，一笑發狂疾。悠悠王正意，哀涕〔三〕感麟筆。

【校記】

〔一〕佔畢　有焕本作「佔嗶」。

〔二〕大玄　四庫本作「大元」。

〔三〕哀涕　原作「衰涕」，誤。據四庫本改。

自嘆

功業羞前輩，形骸感故吾。屢判〔一〕嵇紹血，幾無〔二〕慶公鬚。落落惟心在，蒼蒼有意無。江流總遺淚，何止失吞吴！

【校記】

〔一〕屢判　文柱本作、景室本作「屢拌」。

〔二〕幾無　四庫本作「幾誤」。

元夕

燈火喧三市，衣冠宴九宸。金吾不禁夜，公子早行春。夢斷青山遠，愁侵白髮新。燕山今夕月，清影伴孤臣。

又

飄零竟如此，元夕幾堪憐。南國張燈火，燕山沸管絃。相思雲萬里，剩看月三年。笑與東風道，浮生信偶然。

卷十六

集杜詩

自序

余坐幽燕獄中，無所爲，誦杜詩，稍習諸所感興。因其五言，集爲絶句，久之，得二百首。凡吾意所欲言者，子美先爲代言之。日玩之不置，但覺爲吾詩，忘其爲子美詩也。乃知子美非能自爲詩，詩句自是人情性中語，煩子美道耳。子美於吾隔數百年，而其言語爲吾用，非情性同哉！昔人評杜詩爲詩史，蓋其以詠歌之辭，寓紀載之實，而抑揚褒貶之意，燦然於其中，雖謂之史可也。予所集杜詩，自余顛沛以來，世變人事，概見於此矣。是非有意於爲詩者也。後之良史，尚庶幾有考焉。

歲上章執徐，月祝犁單閼，日上章協洽，文天祥履善甫叙。

是編作於前年，不自意流落餘生，至今不得死也。斯文固存，天將誰屬？嗚呼，非千載心，不足以語此。壬午正月元日，文天祥書。

社稷第一

三百年宗廟社稷，爲賈似道一人所破壞。哀哉！

南紀連銅柱《送李晉肅入蜀》〔一〕，煌煌太宗業《北征》。始謀誰其間《苦熱呈陽中丞》〔二〕，風雨秋一葉《故李光弼司徒》〔三〕。

【校記】

〔一〕南紀　原作「南極」，誤。據杜集（唐杜甫《杜工部集》簡稱。下同。）改。「送李晉肅入蜀」，杜集全稱「公安送李二十九弟晉肅入蜀余下沔鄂」。

〔二〕苦熱呈陽中丞　爲「舟中苦熱遣懷奉呈陽中丞通簡臺省諸公」省稱。

〔三〕故李光弼司徒　爲「八哀詩・故司徒李公光弼」省稱。

理宗度宗第二

先帝弓劍遠《送譚二判官》，永懷侍芳茵《送汝陽〔一〕郡王璡》。今朝漢社稷《喜達行在所》〔二〕，爲話涕沾巾《送司馬入京》〔三〕。

【校記】

〔一〕汝陽　原作「汝南」，誤。據杜集改。篇名全稱《八哀詩・贈太子太師汝陽郡王璡》。

〔二〕喜達行在所　杜集題爲「自京竄至鳳翔喜達行在所」三首，句出其三。

〔三〕送司馬入京　爲「巴西聞收京闕送班司馬入京二首」省稱，句出其二。

誤國權臣第三

似道喪邦之政，不一而足。其羈虜〔一〕使，開邊釁，則兵連禍結之始也。哀哉！

蒼生倚大臣《送韋中丞之晉》〔二〕，北風破南極《北風》。開邊一何多《前出塞》〔三〕，至死難塞責《吴侍御江上宅》。

【校記】

〔一〕虜　四庫本作「敵」。

〔二〕送韋中丞之晉　爲「奉送韋中丞之晉赴湖南」省稱。

〔三〕前出塞　杜集題爲「前出塞九首」，句出其一。

瀘州大將第四

西南失大將《客居》，帶甲滿天地《送遠》。高人憂禍胎《山寺》，感嘆亦歔欷《羌村》。

襄陽第五

十年殺氣盛《北風》，百萬攻一城《遣懷》。賊臣表逆節《往在》，胡騎忽縱横《嚴公武》〔一〕。

【校記】

〔一〕嚴公武　爲「八哀詩·贈左僕射鄭國公嚴公武」省稱。

荆湖諸戍第六

長嘯下荆門《春日梓州登樓》〔一〕，胡行〔二〕速如鬼《塞蘆子》。門户無人持《水檻》，社稷堪流涕《西閣呈元二十一》〔三〕。

【校記】

〔一〕春日梓州登樓　杜集題爲「春日梓州登樓二首」，句出其二。

〔二〕胡行　原作「湖行」，誤。據杜集和四庫本、文柱本、别集本改。

〔三〕西閣呈元二十一　原作「西閣呈元三十二」，誤。據杜集改。杜集題爲《西閣口號呈元二十一》。

黄州第七

始謂虜〔一〕以襄陽船自漢入江，後乃知虜之未渡，蘄黄已先降。故其渡也，襄、漢、蘄、黄之船皆在焉。

桓桓陳將軍《北征》，東屯大江北《行官張望》〔二〕。化作虎與豺〔三〕《夏日嘆》，楚星南天黑《晚登瀼上堂》。

【校記】

〔一〕虜　四庫本作「敵」。下同。

〔二〕行官張望　全稱爲「秋行官張望督促東渚耗稻向畢清晨遣女奴阿稽豎子阿段往問」。

〔三〕虎與豺　原作「虎與豹」，誤。據杜集和韓本、文珊本、四庫本改。

陽羅堡第八

夏貴自陽羅堡之敗，順流而下，沿江南岸，縱兵放火，歸廬州解甲。當是時，其心已無國矣。似道建督至江上，夏貴不得已出見，斬以釁鼓，東南再造之機也。失此不圖，社稷爲墟。哀哉！

日色隱孤樹〔一〕《登秦州》，二江〔二〕聲怒號《大雨》。朝廷任猛將《又上後園》〔三〕，宿昔恨滔滔《送王砅使南海》〔四〕。

【校記】

〔一〕孤樹　原作「孤戍」，誤。據杜集改。

〔二〕二江　原作「大江」，誤。據杜集改。

〔三〕又上後園　爲「又上後園山脚」省稱。

〔四〕送王砅使南海　爲「送重表侄王砅評事使南海」省稱。

京湖宣閫第九

開慶己未，江陵閫帥自上而下奔救鄂渚。令朱禩孫任宣閫，乃自鄂渚走還岳陽。朱與夏通任長江之責，一上而一下，使中流蕩然。虜安行〔一〕入無人之境，國安得不亡？嗚呼痛哉！

正當艱難時《送樊侍御漢中》〔二〕，豈無濟時策《遣興》〔三〕？連檣荆州船《雨》〔四〕，悠悠回赤壁《過南嶽入洞庭》〔五〕。

【校記】

〔一〕虜安行　四庫本作「敵行」。

〔二〕送樊侍御漢中　杜集全稱「送樊二十三侍御赴漢中判官」。

〔三〕遣興　杜集題爲「遣興五首」，句出其二。

〔四〕雨　杜集題爲「雨二首」，句出其二。

〔五〕過南嶽入洞庭　杜集題爲「過南嶽入洞庭湖」。

渡江第十

常時江水風波不可狎視。虜〔一〕渡江時，水乃鏡平，豈非天哉！

濟江元自闊《行次古城泛江》〔二〕，輕舟下吳會《逢劉主簿弟》〔三〕。南紀改波瀾《衡山縣呈陸宰》〔四〕，吾將罪真宰《劍門》。

【校記】

〔一〕虜　四庫本作「敵」。

〔二〕行次古城泛江　爲「行次古城店泛江作不揆鄙拙奉呈江陵幕府諸公」省稱。

〔三〕輕舟　原作「輕船」，據杜集和韓本、文珊本、鄒本改。劉主簿，原作「劉簿」，據杜集和別集本補。標題全稱「逢唐興劉主簿弟」。

〔四〕改波瀾　原作「收波瀾」，誤。據杜集改。衡山縣，原作「衡州縣」，誤。據杜集改。標題全稱爲「題衡山縣文宣王廟新學堂呈陸宰」，四庫本作「衡山縣學」。

鄂州第十一〔一〕

先時李雷應〔二〕爲郡守，十月以臺論罷，至是無正官，張晏然〔三〕以城降。金湯重鎮，正風寒中而去正守，當國者獨何心哉！

鄂渚分雲樹《過南嶽入洞庭》〔四〕，春城帶雨長《入行軍六弟宅》〔五〕。惜哉形勝地《懷錦水居》〔六〕，河嶽空金湯《入衡州》。

【校記】

〔一〕第十一　原作「第十」，誤。徑改。

〔二〕李雷應　原作「李雷奮」，誤，據《宋史》卷四七《本紀·瀛國公二王附》和《宋季三朝政要》卷四改。

〔三〕張晏然　原作「張宴然」，誤，據《宋史》卷四七《本紀·瀛國公二王附》和《宋季三朝政要》卷四改。

〔四〕過南嶽入洞庭　杜集題爲「過南嶽入洞庭湖」。

〔五〕六弟　原作「六第」，據杜集改。篇名全稱「乘雨入行軍六弟宅」。

〔六〕錦水　原作「鎮水」，據杜集改。篇名全稱「懷錦水居止二首」，句出其二。

江州第十二

戎馬暗天宇《送魏六丈交廣》〔一〕，落日九江流《送李功曹〔二〕荆州》。元惡迷是似《入衡州》，化作長黄虬《奉同郭給事》〔三〕。

【校記】

〔一〕送魏六丈交廣　爲「奉送魏六丈佑少府之交廣」省稱。

〔二〕送李功曹　標題全稱《送李功曹之荆州充鄭侍御判官重贈》。

〔三〕奉同郭給事　爲「奉同郭給事湯東靈湫作」省稱。

安慶府第十三

岸轉異江湖《過南嶽入洞庭》〔一〕，江水流城郭《春日梓州登樓》〔二〕。鴟鴞志意滿《病柏》，山鬼獨一脚《懷台州鄭司户〔三〕》。

【校記】

〔一〕過南嶽入洞庭　杜集題爲「過南嶽入洞庭湖」。

〔二〕春日梓州登樓　杜集題爲「春日梓州登樓二首」，句出其一。

〔三〕鄭司户　原作「鄭户」，據杜集和文珊本、四庫本、文柱本、別集本補。標題全稱「有懷台州鄭十八司户」。

魯港之遁第十四

己未鄂渚之戰，何勇也；魯港之遁，何衰也！人心已去，國事瓦解。當是時，惟豪傑拔起，首禍之權奸無救禍之理。哀哉！

出師亦多門《後出塞》〔一〕，水陸迷畏途《贈鄭十八賁》。蹭蹬麒麟老《贈射洪李四丈》〔二〕，危檣逐夜烏《過南嶽入洞庭》〔三〕。

【校記】

〔一〕後出塞　杜集題爲「後出塞五首」，句出其五。

〔二〕贈射洪李四丈　杜集題爲「奉贈射洪李四丈」。

〔三〕過南嶽入洞庭　杜集題爲「過南嶽入洞庭湖」。

建康府第十五

亭亭鳳凰臺《鳳凰臺》，江城孤照日《登牛頭山亭》〔一〕。胡來滿彤宫《往在》，驅馬一萬匹《北征》。

【校記】

〔一〕登牛頭山亭　杜集題爲「登牛頭山亭子」。

相陳宜中第十六

魯港敗後，陳宜中當國，首斬殿帥韓震，脅遷之議，差强人意。宜中實無經綸，至秋托故遁歸，及不得已，十月再來，則國事去矣。哀哉！

蒼生起謝安《宴王使君宅》〔一〕，翠華擁吴嶽《壯遊》。可以一木支《水檻》，俯恐坤軸弱《青陽峽》。

【校記】

〔一〕宴王使君宅　杜集題爲「宴王使君宅題二首」，句出其一。

召張世傑第十七

京師内空，賴張世傑一軍自荆湖至。

詔發山西將《送郭中丞》〔一〕，熊虎互阡陌《贈王思禮司空》〔二〕。笳鼓凝皇情《贈左僕射嚴武》〔三〕，佳氣向金闕《北征》。

【校記】

〔一〕山西　原作「西山」，誤。據杜集改。「送郭中丞」，爲「奉送郭中丞兼太僕卿充隴右節度使三十韻」省稱。

〔二〕贈王思禮司空　爲「八哀詩·贈司空王公思禮」省稱。

〔三〕贈左僕射嚴武　爲「八哀詩·贈左僕射鄭國公嚴公琥」省稱。

鎮江之戰第十八

張世傑率舟師趨金山，約殿帥張彦自常州陸出京口，揚州兵出瓜洲，三路交進，同日用事。既而，揚州失期，先出取敗；常州竟不出。世傑多海舟，無風不能動。江水平，虜〔一〕以水哨馬，往來如飛，遂以潰敗。嗚呼！豈非天哉？

海胡泊千艘《送王砅使南海》〔二〕，肉食三十萬《昔遊》。江平不肯流《陪王使君泛江》〔三〕，到今有遺恨《壯遊》〔四〕。

【校記】

〔一〕虜　四庫本作「敵」。

〔二〕海胡　原作「海潮」，據杜集和文珊本、四庫本改。「送王砅使南海」，爲『送重表侄王砅評事使南海』省稱。

〔三〕陪王使君泛江　全稱「陪王使君晦日泛江就黄家亭子二首」，句出其一。

〔四〕壯遊　有煥本作「北遊」。

將相棄國第十九

丙子正月十八日，虜至高亭山〔一〕。是夜四鼓，宜中逃。翌日，世傑逃。

扈聖登黄閣《贈嚴八閣老》〔二〕，大將赴朝廷《草堂》。胡爲入雲霧《送高司直閬州》〔三〕，浩蕩乘滄溟《橋陵韻呈縣官》〔四〕。

【校記】

〔一〕虜　四庫本作「敵」。高亭山，一作「皋亭山」。

〔二〕贈嚴八閣老　杜集題爲「奉贈嚴八閣老」。

〔三〕送高司直閬州　四庫本作「送高司直」。標題全稱「送高司直尋封閬州」。

〔四〕橋陵韻呈縣官　爲「橋陵詩三十韻因呈縣内諸官」省稱。四庫本作「橋陵」。

京城第二十

當宁陷玉座《往在》，兩宫棄紫薇《詠懷》〔一〕。北城悲笳發《夏夜嘆》，失涕萬人揮《送盧十四弟》〔二〕。

【校記】

〔一〕詠懷　杜集題爲「詠懷二首」，句出其一。

〔二〕送盧十四弟　爲「送盧十四弟侍御護韋尚書靈櫬歸上都二十四韻」省稱。

京城第二十一〔一〕

黄屋朔風卷《故秘監蘇源明》〔二〕，園陵殺氣平《送郭中丞太僕》〔三〕。宫殿青門隔《送賈閣老出汝》〔四〕，永懷丹鳳城《送覃二判官》。

【校記】

〔一〕京城第二十一　原作「京城二十」，誤。徑改。

〔二〕故秘監蘇源明　爲「八哀詩·故祕書少監武功蘇公源明」省稱。

〔三〕園陵　原作「園林」，誤。據杜集和文瑚本改。「送郭中丞太僕」，爲「奉送郭中丞兼太僕卿」省稱。

〔四〕送賈閣老出汝　杜集題爲「送賈閣老出汝州」。

陵寢第二十二

五陵花滿眼《別何邕》〔一〕，霜露在草根《閬州東樓》〔二〕。冥冥子規叫《法鏡寺》，重是古帝魂《杜鵑》。

【校記】

〔一〕別何邕　杜集題爲「贈別何邕」。

〔二〕閬州東樓　爲「閬州東樓筵奉十一舅往青城得昏字」省稱。

陵寢第二十三

旄頭彗紫微《衡山縣〔一〕呈陸宰》，蚩尤塞寒空《赴奉先縣詠懷》〔二〕。愚智心盡死《聽楊氏〔三〕歌》，漂蕩隨天風《遣興》〔四〕。

【校記】

〔一〕衡山縣　原作「衡州縣」，據杜集改。標題爲「題衡山縣文宣王廟新學堂呈陸宰」省稱，四庫本作「衡山縣學」。

〔二〕赴奉先縣詠懷　爲「自京赴奉先縣詠懷五百字」省稱。

〔三〕楊氏　原作「何氏」，據杜集和四庫本改。

〔四〕天風　一作「高風」。「遣興」，杜集題作「遣興三首」，句出其二。

江陵第二十四

高達，京湖名將，己未解圍鄂州。賈似道許以建節，竟不與，而移以與吕文德。達怨望久矣，至是爲京湖制置，以城降，宣閫不能制。城初陷，朱禩孫仰藥不得死，既而亦降焉。

聞説江陵府《峽隘》〔一〕，今又降元戎《客居》。甲外控鳴鏑《贈王司空思禮》〔二〕，肩輿强老翁《王十五前閣會》。

【校記】

〔一〕峽隘　原作「陜隘」，據杜集和文珊本、四庫本改。

〔二〕贈王司空思禮　爲「八哀詩・贈司空王公思禮」省稱。

淮西帥第二十五

夏貴既失長江，惟恐督府有成，無所逃罪；又恐孫虎臣以後進爲將，有功總統出己上，日夜幸其敗覆。督府既潰，歸廬州竟不出。朝廷屢詔勤王，若罔聞知。國亡，乃以淮西全境獻北爲己功焉，於是貴年八十餘矣。「老而不死是爲賊」，其貴之謂歟！

借問大將誰《後出塞》〔一〕？戰骨當速朽《前出塞》〔二〕。逆節同所歸《詠懷》〔三〕，水花笑白首《送王砅使南海》〔四〕。

【校記】

〔一〕後出塞　杜集題爲「後出塞五首」，句出其二。

〔二〕前出塞　杜集題爲「前出塞九首」，句出其三。

〔三〕詠懷　杜集題爲「詠懷二首」，句出其一。

〔四〕送王砅使南海　杜集題爲「送重表侄王砅評事使南海」。

揚州第二十六

李庭芝在揚州十餘年，畏怯無遠謀，惟閉門自守，無救於國。及景炎登極，以爲首相，乃引兵輕出，渡海南歸。朱焕尋以城獻虜〔一〕。哀哉！

城峻隨天壁《白帝〔二〕城》，胡來〔三〕但自守《潼關吏》。士卒終倒戟《贈王司空思禮》〔四〕，仰望嗟嘆久《九成宮》。

【校記】

〔一〕虜　四庫本作「敵」。

〔二〕白帝　原作「自帝」，誤。據杜集和韓本、文珊本、鄢本、文柱本改。標題全稱「上白帝城」。

〔三〕胡來　原作「明來」，誤。據杜集和鄢本、有焕本、文柱本、別集本改。

〔四〕贈王司空思禮　爲「八哀詩·贈司空王公思禮」省稱。

京湖兩淮第二十七

東南兵力，盡在江北，金城湯池，國之根本。高以荆州降，夏以淮西降。李死，淮東盡失，無復中原之望矣。哀哉！

荆揚風土暖《秋行官張望》〔一〕，大城鐵不如《潼關吏》。秦山忽破碎《登慈恩塔》〔二〕，流落隨丘墟〔三〕《五盤》。

【校記】

〔一〕秋行官張望　爲「秋行官張望督促東渚耗稻向畢清晨遣女奴阿稽豎子阿段往問」省稱。

〔二〕秦山　原作「泰山」，誤。據杜集和韓本、文珊本、鄒本、張本、四庫本改。「登慈恩塔」，杜集題爲「同諸公登慈恩寺塔」。
〔三〕丘墟　一作「邱墟」。

景炎擁立第二十八

予自蘇州歸闕，建議出二王於閩、廣。及虜〔一〕至，二王方出宫，蘇劉義、陸秀夫遇二王於温。時陳宜中海船泊清嶼門，諸人往邀之，共圖興復，益王始建元帥府〔二〕。及張世傑自定海至，同趨三山。以五月一日，益王登極，改元景炎。

漢運初中興《述懷》，扶顛待柱石《入衡州》。疇能補天漏《寄岑參》〔三〕，登階捧玉册《往在》〔四〕。

【校記】

〔一〕虜　四庫本作「敵」。
〔二〕元帥府　原作「元帥」，誤。據四庫本補「府」字。
〔三〕寄岑參　杜集題爲「九日寄岑參」。
〔四〕往在　有焕本、四庫本作「行在」。

福安府第二十九

崔嵬扶桑日《幽人》，闊會滄海潮《桔柏渡》。傾都看黄屋《送班司馬入京》〔一〕，此意竟蕭條《贈韋左丞》〔二〕。

【校記】

〔一〕送班司馬入京　爲「巴西聞收京闕送班司馬入京二首」省稱，句出其一。

〔二〕贈韋左丞　爲「奉贈韋左丞丈二十二韻」省稱。

幸海道第三十

自三山登極，世傑遣兵戰邵武，大捷，人心翕然。世傑不爲守國計，即治海船，識者於是知其陋矣。至冬聞警，即浮海南去，天下事是以不可復爲。哀哉！

天王狩太白〔一〕《九成宫》，立國自有疆《前出塞》〔二〕。舍此復何之《後遊脩覺寺》？已具浮海航《壯遊》。

【校記】

〔一〕狩太白　原作「守太白」，誤。據杜集改。

〔二〕前出塞　杜集題爲「前出塞九首」，句出其六。

景炎賓天第三十一

御舟離三山，至惠州之甲子門駐焉。已而遷官富場〔一〕。丁丑冬，虜〔二〕舟來，移次仙澳，與戰得利，尋望南去，止碙州〔三〕。景炎賓天，蓋戊寅四月望日也。嗚呼痛哉！

陰風西北來《北征》，青海天軒輊《送從弟亞》〔四〕。白水暮東流《新安吏》，魂斷蒼梧帝《贈秘書監李邕》〔五〕。

【校記】

〔一〕官富場　原作「宫富場」，誤，據張本、文瑡本改。

〔二〕虜　四庫本作「敵」。

〔三〕碙州　原作「碙川」，誤，逕改。

〔四〕送從弟亞　爲「送從弟亞赴河西判官」省稱。

〔五〕贈秘書監李邕　爲「八哀詩·贈秘書監江夏李公邕」省稱。四庫本簡作「李公邕」。

祥興登極第三十二

戊寅四月十七日，衛王登極於碙州〔一〕。

浮龍傍長津〔二〕《别蔡十四著作》，參錯走洲渚《入衡州》。蒼梧雲正愁《登慈恩塔》〔三〕，初日翳復吐《法鏡寺》。

【校記】

〔一〕磵州　原作「磵川」誤，逕改。

〔二〕傍長津　原作「倚長津」，誤。據杜集改。

〔三〕登慈恩塔　爲「同諸公登慈恩寺塔」省稱。

祥興第三十三

六月，世傑自磵州北還，至厓山止焉。厓山乃海中之山，兩山相對，延袤中一衣帶水，山口如門。世傑以爲形勝，安之。

南遊炎海甸《送魏六丈》〔一〕，沃野開天庭《橋陵韻呈縣官》〔二〕。真龍竟寂寞《雷》，乾坤水上萍《衡州送李大夫》〔三〕。

【校記】

〔一〕送魏六丈　爲「奉送魏六丈佑少府之交廣」省稱。

〔二〕橋陵韻呈縣官　爲「橋陵詩三十韻因呈縣內諸官」省稱。

〔三〕衡州送李大夫　爲「衡州送李大夫七丈勉赴廣州」省稱。

祥興第三十四

己卯正月十三日，虜〔一〕舟直造厓山，世傑不守山門，作一字陣以待之。虜入山門，作長蛇陣對之。二月六日，虜乘潮進攻，半日而破，死溺者數萬人。哀哉！

弧矢暗江海《草堂》，百萬化爲魚《潼關吏》。帝子留遺憾《過南嶽入洞庭》〔二〕，故國〔三〕莽丘墟《逃離》。

【校記】

〔一〕虜　四庫本作「敵」，下同。

〔二〕遺憾　原作「遺恨」，誤。據杜集改。「過南嶽入洞庭」，杜集題爲「過南嶽入洞庭湖」。

〔三〕故國　原作「故園」，誤。據杜集改。

祥興第三十五

世傑於戰敗後，乘霧雨晦冥，以數舟遁去。

朱崖雲日高《遣遇》〔一〕，風浪無晨暮《懷台州鄭司户》〔二〕。冥冥翠龍駕《雨》，今復在何許《宿清溪驛》〔三〕？

【校記】

〔一〕遣遇　原作「遣過」，誤。據杜集和四庫本、文柱本改。

〔二〕懷台州鄭司户　杜集題爲「有懷台州鄭十八司户」。

〔三〕宿清溪驛　爲「宿清溪驛奉懷張員外十五兄之緒」省稱。

祥興第三十六

初，行朝有船千餘艘，内大船極多。張元帥大小船五百，而二百舟失道，久而不至。北人乍登舟，嘔暈，執弓矢不支持〔一〕，又水道生疏，舟工進退失據。使虜〔二〕初至，行朝乘其未集擊之，蔑不勝矣。行朝依山作一字陣，幫縛不可復動，於是〔三〕不可以攻人，而專受攻矣。先是，行朝以游舟數出，得小捷。北船〔四〕皆閩、浙水手，其心莫不欲南向，若南船摧鋒直前，閩、浙水手在北舟中必爲變，則有盡殲之理。惜世傑不知合變，專守常法〔五〕。嗚呼！豈非天哉？

六龍忽蹉跎《送唐十五誡》〔六〕，川廣不可泝《送汝陽王璡》〔七〕。東風吹春冰《送程録事》〔八〕，乾坤莽回互《懷台州鄭司户》〔九〕。

【校記】

〔一〕不支持　胡思敬校：「支」上疑脱「能」字。

〔二〕虜　四庫本作「敵」。

〔三〕於是　有焕本、文柱本作「於時」。

〔四〕北船　原作「他船」，據四庫本改。

〔五〕專守常法　原缺「常」字，據四庫本補。

〔六〕送唐十五誡　原作《别唐十五誡》，誤。據杜集改。篇名全稱「送唐十五誡因寄禮部賈侍郎」。張本作「别唐峨」。

〔七〕送汝陽王璡　爲「八哀詩·贈太子太師汝陽郡王璡」省稱。

〔八〕送程録事　爲「送率府程録事還鄉」省稱。

〔九〕懷台州鄭司户　杜集題爲「有懷台州鄭十八司户」。

祥興第三十七

幽燕盛用武《昔遊》，六合已一家《後出塞》〔一〕。眼穿當落日《喜達行在》〔二〕，滄海有靈查《喜晴》。

【校記】

〔一〕後出塞　杜集題爲「後出塞五首」，句出其三。

〔二〕喜達行在　杜集題爲「自京竄至鳳翔喜達行在所」三首，句出其一。

祥興第三十八

客從南溟來《客從》，黄屋今在否《留别章使君》〔一〕？天高無消息《幽人》，未忍即開口《述懷》。

【校記】

〔一〕章使君　原作「張使君」，據杜集和四庫本改。篇名全稱「將適吴楚留别章使君留後兼幕府諸公得柳字」。

祥興第三十九

南嶽配朱鳥《望嶽》〔一〕，地軸爲之翻《晦日尋崔戢》〔二〕。皇綱未宜絶〔三〕《北征》，雲臺誰再論《覽柏中丞官制》〔四〕？

【校記】

〔一〕朱鳥　原作「朱烏」，誤。據文珊本、四庫本改。「望嶽」，原作「望北」，據杜集和韓本、文珊本、鄢本、四庫本改。

〔二〕晦日尋崔戢　杜集題爲「晦日尋崔戢李封」。

〔三〕宜絶　原作「爲絶」，誤。據杜集和四庫本改。

〔四〕覽柏中丞官制　爲「覽柏中丞兼子侄數人除官制詞因述父子兄弟四美載歌絲綸」省稱。

陳宜中第四十

丁丑冬，御舟自謝女峽歸碙州〔一〕。陳宜中船相失，莫知所之。

管葛本時須《别張十三建封》〔二〕，經綸中興業《述古》〔三〕。有志乘鯨鰲《送王砯使南海》〔四〕，南紀阻歸檝《贈李光弼》〔五〕。

【校記】

〔一〕磵州　原作「磵川」，誤，逕改。

〔二〕別張十三建封　四庫本作「別張建封」。張十三，原作「張十二」，誤。據杜集和有焕本、民國本改。

〔三〕述古　杜集題爲「述古三首」，句出其三。

〔四〕送王砅使南海　爲「送重表侄王砅評事使南海」省稱。

〔五〕歸櫬　一作「歸楫」。「贈李光弼」，爲「八哀詩・故司徒李公光弼」省稱。

張世傑第四十一

世傑得士卒心〔一〕，每言北方不可信，故無降志。閩之再造，實賴其力。然其人無遠志，擁重兵厚貲，惟務遠遁，卒以喪敗。哀哉！

南圖卷雲水《舟中苦熱》〔二〕，黄金傾有無《遺懷》。蛟龍亦狼狽《溪漲》，反覆〔三〕乃須臾《草堂》。

【校記】

〔一〕士卒心　原作「士卒云」，誤。據四庫本改。

〔二〕南圖　原作「南國」，據杜集改。「舟中苦熱」，爲「舟中苦熱遣懷奉呈陽中丞通簡臺省諸公」省稱。

〔三〕反覆　原作「反復」，據杜集和文珊本改。

張世傑第四十二

長風駕高浪《龍門閣》〔一〕，偃蹇龍虎姿《病柏》。蕭條猶在否《上水〔二〕遣懷》？寒日出霧遲《早發射洪》〔三〕。

【校記】

〔一〕龍門閣　原作「龍門」，誤。據杜集增「閣」字。

〔二〕上水　原作「止水」，誤。據杜集和文珊本、四庫本、文柱本、别集本改。

〔三〕早發射洪　爲「早發射洪縣南途中作」省稱。

蘇劉義第四十三

蘇，京湖老將。雖出吕氏，乃心專在王室。永嘉推戴，實建大功。後世傑用事，志鬱鬱不得展。其人剛躁不可近，然能服義，終始不失大節。厓山〔一〕（破），與其子俱得脱，亦不知所終。

驊騮事天子《送高司直》〔二〕，龍怒拔老湫《送韋十六評事》〔三〕。鼓柂視青旻《寄薛三郎中》，烈風無時休《登慈恩塔》〔四〕。

【校記】

〔一〕厓山　胡思敬校：「山」下疑脱「破」字。

〔二〕送高司直　爲「送高司直尋封閬州」省稱。

〔三〕送韋十六評事　爲「送韋十六評事充同谷防禦判官」省稱。

〔四〕登慈恩塔　爲「同諸公登慈恩寺塔」省稱。

曾淵子第四十四

曾淵子，元貶〔一〕雷州，御舟南巡，復典〔二〕政事。厓山之敗，曾欲赴水，爲蘇父子所留，同得脱。其家竟没虜〔三〕，後還五羊，有人見其子雷郎者焉。哀哉！

子負經濟才《送唐十五》〔四〕，鬱陶抱長策《貽華陽柳少府》〔五〕。安得萬里風《夏夜嘆》？南圖回羽翮《送嚴公入朝》〔六〕。

【校記】

〔一〕元貶　文瑚本作「先貶」。

〔二〕復典　原作「復與」，據文瑚本改。

〔三〕虜　四庫本作「敵」。

〔四〕送唐十五　原作「别唐十五」，誤。據杜集改。

〔五〕貽華陽柳少府　原作「始華陽呂少府」，據杜集和文柱本、景室本、別集本改。文珊本作「貽華陽呂少府」。

〔六〕回羽翮　一作「迴羽翮」。「送嚴公入朝」，爲「奉送嚴公入朝十韻」省稱。

江丞相萬里第四十五

先生居饒州。虜〔一〕入城，先生投府第中池水死。其弟萬頃，於廳事上被執殺死。哀哉！

星坼臺衡地《送蘇州李長史》〔二〕，斯文去矣休《送王信州崟北》〔三〕。湖光與天遠《過洞庭》〔四〕，屈注滄江流《奉同郭給事》〔五〕。

【校記】

〔一〕虜　四庫本作「敵」。

〔二〕星坼　原作「星折」，誤。據杜集改。「送蘇州李長史」，爲「奉送蘇州李二十五長史丈之任」省稱。

〔三〕崟北　原作「崖北」，誤。據杜集改。「送王信州崟北」，杜集題作「奉送王信州崟北歸」，四庫本簡爲「送王信州」。

〔四〕過洞庭　杜集題爲「過洞庭湖」。

〔五〕奉同郭給事　爲「奉同郭給事湯東靈湫作」省稱。

趙倅昂發第四十六

虜〔一〕至池州，倅昂發蜀人，夫婦自經死。

風雷颯萬里《大雨》，大江動我前《水會渡》。青衿一憔悴《衡山縣學》〔二〕，名與日月懸《陳拾遺故宅》。

【校記】

〔一〕虜　四庫本作「敵」。

〔二〕衡山　原作「衡州」，誤。據杜集改。「衡山縣學」，爲「題衡山縣文宣王廟新學堂呈陸宰」省稱。

將軍王安節第四十七

常州敗，虜〔一〕生獲王安節，不屈而死。虜謂過江以來，武人忠義者惟王安節一人。安節，乃節度使王堅子也。

激烈傷雄才《金華山觀》〔二〕，直氣横乾坤《别李義》。倜儻汗血駒《别張建封》〔三〕，見此忠孝門《柏中丞除官制》〔四〕。

【校記】

〔一〕虜　四庫本作「敵」，下同。

〔二〕金華山觀　爲「冬到金華山觀因得故拾遺陳公學堂遺迹」省稱。

〔三〕倜儻　原作「惆悵」，誤。據杜集改。「別張建封」，杜集題爲「別張十三建封」。

〔四〕除官　原作「降官」，誤。據杜集和四庫本、文柱本、景室本改。「柏中丞除官制」，爲「覽柏中丞兼子侄數人除官制詞因述父子兄弟四美載歌絲綸」省稱。

李安撫芾第四十八

肯齋先生，蜀人，寓居衡陽。乙亥，留夢炎爲潭帥；夢炎歸相，始起先生爲代。先生倉卒運掉，城守甚備。及城陷，先生殺其家人，乃自焚死。哀哉！

殺氣吹沅湘《入衡州》，高興激荊衡《李八判官》〔一〕。城中賢府主《課伐木》，千秋萬歲名《夢李白》〔二〕。

【校記】

〔一〕李八判官　爲「奉贈李八曛判官」省稱。

〔二〕夢李白　杜集題爲「夢李白二首」，句出其二。

李制置庭芝第四十九

庭芝得爰立之命，引兵至泰州，爲虜〔一〕所困。泰州孫九賣城，庭芝被執，誅於揚州市〔二〕。雖無功於國，一死爲不負國矣。

空留玉帳術《送嚴公》〔三〕，那免白頭翁《陪章留後》〔四〕？死者長已矣《石壕吏》，淮海生清風《送高司直》。

【校記】

〔一〕虜　四庫本作「敵」。

〔二〕誅於揚州市　文珊本作「死於揚州」。

〔三〕玉帳術　原作「玉帳衛」，據杜集和四庫本改。「送嚴公」爲「奉送嚴公入朝十韻」省稱。

〔四〕陪章留後　爲「陪章留後侍御宴南樓得風字」省稱。

姜都統才第五十

淮東猛將，揚州前後主戰，皆其人也。及泰州破，被執。虜〔一〕愛其才勇，啖以官爵，不肯降，罵諸負國者。臨刑，含血以噴，罵虜不絶口。其英風義烈，淮人言之，無不傷嘆。惜哉！

屹然强寇敵《贈王司空》〔二〕，古人重守邊《後出塞》〔三〕。惜哉功名忤《薛少保》〔四〕，死亦垂千年《義鶻》〔五〕。

【校記】

〔一〕虜　四庫本作「敵」，下同。

〔二〕贈王司空　四庫本作「王思禮」，爲「八哀詩・贈司空王公思禮」省稱。
〔三〕後出塞　杜集題爲「後出塞五首」，句出其三。
〔四〕薛少保　原作「薛大保」，誤。據杜集改。全稱爲「觀薛稷少保書畫壁」。
〔五〕義鶻　杜集題爲「義鶻行」。

張制置珏第五十一

蜀之健將，元與昝萬壽齊名。昝降，張獨不降，行朝擢授制閫，未知得拜命否。蜀雖糜碎，珏竟不降，爲左右所賣。珏覺而逃遁，被囚鎖入北，不肯屈，後不知如何。

氣敵萬人將《楊監畫鷹》〔一〕，獨在天一隅《遣懷》。向使國不亡〔二〕《九成宮》，功業竟何如《別張建封》〔三〕？

【校記】

〔一〕楊監畫鷹　爲「楊監又出畫鷹十二扇」省稱。
〔二〕不亡　原作「不忙」，誤。據杜集和文瑚本、韓本、鄒本、張本、四庫本改。
〔三〕別張建封　杜集題爲「別張十三建封」。

陸樞密秀夫第五十二

字君實，文筆英妙，自維揚幕入朝。京師陷，永嘉推戴有力。及駐厓山，兼宰相。凡朝廷事，皆秀夫潤色綱紀之。厓山陷，與全家赴水死。哀哉！

文彩珊瑚鉤《奉同郭給事》〔一〕，淑氣含公鼎《張九齡》〔二〕。炯炯一心在《嚴武》〔三〕，天水相與永《渼陂》〔四〕西南臺》。

【校記】

〔一〕文彩　一作「文采」。「奉同郭給事」，爲「奉同郭給事湯東靈湫作」省稱。

〔二〕張九齡　全稱爲「八哀詩·故右僕射相國張公九齡」。

〔三〕嚴武　爲「八哀詩·贈左僕射鄭國公嚴公武」省稱。

〔四〕渼陂　原作「渼陜」，誤。據杜集和文珊本、四庫本、文柱本、景室本改。

勤王第五十三

甲戌冬，詔天下勤王。予守章貢，首應詔，意同志者當接踵而奮。已而，竟無應者，予遂以孤軍赴闕。世事不濟，殆由於此。哀哉！

出師亘長雲《後出塞》〔一〕，盡驅詣闕下《往在》。首唱恢大義《衡山縣學》〔二〕，垂之示來者《蘇源明》〔三〕。

【校記】

〔一〕後出塞　杜集題爲「後出塞五首」，句出其三。

〔二〕衡山　原作「衡州」，誤。據杜集改。篇名全稱「題衡山縣文宣王廟新學堂呈陸宰」。

〔三〕示來者　原作「俟來者」，誤。據杜集改。「蘇源明」，爲「八哀詩·故秘書少監武功蘇公源明」省稱。

蘇州第五十四

予領兵赴闕，時陳宜中歸永嘉，留丞相夢炎當國。夢炎意不相樂，出予以制閫守吴門。尋以獨松事急，陳丞相、留丞相、陳樞密文龍連書趣還宿衛，予不得已行。未幾，姑蘇陷。哀哉！

嵯峨閶門北《壯遊》〔一〕，朱旗散廣川《餞裴二端》〔二〕。控帶莽悠悠《送韋十六評事》〔三〕，慘淡淩風煙《草堂》〔四〕。

【校記】

〔一〕壯遊　原作「北遊」，據杜集和文珊本、四庫本改。

〔二〕餞裴二端　爲「湘江宴餞裴二端公赴道州」省稱。

〔三〕送韋十六評事　爲「送韋十六評事充同谷防禦判官」省稱。

〔四〕淩風煙　原作「陵風煙」，據杜集改。「草堂」，全稱爲「寄題江外草堂」。

拜相第五十五

予自吴門還，遣守獨松，戍餘杭。丙子正月初二日，除知臨安府，辭不拜。引輕兵至闕，陳大義，不得見〔一〕。十八夜，宜中逃。次日早，予除樞密使，午拜丞相、樞密使，都督諸路軍馬。然事已無及，無可奈何矣。予不敢當亡國之名，惟有〔二〕危難捐軀而已。

我行〔三〕屬時危《九成宫》，朝野色枯槁《送長孫侍御》。倚君金華省《張九齡》〔四〕，不在相逢早《贈射洪李四丈》〔五〕。

【校記】

〔一〕不得見　文珊本作「不得宣見」。

〔二〕惟有　原作「請有」，誤。據四庫本、景室本、别集本改。

〔三〕我行　原作「我來」，誤。據杜集改。

〔四〕張九齡　爲「八哀詩·故右僕射相國張公九齡」省稱。

〔五〕贈射洪李四丈　原作「贈射洪李四文」，誤。據杜集改。杜集原題爲「奉贈射洪李四丈」。

出使第五十六

初，宜中蒙蔽外庭，始遣使北軍〔一〕求議和，約見伯顔〔二〕於長安堰。已而不如約，故虜〔三〕徑至高亭山，要以相見。宜中遂逃，上下皆莫知其詳。予既辭相印不拜，遂奉上命，以議和爲名，在虜營，虜强以降。余見伯顔〔四〕，開陳大義，詞氣慷慨，虜頗傾動。尋留不遣，而丞相吴堅、右丞賈餘慶〔五〕、同知樞密院謝堂以下，竟自納款。余責伯顔留使失信，及數虜罪惡〔六〕，以死自誓，而一無所及矣。痛哉！

隔河見胡騎《前出塞》〔七〕，朝進東門營《後出塞》〔八〕。皇皇使臣體《寄崔評事》〔九〕，詞氣浩縱横《春陵行》〔一〇〕。

【校記】

〔一〕始遣使北軍　原作「如遣使北軍」，誤。據文珊本改。

〔二〕伯顔　四庫本作「巴延」，下同。

〔三〕虜　四庫本作「敵」，下同。

〔四〕余見伯顔　文珊本作「余見大酋」。

〔五〕丞相吴堅右丞賈餘慶　文珊本作「左相吴堅、右相賈餘慶」。

〔六〕數虜罪惡　文珊本作「數吕文焕、吕師孟罪惡」。

〔七〕前出塞　杜集題爲「前出塞九首」，句出其五。

〔八〕後出塞　杜集題爲「後出塞五首」，句出其二。

〔九〕寄崔評事　原作「寄崔部事」，誤。據杜集改，全稱爲「毒熱寄簡崔評事十六弟」。

〔一〇〕春陵行　爲「同元使君春陵行」省稱。春陵，原作「春陵」，誤。據韓本、四庫本改。

發京師第五十七

自國都失守，應降表及行下省劄播告歸附，皆不敢使余聞知。予居虜〔一〕中，欲求速死，虜衛守甚嚴，務爲塗塞耳目。二月八日，大臣吴堅、賈餘慶、家鉉翁、劉岊皆以祈請使爲名，下船詣北庭。虜忽驅余並行，余不肯往，被其捽迫，不得已行。至謝村，幾逋去〔二〕。

東下姑蘇臺《壯遊》，揮涕戀行在《北征》。蒼茫雲霧浮《發秦州》，風帆倚翠蓋《幽人》。

【校記】

〔一〕虜　四庫本作「敵」，下同。

〔二〕逋去　文珊本、張本、有焕本、四庫本、民國本作「逃去」。

去鎮江第五十八

余至京口，北行有日矣。余欲引決，同行士杜滸曰：「且逋〔一〕，逃不獲，死未晚也。」遂謀走真州。時江中皆北船，偶物色一空船，在虜籍〔二〕外，捐重貲約之。二月晦，日夕一更後，予約同行十一人潛出邸，挾刃自隨，不濟則自殺，幸而安行無虞。遂泝流而上，虜船〔三〕綿亘江上，幾不得出。三月朔，抵真州，今而後喜可知也。

京口渡江航《送許八拾遺》〔四〕，窮途仗神道《送魏六丈》〔五〕。蕭條向水陸《入衡州》，雲雨白浩浩《送長孫侍御》〔六〕。

【校記】

〔一〕遁　原作「遆」，據張本、四庫本、叢刊本改。文瑚本作「逃」。

〔二〕虜籍　四庫本作「敵籍」，文瑚本作「虜舟」。

〔三〕虜船　四庫本作「敵船」。

〔四〕送許八拾遺　爲「送許八拾遺歸江寧覲省」省稱。

〔五〕送魏六丈　爲「奉送魏六丈佑少府之交廣」省稱。

〔六〕送長孫侍御　爲「送長孫九侍御赴武威判官」省稱。

至真州第五十九

余至真州，登城四望，徘徊感嘆。守苗再成慷慨有志略，聞余言，踴躍思奮。余即作書，報制閫李庭芝及約淮西夏貴；又作諸州太守書，約以興復。苗守遣人四出導意，兩日久與余講進取方略。使天命再宋〔一〕，是行也，中興之機也。一人狐疑，事乃大繆。惜哉！

萬里長江邊《送高司直》〔二〕，去國同王粲《通泉驛》〔三〕。青山意不盡《上牛頭寺》，皇天照嗟嘆《舟中苦熱》。

【校記】

〔一〕再宋　景室本、别集本作「胙宋」，四庫本作「在宋」，文骊本作「祚宋」。

〔二〕送高司直　爲「送高司直尋封閬州」省稱。

〔三〕通泉驛　原作「蓬泉驛」，誤。據杜集和韓本、文骊本、四庫本改，爲「通泉驛南去通泉縣十五里山水作」省稱。

行淮東第六十

李庭芝聞余至真州，以爲來説城，遣使數十輩來莅殺予。苗再成不肯，然不得不出予以自白。以上巳日，紿余出城門，閉城不答。余欲赴濠死。未幾，苗遣五十人送行，行五十里〔一〕，布刃於野，詰問甚久。使一語可疑，即爲草間血矣。其人信余言，爲之嘆惋，送至州境。夜至揚州西門，欲扣城入，前卻數四。四人逕去，余與七人走荒野空屋中。是日，虜〔二〕萬騎自屋後過，幸而苟免。自是變姓名，趨高郵。初五夜行，屢迷失道。旦遇虜哨〔三〕，各鳥獸竄伏，縛去一人，殺傷一人，又幸喜脱。余時日夜在死亡中，驚惴危懼，饑餓無聊。人生逆境，有如此者。哀哉！

客子中夜發《赴奉先縣》〔四〕，月照白水山《彭衙行》。悲辛但狂顧《懷鄭十八司户》〔五〕，浩蕩前後間《清溪》〔六〕。

【校記】

〔一〕五十里　文骊本作「五里」。

〔二〕虜　四庫本作「敵」，下同。

〔三〕旦遇虜哨　原作「旦虜哨」，誤。據别集本補「遇」字。虜哨，胡思敬校：當作「虜哨至」。

〔四〕赴奉先縣　爲「自京赴奉先縣詠懷五百字」省稱。

〔五〕懷鄭十八司户　原作「懷鄭十八户處」，誤。據杜集改，全稱爲「有懷台州鄭十八司户」。

〔六〕清溪　爲「宿清溪驛奉懷張員外十五兄之緒」省稱。

自淮歸浙東第六十一

余高郵道中遇哨得脱，行數十里，匍匐不能行。幸遇村夫，雇倩籮擡入郡。又有被傷者，扶持强行，血衣淋漓，見者傷惜。初七日至郡，地分官盤詰甚至，稱制置司有報，文丞相來説城，合一路覺察，不納南來人。余等既變姓名，地分官見有傷者，不疑，聽下船去。沿途歷盡艱險，得至泰州城下。伏十餘日，趨通州。自下船後，哨騎或隔五里，或隔十里，驚惶連日。達通州城，反覆詰問，數日不納。不得已，從地分官吐實語。太守楊思復遂得覆護，至圃子〔一〕，内大舟中，然後以海舟送歸浙東。船中遇風波，屢覆；又遇賊，迫逼數四。是行寄一生於萬死，不復望見天日。至永嘉，惟存六人。

北走經險艱〔二〕《彭衙行》，十步一回首《相從歌》〔三〕。碧海吹衣裳《又上後園山脚》，掛席上南斗《别章使君》〔四〕。

【校記】

〔一〕至圃子　原作「主圃子」，誤。據別集本改。

〔二〕經險艱　原作「驚險難」，四庫本作「驚險艱」，此據杜集改。

〔三〕相從歌　爲「相從行贈嚴二別駕」省稱。

〔四〕章使君　原作「張使君」，誤。據杜集改。標題全稱「將適吴楚留別章使君留後兼幕府諸公得柳字」。

至福安第六十二

益王以天下兵馬都元帥，衛王以副元帥，建號於永嘉，隨趨三山開府。予四月八日到永嘉，則元帥舟去已一月矣。亟使副守李珏驛報行府，陳丞相即遣人來，議擁立事。余深贊大議。五月一日登極，予以觀文殿學士、侍讀召赴行在。二十六日，至行都，即再相。然國方草創，陳宜中尸其事，專制於張世傑。余名宰相，徒取充位，遂不敢拜，議出督。

握節漢臣回《鄭駙馬》〔一〕，麻鞋見天子《述懷》。感激動四極《嚴武》〔二〕，壯士淚如水〔三〕《聽楊氏歌》。

【校記】

〔一〕鄭駙馬　爲「鄭駙馬池臺喜遇鄭廣文同飲」省稱。

〔二〕嚴武　爲「八哀詩·贈左僕射鄭國公嚴公武」省稱。

〔三〕如水　原作「如雨」，誤。據杜集和韓本、文删本改。

福安宰相〔一〕第六十三

余至通州，地分官以制置司文移爲説，甚作難阻。余不得已，吐實以通楊帥守思復〔二〕。乃云：「諜報：許浦有馬，根尋文丞相。」甚信余言，不直制司。予然後得楊守存恤，遂遵（海）南歸〔三〕。及過明州東門，有列岸數百艘，初不知爲虜〔四〕把隘船也。後問之〔五〕東門道士，云是日〔六〕虜頭目見船過，問左右曰：「此何船？」皆以漁舟對，遂得善去。嗚呼危哉！楊守爲余言，欲得海船數百艘，當約許帥文德擁兵勤王，慨然有誓清〔七〕之志。予至永嘉，即詳報陳丞相，不以爲信，乃遣毛浚之通州，而不以告余。浚至通州，守問予何以無書，遂發怒，浚幾不免。浚出，而通遂降虜矣。惜哉！

紛然喪亂際《柏中丞制》〔八〕，反覆歸聖朝《鄭虔》〔九〕。秉鈞孰爲偶《贈李八判官》〔一〇〕？扶顛永蕭條《李光弼》〔一一〕。

【校記】

〔一〕福安宰相　文珊本作「福安拜相」。

〔二〕楊帥守思復　文柱本作「帥守楊思復」，別集本作「楊太守思復」。

〔三〕遂遵南歸　胡思敬校：「南」上疑脱「海」字。

〔四〕虜　四庫本作「敵」，下同。

〔五〕後問之　文珊本作「後聞之」。

〔六〕是日　原作「是目」，誤。據鄢本、有焕本、文柱本改。

〔七〕誓清　文册本作「清肅」。
〔八〕柏中丞　原作「柏中允」，誤。據杜集和四庫本改。標題全稱「覽柏中丞兼子侄數人除官制詞因述父子兄弟四美載歌絲綸」。
〔九〕鄭虔　爲「八哀詩·故著作郎貶台州司户滎陽鄭公虔」省稱。
〔一〇〕贈李八判官　爲「奉贈李八丈曛判官」省稱。
〔一一〕李光弼　爲「八哀詩·故司徒李公光弼」省稱。

南劍州督〔一〕第六十四

始余至〔二〕永嘉，留一月候命。永嘉及台、處豪傑，皆來自獻，願從海道作戰守規模。予至福安，欲還永嘉謀進取，廟謨不以爲然，遂議開督於廣。廣陷，乃出南劍開府，聚兵財爲收復江西計。於時幕府選辟，皆一時名士。宜中既棄臨安，及三山登極，欲倚世傑復浙東、西，以自洗濯，所以阻予永嘉之行。後取定海兵敗，李珏爲制閫，衆方思用予，悔已不及。惜哉！

劍外春天遠《送班司馬入京》〔三〕，江閣鄰石面《簡嚴雲安》〔四〕。幕府盛才賢《次古城店》〔五〕，意氣今誰見《白馬》？

【校記】

〔一〕南劍州督　文册本作「南劍出督」。
〔二〕始余至　文册本作「予始至」。

〔三〕送班司馬入京　《全宋詩》作「送司馬入京」，認爲「班」是衍字。查《杜詩鏡銓》，此詩題作「巴西聞收京闕送班司馬入京二首」。題下有注：「舊本下章另有《送司馬入京》題，單復依黄鶴本合爲一。」

〔四〕簡嚴雲安　原作「簡嚴雲」，誤。據杜集和四庫本補「安」字。標題全稱「水閣朝霽奉簡雲安嚴明府」。

〔五〕次古城店　爲「行次古城店汎江作不揆鄙拙奉呈江陵幕府諸公」省稱。

汀州第六十五

予在劍，朝廷嚴趣之汀。十月行，十一月至汀州。而福安隨陷，車駕幸海道矣。事會之不齊如此，哀哉！

雷霆走精鋭《送樊侍御》〔一〕，斧鉞下青冥《送李大夫》〔二〕。江城今夜客《出郭》，慘淡飛雲汀《薛判官》〔三〕。

【校記】

〔一〕送樊侍御　爲「送樊二十三侍御赴漢中判官」省稱。

〔二〕送李大夫　爲「衡州送李大夫七丈勉赴廣州」省稱。

〔三〕薛判官　爲「奉酬薛十二丈判官見贈」省稱。

梅州第六十六

予至汀，汀守可疑，汀兵非素所拊循，寇兵自贛自劍交至。丁丑正月，行府遂引兵趨漳州龍巖，謀入衛漳、潮。道阻，三月入梅州。時麾下頗不循法，斬二都統，軍政一新焉。

樓角淩風迥《東樓》，孤城隱霧深《野望》。萬事隨轉燭《佳人》，秋光近青岑《伐木》〔一〕。

【校記】

〔一〕伐木　杜集題爲「課伐木」。

贛州第六十七

五月，引兵自梅出岭，時贛、吉兵皆來會。六月，大捷於雩都，進攻興國縣，縣返正。於是〔一〕駐屯，遣大兵攻贛州，又以偏師出吉州。贛諸縣皆復，虜號令惟行於城中。吉水、永丰、萬安、永新、龍泉，以次皆復。臨、洪、袁、瑞，莫不響應，詣军門請約束者相繼。興國、黄州新復，皆來請命。汀州有僞天子黄從，斬首至府，上下翕合，气勢甚盛。天若祚宋，則是舉也，幸而一捷，國事垂成之候也。

崆峒殺氣黑《壯遊》，灑血暗郊坰《薛判官》〔二〕。哀笳曉幽咽〔三〕《留花門》，石壁斷空青《西閣》〔四〕。

【校記】

〔一〕於是　有焕本、文柱本作「於時」。

〔二〕薛判官　爲「奉贈薛十二丈判官見贈」省稱。

〔三〕曉幽咽　一作「曙幽咽」。

〔四〕西閣　爲「不離西閣二首」之省稱，句出其二。

江西第六十八

行府偏師出吉州者，戰於鍾步，不利；攻贛兵，不幸相繼而敗，行府孤立。時處置安撫鄒渢，聚兵數萬在永豐境，行府引兵就之。會其軍亦潰，而虜〔一〕自後追及，不可支。雖人謀之不臧，殆天意之未順。每一念此，氣殪欲絶。哀哉！

東望西江永《弟觀》〔二〕，高義在雲臺《建封》〔三〕。到今用鉞地《草堂》，霜鴻有餘哀《金華山》〔四〕。

【校記】

〔一〕虜　四庫本作「敵」。

〔二〕西江永　韓本、文珊本、鄢本、張本、有焕本、民國本作「西江水」。「弟觀」，原作「第觀」，據杜集和四庫本改，全稱爲「舍弟觀歸藍田迎新婦送示二首」，句出其一。

〔三〕建封　《杜集》全稱爲「别張十三建封」；又省爲「别張建封」。

〔四〕金華山　爲「冬到金華山觀因得故拾遺陳公學堂遺迹」省稱。

江西第六十九

旄頭初俶擾《將適江陵》〔一〕，義士皆痛憤《草堂》。乾坤空崢嶸《畫鶻》〔二〕，嚮者留遺恨《空靈岸》〔三〕。

【校記】

〔一〕將適江陵　爲「大曆三年春白帝城放船出瞿唐峽久居夔府將適江陵漂泊有詩凡十四韻」省稱。

〔二〕畫鶻　杜集題爲「畫鶻行」。

〔三〕空靈岸　杜集題爲「次空靈岸」。

復入廣第七十

行府敗於江西，收散兵復入汀，尋出會昌，入安遠，趨循州。是冬，屯南嶺。戊寅二月，出惠州海豐縣，駐於麗江浦〔一〕，遍遣間使，沿海訪問車駕。六月，翠華至厓山，行府移船澳〔二〕。八月，進少保、信國公，職任依舊。行府欲赴闕，張世傑阻隔於中，不果行。

東浮滄海濆《薛郎中》〔三〕，南爲祝融客《詠懷》〔四〕。漂轉〔五〕混泥沙《柴門》，迫此短景急《龍門》〔六〕。

【校記】

〔一〕麗江浦　原作「麗江涌」，誤。據四庫本、文柱本改。文珊本脱「浦」。

〔二〕移船澳　《全宋詩》校爲「移船入澳」，誤。

〔三〕薛郎中　爲「寄薛三郎中據」省稱。

〔四〕詠懷　杜集題爲「詠懷二首」，句出其二。

〔五〕漂轉　杜集作「飄轉」。

〔六〕龍門　杜集題爲「龍門鎮」。

駐惠境第七十一

朱鳳日威垂《北風》，羅浮展衰步《詠懷》〔一〕。北風吹蒹葭《秋行官張望》〔二〕，送此齒髮暮《雨》。

【校記】

〔一〕詠懷　杜集題爲「詠懷二首」，句出其二。

〔二〕秋行官張望　全稱「秋行官張望督促東渚耗稻向畢清晨遣女奴阿稽豎子阿段往問」。

駐潮陽第七十二

十月，引兵趨潮陽〔一〕，稍平群盗，人心翕然。

寒城朝煙淡《吴侍御宅》，江沫擁春沙《遠遊》。群盗亂豺虎〔二〕《雷》，回首白日斜《喜晴》〔三〕。

【校記】

〔一〕潮陽　原作「朝陽」，誤。據文珊本、有焕本、四庫本改。

〔二〕豺虎　原作「射虎」，據杜集和文珊本、四庫本改。

〔三〕喜晴　原作「熹晴」，誤。據杜集和文珊本、鄢本、有焕本、四庫本改。

行府〔一〕之敗第七十三

十一月，諜報虜〔二〕大衆至漳、泉。度勢不敵，移屯將趨海豐，爲虜騎追及於中道。時行已數日，不爲備，倉卒潰散，遂被執。

送兵五千人《北征》，散足盡西靡〔三〕《種萵苣》。留滯一老翁《雨》〔四〕，蓋棺事則已《奉先縣》〔五〕。

【校記】

〔一〕行府　原作「同府」，據文珊本、四庫本、文柱本、景室本改。

〔二〕虜　四庫本作「寇」，下同。
〔三〕西靡　原作「兩靡」，誤。據杜集和文柱本改。景室本、别集本作「雨靡」。
〔四〕雨　杜集題爲「雨二首」，句出其二。
〔五〕奉先縣　全稱「自京赴奉先縣詠懷五百字」。

行府之敗第七十四

自國難後，行府白手起兵，展轉患難，東南跋涉萬餘里，事不幸不濟。然臣子盡心焉爾矣，成敗天也，獨奈何哉！

翠蓋蒙塵飛《詠懷》〔一〕，仗鉞奮忠烈《北征》。千秋滄海南《張九齡》〔二〕，事與雲水白《王思禮》〔三〕。

【校記】

〔一〕詠懷　杜集題爲「詠懷二首」，句出其一。
〔二〕張九齡　爲「八哀詩·故右僕射相國張公九齡」省稱。
〔三〕王思禮　全稱「八哀詩·贈司空王公思禮」。

南海第七十五

余〔一〕被執後，即服腦子約二兩，昏眩久之，竟不能死。及至張元帥所，衆脅之跪拜，誓死不屈，張遂以客禮見。尋置海船中，守護甚謹。至厓山，令作書招張世傑，手寫詩一首復命，末句云：「人生自古誰無死？留取聲名照汗青〔二〕。」張不强而止。厓山之敗，親所目擊，痛苦酷罰，無以勝堪。時日夕謀蹈海，而防閑不可出矣。失此一死，困苦至於今日，可勝恨哉！

開帆駕洪濤《遣遇》，血戰乾坤赤《送李判官》〔三〕。風雨聞號呼《草堂》，流涕灑丹極《别蔡著作》〔四〕。

【校記】

〔一〕余　元諭本作「今」，文柱本脱此字。

〔二〕照汗青　原作「照漢青」，誤。張本、景室本、别集本和《指南後録·過零丁洋》詩改。

〔三〕送李判官　杜集題爲「送靈州李判官」。

〔四〕别蔡著作　杜集題爲「别蔡十四著作」。

南海第七十六

南海青天外《送段功曹》〔一〕，衹應學水仙《舟中》。自傷遲暮眼《寓目》，爲我一潸然《李使君》〔二〕。

【校記】

〔一〕青天　原作「春天」，誤。據杜集改。段功曹，詩題全稱「送段功曹歸廣州」。

〔二〕李使君　全稱爲「送梓州李使君之任」。

至廣州第七十七

自厓山至五羊，壯哉郡，真形勝之國也。往年虜〔一〕平其城，收復後不能完整爲守國計。哀哉！吾國之無人乎？

南方瘴癘地《雷》，白馬東北來《白馬》。長城掃遺堞《李光弼》〔二〕，涕落强徘徊《鄭駙馬池臺》〔三〕。

【校記】

〔一〕虜　四庫本作「寇」。

〔二〕李光弼　原作「李弼」，據杜集和四庫本補「光」字。全稱爲「八哀詩·故司徒李公光弼」。

〔三〕池臺　原作「樓臺」，據杜集改。標題全稱「鄭駙馬池臺喜遇鄭廣文同飲」。

至南安軍第七十八

予四月二十二日離五羊，五月四日出梅嶺。至南安軍，鑰置舟中。予不食，擬至廬陵得瞑目，庶幾首丘之義云。

短日行梅嶺《哭李常侍》〔一〕，天門鬱嵯峨《送唐誠》〔二〕。西江萬里船《春夜留宴》〔三〕，歸期無奈何《何將軍山林》〔四〕。

【校記】

〔一〕哭李常侍　杜集題爲「哭李常侍嶧二首」，句出其一。

〔二〕送唐誠　原作「別唐誠」，據杜集和四庫本改。全稱爲「送唐十五誠因寄禮部賈侍郎」。張本作「別唐峨」。

〔三〕西江　原作「江西」，誤。據杜集改。「春夜留宴」，爲「春夜峽州田侍御長史津亭留宴得筵字」省稱。

〔四〕何將軍山林　全稱爲「陪鄭廣文遊何將軍山林十首」，句出其十。

過章貢第七十九

崆峒地無軸《送從弟亞》〔一〕，江山雲霧昏《別李義〔二〕》。萍漂忍流涕《入行軍六弟宅》〔三〕，故里但空村《後出塞》〔四〕。

【校記】

〔一〕送從弟亞　爲「送從弟亞赴河西判官」省稱。

〔二〕李義　原作「李茂」，據杜集和韓本、文珊本、四庫本改。

〔三〕入行軍六弟宅　杜集題爲「乘雨入行軍六弟宅」。

〔四〕空村　原作「空存」，據杜集和文瑚本改。「後出塞」，杜集題爲「後出塞五首」，句出其五。

至吉州第八十

掛颿遠色外《雨》〔一〕，緬邈懷舊丘〔二〕《破船》。江永〔三〕風蕭蕭《桔柏渡》，烏啼滿城頭《發秦州》。

【校記】

〔一〕掛颿　杜集和四庫本作「掛帆」。《雨》，杜集原題《雨二首》，句出其一。

〔二〕丘　一作「邱」。

〔三〕江永　原作「江水」，誤。據杜集和韓本、文瑚本、鄢本、四庫本改。

吉州第八十一

泊舟滄江岸《課伐木》，身輕一鳥過《送蔡希魯》〔一〕。請爲父老歌《羌村》〔二〕，歌長擊樽破《屏迹》〔三〕。

【校記】

〔一〕蔡希魯　原作「蔡師魯」，據杜集改。詩題全稱爲「送蔡希魯都尉還隴右因寄高三十五書記」。

〔二〕羌村　杜集題爲「羌村三首」，句出其三。

〔三〕屏迹　杜集題爲「屏迹三首」，句出其一。

吉州第八十二

戚戚去故里《前出塞》〔一〕，我生苦飄蓬《通泉驛》〔二〕。回身視緑野《送李校書》〔三〕，但見西嶺青《揚旗》。

【校記】

〔一〕前出塞　全稱爲「前出塞九首」，句出其一。

〔二〕飄蓬　原作「飄零」，誤。據杜集改。「通泉驛」，爲「通泉驛南去通泉縣十五里山水作」省稱。

〔三〕回身　一作「迴身」。「送李校書」，杜集題爲「送李校書二十六韻」。

過臨江第八十三

自離南安軍，五日而至廬陵，七日過臨江，八日至豐城。余雖不食，未見其殆。衆以飲食交相逼迫，予念既過鄉州，已失初望，委命荒濱，立節不白。且聞暫止金陵郡，出坎之會，或者有隕自天，未可知也。遂復飲食，勉徇衆情。初，衆議以予漸殆，欲行無禮，掩鼻以灌粥酪，至是遂止。乃知夷、齊之心事，由其獨處荒山，故得行其志耳。

獨帆如飛鴻《贈蘇溪》〔一〕，清江轉山急《早發射洪》〔二〕。回首白雲多《何將軍山林》〔三〕，山寒夜中泣《龍門鎮》。

【校記】

〔一〕飛鴻　原作「飛鳴」，據杜集和韓本、文珊本、四庫本、文柱本、别集本改。「贈蘇溪」，杜集題爲「贈蘇四徯」。

〔二〕早發射洪　爲「早發射洪縣南途中作」省稱。

〔三〕何將軍山林　全稱「陪鄭廣文遊何將軍山林十首」，句出其十。

過隆興第八十四

隆興自陷没後，忠義奮起，幾於返正。屠滅殆盡，過而傷之。

臨江久徘徊《山寺》，再讀《徐孺碑》《張九齡》〔一〕。交遊颯向盡《餞裴二端公》〔二〕，到今耆舊悲《病橘》。

【校記】

〔一〕張九齡　爲「八哀詩·故右僕射相國張公九齡」省稱。

〔二〕餞裴二端公　爲「湘江宴餞裴二端公赴道州」省稱。

江行第八十五

畏途隨長江《白沙渡》，萬里蒼茫水《憶鄭南》〔一〕。遊子去日長《成都》〔二〕，壯心不肯已《戲贈友》〔三〕。

【校記】

〔一〕蒼茫　原作「滄茫」，據杜集改。「憶鄭南」，一作「憶鄭南玭」。《杜詩鏡銓》改。《杜詩鏡銓》詩題下注：「舊作《憶鄭南玭》。朱注：鄭南謂華州鄭縣之南，詳詩意只是憶鄭南寺舊遊耳。玭字或訛或衍，今從草堂本削去。」

〔二〕成都　杜集題爲「成都府」。

〔三〕戲贈友　杜集題爲「戲贈友二首」，句出其一。

江行第八十六

江水東流去《陪王侍御宴》〔一〕，浮雲終日行《夢李白》〔二〕。別離經死地《鄭駙馬池》〔三〕，飲啄愧殘生《草堂》。

【校記】

〔一〕陪王侍御宴　爲《陪王侍御宴通泉惠山野亭》省稱。

〔二〕夢李白　杜集題爲《夢李白二首》，句出其二。

〔三〕鄭駙馬池　爲《鄭駙馬池臺喜遇鄭廣文同飲》省稱。

江行第八十七

蕭蕭白楊路《李邕》〔一〕，死人積如丘《遣興》〔二〕。大江東流去《成都》〔三〕，蒼山旌旆愁《韋評事》〔四〕。

【校記】

〔一〕白楊　原作「白揚」，誤。據杜集和韓本、文瑚本、張本、四庫本改。李邕，爲「八哀詩·贈祕書監江夏李公邕」省稱。

〔二〕丘　一作「邱」。《遣興》，杜集題爲《遣興三首》，句出其二。

〔三〕成都　杜集題爲「成都府」。

〔四〕韋評事　全稱爲「送韋十六評事充同谷防禦判官」。

江行第八十八

連山暗烽燧《送從弟亞》〔一〕，川谷血横流《送樊侍御》〔二〕。揮淚臨大江《送韋諷》〔三〕，上有行雲愁《遣興》〔四〕。

【校記】

〔一〕送從弟亞　爲「送從弟亞赴河西判官」省稱。

〔二〕送樊侍御　爲「送樊二十三侍御赴漢中判官」省稱。

〔三〕送韋諷　爲「送韋諷上閬州録事參軍」省稱。

〔四〕遣興　杜集題爲「遣興三首」，句出其二。

江行第八十九

六月六日過隆興，十二日至金陵囚邸。八月二十四日〔一〕渡江北行。事會多有可慨，尚何言哉！

朔風飄胡雁《遣興》〔二〕，江城帶素月《聽楊氏歌》。安得覆八溟《客居》，滂沱洗吴越《喜雨》。

【校記】

〔一〕八月二十四日　原作「八月二十三日」，誤，據《紀年録》改。《紀年録》：「八月二十四日，北行渡江。」

〔二〕遣興　杜集題爲「遣興五首」，句出其一。

北行第九十

八月二十六日至揚州。九月初七日〔一〕，哭母小祥於邳門外。初九日至徐州，吊項羽故宫地，登黄樓臺〔二〕，讀子由賦。十二日至沛縣，縣有歌風臺。十五日至東平府。十七日至高唐州。十八日過平原。二十日至河間府。二十一日至保定府。

浮雲暮南征《前出塞》〔三〕，我馬向北嘶《白沙渡》。荆棘暗長原《園官送菜》，子規晝夜啼《客居》。

【校記】

〔一〕九月初七日　原作「九月初一日」，誤，據《紀年録》改。《紀年録》：「九月七日，哭母小祥於邳州」。

〔二〕登黄樓臺　别集本無「臺」字。胡思敬校：「臺」字疑多出。

〔三〕前出塞　杜集題爲《前出塞九首》，句出其七。

北行第九十一

清秋望不極《野望》，中原杳茫茫《成都》〔一〕。遊子悵寂寥《桔柏渡》，下馬古戰場《遺興》〔二〕。

【校記】

〔一〕成都　杜集題爲「成都府」。

〔二〕遺興　杜集題爲「遺興三首」，句出其一。

北行第九十二

浮雲連海岱《兖州城樓》〔一〕，寒蕪際碣石《昔遊》。落景惜登臨《杜使君江樓》〔二〕，人煙眇蕭瑟〔三〕《北征》。

【校記】

〔一〕兖州城樓　杜集題爲「登兖州城樓」。

〔二〕杜使君江樓　原作「杜侍御江樓」，誤。據杜集改，全稱「送嚴侍郎到綿州同登杜使君江樓宴得心字」。

〔三〕眇蕭瑟　原作「渺蕭瑟」，據杜集改。

北行第九十三

平野入青徐《兖州城樓》〔一〕，桑柘葉如雨《昔遊》。信美無與適《成都》〔二〕，沉思情延佇《雨》〔三〕。

【校記】

〔一〕兖州城樓　杜集題爲「登兖州城樓」。

〔二〕無與適　原作「無所適」，據杜集和四庫本改。「成都」，杜集題爲「成都府」。

〔三〕沉思　一作「沈思」。「雨」，杜集題爲「雨二首」，句出其一。

北行第九十四

乾坤幾反覆《蘇侍御涣》〔一〕，乘陵〔二〕惜俄頃《渼陂西南臺》。懷古視平蕪《遣懷》，令人發深省《奉先寺》〔三〕。

【校記】

〔一〕蘇侍御涣　《杜詩鏡銓》題作「蘇大侍御涣訪江浦」。

〔二〕乘陵　原作「乘淩」，據杜集改。

〔三〕奉先寺　杜集題爲「遊龍門奉先寺」。

北行第九十五

遊子無根株《贈李四丈》〔一〕，世梗悲路澀《送程録事》〔二〕。關山雪邊看《行官張望》〔三〕，愁思胡笳夕《喜達行在所》〔四〕。

【校記】

〔一〕贈李四丈　爲「奉贈射洪李四丈」省稱。

〔二〕送程録事　全稱爲「送率府程録事還鄉」。

〔三〕行官　原作「秋行官」，據杜集删「秋」字，標題全稱「行官張望補稻畦水歸」。

〔四〕喜達行在所　杜集題爲「自京竄至鳳翔喜達行在所」三首，句出其二。

至燕城第九十六

十月一日至燕城，越五日，送千户所枷禁。十一月初一日〔一〕蘇枷，初九日領赴北庭引問。余不跪，抗詞不屈。尋復還獄待死，以至今日云。

往在西京日〔二〕《往在》，胡星墜燕地《送唐誡》〔三〕。登臨意惘然《登惠義》〔四〕，千秋一拭淚《酬薛判官》〔五〕。

【校記】

〔一〕十一月初一日　文珊本作「十一月初二日」

〔二〕西京日　原作「西京時」，據杜集改。

〔三〕送唐誡　原作「别唐誡」，誤。據杜集和四庫本改。標題全稱「送唐十五誡因寄禮部賈侍郎」。張本作「别唐峨」。

〔四〕登惠義　爲「陪李梓州王閬州蘇遂州李果州四使君登惠義寺」省稱。

〔五〕酬薛判官　全稱「奉酬薛十二丈判官見贈」。

至燕城第九十七

浩蕩想幽薊〔一〕《夏日嘆》，行行郡國遥《野望》。天寒落萬里《遣興》〔二〕，回首向風飈《官定後戲贈》〔三〕。

【校記】

〔一〕幽薊　原作「幽冀」，誤。據杜集改。

〔二〕遣興　杜集題爲「遣興三首」，句出其二。

〔三〕官定後戲贈　原缺，據杜集和別集本、景室本補。

至燕城第九十八

百年不敢料《龍門閣》〔一〕，先後無醜好《遣興》〔二〕。絶境與誰同《送裴二》〔三〕？飄泊南庭老《舟中》。

【校記】

〔一〕龍門閣　原作「龍門閣」，據杜集改。

〔二〕遣興　杜集題爲「遣興三首」，句出其三。

〔三〕送裴二　爲「送裴二虯尉永嘉」省稱。

入獄第九十九

陰房鬼火青《玉華宫》，白日亦寂寞《昔遊》。自非曠士懷《登慈恩塔》〔一〕，居人莽牢落《送樊侍御》〔二〕。

【校記】

〔一〕登慈恩塔　爲「同諸公登慈恩寺塔」省稱。

〔二〕送樊侍御　全稱爲「送樊二十三侍御赴漢中判官」。

入獄第一百

天黑閉春院《大雲寺》〔一〕，今如罝中兔《懷鄭司户》〔二〕。人間夜寥闃《夜聽許十一誦詩》〔三〕，永日不可暮《夏夜嘆》。

【校記】

〔一〕大雲寺　爲「大雲寺贊公房四首」省稱，句出其三。

〔二〕懷鄭司户　爲「有懷台州鄭十八司户」省稱。

〔三〕夜聽許十一誦詩　原作「夜聽許十誦詩」，據杜集改。四庫本作「聽許十一誦詩」。

入獄第一百一

行行見羈束《寫懷》〔一〕，斯人獨憔悴《夢李白》〔二〕。欲覺聞晨鐘《遊奉先寺》〔三〕，青燈死分翳《宿鑿石浦》。

【校記】

〔一〕寫懷　杜集題爲「寫懷二首」，句出其一。

〔二〕夢李白　杜集題爲「夢李白二首」，句出其二。

〔三〕遊奉先寺　杜集題爲「遊龍門奉先寺」

入獄第一百二

勞生共乾坤《寫懷》〔一〕，何時有終極《別贊上人》？燈影照無睡《大雲寺》〔二〕，今夕是何夕《贈衛八處士》〔三〕？

【校記】

〔一〕寫懷　杜集題爲「寫懷二首」，句出其一。

〔二〕大雲寺　爲「大雲寺贊公房四首」省稱，句出其三。

〔三〕是何夕　原作「復何夕」，誤。據杜集改。衛八，原作「衛公」，據杜集和四庫本、文柱本、景室本改。

入獄第一百三

眼前列杻械《草堂》，熊掛玄蛇吼《上水遣懷》。夜看酆城氣《詠懷》〔一〕，朝光入甕牖《晦日》〔二〕。

【校記】

〔一〕酆城　原作「豐城」，誤。據杜集改。《詠懷》，杜集題爲《詠懷二首》，句出其一。

〔二〕晦日　原作「晦月」，據杜集和四庫本、別集本改。標題爲「晦日尋崔戢李封」省稱。

入獄第一百四

徘徊虎穴上《寄贊上人》，吾道正羈束《觀水漲》〔一〕。落日將如何《宴歷下亭》〔二〕？清文動哀玉《別薛判官》〔三〕。

【校記】

〔一〕觀水漲　爲《三川觀水漲二十韻》省稱。

〔二〕如何　原作「何如」，誤。據杜集改。「宴歷下亭」，爲「陪李北海宴歷下亭」省稱。

〔三〕別薛判官　杜集題爲「奉酬薛十二丈判官見贈」。

懷舊第一百五

自百五至百九，皆懷念故人。爲王事而没者固多，不能盡紀。嗚呼哀哉！自百二十六至百三十八，皆師友之際，同列之情，死生契闊，不能自已也。

風塵淹別日《寄第五弟》〔一〕，乾坤霾漲海《將適江陵》〔二〕。爲我問故人《送高司直》〔三〕，離別人誰在〔四〕？《懷灞上遊》？

【校記】

〔一〕別日　原作「白日」，誤。據杜集改。「寄第五弟」，爲「第五弟豐獨在江左近三四載寂無消息覓使寄此二首」省稱，句出其二。

〔二〕將適江陵　爲「大曆三年春白帝城放船出瞿唐峽久居夔府將適江陵漂泊有詩凡四十韻」省稱。

〔三〕送高司直　爲「送高司直尋封閬州」省稱。

〔四〕人誰在　原作「今誰在」，據杜集和文珊本改。

懷舊第一百六

天寒昏無日《石龕》，故鄉不可思《赤谷》〔一〕。訪舊半爲鬼《贈衛八處士》〔二〕，慘慘中腸悲《送高書記》〔三〕。

【校記】

〔一〕赤谷　原作《赤思》，誤。據杜集和文珊本、四庫本改。

〔二〕衛八處士　原作「衛處士」，誤。據杜集和四庫本補。

〔三〕高書記　原作「方書記」，誤。據杜集和四庫本改。標題全稱爲「送高三十五書記十五韻」。

懷舊第一百七

故園花自發《憶弟》〔一〕，無復故人杯〔二〕《昔遊》。亂離朋友盡《遣懷》，幽珮〔三〕爲誰哀《雨》？

【校記】

〔一〕憶弟　杜集題爲「憶弟二首」，句出其二。

〔二〕故人杯　原作「故人來」，誤。據杜集改。

〔三〕幽珮　一作「幽佩」。

懷舊第一百八

故人入我夢《夢李白》〔一〕，相視涕闌干《彭衙行》。四海一塗炭《逃難》，焉用身獨完《垂老別》？

【校記】

〔一〕夢李白　杜集作「夢李白二首」，句出其一。

懷舊第一百九

中夜懷友朋《宿清溪驛》〔一〕，百年見存没《鄭公虔》〔二〕。風吹滄江樹〔三〕《雨》，寒月照白骨《北征》。

【校記】

〔一〕懷友朋　原作「懷朋友」，誤。據杜集和韓本、鄢本、有焕本、四庫本、文柱本、别集本改。《宿清溪驛》，爲《宿清溪驛奉懷張員外十五兄之緒》省稱。

〔二〕鄭公虔　爲「八哀詩·故著作郎貶台州司户滎陽鄭公虔」省稱。

〔三〕滄江　原作「蒼江」，誤。據杜集改。滄江樹，一作「滄江去」。

金應第一百一十

承信郎、路分金應，元備筆劄使令，性剛知義，隨勤王入京。余陷虜〔一〕，左右星散，惟應無叛去志。在鎮江，得同脱，狼狽淮東，備嘗艱苦。至通州，以憂鬱病死，葬城下。哀哉！

追隨三十載《送顧文學》〔二〕，艱難愧深情《羌村》〔三〕。何處埋爾骨《鹿頭山》？呼號傍孤城《懷鄭司户》〔四〕。

【校記】

〔一〕虜　四庫本作「敵」。

〔二〕送顧文學　爲「送顧八分文學適洪吉州」省稱。

〔三〕羌村　杜集題爲「羌村三首」，句出其三。

〔四〕懷鄭司户　爲「有懷台州鄭十八司户」省稱。

張雲第一百一十一

路鈐張雲，元吉州敢勇將官，隨閫勤王。余既陷虜〔一〕，張雲引兵自婺、建、劍、汀歸里。虜已據吉城，雲不勝憤，七月引所部襲虜於南栅門，擊殺甚衆。本爲散退之計，會天明戰渴，赴江飲水，尋被衝溺死。使能少忍，當爲吾用。哀哉！

痛憤寄所宣《義鶻》〔二〕，四方服勇決《北征》。壯士斂精魂《客居》，里巷亦嗚咽《赴奉先縣》〔三〕。

【校記】

〔一〕虜　四庫本作「敵」，下同。

〔二〕義鶻　杜集題爲「義鶻行」。

〔三〕亦嗚咽　原作「猶嗚咽」，誤。據杜集改。「赴奉先縣」，爲「自京赴奉先縣詠懷五百字」省稱。

劉欽貢元第一百一十二

字敬德，吉州貢士。素有志氣，好功名，上下今古，健於議論。余開府汀城，敬德來寧都就招諭使鄒渢。會虜〔一〕暴至，竟死亂兵中。同時死者鞠華叔、顔斯立、顔起巖，皆郡之英俊，能爲時立事功者。天生人才若此，曾未施一技，速折乃爾。哀哉！

文章日自負《蘇公源明》〔二〕，去家死路傍《上後園山脚》〔三〕。高視見霸王《劍門》，感子故意長《贈衛八處士》〔四〕。

【校記】

〔一〕虜　四庫本作「敵」。

〔二〕蘇公源明　爲「八哀詩·故秘書少監武功蘇公源明」省稱。

〔三〕上後園山脚　杜集題爲「又上後園山脚」。

〔四〕衛八處士　原作「衛處士」，據杜集和四庫本補。

吕武第一百一十三

環衛官吕武，太平人，面旗爲軍。余陷虜〔一〕，應募隨從北行。其人勁烈，面折人，觸忌諱不避。然忠鯁，人皆服之。余與同脱鎮江，行淮東，患難中賴以自壯。及開府南劍，遣其結約江淮，道尋阻，武間關數千里，即余於汀、梅，挺身寇寨，化賊爲兵。方將率〔二〕數千人出江西，以無禮於士大夫，遭橫逆死。死之日，一軍爲流涕。哀哉！

疾惡懷剛腸《壯遊》，世人皆欲殺《不見》。魂魄猶正直《南池》，回首肝肺熱《鐵堂峽》〔三〕。

【校記】

〔一〕虜　四庫本作「寇」。

〔二〕率　原作「將」，據四庫本改。

〔三〕肝肺　原作「肺肝」，據杜集改。「鐵堂峽」，原作「鐵堂」，據杜集和韓本、四庫本補，文珊本作「鈇坐峽」。

鞏宣使信第一百一十四

團練使、都統、招諭使鞏信，荆湖老將，沉勇有謀，奉朝命引所部隨府。予自興國趨永豐，虜〔一〕追在後，於東固方石嶺下大戰〔二〕。信據險堅立不動，中數箭死。土人葬之如生。尋奏贈清遠軍承宣使，立廟戰所。而迄未有以慰忠魂也，哀哉！

壯士血相視《嚴公武》〔三〕，斯人已云亡《楊監草書圖》〔四〕。哀哀失木狖《吴侍御江上宅》〔五〕，夜深經戰場《北征》。

【校記】

〔一〕虜　四庫本作「敵」。

〔二〕大戰　原作「失戰」，誤。據韓本、鄢本、元諭本、張本、有焕本、四庫本改。

〔三〕嚴公武　爲「八哀詩·贈左僕射鄭國公嚴公武」省稱。

〔四〕楊監草書圖　爲「殿中楊監見示張旭草書圖」省稱。

〔五〕吴侍御　原作「吴侍郎」，誤。據杜集改。標題全稱「兩當縣吴十侍御江上宅」。

張秘撰汴第一百一十五

秘閣修撰、廣東提舉、督府參謀張汴，蜀人，嘗爲二吴客〔一〕，佐荆湖幕，習兵事。予自贛勤王，汴即入幕。開督後，領袖一府，知無不爲。空坑之敗，秘撰易軍士皂衣伏草中，死亂兵。後鄒處置得其屍棺殮焉。哀哉！

入幕旌旗動《别魏侍御〔二〕》，揮翰綺繡揚《汝陽王璡》〔三〕。煙霧蒙玉質《赴奉先縣》〔四〕，斯人今則亡《遣興》〔五〕。

【校記】

〔一〕二吴客　有焕本、文柱本、别集本作「三吴客」。

〔二〕魏侍御　原作「魏侍郎」，誤。據杜集和四庫本改。標題全稱「魏十四侍御就敝廬相别」。

〔三〕汝陽王璡　爲「贈太子太師汝陽郡王璡」省稱。

〔四〕赴奉先縣　爲「自京赴奉先縣詠懷五百字」省稱。

〔五〕遣興　杜集題爲「遣興五首」，句出其三。

繆朝宗第一百一十六

環衛官、知梅州繆朝宗，淮人。有意氣，嘗爲常熟郤氏客，從余於平江。予歸福安，自婺間道來相從。精練幹實，孜孜奉公，軍府器械悉出其手。空坑之敗，自經於山間。哀哉！

空荒咆熊羆《課伐木》〔一〕，摧殘没藜莠《枯椶》〔二〕。平生江海心《破船》，其人骨已朽《喜晴》。

【校記】

〔一〕課伐木　有焕本作「課伐木」。

〔二〕枯椶　原作「枯棲」，據杜集和四庫本、文柱本、景室本、别集本改。

閩三士第一百一十七

督機、秘書謝杞，督幹、架閣許由，督幹、架閣李幼節，閩士之秀，皆登科。杞，太學名士。空坑之敗，不知所終。哀哉！

俊逸鮑參軍《憶李白》〔一〕，優游謝康樂《石櫃閣》。豺虎正縱横《久客》，南行道彌惡《青陽峽》〔二〕。

【校記】

〔一〕憶李白　杜集題爲「春日憶李白」。

〔二〕青陽峽　有焕本作「青陽陜」。

諸幕客第一百一十八

督府架閣吴文焕、督遣林棟等，皆閩士。有幹實，宣勞幕府。空坑之敗，被執，尋遇害。哀哉！

入幕未展才《贈李八判官》〔一〕，辛苦在道路《送高司直》〔二〕。回首一茫茫《送李判官》〔三〕，風悲浮雲去《遣興》〔四〕。

【校記】

〔一〕展才　一作「展材」。「贈李八判官」，爲「奉贈李八丈曛判官」省稱。

〔二〕送高司直　爲「送高司直尋封閬州」省稱。

〔三〕送李判官　杜集題爲「送靈州李判官」。

〔四〕遣興　杜集題爲「遣興三首」，句出其一。

趙太監時賞第一百一十九

直寶章閣、軍器太監、督府參議官、江西招討副使趙時賞，宗室，有志氣。首宰旌德，以一縣抗虜〔一〕，數有功。京師陷，入閩，行朝擢知邵武軍，以棄城罪去。自余開督，隨府典兵，數將偏師，以當一面。神采明雋，議論慷慨。空坑之敗，走之吴溪，尋被執，於隆興遇害。哀哉！

豪俊貴勳業《送殿中楊監》〔二〕，宗支神堯後《贈李八判官》〔三〕。平生白羽扇《李光弼》〔四〕，鬱結回我首《述懷》。

【校記】

〔一〕虜　四庫本作「敵」。

〔二〕豪俊　原作「豪傑」，據杜集改。楊監，原作「楊豐」，據杜集改。標題全稱「送殿中楊監赴蜀見相公」。

〔三〕贈李八判官　爲「奉贈李八丈曛判官」省稱。

〔四〕李光弼　原作「嚴公武」，據杜集改，全稱爲「八哀詩·故司徒李公光弼」。

劉洙〔一〕第一百二十

宣教郎、督府機宜、帶行大府寺簿劉洙，字淵伯，予鄉曲朋友。從勤王，補官。予陷虜〔二〕，淵伯領諸軍還。及予歸國，淵伯收部曲赴府，會於汀。專將一軍，爲督帳親衛。沉實有謀，圓機應物。凡江西忠義，皆淵伯所號召。晝夜酬應，精力不倦。會病劇乍起，空坑之敗不得脱，遇害於隆興。長子同日刑，次子貢元死空坑亂兵。余收其第三幼子，亦没於廣。哀哉！

王翰願卜鄰《贈韋左丞》〔三〕，嵇康不得死《遣興》〔四〕。落月滿屋梁《夢李白》〔五〕，悲風爲我起《金華山觀》〔六〕。

【校記】

〔一〕劉洙　原作「劉沐」，誤。據有焕本、别集本、民國本改。文珊本作「劉沭」。

〔二〕虜　原脱，據文珊本補。

〔三〕贈韋左丞　爲「奉贈韋左丞丈二十韻」省稱。

〔四〕遣興　杜集題爲「遣興五首」，句出其一。

〔五〕夢李白　杜集題作「夢李白二首」，句出其一。

〔六〕金華山觀　爲「冬到金華山觀因得故拾遺陳公學堂遺迹」省稱。

孫桌第一百二十一

宣教郎、帶行監官告院、知吉州龍泉縣孫桌，予長妹夫也。予引兵出贛，其邑人奉桌以邑返正。尋爲親黨所陷，遇害於隆興。哀哉！

故人有孫宰《彭衙行》，義均骨肉地《餞裴二端公》〔一〕。連爲糞土叢《往在》，揮手灑衰淚《别建封》〔二〕。

【校記】

〔一〕餞裴二端公　爲「湘江宴餞裴二端公赴道州」省稱。

〔二〕别建封　杜集題爲「别張十三建封」。

彭司令震龍第一百二十二

宣教郎、帶行大社令、知吉州永新縣彭震龍，予次妹夫也。性跌宕，喜功名。起兵隨勤王，及歸，郡邑已陷，乃結湖南諸峒豪傑謀興復。余出江西，即以縣返正。虜〔一〕遣軍攻之，其親黨内應，被執，遇害於郡城。哀哉！

堂上會親戚《送李校書》〔二〕，可憐馬上郎《白馬》。呻吟更流血《北征》，干戈浩茫茫《南池》。

【校記】

〔一〕虜　四庫本作「敵」。

〔二〕送李校書　爲「送李校書二十六韻」省稱。

蕭從事燾夫第一百二十三

從事郎蕭燾夫，永新人。工詩與字，從予山中久。其兄敬夫，詩尤豪俊，亦嘗客吾門。燾夫從勤王得官，及歸，贊彭司令收復鄉邑，規以正道。予至興國，詣府白事，意氣慷慨。邑城陷，兄弟俱不免。

哀哉！

灑翰銀鈎連《陳拾遺〔一〕故宅》，翩躚山巔〔二〕鶴《西閣曝日》。慘淡鬬龍蛇《喜晴》，及茲嘆冥寞《青陽峽》〔三〕。

【校記】

〔一〕陳拾遺　原作「陳合遺」，誤。據杜集和鄢本、四庫本、民國本改。

〔二〕山巔　原作「山顛」，據杜集改。

〔三〕冥寞　原作「冥漠」，據杜集改。「青陽峽」，原作「青陽侯」，據杜集和韓本、文珊本、四庫本、文柱本、別集本、民國本改。

蕭架閣第一百二十四

督幹架閣、監軍蕭明哲，字元甫，吉州貢士。性剛毅，遇事有膽氣，明於大節。予至汀、梅，來從督府幕。及出江西，監贛縣義兵，收復萬安縣，尋復龍泉。行府敗，元甫入野陂，連結諸寨拒虜〔一〕，被執，死於洪。哀哉！

諸生舊短褐《橋陵》〔二〕，張目視寇讎《送韋評事》〔三〕。高義終焉在《送王信州》〔四〕，白骨更何憂《得弟觀書》〔五〕！

【校記】

〔一〕虜　四庫本作「敵」。
〔二〕橋陵　爲「橋陵詩三十韻因呈縣内諸官」省稱。
〔三〕送韋評事　爲「送韋十六評事充同谷防禦判官」省稱。
〔四〕送王信州　爲「奉送王信州崟北歸」省稱。
〔五〕得弟觀書　爲「得舍弟觀書自中都已達江陵今兹暮春月末行李合到夔州悲喜相兼團圓可待賦詩即事情見乎詞」省稱。

陳督幹第一百二十五

督幹監軍陳子敬，贛人，以貲力雄鄉里。舊從予遊。行府至汀，子敬招集義兵，置屯皂口，以〔一〕據贛下流，以遏虜〔二〕船往來。及行府攻贛，子敬行其謀，功效甚著。行府敗，舉兵〔三〕黄塘，連結山寨不降，虜重兵襲之〔四〕，寨〔五〕潰，不聞所終。哀哉！

挺身艱難際《送韋評事》〔六〕，虎穴連里閭《課伐木》。高天意悽惻《送韋諷》〔七〕，同盡隨丘墟《謁文公上方》。

【校記】

〔一〕以　別集本無此字。
〔二〕虜　四庫本作「敵」。
〔三〕舉兵　文册本作「聚兵」。

〔四〕虜重兵襲之　原作「重兵襲」，據文珊本增「虜」「之」二字。
〔五〕寨　原無，據文珊本增。
〔六〕送韋評事　爲「送韋十六評事充同谷防禦判官」省稱。
〔七〕送韋諷　爲「送韋諷上閬州録事參軍」省稱。

陳少卿第一百二十六

帶行太府少卿、福建提刑、督府參議官陳龍復，泉州老儒，號清陂先生，丙辰登科。沈厚樸茂，有前輩風流。平生所歷州縣，皆以清儉著名。余開府南劍，辟入幕，老成重一府。尋遣往漳、潮計事。行府自江南〔一〕再入廣，先生聚兵循、梅來會。後分司潮陽，應接諸路，四方豪傑翕然響應，積糧治兵，行府由是趨潮陽。及移屯，爲虜〔二〕所追襲，先生遂不免，時年七十三。哀哉！

卿月昇金掌《江陵送馬大卿》〔三〕，老氣横九州《送韋評事》〔四〕。前輩復誰繼《李公邕》〔五〕？吾道長悠悠《發秦州》。

【校記】

〔一〕江南　文珊本作「江西」。
〔二〕虜　四庫本作「敵」。
〔三〕馬大卿　原作「高大卿」，誤。據杜集和四庫本、別集本改。標題全稱「暮春江陵送馬大卿公恩命追赴闕下」。

〔四〕送韋評事　爲「送韋十六評事充同谷防禦判官」省稱。

〔五〕誰繼　原作「誰紀」，據杜集改。「李公邕」，爲「八哀詩·贈秘書監江夏李公邕」省稱。

鄒處置第一百二十七

兵部侍郎、江東西處置副使、督府參贊軍事鄒㵯，字鳳叔，吉水人。慷慨有大志，以豪俠行臺郡間。從予勤王，補武資至將軍。景炎换文，以寺丞領江西招諭副使，聚兵寧都，氣勢甚盛。寧都被執，變姓名爲卜者，虜〔一〕不知其爲招諭使也。入贛城得脱，尋聚兵永豐、興國間。行府奏授江西安撫副使，統兵數萬，攻興國縣。尋會行府，至縣返正。别軍復永豐〔二〕，進授江東西處置副使，屯兵永豐境上。以烏合，一日而潰。行府失助，於是有空坑之敗。哀哉！

東郊暗長戟《吴侍御江上宅》〔三〕，死地脱斯須《將適江陵》〔四〕。庾公興不淺《張九齡》〔五〕，居然屈壯圖《别蘇徯〔六〕》。

【校記】

〔一〕虜　四庫本作「敵」。

〔二〕别軍復永豐　文珊本句首增「公」字。

〔三〕長戟　原作「長戰」，據杜集和四庫本改。「吴侍御江上宅」，爲「兩當縣吴十侍御江上宅」省稱。

〔四〕將適江陵　爲「大曆三年春白帝城放船出瞿塘峽久居夔府將適江陵漂泊有詩凡四十韻」省稱。

〔五〕張九齡　爲「八哀詩・故右僕射相國張公九齡」省稱。

〔六〕蘇徯　原作「蘇溪」，據杜集和韓本、四庫本改。文珊本作「蘇奚」。

鄒處置第一百二十八

行府再入廣，奏以公充都督府分司，置司永豐、興國間，接應江淮。虜〔一〕自隆興遣大兵攻襲，公萬死一生，備經艱難〔二〕，竟得脱，引江西兵入廣，會行府於潮陽。及移屯，公爲殿。事出不虞，虜至麾下，火急自刭，扶入南嶺，逾十日死。是行，公所將皆江西頭目，以取行府爲名。使行府入江西，十萬衆立辦。天之未啓中興也，奈何！公有子甚俊，先卒；家人散失無餘。公嘗謂予，欲立富田鄒氏子爲嗣，不果，至是絶。哀哉！

方當節鉞用《柏中丞》〔三〕，不返舊征魂《東樓》。淒涼餘部曲《送郭中丞》〔四〕，發聲爲爾吞《別李義》。

【校記】

〔一〕虜　四庫本作「敵」，下同。

〔二〕備經艱難　文珊本作「備歷艱難」。

〔三〕節鉞用　原作「用節鉞」，據杜集改。「柏中丞」，原作「相中允」，據杜集改，全稱爲「覽柏中丞兼子侄數人除官制詞因述父子兄弟四美載歌絲綸」。

〔四〕送郭中丞　爲「奉送郭中丞兼太僕卿充隴右節度使三十韻」省稱。

劉監簿第一百二十九

宣教郎，帶行軍器監簿、督府機宜劉子俊，字民章，吾鄉之傑也。嘗領漕貢。余開督興國，民章來計事。行府敗，民章收散兵於洞源，接應諸郡縣。尋引軍入廣，道遇虜〔一〕，潰亡。未幾，再招集，與鄒處置同詣行府，會於潮陽。越二十日而行府敗，民章被執，莫知所終。哀哉！

艱難奮長戟〔二〕《潼關吏》，高義薄曾雲《彭衙行》〔三〕。死爲殊方鬼《客堂》，三夜頻夢君《夢李白》〔四〕。

【校記】

〔一〕虜　四庫本作「敵」。

〔二〕長戟　原作「長戰」，據杜集和文珊本、四庫本、文柱本、民國本改。

〔三〕曾雲　原作「行雲」，據杜集和四庫本、别集本改。「彭衙行」，原作「盡街行」。據杜集和四庫本、文柱本改。

〔四〕夢李白　杜集題爲「夢李白二首」，句出其二。

劉監簿第一百三十

秀氣衝牛斗《贈李八丈》〔一〕，壯筆過飛泉《李十五丈》〔二〕。舊遊易磨滅《汝陽王璡》〔三〕，魂傷山寂然《妻子赴蜀》〔四〕。

【校記】

〔一〕牛斗　原作「星斗」，誤。據杜集改。「贈李八丈」，爲「奉贈李八判曛判官」省稱。

〔二〕李十五丈　杜集題爲「贈李十五丈別」。

〔三〕汝陽王璡　爲「贈太子太師汝陽郡王璡」省稱。

〔四〕赴蜀　原作「入蜀」，據杜集改。標題全稱《自閬州領妻子卻赴蜀山行三首》，句出其一。

蕭資第一百三十一

閤門路鈐蕭資，本書吏也。少年〔一〕給使令，稍長通文墨，圓機善處事，性和厚，上下信愛。予家先避地入廣，資於患難中扶持盡力。及行府江西之敗，衛護太夫人〔二〕、全督府印有功。後在兵間，調和諸將，應府中碎務，皆其領攝，腹心之良也。潮陽移屯，道遇虜〔三〕，資以病體被害。哀哉！

主當〔四〕風雲會《病柏》，謝爾從者勞《遣遇》。〔五〕感恩義不小《送盧侍御》〔六〕，塊獨〔七〕委蓬蒿《送王砅》。

【校記】

〔一〕少年　原作「小年」，據別集本改。

〔二〕太夫人　原作「大夫人」，據四庫本、叢刊本改。

〔三〕虜　四庫本作「敵」。

〔四〕主當　原作「王當」，誤。據杜集和韓本、文瑚本、鄢本改。

〔五〕遣遇　原作《遣興》，誤。據杜集改。
〔六〕盧侍御　原作「盧侍郎」，誤。據杜集和四庫本、别集本改。標題全稱「送盧十四弟侍御護韋尚書靈櫬歸上都二十四韻」。
〔七〕塊獨　原作「魂獨」，誤。據杜集和韓本、文珊本、鄢本改。

杜大卿滸第一百三十二

司農卿、廣東提舉、招討副使、督府參謀官〔一〕杜滸，字貴卿，丞相立齋之侄也。性剛猛，爲游俠京師。予北行，滸願從，鎮江之脱，滸之力也。匍匐淮甸，衛護艱虞，忠勞備盡。嗚呼！可謂義士。

昔没賊中時《送韋評事》〔二〕，中夜間道歸《後出塞》〔三〕。辛苦救衰朽《遭田父泥飲》〔四〕，微爾人盡非《北征》。

【校記】

〔一〕參謀官　原作「謀官」，誤。據韓本、文珊本、鄢本、張本、四庫本、叢刊本補。
〔二〕送韋評事　爲「送韋十六評事充同谷防禦判官」省稱。
〔三〕後出塞　杜集題爲「後出塞五首」，句出其五。
〔四〕遭田父泥飲　爲「遭田父泥飲美嚴中丞」省稱。

杜大卿湁第一百三十三

湁從予南還，佐府南劍。尋遣往台、温，招集兵財。福安陷，相失。湁趨行朝，久之，奉朝命至行府。值江西之敗，又與跋涉艱難者年餘。及行府〔一〕移屯潮陽，湁護海舟。尋趨厓山，與行府遂隔。及厓山潰，湁并陷焉。余至五羊，湁來見，病無復人形。在虜〔二〕網羅中，無所容力，尋聞死焉。哀哉！

高隨海上查《夜宴》〔三〕，子豈無扁舟《寄薛郎中》〔四〕？白日照執袂《送樊侍御》〔五〕，埋没〔六〕已經秋《破船》。

【校記】

〔一〕及行府　原作「及得府」，據韓本、鄢本、元諭本、張本、有焕本、四庫本、民國本改。

〔二〕虜　四庫本作「敵」。

〔三〕夜宴　全稱爲「季秋蘇五弟纓江樓夜晏崔十三評事韋少府侄三首」，句出其二。

〔四〕寄薛郎中　爲「寄薛三郎中據」省稱。

〔五〕送樊侍御　爲「送樊二十三侍御赴漢中判官」省稱。

〔六〕埋没　原作「埋骨」，據杜集改。

徐榛第一百三十四詩闕

正將徐榛，温州人。其父官湖北，榛往省，迷失道，歸行府。後生精練，以筆劄典機密，小心可信。予被執，榛得脱，自惠州來五羊，願從北行。扶持患難，備殫忠款。道病，至豐城死焉。

林檢院琦第一百三十五

宣教郎、督機檢院林琦，閩士。余屯餘杭時，琦結集赭山忠義捍御海道得官。及南劍開府，琦來。外有文采，内甚忠實，數隨患難，勞而不怨。及行府潮陽〔一〕之敗，琦不能脱〔二〕；虜〔三〕屯惠境，逃去，尋又被獲。虜遇之不以禮，至建康病死。虜自謂琦不肯自愛，如於沿道浸水，務自殘滅之類。琦可謂不降其志者矣。哀哉！

時危挹佳士《貽柳少府》〔四〕，慘淡隨回鶻〔五〕《北征》。佯狂真可哀《不見》，死淚終映睫《李光弼》〔六〕。

【校記】

〔一〕潮陽　原作「湖陽」，誤。據韓本、文珊本、有煥本、四庫本、文柱本、别集本改。

〔二〕不能脱　文珊本作「不得脱」。

〔三〕虜　四庫本作「敵」，下同。

〔四〕貽柳少府　杜集題爲「貽華陽柳少府」。

〔五〕回鶻　一作「回紇」。

家樞密鉉翁第一百三十八

則堂先生家鉉翁，蜀名家，有學問，舉動必以禮，朝中老成典刑也。當國都不守，先生簽書樞密，見虜〔一〕，持正議。左丞相吴堅、右丞相賈餘慶以省劄遍告天下，令以城歸附，先生不押字。虜自省中脅以無禮，公不爲動，竟未如之何。後以祈請使爲名，群詣北庭。既至，上書申祈請之議，忤北庭意，留燕邸。已而，移漁陽，又移河間，如我朝羈置特官，給飲食而已。余過河間，得一二相見。先生風采非復宿昔，而忠貞儼然，使人望而知敬。嗚呼！其可謂正人矣。

出處同世綱《鄭公虔》〔二〕，高義邁等倫《別蔡著作》〔三〕。異方驚會面《送辛別駕》〔四〕，慰此貞良臣《寄唐使君》〔五〕。

【校記】

〔一〕虜　四庫本作「敵」，下同。

〔二〕世綱　有煥本、文柱本、別集本、民國本作「時綱」。「鄭公虔」爲「八哀詩·故著作郎貶台州司户滎陽鄭公虔」省稱。

〔三〕高義　原作「高誼」，據杜集改。「别蔡著作」，杜集題爲「别蔡十四著作」。

〔四〕送辛別駕　原作「送韋別駕」，據杜集改。標題全稱「江亭送眉州辛别駕昇之得蕪字」。

〔五〕貞良臣　原作「真良臣」，據杜集和韓本、文珊本、四庫本改。「寄唐使君」爲「敬寄族弟唐十八使君」省稱。

墳墓第一百三十九

予甲戌春，自衡陽憲節歸，赴贛州省拜墳墓。及乙亥五月，奔祖母喪至門。以起復，六月望日出從戎事，與宗族鄉黨永訣云。

別離已五年《贈蘇四溪》〔一〕，不及父祖塋《後園山脚》〔二〕。霜露晚淒淒《出郭》，慟哭松聲迴〔三〕《北征》。

【校記】

〔一〕贈蘇四溪　原作「贈蘇四」，據杜集和别集本補。

〔二〕父祖塋　原作「祖父塋」，據杜集改。「後園山脚」，杜集題爲「又上後園山脚」。

〔三〕慟哭松聲迴　原作「痛哭松風迴」，誤。據杜集改。

宗族第一百四十

西江接錦城《送李肅》〔一〕，山陰一茅宇《遣興》〔二〕。宗族忍相遺《送崔都水》〔三〕，乾坤此深阻《宿清溪驛》〔四〕。

【校記】

〔一〕送李肅　爲「公安送李二十九弟晉肅入蜀余下沔鄂」省稱。

〔二〕遣興　杜集題爲「遣興五首」，句出其四。
〔三〕送崔都水　爲「奉送崔都水翁下峽」省稱。
〔四〕宿清溪驛　爲「宿清溪驛奉懷張員外十五兄之緒」省稱。

母第一百四十一

先母齊魏國太夫人〔一〕，蓋自虜〔二〕難後，弟璧奉侍赴惠州，弟璋從焉。已而，之廣、之循、之梅。余來梅州，母子兄弟始相見。既而魚軒出江西，尋復入廣，夫人遊二子間，無適無莫，雖兵革紛擾，處之怡然。戊寅，行府駐船澳，弟璧仍知惠州，弟璋復在侍夫人藥。八月「兩國」之命下，時已得疾，九月七日寅時薨逝。弟璧卜地於惠、循之深山間。不肖孤已矣，未有返葬夫人期，不知二弟何時畢此大事？身陷萬里縲絏中，歲時南望嗚咽云。

何時太夫人《送李校書》〔三〕，上天回哀眷《大雨》。墓久狐兔鄰《汝陽王璡》〔四〕，嗚呼淚如霰《白馬》。

【校記】

〔一〕太夫人　原作「大夫人」，據四庫本改。
〔二〕虜　四庫本作「敵」。
〔三〕送李校書　爲「送李校書二十六韻」省稱。
〔四〕汝陽王璡　爲「贈太子太師汝陽郡王璡」省稱。

舅第一百四十二

予以楚囚過西昌，聞舅家杌棿。自是南望孤雲，每念我母，不勝渭陽之情。

萱草秋已死《從孫濟》〔一〕，歲暮有嚴霜《壯遊》〔二〕。落日渭陽情《送翁統軍》〔三〕，涕淚濺我裳《貽華陽柳少府》〔四〕。

【校記】

〔一〕從孫濟　杜集題爲「示從孫濟」。

〔二〕壯遊　原作「北遊」，據杜集和韓本、文珊本改。

〔三〕送翁統軍　爲「奉送卿二翁統節度鎮軍還江陵」省稱。

〔四〕柳少府　原作「李少府」，據杜集和韓本、文珊本、元諭本、四庫本改。

妻第一百四十三

丁丑八月十七日，空坑之敗，夫人歐陽氏，女柳娘、環娘，子佛生，環之生母顔（氏），佛之生母黄（氏），並陷失。尋聞自隆興北行，惟佛生已死。人世禍難，有如此者。哀哉！

結髮爲君妻〔一〕《新婚別》，倉皇〔二〕避亂兵《破船》。生離與死別《別賀蘭銛》〔三〕，回首淚縱橫《示宗文宗武》〔四〕。

【校記】

〔一〕君妻　原作「妻子」，誤。據杜集改。

〔二〕倉皇　一作「蒼皇」。

〔三〕別賀蘭銛　杜集題爲「贈別賀蘭銛」。

〔四〕示宗文宗武　爲「熟食日示宗文宗武」省稱。

二女第一百四十四

牀前兩小女《北征》，各在天一涯《送高書記》〔一〕。所愧爲人父《赴奉先縣》〔二〕，風物長年悲《送楊監入蜀》〔三〕。

【校記】

〔一〕天一涯　原作「天一厓」，誤。據杜集和韓本、文瑚本、鄭本、有焕本、四庫本、民國本改。《送高書記》，爲《送高三十五書記十五韻》省稱。

〔二〕赴奉先縣　爲「自京赴奉先縣詠懷五百字」省稱。

〔三〕送楊監入蜀　爲「送殿中楊監赴蜀見相公」省稱。

次子第一百四十五

渥窪騏驥兒《送李校書》〔一〕，衆中見毛骨《送魏六丈》〔二〕。别來忽三歲〔三〕《四松》，殘害爲異物《北征》。

【校記】

〔一〕送李校書　爲「送李校書二十六韻」省稱。

〔二〕送魏六丈　爲「奉送魏六丈佑少府之交廣」省稱。

〔三〕忽三歲　原作「忽三載」，據杜集和文瑚本改。

妻子第一百四十六

妻子隔絶久《述懷》，飄飖若埃塵《寄薛郎中》〔一〕。漠漠世界黑《贈蜀僧》〔二〕，性命由他人《懷鄭司户》〔三〕。

【校記】

〔一〕寄薛郎中　爲「寄薛三郎中據」省稱。

〔二〕世界　原作「世間」，據杜集改。《贈蜀僧》，爲《贈蜀僧閭邱師兄》省稱。

〔三〕懷鄭司户　爲「有懷台州鄭十八司户」省稱。

妻子第一百四十七

世亂遭飄蕩《羌村》〔一〕，飛藿共徘徊《昔遊》。十口隔風雪《赴奉先縣》〔二〕，反畏消息來《述懷》。

【校記】

〔一〕羌村　杜集題爲「羌村三首」，句出其一。

〔二〕赴奉先縣　爲「自京赴奉先縣詠懷五百字」省稱。

長妹第一百四十八

余長妹適孫氏。不幸孫氏傾覆，家没入燕。妹奉孫氏生母，携子肖翁、約翁及一女，零丁孤苦，客食萬里。妹雖患難中，侍養撫教，各盡其所，可謂賢矣。哀哉！

近聞韋氏妹《元日》〔一〕，零落依草木《佳人》。深負鶺鴒詩《得舍弟消息》〔二〕，臨風欲慟哭《閬州東樓》〔三〕。

【校記】

〔一〕近　原缺。據韓本、文珊本改。張本、四庫本作「忽」。「元日」，爲「元日寄韋氏妹」省稱。

〔二〕得舍弟消息　杜集題爲「得舍弟消息二首」，句出其二。

〔三〕慟哭　原作「痛哭」，據杜集和韓本改。《閬州東樓》，爲《閬州東樓筵奉送十一舅往青城得留字》省稱。

長子第一百四十九

予二子，長曰道生，姿性可教，不幸亂離，隨家飄泊。空坑之敗，能脱身自全，鍾愛於太夫人〔一〕。以疾，後太夫人六十日死於惠陽郡治中，生十三年矣。哀哉！

大兒聰明到《劉少府山水障》〔二〕，青歲已摧頽《昔遊》。回風吹獨樹《樊侍御》〔三〕，吾寧舍一哀《赴奉先縣》〔四〕。

【校記】

〔一〕太夫人　原作「大夫人」，據四庫本改。下同。

〔二〕劉少府山水障　爲「奉先劉少府新畫山水障歌」省稱。

〔三〕樊侍御　爲「送樊二十三侍御赴漢中判官」省稱。

〔四〕赴奉先縣　爲「自京赴奉先縣詠懷五百字」省稱。

二女第一百五十

予六女：長定娘，次柳娘，次環娘，次監娘，次奉娘，次壽娘。丙子，定娘、壽娘以病死於河源之三角。丁丑，柳娘、環娘陷，惟監娘、奉娘得存。戊寅，潮陽之敗，復死亂兵中。哀哉！

癡女饑咬我《彭衙行》，鬱没二悲魂《遺懷》〔一〕。不得收骨肉《佳人》，慟哭蒼煙根《送樊侍御》〔二〕。

【校記】

〔一〕二悲魂　原作「一悲魂」，據杜集改。「遣懷」，杜集題爲「上水遣懷」。

〔二〕慟哭　原作「痛哭」，據杜集改。「送樊侍御」，爲「送樊二十三侍御赴漢中判官」省稱。

弟第一百五十一

余二弟：長璧，次璋。璋自船澳奉母喪趨惠州別，璧來五羊別。自是骨肉因緣，墮寥廓矣。哀哉！

兄弟分離苦《送弟穎》〔一〕，淒涼〔二〕憶去年《倚杖》。何以有羽翼《夢李白》〔三〕？飛去墮爾前《彭衙行》。

【校記】

〔一〕送弟穎　原作「送弟頻」，據杜集和四庫本改。詩題全稱爲「送舍弟穎赴齊州三首」，句出其二。

〔二〕淒涼　四庫本作「悽涼」。

〔三〕夢李白　杜集題爲「夢李白二首」，句出其一。

弟第一百五十二

棣華晴雨好《和宋大少府》〔一〕，風急手足寒《水會渡》。百戰今誰在《憶弟》〔二〕？羈棲見汝難《寄弟》〔三〕。

【校記】

〔一〕和宋大少府　原作《和宋太少府》，據韓本、文珊本、鄢本、四庫本改。篇名爲「和江陵宋大少府暮春雨後同諸公及舍弟宴書齋」省稱。

〔二〕憶弟　杜集題爲「憶弟二首」，句出其二。

〔三〕寄弟　全稱爲「第五弟豐獨在江左近三四載寂無消息覓使寄此二首」，句出其一。

弟第一百五十三

沙晚鶺鴒寒《寄弟豐》〔一〕，風吹紫荆樹《得弟消息》〔二〕。忍淚獨含情《郭中丞》〔三〕，江湖春欲暮《宴胡侍御》〔四〕。

【校記】

〔一〕寄弟豐　爲「第五弟豐獨在江左近三四載寂無消息覓使寄此二首」省稱，句出其一。

〔二〕得弟消息　杜集題爲「得舍弟消息」。

〔三〕郭中丞　爲「奉送郭中丞兼太僕卿充隴右節度使三十韻」省稱。

〔四〕胡侍御　原作「胡侍郎」，據杜集和四庫本改。標題全稱「宴胡侍御書堂」。

弟第一百五十四

不見江東弟《元日示宗武》，急難心炯然《義鶻》〔一〕。念君經世亂《送班司馬入京》〔二〕，卧病海雲邊《所思》。

【校記】

〔一〕炯然　原作「惘然」，據杜集改。「義鶻」，原作「義鵠」，據杜集和文瑚本、四庫本、文柱本改。杜集題爲「義鶻行」。

〔二〕送班司馬入京　爲「巴西聞收京闕送班司馬入京二首」省稱，句出其一。

次妹第一百五十五

予次妹自永新歸寧，不與彭氏之難。亂離中，隨母兩國夫人上下，自船澳奉喪趨惠陽，兄妹不復見矣。哀哉！

天際傷愁别《鄜城西原》〔一〕，江山憔悴人《送孟倉曹》〔二〕。團圓思弟妹《又示兩兒》，傳語故鄉春《贈别何邕》。

【校記】

〔一〕鄜城西原　原作「出郊」，誤。據杜集改。標題全稱「鄜城西原送李判官兄武判官弟赴成都府」。

〔二〕送孟倉曹　爲「孟十二倉曹赴東京選」省稱。

思故鄉第一百五十六

自一百五十六至一百六十二，共七首，皆思故鄉、懷故山之情。余始創文山，其間水石竹木，蕭然有輞川、盤谷之趣，蓋將終焉。承平時，鄉曲賓朋，日夕宴聚，樂以忘憂，真人世之清福。今思之，非惟平生故人半爲塵土，而故鄉萬里，並隔世外，惟死則魂識歸吾故鄉耳。哀哉！

天地西江遠《送崔侍御》〔一〕，無家問死生《憶舍弟》〔二〕。涼風起天末《懷李白》〔三〕，萬里故鄉情《江樓宴》〔四〕。

【校記】

〔一〕侍御　原作「侍郎」，據杜集和四庫本改。標題全稱「夏日楊長寧宅送崔侍御常正字入京得深字」。

〔二〕憶舍弟　杜集題爲「月夜憶舍弟」。

〔三〕懷李白　原作「憶李白」，誤。據杜集改，全稱爲「天末懷李白」。

〔四〕江樓宴　爲「季秋蘇五弟纓江樓夜宴崔十三評事韋少府侄三首」省稱，句出其一。

第一百五十七

江漢故人少《贈韋贊善》〔一〕，東西消息稀《憶弟》〔二〕。異花開絶域《遊何將軍山林》〔三〕，野風吹征衣《別贊上人》。

【校記】

〔一〕贈韋贊善　原作「贈弟贊善」，據杜集和四庫本改。杜集題爲「贈韋贊善別」。

〔二〕憶弟　杜集題爲「憶弟二首」，句出其二。

〔三〕開絶域　一作「來絶域」。「遊何將軍山林」，全稱爲「陪鄭廣文遊何將軍山林十首」，句出其三。

第一百五十八

老夫悲暮年〔一〕《聽楊氏歌》，天涯故人少《送韋班》〔二〕。每望東南雲《遣興》〔三〕，決眥入歸鳥〔四〕《望嶽》。

【校記】

〔一〕悲暮年　原作「悲華年」，誤。據杜集和四庫本改。

〔二〕送韋班　原作「送弟」，誤。據杜集改。標題全稱「涪江泛舟送韋班歸京得山字」。

〔三〕遣興　杜集題爲「遣興五首」，句出其五。

〔四〕入歸鳥　原作「入飛島」，誤。據杜集和鄢本、四庫本、文柱本改。

第一百五十九

人生無家別《無家別》，親故傷老醜《述懷》。剪紙招我魂《彭衙行》，何時一樽酒《憶李白》〔一〕？

【校記】

〔一〕憶李白　杜集題爲「春日憶李白」。

第一百六十

春水滿南國《遣遇》〔一〕，滲淡故園煙《陳拾遺》〔二〕。三年門巷空《遣興》〔三〕，永爲鄰里憐《草堂》〔四〕。

【校記】

〔一〕遣遇　原作「遣寓」，誤。據杜集和四庫本、文柱本、别集本、民國本改。

〔二〕陳拾遺　杜集題爲「陳拾遺故宅」。

〔三〕遣興　杜集題爲「遣興三首」，句出其一。

〔四〕草堂　原作「草」，誤。據杜集補，全稱爲「寄題江外草堂」。

第一百六十一

迢迢萬里餘《前出塞》〔一〕，絶域誰慰懷《贈李十五丈》〔二〕？我圃日蒼翠《雨》，回首望兩崖《柴門》。

【校記】

〔一〕前出塞　杜集題爲「前出塞九首」，句出其五。

〔二〕李十五丈　原作「李五丈」，誤。據杜集和四庫本補。標題全稱「贈李十五丈別」。

第一百六十二

春日涱雲岑《過津口》，故園當北斗《月》〔一〕。窈窕桃李花《喜晴》，紛披爲誰秀《九日》〔二〕？

【校記】

〔一〕月　原作「刀」，誤。據韓本、元諭本、張本、四庫本改。文瑚本作「日」。杜集題爲「月三首」，句出其一。

〔二〕九日　杜集題爲「九日寄岑參」。

第一百六十三

自一百六十三至一百九十一，共二十九首，雜然寫其本心。

陶潛避俗翁《遣興》〔一〕，龐公竟獨往《雨》。明明君臣契《牽牛織女》，牢落吾安放《鄭公虔》〔二〕。

【校記】

〔一〕遣興　杜集題爲「遣興五首」，句出其三。

〔二〕鄭公虔　爲「八哀詩・故著作郎貶台州司户滎陽鄭公虔」省稱。

第一百六十四

吴楚東南坼《登岳陽樓》，風雲地一隅《地隅》〔一〕。蹉跎暮容色《重遊何氏》〔二〕，不敢恨危途《北風》。

【校記】

〔一〕地隅　原作「地隔」，據杜集和四庫本、文柱本、民國本改。

〔二〕重遊　原作「重過」，據杜集改。標題全稱「重遊何氏五首」，句出其五。

第一百六十五

風煙渺吴蜀《柴門》，雲帆轉遼海《後出塞》〔一〕。喪亂紛嗷嗷《遣遇》〔二〕，尚愧微軀在《與嚴二奉禮别》〔三〕。

【校記】

〔一〕後出塞　杜集題爲「後出塞五首」，句出其四。

〔二〕遺遇　原作「遺寓」，誤。據杜集和四庫本、民國本改。

〔三〕與嚴二奉禮別　杜集題爲「與嚴二郎奉禮別」。

第一百六十六

驚風翻河漢《有懷》〔一〕，鶉首麗泥塗《將適江陵》〔二〕。吾衰將焉托《遣懷》？愁絶付摧枯《北風》〔三〕。

【校記】

〔一〕有懷　杜集題爲「有懷二首」，句出其二。

〔二〕將適江陵　全稱爲「大曆三年春白帝城放船出瞿唐峽久居夔府將適江陵漂泊有詩凡四十韻」。

〔三〕北風　原作「北征」，誤。據杜集和文珊本、四庫本改。

第一百六十七

陰風千里來《吴侍御江上宅》〔一〕，驚浪滿吴楚《雨》〔二〕。世事兩茫茫《贈衛八處士〔三〕》，飄泊欲誰訴《雨》〔四〕？

【校記】

〔一〕吴侍御江上宅　爲「兩當縣吴侍御江上宅」省稱。

〔二〕雨　杜集題爲《雨二首》，句出其一。

〔三〕衛八處士　原作「衛處士」，據杜集和四庫本增。

〔四〕雨　原作「又雨」，據杜集删「又」字。

第一百六十八

平生方寸心《舟中苦熱》〔一〕，誓開玄冥北《後出塞》〔二〕。歲暮日月疾《寫懷》〔三〕，我嘆黑頭白《酬薛判官》〔四〕。

【校記】

〔一〕舟中苦熱　爲「舟中苦熱遣懷奉呈陽中丞通簡臺省諸公」省稱。

〔二〕後出塞　杜集題爲「後出塞五首」，句出其三。

〔三〕寫懷　杜集題爲「寫懷二首」，句出其二。

〔四〕酬薛判官　爲「奉酬薛十二丈判官見贈」省稱。

第一百六十九

今君抱何恨《贈别》〔一〕？我無匡復姿《送樊侍御》〔二〕。含笑看吴鈎《後出塞》〔三〕，回首蛟龍池《詠懷》〔四〕。

【校記】

〔一〕今君　原作「今吾」，誤。據杜集改。四庫本作「吾今」。《贈别》，杜集題爲《贈别賀蘭銛》。

〔二〕我無　原作「恨無」，誤。據杜集改。樊侍御，原作「樊侍郎」，據杜集和文珊本、四庫本改。標題全稱《送樊二十三侍御赴漢中判官》。

〔三〕後出塞　杜集題爲「後出塞五首」，句出其一。

〔四〕詠懷　杜集題爲「詠懷二首」，句出其一。

第一百七十

天長眺東南《鄭公虔》〔一〕，哀謝增酸辛《汝陽王璡》〔二〕。丈夫誓許國《前出塞》〔三〕，直筆在史臣《李公光弼》〔四〕。

【校記】

〔一〕鄭公虔　爲「八哀詩·故著作郎貶台州司户滎陽鄭公虔」省稱。

〔二〕增酸辛　原作「多酸辛」，誤。據杜集改。「汝陽王璡」，爲「八哀詩・贈太子太師汝陽郡王璡」省稱。

〔三〕前出塞　杜集題爲「前出塞九首」，句出其三。

〔四〕李公光弼　爲「八哀詩・故司徒李公光弼」省稱。

第一百七十一

天衢陰崢嶸《赴奉先縣》〔一〕，歲寒心匪他《送敬使君》〔二〕。平生獨往願《立秋後題》，零落首陽阿《過宋之問舊莊》〔三〕。

【校記】

〔一〕赴奉先縣　爲「自京赴奉先縣詠懷五百字」省稱。

〔二〕送敬使君　原作「送嚴使君」，據杜集改。標題全稱「湖南送敬十使君適廣陵」。

〔三〕過宋之問舊莊　杜集題爲「過宋員外之問舊莊」。

第一百七十二

濟時肯殺身《寄唐使君》〔一〕，慘淡苦士志《送從弟亞》〔二〕。百年能幾何《送唐誡》〔三〕？終古立忠義《陳拾遺故宅》。

【校記】

〔一〕寄唐使君　爲「敬寄族弟唐十八使君」省稱。

〔二〕送從弟亞　原作「送李大夫」，誤。據杜集改。四庫本作「送樊侍御」，爲「送從弟亞赴河西判官」省稱。

〔三〕送唐誠　原作「別唐誠」，誤。據杜集和四庫本改，爲「送唐十五誠因寄禮部賈侍郎」省稱。張本作「別唐峨」。

第一百七十三

絶域三冬暮《送十七舅》〔一〕，垂老見飄零《送李大夫》〔二〕。直氣〔三〕森噴薄《過郭代公故宅》，意鍾老柏青《送程録事還鄉》〔四〕。

【校記】

〔一〕送十七舅　爲「奉送十七舅下邵桂」省稱。

〔二〕送李大夫　爲「衡州送李大夫七丈勉赴廣州」省稱。

〔三〕直氣　原作「林氣」，誤。據杜集改。

〔四〕送程録事還鄉　杜集題爲「送率府程録事還鄉」。

第一百七十四

仰看八尺軀《別張建封》〔一〕，不要懸黃金《蘇公源明》〔二〕。青青歲寒後《枯椶》〔三〕，乃知君子心《張九齡》〔四〕。

【校記】

〔一〕別張建封　杜集題爲「別張十三建封」。

〔二〕蘇公源明　爲「八哀詩·故秘書少監武功蘇公源明」省稱。

〔三〕歲寒後　原作「歲寒柏」，誤。據杜集和四庫本、文柱本改。「枯椶」，原作「枯拔」，據杜集和四庫本、文柱本、景室本、別集本改。

〔四〕張九齡　爲「八哀詩·故右僕射相國張公九齡」省稱。

第一百七十五

小人困馳驟《九日》〔一〕，後生血氣豪《遣懷》〔二〕。世事因堪論《園官送菜》〔三〕，我何隨汝曹〔四〕《飛仙閣》？

【校記】

〔一〕九日　杜集題爲「九日寄岑參」。

〔二〕遺懷　杜集題爲「上水遺懷」。

〔三〕因堪論　原作「固堪論」，據杜集改。送菜，原作「送芙」，據杜集和四庫本、文柱本、別集本、民國本改。有煥本作「送美」。

〔四〕汝曹　原作「爾曹」，據杜集改。

第一百七十六

天池日蛙黽《張九齡》〔一〕，勞生共幾何《錢嘉州崔都督》〔二〕？聊欲從此逝《送樊侍御》，人少豺虎多《送唐誠》〔三〕。

【校記】

〔一〕天池日蛙黽　原作「天地日蛙蠅」，據杜集和四庫本、民國本改。「張九齡」，爲「八哀詩·故右僕射相國張公九齡」省稱。

〔二〕共幾何　原作「苦奈何」，據杜集改。崔都督，原作「程都督」，據杜集改。標題全稱「陪章留後惠義寺餞嘉州崔都督赴州」。

〔三〕送唐誠　原作「別唐誠」，據杜集和四庫本改，全稱爲「送唐十五誠因寄禮部賈侍郎」。張本作「別唐峨」。

第一百七十七

男兒生世間《後出塞》〔一〕，居然成濩落《赴奉先縣》〔二〕。鸞鳳有鎩翮《寄唐使君》〔三〕，虹蜺就掌握《揚旗》。

【校記】

〔一〕後出塞　杜集題爲「後出塞五首」，句出其一。

〔二〕赴奉先縣　爲「自京赴奉先縣詠懷五百字」省稱。

〔三〕寄唐使君　爲「敬寄族弟唐十八使君」省稱。

第一百七十八

鸞鳳不相待《暇日小園》〔一〕，白魚困密網《過津口》。但訝鹿皮翁《遣興》〔二〕，冥冥任所往《薛少保》〔三〕。

【校記】

〔一〕暇日小園　爲「暇日小園散病將種秋菜督勤耕牛兼書觸目」省稱。

〔二〕遣興　杜集題爲「遣興三首」，句出其三。

〔三〕薛少保　原作「蘇少保」，誤。據杜集和四庫本改，全稱爲「通泉縣署屋壁後薛少保畫鶴」。

第一百七十九

威鳳高其翔《尋崔戢》〔一〕，老鶴萬里心《遣興》〔二〕。脱略誰能馴《薛少保》〔三〕？兀兀遂至今《赴奉先縣》〔四〕。

【校記】

〔一〕尋崔戢　爲「晦日尋崔戢李封」省稱。

〔二〕遣興　杜集題爲「遣興五首」，句出其一。

〔三〕薛少保　爲「通泉縣署屋壁後薛少保畫鶴」省稱。

〔四〕赴奉先縣　爲「自京赴奉先縣詠懷五百字」省稱。

第一百八十

天寒霜雪繁《赤谷》，蕭蕭北風勁《羌村》〔一〕。高鳥黄雲暮《送殷參軍》〔二〕，斗上捩孤影《義鶻》〔三〕。

【校記】

〔一〕羌村　杜集題爲「羌村三首」，句出其二。

〔二〕送殷參軍　爲「晚秋長沙蔡五侍御飲筵送殷六參軍歸澧州覲省」省稱。

〔三〕義鶻　杜集題爲「義鶻行」。

第一百八十一

乾坤沸嗷嗷《送王砯》〔一〕，名繫朱鳥影《張九齡》〔二〕。寥落寸心違《送何侍御》〔三〕，斯文亦吾病《早發》。

【校記】

〔一〕送王砅　爲「送重表侄王砅評事使南海」省稱。

〔二〕張九齡　爲「八哀詩·故右僕射相國張公九齡」省稱。

〔三〕送何侍御　杜集題爲「送何侍御歸朝」。

第一百八十二

儒冠多誤身《贈韋左丞》〔一〕，識子用心苦《阮隱居》〔二〕。斯文憂患餘《宿鑿石浦》，鬱鬱流年度《雨》。

【校記】

〔一〕韋左丞　原作「韋右丞」，誤。據杜集改。標題全稱「奉贈韋左丞丈二十二韻」。

〔二〕識子　原作「識字」，誤。據杜集和四庫本改。「阮隱居」，杜集題爲「貽阮隱居」。

第一百八十三

名賢慎出處《自施州歸》〔一〕，志士懷感傷《贈李四丈》〔二〕。猶殘數行淚《登牛頭山》〔三〕，引古惜興亡《壯遊》。

【校記】

〔一〕自施州歸　爲「鄭典設自施州歸」省稱。

〔二〕贈李四丈　杜集題爲「奉贈射洪李四丈」。

〔三〕登牛頭山　有焕本、民國本作「登牛首山」，杜集題爲《登牛頭山亭子》。

第一百八十四

讀書破萬卷《贈韋左丞》〔一〕，許身一何愚《赴奉先縣》〔二〕！赤驥頓長纓《述古》〔三〕，健兒勝腐儒《草堂》。

【校記】

〔一〕韋左丞　原作「韋右丞」，誤。據杜集和文瑚本、四庫本改。標題全稱「奉贈韋左丞丈二十二韻」。

〔二〕一何愚　原作「亦何愚」，誤。據杜集改。「赴奉先縣」爲「自京赴奉先縣詠懷五百字」省稱。

〔三〕述古　杜集題爲「述古三首」，句出其一。

第一百八十五

蕭條四海内《送唐誡》〔一〕，慷慨有餘悲《水檻》。路逢相識人《前出塞》〔二〕，開懷無愧辭《大雲寺》〔三〕。

【校記】

〔一〕送唐誠　全稱爲「送唐十五誠因寄禮部賈侍郎」。張本作「別唐峨」。

〔二〕前出塞　杜集題爲「前出塞九首」，句出其四。

〔三〕大雲寺　原作「詠懷」，據杜集改。標題全稱「大雲寺贊公房四首」，句出其一。

第一百八十六

高歌激宇宙《衡山縣學》〔一〕，歲晚寸心違《贈韋贊善》〔二〕。忠貞負寃恨《李公邕》〔三〕，奸雄多是非《詠懷》〔四〕。

【校記】

〔一〕衡山縣學　爲「題衡山縣文宣王廟新學堂呈陸宰」省稱。

〔二〕贈韋贊善　杜集題爲「贈韋贊善別」。

〔三〕李公邕　爲「八哀詩·贈秘書監江夏李公邕」省稱。

〔四〕詠懷　杜集題爲「詠懷二首」，句出其一。

第一百八十七

丈夫四方志《前出塞》〔一〕，喪亂飽經過《寓目》。清心聽鳴鏑《聽許十一誦詩》〔二〕，衰老强高歌《送唐誠》〔三〕。

【校記】

〔一〕前出塞　杜集題爲「前出塞九首」，句出其九。

〔二〕許十一　原作「許十」，誤。據杜集和四庫本補。標題全稱「夜聽許十一（一作『許十損』）誦詩愛而有作」。

〔三〕送唐誠　原作「别唐誠」，據杜集和四庫本改，爲「送唐十五誠因寄禮部賈侍郎」省稱。

第一百八十八

茫然阮籍途《早發射洪》〔一〕，益嘆身世拙《北征》。零落蛟龍匣《李公光弼》〔二〕，開視化爲血《客從》。

【校記】

〔一〕早發射洪　爲「早發射洪縣南途中作」省稱。

〔二〕李公光弼　爲「八哀詩·故司徒李公光弼」省稱。

第一百八十九

天地有順逆《崔少府》〔一〕，惘然難久留《發秦州》。當歌欲一放《尋崔戢》〔二〕，河漢聲西流《登慈恩塔》〔三〕。

【校記】

〔一〕順逆　原作「逆順」，據杜集改。「崔少府」，爲「白水崔少府十九翁高齋三十韻」省稱。

〔二〕尋崔戢　爲「晦日尋崔戢李封」省稱。

〔三〕登慈恩塔　杜集題爲「同諸公登慈恩寺塔」。

第一百九十

萬古一死生《詠懷》〔一〕，誰是長年者《玉華宫》？我何良嘆嗟《鹽井》，短褐即長夜《遣興》〔二〕。

【校記】

〔一〕詠懷　杜集題爲「詠懷二首」，句出其二。

〔二〕遣興　杜集題爲「遣興五首」，句出其五。

第一百九十一

高官何足論《佳人》，寂寞身後事《夢李白》〔一〕。物理固自然《鹽井》，願聞第一義《謁文公上方》。

【校記】

〔一〕夢李白　杜集題爲「夢李白二首」，句出其二。

嘆世道第一百九十二

自一百九十二起至二百，泛然爲世道感嘆。

古來遭喪亂《西閣曝日〔一〕》，丈夫多英雄《牽牛織女》。悠悠委薄俗《入衡州》，豈非吾道東《贈蘇四》〔二〕？

【校記】

〔一〕曝日　原作「滕日」，誤。據杜集和四庫本、文柱本、景室本、民國本改，《文苑英華》作「曝背」。

〔二〕贈蘇四　杜集題爲「贈蘇四徯」。

第一百九十三

蝮蛇暮偃蹇《簡崔評事》〔一〕，猛虎憑其威《遣興》〔二〕。真宰意茫茫《遣興》〔三〕，六合人煙稀《北風》。

【校記】

〔一〕簡崔評事　爲「毒熱寄簡崔評事十六弟」省稱。

〔二〕遣興　杜集題爲「遣興五首」，句出其四。

〔三〕遣興　杜集題爲「遣興二首」，句出其一。

第一百九十四

黎民困逆節《登瀼上堂》〔一〕，殘孽駐艱虞《過南嶽》〔二〕。孰云網恢恢《夢李白》〔三〕？自及梟獍徒《草堂》。

【校記】

〔一〕瀼上堂　原作「襄上堂」，據杜集和韓本、四庫本、文柱本、景室本改。標題全稱「晚登瀼上堂」。

〔二〕過南嶽　爲「過南嶽入洞庭湖」省稱。

〔三〕夢李白　杜集題爲「夢李白二首」，句出其二。

第一百九十五

眼中萬少年《別張建封》〔一〕，得志行所爲《詠懷》〔二〕。白馬蹴微雪《遣興》〔三〕，追隨燕薊兒《王公思禮》〔四〕。

【校記】

〔一〕別張建封　爲「別張十三建封」省稱。

〔二〕詠懷　杜集題爲「詠懷二首」，句出其一。

〔三〕遣興　杜集題爲「遣興五首」，句出其二。

〔四〕王公思禮　爲「八哀詩・贈司空王公思禮」省稱。

第一百九十六

客從何鄉來《病柏》？挾矢射漢月《留花門》。殺身傍權要《三韻》〔一〕，門戶有旌節《遣興》〔二〕。

【校記】

〔一〕三韻　原作「三歌」，據杜集改。標題全稱「三韻三首」，句出其三。

〔二〕遣興　杜集題爲「遣興五首」，句出其二。

第一百九十七

關河霜雪清《送遠》，故人亦流落《送裴五赴東川》〔一〕。夷歌奉玉盤《楊六判官》〔二〕，悲君隨燕雀《贈何邕》〔三〕。

【校記】

〔一〕送裴五赴東川　原作「送裴五赴」，據杜集和文柱本、别集本補。

〔二〕奉玉盤　一作「捧玉盤」。「楊六判官」，爲「送楊六判官使西蕃」省稱。

〔三〕贈何邕　杜集題爲「贈别何邕」。

第一百九十八

漁陽豪俠地《後出塞》〔一〕，北里富熏天《遣興》〔二〕。快馬金纏轡《送從弟亞》〔三〕，但遇新少年《遣懷》〔四〕。

【校記】

〔一〕後出塞　杜集題爲「後出塞五首」，句出其四。

〔二〕熏天　一作「薰天」。「遣興」，杜集題爲「遣興五首」，句出其一。

〔三〕送從弟亞　爲「送從弟亞赴河西判官」省稱。

〔四〕遺懷　杜集題爲「上水遺懷」。

第一百九十九

南北逃世難《逃難》，始聞蕃漢殊《草堂》。天下今一家《鹿頭山》〔一〕，中原有驅除《留花門》。

【校記】

〔一〕鹿頭山　原作「鹿須山」，據杜集和文瑚本、四庫本、文柱本、景室本改。

第二百

茫茫天地〔一〕間《宿花石戍》，高岸尚爲谷《水檻》。百川日東流《別贊上人》，勢閲人代速《三川觀水漲》〔二〕。

【校記】

〔一〕天地　原作「天造」，誤。據杜集改。四庫本作「大造」。

〔二〕三川觀水漲　原作「觀山川水漲」，據杜集和別集本改。標題全稱「三川觀水漲二十韻」。

卷十七

宋少保右丞相兼樞密使信國公文山先生紀年録

正文乃公獄中手書，附歸全文集。註，雜取宋禮部侍郎鄧光薦中甫所撰《丞相傳》《附傳》《海上録》，宋太史氏管發《國實》，至元間經進《甲戌、乙亥、丙子、丁丑四年野史》，平慶安刊行《伯顔丞相平宋録》，參之公所著《指南前後録》《集杜句詩》前後卷，旁采先友遺老話舊事蹟，列疏各年之下。

丙申，宋理宗端平三年

予以五月二日子時生。大父夢予騰紫雲而上，命名雲孫。既長，朋友字曰天祥。後以字貢於鄉，字之者改曰履善。理宗覽對策，見其名，曰：「此天之祥，乃宋之瑞也。」朋友遂又字之曰宋瑞，而通稱之。

廬陵文氏來自成都，公六世祖炳然居永和鎮，五世祖正中徙富田。曾祖〔一〕安世，贈太保、邢國公。大父時用，贈太傅、永國公。父儀，字士表，人稱爲革齋先生，贈太師、惠國公。母曾氏，齊魏國夫人。

【校記】

〔一〕曾祖　文柱本前有「高祖利民」四字。

丁酉，宋理宗嘉熙元年

庚子，嘉熙四年

辛丑，宋理宗淳祐元年

壬子，淳祐十二年

癸丑，宋理宗寶祐元年

甲寅，寶祐二年

是歲公夢召至帝所，帝震怒，責其不孝。公哀訴以臣實孝，帝曰：「人言卿不孝，卿言卿孝。」賜以金錢四遣去。公出門，而震雷欲擊之，自嘆曰：「幸免不孝之罪，而又不免雷擊。」驚覺，汗如雨。後一舉登第而有父喪，但未解四金錢爲何義。

乙卯，寶祐三年

是歲大比，以字舉郡貢士，弟璧同舉。冬，俱赴省，侍父革齋先生行。予既以字爲名，字之者改曰履善。

提舉知郡李迪舉送。

革齋先生與弟書曰：「道由玉山，遇異僧指長男曰：『此郎必爲一代之偉人，然非一家之福也。』」

丙辰，寶祐四年

二月朔，禮部開榜，中正奏名，弟璧同登。及大庭試策，有司置予第五。理宗皇帝覽予對，親擢爲第一。臨軒唱名，蓋五月二十四日也。時革齋先生卧病客邸，予自期集所請朝假侍湯藥。二十八日，革齋先生棄世。天府治喪，榜下，士資送，道路費粗給。兄弟即日扶護還里，以君子不家於喪，沿途饋送並不受。

丁巳，寶祐五年

九月，葬革齋先生。

戊午，寶祐六年

八月〔一〕，從吉。時丞相丁大全用事，或勸通書者，予曰：「仕如是其汲汲耶？」郡侯欲爲言於朝除初官，力辭謝得止。

【校記】

〔一〕八月　有煥本、文柱本作「二月」。

己未，宋理宗開慶元年

五月，臨軒策士，旨差簽書寧海軍節度判官廳公事。朝廷檢會照格，授承事郎。予聞命辭免，乞行進士門謝禮。旨令朝謝訖之任。

九月，入京，時江上有變，吴丞相潛再相。初入都，知董宋臣主遷幸議，京師洶洶。予門謝訖，即上疏乞斬董宋臣，以一人心，以安社稷。建明仿方鎮建守、就團結抽兵、破資格用人數事。書奏，不報。還里。

舊例：三魁唱名罷，賜袍笏，謝恩；入幕，賜御饌，進謝恩詩；出賜席帽，於闕門上馬，迎入期集所，又名狀元局；官給錢物供張皂隸等，於此聚同年，待賓客，刊題名小録，賜聞喜宴，進謝宴詩，如此者一月。然後率榜下士詣闕謝恩，謂之門謝。門謝後授初階，内狀元授承事郎、簽書某軍節度判官廳公事。至後一科放進士榜，則前一科狀元召入爲秘書省正字，名曰對花召。

庚申，宋理宗景定元年

二月，差簽書鎮南軍節度判官廳公事，辭免。乞祠禄，旨差主管建昌軍仙都觀。

辛酉，景定二年

十月，除秘書省正字。時賈丞相似道當國年餘，頗訝不通名。及除入館，得予書舉張師德兩及吾門故事，始重嘉嘆。

誥詞曰：「倫魁〔一〕登瀛，故事也。然始進大率以虚名，既久乃知其實踐，爾則異於是。初以遠士奉董生之對，繼以皁官上梅福之書。天下誦其言，高其風，知爾素志不在温飽。麟臺之召，其來何遲！語有云：『居大名難。』又云：『保晚節難。』爾其厚養而審發之，使輿論翕然，曰朕所親擢敢言之士。可。」劉克莊行。

【校記】

〔一〕倫魁　別集本作「掄魁」。

壬戌，景定三年

四月，供正字職，尋兼景獻府教授。

五月，充〔一〕殿試考官，進校書郎。

誥詞曰：「新進士唱第，前舉首必召，故事也。爾以陟岵之故，稽登瀛之擢。一旦來歸，如麟獲泰時，鳳集阿閣。甫繙黄本，俄映青藜。在他人爲速，在爾爲晚矣。人之不可及者年也，不磨者名也，至哉天下樂者書也。朕將老汝之才而極其用焉耳〔二〕。」

【校記】

〔一〕充　原作「克」，誤。據韓本、鄢本、元諭本、張本、四庫本、文柱本改。

〔二〕焉耳　有焕本、文柱本、別集本脱「耳」。

癸亥，景定四年

正月，除著作佐郎。

二月，兼權刑部郎官。刑部事最繁重，居官者率受成於吏，號清流者尤所不屑。爲之〔一〕鈎考裁决，晝夜精力不倦，吏不能欺，懾服焉。

八月，以董宋臣覆出爲都知，上疏論其惡，不報。束擔將出關，丞相遣人謂公不可，差知瑞州。

十一月赴郡，十二月迎親就養。郡兵火後，瘡痍乍復，予撫以寬惠，鎮以廉靜。郡兵素驕，取其桀黠置之法，張布綱紀，上下肅然。於交承外，積緡錢萬，創便民庫。去之日，填兵出前窠名，爲楮百萬有奇。遺愛在民，久益不忘。

【校記】

〔一〕爲之　有焕本、文柱本、别集本作「爲予」。

甲子，景定五年

十月，召赴行在，尋除禮部郎官。

十一月，除江西提刑，辭免，不允。

乙丑，宋度宗咸淳元年

二月，就瑞州交割提刑職事。時大赦後，推廣德意，全宥居多。惟平寇扶椿，稍振風采。

四月，行部至吉州太和縣。伯祖母梁夫人殁，予父所生母也。申解官承心制。間臺臣黄萬石以不職論罷。

是歲闕文山。

臨江城中金地坊銀匠陳，見負闕會過於市者，嘆曰：「我等困苦，止欠此駄耳。」翼早，盗殺負闕會人慧力寺後山中，捕司迹盗急，市荷擔行鬻糉餌者以所聞陳語告，捕司鞠陳箠楚，誣服。將受刑，辭其母曰：「爲子不能終養，必宿冤債，無可説者。望吾母焚紙錢於吾死處，告土神乞指引我到盗殺人處。又焚紙錢於盗殺人處，告土神乞指引我到殺人正賊之家。」母如其言，後月餘，母夢子告曰：「謝母。已得正賊，乃府衙後李某家。所得闕會具在暗閣上竹籠内，於吾死後，止用訖闕會買牲酒賽謝神福，内覆紙單，籠上用草爲遮蓋，塵灰積滿。一二日，文提刑到，請母爲陳訴。」越數日，公到，陳母乞屏左右，持素紙以所夢訴。公即命有司同陳母詣李閣〔一〕，悉如夢。遂以李償負闕會人死，推司及元捕人償陳死，官贍養陳母終身。此趙君厚言也。

【校記】

〔一〕李閣　原作「卒閣」，誤。據韓本、鄢本、元諭本、張本、四庫本、文柱本改。

丙寅，咸淳二年

丙寅戊戌庚戌丙子，長男道生生。

丁卯，咸淳三年

丁卯壬寅甲午丙寅，次男佛生生。

二月，女柳生。

三月，女環生。

九月，除尚左郎官，辭免，不允。

十二月，赴闕供職。

誥詞曰：「蘇軾有云：『仁宗皇帝在位最久，得人最盛，進士高科，類至顯位。』我理宗享國，庶幾仁祖；取士之數，卻又夥焉。當時褎然之選，今其存者，無不登進。獨爾以陳情之表，讀禮之文，淹恤在外，尚遲嚮用。夫風之積不厚，則其負大翼無力。若爾之植立不凡，非特以高科也。而又益培厥栽，則其滋長也孰禦？尚左高於郎位，其以是起家，方天之休，敬之哉。可。」馮夢得行。

戊辰，咸淳四年

正月，兼學士院權直，兼國史院編修官、實録院檢討官。是月，臺臣黄鏞奏免所居官。

冬至，除福建提刑，臺臣陳懋欽奏寢新命。

己巳，咸淳五年

四月，差知寧國府，辭免，不允。

十一月，領府事。府極彫弊，始至，爬梳條理，曠然無事。寧國爲郡，居上流斗絶，税務無所取辦，則椎剥爲民害，予奏罷之。别取郡計以補課額，百姓歡舞。去後，爭醵錢立祠。

先是乙卯春，公家趨城三十里，曰冷水坑。旅店胡翁夜夢門外巨石，有龍蜕爪其上。夢甚著，覺而異之。昧爽即擁帚掃除石，驗所夢。已而公至，則坐於石更屨。翁言早寒，願飯而去，詞意甚勤。公問故，以夢告，且曰：「他日必富貴，願垂憐我家。」公諾焉。由是公家人往還經從，必飯其家。歲時翁嫗至公家，必優贈與。至是公載家寧國弭任歸，午飯胡店，胡以宿諾請，公笑曰：「諸擔中任擔取其一。」胡屢謝不敢，則擇取一擔以告。公令衆啓擇〔一〕視之，則扇也。公曰：「此遠方土宜，爲鄉里親友饋者，汝無用焉。」命衆估時值，以其直與之。蓋胡以公五馬貴，如他人皆輜重充溢，不知公行橐固枵然，是以任其自擇無嫌也。公之子孫過之，胡之子孫仍奔走迎送不倦，公家亦時優恤之。一夢之吉，乃纏綿受實惠，異哉！此胡老之言也。

【校記】

〔一〕擇　元諭本作「擔」。

庚午，咸淳六年

正月朔，除軍器監，兼右司，辭免，不允。

四月，供監職，免兼右司，尋兼崇政殿説書，兼學士院權直，兼玉牒所檢討官。會平章賈似道託疾歸紹興，乞致仕，旨令學士院降詔不允。賈有要君之志，予當制，裁之以正義。時内制相承皆呈稿當國，改竄惟命，重失王言之體。予直道而行，遂忤賈意。

七月，除秘書少監，兼職依舊，臺臣張志立奏免所居官。

辛未，咸淳七年

冬至，除湖南運判，臺臣陳堅表寢新命。

是年起宅文山，山在廬陵南百里，居予家上游。兩山夾一溪，溪中石林立，水曲折其間，從高注下，姿態橫出。山下石尤奇怪，跨溪綿谷，低昂卧立，各有天趣。山上下流泉四出，隨意灌注，無所不之。其高處面勢數百里，俯視萬壑，雲煙芊綿，真廣大之觀也。其南曰南涯，可五里，主人日領客其間，窮幽極勝，樂而忘疲。其北曰北涯，以南長潭爲止，清遠深絶，蓋以時至焉。宅基在南涯，其地平曠，長可百丈餘，深可三十丈。溪水至其前，泓渟演迤，山勢盤礴，如拱如趨，蓋融結非偶然者。宅當其會，青山屋上，流水屋下，誠隱者之居也。予於山水之外，别無嗜好。衣服飲食，但取粗適，不求鮮美。於財利至輕，每有所入，隨至隨散，不令有餘。常嘆世人乍有權望，即外興獄訟，務爲兼并。登第之日，自矢之天，以爲至戒。故平生無官府之交，無鄉鄰之怨。閑居獨坐，意常超然。雖凝塵滿室，若無所睹，其天性淡如也。於宦情亦然，自以爲起身白屋，解逅早達，欲俟四十三歲，即請老致仕，如錢若水故事。使國家無虞，明良在上，退爲潛夫，自求其志，不知老之將至矣。時之不淑，命也何尤？山中新宅，後聞江上有變，即罷匠事，惟廳堂僅成。

癸酉，咸淳九年

正月，除湖南提刑，辭免，不允。

三月，領事。疏決滯淹，一路無留獄。連平巨寇，道路肅清。冬，乞便郡侍親，差知贛州。

是年夏，見古心先生江公萬里於長沙。公從容語及國事，慨然曰：「吾老矣！觀天時人事當有變。吾閲人多矣，世道之責，其在君乎！」居一年而難作，公家番陽〔一〕，城陷，義不辱，自沉而死。予灑血攘袂，顛沛驅馳，卒以孤軍陷沒，無益於天下。追念公言，輒爲流涕。

【校記】

〔一〕番陽　韓本、鄒本、元諭本、張本作「番昜」。

甲戌，咸淳十年

三月，赴贛州。平易近民，與民相安無事。十縣素服威信，人自相戒，無有出甲，廣人以按堵，故具官設位，家置香火以報恩。

六月，慶祖母劉夫人年八十七，郡民自七十以上，與錢酒米帛有差。有婦人百三歲者。

十一月二十一日，哀痛詔：「敕門下：先帝傾崩，嗣君沖幼。吾至衰耄，勉御簾帷。曾日月之幾何，凜〔一〕淵冰之是懼。憤茲醜虜，闖我長江。乘隙抵巇，誘逆犯順。古未有純是夷虜之世，今何至泯然天地之經。慨國步之阽危，皆吾德之淺薄。天心仁愛，示以星文而不悟；地道變盈，警以水患而不思。田里有愁嘆之聲，而莫之省憂；介冑有飢寒之色，而莫之撫慰。非不受言也，而玩爲文具；非不恤下也，而壅於上聞。靖言〔二〕思之，出涕滂若。三百餘年之德澤，入人也深；百千萬姓之生靈，祈天之祐。亟下哀痛之詔，庶回危急之機。尚賴文經武緯之臣，食君之禄，不避其難；忠肝義膽之士，敵王所愾，以獻其功。有國而後有家，胥保而相胥告。體上天福華之意，起諸路勤王之師。勉策勳名，不吝爵賞。故茲詔諭，想宜知悉。」

【校記】

〔一〕凜　文柱本作「懍」。

〔二〕靖言　四庫本、文柱本作「静言」。

乙亥，宋幼主德祐元年

正月朔日，得報虜渡江，尋詔下召諸路勤王。奉詔起兵。

二月，除右文殿修撰、樞密副都承旨〔一〕、江西安撫副使、兼知贛州，尋兼江西提刑，進集英殿修撰、江西安撫使。

四月，領兵下吉州，除權兵部侍郎，職任依舊。
五月，丁祖母劉夫人憂，解官承重。
六月，葬劉夫人。起復命下。
七月七日，大軍發吉州。至衢州，除權兵部尚書，職任依舊。
八月，至闕下，駐兵西湖上。
九月，除浙西、江東制置使，兼江西安撫大使，知平江府事。陛辭，乞斬吕師孟釁鼓，不報。
十月十五日，入府，尋除端明殿學士，職任依舊。遣軍解圍常州，敗於五木。正城守間，準朝命以獨松關急，趣師入衛。辭以吴門空虚，願分兵戍守。命再下，還師。進資政殿學士、浙西江東制置大使，兼江西安撫大使，置司餘杭，守獨松關。

管史云：正月十三日，有旨：「文天祥江西提刑，照已降旨揮，疾速起發勤王義士，前赴行在。」十六日，公移檄諸路，聚兵積糧。二月，賈似道駐師魯港，復公書，勉以宗忠愍功名。二十二日，賈似道師潰。章鑒乃啓除〔二〕右文殿修撰等職。四月，用老將王輔佐爲總統，領兵下吉州。王尋卒，以廣東統制方興代之。江西副使黄萬石有舊嫌，又忌公聲望出己右，以公軍烏合兒戲無益言於朝，近臣與厚者佐之，遂有留屯隆興府之命。

太史〔三〕氏管發曰：人心天理，誰獨無之？文魁義聲一倡，而土豪蠻蜒裹糧景從，斯亦壯矣！而或者猶以猖狂議之。時士友爲之歌曰：「出師自古尚張惶，何況長江洊擾攘。聞道義旗離漕口，已驅北騎走池陽。先將十萬來迎敵，最好諸軍自裹糧。説與無知饒舌者，文魁元不是猖狂。」有旨：「文都承將所部人兵〔四〕留屯隆興，非但爲隆興守禦計，異時隨機用事，其爲效與勤王等。今據文都承申，所部之兵皆土豪忠義，銳氣方新，戰鬬可望勝捷，不可閉之城郭。詞氣甚壯，此朝廷之所樂聞。劄江西安撫副使、提刑、知贛州、殿撰文都承，且照累劄，時暫駐隆興府，續聽行下，以圖雋功。奉寶批知。」

察院孫嶸叟奏言：「江西安撫使文天祥申，準省劄，令江西副使黃萬石星馳入衛，文天祥將所部勤王義兵留隆興府事。天祥以身許國，義不辭難，上下東西，惟命奔走。伏念天祥猥起書生，豈諳兵事？昨者恭承太皇太后詔書，召天下勤王。天祥待罪一州，忠憤激發，不能坐視，移檄諸路，冀有盟主，願率兵以從。人心未易作興，世事率多沮撓，北兵日迫，血淚橫流。伏蒙公朝除天祥右文殿修撰、樞密都承旨、江西安撫使，續準除江西提刑。天祥極知該恩過當，所當辭免，痛心時危，無暇爲平時揖遜，亟憑使名，召號所部。惟是帥司無兵無將，無官無吏，無錢無米，徒手自奮，立爲司存。今已結約贛州諸豪，凡溪峒剽悍輕生之徒，悉已糾集。取四月初一日提兵下吉州，會合諸郡民丁，結爲大屯，來赴闕下。忽得留屯隆興指揮，觀聽之間，便生疑惑。緣天祥所統純是百姓，率之勤王，正以忠義感激使行，又有官資在前，爲之勸勵。此曹銳氣方新，戰鬬可望勝捷。若閉之城郭，責以守禦，日月淹久，烏合之衆，不堪安坐，必至潰逃。此勤王與留屯，較然利害之不同也。謹瀝忠忱告鈞慈，特與收回留屯隆興之命，容天祥照累〔五〕降旨揮，將所部義兵來赴闕下。」

至衢州時，以公軍抗健有紀，所過秋毫無犯，近臣大驚，遂除權工部尚書。八月十七日，內批文天祥除權工部尚書，兼都督府參贊軍事，職任依舊。十九日，奉詔入衛，墨經〔六〕從戎，仰藉朝廷威命，獎率江右、湖南、淮、廣諸項軍馬，見抵京畿。除已具狀申省〔七〕，乞判命重臣交管，放令終喪外，謹具兵籍六冊繳申〔八〕。詔敕：「三省進呈卿狀辭免工書〔九〕兼督贊事，具悉。自吾有敵難，羽檄召天下兵。惟卿首倡大義，糾合熊羆之士，誓不與虜俱生。文而有武，儒而知兵，精忠勁節貫日月，質神明，惟寵嘉之。投袂纓冠，提兵入衛，師律嚴肅，勝氣先見。宗社生靈，恃以爲安。繇少常伯進長冬卿，未足以酬賢勞。相臣督師於外，命卿參佐，庶幾集允文采石之功。夫移孝爲忠，以國爲家，古有明訓。矧急危之秋，其往求朕攸濟。理考親擢魁彥，以貽孫謀，意其在此，又何遜乎？故兹詔示，想宜知悉。」

二十六日，起復朝奉大夫、江西安撫使，辭免，不允。内批文天祥依舊工部尚書，兼督贊，除浙西、江東制置使，兼江西安撫大使，知平江府事。二十八日，敕：「三省進呈卿狀辭免權工部尚書、江東制置使、兼知平江府恩命事，具悉。朕未堪多難，疆圉孔棘，御事罔不曰艱大。天毖我成功，所惟時魁儒。秉忠倡義，獎率三軍，入衛社稷，國勢爲之增重，人心恃以爲安。精神折衝，文武是憲。若稽高廟，命臣頤浩，開制閫於江浙，宏濟中興之業，耆定救功。卿器度才猷，克邁前哲。惟長江之險要未復，畿甸之備守當嚴。命卿以大常伯兼領二使，表裏撐拓，以固吾圉，東西運掉，以清虜氛。儒帥〔一〇〕一臨，士勇百倍，用保乂我文祖受命。民兹惟豐芑貽謀之意，亟其禡牙紓服宵旰之勞。所辭宜不允。」正言曾唯奏：「吴門奥區，今爲邊地。倫魁雋至，忠孝勤王。軍中喧騰小范〔一一〕甲兵之謠，河上尚稽光世節制之命。九月初七日，勘會文尚書獎率義兵，入衛王室，忠忱義概，深可嘉尚。除已頒三路制帥之命，仍兼督府參贊、知平江府。今已日久，秋風浸致，事不可緩，合行催促，須議旨揮，旨令文天祥不候辭朝，疾速前去之任。所有一行軍兵，除已別議支犒外，其餘諸項管軍頭目人，合與優加推賞，及辟置官屬，科降錢糧，一應合行事件，並仰逐項條具開申，以憑施行。

史云：「文尚書開閫，招軍備禦。朝廷科降十八界二千萬貫，金一千兩，銀五千兩，迪功、從事、承信、崇義郎官誥各五十道，校副尉資帖各一百道，鹽萬五千袋，節次支犒錢十八界四百七十九萬七千五百貫，口券錢米十八界一百二十六萬三千九百五十貫，米二萬四千二百五十餘石，貼助軍士使用錢十八界一十萬貫，截撥錢、銀、米十八界十八萬八千三百貫，銀五千五百五十一兩，米四萬九千五百二十餘石，起發特支犒錢十八界二百萬貫，已上總計金一千兩，銀六千五百五十兩，鹽一萬五千袋，十八界二千八百三十四萬六千餘貫，官誥二百道，資帖二百道，米七萬三千七百七十餘石。」十六日，除端明殿學士。制詞曰：「敕：元戎十乘先行，式倚真儒之望；師中三命承寵，適隆方面之權。朕若稽先朝之舊章，最重承明之邃職。内以傳畿廷之彦，外亦褒帥閫之賢。王素之牧平涼，程戡之涖益部，皆膺茲選，今得其人。某官實學濟時，英猷緯國。文有武備，義概質於神明；儒知軍情，忠忱貫於霜日。傳檄召兵而志士奮，纓冠赴難而國勢張，不負素定之榮〔一二〕，允謂寡二之略。予欲復江表之疆宇，命爾攘除；予欲壯浙西之翰藩，咨爾修扞。威稜聳前茅之令，夷虜折破竹之威。惟任之專者位必崇，惟名之至者功必集。乃躋班規殿之峻，以增華帥閫之嚴。噫！邦咸喜戎有良翰，茂對陟明之渥；身雖外心在王室，趣成敵愾之勳。」二十七日，文制使辟周天驥帶告院，添差江西撫參，留司隆興府；楊仔帶行吏架，添差江西撫機；何時帶工轄，添差江西撫參，並分司吉州；文天祐帶史館檢閲，添差江東制幹，分司徽州；林棟帶禮兵架閣，添差浙西制幹，分司常州。十月，弟璧旨除直秘閣，主管崇道觀。誥詞曰：「敕具官某：惟爾哲兄，以鴻儒魁望，倡義勤王，忠於爲國，而不謀家，乃命閫制，修扞我難。爾競爽有令譽，虞侍〔一三〕陔養，叔出季處，恩義兩盡。寓直木天之峻，賦禄桐柏之祠，清且佚矣。孝友是亦爲政，往其祇若。」季弟璋特與免銓，充浙西制司内機。十一日，賜詔曰：「卿秉忠忱以濟時難，倡義旅以衛王室。經營四方如召虎，奬率三軍如武侯。爰洛常伯之英，赴〔一四〕奮制閫之寄。將士用命，遂汛掃於虜氛；精神折衝，益振揚於勝氣。有嘉體國之志，亟奏攘夷之勳。元戎啓行，周邦咸喜。載加錫賚，式示眷懷。今賜卿金二十兩注盌一副，金十五兩盤盞一副，細色二十四，纈羅二十匹，龍涎香三十餅，度金香合一具十兩，清馥香三十帖，龍茶十斤，至可領也。故茲劄示，其體吾注倚之意。」十八日，常州破。公在平江四十日，去三日而通判王矩之、環衛王邦傑以城迎降。二十三日，北兵破獨松關，留夢炎遁。

十二月，内批文天祥簽書樞密院事。十六日，隆興府劉槃以城降，制置黄萬石移閫撫州，聞北兵至而遁。都統密宥迎敵，就擒。通判施至道以城降。

【校記】

〔一〕承旨　原作「丞旨」，誤。據韓本、四庫本改。

〔二〕啓除　有焕本、文柱本作「起除」。

〔三〕太史　原作「大史」，誤。據張本、四庫本改。下同。

〔四〕人兵　文柱本作「義兵」。

〔五〕累　有焕本、文柱本作「原」。

〔六〕墨經　原作「黑經」，誤。據韓本、四庫本改。元諭本作「墨經」。

〔七〕申省　原作「中省」，誤。據韓本、鄢本、元諭本、張本、四庫本、文柱本改。

〔八〕繳申　原作「繳中」，誤。據韓本、鄢本、元諭本、張本、四庫本、文柱本改。

〔九〕工書　原作「二書」，誤。據韓本、鄢本、四庫本改。

〔一〇〕儒帥　原作「儒師」，誤。據韓本、鄢本、四庫本改。

〔一一〕小范　元諭本、張本、叢刊本作「小苑」。

〔一二〕榮　有煥本、文柱本作「猷」。

〔一三〕虞侍　文柱本、景室本作「娛侍」。

〔一四〕赴　韓本、鄒本、四庫本、文柱本作「趣」，張本作「廷」。

丙子，宋德祐二年五月，改景炎元年

正月二日，除知臨安府，辭不拜。詣門陳大計，不得見。日贊廟謨救宗社危亡。十八日，伯顔至皋亭山。是夕，宰相陳宜中遁。十九日早，除樞密使，午除右丞相兼樞密使，都督諸路軍馬。懇辭間，奉旨詣北軍講解。二十日，以資政殿舊職詣北營，見伯顔，陳大誼，詞旨慨慷，虜頗傾動，留營中不遣。明日，宰相吴堅、賈餘慶以下以國降。予責伯顔留使失信，罵吕文焕逆賊引虜陷國，並數吕師孟叔侄罪惡，求死北營。虜置兵衛守，遂不復還。其勤王兵，朝廷放散西歸。

二月八日，虜驅予隨祈請使吴堅、賈餘慶等入北。十八日，至鎮江。二十九日，予與杜滸以下十一人夜走真州。

三月初一日，入真州城。初三日，真州給出西城，門閉弗納，尋遣兵護送出境。是夕三更，抵揚州西門，不敢入。從者四人逃。初四日，伏城西荒山空屋中，虜騎萬計過屋後，幾不免。初五日，移止賈家莊，卧敗墻糞穢中。是夜趨高郵，迷失道。初六日早，遇哨，縛去一人，殺傷一人，餘幸免〔一〕。初七日，匍匐至高郵，亟下船，歷七水寨。十一日，至泰州，伏城下。二十二日，發舟，與虜騎相先後。二十四日，至通州。

閏三月十七日，遵海而南，三十日至台州境，地名城門鎮，自城門陸行。

四月八日，至温州。

五月朔，景炎皇帝於福安登極，改元，以觀文殿學士、侍讀召赴行在。是月二十六日至行都門，授通議大夫、右丞相、樞密使，都督諸路軍馬。連上章辭，改樞密使，同都督諸路軍馬。

七月四日，發行都。十三日，至南劍聚兵。

十一月，入汀州。

正月初八日乙亥，劉察院廷瑞進稱臣表。公請以福王、沂王判臨安，係民望，身爲少尹，以死衛宗廟，不許。張世傑宿重兵六和塔，公又請於世傑，京師義士可二十萬，背城借一，以戰爲守。世傑勉公歸據江西，己歸淮堧，以爲後圖。十五日壬午，在朝臣一時俱逸。十七日，伯顔至皋亭山，距臨安三十里。趙吉甫、賈餘慶獻傳國玉璽、降表。是夕，宰相陳宜中遁，世傑遁。十八日乙酉，北兵至臨安北五十里，益王、廣王乃從母家出關渡江，大將蘇劉義以兵衛，間走永嘉，公實陳此議也。十九日早，除公樞密使。時北兵已迫修門内，戰、守、遷皆不及施。搢紳大夫士萃於吴堅左丞相府，會伯顔邀當國者相見，旨令公詣北軍講解，衆謂公一行爲可以紓國難。國事至此，公不得愛身，意虜尚可以口舌動也。初，奉使往來，無留北中者，公亦欲覘之，歸而求救國之策。於是二十日詣北營，至則留營中，唆都忙古歹館伴，深悔一出之誤。從臾者有意推陷，公不覺也。二十一日，宰相吴堅、賈餘慶等以國降，且降詔副以省劄，俾各州縣歸附。左丞相吴堅等五人捧表獻土[二]北庭，號祈請使。二十四日辛卯，伯顔遣鎮撫唐兀兒、宋趙與相等先罷散文天祥所招義兵一萬餘衆，令各歸鄉里，給與文榜。公聞之，流涕不自堪。

二月初八日，驅公隨祈請使入北。公不在使列，蓋驅逐之使去耳，盡出賈餘慶計陷。先一夕，公作家書，已處置家事，擬翼日行則引決。家參政則謂公：「死傷勇，祈而不許，死未爲晚。」公亦以是隱忍，猶冀一日有以報國。先是正月十九日，客贊公使北，天台杜滸、梅壑議斷斷不可，客逐之去。後二十日，公北行，諸客皆散。梅壑憐公孤苦，慨然相從，朝旨改宣教郎，除禮兵部架閣文字。十八日，至鎮江，請十九日渡江。公自入〔三〕京城外北兵營，日夜謀脱，不得間。至是益急，謀舟夜渡。杜遂醉遊於市，銀三百兩賄老校引間道，走十里至江岸，以三人寄老校家。老校，余元慶真州故舊也，許銀千二百兩得船。公於河岸上沈頤家坐卧，從公者曰王千户，狼突相隨，不頃刻離。是夕，公以明日行，買酒辭别鄉土，因以醉〔四〕王千户諸人，伺其寢熟，啓門出。杜狎飲妓家者小卒提官燈，公變服從杜出。至人家盡處，杜以銀與小卒，紿使來日〔五〕候某所。遂至甘露寺下，李成、吕武以船至。北船連亘十數里。至七里港，有喝問歹船，賴巡船潮退閣淺，聞哨齒聲甚清厲，舟子拜且禱云：「江南田相公。」即得順風，各稽首以更生賀。二月二十三日，阿朮平章令諸祈請使手札勉李庭芝歸附，獨公不署名。阿答海左丞入宫，召宋太后、幼主即日出宫，封府庫，以全太后、幼主及福王與芮、沂王乃裕、樞密使謝堂、隆國夫人（度宗生母也）、王昭儀等行。

三月朔旦，至真州，守將苗再成迎見，語國事，感慨流涕。越日，約觀城，王都統導至城外，出制司小引，脱回人朱七三等供云：「軍前見一丞相，差往真州賺城。」制使遣提舉官來殺丞相，安撫不忍加害。張路分、徐路分來歸行橐衣物，五十卒弓劍送行。海陵唐杜密謂張、徐曰：「朝廷事未可知，文公宰相也，今雖奉制司命，他日必將移過於下以説，汝其審之。」張、徐然之，行久之，云：「安撫令某二人便宜從事，某見相公口口是忠義，如何敢殺相公！」遂與張、徐以賜金百兩，與五十兵以銀百五十兩，乃相繼辭去。明日，至揚州。杜架閣謂：「制臣欲殺我，不如趨高郵、通州，渡海歸江南，見二王，伸報國之志。徒死城下無益。」初四日，李茂、吴亮、蕭發、余元慶見行止未决，携所腰金各百五十兩逃去。外既顛躋，内又飢渴，至半山土圍糞堆中，掃浄數尺地，以衣貼地睡。午，北騎數千自土圍東至，忽大風雲雨昏暝，騎馳西去，遂得免。古廟樵出糁羹，乞其餘。又迷失道，通夕行田間。後乃聞北以高郵米擔濟揚州，夜遣騎截諸津，若非迷途，當一網無遺，若有鬼神鼓動其間者。旦霧，隱隱見哨騎，趨避竹林，騎繞林呼噪。予藏處，馬過傍三四，不之見。時萬竅怒號，雜亂人聲，疑有神明相之。初七日，遇樵夫，以簣舁至高郵，買舟。二十四日，至通州。得之諜者云：「上下常與北騎隔三四十里。」又云：「鎮江走了文丞相，大索數日，許浦一路，馳騎追捉。」聞之駭汗，何僥倖甚也！通州守楊練使師亮出郊，聞而館公於郡，衣服、飲食、舟楫皆其爲料理。閏月十七日，發城下。四月八日，至温州。聞端宗皇帝於福安建大元帥府，公奉書勸進，議遂决。舊客張汴、鄒渢、部曲朱華等皆自閩來迎。

景炎元年五月朔，福安登極，以觀文殿學士、侍講召赴行在。二十六日，授通議大夫、右丞相、樞密使、都督諸路軍馬。制詞曰：「帝王之立中國，惟修政所以攘夷；輔相之重朝廷，惟用儒所以無敵。朕作其即位，圖厥救功。介臣不二心，歷險夷而一致；咨汝宅百揆，賴文武之全才。亟歸右揆之班，並授元戎之柄。肆敭大號，專告群工。具官某，骨鯁魁落之英，股肱忠力之佐。仁不憂，勇不懼，坎維心之亨；國忘家，公忘私，蹇匪躬之故。適〔六〕裔虜之猾夏，率義旅以勤王。慷慨施給鎧之資，豪傑雷動；感激灑登舟之淚，忠赤天知。雖成敗利鈍，逆睹之未能；然險阻艱難，備嘗之已熟。獨簡慈元之愛，爰升次輔之聯。方單騎以行，驚破夷虜之膽；及免胄而入，大慰國人之心。天地之所扶持，鬼神亦爲感泣。今職方雖非周邦之舊，而闕輔未忘漢室之思。伊欲闖輦轂而追三宫，復鐘簴而妥九廟。非内治飭，何以實元氣；非國威振，何以折遐衝？披荆棘於靈武之初，予未知濟；收桑榆於澠池之後，事尚可爲。思昔元勳，有如臣浚，在思陵已登於亞相，更孝廟乃復於舊班。式同今日之中興，罔俾前修之專美。況同列崇皋陶之遜，而初政俟公旦之來。庸再秉於國鈞，仍惠長於樞宥。優督府琱戈之錫，峻文階黄傘之除。申拓賦會〔七〕，式隆寵數。於戲！春秋以歸季子爲喜，朕方徇於私情；晉人謂見夷吾何憂，爾共扶於興運。尚堅忠孝，大布公忱。迄圖社稷之安，茂紀山河之績。其祗予命，永弼於彝。」連上章辭，改樞密使，同都督諸路軍馬。十一月，入汀州，公遣督參趙時賞、督諮趙孟濚以一軍取道石城，復寧都；遣督贊吴浚以一軍屯瑞金，復雩都。時北軍逼福安，車駕航海，福安遂陷。

【校記】

〔一〕免　韓本、鄒本、元諭本、張本、四庫本、叢刊本作「完」。

〔二〕獻土　有焕本、文柱本作「獻上」。

〔三〕自入　原作「自父」，誤。據韓本、鄒本、四庫本改。張本作「自赴」。

〔四〕以醉　原作「以其」，據韓本、鄒本、張本、四庫本改。

〔五〕來日　原作「夾日」，誤。據韓本、鄒本、張本、四庫本、文柱本改。

〔六〕適　原作「敵」，據韓本、鄒本、四庫本改。

〔七〕賦會　韓本、四庫本作「賦畲」。

丁丑，宋景炎二年

正月，移屯漳州龍巖縣。

三月，至梅州，始與一家相見。旨授銀青光禄大夫，職任依舊，時經略江西。

五月，入贛州會昌縣。

六月三日，戰雩都，大捷。二十一日，入興國縣，遣兵攻贛、吉，斬汀州僞天子黄從。臨、洪、袁、瑞豪傑響應。興國軍、黄州新復，號令通於江、淮。不幸攻贛、吉兵敗，行府趨永豐，就處置司會兵。尋爲追騎所及，至空坑，失歐陽夫人、一子、二女，行府收拾散兵。

十月，入汀州。

十一月，至循州，屯南嶺。

正月，北兵大入，汀關不守。公欲據城拒敵，汀守黄去疾聞車駕航海，擁郡兵有異志。公移次漳州龍巖縣，時賞、孟濚還軍，追及於中途。吴浚以虜命來招降，人情洶洶，殛浚乃定。時唆都右丞、阿剌罕左丞、董參政入閩，李珏、王積翁等已降，仍爲福建宣慰、招撫等使，乃使淮軍羅輝持書來。

二月，復梅州。四月，斬二大將之跋扈者曰都統錢漢英、王福以釁鼓。出江西，開府興國縣。淮西野人原寨劉源等兵復黄州壽昌軍，用景炎正朔者四十日。潭州衡山縣趙璠等起兵岳下，張琥起兵邵、永間，跨數縣，撫州何時起兵應同都督府，分寧、武寧、建昌三縣豪傑，皆遣使詣軍門受要束。七月，督謀張汴監軍，率趙時賞、趙孟濚等盛兵薄贛城，招諭鄒渢率贛諸縣兵擣永豐、吉水，招撫副使黎貴達率吉諸縣兵攻太和。時贛惟存孤城，吉八縣復其半，半垂下。臨、洪諸郡豪傑送款無虚日，大江以西，有席捲包舉之勢。福建斬汀州僞天子黄從，淮西兵復興國軍，黄州復壽昌軍，湖南所在起義兵不可數計，四方響應。孔明有云：「漢事將成也，天未悔禍。」相望旬日間，贛、吉州皆以驚潰。北兵自隆興來，適乘其弊，戰於廬陵方石嶺下，我師不利。及永豐空坑，軍士解散，妻子爲虜。公收拾餘衆，奉老母入汀州，轉移諸州。將請命行朝，請益兵再舉，會北帥劉深自海至，唆都自陸至，道路梗塞，朝訊斷絶。公駐循之南嶺，柵〔一〕險以自全。黎貴達觀望有陰謀，事覺，伏誅。

八月，黎貴達以正軍千人，民兵數千，次鍾步，遇北軍，民兵驚潰。未旬日，汴、賞、灤率民兵數萬逼贛城，北軍以百餘騎衝之，衆奔潰。瀰聚兵數萬在永豐境，亦潰。北元帥李恒等以大軍乘其弊，追及於東固方石嶺下。都統鞏信率數十卒短兵接戰，北帥駭其以寡拒衆，疑山中有伏，斂兵不進。信坐巨石，餘卒侍左右，箭雨集，屹不動。北愈疑，獲村夫引間道。踰嶺至山後，闃無人焉。就視信等，創遍體，死未仆耳。以此北騎稽滯，公遂得遠去。

空坑陳師韓曰：二十七日，公至空坑。潰卒困憊，藉地睡。公宿山前師韓家，夜得報，追騎已逼。陳送公由間道去，諸卒不之知也。追騎至，詰公所在，無知之者，遂攻破其寨，屠之。公行山逕逼窄，民老幼負荷，奔走填塞，公窘迫不能前。既而山墜巨石，横壅於路，追騎至，迂迴扳緣，前公去遠矣。至今居民指爲相公石。

鄷古庭主簿曰：公既遁，追騎將及。是早重霧，尋丈遠不相睹。公猶聞後喧哄聲，追騎〔二〕見轎中人風姿偉然，問爲誰，曰姓文。騎以爲丞相也，群擁至帥所。問之必曰姓文，問轎夫，咸不知也。遍求俘虜人識認，乃有曰此趙通判時賞也。以此追騎逗留，公又得遠去。趙至隆興帥府，駡不絶口，遂受害。

歐陽夫人曰：空坑敗，潰卒意公所向，疾至隨護。公命五百拏手斫山樹爲鹿角，扼[三]隘道。頃之，數人負傷至，則五百拏手已摧跍不支。公即去，夫人驚問故，則追騎已林立於前。夫人與佛生、柳小娘、環小娘、顔孺人、黄孺人等皆爲俘虜。夫人沿路意有深水險崖即投死，而一路坦平。至元帥所，已失佛生，必有愛其俊秀，養爲己子矣。

【校記】

〔一〕柵　原作「栅」，誤。據四庫本改。

〔二〕追騎　原作「乃騎」，誤。據有煥本、四庫本、文柱本改。

〔三〕扼　原作「池」，誤。據韓本、四庫本改。文柱本作「施」。

戊寅，宋景炎三年

二月，進兵惠州海豐縣。

三月，屯麗江涌衝，遣間使沿海訪問車駕。

六月，行朝至厓山，行府移船澳，規入覲。

八月，授少保、信國公，職任依舊。封母曾氏齊魏國夫人。

九月，齊魏國夫人薨。旨起復。

十一月，進屯潮州潮陽縣。

十二月十五日，移屯趨海豐。二十日，爲虜騎追及於道，軍潰被執，服腦子不死。見張元帥，抗節不屈，張待以客禮。

四月十六日，大行皇帝遺詔曰：「朕以幼沖之資，當艱厄之會，方大皇命之南服，黽勉於行；及三宫胥而北遷，悲憂欲死。卧薪之憤，飯麥不忘，奈何乎人猶托於我？涉甌而肇霸府，次閩而擬行都。吾無樂乎爲君，天未釋於有宋。强膺推戴，深抱懼慚。而夷虜無厭，氛祲甚惡。海桴浮避，澳岸棲存。雖國步之如斯，意時機之有待。乃季冬之月，忽大霧以風，舟楫爲之一摧，神明拔於既溺。事而至此，夫復何言！矧驚魂之未安，奄北哨其已及。賴師之武，荷天之靈，連瀕於危，以相所往。沙洲何所，垂閲十旬。氣候不齊，積成今疾。念衆心之鞏固，忍萬古以違離。藥非不良，數不可逭。惟此一髮千鈞之托，幸哉連枝同氣之依。衛王某聰明夙成，仁孝天賦，相從險阻，久繫本根。可於柩前即皇帝位，傳璽綬。喪制以日易月，内庭不用過哀，梓宫毋得輒置金玉，一切務從簡約安便，州郡權暫奉陵寢。嗚呼！窮山極川，古所未嘗之患難；涼德薄祚，我乃有負於臣民。尚竭至忠，共持新運。故茲詔示，想宜知悉。」

十七日，祥興皇帝登寶位，詔曰：「朕勉承丕緒，祗若令猷。皇天付中國民，既勤用德；聖人居大寶位，曰守以仁。藐茲渺沖，適際危急。惟我朝之聖神繼統，而家法以忠厚傳心。滲漉在人，億萬年其未泯；遭逢多事，百六數之相乘。先皇帝聰明出乎群倫，孝友根於天性。痛憤三宫之北，未嘗一日而忘。遺大投艱，丕應徯志。除凶刷耻，惟懷永圖。托於神明，辱在草莽。上霧下潦之所偃薄，洪濤巨浪之所震驚。謂多難以殷憂，宜祈天而永命。胡寧予忍，而不其延。日月爲之無光，社稷凜乎如髮。攀髯何及，繼志其誰？以趙孤猶幸僅存，盍使爲宗祧之主；以漢賊不容兩立，庶將復君父之讎。大義攸關，輿情交迫，閔予小子，遭家不造。而況斯今，於前寧人。圖功攸終，其難莫甚。尚賴元勳宿將，義士忠臣，合志而並謀，協心而畢力，敵王所愾，扞我於難。茲用大布寬恩，率循彝典。於以導迎和氣，於以迓續洪休。可大赦天下。於戲！人心有感則必通，世運無往而不復。成誦雖幼，有周寧後於四征；少康之興，祀夏實基於一旅。往求攸濟，咸與維新。」

十七、十八、十九日，文武百官詣大行皇帝几筵殿，早晚臨。二十日，卒哭行香。二十一日，以登極，差官奏告天地。初獻張世傑，亞獻趙溍，終獻林永年，奉禮郎潘岳、丁應張，太祝陶士遜，太官令辛大濟。宗廟初獻曾淵子、陸秀夫，亞獻蘇景瞻、辛巖，終獻賈純孝、茅相，奉禮郎王子宜、張祺孫，太祝朱拱戊、趙時侈。社稷初獻蘇劉義，亞獻劉羿孫，終獻趙棗，奉禮郎傅半千〔一〕、曹郃，太祝徐天麟。二十二日，内批百官議謚，號孝恭仁裕懿聖濬文英武勤政皇帝，廟號端宗。二十三日，太皇太后加上尊號。

鄧《傳》云：五月，公始聞端宗皇帝晏駕於化州之碙川，今上即位，以明年爲祥興。初三日，碙川神龍見祥，臣庶咸睹，合議優異，碙川可升爲祥龍縣，置令、丞、簿、尉，隸化州，免租税、諸色科糴。五年五月二十五日，内批文璧除權户部侍郎、廣東總領，兼知惠州。六月，公規入覲，爲張世傑所格，不得進。遣使奉表起居，仍自劾督師罔功。降詔獎諭，詔曰：「敕天祥：才非盤錯，不足以別利器；時非板蕩，不足以識忱臣。昔聞斯言，乃見今日。卿早以魁彦，受知穆陵。歷事四朝，始終一節。虜氛正惡，鞠旅勤王。皇路已傾，捐軀徇國。脱危機於虎口，涉遠道於鯨波。去桀就湯，可觀伊尹之任；歸周辟紂，咸喜伯夷之來。方先皇側席以需賢，乃累疏請身而督戰。精神鼓動，意氣慨慷。以匈奴未滅爲心，棄家弗顧；當王事靡盬之日，將母承行。忠孝兩全，神明對越。雖成敗利鈍非能逆睹，而險阻艱難亦既備嘗。如精鋼之金，百鍊而彌勁；如朝宗之水，萬折而必東。尚遲赤舄之歸，已抱烏號之痛。朕勉當繼紹，未有知思。政茲圖任舊人，克戡多難。倐來候吏，疊覽封章。巋然靈光之固存，此殆造物者陰相。胡然引咎，益見㧑謙。至如諗問之勤，備悉忱悃之至。朕今〔二〕吉日既戒，六月于征。倚卿愛君憂國之忠，成我刷耻除兇之志。緬懷耆俊，深切嘆嘉。」

公又奏乞除鄒㵯右文殿修撰、樞密都承旨、江西安撫副使、兼同都督府參謀官，趙孟濚遥縣郡團練使、左驍衛將軍、江西招捕使、兼同提刑、都督府諮議官，杜滸帶行軍器監、廣東招諭副使、兼同都督府參謀官，鄒臻帶太府寺丞、同都督府參議官，陳龍復帶行兵郎、廣東招諭司使、兼同都督府參議官，章從範帶行閤門祇候、同都督府計議官，丘夢雷、林琦、葛鍾各帶行架閣、同都督府幹辦公事，朱文翁同都督府準備差遣，旨特依奏除。公又奏潮、循、梅三郡並已取到返正狀，乞將陳懿除右驍衛將軍、知潮州、兼管内安撫使，張順帶行環衛官、權知循州，李英俊帶行閤門祇候、差梅州通判，暫權州事，旨特依奏。文璋帶行大理寺丞，知寧武州。

公欲移軍入朝，優詔不許。公欲入廣州，淩震、王道夫始復廣自恣，憚公望重，陽遣舟迎，中道散回，遂不果。自去冬宜中遁占城，世傑以樞副柄國，日以迎候宜中還朝爲辭。蓋諸大將嘗受宜中超擢，樂其寬縱，忌公英氣，或以副貳受節制，意不便其至。八月，授少保、信國公，封母曾氏齊魏國夫人。同都督府官屬，各轉五官，金三百兩犒軍。公以書抵秀夫：「天子沖幼，宰相遁荒，制詔敕令出諸公之口，豈得不恤軍士，以游詞相拒？」秀夫太息不能答。時同督府疫死者數百，公亦數病。九月六日，母曾夫人薨，旨遣使宣祭。十月，長子道生卒。

陳懿兄弟五人號五虎，本劇盜，據潮州，數叛附，人苦其虐，又不聽同督府節制。公聲其罪討之，懿走山寨，潮士民請移行府於潮。十一月，進屯潮州潮陽縣，殪兇攻逆，稍正天討。假以歲月，因潮之民，阻山海之險，增兵峙糧，以立中興根本，亦吾國之莒即墨也。劉興爲潮宿寇，叛服不常，據數郡跋扈，殺掠尤慘，遂誅之。十二月十五日，聞北帥張弘範自明、秀步騎水陸並進，乃入南嶺，柵險自固。二十日，弘範以水陸兵奄至。公引避山谷，行且數日，虜輕騎疾馳，追及於道，軍潰被執。求死於鋒鏑，不可得。服腦子，以必得冷水乃死，告監者以渴甚，於田間蹄涔中掬水飲之。時公病目旬餘，遂泄瀉而目愈，竟不得死。越七日，至虜營，踴躍請劍。弘範知不能屈，乃曰：「殺之名在彼，容之名在我。且天祥見伯顔皋亭山，吾實在傍。」遂以平揖相見，叙間闊如客禮，蓋歲除前三日也。先是適鄒渢等自江西以民兵數千至，公少留勞之。又駐和平市，攻陳懿黨與，駐軍造糧，亦意後隔海港，步騎未能遽前。陳懿以問罪窘迫，百計不能救解，乃挾重賄，迎導北帥張弘正，潛具舟海岸濟輕騎，直指督帳。公坐虎皮胡床，與客飯五坡嶺，不意虜至，遂被執。

【校記】

〔一〕傳半千　原作「傳半千」，誤。據四庫本改。

〔二〕朕今　有煥本、文柱本作「然今」。

己卯，宋祥興元年

正月二日，張元帥下海〔二〕，置予舟中。初六日，發潮陽。初八日，過官富場。十三日，至厓山。

二月六日，厓山行朝潰。

三月十三日，虜舟還至廣州，張元帥遣都鎮撫石嵩護予北去，以四月二十二日行。

五月二十五日，至南安軍。明日東下，鑰予於船。二十八日，至贛州。

六月一日，至吉州。初五日，過隆興。十二日，至建康，因邸中。

八月二十四日，北行渡江，頗有事會，不濟。二十六日，至揚州。

九月七日，哭母小祥於邳州。初九日，至徐州。十五日，至東平府。二十日，至河間。二十一日，至保定府。

十月一日，至燕。初至，立馬會同館前，館人不受，蓋謂館以受投拜人，不受罪人也。久之，引去一小館。置予於偏室，館人不之顧。次日晚，供帳飲食如上賓，館人云禀博羅丞相得語云然。初四日，張元帥者始至。初五日，見其用事大臣，具言予不屈狀。至午，送予於兵馬司，枷項縛手，坐一空室，衛防甚嚴。所携衣物錢銀，官爲封識，日給鈔一錢五分爲飲食。坐十餘日，然後解手縛。又坐十餘日，得疾。

十一月二日，疏枷，惟繫頸以鎍，得出户負暄。初五日，赴樞密院，院官不及見，自是日赴院，輒空歸。至初九日，院官始引問。院官者，博羅丞相、張平章。有所謂院判、簽院等，不能識也。倨坐，召見，予入長揖。通事曰：「跪！」予曰：「南之揖即北之跪，吾南人行南禮畢，可贅跪乎？」博羅叱左右曳予於地，予坐不起。數人者或牽頸，或拏手，或按足，或以膝倚予背，强予作跪狀。予動不自由。通事曰：「汝有何言？」予曰：「天下事有興有廢，自古帝王以及將相，滅亡誅戮，何代無之？天祥今日忠於宋氏社稷，以至於此，幸早施行。」通事曰：「更有何語，止此乎？」予曰：「我爲宋宰相，國亡，職當死。今日拏來，法當死，復何言！」博羅曰：「你道有興有廢，且道盤古王到今日，是幾帝幾王？我不理會得，爲我逐一說來。」予怒甚，曰：「一部十七史，從何處説起！我今日非赴博學宏詞科，不暇泛言。」博羅愧，乃云：「我因興廢，故問及古今帝王。你既不肯説，且道古時曾有人臣將宗廟城郭土地分付與别國人了，又逃走去，有此人否？」予曰：「謂予前日爲宰相，奉國與人，而後去之耶？奉國與人，是賣國之臣也。賣國者有所利而爲之，必不去；去者必非賣國者也。我前日除宰相，不拜，奉使伯顔軍前，尋被拘執。已而有賊臣者獻國，國亡，我本當死，所以不死者，以度宗皇帝二子在浙東，老母在廣，故爲去之之圖耳。」博羅曰：「德祐嗣君非爾君耶？」曰：「吾君也。」曰：「棄嗣君，别立二王，如何是忠臣？」予曰：「德祐吾君也，不幸而失國。當此之時，社稷爲重，君爲輕。吾别立君，爲宗廟社稷計，所以爲忠臣也。從懷、愍而北者非忠，從元帝爲忠；從徽、欽而北者非忠，從高宗爲忠。」博羅語塞，平章皆笑。一人忽出來曰：「晋元帝、宋高宗皆有來歷，二王何所受命？」張平章曰：「二王是逃走底人，立得不正，是篡也。」予曰：「景炎皇帝乃度宗皇帝長子，德祐皇帝之親兄，如何是不正？登極於德祐已去天位之後，如何是篡？陳丞相奉二王出宫，具有太皇太后分付言語，如何是無所受命？」諸人無辭，堅以無受命爲解。予曰：「天與之，人與之，雖無傳授之命，推戴擁立，亦何不可？」諸人但支離不伏，予曰：「仁者見之謂之仁，知者見之謂之知，各是其是可也。」博羅云：「你既爲丞相，若將三宫走，方是忠臣。不然，引兵出城，與伯顔丞相决勝負，方是忠臣。」予曰：「此説可以責陳丞相，不可以責我，我不曾當國故也。」又曰：「你立二王，做得甚功勞？」予曰：「國家不幸喪亡，予立君以存宗廟，存一日，則臣子盡一日之責，何功勞之有！」曰：「既知做不得，何必做？」曰：「人臣事君，如子事父，父不幸有疾，雖明知不可爲，豈有不下藥之理？盡吾心焉。不可救，則天命也。今日文天祥至此，有死而已，何必多言！」博羅於是怒見之辭色，云：「你要死，我不教你便死，禁持你。」予曰：「我以義死，禁持何害也！」博羅愈怒云云，通事亦不以轉告，予不答。遂呼獄令史云：「將下去，别聽言語。」初十日冬至，入假，予意假滿即見殺，乃囚在獄中，久無消息。十二月半後，一令史報云，丞相語獄官宣差烏馬兒，云文丞相性猶硬不硬。又二日，令史報云：「博羅語烏馬兒，遲數日更與文丞相説話。」會歲終釋放諸囚，烏馬兒語博羅：「獄囚皆已寬放，惟文丞相一人在獄。」博羅云：「我奏卻來唤你。」博羅至今重於一唤者，憂予之硬也。予誓死決矣，此行決死在於再説話之頃。昔人云：「薑桂之性，至老愈辣。」予亦云：「金石之性，要終愈硬。」性可改耶？予自記一宗入獄本末於此，曰：予死矣，庶幾有知予心者。

所記言語，大略如此。當時泛應尚多，不能盡記。己卯除日書。自古中興之君，如少康以遺腹子，起於一旅一成；宣王承厲王之難，匿於召公之家，周、召二相立以爲王；幽王廢宜臼，立伯服爲太子，犬戎之亂，諸侯迎立宜臼，是爲平王；漢光武起南陽爲帝，蜀先主帝巴蜀。皆是出於推戴，何論有無傳授之命？如唐肅宗即位靈武，不稟命於明皇，卻類於篡，然功在社稷，天下後世猶無甚貶焉。禹傳益不傳啓，天下之人曰：「啓，吾君之子。」謳歌朝覲訟獄者歸之焉。漢文帝只是平、勃諸臣所立，豈有高祖、惠帝、吕后之命耶？春秋亡公子入爲君者何限，齊桓、晉文其大者也，何謂逃走不當立？羿之於夏，莽、丕之於漢，方是篡。德祐亡而景炎立，謂之篡，何居？可惜當時不曾將此一段言語敷陳，頗有餘憾耳。

鄧《傳》云：正月十三日，至厓山。張元帥索公書諭張世傑降。公曰：「我不能救父母，乃教人背父母，可乎？」强之急，乃書《過零丁洋》詩與之，弘範笑而置之。二月六日，厓山潰，公不勝悲憤，作長歌哀之，南北傳誦。三月十三日，還至廣州。公曰俟北方生殺之命，弘範於公禮貌日隆，盡取公所亡妾婢僕役以奉之。十四日，弘範置酒海上，會諸將，因舉酒，從容謂公曰：「國亡矣，忠孝之事盡矣！正使殺身爲忠孝，誰復書之？丞相其改心易慮，以事大宋者事大元，大元賢相，非丞相而誰？」公流涕曰：「國亡不能救，爲人臣者死有餘罪，況敢逃其死而貳其心乎！殷之亡也，夷、齊不食周粟，亦自盡其義耳。未聞以存亡易心也。」弘範爲之改容。是日，弘範具公不屈與所以不殺狀奏於朝。四月十一日，使臣還，言上有「誰家無忠臣」之嘆，旨令善視公以來。公曰：「使予死於兵，死於刑，則已矣。而萬里行役，不得逃焉，命也。」或曰：「明知其不可而爲之，奈何？」曰：「吾所謂盡心者，人人諉天下之責，古今世道不屬之人乎？是烏可以成敗爲是非哉！」

二十二日，北行，與厓山朝士鄧光薦俱發廣州。五月二十五日，至南安軍。石嵩與囊家歹議，出江西慮篡奪，遂鑰公於船。公即絶粒，爲《告祖禰文》《別諸友》詩，遣孫禮取黄金市，登岸馳歸。約六月二日，復命於吉城下。公將以心事白諸幽明，即瞑目長往，含笑入地矣。乃水盛風駛，前一日達廬陵，孫禮期不至。公且行，忍死以待。垂至豐城，忽有見孫禮在他舟，乃悟竟不曾往，爲之痛哭流涕。暮始見主者，取孫禮還舟。明早飯已，送之豐城岸，從其自便，追之不可及矣。公不食已八日，若無事然。公私念：死廬陵不失爲首丘，今使命不達，委身荒江，盍從容以就義乎？遂復飲食如初。從者七人，或逃或死或逐，僅存一人，曰劉榮〔二〕。六月初五日，至隆興，觀者如堵。北人有駭其英毅者，曰：「諸葛軍師也！」十二〔三〕日，至建康。十三日，鄧光薦以病遷寓天慶觀就醫，留不行。八月二十四日，石嵩等以公自東陽渡江，淮士有謀奪公江岸者，不果，以弘範命兵衛夾舟陸至揚州故也。

十月一日，公至燕，供帳飲饌如上賓。公義不寢食，乃坐達旦，雖示以骨肉而不顧，許以穹職而不從。南冠而囚，坐未嘗面北。留夢炎説之，被其唾罵。瀛國公往説之，一見，北面拜號，乞回聖駕。平章阿合馬入館驛坐，召公。公至，則長揖就坐，馬云：「以我爲誰？」公云：「適聞人云宰相來。」

馬云：「知爲宰相，何以不跪？」公云：「南朝宰相見北朝宰相，何跪？」馬云：「你何以至此？」公曰：「南朝早用我爲相，北可不至南，南可不至北。」馬顧左右曰：「此人生死尚由我。」公曰：「亡國之人，要殺便殺，道甚由你不由你！」馬默然去。博羅欲殺公，而上意及諸大臣不可，張弘範病中亦表奏天祥忠於所事，願釋勿殺，故囚之連年。冬，於獄中遇靈陽子，指示大光明正法。公自謂於死生之際，脱然若遺，自是詩文時有超灑忘世之意。

公獄中與弟書曰：「廣州不死者，意江西可以去之。及出南安，繫吾頸，縶吾足，於是不食，將謂及吉州則死，首丘之義也。乃五日過吉，又三日過豐城，無飯八日，不知饑。既過吉，思之無義。且尚在江南，或尚有生意，遂入建康。居七十餘日，果有忠義人約奪我於江上，蓋真州境也。及期失約，惘然北行，道中求死，無其間矣。入幽州，下之狴犴，枷頸鎖手，節其飲食，今已二十日。吾捨生取義，無可言者。今千萬寄此及詩達吾弟。」蓋絶筆也。

【校記】

〔一〕下海　原作「王海」，誤。據韓本、鄢本、元諭本、張本、四庫本、文柱本改。

〔二〕劉榮　四庫本作「劉嶸」。

〔三〕十二　原作「十三」，誤。據韓本、鄢本、元諭本、張本、四庫本、文柱本改。

庚辰

是歲囚。

五月，弟璧自惠州入覲，右丞相帖木兒不花奏，其略曰：「此人是文天祥弟。」上曰：「那个是文天祥？」博羅對曰：「即文丞相。」上嘆嗟久之，曰：「是好人也。」次問璧〔一〕，右丞相奏：「是將惠州城子歸附底。」上曰：「是孝順我底。」

【校記】

〔一〕文柱本删「次問璧」以下二十三字。

辛巳

是歲囚。

正月元日，公爲書付男陞。公在縲絏中，放意文墨，北人爭傳之。公手編其詩，盡辛巳歲，爲五卷。自譜其平生行事一卷。集杜甫五言句，爲絶句二百首，且爲之敘。其詩自五羊至金陵爲一卷；自吳門歸臨安，走淮至閩，詩三卷，號《指南録》。以付弟璧歸。

夏，璧與孫氏妹歸，公剪髮以寄永訣。與弟書曰：「潭盧之西坑有一地，已印〔二〕元渭陽所獻月形下角穴，第淺露非其正。其右山上有穴，可買以藏我。如骨不可歸，招魂以封之。陞子嗣續，吾死奚憾？女弟一家流落在此，可爲悲痛。吾弟同氣取之，名正言順，宜極力出之。自廣達建康，日與中甫鄧先生居，具知吾心事，吾銘當以屬之。若時未可出，則姑藏之將來。文山宜作一寺，我廟於其中。」

七月大雨，兵馬司墻壁頽落，移司官〔二〕籍監，得一室，頗瀟灑。十一日，回舊兵馬司，得一室，地高燥空凉。八日返故處，依然臭穢蒸濕。

【校記】

〔一〕已印　一作「已卯」。四庫本作「已印」。

〔二〕官　原作「宫」，據本書卷十四《官籍監》詩改。

壬午

是歲春，作贊，擬終時書之衣帶間。叙云：「吾位居將相，不能救社稷，正天下，軍敗國辱，爲囚虜，其當死久矣。頃被執以來，欲引决而無間。今天與之機，謹南向百拜以死。」其贊曰：「孔曰成仁，孟云取義。惟其義盡，所以仁至。讀聖賢書，所學何事？而今而後，庶幾無愧。宋丞相文天祥絶筆。」

鄧《傳》云：正月二十後，公卧病發熱，右臂㲉道傍患癰。二月四日，流膿。平生痛苦，未嘗有此。是時南人仕〔一〕於朝者謝昌元、王積翁、程飛卿、青陽夢炎等十人，謀合奏請以公爲黄冠師，冀得自便。青陽夢炎私語積翁曰：「文公贛州移檄之志，鎮江脱身之心固在也，忽有妄作，我輩何以自解？」遂不果。八月，王積翁奏，其略曰：「南方宰相無如文天祥」。上遣諭旨，謀授以大任。昌元、積翁等以書諭上意，公復書：「數年於玆，一死自分。舉其平生而盡棄之，將焉用我？」事遂寢。後積翁又奏，其略曰：「文天祥，宋狀元宰相，忠於所事。若釋不殺，因而禮待之，亦可爲人臣好樣子。」上默然久之，曰：「且令千户所好好與茶飯者。」公聞之，使人語積翁：「吾義不食官廪數年矣，今一旦飯於官？果然，吾且不食。」積翁乃不敢言。公死後，有以危言憾積翁者，積翁曰：「得從龍逢、比干遊地下足矣。」言者遂止。積翁累以銀物餉公。福王與芮〔二〕聞其不屈，嘆曰：「我家有此人耶？」餉以銀百兩，從積翁轉致之。

公因繫久，翰墨滿燕市。時與吏士講前史忠義傳，無不傾聽感動，其長李指揮、魏千户奉事之尤至。麥述丁參政嘗開省江西，見公出師震動，每倡言殺之便，又以公罪人，下千户所收其棋弈筆墨書册。初，閩僧妙曦號琴堂，以談星見是春進言。十一月，土星犯帝座，疑有變，群臣有言瀛國公族在京不便者。而中山府薛寶住聚數千人，聲言是真宋幼主，要來取文丞相。又有書於櫝者曰：「兩衛軍儘足辦事，丞相可以無慮。」又曰：「先焚城上葦子，城外舉火爲應。」大臣議所謂丞相，疑爲天祥。太子得櫝以奏，京師戒嚴，遷趙氏宗族往開平北。十二月初七日，司天臺奏三台拆〔三〕。初八日，上召天祥入殿中。長揖不拜，左右强之拜跪，或以金撾擿其膝傷，公堅立不爲動。上使諭之，其略曰：「汝在此久，如能改心易慮，以事亡宋者事我，當令汝中書省一處坐者。」天祥對曰：「天祥受宋朝三帝厚恩，號稱狀元宰相。今事二姓，非所願也。」上曰：「汝何所願？」天祥曰：「願與一死足矣。」遂麾之退。是夜，回宿千户所。初九日，宰執奏文天祥既不願附，不若如其請賜之死。麥述丁力勸之，上遂可其奏。是日，宣使以金鼓迎詣市，公欣然曰：「吾事了矣！」及行，顔色不少變。至刑所，問左右孰南向，於是南向再拜曰：「臣報國至此矣！」遂受刑，得年四十有七。

時連日大風埃霧，日色無光，都城門閉，甲卒登城，街對鄰不得往來行，不得偶語。時翰林學士趙與稟以宋宗室亦被監閉一室，諸衛士弓刀環席地坐，聞門外弓馬馳驟聲者久之。人競穴窗窺，乃是出丞相。頃之，又聞馳騎過者。及回，乃聞有旨教再聽聖旨，至則已受刑。明日，歐陽夫人從東宫得令旨收屍，江南十義士奉柩葬於都城小南門外五里道傍，爲他日歸骨便路。後大德二年戊戌，男陞至都城，見公舊婢緑荷，已嫁順承門内石橋織綾人，及見劉牢子，引到墓所。自後留都城，春秋必往酬奠望拜。時已有二僧塔，其大塔小石碑刻有「信公」二字。舊殯在大塔南右址，又右畔塹外有墓林，聚塚在大路傍。

至元二十年癸未歲，公柩歸至故里。時弟璧任臨江路總管兼府尹，辦喪葬，男陞祗奉几筵。舊歲璧遣家人至廣，遷奉母曾夫人靈柩。是日，適與公柩舟會於江滸，人咸驚嘆，以爲孝念所感，不期而會。二十一年甲申，葬公富田東南二十里木湖之原，葬師則吉水王仁山也。陞廬墓三年。

世傳吉州太和縣贛江濱黄土潭有神物棲其間，歲亢旱，邑民禱雨澤焉。自公之生，潭沙清淺。公没之歲，潭近居民夢神物歸，騶從甚盛，即而睹之，乃公也。既而聞公死，諸老驚相語曰：「公兩任贛州提刑，去往輒江水泛溢。其勤王召募，江泛溢尤甚，師行而水同去。又公家居，當暑日，喜溪浴。與弈者周子善，於水面以意爲枰，行弈决勝負。他人久浸不自堪，皆走，惟公逾久逾樂〔四〕，忘日早暮，或取酒炙就飲啖。是應神物出世，没而爲神，自其常也。潭是後又深黑不可測矣。公平生嗜象弈，以其危險制勝奇絶者命名，自「玉層金鼎」〔五〕至「單騎見虜」，爲四十局勢圖，悉識其出處始末，玉層蓋公所居山名也。

又傳公方爲童子時，遊鄉校，見所祀鄉先生歐陽修、楊邦乂而下，咸謚「忠」「節」，祠祝像設甚嚴，意欣然慕之，竊嘆曰：「沒不俎豆是間，非夫也！」故出而舉事，志氣素定，雖崎嶇萬折，終不撓屈。後至治三年癸亥，吉安郡庠奉公貂蟬冠法服像，與歐陽文忠公修、楊忠襄公邦乂、胡忠簡公銓、周文忠公必大、楊文節公萬里、胡忠簡公夢昱序列，祠於先賢堂。士民復於城南忠節祠增設公像，以肯齋李芾配。廬陵舊有「四忠一節」之稱，今爲〔六〕「五忠一節」云。

歐陽夫人被虜後〔七〕，即到燕都，與二女皆留東宫，服道冠褺，日誦道經。後隨公主下嫁駙馬高唐王，居大同路豐州棲真觀，日請一正一從分例，其女婢曰翠哥。大德二年戊戌冬，以年老不禁寒凍，得請向南去。至都城，男陞迎養。遇時節，夫人輒嗟嘆舊家典故，陞亦爲辦南食品，邀鄰嫗伴坐。諸士大夫謁拜所饋，遺命女侍專收貯，不他用。大德七年癸卯臘，至寧州，時從子隆子任寧州判官，寧州黨知事以夫人歸爲不應，赴陳草庵宣撫陳狀，委南康李清之推官臨問。隆子以夫人所受公主懿旨、高唐王鈞旨，所與路引及支給口食文憑呈之，李爲惻然，事遂消釋。明年，歸故里，凡親友饋遺，仍專收貯之。又明年正月，夫人曰：「吾海上禍亂中，叩之神祇乞保庇，擬建靈寶醮筵以謝。又叩佛氏乞保庇，擬建水陸齋供以謝。寓豐州，累申前請。今得生還，拜神佛之賜，合以己所得饋遺，正月元夕酬道醮，二月八日酬佛供，畢此心願，即死瞑目矣。」二月望，得痰疾。越四日，家人諸婦侍疾，亹亹語平昔事如常時。問浣婢索衣上舊香囊，浣婢見損污甚，已棄之矣，急拾至，夫人持示諸人曰：「此伴吾未嘗須臾離也。落齒時，得之父母。祭文云：『烈女不更二夫，忠臣不事二主。天上地下，惟吾與汝。』得之丞相。吾死必仍懸吾心前，將以見吾父母、見吾夫於地下，爲無愧也。」頃之，命諸人退：「俟吾少休。」諸人候窗外，聞伏枕痰響，就視則氣已絶，實大德九年乙巳歲二月十九日也。葬富田南二十里洞源。

柳小娘〔八〕，從公主下嫁趙王沙靖州，大德年間殁。環小娘，從公主下嫁岐王西寧州，弟侄輩間得會於都城。至正元年辛巳歲，猶傳聞其居河州養老，皆無所生。

【校記】

〔一〕仕　原作「士」，誤。據韓本、鄢本、元諭本、張本、四庫本、文柱本改。

〔二〕福王與芮　韓本、鄢本、張本、四庫本作「福王與芮」。

〔三〕三台拆　有煥本、文柱本、景室本作「三台折」。

〔四〕逾樂　有煥本、文柱本、别集本作「愈樂」。

〔五〕自　鄢本、有煥本作「曰」。金鼎，原作「金鼒」，据韓本、元諭本、張本、四庫本、文柱本改。鄢本作「金鼒」。

〔六〕今爲　原作「余爲」，誤。據韓本、鄢本、元諭本、張本、四庫本、文柱本改。

〔七〕被虜後　文柱本作「被虜難後」，並删改以下原文。

〔八〕柳小娘　此段文柱本删芟。

卷十八

拾遺

詩樂府並詞附

六義堂詩

吾愛張子厚，《西銘》識情性。四海且兄弟，矧我有同姓。吾宗蓬山翁，屏居樂閑靜。三峰筆格横，一水冰壺瑩。才華衆所推，聲名日以盛。六子俱明經，擇師必端正。巋然六義堂，昕夕事吟詠。經以雅頌風，緯以賦比興。塤唱而篪和，金聲而玉振。講論劇精詳，初匪隔壁聽。兒孫立階庭，蘭玉相輝映。談笑既雍容，衣冠猶儼敬。雕盤錯珍羞，芳罇酌佳醞。座客皆簪纓，勸酬總名勝。我爲宗族來，升堂展家慶。因參譜系源，獲睹文章印。深懷報主恩，無從接先進。憂國忘其家，老身況多病。朝野日瘡痍，國是靡有定。臨别淚縱横，聞〔一〕風時問訊。

據明崇禎四年張起鵬《新刻宋文丞相信國公文山先生全集》卷一八補。又見有焕本、文柱本、景室本「拾遺」、雍正七年五桂堂刻本《廬陵宋丞相信國文公忠烈先生全集》卷一四「拾遺」、《文氏通譜·各派文獻·六義堂詩文》《永新縣志》《永新詩徵》。

【校記】

〔一〕聞　原作「問」，據有焕本、文柱本、景室本、《永新詩徵》改。

出獄臨刑詩歌〔一〕

元人趙弼《效顰集》有先生「出獄且行且歌」一章至柴市悠然自得，南向再拜曰：「宋主列聖在天之靈，俾天祥蚤生中原，遇聖明之主，當剿此胡以伸今日之恨。」又索紙筆〔二〕書詩二律。此殆出於「成仁」「取義」《自贊》之外者也。

一

昔年玁狁侵荆吴，恃其戎馬恣攻屠。忠臣義士〔三〕有何辜？舉家骨肉遭芟鋤。我宋堂堂大典謨，可憐零落蒙塵污。不君之海〔四〕不復都，天潢失散知有無？詩書禮義聖賢徒，竭心罄志盡匡扶〔五〕。驅馳嶺表萬里途，如何天假此强胡。宗廟不輔丹心孤，英雄喪敗氣莫蘇。痛哀故主雙眸枯，今朝此地喪元顱。英魄直上升天衢，神光皎赫明金烏。遺骸不惜棄草蕪，誰人酹奠〔六〕致青芻？仰天長恨伸嗚呼！

二

昔年單舸走維揚，萬死逃生輔宋皇。天地不容興社稷，邦家無主失忠良。神歸嵩嶽風雷變，氣吐煙霞草樹荒。南望九原何處是？塵沙黯淡路茫茫。

三

衣冠七載混氈裘，憔悴形容似楚囚。龍馭兩宫崖嶺月，貔貅萬竈海門秋。天荒地老英雄喪〔七〕，國破家亡事業休。唯有一腔〔八〕忠烈氣，碧空長共暮雲愁。

據明崇禎四年張起鵬《新刻宋文丞相信國公文山先生全集》卷一八補。又見有煥本、景室本、民國本。

【校記】

〔一〕出獄臨刑詩歌　二詩首見於元趙弼《效顰集·文文山傳》，標題爲「張本」所加，亦有人指爲「元人僞作」。

〔二〕紙筆　原脱「紙」字，據趙弼《效顰集·文文山傳》補。

〔三〕義士　一作「國士」。

〔四〕之海　一作「從海」。

〔五〕「詩書」二句　一作「衣冠多士沉泥塗，齊民盡陷故版圖。我爲忠烈大丈夫，詩書禮樂聖賢圖。竭心罄力思匡扶」。

〔六〕酹奠　原作「酧奠」，誤。據趙弼《效顰集·文文山傳》改。

〔七〕喪　一作「散」。

〔八〕一腔　一作「一靈」。

題古磵〔一〕爲里人張伯義作

市腰石有千年磵，石眼泉無一日乾。天下蒼生應有望，不知龍向此中蟠。

據文淵閣《四庫全書·文山集》卷一補。

【校記】

〔一〕題古磵　《古井張氏通譜》作「題伯義古磵詩」。又載清光緒二年《吉安府志》卷三《地理志·廬陵縣水·張家井》《全宋詩·文天祥》。然此詩與王安石《臨川集》卷三三《龍泉寺石井》標題雖異，詩句卻基本相同。作者存疑。

懷友人〔一〕

涯海真何地，驅來坐戰場。家人半分合，國事決存亡。一死不足道，百憂何可當？故人髯似戟，起舞爲君傷。

據文淵閣《四庫全書·文山集》卷二〇《懷友人》其二補。

【校記】

〔一〕懷友人　文淵閣《四庫全書·文山集》卷二〇原作《懷友人二首》其二，其一「久要何落落」與同書卷一九《懷中甫》重複。

贈幕府雜詩四章〔一〕

一

誰憐野鶴一長身，去作窮泉萬古塵；他日重來牀下拜，襄陽耆舊是何人？

二

月淡梧桐雨後天，蕭蕭絡緯夜燈前。誰憐古寺空齋客，獨寫家書猶未眠？

三

催花一曲勝伊涼，羯鼓聲高樂未央。閤外莫陳胡騎動，花開正要舞山香。

四

江黑雲寒閉水城，饑兵守堞夜頻驚。此時自在茅檐下，風雨安眠聽柝聲。

熊飛等校點《文天祥全集》據清光緒《吉安府志》卷四五補。又見《廬陵縣志·藝文志·金石》、江西省吉安市青原區富田鄉文家村所藏碑刻文字。

【校記】

〔一〕贈幕府雜詩四章　一作「幕府雜詩」。光緒《吉安府志》卷四五云：「宋文天祥《贈幕府雜詩四章》，皆公督師嶺南時書也，歷六百載，鮮有知者。粵東伍氏以重价購之，勒石家園。咸丰元年，廬陵匡汝諧遊粵東，睹真迹，急拓歸付公裔孫鴻等，摹鎸諸石。」

金沙臺〔一〕

地勝當茲郡，臺高接太微。觀風緣政暇，問瘼恤民饑。楚相應難作，王孫去不歸。春光頻動興，句就彩毫揮。

熊飛等校點《文天祥全集》據清道光《高安縣志》卷二〇、同治十二年《瑞州府志》卷二二補。又見《金沙劉氏家譜》。

【校記】

〔一〕金沙臺　《金沙劉氏家譜》作「春郊省民憩金沙臺」。

過震山別文孟淵季淵兄弟進士〔一〕咸淳四年知寧國府

我爲宣州使〔二〕，秋暮臨涇邑。白髮二疏翁，坐語共夙夕。千里雁書杳，一宗魚契合。震山開學譜，丹竈憶仙迹。友愛情思久，俄忽杯酒別。黄菊落殘英，露滴根頭濕。

熊飛等校點《文天祥全集》據清嘉慶《涇縣志》卷三一補。

【校記】

〔一〕過震山別文孟淵季淵兄弟進士　清嘉慶《寧國府志》作「過震山別文孟淵父子」。

〔二〕宣州使　《寧國府志》作「宣郡守」。

寄題琴高臺

涇水紺以深，古有神人潛。靈鮪煦春藻，微波漾幽瀾。朝岑翳長嵐，暮泛曖蒼煙。回首宋康王，子今定何年？飛僊已高邁，遺踪落清淵。至今空山夜，泠泠琴上絃。西瞻晻靄中，霞光輝遠天。何當駕長風，一睨涇水漣！

熊飛等校點《文天祥全集》據清光緒七年吴興陸氏《十萬卷樓叢書》二編本、宋劉瑄《詩苑衆芳》補。

明堂慶成詩時差作讀祝

一

曉移天仗入思成，雨脚先驅御路清。虹影倒垂雲氣卷，日輪飛上衮衣明。韶音九奏真游格，酌獻三行福酒傾。景命有開知未艾，萬年孫子慶純精。

二

清廟嚴更夜未央，珠星璧月璨殊光。香飄黄道移天步，燭引紅紗轉殿廊。祼薦交神諸室醉，駿奔執豆庶羞芳。都人報道君王喜，淨睹和鑾入建章。

三

淳熙稽古再明禋，製作規模汶上新。未植羽旄朝萬國，首將玉幣薦三神。靈車欲下天先雨，御幄虚張帝在茵。熙事告成中外賀，與民同樂霈恩均。

四

皇心寅畏格皇天，早歲俄書大有年。報本愈嚴陽館祀，慶成復第從臣篇。祠官瑞紀靈光燭，太史星占貫索捐。黼座正中圖貢上，萬方歸德更乾乾。

熊飛等校點《文天祥全集》據《永樂大典》卷七二一四《十八陽·堂》「明堂詩文四」補。

琴詩〔一〕

松風一榻雨瀟瀟〔二〕，萬里封疆夜〔三〕寂寥。獨撫瑶琴遺世累〔四〕，君恩猶恐壯懷消。

原詩刻於琴上。詩後題云：「時景炎元年，蒙恩遣問召入。夜宿青原寺，感懷之作，譜於琴中識之。文山。」

熊飛等校點《文天祥全集》據民國九年《廬陵縣志》卷末《雜志》補。又見《青原山志》、清吴錫麒《有正味齋集》、徐經《雅歌堂甃枰詩話》卷二。

【校記】

〔一〕琴詩　《全宋詩》作「夜宿青原寺感懷」。

〔二〕松風　原作「鬆聲」，據《雅歌堂甃枰詩話》改。瀟瀟，一作「蕭蕭」。

〔三〕夜　原作「不」，據《雅歌堂甃枰詩話》改。

〔四〕獨撫　原作「獨坐」，據《雅歌堂甃枰詩話》改。遺世累，一作「悲世慮」。

揚州城下賦

黯雲霏霧暗扶桑，半壁東南盡雪霜。壯氣不隨天地變，笑騎飛鶴入維揚。

《全宋詩》據元劉壎《隱居通議》卷一二補。

書汪水雲詩後

南風之薰兮琴無絃，北風其涼兮詩無傳。雲之漢兮水之淵，佳哉斯人兮水雲之仙。

《全宋詩》據宋汪元量《湖山類稿》卷五補。

至温州〔一〕

晏歲著脚來東甌，始覺坤軸東南浮。百川同歸無異脈，有如天子朝諸侯。何年飛落兩巨石？孤撐骯髒分江流。初疑鍊失女媧手，又疑釣脱任公鈎。馮夷海若不敢有，涌出精舍如蓮舟。樓高百尺蜃吐氣，塔聳雙角龍昂頭。蒲牢撞撞鼉坎坎，潮聲滾滾風颼颼。沙高峰頂德門住，海門山上焦公留。長淮在望鐵甕近，大浪不洗英雄愁。孰知隸古百粤地，今爲禮樂衣冠州。池塘芳草年年緑，謝公勝事遺江樓。藍田無類蟾架夜，黄金作顆人家秋。客帆渺茫拂宸極，漁舠散漫輕鳧鷗。麗天紅日起初浴，五雲扶上煙氛收。孤臣涕泗如此水，恨不從帝崆峒遊。

《全宋詩》據明嘉靖《温州府志》卷一補。

【校記】

〔一〕至温州　釋元肇《淮海挐音》卷下有詩《題江心寺》，與本詩基本相同，僅個别文字存在差異。據詩末「孤臣」等句意，不當出自僧人之筆。

太白樓〔一〕

高城蘸雲根，聊可慰心迹。長風萬里來，如對騎鯨客。監州好事者，樹此樓與石。隆鼻號金仙，更長漫嗟惜。

《全宋詩》據明謝肇淛《北河紀餘》卷一補。又見元曹伯啓《曹文貞公詩集》卷一、顧嗣立《元詩選》初集卷二三、四庫本《山東通志》卷三五之一上。

【校記】

〔一〕太白樓　元曹伯啓《曹文貞公詩集》作「濟州登太白樓懷鄭從文御史二首」其一，《元詩選》卷二三同題，同署曹伯啓作。《山東通志》卷三五之一上署元張養浩作，題爲「濟州登太白樓」。此詩作者存疑。

臨岐餞别

聖恩優許力求回，把酒臨岐餞一杯。臺閣是非遠已矣，乾坤俯仰愧何哉！竟追范蠡歸湖去，不管胡兒放馬來。强國倘殷如孔棘，也應定策救時危。

《全宋詩》據清雍正十二年《江氏宗譜》補。

飲中泠泉

揚子江心第一泉，南金來此〔一〕鑄文淵。男兒斬卻樓蘭首，閑品《茶經》拜羽仙。

《全宋詩》據明許國誠《京口三山志》卷五補。

【校記】

〔一〕來此　一作《來北》。

西山書院題壁

金鼓峰前草木齊，流坑原是古流溪〔一〕。大宋老僧何處去，壁上東坡畫者誰？

劉文源《文天祥詩集校箋》據清同治十年《樂安縣志》卷一《地理志·山川》、卷八《人物志·寓賢》補。

【校記】

〔一〕金鼓峰前草木齊流坑原是古流溪　一作「流坑原是古流溪，金鼓峰前草木齊」。

題董德元畫像

幸同名位幸同鄉，忠厚勤勞事帝王。代拜南郊誰是主？山河空屬狀元郎。

劉文源《文天祥詩集校箋》據《流坑董氏文獻内志》補。又見四庫本《紹興十八年同年小録》附録《董德元》。

鶴林寺

屐齒俱無登盡山，卧遊多病遠公關。相思南國故人少，滿寺蕭蕭落葉班。

劉文源《文天祥詩集校箋》據《鎮江府志》補。

題朱氏垂裕堂

造物含至理，詩書尚餘澤。德乃福之根，尋常爲誰植？濟濟多雲仍，繩繩繼清白。麟鳳玉爲姿，芝蘭秀方碩。非福安有此？唯善斯乃得。甘棠蔭蔽芾，五袴歌洋溢。身雖佐一郡，位不滿其德。天將裕斯後，益見光顯赫。

劉文源《文天祥詩集校箋》據《坡山朱氏宗譜》補。

詠羊詩

長髯主簿有佳名，羵首柔毛似雪明。牽引駕車如衛玠，叱教起石羨初平。出都不失成君義，跪乳能知報母情。千載匈奴多牧養，堅持苦節漢蘇卿。

劉文源《文天祥詩集校箋》據《淵鑒類函》卷四三六《獸部八·羊五》補。

贊御史蕭信可兄

文獻廬陵第一家，青原草木未生芽。冰霜氣質聞天下，日月聲名動海涯。芹泮天教爲木鐸，玉堂春使上梅花。相門八葉聲家舊，報道新堤更築沙。

劉文源《文天祥詩集校箋》據《永和蕭氏族譜·先賢翰墨》補。

謁梅都官墓

滄滄宛水陽，鬱鬱都官墳。喬松拱道周，緑瑩茁芳蓀。古時北邙嘆，白楊邈游魂。大雅獨不墜，脩名照乾坤。再拜墳上土，躧履揖諸孫。握手慷以慨〔一〕，而有典型存。渥窪生騏騮，荆山産璵璠。悠悠清涓流〔二〕，眷言保其源〔三〕。

劉文源《文天祥詩集校箋》據明《宛陵先生集》附録、清嘉慶《寧國府志》卷二四《藝文志·詩》補。

【校記】

〔一〕慷以慨　《宛陵先生集》附録作「慨以慷」。

〔二〕悠悠清涓流　《宛陵先生集》附録作「悠哉清渭流」。

〔三〕保其源　《宛陵先生集》附録作「葆其源」。

贈劉和璧

派衍漢朝裔，廟前〔一〕千載居。家傳赤谷譜，世讀墨莊書。衮衮〔二〕公侯位，綿綿嗣續廬。幾聞藜閣下，代代〔三〕有鴻儒。

劉文源《文天祥詩集校箋》據明李子潭《林源廟前劉公和璧記》（見清歐陽安世、李玫《續吉州人文紀略》卷二三）補，又見清光緒三十一年《廟前劉氏重修族譜》。

【校記】

〔一〕廟前　原作「林源」，據《廟前劉氏重修族譜》改。

〔二〕衮衮　一作「滚滚」。

〔三〕代代　《廟前劉氏重修族譜》作「歷代」。

渡湘江

萬頃澄瀾碧玉寬，笑乘一葉自輕安。緑簑從此關心事，待向煙林乞釣竿。

劉文源《文天祥詩集校箋》據清乾隆二十八年《衡州府志》補。

西平王譜詩

李公文武孰能儔？勳業聲華遍九州。一片忠心照日月，萬方民社奠春秋。躬陳秘計平胡虜，力贊皇明闡聖猷。官授諸男皆顯貴，咸褒都統位王侯。

劉文源《文天祥詩集校箋》據民國二十七年《吉安文石李氏族譜》補。

題王右軍鵝字

奇蹟散出留世間，勝事傳説冠古今。若要右軍真墨蹟，惟此一鵝稱神品。

劉文源《文天祥詩集校箋》據王羲之字軸題跋補。

贈玉泉劉氏世家詩

劉氏家聲振漢唐，九天星斗焕文章。權兵百萬降夷狄，柱國無雙協帝王。應有政名扶社稷，更加忠義佐朝綱。綿綿譜牒傳今古，一字千金御墨香。

劉文源《文天祥詩集校箋》據民國十四年《玉泉劉氏族譜》補。

題莘七娘廟〔一〕

百萬貔貅掃犬羊〔二〕，家山萬里受封疆。男兒若不平妖虜，死愧明溪莘七娘！〔三〕

劉文源《文天祥詩集校箋》據清康熙二十三年《歸化縣志》卷九、清同治六年《汀州府志》卷四四補。

又見四庫本鄭方坤《五代詩話》卷八引《閩書·莘七娘》。

【校記】

〔一〕題莘七娘廟　一作「莘氏夫人廟留題」，清道光九年《清流縣志》卷二《廟祀》作「吊惠利夫人詩」。
〔二〕掃犬羊　清康熙二十三年《歸化縣志》卷九《藝文志·題詠》、清同治六年《汀州府志》卷四四《藝文·詩》作「掃彗芒」。
〔三〕男兒若不平妖虜，死愧明溪莘七娘　《歸化縣志》《汀州府志》作「男兒不展撑天手，慚愧明溪聖七娘」。

題龍巖石壁

怪石巖巖總是窩，當朝丞相此經過。馬蹄踏破歸來晚，萬古流傳永不磨。

劉文源《文天祥詩集校箋》據《龍巖縣志》補。

集句大書羅田巖石壁

豈弟君子，民之父母。靖共爾位，正直是與。無貳無虞，上帝臨女。

劉文源《文天祥詩集校箋》據同治十三年《雩都縣志》補。

題山閣樓

重來高閣下，伊人江水長。此時空齋外，花開舞山香。

劉文源《文天祥詩集校箋》據江西省泰和縣鍾步村山閣樓題詩補。

蟠龍庵

昔年曾寓此，今日又重過。路迂人迹少，風静鳥聲多。斷碣封苔蘚，層松覆薜蘿。日斜天欲暮，誰與挽金戈？

劉文源《文天祥詩集校箋》據《金溪縣志》卷三三《藝文志》補。

被俘北行〔一〕路過吴城

凌雲披霧望湖亭，屹立贛水修河濱。歷盡滄桑罹萬劫，飽經風雨度千春。六朝古迹招詩客，百代名勝載酒兵。此日登亭神氣爽，幾忘囚服束吾身。

劉文源《文天祥詩集校箋》據《名人詠九江》（江西人民出版社二〇〇九年版）補。

【校記】

〔一〕北行　原作「北歸」，據鄧光薦《丞相傳》文意改。

登武遂城〔一〕

神州英氣鬱高寒，臂斷爭教不再連？千古傷心有開運，幾人臨死問幽燕？平生卧榻今如此，百萬私錢亦可憐。咫尺白溝已南北，區區銅馬爲誰堅？

劉文源《文天祥詩集校箋》據明萬曆《保定府志》、清道光《武强縣新志》卷一二補。又見《畿輔通志》卷一一九《詩·五言律》、元劉因《静修集》卷一五、《元詩選》初集卷六。

【校記】

〔一〕此詩輯入元劉因《静修集》卷一五，顧嗣立《元詩選》初集卷六亦署劉因撰。作者存疑。

送河間晁寺丞〔一〕

公孫富文墨，名字世多知。談笑取高第，弦歌當此時。臨河薪石費，近塞繭絲移。緩急當愁此，看君有所爲。

劉文源《文天祥詩集校箋》據明嘉靖《河間府志》卷一補。又見王安石《臨川先生文集》卷一六、宋李壁《王荆公詩注》卷二五。

【校記】

〔一〕此詩輯入王安石《臨川先生文集》卷一六、宋李壁《王荆公詩注》卷二五。作者存疑。

遂城道中〔一〕

鐵城秋色接西垣，遠客還鄉易斷魂。霸業可憐燕太子，戰樓誰弔漢公孫？冷煙衰草千家塚，流水斜陽一點村。慰眼西風猶有物，太行依舊壓中原。

劉文源《文天祥詩集校箋》據明萬曆《保定府志》卷四補。又見元劉因《静修集》卷二〇，明曹學佺《石倉歷代詩選》卷二三三，清《四庫全書·御選元詩》卷四三，陳焯《宋元詩會》卷六八，顧嗣立《元詩選》初集卷六。

【校記】

〔一〕此詩輯入元劉因《静修集》，除萬曆《保定府志》外，諸多選本均署名劉因。作者存疑。

望易京〔一〕

亂山西下鬱岧嶢，還我燕南避世謠。天作高秋何索寞，雲生故壘自飄蕭！誰教神器歸群盜，只見金人泣本朝。莫怪風雷有餘怒，田疇英烈未全消。

劉文源《文天祥詩集校箋》據明萬曆《保定府志》卷四補，又見《畿輔通志》卷一一九《詩·五言律》、元劉因《静修集》卷一五、苏大爵《元文類》卷六、顧嗣立《元詩選》初集卷六。

【校記】

〔一〕此詩輯入元劉因《静修集》,《元文類》《元詩選》均署名劉因撰。作者存疑。

范陽〔一〕

督亢陂前草沒沙,武安廟下客思家。西風落日猶驅馬,北地秋陰亦見蛇。不勞鄒衍重吹律,安得〔二〕張騫獨泛槎!從此南征思何限,象林銅柱更天涯。

劉文源《文天祥詩集校箋》據《涿州志》《天府廣記》補。又見《畿輔通志》卷一一九《詩·五言律》、元傅若金《傅與礪詩文集》卷五。

【校記】

〔一〕此詩輯入元傅若金《傅與礪詩文集》,作者存疑。

〔二〕安得　《傅與礪詩文集》《天府廣記》作「何得」。

己卯五月十八日予以楚囚過曹溪宿寺門下六祖禪師真身頃爲亂兵簸其胸探其心肝蓋意其有寶故禍至此予以業緣所驅落在劫火不謂真佛亦不免焉今年今月今日回首念賦五十六字

去年五月十八日,高卧曹溪松下風。佛若無身那見患,我因有色故成空。忘形萬里黄塵外,回首一年清夢中。夜看月華明似鏡，只應心事略相同。

劉文源《文天祥詩集校箋》據清光緒六年《指南後録》卷三補。

汪水雲援琴訪予縲絏彈而作十絶以送之〔一〕

文王思舜

文王思舜意悠悠，一曲南音慰〔二〕楚囚。解檥從他喧羯鼓，諸君爲我作《拘幽》。

夫子去魯

去齊去魯畏於匡，陳蔡之間更絶糧。自古聖賢皆命薄〔三〕，奸雄惡少盡侯王。

蘇武歸漢

蘇卿持節使窮荒，十九年間兩鬢霜。到了丹心磨不盡，歸來重見漢君王。

李陵思漢

李陵思漢默如癡，獨上高臺望月時。降志辱身非將略，五言詩法是吾師。

昭君出塞

三尺孤墳青草深，琵琶流恨到如今。君能續響爲奇弄，從此朱絃不是琴。

蔡琰胡笳

蔡琰思歸臂欲飛，援琴奏曲不勝悲。悠悠十八拍中意，彈到關山月落時。

青牛度關

紫氣絪緼冒翠寒，騎牛老子不忘機。只因西出流沙去，惹得緇塵上素衣。

商山四皓

白雲深處紫芝肥，一尾琴邊局一棋。自是有心扶漢業，故將羽翼輔英兒。

黃粱〔四〕一夢

夢破黃粱萬法通，隨師學道入空蒙。文章博得雌雄劍，飛過洞庭煙靄中。

□□□□

中散翛然物外身，《廣陵》安肯授宫人？斫頭視死如歸去，慚愧吾生墮□塵。

劉文源《文天祥詩集校箋》據明抄本《詩淵》第七册補。

【校記】

〔一〕汪水雲援琴訪予縲絏彈而作十絶以送之　七絶十首，每首皆有分題，唯末篇失載。劉辰翁撰汪元量《湖山類稿》序言有云：「汪水雲（元量）或至文丞相銀鐺所，爲之作《拘幽》以下十操，文山亦倚歌而和之」。文天祥和歌當爲此作。

〔二〕慰　原作「尉」，誤，逕改。

〔三〕命薄　原作「命簿」，逕改。
〔四〕黄粱　原作「黄糧」，逕改。

詠梅

靜虚群動息，身雅一心清。春色憑誰記？梅花插座瓶。

劉文源《文天祥詩集校箋》據蘇州獅子林碑刻補。

謁墓詩

滄滄宛水陽，鬱鬱都官墳。喬松拱道周，緣塋茁芳蓀。古時北邙歎，白楊遶遊魂。大雅獨不墜，修名照乾坤。再拜墳上土，躧履揖諸孫。握手慨以慷，而有典型存。渥洼生騏騮，荆山産璵璠。悠哉清渭流，眷言葆其源。

據明萬曆本《宛陵先生文集》附録補。

挽袁德亨

重來江上日西斜，不見書樓萬簇花〔一〕。惟有故人風月在，青山茅屋似仙家〔二〕。

據清同治三年《泰和鍾步袁氏族譜》、清光緒四年《泰和縣志》補。

【校記】

〔一〕萬簇花　清光緒《泰和縣志》作「萬樹花」。

〔二〕似仙家　《泰和縣志》作「是仙家」。

登雄州城樓

古樹寒雲接渺茫，故鄉遊子動悲涼。江山自古少佳客，烟雨爲誰留太行？野色分將愁外緑，物華散出夜來霜。海門何處秋聲急？極目蒼波空夕陽。

據《畿輔通志》卷一一九《詩·五言律》補。

贊周宣勇

孤忠莫克援頹軍，一死名高百戰勳。總恨權奸多異議，難禁玉石不俱焚。殺身卻羨君先我，徇國終當我繼君。他日幽魂逢地下，血應化碧氣凝雲。

據王海根《從文天祥一首佚詩談起》（《苏州大學學報》一九八七年第四期）補。

句

一片黄雲萬頃田，江南父老慶豐年。

據元徐大焯《燼餘録》補。

詞

沁園春至元間留燕山作〔一〕

爲子死孝，爲臣死忠，死又何妨！自光嶽氣分，士無全節，君臣義缺，誰負剛腸？駡賊睢陽〔二〕，愛君許遠，留得〔三〕聲名萬古香。後來者，無二公之操，百鍊之鋼。　人生翕欻云亡〔四〕，好烈烈轟轟做一場。使當時賣國，甘心降虜，受人唾駡，安得〔五〕流芳？古廟幽沈，儀容〔六〕儼雅，枯木寒鴉幾夕陽？郵亭下，有奸雄過此，仔細思量〔七〕。

《全宋詞》據元《草堂詩餘》卷上補。又見清道光二十九年《海山仙館叢書》本清徐釚《詞苑叢書談》卷六、《廣東通志》卷六四、《潮州府志》卷四二。

【校記】

〔一〕至元間留燕山作　《永樂大典》卷五千三百四十五作「題潮陽張許二公廟」；《廬陵詩存》作「題張許雙廟」；同治《新淦縣志》卷二《建置志·壇廟》作「雙忠廟歌」；《潮州府志》卷四二《藝文志·詩》作「謁雙忠廟沁園春詞」；《潮陽縣志》作「沁園春·題潮陽雙忠廟」。

〔二〕駡賊睢陽　《潮州府志》作「駡賊張巡」。

〔三〕留得　《潮州府志》作「留取」。
〔四〕人生翕欻云亡　《詞苑叢談》作「嗟哉人生，翕欻云亡」。《廣東通志·金石略》作「嗟哉，人生翕忽云亡」。
〔五〕安得　元諭本作「安事」。
〔六〕儀容　《潮州府志》作「遺容」。
〔七〕仔細　一作「子細」。

滿江紅

酹酒天山，今方許、征鞍少歇。憑鐵脅、千磨百煉，丈夫功烈。整頓乾坤非異事，雲開萬里歌明月。笑向來、和議總蛙鳴，何關切！　鐃吹動，袍生雪。軍威壯，笳聲滅。念祖宗養士，忍教殘缺。洛鼎無虧誰敢問？幕南薄灑膻腥血。快三朝、慈孝格天心，安陵闕。

《全宋詞》據《古今詞選》卷二存目，附注：「疑出後人依託，録附於後。」

念奴嬌 冰澌

琮琤何處，響空濛、卻似嗚榔聲沸。望裏平江横雪嶺，駕斷虹梁漁市。若有神驅，如遵帝遣，瞬息層巒峙。南陽龍奮，滹沱凝合猶此。　遥想蘇武窮邊，霜鴻夜渡，蒿目吟寒視。鐵騎銜枚還疾走，瑟瑟風摇旗幟。月白沙明，雲凝地裂，四野悲笳至。羈魂牢落，我身今在何世？

《全宋詞》據《古今詞選》卷七存目，附注：「疑出後人依託，録附於後。」

念奴嬌 雪霽

同雲籠覆，遍郊原、一望蒼茫無際。是處青山皆改色，姑射瓊臺初啓。漁艇迷煙，樵柯失徑，妝點風霜厲。子猷短棹，三高祠畔堪繫。　江城夢幻羅浮，蹁步豪吟，東郭先生履。欲伴袁安營土室，高卧六花堆裏。此是冰天，誰言水國，千古孤臣涕。蘆葦首白，渾疑縞素劉季。

《全宋詞》據《古今詞選》卷七存目，附注：「疑出後人依託，録附於後。」

卷十九

拾遺

文

與方伯公書

天祥百拜，覆梅溪尊舅舅。天祥爲子不孝，老母已矣。每誦「如母存焉」之詩，今惟此一舅矣。每一南望，未嘗不爲之潸然也。天祥自國難以來，間關兵革，鞠躬盡力，百折而不悔，以致家國俱斃，爲之何哉！當倉皇時，仰藥不劑，以致身落人手，死生竟不自由。及至朔廷，抗辭奉節，留連幽囚，曠閱年歲。孟氏云：「天壽不貳，修身以俟之。」如此而已矣。老母年方望七，客殯餘憾。然生榮死哀，粗慰人子之情，以此故應刀鋸在前，亦含笑入地矣。不肖固不能躬畢大事，天地鬼神，諒昭鑒之。母喪歸葬，已戒仲氏。八哥來，復審尊候萬福。仰惟德人動履，神物護持，優游餘年，萬萬珍重。兒子道生不幸夭折，今立陞侄爲子，凡百惟舅公教之誨之，是望區區。拆骨已分溝壑，當具衣冠，藏於文山之陽，疇昔舅所指之處也，并哀而窆之。謹奉書永訣，萬古萬古。

底本卷一八《拾遺》據鄢本《文山先生全集》卷二五《別集·拾遺》補。元劉將孫《養吾齋集》卷二六亦載此文，文字稍有差異，題作《燕山與外氏》。

［附元劉將孫《養吾齋集》卷二六《燕山與外氏》：甥天祥百拜，覆梅溪尊舅。天祥爲子不孝，老母已矣。誦「如母存焉」之詩，今惟此一舅，間闊以來，思慕所及，每一南望，蓋未嘗不爲之潸然也。天祥自國難以來，以爲爲臣死忠，古今通義，故間關兵革，鞠躬盡力，百折而不悔。天命不時，卒以喪敗，家國俱弊，謂之何哉！當倉皇時，仰藥不劑，身落人手，死生竟不自由。及至朔廷，抗辭决命，乃留連幽囚，曠閱年歲。孟子曰：「夭壽不貳，修身以俟之。」如此而已。老母年方望七，客殯餘憾。然生榮死哀，粗慰人子之志，以此雖刀鋸在前，故應含笑入地耳。母喪歸葬，已戒仲氏，不肖孤不能躬畢大事，負此悲痛，天地鬼神諒昭鑒之。八哥來，伏諗尊候萬福。然終年不得與八哥一相見，今且告歸，仰惟德人動履，神物護持，優游餘年，萬萬珍重。兒子道生不幸夭折，今立升侄爲子，凡百惟舅翁教之誨之。區區朽骨，已恨溝壑，當具衣冠，藏於文山之北，疇昔舅所指處也，並哀而窆之是望。謹奉書永訣，萬古萬古，不備。辛巳夏五，甥天祥百拜覆。］

與聶吉甫

某作别近一月，是一月中稍從事魏晉間歌行，若不能彷佛。魏晉間人不可作，那復問向上？非獨自嘆，世代亦可感念。安得英妙沉著如心遠，即日執手共論此事，某平生斯文幸甚！此數月心迹相親近，方自嘆解后之晚，而執事即欲捨而去之，奈何！僕恐於主賓之禮實有未盡，輒托絜矩謝過，並爲弭節從容之請。憐其至情，不曰麾之門墻，豈非三生之至願？俟命切切。

据明景泰六年韩雍、陈价刻本《文山先生文集》卷五补。此爲卷五書《與聶吉甫》其二，其一見本書卷五。

與府理錢昇叟

天祥此番京師聚會，相與有加於丙辰，極以爲奇遇。在他鄉得此，可謂甚幸！依依之意，至今使人不忘。

執事去之一日，奸腐恰有復用之命。國事至此，誼不容默，遂上封章，以求一去。當國者調停數四，迄未能動。三乞祠，三不允，正以爲苦，天生聖明，從諫不咈，初給之以假，繼許以假滿去之，於是而趣令復供本職。吾君之美，不容不將順，遂亟亟祇承，今一切又如初矣。執事纔離國門，猶未至鄉國，詎料此半月中，乃有一陣如此之擾！疇昔侍教，幾曾有一語及此等？事變輪雲，非人能測，有如此者。封事稿拜呈，不敢效孔光秉昇炎火，於以彰吾君天地之爲量也。方巇造化，初甚危之，後來左司過堂一稟，化地乃謂初判聚字失記，已曾稟來；前既有兩編校恩例，今合當照行，更不必啓矣。前此兩月，徒爾皇皇，天下事皆不容人算度，吾徒作事只信天去，初無毫髮計校。或謂失策，觀方巖之事，益以自信。周起宗者，送至申狀一紙，見説内有差符，謹緘納。所有餘文，俟其趁逐到手，又以見授，當又訪問遺歸也。

明禋之後，區區之迹，必可得請一出。此時梅嶺行事，尚或少遲，猶可合并，傾叙契闊。前數日待罪，甚有餘閑日，勝方巖棋，不以局數計。今茲再入鬧叢，又如前日倥偬不給。乘間作此，殊不能擇語，伏乞臺照。

据明正德九年張祥刻本《文山先生文集》卷一五补，又見明崇禎四年張起鵬刻本《新刻宋文丞相信國公文山先生全集》卷一八《拾遺》、民國《吉安縣志》卷四七《金石略》。

正月書

天祥皇恐，奉稟制使都承侍郎。天祥至汀後，即建、福以次淪〔一〕失。朝廷養士三百年，無死節者，如心先生差强人意，不知今果死否？哀哉哀哉！坐孤城中，勢力窮屈，泛觀宇宙，無一可爲，甚負吾平生之念〔二〕。三年不見老母燈前，一夕，自汀移屯至龍巖，間道得與老母相見，即下從先帝遊，復何云。都相公去年館伴，用情甚至，常念之不忘。故回書，復遣羅輝來。永訣永訣，伏乞臺照。

据明嘉靖三十一年鄢懋卿刻本《文山先生全集》卷二五《别集·拾遺》补。

【校記】

〔一〕建、福　原作「移建」，「淪」原作「論」，誤。據底本卷一八《遺墨》改。

〔二〕念　原作「志」，誤。據底本卷一八《遺墨》改。

瑞山康氏族譜序

士君子立身天地間，必求所以爲忠爲孝而已。夫忠所以事君，孝所以事親，捨此無他焉。然求忠臣必出於孝子之門，天祥之友康君可與是矣。可與與天祥有一日之雅。天祥方欲舉以靖國之難，暇時進其譜系一帙與天祥校讐。因追論先世，黜其所以不情者三之一，即欲丐弁其端。嗚呼，天祥豈暇爲哉！然是亦可與尊祖宗、崇孝道之一端，移孝，忠不難也，因爲序之。

按譜，其姓本於衛康叔之後。初祖如絢，仕唐爲華山刺史，歷皆顯宦。數傳至國輔，南唐時娶司馬氏，一産三男，以爲人瑞，皆封將軍。我太祖皇帝定江南，仁恤李唐之後及其懿親，許擇便地以居，始繇金陵徙來吉之泰和。國輔三子：正將子文析居桐莊，參將子忠居横乾，副將子信居古瑞山。子信實爲瑞山初祖也。三族子姓繁衍，碩大翹楚有人望。信後尤克修厥德，毅勇奮發。蹈忠履孝有如可與者，國輔十世孫，真可謂不忝矣。繼今而往，可與不得媕婀，益當嚴其家訓，以壽汝子孫。寶此信書，不使他人昏冒，則孝道貽遺，不斷於今日。天祥之浮沈不可得知，脱有所徵召，可與當奮然一來，同濟大事，以全汝忠孝也，宜哉！

據明崇禎四年張起鵬刻本《新刻宋文丞相信國文山先生全集》卷九補。

廬陵蘅塘陳氏族譜序

我宋自權奸誘致黠虜，以腥穢江淮。太皇太后詔余出使軍前，再講和好。將作監丞廬陵陳驤獨力止余行。余以太后懿旨，義不得避。及至虜營，驍首見余辭氣慷慨，執義不屈，果被拘留，遂悔不用驤言之晚。賴先帝威靈，以計得遁，歷間關於海道，脱萬死以還朝。時德祐二年四月八日也。因上書闕下，備陳恢復大計。詔除余右揆，余力辭，得請督師，專征海隅。不意垂集一蹶，收拾散亡，直趨南劍。回視門生故吏，闃然涣逝。尋一謫戍詣轅門而請謁，禮而進之，乃故將作監丞陳驤也。爲人涉獵於孫吴，智巧而機辯，遂留參決軍事。一日，告余曰：「驤本江州義門陳氏。十四世祖拊始徙隆興大樟樹下。五傳至渝，刺史於閩而調官於吉。見廬陵忠孝之邦，文物之盛，以建中靖國元年退老交坑，後徙居蘅塘，距今百七十五年。驤雖生長蘅塘，然江州祖墓未嘗絶歲時之祭掃。不自意解官謫此，獲侍麾下。譜牒倖存，請公一言以識之。

庶幾盧陵、隆興、江州，後來繼今，子孫不致相視如途之人。是維持我宗族恩愛不忘於百世者，公也。」

嗚呼！由京輿南渡而來，詔書疊下，募義勤王，今百四十五六年矣，竟俾羯塵益熾者，天下其無義民乎？實由權奸格沮，使卒不果一伸其義焉爾。如江州陳氏，自京及褒，同居十世，而南唐旌表其門。自褒至炳龍又三世，而有宋優獎其義。夫陳褒宗族當干戈之劇，尚克保和其義聚；南唐君臣嬰國家睽□之餘，猶知旌異其義民。於時上下之間，相尚以義。及我太祖皇帝一舉合義，而中外翕然以愛戴歸往者，天下雖亂，而仁義不絶故也。太宗皇帝深究其然，詔錫行義錢於炳龍。迨使覆載之中，舉知州爲義邦，陳氏爲義族，甯非昇元、祥符二詔，赫赫照人耳目者存乎？陳渝刺吉而竟家於吉，甯非見吉爲忠節大邦，欲其後之人耳濡目染於其間，建忠效節於其後，以配江州之義而具美乎？今宗社不競，皇輿遷播，正臣子仗義報君之時也。勖哉陳驤！爾尚協心以相余，奮厥義氣，翦彼旃裘，致我宋玉歷重延於萬世，則昔日爲江州之義族，今日爲盧陵之忠臣。忠義兩全，將見宗族恩愛，可以儀刑於天下矣，豈惟三郡而已哉！

據清光緒二十三年湖南湘南書局刻本《四忠遺集》本《文信國公集》卷八補。

獄中家書〔一〕

一、信国公批付男陞子

父少保、樞密使、都督、信國公批付男陞子：汝祖革齋先生以詩禮起門户，吾與汝生父及汝叔同産三人。前輩云：「兄弟其初，一人之身也。」吾與汝生父俱以科第通顯，汝叔亦致簪纓。使家門無虞，骨肉相保，皆奉先人遺體，以終於牖下，人生之常道也。不幸宋遭陽九，廟社淪亡。吾以備位將相，義不得不殉國；汝生父與汝叔，姑全身以全宗祀。惟忠惟孝，各行其志矣。

吾二子：長道生，次佛生。佛生失之於亂離，尋聞已矣。道生汝兄也，以病沒於惠之郡治，汝所見也。嗚呼痛哉！吾在潮陽聞道生之禍，哭於庭，復哭於廟，即作家書報汝生父，以汝爲吾嗣。兄弟之子曰猶子，吾子必汝，義之所出，心之所安，祖宗之所享，鬼神之所依也。及吾陷敗，居北營中，汝生父書自惠陽來，曰：「陸子宜爲嗣，謹奉潮陽之命。」及來廣州爲死别，復申斯言。《傳》云：不孝，「無後爲大。」吾雖孤孑於世，然吾革齋之子，汝革齋之孫，吾得汝爲嗣，不爲無後矣。吾委身社稷，而復逭不孝之責，賴有此耳。

汝性質闓爽，志氣不暴，必能以學問世吾家。吾爲汝父，不得面日訓汝誨汝。汝於「六經」，其專治《春秋》。觀聖人筆削褒貶，輕重内外，而得其説，以爲立身行己之本。識聖人之志，則能繼吾志矣。吾網中之人，引決無路，今不知死何日耳！《禮》：「狐死正丘首。」吾雖死萬里之外，豈頃刻而忘南嚮哉！吾一念已注於汝，死有神明，厥惟汝歆。仁人之事親也，事死如事生，事亡如事存，汝念之哉！

歲辛巳元日書於燕獄中。

二、文丞相詩帖　達百五賢妹

收柳女信，痛割腸胃。人誰無妻兒骨肉之情？但今日事到這裏，於義當死，乃是命也。奈何奈何！塗中有三詩，今録至〔二〕。言至於此，淚下如雨。

邳州哭母小祥　九月七日　（詩略。見本書卷一四《指南後録》）

過淮　（詩略。原作《過淮河宿闞石有感》，見本書卷一四《指南後録》）

亂離歌六首　（詩略。原作《六歌》，見本書卷一四《指南後録》）

一、讀此三詩，便見〔三〕老兄悲痛真切之情。事至於此，爲之奈何！兄事〔四〕只待千二哥至，造物自有安排。

一、可將此詩呈嫂氏，歸之天命。仍語靚妝、璚英，不曾周旋得，毋怨毋怨！徐奶以下皆可道達吾此意。當此天翻地亂，人人流落，天數，奈何奈何！

一、可令柳女、環女好做人，爹爹管不得。淚下，哽咽哽咽！

一、此詩本仍可納之千二哥。

兄天祥家書，達百五賢妹

右文信公遺墨，前參知政事本齋（積翁字）王公所藏。公歿已久，家人理篋笥，書尺叢積。顧是紙損爛，將裂以拭匜匜。公之子季境適至，識爲信公書，咄唶驚異，亟命裝池以完。嗚呼，豈非有神物守護之歟！不然，英靈之氣不泯而致之歟！

是詩之作，念國家之覆敗，痛骨肉之離絶，其情切，其辭哀，使人至不忍讀。然其竭孤忠於所事，付一死於素定，其志决，其氣壯，聞者爲之興起，可謂仁至而義盡矣。先賢尺牘，人尚皆藏弆之，矧信公之精忠偉烈，震耀古今，翰墨光芒，垂示臣子者乎！不惟王氏寶之，百世而下，固夫人之所同寶也。史官河東張翥書。

熊飛等校點《文天祥全集》據清道光二十五年文柱刊刻《重刊文信國公全集》補。又見《趙氏鐵網珊瑚》卷四。其一又見明崇禎四年張起鵬《新刻宋文丞相信國公文山先生全集》卷一八《拾遺》；其二又見《戒庵老人漫筆》卷四、《式古堂書畫彙考》卷一五、《六藝之一録》卷三五二、《宋詩紀事》卷六七。

【校記】

〔一〕獄中家書　其一張本作「獄中家書」，文柱本合二篇於同題，其二《式古堂書畫彙考》卷一五、《六藝之一録》卷三五二作「文丞相途中三詩並簡卷」，《全宋詩》作「與妹書」，《全宋文》未見此篇。

〔二〕至　一作「此」。

〔三〕見　《六藝之一録》卷三五二、《宋詩紀事》卷六七作「知」。

〔四〕兄事　《式古堂書畫彙考》卷一五、《六藝之一録》卷三五二作「凡事」。

市隍廟碑記

有宋咸淳八年，余以王事之勤，道經鄉郡招來義士時，鄰邑永豐李從實聞之，奮然欲前。喜其志氣慷慨，勇於有爲，因以之爲義首。凡其所從之者，能同一心，余甚重之，相與日密。嘗言及乃父伯玩，善治生，廣貲蓄，且好施與，不以費出爲心，至暮年而猶不倦創制。乃於淳熙五年，將其所居及市井街道歷歷修砌，廛肆一新。至七年庚子，除其古塔，鼎建市隍之祠。設像如儀，使民祀之，歲時知所崇尚。若此二事，皆有可美。

至觀其家譜，乃出自西平忠武王之後，相傳而來，亦有年矣。其討叛賊而誅奸臣，定社稷，安居民，立功當朝，忠烈昭昭，照耀今古。故其子孫代顯，皆由爾祖積德，福澤深長而致然。維時從實請予文以記歲月，予故樂爲之書。銘曰：

神爲民主，事之有祠。民知事神，福有所歸。市新街道，里居坦夷。四通八達，商賈聚之。此賢長者，積善所爲。禮隆天秩，倫厚民彝。志之貞石，豈徒口碑。於斯萬年，足徵於兹。

咸淳八年壬申秋八月。

熊飛等校點《文天祥全集》據同治《永豐縣志》卷三三補。

乞斬吕師孟疏

臣既以驅馳之概熟數於前矣，惟國勢岌岌若不能以一朝居也，而中外疏附奔奏禦侮之臣曾無固志，内則先警而遁，外則望風而降，若飲鴆藉蛟，前後相繼者何也？三老董公遮説漢王曰：「順德者昌，逆德者亡。名其爲賊，敵乃可服。」未有含糊混并，忠邪不辨，逆順不分，而可以號召豪傑，自立於不拔之地者也。

襄陽之役，虎不進，焕賣降。使元奸一日慨然聽有司論其罪，天地神人憤嫉以舒，雖有兇猾，誰敢輒生報怨？而元奸意氣彫喪，不能聲罪致討，以大明天冠地履不易之分，與天下英雄共謀之，遂使疆埸之臣，獻幣授誠，甘心非類，而不耻分噬肆螫，嗚吠其主，習以爲然，皆名義不立，無以服其心故也。《傳》曰：「前車覆，後車戒」。更化以來，其必有以大畏民志而後可。今也叛逆之家接迹相望，曾無一人伏其辜。而吕師孟，力而拘諸原者，不以獻俘釁鼓，徇示三軍，以作興戰士之氣，方且並包相容，示以不殺，意在羈縻，一切覆護。誰謂與之共活宇宙，大可以爲國，小可以爲家乎？此萬萬必無之理也。

臣以爲順德之臣，仗節死義，不盡見之褒異，則必無以激昂忠臣孝子之志；逆德之賊，干犯反常，不盡見之誅夷，則必無以慴服亂臣賊子之心。《春秋》作而亂臣賊子懼，孔子無王者之位，褒貶寄之空言，猶足以遏禍亂，正人心。堂堂天朝，一日赫然改紀，其政刑黜直賞罰，不爲偏私，忠節必旌，凶孽必戮，然後人極可以復立，正統可以復扶。有功不賞，有罪不誅，雖堯舜不能治天下。惟陛下與二三大臣亟圖之！

臣不勝拳拳。

《全宋文》據《歷代名臣奏議》卷一八六補。

論宜分天下爲四鎮奏德祐中

臣本起書生，天性愚戇。遭逢理宗皇帝以直言取人，臣區區芹曝小忠，誤蒙親擢。間於憂虞，則開慶透渡之禍急矣。臣推見當時致禍之人，上書闕庭，乞磔狐鼠以謝天下。理祖皇明赫赫，自咸淳至於今日，無疆惟休。自時厥後，臣之踪迹，或百日於朝，或一月斥去，有言不信，忠憤徒深，則皆元奸專國之歲月也。不圖今日，臣以憂患之身，奉詔入衛，太皇太后陛下、皇帝陛下以神明御極，炎德當天，宵旰顧憂，不以臣爲不肖，授之以三路制撫職事，兼贊督府，就戍吴門。臣非不知國家阽危，民命如綴，朝命夕道，爲國效死，復以私門憂戚，展轉陳情，乞歸終制。章五六上，冀兩全之節，以不爲盛代名教羞。天聽高高，終不聽許。而學士大夫交口責臣，謂有國家有朝庭有州縣，然後臣得以有其身，得盡爲人子之職。臣所以感泣，誓死而不敢復言去也。今當陛辭，即日就道，慟哭流涕，何以爲陛下告！

自古立國，一是以人心爲本。齊一日喪七十餘城，以人心失也；田單一日復七十餘城，以人心固也。元奸得罪於天下，天下怨憤鬱抑，十有五年，遂使諸將解體，强吾民北面而役之。彼知歸怨元奸，未嘗歸過朝庭也。乃今三百餘年，祖宗涵育之遺黎，無辜荼毒於敵人之手，謳吟思漢，日徯王師。所在義民抗敵者，大或數萬，小亦數千，此撥亂反正之大機括也。然人心易得，其失亦易。頃者朝庭弛公田，蠲常賦，寬商禁，起謫籍之淹滯，解科舉之靡文，天下誦之，以爲快活條貫，人心頓蘇，敵勢頓沮，我是以有獨松關諸屯之捷。通國上下，以爲元奸失人心之事已盡洗濯，今日收人心之具已盡舉行。而臣恤緯之忠，獨以爲未也。草間豪傑，方且量朝庭之意嚮；邊頭諸將，方且視廟堂之指授；學校之聚議遊談，閭閻之道聽塗説，方且覘執政之然否，追行事之得失。於《傳》有之，得國常於斯。今上自宫闈與嗣皇起居，下自政府與公卿百執事，必人人一心，以殄此患爲主，則諸將莫不用命，英雄莫不歸心。以此衆戰，孰能禦之？以此攻城，何城不克？如大臣有避嫌遠疑之迹，而無推車必行之心，群公持便安自營之私，而無同舟共濟之志，宫中與府中不相聞，閫内與閫外不相應，賞罰混淆，正邪貿亂，姑息牽制之意多，奮發斷制之義少。敵人以此輕中國，奸雄以此覘朝庭，人心之憤悱者日以怠，公論之激昂者日以靡，而我之人民將有甘心於敵人之庭而不悔者矣，其禍可勝言哉！裴度有言：「承宗斂手削地，韓弘輿疾討賊，豈朝廷之力能制其死命哉！由處置得宜，能服其心耳。」

國家懲五季之亂，削除藩鎮，創建郡邑，一時雖足以矯尾大之弊，國勢浸弱，亦坐於此。是以敵至一州則陷一州，敵至一縣則陷一縣，中原陸沈，痛不可追。今不幸長江失險，戎馬馳於近郊。救時之危，須稍更革。《詩》云：「淠彼涇舟，烝徒楫之。」又《傳》云：「大樹將顛，非一繩所維。」臣嘗妄謂今日大勢，宜分天下爲四鎮，而都督統御於中。以廣西益湖南而閫於長沙，以廣東益江西而閫於豫章，以福建益江東而閫於番陽，以淮西益淮東而閫於維揚。責長沙以取荆鄂，責豫章以取蘄黄，責番陽以取江東六郡，責維揚以取兩淮諸城。使各閫地大力衆，足以抗敵，分所任事，約日齊奮，而都督府指授諸將，隨地接應，有進無退，日夜以圖之。敵備多而力分，疲於奔命，而吾遺民必有豪傑伺間横擊於其中，如是則使彼隻輪不返，進而問罪，河南盡爲晉可也，而何日蹙國百里之憂？臣願睿慈下臣此章，見之施行，使内而朝廷舉措有以當天下之心，外而邊閫佈置有以合天下之勢，則臣得以督幕分司，盡瘁一面，布宣威靈，勉效尺寸，不惟得以忠先帝、報陛下，而臣亦有詞以白丘墓，雖死之日，猶生之年也。

《全宋文》據《歷代名臣奏議》卷一〇一補。

乞將所部義兵赴闕申狀德祐元年正月

準省劄，令江西副使黄萬石星馳入衛，文天祥將所部勤王義兵留隆興府事。天祥以身許國，義不辭難，上下東西，惟命奔走。伏念天祥猥起書生，豈諳兵事？昨者恭承太皇太后詔書，召天下勤王，天祥待罪一州，忠憤激發，不能坐視，移檄諸路，冀有盟主，願率兵以從。人心未易作興，世事率多沮撓，北兵日迫，血淚横流。

伏蒙公朝除天祥右文殿修撰、樞密都承旨、江西安撫使，續準除江西提刑。天祥極知該恩過當，所當辭免，痛心時危，無暇爲平時揖遜，亟憑使名，召號所部。惟是帥司無兵無將，無官無吏，無錢無米，徒手自奮，立爲司存。今已結約贛州諸豪，凡溪峒剽悍輕生之徒，悉已糾集。取四月初一日提兵下吉州，會合諸郡民丁，結爲大屯，來赴闕下。忽得留屯隆興指揮，觀聽之間，便生疑惑。

緣天祥所統，純是百姓，率之勤王，正以忠義感激使行，又有官資在前，爲之勸勵。此曹鋭氣方新，戰鬭可望勝捷，若閉之城郭，責以守禦，日月淹久，烏合之衆，不堪安坐，必至潰逃。此勤王與留屯，較然利害之不同也。謹瀝忠忱告鈞慈，特與收回留屯隆興之命，容天祥照累降指揮，將所部義兵來赴闕下。

《全宋文》據《文山先生全集》卷一七《紀年録》注引補。又見《續宋宰輔編年録》卷二三。

答朱古平書名埴，字聖陶

某初未來，先生亦藏一削以相待，某至之日，即推以與面前欲得者。某於老先生如此，則執事必察其真矣。當塗亦非久居，老先生進退何如，必返我屠羊，尚能接斯文秋浦之上，出曆子相示一笑。

《全宋文》據《養吾齋集》卷二六補。

移陸秀夫書

天子幼沖，宰相遁荒。制訓敕令，出諸公口，奈何不恤國事〔一〕，以游辭相距耶？

《全宋文》據元劉岳申《申齋集》卷一三《文丞相傳》補。又見《文山先生全集》卷一七《文山先生紀年録》《宋史紀事本末》卷一〇八。

【校記】

〔一〕奈何不恤國事　《文山先生紀年録》作「豈得不恤軍士」。

復王積翁謝昌元書

諸公義同鮑叔，天祥事異管仲。管仲不死而功名顯於天下，天祥不死而盡其平生，遺臭於萬年，將焉用之？

《全宋文》據元劉岳申《申齋集》卷一三《文丞相傳》補。

獄中與弟書祥興二年

廣州不死者，意江西可以去之。及出南安，繫吾頸，縶吾足，於是不食。將謂及吉州則死，首丘之義也。乃五日過吉，又三日過豐城，無飯八日，不知飢。既過吉，思之無義，且尚在江南，或尚有生意，遂入建康。居七十餘日，果有忠義人約奪我於江上，蓋真州境也。及期失約，惘然北行。道中求死，無其間矣。入幽州，下之狴犴，枷頸鎖手，節其飲食，今已二十日。吾捨生取義，無可言者。今千萬寄此及詩達吾弟，蓋絶筆也。

《全宋文》據《文山先生全集》卷一七《文山先生紀年録》注補。

與弟訣别書元至元十八年

潭盧之西坑有一地，己卯[一]元渭陽所獻月形下角穴，第淺露非其正。其右山上有穴，可買以藏我。如骨不可歸，招魂以封之。陞子嗣續，吾死奚憾？女弟一家流落在此，可爲悲痛。吾弟同氣取之，名正言順，宜極力出之。自廣達建康，日與中甫鄧先生居，具知吾心事，吾銘當以屬之。若時未可出，則姑藏之。將來文山宜作一寺，我廟於其中。

《全宋文》據《文山先生全集》卷一七《文山先生紀年録》注補。

【校記】

〔一〕己卯　原作「已印」，據叢刊本改。

與包宏齋書

天祥皇懼頓首，三復□申〔一〕侍讀尚書宏齋先生之坐前。天祥在瑞陽時，嘗以一介人往候先生盤所。先生錫之書，教以聖賢向上之學。若天祥者，雖非其人，先生不鄙夷之，蓋亦竊自啓發，而不敢自爲暴棄者也。「山林之日長，學問之功深」，味前輩此語，疑吏事之妨吾學。郡未一考，被召除郎，即丐香火以歸，不從；反得鄉節，辭，又不獲請，不得已任事。往時臬司所職者，纔刑獄一項，獨去春新有秤提，又適值寇氛不靖，添此二事，而任大責重矣。

天祥以楮爲本職第一事，日夜劘切利病，詳悉開諭百姓，惟恐拂戾，大概只以血忱至公，風動竟内，未嘗專事刑威，楮功之所以垂成也。贛寇猖獗，血江、閩、廣三路，十數年於此。天祥白手用兵丁萬人，聲罪致討，首尾三月，寇難以平。未幾，天祥以先人本生母之喪，即解印歸里。里之群不逞結爲一議，喧動京師，天祥遂因秤提，得威虐之劾。未幾，又謗天祥討捕之敗，又謗天祥隱匿重服，又裝點墻壁，數其貪私，不值一錢。然後知鄉郡之甚難，而父母之國不可以行政矣。昔者，吾宏齋先生蓋嘗爲鄉漕矣，其所以能鎮服一路者，蓋出於宿德重望。蓋天祥小生乍出，其以召罵賈禍也固宜。往議論澒洞之初，縉紳之號爲知己者亦皆爲紛紛所動，不復見察，訛以傳訛，宜其成鬨。獨先生當是時適在緑野，凡天祥一時所行事，先生得之閭閻耳目之近，果如人言之泰甚乎？噫，任事之難，尚矣！真實體國，以政事自見，乃謂之生事，乃謂之妄作；而虛虛徐徐，相招禄仕，百事廢弛，一切不問，反竊愛根本、恤人心之美名。曾不思根本在楮，人心在物價，無財用何以聚人？無政事何以立國？奈何其是非顛倒之甚邪！先生忠忱愛國者也，憤世疾邪者也。區區肺肝，安得從先生一日傾倒，求一語以自信！

兹者伏聞先生以新天子蒲輪束帛之勤，爲時一出，自大司寇進長六卿，典事樞，顓政柄，使衛武公之爵之德之齒，千有餘歲之下焕然重光，僕何幸身親見之！天祥謹頓首爲國賀，爲世道賀，不獨爲先生賀也。天祥謗毁之餘，賴君相保全，無大督過，束禮書入深林，温理故讀，爲吾所爲，蓋自是浩然方外之想矣。先生即日膏澤六合，僕也簑笠太平，與受公賜。臨書馳仰，神爽欲飛，伏乞臺照。右謹具申。

正月□日，承心制文天祥劄子。

《全宋文》據故宫博物院藏真蹟補。又見《續書畫題跋記》卷三，題作《宋丞相文信公劄子一幅》；《珊瑚網》卷七，題作《宋丞相文信公劄子》；《式古堂書畫彙考》卷一五，題作《文履善瑞陽帖》；《六藝之一録》卷三九六，題作《文信公瑞陽帖》。

【校記】

〔一〕三復□申　《續書畫題跋記》卷三《宋丞相文信公劄子一幅》作「言西行申」；《珊瑚網》卷七《宋丞相文信公劄子》作「言西行」；《式古堂書畫彙考》卷一五《文履善瑞陽帖》與《六藝之一録》卷三九六《文信公瑞陽帖》作「（模糊數字）申」。

遺所知書

（上缺）未見何如運一棹也，回信在二十後則可定。

一、唐仁恐不測，有申述，宜速應之。或渠得章貢捷劄，宜即率一謝兵馳入城與之共守，卻命報行府□□□萬兵即下，□事又在目矣。

一、諸處取到物色已有，幾無對證，無數證者固是難理寫，如優全所共如前，此項下有數目者，即與數行根究，須斬犯法者數人，然後取得起。若肯納還者，又可少寬其刑。如平素省劄，如印紙，他門收得亦何用？此納誥之人，誥在其手，則省劄印紙敕黄皆在焉。

一、徐奶同柳娘在劉千户下，傳侌已親之。但伊榜不載，想徐奶託以爲别人女，不直指爲吾女也。徐奶有夫，此項可託其夫往贖，幸圖之。

一、環娘十歲，軍中既無名，想亦在民間。此項須遍劄永豐諸隅物色，方有出場。

一、在此無片楮可用，費力費力！全靠使司取些物色來，及靠舍弟與民章來，有些小携帶，此外無策無策。

一、黄州周都統死於瑞金，可惜可惜！

一、在瑞金時，賤體一病，甚可憂。入汀以來，幸已勿藥。

一、闔家書與舍弟，又一書達民章，又一書達□撫千户送達。

天祥皇恐拜筆。十月八日發。

《全宋文》據《清河書畫舫》卷一〇下補。又見《式古堂書畫彙考》卷一五，《六藝之一録》卷三九六。

與吴架閣劄子一

天祥皇恐頓首，申禀府尉帥僉郎中臺座前：天祥於鄉國聞修能，蓋嘗羅而致之，不可得，已屬目師行，求能給饋餉不絶糧道者，足下爲我任之。師次於洪，聞羅事先辦，益知利器發硎，小試即别。時方艱難，深願同力濟此事。會安仁作分之項，足下似亦許之。不腆馬幣，具之伴箋，耑介奉邀，式遄其至。臨風傾倚，切幾臺察。

《全宋文》據民國《吉安縣志》卷四七《金石略》補。

與吴架閣劄子二

八月日，起復朝請郎、江西宣撫副使文天祥劄子：天祥僭以官會壹阡貫充發路，官會五百貫充夫脚。不鄙嘉納，爰疾其驅，幸甚！

《全宋文》據民國《吉安縣志》卷四七《金石略》補。

與吴架閣劄子三

天祥又申稟：所糴米費，大監已肯爲轉移糴，但要米至郡方可。今未免委重於執事，得沐處置，幸甚！公文已耑馳上，伏乞臺照。天祥拜稟。

《全宋文》據民國《吉安縣志》卷四七《金石略》補。

衡陽顔氏族譜序

顔魯公忠節載史，名天下萬世，天下知有魯公。而吾永新百世父老亦皆知有魯公之裔曁遺在焉，以故吾邑之談魯公者，不待讀史而後知也。魯公河北人，初爲吉州别駕，遊永新禾山，大書「龍溪」二字於蒼崖風雨間，字畫尚新。至公裔孫詡，五代時來令永新，因家雙乳峰搗石下□詡之季子衡陽史君惠，字叔岐，生子四。長元晉，宦遊衡郡，遂家於衡陽之石壁。傳十世仕宏，徙居西鄉梅州。其後有梅澗、梅軒，宋季倡義而終。庭梧、庭蘭，猶豁達好客。

蘭翁之子學庭，仕宏八世孫也。譜其祖之所自出，諗於予曰：「先世有譜，而前後弗詳。今詳書之，庶幾眉山老泉意也。」予曰：譜之作，尊祖也。豈但尊祖哉，敬宗也。豈但敬宗哉，教後嗣以孝友也。立愛惟親，立敬惟長。三代聖賢，以是立教，故有大宗小宗之法。夫愛敬之心存乎内，愛敬之禮見乎外，故爲禮以别之。冠婚喪祭，燕饗廟室，祠堂墳墓，莫不序昭穆之爵與齒。故曰禮也者，法而不説。夫禮行乎天下成法，其存不待乎言説也。年久代更，禮廢而宗法壞，後之君子始爲之譜，表其生之所自，載其爵，著其死之所藏，紀其墓，示不忘也。又不幸中原多故，衣冠混雜，宦遊播遷，隔數百里，曠十餘代。於是世系散漫不可考，仁人孝子惕焉。此譜所以不可不續作也。嗚呼！禮之廢而無懼焉，禮之廢而譜存焉，吾猶有望焉。譜不作，其爲塗人乎！

余觀學庭，孝於親，敬於長，友於弟，禮之本也。文既克盡矣，又常纂録先世所傳家譜，以傳於遠。是心也，豈特以彰前人之豐功巨績，且以示後人，俾不忘愛敬之良心也。余既嘉其善繼善述，且爲之規曰：「愛親敬長，莫不有是心也。」夫人所以不長保其良心者，何也？妻子具而愛敬之心弛矣，富貴生而愛敬之心忘矣，昵親狎友、讒諂面諛之人至而愛敬之天理剥矣。苟能常存是愛敬之心，爲三者所感，則續斯譜可以無愧矣。噫！讀斯譜而知愧者，其猶得爲全人乎！讀斯譜而不知愧者，其獨非人乎！

《全宋文》據乾隆《清泉縣志》卷三〇補。

永和文氏宗譜序

宋鳳岡，宗氏派也。以一家視一族，則一家親；以一族視四海，則一族親；溥而視之，四海皆同胞之親也。龍川有文氏久矣，長者傳誦，以爲派自鳳岡。今覽此圖，信無二本。願自一家之親，以親一族之親，以親四海之親。鄉邦其相與勉之！咸淳元年乙丑冬十月日，宗人龍川天祥履善書。

《全宋文》據江西省吉安縣富田鄉文家村《富田文氏族譜》卷首補。

朱氏像譜引

像者，象也，所以象功而昭德也。世以譜傳，而不能以像傳。能並以傳者，必先人勳業著於當時，道德鳴於一世，乃留其像示後人，以觀光揚烈之思。舉凡模容雖盛而傳不久，亦無譜故也。《朱氏像譜》，燦然可傳，歷千萬世而不替。子孫瞻先人之像，讀先人之譜，而不興仰止之心者，未之有也。吉川文天祥識。

《全宋文》據浙江省青田縣《沛國朱氏宗譜》補。

謝敬齋昌元座右自警辭跋咸淳九年六月

周公謂魯公曰：「君子不弛其親，不使大臣怨乎不以，故舊無大故則不棄也。」孔子曰：「君子篤於親，則民興於仁。故舊不遺，則民不偷。」周公傳國，孔子立言，懸懸於親戚故舊者，皆所以厚風俗、美教化也。世遠人亡，經教殘弛。漢蘇章爲刺史，行部，有故人爲清河太守，設酒肴，陳平生之好甚歡。乃曰：「今日故人飲酒，私恩也；明日刺史案事，公法也。」不知太守爲誰，厥罪惟何。觀其一天二天之説，是必巧言令色之鮮仁，而非直諒多聞之三益也。然既與之平生故舊，適然相逢，只當忠告善道，委曲勸勉，使之悔過遷善，或使之自作進退，何乃待之以杯酒，加之以刑責？蓋賣友買直，釣名干進爾。而論章者多，亦不復用，然則何益哉！世變愈下，人心愈非。至唐韓子，則嘆有反眼下石，爲禽獸之所不爲者。宋蘇子則謂爭半年磨勘，雖殺人亦爲之者。觀韓、蘇之言，則蘇章杯酒殷勤之歡亦無之矣。周公垂訓，必歸之成德君子，有旨哉！

右敬齋謝先生座右自警之辭。人之所以爲人者，以有人倫也。朋友居人倫之一，其視君臣、父子、兄弟、夫婦，雖其情理有降殺，而義之所起，皆天性之不能自已者。惟其出於天性，是以均爲人道之大端。親者無失其爲親，故者無失其爲故，各盡其分，所以爲人也。自漢蘇章有刺史故人私恩公法之語，世以爲故然，而莫知其非，傳爲故實，流俗雷同，千餘年於此。先生本之人心，按之經義，用《春秋》誅心之法，以「賣友買直、釣名干進」，以發其微。於是知章之不可干以私，乃自私之尤者也。正使當時由是而爲公爲卿，外物之得曾何足以救本心之失，況不必得乎！《語》曰：「觀過，斯知仁矣。」先儒謂君子過於厚，小人過於薄。章不足云也，先生之論，足以樹大倫，敦薄夫，救來學之陷溺而約之正。先人真仁人哉！咸淳癸酉六月吉日，後學文天祥書。

《全宋文》據徐邦達《古書畫過眼要録》第五八九頁補。

書汪水雲詩後

吴人汪水雲，羽扇綸巾，訪予於幽燕之國，袖出《行吟》一卷。讀之，如風檣陣馬，快逸奔放。詢其故，得於子長之遊。嗟夫，異哉！乃爲之歌曰：「南風之薰兮琴無絃，北風其涼兮詩無傳。雲之漢兮水之淵，佳哉斯人兮水雲之仙。」一百五日，廬陵文山文天祥履善甫。

《全宋文》據《湖山類稿》卷末補。

書錢武肅王事

古之成大事而立大功者，必有超世之才。《孟子》曰：「我善養吾浩然之氣。」東坡云：「惟仁人君子豪傑之士，必能衛社稷，福生靈。」如唐室衰微，四方僭亂，盜賊蜂起。王係布衣，崛起臨安，設奇計以退黃巢，伏義兵而攻田頵，江浙士民得安衽席。志切扶唐，誅劉滅董。是其披攘凶渠，盪定江表，績茂勤王，功深守土，武足以安民定亂，文足以佐理經邦，實有大臣賢者之風。閱其《謝表》《遺囑》及致董昌之劄並覆邗江楊氏之信，義正詞嚴，凛不可犯，一片忠君愛民之誠，流露於翰墨間。奄有十三州一軍，可謂兵强國富矣，而猶貢獻相望於道，四十餘年如一日，克守臣節。伏龍降妖，築塘射潮，非止一時之保安，實有千萬年之功德，洵堪爲百世之模範。錢王之功，可爲大矣哉！不存忠義之心，曷保功名之盛？《書》曰：「惟命不於常道，善者得之。」王之保厥德，常厥德，非特自保，而又勉及子孫，其忠正規模，實堪風勵千古。是爲傳。文天祥撰。

《全宋文》據《錢氏家書》第二種補。

胡氏族譜跋〔一〕

世以譜傳，而不能以像傳。能並以傳者，必先人勳業著於當時，道德鳴於斯世，乃能留其像歟。凡模容雖盛不久者，以無譜之故也。胡氏譜像，燦然可傳，千百世而不朽。子孫瞻先人之像，讀先人之譜，而不興起仰止之心者，未之有也。

《全宋文》據民國十一年鉛印本《文安縣志》卷九補。

【校記】

〔一〕《全宋文》校記：此文與前卷《朱氏像譜引》大同而小異。

武岡軍學奎文閣記

臣恭惟國家自龍圖、天章而下，十有一閣，是爲西清〔一〕邃密之宇。祖宗焕乎文章，經緯天地，聖子神孫受書藏之，罔敢失墜，以作鎮於上都。自州縣及士大夫，家有御書，得建閣，所以嚴人心而尊君親，有所本矣〔二〕。

都梁書閣舊在軍學明倫堂後。景定甲子，大府寺丞臣楊巽來牧兹土，相夫子廟門狹隘弗稱，視其閣，地方丈，不足改爲〔三〕，乃議撤門，爲閣五間，嚴大其事，廡〔四〕用積餘。學職臣唐日宣綱紀鳩工，斬木陶塼〔五〕，不二市賈〔六〕。經始於明年仲冬〔七〕，五閲月而成，民不知役。湖南提刑臣王亞夫書「奎文閣」三字表其額。金碧丹雘，儼然宸章，七十二〔八〕峰煙雲變化，與輪奐相直，而都梁稱偉觀矣。

自仁宗皇帝制書州縣立學，而泮宫遍天下，時都梁猶隸邵陽。崇寧建爲軍，昉有學。高宗皇帝宣昭文化，常親御翰墨，布之方國。黔山巫水，衣被潤色，而閣附焉。顧百年間因陋就簡，迄今始克章大尊顯，焜燿耳目。《傳》曰：「苟非其人，道不虛行」，非有所待也耶？始臣巽陛辭，再疏言郡風土，雖民猺〔九〕

雜處，而〔一〇〕好禮尚義，尊朝廷則一。先皇亹亹開布玉音：「卿爲朕布寬大之德。」臣巽頓首奉命。洎蒞事，彰善癉惡，植之風聲，申以孝弟，式和民則。然後勸學興禮，革正道本，對揚王休，庶答軒墀丁寧之意。若所以鋪張聖藻，使人觀感動悟，敬君尊上，油然天至〔一一〕，固孝忠之道，而奉若臨遺之一事也。

都梁在《禹貢》爲荒服外，至唐中世，猶煩天子下銅獸符誕告威命。惟我有國，滲漉天澤，逾三百年。今則習氣質厚，文物興起，投牒赴貢歲，寖增廣，雖洞窟林麓，人去其陋，遣子就學，咸知趨嚮，彬彬儒風，進侔中州。然後知聖宋以仁化成天下，大哉洋洋，盡掩古昔。方今主上大興堯舜孔子之道，奠麗陳教，風厲四方。《詩》云：「倬彼雲漢，爲章於天。周王壽考，遐不作人。」今生爲宋民，車同軌，書同文，天飛淵躍，無間遠邇。都梁之士必有感道懷和，自奮拔於文明之世者矣。

臣待罪山林，臣巽以郡博士臣饒庚龍等狀來，願紀厥成。臣嘗隸尚書箋奏，使臣執筆，揚勵天朝風化之懿，其奚宜辭？矧是閣巍然炳然，與宋無極，臣附名其間，萬有千年俾勿壞，臣之榮也。咸淳二年六月日。

《全宋文》據日本藏中國罕見地方志叢刊本明嘉靖《湖廣圖經志書》卷一六補，又見清雍正《湖廣通志》卷一〇六、光緒元年《武岡州志》、道光二十五年《寶慶府志》。

【校記】

〔一〕西清　原作「空清」，據雍正《湖廣通志》改。

〔二〕有所本矣　《湖廣通志》作「所係大矣」。

〔三〕改爲　《武岡州志》《寶慶府志》作「旋馬」。

〔四〕廡　《湖廣通志》作「廣」。
〔五〕陶塼　《湖廣通志》作「陶埴」。
〔六〕市賈　《湖廣通志》作「市價」。
〔七〕仲冬　《湖廣通志》作「仲春」。
〔八〕二　原作「一」，據《湖廣通志》改。
〔九〕猺　《武岡州志》《寶慶府志》作「猺」。
〔一〇〕而　原作「而且」，據《湖廣通志》删「且」字。
〔一一〕天至　《湖廣通志》作「天性」。

篆玉帶硯銘

紫之衣兮綿綿，玉之帶兮卷卷。中之藏兮淵淵，外之澤兮日宣。嗚呼！礶爾心之堅兮，壽吾文之傳兮。

廬陵文天祥〔一〕。

《全宋文》據《六藝之一録》卷一三〇補，又見李安《宋文丞相天祥年譜》附録。

【校記】

〔一〕廬陵文天祥　原無，據李安《宋文丞相天祥年譜》補。

司業塈公像贊

噫，肖矣哉！誰握青鏤寫將來？望其色，皎如荆山玉爲質；接其容，嫩若蘇堤柳作胎。摹其神，方同秋水注冰壺；挹其概，擬似孤松秀嶺隈。若夫拾青選，占大魁，調燮裕經綸之用，淵源樹富有之才，炯炯精忠昭節守，盈盈桃李沐栽培，則又筆所難盡者也。同榜文天祥題。

《全宋文》據浙江省青田縣高市鄉雄溪村《陳氏宗譜》補。

忠孝碑贊一

凡厥細民，猶知供賦税出力役以事一人，矧士之讀書行義而被榮寵者，寧忍自私其身？念作成養育，莫非君恩，庶幾竭心圖報，而不愧乎爲臣。

《全宋文》據道光十八年《重修伊陽縣志》卷五補。

忠孝碑贊二

事親之道，不遠於身。知己之所以愛吾子，則知所以愛吾親。惟養生與送死，在致勞而服勤。必順乎親，斯可爲人。世有愛親不若愛子者，是之謂悖天逆倫。

《全宋文》據道光十八年《重修伊陽縣志》卷五補。

魁星圖贊

粲乎紫薇垣之旁，爲星之魁。書乎進士第一之堂，爲字之魁。捷乎庚午之秋，爲解之魁。占乎辛未之春，爲省之魁。齊美乎丙辰之狀元，爲天下之大魁。悟魁之義，得魁之趣。廬陵之魁，車載斗量，不可勝數。爾酒既清，爾肴既馨，惟吾魁，其光賁，其炳靈。

《全宋文》據《宋歷科狀元録》卷八補。又見道光十八年《重修伊陽縣志》卷五，同治《廬陵縣志》卷六。

蔣孝子傳

蔣通，紹興時人也，家於錢塘西湖小麥嶺北麓。業農，愛讀。聞岳飛被陷，遂僻處，不求聞達，力耕自給，奉親至孝。夫人陸氏，亦以孝行見稱於鄉。親逝，遂葬於小麥嶺之南，夫婦廬墓，終月號泣不食，絶於墓側桐樹下。夫人吞手記以殉。卒後數日，里人尋見夫婦坐卒桐陰，屍亦不化。即具棺殮於其親墓祔焉。時紹興十一年冬也。

里民以神家無後，人即其住屋爲祠以祀之。牲醴無鵝，忽有鴻自空下，伏於墀，祭畢飛去。里人疑牲爲天賜，遂號「飛鵝祠」。純孝之名，益著於世。嘉熙間虎患，里人禳醮，神威顯著，而虎遂斂迹。事聞於朝，賜「靈應」匾額。

寶祐五年歲丁巳清和月。

《全宋文》據民國《杭州府志》卷九補。

國子司業仲常陳公墓志銘

柔兆困敦夏五月，天祥浮海，由東甌過青田，溯石門洞西，起唁同榜陳仲常先生。適其子方營窀穸事，余乃具斗酒隻鷄，哭於其墓曰：

仲常，爾胡獨先予而逝耶！疇昔在京邸，論及時事，爾輒撫膺太息，忠義之氣溢於辭色，凜然不可少摧。群僚果亦心盡如吾仲常，雖國事日促，而中流多砥柱，亦將必回狂瀾於既倒也。於戲仲常，爾胡獨先予而逝也！予亦知爾之逝非爲二豎之故，大抵目擊時艱，憂憤抑鬱，以致肺腑焦枯，遂厥疾之不復起也。於戲仲常！予無能，不克維持國脈，徒抱恨苦衷。兩置明君，無如賊勢猖獗，逼擾京師。予曾被執之而去，此時已早辦一死矣，轉復心懷故主，因而亡歸，希再集兵勤王，掃清海宇。何天之不可挽顧如斯耶？邇來泛波濤，經險阻，鞠躬盡瘁，備嘗辛楚，未卜將來死於何所！嗚呼仲常！予生受流離困苦，莫保其後，孰若爾之得全首領哉！

今夫仲常雖死，其忠君愛國之心，予固知之孰矣。因略述其概，以爲銘。仲常諱壁，官國子司業。配王氏。男二：長天儒，次天民。時大宋景炎元年夏五月初八日，狀元及第、左丞相、簽樞密院正使、兼督諸路軍務年弟文天祥拜撰〔一〕。

《全宋文》據浙江省青田縣高市鄉雄溪村《陳氏宗譜》補。

【校記】

〔一〕《全宋文》按：文天祥《紀年録》，景炎元年五月初，端宗即位，以觀文殿學士、侍讀召天祥赴行在，與此處結銜不合。又天祥曾官右丞相，非左，宋代亦無「簽樞密院正使」之官名，疑此文爲依託。

謁祠祭蔡元定文

周衰道喪，千有餘年。周程崛起，道統勃興。天生朱子，正學大明。天生先生，羽翼厥成。紹程繼朱，集注諸書。六經垂訓，萬世作程。揭示迷途，啓迪後人。西山隱頁，潛德弗形。擬諸伊洛，爲世儀型。祥早師訓，勤讀宦成。修身潔矩，未之能信。躬赴國難，備香伸敬。先生如存，儼然居歆。

《全宋文》據《宋元學案補遺》卷六三補。

東嶽清源洞祈晴疏

三農之望有秋，亶云至切；六月而得甘雨，顧以爲憂。蓋南邦田事之最先，而閏歲天時之尤蚤。瞻平疇之綺錯，蔚多稼之雲連。父老相誇，謂積年之未睹；妻孥共喜，幸一飽之可期。儻未息於沾霈，將有妨於刈獲。垂成而毁，茲豈造物之心；轉戚爲忻，特煩彈指之力。願賜兼旬之明霽，庶償終歲之勤勞。瀝懇輸誠，鞠躬俟命。

《全宋文》據《古今圖書集成》庶徵典卷七九補。

羅氏族譜跋

魏晉無論已，唐宋以來閥閲尚矣，故譜牒爲重，俛近寖失，余爲浩嘆。今羅氏之譜，溯源於襄陽宜城之壓屍漕派，衍於吉州螺川之鼓鳴岡，由楚而吴，遂世其家焉。其間升學者，鄉舉賢良者，特科拜爵者，不下百餘人，猗歟可觀！視彼以勢利起家者發自崇朝，其廢也，亦不崇朝，奚啻天壤。惟詩書忠厚之澤可久可大，羅氏其庶幾乎！咸淳七年辛未，文天祥跋。

劉文源《文天祥研究資料集》據《竹園羅氏重修族譜》卷六輯補。

與深齋書

天祥比留城郛，幸甚，連日欵誦名理之誨。一節相聚，未有如此之久者，浣慰迄今。初朝從之歸，往往匆匆，屢價扳致，方知紫氣已不可追。暑氣氛穢中，深以疏間清侍爲恨。璧弟遺戍，人事如此，誠非本心。其身事未完，今莫知所以處也，因刊來諭，並求教焉。別柬云云，敢不敬體，區區已他布矣。幸賜體照，兩日暑盛，此身又著在卑陋之下，調攝良苦。追想清湖水竹之盛，德人容與其間，臨風悵然。不宣。

據黄桃紅、劉宗彬《〈谷村仰承集〉中的文天祥佚文》（《蘭台世界》二〇〇七年十二月下半月）補。

廷尉周公贊

緬維我翁，不附奸雄。鞠岳正真，萬代陰功。脱然遠遁，非表高風。今其貌矣，瞻之無窮。宋繪公像，奉於堂中。淵源有自，規步無窮。後昆寶之，過客斂容。

據龔建鋒《文天祥佚文〈廷尉周公贊〉》（《文獻》一九九一年第三期）補。

祭宛陵先生文

維咸淳六年，歲在庚午三月某日，知寧國軍府事文天祥，謹以清酌庶羞之奠，致祭于先賢尚書都官宛陵先生梅公之墓而言曰：大江西東，實倡古文，西則歐陽，東則先生，上追韓、孟，下啟蘇、曾。先生在天，斯文有靈，僕生也晚，實在歐鄉。天子有命，來守公邦。感時改火，爰薦苾芳。尚饗！

據明正統本《宛陵先生文集》附録補。

祭宛陵先生文

視我廬陵，夫子歐陽，彰韓癉昆，孕蘇育黄。公於其間，以詩名世，葩韓搴芳，肩蘇挹袂。故醉翁於公之德，則曰衣冠儒者也；於公之詩，則曰英華而雅者也。翁既與韓而終始，公亦與翁而上下。公仕于何，如鮎上竹。生遇昭陵，官同鄭谷。使詩遂窮人，則《三百篇》之作者，將其身之俱不淑。

據明正統本《宛陵先生文集》附録補。

重修會慶堂記

柏山有會慶堂，爲吾梅先生奉其父叔之祠也，故中室置二畫像在。後先生殁，其家人亦奉其神而合祀於堂。蓋堂作於至和二年，時仁皇之御極也。今天下所奉已更咸淳之五朔，顧於甲子計，過三匝矣。爲風雨所穿漏，其棟宇生菌者殆半，於此所幸未盡傾乎，奚可以昭事先生者。

先生生我大宋全盛之際，有大德，垂大名，而不得大用，至於死而制廟，血食曾弗與，僅偃然祔歆麥飯於其父叔之祠。而其祠又若此，是可哀也已。天祥自志學時，切慕先生之大名，恨不得一見其像者可以崇之矣。今幸叨守先生之鄉土，既得弔於墓下，又常拜於祠中，夙願諧也。不有表崇而作興之，是近誣先生之神。爲是不恤清議，亟折官中之冗屋，易其堂而更新之。意猶未足，仍捐俸買材木，築大門於外，而中翼以兩廊，以處其子孫之族燕族食者。凡此非直爲美觀也，不如是不足以稱先生奉先生之心於地下，不如是不足以白余表崇之誠。

於今日既成，刻石於堂，書以告諸後人，當有嗣焉者。

咸淳五年三月朔，知寧國軍府事盧陵文天祥記。

據元張師曾《二梅公年譜》卷末附録補。

卷二十

附録一

文天祥傳 《宋史》

文天祥，字宋瑞，又字履善，吉之吉水人也。體貌豐偉，美皙如玉，秀眉而長目，顧盼燁然。自爲童子時，見學宫所祠鄉先生歐陽修、楊邦乂、胡銓像，皆謚「忠」，即欣然慕之，曰：「沒不俎豆其間，非夫也。」年二十，舉進士，對策集英殿。時理宗在位久，政理浸怠，天祥以「法天不息」爲對，其言萬餘，不爲稿，一揮而成。帝親擢爲第一。考官王應麟奏曰：「是卷古誼若龜鑒，忠肝如鐵石，臣敢爲得人賀。」尋丁父憂，歸。

開慶初，大元兵伐宋，宦官董宋臣説上遷都，人莫敢議其非者。天祥時入爲寧海軍節度判官，上書「乞斬宋臣，以一人心」，不報，即自免歸。後稍遷至刑部郎官。宋臣復入爲都知，天祥又上書極言其罪，亦不報。出守瑞州，改江西提刑，遷尚書左司郎官，累爲臺臣論罷。除軍器監兼權直學士院。賈似道稱病乞致仕以要君，有詔不允。天祥當制，語皆諷似道。時内制相承皆呈稿，天祥不呈稿，似道不樂，使臺臣張志立劾罷之。天祥既數斥，援錢若水例致仕，時年三十七。咸淳九年，起爲湖南提刑，因見故相江萬里。萬里素奇天祥志節，語及國事，愀然曰：「吾老矣，觀天時人事當有變，吾閲人多矣，世道之責，其在君乎？君其勉之。」十年，改知贛州。

德祐初，江上報急，詔天下勤王。天祥捧詔涕泣，使陳繼周發郡中豪傑，並結溪峒蠻，使方興召吉州兵，諸豪傑皆應，有衆萬人。事聞，以江西提刑安撫使召入衛。其友止之曰：「今大兵三道鼓行，破郊畿，薄内地，君以烏合萬餘赴之，是何異驅群羊而搏猛虎！」天祥曰：「吾亦知其然也。第國家養育臣庶三百餘年，一旦有急，徵天下兵，無一人一騎入關者，吾深恨於此，故不自量力，而以身殉之，庶天下忠臣義士將有聞風而起者。義勝者謀立，人衆者功濟，如此則社稷猶可保也。」

天祥性豪華，平生自奉甚厚，聲伎滿前。至是，痛自貶損，盡以家資爲軍費。每與賓佐語及時事，輒流涕，撫几言曰：「樂人之樂者，憂人之憂；食人之食者，死人之事。」八月，天祥提兵至臨安，除知平江府。時以丞相宜中未還朝，不遣。十月，宜中至，始遣之。朝議方擢吕師孟爲兵部尚書，封吕文德和義郡王，欲賴以求好。師孟益偃蹇自肆。天祥陛辭，上疏言：「朝廷姑息牽制之意多，奮發剛斷之義少，乞斬師孟釁鼓，以作將士之氣。」且言：「宋懲五季之亂，削藩鎮，建郡邑，一時雖足以矯尾大之弊，然國亦以寖弱。故敵至一州則破一州，至一縣則破一縣，中原陸沉，痛悔何及。今宜分天下爲四鎮，建都督統御於其中。以廣西益湖南，而建閫於長沙；以廣東益江西，而建閫於隆興；以福建益江東，而建閫於番陽；以淮西益淮東，而建閫於揚州。責長沙取鄂，隆興取蘄、黄，番陽取江東，揚州取兩淮，使其地大力衆，足以抗敵。約日齊奮，有進無退，日夜以圖之，彼備多力分，疲於奔命，而吾民之豪傑者，又伺間出於其中，如此則敵不難卻也。」時議以天祥論闊遠，書奏不報。

十月，天祥入平江，大元兵已發金陵入常州矣。天祥遣其將朱華、尹玉、麻士龍與張全援常，至虞橋，士龍戰死，朱華以廣軍戰五牧，敗績，玉軍亦敗，爭渡水，挽全軍舟，全軍斷其指，皆溺死，玉以殘兵五百人夜戰，比旦皆沒。全不發一矢，走歸。大元兵破常州，入獨松關。宜中、夢炎召天祥，棄平江，守餘杭。

明年正月，除知臨安府。未幾，宋降，宜中、世傑皆去。仍除天祥樞密使，尋除右丞相兼樞密使，使如軍中請和，與大元丞相伯顔抗論皋亭山。丞相怒，拘之，偕左丞相吴堅、右丞相賈餘慶、知樞密院事謝堂、簽書樞密院事家鉉翁、同簽書樞密院事劉岊，北至鎮江。天祥與其客杜滸十二人，夜亡入真州。苗再成出迎，喜且泣曰：「兩淮兵足以興復，特二閫小隙，不能合從耳。」天祥問：「計將安出？」再成曰：「今先約淮西兵趨建康，彼必悉力以扞吾西兵。指揮東諸將以通、泰兵攻灣頭，以高郵、寶應、淮安兵攻揚子橋，以揚兵攻瓜步，吾以舟師直擣鎮江，同日大舉。灣頭、揚子橋皆沿江脆兵，且日夜望我師之至，攻之即下。合攻瓜步之三面，吾自江中一面薄之，雖有智者不能爲之謀矣。瓜步既舉，以東兵入京口，西兵入金陵，要浙歸路，其大帥可坐致也。」天祥大稱善，即以書遺二制置，遣使四出約結。

天祥未至時，揚有脱歸兵言：「密遣一丞相入真州説降矣。」庭芝信之，以爲天祥來説降也，使再成亟殺之。再成不忍，紿天祥出相城壘，以制司文示之，閉之門外。久之，復遣二路分覘天祥，來説降者即殺之。二路分與天祥語，見其忠義，亦不忍殺，以兵二十人道之揚，四鼓抵城下，聞候門者談，制置司下令備文丞相甚急，衆相顧吐舌，乃東入海道，遇兵，伏環堵中得免。然亦饑莫能起，從樵者乞得餘糝羹。行入板橋，兵又至，衆走伏叢篠中，兵入索之，執杜滸、金應而去。虞候張慶矢中目，身被二創，天祥偶不見獲。滸、應解所懷金與卒，獲免，募二樵者以蕢荷天祥至高郵，泛海至温州。

聞益王未立，乃上表勸進，以觀文殿學士、侍讀召至福，拜右丞相。尋與宜中等議不合。七月，乃以同都督出江西，遂行，收兵入汀州。十月，遣參謀趙時賞、諮議趙孟濚將一軍取寧都，參贊吴浚將一軍取雩都，劉洙、蕭明哲、陳子敬皆自江西起兵來會。鄒渢以招諭副使聚兵寧都，大元兵攻之，渢兵敗，同起事者劉欽、鞠華叔、顔斯立、顔起巖皆死。武岡教授羅開禮，起兵復永豐縣，已而兵敗被執，死於獄。天祥聞開禮死，製服哭之哀。

至元十四年正月，大元兵入汀州，天祥遂移漳州，乞入衛。時賞、孟瀠亦提兵歸，獨浚兵不至。未幾，浚降，來説天祥。天祥縛浚，縊殺之。四月，入梅州，都統王福、錢漢英跋扈，斬以殉。五月，出江西，入會昌。六月，入興國縣。七月，遣參謀張汴、監軍趙時賞、趙孟瀠等盛兵薄贛城，鄒𣵀以贛諸縣兵搗永豐，其副黎貴達以吉諸縣兵攻泰和。吉八縣復其半，惟贛不下。臨、洪諸郡，皆送款。潭趙璠、張琥、張唐、熊桂、劉斗元、吴希奭、陳子全、王夢應，起兵邵、永間，復數縣，撫州何時等，皆起兵應天祥。分寧、武寧、建昌三縣豪傑，皆遣人如軍中受約束。

江西宣慰使李恒遣兵援贛州，而自將兵攻天祥於興國。天祥不意恒兵猝至，乃引兵走，即鄒𣵀於永豐。𣵀兵先潰，恒窮追天祥方石嶺。鞏信拒戰，箭被體，死之。至空坑，軍士皆潰，天祥妻妾子女皆見執。時賞坐肩輿，後兵問謂誰，時賞曰：「我姓文」，衆以爲天祥，禽之而歸，天祥以此得逸去。孫㮚、彭震龍、張汴死於兵，繆朝宗自縊死。吴文炳、林棟、劉洙皆被執歸隆興。時賞奮駡不屈，有係累至者，輒麾去，云：「小小簽廳官耳，執此何爲？」由是脱者甚衆。臨刑，洙頗自辯，時賞叱曰：「死耳，何必然？」於是棟、文炳、蕭敬夫、蕭燾夫皆不免。

天祥收殘兵奔循州，駐南嶺。黎貴達潛謀降，執而殺之。至元十五年三月，進屯麗江浦。六月，入船澳。益王殂，衛王繼立。天祥上表自劾，乞入朝，不許。八月，加天祥少保、信國公。軍中疫且起，兵士死者數百人。天祥惟一子，與其母皆死。十一月，進屯潮陽縣。潮州盜陳懿、劉興數叛附，爲潮人害。天祥攻走懿，執興誅之。十二月，趨南嶺，鄒𣵀、劉子俊又自江西起兵來，再攻懿黨，懿乃潛道元帥張弘範兵濟潮陽。天祥方飯五坡嶺，張弘範兵突至，衆不及戰，皆頓首伏草莽。天祥倉皇出走，千户王惟義前執之。天祥吞腦子，不死。鄒渢自剄，衆扶入南嶺死。官屬士卒得脱空坑者，至是劉子俊、陳龍復、蕭明哲、蕭資皆死，杜滸被執，以憂死。惟趙孟濚遁，張唐、熊桂、吴希奭、陳子全兵敗被獲，俱死焉。唐，廣漢張栻後也。

天祥至潮陽，見弘範，左右命之拜，不拜，弘範遂以客禮見之，與俱入厓山，使爲書招張世傑。天祥曰：「吾不能救父母，乃教人叛父母，可乎？」索之固，乃書所過零丁洋詩與之。其末有云：「人生自古誰無死，留取丹心照汗青。」弘範笑而置之。厓山破，軍中置酒大會，弘範曰：「國亡，丞相忠孝盡矣，能改心以事宋者事皇上，將不失爲宰相也。」天祥泫然出涕曰：「國亡不能救，爲人臣者死有餘罪，況敢逃其死而二其心乎。」弘範義之，遣使護送天祥至京師。

天祥在道，不食八日，不死，即復食。至燕，館人供張甚盛，天祥不寢處，坐達旦。遂移兵馬司，設卒以守之。時世祖皇帝多求才南官，王積翁言：「南人無如天祥者。」遂遣積翁諭旨，天祥曰：「國亡，吾分一死矣。儻緣寬假，得以黄冠歸故鄉，他日以方外備顧問，可也。若遽官之，非直亡國之大夫不可以圖存，舉其平生而盡棄之，將焉用我？」積翁欲合宋官謝昌元等十人，請釋天祥爲道士，留夢炎不可，曰：「天祥出，復號召江南，置吾十人於何地！」事遂已。天祥在燕凡三年，上知天祥終不屈也，與宰相議釋之，有以天祥起兵江西事爲言者，不果釋。

至元十九年，有閩僧言土星犯帝坐，疑有變。未幾，中山有狂人自稱「宋主」，有兵千人，欲取文丞相。京城亦有匿名書，言某日燒蓑城葦，率兩翼兵爲亂，丞相可無憂者。時盜新殺左丞相阿合馬，命撤城葦，遷瀛國公及宋宗室開平，疑丞相者天祥也。召入諭之曰：「汝何願？」天祥對曰：「天祥受宋恩，爲宰相，安事二姓？願賜之一死，足矣。」然猶不忍，遽麾之退。言者力贊從天祥之請，從之。俄有詔使止之，天祥死矣。天祥臨刑，殊從容，謂吏卒曰：「吾事畢矣。」南鄉拜而死。數日，其妻歐陽氏收其屍，面如生，年四十七。其衣帶中有贊曰：「孔曰成仁，孟曰取義，惟其義盡，所以仁至。讀聖賢書，所學何事？而今而後，庶幾無愧。」

論曰：自古志士欲信大義於天下者，不以成敗利鈍動其心，君子命之曰「仁」，以其合天理之正，即人心之安爾。商之衰，周有代德，孟津之師不期而會者八百國，伯夷、叔齊以兩男子欲扣馬而止之，三尺童子知其不可。他日，孔子賢之，則曰：「求仁而得仁。」宋至德祐亡矣，文天祥往來兵間，初欲以口舌存之，事既無成，奉兩孱王，崎嶇嶺海，以圖興復，兵敗身執。我世祖皇帝以天地有容之量，既壯其節，又惜其才，留之數年，如虎兕在柙，百計馴之，終不可得。觀其從容伏質，就死如歸，是其所欲有甚於生者，可不謂之「仁」哉！宋三百餘年，取士之科，莫盛於進士，進士莫盛於倫魁。自天祥死，世之好爲高論者，謂科目不足以得偉人，豈其然乎！

文天祥傳

廬陵劉岳申撰

文丞相天祥，字履善，吉州廬陵人也。父儀，鄉稱長者。大父時用，夢兒乘紫雲下，已復上，而丞相生，故名雲孫，字天祥。英姿雋爽。目光如電。稍長，遊鄉校。見歐陽文忠公、楊忠襄公、胡忠簡公、周文忠公、楊文節公祠像，慨然曰：「沒不俎豆其間，非夫也。」

寶祐乙卯，年二十，以字貢，廷對置第五，理宗親擢第一。尋丁父憂，服除，授承事郎、簽書甯海軍節度判官廳公事。時江上有警，吴潛再相，内都知董宋臣主遷幸議。天祥上書乞斬董宋臣，以一人心，安社稷。請效方鎮建守，就團結抽兵，破資格用人。書奏，不報，自免歸。以前職改鎮南軍。不拜。乞祠。得主管建昌車仙都觀。除秘書省正字，兼景獻府教授，進校書郎、著作郎兼權刑部郎官。

董宋臣復爲都知，上疏極論，不報。出守瑞州，召爲禮部郎官，尋除江西提刑。伯祖母梁夫人卒，夫人，其父本生母也，即日解官。終喪除尚左郎官，兼學士院權直，兼國史院編修官、實録院檢討官。臺臣奏免。尋除福建提刑，臺臣復奏寢。改知寧國府，民歌舞之，爲立生祠。除軍器監，兼右司，尋兼崇政殿説書，兼學士院權直，兼玉牒所檢討官。平章賈似道乞致仕，有要君意，學士院降詔裁責以義，賈意不滿。除秘書監，臺臣迎合賈意奏免。除湖南運判，臺臣復奏寢。始闢文山於其鄉。窮山水之樂。除湖南提刑，平邵、永巨寇，道路肅清。見故相江公萬里於長沙，公曰：「吾老矣，觀天時人事，必當有變，世道之責，其在君乎？君必勉之。」是冬，乞便郡養親，移知贛州。

明年，爲德祐元年乙亥，至元十二年也。正月朔，牒報元師渡江，詔諸路勤王，奉詔起兵。二月，似道魯港師潰，除右文殿修撰、樞密副都承旨、江西安撫副使，兼知贛州。尋兼江西提刑，進集英殿修撰、江西安撫使，加權兵部侍郎。丁祖母劉氏夫人憂。葬夫人而起復命下，累疏乞終制，不許。仍趣兵居移洪。

初，左相王爚主天祥遷擢，屢趣天祥入衛。與右相陳宜中不合。爚引嫌去國，京學生上書，訟宜中沮天祥事。宜中出關，留夢炎代相。夢炎素厚宜中，又黨江西制置黄萬石。至是，夢炎奏萬石入衛，以天祥移屯於洪，經略九江。萬石陰與吕師夔通，自洪退屯，置司撫州。有旨，趣天祥入衛。天祥以兵二萬至衢州，除權工部尚書兼都督府參贊軍事。至臨安，兩月，累奏乞終喪。又奏：古有墨衰從戎，無墨衰登要津者。乞仍樞密副都承旨、江西安撫使領兵國門，皆不許。除浙西、江東制置使兼江西安撫大使，兼知平江府。留不遣，天祥請分東南爲四鎮，而以都督統御其中。時朝廷方遣吕師孟奉使，師孟偃蹇傲朝廷。天祥乞斬師孟釁鼓。不報。

常州已急，始遣天祥就戍，尋除端明殿學士。宜中遣張全將淮兵二千援常州。天祥遣朱華將廣、贛兵三千從之。全自提兵設伏於虞橋，麻士龍死之而全不援。元師薄華軍，廣軍多死於水。又薄贛軍，尹玉獨當其鋒，曾全等皆遁。張全擁軍，隔河不發一矢。華軍渡水者，爭挽全軍船，全令諸軍盡斷其指，軍多溺死。全宵遁，尹玉孤軍五百人皆殊死戰，玉死之。及明得脱者四人，無一人降者。天祥欲斬張全，督府竟宥之，獨斬曾全以徇。奏贈尹玉團練使，立廟死所。官其二子。常州破，攻獨松關急。夢炎、宜中、陳文龍議棄平江，趣天祥移守餘杭。天祥未決，兩府劄再至，遣環衛王邦傑留平江。天祥去平江三日，通判王舉之與邦傑開門迎降。天祥進資政殿學士，浙西、江東制置大使，兼江西安撫大使，置屯餘杭，守獨松關。未幾，夢炎遁。

明年正月，除知臨安府，不拜。以輕兵赴闕，始從天祥初議，送吉王、信王閩廣。大臣日請三宮渡江，太皇太后不允。天祥請以福王或沂王判臨安，以繫人望，身爲少尹以輔之。有急，密移三宮，當以死衛社稷。議不合。少保張世傑宿重兵於六和塔。又請自將京師義士二十萬，與城内外軍數萬人背城借一，以戰爲守。世傑不許。

十八日，伯顔至皋亭山，距臨安三十里，宜中遣使絡繹講解。伯顔邀宜中相見，宜中許之而遁。明日，世傑亦遁。除天祥樞密使，又除右丞相兼樞密，不拜。使者至，上下震恐，莫知所爲。有旨，令天祥詣軍前，遂以資政殿學士行。因説伯顔曰：「宋承帝王正統，非遼、金比。今北朝將欲爲與國乎？將毁其宗社乎？若以爲與國，則宜退兵平江或嘉興，然後議歲幣與金帛犒師。天祥躬督所議，悉輸軍前，北朝完師以還。此爲不戰而全勝，策之上也。若欲毁其宗社，則兩淮、兩浙、閩廣尚多未下，窮兵取之，利鈍未可知。假能盡取，豪傑並起，兵連禍結，必自此始。」伯顔初以危言折之。天祥謂「宋狀元宰相，所欠一死報國耳。宋存與存，宋亡與亡，刀鋸在前，鼎鑊在後，非所懼也，何怖我爲？」伯顔改容，因謝曰：「前日已遣程鵬飛，詣太皇太后簾前親聽處分。候鵬飛至，即與丞相定議。」

明日，左丞相吴堅、右丞相賈餘慶、同知樞密院事謝堂、簽書樞密院事家鉉翁、同簽書樞密院事劉岊與吕師孟奉降表至，伯顔引天祥同坐。堅等各就車歸，獨留天祥不遣。天祥大罵賈餘慶賣國，且責伯顔失信。吕文焕從旁慰解之，天祥斥言：「叛逆遺孽，當用《春秋》誅亂賊法。」文焕謂：「丞相何故以逆賊見罵？」天祥曰：「國家不幸至今日，汝爲罪魁，非逆賊而何？三尺童子猶斥罵汝，獨我乎？」文焕曰：「守襄陽七年不救，是以至此。」天祥曰：「吕氏一門，父子兄弟受國厚恩，不幸勢窮援絶，以死報國可也。豈有降理？汝自愛身，惜妻子，壞家聲，今汝合族爲逆矣，尚何言！」文焕慚恚。師孟忿怒云：「丞相今日何不殺師孟？」天祥謂：「汝叔侄賣降，恨朝廷失刑，不族滅汝。汝今日能殺我，得爲大宋忠臣足矣，豈懼死哉！」師孟語塞。伯顔聞之，吐舌云：「男子！男子！」然自是益留之，不復遣還矣。賈餘慶歸，令學士院詔天下州郡歸附，放還天祥所部勤王義士西歸。其渡浙歸閩者，惟方興、朱華、鄒㵯、張抃數人耳。

二月八日，伯顔趣天祥隨祈請使吴堅、賈餘慶北行，天台杜滸從。至京口，留十日。杜滸與余元慶定計，謀趨真州，不可得舟。元慶遇故舊，許以白金千兩求之。其人云：「吾爲大宋脱一丞相，事成，豈止白金千兩哉？」竟得舟，二月二十九日也。是午，促過瓜洲，賈餘慶等已渡。天祥辭以明日同吴丞相渡，以是夕逃。幸得至真州城下，三月朔日也。守將苗再成迎宿，時真州不知京城消息已數月，聞天祥至，無不感憤流涕者。諸將皆謂：「兩淮兵力足以興復，恨李制置與淮西夏老不能合從，得丞相通兩閫脈絡，不出一月，連兵大舉，江南可傳檄定也。」天祥問再成：「計將安出？」再成爲言：「灣頭、揚子橋守者，皆沿江脆兵。今以通、泰軍攻灣頭，以高郵、寶應、淮安軍攻揚子橋，以揚州兵向瓜洲，再成與刺史趙孟綿以舟師直擣鎮江，同日大舉，彼軍勢不能相救護。以灣頭、揚子橋合兵攻瓜洲之三面，再成自江中一面薄之，雖有智者，不能爲之謀矣。然後以淮東軍入京口，淮西軍入金陵，兩浙無出路，其大帥可生致也。」

天祥喜甚，即爲書李庭芝、夏貴。庭芝得書，反疑丞相無得脱理，罪真州不當納之，遣官諭再成亟殺天祥以自白。再成不忍殺，三日，紿天祥出視城壕，使王、陸二都統導之出，示以制司文書，謂丞相爲説城。天祥方驚嘆，而兩都統鞭馬入城，門已閉矣。杜滸赴城壕，欲死。有張、徐二路分，自言苗安撫遣送丞相，惟丞相所向。天祥云：「今惟往揚州。夏老不相識，淮西又無歸路，委命於天，惟往揚州。」久之，有弓刀五十人至，張、徐各就騎，以二騎從天祥，天祥與杜滸連騎。行數里，張、徐請下馬。天祥既下，云：「且行。」既行，云：「且坐。」坐久，立談。張、徐云：「制使欲殺丞相，安撫不忍，故遣某二人送行。今丞相安往？」天祥云：「只往揚州。」張、徐云：「揚州欲殺丞相，不可往。」天祥云：「無可奈何，今只欲見李制置，自白此心，庶幾見信，共圖恢復。否則，從通州遵海歸行朝。」張、徐云：「安撫已具船，令從丞相江行，歸南歸北皆可。」天祥云：「如此，則安撫亦疑我矣？」張、徐方吐實，云：「安撫猶在疑信之間，令某二人便宜從事。某見丞相忠義如此，何敢加害！既決欲往揚州，當相送。」是日暮，張、徐先辭去，留二十人從行。頃之，二十人亦去。

明日，至揚州。杜滸謂：「制使既不相容，必且死於城門。不如且避哨，以夜趨高郵至通州，渡海歸江南見二王，與徒死城下萬萬不侔。」金應又謂：「出門即有哨，此去通州尚五百里，何由而達？與其死於彼，不如死揚州，且猶冀未必死。」天祥計未決，而從行者四人已負腰金逃矣。不得已，去揚州城下。避哨土圍糞穢中，忽數千騎過其後。至賈家莊，已兩日不得食，又迫巡徼者，夜迷失道。幸得至高郵，而制司命下關防説城愈急，遂不敢入城。過城子河，至海陵，過海安、如皋，舟與追騎常相距，危不免者數矣。

至通州，適牒報鎮江大索文丞相十日，且以三千騎追亡於滸浦，始釋制司前疑。得海舟，渡揚子江，入蘇州洋、輾轉四明、天台。以四月八日至温州。

益王建大元帥府於福州，天祥上書勸進。始以五月朔即位福安，改元景炎，以觀文殿學士召天祥。二十六日行至都門，除右丞相。時樞密使陳宜中、副使張世傑用事，丞相具員，天祥辭不拜。以樞密使同都督諸路軍馬發行都，出南劍，號召天下。十月，趨汀州，遣督參趙時賞、督諮趙孟濚復寧都，督贊吴浚復雩都，天祥移屯漳州龍巖縣。未幾，浚銜唆都命來招降，遂殺浚以定衆志。時唆都與左丞阿剌罕、參政董某既入閩，李珏、王積翁以福建宣慰、招撫使各致書天祥。天祥復書：「候見老母，即從先帝地下，無可言者。」

明年三月，入梅州，始與母、弟、妻、子相見，進階銀青光禄大夫。四月，斬統制錢漢英、王福，引兵自梅州出江西，入會昌，戰雩都，大捷，因開府興國。都謀張抃，監軍趙時賞、孟濚盛兵薄贛城下，招諭使鄒渢率贛諸縣兵搗永豐、吉水，招撫副使黎貴達率吉諸縣兵復太和。臨、洪諸郡豪傑皆納款。淮西義士劉源以兵復黄州，復壽昌軍；潭州趙璠、張琥，撫州何時皆起義兵，分寧、武寧皆遣使詣軍門，受約束。福建斬偽天子黄從，傳首致督府。軍勢大振。

貴達以正軍千人、民兵數千次太和，鍾步、張抃、趙時賞、趙孟濚率民兵數萬逼贛，遇騎卒先後衝之，皆潰，自相蹂藉死。孟濚收殘兵保雩都。督府聞鄒渢聚兵數萬於永豐，乃引兵就之。會渢兵亦潰，元帥李恒以大軍乘其弊，追及於廬陵東固之方石嶺。都統制鞏信駐軍嶺上，力戰，箭被體不動，猶手殺數十人，乃自投崖谷死。大軍追至空坑，同督府兵潰，天祥幾被執。值山徑險隘，有大石忽墜，塞其路，乃得脱去，既而妻妾子女皆陷，惟母曾夫人、子道生從天祥奔汀州。趙時賞、吴文炳、林棟、劉洙皆被執，張抃、劉欽爲亂兵所殺。

天祥趨循州。其冬，塔术、吕師夔、李恒以步卒入嶺，唆都、蒲壽庚、劉深以舟師下海，皆會廣州。天祥駐循之南嶺，黎貴達有異志，伏誅。明年二月，出海豐。三月，屯麗江涌，命弟璧攻惠州。五月，端宗凶問至，衛王改元祥興。天祥奉表起居，自劾罔功，有詔獎諭，陸秀夫當筆，其略曰：「方敵氛之正惡，鞠旅勤王；及皇路之已傾，捐軀徇國。脱危機於虎口，涉遠道於鯨波，雖成敗利鈍逆睹之未能，而險阻艱難備嘗之已熟。如金百煉而益勁，如水萬折而必東。」天祥乞移軍入朝，不許。又欲入廣州。時廣州新復，憚天祥威重，佯遣舟來迎，而中道去之，遂不果入。六月，祥興舟自碙州回駐崖山，督府累請入覲，世傑曰以迎候宜中還朝爲辭；諸大將多忌天祥，又位樞密使出己上，皆不便其入。加天祥少保、信國公，母曾封齊魏國夫人，同督府官屬各轉五資，以金三百兩犒其軍。天祥移書秀夫云：「天子幼沖，宰相遁荒，制訓敕令，出諸公口，奈何不恤國事，以游辭相距耶？」秀夫太息而已。時督府全軍疾疫，齊魏國夫人、子道生相繼卒，遣使宣祭，起復。

初，陳懿兄弟皆爲劇盜，世傑招之，叛附不常，潮人苦之。潮士民請移行府於潮。十一月，進朝陽縣，戮懿黨劉興。時張弘範爲都元帥，以大軍自明、秀下海，以步卒自漳、泉入潮。天祥以聞行朝。十二月十五日，移屯趨海豐，入南嶺。鄒㵯、劉子俊以民兵數千，至自江西。時弘範步騎尚隔海港，陳懿爲迎導，具海舟以濟。弘範既濟，使其弟弘正以輕兵直指督帳。二十日午，天祥方飯客五坡嶺，步騎奄至。天祥度不得脱，即取懷中腦子盡服之。衆擁天祥上馬，天祥急索水飲，冀速得死，已乃暴下，竟不死。諸軍皆潰。天祥見弘正於和平，大駡求死。越七日，至潮陽，踴躍請劍就死。弘範必欲以禮見，議相見禮。天祥曰：「吾不能跪，吾嘗見伯顔、阿术，惟長揖耳。」或曰：「奈何不拜？」天祥曰「吾能死，不能拜！」弘範亦不能强，遂以長揖相見。

明年正月二日，弘範驅天祥登海艘。十日，至崖山，弘範索天祥爲書招世傑。天祥曰：「己不能救父母，又教人叛父母，可乎？」愈益急索，則書《過零丁洋》一詩示之，詩末云：「人生自古誰無死？留取丹心照汗青。」弘範笑而置之。自此守護益謹，然禮貌益隆。

二月六日，崖山破。先是，陸秀夫在行朝，以樞密兼宰相，至是，請於太妃曰：「臨安母子已被辱，殿下不宜再辱。」言訖，即沉其妻孥，冠裳抱祥興赴海。太妃從之，宫人已下皆從。太妃、官屬、將士爭蹈海，死者數萬人。十四日，弘範置酒，大會諸將，因舉酒從容謂天祥曰：「國亡矣，忠孝之事盡矣。丞相改心易慮，以事大宋者事大元，大元賢相非丞相而誰？」天祥流涕曰：「國亡不能救，爲人臣者死有餘罪，況敢逃其死而貳其心乎？」弘範又謂：「國亡矣，即死，誰復書之？」天祥謂：「商亡，而夷、齊不食周粟，亦自盡其心耳，豈論書與不書！」弘範爲改容。副元帥龐鈔兒赤起行酒，天祥不爲禮。龐鈔兒赤怒，罵之。天祥亦大罵，請速死。弘範遣使具奏天祥不屈與所以不殺狀，世祖皇帝命護送天祥京師。弘範遣督鎮撫石嵩護行，且以崖山所得宋禮部郎官鄧光薦與俱。二十二日發廣州，至南安始縶頸縶足，以防江西之奪者。明日，天祥即絕粒不食，計日可首丘廬陵，乃爲文祭墓，爲詩别諸友，遣人馳歸，約日復命廬陵城下，即瞑目長逝。乃水盛風駛，前一日過廬陵，至豐城，始知所遣人竟不得往。於是不食已八日，念不得死廬陵，而委命荒江，志節不白，始從容就義，强復飲食。十二日，至建康，因駐中，鄧光薦寓天慶觀。

八月二十四日，天祥北行。十月，至燕，館所供帳如上賓。館人云：「博羅丞相命也。」天祥義不寢處，坐達旦。四日，張弘範至，具言不屈狀。五日，送兵馬司，械繫空宅中。十餘日，解手縛。又十餘日，得疾。十二月二日，去械，猶繫頸。五日，赴樞密院。九日，見博羅丞相，張平章，命之跪，天祥曰：「南人不能跪。」

左右强之，終不可。問：「有何言？」天祥曰：「自古有興有廢，帝王將相，滅亡誅戮，何代無之？盡忠於宋，所以至此。今日不過死耳，有何言？」又問，天祥曰：「爲宋丞相，宋亡，義當死；爲北朝所獲，法當死，何言？」博羅問：「自古常有宰相以宗廟城郭與人，又遁逃去者否？」天祥曰：「爲宰相而奉國以與人者，賣國之臣也。賣國者必不去；去者，必非賣國之臣。前除宰相不拜，奉使伯顔軍前，尋被拘留，不幸有賊臣賣國。國亡當死，但以度宗皇帝二子在浙東，老母在廣，故去之耳。」問：「德祐非君乎？」曰：「吾君也。」曰：「棄嗣君而立二王，果忠臣乎？」曰：「德祐不幸失國，當此之時，社稷爲重君爲輕，立君者，所以爲宗廟社稷計，故爲忠臣。從懷、愍而北者非忠，從元帝爲忠；從徽、欽而北者非忠，從高宗爲忠。」博羅不能詰。有問：「晉元帝、宋高宗有所受命，二王何所受命？且不正，是篡也。」曰：「景炎乃度宗皇帝長子、德祐親兄，不可謂不正；即位於德祐去位之後，不可謂篡；陳丞相以太皇太后命，奉二王出宫，不可謂無所受命。」博羅謂：「汝爲相，能挾三宫以往，可以爲忠；不能，則與伯顔丞相一戰絶勝負，可以爲忠。」天祥曰：「此可以責陳丞相，不可以責我。我此時未當國故也。」又問：「汝立二王，竟成何事？」曰：「立君以存宗社，臣子之責。若夫成功，則天也。」又曰：「既知其不可，何必爲？」曰：「父母有疾，雖不可爲，無不用醫藥之理。不用醫藥者，非人子也。天祥今日至此，惟有死，不在多言。汝所言，都不是。」博羅怒曰：「汝欲死，可得快死耶？死，汝必不可得快！」天祥云：「得死即快，何不快爲？」博羅呼引去。自是囚兵馬司者四年。其爲詩，有《指南前録》三卷、《後録》五卷，《集杜》二百首，皆有自序，天下誦之。其翰墨滿燕市。又時時爲吏士講前史忠義，聞者傾動。嘗裹所脱爪齒鬚髪寄弟璧，始終未嘗一食官飯。

上自開平還大興，問南北宰相孰賢，群臣皆曰：「北人無如耶律某，南人無如文天祥。」上將付以大任，王積翁、謝昌元相率以書諭上意，天祥復書云：「諸君義同鮑叔，而天祥事異管仲。管仲不死，而功名顯於天下；天祥不死，而盡棄其平生，遺臭於萬年，將焉用之？」積翁知不能屈，猶奏請釋天祥而禮之，以爲事君者勸。上語積翁，命兵馬司好與飲食。天祥使人語積翁：「吾義不食官飯數年矣，今一旦飯於官，吾且不食。」積翁始不敢言。會麥術丁（原本脱五字，今仍之）參知政事，麥術丁者，嘗開省江西，親見天祥出師震動，每倡言不如殺之便，自是上與宰相每欲釋之，輒不果。

至元壬午十二月八日，召天祥至殿中。天祥長揖不拜，極言：「宋無不道之君，無可吊之民。不幸母老子弱，權臣誤國，用舍失宜。北朝用其叛將叛臣，入其國都，毁其宗社。天祥相宋於再造之時，宋亡，天祥當速死，不當久生。」上使諭之曰：「汝以事宋者事我，即以汝爲中書宰相。」天祥對曰：「天祥爲宋狀元宰相，宋亡，惟可死，不可生。」又使諭之曰：「汝不爲宰相，則爲樞密。」對曰：「一死之外，無可爲者。」遂命之退。明日，有奏：「天祥不願歸附，當如其請，賜之死」。麥術丁力贊其決，遂可其奏。天祥將出獄，即爲絶筆《自贊》，繫之衣帶間。其詞云：「孔曰成仁，孟曰取義，惟其義盡，所以仁至。讀聖賢書，所學何事？而今而後，庶幾無愧。」過市，揚揚顔色不變，觀者如堵。問市人：「孰爲南北？」南面再拜而就死。見者聞者，無不流涕。是日，大風揚沙石，晝晦，咫尺不辨人，城門晝閉。籍兵馬司，得天祥所爲詩文上之。天祥死時，年四十有七矣。南人留燕者，悲歌慷慨，相應和爲歌，更置酒酬丞相相慰藉，更相自賀。至有十義士者，收葬於都城外。

初，天祥既第，誓不倚勢近利。自禄賜所入，盡以散族姻鄉友之貧者。至是，官籍其家，蕭然。方過南安時，遣人告墓，以弟璧之子陞爲嗣。又寄弟詩曰：「親喪君自盡，猶子是吾兒。」大德中，陞奉母歐陽夫人，歸自豐州云。

贊曰：文丞相以廬陵年少，穆陵親擢進士第一，即上書乞斬董宋臣者至再。宋垂亡，猶乞斬吕師孟釁鼓，此豈希合苟生者？賈似道沮之，留夢炎嫉之，宜也。陳宜中、張世傑亦忌之，何也？黄萬石嫉之，何也？李庭芝疑之，至欲殺之，又何也？或謂使庭芝不疑，夏貴可合，事未可知。豈所謂天之所廢，不可興者耶？方其脱京口，走真、揚，脱真、揚，走三山，出萬死，與潮陽仰藥不死，南安絶粒不死，燕獄不死，何異若將以有爲者？及得死所，卒以光明俊偉，暴之天下後世。殆天以丞相報宋三百年待士之厚，且以昌世教也。而或者咎其疏闊，議其無成，謬矣。夫非諸葛公所謂「鞠躬盡瘁，死而後已」者乎！死之日，宋亡七年，崖山亡又五年矣。

丞相傳　吉水胡廣撰

宋文丞相天祥，字宋瑞，一字履善，吉州廬陵人也。父儀，號革齋，鄉稱長者。大父時用，夢兒乘紫雲下，已復上，而天祥生，故名雲孫，字天祥。英姿俊爽，目光如電。稍長，遊鄉校，見學宫祠鄉先生歐陽文忠公、楊忠襄公、胡忠簡公，周文忠公像，慨然曰：「沒不俎豆其間，非夫也！」寶祐乙卯，年二十，舉進士，對策集英殿。時理宗在位久，政理浸怠，天祥以「法天不息」爲對，其言萬餘，不爲稿，一揮而成。置第五，帝親擢爲第一。考官王應麟奏曰：「是卷古誼若龜鑒，忠肝如鐵石，臣敢爲得人賀。」尋丁父憂，歸。服除，授承事郎，僉書寧海軍節度判官廳公事。

開慶初，元師圍鄂，江上有警。左相吴潛倡遷幸議，内都知董宋臣實主之。天祥上書，乞斬董宋臣以謝宗廟神靈，以解中外怨怒。並條陳數事，一曰簡文法以立事，二曰仿方鎮以建守，三曰就團結以抽兵，四曰破資格以用人，辭旨剴切，幾萬餘言。書奏，不報。自免歸。以前職改鎮南軍，不拜，乞祠，得主管建昌軍仙都觀，除秘書省正字兼景獻府教授，充殿試考官，進校書郎、著作郎，兼權刑部郎官。董宋臣復入爲内都知，又上書極言其惡，請置之罪，亦不報。出守瑞州。召爲禮部郎官，尋除江西提刑。伯祖母梁夫人卒，夫人，其父本生母也。即日解官，而臺臣黄萬石論以不職。終喪，除尚書左司郎中，尋兼權直學士院，兼國史院編修官、實録院檢討官。臺臣黄鏞奏免，除福建提刑。臺臣陳懋欽復奏寢新命。改知寧國府。以郡居上流僻塞，税務無所取辦，爲民害，奏罷之，别取郡計以補課額。民歌舞之，爲立生祠。除軍器監，兼右司，尋兼崇政殿説書，兼權直學士院，兼玉牒所檢討官。賈似道稱疾，乞致仕以要君，有詔不允。學士院降詔，裁責以義，天祥當制。時内制相承，必先呈稿於相。天祥不逆似道意，諷别直院改作。天祥援楊大年故事，亟求解職。似道勉留，力丐祠，束擔出國門，遷秘書監，似道使臺臣張志立劾罷之。除湖南運判，臺臣陳堅復奏寢。天祥既數斥，援錢若水例致仕，時年三十七。始辟文山於其鄉，窮山水之樂。

咸淳九年，起爲湖南提刑，平邵、永巨寇，道路肅清。見故相江萬里於長沙。萬里素奇天祥志節，語及國事，愀然曰：「吾老矣，觀天時人事當有變。吾閲人多矣，世道之責，其在君乎！君其勉之。」是冬，乞便郡養親。十年，改知贛州。明年，爲德祐元年乙亥。元至元十二年也。正月朔，牒報元師渡江，詔諸路勤王。天祥捧詔涕泣，使陳繼周發郡中豪傑，並結溪洞蠻；使方興召吉州兵。諸豪傑皆應，有衆萬人。事聞，除右文殿修撰、樞密副都承旨。江西安撫副使，兼知贛州。尋兼江西提刑，進集英殿修撰、江西安撫使，加權兵部侍郎。丁祖母劉夫人憂，葬夫人而起復命下，累疏乞終制，不許，仍趣兵移洪。初，左相王爚主天祥遷擢，屢趣天祥入衛，與右相陳宜中不合，爚引嫌去國。京學生上書，訟宜中沮天祥事，宜中出關，留夢炎代相。（夢炎）素厚宜中，又黨江西制置黄萬石。至是，夢炎奏趣萬石入衛，以天祥移屯於隆興，經略九江。萬石陰與吕師夔通，自隆興退屯，置司撫州，嗾守臣趙必岊。以宜黄令趙時秘狀稱：「寧都連、謝、吴、唐、明、戴六家義士，劫樂安、宜黄，將至撫州。」申樞密院。天祥言：「寧都六姓，招募數千人，駐吉州，候旨入衛，未嘗有一足至撫州境内。守臣張惶誑惑，欲沮撓勤王大計。」有旨，責降必岊、時秘，趣天祥入衛。其友止之曰：「今元軍薄郊畿，君以新集之兵赴之，是何異驅群羊搏猛虎！」天祥曰：「吾豈不知？第國家養育臣庶三百餘年，一旦有急，徵天下兵，無一人一騎入關者。吾深恨於此，故不自量力，而以身徇之，庶天下忠臣義士將有聞風而起者。義勝者謀立，人衆者功濟，如此則社稷可保也。」天祥盡以家資爲軍費。每與賓佐語及時事，輒流涕，撫幾言曰：「樂人之樂者憂人之憂，食人之食者死人之事。」

八月，天祥提兵二萬至衢州，除權工部尚書兼都督府參贊軍事。至臨安，朝論猶以宜中未入爲嫌。天祥駐兵西湖兩月，累奏乞終喪；又奏：「古有墨衰從戎，無墨衰登要津者。」乞仍以樞密副都承旨、江西安撫副使，領兵國門。」皆不許。除浙西、江東制置使兼江西安撫大使，兼知平江府，留不遣。俟宜中至，乃發。朝議以吕師孟爲兵部尚書，封吕文德和義郡王，欲賴以求好。師孟益偃蹇自肆。天祥上疏言：「朝廷姑息牽制之意多，奮發剛斷之義少。乞斬師孟釁鼓，以作將士之氣。」不報。常州已急，始遣天祥就戍。尋除端明殿學士。十月，天祥入平江。宜中遣使張全將淮兵二千援常州，天祥遣其將朱華、尹玉、麻士龍將廣、贛兵三千從之。張全以兵伏虞橋，士龍戰死，而全不援，走回五牧，以就朱華。華措置守禦，全不許。元兵薄華軍，華戰，敗績；張全擁軍，隔河不發一矢。華軍渡水者爭挽全軍船，全令軍斷其指，華軍多溺死。元兵繞山後薄贛軍，曾全軍先遁，張全亦宵遁。尹玉獨以孤軍當其鋒，人皆殊死戰，所殺人馬無算，玉死之。及明，得脱者四人，無一人降者。天祥欲斬張全，請於督府，督府竟宥之，獨斬曾全以徇。奏贈尹玉團練使，立廟死所，官其二子。元師破常州，屠其城，進攻獨松關急。留夢炎、陳宜中、陳文龍議棄平江，趣天祥移守餘杭。天祥猶豫未决，兩府劄再至，乃委印通判王舉之，責環衛王邦傑以城守。天祥去平江三日，舉之、邦傑開門迎降。都人大駭，議天祥棄平江。天祥出兩府劄，榜朝天門，衆始定。進資政殿學士、浙西江東制置大使兼江西安撫大使，置屯餘杭，守獨松關。未幾，留夢炎遁。

明年正月。除知臨安府。不拜。以輕兵赴闕。始從天祥初議，送吉王、信王閩、廣。大臣日請三宮渡江，太皇太后不允。都人競爲危言，持車駕不欲動。天祥請以福王或沂王判臨安，以繫人望，身爲少尹以輔之；有急，密移三宮，當以死衛社稷。議不合，少保張世傑宿重兵六和塔，天祥又請將京師義士二十萬與城内外軍數萬人隸少保，背城借一，以戰爲守；世傑不許。

十八日，元丞相伯顔至皋亭山，距臨安三十里。宜中遣使絡繹講解，伯顔邀宜中相見。宜中許之而遁。明日，世傑亦遁。除天祥樞密使，又除右丞相兼樞密使，不拜。使者至，上下震恐，莫知所爲。有旨，令天祥詣軍前講解，遂以資政殿學士行。因説伯顔曰：「宋承帝王正統，非遼、金比。今北朝將欲以爲與國乎？將毁其宗社乎？若以爲與國，則宜退兵平江或嘉興，然後議歲幣金帛犒師。天祥躬督所議，輸軍前，北朝全師以還。此不戰而全勝，策之上也。若欲毁其宗社，則兩淮、兩浙、閩、廣尚多未下，窮兵取之，利鈍未可知。假能盡取，豪傑并起，兵連禍結，必自此始。」伯顔以危言折之。天祥謂「宋狀元宰相，所欠一死報國耳。宋存與存，宋亡與亡，刀鋸在前，鼎鑊在後，非所懼也，何怖我爲？」伯顔爲之改容，因留天祥，且曰：「前日已遣程鵬飛，詣宋太皇太后簾前，親聽處分。候鵬飛至，即與丞相定議。」

明日，左丞相吴堅、右丞相賈餘慶、同知樞密使謝堂、簽書樞密院事家鉉翁、同簽書樞密院事劉岊與吕師孟奉降表至。伯顔引天祥同坐。堅等各就車歸，獨留天祥不遣。天祥大駡賈餘慶等賣國。且責伯顔失信，吕文焕從傍慰解之。初，天祥上疏乞斬吕師孟，斥言：「叛逆遺孽，當用《春秋》誅亂賊法。」至是，文焕謂天祥：「何故以逆賊見駡？」天祥曰：「國家不幸至今日，汝爲罪魁，非逆賊而何？三尺童子猶斥罵汝，獨我乎？」文焕曰：「守襄陽六年不救，是以至此。」天祥曰：「吕氏一門，父子兄弟受國厚恩，不幸勢窮援絶，以死報國可也，豈有降理？汝自愛身，惜妻子，壞家聲，今汝闔族爲逆矣，尚何言！」文焕慚恚。師孟忿怒云：「丞相今日何不殺師孟？」天祥謂：「汝叔侄賣降，恨朝廷失刑，不族滅汝。汝今日能殺我，我得爲大宋忠臣足矣，豈懼死哉！」師孟語塞。伯顔聞之，吐舌云：「男子！男子！」自是愈益留不遣。賈餘慶歸，令學士院詔天下歸附，放還天祥所部勤王義士。其渡浙歸閩者，惟方興、朱華、鄒渢、張抃數人耳。

二月八日，伯顔趣天祥隨吴堅、賈餘慶北行。初，天祥將詣軍前，諸客皆贊行，天台杜滸獨留行，諸客逐滸去。至是，諸客皆散，惟滸從。至京口，留十日。天祥欲引决，滸與帳前余元慶定計，亡趨真州。舟不可得，元慶遇故舊，以白金千兩求之。其人云：「吾爲大宋脱一宰相，事成，豈止白金千兩哉？」强委不受，竟得舟。二十九日午，趣過瓜洲，天祥辭以明日同吴丞相渡江，得驅迫稍緩。是夕，醉主人沈氏與守者王千户，得出門，又從沈氏先識巡夜者，杜滸强與之飲，而宿之酒樓，得其官燈出巷。至舟，幾爲邏舟所獲，賴潮退，彼膠淺，適風便幸脱。至真州城下，三月朔日也，守將苗再成延入城。時真州不聞京師消息已數月，忽天祥至，無不感憤流涕。再成與諸將幕皆謂：「兩淮兵力足以興復，恨李制置與淮西夏宣撫不能合從。得丞相交通兩閫，不一月間，連兵大舉，江南可傳檄定也。」天祥問再成：「計將安出？」再成言：「灣頭、揚子橋守者，皆沿江脆兵。今以通泰軍攻灣頭，以高郵、寶應、淮安軍攻揚子橋，以揚州兵向瓜洲，再成與刺史趙孟綿，以舟師直擣鎮江，同日大舉，彼勢不能相救。復以灣頭、揚子橋兵三面合攻瓜洲，再成自江中一面薄之，雖有智者，不能爲之謀矣。然後以淮東軍入京口，淮西軍入金陵，要兩浙歸路，其大帥可生致也。」天祥喜甚，即爲書李庭芝、夏貴，遣使四出約結。

先是，揚州有脱歸卒言：「(元)密遣一丞相入真州説降矣。」庭芝得書，反疑丞相並十二人無得脱理，以天祥來説降，罪真州開門納之，諭再成遂亟殺天祥以自白。再成不忍殺，紿天祥出視城壕，使王、陸二都統導之出城，示以制司文書。天祥方驚嘆，兩都統即鞭馬入城，門已閉矣。天祥彷徨門外，久之，杜滸欲赴城壕死，有張、徐二路分自言：「苗安撫遣送丞相，惟丞相所嚮。」天祥云：「今惟往揚州。」路分云：「安撫謂揚州不可往。」天祥云：「夏宣撫不相識，淮西又無歸路，委命於天，惟往揚州。」久之，有弓刀五十人至，張、徐各就騎，以二騎從天祥，天祥與杜滸連騎。行數里，張、徐請下馬。天祥既下，又云：「且行。」既行，又云：「且坐。」坐久，立談。張、徐云：「制使欲殺丞相，安撫不忍，故遣某二人送行。今丞相安往？」天祥云：「只往揚州。」張、徐云：「揚州欲殺丞相，丞相不可往。」天祥云：「無可奈何。」張、徐云：「要送丞相往淮西。」天祥云：「淮西無路可歸。今只欲見李制置，自白此心，庶幾見信，共同恢復。否則，從通州遵海歸行朝，」張、徐云：「安撫已具船，令從丞相江行，歸南歸北皆可。」天祥云：「如此，則安撫亦疑我矣。」張、徐方吐實云：「安撫猶在疑信之間，令某二人便宜從事。某見丞相忠義如此，何敢加害！既決欲往揚州，當相送。」然猶以淮西路導之，見天祥無可疑者，然後導以從揚州。日暮，張、徐先辭去，留二十人從行；頃之，亦去。

明日，至揚州。杜滸謂：「制使既不相容，必且死於城門矢石之下。城外去揚子橋近，必有哨騎，不如且避哨一日，以夜趨高郵至通州，渡海歸江南見二王。與徒死城下，萬萬不侔。」金應又謂：「出門即有哨，此去通州尚五百里，何由而達？與其死於途，不如死揚州，且猶冀未必死。」天祥計未決，從者十二人，四人已腰金逃矣。不得已往揚州，從賣薪者，依其家避哨。未至而天明，伏土圍糞穢中，忽數千騎過其後。至賈家莊，已兩日不得食，又迫巡徼者。夜趨高郵，失道，哨兵奄至，伏叢筱中。兵入索之，執杜滸、金應而去。虞候張慶矢中目，身被二創。天祥偶不見獲。㳂、應解以懷金與卒，獲免。募二樵者以蕢荷天祥，得至高郵。而制司命下，關防説城愈急，遂不敢入城。過城子河亂屍中，舟與哨相先後。至海陵，過海安、如皋，凡三百里。舟與追騎常相距，其間危不免者數矣。至通州，幾不納。適諜報鎮江大索文丞相十日，且以三千騎追亡於㳂浦，始釋制司前疑。而又迫追騎，賴通州守楊師亮出郊，聞而館於郡，衣服飲食，皆其料理。又得商船通揚子江，入蘇州洋，輾轉四明、天台。四月八日至温州。

益王建大元帥府於福州，天祥奉書勸進。始以五月朔即位福安，改元景炎，以觀文殿學士召天祥。二十六日，行至都門，除右丞相。時樞密使陳宜中、副使張世傑用事，丞相具員，天祥辭不拜。以樞密使、同都督諸路軍馬發行都，出南劍，號召天下。十月，趨汀州，遣督參趙時賞、督諮趙孟濚以一軍取道石城，復寧都；督贊吴浚以一軍屯瑞金，復雩都。劉洙、蕭明哲、陳子敬，皆自江西起兵來會。天祥覺汀守黄去疾有異志，移屯漳州龍巖縣。時賞、孟濚軍還，惟吴浚不至。未幾，浚降，銜唆都命來説天祥。軍士洶洶，遂殺浚以安衆心。時唆都等既入閩，李珏、王積翁降之，爲福建宣撫招討使，各致書天祥。天祥復書：「候見老母即從先帝地下，無可言者。」

明年三月，復梅州，始與母、弟、妻、子相見，進階銀青光禄大夫。都統錢漢英、王福有跋扈志，斬之。引兵自梅州出江西，入會昌，戰雩都，大捷，因開府興國。都謀張汴、監軍趙時賞、趙孟濚盛兵薄贛州城下，招諭使鄒㵯率贛諸縣兵，直搗永豐、吉水，招諭副使黎貴達率吉諸縣兵復太和，臨、洪諸郡豪傑皆響應，多遣人詣軍門受約束。淮西義士劉源以兵復黄州，復壽昌軍。潭州趙璠、張琥，撫州何時皆起義兵，張堂、熊桂、劉斗元、吴希奭、陳子全、王夢應起兵邵、永間，復數縣，以應天祥。福建斬僞天子黄從，傳首至督府，軍勢大振。元江西宣慰使李恒遣（兵）援贛，自將兵攻天祥。貴達以軍千人、民兵數千遇騎兵於太和鍾步。騎兵突正軍，正軍不動；遽出民兵後，民兵驚潰，自相蹂藉死。孟濚收殘兵保雩都。天祥欲引（兵）會鄒渢於永豐，會渢先爲恒兵所敗。同起事者劉欽、鞠華叔、顔斯立、顔起巖皆死。武岡教授羅開禮起兵復永豐，兵敗被執死。天祥聞之，制服哭祭之。李恒乘勝追天祥，及於廬陵東固之方石嶺。都統制鞏信駐軍嶺上，力戰，箭被體不動，猶手殺數十百人，乃自投崖谷死。恒軍復追空坑，天祥兵潰，幾被執。值山徑險隘，忽有大石塞其路，故追兵緩不及，而妻妾子女皆陷。趙時賞被執，兵問爲誰，時賞曰：「我姓文。」衆以爲天祥，擒之歸。天祥以此得逸去，與母曾夫人、子道生俱奔汀州。吴文炳、劉洙、林棟皆就執，各自引決，不屈。張抃、劉欽爲亂兵所殺。

天祥趨循州。其冬，元塔术、吕師夔、李恒以步卒入嶺，唆都、蒲壽庚、劉深以舟師下海。天祥駐循之南嶺，元兵圍廣州，黎貴達潛謀降，斬之。明年二月，出海豐縣。三月，屯麗江涌（浦），命弟璧復惠州。四月，端宗凶問至，衛王繼立，改元祥興。天祥奉表起居，自劾罔功。有詔獎諭，陸秀夫當筆。其略曰：「方敵氛之正惡，鞠旅勤王；及皇路之已傾，捐軀奉國。脱危急於虎口，涉遠道於鯨波。雖成敗利鈍逆睹之未能，而險阻艱難備嘗之已熟。如金百煉而益勁，如水萬折而必東。」天祥乞移軍入朝，不許，乃移書秀夫：「天子沖幼，宰相遁荒，詔令出諸公口，奈何不恤國事，以游辭相距？」秀夫太息而已。又欲移廣州。時廣州新復，憚天祥威重，陽遣舟來迎，而中道去，不果入。

六月，祥興帝自碙州回駐崖山，天祥累請入覲，張世傑日以迎候宜中還朝爲辭；諸大將多忌天祥，又位樞密使出己上，皆不便其入。加天祥少保、信國公，母曾封齊魏國夫人，官屬各轉五官，以金三百兩犒其軍。時軍皆疾疫，齊魏國夫人、子道生相繼卒。遣使宣祭，起復。初，陳懿兄弟五人俱爲劇盜，世傑招之攻閩，遂據潮州，叛附不常，潮人苦之。天祥聲罪討懿，懿走山寨，潮士民請移行府於潮。十一月，進潮陽縣，戮懿黨劉興。明州海艘漂至潮陽，得水軍二十餘人，云：「元師張弘範以水軍自明、秀下海，以步卒自漳、泉入潮，水陸並進。」天祥以聞行朝。十二月十五日，移屯趨海豐，入嶺南，謀結寨據險以自固。鄒渢、劉子俊以民兵數千至自江西。時弘範兵尚隔海港，陳懿爲嚮導，具舟以濟其師。弘範既濟，使弟弘正以輕兵襲天祥。二十日午，天祥方飯客五坡嶺，步騎奄至。天祥度不得脱，即取懷中腦子盡服之，衆擁天祥上馬，急索水飲，冀得速死，已乃暴下，竟不死。鄒渢自剄未絶，衆扶入南嶺死。劉子俊、陳龍復、蕭明哲、蕭資、張鏜、熊桂、吴希奭、陳子全俱死。杜滸被執，以憂死。唯趙孟溁遁。諸軍皆潰。天祥見弘正於和平，大罵求死。越七日，至潮陽，踴躍請就劍死。弘範必欲以禮相見，左右命之拜，天祥曰：「吾不能拜，吾嘗見伯顔、阿朮，惟長揖耳。」左右曰：「奈何不拜？」天祥曰「吾能死，不能拜！」日且昃，弘範度不能强，即曰：「見伯顔皋亭時，吾實在傍。」遂以客禮，長揖相見。

明年正月二日，弘範驅天祥登海艘，十日，至崖山。弘範索天祥爲書招世傑。天祥曰：「己不能救父母，又教人叛父母，可乎？」愈亦（益）急索，乃書《過零丁洋》一詩與之，末云：「人生自古誰無死？留取丹心照汗青。」弘範笑而置之。自此守護益謹，然禮貌益隆。二月六日，崖山破。先是，陸秀夫以樞密兼宰相，至是，請於太妃曰：「臨安母子已被辱，殿下不宜再辱。」言訖，即沉其妻孥，冠裳抱祥興帝赴海死。太妃、宫人已下皆從之，將士、官屬皆蹈海。死者數十萬人。天祥不勝悲憤，爲長歌哀之。十四日，弘範軍中置酒大會，因舉酒從容謂天祥曰：「國亡矣，忠孝之事盡矣。丞相改心易慮，以事大宋者事大元，大元賢相非丞相而誰？」天祥流涕曰：「國亡不能救，爲人臣者死有餘罪，况敢逃其死以貳其心乎？」弘範又謂：「國亡矣即死，誰復書之？」天祥曰：「商亡，夷、齊不食周粟，亦自盡其心耳，豈論書與不書！」弘範爲之改容。副元帥龐鈔兒赤起行酒，天祥不爲禮，龐怒，罵之，天祥亦大罵，請速死。弘範遣使具奏天祥不屈與所以不殺狀，世祖命送天祥京師。弘範遣都鎮撫石嵩謹護其行，且以崖山所獲宋禮部郎官鄧光薦與俱。四月二十二日，發廣州。五月二十五日，至南安，始縶頸縶足，以防江西之劫奪者。（天祥）即絶粒不食，計日可首丘廬陵，乃爲文祭墓，爲詩别諸友，遣人馳歸，約六月二日復命廬陵城下，即瞑目長逝。乃水盛風駛，前一日過廬陵。至豐城，始知所遣人竟不得往。於是不食已八日，念不得死廬陵，而委命荒江，志節不白，始欲從容就義，强復飲食。十二日，至建康，因驛中，鄧光薦遷寓天慶觀。

八月二十四日，天祥北行。淮士多謀劫天祥者，不果。十月一日，至燕，供張甚盛。館人云：「博羅丞相命也。」天祥義不寢處，坐達旦。四日，弘範至，言不屈狀。五日，送兵馬司，械縶空宅中，盛設兵衛。坐十餘日，解手縛。又十餘日，得疾。十一月二日，去械縶頸。五日，赴樞密院。九日，始一見丞相博羅、平章弘範暨諸院官。通使命之跪，天祥曰：「南人不能跪。」左右力强之，終不可。通使問：「有何言？」天祥曰：「自古有興有廢，帝王將相，滅亡誅戮，何代無之？盡忠於宋，所以至此。今日不過死耳，有何言！」又問：「更有何言？」天祥曰：「爲宋丞相，宋亡，義當死；爲北朝所獲，法當死。何言！」博羅問：「自古嘗有宰相以宗廟、城郭、土地與人，又遁去者否？」天祥曰：「爲宰相而奉國以與人者，賣國之臣也。賣國者必不去，去者必非賣國之人。前除宰相不拜，奉使伯顔軍前，尋被拘留。不幸有賊臣賣國，國亡當死，但以度宗皇帝二子在浙東，老母在廣，故去之耳。」問：「德祐非君乎？」曰：「吾君也。」曰：「棄嗣君而立二王，果忠臣乎？」曰：「德祐不幸失國，當此之時，社稷爲重君爲輕。立君者，所以爲宗廟社稷計，故爲忠臣。從懷、愍而北者非忠，從元帝爲忠；從徽、欽而北者非忠，從高宗爲忠。」博羅不能詰，平章以下皆笑。有問：「晉元帝、宋高宗有所受命，二王何所受命？且不正，是篡也。」天祥曰：「景炎乃度宗皇帝長子，德祐親兄，不可爲不正；即位於德祐去國之後，不可謂篡；陳丞相以太皇太后命，奉二王出宮，不可謂無所受命。」博羅謂：「汝爲相，能挾三宮以往，可以爲忠；不能，則與伯顏丞相一戰決勝負。可以爲忠。」天祥曰：「此責在陳丞相，我時未當國，難以責我。」又問：「汝立二王，竟成何事？」天祥曰：「立君以存宗社，臣子之責。若夫成功，則天也。」又曰：「既知其不可，何必爲？」天祥曰：「父母有疾，雖不可爲，無不用醫藥之理。不用醫藥者，非人子也。文天祥今日至此，惟有一死，不在多言。丞相所言多不是。」博羅怒曰：「汝欲死，得快死耶？汝死，必不可得快！」天祥曰：「得死即快，何不快爲？」博羅呼獄吏引去。

自是，囚兵馬司者四年。其爲詩有《指南前録》三卷、《後録》五卷，《集杜句》二百首，皆有自序，天下誦之。其翰墨滿燕市。又時時爲吏士講前史忠義傳，聞者傾動。所脱爪齒鬚髮，嘗裹寄弟妹。始終未嘗一食官飯。王積翁屢餉以銀物。福王與芮王嘆曰：「我家有此人耶！」亦以銀百兩，從積翁轉致之。有勳舊西域人，欲保任歸其家事之。積翁又合宋官謝昌元、程飛卿等十人謀，請釋天祥爲黄冠師，冀得自便。留夢炎私語積翁曰：「文公贛州移檄之志，鎮江脱身之心，固在也。忽有妄作，我輩何以自解？」遂不果。適和禮霍孫爲相，引用文儒，多以天祥爲薦者。世祖自開平還燕，問南北宰相孰賢，群臣皆曰：「北人無如耶律楚材，南人無如文天祥。」世祖將付以大任，積翁、昌元以書諭上意，天祥復書云：「諸公義同鮑叔，天祥事異管仲。管仲不死，而功名顯於天下；天祥不死，而盡棄其平生，遺臭於萬年，將焉用之？」積翁知不可屈，猶奏請釋天祥而禮之，以爲事君者勸。上語積翁：「命兵馬司好與飲食。」積翁出語宰相，將行之。天祥使人語積翁：「吾義不食官飯數年矣，今一旦飯於官，吾且不食。」積翁始不敢言。會麥術丁參知政事嘗開省江西，親見天祥出師震動，每倡言不如殺之便。上與宰相屢欲釋之，輒不果。會有閩僧妙曦言：「土星犯帝座，疑有變。」未幾，中山有狂人薛寶住自稱「宋主」，有兵二千人，欲取文丞相。投匿名書言：「某日欲舉事，燒簑城葦爲亂，丞相可無憂者。」群臣有言：「瀛國公族在燕不便。」時盜新殺左丞阿合馬，遂命撤城葦，驅瀛國公及宋宗室於開平，頗疑丞相爲天祥。十二月初七日，司天台奏曰：「三台折。」初八日，召天祥至殿中，長揖不拜。左右强之，堅立不爲動，極言：「宋無不道之君，無可吊之民。不幸母老子弱，權臣誤國，用舍失宜。北朝用其叛將叛臣，入其國都，毀其宗社。天祥相宋於再造之時，宋亡矣，天祥當速死，不當久生。」上使諭之曰：「汝以事宋者事我，即以汝爲中書宰相。」天祥曰：「天祥爲宋狀元宰相，宋亡，惟可死，不可生。願一死足矣。」又使諭之曰：「汝不爲宰相，則爲樞密。」天祥對曰：「一死之外，無可爲者。」遂命之退。明日，有奏：「天祥不願歸附，當賜之死。」麥術丁力贊其決，遂可其奏。

天祥將出獄，即爲絕筆《自贊》，繫之衣帶間。其詞曰：「孔曰成仁，孟云取義，惟其義盡，所以仁至。讀聖賢書，所學何事？而今而後，庶幾無愧。」過市，意氣揚揚自若，觀者如堵。臨刑，從容謂吏曰：「吾事畢矣。」問市人：「孰爲南北？」南面再拜就死。俄有使，使止之，至則死矣。見聞者無不流涕。南人留燕者，悲歌慷慨相應和，更置酒酹丞相，更相慰賀。有十義士收屍葬於都城外，面如生。年四十有七。是日，大風揚沙石，晝晦，咫尺不見人，城門晝閉。籍兵馬司得天祥所爲詩文上之，觀者咸嗚咽感慟。有得其絲履，寶藏之。

初天祥既第，誓不倚勢近利。自禄賜所入，盡以散族姻賓友之貧者，至是，官籍其家，蕭然。方過南安，遣人告墓時，以弟璧之子陞爲嗣；又寄弟詩曰：「親喪君自盡，猶子是吾兒。」大德中，陞奉母歐陽夫人歸自豐州。適京師有欲官之者，輒辭。仁宗在潛邸聞其名，召見之；及即位，官以集賢直學士。乞歸，得代祀南海，道卒。官其子富，爲興文署丞。

史臣論曰：自古志士欲信大義於天下者，不以成敗利鈍動其心，君子命之曰「仁」，以其合天理之正，即人心之安爾。商之衰，周有代德，盟津之師不期而會者八百國。伯夷、叔齊以兩男子欲扣馬而止之，三尺童子知其不可。他日，孔子賢之，則曰：「求仁而得仁。」宋至德祐，亡矣，文天祥往來兵間，初欲以口舌存之，事既無成，奉兩孱王崎嶇嶺海，以圖興復，兵敗身執。我世祖皇帝以天地有容之量，既壯其節，又惜其才，留之數年，如虎兕在柙，百計馴之，終不可得。觀其從容伏鑕，就死如歸，是其所欲有甚於生者，可不謂之「仁」哉！宋三百餘年，取士之科，莫盛於進士，進士莫盛於倫魁。自天祥死，世之好爲高論者，謂科目不足以得偉人，豈其然乎！

廣集《盧陵先賢傳》，恒病《宋史·文丞相傳》簡略失實。蓋後來史臣爲當時忌諱，多所删削，又事間有牴牾。鄉先生、前遼陽儒學副提舉劉岳申爲《丞相傳》，比國史爲詳。大要其去丞相未遠，鄉邦遺老猶有存者，得於見聞爲多；又必參諸丞相年譜及《指南録》諸編，故事蹟覈實可徵。故元元統初，丞相之孫富既以刻梓，後復刊見《岳申文集》。近年，樂平文學郡人夏伯時亦以鋟版。於是，岳申所撰《丞相傳》盛行於天下，而史《傳》人蓋少見。廣竊觀二《傳》詳略不同，不能無憾，因參互考訂，合而爲一。中主岳申之説爲多，並取證於丞相文集，芟其繁複，正其訛舛，庶幾全備，使人無惑。「論」「贊」則並録之。國史之「論」，揆諸人事而言；岳申之「贊」，本乎天運而言。各有發揚，不可偏廢，亦以見夫取捨之公也。

於乎！丞相之大忠大節，獨立萬古，直與日月爭光，天地悠久。比之夷、齊，心則不殊，而所爲反有難者。昌黎韓子所謂特立獨行，窮天地，亘萬古而不顧者也。丞相之云，豈異於是。噫！丞相不可尚已，其相從興義之士，或出自小官，或奮迹庶民，雖當摧沮敗衂之餘，皆甘心就死，不肯屈辱，殺之殆盡，無一人肯降。丞相忠義至誠，感動固結於人心，牢不可解。有如此者，使人皆爾，則宋豈有亡理？彼臨難苟生，以求富貴，其視丞相廝卒，尤有愧焉。然則丞相固無待於「贊」「論」，誦其詩，讀其書，自有以見之。廣齠齔時，猶及聞先輩言丞相遺事，赫赫悚動人聽，雖小夫婦人，皆習聞而能道之。比年以來，老成凋謝，而談者益稀，雖士夫君子，鮮聞盛事，蓋漸遠漸疏，其勢然耳。更後百年，恐寖失實，惟取信於列傳，眩瞀異同，莫適是非。故忘其淺陋，輒復編次第，皆因其舊文，不敢妄加一筆。誠無能有所裨益，特盡區區之愚耳。知之者，其必不以爲僭也。

永樂丙申春二月甲戌，翰林學士兼左春坊大學士、奉政大夫、郡人胡廣謹識。

文丞相督府忠義傳

鄧光薦

趙時賞，和州宗室也，武舉，歷任知池州旌德縣。以功名自負，抗敵數有功。入閩行朝，擢知邵武軍，自同督府建，隨府典軍。神采明雋，議論慷烈。空坑之敗，走三吴溪，被執，其事見丞相年譜，至隆興遇害。時賞在軍中，見同列盛輜重，飭侍姬，嘆曰：「軍行如春遊，其能濟乎？」及被執，有係累而至者，輒麾去之，云：「小僉職耳，執此何爲？」由是得脱者衆。官至直寶章閣軍器監、同督府參議官。

鞏信，安豐軍人，荆湖老將也，沉勇有謀。同督府見，信爲都統制兼江西招捕使。行府永豐兵潰，北兵追及丞相於廬陵方石嶺下，信駐隊據險殊死戰，體中數箭，殺敵過當，傷重而死，士人收葬之。事聞，贈清遠軍承宣使，立廟戰所，至今廟食，水旱疾疫禱焉。信初至，丞相付以義士千人。信曰：「此等何用？徒纏手耳。」遂自招募淮卒數千自隨。常怏怏曰：「有將無兵。其如彼何！」

鄒㵯，字鳳叔，吉水人也。以豪俠行臺郡間，貌癯寢挾枯顱，不類貴將。從丞相勤王，補武資至將軍。

後以寺丞，領江西招諭副使，聚兵甚盛。寧都陷被執，變姓名爲卜者，得脱。攻興國，復永豐。空坑敗，竄身谿洞，約結酋傑，引兵入廣。潮陽敗，以丞相被執，遂自剄而亡。

張抃，字朝宗，蜀人。明鋭輕俊，嘗從吴丞相潛兄淵於荆湖幕，頗習兵事。從丞相贛州勤王，空坑敗而死。仕至秘閣修撰、廣東提舉司、督府參謀官。

陳龍復，泉州老儒也，登丙辰進士第。沉厚樸茂，有前輩風流。敭歷州縣，以清勤著名。丞相開府南劍，舉辟多知名士，如三山林俞、林元甫，皆卒汀州。龍復以老成重一府，聚兵積糧循、梅。行府趨潮陽，北兵追，龍復被執遇害，年七十有三。

吕武，太平人。丞相陷北營，應募隨從北行。勁烈，喜面折人，然忠鯁，人皆服之。丞相脱鎮江，走淮東，患難中賴武自壯。及開府南劍，遣武結約江、淮，間關數千里至汀、梅。以環衛官將數千，將出江西，死，一軍爲之流涕。

繆朝宗，淮人，有意氣。從丞相於平江，反歸福安，朝宗自婺間道來歸。精練幹實，孜孜奉公。空坑之敗，自縊而死。官至環衛，知梅州。

尹玉，寧都人。以捕盜功，爲贛州三寨巡檢。素驍勇敢戰，從丞相勤王。至平江，遣玉同淮將張全、廣將朱華救常州。拒戰五牧，全、華等遁，惟玉以所部三寨及義士五百人殊死戰。玉手殺數十人，冒箭如蝟，健鬬無如之何。北軍横四槍於其項，以敲棍擊死之。餘兵夜戰，殺人馬蔽積田間。及明，惟餘四人脱歸。事聞，贈玉壕州團練使，官其二子承節郎，給良田二頃，立廟於贛州。

劉子俊，字民章，丞相同里人也。相友善，領漕貢，從開府興國。行府敗，子俊收散兵保洞源。引軍入廣，會行府潮陽。越二十日，而行府敗，子俊遇害。官至宣教郎、帶行軍器監簿、同都督府機宜文字蕭明哲，字元甫，吉之泰和人。嘗預鄉貢，剛毅有膽氣。從丞相汀、梅督幕。出江西，以架閣監軍，收復萬安、龍泉。行府敗，元甫入野陂，連結諸寨，爲鄉豪所陷，走敗被執，遇害於隆興。臨刑，大罵不絕口，南北壯之。

劉洙，字淵伯，丞相鄰曲。丞相喜象弈，洙雖不敵，然窮思忘日夜。言趣俚下，亦以是好之。從勤王，號「劉監軍」。專將一軍，爲督帳親衛。圓機應物，酬答不倦。會病劇乍起，空坑之敗，執詣隆興，與長子同日受害。次子死亂兵。幼子沒於廣。

杜滸，字貴卿，號梅壑，天台人。游俠於臨安，及臨安危，糾合義兵四千人，當國者不省。二年正月十三日，見丞相西湖上，丞相奬異之。丞相使北營，滸力爭不可，陳志道逐之去。丞相北行，諸客莫敢從，滸慨然請行。丞相鎮江脱走，滸之力也。忠勞備盡，詳著丞相年譜。及佐府南劍，遣往温、台，招集兵財。福安陷，滸趨行朝，奉朝命歸行府。江西敗，又與跋涉危難者年餘。移屯潮陽，滸護海舟官富場，至崖山。及崖山潰，滸被執。至廣州，貧病無人色，尋卒。

陳繼周，字碩卿，寧都人。以貢士有軍功，歷仕州縣者二十八年。家居贛郭中，詔勤王，丞相造門問計。繼周具言閭里豪傑子弟與凡起兵方略，甚詳。其子大學生逢父，亦晝夜參預籌畫調度。繼周雖若不勝衣，以年輩爲鄉里所推服，率贛義士以從。至京，丞相使北營，有旨放散義兵，繼周父子領衆歸，則贛已失守。繼周蟄兵於農，盤辟草莽，將以有爲也。會景炎登極，以繼周知南安軍。八月二十二日，贛州總管楊子襲執繼周父子殺之。事聞，旨贈敷文閣侍制，謚忠節，與諸子恩澤。候事平，立廟本州。次子椉，從丞相攻江西，死循、潮間，其家人死亂兵。惟繼周幼女廉，椉之子英生在。繼周兄子逢春，投拜爲萬户，入燕，間見丞相於千户所。丞相爲書繼周遺事，作行狀，後數日而丞相遇害。

林琦，閩士也。丞相屯餘杭，琦結集赭山忠義，捍禦海盜。及南劍開府，琦就辟。外文采，内忠實，患難勞而不怨。權惠州通判。潮陽敗，琦被執；逃奔惠州，又被獲。鎖其項，至建康，病卒。

謝杞，秘書郎，大學名士，督府幹辦架閣。許由、李幼節，皆閩士之秀，俱登進士第，以文采望一府。空坑之敗，莫知所終。

吴文炳、林棟，皆閩士，有幹實，俱爲督府幹辦、帶架閣。空坑之敗，被執，至隆興遇害。樊録判言文炳受刑時，吏卒捽辱之。文炳笑而謂之曰：「我與爾亦各爲其主耳，爾何辱我爲？」至死不屈。

劉欽，字敬德，吉水雋人也。預鄉貢，有志氣，健議論，與丞相友善。行府至汀，欽來寧都就招諭使鄒㵯。北軍奄至，死亂兵。同死者鞠華叔、顔斯立、顔起嚴，皆吉之英俊。欽死，其父母妻子，皆以流離終。

曾鳳，字朝陽，廬陵人。丞相嘗從鳳學，自太學釋褐，爲衢州教授，累遷國子監丞。隨行府之汀。丁丑春，添差梅州通判，以病卒於汀。

張雲，吉州敢勇軍將官，從丞相勤王。丞相奉使，拘留北營，雲引衆歸鄉里。吉城已降，雲不勝憤。丙子七月，引所部夜襲上營前，擊殺北軍數百人。北軍不測其衆寡，與戰於南柵門外。雲衆舉砲發噉，適北軍經過者來援，雲表裏受敵。會天明，戰渴，赴江飲，北軍衝擊之。雲衆溺而死。

孫㮚，字實甫，龍泉人，丞相長妹夫也。丞相兵出興國，其邑人奉㮚以邑返正。北軍來攻，㮚拒守不能下，爲親黨所賣，遇害於隆興。母、妻、子沒入燕。㮚官至宣教郎。知吉州龍泉縣。

彭震龍，字雷可，永新人也。丞相次妹夫。跌宕喜事功，起兵隨勤王。及歸，郡邑已陷，乃結湖南諸峒豪傑謀興復。會督府出江西，即以永新縣返正。行省命劉槃以重兵攻之，其親黨張履翁等内應，被執，遇害於郡城。槃亦永新人，素無行，爲士人所疾。槃恨之，以運判權知隆興府。德祐元年十一月，北軍至，衆以城降。至是，以私憾導北軍，屠永新。

蕭敬夫、壽夫，兄弟皆工詩，爲丞相客。相從勤王。與彭震龍收復永新縣。及縣再陷，兄弟俱死焉。

陳子敬，贛人，以貲力雄鄉里。行府至汀，子敬請招集義兵，置屯皂口，據贛下流，以遏北船，忠孝甚著。行府敗，聚兵黄塘，連結山寨，不降。北以重兵襲其寨，寨潰，不知所終。

趙璠，衡山人。登甲戌進士第。歲丁丑三月，張虎起兵寶慶府，環、邵爭應之，復邵之新化，潭之安化、益陽、寧鄉、湘潭諸縣。湖南行省遣薩里彎提兵，屢至，虎輒敗，失馬動以百計。五月朔，璠與其叔父漂起兵湘鄉，同督府以璠書達行朝，授璠軍器監，號召勤王。於是朝奉郎張唐，長沙人，南軒張軒宣公諸孫也；前通判贛州熊桂，湘潭人，進士，年七十餘；劉斗元，別省魁，皆起兵。復潭之衡山、湘潭、攸縣三縣。明年，同督府敗歸汀州，人心大失望。潭省兵陷所復諸縣，攻焚下嶽祠。璠、漂走，不知所終。執唐至行省，參政崔斌欲降之，唐罵曰：「紹興至今百五十年，乃我祖魏公收拾撑拓者。今日降而死，何以見魏公於地下？」遂遇害。桂爲湘潭人所掩殺，並屠其家。

吴希奭、陳子全、王夢應，皆攸縣士人，亦自通於同督府，與趙璠相應。希奭，大家，世積善急義，鄉里德之。子全，少剛猛，殺人，晚入佛，學徒千數百人，穎悟如高僧。夢應，甲戌進士，調廬陵尉。臨安陷，希奭遣間使通行朝，通蜀師，又遣區仲舉通桂師馬曁及都元帥益王府。旬月間，遠近響應。景炎即位，事聞，同督府承制，各授官有差。希奭志有餘而少斷，子全聚衆數千，善撫御，爲衆所懷。七月二十一日，復袁州萍鄉。袁州總管聶嵩、孫宣差、來萬户舉兵來爭。夢應率數百人遇於明府嶺，戰數合，殺曹千户大小頭目，北軍敗走。未幾，北益兵，再大戰，北軍又遁，殺來萬户之子及頭目六百人，僵屍蔽野，餘兵奔袁州。會傳永新兵敗，督府師潰，衆謂事未可圖，遂退，獨子全所部據險待命。已而，湘部諸縣再陷，北軍日夜環而攻之。子全胸中流矢死，子就逮，盡殺之，妻屬死獄無遺類。希奭復醴陵，遇北軍，衆寡不敵，死之，一門三十口無免者。夢應竄歸，收淮、潭散遺舊兵，善鬬，捕者無敢近。乙卯春，丞相已執，崖山已亡，乃率百餘人，間行入永新境，依顔明叔。後其衆疾復死散，夢應母、妻、兒、女皆歿，惟一身存。

陳莘，字偉節，居饒、撫間，登乙丑進士第。奉同督府命起兵，結約弋陽謝夢得，謀取信州。北軍出捕，莘敗走，伏窰中，不食死。夢得死亂兵。傅卓，盱江人，由進士第，受同督府命爲招諭，起兵無成，遇害。

何時，字了翁，撫之樂安人。登丙辰第，歷仕知興國縣。有才識操守，從丞相勤王。駐吉，聚兵財，運軍需，至衢、信間，達平江。丞相奏除知撫州。江西陷，時家居。丞相出江西，以時帶行卿監、江西提刑，聚兵入崇仁，返正。未幾，富室導北軍奄至，時伏溝竇中，脱走。變姓名，遊衎汀、贛間。數年，隱吉之永豐。又數年，乃歸。久之，病卒。

羅開禮，字正甫，吉之永豐人。會選，解褐，授武岡軍教授，以貲力雄鄉里。景炎元年，受同督府劄命，以土兵復永豐縣。未幾敗，被執，死吉州獄。

劉伯文，字致中，吉水人。以武舉絶倫賜第，仕州縣有賢譽。從丞相勤王。明年，義兵散而歸，見鄉國淪陷，居常憤悒。景炎二年，同督府駐興國，伯文詣府受文書，結約遠近。七月四日，至袁州仰山廟祝湯氏家，僕醉漏言，巡兵執而搜其行李，得同督府文書甚多，宣差來萬户鞫之。伯文慷慨自引，一不以累人。獨斬於袁市。家屬徙於燕，二子以屠沽自給。

李梓發，字材甫，南安軍南安縣人。世爲邑豪，主溪洞隅保。梓發爲南安三縣管界巡檢。江西陷，南安守楊公繼迎降，獨南安一縣不下。邑人黄賢與梓發共推前南安尉永嘉葉茂爲主，治守具，北軍至城下輒敗。景炎元年十二月，北丞相塔出與張、吕二元帥引大軍萬餘，圍之數匝。邑猶彈丸地，城墻及肩，北軍攻之百計。梓發率邑人並力死守，晝則隨機應變，夜則鳴金鼓劫寨，殺獲無算。塔出等相顧曰：「城子如堞大，人心乃爾硬耶。」明年正月六日，塔出與張、吕至城下諭降，邑人裸躁大罵，俄砲發，幾中塔出。即日徙寨水南，猶力攻，凡三十五日，北軍死者數千，不能克。二月，葉茂出降，北軍乃退，梓發與賢堅守如故。戊寅冬，丞相被執。乙卯二月，厓山亡。三月，北參政賈居貞往諭降，城上詬罵如初。時邑人稍稍徙去，心力懈於前時，賈命方文等進攻。十五日城破，屠之。梓發全家自焚，望煙焰五色，或以爲忠義之感。邑人多殺家屬巷戰，殺敵猶過當。

張哲齋，台州海上豪也，所居曰城門鎮，蓋國初名將永德之後。丞相自通州泛海，過城門，哲齋延款，結約舉事，張欣然聚海艘，移檄海上豪傑聽命。會丞相至福安，請自取明州，爲陳宜中、張世傑沮止；張亦以失約止。越二年，張弘範南伐，見檄文墻壁間，屬舟人與之有隙，告捕至軍前。哲齋知不免，語弘範曰：「某生爲宋民。死爲宋鬼。何怖我爲？」弘範殺其父子，碎其家。

劉士昭，吉之泰和人，爲鍼工。與鄉人同謀復泰和縣，事敗，血指書帛云：「生爲宋民，死爲宋鬼。赤心報國，一死而已。」以帛自經。士人王士敏，忼慷不撓，題獄中云：「死生斷不望生還，留得虚名在世間。大地盡爲胡血染，好藏吾骨首陽山。」臨刑嘆曰：「恨吾病失聲，不能朗駡。」又萬安縣有僧，起兵舉旗號降魔，又曰：「時危聊作將，事定復爲僧。」旋亦敗死。

唐仁，南安士豪也。奉同督府命，通江西音問，結約取贛，約日舉火爲號。城内外夾擊。仁軍輕，先期至，北軍浸覺，閉營掩捕格殺。仁軍不見火，遽退，贛軍殲焉。時丙子冬也。已而，仁偽投拜，北官要索倨甚。仁怒，殺其來使，置酒臠其肉，與同督府來使食之。久而仁病死。

鍾震，桂東士豪也。與茶陵賀、尹二姓，稟命同督府，間行至厓山。未幾，厓山潰，被擄，旋脱歸。

蕭興，南雄州摧鋒軍。丙子秋，趙溍、方興等兵復廣，摧鋒軍寨於韶州仁化縣山谷間，推興爲主，遣使間受同督府文書，號召浸盛。丁丑，劉自立守韶州，乘間襲擊興寨，興等力戰不敵，潰散，不知所之。

金應、蕭資，吉水人，皆爲丞相書史。應從丞相間關脱鎮江，病死通州城下。資隨丞相家入嶺，忠勤曲盡，丞相之執，遂遇害。

徐榛，永嘉良家子，爲丞相書史。丞相執於潮，榛得脱，自請從行，病死於豐城。

贊曰：文丞相僚將賓從，牽聯可書者四十餘人。其他遙請號令，稱幕府文武士者，不可悉數。雖人品不齊，然一念向正，至死靡悔。蓋貪生畏死，人之常情，而能夷險一節，殺身成仁，君子所取焉。

生祭文丞相文

王炎午

丞相再執，就義未聞。慷慨之見，固難測識。因與劉堯舉對床共賦，感慨嗟惜之。堯舉先賦云：「天留中子墳孤竹，誰向西山飯伯夷？」予問其下句義，則謂：「伯夷久不死，必有飯之矣。」予謂：「『向』字有憂其饑而願人餉之之意，請改作『在』字如何？」堯舉然之。予以寂寥短章，不足用吾情，遂不復賦。

蓋丞相初起兵，僕嘗赴其召，進狂言，有云：「願明公復毁家産，供給軍餉，以倡士民助義之心，請購淮卒，參錯戎行，以訓江廣烏合之衆。」他所議論，狂斐尤多，慷慨戇愚。丞相嘉納，令何見山進之幕府，授職從戎。僕以身在大學，父歿未葬，母病危殆，屬以時艱，恐進難效忠，退復虧孝，倥偬感泣，以母老控辭，丞相憐而從之。僕於國恩爲已負，於丞相之德則未報，遂作《生祭丞相文》，以速丞相之死。堯舉讀之流涕，遂相與謄録數十本，自贛至洪，於驛途、水步、山墻、店壁貼之，冀丞相經從一見。雖不自揣量，亦求不負此心耳。

堯舉名應鳳，黄甲科第，授簽判，與其兄堯哲，文章超卓，爲安成名士。

維年月日，里學生、舊大學觀化齋生王炎午，謹采西山之薇，酌汨羅之水，哭祭於文山先生未死之靈而言曰：

嗚呼，大丞相可死矣！文章鄒、魯，科第郊、祁，斯文不朽，可死。喪父受公卿，祖奠之榮；奉母極東西，迎養之樂，爲子孝，可死。二十而巍科，四十而將相，功名事業，可死。仗義勤王，使命不辱，不負所學，可死。華元踉蹡，子胥脱走，丞相自叙死者數矣。誠有不幸，則國事未定，臣節未明。今鞠躬盡瘁，則諸葛矣；保捍閩、廣，則田單、即墨矣；倡義勇出，則顔平原、申包胥矣；雖舉事率無所成，而大節亦已無愧，所欠一死耳。奈何再執？

涉月逾時，就義寂廖，聞者驚惜。豈丞相尚欲脱去耶？尚欲有所爲耶？或以不屈爲心，而以不死爲事耶？抑舊主尚在，不忍棄捐耶？果欲脱去耶〔一〕？伏橋於廁舍之後，投築於目矐之餘，於是希再縱，求再生，則二子爲不智矣。

尚欲有所爲耶？識時務者在俊傑，昔東南全勢，不能解襄、樊之圍。今以亡國一夫，而欲抗天下？況趙孤蹈海，楚懷入關，商非前日之頑，周無未獻之地。南北之勢既合，天人之際可知。彼齊廢齊興，楚亡楚復，皆兩國相當之勢，而國君大臣固無恙耳。今事勢無可爲，而國君大臣皆爲執矣。臣子之於君父，臨大節，决大難，事可爲則屈意忍死以就義，必不幸則仗大節以明分。故身執而勇於就義，當於杲卿、張巡諸子爲上。李陵降矣，而曰欲有爲，且思刎頸以見志。其言誠僞，既不可知，況刑拘勢禁，不及爲者十常八九，惟不刎，刎豈足以見志？況使陵降，後死他故，則頸且不及刎，志何自而明哉？丞相之不爲陵，不待知者而信，奈何慷慨遲回，日久月積，志消氣餒，不陵亦陵，豈不惜哉！

欲不屈而不死耶？惟蘇子卿可。漢室方隆，子卿使耳，非有興復事也，非有抗誓師讎也。丞相事何事？降與死當有分矣。李光弼討史思明，方戰，納劍於靴曰：「夫戰，危事也。吾位三公，不可辱於賊。萬一不利，當自刎。」李存勗伐梁，梁帝朱友貞謂近臣皇甫麟曰：「晉，吾世仇也，不可俟彼刀鋸，卿可盡我命。」麟於是哀泣，進刃於帝，而亦自刎。今丞相以三公之位，兼睚眥之讎，投機明辯，豈堪在李光弼、朱友貞下乎？屈且不保，況不屈乎！丞相不死，當有死丞相者矣。且死於義，死於勢，死於人，以怒駡爲烈。死於怒駡，則肝腦腸胃，有不忍言者矣。雖鑊湯刀鋸，烈士不辭，苟可就義以歸全，豈不因忠而成孝，事在目睫，丞相何所俟乎？

以舊主尚在未忍棄捐也？李昪〔二〕篡楊行密之業，遷其子孫於廣陵，嚴兵守之，至子孫自爲匹耦，然猶得不死。周世宗征淮南，下詔撫安楊氏子孫，景昪驚疑，盡殺其族。夫撫安本以爲德，而反速禍。幾微一失，可不懼哉？蜀王衍既歸唐，莊宗發三辰之誓，全其宗族，未幾信伶人景進之計，衍族盡誅。幾微之倚伏，可不畏哉？夫以趙祖之遇降主，天固巧於報施，然建共暫處，倨坐苟安，舊主正坐於危疑，羈臣尤事於骯髒，而聲氣所逼，猜疑必生，豈無李昪之疑，或有景進之計？則丞相於舊主，不足爲情，而反爲害矣！

炎午，丞相鄉之晚進士也，前成均之弟子員也。進而父沒，退而國亡，生雖愧陳東報汴之忠，死不效陸機入洛之耻。丞相起兵次鄉國時，有少年狂子，持斐牘叫軍門，丞相察其憂憤而進之，憐其親老而退之，非僕也耶？痛惟千載之事，既負於前，一得之愚，敢默於後？進薄昭之素服，先元亮之挽歌，願與丞相商之：廬陵非丞相父母邦乎？

趙太祖語孟昶母曰：「勿戚戚，行遣汝歸蜀。」昶母曰：「妾太原人，願歸太原，不願歸蜀。」契丹遷晉出帝及李太后、安太妃於建州，太后疾死，謂帝曰：「我死，焚其骨，送範陽僧寺，無使我爲虜地鬼也。」安太妃臨卒，亦謂帝曰：「當焚我爲灰，向南颺之，庶遺魂得返中國也。」彼婦人，彼國后，一死一生，尚眷眷故鄉，不忍飄棄，仇讐外國，況忠臣義士乎！

人不七日穀則斃，自梅嶺以出，縱不得留漢廄而從田横，亦當吐周粟而友孤竹，至父母邦而首丘焉。廬陵盛矣，科目尊矣，宰相忠烈，合爲一傳矣。舊主爲老死於降邸，宋亡而趙不絶矣。不然，或拘囚而不死，或秋暑冬寒，五日不汗，瓜蒂噴鼻而死，溺死，畏死，排墻死，盜賊死，毒蛇猛虎死，輕一死於鴻毛，虧一簣於泰山。而或遺舊主憂，縱不斷趙盾之弑君，亦將悔伯仁之由我，則鑄錯已無鐵，噬臍寧有口乎？嗚呼！四忠一節，待公而六。爲位其間，聞訃則哭。

【校記】

〔一〕果欲脱去耶　此五字原脱，據四部叢刊本《吾汶稿》卷九補。

〔二〕李昪　原作「李昪」，誤。據四部叢刊本《吾汶稿》卷九改。下同。

又望祭文丞相文

王炎午

相國文公再被執時，予嘗爲文生祭之。已而廬陵張千載心弘毅，自燕山持丞相髮與齒歸。丞相既得死矣，嗚呼痛哉！謹哭望奠，再致一言：

嗚呼！扶顛持危，文山諸葛，相國雖同，而公死節。倡義舉勇，文山張巡，殺身不異，而公秉鈞。名相烈士，合爲一傳，三千年間，人不兩見。事謬身執，義當勇決，祭公速公，童子易簀。何知天意，佑忠憐才，留公一死，易水金臺。乘氣捐軀，壯士其或，久而不易，雪霜松柏。嗟哉文山！山高水深，難回者天，不負者心。常山之舌，侍中之血，日月韜光，山河改色。生爲名臣，死爲列星，不然勁氣，爲風爲霆。干將莫邪，或寄良冶，出世則神，入土不化。今夕何夕，斗轉河斜，中有光芒，非公也耶。

文丞相祠重修記

楊士奇

孟子曰：「我知言，我善養吾浩然之氣。」知言者，盡心知性，而有以究極天下之理。浩然之氣，即天地之正氣，具於吾身，至大而不可屈撓者。知之至，養之充，而後足以任天下之大事。天下之大事，莫大於君父。文丞相甫冠奉廷對，即極口論國家大計。未幾，元兵渡江，又上書乞斬嬖近之主遷幸議者，以一人心安社稷，固已氣蓋天下矣。自是而斷斷焉，殫力竭謀，扶顛持危，以興復爲己任。雖險阻艱難，百挫千折，有進而無退，不幸國亡身執，而大義愈明。蓋公志正而才廣，識遠而器閎[一]。浩然之氣。以爲之主，而卒之其志弗遂者，蓋以天命去宋也。雖天命去宋。而天理在公，必不可已。故宋亡，其臣之殺身成仁者不少，論者必以公爲稱首。公事具《宋史》，而公鄉人劉岳申摭公所著《日録》《吟嘯集》《指南録》《集杜》二百首及宋禮部郎官鄧光薦所述《督府忠義傳》，以作公傳，視史加詳實焉。

北京之有公祠，洪武九年，前北平按察副使劉崧始建於教忠坊，今順天府學之右，而作塑像焉。永樂六年，太常博士劉履節奉命正祀典，始有春秋之祭於有司，歲以順天府尹行事。宣德四年，府尹李庸始至，謁公祠下，顧瞻祠宇，弊陋弗稱，遵用詔旨，葺而新之。而凡祀神之器，靡不備俱。又求劉傳刻石，將使人人皆知世之爲臣者，光明振動，焜焜烈烈，有公也。

於乎！忠孝人道之大節，治化所先。而崇禮先賢，表勵後人，尤守令之急務，庸其達爲政之本歟！庸字執中，保定唐縣人。寬厚明敏，自大學生授工科給事中，上親擢爲順天府尹。愛人之心，剸繁之才，上下皆稱之。而盡心學校。敬賢尚德。如飭昌平之狄梁公劉諫議祠，而嚴其祀事之類。皆其知本〔二〕之務，皆可書也。因並書之。以示來者。

【校記】

〔一〕閎　原作「閑」，據韓本「附録」卷三、《文文山傳信録》卷五引《東里集》改。

〔二〕本　原作「大」，據韓本「附録」卷三、《文文山傳信録》卷五引《東里集》改。

宋丞相文信國公祠堂記

羅倫

爲臣死忠，爲子死孝。死，一也，可以動天地，可以泣鬼神，可以貫日月，可以浮木石，可以正萬世之人心，可以位萬世之天常。孟子曰：「我善養吾浩然之氣，以塞乎天地之間。」夫殺身成仁，捨生取義，非浩然塞於天地之間者，能與於斯乎？若宋丞相信國文公是已。

公名天祥，甫弱冠，奉廷對，陳君道之大本，經世之急務，文思神發，萬言立就，可謂天下之大材也。董宋臣主議遷幸，公上章乞斬之；賈似道誤國要君，公嘗以義裁之；吕師孟偃蹇傲命，公又上章乞斬之。勤王詔下，重臣宿將，縮頸駭汗，公提孤兵獨往當之；虜次皋亭，三軍震動，宰相遁荒，公挺身獨往説之，可謂天下之大勇也。

夫慷慨就義，决死生於一旦，中人猶或能也。若歷履萬死。其執彌堅，其志彌勵，非仁者其能然乎？方公之使虜，詆大酋，罵逆賊，當死；脱京口，走真州，如揚州，趨高郵，抵通州，苗再成逐之，李庭芝疑之，外迫於虜寇，内煎於饑饉，無日而不當死；然後遵海道，涉鯨波，歸立二王，開督南劍，敗績於空坑，當死；仰藥於潮陽，當死；絶粒於南安，當死；卒至就囚燕獄，從容南向，再拜而死。震動天地，照耀萬世，可謂天下之大忠也。

夫公之誠，能墜空山之石，能通七里之神，能作廣陵之風雨，能起夷狄豺狼之敬悚；而不能免賈似道之沮，黄萬石之嫉，李庭芝之疑，張世傑、陳宜中之忌，何也？蘇子曰：「其所能者，天也；其不能者，人也。」其斯之謂歟！

宋之亡也，死國事者多矣！陸秀夫、張世傑死於海，李芾死於潭，趙昂發死於池，江萬里死於饒，姚訔死於常，趙時賞死於洪，先君武岡公死於吉，督府、行朝死者不可勝數。雖然死矣，未有如公之出萬死而後死也。微子之去，箕子之囚，龍逄、比干之諫，伯夷、叔齊之餓，諸葛武侯之鞠躬盡瘁，備於公之一身矣。自古亡國之臣，未有如公之烈也，收宋三百年養士之功，立千萬載爲臣之極，不在於公乎？非仁者之勇，浩然而塞於天地之間者乎！

公去今二百年，順天府祠公於學宫。鄉郡祠公於城南，公之子孫祠公於富田，富田之祠，元季兵燹，爲横民所奪。龍鳳間，僉事李公斂冰復之。正統間，知府陳公本深繼之。景泰間，都憲韓公雍奏加謚號，録用子孫。今成化二年，僉憲李公齡來掌學事，以公九世孫繼宗入學，俾公鄉人周丕憲割田贍之。是皆有功於名教，可書，故書之以詔後世之爲人臣者。

墓田記

羅元泰

墓田，非古也。田以義起，不害其非古；墓祭，亦非古也，祭以仁存，亦不害其非古。有宋信國文先生，成仁取義，三代而下一人耳。墓在鶩湖大坑之原，距先生桑梓僅十里許。田宜有也，祭亦宜有也。當六庚之訖籌，捐一元以殉國。斯時墓不墓，祭不祭，先生弗計及。嶽枝向南，王塚獨青，後世慨先生之百挫間關，仰先生之再拜從容，此墓之所以修。田之所以出。祭之所以起也。

豐嶺羅高，字峻極，於先生爲同邑，爲同鄉。飲先生清光。佩先生幽馥，多歷年所。每自興嘆，無以識景行之私，爰封對下，置圭田十畝，爲先生子孫歲時拜掃之供。吾意春雨秋霜，奉嘗謁祀，俎豆席芻，鬱鬯酹茆。皋亭、潮陽之英風凛凛，有時黯然萃於此乎；南劍、空坑之寸丹耿耿，有時勃然見於此乎；燕京柴市之正氣堂堂，有時浩然來於此乎？於戲！先生之忠義，並泰華，塞宇宙，精神雖無所不之，而體魄所棲以安者，實在於兹。

然則峻極之舉，誠盛心也。田入如千年，峻極之塚嗣絞。恐父之名雖著於郡乘爲可信，不若有辭勒諸祠。琰爲可久，用是先生之裔孫承蔭，協謀請記於予。詞慚皇甫，語愧淮西，奚敢贅隻字於其間哉！雖然，事又不容於不紀也。封田以祀墓者，固峻極仰止之良心。舊時祭田，間亦有漁侵蠶食之者，又不識此心爲何物。繼今而後。抑不知是山間，有覬覦之否乎？所可侍者，先生之特忠鉅節，與烏兔爭光，覆載同久，百千萬世之所敬慕者也。萬一晦蝕，必有泰山喬嶽者，體峻極之盛心，爲之恢復云。

文信國公祠堂祭田記

彭序

宋丞相文信國公祠，在廬陵文山之麓。舊有祭田，爲豪强侵奪，世遠人亡，漫不可復。成化丁酉春，一峰羅先生謁祠，聞而悵嘆者累日。時副憲洪君性萬，善觀風，至郡。一峰爲書，令公九世孫繼宗馳達行臺，蓋欲求田以供祭也。副憲嘉納，了無難色。適萬安縣民蕭麗漢，得無主古窖鋃，遂獻於官。洪顧郡守曰：「此銀自天來也，得非信國之靈乎？不擾官，不病民，而田資已具。有能以田售者，宜倍直以償。」於是售者益衆，乃得膏腴十畝，即公舊隱基也，元季兵燹，廢以爲田。洪益喜曰：「是田匪直得以供公之祭祀，抑且得以復公之舊基，一舉兩得，不可無文以示久遠。」乃屬記於序。序曰：「信國忠義，冠絶古今。顧序何人，而敢置喙其間？」洪曰：「以子之才，於性爲同年，於信國爲同鄉，是記義不容辭。」

於乎！宋之不振，播遷嶺海。公起兵艱棘中，千挫百折，志不少衰，意圖恢復。奈何天不助宋，宋運訖録。公從容就義，視死如歸，而忠肝義膽，昭天地，貫金石，與日月爭光，千萬世猶一日也。後之論者，謂收有宋三百年養士之功，公一人耳。雖世享鄉邦之祀，理亦宜矣。此一峰先生之悵嘆，副憲太守之用心，非私於公，爲世教慮忠義勸也。故今鄉有忠烈祠，四時之奠獻；官有忠節祠，春秋祭祀。享瞻其祠，視其田，雖四方行道之人，猶將敬慕愛護之不暇。矧鄉邑里鄰，可萌一毫慢侮侵奪之心乎！而華夏外夷，亦知公之孤忠大節者，猶能景仰，師法其萬一，況子孫承祀，可不激昂奮發，襲芳趾美，以求無愧於其先乎！是記之作，非徒詔其後，亦以表勵鄉國云。

重修富田祠堂記

羅洪先

文山先生，生於廬陵富田，出而仕，邅迴於臨安，更歷筠、宣、洪、虔、湖南諸地。赴國之難，間關於平江，毗陵、真、揚、閩、浙，流離顛頓於空坑，五坡嶺海之間，而死於燕京之柴市。

世以先生之死，足以風萬世之人臣也。踪迹所至，皆特祠嚴奉之。而郡中祠故不特，其在富田，則又隘迫，至無以布俎豆，君子悲之，將毀淫祠以就其役。持議不果，久乃特祠於郡東之螺山。富田去郡稍遠，無相念者。夫先生功行應祭法，其缺典猶若此。今佛老之廬，一郡至數十，而一廬直且千萬，獨之不厭，曷故耶？士庶服舍有定制，閭里憑淩資蓄，居擬王者，而先生爵列上公，茅茨不掩，觀風者亦將謂何？今祠堂廣三十餘尺，後寢前廊，僅可旋武，則嗣孫熙請於分守參政張公元沖，得廢永寧寺基，而半給公帑。始議而盡力者，富田巡檢蔡五美也。蔡以微官，乃急其職之所不及，彼何求哉？議之始，在某年某月。歷數年，重門猶不能備，蓋熙等之力也。或言先生捐身死國，何有於家？炎社已屋，而故鄉乃享特祀，夫豈其所欲哉？嗚呼！是固先生之心，而非所以風也。宋室不綱，土宇崩裂，勢有緩急，此一時矣。滄桑變革，骨肉仳離，善和之墟，若敖之鬼，亦豈其所欲哉！「猶子吾兒」之句，先生固已計之，而未嘗大遠於人情，此亦一時也。

當其在國也，國爲重而身爲輕，及其不救，重其身者，亦所以重人之國，而豈悻悻於溝瀆之見哉！使元而果於不殺，則黄冠故里，出備顧問，彼固以箕子之事自待，而或摧殘以畢旦夕之謀，引决以絶飲食之奉，取必於一死，而不免矯俗以立異，宜其甚不屑矣。惜也！言不卒驗，使萬世之下，徒仰其忠，而不見先生之大。比之取必於一死者之所爲，而未有深知其心者，此非意及也。夫取必於一死者，大抵激發於意氣，蹙迫於利害，拼割於倉卒。而是三者，又多其係其所遭，謂非忠於事主固不可，概之以大則未也。功名滅性，忠孝勞生，非悟後語乎？必至於是，而後深達夫死生之故。夫達死生之故者，生貴乎順，不以生自嫌；死貴乎安，不以死塞責。與人同情，而不爲人情之所牽；人皆易從，而非示人以絶德。此先生之大，所以能風萬世，而所在祠之者也。

神遊八極，無乎弗在，風馬雲車，亦或徘徊先世丘壟，而欷歔過其故鄉。歲時蒸嘗，隨感而至，有不望之洋洋者乎！夫忘家而家存，捐其身而身乃萬世。同其姓者，咸以不獲屬昭穆、效駿奔爲深耻；而當時赴難之人，竄伏鄉園，首鼠喙息。敢於負國者，抑亦何限？卒之煙沉澌盡，迄無噍類，使人入其理，聞姓名則唾詈之，即令子孫有遺，亦不敢直書爲祖。故墅雖存，曾不得享麥盂之獻，其於得失何如哉？嗚呼！此亦萬世之鑒也，因大息而附於記。

文丞相傳序

許有壬

宋養士三百年，得人之盛，軼唐漢而過之遠矣。盛時忠賢雜遝，人有餘力。及天命已去，人心已離，有挺然獨出於百萬億生民之上，而欲舉其已墜，續其已絶，使一時天下之人，後乎百世之下，洞知君臣大義之不可廢，人心天理之未嘗泯。其有功於名教，爲何如哉！

丞相文公，少年趠厲，有經濟之志。中爲賈沮，徊翔外僚。其以兵入援也，大事去矣；其付以鈞軸也，降表具矣；其往而議和也，冀萬一有濟耳。平生定力，萬變不渝。「父母有疾，雖不可爲。無不用藥之理。」公之語，公之心也。是以當死不死，可爲即爲。逸於淮，振於海，真不可爲矣，則惟死爾，可死矣，而又不死，非有他也，等一死爾。昔則在己，今則在天，一旦就義，視如歸焉。光明俊偉，俯視一世。顧膚敏祼將之士，不知爲何如也！推此志也，雖與嵩、華爭高，可也。宋之亡，守節不屈者有之，而未有有爲若公者。事固不可以成敗論也，然則收宋三百年養士之功者，公一人耳。

孫富爲湖廣省檢校官，始出遼陽儒學副提舉廬陵劉岳申所爲《傳》，將刻之梓，俾有壬序之。有壬早讀《指南録》《吟嘯集》，見公自述甚明。三十年前遊京師，故老能言公者尚多，而訝其傳之未見於世也。伏讀慷慨，惜京師故老之不見及也。公之事業在天地間，炳如日星，自不容泯；而史之取信，世之取法，則有待於是焉。若富也，可謂能後者也。

元統改元十二月朔，參議中書省相臺許有壬序。

文山先生文集序

韓雍

古今論文者僉曰：「觀文可以知人。」夫文者言之精華，而言則心之聲也。心之所存有邪正，則發言爲文有純駁，而人之忠否見焉。故讀《出師》二表，而知諸葛孔明之忠；讀《天門掉臂》一詩，而知丁謂之不忠，卒之皆如其言。信乎！人可以言而觀。然《校獵》《長楊》等作，雖工且美，而其爲人，終不能無可議。又若難觀以言，蓋必心有定志，則言有定論，而後見諸行事有定守。觀於宋丞相文山先生可徵矣。

先生負豪傑之才，蓄剛大之氣，而充之以正心之學。自其少時，遊學宫，見鄉先生忠節祠，慨然曰：「没不俎豆其間，非夫也。」及舉進士，奉廷對，識者論其所對：「古誼若龜鑒，忠肝如鐵石。」已而，值時多艱，詔諸路勤王。先生捧詔涕泣，且曰：「樂人之樂者，憂人之憂；食人之食者，死人之事。」其心蓋已有定志矣。志發於言而爲文，其詩、辭、序、記等作，或論理叙事，或寫懷詠物，或吊古而傷今，大篇短章，宏衍巨麗，嚴峻剴切，皆惓惓焉。愛君憂國之誠，匡濟恢復之計，至其自誓盡忠死節之言，未嘗輟諸口。讀之，使人流涕感奮，可以想見其爲人。其言可謂有定論矣！惟其志定論定，故以一身任天下之重，盡心力而爲之，艱難險阻，千態萬狀，不憚其勞，不易其心。既而國事已去，被執久繫，挾之以刀鋸而不屈，誘之以大用而不從。卒之南向再拜，從容就義，以成光明俊偉之事業。非其守之一定不移。能若是乎？

《傳》曰：「有志者，事竟成。」又曰：「言顧行，行顧言。」先生有之，而視世之静言庸違者，異矣。宜其文之足徵而傳世也。雖然，文章傳世，以其關世教也。使無補於世教，雖工何益？今斯集也，傳之天下後世之人，爭先快睹，皆知事君之大義，守身之大節，不宜以成敗利鈍而少變。以扶天常，以植人紀，以沮亂臣賊子之心，而增志士仁人之氣。其於世教，重有補焉。故予因按察副使陳价維藩請，序其編次之由，不辭謭陋而書之。蓋將以爲同志勸，且爲天下後世之爲臣子者厲也。

文山別集序

王守仁

《文山別集》者，宋丞相文山文先生自述其勤王之所經歷，後人因而採集之以成者也。其間所值險阻艱難，顛沛萬狀，非先生之自述，世固無從而盡知者。先生忠節蓋宇宙，皆於是爲有據。後之人因詞考迹，感先生之大義，油然興起其忠君愛國之心，固有泫然泣下，裂眥扼腕，思喪元之無地者。是集之有益於臣道，豈小小哉！

古之君子之忠於其君，求盡吾心焉〔一〕。以自慊而已，亦豈屑屑言之，以蘄〔二〕知於世。然而仁人之心，忠於其君，亦欲夫人之忠於其君也。忠於其君，則盡心焉已。欲夫人忠於其君，而思以吾之忠於其君者，啓其良心，固有人弗及知之者，非盡言之，何由以及乎人？斯先生之所爲自述，將以教世之忠也。當其時，仗節死義之士，無不備載，亦因是以有傳，是又與人爲善者也。是集也，在先生之自盡，若嫌於蘄世之知；以先生之教人，則吾惟恐其知之不盡也。在先生之自盡，若可以無傳；以先生之與人爲善，則吾惟恐其傳之不遠也。

先生之族裔，今太僕少卿公宗巖，將是集屬守仁爲之序。守仁之爲廬陵也，公之族兄承蔭命其子庠生繼宗嘗以序請，茲故不可得而辭。嗚呼！當顛沛之餘，而不忘乎與人爲善者，節之裕也。致自盡之心，而欲人同歸於善者，忠之推也。不以蘄知爲嫌，而行其教人之誠者，仁之篤也。象賢崇德，以彰其先世之美之謂孝；明訓述事，以廣其及人之教之謂義。吾於是集之序，無愧辭耳已。

【校記】

〔一〕求盡吾心焉　叢刊本「附録」作「所盡其盡心焉」。張本「附録」作「唯求其盡心焉」。《文文山傳信録》卷七引《陽明集》作「所貴盡其心焉」。

〔二〕蘄　原作「靳」，誤。據張本「附録」、《文文山傳信録》卷七引《陽明集》改。

文山先生全集序

鄢懋卿

京府先師廟之西隅，有故宋信國公文山文先生祠，乃我皇祖驅胡之後，即於就義之所追祀之，所以闡忠烈，風世教也。予祗役京府之三日，行釋菜禮於先師廟，得遂展謁先生神爽，耿耿若生，良用感愴。乃進諸生於堂，相與下上其事者移時，既又得先生之文集而讀焉。三復嘆息，不忍置，乃作而言曰：武興而伯夷叩馬，漢亡而武侯討賊，夫豈昧於時勢哉！蓋有見於君臣之義，不可解焉者也。《采薇》一歌，萬世傳誦；《出師》二表，讀者流涕，亦其義之相感而然耳。古之君子，必於天理民彝，大倫大法，而見之明，守之固，行之决。然大節不虧，而其文章勳業，愈遠而彌章，雖死而不朽也。

宋、元之際，乾綱絶紐，禽獸制人，奸者遁荒，懦者俯降，胥天下以與夷狄，而以免死爲幸。奉君后以臣妾於禽獸，而不以爲耻。皋亭之使，先生挺然獨往而無忌；京口之脱，崎嶇萬狀，思以一木支大厦之傾，雖瀕萬死而無悔。死之日，宋亡已七年，崖山亡亦四年，報宋一心，愈挫愈厲，而竟無渝於其初。故其發諸文詞，昭若日星，轟若雷霆，而慷慨激烈，無非忠義所形。至今誦其言，想其風旨，真足以寒奸邪之膽，而起吾人凌厲之氣。先生蓋後伯夷、武侯而作者，而精忠峻節，貫日凌霜，天綱賴以立，民彝賴以正，萬世之大防賴以植，其身雖死，其文固未喪也。視昔之賈餘慶、陳宜中輩，直糞苴耳。語曰：「篤信好學，守死善道。」言守死非篤信不能也。篤信則誠，誠則明，明則自足以善道。孔子之所以不惑、不憂、不懼。孟子之所以不淫、不移、不屈。皆此道也。

先生以弘毅之資，而充之以聖賢之學，故大廷之對，以「法天不息」爲言；而帶留之贊，以「仁至」「義盡」終焉。匪誠積於中，何至死不變若是耶！人徒知先生之忠之文也，而不知其一本於誠，故特表而出之。於是乎反覆是集而編次之，統而名之曰《文山先生全集》。中有文集，有別集，有附録；如先生所作，集有未載者，爲拾遺；後世爲先生而作，繼附録者，爲續録。凡若干卷，遂以授河間守董君策，俾教諭嚴順校正，知縣甯寵刻之。

重刻文山先生文集序

羅洪先

吉安舊刻《文山先生文集》，簡帙龐雜，篇句脱誤，歲久漫漶，幾不可讀。中丞德安何公遷來撫江右，既出素所養者布之教令，復表章列郡先哲，以風厲士人。會郡守浦江張公元諭始至，即舉屬之。張公手自編緝，鳌類剔訛，出羡帑，選良梓。刻將半，致中丞之命於洪先，俾序所以校刻之意。嘗觀孟子論北宫黝、孟施舍之養勇而有感焉，彼其不挫與無懼者，若詛盟而要結之，終其身不可解也。夫二子憑氣者也，猶有爲之所者以主於中，矧其進於是者耶！洪先於是反復先生之事，取證其詩與書，因得其平生之詳而論之。

始先生弱冠及第，憂歸，四年，授京兆幕，而邊事遽起。董奄力主和議，首應詔數其罪，乞斬之以安社稷。且自罷免。既改洪州，復自罷。尋用故事以館職召，進刑部郎。而董奄復用，又上疏求罷。自知瑞州，轉江西提刑，爲臺臣論罷。後兼學士，爲福建提刑，即又連論罷，如江西。已而權學士院，草制忤賈似道，嗾臺臣劾之，罷其少監。及除湖南運判，又論罷之。遂引錢若水例致仕去，當是時年纔三十七耳。

當其甫入朝著，非有兵革艱大之委，而國事它屬，又無臺諫糾刺之權，其言與否，宜未有訾及者，乃不能一日稍待，何哉？人之遭蹉跌者，往往回顧而改步；三已不愠，古人難之。今罷而仕，仕而復罷，經歷摧剷至於六七，志愈堅，氣愈烈，曾一不以自悔，此其中必有爲之所者矣。且自始進而遽早休，當盛年而甘退處，目爲猖狂而不辭，置之危地而不改，彼非異人之情也，亦曰爲世道計，吾之心未能已也。與吾相持而不使其直遂者，勢也，吾屈勢而違心耶？亦求以自盡耶？是故事寧無成，不取隱忍以諱言；言寧不用，不能觀望以全身；身寧終廢，不欲玩愒以充位。其必爲此不爲彼，決絕審固於死生之間，秋毫無所皇惑，是先生之平生也。

今觀其文辭，矯乎如雲鴻之出風塵，泛乎如渚鷗之忘機械，凜乎如匣劍之藴鋒芒。至於陳告敷宣，肝膽畢露，旁引廣喻，曲盡事情，則又沛乎如長江大河，百折東下，莫有當其騰迅者。此豈一朝一夕之故偶得之者哉！及其灑泣入衛，捐家餉軍，流離顛頓，出萬死一生，以圖興復。力既不支，猶以拘囚之餘，從容燕市，收三百年養士之功，跡愈久而聲光不滅，使天下後世曉然知有人臣之義，莫不以爲處死之難古今未若是烈者。不知其屢罷而不悔，爲之者誠豫也。使幸而不值其變，則處死者人必不聞。不幸而聞於人，人且歎其難矣。或擬之憑氣，而莫能原其所以爲心，使先生平生所養卒不暴白於天下後世，是尚爲知人論世矣乎？夫不幸，非人所常值也，值其幸而能自盡，則亦何至於屢罷？夫惟求自盡而不免屢罷，則知決絕審固於死生之間，蓋有大不得已，而非先生所願，明矣。非所願而必豫爲之所，逆知其不免，而未嘗少動，古之知所養者蓋如此。有世道之責者，其思有以豫待之哉！

洪先生先生之鄉，想慕其平生，設以身處而深有感於養氣之説，因序集而並著之。嗚呼！使人人皆知所養，不徒仰歎先生之難，將於世道必重有賴，二公風厲之意，至是效矣。

嘉靖三十九年庚申二月望，後學吉水羅洪先頓首謹書。

跋文山先生集後

潘侃

新安潘侃曰：宋之亡也，其仗節不屈之臣死于國事者，衆矣。然成仁取義未有若先生之烈者，蓋其所見之大，所養之素，其志定而其氣完，故特立獨行，窮天地亙古今而弗顧也。夫慷慨就義，蹈白刃而志不奪，壯士猶可能之。先生應詔勤王，豪傑響應，間關險難，百挫彌堅，非有忠貞固結于人心，其能爾耶！仗大義以感諸將，成敗利鈍不以動其心。其濟，則宗社之靈也；不濟，則以死繼之。故相江萬里奇其志節，委以世道之責，亦有見於此已。

今誦其詩，讀其書，其精忠英烈之風，可以正人心而植天常。况其時志存匡復。與之周旋于患難者，有弗以身殉國者哉！楊文貞謂先生「志正而才廣，識遠而器閎，浩然之氣，以爲之主，而卒之其志弗遂者，蓋以天命去宋也」。嗟夫！宋至德祐，宋亡矣。天命之去，非一士之能挽。先生非不知也，義勝者謀應，人衆者功濟，興復之志，有死無二，人定勝天之説，意或其幾乎。及其歷履萬死，事無可爲，國亡與亡，從容伏鑕。先生之在我者既盡矣，天命之去留弗計也。即先生之忠義，以觀其文章。讀先生之文章，以想其情采。斯集之傳，其浩然剛大者，充塞兩間而流行宇宙，雖與日月争光可也。

余令光澤，爲應皋胡公屬吏。公生先生之鄉，學其學而愛其文，且其光明俊偉之行甚似之，刻其集以淑來學，誠於世教有補已，謹拜手而爲之書其後。

時萬曆三年季夏三日。

文山舊隱祠記

王育仁

宋丞相文文山先生，從容就義於國祚既終之餘，報宋室養士之功。數百年來仰其忠者，以先生生前踪迹之所至，即其精神之所寓，故所在咸立祠虔祀之。距富田里許，南崖之隩。有所謂文山者。其山水之林立，亭橋之棋置，具先生所爲《觀大水記》及自叙《紀年録》中，可按也。以今考之，則先生以湖南運判免歸之日，嘗構「道體堂」於其地，無日不與賓友徜徉其間。而讀其獄中所貽弟璧書，又特諄諄於「作寺文山，我廟其中」之語。然則先生生前踪迹之所歷，與其精神之所鍾，其眷戀於此者，視之他所，爲尤篤矣，顧可無祠以慰其靈哉？

更元之世，廢於兵燹，夷爲田疇。明興，成化中，一峰羅先生嘗白諸臬司，贖以淡金，得腴田十畝，然未有以祠之。嘉靖丁亥，余宗之居富田古城者，其彦曰喬相，嘗徘徊南北崖中，慨然捐己資若干金，鳩工聚材，托先生十一世孫毓彦者，測前田十之二而構祠焉。其制，瞰江潭爲門，題曰「文山舊隱」。門之後爲堂，仍其故額曰「道體」，而其外，則曰「慕忠祠」，塑先生之像，巋坐其中。堂之後爲「傑閣」，其下額曰「南崖書院」，俾鄉之人士，群而習讀焉。其上則取先生所自述其「閑居獨樂，意嘗超然」之語，而額之曰「超然閣」。祠之東，後葺庵一所，令持齋咒者居守其中，則又摘取先生貽書之旨，而名之曰「廟中庵」。由門而堂而閣，其間皆延以廊墀。繚以周垣，其材唯榱楹用木，四周墻壁，則盡以磚爲之，用備不戒。先生生於宋丙申仲夏二日，就義於元壬午季冬九日。祠既訖，二相復就近買田十畝，以供祭費，每歲舉祀，在冬令，先生之裔主之，而夏則主以相之後，歷千百世約爲常。相之用意，良亦悉且勤矣。文氏之裔熙等，謂其善不可没也，欲上其事於郡邑旌異之，相固謝不可。曰「此吾鄉子弟所以敬事鄉先生之分也。」奚名之敢居，相傾資舉義，竟其身，無餘積以遺其嗣，故其子化鵬，家徒四壁立。然每與仁相過從，論天地萬物一體之學，間及厥父建祠於末，輒欣欣然，歲時益嚴掃奠之役。相沒之六年，熙等乃刻其主，奉之閣中，每祭畢，則拜奠之，頃仁往遊其地，文勳及從侄，孫學柳等，又屬爲記，以傳之有永，仁因諗於化鵬曰，子觀諸先生之忠，與爾先人所以祠先生之意，尚何疑於一體之説乎？

夫人臣之忠其君，根於所性，無智愚，無古今，感於此，應於彼，勃乎其不可遏者也。先生沒必俎豆之志，已見於遊觀鄉祠之日，則其國亡與亡之情，根於一體者，邃矣。故其終身所歷，分宜自盡，不敢忍默以便身，身所當全，未嘗冒死以快心，心既無愧，不復偷生以害義。仁爲己任之語，嘗序之忠孝提綱矣。夫豈以悻悻爲節，而又何計其人之諒否，名之顯晦，世之祠與不祠哉？然當其時，豪悍萬人隨之，淮、潭諸路響應之，趙時賞代之，督府諸忠義翼之，王炎午爲文速之，十義士瘞之，而迨其後世，則順天祠之於學宮，鄉郡祠之於螺山、於富田，里人羅高者，又割田祭之於其墓。而文山舊隱，則爾先入之經紀。其祠祭也，如經紀其家，其敬事先生也，如祀其先，且不欲以其名聞於世，而子又能繼其志。噫！彼有教化之責者，其爲之尚欲以風於世，如二鄉彥所營，則奚所利，而孳孳若是哉？毋亦忠君之心，人人所同，即四海之遠，間世之久，觸之斯動，扣之斯應，有不知其所以然者。此或爾先人所以建祠之心，而彼自忘之也。化鵬聞予言，躍然曰：「使先子可作，聆子斯論，當有戚戚然於心者矣。」因次第其言，授之學柳，鑱諸道體堂中，以勖於二姓之後，裨相與世守夫祠祀，以不墜其先德云。時則大明萬曆二年甲戌仲春望日也。

跋文山先生遺墨

蘇伯衡

天下宗周矣，而伯夷、叔齊終不食其粟，遂餓而死。韓、趙、魏共分晉地矣，而豫讓必爲智伯報仇，竟殺其身。仁者之志，存亡不易；義者之節，盛衰不改。固如是乎！

三宮北上矣，益王殂於井澳矣，衛王赴海死矣，而丞相文公志節益堅。困辱之，摧折之，甘言以嘗之，重禄以啖之，迄莫能奪之，而竟死之。噫！蓋與三子者同諒矣。

公此數詩，意其在燕獄時所書，其歲當別考也。今去宋一百四十年，忠義之氣，感激之詞，筆勢勁拔，猶熚熚楮素間，如龍跳虎躍，不可褻玩狎視。二心之臣，見之而不褫魄，則吾弗信。

文丞相像贊　孫燧

偉哉文公，千古之士！方國脈尚存也，流離顛沛，唯恐不得其生；及國脈既絶也，慷慨從容，唯恐不得其死。求生匪生，求死匪死，生死唯求，成就一是。丈夫事業，固每如此。百世聞風，孰不興起！

浮丘道人招魂歌　汪水雲

其一

有客有客浮丘翁，一生能事今日終。嚙氊雪窖身不容，寸心耿耿摩蒼空。睢陽臨難氣塞充，大呼南八男兒忠。我公就義何從容，名垂竹帛生英雄。嗚呼一歌兮歌無窮，魂招不來何所從？

其二

有母有母死南國，天氣黯淡殺氣黑。忍埋玉骨崖山側，《蓼莪》劬勞淚沾臆。孤兒以忠報罔極，拔舌剖心命何惜！地結葨弘血成碧，九泉見母無言責。嗚呼二歌兮歌復憶，魂招不來長嘆息。

其三

有弟有弟隔風雪，音信不通雁飛絶。獨處空廬坐縲絏，短衣凍指不能結。天生男兒硬如鐵，白刃飛空肢體裂。此時與汝成永訣，汝於何地收兄骨？嗚呼三歌兮歌聲咽，魂招不來淚流血。

其四

有妹有妹天一方，良人去後逢此殃。黄塵暗天道路長，男呻女吟不得將。汝母已死埋炎荒，汝兄跣足行雪霜。萬里相逢淚滂滂，驚定拭淚還悲傷。嗚呼四歌兮歌欲狂，魂招不來歸故鄉。

其五

有妻有妻不得顧，飢走荒山汗如雨。一朝中道逢狼虎，不肯偷生作人婦。左掖虞姬右陵母，一劍捐身剛自許。天上地下吾與汝，夫爲忠臣妻烈女。嗚呼五歌兮歌聲苦，魂招不來在何所？

其六

有子有子衣裳單，皮肉凍死傷其寒。蓬空煨燼不得安，叫怒索飯飢無餐。亂離走竄千里山，荆棘蹲坐膚不完。失身被繫淚不乾，父聞此語摧肺肝。嗚呼六歌兮歌欲殘，魂招不來心鼻酸。

其七

有女有女清且淑，學母曉妝顔如玉。憶昔狼狽走空谷，不得還家收骨肉。闗河喪亂多殺戮，白日驅人夜燒屋。一雙白璧委溝瀆，日暮潛行向天哭。嗚呼七歌兮歌不足，魂招不來淚盈掬。

其八

有詩有詩《吟嘯集》，紙上飛蛇噴香汁。杜陵寳唾手親拾，滄海月明老珠泣。天地長留國風什，鬼神呵護六丁立。我公筆勢人莫及，每一呻吟淚痕濕。嗚呼八歌兮歌轉急，魂招不來風習習。

其九

有官有官位卿相，一代儒宗一敬讓。家亡國破身漂蕩，鐵漢生擒今北向。忠肝義膽不可狀，要與人間留好樣。惜哉斯文天已喪，我作哀章淚淒愴。嗚呼九歌兮歌始放，魂招不來默惆悵。

哭文丞相 虞伯生

徒把金戈挽落暉，南冠無奈北風吹。子房本爲韓仇出，諸葛寧知漢祚移？雲暗鼎湖龍去遠，月明華表鶴歸遲。不須更上新亭望，大不如前灑淚時。

卷二十一

附録二

宋文丞相傳　〔宋〕龔開

文宋瑞，諱天祥，吉州富田人。初生，祖父夢宋瑞身騰紫雲而上，名曰雲孫，長而字曰天祥。寶祐乙卯，歲大比，以字爲名，應舉得薦，改字履善。明年，禮部奏名，廷對策，有司次在第五；奏讀，擢居第一。父留旅舍感疾，及見宋瑞成名而逝。護喪歸廬陵。服除，檢會授承事郎、簽書寧海軍節度判官廳公事。宋瑞入京，行進士門生謝禮。將之任，會鄂渚交兵，吴丞相潛再相入内，都知董宋臣主遷幸，中外洶洶。宋瑞上書，「乞斬宋臣，以安人心」，及「團結抽兵，破資格用人」數事。不報，還里。

景定庚申，除鎮南軍節判，主管仙都觀。歷秘書省正字、著作佐郎。爲郎試郡，知瑞州。再除禮部郎官，提點江西刑獄公事，改守宣城。麾節中外，踐更不常，及往來周行，人猶以清要望之。其權直也，賈似道托疾歸越，乞休致，而實有要君之心。宋瑞草不允詔，裁以正義。是時，王言多先呈稿於權臣而後行，宋瑞徑行，且無所忌避。似道怒，使臺臣論，奪職。除湖南運判，俄以提刑知贛州。

甲戌冬，十有二月，北軍渡江。乙亥，改元德祐，壽和聖福太皇太后垂簾，與幼君同聽政，詔諸道入衛。宋瑞除右文殿修撰、樞密都承旨、江南安撫副使，知贛州；尋兼江西提刑，進集英殿修撰、江西安撫使。夏四月，領兵東下，權兵部侍郎，仍舊職。丁祖母憂，解官承重。既葬，起復，總兵起發吉州，中途進權刑部尚書，領舊職。八月，至闕，駐兵西湖，除浙西、江東制置使兼江西安撫大使，知平江府。進端明殿學士，領舊職。出兵援常州，敗績。獨松關危急，趣師入衛。進資政殿學士，浙西、江東制置大使，守獨松關。

丙子正月十八日，伯顏丞相駐軍皋亭山。是夕，丞相陳宜中遁去。十九日甲申，早除宋瑞樞密使，午除右丞相兼樞密使、都督諸路軍馬。已而解兵權，詣北軍講解。二十日，詔以資政舊職詣北軍，留營中。明日，宰臣吴堅、賈餘慶率廷紳以國降，勤王兵盡放散。二月八日，北軍遣宋瑞偕祈請使俱北。二十日，至鎮江。三十日，宋瑞夜同其客杜滸及廝役共十一人，以舟西走儀真。三月一日，入儀真城。後三日，郡守苗再成以閫府令，命給宋瑞出門，以輕騎兵護出境，聽所之。經維揚，不見内，從者四人亡去。趨高沙，道遇哨馬，殺一人，縛一人去，宋瑞與同行伏廢墻得免。歷七水寨，由泰至通州。所歷諸郡，以閫府命，皆不見内。遵海而南，至温州，謁景炎新主，授通議大夫，拜右丞相兼樞密使、都督諸路軍馬；辭，改樞密使、同都督，駐軍南劍州。入汀州，移漳州龍巖縣。至福州，進銀青光禄大夫，領舊職，仍經略江西。五月，入贛州會昌縣。六月，戰雩都，乘勢遣兵攻贛、吉，斬汀州僞天子黄從。臨、洪、袁、瑞豪傑並起應之，興國、黄州新復，號令通江、淮。已而，吉、贛兵敗，移軍惠州。至崖山，朝行在所，封信國公，職仍舊；封母齊魏國太夫人。其九月，丁齊魏國太夫人憂，奪情起復。十一月，屯潮陽，移屯海豐。二十日，北兵追及，所將兵潰，被執。己卯三月，張元帥遣都鎮撫石嵩管押宋瑞北去。至會同館，赴樞密院，見博羅丞相、張平章及諸院官。博羅丞相令譯者問：「德祐爾君，何爲棄德祐别立景炎，豈得爲忠？」宋瑞曰：「德祐既失國，二王在南，中立以存宗廟社稷，豈不爲忠？從懷、愍者非忠，從元帝者爲忠；從徽、欽者非忠，從高宗者爲忠。」衆皆笑。忽一人曰：「晉元帝、宋高宗皆有來歷，二王何所受命？立不正，豈非篡位？」宋瑞曰：「景炎乃度宗長子，德祐之兄，如何不正？踐位在德祐既去天位，如何是篡？陳丞相奉二王出宮，具禀太皇太后之命，如何是無所受命？」博羅丞相曰：「若將三宫走，爾是忠臣；不走，出城與伯顔丞相一戰決勝負，亦是忠臣。」宋瑞曰：「此説當責之陳丞相，他人何預？」博羅丞相又曰：「既知做不得，如何又做？」宋瑞曰：「譬如父病在膏肓，明知不可爲，豈有不進藥之理？不可救，則天也。今日文天祥至此，有死而已，何用多言！」

歲在壬午，乃至元十九年也，於是祥興亡且三年矣。宋瑞因中作贊並序曰：「吾身居將相，不能救社稷，安天下。軍敗國亡，辱爲俘囚，其當死久矣。被執以來，欲引決而無間。今天與之機，謹南向再拜以死。」其《贊》曰：「孔曰成仁，孟曰取義，惟其義盡，所以仁至。讀聖賢書，所學何事？而今而後，庶幾無愧。宋丞相文天祥絶筆。」

龔開曰：僕見青原人鄧木之藏文公手書《紀年》，皆小草，首尾備具。因求得謄本，取其始末爲傳，與趙、陸二傳並存。而有感於古之立國者，權臣握重兵在外，必有重臣居中以制之。若國之危殆，則權臣與重臣合而爲一，正須聲援相應。此又一時，不可同日而語。宋將亡，兩淮重鎮，居西者無議焉，而東鎮又在遠地。文公自江右提烏合之衆入衛，遇戰則北。及獨松失守，一身在朝，擁將相虚名。而遄解兵印，駕單車，稱使者不辭，徒曰抒君之急云耳。使事有人，未聞都督軍馬爲之而受執者也。五代時，李嗣源告莊宗曰：「王彦章敗，段凝未知；縱知，救兵必渡黎陽。數萬衆須舟楫，豈能一日而濟？此去汴不數百里，信宿可到。汴既入，段兵何施？」蓋是時，梁朝虚内，重兵盡在外，故唐兵肆行無忌。嗣源以千騎先鋒至封丘門，扣關而入，梁君臣束手相顧而已。嗚呼！似者尚可取鑒，況身親之，以此知兵力與天時人事，未始不相倚爲用也。

《宋理宗寶祐四年丙辰登科録》、《宋遺民録》卷一〇。

文信國公墓志　〔宋〕鄧光薦

公高明俊朗，英悟不凡，逾弱冠，即先多士。感激理宗親擢，不倚近利，齷齪自棄，故其立朝有本末，諫諍有風烈，治郡持節，廉明有威。及北軍渡江，捧勤王詔書，泣數行下。内不謀於親，外不謀於屬，即建旗移檄，以列郡守。舉事初，亦冀奉遵詔書，多足相和應。已而，諸路闃然若不聞。惟天祥獨行其志，堅力直前，百挫而不折，屢躓而愈奮。至拘留北營，驅逐北去，猶冒萬死南走，蒙疑涉險，寄命頃刻，僅而得達。當是時，其飛潛若龍，其變見若神，南北無不想見其風采。故軍日敗，國日蹙，而自遠歸附者日衆，從之者亡家、沉族、折首而不悔。雖緣人心思向嚮中國，未忘趙氏，亦由天祥之神氣意度，足以興起動悟之也。

天所廢興，智勇爲困，而況居乏深謀之客，出無制勝之將，用之行陣，類非素簡練之兵，大抵瓦合烏散，常抱空志，赤手舉事，上不資籍，傍無掎角，是以先聲有□，跳身數遁。蓋自江南之衄，麾下單弱，因以疾疫，不能出師矣。不幸被執，仰藥不死，久縶燕獄不死，徒欲信義於前，自白於天下後世，非有秋毫貪生畏死之意也。雖功業不能以尺寸，而志節昭耀乎終古。南北之人無問識與不識，莫不流涕驚嘆，樂道其平生。自古節義之大臣，蓋不若是之烈云。

因屬予銘，時未便故，傳是以歸之。

至元二十一年甲申陽月吉日，邑人鄧光薦著，孤子文陞泣血立石。

據一九八三年維修文天祥陵墓時發掘墓志碑刻拓片整理。（墓志碑刻已回埋墓中，拓片存吉安縣文天祥紀念館）

文丞相叙

〔宋〕鄭思肖

國之所與立者，非力也，人心也。故善觀人之國家者，惟觀人心何如爾。此固儒者尋常迂闊之論，然萬萬不逾此理。今天下崩裂，忠臣義士死於國者，極慷慨激烈，何啻百數！曾謂漢、唐末年有是夫？於是可以覘國家氣數矣。藝祖曰：「宰相須用讀書人。」大哉王言！直驗於三百年後。

丞相文公天祥，才略奇偉，臨大事無懼色，不敢易節。德祐一年乙亥夏，遭韃深迫内地。公時居鄉，挺然作檄書，盡傾家貲，糾募吉、贛鄉兵三萬人勤王，除浙西制置使。九月，至平江開閫。十一月，朝廷召公，以浙西制置使勤王入行在。

二年丙子正月，韃兵犯行在皋亭山。丞相陳宜中奏請三宫，不肯遷駕，即潛挾二王奔浙東。韃偽丞相伯顔聞而心變，意欲直入屠弑京城。在朝公卿咸驚懼，衆慫恿文公使韃軍前，與虜語。朝廷假公以丞相名。及出，一見逆臣吕文焕，即痛數其罪；又見逆臣范文虎，亦痛數其罪。文焕、文虎意俱怒，導見虜酋伯顔。公竟據中坐胡床，仰面瞠目，撚須翹足，倨傲談笑。虜酋伯顔問其爲誰，公曰：「大宋丞相文天祥。」伯顔責不行胡跪之禮，公曰：「我南朝丞相，汝北朝丞相，丞相見丞相，不跪。」遂終不屈。其他公卿朝士，見虜酋或跪或拜，賣國乞命。獨公再三與韃酋伯顔慷慨辯論，尚以理折其罪，辨析夷夏之分，語意皆不失國體。深反復論文焕之逆，伯顔竟解文焕兵權，又沮遏伯顔直入屠弑擄掠京城百姓之凶。伯顔始怒，終敬，爲其所留，不復縱入京城，竟挾北行。

至京口，賊酋阿术勒丞相諸使，親劄諭維揚降韃，獨文公不肯署名。虜酋暫留公京口虜館。時維揚堅守城壁，與賊酋阿术據京口對壘。虜賊禁江禁夜，把路把巷甚嚴密。公間關百計，擲金買監絆者之心，寓意同監絆虜酋往來妓館，褻狎買笑，意甚相得相忘；又得架閣杜滸相與爲謀。二月晦，夜遁出城，偷渡江，登真州岸。偷歷賊寨，勞苦跋涉難譬。時全太后、幼帝北狩，將道經維揚。公欲借揚州兵與賊戰，邀奪二宫還行内。公叫揚州城，揚州疑公不納，復西行叫真州城，即差軍送，東往泰州，由海而南。南北之人，悉以公爲神，朝廷重拜爲右丞相。又於汀、漳間募士卒萬餘人，剿叛臣，易正大，驅馳二三年。景炎三年，歲在戊寅十一月，潮陽縣值賊，服腦子不死，爲賊所擒，終不屈節，談笑自若。賊以刀脅之，笑曰：「死，末事也。此豈可嚇大丈夫耶？」嘗伸頸受之。賊逼公作書説張少保世傑叛南歸北，公曰：「我既大不孝，又教人不孝父母耶？」不從其説。

賊擒公至幽州，見僞丞相博羅等不跪。衆虜控持，搦腰捺足，必欲其跪，則據坐地上叱駡曰：「此刑法耳，豈禮也！」賊命通事譯其語，謂公曰：「不肯投拜，有何言説？」公曰：「天下事有興有廢，自古帝王及將相，滅亡誅戮，何代無之？我今日忠於大宋社稷至此，何説！汝賊輩早殺我，則畢矣。」賊曰：「語止此。汝道有興有廢，古時曾有人臣將宗廟、城郭、土地付與别國了又逃去，有此人否？」公曰：「汝謂我前日爲宰相，奉國與人而後去之耶？奉國與人是賣國之臣，賣國者有所利而爲之。去之者，非賣國者也，我前日奉旨使汝伯顔軍前，被伯顔執我去。我本當死，所以不死者，以度宗之二太子在浙東，老母在廣，故爲去之之圖耳。」賊曰：「德祐嗣君，非爾君耶？」公曰：「吾君也。」賊曰：「棄嗣君别去立二王，如何是忠臣？」公曰：「德祐嗣君，吾君也，不幸失國。當此之時，社稷爲重君爲輕。我立二王，爲宗廟社稷計，所以爲忠臣也。從懷帝、湣帝而北者非忠臣，從元帝爲忠臣；從徽宗、欽宗而北者非忠臣，從高宗爲忠臣。」賊曰：「二王立得不正，是篡也。」公曰：「景炎皇帝，度宗長子，德祐嗣君之親兄，如何是不正？登極於德祐已去之後，如何是篡？陳丞相奉二王出宫，具有太皇太后聖旨，如何是無所授命？天與之，人與之，雖無傳受之命，推戴而立，亦何不可？」賊曰：「你既爲丞相，若奉三宫走去，方是忠臣；不然，則引兵與伯顔决勝負，方是忠臣。」公曰「此語可責陳丞相，不可責我。我不當國故也。」賊曰：「汝立二王，曾爲何功勞？」公曰：「國家不幸喪亡，我立君以存宗廟。存一日，則一日盡臣子之責，何功勞之有！」賊曰：「既知不可爲，何必爲？」公曰：「人臣事君，如子事父。父不幸有疾，雖明知不可爲，豈有不下藥之理？盡吾心爾，若不可救，則命也。今日我有死而已，何必多言！」賊曰：「汝要死，我不教汝死，必欲汝降而後已。」公曰：「任汝萬死萬生煅煉，試觀我變耶不變耶！我大宋之精金也，焉懼汝賊輩之磷火耶？汝至死，我而止；而我之不變者，初不死也。叨叨語十萬劫，汝只是夷狄，我只是大宋宰相。殺我即殺我，遲殺我，我之罵愈烈。昔人云：薑桂之性，到死愈辣。我亦曰：金石之性，要終愈硬。」公後又云：「自古中興之君，如少康以遺腹子，興於一旅一成。宣王承厲王之難，匿於召公之家，召、周二相立以爲王。幽王廢宜臼，立伯服爲太子，犬戎之亂，諸侯迎之宜臼，是爲平王。漢光武興於南陽，蜀先主帝巴蜀，皆是出於推戴。如唐肅宗即位靈武，不禀命於明皇，似類於簒，然功在社稷，天下後世無貶焉。禹傳益不傳啓，天下之人皆曰：『啓，吾君之子也。』謳歌獄訟者歸之。漢文帝即是平、勃諸臣所立，豈有高祖、惠帝、吕后之命？春秋亡公子入爲國君者，何限齊桓、晉文是也！誰謂奔去者不當立？前日汝賊來犯大紀，理不容不避，二王南奔，勢也。得程嬰、公孫杵臼輩，出存趙氏，爲天下立綱常主，揆諸理而不謬，又寧復問有無授命耶？惜乎先時不曾以此數事，歷歷詳説與賊酋一聽。」此皆公首陷幽州之語。

公始被賊擒，欲一見忽必烈，大罵就死。機泄，竟不令見忽必烈。因叛臣青陽留夢炎教忽必烈曰：「若殺之，則全彼爲萬世忠臣。不若活之，徐以術誘其降，庶幾郎主可爲盛德之主。」忽必烈深善其説，故公數數大肆罵詈，忽必烈知而容忍之，必欲以術陷之於叛而後已。數使人以術劫刺耳語，公始終一辭，曰：

「我決不變也，但求早殺我爲上。」賊屢遣舊與公同朝之士，密誘化其心。公曰：「我惟欲得五事：曰剮，曰斬，曰鋸，曰烹，曰投於大水中，惟不自殺耳。」賊又勒太皇傳諭，説公降韃，公亦不聽。諸叛臣在北，妒其忠烈，與賊通謀，密設機阱奪其志，公卒不陷彼計，反明以語韃。衆酋盡伏其智，且俾南人群然問六經、子史、奇書、釋老等疑難之事，令墮於窘鄉。衆謀折其短誤，公朗然辯析議論，了無不通。强辯者皆屈。

北人有敬公忠烈，求詩求字者俱至，迅筆書與，悉不吝。公妻妾子女先爲賊所虜，後賊俾公妻妾子女來，哀哭勸公叛。公曰：「汝非我妻妾子女也！果曰真我妻妾子女，寧肯叛而從賊耶？」弟璧來，亦如是辭之。璧已授僞爵，嘗以韃鈔四百貫遺兄，公曰：「此逆物也，我不受。」璧慚而卷歸。後公竟如風狂狀，言語更烈，一見韃之酋長，必大叱曰：「去！」有南人往謁，公問：「汝來何以？」曰：「來求北地勾當。」公即大叱之曰：「去！」是人數日復來謁，已忘其人曾來，復問曰：「汝來何以？」是人曉公意惡韃賊，紿對曰：「特來見公，餘無他焉。」公意則喜笑，垂問如舊親識。他日，是人復來，公又忘之矣。叛臣留夢炎等皆罵曰「風漢」，北人指曰「鐵漢」。千百人曲説其降，公但曰：「我不曉降之事。」虜酋曰：「足跪於地則曰降。」公曰：「我素不能跪，但能坐也。」賊曰：「跪後受爵禄，富貴之榮，豈不爲樂，何必自取憂苦？」公曰：「既爲大宋丞相，寧復效汝賊輩帶牌而爲犬耶？」或强以虜笠覆公頂上，則取而溺之，曰：「此溺器也。」

德祐八年冬，忽有南人謀刺忽必烈，戰慄不果，被賊殺。或謂久留公，終必生變，非利於韃。忽必烈數遣叛臣留夢炎等堅逼公歸逆，謂：「忽必烈曰：『韃靼不足爲我相，惟文公可以爲之。得其降，則以相與之。』」公曰：「汝輩從逆謀生，我獨謀盡節而死。生死殊塗，復何説！大宋氣數尚在，汝輩大逆至此，亦何面目見我？」遂唾夢炎等去之。會有中山府薛姓者，告於忽必烈曰：「漢人等欲挾文丞相擁德祐嗣君爲主，倡義討汝。」忽必烈取文公至，問之，公慨然受其事，曰：「是我之謀也。」請全太后、德祐嗣君至，則實無其事。公見德祐嗣君，即大慟而拜，且曰：「臣望陛下甚深，陛下亦如是耶？」謂嗣君亦從事於胡服也。忽必烈始甚怒公。然忽必烈意尚愍公忠烈，猶望公降。彼再三説諭，公數忽必烈五罪，駡詈甚峻。忽必烈問公：「欲何如？」公曰：「惟要死耳。」又問：「欲如何死？」公曰：「刀下死。」忽必烈意欲釋之，俾公爲僧，尊之曰「國師」；或爲道士，尊之曰「天師」；又欲縱之歸鄉。公曰：「三宫蒙塵，未還京師，我忍歸忍生耶？但求死而已。」且痛駡不止。諸酋咸勸殺之，毋致日後生事。忽必烈始令殺之。公聞受刑，歡喜踴躍就死，行步如飛。臨下刃之際，忽必烈又遣人諭公曰：「降，我則令汝爲頭丞相；不降，則殺汝。」公曰：「不降。」且繼之以駡。及再俟忽必烈報至，始殺公。公之神爽已先飛越矣。及斬，頸間微湧白膏。剖腹而視，但黄水，剖心而視，心純乎赤。忽必烈取其心肺，與衆酋食之。

昔公天庭擢第，唱名第一，出而拜親。革齋先生留京師，病已亟，命之曰：「朝廷策士，擢汝爲狀頭，天下人物可知矣。我死，汝惟盡心報國家。」母夫人遭德祐變故，逃避入廣，又嘗教公盡忠。故公始終不違父母之訓，盡死於國家，無二心焉。公自號「三了道人」，謂儒而大魁，仕而宰相，事君盡忠也。忠臣、孝子、大魁、宰相，古今惟公一人。南人慕公忠烈者，已摭公之《哭母》詩「母嘗教我忠，我不違母志。及泉會相見，鬼神共歡喜」之語，作《鬼神歡喜圖》，私相傳玩。

公在患難中，嘗終日不語，冥然默坐，若無縈心者。五載陷虜，千磨萬折，難殫述其苦。事事合道，言言皆經。一以相去遠，二以人畏禍，不肯傳，百僅聞其一二。累歲摧挫之餘，老氣崢嶸，視初時愈勁。時作歌詩自遣，皆許身殉國之辭。間見數篇，雖有才學，然怪其筆力不能操予奪之權，氣索意沮，深疑其語。後乃知叛臣在彼諛虜嫉公，或僞其歌詩，揚北軍氣焰，眇我朝孤殘，憐餘喘不得復生之語，雜播四方，損公壯節。公自德祐二年陷虜北行，作《指南集》；景炎三年陷虜，作《指南後集》。公筆以授戴俊卿。文公自叙本末，有稱賊曰「大國」、曰「丞相」，又自稱曰「天祥」，皆非公本語。舊本皆直斥虜酋名，不書其僭偽語，觀者不可不辨。必蔽於賊者，畏禍易爲平語耳。詩之劇口駡賊者，亦以是不傳。

禮部郎中鄧光薦蹈海，爲賊鈎取，文公與之同患難，頗多唱和。杜滸嘗除侍郎，海中殺賊頗夥，後以戰死。公之家人，皆落賊手，獨妹氏更不改嫁賊曹，謂：「我兄如此，我寧忍耶？」惟流落無依，欲歸廬陵，賊未縱其還鄉。

公名天祥，字宋瑞，號文山，廬陵人。父名儀，號革齋。公被擒後，己卯歲往北，道間作祭文，遣孫禮詣廬陵革齋先生墓下爲祭，仍俾侄陞立爲嗣。公寶祐四年二十一歲，廷對擢爲大魁。四十一歲拜丞相。亂世出處大略如此。平生有事業文章，未悉其實，未敢書。

思肖不獲識公面，今見公之精忠大義。是亦不識之識也。人而皆公也，天下何慮哉？意甚欲持權衡筆，詳著《忠臣傳》，苦耳目短，不敢下筆。然聞爲公作傳者，甚有其人。今諒書所聞一二，助他日太史氏采摭，當嚴直筆，使千載後，逆者彌穢，忠者彌芳，爲後世臣子龜鑒歟！

《心史·雜文》。

昭忠録·文天祥丞相信國公

文天祥，字履善，一字宋瑞，吉州人，寶祐丙辰進士第一，時年二十一，累仕至湖南提刑，遷知贛州。元兵渡江，天祥首張榜檄暴揚諸吕罪狀，糾合義勇，期入衛君父，卓爲四方勤王之倡，除江西安撫兼提刑。乙亥春也，天祥召募，應者雲合，夏四月，有祖母喪，解官治葬。起復，趨入衛，提其兵以行，戈甲精明，號令嚴肅，未出境，遽留屯隆興。天祥抗章言軍士踴躍，願赴國難，爲勤王也，奉詔留屯，大沮士氣，乞如前詔赴闕。久乃許之。八月，至行在所，駐兵西湖。九月，除浙西、江東制置使、江西安撫使、知平江府，陛辭，乞斬賈似道釁鼓。冬十月九日，領兵赴鎮，元兵已圍劉師勇於常州，亟遣兵五千救之。二十七日，戰於五木，敗績，贛將尹玉死之，師勇單騎突圍走。常州下，廣德軍繼下，安吉危，獨松、千秋二關俱震。京畿危急，趣天祥入衛。十一月二十二日，發平江，既至，拜疏自劾，以所部州降陷也，請誅斥。詔不允，令疾速督府議軍事，進資政殿學士，升制置安撫大使，令制司餘杭，守獨松關。

明年丙子正月三日，兼知臨安府，辭不拜，詣闕陳大計，不得見，所部聚富陽以俟。十八日，丞相巴延營於皋亭山。十九日早，以天祥爲樞密使、都督諸路軍馬。會使轍交馳，北師約當國大臣相見，執政侍從聚左相吴堅府，交贊天祥一行。天祥見奉使無留者，欲往覘虚實，歸而謀焉，乃辭相不拜。二十日，以資政殿學士出使，見丞相巴延、元帥唆都，天祥曰：「講解一事，前丞相首尾，非予所知。今太皇太后以予爲相，予不敢拜，故來軍前商量。」巴延曰：「丞相來勾當大事，言甚善。」天祥曰：「本朝承帝王正統，衣冠禮樂所在，北朝欲以爲與國乎？抑欲毁其宗廟社稷乎？」二帥以詔旨爲辭，謂「社稷必不動，百姓必不殺。」天祥曰：「爾前後約吾使多失信，今兩國丞相親定盟好，宜退兵平江、嘉興，俟講解之説聞奏，北兵待區處何如？」辯難甚至。天祥曰：「能如予説，兩國成好，幸甚。不然，南北兵禍未已也。」巴延憤，語侵天祥。天祥曰：「予爲南朝狀元宰相，止欠一死報國，刀鋸鼎鑊，非所懼也。」乃羈縻天祥，不使復還。明日，宰執吴堅、賈餘慶、謝堂、家鉉翁、劉岊等以國降，天祥遂前責巴延失信留使，又詬斥吕文焕引敵陷國，并斥其侄師孟負國。所募兵在富陽者，潰而西歸。

二月八日，堅等以祈請使赴北，並驅天祥登舟。二十日，至鎮江，用其客杜滸計得逸，與從者聱信、尹玉、趙時賞、張汴、劉洙、繆朝宗、孫㮚、陳龍復、蕭明哲、彭震龍、蕭燾夫十二人，以晦日登舟，夜走淮東。

三月朔，入真州，與守將苗再成協謀興復。天祥喜甚，爲移書兩淮帥將等。初二日，李庭芝遣使至，出文書，述脱回人李七二供，有丞相往真州賺城，謂天祥爲北用，使諭再成：「決無宰相得脱理，縱脱，亦無十二人得同來之理。何不以矢石攻之，乃開門放入邪？」意使再成殺天祥也。再成憐之，不忍害，然亦不敢留，出之西城門外。天祥與滸彷徨無所歸，從者皆無人色。再成俄遣二校將數十卒，携行李還天祥，衛送出境，且覘其去就，決處置。行野中，露刃甚惱，固叩其所向，天祥曰揚州，二校勸令往淮西，天祥曰：「淮西與建康、太平、池州、江州對境，北兵佈滿，無路可歸。止欲見李制使，或能信我，尚欲連兵以圖興復。」二校曰：「揚州殺丞相奈何？」天祥曰：「信命。」二校知無他志，乃辭，天祥贈以金而別。夜徑北戍，銜枚疾行，三更抵揚州城下，門守森嚴，既前復卻，風露淒清，鼓角悲慘。四更，滸曰：「李公必不見信，徒爲矢石所陷，不如趨高郵，從通州渡海歸江南，或遇二王，伸報國志，徒死此，無益也。」將曉，聞北哨至，乃變姓名，易服詭行，間關險阻。閏二月，至通州，航海至浙，東至台州。夏四月，至瑞安。

五月，益王登極於福州，召天祥。六月六日至，授通議大夫、右丞相兼樞密院使、都督諸路軍馬，與陳宜中並相。首責宜中：「當奉兩宮與二王同奔，奈何棄其所重？」宜中慚默。又數誚其怯懦，紀綱不立，權戚用事，且曰：「檀公上策，不意公能得之。」宜中不樂。見大將張世傑，問兵數多少，世傑以所部對，天祥嘆曰：「公軍在此矣，朝廷大軍何在？」世傑亦不樂。天祥乃議，宜規恢江西。七月四日，發行在所。十三日，至南劍募兵。冬十一月，入汀瞰贛。十二月初，命招討趙時賞，以兵三千復贛之寧都縣，千户趙溍以兵自建昌至，時賞走，寧都復陷。千户闕某、鎮撫孔遵以二十九日率師至。

明年丁丑春正月，元兵向汀，天祥命江西提刑趙孟濼領兵收復，屯寧都城外，不戰而退，天祥退屯漳州龍巖縣。三月，屯梅州。夏五月，復贛之雩都縣。六月，進據興國縣，遣兵攻贛，不利。七月，元江西宣慰李恒統師至，乃分將援贛，走孟濴於贛城下，恒以兵擣興國襲天祥，窮追四百餘里。八月十七日，至空坑，天祥敗，執其夫人歐陽氏、一子二女及趙時賞、孫㮚等，天祥竄榛莽中，追將囊家歹貪收金帛，因得逸，復收散卒。冬十月，入汀，復出會昌，入安遠，趨循。

戊寅春二月，屯惠州海豐縣。三月，屯麗江浦，遣使訪問御舟所在。夏六月，御舟泊崖山，天祥移軍船澳。八月至，加少保，進爵信國公。冬十月，屯潮州潮陽。十二月，東省元帥張宏範舟師至，移屯海豐。是時，備水道，不虞陸路也。趙孟濴爲前鋒，鄒㵯殿，北騎二百，兼程追襲。二十日午，至五坡嶺，望見山上步卒四集，叩之左右，咸謂鄉人捕鹿也。奄至中軍，天祥被擒，官屬士卒昔皆脱於空坑者，至是俱遭執戮，唯孟濴以先行十里得遁。

明年二月六日，崖山師潰，國亡，送天祥如燕。十月朔，至燕，械繫千户所。十二月二日，以疾脱械。初九日，召詣樞密院，長揖不跪。丞相博羅命譯者問：「有何言？」天祥曰：「我爲宋宰相，國亡職當死，今日被擒，法當死，復何言？」博羅曰：「有人臣將宗廟、社稷、城郭、土地付與别國，復有逃者否？」天祥曰：「謂我曾爲宰相，奉國與人，而復去之邪？我前除宰相不拜，奉使巴延軍前，即被拘執，别有賊臣獻國。國亡，我本當死，所以不死者，以度宗皇帝二子在浙東，老母在廣，故圖去耳。」博羅曰：「德祐幼主，非爾君耶？棄嗣君别立二王，豈是忠臣？」天祥曰：「德祐不幸失國，當此時，社稷爲重君爲輕。吾别立君，爲社稷計，何謂不忠？從懷、愍而北者非忠，從元帝者爲忠；從徽、欽而北者非忠，從高宗者爲忠。」博羅曰：「晉元帝、宋高宗俱有來歷，二王從何受命？」張平章曰：「二王逃徙，其立不正，是篡也。」天祥曰：「景炎皇帝是度宗之長子、德祐皇帝之親兄，何謂不正？啓位於德祐已去，何謂篡？陳丞相奉二王出宫時，具有太皇太后分付言語，何謂無所受命？」博羅曰：「汝爲丞相，若將二王同走，方是忠臣。」天祥曰：「此説可以責陳丞相，不可責我，我不曾當國也。」博羅曰：「汝立二王，有何功勞？」天祥曰：「家國不幸喪亡，立君以存宗廟。宗廟存一日，則臣子盡一日之責，何功勞之有？」曰：「既知不可爲，何必爲？」天祥曰：「人臣事君，如子事父，父不幸有疾，雖明知不可爲，豈有不用藥之理？盡吾心焉，不可救則天命爾。今日天祥至此，有死而已，何必多言！」堂上怒，令吏引去。復入獄，獄中集杜句爲詩，備載所歷，皆忠憤淒激意。

壬午春，自獄中寄書所親曰：「吾終之時，惟書一贊於衣帶間云：吾位居將相，不能救社稷，正天下，軍敗國亡，至爲囚擄，其當死久矣。頃被執以來，欲引決而無間。今天與之機，謹南向再拜。」其贊曰：「孔曰成仁，孟云取義，惟其義盡，所以仁至。讀聖賢書，所學何事？而今而後，庶幾無愧。宋丞相文天祥絶筆。」冬，因狂人薛寶住妄書告變，指天祥爲内應。十二月初八日，元世祖召天祥於殿中，天祥長揖不拜，左右强之拜跪不可，或以金撾捶其膝，膝傷，天祥堅立不動，乃降旨曰：「汝在此久，如能改心易慮，以事亡宋者事我，當令汝中書省之任。」坐而對曰：「天祥受宋朝三帝厚恩，號稱狀元宰相。今事二姓，實負此心，非所願也。」世祖云：「然則汝何所願？」對曰：「願與之死足矣。」世祖猶不忍，遽麾之退。初九日，宰相奏曰：「天祥既不歸附，不若如其請，賜之死。」可其奏。是日，宣使以金鼓迎之詣市。天祥聞之，欣然曰：「吾事了矣。」左右去其巾，戴黄冠，荷械出，顔色揚揚不變。時燕市觀者如堵，宣使遍諭曰：「文丞相南朝忠臣，皇帝使爲宰相不可，故隨其願，賜之一死，非他人比也。」宣使問天祥曰：「丞相今有甚言語？回奏尚可免死。」天祥曰：「死則死爾，尚何言！」天祥問市人孰爲東南西北，趨而南向，再拜就死。燕人凡有聞者，莫不嘆息流涕。

天祥死後，大風忽起，揚沙石，晝晦，咫尺不見人，守衛者皆驚。吉州士人張宏道，字毅夫，號千載心，與天祥善，隨至燕，負其顱骨，歸葬廬陵。天祥少有大志，明鋭忠壯，當世鮮儷。其自贛勤王也，繡其戰袍曰「拚命文天祥」，崎嶇萬里，歸翊行朝。赤心益堅，卒死臣節。芳名壯概，與宇宙同不朽云。

文丞相傳補遺 〔元〕張樞

淮陰龔開作《文丞相傳》，序其事甚備。予每讀之，未嘗不廢卷流涕也。丞相少以英才茂學，射策冠多士，踐服中外官政，歷歷有稱。以勇於爲義，不爲權臣所喜，起輒躓。及德祐初，始拔大用，而國已不可爲矣。王師至吴門，一月間超遷至右丞相。奉命來使講解，足未及轅門，而大臣以國降矣。既非丞相之志，遂挺身而竄，崎嶇險阻，危者數矣。獲至於閩，丞相將以有爲也，而陳宜中忌之，防之甚於防奸，卒於以無成，與國俱滅。噫！宋固天之亡也，否則，丞相之志，豈待一死而已哉！

丞相既俘，其夫人歐陽氏爲大將軍將校所執，將逼而辱之。夫人曰：「吾有死耳，義不以潔白之軀，辱於賤卒。夫，吾天也；夫既執，尚安所顧藉哉！夫不負國，我獨安忍負夫也？」遂自剄死。丞相聞之，哭而祭之曰：「節婦不事二夫，忠臣不事二主。天地之間，惟我與汝！」

予既美龔氏能序丞相之忠之烈，亦憾其無聞於夫人之義，故書之以補其闕文云耳。

《宋遺民録》卷一〇。

文文山傳

〔明〕趙弼

至元壬午十二月，有僧從閩中來言於省臣：「近日土星犯帝座，疑有變。」未幾，中山狂人薛保住自稱「宋王」，聚衆數千，欲取文丞相。亦有投匿名書言：「某日燒簑城之葦，率兩翼兵入城，丞相可無憂。」疑丞相者，文公天祥也。世祖召公入殿中，公長揖不拜。世祖曰：「汝欲何言？」公厲聲對曰：「我大宋自藝祖、太宗以堯舜之道平一天下，列聖相承，守其成憲，天下晏然。上無不道之君，下無可吊之民。北朝以遐陬之國，雲擾中原，恃戎馬之衆，興無名之師，侵我疆土，殘我生靈，毀我宗社，滅我宋三百餘年宗廟，欺人孤寡，萬世之耻也。我爲宋丞相，竭心罄力以扶宋祚，不幸奸臣賈餘慶、劉岊等欺君賣國，吾英雄無用武之地，不能興扶，反遭擒辱於此，九泉之下，目亦不瞑。」言既，切齒頓足，拊膺長嘆曰：「嗚呼！天乎！」左右皆駭其言，莫不縮頸吐舌，或爲之太息。世祖徐謂之曰：「天之所廢，不可以興。宋祚告終，非人力所可爲也。朕承天眷命，混一區宇，誠非偶然。汝忠宋之心，朕悉知矣。今以事宋之義事我，即以汝爲中書丞相。汝意如何？」公對曰：「天祥爲宋狀元宰相，豈有事二姓之理？宋既亡，惟當速死。不死久生，他日無面目見田横之客於地下也。」世祖又曰：「汝不爲丞相，爲樞密可乎？」公曰：「天祥之心，惟思盡忠宋朝而已，餘非所願也。」世祖知不可屈，麾之使退，意欲舍之。

明日，麥術丁謂世祖曰：「文丞相英才偉略，古今罕有。曩者開督府於汀州，籌略號令，本朝將帥皆不可及。苟釋之使去，彼必遁回江南，號召天下，爲國家之大患。不如從其所請，以絶禍根也。」世祖可其奏，詔有司殺之。公出獄，且行且歌。其歌曰：「昔年獫狁侵荆吳，恃其戎馬恣攻屠。忠臣國士有何辜？舉家骨肉遭芟鋤。我宋堂堂大典謨，可憐零落蒙塵污。二君從海不復都，天潢失散知有無。衣冠多士沉泥塗，齊民盡陷故版圖。我爲忠烈大丈夫，詩書禮樂聖賢圖。竭心罄力思匡扶，驅馳嶺表萬里途。如何天假此强胡，宗廟不輔丹心孤。英雄喪敗氣莫蘇，痛哀故主雙眸枯。今朝此地喪元顱，英魂直上升天衢。神光皎赫明金烏，遺骸不惜棄草蕪。誰人酹奠致青芻？仰天長恨伸烏乎！」

公至柴市，意氣揚揚，顔色自若。觀者萬餘人。公問市人曰：「孰爲南面？」或有指之者，公即向南再拜曰：「我宋列聖在天之靈，願俾天祥早生中原，遇聖明之主，當剿此胡以伸今日之恨。」仍索紙筆書二律云：

昔年單舸走維揚，萬死逃生輔宋皇。天地不容興社稷，邦家無主失忠良。神歸嵩嶽風雷變，氣吐煙雲草樹荒，南望九原何處是？塵沙黯淡路茫茫。

衣冠七載混氊裘，憔悴形容似楚囚。龍馭兩宫崖嶺月，貔貅萬灶海門秋。天荒地老英雄散，國破家亡事業休。惟有一靈忠烈氣，碧空長共暮雲愁。

書畢，擲筆於地，謂監刑者曰：「吾事已畢，心無怍矣。」南面端坐待命，觀者無不流涕。俄有詔止之，公已絶矣。其日大風揚沙，天地晝晦，咫尺不辨，城門晝閉。南士留燕者，無不悲悼，或以酒肴酹奠。明日，世祖臨朝撫髀嘆曰：「文丞相，好男子，不肯爲吾用。一時輕信人言，殺之，誠可惜也。」

數日，歐陽夫人收其屍，面顔如生，觀者無不駭異。是後，連日陰晦，若失白晝，宫中皆秉燭而行，群臣入朝亦爇炬前導。世祖大以爲異。如此月餘。適耆山張真人來朝，世祖召入禁庭，問其陰晦之由。真人對曰：「此由陛下殺文丞相所致也。文公忠烈之志感通天地，貫徹幽明。及其將死，不勝憤恨，故其忿怒之氣充塞天壤間，蟠鬱不散，以至日色無光，陰霾昏暗。」世祖嘆曰：「吾亦悔殺此人，至今傷悼，噬臍無及。朕今以禮祭奠，贈謚厚爵，庶可解其幽明之恨。」乃敕省院大臣各行祭禮，贈公特進金紫光禄大夫、開府儀同三司檢校、太保、中書平章政事、廬陵郡公，謚忠武。令知樞密院事王積翁書其神主，灑掃柴市，設壇以祀之。仍敕南北文武官員，皆預於祭。丞相孛羅初行奠禮，倏然狂飆從地而起，吹沙滾石，不能啓目，卷其神主於雲霄之上，空中隱隱雷鳴，如恨怨之聲。天色愈暗。衆皆駭愕，莫知所措。真人謂諸公曰：「文丞相留京七年，念念宋室，罔肯臣服，至死不易其心。今朝廷贈謚，若此必戾其生前之心，故其魂靈震怒，作此暴風，天地益爲昏晦。可急易之。」孛羅等從其言，改書在宋之官曰：「前宋少保、右丞相、信國公。」祭畢，天果開霽。舉城之人咸曰：「文丞相死猶不受封謚，矧生而肯臣乎？」

初，有十義士收殯公於都城外，具醴牲酹奠之。

《説郛》卷九七《效顰集》。

文天祥　〔明〕錢士升

文天祥，字宋瑞，吉水人。美晰如玉，顧盼煜然。自爲童子時，見學宫所祠鄉先生歐陽修、楊邦乂、胡銓像，皆謚「忠」，即忻然慕之，曰：「沒不俎豆其間，非夫也！」年二十，舉進士。時理宗在位久，政理浸怠，天祥策以「法天不息」爲對，帝親拔爲第一。考官王應麟奏曰：「是卷古誼若龜鑒，忠肝如鐵石，臣敢爲得人賀。」

開慶初，元兵至，宦官董宋臣説上遷都，天祥「乞斬宋臣，以一人心」，除權直學士院。賈似道稱疾，乞致仕以要君，有詔不允。天祥當制，語皆諷似道。時内制相承皆呈稿，天祥不呈稿，似道不樂，使張志立劾罷之。天祥既數斥，援錢若水例致仕，時年三十七。咸淳九年，起爲湖南提刑，見故相江萬里。萬里奇天祥志節，語及國事，愀然曰：「吾老矣。世道之責，其在君乎！」知贛州。

德祐初，江上報急，詔天下勤王。天祥捧詔涕泣，發郡中豪傑，並結溪峒蠻，有衆萬人。事聞，召入衛。其友止之曰：「是何異驅群羊而搏猛虎？」天祥曰：「吾亦知其然也。第國家愛育臣庶三百餘年，一旦有急，徵天下兵，無一人一騎入關者。吾深恨於此，故不自量力，而以身徇之。忠臣義士，將有聞風而起。」天祥性豪華，平生自奉甚厚，聲伎滿前。至是痛自貶損，盡以家貲爲軍費。每對賓佐語及時事，輒流涕，撫几言曰：「樂人之樂者憂人之憂，食人之食者死人之事。」天祥至臨安，除知平江。朝議方擢吕師孟爲兵部尚書，天祥陛辭，言：「朝廷姑息牽制之意多，奮發剛斷之義少。乞斬師孟釁鼓，以作將士之氣。」且言：「宋懲五季之亂，削藩鎮，建都邑，一時雖足以救尾之大弊，然國亦以浸弱。中原陸沉，痛悔何及！今宜分天下爲四鎮，建都督統御於其中：以廣西益湖南，而建閫於長沙；以廣東益江西，而建閫於隆興；以福建益浙東，而建閫於紹興；以淮西益淮東，而建閫於揚州。責長沙取鄂，隆興取蘄、黄，紹興取江東，揚州取兩淮，使其地大力衆，足以抗敵。而吾民之豪傑者，又伺間出於其中，如此則敵不難卻也。」時議以天祥論闊遠，不報。

元兵入常州，天祥遣將朱華、尹玉、麻士龍與張全援常。至虞橋，士龍戰死，朱華敗績。玉以殘兵五百死戰，箭集於胄如蝟，力屈，遂被執。元軍以挺擊之死，餘兵猶夜戰，殺人馬蔽田間，無一降者，質明生還者四人。全走歸。元兵入獨松關，陳宜中召天祥守餘杭。明年正月，除右丞相，如軍中請和。與元丞相伯顔抗論皋亭山，丞相怒拘之。北至鎮江，天祥與其客杜滸十二人，夜亡入真州。苗再成出迎，喜且泣曰：「兩淮兵足以興復，特二閫小隙，不能合從耳。」天祥問計，再成曰：「今先約淮西兵趨建康，彼必悉力以捍吾西兵。指揮東諸將以通、泰兵攻灣頭，以高郵、寶應、淮安兵攻揚子橋，皆沿江脆兵，且日夜望我師至，攻之即下。合攻瓜步之三面，吾自江中一面薄之。瓜步既舉，以東兵入京口，西兵入金陵，要浙歸路，其大帥可坐致也。」天祥稱善，即以書遺二制置，遣使四出約結。天祥未至時，揚有脱歸兵言：「（元）密遣一丞相入真州説降矣。」庭芝信之，以爲天祥來説降也，使再成亟殺之。再成不忍，給天祥出相城壘，以制司文示之，閉之門外。久之，復遣二路分覘天祥，果説降者，即殺之。二路分與天祥語，見其忠義，亦不忍，以兵二十人導之揚。四鼓抵城下，聞候門者談制置司下令備文丞相甚急，衆相顧吐舌，乃東入海道。遇兵，伏環堵中得免；然亦饑莫能起，從樵者乞得餘糝羹。行入板橋，兵又至，衆走伏叢篠中。兵入索之，執杜滸、金應而去。虞候、張慶矢中目，身被二槍。天祥偶不見獲。滸、應解所懷金與卒，獲免。募二樵者以簣荷天祥至高郵，泛海至温州。

聞益王未立，乃上表勸進。至福，拜右丞相。與宜中等議不合，乃以都督出江西。遂行，收兵入汀州。至元十四年，元兵入汀州，天祥移漳州。六月，入興國。元將攻天祥於興國，追至空坑，軍士皆潰，天祥妻妾子女皆見執。監軍趙時賞坐肩輿，後兵問謂誰，時賞曰：「我姓文。」衆擒之。天祥得逸，收殘兵駐南嶺。十五年，益王殂，衛王繼立，加天祥信國公。軍中疫起，天祥子與母皆死。十一月，趨南嶺。元帥張宏範兵濟潮陽，天祥方飯五坡嶺，衆不及戰，皆頓首伏草莽。天祥倉皇出走，千户王惟義前執之。天祥吞腦子不死。鄒渢自殺，杜滸被執死。宫屬士卒得脱空坑者，至是皆死。鄒渢，吉水人，從天祥勤王起事者。

天祥至潮陽，見宏範不拜，宏範以客禮之。與俱入崖山，使爲書招張世傑。天祥曰：「吾不能捍父母，乃教人叛父母乎？」乃書所《過零丁洋》詩與之。其末有云：「人生自古誰無死？留取丹心照汗青。」宏範笑而置之。崖山破，軍中置酒大會。宏範曰：「國亡，丞相忠孝盡矣。能改心以事宋者事皇上，將不失爲宰相也。」天祥泫然出涕曰：「國亡不能救，人臣死有餘罪，況敢二心乎？」宏範義之，遣使護送至京。天祥在道，不食八日，不死，即復食。至燕，館人供張甚盛。天祥不寢處，坐達旦，兵馬司設卒守之。

元世祖求才南官，王績翁言：「無如天祥者。」遂遣績翁諭旨。天祥曰：「國亡，吾分一死矣。倘緣寬假，得以黄冠歸故鄉，他日以方外備顧問可也。若遽官之，非直亡國之大夫不可與圖存。舉其平生而盡棄之，將焉用我？」績翁欲合宋官謝昌元等十人請釋天祥爲道士，留夢炎不可，曰：「天祥出，復號召江南，置吾十人於何地？」事遂已。

天祥在燕凡三年，元世祖知天祥終不屈也，與宰相議釋之。有以天祥起兵江西事爲言者，遂不果釋。十九年，有閩僧言：「土星犯帝座，疑有變。」未幾，中山狂人自稱「宋王」，有兵千人，欲取文丞相。京城亦有匿名書。乃命遷宋帝及宋宗室於開平，召天祥諭之。天祥對曰：「願賜之死，足矣。」世祖不忍，麾之退。言者力贊從其請。俄有詔使止之，天祥死矣。臨刑殊從容曰：「吾事畢矣。」南向拜而死。數日，其妻歐陽氏將其屍，面如生。年四十七。其衣帶中有《贊》曰：「孔曰成仁，孟曰取義，惟其義盡，所以仁至。讀聖賢書，所學何事？而今而後，庶幾無愧。」

論曰：天祥屢敗不振，一事無成，疑其起事之無用也。敗不即死，轉轉苟延，疑其戀生之太甚也，當時王炎午有《生祭天祥文》，嘆其不早死，而願其速死。噫！不然矣。夫成敗，天也；忍敗以希成，人臣無已之念也。一息尚存，一息留未亡之忠義，豈必以死爲得、生爲失哉？楚雖三户，亡秦必楚。天下事未可知，吾憐其志而已。

《南宋書》卷六一。

宋少保信國文公傳

〔清〕陳弘緒

予讀《宋史》，病其萎薾。至文信國之忠烈照耀三百餘年，而序次其事者殊未見凛凛生氣。公所著《紀年》《指南》二録，備述險阻艱難，極累欷嗚咽之致，略加組織，便成佳傳。史率疏脱不詳，其面折丞相孛羅與柴市風沙之異，又悉删削之。若夫黄冠自便之謀，出王積翁、謝昌元私議，公未嘗有是語也；設有之，亦猶京口夜亡之心耳，豈其本懷哉！史乃據爲實然，誣矣。廬陵劉岳申、吉水胡廣皆有更定《丞相傳》，較《宋史》頗覈，然其萎薾復大相類，因不揣而别爲之傳。

文天祥，吉州廬陵人。父儀，號革齋，鄉稱長者。天祥生時，大父夢兒乘紫雲而下，已復上，遂名雲孫，字天祥。已貢於鄉，名天祥，改字履善，又字宋瑞。天祥英姿俊爽，目光如電。爲童子，遊鄉校，見學宫祠歐陽修、楊邦乂、胡銓像，慨然曰：「没不俎豆其間，非夫也！」年二十，舉進士，對策集英殿。時理宗在位久，政理浸怠，天祥以「法天不息」爲對，帝親擢第一。考官王應麟奏曰：「是卷古誼若龜鑒，忠肝如鐵石，臣敢爲得人慶。」尋丁父憂，歸。

開慶初，元兵入寇，宦官董宋臣説上遷都。天祥時入爲寧海軍節度判官，上書「乞斬宋臣，以一人心」。不報，即自免歸。後稍遷至刑部郎官。宋臣復入爲都知，天祥又上書極言其罪，亦不報。改江西提刑，遷尚書左司郎官，爲臺臣論罷。除權直學士院，平章賈似道以致仕要君，天祥當制，裁責以義。似道不懌，使臺臣劾罷之。天祥既數斥，引錢若水例致仕，時年三十七。已復，除湖南提刑，見故相江萬里於長沙。公曰：「吾老矣，觀天時人事，必當有變。世道之責，其在君乎！」

明年爲德祐元年，正月，諜報元師渡江，詔諸路勤王。天祥奉詔起兵，有衆萬人。二月，似道魯港師潰，除天祥江西安撫使，趣入衛。初，左相王爚主天祥遷擢，屢詔趣之，與右相陳宜中不合，爚引嫌去。京學生上書，訟宜中阻天祥事。宜中出關，留夢炎代。夢炎亦附宜中，遂命天祥屯隆興，而趣江西制置黄萬石代入衛。萬石者，前所論罷天祥臺臣也。於是宜黄令狀稱：「寧都六姓義士，劫樂安、宜黄。」萬石嗾守臣趙必岊臣聞於樞密院。天祥曰：「寧都六姓，悉駐吉州候旨，未嘗有一足至撫。守臣殆欲沮勤王大計，遂爲此欺罔耳。」有旨責降必岊，趣天祥入衛。其友止之曰：「今元兵三道鼓行内地，君以烏合萬餘赴之，何異驅群羊搏猛虎！」天祥曰：「固然，但國家養士三百餘年，一旦急徵天下兵，無一人一騎入關者。吾深恨於此，故不自量力而前，庶忠臣義士聞風而起。義勝者謀立，人衆者功濟，社稷猶可保也。」

八月，天祥提兵至臨安，除知平江府。朝議方擢叛將呂文煥之族呂師孟爲兵部尚書，賴以通好。師孟益偃蹇自肆。天祥陛辭，「乞斬師孟釁鼓，以作將士之氣。」不報。十月，至平江，常州告急。宜中遣張全將淮兵二千往，天祥命朱華、尹玉、麻士龍助之。至虞橋，士龍戰死，朱華、尹玉皆敗，全不發一矢走還。元兵破常，入獨松關。宜中大懼，議棄平江，召天祥，平江遂陷。

元伯顔至皋亭山。時天祥已除知臨安府矣，慷慨白於朝，請移三宫入海，率義士背城借一，莫有聽者。未幾，太皇太后奉傳國璽降元，宜中宵遁。除天祥樞密使，尋除右丞相，不拜，詣元軍前講和。至則説伯顔曰：「宋承帝王正統，非遼、金比。今北朝將欲以爲與國乎？將毁其社稷乎？若以爲與國，則宜退兵平江或嘉興，然後徐議歲幣，全師以還，策之上也。若欲毁其宗社，則淮、浙、廣、閩尚多未下，利鈍固未可知。假能盡取，豪傑必並起而恢復之，則北朝危矣。」伯顔更以厲詞相挾，天祥曰：「某爲宋狀元宰相，所欠一死報國耳，刀鋸鼎鑊，非所懼也。」伯顔爲之改容，因拘留之。

（天祥）偕丞相吴堅等五人北至鎮江，於是天祥與其客杜滸十二人夜亡入真州，遂渡海如温州。當天祥拘鎮江，謀脱去，不得；醉主人沈氏與守者王千户，得出門，又從沈氏先識禁夜者，以計借其官燈，得出巷，遂抵真州。時李制置庭芝在淮東，夏宣撫貴在淮西，皆擁重兵。天祥至真，安撫苗再成出迎，喜且泣曰：「兩淮兵足以興復，特二閫小隙，不能合從耳。」天祥問：「計安出？」再成曰：「今先約淮西趨建康，彼必悉力以捍吾西。然後指揮東諸將，以通、泰兵攻灣頭，以高郵、寶應、淮安兵攻揚子橋，以揚州兵攻瓜步，吾以舟師直薄鎮江，同日大舉。灣頭、揚子橋皆沿江脆兵，且日夜望我師至，攻之即下。合攻瓜步之三面，吾自江中一面薄之，雖有智者，不能爲之謀矣。瓜步既舉，以東兵入京口，西兵入金陵，要浙歸路，其大帥可生致也。」天祥大稱善，即爲書兩淮，遣使四出約結。

適有反間至揚州，言於制府曰：「北朝遣一丞相入真州説降矣。」庭芝信之，使提舉諭再成亟殺天祥。再成不忍，給天祥出相城壘，取制司文示之，閉之門外。久之，張、徐二路分自城中來云：「安撫命某相送，未知丞相何往？」天祥曰：「往揚州。」路分曰：「揚州欲殺丞相。」天祥曰：「若往淮西，則無歸路，必揚州耳。」俄弓刀五十人至，張、徐就騎，天祥亦騎。行數里，五十人皆捉刀立，二路分請下馬。天祥曰：「吾其死此乎？」二路分前曰：「揚州必不可往，丞相曷乘船歸北爲便。」天祥大驚曰：「是何言！如此，安撫亦疑我矣。」二路分見其誠確，乃曰：「安撫亦在疑信間，令某便宜從事。今乃知丞相忠義如此。」遂導之往揚州。四鼓抵城下，宿野廟，無屋可棲。枕藉地上，風寒露濕，淒苦殆非人境。聞城上鼓角，有殺伐聲，彷徨無以自處。杜滸請趣高郵，渡海歸江南，無徒死城下。天祥意未決，已從者四人竊其囊金逃去。揚城外距揚子橋甚近，北軍時有哨馬出没。天祥不得已，往避賣薪者家，未至而天明，伏土圍糞堆中，四山闃然，無米可飯，以衣襯污穢，睡起復坐，坐起復睡。忽哨騎數千馳至，天祥度不免。俄大風喧呼，黑雲暴起，微雨紛紜挾之，四望悉昏冥，騎遂辟易過去，馬足與箭筒之聲歷落滿耳。次日饑甚，求米不得，投古廟，與丐婦人居。後遇樵者，悉所從至高郵路。歷賈家莊，過板橋，復值哨騎執杜滸、金應去。虞侯張慶矢中目，身被三創。天祥伏篁箐中，偶不見獲。滸、應解所懷金與哨，亦獲免。募二樵者，以簣荷天祥抵高郵，遂趨通州，猶以制司之命幾不納。適牒報鎮江大索文丞相十日，且以三千騎追亡於滸浦，始釋前疑。進洋（揚）子江，展轉四明、天台。自二月二十九夜亡，至四月八日抵温州，凡四十日間，前有哨卒，後有追騎，制司復以猜疑而欲殺之，幾死者屢矣。至温，聞益王未立，上表勸進。端宗即位，以觀文殿學士召至福，除右丞相。時陳宜中復召入爲左丞相，天祥既素與宜中不合，力辭相命。

景炎元年七月，乃以樞密使，同都督諸路軍馬遂行，收兵入汀州。十月，遣趙時賞、趙孟濚將一軍取寧都，吴浚將一軍取雩都；劉洙、蕭明哲、陳子敬皆自江西起兵來會。二年正月，元兵入汀州，天祥遂移漳州。四月，入梅州。五月，出江西，入會昌。六月，入興國縣。七月，遣張汴、趙時賞、趙孟濚盛兵薄贛城，鄒渢以贛諸縣兵搗永豐，黎貴達以吉郡兵攻泰和、吉八縣。是歲，臨、洪諸郡皆來送款，潭趙璠、張虎、熊桂，撫州何時等，皆起兵應天祥；分寧、武寧、建昌豪傑遣人如軍中受約束；福建斬僞天子黄從，傳首至督府。於是，天祥軍勢大振。無何而有空坑之敗。先是元宣慰使李恒遣兵援贛，而自將兵攻天祥於興國。天祥不意恒兵猝至，乃走即鄒渢於永豐。渢兵敗，恒窮追天祥至空坑。軍士皆潰，天祥妻妾子女皆見執。趙時賞坐肩輿，元兵問爲誰，時賞曰：「我姓文。」衆以爲天祥，擒之。天祥得逸去，收殘兵奔循州。

祥興元年春，進屯麗江浦。六月，入船澳。端宗崩，衛王繼立，天祥上表自劾，乞入朝。張世傑日以迎候宜中爲辭，不許。八月，加天祥少保、信國公。軍中疫且起，天祥惟一子與其母皆死。十一月，進潮陽縣，已遂有陳懿之變，天祥被執於五坡嶺。陳懿者，潮州劇盜，與其黨劉興數叛附爲害。天祥執興誅之，懿乃潛導元帥張弘範兵濟潮陽。天祥方飯五坡嶺，弘範奄至，衆不及戰，天祥倉皇出走，千户王惟義前執之。一時官屬士卒，死者甚衆。天祥見弘範於潮陽，不拜，踴躍請就死。弘範驅之前，與俱至崖山，使爲書招張世傑。天祥曰：「吾不能捍父母，乃教人叛父母乎？」索之急，乃書《過零丁洋》一詩與之，其末云：「人生自古誰無死？留取丹心照汗青。」弘範笑而置之。二年正月，崖山破，陸秀夫沉其妻孥，冠裳抱帝赴海，從而死者數十萬人。弘範置酒軍中大會，從容謂天祥曰：「國亡，丞相忠孝盡矣。能以事宋者事元，將不失宰相。」天祥泫然出涕曰：「國亡不能救，爲人臣者，死有餘罪，敢逃死而二其心乎？」弘範義之，遣使護天祥至燕。

初，天祥被執，取懷中腦子盡服之，不死；已在道不食八日，又不死。既至燕，丞相孛羅命盛供張。天祥義不寢處，坐達旦，乃移至兵馬司，設卒守之。孛羅召見，使跪，天祥曰：「南人不能跪。」左右或牽頭，或拿手，或按足，或以膝倚其背，卒不跪。孛羅曰：「自古有以宗廟土地與人，又遁去者否？」天祥曰：「奉國與人，是賣國之臣也。賣國者必不去，去者必不賣國。前被拘留時，國亡當死，徒以度宗二子在浙東，老母在廣，故去之耳。」問：「德祐非君乎？」曰：「吾君也。」曰：「棄嗣君而立二王，忠乎？」曰：「當此之時，社稷爲重君爲輕。忠臣但爲宗廟社稷計，故從懷、愍而北非忠，從元帝爲忠；從徽、欽而北非忠，從高宗爲忠。」孛羅不能詰，呼獄吏引去。自是囚兵馬司四年，未嘗一食官飯。坐一土室，廣八尺，深可四尋，日放意文墨，以泄悲憤。其爲詩，有《指南録》三卷、《後録》五卷、集杜句二百首。又自譜生平行事一卷曰《紀年録》。天下爭傳誦之。

宋故臣王積翁、謝昌元等十人，謀請釋天祥爲黄冠師。元世祖素知天祥賢，將付以大任。積翁、昌元以書諭意，天祥復書云：「諸公義同鮑叔，天祥事異管仲。管仲不死，而功在天下；天祥不死，而盡棄生平。請勿復言！」會參知政事麥術丁親見天祥出師震動，每倡言不如殺之便。又閩僧妙曦言：「土星犯帝座，疑有變。」未幾，中山狂人薛寶住自稱「宋主」，有兵千人，欲取文丞相。京城亦有匿名書，言：「某日燒簑城葦，率兩翼兵爲變，丞相無憂。」疑丞相者，天祥也。於是召入諭之曰：「汝何願？」天祥曰：「願賜之一死，足矣。」世祖猶不忍，遽麾之退。麥術丁力贊如天祥請，從之。

至元十九年十二月，天祥臨刑。當過市時，意氣揚揚自若，觀者如堵。天祥從容謂吏曰：「吾事畢矣。」問市人：「孰爲南北？」南向再拜，遂死。年四十七。於是連日大風揚沙，天地盡晦，城門晝閉，宫中皆秉燭行，群臣入朝，亦爇炬前導。世祖悔之，贈公太保、中書平章政事、廬陵郡公，謚忠武。命王積翁書神主，灑掃柴市，設壇以祀。丞相孛羅行初奠禮。忽狂飆旋地起，沙石眯目。俄卷神主於雲霄中，半空隱隱雷鳴，如怨恨聲。天愈晦。乃改「前宋少保、右丞相、信國公」，乃霽。聞且見著，莫不唏噓流涕。

天祥爲湖南提刑時，過故相江萬里，語及國事，萬里愀然曰：「吾老矣，觀天時人事，當有變。世道之責，其在君乎！」已而，其言果驗。天祥性豪侈，生平自奉甚厚，聲伎滿前。及起兵勤王，痛自貶損，盡散家貲爲軍費。忠義所激，人人樂爲效死。然行兵以法，不少假貸；在梅州，都統王福、錢漢英跋扈，立斬之；在漳，吴浚降元來説，天祥縛浚縊殺之；在循，黎貴達潛謀降，亦執而殺之。浚與貴達，皆其幕府士也。天祥死，吉州郡庠肖天祥像，冠貂蟬冠，服法服，與歐陽文忠、楊忠襄、胡忠簡並祀祠中，俎豆不絶。

論曰：文信國嘗言：「宋懲五季之亂，削藩鎮爲郡邑，一時雖足以矯尾大之弊，然國勢亦以浸弱。今宜分天下爲四鎮，建都督統御之：以廣西益湖南，而建閫長沙；以廣東益江西，而建閫隆興；以福建益江東，而建閫番陽；以淮西益淮東，而建閫揚州。責長沙取鄂，隆興取蘄州，番陽取江東，揚州取兩淮，使其地大力衆，足以抗敵。約日齊奮，有進無退，日夜以圖之，彼備多力分，疲於奔命，而吾民之豪傑又伺間出於其中，如此則敵不難卻也。」嗟乎！使從信國之謀，趙氏豈遽至於亡哉？信國孤忠大節，萬代之所瞻仰。予獨惜宋之君，相得一信國，而卒不能盡其用也。悲夫！

《陳士業先生全集・恒山存稿》卷二。

論文天祥　〔明〕王世貞

談者悲文信公之忠，而惜其才之不稱也。余以爲不然。夫信公非無才者也！當咸淳之末，天下之事已去，而信公以一遠郡守，募萬餘烏合之衆，率以勤王，而衆不潰。此非有駕馭之術不能也。丹徒之役，能以智竄免，間關萬死而後至閩，復能合其衆，以收已失之郡邑。而所遣張汴、鄒渢遇李恒悉敗，既再散而再合矣。而舉軍皆大疫，死者過半。五坡之役，復遇張弘範以敗。凡天祥之所用將，皆非恒、範敵也。元起朔漠，以力雄海内外，滅國四十，殲夷女真，以至宋。宋自朱僊之後，未有能抽一矢、發一騎而北馳者。元舉太山之勢以壓宋卵，而信公欲以單辭羈身，鼓舞其病婦弱息，以與賁育中黄之徒抗。蓋未接刃，而魄先奪矣！雖有韓白，未易支也。故信公之數敗而能數起，吾以是知其才。其數起而數敗，吾不謂其才之不稱也。凡閩僧之告星變，中山狂人之欲起兵，與詔使之不及止，皆所以成信公也。方外備顧問之言，毋亦餒乎！然此，非公之志也。留夢炎之不請釋公，雖以害公，其爲知公者矣。即不殺公，而公竟以黄冠終，不可也。即公不以黄冠終，而有所爲必敗。敗而死於盜賊之手，以殲其宗，而夷趙氏之祼，將亦未可也。然則公之爲宋盡矣，其亦可以死矣。故曰：閩僧之告星變，中山狂人之欲起兵，與詔使之不及止，皆所以成信公也。

《弇州四部稿》卷一一〇《史論》。

文天祥論　清高宗（乾隆）

夫士君子被服儒行，以學古自名，才德兼優者上也，其次則以德爲貴，而不論其才焉。故自古因有才而無忠誠之行，敗人之事者，多矣。未有忠誠有德，而敗人之事者，即勢至於不可爲，亦必竭忠盡瘁，死而後已，不肯忍耻偷生以辱其國也。

當宋之亡也，有才如吕文焕、留夢炎、葉李輩，皆背國以降元。而死君事、分國難者，皆忠誠有德之士也。然此，或出於一時之憤激，奮不顧身，以死殉之，後世猶仰望其丰采。若文天祥，忠誠之心不徒出於一時之激，久而彌勵，浩然之氣與日月爭光。蓋志士仁人欲伸大義於天下者，不以成敗利鈍動其心也。公初被執，既而得脱，猶奉二王窮居海濱，至於亡家沉族而不顧。兵敗身執，視死如歸，而元人弗殺，冀其忠義之心久而懈也。於是歸其妻，還其族。在中常之人，固將感德而有轉計矣。而公方以百折不回之氣，萬變不渝之志，妻子在前而不顧，高官大禄而不慕，心惟宋室是嚮。自書其志曰：「孔曰成仁，孟曰取義，惟其義盡，所以仁至。」可謂行踐其言矣！

乾隆二年丁巳仲夏望日，書於樂善堂

《樂善堂全集》卷六、《文文山傳信録》卷二。

生祭文丞相信國公文　〔宋〕王幼孫

歲戊寅月日，致祭於文山先生之靈曰：

嗚呼！人皆貪生，公死如歸。人爲公悲，我爲公祈。我知公心，豈此而止；而至於此，則又何俟？方其從容，人已或訾。我知公心，感慨易耳。山嶽崔嵬，有時忽頽；滄溟浩發，有時忽竭。月胡而虧，日胡而昃，理數至此，天地無策。公心烈烈，上陋千古，謂山可平，謂天可補。奮身直前，努力撑拄，千周萬折，千辛萬苦。初何所爲，以教臣忠。策名委質，視此高風。我與公友，衰衣裘褐。我安南畝，公盡臣節。此心則同，所處則異。幸公未著，可以無愧。昭昭青史，垂法將來。彼徒生者，尚何爲哉！

《吉安楝頭王氏族譜》卷六。

祭文丞相信國公歸葬文

〔宋〕王幼孫

歲月日，祭於文山之靈：

嗚呼！幼孫獨不得從公而俱死耶。始初建議，委曲遷避，惟期純忱，恪盡所事。人皆議其爲非而終，竟莫移其一是。及其寄聲小村，貽書禾川，謄詩嶺海之南，猶欲收斂以俟，靜密而觀，人又議其爲迂愚。苟便而終也，竟莫强其所難。嗚呼！前言如夢，不幸而中。

予方衰絰，里閈震動。君親危亡，感發悲慟。毁幾滅性，豈敢求用！當途宛轉，乃欲共濟；既無可爲，乃復苫塊。忽焉風傳，謂大索客，遁藏苟免，孰不惕息？幼孫嶷嶷，爲綱常計。士誰不死，死以知己。昔遠闕廷，不及死君；今也徇義，出入於門。於是大揭所授之職銜，不易所服之衣冠，遍告朋友，遍語百官：「吾實爲公之門下客，而不可逭者也。至於誤傳仙去，設位而致祭；繼聞舟過，追餞而悲歌。貴弟入燕而請委：是皆欲以身從公遊於泉下，而靡恤其他者也。」嗚呼！幼孫獨不得從公而俱死耶。嗚呼！公死何憾？予生何心，尚憶昔者小村之行也。傾瀝血忱，但願至性，始終純誠。後會公觀見，謂此語但必上聞。嗚呼！今公一死，彌久彌光，卓然君臣之義，屹立萬世之防。所存者千萬，所損者毫芒。既得正以斯斃，縱萬磔其何傷。嗚呼！幼孫獨不得從公而俱死耶。

憶從山間，語常夜闌。因及死生，愚謂：「形有成毁，神無變遷。東生西沒，如彼火傳。此義已出羲文之神易，豈可謂始於釋老之異端？」公則曰：「否。亦既死後，霍然無有。絶筆流聞，乃若於吾言而有取。」今公之形體死矣，其靈明果何如耶？豈超鴻蒙，騎日月而尚顧乎故都耶？倘其然，古人締交，死生何間，道義千古，榮名夜旦。予猶麗於有神，而未得與俱游乎汗漫。倘身心之有愧，尚期賜迷途一呼，沉痼之針砭也。嗚呼痛哉！尚饗。

《吉安棟頭王氏族譜》卷六。

哭文丞相

〔宋〕鄧光薦

哭公無處哭，忽忽但神傷。一死三年忍，孤忠百世芳。觸山天不折，掘獄斗無光。收骨誰燕市？猶堪托晉陽。

所欠死分明，何心更苟生。錯疑囚管仲，快見害真卿。魂寒青楓塞，天全汗竹名。北人傳好句，大半獄中成。

怒罵都堪史，鬚眉更若神。風霜欺遠客，天地負純臣。囚鳳文猶蔚，屠龍性肯馴。淒涼李翰老，無力傳張巡。

《文氏通譜·贊悼丞相詩文》。

登西臺慟哭記

〔宋〕謝翱

始，故人唐宰相魯公開府南服，予以布衣從戎。明年，別公漳水湄。後明年，公以事過張睢陽及顔杲卿所嘗往來處，悲歌慷慨，卒不負其言而從之遊。今其詩具在，可考也。

予恨死無以藉手見公，而獨記別時語，每一動念，即於夢中尋之。或山水池榭，雲嵐草木，與所别之處及其時適相類，則徘徊顧盼，悲不敢泣。又後三年，過姑蘇。姑蘇，公初開府舊治也，望夫差之臺而始哭公焉。又後四年，而哭之於越臺。又後五年及今，而哭於子陵之臺。

先是一日，與友人甲、乙若丙約，越宿而集。午，雨未止，買榜江涘。登岸，謁子陵祠，憩祠旁僧舍。毁垣枯甃，如入墟墓。還，與榜人治祭具。須臾，雨止，登西臺，設主於荒亭隅。再拜，跪伏，祝畢，號而慟者三，復再拜，起。又念予弱冠時，往來必謁拜祠下。其始至也，侍先君焉。今予且老，江山人物，睠焉若失。復東望，泣拜不已。有雲自西南來，滃浥浡鬱，氣薄林木，若相助以悲者。乃以竹如意擊石，作楚歌，招之曰：「魂朝往兮何極？暮歸來兮關塞黑。化爲朱鳥兮，有噣焉食！」歌闋，竹石俱碎，於是相向感唶。復登東臺，撫蒼石，還憩於榜中。榜人始驚予哭，云：「適有邏舟之過也，盍移諸？」遂移榜中流，舉酒相屬，各爲詩以寄所思。薄暮，雪作風凛，不可留。登岸宿乙家，夜復賦詩懷古。明日，益風雪，别甲於江，予與丙獨歸。行三十里，又越宿乃至。

其後，甲以書及别詩來，言是日風帆怒駛，逾久而後濟；既濟，疑有神陰相，以著兹遊之偉。予曰：嗚呼！阮步兵死，空山無哭聲且千年矣！若神之助，固不可知，然兹遊亦良偉。其爲文詞，因以達意，亦誠可悲已！予嘗欲仿太史公著《季漢月表》，如《秦楚之際》。今人不有知予心，後之人必有知予者。於此宜得書，故紀之，以附季漢事後。

時先君登臺後二十六年也。先君諱某，字某，登臺之歲在乙丑云。

《晞髮集》卷一〇。

祭文信國公 〔元〕王禮

於嗟夫！子之烈烈兮，剛獨抱此忠貞。死而不朽兮，反貴於生。忱千載而一人兮，與天地比壽、日月齊明。

紛趙宋之末運兮，日淪胥而莫挽。北風其涼而霰集兮，何重任其途遠。雖成敗利鈍不容以前知兮，盡瘁之死以爲期。胡賈（餘慶）、呂（師孟）之賣國兮，羌獨置我於危疑。雲慘慘而北征兮，路曼曼其何極！苟宋德之未厭兮，軌句踐而是力。望儀真其匪遙兮，脱虎口爲後圖。藹良苗（再成）之翼翼兮，將飫我而有餘。儵肝膽其弗照兮，謂化茅之荃蕙。指蒼天以爲正兮，孰家置夫一喙。曰階庭芝（李制置）蘭青青兮，佩湘纍而有光。倘察吾之中情兮，雖死庸何傷？揚子淼淼幸濟兮，邅天台而遵海。朝括蒼而夕閩兮，求帝子之所在。念神堯一旅有天下兮，夫孰非人之所爲？天命其或未移兮，國中興其庶幾。橋轅門以飛檄兮，咸景從而響應。水萬折而必東兮，金百煉而益勁。

噫！五坡兮嬰禍，罹命之窮兮可奈何！下沈陷而無地兮，上寥泬而無天。夜舊鄉以徑度兮，哀首丘之無緣。五載依其燕獄兮，寧變心而易志。幽與明其兩不怍兮，亶無雙之國士。慨予去之百歲兮，過故居而拜祠。慕抗行之薄天兮，思惝怳其逢之。形可瞻而神不可接兮，步兩涯而求索。駕風鞭霆何所之兮，目熒熒兮而靡得。夔龍從容以獻替兮，孰謂其非忠？獨罹此以顛越兮，萃百慘於一躬。立人極於將墜兮，揭綱常以爲式。俗至今而愈薄兮，好修悲值夫鬼蜮。酌寒泉以蒸鞠兮，異靈降之連蜷。奏楚音以代竽瑟兮，願頫鑒予之希賢。

《麟原文集·後集》卷一〇。

文山道人事畢壬午臘月初九日　〔宋〕汪元量

崖山擒得到燕山，此老從容就義難。生愧夷齊尚周粟，死同巡遠只唐官。雪平絶塞魂何往？月滿通衢骨未寒。一劍固知公所欠，要留青史與人看。

《湖山類稿》卷三。

輓文丞相　〔元〕徐世隆

大元不殺文丞相，君義臣忠兩得之。義似漢皇封齒日，忠於蜀將斫頭時。乾坤日月華夷見，海嶺風霜草木知。只恐史官編不盡，老夫和淚寫新詩。

《元文類》卷六。

題文丞相真　〔元〕劉岳申

死忘其元，生愛其膝。宋亡誰謚，《宋史》誰筆？當日穆陵，不可第七。萬古廬陵，進士第一。

《申齋集》卷一四。

文丞相畫像記　〔明〕王禕

右宋丞相文信公畫像。公諱天祥，字履善，廬陵人。年二十，以寶祐丙辰擢進士第一。咸淳壬申，三十有六，即致其事不仕。德祐元年，起知贛州，時國事已蹙。其歲乙亥，帥義師勤王至臨安。明年丙子，拜右丞相，於是宋氏已不國矣。又二年戊寅，公在潮州，被擄以北。留燕四年，卒以不屈死，至元十九年壬午歲也。

嗚呼！自古人臣秉忠執節，以身死國者，有之矣，然未有盛於公者也。觀其從容蹈道，慷慨就義，天地可易而志不改，金石可變而操愈堅，其視死如歸，誠有非苟然者。人孰無死？惟死得其所，故雖死而不泯。公之死，有繫於三綱五常爲甚重，是可謂能處死矣，豈非死得其所者歟！

嗚呼！宋氏有國，一用科目以取士，當其盛時，以道德、文章、功烈顯融於世者多矣。及其亡也，非是得一人焉。如公者，以忠義大節爲之殿，三百餘年作人之效，不遂終於寥寥乎！是則公之所爲死，其繫於天下國家，固爲尤重而不輕，所謂死有重於泰山者一也。

自予少時讀公《吟嘯集》及北行日曆，具悉其不屈狀。後又得其本傳伏讀之，知公爲益詳，未嘗不感憤嘆息，以爲忠義大節，近世以來無有如公之盛者。及來吴中，復得識公遺像，睹其面目嚴凛，生氣肅然。向之感憤嘆息者，於是尤拳拳焉。

昔歐陽子記王彦章畫像，備致希慕之意，且謂其所不泯者，不繫乎畫之存不存。嗟乎！彦章固爲死節矣，揆之於公，猶有可議者。使歐陽子得公死事論次之，則其希慕又當何如也？嗚呼！畫像之存，公之不泯，雖不繫於此，抑百世之下拜公之像，有不感憤嘆息而希慕焉者，尚爲有人心也哉？畫像爲鄧某所造，今藏袁泰氏家云。

《王忠文公集》卷八。

盧陵富田文文山先生畫像記

〔明〕羅洪先

吾於人有願見而不可得，有欲避之而不但已。斯二者，生於吾心，咸莫知所自來，謂非天與吾者耶？方其願見而不得也，不特聞其容貌足以想見其爲人，幸得至其鄉井，睹其手迹之餘，亦將歆慨悲喜，有如相接平生矣。又况爲鄉之先哲，心所甚慕而敬焉者。一旦得其容貌之似，其於心何如哉！

余生文山先生之鄉，相去後二百餘年。訪其居，已爲故墟。父老相傳，有寄陳赤岸帖摹本與墨書絶類，捧讀不能釋手。常夜夢先生投刺往來，竊以自奇。每道經螺山祠，輒登堂四拜。雖衣冠像塑，未知與生存肖否，然低徊其下，恨執鞭門下無從也。

嘉靖癸卯冬，泰和王生有訓持先生畫像來，布巾素衣，豐神朗逸，如史所稱，炯目豐準，若或見之。於乎，豈非大幸哉！方先生少時，豪宕雄放，彼固一時也。多事以來，自奉貶損，雖流離困頓，不改故常，有道者然歟！今觀其容貌與其所服，將致政之日，緩步田野歟？將空坑之後，混迹行旅歟？將脱潤州之厄而北渡，失真州之援而東奔歟？將被執海上，悲歌慷慨，從容市中，問南向歟？嗚呼！均是人也。丹渥魁傑者，何限？使人慕而願見，見而足以感者，有幾？而在吾之鄉得遂願見者，獨先生耳！

古人有言：死而不亡。嗚呼！是豈容貌之謂哉！人之惜身，固惟恐其亡也，然而不知惜此，何也？有訓以其先人嘗寶是像，求之十餘年而後得方問學於余，求所以自立者，故於其别，敬記以歸之。

《明文海》卷三六八，《吉安螺山宋文丞相祠志》。

敬題文山先生遺像家書卷後　〔清〕畢沅

勤王瓜步出亡時，何處攀龍問六師？海上陸沉無淨土，江頭嚮導半降旗。殺身始定千秋案，殘局終難一木支。誰似從容蒙難日，一編手集少陵詩。

瓜步軍門夜不開，間關五嶺陣雲頹。中原已换紅羊劫，半壁空謡白雁來。柴市雲旗藏碧血，蘭亭石匣瘞沉灰。義民辛苦收遺骼，難覓冬青一處栽。

聖湖王氣黯然銷，廢闕銅砣卧寂寥，蟋蟀平章葛嶺月，杜鵑望帝浙江潮。死收南渡貞臣局，魂藉西臺老友招。愧殺白頭王座主，逃名遺老入新朝。

空坑兵潰贛江濱，一突真同九鼎淪。自有文章留正氣，何嘗聲妓累忠臣？黄冠遁世悲無地，白刃飛頭畢此身。烈血一腔描不出，凛然餘怒尚含嗔。

《廬陵縣志》卷五四。

督學部院翁親齎京部遺像附詩記　〔清〕翁方綱

乾隆辛丑秋七月，户部主事嘉善謝垣得文信國像一軸，絹本，左正書云：「宋文信國真像。天啓元年五月，長洲後學周順昌沐手敬題。」以示方綱，方翁嘆爲奇迹。户部遂以見贈，然不敢奉於私室也。每思屬友人致奉於廬陵文氏祠，庶其妥侑，耿耿於懷者五年矣。《吉安府志》載王忠文《文丞相畫像記》，云於吴中見之。今此軸有長洲周忠介題字，儻即吴中本邪。昔范文正書《伯夷頌》，後人尚致憾於卷後，題識諸人賢否或岐焉。若夫古之忠臣誼士畫像，彪炳於天壤，記之者亦止景仰其人，而未有並稱其題字者。

今一軸而有文山之像、忠介之書。昔公《和道山堂詩》云：「稽首承休學三忠。」推此義也，可以立懦廉頑，風示百世矣。

丙午冬，方綱奉命視江西學政，謹載是軸於篋。其明年十有二月，按試吉郡，始克奉於廬陵文氏之祠，並以舊所題五言詩一篇，俾學官弟子屬而和之，用記其概，書於軸末。

乾隆五十有二年，歲在丁未，冬十有二月二十日，日講起居注官、文淵閣直閣事，詹事府詹事兼翰林院侍讀學士、提督江西學政、大興翁方綱謹記。

朱鳥魂何處？崖山淚滿襟。軸來燕市賣，影靜贛江深。袍笏初瞻拜，風霜忽斂陰。芒寒星貫斗，温粹玉兼金，方寸丹如在，雙瞳炯至今，乾坤需柱石，嶠嶺漫嶇嶔。著作山堂語，浮邱道士吟（信國自號浮邱道人）。紫雲高不下，正氣莽難侵。當日曾占相，無能識用心。登庸雖並兆，末坐竟誰任？

相傳文山初中第時，相者潛至朝堂瞰之，歸語人曰：「在某處立者，貌最貴；末坐年少，貌最凶。」某處立者，乃留夢炎；末坐，即文山也。

慟絶王炎午，題傳許有壬。子房雪耻恨，諸葛鞠躬忱。（至元己卯，許有壬贊公像，有「子房魁梧」云云。）異代青編接，長洲碧血淋。天啓元年，周忠介題。

墨花來冉冉，鐵骨對森森。俎豆宗支續，祠堂磬管音。流傳必忠孝，容易副纓簪。竹石酸風裂，僧窗冷月沉。千秋神往地，半夜手題琴。敬擬郵書寄，同將酹酒斟。公乎倦鄉里，仿佛一來臨。

乾隆四十六年秋九月十三日，敬賦此詩。其後六年之冬十二月十九日，録於軸後。方綱。

《廬陵宋丞相信國公文忠烈先生全集》卷首。

題文信國公畫像 〔清〕陳三立

興亡細事耳，人氣延天命。吾鄉有文謝，萬靡挽使正。謝像藏退廬（謂胡侍御思敬），竦瞻綴微詠。二妙開圖幅，奇表嵩華映。附上府理劄，出處痛執政。作事信天去，一語公自評。錯落數百字，肝膽寫豪横。我欲飲其氣，吐以斫梟獍。壓寐魔重重，造劫萌非聖。狼藉蹄迹間，孤攀血淚迸。

庚申五月，王君澤寰、王君篤餘自廬陵遊江南，携示文信國公畫像及手劄墨蹟，謹題其後，鄉後學義寧陳三立。

《吉安螺山宋文丞相祠志》。

文丞相家傳跋 〔元〕劉壎

舊鈔文丞相《紀年》一帙，正與此同。今藁屋此編，比舊加詳。豈當時相從兵間，目其事，不忍遺，從而附益之邪？

丞相至公，血誠貫金石而燿日月，居然與張、許、二顔分席追數。仗節死義之年，倏閲三十有三矣。昔人有云：中原之於晉，日遠日忘。思之，令人隕涕，恃死不朽，賴存此編。其廣傳之，使忠臣義士流芳千古，非民彝世教一助乎？噫！可哀也已。

延祐甲寅三月晦題時　公年七十五

《水雲村稿》卷七。

題信國傳　〔清〕王補

予嘗病《宋史》傳信國文公多誤，而尤爲名教之害者。其大端有二：

《史》言公「性豪華，平生自奉甚厚，聲伎滿前。至是，始痛自貶損，盡以家貲爲軍費。每與賓佐語及時事，輒撫几流涕。」蓋當是時，度宗升遐，幼主嗣位，詔召天下勤王兵，無一人一騎至者。公獨以江西提刑、安撫使率兵入衛，何其壯邪！史氏欲狀其貞，盡遂過爲是，推揚之詞，不覺適以損其真耳。淺者遂據此以議公，謬矣。《紀年録》，公獄中自述之語也，有曰：「予性淡定，閑居獨處，意常超然。雖凝塵滿室，若無所睹。山水之外，別無嗜好。衣服飲食，粗適而已，不求鮮美。」由是觀之，將所謂「豪華」云云者，果可信邪？又曰：「世人乍有權望，即外興獄訟，務求兼并。登第之日，自矢之天，以爲至戒。」按公奉命勤王，是爲帝㬎即位之歲。公於是年四十矣，其距登科第凡二十年。公所日夕兢兢以刻自懲，艾者伊何早邪？胡乃云「至是而始痛自貶損」也！即公所自述，以正史氏之訛，有斷然其無疑者。

《史》又言：元世祖求才南官，因遣王積翁諭旨於公。公曰：「國亡，吾分一死矣。倘緣寬假，得以黃冠歸故鄉，他日以方外備顧問，可也。」果若此，則公於是爲不智矣。真、揚之遁，嶺海之兵，公之欲以死殉國，與其不屈之心，元室君若臣寧不知邪？「號召江南，置吾何地？」在積翁已不能保無此虞，況留夢炎輩乎？且往者，公答博羅惟求早死，忽焉謬爲此請？是不可以愚群兒者，而顧欲以誑强敵乎？然則是語也，揆之當日之理與勢，既非所安，而於公尤爲不類。吾意必宋臣之降元者，身既自穢，妒公之潔，因積翁釋爲道士之謀，遂構成其詞，以嫁誣於公，爲史者誤摭，以著之《傳》中。而陳桱、薛應旂輩相沿而録之，不復少加別擇焉，是皆未足以語史識也。

《廬陵縣志》卷一六。

文丞相祠堂記 〔元〕黄溍

宋之亡，不亡於皋亭之降，而亡於潮陽之執，不亡於崖山之崩，而亡於燕市之戮，使天而有意於宋也。趙有中山之孤，漢有豫州之胄，以公爲程嬰、孔明，有餘矣。天實爲之，謂之何哉？

《宋少保信國公文文山先生全集》卷十六《續輯》

宋丞相信國文公祠堂記 〔明〕柯暹

宋有天下三百年，海内臣妾無險釁。一旦胡風北來，江南失守，雖有高城深池，堅甲利兵，曾勁草之不若。獨丞相信國文公未受宋命，毅然浩氣充塞天地，以恢復爲心，萬折而不回，使伯顔之餌不能釣一舌，世祖之謀不能屈一膝，幽囚白刃不能移一心。是蓋有日月之明、風霆之厲者，存乎其見耳。方瀛國未封，墜石塞敵，使南冠不執，安知吴越不可復，中原不可圖？然而不能，皆天也。或又以爲公既執後，而元之君臣誘之至再，欲公附之切也；附而用之，不下於宋也。使其隱忍許於庭見之時，又安知無可圖者？顧其思，不出此。嗚呼，是豈足以知公者哉！當庭見之時，一身之外，皆元有矣，此膝未屈。爲之一敵國，一屈之後，臣節靡然。縱有可圖，吾心已二。萬一有成，猶不能免；無成，則爲漢李陵之謀矣。此公所以吟嘯，從容就死者，在此也。

暹來知永新，聞固塘文氏六義堂並詩，乃公爲其族人正道扁而題也。正道之後曰克綸，徙家錢市者，景公節概，於居第之南，作文氏祠堂，揭公遺像以祀之。暹因造其堂，拜公遺像，而仰公有自矣。宣德戊申，江西提刑、按察司僉事、括蒼王公繼行過謁祠堂，命暹易「文氏祠堂」爲「丞相祠」。

按文氏譜，自五代時，有官帳前指使曰春元，由成都家於永新之錢市。至四世彥純，生二子，長曰卿，次曰小山。卿之後革齋生丞相，爲富田派；小山之後正道，爲固塘派。族遠而義疏，暹曰不然，文正范公親疏之論至矣。以公之孤忠大節，在天地間，宜無不祀者。爲宋而歿，宋所當祀；宋亡無祀之者，雖敵國，表勸忠節，亦所當祀。況守公之故土，而愛君之心同然者乎！無子孫，雖鄉人尚義，亦當祀；況敦睦之族，景先德者乎！公之祠在京都、郡庠者，創於元，敵國已祀之也。暹嘗自金臺，見一僧以戒行自高，尚知慕公風節，往拜於祠。一指揮者見祠宇傾圮，尚能慨然新之，豈有鄉邦不如敵國，吾儒不如武弁，同族不如方外者哉？此克綸所以作祠祀公者，宜也。暹以僉憲命，更其榜曰「宋丞相信國文公之祠」。歌曰：

玉關洞開，朔氣南來。孤忠矢志，乾旋坤回。匪人自天，我皇弗庇。巡剛遠貞，孔仁孟義。龍川鳳岡，摧彼離梁；固塘錢市，六義孔彰。篤爲親親，匪祀何祀？子姓繩繩，億千萬世。

《文氏統譜》卷一三《祠廟志》。

宋文信國公祠堂記

〔明〕李賢

三代而下，豪傑之士任世道之責者無幾，而所遇有安危之異焉。不幸而遇時之危，必盡其責，而不負焉，斯無愧於天下後世者矣。自漢以來，能任世道之責，而遇時之危者，未有甚於文信公也。

嗚呼！公於是時，其志愈堅，其氣愈固，瀕於萬死而不死者，非貪生也；痛宋祚之傾，而興復之志必欲酬之，而不回也。惟公之心，即諸葛孔明之心，光明俊偉，如青天白日。況公之才，足以有爲。奈何天不祚宋，公竟就死。千載忠臣義士，讀公之傳，未嘗不撫卷而流涕也。説者謂公收宋三百年養士之功。若公之心，惟知忠臣之義重，初不計其養之何如也。孔子曰：「志士仁人，有殺身以成仁。」蓋志士不以死爲懼，仁人則明死生之理。程子曰：「古人有捐軀隕命者，若不實見得，惡能如此？」洎公自贊：「孔曰成仁，孟云取義，惟其義盡，所以仁至。」由是觀之，則公之就死，豈無所見而然哉！蓋深有得於聖賢之學者也。公於世道之責，於是乎爲不負焉，豈但無愧於天下後世，其有功於名教大矣。

公族孫曰克綸，家於永新之錢市，讀書尚義，嘗出粟助官賑之。朝廷賜敕褒之，旌爲義民。乃能景仰前烈，作祠堂於所居之南，揭公遺像以祀之。其子庭佩，克承先志，增新祠堂。適蒙朝廷賜謚忠烈，將改題神主，求文勒石，以示久遠，且俾子孫世守而不廢。寅友學士劉先生主靜，公之鄉人也，屬予爲記，以發揮之。予謂公之大名，光重宇宙。前輩文學巨公，形容讚美，殆無餘藴。而不斐之文，不贅可也。辭光弗獲，姑述其概以貽之。

《文氏統譜》卷一三《祠廟志》。

文丞相忠義祠記

〔明〕尹直

弘治壬戌，故副都御史周孟中，先任廣東左布政使，上言：「宋相文天祥早掇廷魁，晚起勤王，誕開督府，號召英雄，鋭志興復。一時效忠慕義之士，川臻雲擁，若趙時賞等，殊鄉異品，並力一心。雖由天祥忠誠激發，然經涉艱險，卒以死殉，則忠義無二也。今天祥所在有祠，而時賞輩一無與焉。乞所敕司於吉郡建忠義廟，令時賞輩得配食於左右，春秋守臣致祭，以表往勵來，丕振風教。」制曰：「可。」於時江西鎮巡藩臬諸公，咸祗若欽。承擇地，得城東螺峰之南麓故東嶽祠，宏深亢爽，前峙雙石，仿佛「螺川」二字。

歲迭爲晦明，挺拔雄猛，有忠勇狀。遂撤朽敝，規度方位，經畫其費。前啓重門，後建重寢，中爲堂，奉丞相。東西兩廡凡二十四間，列諸忠義從祀。其宿齋、更衣、神厨諸室畢備，通繚以垣。祠成，宜有記。

夫忠義繫於世教，歷代推褒，正以勵臣節，式不軌也。肆我太祖高皇帝，一區宇之後，即祀公就義之所。永樂初，既飭公祠。景泰中，又易公名。孝宗皇帝特允臣言，建廟稱禋，溥及督府諸忠義。一時臺省忠良，奉揚休命，賢愚歆慕，益知人臣死忠，彌久彌彰，而感激之心，勃勃如也。其爲世道之防，豈小補哉！

但考當時同事，若陳逢父、許由、趙潛、方興、余元慶、陳矩、李幼節、麻士龍、趙孟溁、劉源、張琥、張慶、鍾寅、易相、文天祐等，孟中偶未及焉。今姑牽連書之，以俟他日。按，丞相文天祥與弟天祐同一死節，而天祐名獨不著；即增祀同殉節五十四人，亦遺天祐名。學使金德瑛等詩有云：「可憐同氣稱難弟，不及夷齊一傳登。」於惋惜之中，寓表微之意。特附記之。

《吉安螺山宋文丞相祠志》

重脩文山祠記

戊寅　〔明〕王守仁

宋丞相文山文公之祠，舊在廬陵之富田。今螺川之有祠，實肇於我孝皇之朝。然亦因廢爲新，多缺漏而未稱。正德戊寅，縣令邵德容始恢其議於郡守伍文定，相與白諸巡撫、巡按守、巡諸司，皆以是爲風化之所係也，爭措財鳩工圖拓而新之，恊守令之力，不再逾月而工萃。圮者完，隘者闢，遺者舉，巍然煥然，不獨廟貌之改觀，而吉之人士奔走瞻嘆，翕然益起其忠孝之心，則是舉之有益於名教也誠大矣。使來請記。

嗚呼！公之忠，天下之達忠也。椎髻異類，猶知敬慕，而況其鄉之人乎！逆旅經行，猶存尸祝，而況其鄉之士乎！凡有職守，皆知尊尚，而況其士之官乎！然而鄉人之慕之也三，有司之崇尚之也三。公之沒，今且三百年矣。吉士之以氣節行義，後先炳燿，謂非聞公之風而興不可也。然忠義之降，激而爲氣節；氣節之弊，流而爲客氣。其上焉者，無所爲而爲，固公所謂成仁取義者矣。其次有所爲矣，然猶其氣之近於正者也。迨其弊也，遂有憑其憤戾粗鄙之氣，以行其娼嫉褊驁之私。士流於矯拂，民入於健訟。人欲熾而天理滅，而猶自視以爲氣節。若是者，容有之乎？則於公之道，非所謂操戈入室者歟？吾故備而論之，以勖夫茲鄉之後進，使之去其偏以歸於全，克其私以反於正，不愧於公而已矣。

今巡撫暨諸有司之表勵崇飾，固將以行其好德之心，振揚風教，詩所謂「民之秉彝，好是懿德」者也。人亦孰無是心？苟能充之，公之忠義在我矣，而又何羨乎？然而時之表勵崇飾，有好其實而崇之者，有慕其名而崇之者，有假其迹而崇之者。忠義有諸己，思以喻諸人，因而表其祠宇，樹之風聲，是好其實者也；知其美而未能誠諸身，姑以脩其祠宇，彰其事蹟，是慕其名者也；飾之祠宇而壞之於其身，矯之文具，而敗之於其行奸，以掩其外而襲以阱其中，是假其迹者也。若是者，容有之乎！則於公之道，非所謂毀瓦畫墁者歟？吾故備而論之，以勖夫後之官茲土者，使無徒慕其名而務求其實，毋徒脩公之祠而務脩公之行，不愧於公而已矣。

某嘗令茲邑，睹公祠之圮陋而未能恢。既有愧於諸有司，慨其風聲氣習之或弊而未能講；去其偏，復有愧於諸人士，樂茲舉之有成也。推其愧心之言，而爲之記。

《王文成全書》卷七。

螺山信國公文先生祠記

〔清〕李洗心

廬陵螺山之麓，宋信國公文先生舊祠在焉。予涖任之初，展拜祠下，見其規制未備，廊廡檐楹漸就剝損，磚階砌石鞠爲草萊，無以肅觀瞻而嚴祀事，不禁愴然於中，而重有所感也。

先生當罷職家居，聲勢寂寞。一捧勤王之詔，即傾家召募，流涕興師。郡中之豪傑，溪洞之蠻長爭應之。非有將帥之權，又鮮利禄之縻，而鼓舞莫遏，何呼應之靈若斯也？及以亡國，累囚就戮西市。内有奸佞之主持，外無親昵之隨侍，而張千載、王炎午、鄧中齋諸君子，或爲之負骨，或爲之陳祭，或爲之臨風長號，灑血淚而吊忠魂，使遠近生哀，途哭巷祭，如其私親。乃至身殁已久，梓里之文人墨士，騷壇詞客，皆黧面槁項，跧伏山林，不欲以仕進爲先生玷，又何其傾感之深入而不可解也。蓋先生之精神志氣，鬼神猶且震悚，而況乎具有心知之倫類乎！

余嘗讀史，觀先生之事蹟，輒流連慨嘆，欲申其景仰而無由。今幸官先生之里，謁先生之祠，瞻先生之像，而忍聽其祠之風雨朽蠹，庭階弗整乎？歲丁酉，余首捐廉俸，集邑中之賢士蕭崇瓚、劉碧、龍大猷、李永年、孫安、劉正豫、易掄元、李含英等經費，庀材鳩工董役。廟之前建石坊一，廟之中棟改造爲正氣閣，後增格槅以杜褻瀆。廟左爲屋數間，俾守祠人居之；右爲廳事數間，顏曰「懷忠書院」，而齋厨庖湢悉備焉。諸紳士計畫周詳，克勤乃事，不數月而告竣，問記於予。予以先生之赫赫不可掩者，與世宙同爲不朽。神之流行，無所不周，祠之大小新舊，不足爲先生重。顧鄉人之嚮往不已者，必有所藉，以致其敬恭，聞其烈而深其想像，拜其祠益如親炙矣。立懦勵頑，兹祠豈小補哉！

清乾隆四十二年丁酉，知縣李洗心捐俸倡邑士重修，自爲記。

《吉安螺山宋文丞相祠志》。

謁文丞相祠　〔明〕胡儼

大厦兮既巔，豈一木兮能全？惟夫子兮遑遑，冀不負兮所天。天茫茫兮曷訊，彼覆餗兮何心？志侘傺兮不白，淚浪浪兮盈襟。脱虎口兮危疑，羌中道兮失路。風塵兮澒洞，心鬱抑兮誰訴？乘桴兮浮海，波漫漫兮汪洋。渺靈修於何許？雲冥冥兮山蒼蒼。搴旗兮空坑，期王室兮再匡。忽豺虎兮充斥，嗟赤子兮流亡。朱崖兮景從，義旅兮奮張。何時運兮迫阨？肆披猖兮見縶。矢死兮弗渝，哀夷齊兮不食。拘囚兮纍纍，慷慨兮陳詞。從容兮就義，日慘慘兮風悲。遺祠兮黌宫，儼肅肅兮令容。神逍遥兮八極，驂白螭兮駕青龍。流耿光兮天地，與造化兮焉窮。

《江西通志》卷一四四《藝文》，《頤庵文選》卷上。

謁文丞相祠　〔明〕章懋

元宋興亡迹已陳，忠臣祠宇尚如新。夕陽古樹煙猶暝，夜雨荒堦草自春。慷慨《六歌》空灑淚，間關百戰竟捐身。穆陵地下應相見，不負臚傳第一人。

《楓山集》卷四。

謁文丞相祠　〔明〕王鏊

義氣橫天白日陰，巍然遺像學宫深。千秋不化萇弘血，百折難迴豫讓心。自昔奸諛誰不死？如今元社亦銷沉。黄昏柴市風沙慘，回首行人淚不禁。

《震澤集》卷一。

真州謁文丞相祠　〔明〕宗臣

文相祠前楓樹丹，真州城外送波瀾。千秋不盡中原淚，此地真成故國看。一自燕雲孤騎入，至今龍氣大江寒。客遊莫聽胡笳起，白日青天處處殘。

《宗子相集》卷七。

謁文丞相祠　〔明〕陳洪謨

青螺山下相公亭，瞻拜遺容仰德馨。百代衣冠知守死，一方山水自鍾靈。夷齊重義輕周粟，李衛貪生拜虜庭。讀罷碑陰懷往事，夕陽回首涕如零。

《石倉歷代詩選》卷四七五。

文丞相祠　〔清〕朱彝尊

尚憶文丞相，當年此誓師。計成猶轉戰，事去祇題詩。竹柏空祠屋，牲牢尚歲時。鴟夷他日恨，異代有同悲。（謂永嘉諸生鄒維則也。）

《曝書亭集》卷六。

螺山文丞相祠 〔清〕查慎行

千古興亡恨，忠臣末運多。死難扶少帝，生不愧巍科。慷慨憂時策，崢嶸正氣歌。黄冠故鄉意，廟貌在山阿。

《敬業堂詩集》卷四七。

謁文丞相廟 〔明〕曾棨

國事艱危屬秉鈞，平生慷慨竟捐身。百年社稷歸元土，萬古祠堂表宋臣。已見高名垂宇宙，遠瞻遺像肅冠紳。當時碧血生芳草，留得清芬歲歲春。

《石倉歷代詩選》卷三五〇、《西墅集》卷四。

謁文丞相廟用老杜蜀相韻 〔明〕邱濬

泮宫西畔偶來尋，香火祠前氣肅森。柴市陰霾存積恨，崖門驚浪散哀音。更無地滿包胥淚，祇有天知豫讓心。我爲綱常連下拜，清風颯颯襲衣襟。

《重編瓊臺稿》卷五。

謁文丞相廟　〔明〕周瑛

海上干戈百戰中，孤舟夜夜泣英雄。八千里外邊塵合，三百年來宋曆終。厓嶺被俘真倉卒，燕山就義太從容。西風吹雨過柴市，獨向祠前撫翠松。

《石倉歷代詩選》卷四三八，《翠渠摘稿》卷七。

題文丞相書梅堂　〔元〕楊載

大厦就傾覆，難以一木支。惟公抱忠義，挺然出天姿。死既得所處，自顧乃不疑。惻愴大江南，名與日月垂。我行見遺墨，再拜墮涕洟。名堂有深意，亦唯歲寒枝。可知平昔心，慷慨非一時。峩峩著棟宇，昭昭示民知。勿使風雨敗，永慰千古思。

《宋元詩會》卷七六、《楊仲弘集》卷一。

題翁舜咨所藏文丞相梅堂扁　〔元〕戴表元

近時縉紳先生以梅堂名於世，若東武趙侍郎粹中、毗陵蔣忠文公重珍，其最著也。建業翁氏亦有梅堂，盧陵丞相文公天祥宋瑞題其扁，亦爲人所歆重。嗚呼！江南士大夫，吾見其禄苟充、宦苟達，即崇園池，飾館榭，佳名美號以相標者，十人而十，百人而百也。而鄉閭修飾之，夫欲自託於好事者，一有營創，輒從當時有聲勢者，求其翰墨以爲光寵。當其盛時，大書深刻，金碧輝絢。輿臺皂隸之徒，嗟誇而嘆詫。然其爲人卑污齷齪，雖復巧施爲高佈置，蓋已不勝俗態醜狀，不過反爲林泉草木之辱，有識者往往含笑棄唾而去。然則人有所傳於世，其行止進退，何可不先自重哉！

文公之書，點墨今成千金。而翁氏數百年世家，舜咨又堅苦好學，擇粟而餐，審泉而飲，有貞儒碩士之風。余也幸，它日童稚成人，門户清立，或輕舟道丹陽，上三茅，因尋建業以來舊遊，而得登舜咨所謂梅堂者，羹蔬啜茗，相與仰瞻文公之清風，而爲舜咨詳論趙、蔣諸賢之遺聞緒行，固一快也。

《剡源文集》卷一九。

跋廬陵公書後 〔元〕吴澄

廬陵公魁多士，歷二十年位不至通顯，蓋其時非媚柄臣者，不可以得志也。國將危亡，猶爲江西安撫，招集烏合之衆入衛；不見容於内，又以江廣宣撫出；未及行，而國事去矣。大兵臨逼，邀宰相詣軍前。陳相遁，吴相泣，不知所措。衆推公爲右相，往軍前祈請。至則拘留，夜逸趨閩，間關險阻，卒以就俘，求死不獲。在拘囚中，乃有鄉人爲求志墓者，此其答書也。嗚呼悕矣！

《吴文正集》卷五七。

跋文丞相書集杜感興絶句 〔明〕劉崧

按丞相當宋亡之三年始被執，留燕獄五年而就義。又後九十三年，爲大明洪武七年，余司臬北平，思訪文丞相當日事，罕有能言者，蓋遺老盡矣。每追想高風偉烈而不可見，既則會大興縣立祠學宫，以昭明時崇建之令典，且以示風厲焉。

一日北山上人示以丞相所書「嵯峨閶門北」集杜感興絶句一首，凡二十有八字，復摹公像於左方，裝潢成軸，請有以識之。憶余三十年前，嘗過郡城，於鄧侍郎孫謙所，見丞相所書《集杜》全卷一百首。迨癸巳歲，又獲觀行書小軸於里中康宗武氏，乃丞相書以寄其舅氏曾君天錫者。近丙午歲，又獲見草書大册五十首於廬陵曠氏，其卷帙大小長短率不等，意當時丞相所書若是者，類非一本。然皆自北而南，故大江以西士大夫之寶藏居多。由兵興以來，其存亡有無不可知。今北山所藏，直百一之僅存者也。其指意雖不可考知，而筆勢頓挫勁拔，如龍跳虎躍，不可玩狎。視余前所見數本，又加大而特異，是豈可以其不完而病之哉！譬之神珠玄璧遺落人間，不必連琲盈握，而光價充溢自不可少。而或者以爲所寫遺像傳遠失真，乃欲毫髮而較之則難矣。今夫鳳凰麒麟，世之人未必皆識也，而見其圖像者，莫不快睹，以爲希世之奇瑞，而不敢以異之。《傳》有之，「誦其詩，讀其書，不知其人可乎？」嗚呼！欲知丞相者，愼毋但求之聲音笑貌間而已哉！

北山，廬陵人，年幾七十矣。其敦行尚義，蓋有自云。

四庫本《江西通志》卷一四三，《劉槎翁文集》卷一三。

書宋丞相文山遺墨後　〔明〕楊榮

廬陵文丞相天祥，以孤忠大節，報宋家三百年養士之恩，英風義氣至於今，赫赫在人耳目，何其壯也！今其裔孫紹節，持丞相手簡與詩，謁拜請題。

嗟夫！丞相之死節，非惟有以報宋，且有光於歷代爲人臣之死義者。然則其流風遺烈，猶足以使人感激奮發，矧爲丞相之子孫者乎！宜乎，紹節寶藏之也。《詩》曰：「無念爾祖，聿修厥德。」因紹節之請，並書此於左方云。

《文敏集》卷一五。

書文信公墨蹟後 〔明〕李時勉

盧陵文紹節以所藏文信公手簡與詩凡六首示予，其中有曰：「宋養士三百年，無死節者。」又曰：「得與老母相見，即下從先帝遊。」觀者謂公委身報國之志，蓋已先定矣。予昔家居，聞長者言：公少時謁忠節祠，慨然曰：「殁不俎豆其間，非夫也！」則公之志，非至此而後見。嗚呼！公之死，距百四五十年矣。嘗謁拜公廟，想其忠義之氣凛然如生，使人肅然起敬。退而慨慕，無有已時，況其裔孫之於其手澤也哉！宜乎，其寶藏愛惜之至如此也。三復之餘，識以歸之。

宣德四年，翰林侍讀李時勉書。

《文氏統譜》卷一七。

書文山先生真迹 〔明〕鄒元標

是卷故刻吉水爨宫，跋獨載蘇伯衡，其真迹宛然如新。先是其子孫以貧鬻於他家，予友文光氏捐俸歸之，將以付其子孫之賢者。予竊謂神州皆先生故宇，具鬚眉者皆先生後裔。奚必瞡瞡後人世守之也。宋之諸賢哆譚闊步，使不得先生，人將謂學誠迂譚矣。史載先生吉水人，卷中亦載吉水。文紹節，前盧陵士，欲載吉水爨宫碑歸，久而始定。又歐六一，亦吾邑人。瀧江，即今三狀元里，後以沙溪割永豐。予邑士每詳言之，予告曰：「二先生在天爲星辰，在地爲河嶽，非一鄉一國所能獨私。所以私淑二先生者，自有在無藉是爲名高文光然乎？」張白東先生讀卷曰：「以先生尚有餘憾。」予展卷曰：「天清日朗，蓋世際昌明，列聖重興。先生方且爲中原吐氣，奚其憾？且先生崎嶇波濤中，久視死生興亡，萬古猶旦莫也。」

《存真集》卷一一。

書拓本玉帶生銘後　〔清〕朱彝尊

玉帶生，宋文丞相硯名也。石産自端州，未爲絶品。其修扶寸，廣半之厚，又微殺焉。帶腰玉而身衣紫，丞相寶惜，旁刻以銘。書用小篆，凡四十有四字。歲甲申觀於商丘宋節使坐上，因請以硬黄紙摹之，不敢響搨也。生之本末，略見玉笥生詩，其銘辭亦附注於詩編。按金華胡翰作《謝翱傳》，稱天祥轉戰閩、廣，至潮陽被執，翱匿民間，流離久之，間行抵勾越，是信公軍敗後硯即歸翱。可知其寓浦陽、永康，閲祐思諸陵，登釣壇，度必携生偕往。懷古之君子，可以深長思矣。

《曝書亭集》卷五一，《六藝之一録》續編卷四。

文信國琴　〔清〕蔣士銓

四尺枯桐七條玉，中有包胥萬聲哭。琴曲誰聞《集杜詩》？紀事悲吟《指南録》。破家結客起義兵，夜遁京口逃空坑。隨身襆被且無有，航海莫共成連行。青原操縵心骨摧，一彈再鼓天地哀。謝翱杜滸不復侍，響隨竹石崩西臺。太古遺音存正氣，壞膝長留丞相字。君不見漸離之築司農笏，千載流傳同寶器。于嗟乎！斷紋斑剥空撫摩，不共齒髮埋山阿。松風夜戰海濤立，柴市魂歸尚嗚悒。

《廬陵縣志》卷五三。

跋宋文信國公書

〔清〕劉繹

右宋文信國公墨蹟，藏於後人，已歷數世。字畫稍有蠹殘，前致書人名未全，後年月一行亦多剝蝕。考本集，此書不載。公景定四年除著作佐郎，二月兼權刑部郎官，八月以董宋臣復出爲都知，上疏論其惡，不報。此書當在是年，所謂「奸腐復用」，必指董也。書中憤切時事，情詞極爲剴摯而雍容，進退義命自安之意俱見。字若不經意，然一片神行忠君信友之精誠，躍躍紙上，風力不在二王下，真可寶也。裔孫其蔚出此見示，亟令摹勒上石，登之學校，使鄉人士有所觀感云。

《存吾春齋文鈔》卷六。

卷二十二

附録三

文山詩序

〔宋〕何夢桂

生而不屈者氣也，死而不泯者心也。氣之不屈者，忠義而已；心之不泯者，亦忠義而已。忠義之道塞天地，冠日月，亘古今，通生死，而一之者也。

宋丞相文公平生文章在方册，官爵在史書，皆不足爲公道。德祐乙亥，天步阻艱，朝野駭震。公從江西率子弟七千人勤王於京師，事之不濟，天也。間關奔走，卒爲縶囚，奉首朔庭，萬折不變以死。古今死節，惟以二顔、張、許爲稱首。然兩軍交綏，不勝即死，無可擬議者。至於紓之以歲月，錮之於不能進退之間，宗廟且不血食，使回顧卻慮，而爲身後子孫鷄豚霜露之計，鮮有不屈膝者矣。而猶若是，真古今忠義士也。沙場青塚，千古南音，其所流落人間者，惟有流離中《吟嘯詩史》與狴犴中《杜詩集句》耳。使人讀之，至今凛凛有生氣。

嗚呼！公真死矣。不自意其死後，猶能以詩寫其平生之耿耿而未盡者乎！豈公果不死乎？一點烈烈者，無在不在故也。天地無窮，事會無極，有能起生魄於九京之下，非公，吾誰與歸？生芻一束。釃酒北酹，爲之序云。

《潛齋集》卷五。

文山先生文集序

〔元〕道體堂

先生平日著述，有《文山隨筆》凡數十大册，常與累奉御劄，及告身，及先公太師革齋先生手澤，共載行槖。丁丑歲，猶挾以自隨。一旦委之草莽，可爲太息。今百方搜訪，僅僅有此。因自寶祐乙卯後，至咸淳甲戌止，隨門類略譜其先後，以成此編。雖首尾粗備，而遺佚者衆矣。如詩一門，先生所作甚富，中年選體更多，今諸體所存無幾，而選幾絶響，更可浩嘆。至如場屋舉子業，自有舊日黄册板行。又如《年譜》《集杜》《指南録》，則甲戌以後之筆，不在此編。其曰《吟嘯》者，乃書肆自爲之名，於義無取，其實則《指南》别集爾，因著其説於集端，以諗觀者云。

元貞二年太歲丙申冬至日，道體堂謹書。

景泰六年刻本《文山先生文集》卷首。

文山集序

〔明〕房安

余讀相國諸詩，慨然流涕。是其許國之心發於言辭之表，非空言也。觀其在皋亭，抗伯顔，責其失信；駡吕文焕，斥其逆。刀鋸鼎鑊之弗懼，與宋存亡，其憤烈爲何如！其在行朝，出師於不可爲之時，震動嶺表，志圖恢復。大事既去，服藥不死，絶粒又不死，雍容就義，死於元市，其忠勇爲何如！陸秀夫所謂「如金百煉而益勁，如水萬折而必東」，信知丞相之心者矣。蓋其得天地至大至剛之氣，故能發而爲至堅至貞之節，使綱常之道大明於世。是天有以默佑丞相之忠，爲宋三百年養士之效。嗟夫！丞相雖死，其精神在天地，勳名在簡册，足以輝六合而照萬世。至於成敗利鈍，天實爲之，非人力也。

《宋少保信國公文文山先生全集》卷一六《續輯》。

文山詩史序 〔明〕劉定之

予少時，得宋丞相信國文公《指南集》讀之，然聞公在幽囚中有集杜句詩，未見也。及官詞林，始見而録得之。詩皆古體，五言四句，凡二百首。分爲四卷，首述其國，次述其身，次述其友，次述其家。而終以寫本心、嘆世道者，莫如何於人勝天、夷猾夏；而有待於天勝人、夏變夷之必有日也。卷目皆公所自分，其先公而後私，盡己以聽天，於此亦可以略見矣。而俗本或混之，今皆復其初焉。集首有總序，又有小序，散於章首；其後又有跋尾。序跋中有缺文者，指元之君臣，宋之叛逆。缺而不書，使知者以意屬讀，今皆補之。而爲白字者，不沒公初意也。不書紀年者，陶靖節削永初之意也；姓某履善甫者，《指南集》中所謂范雎變張禄、越蠡改陶朱之意也。而其事之難，有甚於《指南》之時焉者矣。小序之末，多曰「哀哉」者，公所以傷其國之亡，憫其忠臣義士之同盡，慟其家族之殉國，而自處其身於死，豈待南向再拜，引頸受刃之際，而後決此志哉！

嗚呼！孔子不以仁許人，而獨以許殷之三臣，孤竹之二子。予以爲若公者，文山之隱，京口之脱，去而不污矣；伯顔拘於江艦，弘範縶於海舟，世祖維於燕獄，因而不屈矣；仰藥於庾嶺，絶粒於鄉郡，已而殞首於燕市，死而不悔矣。兼微、箕、比干之心而爲心者，其在公乎！若乃是詩之作，而豈徒哉！《麥秀》《黍離》之歌，作於其國已亡之後，而其身可以不死也；《懷沙》《抱石》之辭，作於其身臨絶之際，而其國猶未至於亡也；身且死矣，國已亡矣，於是乎有首陽《采薇》之歌，燕獄《集杜》之作，所謂求仁得仁，而奚怨者也。合伯夷、叔齊之言而爲言者，其不在是詩乎！以是心也，爲是詩也，公其可謂仁矣。仁者，天地之元氣，古今之人極。在其上，爲日月之明，風霆之壯；其在下，爲江河之所以長流，山嶽之所以長鎮；其混然在中，爲君臣民物之所賴以常治久安，而在宋之末世，爲公之本心。在公之死也，爲是詩，有讀而不盡傷者，予以爲非仁人也。

公同時有曰吴郡張子善者，亦嘗集杜句，述公始終大概，而疏其事於下方以證之。今内相安成彭公純道得其本以示予，遂録以附公詩之後，合而題之曰《文山詩史》，取公序中語也。公之宗孫廷珮欲鋟梓以廣其傳，乃序以歸之。廷珮又嘗承其父志，修祠堂以祀公，可謂賢後裔云。

賜進士及第、翰林院學士、奉議大夫、永新劉定之序。

《明文衡》卷四四，《明文在》卷四八，《明文海》卷二一二。

重刊文信公集杜句詩序　〔明〕王偉

天與人不能兩得，道與身不能兩全。古之忠臣義士，惟知合乎天，而於人有不校也；惟知全其道，而於身有不恤也。故人雖有愛憎之殊，身雖有死生之異，而天理之昭昭、吾道之明明者，爲不昧夫！然後匹夫爲天下之師，一言爲後世之法，譬之麗水之金，昆吾之劍，愈煉愈堅，愈試愈利，不少變也。予嘗嘆古之人，名之重者身多阽危，才之長者時多不偶。以屈大夫之忠自沉，以賈大傅之賢早夭。文如韓、柳，而遭貶斥；武如關、岳，而得奇禍。何也？蓋天欲壽其名，故使之危其身，所謂天、人不兩得，身、道不兩全。

以此，宋有天下三百年，待士之禮甚厚，至其季世，死事者不少，獨丞相信國公天祥之名最著。以其拘幽數年，略不改節，卒之從容就義，視死如歸，此則衆人之所難者。其詳已載國史。公初在燕獄中，不遑它及，日惟集杜工部之詩句，以寫憂國之懷。句雖得之少陵義，則關乎時事，讀之，未有不慘凄而怛悼者。且少陵在唐，有才而不盡用，不得已托之吟詠之間。所選二百篇之作，謂其可配《風》《雅》，信公獨有取焉。忠義之在人，古今無間，若此公之《集杜》詩。同年友翰林劉主靜先生，已補其缺略次第之，公宗孫庭珮嘗刊以傳。今湖廣憲副、淦邑盧公崇績，病其板刻細小，難於檢閱，特捐俸貲重加刊行，俾予序之。

予晚生後進，景仰信公如祥麟威鳳，欲見不可得。得序公之集，莫大之幸。夫信公大節，不待詩而見，詩亦不待序而傳。然使後之人，因言以得其心，因心以知其人，則是集也，非世之留連光景，雜於嘲謔，應時人之求，述一時之興者可比。而凡爲人臣者，得是集而觀之，誠能探索其義，懲艾其失，以之酬酢萬變，經綸大經，必能審義利之辨，識輕重之分。人不可以詭隨，身不可以倖免，惟合乎天，全乎道。此則信公《集杜》之本心也，不然，公豈徒爲是哉！

盧公由名進士爲才御史，升副外臺，所至凛然風裁，有所舉措，務關風化。即此一事，亦可以知其方寸之所存。

《文氏統譜》卷一七。

成仁遺稿序　〔明〕舒芬

予行篋有文山《指南集》二册、《集杜句》一册、《吟嘯集》一册，又有《疊山詩文集》二册。歲久壞爛，亦多磨滅，病中敬補綴之。以是集皆行乎患難，臨大節而不可奪者，乃復訂其訛脱。而《宋史》本傳，與夫祠記、銘狀、祭文、輓詩，則取而合附於後，總題曰《成仁遺稿》，付書林余氏刻之。嗚呼！仁之難成久矣。孔子曰：「朝聞道，夕死可矣。」自非果聞道者，烏能殺身以成仁哉！二先生之所成仁，夫人能言之矣。然有繫於救敗存亡、興滅繼絶，世或未之知也。

乙亥，文山以勤王兵入衛，即議建四鎮以卻大敵，執政者不從。明年知臨安，請徙封二王，鎮閩廣以圖興復，執政者又不從。及元兵壓境，始行其言，則宋之亡而未絶者，有二王也。故雖國事既去，猶足以延宋祀三載。向使從其四鎮之議，而舉國以聽命焉，則所救敗存亡，必有以大過孔明，而媲休臣靡者矣。疊山得守信州，大結民兵，捍庇饒、撫，隱然一長城也。比敵退，執政者欲假軍費罪之，何邪？明年，敵下安仁，攻信州，人遂不守，則先生變姓名以去之，宜矣。雖其才略有非文山比者，然十年之久，猶拳拳以武王、太公之興滅繼絶，望仕元之故臣，是其一念不能釋宋之仁，豈有異於文山哉！

嗚呼！使文山之忠信於前，則宋之祚未必移也；使疊山之志伸於後，則宋之祀未必廢也。然則二先生所得於道者，不其有以勝天乎哉！一死以成仁，固不足爲先生多。雖然，宋亡而文山幽於燕者三年，元人感其忠誠，將釋之，留夢炎曰：「天祥出，復號召江南豪傑，置吾十人於何地？」夫天祥毁家以紓國難，身九死而不顧，若十人者，安知其終不死邪？疊山匿於建寧者十年，元人亦屢詔釋江南有罪人矣，留夢炎、程文海力薦，而執之至燕。夫枋得一也，前日共擯之於宋，而今日交薦之於元，何邪？是亡宋者，固宋之宰相也，非元也；殺二先生者，亦宋之宰相也，非元也。不知宋之諸君，亦何負於宰相也哉？

《明文海》卷二四六，《江西通志》卷一。

文淵閣四庫全書·文山集提要 〔清〕紀昀等

《文山集》二十一卷，宋文天祥撰。天祥字履善，又字宋瑞，廬陵人。寶祐四年登進士第一，官至少保、右丞相兼樞密使，封信國公。督兵潮州被執，死柴市。事迹具《宋史》本傳。

天祥平生大節，照耀今古，而著作亦極雄贍，如長江大河，浩瀚無際。其廷試對策及上理宗諸書，持論剴直，尤不愧「肝膽如鐵石」之目。故長谷真逸《農田餘話》曰：「宋南渡後，文體破碎，詩體卑弱，惟范石湖、陸放翁爲平正。至晦菴諸子，始欲一變時習，模彷古作，故有『神頭鬼面』之論。時人漸染既久，莫之或改。及文天祥留意杜詩，所作頓去當時之凡陋，觀《指南前後録》可見。不獨忠義冠于一時，亦斯文間氣之發見也。」生平有《文山隨筆》數十大册，常以自隨，遭難後盡失之。元貞、大德間，其鄉人搜訪，編爲前集三十二卷、後集七卷，世稱「道體堂刻本」。考天祥有《文山道體堂觀大水記》，稱「自文山門入，過障東橋，爲道體堂」云云。則是堂本其里中名勝，而鄉人以爲刊板之地者也。書中有原附跋語九條，並詳載本事，頗可以資考論。

明初，其本散佚，尹鳳岐從内閣得之，重加編次，爲詩文十七卷，起寶祐乙卯，迄咸淳甲戌，皆通籍後及贛州以前之作。江西副使陳价，廬陵處士張祥，先後刻之，附以《指南前録》一卷、《後録》二卷，則自德祐丙子天祥奉使入元營，間道浮海，誓師閩粤，羈留燕邸，患難中手自編定者。《吟嘯集》則當時書肆所刊行，與《指南録》頗相複出。《紀年録》一卷，亦天祥在獄時所自述，後人復集衆説以益之。惟《集杜詩》以世久單行，未經收入。今亦各著於録，至原本所載序、記、碑、銘之類，乃其家子孫所綴録，冗雜頗甚，今並從删削。

《文淵閣四庫全書》集部四别集類三。

文淵閣四庫全書·文信公集杜詩提要

〔清〕紀昀等

《文信公集杜詩》四卷，一名《文山詩史》，宋文天祥撰。蓋被執赴燕後，于獄中所作。前有《自序》，題「歲上章執徐、月祝犁單閼、日上章協洽」。案：「上章執徐」爲庚辰歲，當元世祖爲至元十七年，乃其赴燕之次年。「祝犁單閼」爲己卯之月，「上章協洽」爲庚未之日，于干支紀次不合。考是年正月癸卯朔，二月内當有三庚日，二未日，必傳寫者有所錯互。至以歲陽歲名紀日，本于吴國山碑中「日惟重光大淵獻」一語，而併以紀月，則獨見于此序。又序後有跋，稱「壬午元日」，則天祥授命之歲也。

詩凡二百篇，皆五言二韻，專集杜句而成。每篇之首，悉有標目次第，而題下叙次時事，于國家淪喪之由、生平閲歷之境及忠臣義士之周旋患難者，一一詳志其實，巔末粲然，不愧「詩史」之目。吴之振《宋詩選》徒以「裁割」「巧言」評之，其所見抑亦末矣。劉定之《序》稱原書「序跋中有缺文，指元之君臣、宋之叛逆，缺而不書，今皆補之爲白字」；又題「姓某履善甫」者，即《指南集》中所謂「越蠡改陶朱」之意。按：今本序跋並無缺字，蓋即定之所補；而履善甫上已署天祥之名，則不知何人增入。又，定之稱分爲四卷，而今本止一卷，殊失原第。今仍析爲四卷，以存其舊焉。

《文淵閣四庫全書》集部四别集類三。

文文山集序

〔清〕張伯行

天地有剛大之氣，炳之爲日月，奮之爲雷霆，峙之爲山嶽，流之爲河海。其在人，發之爲文章，矢之爲節義，一而已矣。夫人於天地並列而稱三才者，惟其能全是氣也。孟子所謂「養之無害，則塞乎天地之間。」文章節義，皆由此出。非豪傑之士，其孰能之？

宋丞相信國文公，遭罹末造，出師勤王，崎嶇山海；及祚移身執，事不可爲，從容伏鑕，以顯國家三百年養士之報，其節義凛凛垂宇宙間。嗚呼偉矣！乃讀其文章，光明俊偉，磅礴敷暢，如日月之爲照，而雷霆之爲威也；山嶽之爲高，而河海之爲潤也。蓋自寶祐四年大廷對策時，極陳「法天不息」之學，理宗親擢第一，識者已爲朝廷賀得人。至其不幸幽囚四載，丹心碧血，形於文墨，觀者無不流涕而悲痛。《正氣》一歌，足以扶綱常而立人極。千古文章，孰大於是？士當優游平世，弄翰揮毫，率爲柔情媚態，取悦耳目。譬如時花美卉，轉眼都隨風飄蕩，無復存者。其文如是，則其爲人必依阿澳涊。苟且取容，遇小利害鮮不喪所守，而况能臨大節而不可奪乎哉！

先生之文，非孔孟程朱之旨不談，非忠孝仁義之言不道，蓋文章與節義相輔而行。所謂豪傑之士，信道篤而自知明者，微先生其誰與歸？讀其書，想其人，亦可以興起於百世之下矣。是爲序。

《正誼堂續集》卷三。

重刻太祖信國公文集序

〔清〕文有焕

我太祖《信國公文集》一十六卷，有明時何公遷、張公元諭刻之，念庵先生爲之序。嗣後，吾祖南莊公複刻之於道體堂。今雖板章散佚，幸其書尚存。

焕嘗捧而讀焉，知我公之文，本忠肝義膽出之，故其勁直之氣浩然莫禦，有如生龍活虎難於捉摸。世嘗比之「韓潮蘇海」。夫韓之文如潮，謂其貶於潮陽，文蓋得力於潮也；蘇之文如海，謂其竄於海曲，文蓋得力於海也。公不必歷潮與海，而下筆滔滔汩汩，瀾翻浪湧於楮墨之間，謂非得之性生者乎！迄今讀其《廷試策》，而知其排山倒海，忠誠格於君父也；讀其《上皇帝封事》，而知其勤勤懇懇，德澤被於民生也；讀其書、記、序、銘諸篇，而知其博古通今，學問之有淵源也；讀其《指南》《别集》，而知其顛沛牢騷，惟思委身以報國也；讀其《吟嘯》《集杜》諸什，而知其號天愴地，悲鬼泣神，傷山河之破碎，而悼身世之飄零也。夫羈留北庭，倉皇出走，幽禁燕獄，辛苦萬狀，而悲憤鬱結之思，猶無日不托之吟詠，寄之嘯歌，以寫其磊落不平之氣。公誠慷慨激烈之士哉！而且加之以斧鉞而志不畏，臨之以湯鑊而心不驚。從容就義於顛沛流離之際，以報宋三百年養士之恩，非所稱仁之至而義之盡乎！

焕猥承先澤，不能光大吾祖之家聲，於其遺書復不能取舊刻而新之，其何以告吾祖而無憾？惟當桑榆景迫之秋，志其大略，以昭吾兒孫。他日有能即家集而問之剞劂者，吾之心慰吾太祖在天之心，亦必默爲慰矣。吾兒孫其謹識之毋忽！

十四世孫郡庠生有焕薰沐識。

《廬陵宋丞相信國公文忠烈先生全集》卷首。

文信國公詩文集序

〔清〕裕泰

天之生大賢，爲一世乎？爲千百世乎？曰：小患小難可平，成其業以解一世之倒懸；大患大難不可平，存其心以維千百世之正氣。其心何見？見之於史宬載筆，見之於言語文章。則大忠大節之剛毅純篤之氣，播諸金石，形諸詠歌，耿耿然與日月爭光，宜其歷百劫而不朽。嘗讀史至宋、元之間，深維信國公文山先生懷忠抱道，遭時之窮，未嘗不廢書三嘆也。

先生丁百六陽九之數，而欲回既去之天心，振已傾之宗社。勢既出於必不可爲，而復幻變媢疾，以撓其獨往之氣；利誘時迫，以試其剛勁之操。卒至百折不回，而後得夫光明正大之一死，以視張世傑、陸秀夫之殞身殉國，反若各得其坦夷而無難。孔子於伯夷、叔齊之耻食周粟，稱之曰「求仁得仁」；於微、箕、比干，則曰「殷有三仁焉」。如信國者，可不謂之仁人乎哉！

信國不以文著，讀所傳詩文遺集，本諸心，徵諸身，以發抒其憫時吊國之忱，學聖賢之學，心聖賢之心，死生禍福、成敗利純不係於懷。公之詩文，公之心，即公之道所由見。視夫才人學士之圖繪山川，寄情雲物，自寫其牢愁抑塞以爲工，而於世道人心渺不相關者，可同日共語哉？

余丁酉冬，閲武臨吉州，見夫山川崛奇盤鬱之氣，而嘆天之鍾美於是，宜有邁今鑠古不世出之人，生乎其間也。先生裔孫邑庠成章，重鎸遺集，籲請爲序。余夙慕公之忠於宋室，憫公遇之窮，而益欽公之文章歌詠，有足啓發千百世忠節之氣，而不徒以言傳也。是爲序。

道光十有七年嘉平月上浣之吉，江西巡撫、長白裕泰撰。

《廬陵宋丞相信國公文忠烈先生全集》卷首。

重刊文信國公全集序　〔清〕文柱

維道光二十有三載，江西巡撫會同江西學政、兩江總督，奏請以宋丞相文信國公從祀先師廟庭事，下禮部議准奉詔頒行直省學宫。維時臣文柱承乏江蘇布政使，念國典非祇崇忠，而臣鵠必先移孝，蓮具疏陳謝。旋以公文集刊本漶漫，重加校刊，越數月竣事，紬繹嚮往，慓然愾然，三嘆而言曰：國家所以教學教忠，至矣哉！

自宋程朱教子出，講明絶學，使學者知此事爲天地民物之身，而國家必有與立。後生分析源遠末舛，或高語心性，粗視氣節，則歧常變爲二；或跬步咫趨，方枘圓鑿，則歧體用爲二；或文飾虛車，詞安鄙倍，則歧文章性道爲二。韓子稱孔門之徒，儒分爲八，各守所聞，各安所習，何況後世畛畫域分道，幾爲天下裂！

信國受學於歐陽巽齋先生，實朱子之嫡傳。其學問大端，始之以《對策》，終之以《衣帶贊》，旁見於《送李秀實序》及《西澗書院講義》，向力行而不立宗旨。造次顛沛，蹈險如夷，遂至結纓以身殉道。故至公，而道德與節義合一。上書理宗，請重宰相以開公道之門，收君子以壽直道之脈；簡文法以立事，重方鎮以建守，就團結以抽兵，破文格以用人。使當時用其言，則內無權奸之蠹，外無襄樊之禍。及乎江河倒瀾，天地傾覆，尚能脱其身於百萬虎狼之穴，再倡義於魯戈揮墜之餘。

烏乎！金仁山海道奇兵之策，不用於宋，而元人得之，以爲燕京海運之圖。信國之才，不用於宋，而元世祖再三欲相之，以開一朝太平之業。以亡國大夫，而與耶律楚材並推南北二相。夫百里奚非愚於虞，而智於秦；箕子洪範，豈吝於殷，而傳於周？成敗論人，烏知天道？故至公，而全體與大用合一。公奏疏若賈誼，歌詩若杜甫。《指南前録》追述倉皇，未遑鍛煉；及乎《指南後録》，則燕市拘幽，蒙難艱貞，明夷正志。一謳一吟，無不可以塞天地、泣鬼神、立頑懦，洗盡語録詞章二障。故曰：詩三百篇，皆仁聖賢人發憤之所作也。是文學與德行，又至公而合一。

自明以來，皆知其節而不知其學，知其忠而不知其才，知其質而不知其文。自非從流溯源，因事考道，烏見其集有宋諸儒大成，報三百年養士之效，立千百世臣子之極，有若此哉！而後知聖朝秩祀瞽宗之典，表章潛德；教學效忠，視前代式商容，封比干者，尤義尊而道大。臣柱仰欽曠典，遙溯先型，震動恪恭，謹拜手稽首而爲之敘。

道光二十五年歲次乙巳六月，分居瑞昌派十九世裔孫文柱謹撰。

《重刊文信國公全集》卷首。

讀文山詩稿 〔宋〕汪元量

一朝禽獐海，孤影落窮荒。恨極心難雪，愁濃鬢易霜。燕荆歌易水，蘇李泣河梁。讀到艱難際，梅花鐵石腸。

《湖山類稿》卷二。

書文山卷後 〔宋〕謝翱

魂飛萬里程，天地隔幽明。死不從公死，生亦無此生。丹心渾未化，碧血已先成。無處堪揮淚，吾今變姓名。

《晞髮遺集》卷上，《宋詩鈔》卷一〇〇，《宋元詩會》卷五二。

讀文山詩 〔宋〕蕭立之

退未能休進未前，英雄到此亦堪憐。此之耿耿赤如日，吾道悠悠蒼若天。顧我尚堪輸九死，觀公端可愧諸賢。新詩讀罷無誰語，欲折梅花意不傳。

《蕭冰厓詩集拾遺》卷下。

閔忠美文天祥　〔宋〕方夔

弱冠知名動紫宸，兩朝際遇荷恩深。身先赴義人爭死，天不成功淚滿襟。自鄭有謀歸華氏，舍湘無地托王琳。鞠躬待死無餘事，不負朝廷不負心。

《富山遺稿》卷七。

題文丞相吟嘯集　〔宋〕李謹思

南人不識兩膝貴，曲摺百態卑且勞。斯人護膝不護頭，故以頸血濡君刀。蟠胸孤憤擘不碎，殺氣千丈纏旌旄。援桴親鼓盡南海，背水更用蜒丁鏖。俘來吮血語神語，咄咄尚與天爭豪。須臾赤日減顏色，玄雲莽莽風颼颼。或言巨靈收拾付真宰，讀罷拊臆生長號。又言豐隆列缺對愁絶，疾指玉鞭鞭六鼇。雨瓢倒翻水怪舞，斗樞横軋天籟號。憐伊肝膽苦復苦，亦見曩昔真《離騷》。劫灰滿地莫掛眼，蓬萊雖遠容輕舠。長驅癘鬼尚堪戰，盡閑未許飛仙遨。乃言興廢在爾不吾與，吾死吾主吾焉逃！魯叟聞言拍手笑，斯人「六經」爲骨爲皮毛。斯人捲取「六經」去，空作贋本傳兒曹。

《宋詩紀事》卷七六，《吴禮部詩話》，《隱居通議》卷一二。

讀文山集　〔宋〕林景熙

黑風夜撼天柱折，萬里風塵九溟竭。誰欲扶之兩腕絶？英淚浪浪滿襟血。龍庭戈鋋爛如雪，孤臣生死早已決。綱常萬古懸日月，百年身世輕一髮。苦寒尚握蘇武節，垂盡猶存杲卿舌。膝不可下頭可截，白日不照吾忠切。哀鴻上訴天欲裂，一編千載虹光發。書生倚劍歌激烈，萬壑松聲助幽咽。世間淚灑兒女别，大丈夫心一寸鐵。

《霽山文集》卷三，《元詩體要》卷一。

讀吟嘯集

〔宋〕彭秋宇

興廢明知數有天，臣心感激義當然。孔明尚欲西都蜀，王蠋寧甘北面燕。鳳鶴不靈淒落日，蛟龍已逝冷長川。丈夫一爲綱常死，表表人間萬古傳。

力支大厦炯孤忠，太息黄旗運不東。天若有情虹貫日，人誰不死氣淩空？倍增晁董儒科重，可與夷齊史傳同。地位九分人物好，更於可處覓英雄？

《忠義集》卷六。

跋文信公封事

〔元〕吴澄

信國丞相《開慶封事》，比忠簡胡公《紹興封事》尤懇惻周盡。胡初以罪謫，卒以壽終。惟公不幸，值國運之去，他日一節，難於忠襄。以一身而備二忠之事，偉哉！王若周以公手稿示予，讀之泫然。

《吴文正集》卷五六。

跋文丞相與妹書

〔元〕吴澄

一代三百年間有此臣，一家數十口内有此女。臣不二君，女不二夫；臣盡節而死，女全節自生。不愧於天，不怍於人，可傳千萬世。卓哉！曼卿出其門，藏此帖，甚珍之。噫！誠可珍也，觀者爲之流涕。

《吴文正集》卷六一。

題文山撰外祖義陽逸叟曾公墓志後　〔元〕劉將孫

吾廬陵人物，名節高於富貴，文章多於爵位，科目顯融，前後相望。東西州尤不及，而磊磊軒天地者，則多有其人矣。劉衮公雖相東京，亦有可稱者。姑勿論「四忠一節」：歐公生綿州，長漢陽，應舉開封；益公固新鄭僑寄，淡庵、誠齋二公，徒以特恩異數冠西清班；忠襄止一倅耳。歷考三百年間，生廬陵，長廬陵，以科目榮廬陵，以宰輔稱廬陵，以精忠大節重廬陵，獨文山信公一人止，豈但一代之無二！自廬陵來，山水之鍾英，亦僅在乎此也。乃其所以興，所以教，外祖義陽逸叟曾公實使然。文山著之《志》，可見也。觀其琅琅垂絶之音，可以訓，可以傳，則其所見，豈可以尋常測哉！古人謂不知其人觀所與，況其所自出。有關於百年一代之故，萬古千古之所不泯者，斯《志》猶有考也。自靖節來，東坡之於程，晦菴之於祝，特不忍其不聞，相依以爲祀，固未有晦明絶續之交，廢興生死之大，山川之光，文獻之華，若斯之懿者；而代興事異，迹熄人亡，雖存之人心者不可廢，而發揚張大如有闕也。抑斯《志》存其不朽者在是矣。況公之子孫衆多，且才而賢者不乏，則不朽者在是矣。凡予之所舉於廬陵者，特外物也；外物之有無，固公之所一笑，而猶足以存耶！

後《志》之四十九年，至大庚戌九月爲曾氏以立題於光澤治邑。

《養吾齋集》卷二五。

題文丞相詩後 〔元〕虞集

大厦明非一木支，區區未忍聽傾危。故人邂逅聊相問，矢志終天更不疑。

《道園學古録》卷三〇。

讀文相吟嘯稿 〔元〕黄庚

垂垂大厦顛，一木支無力。精衛悲滄海，銅駝化荆棘。英風傲几碪，濱死猶鐵脊。血灑沙場秋，寒日亦爲碧。惟留《吟嘯》編，千載光奕奕。

《月屋漫稿》，《御選宋金元明四朝詩·御選元詩》卷一四，《宋詩鈔》卷一〇三。

讀文山集 〔元〕胡助

學問淵源見性真，志扶傾厦不逢辰。少時大策魁多士，晚節忠風愧幾人？亟上封章誅嬖倖，肯回直筆媚權臣！遺文字字英靈氣，玉潔珠光萬古新。

《純白齋類稿》卷一一。

讀文山丹心集 〔元〕鄭允端

籍甚文丞相，精忠古所難。捨生歸北闕，效死只南冠。血化三年碧，心存一寸丹。偶携詩卷在，把玩爲悲酸。

《御選宋金元明四朝詩·御選元詩》卷四三，《元詩選》初集卷六八。

題文履善手帖後

〔明〕宋濂

右少保文信公手帖，知贛州日六月所發。公自爲賈師憲所忌，咸淳壬申即援錢若水例，上休致之請。明年癸酉，紹陵特起公提點湖南刑獄。又明年甲戌，改知贛州，公年始三十有九爾。守贛州僅逾年，當德祐乙亥之秋，即帥勤王之師來赴臨安。所謂六月，正甲戌之六月也。後一年丙子，宋亡。又二年戊寅，公在潮陽爲王惟義所執。又四年壬午，公以忠死於燕，則國朝至元十九年也。距作此帖時，蓋九閱寒暑矣。丙申春，客有以悦生堂蘭亭本求跋者，上有師憲題記，予因斥去不暇顧。未幾，胡君忽出此卷相示，再拜起觀，恍若見寶玉大弓於先王之世，諦玩不能釋手。於戲！善惡之在人心，其可不磨滅者如此，雖千萬世不易也，深可畏哉！

《宋學士全集》卷一三，《文章辨體彙選》卷三六七。

閲文山集謾述二首

〔明〕胡儼

誓死成仁永不忘，勤王發憤更鷹揚。虞淵日落山河慘，吴苑春歸草木長。萬里羈囚抛骨肉，百年忠義見文章。可憐有客王炎午，生祭臨風淚幾行？

二龍南去海茫茫，社屋寒來雁叫霜。萬死搴旗還舉義，千金脱險竟浮洋。都城不泯忠臣祀，國論猶傳政事堂。志士悲歌多慷慨，後人誰識謝翱狂？

《頤菴文選》卷下。

跋文山集杜句

〔明〕楊士奇

右信國文公《集杜句》二百首，皆在燕獄所作。每首有公自序，其後鄧中齋撰《督府忠義傳》，劉申齋撰公傳，皆有資於此。初，公得死後，吉水士人張弘毅（即序中所稱千載心者），自燕以公爪髮及遺文歸，而此詩亦在其中。鄉郡舊嘗刻公遺文，兵後板廢，今士大夫家間存其本。永樂丙申，予於京師遇此詩及《督府忠義傳》，遂録藏之。

《東里文集》卷一〇。

讀文丞相傳有感

〔明〕金幼孜

憶昨中原板蕩秋，銜哀日夜在興周。全生不爲功名計，後死空懷社稷謀。皎皎丹心明日月，巍巍大節重山丘。北來吊古看餘録，祗在當時已淚流。

《金文靖集》卷四。

題文文山上巳詩後

〔明〕解縉

崖山雲寒海舟覆，六載孤臣老燕獄。東風杜宇三月三，五陵望斷春蕪緑。墨花皇皇五十六，寫出江南愁萬斛。當時下筆眼如虎，日落天低鬼神哭。揚帆昔走儀真船，手持鰲柱擎南天。間關嶺海血灑櫳，迴首家國隨飛煙。六宫粉黛黄埃裏，漢火無光吹不起。全軀肯學褚淵生，嚼舌甘爲杲卿死。薊門草碧春凄凄，高官不换西山薇。哀吟一曲肝腸裂，勁氣萬丈蛟龍飛。當年恨殺葛嶺賊，恨不刳心食肉血。堂堂忠義行宇宙，白日青天照遺墨。落花寒食風雨時，展卷如對虎龍姿。再拜酹公金屈卮，有酒不讀蘭亭詩。

《解文毅公集》卷四。

讀文山傳三首（其一）〔明〕薛瑄

朔氣蕭森歲向深，揮戈抆淚動哀吟。艱危已竭回天力，慷慨猶存捧日心。海水尋常秋月冷，塞雲千里暮星沉。悠悠往事都如夢，只有孤忠照古今。

《敬軒文集》卷七、《石倉歷代詩選》卷三六七。

題文丞相與昇叟書跋後〔明〕李時勉

務施報者，非仁人君子之心也。宋丞相文信公受命於國步艱難之日，非有深恩極寵以榮耀於當時，而所以圖恢復之意蓋惓惓焉。雖至於危促而氣益壯，極於死亡而心不悔者，豈欲以致報稱之意哉！仁人君子之心，固如是也。詳觀臨清司訓錢先生以公所與其五世祖昇叟書三通，反覆觀之，可以知其志之所存矣。昇叟其後與其兄弟三人，皆死於王事。孔子曰：「智者不失人，亦不失言。」公又可謂智者歟！景仰忠義，感嘆不已，因題以歸之。

《古廉文集》卷八。

讀文山别集 〔明〕莊昶

感慨文山别集章，白頭老淚幾淋浪。若言君父無情者，除是當年趙子昂。

殷士周家亦可推，大元此老殺何爲？我知世祖終寬厚，天授非人識者誰？

神在知幾道亦行，存亡進退古今情。堂堂如此文山輩，要亦人間萬古英。

《定山集》卷二。

次韻陸鼎儀讀文信公指南集 〔明〕吴寬

柴市遺祠凛若生，艱危當日仗忠誠。衣裁左衽慚相尚，纓結南冠死卻榮。正氣自勝牢獄困，飓風偏使乘輿驚。從容取義真難事，淚落陳編此日情。

《匏翁家藏集》卷一一。

跋文信公硯銘 〔明〕吴寬

自楊鐵崖藏文信公硯銘後，百餘年傳吾昆山葉文莊公，公又傳其子鄉貢進士晨。銘云：「壽吾文之，傳今硯之，存亡未可知。」孰知此銘反有賴於公而傳耶？展玩之餘，爲之敬嘆。

《匏翁家藏集》卷五一。

讀文山集附録　〔明〕李東陽

狀元忠義古今傳，野史何如舊史全？删述總煩胡學士，姓名猶記丙申年。

《懷麓堂集》卷一九。

跋宋文丞相過小青口詩　〔明〕王鏊

右宋文丞相信國公詩墨蹟一首，其詩今見《指南録》中。初，公自奉使巴延軍前被留，得間亡真州，浮海以達行在，後屯潮陽，師潰被執，自廣州傳至燕獄，所至有詩。昔鍾儀幽而楚操，莊舄病而越吟，或者猶謂之仁。況公流離顛沛，有感必發於詩，詩必歸於忠義。讀其集，未嘗不爲之流涕也。於戲！可不謂仁乎。此蓋公被執北去，將至桃源五十里而作。文君徵明出以示予，予謂公之精忠大節，焯焯天地間，固無庸贊；獨念公時在縲紲，動止當不自由，其感慨不平之氣，發之詩可也。而字畫精妙，雖紙墨之微，亦皆不苟。何從容如是！豈公之賢能，使蒙古待之以禮耶？無亦公之所養有定力，故臨難如平時不少動於中耶？然則公之大節，不待柴市而後知也。觀於此詩，亦可以知之矣。今去公且三百年，片紙遺墨，人傳寶之，又況其後之人乎！又況徵明之賢，不殞其世者乎！雖然，忠義所在，自當有神物護持之。

《震澤集》卷三五。

詠文信國事四首　〔明〕文徵明

地轉天旋事不同，老臣臨市自從容。誓將西嶺填東海，忍著南冠向北風。千里勤王空赴義，百年養士獨收功。人間别有成仁樂，未用區區悼此公。

倉卒勤王萬里身，風塵顛倒作纍臣。三綱已去嗟何補？一死臨期認自真。直以安危繫天下，未宜成敗論斯人。遺文尚可誅奸賊，何但悲辛泣鬼神！

國勢已離天命去，孤臣狼狽阻殘兵。分當如此餘非計，事訖無成死有名。平日公卿咸肉食，千年忠義屬書生。天心悔禍寧無日，惜不令公見肅清。

南北間關百戰餘，此身宗社許馳驅。可憐功業惟詩在，自決存亡與國俱。强敵至殘猶嘆服，皇天無意竟何如？平生心事堪誰訴？漫托他年半紙書。

《甫田集》卷一。

信國六帖記

〔清〕方以智

文信國公六帖，乃開督劍南時所遺趙青山劄：第一《篝燈帖》，第二《驚愕帖》，第三《慘塞帖》，第四《解衣帖》，第五《皂羅背子帖》，第六《對床帖》。皆斗大紙，以行草書者。青山自作記，眉山黄裳有跋，廬陵李嶽亦有跋。始自趙氏藏朱從心家，後朱氏僕竊其帖易銅觚玉杯，爲天台隱者所有。帖尾但有天台隱者圖記，究不知何許人也。此帖三十年前，吴雲猶及見之。其《篝燈帖》初語云：「文與天祥投身於青原、白鷺之間，今别許久。」是此帖乃青原山帖也。

青山諱文，字惟恭，廬陵人。號爲青山，其屬青原何疑？愚者曰：少見吴訥所藏信國《邳州哭小祥》《亂離歌》《寄家人》帖，張翥、王禕有跋。仁者之達士之間，惕然下拜。後在桂林留守相公處，見公《上巳詩》《與弟璧》墨刻。璧子陞爲粤廉訪，陞子良錫傳與運熙。解大紳跋之，號「二文帖」。雙翼垂雲，天道如斯，詎意笄參，斷碣老隱。公鄉紅亭之筆，時時指日，驚龍奮爪，神骨凛然。此《青山帖》，會當臨之，惟有青原山不變。且書此，以酬讀書之舫。

《青原山志略》卷一三。

讀指南集二首　乙未　〔清〕王夫之

絳節生須抱璧還，降箋誰捧尺封閑？滄波淮海東流水，風雨揚州北固山。鵑血春啼悲蜀鳥，鷄鳴夜亂度秦關。瓊花堂上三生路，已滴燕臺頸血殷。

揚州不死空坑死，出使皋亭事未央。嗚鳩春催三月雨，丹楓秋忍一林霜。碙門鶴唳留朱序，文水魚書待武陽。滄海金椎終寂寞，汗青猶在淚衣裳。

《薑齋詩集》卷一一。

御題文山集　清高宗（弘曆）

忠義根心節烈身，宋家終始一全人。文山不獨嘉其藝，題句爲師千古臣。

奔波江海竟南迴，一木難支大厦摧。丞相卻原入師返，那辭浮語致人猜。

苗李守城入不容，操戈室裏避其鋒。二人設弗殉忠節，豈免千秋闢險凶。

黄冠如願轉難評，莫若從容就義精。子不知終弟受職，應難地下見其兄。

《四庫全書·御製詩》五集卷二八。

讀文信國公六義堂詩敬次原韻　〔清〕劉繹

六義堂者，永新宋文蓬山翁六子皆以通詩取科第，信國公以宗誼過其居，題五古一章，並顔其楣。後人因舊迹與始遷祖共建祠祀焉。

至聖廑删述，詩教理情性。雅頌垂廟堂，國風集子姓。淵源忠與孝，微旨協貞静。中天二曜昭，此理千秋瑩。觀鄉知王道，庠塾蔚然盛。遙遙文叔裔，衍派宗風正。有翁生六子，同入《蓼莪》詠。明經方起家，采薇因托興。同時有六賢，戾止歌鷺振。一堂水木思，四壁金絲聽。留題示五言，六義相照映。巋然峙祠額，百世猶起敬。至今棟宇新，苾芬薦芳醞。嗟嗟忠孝們，山水鬱名勝。先澤貽孔長，沿溪溯餘慶。因思昔聖心，後賢遠相印。事父與事君，學詩當有進。興觀既在茲，失愚豈爲病！我吟信公作，神志爲之定。讀書學何事？欲起重問訊。

《存吾春齋詩鈔》卷四。

潮陽東山張許二公祠爲文丞相題沁園春詞處旁即丞相祠也秋日過謁敬賦二律　〔清〕丘逢甲

夜半元旌出嶺東，文山曾此拜雙忠。百年胡運氛何惡？一旅王師氣尚雄。滄海夢寒天水碧，《沁園》歌斷夕陽紅。荒郊馬塚尋遺碣，秋草蕭蕭白露中。

石闕苔荒一徑深，悲秋懷古此登臨。九州難畫華夷限，萬死思回天地心。南客旅愁觀海大，東山雲氣壓城陰。斜陽照起英雄恨，枯木寒鴉淚滿襟。

《嶺雲海日樓詩鈔》卷四。